H. Heine.

Buch der Lieder.

Illustrirt von P. Thumann.

Heinrich Heine's

Buch der Lieder.

(Mit Ausschluß des „Nordsee-Cyclus.")

Mit 12 Lichtdruckbildern und 100 Textillustrationen
nach Originalzeichnungen

von

Paul Thumann.

Leipzig,
Verlag von Adolf Titze.

Faksimilierte Ausgabe

F. Englisch Verlag · Wiesbaden

ISBN 3-88140-011-7

Printed in Germany

10 9 8 7 6 5 4 3 2 1

Buch der Lieder.

Inhalt.

Die mit * bezeichneten Gedichte sind durch Vollbilder illustrirt.

Vorrede zur zweiten Auflage.

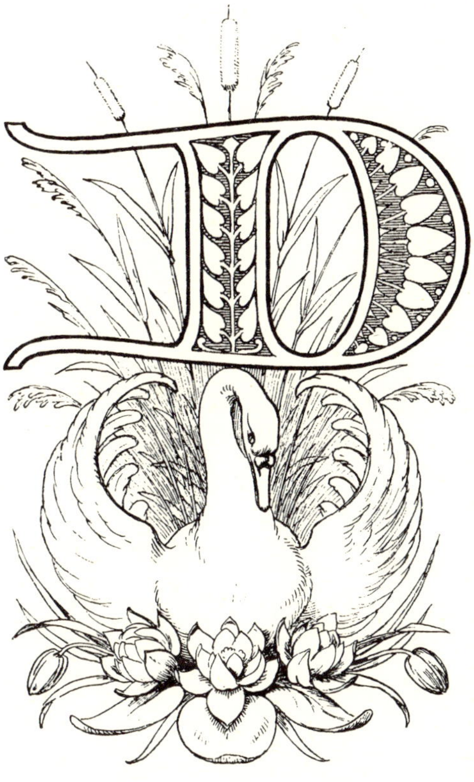

Diese neue Ausgabe des „Buchs der Lieder" kann ich dem überrheinischen Publikum nicht zuschicken, ohne sie mit freundlichen Grüßen in ehrlichster Prosa zu begleiten. Ich weiß nicht, welches wunderliche Gefühl mich davon abhält, dergleichen Vorworte, wie es bei Gedichtesammlungen üblich ist, in schönen Rhythmen zu versificieren. Seit einiger Zeit sträubt sich Etwas in mir gegen alle gebundene Rede, und, wie ich höre, regt sich bei manchen Zeitgenossen eine ähnliche Abneigung. Es will mich bedünken, als sei in schönen Versen allzuviel gelogen worden und die Wahrheit scheue sich, in metrischen Gewanden zu erscheinen.

Nicht ohne Befangenheit übergebe ich der Lesewelt den erneuerten Abdruck dieses Buches. Es hat mir die größte Überwindung gekostet, ich habe fast ein ganzes Jahr gezaudert, ehe ich mich zur flüchtigen Durchsicht desselben entschließen konnte. Bei seinem Anblick erwachte in mir all jenes Unbehagen, das mir einst vor zehn Jahren, bei der ersten Publikation, die Seele beklemmte. Verstehen wird diese Empfindung nur der Dichter oder Dichterling, der seine ersten Gedichte gedruckt sah. Erste Gedichte! Sie müssen auf nachlässigen, verblichenen Blättern geschrieben sein, dazwischen hie und da müssen welke Blumen liegen, oder eine blonde Locke, oder ein verfärbtes Stückchen Band, und an mancher

Stelle muſs noch die Spur einer Thräne sichtbar sein . . . Erste Gedichte aber, die gedruckt sind, grell schwarz gedruckt auf entsetzlich glattem Papier, diese haben ihren süßesten, jungfräulichsten Reiz verloren, und erregen bei dem Verfasser einen schauerlichen Miſsmuth.

Ja, es sind nun zehn Jahre, seitdem diese Gedichte zuerst erschienen, und ich gebe sie, wie damals, in chronologischer Folge, und ganz voran ziehen wieder Lieder, die in jenen früheren Jahren gedichtet worden, als die ersten Küsse der deutschen Muse in meiner Seele brannten. Ach, die Küsse dieser guten Dirne verloren seitdem sehr Viel von ihrer Gluth und Frische! Bei so langjährigem Verhältnis muſste die Inbrunst der Flitterwochen allmählich verrauchen; aber die Zärtlichkeit wurde manchmal um so herzlicher, besonders in schlechten Tagen, und da bewährte sie mir ihre ganze Liebe und Treue, die deutsche Muse! Sie tröstete mich in heimischen Drangsalen, folgte mir ins Exil, erheiterte mich in bösen Stunden des Verzagens, ließ mich nie im Stich, sogar in Geldnoth wuſste sie mir zu helfen, die deutsche Muse, die gute Dirne!

Eben so wenig, wie an der Zeitfolge, änderte ich an den Gedichten selbst. Nur hie und da in der ersten Abtheilung wurden einige Verse verbessert. Der Raumersparnis wegen habe ich die Dedikationen der ersten Auflage weggelassen. Doch kann ich nicht umhin zu erwähnen, daſs das lyrische Intermezzo einem Buche entlehnt ist, welches unter dem Titel „Tragödien" im Jahre 1823 erschien und meinem Oheim Salomon Heine zugeeignet worden. Die hohe Achtung, die ich diesem großartigen Manne zollte, so wie auch meine Dankbarkeit für die Liebe, die er mir damals bewiesen, wollte ich durch jene Widmung beurkunden. „Die Heimkehr", welche zuerst in den „Reisebildern" erschien, ist der seligen Friederike Varnhagen von Ense gewidmet, und ich darf mich rühmen, der Erste gewesen zu sein, der diese große Frau mit öffentlicher Huldigung verehrte. Es war eine große That von August Varnhagen, daſs er, alles kleinliche Bedenken abweisend, jene Briefe veröffentlichte, worin sich Rahel mit ihrer ganzen Persönlichkeit offenbart. Dieses Buch kam zur rechten Zeit, wo es eben am besten wirken, stärken und trösten konnte. Das Buch kam zur trostbedürftig rechten Zeit. Es ist, als ob die Rahel wuſste, welche posthume Sendung ihr beschieden war. Sie glaubte freilich, es würde besser werden, und wartete; doch als das Warten kein Ende nahm, schüttelte sie ungeduldig den Kopf, sah Varnhagen an, und starb schnell — um desto schneller auferstehen zu können. Sie mahnt mich an die Sage jener anderen Rahel, die aus dem Grabe hervorstieg und an der Landstraße stand und weinte, als ihre Kinder in die Gefangenschaft zogen.

Ich kann ihrer nicht ohne Wehmuth gedenken, der liebreichen Freundin, die mir immer die unermüdlichste Theilnahme widmete und sich oft nicht wenig für mich ängstigte in jener Zeit meiner jugendlichen Übermüthen, in jener Zeit, als die Flamme der Wahrheit mich mehr erhitzte als erleuchtete . . .

Diese Zeit ist vorbei! Ich bin jetzt mehr erleuchtet, als erhitzt. Solche kühle Erleuchtung kommt aber immer zu spät bei den Menschen. Ich sehe jetzt im klarsten Lichte die Steine, über welche ich gestolpert. Ich hätte ihnen so leicht ausweichen können, ohne darum einen unrechten Weg zu wandeln. Jetzt weiß ich auch, daſs man in der Welt sich mit Allem befassen kann, wenn man nur die dazu nöthigen Handschuhe anzieht.

Und dann sollten wir nur Das thun, was thunlich ist und wozu wir am meisten Geschick haben, im Leben wie in der Kunst. Ach! zu den unseligsten Missgriffen des Menschen gehört, dass er den Werth der Geschenke, die ihm die Natur am bequemsten entgegen trägt, kindisch verkennt, und dagegen die Güter, die ihm am schwersten zugänglich sind, für die kostbarsten ansieht. Den Edelstein, der im Schoße der Erde festgewachsen, die Perle, die in den Untiefen des Meeres verborgen, hält der Mensch für die besten Schätze; er würde sie gering achten, wenn die Natur sie gleich Kieseln und Muscheln zu seinen Füßen legte. Gegen unsere Vorzüge sind wir gleichgültig; über unsere Gebrechen suchen wir uns so lange zu täuschen, bis wir sie endlich für Vortrefflichkeiten halten. Als ich einst nach einem Koncerte von Paganini diesem Meister mit leidenschaftlichen Lobsprüchen über sein Violinspiel entgegentrat, unterbrach er mich mit den Worten: „Aber wie gefielen Ihnen heute meine Komplimente, meine Verbeugungen?"

Bescheidenen Sinnes und um Nachsicht bittend übergebe ich dem Publikum das „Buch der Lieder"; für die Schwäche dieser Gedichte mögen vielleicht meine politischen theologischen und philosophischen Schriften einigen Ersatz bieten.

Bemerken muss ich jedoch, dass meine poetischen, eben so gut wie meine politischen, theologischen und philosophischen Schriften, einem und demselben Gedanken entsprossen sind, und dass man die einen nicht verdammen darf, ohne den andern allen Beifall zu entziehen. Zugleich erlaube ich mir auch die Bemerkung, dass das Gerücht, als hätte jener Gedanke eine bedenkliche Umwandlung in meiner Seele erlitten, auf Angaben beruhet, die ich eben so verachten wie bedauern muss. Nur gewissen bornierten Geistern konnte die Milderung meiner Rede, oder gar mein erzwungenes Schweigen, als ein Abfall von mir selber erscheinen. Sie missdeuteten meine Mäßigung, und Das war um so liebloser, da ich doch nie ihre Übermuth missdeutet habe. Höchstens dürfte man mich einer Ermüdung beschuldigen. Aber ich habe ein Recht, müde zu sein . . . Und dann muss Jeder dem Gesetze der Zeit gehorchen, er mag wollen oder nicht . . .

> Und scheint die Sonne noch so schön,
> Am Ende muss sie untergehn!

Die Melodie dieser Verse summt mir schon den ganzen Morgen im Kopfe und klingt vielleicht wieder aus Allem, was ich soeben geschrieben. In einem Stücke von Raimund, dem wackern Komiker, der sich unlängst aus Melancholie todtgeschossen, erscheinen Jugend und Alter als allegorische Personen, und das Lied, welches die Jugend singt, wenn sie von dem Helden Abschied nimmt, beginnt mit den erwähnten Versen. Vor vielen Jahren, in München, sah ich dieses Stück; ich glaube, es heißt: „Der Bauer als Millionär." Sobald die Jugend abgeht, sieht man, wie die Person des Helden, der allein auf der Scene zurückbleibt, eine sonderbare Veränderung erleidet. Sein braunes Haar wird allmählich grau und endlich schneeweiß; sein Rücken krümmt sich, seine Kniee schlottern; an die Stelle des vorigen Ungestüms tritt eine weinerliche Weichheit . . . das Alter erscheint.

Naht diese winterliche Gestalt auch schon dem Verfasser dieser Blätter? Gewahrst du schon, theurer Leser, ähnliche Umwandlung an dem Schriftsteller, der immer jugendlich, fast allzu jugendlich, in der Literatur sich bewegte? Es ist ein betrübender Anblick, wenn ein Schriftsteller vor unseren Augen, Angesichts des ganzen Publikums, allmählich alt wird. Wir haben's gesehen, nicht bei Wolfgang Goethe, dem ewigen Jüngling, aber bei August Wilhelm von Schlegel, dem bejahrten Gecken; wir haben's gesehen, nicht bei Adalbert Chamisso, der mit jedem Jahre sich blüthenreicher verjüngt, aber wir sahen es bei Herrn Ludwig Tieck, dem ehemaligen romantischen Strohmian, der jetzt ein alter räudiger Muntsche geworden . . . O, ihr Götter, ich bitte euch nicht, mir die Jugend zu lassen, aber lasst mir die Tugenden der Jugend, den uneigennützigen Groll, die uneigennützige Thräne! Lasst mich nicht ein alter Polterer werden, der aus Neid die jüngeren Geschwister ankläfft, oder ein matter Jammermensch, der über die gute alte Zeit beständig flennt . . . Lasst mich ein Greis werden, der die Jugend liebt und trotz der Alterschwäche noch immer Theil nimmt an ihren Spielen und Gefahren! Mag immerhin meine Stimme zittern und beben, wenn nur der Sinn meiner Worte unerschrocken und frisch bleibt!

Sie lächelte gestern so sonderbar, halb mitleidig, halb boshaft, die schöne Freundin, als sie mit ihren rosigen Fingern meine Locken glättete . . . Nicht wahr, du hast auf meinem Haupte einige weiße Haare bemerkt?

„Und scheint die Sonne noch so schön,
Am Ende muss sie untergehn!"

Geschrieben zu Paris, im Frühjahr 1837.

Heinrich Heine.

Vorrede zur dritten Auflage.

Das ist der alte Märchenwald!
Es duftet die Lindenblüthe!
Der wunderbare Mondenglanz
Bezaubert mein Gemüthe.

Ich ging fürbaſs, und wie ich ging,
Erklang es in der Höhe.
Das ist die Nachtigall, sie singt
Von Lieb' und Liebeswehe.

Sie singt von Lieb' und Liebesweh',
Von Thränen und von Lachen,
Sie jubelt so traurig, sie schluchzet so froh,
Vergessene Träume erwachen. —

Ich ging fürbaſs, und wie ich ging,
Da sah ich vor mir liegen
Auf freiem Platz ein großes Schloſs,
Die Giebel hoch aufstiegen.

Verschlossene Fenster, überall
Ein Schweigen, und ein Trauern;
Es schien, als wohne der stille Tod
In diesen öden Mauern.

Dort vor dem Thor lag eine Sphinx,
Ein Zwitter von Schrecken und Lüsten,
Der Leib und die Tatzen wie ein Löw',
Ein Weib an Haupt und Brüsten.

Ein schönes Weib! Der weiße Blick,
Er sprach von wildem Begehren;
Die stummen Lippen wölbten sich
Und lächelten stilles Gewähren.

Die Nachtigall, sie sang so süß,
Ich konnt' nicht widerstehen —
Und als ich küsste das holde Gesicht,
Da war's um mich geschehen.

Lebendig ward das Marmorbild,
Der Stein begann zu ächzen —
Sie trank meiner Küsse lodernde Gluth
Mit Dürsten und mit Lechzen.

Sie trank mir fast den Odem aus —
Und endlich, wollustheischend,
Umschlang sie mich, meinen armen Leib
Mit den Löwentatzen zerfleischend.

Entzückende Marter und wonniges Weh!
Der Schmerz wie die Lust unermesslich!
Derweilen des Mundes Kuss mich beglückt,
Verwunden die Tatzen mich gräßlich.

Die Nachtigall sang: „O schöne Sphinx!
O Liebe! was soll es bedeuten,
Dass du vermischest mit Todesqual
All' deine Seligkeiten?

„O schöne Sphinx! O löse mir
Das Räthsel, das wunderbare!
Ich hab' darüber nachgedacht
Schon manche tausend Jahre."

— Das hätte ich Alles sehr gut in guter Prosa sagen können . . . Wenn man aber die alten Gedichte wieder durchliest, um ihnen, Behufs eines erneuerten Abdrucks, einige Nachfeile zu ertheilen, dann überrascht Einen unversehens die klingelnde Gewohnheit des Reims und Silbenfalls, und siehe! es sind Verse, womit ich diese dritte Auflage des „Buchs der Lieder" eröffne. O Phöbus Apollo! sind diese Verse schlecht, so wirst du mir gern verzeihen . . . Denn du bist ein allwissender Gott, und du weißt sehr gut, warum ich mich seit so vielen Jahren nicht mehr vorzugsweise mit Maß und Gleichklang der Wörter beschäftigen konnte . . . Du weißt, warum die Flamme, die einst in brillanten Feuerwerksspielen die Welt ergötzte, plötzlich zu weit ernsteren Bränden verwendet werden musste . . . Du weißt, warum sie jetzt in schweigender Gluth mein Herz verzehrt . . . Du verstehst mich, großer schöner Gott, der du ebenfalls die goldene Leier zuweilen vertauschtest mit dem starken Bogen und den tödlichen Pfeilen . . . Erinnerst du dich auch noch des Marsyas, den du lebendig geschunden? Es ist schon lange her, und ein ähnliches Beispiel thät' wieder noth . . . Du lächelst, o mein ewiger Vater!

Geschrieben zu Paris, den 20. Februar 1839.

Heinrich Heine.

Junge Leiden.

1817—1821.

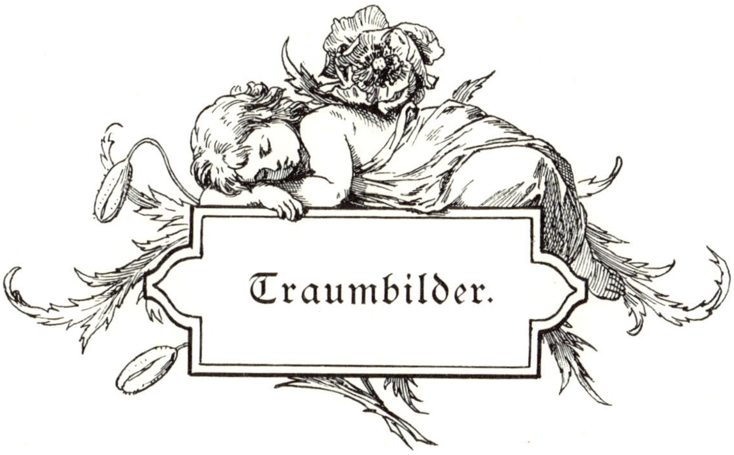

Traumbilder.

1.

Mir träumte einst von wildem Liebesglühn,
Von hübschen Locken, Myrten und Resede,
Von süßen Lippen und von bittrer Rede,
Von düstrer Lieder düstern Melodien.

Verblichen und verweht sind längst die Träume,
Verweht ist gar mein liebstes Traumgebild!
Geblieben ist mir nur, was gluthenwild
Ich einst gegossen hab' in weiche Reime.

Du bliebst, verwaistes Lied! Verweh jetzt auch,
Und such das Traumbild, das mir längst entschwunden,
Und grüß es mir, wenn du es aufgefunden —
Dem luft'gen Schatten send' ich luft'gen Hauch.

2.

Ein Traum, gar seltsam schauerlich,
Ergötzte und erschreckte mich.
Noch schwebt mir vor manch grausig Bild,
Und in dem Herzen wogt es wild.

Das war ein Garten wunderschön,
Da wollt' ich lustig mich ergehn;
Viel' schöne Blumen sahn mich an,
Ich hatte meine Freude dran.

Es zwitscherten die Vögelein
Viel' muntre Liebesmelodein;
Die Sonne roth, von Gold umstrahlt,
Die Blumen lustig bunt bemalt.

Viel Balsamduft aus Kräutern rinnt,
Die Lüfte wehen lieb und lind;
Und Alles schimmert, Alles lacht,
Und zeigt mir freundlich seine Pracht.

Inmitten in dem Blumenland
Ein klarer Marmorbrunnen stand;
Da schaut' ich eine schöne Maid,
Die emsig wusch ein weißes Kleid.

Die Wänglein süß, die Aeuglein mild,
Ein blondgelocktes Heil'genbild;
Und wie ich schau', die Maid ich fand
So fremd und doch so wohlbekannt.

Die schöne Maid, die sputet sich,
Sie summt ein Lied gar wunderlich:
„Rinne, rinne Wässerlein,
Wasche mir das Linnen rein!"

Ich ging und nahete mich ihr,
Und flüsterte: O sage mir,
Du wunderschöne, süße Maid,
Für wen ist dieses weiße Kleid?

Da sprach sie schnell: „Sei bald bereit,
Ich wasche dir dein Todtenkleid!"
Und als sie Dies gesprochen kaum,
Zerfloss das ganze Bild wie Schaum. —

Und fortgezaubert stand ich bald
In einem düstern, wilden Wald.
Die Bäume ragten himmelan;
Ich stand erstaunt und sann und sann.

Und horch! welch dumpfer Wiederhall!
Wie ferner Aextenschläge Schall;
Ich eil' durch Busch und Wildnis fort,
Und komm' an einen freien Ort.

Inmitten in dem grünen Raum,
Da stand ein großer Eichenbaum;
Und sieh! mein Mägdlein wundersam
Haut mit dem Beil den Eichenstamm.

Und Schlag auf Schlag, und sonder Weil'
Summt sie ein Lied und schwingt das Beil:
„Eisen blink, Eisen blank,
Zimmre hurtig Eichenschrank!"

Ich ging und nahete mich ihr,
Und flüsterte: O sage mir,
Du wundersüßes Mägdelein,
Wem zimmerst du den Eichenschrein?

Da sprach sie schnell: „Die Zeit ist karg,
Ich zimmre deinen Todtensarg!"
Und als sie Dies gesprochen kaum,
Zerfloss das ganze Bild wie Schaum. —

Es lag so bleich, es lag so weit
Ringsum nur kahle, kahle Heid';
Ich wusste nicht, wie mir geschah,
Und heimlich schaudernd stand ich da.

Und nun ich eben fürder schweif',
Gewahr' ich einen weißen Streif;
Ich eilt' drauf zu, und eilt' und stand,
Und sieh! die schöne Maid ich fand.

Auf weiter Heid' stand weiße Maid,
Grub tief die Erd' mit Grabescheit.
Kaum wagt' ich noch sie anzuschaun,
Sie war so schön und doch ein Graun.

Die schöne Maid, die sputet sich,
Sie summt ein Lied gar wunderlich:
„Spaten, Spaten, scharf und breit,
Schaufle Grube tief und weit!"

Ich ging und nahete mich ihr,
Und flüsterte: O sage mir,
Du wunderschöne, süße Maid,
Was diese Grube hier bedeut't?

Da sprach sie schnell: „Sei still, ich hab'
Geschaufelt dir ein kühles Grab."
Und als so sprach die schöne Maid,
Da öffnet sich die Grube weit.

Und als ich in die Grube schaut',
Ein kalter Schauer mich durchgraut;
Und in die dunkle Grabesnacht
Stürzt' ich hinein — und bin erwacht.

3.

Im nächt'gen Traum hab' ich mich selbst geschaut,
In schwarzem Galafrack und seidner Weste,
Manschetten an der Hand, als ging's zum Feste,
Und vor mir stand mein Liebchen, süß und traut.
Ich beugte mich und sagte: „Sind Sie Braut?
Ei! ei! so gratulier' ich, meine Beste!"
Doch fast die Kehle mir zusammenpresste
Der langgezog'ne, vornehm kalte Laut.
Und bittre Thränen plötzlich sich ergossen
Aus Liebchens Augen, und in Thränenwogen
Ist mir das holde Bildnis fast zerflossen.
O süße Augen, fromme Liebessterne,
Obschon ihr mir im Wachen oft gelogen,
Und auch im Traum, glaub' ich euch dennoch gerne!

4.

Im Traum sah ich ein Männchen, klein und putzig,
Das ging auf Stelzen, Schritte ellenweit,
Trug weiße Wäsche und ein feines Kleid,
Inwendig aber war es grob und schmutzig.
Inwendig war es jämmerlich, nichtsnutzig,
Jedoch von außen voller Würdigkeit;
Von der Kourage sprach es lang und breit,
Und that sogar recht trutzig und recht stutzig.
„Und weißt du, wer Das ist? Komm her und schau!"
So sprach der Traumgott, und er zeigt mir schlau
Die Bilderfluth in eines Spiegels Rahmen.
Vor einem Altar stand das Männchen da,
Mein Lieb daneben, Beide sprachen: „Ja!"
Und tausend Teufel riefen lachend: „Amen!"

5.

Was treibt und tobt mein tolles Blut:
Was flammt mein Herz in wilder Gluth?
Es kocht mein Blut und schäumt und gährt,
Und grimme Gluth mein Herz verzehrt.

Das Blut ist toll, und gährt und schäumt,
Weil ich den bösen Traum geträumt;
Es kam der finstre Sohn der Nacht,
Und hat mich keuchend fortgebracht.

Er bracht' mich in ein helles Haus,
Wo Harfenklang und Saus und Braus,
Und Fackelglanz und Kerzenschein;
Ich kam zum Saal, ich trat hinein.

Das war ein lustig Hochzeitfest;
Zu Tafel saßen froh die Gäst'.
Und wie ich nach dem Brautpaar schaut', —
O weh! mein Liebchen war die Braut.

Das war mein Liebchen wunnesam,
Ein fremder Mann war Bräutigam;
Dicht hinter'm Ehrenstuhl der Braut,
Da blieb ich stehn, gab keinen Laut.

Es rauscht Musik, — gar still stand ich;
Der Freudenlärm betrübte mich.
Die Braut, sie blickt so hochbeglückt,
Der Bräut'gam ihre Hände drückt.

Der Bräut'gam füllt den Becher fein
Und trinkt daraus, und reicht gar fein
Der Braut ihn hin; sie lächelt Dank, —
O weh! mein rothes Blut sie trank.

Die Braut ein hübsches Aepflein nahm,
Und reicht es hin dem Bräutigam.
Der nahm sein Messer, schnitt hinein, —
O weh! Das war das Herze mein.

Sie äugeln süß, sie äugeln lang,
Der Bräut'gam kühn die Braut umschlang,
Und küsst sie auf die Wangen roth,
O weh! mich küsst der kalte Tod.

Wie Blei lag meine Zung' im Mund,
Dass ich kein Wörtlein sprechen kunnt'.
Da rauscht' es auf, der Tanz begann;
Das schmucke Brautpaar tanzt voran.

Und wie ich stand so leichenstumm,
Die Tänzer schweben flink herum; —
Ein leises Wort der Bräut'gam spricht,
Die Braut wird roth, doch zürnt sie nicht. —

6.

Im süßen Traum, bei stiller Nacht,
Da kam zu mir mit Zaubermacht,
Mit Zaubermacht, die Liebste mein,
Sie kam zu mir ins Kämmerlein.

Ich schau' sie an, das holde Bild!
Ich schau' sie an, sie lächelt mild,
Und lächelt, bis das Herz mir schwoll,
Und stürmisch kühn das Wort entquoll:

„Nimm hin, nimm Alles, was ich hab',
Mein Liebstes tret' ich gern dir ab,
Dürft' ich dafür dein Buhle sein,
Von Mitternacht bis Hahnenschrein."

Da staunt mich an gar seltsamlich,
So lieb, so weh und inniglich,
Und sprach zu mir die schöne Maid:
„O, gieb mir deine Seligkeit!"

„Mein Leben süß, mein junges Blut,
Gäb' ich mit Freud' und wohlgemuth
Für dich, o Mädchen, engelgleich, —
Doch nimmermehr das Himmelreich."

Wohl braust hervor mein rasches Wort,
Doch blühet schöner immerfort,
Und immer spricht die schöne Maid:
„O, gieb mir deine Seligkeit!"

Dumpf dröhnt dies Wort mir ins Gehör,
Und schleudert mir ein Gluthenmeer
Wohl in der Seele tiefsten Raum;
Ich athme schwer, ich athme kaum. —

Das waren weiße Engelein,
Umglänzt von goldnem Glorienschein;
Nun aber stürmte wild herauf
Ein gräulich schwarzer Koboldhauf.

Die rangen mit den Engelein,
Und drängten fort die Engelein;
Und endlich auch die schwarze Schar
In Nebelduft zerronnen war. —

Ich aber wollt' in Lust vergehn,
Ich hielt im Arm mein Liebchen schön;
Sie schmiegt sich an mich wie ein Reh,
Doch weint sie auch mit bitterm Weh.

Feins Liebchen weint; ich weiß warum,
Und küss' ihr Rosenmündlein stumm —
O still', feins Lieb, die Thränenfluth,
Ergieb dich meiner Liebesgluth!

„Ergieb dich meiner Liebesgluth —"
Da plötzlich starrt zu Eis mein Blut;
Laut bebet auf der Erde Grund,
Und öffnet gähnend sich ein Schlund.

Und aus dem schwarzen Schlunde steigt
Die schwarze Schar; — feins Lieb erbleicht!
Aus meinen Armen schwand feins Lieb;
Ich ganz alleine stehen blieb.

Da tanzt im Kreise wunderbar
Um mich herum die schwarze Schar,
Und drängt heran, erfasst mich bald,
Und gellend Hohngelächter schallt.

Und immer enger wird der Kreis,
Und immer summt die Schauerweis',
„Du gabest hin die Seligkeit,
Gehörst uns nun in Ewigkeit!"

7.

Nun hast du das Kaufgeld, nun zögerst du doch?
Blutfinstrer Gesell, was zögerst du noch?
Schon sitze ich harrend im Kämmerlein traut,
Und Mitternacht naht schon, — es fehlt nur die Braut.
Viel' schauernde Lüftchen vom Kirchhofe wehn; —
Ihr Lüftchen! habt ihr mein Bräutchen gesehn?
Viel' blasse Larven gestalten sich da,
Umknixen mich grinsend und nicken: „O ja!"
Pack aus, was bringst du für Botschafterei,
Du schwarzer Schlingel in Feuerlivrei?
„Die gnädige Herrschaft meldet sich an,
Gleich kommt sie gefahren im Drachengespann."
Du lieb grau Männchen, was ist dein Begehr?
Mein todter Magister, was treibt dich her?
Er schaut mich mit schweigend trübseligem Blick,
Und schüttelt das Haupt und wandelt zurück.

Was winselt und wedelt der zott'ge Gesell?
Was glimmert Schwarz-Katers Auge so hell?
Was heulen die Weiber mit fliegendem Haar?
Was lullt mir Frau Amme mein Wiegenlied gar?

Frau Amme, bleib heut mit dem Singsang zu Haus,
Das Eiapopeia ist lange schon aus;
Ich feire ja heute mein Hochzeitfest, —
Doch schau mal, dort kommen schon zierliche Gäst'.

Da schau mal! Ihr Herren, Das nenn' ich galant!
Ihr tragt, statt der Hüte, die Köpf' in der Hand!
Ihr Zappelbein-Leutchen im Galgen-Ornat,
Der Wind ist still, was kommt ihr so spat?

Da kommt auch alt Besenstielmütterchen schon,
Ach, segne mich, Mütterchen, bin ja dein Sohn.
Da zittert der Mund im weißen Gesicht;
„In Ewigkeit, Amen!" das Mütterchen spricht.

Zwölf winddürre Musiker schlendern herein;
Blind Fiedelweib holpert wohl hinterdrein.
Da schleppt der Hanswurst, in buntscheckiger Jack,
Den Todtengräber huckepack.

Es tanzen zwölf Klosterjungfraun herein;
Die schielende Kupplerin führet den Reihn.
Es folgen zwölf lüsterne Pfäffelein schon,
Und pfeifen ein Schandlied im Kirchenton.

Herr Trödler, o schrei dir nicht blau das Gesicht.
Im Fegfeuer nützt mir dein Pelzröckel nicht;
Dort heizet man gratis jahraus, jahrein,
Statt mit Holz, mit Fürsten- und Bettlergebein.

Die Blumenmädchen sind bucklicht und krumm,
Und purzeln kopfüber im Zimmer herum.
Ihr Eulengesichter und Heuschreckenbein,
Hei! lasst mir das Rippengeklapper nur sein!

Die sämmtliche Höll' ist los fürwahr.
Und lärmet und schwärmet in wachsender Schar;
Sogar der Verdammnis-Walzer erschallt, —
Still, still! nun kommt mein Feinsliebchen auch bald.

Gesindel, sei still, oder trolle dich fort!
Ich höre kaum selber mein leibliches Wort, —
Ei, rasselt nicht eben ein Wagen vor?
Frau Köchin! wo bist du? schnell öffne das Thor!

Willkommen, Feinsliebchen, wie geht's dir, mein Schatz?
Willkommen, Herr Pastor, ach, nehmen Sie Platz!
Herr Pastor mit Pferdefuß und Schwanz,
Ich bin Eur Ehrwürden Diensteigener ganz!

Lieb Bräutchen, was stehst du so stumm und so bleich?
Der Herr Pastor schreitet zur Trauung sogleich;
Wohl zahl' ich ihm theure, bluttheure Gebühr,
Doch, dich zu besitzen, gilt's Kinderspiel mir.

Knie nieder, süß Bräutchen, knie hin mir zur Seit'! —
Da kniet sie, da sinkt sie, — o selige Freud'!
Sie sinkt mir ans Herz, an die schwellende Brust,
Ich halt' sie umschlungen mit schauernder Lust.

Die Goldlockenwellen umspielen uns Beid':
An mein Herze pochte das Herze der Maid.
Sie pochen wohl beide vor Lust und vor Weh,
Und schweben hinauf in die Himmelshöh.

Die Herzlein schwimmen im Freudensee,
Dort oben in Gottes heil'ger Höh;
Doch auf den Häuptern, wie Grausen und Brand,
Da hat die Hölle gelegt die Hand.

Das ist der finstre Sohn der Nacht,
Der hier den segnenden Priester macht;
Er murmelt die Formel aus blutigem Buch,
Sein Beten ist Lästern, sein Segen ist Fluch.

Und es krächzet und zischet und heulet toll,
Wie Wogengebrause, wie Donnergeroll;
Da blitzet auf einmal ein bläuliches Licht, —
„In Ewigkeit, Amen!“ das Mütterchen spricht.

8.

Ich kam von meiner Herrin Haus,
Und wandelt' in Wahnsinn und Mitternachtgraus.
Und wie ich am Kirchhof vorübergehn will,
Da winken die Gräber ernst und still.

Da winkt's von des Spielmanns Leichenstein,
Das war der flimmernde Mondesschein.
Da lispelt's: „Lieb Bruder, ich komme gleich!"
Da steigt's aus dem Grabe nebelbleich.

Der Spielmann war's, der entstiegen jetzt,
Und hoch auf den Leichenstein sich setzt.
Und die Saiten der Zither greift er schnell,
Und singt dabei recht hohl und grell:

„Ei! kennt ihr noch das alte Lied,
Das einst so wild die Brust durchglüht,
Ihr Saiten, dumpf und trübe?
Die Engel, Die nennen es Himmelsfreud',
Die Teufel, Die nennen es Höllenleid,
Die Menschen, Die nennen es — Liebe!"

Kaum tönte des letzten Wortes Schall,
Da thaten sich auf die Gräber all';
Viel' Luftgestalten dringen hervor,
Umschweben den Spielmann und schrillen im Chor:

„Liebe! Liebe! deine Macht
Hat uns hier zu Bett gebracht,
Und die Augen zugemacht, —
Ei, was rufst du in der Nacht?"

So heult es verworren und ächzet und girrt,
Und brauset und sauset, und krächzet und klirrt;
Und der tolle Schwarm den Spielmann umschweift,
Und der Spielmann wild in die Saiten greift:

„Bravo! Bravo! immer toll!
Seid willkommen! habt vernommen,
Dafs mein Zauberwort erscholl!
Liegt man doch jahraus, jahrein,
Mäuschenstill im Kämmerlein;
Lafst uns heute lustig sein!
Mit Vergunst, —
Seht erst zu, sind wir allein? —
Narren waren wir im Leben,
Und mit toller Wuth ergeben
Einer tollen Liebesbrunst.
Kurzweil kann uns heut nicht fehlen,
Jeder soll hier treu erzählen,
Was ihn weiland hergebracht,
Wie gehetzt, wie zerfetzt
Ihn die tolle Liebesjagd."

Da hüpft aus dem Kreise, so leicht wie der Wind,
Ein mageres Wesen, das summend beginnt:

„Ich war ein Schneidergeselle
Mit Nadel und mit Scher';
Ich war so flink und schnelle
Mit Nadel und mit Scher';
Da kam die Meisterstochter
Mit Nadel und mit Scher';
Und hat mir ins Herz gestochen
Mit Nadel und mit Scher'."

Da lachten die Geister im lustigen Chor;
Ein Zweiter trat still und ernst hervor:

„Den Rinaldo Rinaldini,
Schinderhanno, Orlandini,
Und besonders Carlo Moor
Nahm ich mir als Muster vor.
„Auch verliebt — mit Ehr' zu melden —
Hab' ich mich wie jene Helden,
Und das schönste Frauenbild
Spukte mir im Kopfe wild.

„Und ich seufzte auch und girrte;
Und wenn Liebe mich verwirrte,
Steckt' ich meine Finger rasch
In des reichen Nachbars Tasch'.

„Doch der Gassenvogt mir grollte,
Dass ich Sehnsuchtsthränen wollte
Trocknen mit dem Taschentuch,
Das mein Nachbar bei sich trug.

„Und nach frommer Häschersitte
Nahm man still mich in die Mitte,
Und das Zuchthaus, heilig groß,
Schloss mir auf den Mutterschoß.

„Schwelgend süß in Liebessinnen,
Saß ich dort beim Wollespinnen,
Bis Rinaldo's Schatten kam
Und die Seele mit sich nahm."

Da lachten die Geister im lustigen Chor;
Geschminkt und geputzt trat ein Dritter hervor:

„Ich war ein König der Bretter,
Und spielte das Liebhaberfach,
Ich brüllte manch wildes: „Ihr Götter!"
Ich seufzte manch zärtliches: „Ach!"

„Den Mortimer spielt' ich am besten,
Maria war immer so schön!
Doch trotz der natürlichsten Gesten,
Sie wollte mich nimmer verstehn. —

„Einst, als ich verzweifelnd am Ende:
„Maria, du Heilige!" rief,
Da nahm ich den Dolch behende
Und stach mich ein bischen zu tief."

Da lachten die Geister im lustigen Chor;
Im weißen Flausch trat ein Vierter hervor:

„Vom Katheder schwatzte herab der Professor.
Er schwatzte, und ich schlief gut dabei ein;
Doch hätt' mir's behagt viel tausendmal besser
Bei seinem holdseligen Töchterlein.

„Sie hat mir oft zärtlich am Fenster genicket,
Die Blume der Blumen, mein Lebenslicht!
Doch die Blume der Blumen ward endlich gepflücket
Vom dürren Philister, dem reichen Wicht.

„Da flucht' ich den Weibern und reichen Halunken,
Und mischte mir Teufelskraut in den Wein,
Und hab' mit dem Tode Schmollis getrunken,
Der sprach: „Fiducit, ich heiße Freund Hein!““

Da lachten die Geister im lustigen Chor;
Einen Strick um den Hals, trat ein Fünfter hervor:

„Es prunkte und prahlte der Graf beim Wein
Mit dem Töchterchen sein und dem Edelgestein.
Was schert mich, du Gräflein, dein Edelgestein?
Mir mundet weit besser dein Töchterlein.

„Sie lagen wohl Beid' unter Riegel und Schloss,
Und der Graf besold'te viel Dienertross.
Was scheren mich Diener und Riegel und Schloss? —
Ich stieg getrost auf die Leitersproff'.

„An Liebchens Fensterlein klettr' ich getrost.
Da hör' ich es unten fluchen erbost:
„Fein sachte, mein Bübchen, muss auch dabei sein,
Ich liebe ja auch das Edelgestein.“

„So spöttelt der Graf und erfasst mich gar,
Und jauchzend umringt mich die Dienerschar.
„Zum Teufel, Gesindel! ich bin ja kein Dieb;
Ich wollte nur stehlen mein trautes Lieb!“

„Da half kein Gerede, da half kein Rath,
Da machte man hurtig die Stricke parat;
Wie die Sonne kam, da wundert' sie sich,
Am hellen Galgen fand sie mich.“

Da lachten die Geister im lustigen Chor;
Den Kopf in der Hand, trat ein Sechster hervor:

„Zum Weidwerk trieb mich Liebesharm;
Ich schlich umher, die Büchs' im Arm.
Da schnarret's hohl vom Baum herab,
Der Rabe rief: „Kopf — ab! Kopf — ab.“

„O, spürt' ich doch ein Täubchen aus,
Ich brächt' es meinem Lieb nach Haus!
So dacht' ich, und in Busch und Strauch
Späht rings umher mein Jägeraug'.

„Was koset dort? was schnäbelt fein?
Zwei Turteltäubchen mögen's sein.
Ich schleich' herbei, — den Hahn gespannt, —
Sieh' da! mein eignes Lieb' ich fand,

„Das war mein Täubchen, meine Braut,
Ein fremder Mann umarmt sie traut, —
Nun, alter Schütze, treffe gut!
Da lag der fremde Mann im Blut.

„Bald drauf ein Zug mit Henkersfrohn —
Ich selbst dabei als Hauptperson —
Den Wald durchzog. Vom Baum herab
Der Rabe rief: „Kopf — ab! Kopf — ab!""

Da lachten die Geister im lustigen Chor;
Da trat der Spielmann selber hervor:

„Ich hab' mal ein Liedchen gesungen,
Das schöne Lied ist aus;
Wenn das Herz im Leibe zersprungen,
Dann gehen die Lieder nach Haus!"

Und das tolle Gelächter sich doppelt erhebt,
Und die bleiche Schar im Kreise schwebt;
Da scholl vom Kirchthurm „Eins" herab,
Da stürzten die Geister sich heulend ins Grab.

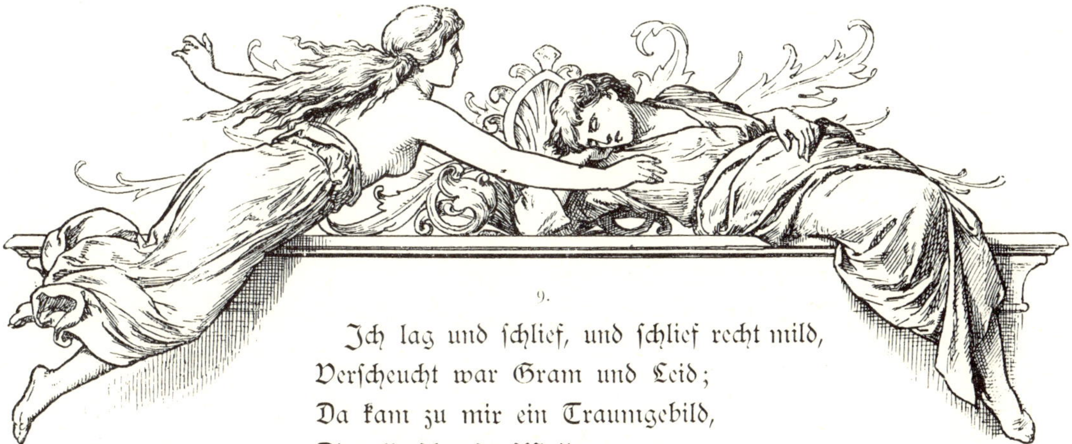

9.

Ich lag und schlief, und schlief recht mild,
Verscheucht war Gram und Leid;
Da kam zu mir ein Traumgebild,
Die allerschönste Maid.

Sie war wie Marmelstein so bleich,
Und heimlich wunderbar;
Im Auge schwamm es perlengleich,
Gar seltsam wallt' ihr Haar.

Und leise, leise sich bewegt
Die marmorblasse Maid,
Und an mein Herz sich niederlegt
Die marmorblasse Maid.

Wie bebt und pocht vor Weh und Lust
Mein Herz und brennet heiß!
Nicht bebt, nicht pocht der Schönen Brust,
Die ist so kalt wie Eis.

„Nicht bebt, nicht pocht wohl meine Brust,
Die ist wie Eis so kalt;
Doch kenn' auch ich der Liebe Lust,
Der Liebe Allgewalt.

„Mir blüht kein Roth auf Mund und Wang',
Mein Herz durchströmt kein Blut;
Doch sträube dich nicht schaudernd bang,
Ich bin dir hold und gut."

Und wilder noch umschlang sie mich,
Und that mir fast ein Leid;
Da kräht der Hahn — und stumm entwich
Die marmorblasse Maid.

10.

Da hab' ich viel' blasse Leichen
Beschworen mit Wortesmacht;
Sie wollen nun nicht mehr weichen
Zurück in die alte Nacht.

Das zähmende Sprüchlein vom Meister
Vergaß ich vor Schauer und Graus;
Nun ziehn die eignen Geister
Mich selber ins neblichte Haus.

Lasst ab, ihr finstern Dämonen!
Lasst ab, und drängt mich nicht!
Noch manche Freude mag wohnen
Hier oben im Rosenlicht.

Ich muss ja immer streben
Nach der Blume, wunderhold;
Was bedeutet' mein ganzes Leben,
Wenn ich sie nicht lieben sollt'?

Ich möcht' sie nur einmal umfangen
Und pressen ans glühende Herz!
Nur einmal auf Lippen und Wangen
Küssen den seligsten Schmerz!

Nur einmal aus ihrem Munde
Möcht' ich hören ein liebendes Wort, —
Alsdann wollt' ich folgen zur Stunde
Euch, Geister, zum finsteren Ort.

Die Geister haben's vernommen,
Und nicken schauerlich.
Feinsliebchen, nun bin ich gekommen: —
Feinsliebchen, liebst du mich?

Lieder.

1.

Morgens steh' ich auf und frage:
Kommt Feinsliebchen heut?
Abends sink' ich hin und klage:
Ausblieb sie auch heut.

In der Nacht mit meinem Kummer
Lieg' ich schlaflos, wach;
Träumend, wie im halben Schlummer,
Wandle ich bei Tag.

2.

Es treibt mich hin, es treibt mich her!
Noch wenige Stunden, dann soll ich sie schauen,
Sie selber, die schönste der schönen Jungfrauen! —
Du treues Herz, was pochst du so schwer!

Die Stunden sind aber ein faules Volk!
Schleppen sich behaglich träge,
Schleichen gähnend ihre Wege;
Tummle dich, du faules Volk!

Tobende Eile mich treibend erfasst!
Aber wohl niemals liebten die Horen; —
Heimlich im grausamen Bunde verschworen
Spotten sie tückisch der Liebenden Hast.

3.

Lieb Liebchen, leg's Händchen auf's Herze mein; —
Ach, hörst du, wie's pochet im Kämmerlein?
Da hauset ein Zimmermann schlimm und arg,
Der zimmert mir einen Todtensarg.

Es hämmert und klopfet bei Tag und bei Nacht,
Es hat mich schon längst um den Schlaf gebracht.
Ach, sputet euch, Meister Zimmermann,
Damit ich balde schlafen kann!

4.

Anfangs wollt' ich fast verzagen,
Und ich glaubt', ich trüg' es nie;
Und ich hab' es doch getragen, —
Aber fragt mich nur nicht: wie?

5.

Warte, warte, wilder Schiffsmann,
Gleich folg' ich zum Hafen dir;
Von zwei Jungfrau'n nehm' ich Abschied,
Von Europa und von ihr.

Blutquell, rinn' aus meinen Augen,
Blutquell, brich aus meinem Leib,
Dafs ich mit dem heißen Blute
Meine Schmerzen niederschreib'.

Ei, mein Lieb, warum just heute
Schauderst du, mein Blut zu sehn?
Sahst mich bleich und herzeblutend
Lange Jahre vor dir stehn!

Kennst du noch das alte Liedchen
Von der Schlang' im Paradies,
Die durch schlimme Apfelgabe
Unsern Ahn ins Elend stieß?

Alles Unheil brachten Äpfel!
Eva bracht' damit den Tod,
Eris brachte Troja's Flammen,
Du bracht'st Beides, Flamm' und Tod.

6.

Berg' und Burgen schau'n herunter
In den spiegelhellen Rhein,
Und mein Schiffchen segelt munter,
Rings umglänzt von Sonnenschein.

Ruhig seh' ich zu dem Spiele
Goldner Wellen, kraus bewegt;
Still erwachen die Gefühle,
Die ich tief im Busen hegt'.

Freundlich grüßend und verheißend
Lockt hinab des Stromes Pracht;
Doch ich kenn' ihn, — oben gleißend,
Birgt sein Innres Tod und Nacht.

Oben Lust, im Busen Tücken,
Strom, du bist der Liebsten Bild!
Die kann auch so freundlich nicken,
Lächelt auch so fromm und mild.

7.

Schöne Wiege meiner Leiden,
Schönes Grabmal meiner Ruh,
Schöne Stadt, wir müssen scheiden, —
Lebe wohl! ruf' ich dir zu.

Lebe wohl, du heil'ge Schwelle,
Wo da wandelt Liebchen traut;
Lebe wohl, du heil'ge Stelle,
Wo ich sie zuerst geschaut.

Hätt' ich dich doch nie gesehen,
Schöne Herzenskönigin!
Nimmer wär' es dann geschehen,
Dass ich jetzt so elend bin.

Nie wollt' ich dein Herze rühren,
Liebe hab' ich nie erfleht;
Nur ein stilles Leben führen
Wollt' ich, wo dein Odem weht.

Doch du drängst mich selbst von hinnen,
Bittre Worte spricht dein Mund;
Wahnsinn wühlt in meinen Sinnen,
Und mein Herz ist krank und wund.

Und die Glieder matt und träge
Schlepp' ich fort am Wanderstab,
Bis mein müdes Haupt ich lege
Ferne in ein kühles Grab.

8.

Ich wandelte unter den Bäumen
Mit meinem Gram allein;
Da kam das alte Träumen,
Und schlich mir in's Herz hinein.

Wer hat euch dies Wörtlein gelehret,
Ihr Vöglein in luftiger Höh?
Schweigt still! wenn mein Herz es höret,
Dann thut es noch einmal so weh.

„Es kam ein Jungfräulein gegangen,
Die sang es immerfort,
Da haben wir Vöglein gefangen
Das hübsche, goldene Wort."

Das sollt ihr mir nicht mehr erzählen,
Ihr Vöglein wunderschlau;
Ihr wollt meinen Kummer mir stehlen,
Ich aber Niemanden trau'.

9.

Mit Rosen, Cypressen und Flittergold
Möcht' ich verzieren, lieblich und hold,
Dies Buch wie einen Todtenschrein,
Und sargen meine Lieder hinein.

O, könnt' ich die Liebe sargen hinzu!
Am Grabe der Liebe wächst Blümlein der Ruh,
Da blüht es hervor, da pflückt man es ab, —
Doch mir blüht's nur, wenn ich selber im Grab.

Hier sind nun die Lieder, die einst so wild,
Wie ein Lavastrom, der dem Aetna entquillt,
Hervorgestürzt aus dem tiefsten Gemüth,
Und rings viel blitzende Funken versprüht!

Nun liegen sie stumm und todtengleich,
Nun starren sie kalt und nebelbleich.
Doch aufs Neu' die alte Gluth sie belebt,
Wenn der Liebe Geist einst über sie schwebt.

Und es wird im Herzen viel Ahnung laut:
Der Liebe Geist einst über sie thaut;
Einst kommt dies Buch in deine Hand,
Du süßes Lieb im fernen Land.

Dann löst sich des Liedes Zauberbann,
Die blassen Buchstaben schaun dich an,
Sie schauen dir flehend in's schöne Aug',
Und flüstern mit Wehmuth und Liebeshauch.

Der Traurige.

Allen thut es weh im Herzen,
Die den bleichen Knaben seh'n,
Dem die Leiden, dem die Schmerzen
Aufs Gesicht geschrieben steh'n.

Mitleidvolle Lüfte fächeln
Kühlung seiner heißen Stirn;
Labung möcht' in's Herz ihm lächeln
Manche sonst so spröde Dirn'.

Aus dem wilden Lärm der Städter
Flüchtet er sich nach dem Wald.
Lustig rauschen dort die Blätter,
Lust'ger Vogelsang erschallt.

Doch der Sang verstummet balde,
Traurig rauschet Baum und Blatt,
Wenn der Traurige dem Walde
Langsam sich genähert hat.

Bergstimme.

Ein Reiter durch das Bergthal zieht
Im traurig stillen Trab:
„Ach! zieh' ich jetzt wohl in Liebchens Arm,
Oder zieh' ich in's dunkle Grab?"
Die Bergstimm' Antwort gab:
„Ins dunkle Grab!"

Und weiter reitet der Reitersmann,
Und seufzet schwer dazu:
„So zieh' ich denn hin in's Grab so früh, —
Wohlan, im Grab ist Ruh!"
Die Stimme sprach dazu:
„Im Grab ist Ruh!"

Dem Reitersmann eine Thräne rollt
Von der Wange kummervoll:
„Und ist nur im Grabe die Ruhe für mich,
So ist mir im Grabe wohl."
Die Stimm' erwidert hohl:
„Im Grabe wohl!"

Zwei Brüder.

Oben auf der Bergesspitze
Liegt das Schloss in Nacht gehüllt;
Doch im Thale leuchten Blitze,
Helle Schwerter klirren wild.

Das sind Brüder, die dort fechten
Grimmen Zweikampf, wuthentbrannt.
Sprich, warum die Brüder rechten
Mit dem Schwerte in der Hand?

Gräfin Laura's Augenfunken
Zündeten den Bruderstreit;
Beide glühen liebestrunken
Für die adlig holde Maid.

Welchem aber von den Beiden
Wendet sich ihr Herze zu?
Kein Ergrübeln kann's entscheiden, —
Schwert heraus, entscheide du!

Und sie fechten kühn verwegen,
Hieb' auf Hiebe niederkracht's.
Hütet euch, ihr wilden Degen,
Böses Blendwerk schleicht des Nachts.

Wehe! Wehe! blut'ge Brüder!
Wehe! Wehe! blut'ges Thal!
Beide Kämpfer stürzen nieder,
Einer in des andern Stahl. —

Viel' Jahrhunderte verwehen,
Viel' Geschlechter deckt das Grab;
Traurig von des Berges Höhen
Schaut das öde Schloss herab.

Aber Nachts, im Thalesgrunde,
Wandelt's heimlich, wunderbar;
Wenn da kommt die zwölfte Stunde,
Kämpfet dort das Brüderpaar.

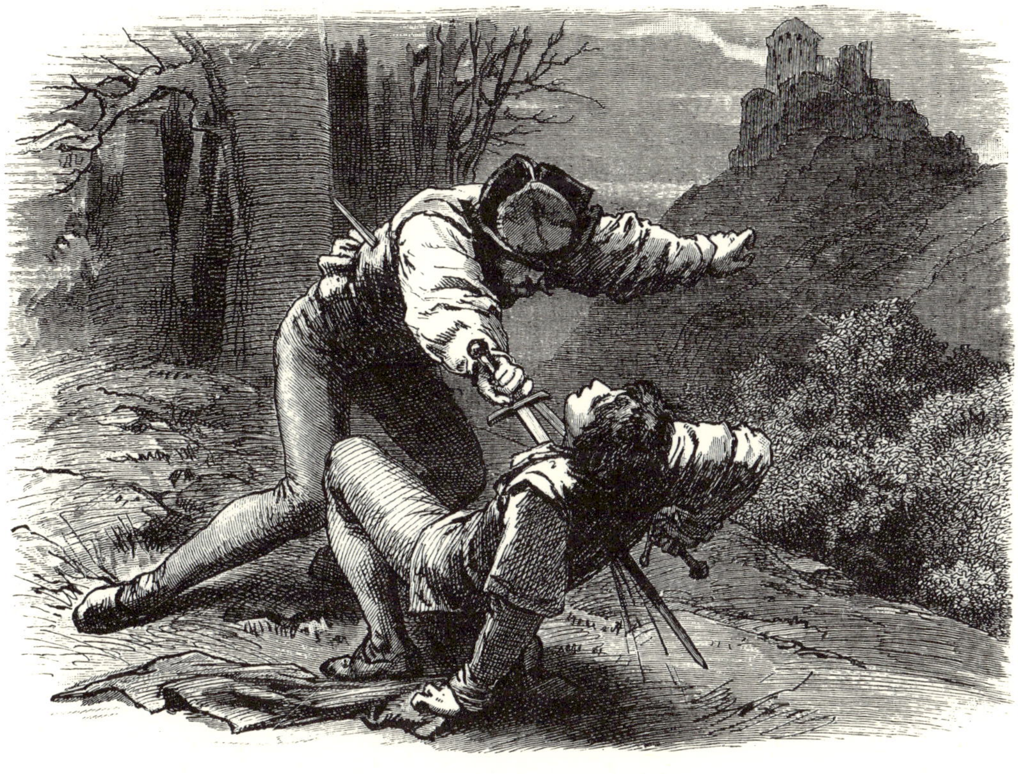

Die Grenadiere.

Nach Frankreich zogen zwei Grenadier',
Die waren in Rußland gefangen.
Und als sie kamen in's deutsche Quartier,
Sie ließen die Köpfe hangen.

Da hörten sie Beide die traurige Mähr:
Daſs Frankreich verloren gegangen,
Besiegt und zerschlagen das große Heer, —
Und der Kaiser, der Kaiser gefangen.

Da weinten zusammen die Grenadier'
Wohl ob der kläglichen Kunde.
Der Eine sprach: „Wie weh wird mir,
Wie brennt meine alte Wunde!"

Der Andre sprach: „„Das Lied ist aus,
Auch ich möcht' mit dir sterben,
Doch hab' ich Weib und Kind zu Haus,
Die ohne mich verderben.""

„Was schert mich Weib, was schert mich Kind,
Ich trage weit beſſ'res Verlangen;
Laſs sie betteln geh'n, wenn sie hungrig sind, —
Mein Kaiser, mein Kaiser gefangen!

„Gewähr' mir, Bruder, eine Bitt':
Wenn ich jetzt sterben werde,
So nimm meine Leiche nach Frankreich mit,
Begrab' mich in Frankreichs Erde.

„Das Ehrenkreuz am rothen Band
Sollst du aufs Herz mir legen;
Die Flinte gieb mir in die Hand,
Und gürt' mir um den Degen.

„So will ich liegen und horchen still,
Wie eine Schildwach' im Grabe,
Bis einst ich höre Kanonengebrüll
Und wiehernder Rosse Getrabe.

„Dann reitet mein Kaiser wohl über mein Grab,
Viel' Schwerter klirren und blitzen!
Dann steig' ich gewaffnet hervor aus dem Grab, —
Den Kaiser, den Kaiser zu schützen!"

Lied des Gefangenen.

Als meine Großmutter die Lise behext,
Da wollten die Leut' sie verbrennen.
Schon hatte der Amtmann viel Dinte verklext,
Doch wollte sie nicht bekennen.
Und als man sie in den Kessel schob,
Da schrie sie Mord und Wehe;
Und als sich der schwarze Qualm erhob,
Da flog sie als Rab' in die Höhe.
Mein schwarzes, gefiedertes Großmütterlein!
O komm' mich im Thurme besuchen!
Komm', fliege geschwind durch's Gitter herein,
Und bringe mir Käse und Kuchen.
Mein schwarzes, gefiedertes Großmütterlein!
O möchtest du nur sorgen,
Dass die Muhme nicht auspickt die Augen mein,
Wenn ich luftig schwebe morgen.

Die Heimführung.

Ich geh' nicht allein, mein feines Lieb,
Du musst mit mir wandern
Nach der lieben, alten, schaurigen Klause,
In dem trüben, kalten, traurigen Hause,
Wo meine Mutter am Eingang kau'rt,
Und auf des Sohnes Heimkehr lau'rt.

„Lass ab von mir, du finstrer Mann!
Wer hat dich gerufen?
Dein Odem glüht, deine Hand ist Eis,
Dein Auge sprüht, deine Wang' ist weiß;
Ich aber will mich lustig freu'n
An Rosenduft und Sonnenschein."

Lass duften die Rosen, lass scheinen die Sonn',
Mein süßes Liebchen!
Wirf um den weiten weißwallenden Schleier,
Und greif' in die Saiten der schallenden Leier,
Und singe ein Hochzeitlied dabei;
Der Nachtwind pfeift die Melodei.

Der arme Peter.

1.

Der Hans und die Grete tanzen herum,
Und jauchzen vor lauter Freude.
Der Peter steht so still und stumm,
Und ist so blass wie Kreide.

Der Hans und die Grete sind Bräut'gam und Braut,
Und blitzen im Hochzeitgeschmeide.
Der arme Peter die Nägel kaut
Und steht im Werkeltagskleide.

Der Peter spricht leise vor sich her,
Und schaut betrübt auf Beide:
„Ach! wenn ich nicht gar zu vernünftig wär',
Ich thät' mir was zu Leide."

2.

„In meiner Brust, da sitzt ein Weh,
Das will die Brust zersprengen;
Und wo ich steh', und wo ich geh',
Will's mich von hinnen drängen.

„Es treibt mich nach der Liebsten Näh',
Als könnt's die Grete heilen;
Doch wenn ich Der in's Auge seh',
Muss ich von hinnen eilen.

„Ich steig' hinauf des Berges Höh',
Dort ist man doch alleine;
Und wenn ich still dort oben steh',
Dann steh' ich still und weine."

3.

Der arme Peter wankt vorbei,
Gar langsam, leichenblass und scheu.
Es bleiben fast, wenn sie ihn seh'n,
Die Leute auf der Straße steh'n.

Die Mädchen flüstern sich in's Ohr:
„Der stieg wohl aus dem Grab hervor?
Ach nein, ihr lieben Jungfräulein,
Der legt sich erst in's Grab hinein.

Er hat verloren seinen Schatz,
Drum ist das Grab der beste Platz,
Wo er am besten liegen mag
Und schlafen bis zum jüngsten Tag.

Die Botschaft.

Mein Knecht! steh' auf und sattle schnell,
Und wirf dich auf dein Ross,
Und jage rasch durch Wald und Feld
Nach König Duncan's Schloss.

Dort schleiche in den Stall, und wart',
Bis dich der Stallbub' schaut.
Den forsch' mir aus: „Sprich, welche ist
Von Duncan's Töchtern Braut?"

Und spricht der Bub': „Die Braune ist's,"
So bring' mir schnell die Mähr,
Doch spricht der Bub': „Die Blonde ist's,"
So eilt Das nicht so sehr.

Dann geh' zum Meister Seiler hin,
Und kauf' mir einen Strick,
Und reite langsam, sprich kein Wort,
Und bring' mir den zurück.

Don Ramiro.

„Donna Clara! Donna Clara!
Heißgeliebte langer Jahre!
Hast beschlossen mein Verderben,
Und beschlossen ohn' Erbarmen.

„Donna Clara! Donna Clara!
Ist doch süß die Lebensgabe!
Aber unten ist es grausig,
In dem dunkeln, kalten Grabe.

„Donna Clara! Freu dich, morgen
Wird Fernando am Altare
Dich als Eh'gemahl begrüßen, —
Wirst du mich zur Hochzeit laden?"

„„Don Ramiro! Don Ramiro!
Deine Worte treffen bitter,
Bitt'rer als der Spruch der Sterne,
Die da spotten meines Willens.

„„Don Ramiro! Don Ramiro!
Rüttle ab den dumpfen Trübsinn;
Mädchen giebt es viel auf Erden,
Aber uns hat Gott geschieden.

„„Don Ramiro, der du muthig
So viel' Mohren überwunden,
Überwinde nun dich selber, —
Komm auf meine Hochzeit morgen.""

„Donna Clara! Donna Clara!
Ja, ich schwör' es, ja, ich komme!
Will mit dir den Reihen tanzen; —
Gute Nacht, ich komme morgen."

„„Gute Nacht!"" — Das Fenster klirrte.
Seufzend stand Ramiro unten,
Stand noch lange wie versteinert;
Endlich schwand er fort im Dunkeln. —

Endlich auch, nach langem Ringen,
Muss die Nacht dem Tage weichen;
Wie ein bunter Blumengarten
Liegt Toledo ausgebreitet.

Prachtgebäude und Paläste
Schimmern hell im Glanz der Sonne;
Und der Kirchen hohe Kuppeln
Leuchten stattlich, wie vergoldet.

Summend, wie ein Schwarm von Bienen,
Klingt der Glocken Festgeläute,
Lieblich steigen Betgesänge
Aus den frommen Gotteshäusern.

Aber dorten, siehe! siehe!
Dorten aus der Marktkapelle,
Im Gewimmel und Gewoge,
Strömt des Volkes bunte Menge.

Blanke Ritter, schmucke Frauen,
Hofgesinde, festlich blinkend,
Und die hellen Glocken läuten,
Und die Orgel rauscht dazwischen.

Doch, mit Ehrfurcht ausgewichen,
In des Volkes Mitte wandelt
Das geschmückte junge Eh'paar,
Donna Clara, Don Fernando.

Bis an Bräutigams Palastthor
Wälzet sich das Volksgewühle;
Dort beginnt die Hochzeitfeier,
Prunkhaft und nach alter Sitte.

Ritterspiel und frohe Tafel
Wechseln unter lautem Jubel;
Rauschend schnell entfliehn die Stunden,
Bis die Nacht herabgesunken.

Und zum Tanze sich versammeln
In dem Saal die Hochzeitgäste;
In dem Glanz der Lichter funkeln
Ihre bunten Prachtgewänder.

Auf erhob'ne Stühle ließen
Braut und Bräutigam sich nieder,
Donna Clara, Don Fernando,
Und sie tauschen süße Reden.

Und im Saale wogen heiter
Die geschmückten Menschenwellen,
Und die lauten Pauken wirbeln,
Und es schmettern die Drommeten.

„Doch warum, o schöne Herrin,
Sind gerichtet deine Blicke
Dorthin nach der Saalesecke?"
So verwundert sprach der Ritter.

„„Siehst du denn nicht, Don Fernando,
Dort den Mann im schwarzen Mantel?""
Und der Ritter lächelt freundlich:
„Ach, Das ist ja nur ein Schatten."

Doch es nähert sich der Schatten,
Und es war ein Mann im Mantel;
Und Ramiro schnell erkennend,
Grüßt ihn Clara, gluthbefangen.

Und der Tanz hat schon begonnen,
Munter drehen sich die Tänzer
In des Walzers wilden Kreisen,
Und der Boden dröhnt und bebet.

„„Wahrlich gerne, Don Ramiro,
Will ich dir zum Tanze folgen,
Doch im nächtlich schwarzen Mantel
Hättest du nicht kommen sollen.""

Mit durchbohrend stieren Augen
Schaut Ramiro auf die Holde,
Sie umschlingend spricht er düster:
„Sprachest ja, ich sollte kommen!"

Und in's wirre Tanzgetümmel
Drängen sich die beiden Tänzer;
Und die lauten Pauken wirbeln,
Und es schmettern die Drommeten.

„„Sind ja schneeweiß deine Wangen!““
Flüstert Clara, heimlich zitternd.
„Sprachest ja, ich sollte kommen!“
Schallet dumpf Ramiro's Stimme.

Und im Saal die Kerzen blinzeln
Durch das fluthende Gedränge;
Und die lauten Pauken wirbeln,
Und es schmettern die Drommeten.

„„Sind ja eiskalt deine Hände!““
Flüstert Clara, schauerzuckend.
„Sprachest ja, ich sollte kommen!“
Und sie treiben fort im Strudel.

„„Lass mich! lass mich! Don Ramiro!
Leichenduft ist ja dein Odem!““
Wiederum die dunkeln Worte:
„Sprachest ja, ich sollte kommen!“

Und der Boden raucht und glühet,
Lustig tönet Geig' und Bratsche;
Wie ein tolles Zauberweben
Schwindelt Alles in dem Saale.

„„Lass mich! lass mich! Don Ramiro!““
Wimmert's immer im Gewoge.
Don Ramiro stets erwidert:
„Sprachest ja, ich sollte kommen!“

„„Nun, so geh, in Gottes Namen!““
Clara rief's mit fester Stimme,
Und dies Wort war kaum gesprochen,
Und verschwunden war Ramiro.

Clara starret, Tod im Antlitz,
Kaltumflirret, nachtumwoben;
Ohnmacht hat das lichte Bildnis
In ihr dunkles Reich gezogen.

Endlich weicht der Nebelschlummer,
Endlich schlägt sie auf die Wimper;
Aber Staunen will auf's Neue
Ihre holden Augen schließen.

Denn derweil der Tanz begonnen,
War sie nicht vom Sitz gewichen,
Und sie sitzt noch bei dem Bräut'gam,
Und der Ritter sorgsam bittet:

„Sprich, was bleichet deine Wangen?
Warum wird dein Aug' so dunkel? —“
„„Und Ramiro? — —““ stottert Clara,
Und Entsetzen lähmt die Zunge.

Doch mit tiefen, ernsten Falten
Furcht sich jetzt des Bräut'gams Stirne:
„Herrin, forsch' nicht blut'ge Kunde, —
Heute Mittag starb Ramiro.“

Die Minnesänger.

Zu dem Wettgesange schreiten
Minnesänger jetzt herbei;
Ei, Das giebt ein seltsam Streiten,
Ein gar seltsames Turnei!

Phantasie, die schäumend wilde,
Ist des Minnesängers Pferd,
Und die Kunst dient ihm zum Schilde,
Und das Wort, das ist sein Schwert.

Hübsche Damen schauen munter
Vom beteppichten Balkon,
Doch die Rechte ist nicht drunter
Mit der rechten Lorberkron'.

Andre Leute, wenn sie springen
In die Schranken, sind gesund;
Doch wir Minnesänger bringen
Dort schon mit die Todeswund'.

Und wem dort am besten dringet
Liederblut aus Herzensgrund,
Der ist Sieger, der erringet
Bestes Lob aus schönstem Mund.

Die Fensterschau.

Der bleiche Heinrich ging vorbei,
Schön Hedwig lag am Fenster.
Sie sprach halblaut: „Gott steh' mir bei,
Der unten schaut bleich wie Gespenster!"

Der unten erhob sein Aug' in die Höh',
Hinschmachtend nach Hedwig's Fenster.
Schön Hedwig ergriff es wie Liebesweh,
Auch sie ward bleich wie Gespenster.

Schön Hedwig stand nun mit Liebesharm
Tagtäglich lauernd am Fenster.
Bald aber lag sie in Heinrich's Arm
Allnächtlich zur Zeit der Gespenster.

Der wunde Ritter.

Ich weiß eine alte Kunde,
Die hallet dumpf und trüb':
Ein Ritter liegt liebeswunde,
Doch treulos ist sein Lieb.

Als treulos muſs er verachten
Die eig'ne Herzliebste sein,
Als schimpflich muſs er betrachten
Die eig'ne Liebespein.

Er möcht' in die Schranken reiten
Und rufen die Ritter zum Streit:
„Der mag sich zum Kampf bereiten,
Wer mein Lieb eines Makels zeiht!"

Da würden wohl Alle schweigen,
Nur nicht sein eigener Schmerz;
Da müſst' er die Lanze neigen
Wider's eig'ne klagende Herz.

Wasserfahrt.

Ich stand gelehnet an den Mast,
Und zählte jede Welle.
Ade, mein schönes Vaterland!
Mein Schiff, das segelt schnelle!

Ich kam schön Liebchens Haus vorbei,
Die Fensterscheiben blinken;
Ich guck' mir fast die Augen aus,
Doch will mir Niemand winken.

Ihr Thränen, bleibt mir aus dem Aug',
Daſs ich nicht dunkel sehe.
Mein krankes Herze, brich mir nicht
Vor allzugroßem Wehe!

Das Liedchen von der Reue.

Herr Ulrich reitet im grünen Wald,
Die Blätter lustig rauschen.
Er sieht eine holde Mädchengestalt
Durch Baumeszweige lauschen.

Der Junker spricht: „Wohl kenne ich
Dies blühende, glühende Bildnis,
Verlockend stets umschwebt es mich
In Volksgewühl und Wildnis.

„Zwei Röslein sind die Lippen dort,
Die lieblichen, die frischen;
Doch manches häßlich bitt're Wort
Schleicht tückisch oft dazwischen.

„Drum gleicht dies Mündlein gar genau
Den hübschen Rosenbüschen,
Wo gift'ge Schlangen wunderschlau
Im dunkeln Laube zischen.

„Dort jenes Grübchen wunderlieb
In wunderlieben Wangen,
Das ist die Grube, worein mich trieb
Wahnsinniges Verlangen.

„Dort seh' ich ein schönes Lockenhaar
Vom schönsten Köpfchen hangen.
Das sind die Netze wunderbar,
Womit mich der Böse gefangen.

„Und jenes blaue Auge dort,
So klar wie stille Welle,
Das hielt ich für des Himmels Pfort',
Doch war's die Pforte der Hölle.“ —

Herr Ulrich reitet weiter im Wald,
Die Blätter rauschen schaurig.
Da sieht er fern eine zweite Gestalt,
Die ist so bleich, so traurig.

Der Junker spricht: „O Mutter dort,
Die mich so mütterlich liebte,
Der ich mit bösem Thun und Wort
Das Leben bitterlich trübte!

„O, könnt' ich dir trocknen die Augen nass,
Mit der Gluth von meinen Schmerzen!
O, könnt' ich dir röthen die Wangen blass,
Mit dem Blut aus meinem Herzen!“

Und weiter reitet Herr Ulerich,
Im Wald beginnt es zu düstern,
Viel' seltsame Stimmen regen sich,
Die Abendwinde flüstern.

Der Junker hört die Worte fein
Gar vielfach wiederklingen.
Das thaten die lustigen Waldvögelein,
Die zwitschern laut und singen:

„Herr Ulrich singt ein hübsches Lied,
Das Liedchen von der Reue,
Und hat er zu Ende gesungen das Lied,
So singt er es wieder auf's Neue.“

An eine Sängerin.

Als sie eine alte Romanze sang.

Ich denke noch der Zaubervollen,
Wie sie zuerst mein Auge sah!
Wie ihre Töne lieblich klangen
Und heimlich süß in's Herze drangen,
Entrollten Thränen meinen Wangen, —
Ich wusste nicht, wie mir geschah.

Ein Traum war über mich gekommen;
Mir war, als sei ich noch ein Kind,
Und säße still beim Lämpchenscheine
In Mutters frommem Kämmerleine,
Und läse Märchen, wunderfeine,
Derweilen draußen Nacht und Wind.

Die Märchen fangen an zu leben,
Die Ritter steigen aus der Gruft;
Bei Ronzisval, da giebt's ein Streiten,
Da kommt Herr Roland herzureiten,
Viel' kühne Degen ihn begleiten,
Auch leider Ganelon, der Schuft.

Durch den wird Roland schlimm gebettet,
Er schwimmt in Blut, und athmet kaum;
Kaum mochte fern sein Jagdhornzeichen
Das Ohr des großen Karl's erreichen,
Da muss der Ritter schon erbleichen, —
Und mit ihm stirbt zugleich mein Traum.

Das war ein lautverworrnes Schallen,
Das mich aus meinen Träumen rief.
Verklungen war jetzt die Legende,
Die Leute schlugen in die Hände
Und riefen „Bravo!“ ohne Ende;
Die Sängerin verneigt sich tief.

Belsazer.

Die Mitternacht zog näher schon;
In stummer Ruh' lag Babylon.

Nur oben in des Königs Schloss,
Da flackert's, da lärmt des Königs Tross.

Dort oben in dem Königssaal,
Belsazer hielt sein Königsmahl.

Die Knechte saßen in schimmernden Reih'n,
Und leerten die Becher mit funkelndem Wein.

Es klirrten die Becher, es jauchzten die Knecht';
So klang es dem störrigen Könige recht.

Des Königs Wangen leuchten Gluth;
Im Wein erwuchs ihm kecker Muth.

Und blindlings reißt der Muth ihn fort;
Und er lästert die Gottheit mit sündigem Wort.

Und er brüstet sich frech, und lästert wild;
Die Knechtenschaar ihm Beifall brüllt.

Der König rief mit stolzem Blick;
Der Diener eilt und kehrt zurück.

Er trug viel gülden Geräth auf dem Haupt;
Das war aus dem Tempel Jehova's geraubt.

Und der König ergriff mit frevler Hand
Einen heiligen Becher, gefüllt bis am Rand.

Und er leert ihn hastig bis auf den Grund,
Und rufet laut mit schäumendem Mund:

„Jehova! dir künd' ich auf ewig Hohn, —
Ich bin der König von Babylon!"

Doch kaum das grause Wort verklang,
Dem König ward's heimlich im Busen bang.

Das gellende Lachen verstummte zumal;
Es wurde leichenstill im Saal.

Und sieh! und sieh! an weißer Wand,
Da kam's hervor, wie Menschenhand;

Und schrieb, und schrieb an weißer Wand
Buchstaben von Feuer, und schrieb und schwand.

Der König stieren Blicks da saß,
Mit schlotternden Knien und todtenblass.

Die Knechtenschaar saß kalt durchgraut,
Und saß gar still, gab keinen Laut.

Die Magier kamen, doch keiner verstand
Zu deuten die Flammenschrift an der Wand.

Belsazer ward aber in selbiger Nacht
Von seinen Knechten umgebracht.

Das Lied von den Dukaten.

Meine güldenen Dukaten,
Sagt, wo seid ihr hingerathen?
Seid ihr bei den güldnen Fischlein,
Die im Bache froh und munter
Tauchen auf und tauchen unter?
Seid ihr bei den güldnen Blümlein,
Die auf lieblich grüner Aue
Funkeln hell im Morgenthaue?
Seid ihr bei den güldnen Vöglein,
Die da schweifen glanzumwoben
In den blauen Lüften oben?
Seid ihr bei den güldnen Sternlein,
Die im leuchtenden Gewimmel
Lächeln jede Nacht am Himmel?
Ach! ihr güldenen Dukaten
Schwimmt nicht in des Baches Well',
Funkelt nicht auf grüner Au,
Schwebet nicht in Lüften blau,
Lächelt nicht am Himmel hell, —
Meine Manichäer, traun!
Halten euch in ihren Klau'n.

Gespräch auf der Paderborner Haide.

Hörst du nicht die fernen Töne,
Wie von Brummbaß und von Geigen?
Dorten tanzt wohl manche Schöne
Den geflügelt leichten Reigen.

„Ei, mein Freund, Das nenn' ich irren,
Von den Geigen hör' ich keine,
Nur die Ferklein hör' ich quirren,
Grunzen nur hör' ich die Schweine."

Hörst du nicht das Waldhorn blasen?
Jäger sich des Waidwerks freuen;
Fromme Lämmer seh' ich grasen,
Schäfer spielen auf Schalmeien.

„Ei, mein Freund, was du vernommen,
Ist kein Waldhorn, noch Schalmeie;
Nur den Sauhirt seh' ich kommen,
Heimwärts treibt er seine Säue."

Hörst du nicht das ferne Singen,
Wie von süßen Wettgesängen?
Englein schlagen mit den Schwingen
Lauten Beifall solchen Klängen.

„Ei, was dort so hübsch geklungen,
Ist kein Wettgesang, mein Lieber!
Singend treiben Gänsejungen
Ihre Gänselein vorüber."

Hörst du nicht die Glocken läuten,
Wunderlieblich, wunderhelle?
Fromme Kirchengänger schreiten
Andachtsvoll zur Dorfkapelle.

„Ei, mein Freund, Das sind die Schellen
Von den Ochsen, von den Kühen,
Die nach ihren dunkeln Ställen
Mit gesenktem Kopfe ziehen."

Siehst du nicht den Schleier wehen?
Siehst du nicht das leise Nicken?
Dort seh' ich die Liebste stehen,
Feuchte Wehmuth in den Blicken.

„Ei, mein Freund, dort seh' ich nicken
Nur das Waldweib, nur die Lise;
Blass und hager an den Krücken
Hinkt sie weiter nach der Wiese.“

Nun, mein Freund, so magst du lachen
Ueber des Phantasten Frage!
Wirst du auch zur Täuschung machen,
Was ich fest im Busen trage?

Lebensgruß.

Stammbuchblatt.

Eine große Landstraß' ist unsre Erd',
Wir Menschen sind Passagiere;
Man rennet und jaget zu Fuß und zu Pferd,
Wie Läufer oder Kouriere.

Man fährt sich vorüber, man nicket, man grüßt
Mit dem Taschentuch aus der Karosse;
Man hätte sich gerne geherzt und geküsst,
Doch jagen von hinnen die Rosse.

Kaum trafen wir uns auf derselben Station,
Herzliebster Prinz Alexander,
Da bläst schon zur Abfahrt der Postillon,
Und bläst uns schon auseinander.

Wahrhaftig.

Wenn der Frühling kommt mit dem Sonnenschein,
Dann knospen und blühen die Blümlein auf;
Wenn der Mond beginnt seinen Strahlenlauf,
Dann schwimmen die Sternlein hinterdrein;
Wenn der Sänger zwei süße Aeuglein sieht,
Dann quellen ihm Lieder aus tiefem Gemüth; —
Doch Lieder und Sterne und Blümelein,
Und Aeuglein und Mondglanz und Sonnenschein,
Wie sehr das Zeug auch gefällt,
So macht's doch noch lang' keine Welt.

Sonette.

Sonettenkranz an A. W. von Schlegel.

1.

Der schlimmste Wurm: des Zweifels Dolchgedanken,
Das schlimmste Gift: an eigner Kraft verzagen,
Das wollt' mir fast des Lebens Mark zernagen;
Ich war ein Reis, dem seine Stützen sanken.
Da mochtest du das arme Reis beklagen,
An deinem güt'gen Wort läſſt du es ranken,
Und dir, mein hoher Meister, soll ich's danken,
Wird einst das schwache Reislein Blüthen tragen.
O mögst du's ferner noch so sorgsam warten,
Daſs es als Baum einst zieren kann den Garten
Der schönen Fee, die dich zum Liebling wählte.
Von jenem Garten meine Amm' erzählte:
Dort lebt ein heimlich wundersüßes Klingen,
Die Blumen sprechen und die Bäume singen.

2.

Im Reifrockputz, mit Blumen reich verzieret,
Schönpfläſterchen auf den geschminkten Wangen,
Mit Schnabelschuh'n, mit Stickerei'n behangen,
Mit Thurmfrisur, und wespengleich geschnüret:
So war die Aftermuse ausstaffieret,
Als sie einst kam, dich liebend zu umfangen.
Du bist ihr aber aus dem Weg gegangen,
Und irrtest fort, von dunklem Trieb geführet.
Da fandest du ein Schloſs in alter Wildnis,
Und drinnen lag, wie'n holdes Marmorbildnis,
Die schönste Maid in Zauberschlaf versunken.
Doch wich der Zauber bald bei deinem Gruße,
Aufwachte lächelnd Deutschlands echte Muse,
Und sank in deine Arme liebestrunken.

3.

Zufrieden nicht mit deinem Eigenthume,
Sollt' noch des Rheines Nib'lungshort dich laben,
Nahmst du vom Themsestrand die Wundergaben,
Und pflücktest kühn des Tajo-Ufers Blume.

Dem Tiber hast du manch' Kleinod entgraben,
Die Seine musste zollen deinem Ruhme, —
Du drangest gar zu Brahma's Heiligthume,
Und wollt'st auch Perlen aus dem Ganges haben.

Du geiz'ger Mann, ich rath' dir, sei zufrieden
Mit Dem, was selten Menschen ward beschieden,
Denk an's Verschwenden jetzt, statt an's Erwerben.

Und mit den Schätzen, die du ohn' Ermüden
Zusammen hast geschleppt aus Nord und Süden,
Mach reich den Schüler jetzt, den lust'gen Erben.

An meine Mutter B. Heine,

Geborne von Geldern.

1.

Ich bin's gewohnt, den Kopf recht hoch zu tragen,
Mein Sinn ist auch ein bischen starr und zähe;
Wenn selbst der König mir in's Antlitz sähe,
Ich würde nicht die Augen niederschlagen.

Doch, liebe Mutter, offen will ich's sagen:
Wie mächtig auch mein stolzer Muth sich blähe,
In deiner selig süßen, trauten Nähe
Ergreift mich oft ein demuthvolles Zagen.

Ist es dein Geist, der heimlich mich bezwinget,
Dein hoher Geist, der Alles kühn durchdringet,
Und blitzend sich zum Himmelslichte schwinget?

Quält mich Erinnerung, dass ich verübet
So manche That, die dir das Herz betrübet,
Das schöne Herz, das mich so sehr geliebet!

2.

Im tollen Wahn hatt' ich dich einst verlassen,
Ich wollte geh'n die ganze Welt zu Ende,
Und wollte seh'n, ob ich die Liebe fände,
Um liebevoll die Liebe zu umfassen.

Die Liebe suchte ich auf allen Gassen,
Vor jeder Thüre streckt' ich aus die Hände,
Und bettelte um g'ringe Liebesspende, —
Doch lachend gab man mir nur kaltes Hassen.

Und immer irrte ich nach Liebe, immer
Nach Liebe, doch die Liebe fand ich nimmer,
Und kehrte um nach Hause, krank, und trübe.

Doch da bist du entgegen mir gekommen,
Und ach! was da in deinem Aug' geschwommen,
Das war die süße, langgesuchte Liebe.

An H. Str.

Nachdem ich seine Zeitschrift für Erweckung altdeutscher Kunst gelesen.

Wie ich dein Büchlein hastig aufgeschlagen,
Da grüßen mir entgegen viel' vertraute,
Viel' gold'ne Bilder, die ich weiland schaute
Im Knabentraum und in den Kindertagen.

Ich sehe wieder stolz gen Himmel ragen
Den frommen Dom, den deutscher Glaube baute,
Ich hör' der Glocken und der Orgel Laute,
Dazwischen klingt's wie süße Liebesklagen.

Wohl seh' ich auch, wie sie den Dom umklettern,
Die flinken Zwerglein, die sich dort erfrechen,
Das hübsche Blum- und Schnitzwerk abzubrechen.

Doch mag man immerhin die Eich' entblättern
Und sie des grünen Schmuckes rings berauben —
Kommt neuer Lenz, wird sie sich neu belauben.

Fresko-Sonette an Christian S(ethe).

1.

Ich tanz' nicht mit, ich räuch're nicht den Klötzen,
Die außen goldig sind, inwendig Sand;
Ich schlag' nicht ein, reicht mir ein Bub' die Hand,
Der heimlich mir den Namen will zerfetzen.
Ich beug' mich nicht vor jenen hübschen Metzen,
Die schamlos prunken mit der eignen Schand';
Ich zieh' nicht mit, wenn sich der Pöbel spannt
Vor Siegeswagen seiner eiteln Götzen.
Ich weiß es wohl, die Eiche muss erliegen,
Derweil das Rohr am Bach durch schwankes Biegen
In Wind und Wetter steh'n bleibt, nach wie vor.
Doch sprich, wie weit bringt's wohl am End' solch' Rohr?
Welch Glück! als ein Spazierstock dient's dem Stutzer,
Als Kleiderklopfer dient's dem Stiefelputzer.

2.

Gieb her die Larv', ich will mich jetzt maskieren
In einen Lumpenkerl, damit Halunken,
Die prächtig in Charaktermasken prunken,
Nicht wähnen, ich sei Einer von den Ihren.
Gieb her gemeine Worte und Manieren,
Ich zeige mich in Pöbelart versunken,
Verleugne all' die schönen Geistesfunken,
Womit jetzt fade Schlingel kokettieren.
So tanz' ich auf dem großen Maskenballe,
Umschwärmt von deutschen Rittern, Mönchen, Kön'gen,
Von Harlekin gegrüßt, erkannt von Wen'gen.
Mit ihrem Holzschwert prügeln sie mich Alle.
Das ist der Spaß. Denn wollt' ich mich entmummen,
So müsste all das Galgenpack verstummen.

3.

Ich lache ob den abgeschmackten Laffen,
Die mich anglotzen mit den Bocksgesichtern;
Ich lache ob den Füchsen, die so nüchtern
Und hämisch mich beschnüffeln und begaffen.
Ich lache ob den hochgelahrten Affen,
Die sich aufbläh'n zu stolzen Geistesrichtern;
Ich lache ob den feigen Bösewichtern,
Die mich bedroh'n mit giftgetränkten Waffen.
Denn wenn des Glückes hübsche Siebensachen
Uns von des Schicksals Händen sind zerbrochen,
Und so zu unsern Füßen hingeschmissen;
Und wenn das Herz im Leibe ist zerrissen,
Zerrissen, und zerschnitten, und zerstochen, —
Dann bleibt uns doch das schöne gelle Lachen.

4.

Im Hirn spukt mir ein Märchen wunderfein,
Und in dem Märchen klingt ein feines Lied,
Und in dem Liede lebt und webt und blüht
Ein wunderschönes zartes Mägdelein.
Und in dem Mägdlein wohnt ein Herzchen klein,
Doch in dem Herzchen keine Liebe glüht;
In dieses lieblos frostige Gemüth
Kam Hochmuth nur und Uebermuth hinein.
Hörst du, wie mir im Kopf das Märchen klinget?
Und wie das Liedchen summet ernst und schaurig?
Und wie das Mägdlein kichert, leise, leise?
Ich fürchte nur, daſs mir der Kopf zerspringet, —
Und ach! da wär's doch gar entsetzlich traurig,
Käm' der Verstand mir aus dem alten Gleise.

5.

In stiller, wehmuthweicher Abendstunde
Umklingen mich die längst verscholl'nen Lieder,
Und Thränen fließen von der Wange nieder,
Und Blut entquillt der alten Herzenswunde.
Und wie in eines Zauberspiegels Grunde
Seh' ich das Bildnis meiner Liebsten wieder;
Sie sitzt am Arbeitstisch, im rothen Mieder,
Und Stille herrscht in ihrer sel'gen Runde.

Da plötzlich springt sie auf vom Stuhl, und schneidet
Von ihrem Haupt die schönste aller Locken,
Und giebt sie mir, — vor Freud' bin ich erschrocken.
Mephisto hat die Freude mir verleidet,
Er spann ein festes Seil von jenen Haaren,
Und schleift mich dran herum seit vielen Jahren.

6.

„Als ich vor einem Jahr dich wiederblickte,
Küsstest du mich nicht in der Willkommstund'."
So sprach ich, und der Liebsten rother Mund
Den schönsten Kuss auf meine Lippen drückte.
Und lächelnd süß ein Myrtenreis sie pflückte
Vom Myrtenstrauche, der am Fenster stund:
„Nimm hin und pflanz dies Reis in frischen Grund,
Und stell' ein Glas darauf," sprach sie und nickte. —
Schon lang ist's her. Es starb das Reis im Topf.
Sie selbst hab' ich seit Jahren nicht geseh'n;
Doch brennt der Kuss mir immer noch im Kopf,
Und aus der Ferne trieb's mich jüngst zum Ort,
Wo Liebchen wohnt. Vor'm Hause blieb ich steh'n
Die ganze Nacht, ging erst am Morgen fort.

7.

Hüt' dich, mein Freund, vor grimmen Teufelsfratzen,
Doch schlimmer sind die sanften Engelsfrätzchen.
Ein solches bot mir einst ein süßes Schmätzchen,
Doch wie ich kam, da fühlt' ich scharfe Tatzen.
Hüt' dich, mein Freund, vor schwarzen alten Katzen,
Doch schlimmer sind die weißen jungen Kätzchen;
Ein solches macht' ich einst zu meinem Schätzchen,
Doch thät mein Schätzchen mir das Herz zerkratzen.
O süßes Frätzchen, wundersüßes Mädchen!
Wie konnte mich dein klares Aeuglein täuschen?
Wie konnt' dein Pfötchen mir das Herz zerfleischen?
O meines Kätzchens wunderzartes Pfötchen!
Könnt' ich dich an die glüh'nden Lippen pressen,
Und könnt' mein Herz verbluten unterdessen!

8.

Du sahst mich oft im Kampf mit jenen Schlingeln,
Geschminkten Katzen und bebrillten Pudeln,
Die mir den blanken Namen gern besudeln,
Und mich so gerne in's Verderben züngeln.
Du sahest oft, wie mich Pedanten hudeln,
Wie Schellenkappenträger mich umklingeln,
Wie gift'ge Schlangen um mein Herz sich ringeln;
Du sahst mein Blut aus tausend Wunden sprudeln.
Du aber standest fest gleich einem Thurme;
Ein Leuchtthurm war dein Kopf mir in dem Sturme,
Dein treues Herz war mir ein guter Hafen.
Wohl wogt um jenen Hafen wilde Brandung,
Nur wen'ge Schiff' erringen dort die Landung,
Doch ist man dort, so kann man sicher schlafen.

9.

Ich möchte weinen, doch ich kann es nicht;
Ich möcht' mich rüstig in die Höhe heben,
Doch kann ich's nicht; am Boden muſs ich kleben,
Umkrächzt, umzischt von eklem Wurmgezücht.
Ich möchte gern mein heitres Lebenslicht,
Mein schönes Lieb, allüberall umschweben,
In ihrem selig süßen Hauche leben, —
Doch kann ich's nicht, mein krankes Herze bricht.
Aus dem gebrochnen Herzen fühl' ich fließen
Mein heißes Blut, ich fühle mich ermatten,
Und vor den Augen wird's mir trüb und trüber.
Und heimlich schauernd sehn' ich mich hinüber
Nach jenem Nebelreich, wo stille Schatten
Mit weichen Armen liebend mich umschließen.

Lyrisches Intermezzo.

1822—1823.

Meine Qual und meine Klagen
Hab' ich in dies Buch gegossen,
Und wenn du es aufgeschlagen,
Hat sich dir mein Herz erschlossen.

Prolog.

Es war mal ein Ritter, trübselig und stumm,
Mit hohlen, schneeweißen Wangen;
Er wankte und schlenderte schlotternd herum,
In dumpfen Träumen befangen.
Er war so hölzern, so täppisch, so links,
Die Blümlein und Mägdlein, die kicherten rings,
Wenn er stolpernd vorbeigegangen.

Oft saß er im finstersten Winkel zu Haus;
Er hatt' sich vor Menschen verkrochen.
Da streckte er sehnend die Arme aus,
Doch hat er kein Wörtlein gesprochen.
Kam aber die Mitternachtsstunde heran,
Ein seltsames Singen und Klingen begann —
An die Thüre da hört' er es pochen.

Da kommt seine Liebste geschlichen herein
Im rauschenden Wellenschaumkleide,
Sie blüht und glüht wie ein Röselein,
Ihr Schleier ist eitel Geschmeide.
Goldlocken umspielen die schlanke Gestalt,
Die Aeuglein grüßen mit süßer Gewalt —
In die Arme sinken sich Beide.

Der Ritter umschlingt sie mit Liebesmacht,
Der Hölzerne steht jetzt in Feuer,
Der Blasse erröthet, der Träumer erwacht,
Der Blöde wird freier und freier.
Sie aber, sie hat ihn gar schalkhaft geneckt,
Sie hat ihm ganz leise den Kopf bedeckt
Mit dem weißen, demantenen Schleier.

In einen krystallenen Wasserpalast
Ist plötzlich gezaubert der Ritter.
Er staunt, und die Augen erblinden ihm fast
Vor alle dem Glanz und Geflitter.
Doch hält ihn die Nixe umarmet gar traut,
Der Ritter ist Bräut'gam, die Nixe ist Braut,
Ihre Jungfrau'n spielen die Zither.

Sie spielen und singen, und singen so schön,
Und heben zum Tanze die Füße;
Dem Ritter, dem wollen die Sinne vergehn,
Und fester umschließt er die Süße —
Da löschen auf einmal die Lichter aus,
Der Ritter sitzt wieder ganz einsam zu Haus,
In dem düstern Poetenstübchen.

1.

Im wunderschönen Monat Mai,
Als alle Knospen sprangen,
Da ist in meinem Herzen
Die Liebe aufgegangen.

Im wunderschönen Monat Mai,
Als alle Vögel sangen,
Da hab' ich ihr gestanden
Mein Sehnen und Verlangen.

2.

Die Rose, die Lilje, die Taube, die Sonne,
Die liebt' ich einst alle in Liebeswonne.
Ich lieb' sie nicht mehr, ich liebe alleine
Die Kleine, die Feine, die Reine, die Eine;
Sie selber, aller Liebe Bronne,
Ist Rose und Lilje und Taube und Sonne.

3.

Aus meinen Thränen sprießen
Viel' blühende Blumen hervor,
Und meine Seufzer werden
Ein Nachtigallenchor.

Und wenn du mich lieb hast, Kindchen,
Schenk' ich dir die Blumen all',
Und vor deinem Fenster soll klingen
Das Lied der Nachtigall.

4.

Wenn ich in deine Augen seh',
So schwindet all mein Leid und Weh;
Doch wenn ich küsse deinen Mund,
So werd' ich ganz und gar gesund.

Wenn ich mich lehn' an deine Brust,
Kommt's über mich wie Himmelslust;
Doch wenn du sprichst: „Ich liebe dich!"
So muss ich weinen bitterlich.

5.

Dein Angesicht, so lieb und schön,
Das hab' ich jüngst im Traum gesehn,
Es ist so mild und engelgleich,
Und doch so bleich, so schmerzenbleich.

Und nur die Lippen, die sind roth;
Bald aber küsst sie bleich der Tod.
Erlöschen wird das Himmelslicht,
Das aus den frommen Augen bricht.

6.

Lehn deine Wang' an meine Wang',
Dann fließen die Thränen zusammen!
Und an mein Herz drück fest dein Herz,
Dann schlagen zusammen die Flammen!

Und wenn in die große Flamme fließt
Der Strom von unsern Thränen,
Und wenn dich mein Arm gewaltig umschließt
Sterb' ich vor Liebessehnen!

7.

Ich will meine Seele tauchen
In den Kelch der Lilje hinein;
Die Lilje soll klingend hauchen
Ein Lied von der Liebsten mein.

Das Lied soll schauern und beben
Wie der Kuss von ihrem Mund,
Den sie mir einst gegeben
In wunderbar süßer Stund'.

8.

Es stehen unbeweglich
Die Sterne in der Höh'
Viel' tausend Jahr', und schauen
Sich an mit Liebesweh.

Sie sprechen eine Sprache,
Die ist so reich, so schön;
Doch keiner der Philologen
Kann diese Sprache versteh'n.

Ich aber hab' sie gelernet,
Und ich vergesse sie nicht;
Mir diente als Grammatik
Der Herzallerliebsten Gesicht.

9.

Auf Flügeln des Gesanges,
Herzliebchen, trag' ich dich fort,
Fort nach den Fluren des Ganges,
Dort weiß ich den schönsten Ort.

Dort liegt ein rothblühender Garten
Im stillen Mondenschein;
Die Lotosblumen erwarten
Ihr trautes Schwesterlein.

Die Veilchen kichern und kosen,
Und schau'n nach den Sternen empor;
Heimlich erzählen die Rosen
Sich duftende Märchen in's Ohr.

Es hüpfen herbei und lauschen
Die frommen, klugen Gazell'n;
Und in der Ferne rauschen
Des heiligen Stromes Well'n.

Dort wollen wir niedersinken
Unter dem Palmenbaum,
Und Lieb' und Ruhe trinken
Und träumen seligen Traum.

10.

Im Rhein, im schönen Strome,
Da spiegelt sich in den Well'n,
Mit seinem großen Dome,
Das große heilige Köln.

Im Dom, da steht ein Bildnis,
Auf goldenem Leder gemalt;
In meines Lebens Wildnis
Hat's freundlich hineingestrahlt.

Es schweben Blumen und Eng'lein
Um unsre liebe Frau;
Die Augen, die Lippen, die Wänglein,
Die gleichen der Liebsten genau.

11.

Die Lotosblume ängstigt
Sich vor der Sonne Pracht,
Und mit gesenktem Haupte
Erwartet sie träumend die Nacht.

Der Mond, Der ist ihr Buhle,
Er weckt sie mit seinem Licht,
Und ihm entschleiert sie freundlich
Ihr frommes Blumengesicht.

Sie blüht und glüht und leuchtet,
Und starret stumm in die Höh';
Sie duftet und weinet und zittert
Vor Liebe und Liebesweh.

12.

Liebste, sollst mir heute sagen:
Bist du nicht ein Traumgebild,
Wie's in schwülen Sommertagen
Aus dem Hirn des Dichters quillt?

Aber nein, ein solches Mündchen,
Solcher Augen Zauberlicht,
Solch ein liebes, süßes Kindchen,
Das erschafft der Dichter nicht.

Basilisken und Vampyre,
Lindenwürm' und Ungeheu'r,
Solche schlimme Fabelthiere,
Die erschafft des Dichters Feu'r.

Aber dich und deine Tücke,
Und dein holdes Angesicht,
Und die falschen frommen Blicke —
Das erschafft der Dichter nicht.

13.

O schwöre nicht und küsse nur,
Ich glaube keinem Weiberschwur!
Dein Wort ist süß, doch süßer ist
Der Kuſs, den ich dir abgeküſst!
Den hab' ich, und dran glaub' ich auch,
Das Wort ist eitel Dunst und Hauch.

O schwöre, Liebchen, immerfort,
Ich glaube dir auf's bloße Wort!
An deinen Busen sink' ich hin,
Und glaube, daſs ich selig bin;
Ich glaube, Liebchen, ewiglich
Und noch viel länger liebst du mich.

14.

Ich grolle nicht, und wenn das Herz auch bricht,
Ewig verlornes Lieb! ich grolle nicht.
Wie du auch strahlst in Diamantenpracht,
Es fällt kein Strahl in deines Herzens Nacht.

Das weiß ich längst. Ich sah dich ja im Traum,
Und sah die Nacht in deines Herzens Raum,
Und sah die Schlang', die dir am Herzen frißt,
Ich sah, mein Lieb, wie sehr du elend bist.

15.

Ja, du bist elend, und ich grolle nicht; —
Mein Lieb, wir sollen Beide elend sein!
Bis uns der Tod das kranke Herze bricht,
Mein Lieb, wir sollen Beide elend sein.

Wohl seh' ich Spott, der deinen Mund umschwebt,
Und seh' dein Auge blitzen trotziglich,
Und seh' den Stolz, der deinen Busen hebt, —
Und elend bist du doch, elend wie ich.

Unsichtbar zuckt auch Schmerz um deinen Mund,
Verborg'ne Thräne trübt des Auges Schein,
Der stolze Busen hegt geheime Wund', —
Mein Lieb, wir sollen Beide elend sein.

16.

Du liebst mich nicht, du liebst mich nicht,
Das kümmert mich gar wenig;
Schau' ich dir nur ins Angesicht,
So bin ich froh wie'n König.

Du hassest, hassest mich sogar,
So spricht dein rothes Mündchen;
Reich' mir es nur zum Küssen dar,
So tröst' ich mich, mein Kindchen.

17.

Die Welt ist dumm, die Welt ist blind,
Wird täglich abgeschmackter!
Sie spricht von dir, mein schönes Kind:
Du hast keinen guten Charakter.

Die Welt ist dumm, die Welt ist blind,
Und dich wird sie immer verkennen;
Sie weiß nicht, wie süß deine Küsse sind,
Und wie sie beseligend brennen.

18.

Wie die Wellenschaumgeborene
Strahlt mein Lieb in Schönheitsglanz,
Denn sie ist das auserkorene
Bräutchen eines fremden Manns.

Herz, mein Herz, du vielgeduldiges,
Grolle nicht ob dem Verrath;
Trag' es, trag' es, und entschuldig' es,
Was die holde Thörin that.

19.

Auf meiner Herzliebsten Aeugelein
Mach' ich die schönsten Kanzonen,
Auf meiner Herzliebsten Mündlein klein
Mach' ich die besten Terzinen.

Auf meiner Herzliebsten Wängelein
Mach' ich die herrlichsten Stanzen,
Und wenn meine Liebste ein Herzchen hätt',
Ich machte darauf ein hübsches Sonett.

20.

Das ist ein Flöten und Geigen,
Trompeten schmettern drein;
Da tanzt den Hochzeitreigen
Die Herzallerliebste mein.

Das ist ein Klingen und Dröhnen
Von Pauken und Schallmei'n;
Dazwischen schluchzen und stöhnen
Die guten Engelein.

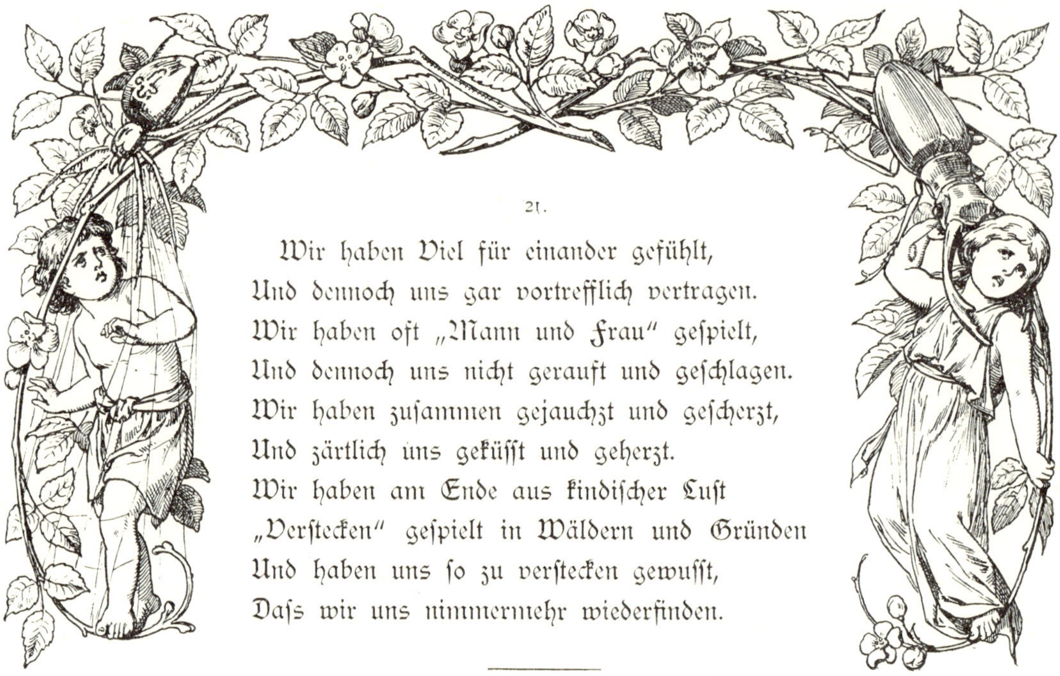

21.

Wir haben Viel für einander gefühlt,
Und dennoch uns gar vortrefflich vertragen.
Wir haben oft „Mann und Frau" gespielt,
Und dennoch uns nicht gerauft und geschlagen.
Wir haben zusammen gejauchzt und gescherzt,
Und zärtlich uns geküsst und geherzt.
Wir haben am Ende aus kindischer Lust
„Verstecken" gespielt in Wäldern und Gründen
Und haben uns so zu verstecken gewusst,
Dass wir uns nimmermehr wiederfinden.

22.

So hast du ganz und gar vergessen,
Dass ich so lang dein Herz besessen,
Dein Herzchen, so süß und so falsch und so klein,
Es kann nirgend was Süß'res und Falscheres sein.

So hast du die Lieb' und das Leid vergessen,
Die das Herz mir thäten zusammenpressen.
Ich weiß nicht, war Liebe größer als Leid?
Ich weiß nur, sie waren groß alle beid'!

23.

Und wüssten's die Blumen, die kleinen,
Wie tief verwundet mein Herz,
Sie würden mit mir weinen,
Zu heilen meinen Schmerz.

Und wüssten's die Nachtigallen,
Wie ich so traurig und krank,
Sie ließen fröhlich erschallen
Erquickenden Gesang.

Und wüssten sie mein Wehe,
Die goldnen Sternelein,
Sie kämen aus ihrer Höhe,
Und sprächen Trost mir ein.

Die alle können's nicht wissen,
Nur eine kennt meinen Schmerz:
Sie hat ja selbst zerrissen,
Zerrissen mir das Herz.

24.

Warum sind denn die Rosen so blass,
O sprich, mein Lieb, warum?
Warum sind denn im grünen Gras
Die blauen Veilchen so stumm?

Warum singt denn mit so kläglichem Laut
Die Lerche in der Luft?
Warum steigt denn aus dem Balsamkraut
Hervor ein Leichenduft?

Warum scheint denn die Sonn' auf die Au
So kalt und verdrießlich herab?
Warum ist denn die Erde so grau
Und öde wie ein Grab?

Warum bin ich selbst so krank und so trüb,
Mein liebes Liebchen? sprich!
O sprich, mein herzallerliebstes Lieb,
Warum verließest du mich?

25.

Sie haben dir Viel erzählet
Und haben Viel geklagt;
Doch was meine Seele gequälet,
Das haben sie nicht gesagt.

Sie machten ein großes Wesen
Und schüttelten kläglich das Haupt;
Sie nannten mich den Bösen,
Und du hast Alles geglaubt.

Jedoch das Allerschlimmste,
Das haben sie nicht gewusst;
Das Schlimmste und das Dümmste,
Das trug ich geheim in der Brust.

26.

Die Linde blühte, die Nachtigall sang,
Die Sonne lachte mit freundlicher Lust;
Da küsstest du mich, und dein Arm mich umschlang,
Da presstest du mich an die schwellende Brust.

Die Blätter fielen, der Rabe schrie hohl,
Die Sonne grüsste verdrossenen Blick's;
Da sagten wir frostig einander: „Leb'wohl!"
Da knixtest du höflich den höflichsten Knix.

27.

Die blauen Veilchen der Aeugelein,
Die rothen Rosen der Wängelein,
Die weißen Liljen der Händchen klein,
Die blühen und blühen noch immerfort,
Und nur das Herzchen ist verdorrt.

28.

Du bliebest mir treu am längsten,
Und hast dich für mich verwendet,
Und hast mir Trost gespendet
In meinen Nöthen und Aengsten.

Du gabest mir Trank und Speise,
Und hast mir Geld geborget,
Und hast mich mit Wäsche versorget,
Und mit dem Pass für die Reise.

Mein Liebchen, dass Gott dich behüte
Noch lange vor Hitz' und vor Kälte,
Und dass er dir nimmer vergelte
Die mir erwiesene Güte!

29.

Die Erde war so lange geizig,
Da kam der Mai und sie ward spendabel,
Und Alles lacht und jauchzt und freut sich,
Ich aber bin nicht zu lachen kapabel.

Die Blumen sprießen, die Glöcklein schallen,
Die Vögel sprechen wie in der Fabel;
Mir aber will das Gespräch nicht gefallen,
Ich finde Alles miserabel.

Das Menschenvolk mich ennuyieret,
Sogar der Freund, der sonst passabel; —
Das kömmt, weil man „Madam" titulieret
Mein süßes Liebchen, so süß und aimabel.

30.

Und als ich so lange, so lange gesäumt,
In fremden Landen geschwärmt und geträumt:
Da ward meiner Liebsten zu lang die Zeit,
Und sie nähete sich ein Hochzeitkleid,
Und hat mit zärtlichen Armen umschlungen
Als Bräut'gam den dümmsten der dummen Jungen.

Mein Liebchen ist so schön und mild,
Noch schwebt vor mir ihr süßes Bild,
Die Veilchenaugen, die Rosenwänglein,
Die glühen und blühen, jahraus, jahrein.
Dass ich von solchem Lieb konnt' weichen,
Das war der dümmste von meinen dummen Streichen.

31.

Die Welt ist so schön und der Himmel so blau,
Und die Lüfte wehen so lind und so lau,
Und die Blumen winken auf blühender Au,
Und funkeln und glitzern im Morgenthau,
Und die Menschen jubeln, wohin ich schau' —
Und doch möcht' ich im Grabe liegen,
Und mich an ein todtes Liebchen schmiegen.

52.

Mein süßes Lieb, wenn du im Grab,
Im dunkeln Grab wirst liegen,
Dann will ich steigen zu dir hinab,
Und will mich an dich schmiegen.

Ich küsse, umschlinge und presse dich wild,
Du Stille, du Kalte, du Bleiche!
Ich jauchze, ich zittre, ich weine mild,
Ich werde selber zur Leiche.

Die Todten steh'n auf, die Mitternacht ruft,
Sie tanzen im luftigen Schwarme:
Wir Beide bleiben in der Gruft,
Ich liege in deinem Arme.

Die Todten steh'n auf, der Tag des Gerichts
Ruft sie zu Qual und Vergnügen;
Wir Beide bekümmern uns um Nichts,
Und bleiben ruhig liegen.

53.

(Der Kopf spricht:)

Ach, wenn ich nur der Schemel wär',
Worauf der Liebsten Füße ruhn!
Und stampfte sie mich noch so sehr,
Ich wollte doch nicht klagen thun.

(Das Herz spricht:)

Ach, wenn ich nur das Kißchen wär',
Wo sie die Nadeln steckt hinein!
Und stäche sie mich noch so sehr,
Ich wollte mich der Stiche freu'n.

(Das Lied spricht:)

Ach, wär' ich nur das Stück Papier,
Das sie als Papillotte braucht!
Ich wollte heimlich flüstern ihr
In's Ohr, was in mir lebt und haucht.

54.

Ein Fichtenbaum steht einsam
Im Norden auf kahler Höh'.
Ihn schläfert; mit weißer Decke
Umhüllen ihn Eis und Schnee.

Er träumt von einer Palme,
Die fern im Morgenland
Einsam und schweigend trauert
Auf brennender Felsenwand.

35.

Seit die Liebste war entfernt,
Hatt' ich's Lachen ganz verlernt.
Schlechten Witz riss mancher Wicht,
Aber lachen konnt' ich nicht.

Seit ich sie verloren hab',
Schafft' ich auch das Weinen ab;
Fast vor Weh das Herz mir bricht,
Aber weinen kann ich nicht.

36.

Aus meinen großen Schmerzen
Mach' ich die kleinen Lieder;
Die heben ihr klingend Gefieder
Und flattern nach ihrem Herzen.

Sie fanden den Weg zur Trauten,
Doch kommen sie wieder und klagen,
Und klagen, und wollen nicht sagen,
Was sie im Herzen schauten.

37.

Philister im Sonntagsröcklein
Spazieren durch Wald und Flur;
Sie jauchzen, sie hüpfen wie Böcklein,
Begrüßen die schöne Natur.

Betrachten mit blinzelnden Augen,
Wie Alles romantisch blüht;
Mit langen Ohren saugen
Sie ein der Spatzen Lied.

Ich aber verhänge die Fenster
Des Zimmers mit schwarzem Tuch;
Es machen mir meine Gespenster
Sogar einen Tagesbesuch.

Die alte Liebe erscheinet,
Sie stieg aus dem Todtenreich;
Sie setzt sich zu mir und weinet,
Und macht das Herz mir weich.

38.

Manch Bild vergessener Zeiten
Steigt auf aus seinem Grab,
Und zeigt, wie in deiner Nähe
Ich einst gelebet hab'.

Am Tage schwankte ich träumend
Durch alle Straßen herum,
Die Leute verwundert mich ansah'n,
Ich war so traurig und stumm.

Des Nachts, da war es besser,
Da waren die Straßen leer;
Ich und mein Schatten selbander
Wir wandelten schweigend einher.

Mit wiederhallendem Fußtritt
Wandelt' ich über die Brück';
Der Mond brach aus den Wolken
Und grüßte mit ernstem Blick.

Steh'n blieb ich vor deinem Hause
Und starrte in die Höh',
Und starrte nach deinem Fenster, —
Das Herz that mir so weh.

Ich weiß, du hast aus dem Fenster
Gar oft herabgeseh'n,
Und sahst mich im Mondenlichte
Wie eine Säule steh'n.

39.

Ein Jüngling liebt ein Mädchen,
Die hat einen Andern erwählt;
Der And're liebt eine And're,
Und hat sich mit Dieser vermählt.

Das Mädchen heirathet aus Aerger
Den ersten, besten Mann,
Der ihr in den Weg gelaufen;
Der Jüngling ist übel dran.

Es ist eine alte Geschichte,
Doch bleibet sie immer neu;
Und wem sie just passieret,
Dem bricht das Herz entzwei.

40.

Ich hab' dich geliebet und liebe dich noch!
Und fiele die Welt zusammen,
Aus ihren Trümmern stiegen doch
Hervor meiner Liebe Flammen.

41.

Hör' ich das Liedchen klingen,
Das einst die Liebste sang,
So will mir die Brust zerspringen
Vor wildem Schmerzendrang.

Es treibt mich ein dunkles Sehnen
Hinauf zur Waldeshöh',
Dort löst sich auf in Thränen
Mein übergroßes Weh.

42.

Mir träumte von einem Königskind,
Mit nassen, blassen Wangen;
Wir saßen unter der grünen Lind',
Und hielten uns liebumfangen.

„Ich will nicht deines Vaters Thron,
Und will nicht sein Scepter von Golde,
Ich will nicht seine demantene Kron',
Ich will dich selber, du Holde."

„„Das kann nicht sein,"" sprach sie zu mir,
„„Ich liege ja im Grabe,
Und nur des Nachts komm' ich zu dir,
Weil ich so lieb dich habe.""

43.

Mein Liebchen, wir saßen beisammen
Traulich im leichten Kahn.
Die Nacht war still, und wir schwammen
Auf weiter Wasserbahn.

Die Geister-Insel, die schöne,
Lag dämmrig im Mondenglanz;
Dort klangen liebe Töne,
Und wogte der Nebeltanz.

Dort klang es lieb und lieber,
Und wogt' es hin und her;
Wir aber schwammen vorüber
Trostlos auf weitem Meer.

44.

Aus alten Märchen winkt es
Hervor mit weißer Hand,
Da singt es und da klingt es
Von einem Zauberland,

Wo große Blumen schmachten
Im gold'nen Abendlicht,
Und zärtlich sich betrachten
Mit bräutlichem Gesicht; —

Wo alle Bäume sprechen,
Und singen, wie ein Chor,
Und laute Quellen brechen
Wie Tanzmusik hervor; —

Und Liebesweisen tönen,
Wie du sie nie gehört,
Bis wundersüßes Sehnen
Dich wundersüß bethört!

Ach! könnt' ich dorthin kommen,
Und dort mein Herz erfreu'n,
Und aller Qual entnommen,
Und frei und selig sein!

Ach! jenes Land der Wonne,
Das seh' ich oft im Traum,
Doch kommt die Morgensonne,
Zerfließt's wie eitel Schaum.

45.

Am leuchtenden Sommermorgen
Geh' ich im Garten herum.
Es flüstern und sprechen die Blumen,
Ich aber, ich wandle stumm.

Es flüstern und sprechen die Blumen,
Und schaun mitleidig mich an:
„Sei unserer Schwester nicht böse,
Du trauriger, blasser Mann!"

46.

Wenn Zwei von einander scheiden,
So geben sie sich die Händ',
Und fangen an zu weinen,
Und seufzen ohne End'.

Wir haben nicht geweinet,
Wir seufzten nicht „Weh!" und „Ach!"
Die Thränen und die Seufzer,
Die kamen hintennach.

47.

Es leuchtet meine Liebe
In ihrer dunkeln Pracht,
Wie'n Märchen, traurig und trübe,
Erzählt in der Sommernacht.

„Im Zaubergarten wallen
Zwei Buhlen, stumm und allein;
Es singen die Nachtigallen,
Es flimmert der Mondenschein.

„Die Jungfrau steht still wie ein Bildnis,
Der Ritter vor ihr kniet.
Da kommt der Riese der Wildnis,
Die bange Jungfrau flieht.

„Der Ritter sinkt blutend zur Erde,
Es stolpert der Riese nach Haus" —
Wenn ich begraben werde,
Dann ist das Märchen aus.

48.

Sie haben mich gequälet,
Geärgert blau und blass,
Die Einen mit ihrer Liebe,
Die Andern mit ihrem Hass.

Sie haben das Brot mir vergiftet,
Sie gossen mir Gift in's Glas,
Die Einen mit ihrer Liebe,
Die Andern mit ihrem Hass.

Doch sie, die mich am meisten
Gequält, geärgert, betrübt,
Die hat mich nie gehasset,
Und hat mich nie geliebt.

49.

Es liegt der heiße Sommer
Auf deinen Wängelein;
Es liegt der Winter, der kalte,
In deinem Herzchen klein.

Das wird sich bei dir ändern,
Du Vielgeliebte mein!
Der Winter wird auf den Wangen,
Der Sommer im Herzen sein.

50.

Sie saßen und tranken am Theetisch,
Und sprachen von Liebe Viel.
Die Herren, die waren ästhetisch,
Die Damen von zartem Gefühl.

„Die Liebe muss sein platonisch“,
Der dürre Hofrath sprach.
Die Hofräthin lächelt ironisch,
Und dennoch seufzet sie: „Ach!“

Der Domherr öffnet den Mund weit:
„Die Liebe sei nicht zu roh,
Sie schadet sonst der Gesundheit.“
Das Fräulein lispelt: „Wie so?“

Die Gräfin spricht wehmüthig:
„Die Liebe ist eine Passion!“
Und präsentieret gütig
Die Tasse dem Herrn Baron.

Am Tische war noch ein Plätzchen;
Mein Liebchen, da hast du gefehlt.
Du hättest so hübsch, mein Schätzchen,
Von deiner Liebe erzählt.

51.

Vergiftet sind meine Lieder —
Wie könnt' es anders sein?
Du hast mir ja Gift gegossen
In's blühende Leben hinein.

Vergiftet sind meine Lieder —
Wie könnt' es anders sein?
Ich trage im Herzen viel' Schlangen,
Und dich, Geliebte mein.

52.

Ich steh' auf des Berges Spitze,
Und werde sentimental.
„Wenn ich ein Vöglein wäre!“
Seufz' ich viel' tausendmal.

Wenn ich eine Schwalbe wäre,
So flög' ich zu dir, mein Kind,
Und baute mir mein Nestchen,
Wo deine Fenster sind.

Wenn ich eine Nachtigall wäre,
So flög' ich zu dir, mein Kind,
Und sänge dir Nachts meine Lieder
Herab von der grünen Lind'.

Wenn ich ein Gimpel wäre,
So flög' ich gleich an dein Herz;
Du bist ja hold den Gimpeln,
Und heilest Gimpelschmerz.

53.

Mein Wagen rollet langsam
Durch lustiges Waldesgrün,
Durch blumige Thäler, die zaub'risch
Im Sonnenglanze blüh'n.

Ich sitze und sinne und träume,
Und denk' an die Liebste mein;
Da grüßen drei Schattengestalten
Kopfnickend zum Wagen herein.

Sie hüpfen und schneiden Gesichter,
So spöttisch und doch so scheu,
Und quirlen wie Nebel zusammen,
Und kichern und huschen vorbei.

54.

Mir träumte wieder der alte Traum:
Es war eine Nacht im Maie,
Wir saßen unter dem Lindenbaum,
Und schwuren uns ewige Treue.

Das war ein Schwören und Schwören auf's Neu',
Ein Kichern, ein Kosen, ein Küssen;
Dafs ich gedenk des Schwures sei,
Hast du in die Hand mich gebissen.

O Liebchen mit den Aeuglein klar!
O Liebchen, schön und bissig!
Das Schwören in der Ordnung war,
Das Beißen war überflüssig.

55.

Ich hab' im Traum geweinet,
Mir träumte, du lägest im Grab.
Ich wachte auf, und die Thräne
Floss noch von der Wange herab.

Ich hab' im Traum geweinet,
Mir träumt', du verließest mich.
Ich wachte auf, und ich weinte
Noch lange bitterlich.

Ich hab' im Traum geweinet,
Mir träumte, du bliebest mir gut.
Ich wachte auf, und noch immer
Strömt meine Thränenfluth.

56.

Das ist ein Brausen und Heulen,
Herbstnacht und Regen und Wind;
Wo mag wohl jetzo weilen
Mein armes, banges Kind?

Ich seh' sie am Fenster lehnen
Im einsamen Kämmerlein;
Das Auge gefüllt mit Thränen,
Starrt sie in die Nacht hinein.

57.

Allnächtlich im Traume seh' ich dich,
Und sehe dich freundlich grüßen,
Und laut aufweinend stürz' ich mich
Zu deinen süßen Füßen.

Du siehst mich an wehmüthiglich,
Und schüttelst das blonde Köpfchen;
Aus deinen Augen schleichen sich
Die Perlenthränentröpfchen.

Du sagst mir heimlich ein leises Wort,
Und giebst mir den Strauß von Cypressen.
Ich wache auf, und der Strauß ist fort,
Und das Wort hab' ich vergessen.

58.

Der Herbstwind rüttelt die Bäume,
Die Nacht ist feucht und kalt;
Gehüllt im grauen Mantel,
Reite ich einsam im Wald.

Und wie ich reite, so reiten
Mir die Gedanken voraus;
Sie tragen mich leicht und luftig
Nach meiner Liebsten Haus.

Die Hunde bellen, die Diener
Erscheinen mit Kerzengeflirr;
Die Wendeltreppe stürm' ich
Hinauf mit Sporengeklirr.

Im leuchtenden Teppichgemache,
Da ist es so duftig und warm,
Da harret meiner die Holde —
Ich fliege in ihren Arm.

Es säuselt der Wind in den Blättern,
Es spricht der Eichenbaum:
„Was willst du, thörichter Reiter,
Mit deinem thörichten Traum?"

59.

Es fällt ein Stern herunter
Aus seiner funkelnden Höh'!
Das ist der Stern der Liebe,
Den ich dort fallen seh'!

Es fallen vom Apfelbaume
Der Blüthen und Blätter viel'.
Es kommen die neckenden Lüfte
Und treiben damit ihr Spiel.

Es singt der Schwan im Weiher
Und rudert auf und ab,
Und immer leiser singend
Taucht er in's Fluthengrab.

Es ist so still und dunkel!
Verweht ist Blatt und Blüth',
Der Stern ist knisternd zerstoben,
Verklungen das Schwanenlied.

60.

Am Kreuzweg wird begraben,
Wer selber sich brachte um;
Dort wächst eine blaue Blume,
Die Armesünderblum'.

Am Kreuzweg stand ich und seufzte;
Die Nacht war kalt und stumm.
Im Mondschein bewegte sich langsam
Die Armesünderblum'.

61.

Der Traumgott bracht' mich in ein Riesenschloss,
Wo schwüler Zauberduft und Lichterschimmer,
Und bunte Menschenwoge sich ergoss
Durch labyrinthisch vielverschlung'ne Zimmer.
Die Ausgangspforte sucht der bleiche Tross
Mit Händeringen und mit Angstgewimmer.
Jungfrau'n und Ritter ragen aus der Menge,
Ich selbst bin fortgezogen im Gedränge.

Doch plötzlich steh' ich ganz allein und seh',
Und staun', wie schnell die Menge konnt' verschwinden
Und wandre fort allein, und eil', und geh'
Durch die Gemächer, die sich seltsam winden.
Mein Fuß wird Blei, im Herzen Angst und Weh,
Verzweifl' ich fast, den Ausgang je zu finden.
Da komm' ich endlich an das letzte Thor:
Ich will hinaus — o Gott, wer steht davor!

Es war die Liebste, die am Thore stand,
Schmerz um die Lippen, Sorge auf der Stirne,
Ich soll zurückgeh'n, winkt sie mit der Hand;
Ich weiß nicht, ob sie warne oder zürne.
Doch aus den Augen bricht ein süßer Brand,
Der mir durchzuckt das Herz und das Gehirne.
Wie sie mich ansah, streng und wunderlich,
Und doch so liebevoll, erwachte ich.

62.

Die Mitternacht war kalt und stumm;
Ich irrte klagend im Wald herum.
Ich habe die Bäum' aus dem Schlaf gerüttelt;
Sie haben mitleidig die Köpfe geschüttelt.

63.

Wo ich bin, mich rings umdunkelt
Finsternis, so dumpf und dicht,
Seit mir nicht mehr leuchtend funkelt,
Liebste, deiner Augen Licht.

Mir erloschen ist der süßen
Liebessterne gold'ne Pracht,
Abgrund gähnt zu meinen Füßen —
Nimm mich auf, uralte Nacht!

64.

Nacht lag auf meinen Augen,
Blei lag auf meinem Mund,
Mit starrem Hirn und Herzen
Lag ich im Grabesgrund.

Wie lang' kann ich nicht sagen,
Daſs ich geschlafen hab',
Ich wachte auf und hörte,
Wie's pochte an mein Grab.

„Willst du nicht aufsteh'n, Heinrich?
Der ew'ge Tag bricht an;
Die Todten sind erstanden,
Die ew'ge Lust begann."

Mein Lieb, ich kann nicht aufsteh'n,
Bin ja noch immer blind;
Durch Weinen meine Augen
Gänzlich erloschen sind.

„Ich will dir küssen, Heinrich,
Vom Auge fort die Nacht;
Die Engel sollst du schauen,
Und auch des Himmels Pracht."

Mein Lieb, ich kann nicht aufsteh'n,
Noch blutet's immerfort,
Wo du in's Herz mich stachest
Mit einem spitz'gen Wort.

„Ganz leise leg' ich, Heinrich,
Dir meine Hand auf's Herz;
Dann wird es nicht mehr bluten,
Geheilt ist all sein Schmerz."

Mein Lieb, ich kann nicht aufsteh'n,
Es blutet auch mein Haupt;
Hab' ja hineingeschossen,
Als du mir wurdest geraubt.

„Mit meinen Locken, Heinrich,
Stopf' ich des Hauptes Wund',
Und dräng' zurück den Blutstrom
Und mache dein Haupt gesund.

Es bat so sanft, so lieblich,
Ich konnt' nicht widersteh'n;
Ich wollte mich erheben
Und zu der Liebsten geh'n.

Da brachen auf die Wunden,
Da stürzt' mit wilder Macht
Aus Kopf und Brust der Blutstrom,
Und sieh! — ich bin erwacht.

65.

Die alten, bösen Lieder,
Die Träume schlimm und arg,
Die lasst uns jetzt begraben;
Holt einen großen Sarg.

Hinein leg' ich gar Manches,
Doch sag' ich noch nicht, was;
Der Sarg muss sein noch größer,
Wie's Heidelberger Fass.

Und holt eine Todtenbahre
Von Brettern fest und dick;
Auch muss sie sein noch länger,
Als wie zu Mainz die Brück'.

Und holt mir auch zwölf Riesen,
Die müssen noch stärker sein
Als wie der heil'ge Christoph
Im Dom zu Köln am Rhein.

Sie sollen den Sarg forttragen
Und senken in's Meer hinab;
Denn solchem großen Sarge
Gebührt ein großes Grab.

Wisst ihr, warum der Sarg wohl
So groß und schwer mag sein?
Ich legt' auch meine Liebe
Und meinen Schmerz hinein.

Die Heimkehr.

1823—1824.

(Wir) hassen jede halbe Lust,
Hassen alles sanfte Klimpern,
Sind uns keiner Schuld bewusst,
Warum sollten wir denn zimpern?
Seufzend niederblickt der Wicht,
Doch der Brave hebt zum Licht
Seine reinen Wimpern.

Immermann.

1.

In mein gar zu dunkles Leben
Strahlte einst ein süßes Bild;
Nun das süße Bild erblichen,
Bin ich gänzlich nachtumhüllt.

Wenn die Kinder sind im Dunkeln,
Wird beklommen ihr Gemüth,
Und um ihre Angst zu bannen,
Singen sie ein lautes Lied.

Ich, ein tolles Kind, ich singe
Jetzo in der Dunkelheit;
Klingt das Lied auch nicht ergötzlich,
Hat's mich doch von Angst befreit.

2.

Wir saßen am Fischerhause,
Und schauten nach der See;
Die Abendnebel kamen,
Und stiegen in die Höh'.

Im Leuchtthurm wurden die Lichter
Allmählich angesteckt,
Und in der weiten Ferne
Ward noch ein Schiff entdeckt.

Wir sprachen von Sturm und Schiffbruch,
Vom Seemann, und wie er lebt,
Und zwischen Himmel und Wasser
Und Angst und Freude schwebt.

Wir sprachen von fernen Küsten,
Vom Süden und vom Nord,
Und von den seltsamen Völkern
Und seltsamen Sitten dort.

Am Ganges duftet's und leuchtet's,
Und Riesenbäume blüh'n,
Und schöne, stille Menschen
Vor Lotosblumen knien.

In Lappland sind schmutzige Leute,
Plattköpfig, breitmäulig und klein;
Sie kauern um's Feuer, und backen
Sich Fische und quäken und schrei'n.

Die Mädchen horchten ernsthaft,
Und endlich sprach Niemand mehr;
Das Schiff war nicht mehr sichtbar,
Es dunkelte gar zu sehr.

3.

Ich weiß nicht, was soll es bedeuten,
Daſs ich so traurig bin;
Ein Märchen aus alten Zeiten,
Das kommt mir nicht aus dem Sinn.

Die Luft ist kühl und es dunkelt,
Und ruhig fließt der Rhein;
Der Gipfel des Berges funkelt
Im Abendsonnenschein.

Die schönste Jungfrau sitzet
Dort oben wunderbar,
Ihr gold'nes Geschmeide blitzet,
Sie kämmt ihr goldenes Haar.

Sie kämmt es mit goldenem Kamme,
Und singt ein Lied dabei;
Das hat eine wundersame,
Gewaltige Melodei.

Den Schiffer im kleinen Schiffe
Ergreift es mit wildem Weh;
Er schaut nicht die Felsenriffe,
Er schaut nur hinauf in die Höh'.

Ich glaube, die Wellen verschlingen
Am Ende Schiffer und Kahn;
Und Das hat mit ihrem Singen
Die Lorelei gethan.

4.

Als ich auf der Reise zufällig
Der Liebsten Familie fand,
Schwesterchen, Vater und Mutter,
Sie haben mich freudig erkannt.

Sie fragten nach meinem Befinden,
Und sagten selber sogleich:
Ich hätte mich gar nicht verändert,
Nur mein Gesicht sei bleich.

Ich fragte nach Muhmen und Basen,
Nach manchem langweil'gen Gesell'n,
Und nach dem kleinen Hündchen
Mit seinem sanften Bell'n.

Auch nach der vermählten Geliebten
Fragte ich nebenbei;
Und freundlich gab man zur Antwort,
Daß sie in den Wochen sei.

Und freundlich gratuliert' ich,
Und lispelte liebevoll,
Daß man sie von mir recht herzlich
Viel tausendmal grüßen soll.

Schwesterchen rief dazwischen:
„Das Hündchen, sanft und klein,
Ist groß und toll geworden,
Und ward ertränkt im Rhein."

Die Kleine gleicht der Geliebten,
Besonders wenn sie lacht;
Sie hat dieselben Augen,
Die mich so elend gemacht.

5.

Mein Herz, mein Herz ist traurig,
Doch lustig leuchtet der Mai;
Ich stehe, gelehnt an der Linde,
Hoch auf der alten Bastei.

Da drunten fließt der blaue
Stadtgraben in stiller Ruh';
Ein Knabe fährt im Kahne,
Und angelt und pfeift dazu.

Jenseits erheben sich freundlich,
In winziger, bunter Gestalt,
Lusthäuser und Gärten und Menschen,
Und Ochsen und Wiesen und Wald.

Die Mägde bleichen Wäsche,
Und springen im Gras herum;
Das Mühlrad stäubt Diamanten,
Ich höre sein fernes Gesumm.

Am alten grauen Thurme
Ein Schilderhäuschen steht;
Ein rothgeröckter Bursche
Dort auf und nieder geht.

Er spielt mit seiner Flinte,
Die funkelt im Sonnenroth,
Er präsentiert und schultert —
Ich wollt', er schösse mich todt.

6.

Der Mond ist aufgegangen
Und überstrahlt die Well'n;
Ich halte mein Liebchen umfangen,
Und uns're Herzen schwell'n.

Im Arm des holden Kindes
Ruh' ich allein am Strand;
„Was horchst du beim Rauschen des Windes?
Was zuckt deine weiße Hand?"

„„Das ist kein Rauschen des Windes,
Das ist der Seejungfern Gesang,
Und meine Schwestern sind es,
Die einst das Meer verschlang.""

7.

Der Wind zieht seine Hosen an,
Die weißen Wasserhosen!
Er peitscht die Wellen, so stark er kann,
Die heulen und brausen und tosen.

Aus dunkler Höh', mit wilder Macht,
Die Regengüsse träufen;
Es ist, als wollt' die alte Nacht
Das alte Meer ersäufen.

An den Mastbaum klammert die Möwe sich
Mit heiserem Schrillen und Schreien;
Sie flattert und will gar ängstiglich
Ein Unglück prophezeien.

8.

Der Abend kommt gezogen,
Der Nebel bedeckt die See,
Geheimnisvoll rauschen die Wogen,
Da steigt es weiß in die Höh'.

Die Meerfrau steigt aus den Wellen,
Und setzt sich zu mir an den Strand;
Die weißen Brüste quellen
Hervor aus dem Schleiergewand.

Sie drückt mich und sie presst mich,
Und thut mir fast ein Weh; —
Du drückst ja viel zu fest mich,
Du schöne Wasserfee!

„Ich press' dich in meinen Armen,
Und drücke dich mit Gewalt;
Ich will bei dir erwarmen,
Der Abend ist gar zu kalt."

Der Mond schaut immer blasser
Aus dämmriger Wolkenhöh';
Dein Auge wird trüber und nasser,
Du schöne Wasserfee!

„Es wird nicht trüber und nasser,
Mein Aug ist nass und trüb,
Weil, als ich stieg aus dem Wasser,
Ein Tropfen im Auge blieb."

Die Möwen schrillen kläglich,
Es grollt und brandet die See; —
Dein Herz pocht wild beweglich,
Du schöne Wasserfee!

„Mein Herz pocht wild beweglich,
Es pocht beweglich, wild,
Weil ich dich liebe unsäglich,
Du liebes Menschenbild!"

9.

Die Nacht ist feucht und stürmisch,
Der Himmel sternenleer;
Im Wald unter rauschenden Bäumen
Wandle ich schweigend einher.

Es flimmert fern ein Lichtchen
Aus dem einsamen Jägerhaus;
Es soll mich nicht hin verlocken,
Dort sieht es verdrießlich aus.

Die blinde Großmutter sitzt ja
Im ledernen Lehnstuhl dort,
Unheimlich und starr, wie ein Steinbild,
Und spricht kein einziges Wort.

Fluchend geht auf und nieder
Des Försters rothköpfiger Sohn,
Und wirft an die Wand die Büchse,
Und lacht vor Wuth und Hohn.

Die schöne Spinnerin weinet
Und feuchtet mit Thränen den Flachs;
Wimmernd zu ihren Füßen
Schmiegt sich des Vaters Dachs.

10.

Du schönes Fischermädchen,
Treibe den Kahn an's Land;
Komm zu mir und setze dich nieder,
Wir kosen, Hand in Hand.

Leg an mein Herz dein Köpfchen,
Und fürchte dich nicht so sehr;
Vertraust du dich doch sorglos
Täglich dem wilden Meer!

Mein Herz gleicht ganz dem Meere,
Hat Sturm und Ebb' und Fluth,
Und manche schöne Perle
In seiner Tiefe ruht.

11.

Der Sturm spielt auf zum Tanze,
Er pfeift und saust und brüllt;
Heisa, wie springt das Schifflein!
Die Nacht ist lustig und wild.

Ein lebendes Wassergebirge
Bildet die tosende See;
Hier gähnt ein schwarzer Abgrund,
Dort thürmt es sich weiß in die Höh'.

Ein Fluchen, Erbrechen und Beten
Schallt aus der Kajüte heraus;
Ich halte mich fest am Mastbaum,
Und wünsche: Wär' ich zu Haus!

12.

Wenn ich an deinem Hause
Des Morgens vorüber geh',
So freut's mich, du liebe Kleine,
Wenn ich dich am Fenster seh'.

Mit deinen schwarzbraunen Augen
Siehst du mich forschend an:
„Wer bist du, und was fehlt dir,
Du fremder, kranker Mann?"

Ich bin ein deutscher Dichter,
Bekannt im deutschen Land;
Nennt man die besten Namen,
So wird auch der meine genannt.

Und was mir fehlt, du Kleine,
Fehlt Manchem im deutschen Land;
Nennt man die schlimmsten Schmerzen,
So wird auch der meine genannt.

13.

Das Meer erglänzte weit hinaus
Im letzten Abendscheine;
Wir saßen am einsamen Fischerhaus,
Wir saßen stumm und alleine.

Der Nebel stieg, das Wasser schwoll,
Die Möwe flog hin und wieder;
Aus deinen Augen liebevoll
Fielen die Thränen nieder.

Ich sah sie fallen auf deine Hand,
Und bin auf's Knie gesunken;
Ich hab' von deiner weißen Hand
Die Thränen fortgetrunken.

Seit jener Stunde verzehrt sich mein Leib,
Die Seele stirbt vor Sehnen; —
Mich hat das unglücksel'ge Weib
Vergiftet mit ihren Thränen.

14.

Am fernen Horizonte
Erscheint, wie ein Nebelbild,
Die Stadt mit ihren Thürmen,
In Abenddämm'rung gehüllt.

Ein feuchter Windzug kräuselt
Die graue Wasserbahn;
Mit traurigem Takte rudert
Der Schiffer in meinem Kahn.

Die Sonne hebt sich noch einmal
Leuchtend vom Boden empor,
Und zeigt mir jene Stelle,
Wo ich das Liebste verlor.

15.

Da droben auf jenem Berge,
Da steht ein feines Schloss,
Da wohnen drei schöne Fräulein,
Von denen ich Liebe genoss.
Sonnabend küsste mich Jette,
Und Sonntag die Julia,
Und Montag die Kunigunde,
Die hat mich erdrückt beinah.

Doch Dienstag war eine Fête
Bei meinen drei Fräulein im Schloss;
Die Nachbarschafts-Herren und Damen
Die kamen zu Wagen und Ross.
Ich aber war nicht geladen,
Und Das habt ihr dumm gemacht!
Die zischelnden Muhmen und Basen
Die merkten's und haben gelacht.

16.

Sei mir gegrüßt, du große,
Geheimnisvolle Stadt,
Die einst in ihrem Schoße
Mein Liebchen umschlossen hat.

Sagt an, ihr Thürme und Thore,
Wo ist die Liebste mein?
Euch hab' ich sie anvertrauet,
Ihr solltet mir Bürge sein.

Unschuldig sind die Thürme,
Sie konnten nicht von der Stell',
Als Liebchen mit Koffern und Schachteln
Die Stadt verlassen so schnell.

Die Thore jedoch, die ließen
Mein Liebchen entwischen gar still;
Ein Thor ist immer willig,
Wenn eine Thörin will.

17.

So wandl' ich wieder den alten Weg,
Die wohlbekannten Gassen;
Ich komme vor meiner Liebsten Haus,
Das steht so leer und verlassen.

Die Straßen sind doch gar zu eng!
Das Pflaster ist unerträglich!
Die Häuser fallen mir auf den Kopf!
Ich eile so viel als möglich!

18.

Ich trat in jene Hallen,
Wo sie mir Treue versprochen;
Wo einst ihre Thränen gefallen,
Sind Schlangen hervorgekrochen.

19.

Still ist die Nacht, es ruhen die Gassen,
In diesem Hause wohnte mein Schatz;
Sie hat schon längst die Stadt verlassen,
Doch steht noch das Haus auf demselben Platz.

Da steht auch ein Mensch und starrt in die Höhe,
Und ringt die Hände vor Schmerzensgewalt;
Mir graust es, wenn ich sein Antlitz sehe —
Der Mond zeigt mir meine eig'ne Gestalt.

Du Doppelgänger, du bleicher Geselle!
Was äffst du nach mein Liebesleid,
Das mich gequält auf dieser Stelle
So manche Nacht in alter Zeit?

20.

Wie kannst du ruhig schlafen,
Und weißt, ich lebe noch?
Der alte Zorn kommt wieder,
Und dann zerbrech' ich mein Joch.

Kennst du das alte Liedchen,
Wie einst ein todter Knab'
Um Mitternacht die Geliebte
Zu sich geholt in's Grab?

Glaub' mir, du wunderschönes,
Du wunderholdes Kind,
Ich lebe und bin noch stärker,
Als alle Todten sind!

21.

Ich unglückſel'ger Atlas! eine Welt,
Die ganze Welt der Schmerzen, muſs ich tragen,
Ich trage Unerträgliches, und brechen
Will mir das Herz im Leibe.

Du stolzes Herz, du haſt es ja gewollt!
Du wollteſt glücklich ſein, unendlich glücklich,
Oder unendlich elend, ſtolzes Herz,
Und jetzo biſt du elend.

22.

Die Jahre kommen und gehen,
Geſchlechter ſteigen in's Grab,
Doch nimmer vergeht die Liebe,
Die ich im Herzen hab'.

Nur einmal noch möcht' ich dich ſehen,
Und ſinken vor dir auf's Knie,
Und ſterbend zu dir ſprechen:
„Madam, ich liebe Sie!"

23.

Die Jungfrau ſchläft in der Kammer,
Der Mond ſchaut zitternd hinein;
Da draußen ſingt es und klingt es,
Wie Walzermelodei'n.

„Ich will mal ſchau'n aus dem Fenſter,
Wer drunten ſtört meine Ruh'."
Da ſteht ein Todtengerippe,
Und fiedelt und ſingt dazu:

„„Haſt einſt mir den Tanz verſprochen,
Und haſt gebrochen dein Wort,
Und heut iſt Ball auf dem Kirchhof,
Komm mit, wir tanzen dort.""

Die Jungfrau ergreift es gewaltig,
Es lockt ſie hervor aus dem Haus;
Sie folgt dem Gerippe, das ſingend
Und fiedelnd ſchreitet voraus.

Es fiedelt und tänzelt und hüpfet,
Und klappert mit ſeinem Gebein,
Und nickt und nickt mit dem Schädel
Unheimlich im Mondenſchein.

24.

Der bleiche, herbstliche Halbmond
Lugt aus den Wolken heraus;
Ganz einsam liegt auf dem Kirchhof
Das stille Pfarrerhaus.

Die Mutter liest in der Bibel,
Der Sohn, der starret in's Licht,
Schlaftrunken dehnt sich die ält're,
Die jüngere Tochter spricht:

„Ach Gott, wie Einem die Tage
Langweilig hier vergehn!
Nur wenn sie Einen begraben,
Bekommen wir Etwas zu seh'n.“

Die Mutter spricht zwischen dem Lesen:
„Du irrst, es starben nur Vier,
Seit man deinen Vater begraben
Dort an der Kirchhofsthür.“

Die ält're Tochter gähnet:
„Ich will nicht verhungern bei euch,
Ich gehe morgen zum Grafen,
Und Der ist verliebt und reich.“

Der Sohn bricht aus in Lachen:
„Drei Jäger zechen im Stern,
Die machen Gold und lehren
Mir das Geheimnis gern.“

Die Mutter wirft ihm die Bibel
In's mag're Gesicht hinein:
„So willst du, Gottverfluchter,
Ein Straßenräuber sein!“

Sie hören pochen an's Fenster,
Und seh'n eine winkende Hand;
Der todte Vater steht draußen
Im schwarzen Pred'gergewand.

25.

Das ist ein schlechtes Wetter,
Es regnet und stürmt und schneit;
Ich sitze am Fenster und schaue
Hinaus in die Dunkelheit.

Da schimmert ein einsames Lichtchen,
Das wandelt langsam fort;
Ein Mütterchen mit dem Laternchen
Wankt über die Straße dort.

Ich glaube, Mehl und Eier
Und Butter kaufte sie ein;
Sie will einen Kuchen backen
Für's große Töchterlein.

Die liegt zu Haus im Lehnstuhl,
Und blinzelt schläfrig in's Licht;
Die gold'nen Locken wallen
Ueber das süße Gesicht.

26.

Ich stand in dunkeln Träumen,
Und starrte ihr Bildnis an,
Und das geliebte Antlitz
Heimlich zu leben begann.

Um ihre Lippen zog sich
Ein Lächeln wunderbar,
Und wie von Wehmuthsthränen
Erglänzte ihr Augenpaar.

Auch meine Thränen flossen
Mir von den Wangen herab —
Und ach, ich kann es nicht glauben,
Dafs ich dich verloren hab'!

27.

Mir träumte: traurig schaute der Mond,
Und traurig schienen die Sterne;
Es trug mich zur Stadt, wo Liebchen wohnt,
Viel' hundert Meilen ferne.

Es hat mich zu ihrem Hause geführt,
Ich küsste die Steine der Treppe,
Die oft ihr kleiner Fuß berührt
Und ihres Kleides Schleppe.

Die Nacht war lang, die Nacht war kalt,
Es waren so kalt die Steine;
Es lugt' aus dem Fenster die blasse Gestalt,
Beleuchtet vom Mondenscheine.

28.

Was will die einsame Thräne?
Sie trübt mir ja den Blick.
Sie blieb aus alten Zeiten
In meinem Auge zurück.

Sie hatte viel' leuchtende Schwestern,
Die alle zerflossen sind,
Mit meinen Qualen und Freuden,
Zerflossen in Nacht und Wind.

Wie Nebel sind auch zerflossen
Die blauen Sternelein,
Die mir jene Freuden und Qualen
Gelächelt in's Herz hinein.

Ach, meine Liebe selber
Zerflofs wie eitel Hauch!
Du alte, einsame Thräne,
Zerfließe jetzunder auch!

29.

Man glaubt, dass ich mich gräme
In bitterm Liebesleid,
Und endlich glaub' ich es selber,
So gut wie and're Leut'.

Du Kleine mit großen Augen,
Ich hab' es dir immer gesagt,
Dass ich dich unsäglich liebe,
Dass Liebe mein Herz zernagt.

Doch nur in einsamer Kammer
Sprach ich auf solche Art,
Und ach! ich hab' immer geschwiegen
In deiner Gegenwart.

Da gab es böse Engel,
Die hielten mir zu den Mund;
Und ach! durch böse Engel
Bin ich so elend jetzund.

30.

Deine weißen Liljenfinger,
Könnt' ich sie noch einmal küssen,
Und sie drücken an mein Herz,
Und vergeh'n in stillem Weinen!

Deine klaren Veilchenaugen
Schweben vor mir Tag und Nacht,
Und mich quält es! Was bedeuten
Diese süßen, blauen Räthsel?

31.

„Hat sie sich denn nie geäußert
Ueber dein verliebtes Wesen?
Konntest du in ihren Augen
Niemals Gegenliebe lesen?

„Konntest du in ihren Augen
Niemals bis zur Seele dringen?
Und du bist ja sonst kein Esel,
Theurer Freund, in solchen Dingen."

32.

Sie liebten sich Beide, doch Keiner
Wollt' es dem Andern gesteh'n;
Sie sahen sich an so feindlich,
Und wollten vor Liebe vergeh'n.

Sie trennten sich endlich und sah'n sich
Nur noch zuweilen im Traum;
Sie waren längst gestorben,
Und wussten es selber kaum.

33.

Und als ich euch meine Schmerzen geklagt,
Da habt ihr gegähnt und Nichts gesagt;
Doch als ich sie zierlich in Verse gebracht,
Da habt ihr mir große Elogen gemacht.

34.

Ich rief den Teufel und er kam,
Und ich sah ihn mit Verwund'rung an;
Er ist nicht häſslich und ist nicht lahm,
Er ist ein lieber, charmanter Mann,
Ein Mann in seinen besten Jahren,
Verbindlich und höflich und welterfahren.
Er ist ein gescheiter Diplomat,
Und spricht recht schön über Kirch' und Staat.
Blaſs ist er etwas, doch ist es kein Wunder,
Sanskrit und Hegel studiert er jetzunder.
Sein Lieblingspoet ist noch immer Fouqué.
Doch will er nicht mehr mit Kritik sich befassen,
Die hat er jetzt gänzlich überlassen
Der theuren Groſsmutter Hekate.
Er lobte mein juristisches Streben,
Hat früher sich auch damit abgegeben.
Er sagte, meine Freundschaft sei
Ihm nicht zu theuer, und nickte dabei,
Und frug: ob wir uns früher nicht
Schon einmal geseh'n beim span'schen Gesandten?
Und als ich recht besah sein Gesicht,
Fand ich in ihm einen alten Bekannten.

35.

Die heil'gen drei Kön'ge aus Morgenland,
Sie frugen in jedem Städtchen:
„Wo geht der Weg nach Bethlehem,
Ihr lieben Buben und Mädchen?"

Die Jungen und Alten, sie wuſsten es nicht,
Die Könige zogen weiter;
Sie folgten einem goldenen Stern,
Der leuchtete lieblich und heiter.

Der Stern blieb steh'n über Joseph's Haus,
Da sind sie hineingegangen;
Das Oechslein brüllte, das Kindlein schrie,
Die heil'gen drei Könige sangen.

36.

Im Walde wandl' ich und weine,
Die Drossel sitzt in der Höh';
Sie springt und singt gar feine:
„Warum ist dir so weh?"

Die Schwalben, deine Schwestern,
Die können's dir sagen, mein Kind;
Sie wohnten in klugen Nestern,
Wo Liebchens Fenster sind.

37.

Mensch, verspotte nicht den Teufel,
Kurz ist ja die Lebensbahn,
Und die ewige Verdammnis
Ist kein bloßer Pöbelwahn.

Mensch, bezahle deine Schulden,
Lang ist ja die Lebensbahn,
Und du musst noch manchmal borgen,
Wie du es so oft gethan.

38.

Mein Kind, wir waren Kinder,
Zwei Kinder, klein und froh;
Wir krochen in's Hühnerhäuschen,
Versteckten uns unter das Stroh.

Wir krähten wie die Hähne,
Und kamen Leute vorbei —
„Kikeriküh!" sie glaubten,
Es wäre Hahnengeschrei.

Die Kisten auf unserem Hofe
Die tapezierten wir aus,
Und wohnten d'rin beisammen,
Und machten ein vornehmes Haus.

Des Nachbars alte Katze
Kam öfters zum Besuch;
Wir machten ihr Bückling' und Knixe
Und Komplimente genug.

Wir haben nach ihrem Befinden
Besorglich und freundlich gefragt;
Wir haben seitdem Dasselbe
Mancher alten Katze gesagt.

Wir saßen auch oft und sprachen
Vernünftig, wie alte Leut',
Und klagten, wie Alles besser
Gewesen zu unserer Zeit;

Wie Lieb' und Treu' und Glauben
Verschwunden aus der Welt,
Und wie so theuer der Kaffee,
Und wie so rar das Geld! — — —

Vorbei sind die Kinderspiele,
Und Alles rollt vorbei, —
Das Geld und die Welt und die Zeiten,
Und Glauben und Lieb' und Treu'.

39.

Das Herz ist mir bedrückt, und sehnlich
Gedenke ich der alten Zeit;
Die Welt war damals noch so wöhnlich
Und ruhig lebten hin die Leut'.

Doch jetzt ist Alles wie verschoben,
Das ist ein Drängen, eine Noth!
Gestorben ist der Herrgott oben,
Und unten ist der Teufel todt.

Und Alles schaut so grämlich trübe,
So krausverwirrt und morsch und kalt,
Und wäre nicht das bißchen Liebe,
So gäb' es nirgends einen Halt.

40.

Wie der Mond sich leuchtend dränget
Durch den dunkeln Wolkenflor,
Also taucht aus dunkeln Zeiten
Mir ein lichtes Bild hervor.

Saßen All' auf dem Verdecke,
Fuhren stolz hinab den Rhein,
Und die sommergrünen Ufer
Glüh'n im Abendsonnenschein.

Sinnend saß ich zu den Füßen
Einer Dame, schön und hold;
In ihr liebes, bleiches Antlitz
Spielt' das rothe Sonnengold.

Lauten klangen, Buben sangen,
Wunderbare Fröhlichkeit!
Und der Himmel wurde blauer,
Und die Seele wurde weit.

Märchenhaft vorüberzogen
Berg' und Burgen, Wald und Au —
Und das Alles sah ich glänzen
In dem Aug' der schönen Frau.

41.

Nun ist es Zeit, dass ich mit Verstand
Mich aller Thorheit entled'ge,
Ich hab' so lang als ein Komödiant
Mit dir gespielt Komödie.

Die prächt'gen Koulissen, sie waren bemalt
Im hochromantischen Stile,
Mein Rittermantel hat goldig gestrahlt,
Ich fühlte die feinsten Gefühle.

Und nun ich mich gar säuberlich
Des tollen Tand's entled'ge:
Noch immer elend fühl' ich mich,
Als spielt' ich noch immer Komödie.

Ach Gott! im Scherz und unbewusst
Sprach ich, was ich gefühlet;
Ich hab' mit dem Tod in der eignen Brust
Den sterbenden Fechter gespielet.

42.

Du bist wie eine Blume
So hold und schön und rein;
Ich schau' dich an, und Wehmuth
Schleicht mir in's Herz hinein.

Mir ist, als ob ich die Hände
Auf's Haupt dir legen sollt',
Betend, dass Gott dich erhalte
So rein und schön und hold.

43.

Im Traum sah ich die Geliebte,
Ein banges, bekümmertes Weib,
Verwelkt und abgefallen
Der sonst so blühende Leib.

Ein Kind trug sie auf dem Arme,
Ein andres führt sie an der Hand,
Und sichtbar ist Armuth und Trübsal
Am Gang und Blick und Gewand.

Sie schwankte über den Marktplatz,
Und da begegnet sie mir,
Und sieht mich an und ruhig
Und schmerzlich sag' ich zu ihr:

„Komm mit nach meinem Hause,
Denn du bist blass und krank;
Ich will durch Fleiß und Arbeit
Dir schaffen Speis' und Trank.

„Ich will auch pflegen und warten
Die Kinder, die bei dir sind,
Vor Allem aber dich selber,
Du armes, unglückliches Kind.

„Ich will dir nie erzählen,
Dass ich dich geliebet hab',
Und wenn du stirbst, so will ich
Weinen auf deinem Grab."

44.

„Theurer Freund! Was soll es nützen,
Stets das alte Lied zu leiern?
Willst du ewig brütend sitzen
Auf den alten Liebes-Eiern?"

„Ach! Das ist ein ewig Gattern,
Aus den Schalen kriechen Küchlein,
Und sie piepsen und sie flattern,
Und du sperrst sie in ein Büchlein."

45.

Werdet nur nicht ungeduldig,
Wenn von alten Leidensklängen
Manche noch vernehmlich tönen
In den neuesten Gesängen.

Wartet nur, es wird verhallen
Dieses Echo meiner Schmerzen,
Und ein neuer Liederfrühling
Sprießt aus dem geheilten Herzen.

46.

Herz, mein Herz, sei nicht beklommen,
Und ertrage dein Geschick.
Neuer Frühling giebt zurück,
Was der Winter dir genommen.

Und wie Viel ist dir geblieben!
Und wie schön ist noch die Welt!
Und mein Herz, was dir gefällt
Alles, Alles darfst du lieben!

47.

Den König Wiswamitra,
Den treibt's ohne Rast und Ruh,
Er will durch Kampf und Büßung
Erwerben Wasischta's Kuh.

O, König Wiswamitra,
O, welch ein Ochs bist du,
Dass du so viel kämpfest und büßest,
Und Alles für eine Kuh!

48.

Kind! es wäre dein Verderben,
Und ich geb' mir selber Mühe,
Dass dein liebes Herz in Liebe
Nimmermehr für mich erglühe.

Nur dass mir's so leicht gelinget,
Will mich dennoch fast betrüben,
Und ich denke manchmal dennoch:
Möchtest du mich dennoch lieben!

49.

Wenn ich auf dem Lager liege,
In Nacht und Kissen gehüllt,
So schwebt mir vor ein süßes,
Anmuthig liebes Bild.

Wenn mir der stille Schlummer
Geschlossen die Augen kaum,
So schleicht das Bild sich leise
Hinein in meinen Traum.

Doch mit dem Traum des Morgens
Zerrinnt es nimmermehr;
Dann trag' ich es im Herzen
Den ganzen Tag umher.

50.

Mag da draußen Schnee sich thürmen,
Mag es hageln, mag es stürmen,
Klirrend mir an's Fenster schlagen:
Nimmer will ich mich beklagen,
Denn ich trage in der Brust
Liebchens Bild und Frühlingslust.

51

Mädchen mit dem rothen Mündchen,
Mit den Aeuglein süß und klar,
Du mein liebes, kleines Mädchen,
Deiner denk' ich immerdar.

Lang ist heut der Winterabend,
Und ich möchte bei dir sein,
Bei dir sitzen, mit dir schwatzen
Im vertrauten Kämmerlein.

An die Lippen wollt' ich pressen
Deine kleine weiße Hand,
Und mit Thränen sie benetzen,
Deine kleine weiße Hand.

52.

And're beten zur Madonne,
And're auch zu Paul und Peter;
Ich jedoch, ich will nur beten,
Nur zu dir, du schöne Sonne.

Gieb mir Küsse, gieb mir Wonne,
Sei mir gütig, sei mir gnädig,
Schönste Sonne unter den Mädchen,
Schönstes Mädchen unter der Sonne!

53.

Verrieth mein blasses Angesicht
Dir nicht mein Liebeswehe?
Und willst du, dass der stolze Mund
Das Bettelwort gestehe?

O, dieser Mund ist viel zu stolz
Und kann nur küssen und scherzen;
Er spräche vielleicht ein höhnisches Wort,
Während ich sterbe vor Schmerzen.

54.

Ich wollte bei dir weilen
Und an deiner Seite ruh'n;
Du musstest von mir eilen,
Du hattest Viel zu thun.

Ich sagte, dass meine Seele
Dir gänzlich ergeben sei;
Du lachtest aus voller Kehle,
Und machtest 'nen Knix dabei.

Du hast noch mehr gesteigert
Mir meinen Liebesverdruss,
Und hast mir sogar verweigert
Am Ende den Abschiedskuss.

Glaub' nicht, dass ich mich erschieße,
Wie schlimm auch die Sachen steh'n!
Das Alles, meine Süße,
Ist mir schon einmal gescheh'n.

55.

„Theurer Freund, du bist verliebt,
Und dich quälen neue Schmerzen;
Dunkler wird es dir im Kopf,
Heller wird es dir im Herzen.

„Theurer Freund, du bist verliebt,
Und du willst es nicht bekennen,
Und ich seh' des Herzens Gluth
Schon durch deine Weste brennen."

56.

Habe mich mit Liebesreden
Festgelogen an dein Herz,
Und, verstrickt in eignen Fäden,
Wird zum Ernste mir mein Scherz.

Wenn du dich mit vollem Rechte
Scherzend nun von mir entfernst,
Nah'n sich mir die Höllenmächte,
Und ich schieß' mich todt im Ernst.

57.

Ich hab' mir lang' den Kopf zerbrochen
Mit Denken und Sinnen, Tag und Nacht,
Doch deine liebenswürdigen Augen,
Sie haben mich zum Entschluſs gebracht.

Jetzt bleib' ich, wo deine Augen leuchten
In ihrer süßen, klugen Pracht —
Daſs ich noch einmal würde lieben,
Ich hätt' es nimmermehr gedacht.

58.

Ich wollt', meine Schmerzen ergössen
Sich all' in ein einziges Wort,
Das gäb' ich den lustigen Winden,
Die trügen es lustig fort.

Sie tragen zu dir, Geliebte,
Das schmerzerfüllte Wort;
Du hörst es zu jeder Stunde,
Du hörst es an jedem Ort.

Und hast du zum nächtlichen Schlummer
Geschlossen die Augen kaum,
So wird dich mein Wort verfolgen
Bis in den tiefsten Traum.

59.

Sie haben heut Abend Gesellschaft,
Und das Haus ist lichterfüllt.
Dort oben am hellen Fenster
Bewegt sich ein Schattenbild.

Du schaust mich nicht, im Dunkeln
Steh' ich hier unten allein;
Noch wen'ger kannst du schauen
In mein dunkles Herz hinein.

Mein dunkles Herze liebt dich,
Es liebt dich und es bricht,
Und bricht und zuckt und verblutet,
Aber du siehst es nicht.

60.

Gaben mir Rath und gute Lehren,
Ueberschütteten mich mit Ehren,
Sagten, dass ich nur warten sollt',
Haben mich protegieren gewollt.

Aber bei all ihrem Protegieren,
Hätte ich können vor Hunger krepieren,
Wär' nicht gekommen ein braver Mann,
Wacker nahm er sich meiner an.

Braver Mann! er schafft mir zu essen!
Will es ihm nie und nimmer vergessen!
Schade, dass ich ihn nicht küssen kann!
Denn ich bin selbst dieser brave Mann.

61.

Zu fragmentarisch ist Welt und Leben —
Ich will mich zum deutschen Professor begeben,
Der weiß das Leben zusammen zu setzen,
Und er macht ein verständlich System daraus;
Mit seinen Nachtmützen und Schlafrockfetzen
Stopft er die Lücken des Weltenbau's.

62.

Wer zum ersten Male liebt,
Sei's auch glücklos, ist ein Gott;
Aber wer zum zweiten Male
Glücklos liebt, Der ist ein Narr.

Ich, ein solcher Narr, ich liebe
Wieder ohne Gegenliebe;
Sonne, Mond und Sterne lachen,
Und ich lache mit — und sterbe.

63.

Du hast Diamanten und Perlen,
Hast Alles, was Menschenbegehr,
Und hast die schönsten Augen —
Mein Liebchen, was willst du mehr?
Auf deine schönen Augen
Hab' ich ein ganzes Heer
Von ewigen Liedern gedichtet —
Mein Liebchen, was willst du mehr?
Mit deinen schönen Augen
Hast du mich gequält so sehr,
Und hast mich zu Grunde gerichtet —
Mein Liebchen, was willst du mehr?

64.

Saphire sind die Augen dein,
Die lieblichen, die süßen.
O, dreimal glücklich ist der Mann,
Den sie mit Liebe grüßen.
Dein Herz, es ist ein Diamant,
Der edle Lichter sprühet.
O, dreimal glücklich ist der Mann,
Für den es liebend glühet.

Rubinen sind die Lippen dein,
Man kann nicht schön're sehen.
O, dreimal glücklich ist der Mann,
Dem Liebe sie gestehen.
O, kennt' ich nur den glücklichen Mann,
O, dass ich ihn nur fände,
So recht allein im grünen Wald —
Sein Glück hätt' bald ein Ende.

65.

Diesen liebenswürd'gen Jüngling
Kann man nicht genug verehren;
Oft traktiert er mich mit Austern
Und mit Rheinwein und Likören.

Zierlich sitzt ihm Rock und Höschen,
Doch noch zierlicher die Binde,
Und so kommt er jeden Morgen,
Fragt, ob ich mich wohl befinde;

Spricht von meinem weiten Ruhme,
Meiner Anmuth, meinen Witzen;
Eifrig und geschäftig ist er,
Mir zu dienen, mir zu nützen.

Und des Abends in Gesellschaft,
Mit begeistertem Gesichte,
Deklamiert er vor den Damen
Meine göttlichen Gedichte.

O, wie ist es hocherfreulich,
Solchen Jüngling noch zu finden,
Jetzt in unsrer Zeit, wo täglich
Mehr und mehr die Bessern schwinden.

66.

Mir träumt: ich bin der liebe Gott,
Und sitz' im Himmel droben,
Und Englein sitzen um mich her,
Die meine Verse loben.

Und Kuchen ess' ich und Konfekt
Für manchen lieben Gulden,
Und Kardinal trink' ich dabei,
Und habe keine Schulden.

Doch Langeweile plagt mich sehr,
Ich wollt', ich wär' auf Erden,
Und wär' ich nicht der liebe Gott,
Ich könnt' des Teufels werden.

„Du langer Engel Gabriel,
Geh', mach' dich auf die Sohlen,
Und meinen theuern Freund Eugen
Sollst du herauf mir holen.

„Such' ihn nicht im Kollegium,
Such' ihn beim Glas Tokaier;
Such' ihn nicht in der Hedwigskirch',
Such' ihn bei Mamsell Meyer."

Da breitet aus sein Flügelpaar
Und fliegt herab der Engel,
Und packt ihn auf, und bringt herauf
Den Freund, den lieben Bengel.

„Ja, Jung', ich bin der liebe Gott,
Und ich regier' die Erde!
Ich hab's ja immer dir gesagt,
Dafs ich was Recht's noch werde.

„Und Wunder thu' ich alle Tag',
Die sollen dich entzücken!
Und dir zum Spaße will ich heut
Die Stadt Berlin beglücken.

„Die Pflastersteine auf der Straß',
Die sollen jetzt sich spalten,
Und eine Auster, frisch und klar,
Soll jeder Stein enthalten.

„Ein Regen von Citronensaft
Soll thauig sie begießen,
Und in den Straßengössen soll
Der beste Rheinwein fließen."

Wie freuen die Berliner sich,
Sie gehen schon an's Fressen;
Die Herren von dem Landgericht,
Die saufen aus den Gössen.

Wie freuen die Poeten sich
Bei solchem Götterfraße!
Die Lieutnants und die Fähnderichs
Die lecken ab die Straße.

Die Lieutnants und die Fähnderichs,
Das sind die klügsten Leute,
Sie denken: alle Tag' geschieht
Kein Wunder so wie heute.

67.

Ich hab' euch im besten Juli verlassen,
Und find' euch wieder im Januar;
Ihr saßet damals so recht in der Hitze,
Jetzt seid ihr gekühlt und kalt sogar.

Bald scheid' ich nochmals, und komm' ich einst wieder,
Dann seid ihr weder warm noch kalt,
Und über eure Gräber schreit' ich,
Und das eigne Herz ist arm und alt.

68.

Von schönen Lippen fortgedrängt, getrieben
Aus schönen Armen, die uns fest umschlossen!
Ich wäre gern noch einen Tag geblieben,
Da kam der Schwager schon mit seinen Rossen.
Das ist das Leben, Kind! ein ewig Jammern,
Ein ewig Abschiednehmen, ew'ges Trennen!
Konnt' denn dein Herz das mein'ge nicht umklammern?
Hat selbst dein Auge mich nicht halten können?

69.

Und bist du erst mein eh'lich Weib,
Dann bist du zu beneiden,
Dann lebst du in lauter Zeitvertreib,
In lauter Plaisir und Freuden.

Und wenn du schiltst und wenn du tobst,
Ich werd' es geduldig leiden;
Doch wenn du meine Verse nicht lobst,
Lass' ich mich von dir scheiden.

70.

Bist du wirklich mir so feindlich,
Bist du wirklich ganz verwandelt?
Aller Welt will ich es klagen,
Dass du mich so schlecht behandelt.

O ihr undankbaren Lippen,
Sagt, wie könnt ihr Schlimmes sagen
Von dem Manne, der so liebend
Euch geküsst in schönen Tagen?

71.

Dämmernd liegt der Sommerabend
Ueber Wald und grünen Wiesen;
Gold'ner Mond im blauen Himmel
Strahlt herunter, duftig labend.

An dem Bache zirpt die Grille,
Und es regt sich in dem Wasser,
Und der Wand'rer hört ein Plätschern
Und ein Athmen in der Stille.

Dorten, an dem Bach alleine,
Badet sich die schöne Elfe;
Arm und Nacken, weiß und lieblich,
Schimmern in dem Mondenscheine.

72.

Nacht liegt auf den fremden Wegen, —
Krankes Herz und müde Glieder; —
Ach, da fließt, wie stiller Segen,
Süßer Mond, dein Licht hernieder.

Süßer Mond, mit deinen Strahlen
Scheuchest du das nächt'ge Grauen;
Es zerrinnen meine Qualen,
Und die Augen überthauen.

73.

Der Tod, Das ist die kühle Nacht,
Das Leben ist der schwüle Tag.
Es dunkelt schon, mich schläfert,
Der Tag hat mich müd' gemacht.

Ueber mein Bett erhebt sich ein Baum,
Drin singt die junge Nachtigall;
Sie singt von lauter Liebe,
Ich hör' es sogar im Traum.

74.

„Sag, wo ist dein schönes Liebchen,
Das du einst so schön besungen,
Als die zaubermächt'gen Flammen
Wunderbar dein Herz durchdrungen?"

Jene Flammen sind erloschen,
Und mein Herz ist kalt und trübe,
Und dies Büchlein ist die Urne
Mit der Asche meiner Liebe.

75.

Wie dunkle Träume stehen
Die Häuser in langer Reih';
Tief eingehüllt im Mantel,
Schreite ich schweigend vorbei.

Der Thurm der Kathedrale
Verkündet die zwölfte Stund';
Mit ihren Reizen und Küssen
Erwartet mich Liebchen jetzund.

Der Mond ist mein Begleiter,
Er leuchtet mir freundlich vor;
Da bin ich an ihrem Hause,
Und freudig ruf' ich empor:

„Ich danke dir, alter Vertrauter,
Daſs du meinen Weg erhellt;
Jetzt will ich dich entlassen,
Jetzt leuchte der übrigen Welt!

„Und findest du einen Verliebten,
Der einsam klagt sein Leid,
So tröst' ihn, wie du mich selber
Getröstet in alter Zeit."

76.

Habe auch in jungen Jahren
Manches bittre Leid erfahren
Von der Liebe Gluth.
Doch das Holz ist gar zu theuer,
Und erlöschen will das Feuer,
Ma foi! und Das ist gut.

Das bedenke, junge Schöne,
Schicke fort die dumme Thräne
Und den dummen Liebesharm.
Ist das Leben dir geblieben,
So vergiſs das alte Lieben,
Ma foi! in meinen Arm.

77.

An deine schneeweiße Schulter
Hab' ich mein Haupt gelehnt,
Und heimlich kann ich behorchen,
Wonach dein Herz sich sehnt.

Es blasen die blauen Husaren,
Und reiten zum Thor herein,
Und morgen will mich verlassen
Die Herzallerliebste mein.

Und willst du mich morgen verlassen,
So bist du doch heute noch mein,
Und in deinen schönen Armen
Will ich doppelt selig sein.

78.

Es blasen die blauen Husaren,
Und reiten zum Thor hinaus;
Da komm' ich, Geliebte, und bringe
Dir einen Rosenstrauß.

Das war eine wilde Wirthschaft!
Kriegsvolk und Landesplag'!
Sogar in deinem Herzchen
Viel Einquartierung lag.

79.

Ach, die Augen sind es wieder,
Die mich einst so lieblich grüßten,
Und es sind die Lippen wieder,
Die das Leben mir versüßten!

Auch die Stimme ist es wieder,
Die ich einst so gern gehöret!
Nur ich selber bin's nicht wieder,
Bin verändert heimgekehret.

Von den weißen, schönen Armen
Fest und liebevoll umschlossen,
Lieg' ich jetzt an ihrem Herzen
Dumpfen Sinnes und verdrossen.

80.

Auf den Wällen Salamanka's
Sind die Lüfte lind und labend;
Dort mit meiner holden Donna
Wandle ich am Sommerabend.

Um den schlanken Leib der Schönen
Hab' ich meinen Arm gebogen,
Und mit sel'gem Finger fühl' ich
Ihres Busens stolzes Wogen.

Doch ein ängstliches Geflüster
Zieht sich durch die Lindenbäume,
Und der dunkle Mühlbach unten
Murmelt böse, bange Träume.

„Ach, Sennora, Ahnung sagt mir:
Einst wird man mich relegieren,
Und auf Salamanka's Wällen
Geh'n wir nimmermehr spazieren."

81.

Neben mir wohnt Don Henriquez,
Den man auch den Schönen nennet;
Nachbarlich sind unsre Zimmer,
Nur von dünner Wand getrennet.

Salamanka's Damen glühen,
Wenn er durch die Straßen schreitet,
Sporenklirrend, schnurrbartkräuselnd,
Und von Hunden stets begleitet.

Doch in stiller Abendstunde
Sitzt er ganz allein daheime,
In den Händen die Guitarre,
In der Seele süße Träume.

In die Saiten greift er bebend
Und beginnt zu phantasieren —
Ach! wie Katzenjammer quält mich
Sein Geschnarr und Quinquilieren.

82.

Kaum sahen wir uns, und an Augen und Stimme
Merkt' ich, dass du mir gewogen bist;
Stand nicht dabei die Mutter, die schlimme,
Ich glaube, wir hätten uns gleich geküsst.

Und morgen verlasse ich wieder das Städtchen,
Und eile fort im alten Lauf;
Dann lauert am Fenster mein blondes Mädchen,
Und freundliche Grüße werf' ich hinauf.

83.

Ueber die Berge steigt schon die Sonne,
Die Lämmerherde läutet fern;
Mein Liebchen, mein Lamm, meine Sonne und Wonne,
Noch einmal säh' ich dich gar zu gern!

Ich schaue hinauf mit spähender Miene —
Leb' wohl, mein Kind, ich wand're von hier!
Vergebens! Es regt sich keine Gardine;
Sie liegt noch und schläft — und träumt von mir?

84.

Wir fuhren allein im dunkeln
Postwagen die ganze Nacht;
Wir ruhten einander am Herzen,
Wir haben gescherzt und gelacht.

Doch als es Morgens tagte,
Mein Kind, wie staunten wir!
Denn zwischen uns saß Amor,
Der blinde Passagier.

85.

Das weiß Gott, wo sich die tolle
Dirne einquartieret hat;
Fluchend in dem Regenwetter
Lauf' ich durch die ganze Stadt.

Bin ich doch von einem Gasthof
Nach dem andern hingerannt,
Und an jeden groben Kellner
Hab' ich mich umsonst gewandt.

Da erblick' ich sie am Fenster,
Und sie winkt und kichert hell.
Konnt' ich wissen, du bewohntest,
Mädchen, solches Pracht-Hotel!

86.

Zu Halle auf dem Markt,
Da steh'n zwei große Löwen.
Ei, du hallischer Löwentrotz,
Wie hat man dich gezähmet!

Zu Halle auf dem Markt,
Da steht ein großer Riese.
Er hat ein Schwert und regt sich nicht,
Er ist vor Schreck versteinert.

Zu Halle auf dem Markt,
Da steht eine große Kirche.
Die Burschenschaft und die Landsmannschaft,
Die haben dort Platz zum Beten.

Götterdämmerung.

Der Mai ist da mit seinen gold'nen Lichtern
Und seid'nen Lüften und gewürzten Düften,
Und freundlich lockt er mit den weißen Blüthen,
Und grüßt aus tausend blauen Veilchenaugen,
Und breitet aus den blumreich grünen Teppich,
Durchwebt mit Sonnenschein und Morgenthau,
Und ruft herbei die lieben Menschenkinder.
Das blöde Volk gehorcht dem ersten Ruf;
Die Männer zieh'n die Nankinghosen an
Und Sonntagsröck' mit gold'nen Spiegelknöpfen;
Die Frauen kleiden sich in Unschuldweiß;
Jünglinge kräuseln sich den Frühlingsschnurrbart;
Jungfrauen lassen ihre Busen wallen;
Die Stadtpoeten stecken in die Tasche
Papier und Bleistift und Lorgnett', — und jubelnd
Zieht nach dem Thor die krausbewegte Schar,
Und lagert draußen sich auf grünem Rasen,
Bewundert, wie die Bäume fleißig wachsen,
Spielt mit den bunten, zarten Blümelein,
Horcht auf den Sang der lust'gen Vögelein,
Und jauchzt hinauf zum blauen Himmelszelt.

Zu mir kam auch der Mai. Er klopfte dreimal
An meine Thür, und rief: „Ich bin der Mai,
Du bleicher Träumer, komm, ich will dich küssen!"
Ich hielt verriegelt meine Thür, und rief:
Vergebens lockst du mich, du schlimmer Gast.
Ich habe dich durchschaut, ich hab' durchschaut
Den Bau der Welt, und hab' zu Viel geschaut,
Und viel zu tief, und hin ist alle Freude,
Und ew'ge Qualen zogen in mein Herz.
Ich schaue durch die steinern harten Rinden
Der Menschenhäuser und der Menschenherzen,
Und schau' in beiden Lug und Trug und Elend.

Auf den Gesichtern les' ich die Gedanken,
Viel schlimme. In der Jungfrau Schamerröthen
Seh' ich geheime Lust begehrlich zittern;
Auf dem begeistert stolzen Jünglingshaupt
Seh' ich die lachend bunte Schellenkappe;
Und Fratzenbilder nur und sieche Schatten
Seh' ich auf dieser Erde, und ich weiß nicht,
Ist sie ein Tollhaus oder Krankenhaus.
Ich sehe durch den Grund der alten Erde,
Als sei sie von Krystall, und seh' das Grausen,
Das mit dem freud'gen Grüne zu bedecken
Der Mai vergeblich strebt. Ich seh' die Todten,
Sie liegen unten in den schmalen Särgen,
Die Händ' gefaltet und die Augen offen,
Weiß das Gewand und weiß das Angesicht,
Und durch die Lippen kriechen gelbe Würmer.
Ich seh', der Sohn setzt sich mit seiner Buhle
Zur Kurzweil nieder auf des Vaters Grab;
Spottlieder singen rings die Nachtigallen,
Die sanften Wiesenblumen lachen hämisch,
Der todte Vater regt sich in dem Grab —
Und schmerzhaft zuckt die alte Mutter Erde.

Du arme Erde, deine Schmerzen kenn' ich!
Ich seh' die Gluth in deinem Busen wühlen,
Und deine tausend Adern seh' ich bluten,
Und seh', wie deine Wunde klaffend aufreißt,
Und wild hervorströmt Flamm' und Rauch und Blut.
Ich sehe deine trotz'gen Riesensöhne,
Uralte Brut, aus dunkeln Schlünden steigend
Und rothe Fackeln in den Händen schwingend;
Sie legen ihre Eisenleiter an
Und stürmen wild hinauf zur Himmelsfeste; —
Und schwarze Zwerge klettern nach, und knisternd
Zerstieben droben alle gold'nen Sterne.
Mit frecher Hand reißt man den gold'nen Vorhang
Vom Zelte Gottes, heulend stürzen nieder
Auf's Angesicht die frommen Engelscharen.
Auf seinem Throne sitzt der bleiche Gott,
Reißt sich vom Haupt die Kron', zerrauft sein Haar —
Und näher dringt heran die wilde Rotte.

Die Riesen werfen ihre rothen Fackeln
In's weite Himmelreich, die Zwerge schlagen
Mit Flammengeißeln auf der Englein Rücken —
Die winden sich und krümmen sich vor Qualen,
Und werden bei den Haaren fortgeschleudert. —
Und meinen eignen Engel seh' ich dort,
Mit seinen blonden Locken, süßen Zügen,
Und mit der ew'gen Liebe um den Mund,
Und mit der Seligkeit im blauen Auge —
Und ein entsetzlich häßlich schwarzer Kobold
Reißt ihn vom Boden, meinen bleichen Engel,
Beäugelt grinsend seine edlen Glieder,
Umschlingt ihn fest mit zärtlicher Umschlingung —
Und gellend dröhnt ein Schrei durch's ganze Weltall,
Die Säulen brechen, Erd' und Himmel stürzen
Zusammen, und es herrscht die alte Nacht.

Ratcliff.

Der Traumgott brachte mich in eine Landschaft,
Wo Trauerweiden mir „Willkommen" winkten
Mit ihren langen, grünen Armen, wo die Blumen
Mit klugen Schwesteraugen still mich ansah'n,
Wo mir vertraulich klang der Vögel Zwitschern,
Wo gar der Hunde Bellen mir bekannt schien,
Und Stimmen und Gestalten mich begrüßten
Wie einen alten Freund, und wo doch Alles
So fremd mir schien, so wunderseltsam fremd.
Vor einem ländlich schmucken Hause stand ich;
In meiner Brust bewegte sich's, im Kopfe
War's ruhig, ruhig schüttelte ich ab
Den Staub von meinen Reisekleidern,
Grell klang die Klingel und die Thür ging auf.

Da waren Männer, Frauen, viel' bekannte
Gesichter. Stiller Kummer lag auf allen
Und heimlich scheue Angst. Seltsam verstört,
Mit Beileidsmienen fast, sah'n sie mich an,
Dass es mir selber durch die Seele schauert',
Wie Ahnung eines unbekannten Unheils.

Die alte Marg'reth hab' ich gleich erkannt;
Ich sah sie forschend an, jedoch sie sprach nicht.
„Wo ist Maria?“ fragt' ich, doch sie sprach nicht,
Griff leise meine Hand, und führte mich
Durch viele lange, leuchtende Gemächer,
Wo Prunk und Pracht und Todtenstille herrschte,
Und führt' mich endlich in ein dämmernd' Zimmer,
Und zeigt' mit abgewandtem Angesicht
Nach der Gestalt, die auf dem Sopha saß.
„Sind Sie Maria?“ fragt' ich. Innerlich
Erstaunt' ich selber ob der Festigkeit,
Womit ich sprach. Und steinern und metalllos
Scholl ein Stimm': „So nennen mich die Leute.“
Ein schneidend Weh durchfröstelte mich da,
Denn jener hohle, kalte Ton war doch
Die einst so süße Stimme von Maria!
Und jenes Weib im fahlen Lilakleid,
Nachlässig angezogen, Busen schlotternd,
Die Augen gläsern starr, die Wangenmuskeln
Des weißen Angesichtes lederschlaff —
Ach, jenes Weib war doch die einst so schöne,
Die blühend holde, liebliche Maria!
„Sie waren lang' auf Reisen!“ sprach sie laut,
Mit kalt unheimlicher Vertraulichkeit,
„Sie schau'n nicht mehr so schmachtend, liebster Freund,
Sie sind gesund, und pralle Lend' und Wade
Bezeugt Solidität.“ Ein süßlich Lächeln
Umzitterte den gelblich blassen Mund.
In der Verwirrung sprach's aus mir hervor:
„Man sagte mir, Sie haben sich vermählt?“
„Ach ja!“ sprach sie gleichgültig laut und lachend,
„Hab' einen Stock von Holz, der überzogen
Mit Leder ist, Gemahl sich nennt; doch Holz
Ist Holz!“ Und klanglos widrig lachte sie,
Daſs kalte Angst durch meine Seele rann,
Und Zweifel mich ergriff: — sind Das die keuschen,
Die blumenkeuschen Lippen von Maria?
Sie aber hob sich in die Höh', nahm rasch
Vom Stuhl den Kaschemir, warf ihn
Um ihren Hals, hing sich an meinen Arm,
Zog mich von hinnen durch die off'ne Hausthür,

Und zog mich fort durch Feld und Busch und Au.
Die glühend rothe Sonnenscheibe schwebte
Schon niedrig, und ihr Purpur überstrahlte
Die Bäume und die Blumen und den Strom,
Der in der Ferne majestätisch floss.
„Sehn Sie das große gold'ne Auge schwimmen
Im blauen Wasser?" rief Maria hastig.
„Still, armes Wesen!" sprach ich, und ich schaute
Im Dämmerlicht ein märchenhaftes Weben.
Es stiegen Nebelbilder aus den Feldern,
Umschlangen sich mit weißen, weichen Armen!
Die Veilchen sah'n sich zärtlich an, sehnsüchtig
Zusammenbeugten sich die Liljenkelche;
Auf allen Rosen glühten Wollustgluthen;
Die Nelken wollten sich im Hauch entzünden;
In sel'gen Düften schwelgten alle Blumen,
Und alle weinten stille Wonnethränen,
Und alle jauchzten: „Liebe! Liebe! Liebe!"
Die Schmetterlinge flatterten, die hellen
Goldkäfer summten feine Elfenliedchen,
Die Abendwinde flüsterten, es rauschten
Die Eichen, schmelzend sang die Nachtigall —
Und zwischen all dem Flüstern, Rauschen, Singen
Schwatzte mit blechern klanglos kalter Stimme
Das welke Weib, das mir am Arme hing:
„Ich kenn' ihr nächtlich Treiben auf dem Schloss;
Der lange Schatten ist ein guter Tropf,
Er nickt und winkt zu Allem, was man will;
Der Blaurock ist ein Engel; doch der Rothe
Mit blankem Schwert ist Ihnen spinnefeind."
Und noch viel bunt're, wunderliche Reden
Schwatzt' sie in Einem fort, und setzte sich
Ermüdet mit mir nieder auf die Moosbank,
Die unterm alten Eichenbaume steht.

Da saßen wir beisammen, still und traurig,
Und sah'n uns an, und wurden immer traur'ger.
Die Eiche säuselte wie Sterbeseufzer,
Tiefschmerzlich sang die Nachtigall herab.
Doch rothe Lichter drangen durch die Blätter,
Umflimmerten Maria's weißes Antlitz,

Und lockten Gluth aus ihren starren Augen,
Und mit der alten, süßen Stimme sprach sie:
„Wie wusstest du, dass ich so elend bin?
Ich las es jüngst in deinen wilden Liedern.“

Eiskalt durchzog's mir da die Brust, mir graust',
Ob meinem eignen Wahnsinn, der die Zukunft
Geschaut, es zuckte dunkel durch mein Hirn,
Und vor Entsetzen bin ich aufgewacht.

Donna Clara.

In dem abendlichen Garten
Wandelt des Alkaden Tochter;
Pauken und Drommetenjubel
Klingt herunter von dem Schlosse.

„Lästig werden mir die Tänze
Und die süßen Schmeichelworte,
Und die Ritter, die so zierlich
Mich vergleichen mit der Sonne.

„Ueberlästig wird mir Alles,
Seit ich sah beim Strahl des Mondes
Jenen Ritter, dessen Laute
Nächtens mich an's Fenster lockte.

„Wie er stand so schlank und muthig,
Und die Augen leuchtend schossen
Aus dem edelblassen Antlitz,
Glich er wahrlich Sankt Georgen.“

Also dachte Donna Clara,
Und sie schaute auf den Boden;
Wie sie aufblickt, steht der schöne,
Unbekannte Ritter vor ihr.

Händedrückend, liebeflüsternd
Wandeln sie umher im Mondschein.
Und der Zephyr schmeichelt freundlich,
Märchenartig grüßen Rosen.

Märchenartig grüßen Rosen,
Und sie glüh'n wie Liebesboten. —
Aber sage mir, Geliebte,
Warum du so plötzlich roth wirst?

„Mücken stachen mich, Geliebter,
Und die Mücken sind im Sommer
Mir so tief verhasst, als wären's
Langenas'ge Judenrotten.“

Lass die Mücken und die Juden,
Spricht der Ritter, freundlich kosend.
Von den Mandelbäumen fallen
Tausend weiße Blüthenflocken.

Tausend weiße Blüthenflocken
Haben ihren Duft ergossen. —
Aber sage mir, Geliebte,
Ist dein Herz mir ganz gewogen?

„Ja, ich liebe dich, Geliebter,
Bei dem Heiland sei's geschworen,
Den die gottverfluchten Juden
Boshaft tückisch einst ermordet.“

Lass den Heiland und die Juden,
Spricht der Ritter, freundlich kosend.
In der Ferne schwanken traumhaft
Weiße Lilien, lichtumflossen.

Weiße Liljen, lichtumflossen,
Blicken nach den Sternen droben. —
Aber sage mir, Geliebte,
Hast du auch nicht falsch geschworen?

„Falsch ist nicht in mir, Geliebter,
Wie in meiner Brust kein Tropfen
Blut ist von dem Blut der Mohren
Und des schmutz'gen Judenvolkes."

Laſs die Mohren und die Juden,
Spricht der Ritter, freundlich kosend;
Und nach einer Myrtenlaube
Führt er die Alkadentochter.

Mit den weichen Liebesnetzen
Hat er heimlich sie umflochten!
Kurze Worte, lange Küsse,
Und die Herzen überflossen.

Wie ein schmelzend süßes Brautlied
Singt die Nachtigall, die holde;
Wie zum Fackeltanze hüpfen
Feuerwürmchen auf dem Boden.

In der Laube wird es stiller,
Und man hört nur, wie verstohlen,
Das Geflüster kluger Myrten
Und der Blumen Athemholen.

Aber Pauken und Drommeten
Schallen plötzlich aus dem Schlosse,
Und erwachend hat sich Clara
Aus des Ritters Arm gezogen.

„Horch! da ruft es mich, Geliebter,
Doch, bevor wir scheiden, sollst du
Nennen deinen lieben Namen,
Den du mir so lang' verborgen."

Und der Ritter, heiter lächelnd,
Küſst die Finger seiner Donna,
Küſst die Lippen und die Stirne,
Und er spricht zuletzt die Worte:

Ich, Sennora, Eu'r Geliebter,
Bin der Sohn des vielbelobten,
Großen, schriftgelehrten Rabbi
Israel von Saragossa.

Almansor.

1.

In dem Dome zu Cordova
Stehen Säulen, dreizehnhundert,
Dreizehnhundert Riesensäulen
Tragen die gewalt'ge Kuppel.

Und auf Säulen, Kuppel, Wänden
Zieh'n von oben sich bis unten
Des Korans arab'sche Sprüche,
Klug und blumenhaft verschlungen.

Mohrenkön'ge bauten weiland
Dieses Haus zu Allah's Ruhme,
Doch hat Vieles sich verwandelt
In der Zeiten dunkelm Strudel.

Auf dem Thurme, wo der Thürmer
Zum Gebete aufgerufen,
Tönet jetzt der Christenglocken
Melancholisches Gesumme.

Auf den Stufen, wo die Gläub'gen
Das Prophetenwort gesungen,
Zeigen jetzt die Glatzenpfäfflein
Ihrer Messe fades Wunder.

Und das ist ein Dreh'n und Winden
Vor den buntbemalten Puppen,
Und Das blökt und dampft und klingelt,
Und die dummen Kerzen funkeln.

In dem Dome zu Cordova
Steht Almansor ben Abdullah,
All' die Säulen still betrachtend,
Und die stillen Worte murmelnd:

„O, ihr Säulen, stark und riesig,
Einst geschmückt zu Allah's Ruhme,
Jetzo müsst ihr dienend huld'gen
Dem verhassten Christenthume!

„Ihr bequemt euch in die Zeiten,
Und ihr tragt die Last geduldig;
Ei, da muss ja wohl der Schwäch're
Noch viel leichter sich beruh'gen."

Und sein Haupt, mit heiterm Antlitz,
Beugt Almansor ben Abdullah
Ueber den gezierten Taufstein,
In dem Dome zu Cordova.

2.

Hastig schritt er aus dem Dome,
Jagte fort auf wildem Rappen,
Dass im Wind die feuchten Locken
Und des Hutes Federn wallen.

Auf dem Weg nach Alkolea,
Dem Guadalquivir entlange,
Wo die weißen Mandeln blühen,
Und die duft'gen Gold-Orangen;

Dorten jagt der lust'ge Ritter,
Pfeift und singt, und lacht behaglich,
Und es stimmen ein die Vögel
Und des Stromes laute Wasser.

In dem Schloss zu Alkolea
Wohnet Clara de Alvares,
In Navarra kämpft ihr Vater,
Und sie freut sich mindern Zwanges.

Und Almansor hört schon ferne
Pauken und Drommeten schallen,
Und er sieht des Schlosses Lichter
Blitzen durch der Bäume Schatten.

In dem Schloss zu Alkolea
Tanzen zwölf geschmückte Damen,
Tanzen zwölf geschmückte Ritter,
Doch am schönsten tanzt Almansor.

Wie beschwingt von munt'rer Laune
Flattert er herum im Saale,
Und er weiß den Damen allen
Süße Schmeichelei'n zu sagen.

Isabellens schöne Hände
Küsst er rasch, und springt von dannen,
Und er setzt sich vor Elviren,
Und er schaut ihr froh in's Antlitz.

Lachend fragt er Leonoren:
Ob er heute ihr gefalle?
Und er zeigt die gold'nen Kreuze,
Eingestickt in seinen Mantel.

Er versichert jeder Dame,
Dass er sie im Herzen trage;
Und „so wahr ich Christ bin!“ schwört er
Dreißig Mal an jenem Abend.

3.

In dem Schloss zu Alkolea
Ist verschollen Lust und Klingen,
Herrn und Damen sind verschwunden,
Und erloschen sind die Lichter.
Donna Clara und Almansor
Sind allein im Saal geblieben;
Einsam streut die letzte Lampe
Ueber Beide ihren Schimmer.

Auf dem Sessel sitzt die Dame,
Auf dem Schemel sitzt der Ritter,
Und sein Haupt, das schlummermüde,
Ruht auf den geliebten Knieen.
Rosenöl aus gold'nem Fläschchen
Gießt die Dame sorgsam sinnend,
Auf Almansor's braune Locken —
Und er seufzt aus Herzenstiefe.

Süßen Kuſs, mit sanftem Munde,
Drückt die Dame, sorgsam sinnend,
Auf Almansor's braune Locken —
Und es wölkt sich seine Stirne.

Thränenfluth aus lichten Augen
Weint die Dame, sorgsam sinnend,
Auf Almansor's braune Locken —
Und es zuckt um seine Lippen.

Und er träumt: er stehe wieder,
Tief das Haupt gebeugt und triefend
In dem Dome zu Cordova,
Und er hört viel dunkle Stimmen.

All' die hohen Riesensäulen
Hört er murmeln unmuthgrimmig,
Länger wollen sie's nicht tragen,
Und sie wanken und sie zittern; —

Und sie brechen wild zusammen,
Es erbleichen Volk und Priester,
Krachend stürzt herab die Kuppel
Und die Christengötter wimmern.

Die Wallfahrt nach Kevlaar.

I.

Am Fenster stand die Mutter,
Im Bette lag der Sohn.
„Willst du nicht aufsteh'n, Wilhelm,
Zu schau'n die Procession?"

„Ich bin so krank, o Mutter,
Daſs ich nicht hör' und seh';
Ich denk' an das todte Gretchen,
Da thut das Herz mir weh." —

„Steh' auf, wir wollen nach Kevlaar,
Nimm Buch und Rosenkranz;
Die Mutter-Gottes heilt dir
Dein krankes Herze ganz."

Es flattern die Kirchenfahnen,
Es singt im Kirchenton;
Das ist zu Köln am Rheine,
Da geht die Procession.

Die Mutter folgt der Menge,
Den Sohn, Den führet sie,
Sie singen Beide im Chore:
„Gelobt seist du, Marie!"

2.

Die Mutter-Gottes zu Kevlaar
Trägt heut' ihr bestes Kleid;
Heut' hat sie Viel zu schaffen,
Es kommen viel' kranke Leut'.

Die kranken Leute bringen
Ihr dar als Opferspend'
Aus Wachs gebildete Glieder,
Viel' wächserne Füß' und Händ'.

Und wer eine Wachshand opfert,
Dem heilt an der Hand die Wund';
Und wer einen Wachsfuß opfert,
Dem wird der Fuß gesund.

Nach Kevlaar ging Mancher auf Krücken,
Der jetzo tanzt auf dem Seil,
Gar Mancher spielt jetzt die Bratsche,
Dem dort kein Finger war heil.

Die Mutter nahm ein Wachslicht,
Und bildete draus ein Herz.
„Bring' das der Mutter-Gottes,
Dann heilt sie deinen Schmerz."

Der Sohn nahm seufzend das Wachsherz,
Ging seufzend zum Heiligenbild;
Die Thräne quillt aus dem Auge,
Das Wort aus dem Herzen quillt:

„Du Hochgebenedeite,
Du reine Gottesmagd,
Du Königin des Himmels,
Dir sei mein Leid geklagt!

„Ich wohnte mit meiner Mutter
Zu Köllen in der Stadt,
Der Stadt, die viele hundert
Kapellen und Kirchen hat.

„Und neben uns wohnte Gretchen.
Doch Die ist todt jetzund —
Marie, dir bring' ich ein Wachsherz,
Heil du meine Herzenswund'.

„Heil du mein krankes Herze —
Ich will auch spät und früh
Inbrünstiglich beten und singen:
Gelobt seist du, Marie!"

3.

Der kranke Sohn und die Mutter,
Die schliefen im Kämmerlein;
Da kam die Mutter-Gottes
Ganz leise geschritten herein.

Sie beugte sich über den Kranken,
Und legte ihre Hand
Ganz leise auf sein Herze,
Und lächelte mild und schwand.

Die Mutter schaut Alles im Traume,
Und hat noch Mehr geschaut;
Sie erwachte aus dem Schlummer,
Die Hunde bellten so laut.

Da lag dahingestrecket
Ihr Sohn, und Der war todt;
Es spielt' auf den bleichen Wangen
Das lichte Morgenroth.

Die Mutter faltet' die Hände,
Ihr war, sie wusste nicht wie;
Andächtig sang sie leise:
„Gelobt seist du, Marie!"

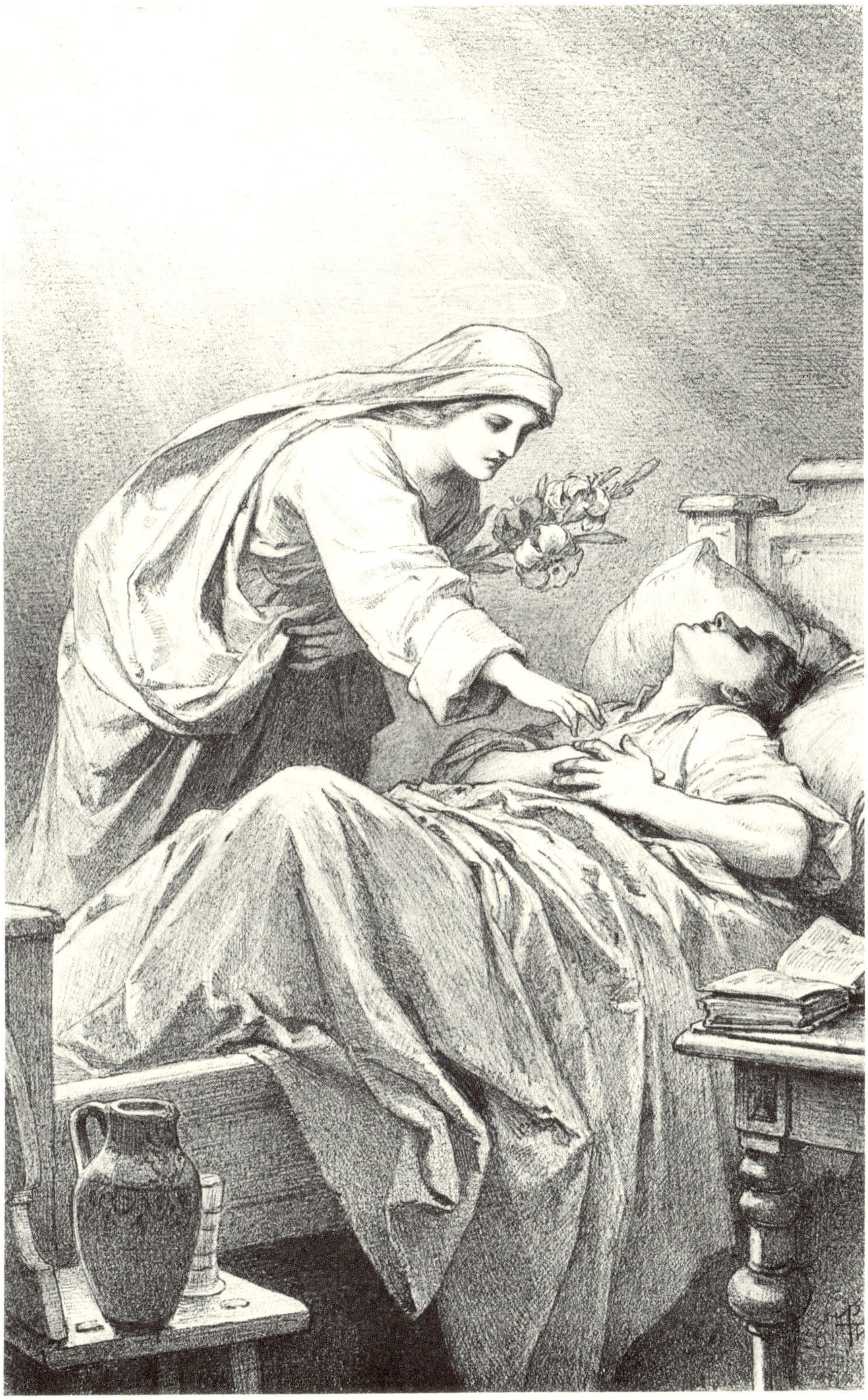

Aus der Harzreise.

1824.

Prolog.

Schwarze Röcke, seid'ne Strümpfe,
Weiße, höfliche Manschetten,
Sanfte Reden, Embrassieren —
Ach, wenn sie nur Herzen hätten!

Herzen in der Brust, und Liebe,
Warme Liebe in dem Herzen —
Ach, mich tödtet ihr Gesinge
Von erlog'nen Liebesschmerzen.

Auf die Berge will ich steigen,
Wo die frommen Hütten stehen,
Wo die Brust sich frei erschließet,
Und die freien Lüfte wehen.

Auf die Berge will ich steigen,
Wo die dunkeln Tannen ragen,
Bäche rauschen, Vögel singen,
Und die stolzen Wolken jagen.

Lebet wohl, ihr glatten Säle,
Glatte Herren, glatte Frauen!
Auf die Berge will ich steigen,
Lachend auf euch niederschauen.

Berg-Idylle.

1.

Auf dem Berge steht die Hütte,
Wo der alte Bergmann wohnt;
Dorten rauscht die grüne Tanne,
Und erglänzt der gold'ne Mond.

In der Hütte steht ein Lehnstuhl,
Ausgeschnitzelt wunderlich;
Der darauf sitzt, Der ist glücklich,
Und der Glückliche bin ich!

Auf dem Schemel sitzt die Kleine,
Stützt den Arm auf meinen Schoß;
Aeuglein wie zwei blaue Sterne,
Mündlein wie die Purpurros'.

Und die lieben blauen Sterne
Schau'n mich an so himmelgroß;
Und sie legt den Liljenfinger
Schalkhaft auf die Purpurros'.

Nein, es sieht uns nicht die Mutter,
Denn sie spinnt mit großem Fleiß,
Und der Vater spielt die Zither,
Und er singt die alte Weis'.

Und die Kleine flüstert leise,
Leise, mit gedämpftem Laut;
Manches wichtige Geheimnis
Hat sie mir schon anvertraut.

„Aber seit die Muhme todt ist,
Können wir ja nicht mehr geh'n
Nach dem Schützenhof zu Goslar,
Dorten ist es gar zu schön.

„Hier dagegen ist es einsam,
Auf der kalten Bergeshöh',
Und des Winters sind wir gänzlich
Wie begraben in dem Schnee.

„Und ich bin ein banges Mädchen,
Und ich fürcht' mich wie ein Kind
Vor den bösen Bergesgeistern,
Die des Nachts geschäftig sind.“

Plötzlich schweigt die liebe Kleine,
Wie vom eignen Wort erschreckt,
Und sie hat mit beiden Händchen
Ihre Aeugelein bedeckt.

Lauter rauscht die Tanne draußen
Und das Spinnrad schnurrt und brummt,
Und die Zither klingt dazwischen,
Und die alte Weise summt:

„Fürcht dich nicht, du liebes Kindchen,
Vor der bösen Geister Macht!
Tag und Nacht, du liebes Kindchen,
Halten Englein bei dir Wacht!“

2.

Tannenbaum, mit grünen Fingern,
Pocht an's nied're Fensterlein,
Und der Mond, der stille Lauscher,
Wirft sein gold'nes Licht herein.

Vater, Mutter schnarchen leise
In dem nahen Schlafgemach;
Doch wir Beide, selig schwatzend,
Halten uns einander wach.

„Dafs du gar zu oft gebetet,
Das zu glauben wird mir schwer,
Jenes Zucken deiner Lippen
Kommt wohl nicht vom Beten her.

„Jenes böse, kalte Zucken,
Das erschreckt mich jedesmal,
Doch die dunkle Angst beschwichtigt
Deiner Augen frommer Strahl.

„Auch bezweifl' ich, dafs du glaubest,
Was so rechter Glaube heißt, —
Glaubst wohl nicht an Gott den Vater,
An den Sohn und heil'gen Geist?"

Ach, mein Kindchen, schon als Knabe,
Als ich saß auf Mutters Schoß,
Glaubte ich an Gott den Vater,
Der da waltet gut und groß!

Der die schöne Erd' erschaffen,
Und die schönen Menschen drauf,
Der den Sonnen, Monden, Sternen
Vorgezeichnet ihren Lauf.

Als ich größer wurde, Kindchen,
Noch Viel mehr begriff ich schon,
Ich begriff und ward vernünftig,
Und ich glaubt' auch an den Sohn;

An den lieben Sohn, der liebend
Uns die Liebe offenbart,
Und zum Lohne, wie gebräuchlich,
Von dem Volk gekreuzigt ward.

Jetzo, da ich ausgewachsen,
Viel gelesen, viel gereist,
Schwillt mein Herz, und ganz von Herzen
Glaub' ich an den heil'gen Geist.

Dieser that die größten Wunder,
Und viel größ're thut er noch;
Er zerbrach die Zwingherrnburgen,
Und zerbrach des Knechtes Joch.

Alte Todeswunden heilt er,
Und erneut das alte Recht:
Alle Menschen, gleichgeboren,
Sind ein adliges Geschlecht.

Er verscheucht die bösen Nebel
Und das dunkle Hirngespinst,
Das uns Lieb' und Lust verleidet,
Tag und Nacht uns angegrinst.

Tausend Ritter, wohlgewappnet,
Hat der heil'ge Geist erwählt,
Seinen Willen zu erfüllen;
Und er hat sie muthbeseelt.

Ihre theuren Schwerter blitzen,
Ihre guten Banner weh'n!
Ei, du möchtest wohl, mein Kindchen,
Solche stolze Ritter seh'n?

Nun, so schau mich an, mein Kindchen,
Küsse mich, und schaue dreist;
Denn ich selber bin ein solcher
Ritter von dem heil'gen Geist.

3.

Still versteckt der Mond sich draußen
Hinter'm grünen Tannenbaum,
Und im Zimmer uns're Lampe
Flackert matt und leuchtet kaum.

Aber meine blauen Sterne
Strahlen auf in heller'm Licht,
Und es glüh'n die Purpurröslein,
Und das liebe Mädchen spricht:

„Kleines Völkchen, Wichtelmännchen,
Stehlen unser Brot und Speck,
Abends liegt es noch im Kasten,
Und des Morgens ist es weg.

„Kleines Völkchen, uns're Sahne
Nascht es von der Milch, und lässt
Unbedeckt die Schüssel stehen,
Und die Katze säuft den Rest.

„Und die Katz' ist eine Hexe,
Denn sie schleicht bei Nacht und Sturm
Drüben nach dem Geisterberge,
Nach dem altverfall'nen Thurm.

„Dort hat einst ein Schloss gestanden,
Voller Lust und Waffenglanz;
Blanke Ritter, Frau'n und Knappen
Schwangen sich im Fackeltanz.

„Da verwünschte Schloss und Leute
Eine böse Zauberin;
Nur die Trümmer blieben stehen,
Und die Eulen nisten drin.

„Doch die sel'ge Muhme sagte:
Wenn man spricht das rechte Wort
Nächtlich zu der rechten Stunde,
Drüben an dem rechten Ort,

„So verwandeln sich die Trümmer
Wieder in ein helles Schloss,
Und es tanzen wieder lustig
Ritter, Frau'n und Knappentross;

„Und wer jenes Wort gesprochen,
Dem gehören Schloss und Leut',
Pauken und Trompeten huld'gen
Seiner jungen Herrlichkeit."

Also blühen Märchenbilder
Aus des Mundes Röselein,
Und die Augen gießen drüber
Ihren blauen Sternenschein.

Ihre gold'nen Haare wickelt
Mir die Kleine um die Händ',
Giebt den Fingern hübsche Namen,
Lacht und küsst, und schweigt am End'.

Und im stillen Zimmer Alles
Blickt mich an so wohlvertraut;
Tisch und Schrank, mir ist, als hätt' ich
Sie schon früher mal geschaut.

Freundlich ernsthaft schwatzt die Wanduhr,
Und die Zither, hörbar kaum,
Fängt von selber an zu klingen,
Und ich sitze wie im Traum.

Jetzo ist die rechte Stunde,
Und es ist der rechte Ort;
Ja, ich glaube, von den Lippen
Gleitet mir das rechte Wort.

Siehst du, Kindchen, wie schon dämmert
Und erbebt die Mitternacht!
Bach und Tannen brausen lauter,
Und der alte Berg erwacht.

Zitherklang und Zwergenlieder
Tönen aus des Berges Spalt,
Und es sprießt, wie'n toller Frühling,
Draus hervor ein Blumenwald; —

Blumen, kühne Wunderblumen,
Blätter, breit und fabelhaft,
Duftig bunt und hastig regsam',
Wie gedrängt von Leidenschaft.

Rosen, wild wie rothe Flammen,
Sprüh'n aus dem Gewühl hervor;
Liljen, wie krystall'ne Pfeiler,
Schießen himmelhoch empor.

Und die Sterne, groß wie Sonnen,
Schau'n herab mit Sehnsuchtgluth;
In der Liljen Riesenkelche
Strömet ihre Strahlenfluth.

Doch wir selber, liebes Kindchen,
Sind verwandelt noch viel mehr;
Fackelglanz und Gold und Seide
Schimmern lustig um uns her.

Du, du wurdest zur Prinzessin,
Diese Hütte ward zum Schloss,
Und da jubeln und da tanzen
Ritter, Frau'n und Knappentross.

Aber ich, ich hab' erworben
Dich und Alles, Schloss und Leut';
Pauken und Trompeten huld'gen
Meiner jungen Herrlichkeit!

Der Hirtenknabe.

König ist der Hirtenknabe,
Grüner Hügel ist sein Thron;
Ueber seinem Haupt die Sonne
Ist die große, gold'ne Kron'.

Ihm zu Füßen liegen Schafe,
Weiche Schmeichler, rothbekreuzt;
Kavaliere sind die Kälber,
Und sie wandeln stolzgespreizt.

Hofschauspieler sind die Böcklein;
Und die Vögel und die Küh',
Mit den Flöten, mit den Glöcklein,
Sind die Kammermusici.

Und Das klingt und singt so lieblich,
Und so lieblich rauschen drein
Wasserfall und Tannenbäume,
Und der König schlummert ein.

Unterdessen muss regieren
Der Minister, jener Hund,
Dessen knurriges Gebelle
Wiederhallet in der Rund'.

Schläfrig lallt der junge König:
„Das Regieren ist so schwer;
Ach, ich wollt', dass ich zu Hause
Schon bei meiner Kön'gin wär'!

„In den Armen meiner Kön'gin
Ruht mein Königshaupt so weich,
Und in ihren schönen Augen
Liegt mein unermesslich Reich!"

Auf dem Brocken.

Heller wird es schon im Osten
Durch der Sonne kleines Glimmen,
Weit und breit die Bergesgipfel
In dem Nebelmeere schwimmen.

Hätt' ich Siebenmeilenstiefeln,
Lief ich mit der Hast des Windes
Ueber jene Bergesgipfel
Nach dem Haus des lieben Kindes.

Von dem Bettchen, wo sie schlummert,
Zög' ich leise die Gardinen,
Leise küsst' ich ihre Stirne,
Leise ihres Mund's Rubinen.

Und noch leiser wollt' ich flüstern
In die kleinen Liljenohren:
Denk' im Traum, dass wir uns lieben,
Und dass wir uns nie verloren.

Die Ilse.

Ich bin die Prinzessin Ilse,
Und wohne im Ilsenstein;
Komm mit nach meinem Schlosse,
Wir wollen selig sein.

Dein Haupt will ich benetzen
Mit meiner klaren Well',
Du sollst deine Schmerzen vergessen,
Du sorgenkranker Gesell!

In meinen weißen Armen,
An meiner weißen Brust,
Da sollst du liegen und träumen
Von alter Märchenlust.

Ich will dich küssen und herzen,
Wie ich geherzt und geküsst
Den lieben Kaiser Heinrich,
Der nun gestorben ist.

Es bleiben todt die Todten,
Und nur der Lebendige lebt;
Und ich bin schön und blühend,
Mein lachendes Herze bebt.

Komm in mein Schloss herunter,
In mein krystallenes Schloss,
Dort tanzen die Fräulein und Ritter,
Es jubelt der Knappentross.

Es rauschen die seidenen Schleppen,
Es klirren die Eisenspor'n,
Die Zwerge trompeten und pauken,
Und fiedeln und blasen das Horn.

Doch dich soll mein Arm umschlingen,
Wie er Kaiser Heinrich umschlang; —
Ich hielt ihm zu die Ohren,
Wenn die Trompet' erklang.

Epilog.

Wie auf dem Felde die Weizenhalmen,
So wachsen und wogen im Menschengeist
Die Gedanken.
Aber die zarten Gedanken der Liebe
Sind wie lustig dazwischenblühende
Roth' und blaue Blumen.

Roth' und blaue Blumen!
Der mürrische Schnitter verwirft euch als nutzlos,
Hölzerne Flegel zerdreschen euch höhnend,
Sogar der hablose Wand'rer,
Den eu'r Anblick ergötzt und erquickt,
Schüttelt das Haupt,
Und nennt euch schönes Unkraut.
Aber die ländliche Jungfrau,
Die Kränzewinderin,
Verehrt euch und pflückt euch,
Und schmückt mit euch die schönen Locken,
Und also geziert eilt sie zum Tanzplatz,
Wo Pfeifen und Geigen lieblich ertönen,
Oder zur stillen Buche,
Wo die Stimme des Liebsten noch lieblicher tönt,
Als Pfeifen und Geigen.

Lichtdrucke von Römmler & Jonas in Dresden. Papier von der Neuen Papier-Manufaktur in Straßburg i. E. Zinkographien von Angerer & Goeschl in Wien. Holzschnitte von Kaeseberg & Oertel und F. Tegetmeyer, Buchdruck von Fischer & Wittig, Entwurf des Einbandes und des Vorsatzpapieres von G. Weidenbach, Einband von Hübel & Denck, sämmtlich in Leipzig. Vollendet im Jahre 1883.

Prozessgebiete nach Kategorien

Prozessmanagement

OPD	Organisationsweite Prozessentwicklung
OPF	Organisationsweite Prozessausrichtung
OPM	Organisationsweites Leistungsmanagement
OPP	Organisationsweite Prozessleistung
OT	Organisationsweite Aus- und Weiterbildung

Projektmanagement

IPM	Fortgeschrittenes Projektmanagement
PMC	Projektverfolgung und -steuerung
PP	Projektplanung
QPM	Quantitatives Projektmanagement
REQM	Anforderungsmanagement
RSKM	Risikomanagement
SAM	Zulieferungsmanagement

Entwicklung

PI	Produktintegration
RD	Anforderungsentwicklung
TS	Technische Umsetzung
VAL	Validierung
VER	Verifizierung

Unterstützung

CAR	Ursachenanalyse und -beseitigung
CM	Konfigurationsmanagement
DAR	Entscheidungsfindung
MA	Messung und Analyse
PPQA	Prozess- und Produkt-Qualitätssicherung

Generische Ziele und Praktiken

GG 1 Spezifische Ziele erreichen

- GP 1.1 Spezifische Praktiken durchführen

GG 2 Geführte Prozesse institutionalisieren

- GP 2.1 Organisationsweite Leitlinien etablieren
- GP 2.2 Arbeitsabläufe planen
- GP 2.3 Ressourcen bereitstellen
- GP 2.4 Rechte und Pflichten zuweisen
- GP 2.5 Aus- und weiterbilden
- GP 2.6 Arbeitsergebnisse verwalten
- GP 2.7 Relevante Stakeholder identifizieren und einbeziehen
- GP 2.8 Arbeitsabläufe überwachen und steuern
- GP 2.9 Prozesseinhaltung objektiv bewerten
- GP 2.10 Umsetzung mit dem höheren Management prüfen

GG 3 Definierte Prozesse institutionalisieren

- GP 3.1 Definierte Prozesse etablieren
- GP 3.2 Prozessbezogene Erfahrungen sammeln

CMMI® 1.3 für die Entwicklung

Mary Beth Chrissis
Mike Konrad
Sandy Shrum

CMMI® 1.3 für die Entwicklung

Richtlinien für Prozessintegration und Produktverbesserung

ADDISON-WESLEY

An imprint of Pearson

München • Boston • San Francisco • Harlow, England
Don Mills, Ontario • Sydney • Mexico City
Madrid • Amsterdam

Bibliografische Information der Deutschen Nationalbibliothek

Die Deutsche Nationalbibliothek verzeichnet diese Publikation in der Deutschen Nationalbibliografie; detaillierte bibliografische Daten sind im Internet über http://dnb.d-nb.de abrufbar.

The German language translation of CMMI for Development, V1.3 was sponsored by Pearson Deutschland GmbH. The translation of CMMI-DEV, v1.3 was performed by a team sponsored by Pearson Deutschland GmbH and verified by an independent verification & validation team made up of members of the German CLIB. The CLIB coordination team consisted of Carsten Skerra, Winfried Russwurm and Eberhard Hübner.

10 9 8 7 6 5 4 3 2 1

14 13 12

ISBN 978-3-8273-3065-9

Lektorat: Brigitte Bauer-Schiewek, bbauer@pearson.de
Korrektorat: Petra Kienle
Übersetzung und Satz: G&U Language & Publishing Services GmbH, Flensburg (www.GundU.com)
Herstellung: Martha Kürzl-Harrison, mkuerzl@pearson.de
Einbandgestaltung: Marco Lindenbeck, webwo GmbH, mlindenbeck@webwo.de
Druck und Verarbeitung: Drukarnia Dimograf, Bielsko-Biala
Printed in Poland

Dieses Buch ist Watts Humphrey gewidmet in Anerkennung und Dankbarkeit für all das, was er als Führungspersönlichkeit, Visionär und Lehrer erreicht hat. Man musste sich nur kurze Zeit im selben Raum mit Watts Humphrey aufhalten, um zu erkennen, was für ein besonderer Mensch er war. Watts' Führungsstil, seine Vorstellungen und Einsichten halfen vielen während seines ganzen Lebens. Er selbst war ein Student des Lernens und teilte dieses Streben nach Lernen mit allen, mit denen er in Berührung kam. Er hatte eine Vision, die er der Welt mitteilte, woraufhin die Welt besser wurde. CMMI wäre ohne Watts Humphrey nicht möglich gewesen. Möge er uns in den kommenden Jahren weiterhin inspirieren!

Inhaltsverzeichnis

Verzeichnis der zusätzlichen Artikel

Vorwort

CMMI-Modelle (Capability Maturity Model Integration) sind eine Sammlung guter Praktiken, die Organisationen helfen, ihre Prozesse zu verbessern. Diese Modelle werden von Produktteams mit Mitgliedern aus Industrie, Regierung und dem Software Engineering Institute (SEI) entwickelt.

Dieses Modell – CMMI für Entwicklung (CMMI-DEV) – bietet einen umfassenden, integrierten Satz von Richtlinien für die Entwicklung von Produkten und Dienstleistungen.

Zweck

Das Modell CMMI-DEV bietet Anleitung für die Anwendung von guten CMMI-Praktiken in Entwicklungsorganisationen. Die guten Praktiken im Modell konzentrieren sich auf Aktivitäten zur Entwicklung von Qualitätsprodukten und -dienstleistungen, um die Bedürfnisse von Kunden und Endanwendern zu erfüllen.

Das Modell CMMI-DEV V1.3 ist eine Sammlung von guten Entwicklungspraktiken aus öffentlicher Hand und Industrie, die aus der Architektur und dem Framework von CMMI V1.3 entwickelt wurden[1]. CMMI-DEV basiert auf der CMMI Model Foundation oder CMF (d.h. den Modellkomponenten, die

1. Das CMMI-Framework ist die Grundstruktur, die CMMI-Komponenten organisiert und zu CMMI-Konstellationen und -Modellen verknüpft.

allen CMMI-Modellen und -Konstellationen[2] gemeinsam sind) und schließt die Arbeit von Entwicklungsorganisationen ein, die CMMI für die Verwendung bei der Entwicklung von Produkten und Dienstleistungen angepasst haben.

Mitwirkende am Modell

Viele talentierte Personen waren an der Entwicklung der CMMI V1.3-Produktreihe beteiligt. Die drei Hauptgruppen waren der Lenkungskreis, das Produktteam und das Konfigurationssteuerungsgremium.

Der Lenkungskreis begleitete und prüfte die Planungen des Produktteams, beriet bei entscheidenden Problemen des CMMI-Projekts und stellte sicher, dass verschiedene Interessensgruppen einbezogen wurden.

Er beaufsichtigte die Entwicklung der Konstellation »für Entwicklung« und erkannte, wie wichtig es ist, Entwicklungsorganisationen gute Praktiken an die Hand zu geben.

Das Produktteam schrieb, prüfte, überarbeitete, diskutierte und genehmigte die Struktur und den technischen Inhalt der CMMI-Produktreihe. Dazu gehörten auch das Framework, die Modelle, die Aus- und Weiterbildung und die Appraisal-Materialien. Die Entwicklungstätigkeiten basieren auf mehreren Eingangsinformationen. Diese Eingangsinformationen enthalten eine A-Spezifikation und eine Anleitung für jedes vom Lenkungskreis bereitgestellte Release, die Ursprungsmodelle, Änderungsanforderungen der Anwender sowie Beiträge von Pilotprojekten und anderen Stakeholdern.

Das Konfigurationssteuerungsgremium ist der offizielle Mechanismus für die Steuerung von Änderungen an den CMMI-Modellen und dem Kurs *Introduction to CMMI*. Als solches stellt dieses Gremium die Integrität der Produktreihe während ihrer Lebensdauer sicher, indem alle vorgeschlagenen Änderungen an den Baselines geprüft und nur diejenigen angenommen werden, die den erkannten Problemen gerecht werden und den Kriterien des kommenden Release entsprechen.

Die Mitglieder dieser Gruppen, die an der Entwicklung von CMMI für Entwicklung Version 1.3 beteiligt waren, sind in Anhang C aufgeführt.

2. Eine Konstellation ist eine Kombination von CMMI-Komponenten, die verwendet werden, um Modelle, Aus- und Weiterbildungsunterlagen und Appraisal-Dokumente für ein bestimmtes Interessengebiet (z.B. Entwicklung, Beschaffung, Dienstleistungen) zu erstellen.

Zielgruppe

Zur Zielgruppe für CMMI-DEV gehören alle, die an einer Prozessverbesserung im Entwicklungsumfeld interessiert sind. Ob Sie bereits mit dem Konzept des Capability Maturity Model vertraut sind oder ob Sie Informationen suchen, um mit Ihren Verbesserungsaktivitäten zu beginnen, CMMI-DEV wird für Sie nützlich sein. Dieses Modell ist auch für Organisationen gedacht, die ein Referenzmodell für ein Appraisal oder für ihre Entwicklungsprozesse verwenden möchten.[3]

Struktur dieses Dokuments

Dieses Dokument ist in drei Hauptteile gegliedert:

- Teil I: Über CMMI für Entwicklung
- Teil II: Generische Ziele, generische Praktiken und die Prozessgebiete
- Teil III: Anhänge und Glossar

»Teil I: Über CMMI für Entwicklung« besteht aus sechs Kapiteln.

- Kapitel 1, »Einführung«, bietet eine grobe Übersicht über CMMI und die Konstellation »CMMI für Entwicklung«. Es stellt die Konzepte der Prozessverbesserung vor und beschreibt die Geschichte der dazu verwendeten Modelle. Zusätzlich werden verschiedene Möglichkeiten der Prozessverbesserung erklärt.
- Kapitel 2, »Komponenten von Prozessgebieten«, beschreibt alle Komponenten der Prozessgebiete von CMMI für Entwicklung.[4]
- Kapitel 3, »Gesamtbild«, fasst die Modellkomponenten zusammen und erklärt das Konzept der Reife- und der Fähigkeitsgrade.

3. Ein Appraisal ist eine Untersuchung eines oder mehrerer Prozessgebiete durch ein geschultes Team von Fachleuten, das ein Referenzmodell (z.B. CMMI-DEV) heranzieht, um Stärken und Schwächen zu bestimmen.
4. Ein Prozessgebiet ist eine Gruppe verwandter Praktiken in einem Gebiet, die bei gemeinsamer Umsetzung einen Satz von wichtigen Zielen für Verbesserungen in diesem Gebiet erfüllen. Dieser Begriff wird in Kapitel 2 ausführlich behandelt.

- Kapitel 4, »Beziehungen zwischen Prozessgebieten«, bietet Einsicht in die Bedeutung und Zusammenhänge der Prozessgebiete von CMMI-DEV.
- Kapitel 5, »CMMI-Modelle anwenden«, beschreibt Wege zur Übernahme und Verwendung von CMMI zur Prozessverbesserung und für Benchmark-Vergleiche von Praktiken in einer Entwicklungsorganisation.
- Kapitel 6, »Essays und Fallstudien«, enthält Artikel und Fallstudien, die von Autoren aus verschiedenen Organisationen mit unterschiedlichem Hintergrund beigetragen wurden.

Teil II, »Generische Ziele, generische Praktiken und Prozessgebiete«, deckt alle für die Konstellation »CMMI für Entwicklung« erforderlichen und erwarteten Komponenten ab. Zusätzlich stellt er informative Komponenten wie Subpraktiken, Hinweise, Beispiele und Beispiele für Arbeitsergebnisse vor.

Teil 2 umfasst 23 Abschnitte. Der erste enthält die generischen Ziele und Praktiken. Die verbleibenden 22 Abschnitte repräsentieren jeweils eines der Prozessgebiete von CMMI für Entwicklung.

Damit diese Prozessgebiete schnell gefunden werden können, sind sie alphabetisch nach ihren Akronymen angeordnet. Jede Sektion enthält Beschreibungen der Ziele, der guten Praktiken und der Beispiele.

Teil III, »Anhänge und Glossar«, besteht aus vier Abschnitten:

- Anhang A, »Quellen«, enthält Quellenangaben zum Auffinden von Dokumenten wie Berichte, Prozessverbesserungsmodelle, Industriestandards und Bücher mit Bezug zu CMMI-DEV.
- Anhang B, »Akronyme«, erklärt die verwendeten Akronyme.
- Anhang C, »Beteiligte am Projekt CMMI Version 1.3«, listet die Teammitglieder auf, die an der Entwicklung von CMMI-DEV Version 1.3 mitgewirkt haben.
- Anhang D, »Glossar«, definiert viele der in CMMI verwendeten Begriffe.

Verwendung dieses Dokuments

Unabhängig davon, ob Ihnen die Prozessverbesserung bzw. CMMI neu oder bereits vertraut ist, kann Ihnen der erste Teil dabei helfen, zu verstehen, warum CMMI-DEV das beste Modell für die Verbesserung Ihrer Entwicklungs- und Instandhaltungsprozesse ist.

Leser, die neu in die Prozessverbesserung einsteigen

Wenn Sie gerade erst in die Prozessverbesserung einsteigen oder Ihnen das CMM-Konzept noch nicht bekannt ist, empfehlen wir Ihnen, zunächst Kapitel 1, »Einführung«, zu lesen, das eine Übersicht über die Prozessverbesserung gibt und erklärt, worum es sich bei CMMI handelt.

Danach überfliegen Sie den zweiten Teil, der die generischen und spezifischen Ziele und Praktiken enthält, um ein Gefühl für den Umfang der guten Praktiken zu bekommen, die in diesem Modell enthalten sind. Achten Sie besonders auf den Zweck und die einführenden Hinweise am Anfang jedes Prozessgebiets.

Sehen Sie sich in Teil 3 die Quellen in Anhang A durch und wählen Sie diejenigen aus, deren Lektüre Ihnen sinnvoll erscheint, bevor Sie mit der Verwendung von CMMI-DEV fortfahren. Beachten Sie auch die Akronyme und das Glossar, um mit der Sprache von CMMI vertraut zu werden. Anschließend blättern Sie zurück und sehen sich den zweiten Teil genauer an.

Leser, die Erfahrung in der Prozessverbesserung haben

Wenn Sie CMMI noch nicht verwendet, aber Erfahrung mit anderen Prozessverbesserungsmodellen haben, z.B. mit Software CMM oder dem Systems Engineering Capability Model (sprich EIA 731), werden Sie sofort viele Gemeinsamkeiten in Struktur und Inhalt bemerken [EIA 2002a].

Wir empfehlen, dass Sie Teil 1 lesen, um zu verstehen, wodurch sich CMMI von anderen Verbesserungsmodellen unterscheidet. Wenn Sie bereits Erfahrungen mit anderen Modellen haben, werden Sie wahrscheinlich selbst auswählen wollen, welche Abschnitte Sie als Erstes lesen. Beachten Sie bei der Lektüre von Teil 2 vor allem, welche guten Praktiken Sie aus anderen Modellen wiedererkennen, die Sie bereits ausprobiert haben. Durch Wiedererkennen von vertrautem Stoff gewinnen Sie einen Überblick darüber, was neu ist, was übertragen wurde und was auch schon in den Ihnen bereits bekannten Modellen vorkommt.

Sehen Sie danach das Glossar durch, um herauszufinden, wie sich die Terminologie von der des Ihnen bekannten Modells unterscheidet. Viele Konzepte gleichen sich, werden aber anders genannt.

Leser, die mit CMMI vertraut sind

Wenn Sie sich bereits mit einem anderen CMMI-Modell beschäftigt oder es bereits verwendet haben, werden Sie die besprochenen CMMI-Konzepte und die guten Praktiken schnell wiedererkennen. Wie immer gehen die Verbesserungen, die das CMMI-Produktteam für die Version 1.3 an CMMI vorgenommen haben, auf Eingaben von Benutzern zurück. Änderungsvorschläge wurden sorgfältig erwogen, analysiert und umgesetzt.

Zu den besonders herausragenden Verbesserungen, die Sie in CMMI-DEV V1.3 erwarten, zählen unter anderem folgende:

- Die High-Maturity-Prozessgebiete wurden erheblich verbessert, um gute Praktiken aus der Industrie widerzuspiegeln. Das betrifft unter anderem ein neues spezifisches Ziel und mehrere neue spezifische Praktiken in dem Prozessgebiet, das von »Organisationsweites Innovationsmanagement« (OID) in »Organisationsweites Leistungsmanagement« (OPM) umgetauft wurde.
- An der Modellarchitektur wurden Verbesserungen vorgenommen, die den Einsatz mehrerer Modelle vereinfachen.
- Das informative Material wurde verbessert. Unter anderem wurden die Entwicklungspraktiken überarbeitet, um gute Praktiken aus der Industrie widerzuspiegeln. Außerdem wurden Anleitungen für Organisationen hinzugefügt, die agile Methoden verwenden.
- Die Glossardefinitionen und die Modellterminologie wurden verbessert, um die Klarheit, Genauigkeit und Verwendbarkeit des Modells zu erhöhen.

- Die generischen Ziele der Grade 4 und 5 sowie die Fähigkeitsgrade 4 und 5 wurden entfernt, um den Schwerpunkt von High-Maturity zweckmäßig auf das Erreichen von Geschäftszielen zu legen. Das können Sie tun, indem Sie in den High-Maturity-Prozessgebieten (»Ursachenanalyse und -beseitigung, »Quantitatives Projektmanagement«, »Organisationsweites Leistungsmanagement« und »Organisationsweite Prozessleistung«) die Fähigkeitsgrade 1 bis 3 erlangen.

Eine umfassendere und ausführlichere Liste der Verbesserungen finden Sie unter *http://www.sei.cmu.edu/cmmi/solutions/dev/*.

Weitere Informationen und Kommentare von Lesern

In Anhang A und auf der CMMI-Website unter *http://www.sei.cmu.edu/cmmi/* sind viele Informationsquellen über CMMI aufgeführt.

Vorschläge zur Verbesserung von CMMI sind willkommen. Informationen darüber, wie man Rückmeldungen gibt, finden Sie auf der CMMI-Website unter *www.sei.cmu.edu/cmmi/tools/cr/*. Sollten Sie Fragen zu CMMI haben, schicken Sie eine Mail an *cmmi-comments@sei.cmu.edu*.

Danksagung

Dieses Buch wäre ohne die Unterstützung der CMMI-Anwendergemeinschaft und der Tätigkeit einer Vielzahl engagierter Personen, die zusammen an der Prozessverbesserung mit CMMI gearbeitet haben, nicht möglich gewesen. Letzten Endes würde es dieses Buch ohne die Arbeit derjenigen, die seit seinen Anfängen im Jahr 1998 am CMMI-Projekt beteiligt waren, nicht geben. Wir möchten insbesondere unseren vielen CMMI-Partnern danken, die Organisationen bei der Anwendung von CMMI-Praktiken helfen.

Dieses Buch enthält das vollständige Modell CMMI-DEV, das auf über tausend von CMMI-Anwendern eingereichten Änderungsanforderungen beruht. Das CMMI-Produktteam, dem Mitglieder aus verschiedenen Organisationen und mit unterschiedlichem Hintergrund angehören, hat diese Änderungsanforderungen genutzt, um das Modell zu verbessern und in seine heutige Form zu bringen.

Wir möchten auch denen danken, die unmittelbar zu diesem Buch beigetragen haben. Alle diese Autoren waren bereit, ihre Einsichten und Erfahrungen mitzuteilen und haben dabei sehr enge Termine eingehalten: Steve Baldassano, Victor Basili, Michael Campo, David Card, Bill Curtis, Aldo Dagnino, Kathleen Dangle, Khaled El Emam, Hillel Glazer, Kileen Harrison, Will Hayes, Watts Humphrey, Gargi Keeni, Peter Kraus, Hans-Jürgen Kugler, Neal Mackertish, Tomoo Matsubara, Judah Mogilensky, James Moore, Joseph Morin, Heather Oppenheimer, Mike Philips, Pat O'Toole, Anne Prem, Robert Rassa,

Kevin Schaaff, Michele Shaw, Alex Stall und Rusty Young. Wir freuen uns, dass sie dazu bereit waren, ihre Erfahrungen zu unserem Buch beizutragen, und wir hoffen, dass Sie ihre Einblicke als wertvoll empfinden und auf Ihre Tätigkeiten zur Prozessverbesserung anwenden können.

Besonderer Dank geht an Peter Gordon von unserem Verlagspartner Addison-Wesley für seine Hilfestellung, seine Erfahrung und seinen Rat. Wir möchten auch Kim Boedigheimer, Curt Johnson, Stephane Nakib und Julie Nahil für ihre Hilfe bei der Veröffentlichung und Bewerbung des Buchs danken.

Von Mary Beth Chrissis

Ich fühle mich geehrt, das Glück zu haben, an der dritten Ausgabe dieses Buchs beteiligt zu sein. Die Arbeit an CMMI hat mir die Gelegenheit gegeben, mit vielen Menschen umzugehen. Ich habe sehr viel von ihnen gelernt – von den SEI-Partnern, die täglich mit der Anwendergemeinschaft zusammenarbeiten, über die vielen Einzelpersonen, die zu unterrichten ich das Privileg hatte, bis zu den Menschen in Organisationen, die glauben, CMMI könnte ihnen dabei helfen, ihre Geschäfte besser zu führen. Ich möchte, dass Sie Folgendes wissen: Auch wenn mein Name auf diesem Buch steht, ist mir doch bewusst, dass ich in Wirklichkeit Sie alle repräsentiere. Ich weiß nicht, warum mir diese Gelegenheit gewährt wurde, aber Sie sollten wissen, dass ich sehr dankbar dafür bin.

Ich möchte vor allem meinen Kollegen am SEI und ganz besonders denen im SEPM-Programm danken. Ihr habt mich ermutigt und unterstützt. Mein Dank geht an Anita Carleton, Mike Phillips, Barbara Tyson, Bob McFeeley, Stacey Cope, Mary Lou Russo und Barbara Baldwin für ihre tägliche Hilfe. Ich kann Bill Peterson nicht vergessen, der CMMI und die Arbeit an diesem Buch seit den Anfängen unterstützt hat.

Version 1.3 wäre ohne die vielen Freiwilligen, die daran gearbeitet haben, nicht fertiggestellt worden. Ich möchte das Aus- und Weiterbildungsteam herausstellen, vor allem Mike Campo und Katie Smith, die viele Stunden damit zugebracht haben, das Modell und Aus- und Weiterbildungsunterlagen zu schreiben und zu überprüfen. Danke auch an Diane Mizukami Williams, die das Vorstellungsvermögen und die Fachkenntnisse hatte, um den Einführungskurs in CMMI-DEV zu verbessern. Ich möchte auch Bonnie Bollinger für ihre Weisheit und ihre Kommentare danken. Ein letzter Dank geht an Eric Dorsett, Steve Masters und Dan Foster für ihre Hilfe mit den Aus- und Weiterbildungsunterlagen.

Sandy und Mike, meine Co-Autoren – ihr seid die Besten! Jedes Mal, wenn wir ein Buch schreiben, ist es anders, und ich möchte nicht mit irgendjemand anderem zusammenarbeiten. Danke für eure Geduld und euer Verständnis während dieser geschäftigen Zeit.

Wer mich kennt, weiß, dass in meinem Leben meine Familie im Mittelpunkt steht. Meinem Mann Chuck und meinen Kindern Adam, Pamela und Kevin danke ich abermals für die Unterstützung bei diesem Buch. Ich liebe euch und bin dankbar, euch zu haben.

Von Mike Konrad

Ich kam vor 23 Jahren in der Hoffnung zum SEI, an einer internationalen Initiative mitwirken zu können, die die Art der System- und Softwareentwicklung grundlegend verbessern würde. Aus dieser Initiative ist CMMI geworden. Dafür danke ich meinen vielen heutigen und ehemaligen Kollegen beim SEI und in der Branche.

Über die Jahre durfte ich mit einigen der talentiertesten Personen der System- und Softwareentwicklung zusammenarbeiten. Meine Lieblingslehrer waren Roger Bate, Jack Ferguson, Watts Humphrey und Bill Peterson.

Bei Version 1.3 hatte ich die besondere Ehre, mit Jim Armstrong, Richard Basque, Rhonda Brown, Brandon Buteau, Mike Campo, Sandra Cepeda, Mary Beth Chrissis, Mike D'Ambrosa, Eileen Forrester, Brian Gallagher, Will Hayes, Larry Jones, So Norimatsu, Alice Parry, Lynn Penn, Mike Phillips, Karen Richter, Mary Lou Russo, Mary Lynn Russo, Winfried Russwurm, John Scibilia, Sandy Shrum, Kathy Smith, Katie Smith-McGarty, Barbara Tyson und Rusty Young zusammenzuarbeiten.

Außerdem lerne ich fortlaufend von meinen beiden Co-Autorinnen Mary Beth und Sandy. Bessere und talentiertere Co-Autorinnen kann man sich gar nicht wünschen!

Worte können nicht den tief empfundenen Dank an meine Frau Patti und unsere Familienmitglieder Paul, Jill, Christian, Katie, Alison, Tim, David und Walter ausdrücken, denen ich für ihre Geduld während der Arbeit an diesem Buch und dafür danke, dass sie ihre Zeit und ihre Einblicke in unsere gemeinsame Welt mit mir teilten. Meinem Vater Walter und meiner verstorbenen Mutter Renée danke ich für die Jahre der Pflege und Aufopferung und meiner Schwester Corinne für ihre Ermutigung während all der Jahre.

Von Sandy Shrum

Die gleichzeitige Arbeit an drei CMMI-Büchern hat mich in gewisser Weise an meine Grenzen gebracht. Ich durfte jedoch die Hilfe von Menschen in Anspruch nehmen, die mir professionelle und persönliche Unterstützung boten.

Vielen Dank an Rhonda Brown und Mike Konrad für ihre Partnerschaft während der Entwicklung des CMMI-Modells. Als Teammitglieder und als Freunde sind sie unvergleichlich. Unser gemeinsames Management des CMMI Core Model Teams war nicht nur effektiv, sondern auch eine Freude.

Herzlichen Dank an meinen Freund Jimmy Orsag für seine liebevolle Unterstützung und dafür, dass er mir während all der Stunden, in denen ich an drei Manuskripten gearbeitet habe, dabei geholfen hat, mich auf das Wesentliche zu konzentrieren und meinen Sinn für Humor zu bewahren. Auch meinen Eltern John und Eileen Maruca möchte ich herzlich dafür danken, dass sie stets für mich da waren, worum auch immer es ging, und dass sie mir eine strenge Arbeitsmoral beibrachten.

Schließlich danke ich meinen Co-Autoren bei allen drei CMMI-Büchern: Brandon Buteau, Mary Beth Chrissis, Eileen Forrester, Brian Gallagher, Mike Konrad, Mike Phillips und Karen Richter. Es ist wunderbar, mit ihnen zusammenzuarbeiten. Ohne ihr Verständnis, ihre hervorragende Koordination und ihre harte Arbeit wäre ich nie in der Lage gewesen, daran teilzuhaben.

Danksagung der CLIB-Koordinatoren

Nachdem im Jahr 2009 die Version 1.2 als deutsche Übersetzung des CMMI für Entwicklung erschien, war die Resonanz zunächst verhalten. Dies hat sich mittlerweile deutlich verbessert, die Anzahl der Downloads auf den SEI-Seiten spricht für sich. Nur das amerikanische Modell und das spanische Modell werden häufiger abgerufen als das deutsche Modell. Das amerikanische Buch ist bezüglich seiner sechsstelligen Absatzzahlen einfach nicht mehr einzuholen.

Im Herbst 2010 erschien die englische Version 1.3 des Modelltextes »CMMI for Development«, im März 2011 dann das englische Buch mit all den erläuternden Texten, Fachberichten und Fallstudien und nun halten Sie bereits ein halbes Jahr später die deutsche Übersetzung in Händen. Vergleichen wir das mit den allerersten Versuchen, so lagen damals zehn Jahre bis zur ersten Übersetzung dazwischen.

Folgende Firmen haben die Umsetzung in besonderer Weise unterstützt: Anywhere.24 GmbH, ESG Elektroniksystem und Logistik GmbH, MBtech Group GmbH & Co. KGaA, Method Park Software AG, Robert Bosch GmbH, Siemens AG, skerra-unternehmensberatung, wibas IT Maturity Services GmbH. Zudem arbeiteten alle diese Firmen auch an den Reviews mit, was zu dem eigentlichen Erfolg und der schnellen Umsetzung beigetragen hat.

Was ist anders in der Version 1.3? – Zum Erscheinungszeitpunkt dieses Buchs sind die deutschen Schulungsunterlagen bereits verfügbar. Und noch vor dem vom Software Engineering Institute (SEI) angekündigten Sunset der SCAMPI-V1.2-Methode im Mai 2012 können die Anwender nahtlos ihre Appraisals fortführen und diese weiterhin in deutscher Sprache durchführen. CMMI für Entwicklung Version 1.3 und SCAMPI Version 1.3, komplizierte Übergangszeiten und -fristen wie noch bei der ersten Version 1.2 sind nicht zu berücksichtigen.

Und inhaltlich? – Im Wesentlichen wird sich Erfahrungswissen nicht sprunghaft ändern, was zur Kontinuität in der Anwendung beiträgt und Investitionen in Prozessverbesserung und dokumentierte Prozesse absichert. Aber es gibt auch neue Erkenntnisse, wie den möglichen Einsatz agiler Methoden, Neuerungen in der Anwendung und im Kenntnisstand zu den High-Maturity-Prozessgebieten. Auch ging es darum, alte Zöpfe abzuschneiden und Teile des Modells zu vereinfachen und zu vereinheitlichen – im Sinne des Einsatzes von CMMI in den Bereichen Entwicklung, Dienstleistungen und Beschaffung (CMMI for Development (CMMI-DEV), CMMI for Services (CMMI-SVC)), CMMI for Aquisition (CMMI-ACQ)).

Welche Erfahrungen haben wir in den letzten zwei Jahren mit der deutschen Übersetzung gemacht? – Sie nützt uns in der Praxis! Sei es bei den Introduction-to-CMMI-Schulungen, sei es in Appraisals, sei es bei der Kommunikation in den Prozessgruppen firmenintern und übergreifend. Vieles ist im deutschen Buch klarer erfassbar, vor allem wenn es um Interpretationsspielräume im Englischen geht. Die Fokussierung der Anwender auf das Wesentliche wird erleichtert: die kontinuierliche Verbesserung ihrer Geschäftsabläufe in Richtung der gesetzten Geschäftsziele und -erwartungen.

Deshalb danken wir an dieser Stelle allen, die dazu beigetragen haben.

Insbesondere zu nennen sind:

Das Team von Pearson Deutschland, besonders Brigitte Bauer-Schiewek und Barbara Arlt. Das Team von G&U Language Publishing Services GmbH in Flensburg (Volkmar Gronau), das hervorragende, zeitgerecht geplante und zügige Übersetzungsarbeit geleistet hat.

Das Projektteam von CLIB-Mitgliedern, die durch ihre ehrenamtliche Tätigkeit sowie persönliches und teilweise nunmehr langjähriges Engagement das Ergebnis erst ermöglicht haben.

Die Urheber des CMMI, wie Mike Konrad und Mike Philips, die durch ihre Diskussionen, Ermutigungen und Einflüsse zum Gelingen dieser Übersetzung entscheidend beigetragen haben. Ebenfalls besonderer Dank an Jay Douglass vom SEI Europe in Frankfurt sowie an Lisa Masciantonio vom Partner Relationship Management des SEI, die durch ihre unablässige Unterstützung, Zusammenarbeit und Vermittlung auch diese zweite Übersetzung ermöglicht haben. Ebenso möchten wir den vielen weiteren Personen am SEI danken, die unsere Aktivitäten ebenfalls unterstützt haben.

Weiterhin gilt unser Dank Kollegen und Mitarbeitern sowie all den zahllosen anderen Personen aus dem Kreis der CMMI-Anwender. Sie haben uns immer wieder aus den Erfahrungen ihrer täglichen Arbeit mit CMMI im deutschsprachigen Umfeld berichtet, mit uns diskutiert und Anregungen gegeben und uns so ermutigt, die deutsche Übersetzung weiter voranzutreiben.

Ein besonderer Dank gebührt auch unseren Familien, die mit großem Verständnis unsere ehrenamtlichen Aktivitäten unterstützt haben.

Wir verbinden unseren Dank mit der Hoffnung, dass auch die nun vorliegende deutsche Ausgabe des CMMI-Buchs den Lesern ein hilfreicher Begleiter ist und so die breite Anwendung des CMMI für Entwicklung weiter voranschreitet. Nehmen Sie dieses Buch gerne auch als Einladung zum weiteren Gedankenaustausch und zu weiterer kritischer Diskussion rund um die Fortentwicklung der CMMI-Modelle an.

Ludwigsburg, München, Stuttgart

Carsten Skerra, Winfried Russwurm, Eberhard Hübner

Mitwirkende

Buchautoren

Sandy Shrum, Mary Beth Chrissis, Mike Konrad
(von links nach rechts)

Mary Beth Chrissis
Leitendes Mitglied des Fachpersonals
CMMI-Initiative
Software Engineering Institute

Mary Beth Chrissis ist ein leitendes Mitglied des Fachpersonals am SEI-Institut (Software Engineering Institute). Seit sie 1988 dem SEI beigetreten ist, hat sie an allen Veröffentlichungen der Modelle CMMI-DEV (CMMI für Entwicklung) und SW-CMM

(Capability Maturity Model for Software) mitgewirkt. Zurzeit hat sie den Vorsitz im CMMI-Konfigurationssteuerungs-Gremium (Configuration Control Board, CCB), ist Mitglied des Software and Systems Engineering Standards Executive Committee des IEEE und Dozentin für verschiedene CMMI-Kurse am SEI. Bevor sie zum SEI kam, arbeitete sie bei GTE Government Systems in Rockville, bei Dravo Automation Sciences in Pittsburgh und bei der Sperry Corporation in Great Neck. Vor dem Eintritt ins SEI versuchte Mary Beth, einen Mastergrad in Informatik von der Johns Hopkins University zu erlangen. 1983 erhielt sie einen Bachelor-Grad der Carnegie Mellon University.

Mike Konrad

Leitendes Mitglied des Fachpersonals
CMMI-Initiative
Software Engineering Institute

Mike Konrad ist seit 1988 beim Software Engineering Institute (SEI) der Carnegie Mellon University. Dr. Konrad ist Chefarchitekt von CMMI und Manager des CMMI-Modellierungsteams am SEI. Zuvor war er Vorsitzender des CMMI-Konfigurationssteuerungs-Gremiums (2001–2006) und Mitglied des International Process Research Consortium (2004–2006). Außerdem gehörte er den Teams an, die das ursprüngliche Software CMM Version 1.0 (1988–1991) und ISO 15504 (1993–1997) entwickelt haben. Vor seiner Zeit am SEI arbeitete Mike bei verschiedenen Unternehmen in Positionen im Zusammenhang mit Informatik, darunter bei ISSI, SAIC und Honeywell, sowie kurzzeitig bei der George Mason University und der University of Maryland. Mike hat 1978 an der Ohio University in Athens (Ohio) in Mathematik promoviert.

Sandy Shrum

Leitende Autorin/Lektorin
Kommunikation
Software Engineering Institute

Sandy Shrum ist leitende Autorin und Lektorin und Ansprechpartnerin für das Software Engineering Process Management-Programm beim SEI. Neben diesem Buch hat sie als Co-Autorin auch an zwei anderen CMMI-Büchern mitgewirkt:

CMMI-ACQ: Guidelines for Improving the Acquisition of Products and Services und *CMM for Services: Guidelines for Superior Service*. Beim SEI ist sie seit 1995 und seit dem Beginn des CMMI-Projekts im Jahre 1998 gehört sie dem CMMI-Entwicklungsteam an. In diesem Projekt hat sie verschiedene Funktionen ausgeübt: als Modellautorin, als Mitglied kleiner Reviewteams, als Gutachterin, Lektorin, Prozesskoordinatorin für Modellentwicklung und als Prozesseignerin für Qualitätssicherung. Bevor sie zum SEI kam, verbrachte sie acht Jahre bei der Legent Corporation, einer Softwarefirma in Virginia. Ihre Erfahrungen als technische Autorin gehen bis in das Jahr 1988 zurück, als sie ihren Master of Arts in professionellem Schreiben an der Carnegie Mellon University erwarb. Ihren Abschluss als Bachelor of Science im Bereich Geschäftsverwaltung machte sie an der Gannon University in Erie.

Autoren zusätzlicher Artikel

Steve Baldassano
Manager für Geschäftsprozessverbesserung
KNORR Brake Corporation

Steve Baldassano ist Manager für Geschäftsprozessverbesserung bei der KNORR Brake Corporation. Steve hat Erfahrung und eine Ausbildung in Qualitätspraktiken für die Prozessverbesserung, ist vom ASQ zertifizierter Qualitätsmanager und Student des TQM Deming/Duran. In seinen über 25 Jahren Erfahrung in Programmmanagement und -förderung mit Prozessverbesserungsteams hat er sowohl Projekte als auch Prozesse geleitet. Seit Januar 2009 ist er hauptberuflich mit der Förderung der Verbesserungsbemühungen der Softwareentwicklungsgruppe befasst, die das Modell CMMI-DEV 1.2 als Anleitung benutzt. Zuvor war Steve bei KNORR fünf Jahre lang als Qualitäts- und sechs Jahre lang als Programmmanager beschäftigt.

Victor R. Basili

Emeritierter Professor der Informatik
University of Maryland
Forschungsbeauftragter Fraunhofer Center

Victor R. Basili ist emeritierter Professor für Informatik an der University of Maryland (College Park) und Forschungsbeauftragter beim Fraunhofer Center in Maryland. Er war einer der Gründer und Leiter des Software Engineering Laboratory (SEL). Er konzentriert sich auf Messung, Bewertung und die Verbesserung von Softwareentwicklungsprozessen und Produkten durch Mechanismen für die Beobachtung und den Erwerb von Wissen mit empirischen Methoden (z.B. Goal/Question/Metric-Ansatz, Quality Improvement Paradigm, Experience Factory und GQM+Strategien).

Kathleen C. Dangle und Michele Shaw

Ingenieurinnen für angewandte Technologie
Fraunhofer Center for Experimental Software Engineering

Kathleen C. Dangle und Michele A. Shaw sind Ingenieurinnen für angewandte Technologie am Fraunhofer Center for Experimental Software Engineering in Maryland, ein gemeinnütziges, an die Fakultät für Informatik der University of Maryland (College Park) angegliedertes Institut. In ihren Aufgabenbereich fällt es, Organisationen mit Prozessverbesserungen bei der Stärkung ihrer Geschäfte mit Software zu helfen. Sie arbeiten mit Dr. Basili bei der Anwendung empirischer Methoden im Kontext von anwendungsnaher Software eng zusammen.

Roger Bate

CMMI-Chefarchitekt (verstorben)
Software Engineering Institute

Roger Bate war Gastwissenschaftler am Software Engineering Institute (SEI) der Carnegie Mellon University. Er war der Visionär hinter CMMI und der Chefarchitekt des CMMI-Frameworks. Zuvor arbeitete Roger als leitender Informatiker für Texas Instruments, Partner von TI, Chef der Abteilung für Reaktortheorie am Oak Ridge National Laboratory und Professor an der U.S Air Force Academy. Außerdem ist er Partner von ACM und der Society for Design and Process Science. Er erhielt den SEI Leadership Award. Roger verstarb im März 2009.

Michael Campo

Leitender Entwicklungspartner
Raytheon Company

Michael Campo ist leitender Entwicklungspartner bei der Raytheon Company. Als Prozessgruppenleiter für Raytheon Integrated Defense Systems (IDS) hat Mike Prozesse entwickelt und ausgerollt, die 2003 zu CMMI-Reifegrad 3, 2005 zu Grad 4 und 2008 zu Grad 5 führten. Zurzeit hat Mike die Position des technischen Prozessdirektors von IDS inne. Mike ist zertifizierter CMMI-Instruktor und Mitglied des CMMI V1.3-Kernmodellteams, des CMMI V1.3-Schulungsteams, des CMMI-Konfigurationssteuerungs-Gremiums und der CMMI-Arbeitsgruppe der National Defense Industrial Association.

David N. Card

Partner Q-Labs
Chefredakteur Journal of Systems and Software

David N. Card ist Partner von Q-Labs, Autor von *Measuring Software Design Quality* (Prentice Hall, 1990), Coautor von *Practical Software Measurement* (Addison-Wesley, 2002), Mitherausgeber von *ISO/IEC Standard 15939: Software Measurement Process* (International Organization for Standardization, 2002), und Chefredakteur des *Journal of Systems and Software*.

Bill Curtis

Leitendes Vorstandsmitglied und Chefwissenschaftler CAST Software
Gründungsdirektor Consortium for IT Software Quality

Bill Curtis ist leitendes Vorstandsmitglied und Chefwissenschaftler von CAST Software und der Gründungsdirektor des Consortium for IT Software Quality. Als Co-Autor hat er am Capability Maturity Model (CMM), am People CMM und am Business Process MM mitgewirkt. Vor dem Erwerb durch Borland war er Mitbegründer und Chefwissenschaftler von TeraQuest, dem Weltmarktführer für CMM-gestützte Dienstleistungen. Er ist ehemaliger Direktor des Software Process Program am Software Engineering Institute der Carnegie Mellon University. Vor seinem Eintritt ins SEI arbeitete Dr. Curtis für MCC, das Programming Technology Center von ITT und für GE Space Divison und unterrichtete Statistik an der University of Washington. Er hat fünf Bücher und über 150 Artikel verfasst und wurde für seine Beiträge zur Verbesserung und Messung von Softwareprozessen zum offiziellen Partner des IEEE gewählt.

Aldo Dagnino

Leiter der Gruppe für Systemarchitektur und Technologie
US Corporate Research Center ABB, Inc.

Dr. Aldo Dagnino hat über 20 Jahre Erfahrung in der Softwarebranche und fast zehn Jahre Erfahrung im Umgang mit dem CMMI-Modell. Zurzeit ist er Leiter der Gruppe für Systemarchitektur und Technologie am US Corporate Research Center der ABB Inc. Dr. Dagnino ist außerdem Privatdozent an der Fakultät für Informatik der North Carolina State University. Bei Konferenzen zur Softwareentwicklung, u.a. der IEEE, der NDIA und der SEPG, hat er bereits verschiedene Präsentationen abgehalten. Auf der SEPG-Konferenz in Tampa hatte Dr. Dagnino die Ehre, den Preis als SEI Member Award Winner von 2008 für herausragende technische Leistungen entgegenzunehmen. Zu seinen Hauptinteressengebieten gehören CMMI-Modelle, Prozessverbesserung, empirische Softwareentwicklung, Systemarchitektur, Data Mining und wissensintensive Systeme.

Khaled El Emam

Außerordentlicher Professor Kanadischer Lehrstuhl
für elektronische Gesundheitsinformationen
University of Ottawa
Leitender Wissenschaftler Children's Hospital
of Eastern Ontario Research Institute

Khaled El Emam ist außerordentlicher Professor im Fachbereich Medizin der University of Ottawa und der School of Information Technology and Engineering sowie leitender Wissenschaftler am Kinderkrankenhaus des Eastern Ontario Research Institute. Außerdem besetzt er den kanadischen Lehrstuhl für elektronische Gesundheitsinformation an der University of Ottawa. Sein Hauptforschungsgebiet ist die Entwicklung von Techniken für die Anonymisierung von Gesundheitsdaten.

Zuvor war Khaled Forschungsleiter am National Research Center of Canada und davor Leiter der Gruppe für quantitative Methoden am Fraunhofer-Institut in Kaiserslautern. Um die Ergebnisse seiner Forschungsarbeiten kommerziell zu nutzen, hat er zwei Unternehmen (mit-)begründet. In den Jahren 2003 und 2004 wurde er wegen seiner Forschung zu Messung, Qualitätsentwicklung und -verbesserung vom *Journal of Systems and Software* als weltweit bester Wissenschaftler auf dem Gebiet der System- und Softwareentwicklung eingestuft. 2002 und 2005 kam er dabei auf den zweiten Platz. Er promovierte an der Fakultät für Elektrotechnik und Elektronik des King's College der University of London. Die Website seines Labors finden Sie unter *www.ehealthinformation.ca.*

Hillel Glazer

Direktor und Geschäftsführer

Entinex, Inc.

Seit seinem ersten Job nach dem College arbeitet Hillel im Bereich der Prozessverbesserung. Als Lead Appraiser für hohe CMMI-Reifegrade und CMMI-Instruktor arbeitet er mit agilen Teams zusammen. Außerdem ist er Gastwissenschaftler am SEI. Hillel ist Chefautor der allerersten SEI-Publikation zum Thema agile Entwicklung. Sein vielfältiger Erfahrungshintergrund, der Luftfahrt, Rüstung, Systementwicklung, Beratung großer und kleiner Unternehmen, staatliche Einrichtungen, Dot-Com-Unternehmungen und die Unterstützung von Finanzsystemen umfasst, hat ihm den notwendigen Blickwinkel verschafft, um Pionierarbeiten bei der Anwendung von CMMI auf agile Methoden zu leisten. Dies geht schon auf seinen CrossTalk-Artikel aus dem Jahr 2001 zurück, in dem er die Vereinbarkeit des damaligen CMM und von Extreme Programming hervorhob.

Kileen Harrison

Führende Teilhaberin
Booz Allen Hamilton

Kileen Harrison ist führende Teilhaberin bei Booz Allen Hamilton und hat sich auf Prozessverbesserung spezialisiert. Sie hat einen Mastergrad in Geschäftsverwaltung von der Johns Hopkins University und über 15 Jahre Erfahrung in der Branche. Während ihrer Karriere hat Kileen wichtige Führungsrollen in der Entwicklung, Dokumentation, Pflege und Umsetzung von Prozessen innegehabt, um Projekten und Organisation zu helfen, ihre Prozessleistungsziele zu erreichen. Ihre Erfahrungen umfassen die Arbeit mit externen Kunden ebenso wie die die Bemühungen, die Einstufung von Booz Allen Hamilton auf Reifegrad 3 für CMMI-DEV + IPPD zu erhalten. Sie ist autorisierte SCAMPI B&C Teamleiterin für CMMI-DEV, CMMI-ACQ und CMMI-SVC sowie zertifizierte Instruktorin für den Einführungskurs in CMMI sowie die Zusatzkurse für Beschaffung und Dienstleistungen. Außerdem hat sie eine Ausbildung als Lean Six Sigma Green Belt und ITIL Foundation Certified.

Will Hayes

Leiter des SCAMPI-Aktualisierungsteams
Software Engineering Institute

Will Heyes arbeitet seit fast zwanzig Jahren in verschiedenen Funktionen am Software Engineering Institute. Seine derzeitige Hauptaufgabe besteht in der Leitung des Teams, das SCAMPI (Standard CMMI Appraisal Method für Process Improvement) für die Version 1.3 der CMMI-Produktreihe aktualisiert. Vor kurzem arbeitete er in dem Team, das die High-Maturity-Prozessgebiete von CMMI aktualisierte. Zuvor war Will der Leiter des Qualitätsmanagementteams für das Appraisal-Programm des SEI und hat den Prozess für das Audit von SCAMPI-Appraisals ausgelöst. Auf Konferenzen rund um die Welt hat er häufig Vorträge zu Themen im Zusammenhang mit Prozessverbesserung, Messung und High-Maturity-Praktiken gehalten.

Watts Humphrey

Gründer des Software Process Program
Software Engineering Institute

Watts S. Humphrey gründete das Software Process Program des Software Engineering Institute der Carnegie Mellon University, leitete die anfängliche Entwicklung des Capability Maturity Model (CMM) und war ein Partner des SEI. Von 1959 bis 1986 war er als Leiter der Programmierung und Vorstandsmitglied für technische Entwicklung bei IBM. Unter seinen zahlreichen Publikationen befinden sich viele technische Artikel und dreizehn Bücher, darunter *Winning with Software: An Executive Strategy* (2002), *PSP: A Self-Improvement Process for Software Engineers* (2005) und *TSP: Coaching Development Teams* (2006). Er ist Inhaber von fünf US-Patenten und arbeitete am Malcolm Baldridge National Quality Award Board of Examiners. Neben einem akademischen Grad in Physik hat er einen Mastergrad in Geschäftsverwaltung und einen Ehrendoktor in Softwareentwicklung. Das Watts Humphrey Software Quality Institute in Chennai (Indien) wurde zu seinen Ehren benannt und der Präsident der Vereinigten Staaten verlieh ihm 2005 den nationalen Verdienstorden für Technologie. Watts verstarb im Oktober 2010.

Gargi Keeni

Vizepräsidentin
Tata Consultancy Services, Ltd.

Gargi Keeni ist Vizepräsidentin der Tata Consultancy Services Ltd. in Indien. Außerdem arbeitet sie im Industry Advisory Board (IAB) der IEEE Computer Society, der Geschäftsplanungsgruppe (SWG1) von ISO/IEC JTC1 SC7 und als Co-Vorsitzende im Beratungsgremium des NASSCOM-Qualitätsforums. Sie ist eine vom SEI anerkannte Lead Appraiserin und Instruktorin für CMMI, Prüferin für JRD-QV (in Übereinstimmung mit MBNQA) und war auch Lead Appraiserin für People-CMM.

Die Forschungsinteressen von Dr. Keeni umfassen Prozessverbesserung, Qualitätsmanagementsysteme und Business Excellence. Weitere Informationen siehe Gargi Keeni, »The Evolution of Quality Processes at Tata Consultancy Services«, *IEEE Software* (Juli/ August 2000).

Peter Kraus

Entwicklungspartner
Raytheon Integrated Defense Systems

Dr. Peter Kraus ist Entwicklungspartner und konzentriert sich auf die Schulung und Beratung in statistischer Entwicklung bei Raytheon Integrated Defense Systems. Er ist verantwortlich für die Umsetzung von Techniken aus Design for Six Sigma in Entwicklung und Betrieb, um den Mission-Assurance-Status zu erreichen. An der Northeastern University hat er einen Mastergrad in Mathematik erlangt und an der University of Massachusetts in Amherst in Operations Research promoviert.

Hans-Jürgen Kugler

Direktor und Chefwissenschaftler
KUGLER MAAG CIE GmbH
Industrieberater Lero

Hans-Jürgen Kugler ist Direktor und Chefwissenschaftler der KUGLER MAAG CIE GmbH. Außerdem arbeitet er als Industrieberater für Lero, das irische Forschungszentrum für Softwareentwicklung. Herr Kugler war zuvor Dozent am Trinity College in Dublin, Direktor von Unternehmen für Softwareprodukte und -dienstleistungen und technischer Direktor am European Software Institute. Er war an der Kompetenzentwicklung für Design auf dem Automobilsektor beteiligt und hat die erste unabhängige CMM-Bewertung in der Automobilbranche in Deutschland durchgeführt.

Neal Mackertich

Entwicklungspartner und Gründer
Raytheon Six Sigma Institute

Dr. Neal Mackertich ist Entwicklungspartner und Gründer des Raytheon Six Sigma Institute. Als vielseitiger Six Sigma Master Black Belt mit technischem Hintergrund und Anwendungserfahrung ist Neal zurzeit dafür zuständig, den Mission-Assurance-Status für die Systementwicklung durch Produkt- und Prozessoptimierungsstrategien bei Raytheon Integrated Defense Systems zu erzielen. Dr. Mackertich hat einen Bachelorgrad in Chemotechnik, einen Mastergrad in Entwicklungsmanagement und einen Doktor in Operations Research für Entwicklung von der University of Massachusetts in Amherst.

Tomoo Matsubara

Unabhängiger Berater für Softwaretechnologie,
Management und Geschäftswesen

Tomoo Matsubara ist selbstständiger Berater für Softwaretechnologie, Verwaltung und Geschäftswesen. Zurzeit arbeitet er in der Redaktionsleitung des *Cutter IT Journal* und im Beratungsgremium von *IEEE Software*. Sechs Jahre lang war er als Redakteur für die »Soapbox«-Kolumne zuständig. Seine Karriere begann er in der Maschinenfabrik von Hitachi. Als Hitachi ins Computergeschäft einstieg, wurde er von der Computerabteilung des Unternehmens zwangsrekrutiert. Eine Zeit lang war er in fast alle Arten von Softwareentwicklungsprojekten verwickelt. Ende 1991 verließ er Hitachi Software Engineering und gründete eine Beratungsfirma. Er beteiligte sich aktiv an vielen internationalen Tätigkeiten, schrieb fast zwei Dutzend Artikel in englischer Sprache und trat bei internationalen Konferenzen als Redner auf. Zwei seiner Werke wurden für das Buch »Software State-of-the-Art: Selected Papers« (Dorset House) ausgewählt, in dem Tom DeMarco und Timothy Lister einflussreiche Artikel zusammenstellen. Er hat mehr als ein Dutzend Bücher veröffentlicht, darunter Übersetzungen von Büchern zur Softwareentwicklung.

Judah Mogilensky

Inhaber/Teilhaber
Process Enhancement Partners, Inc.

Judah Mogilensky ist Inhaber/Teilhaber von Process Enhancement Partners Inc., einem führenden Unternehmen auf dem Gebiet der Prozessverbesserung. Er ist zertifizierter High-Maturity Lead Appraiser für die SCAMPI-Methoden (DEV, SVC und People CMM) und Instruktor für die Einführungskurse in CMMI-DEV, CMMI-SVC und People CMM. Judah gehört zu den Mitbegründern des ersten SPIN in der Gegend von Washington D.C. Er ist qualifizierter Benutzer des MBTI und ein Absolvent des Satir System Training. Außerdem ist er Gastwissenschaftler am SEI.

James W. Moore

Softwareentwickler MITRE Corporation
Vizepräsident für professionelle Aktivitäten
Aufsichtsratmitglied IEEE Computer Society

James W. Moore ist ein Veteran der Softwareentwicklung, der auf 40 Jahre Berufserfahrung zurückblicken kann, wobei er seine erste Zeit bei IBM verbrachte und nun bei der MITRE Corporation beschäftigt ist. Er dient als Vizepräsident für professionelle Aktivitäten der IEEE Computer Society und ist Mitglied des Aufsichtsrats. Er war verantwortlicher Redakteur des 2004 von der IEEE Computer Society herausgegebenen *»Guide to the Software Engineering Body of Knowledge«* und Redaktionsmitglied für die aktuelle Ausgabe der »Encyclopedia of Software Engineering«. Für die IEEE führt er die Standardisierung der Software- und Systementwicklung durch und arbeitet als Verbindungsperson für ISO/IEC JTC1/SC7 sowie als Mitglied des Leitungsausschusses im IEEE Software and Systems Engineering Standards Committee. Die IEEE Computer Society hat ihn als Gründungsmitglied ihres Golden Core anerkannt und die IEEE ernannte ihn zum offiziellen Partner.

Seine Arbeit an Standards für die Softwareentwicklung wurde vom INCITS (International Committee on Information Technology Standards) mit dem International Award, von der Computer Society mit dem Hans Karlsson Award und von der IEEE mit dem Charles Proteus Steinmetz Award ausgezeichnet. Sein jüngstes Buch über Standards der Softwareentwicklung erschien 2006 bei John Wiley and Sons. Er hat zwei US-Patente und zwei »Sperrveröffentlichungen« aus der Zeit, als Software nicht als patentierbar galt. An der University of North Carolina hat er einen Bachelorgrad in Mathematik erworben und an der Syracuse University einen Mastergrad in System- und Informationswissenschaft.

Joseph Morin

Direktor und Geschäftsführer
Integrated System Diagnostics, Inc.

Joseph Morin ist Direktor und Geschäftsführer von Integrated System Diagnostics Inc., einem der ursprünglichen Partner des SEI, und blickt auf über 35 Jahre Erfahrung in System- und Softwareentwicklung, Management und Prozessverbesserung zurück. Er ist zertifizierter High-Maturity Lead Appraiser und CMMI-Instruktor. Nachdem er 1994 das SEI verließ, um ISD zu gründen, hat Mr. Morin weiterhin Beiträge zu Initiativen des SEI geleistet. Unter anderem war er Mitglied der Stammautorenteams für SCAMPI Version 1.1 und Vorsitzender des SEI Partner Advisory Board.

Heather Oppenheimer

Leitende Teilhaberin
Oppenheimer Partners, LLC

Heather Oppenheimer ist leitende Teilhaberin von Oppenheimer Partners LLC, einer Beratungsfirma für Prozessverbesserung. Sie ist zertifizierte CMMI-Instruktorin und Lead Appraiserin für SCAMPI und hat über 20 Jahre Erfahrung in allen Bereichen der Produktentwicklung, Lieferung von Dienstleistungen und Softwareentwicklung.

Für die International Conference on Systems Engineering war sie an der Leitung von Workshops beteiligt. Außerdem redigiert sie Fachzeitschriften für Softwareentwicklung und ist als Sachbearbeiterin für Zuwendungen des Natural Sciences and Engineering Research Council of Canada tätig. Sie gehört zu dem Team, das den vom SEI autorisierten dreitägigen Einführungskurs in CMMI-SVC entwickelt hat. Obwohl sie für ihre Arbeit mit großen, weltweit verstreuten Entwicklungsprojekten bekannt ist, konzentriert sie sich zurzeit auf die Betreuung sehr kleiner Organisationen für Dienstleistungen und die Entwicklung eingebetteter Software, die zusammen mit dem CMMI-Modell agile Methoden umsetzen, um schlanke, aber stabile Prozesse zu gewinnen.

Pat O'Toole

Leitender Berater
PACT

Als leitender Berater ist Pat O'Toole der einzige und mit Sicherheit der am höchsten angesehene Angestellte des PACT. Er ist sowohl zertifizierter High-Maturity Lead Appraiser für SCAMPI als auch zertifizierter Instruktor für eine Reihe von Kursen im Zusammenhang mit CMMI. Pat hat über 50 Artikel veröffentlicht, die mit Prozess- und Leistungsverbesserung zu tun haben. Außerdem kümmert er sich im Namen der Gemeinschaft von SEI zertifizierter Experten um das ATLAS-Forum (wobei ATLAS für »Ask The Lead AppraiserS« steht, also »Fragen Sie die Lead Appraiser!«). Außerdem ist Pat Gastwissenschaftler am SEI und Mitdozent am Mastergradprogramm in Softwareentwicklung der University of Minnesota.

Mike Phillips

Programmmanager CMMI-Initiative
Software Engineering Institute

Mike Phillips ist Programmmanager für CMMI beim SEI, eine Position, die geschaffen wurde, um die Weiterentwicklung der CMMI-Produktreihe zu leiten. Er hat das Team, das sich aus Vertretern von Regierung, Industrie und SEI zusammensetzt, über drei erhebliche Aktualisierungen der ursprünglichen Version bis zum jetzigen integrierten Modell geführt, das Entwicklung, Beschaffung und Dienstleistungen abdeckt. Zuvor war er für die Aktivitäten des SEI verantwortlich, die den Übergang zu CMMI ermöglichen. Neben der Vorstellung von CMMI auf Konferenzen rund um die Welt hat er technische Berichte, technische Hinweise, CMMI-Kolumnen und verschiedene Artikel geschrieben. Er ist Co-Autor der ersten Ausgabe des Addison-Wesley-Buchs über CMMI for Acquisition.

Bevor Oberst Phillips aus der U.S. Air Force austrat, hat er ein 36 Milliarden Dollar schweres Entwicklungsprogramm für den Tarnkappenbomber B-2 im B-2-Systemprogrammbüro auf dem Luftwaffenstützpunkt Wright-Patterson in Ohio geleitet. Neben den fünf Jahren im B-2-Programm bringt er vier Jahre Erfahrung bei der Führung des Beschaffungsprogramms im Pentagon sowohl für die Air Force als auch für das Verteidigungsministerium mit. Seinen Bachelorgrad in Raumfahrttechnik hat er an der Air Force Academy erlangt, seinen Mastergrad in Nukleartechnik an der Georgia Tech, in Systemmanagement an der University of Southern California und in internationalen Beziehungen am Salve Regina College und am Naval War College. Er ist Absolvent des Programmmanagementkurses am Defense System Management College und an der Testpilotenschule der Air Force.

Anne Prem
Teilhaberin für Prozessverbesserung
Booz Allen Hamilton

Anne Prem ist Teilhaberin von Booz Allen Hamilton mit dem Spezialgebiet Prozessverbesserung. Sie bringt über acht Jahre Erfahrung aus der Unterstützung des Verteidigungsministeriums bei System- und Softwaredesign und -entwicklung mit, wo sie verschiedene Fachgebiete der Prozessverbesserung angewandt hat.
Annes Schwerpunkt liegt auf der Definition und dem Rollout von Prozessen mithilfe von CMMI-DEV, CMMI-ACQ und CMMI-SVC, wobei sie die gemeinsame Verwendung von CMMI und Lean Six Sigma (LSS) nutzt. Sie hat einen Bachelorgrad in Psychologie und ein Zertifikat in Markt & Management von der Duke University. Außerdem ist Anne vom Projekt Management Institute (PMI) als Project Management Professional (PMP) zertifiziert und als LSS Green Belt ausgebildet.

Bob Rassa
Direktor des Entwicklungsprogramms
für Space and Airborne Systems
Raytheon
Gründer und Vorsitzender
National Defense Industry Association (NDIA)

Bob Rassa ist Direktor des Entwicklungsprogramms im Geschäftsbereich Space and Airborne Systems (ehemals Hughes Aircraft) von Raytheon im kalifornischen El Segundo. Er ist Gründer und Vorsitzender der Systems Engineering Division (SE Div) der National Defense Industry Association (NDIA) sowie Gründungsmitglied von deren Komitee für automatische Tests. Außerdem ist er der industrielle Sponsor und Vorsitzende von CMMI (Capability Maturity Model Integration, das weltweit eingesetzte Modell zur Prozessverbesserung für System und Softwareentwicklung, Projektmanagement und Hardwaredesign) und dient als Vorsitzender des CMMI-Lenkungskreises.

Er ist gewählter IEEE-Partner und hat dem IEEE als ehemaliger Präsident und Begründer von IEEE Systems Council sowie als ehemaliger Präsident von IEEE Aerospace & Electronic Systems Society und IEEE Instrumentation & Measurement Society gedient. Er hat einen Bachelorgrad in Elektrotechnik der University of California in Berkeley und zahlreiche Artikel veröffentlicht und Vorträge gehalten. Im August 1999 wurde ihm das US-Patent für das satellitengestützte Advanced Maintenance System for Aircraft & Military Weapons zugesprochen.
Als Preise hat er den Westinghouse Order of Merit, die Third Millenium Medal des IEEE, den Preis als »Mann des Jahres« von IEEE-AUTOTESTCON, den Lt. General Thomas Ferguson Award für hervorragende Leistungen in der Systementwicklung der NDIA und den Raytheon Award für herausragende Leistungen bei der Verbesserung von Entwicklungsprozessen erhalten.

Kevin Schaff

Leitendes Mitglied des Fachpersonals
Software Engineering Institute

Kevin Schaaff ist ein leitendes Mitglied des Fachpersonals am Software Engineering Institute. Er ist zertifizierter High-Maturity Lead Appraiser und Instruktor und weist über 30 Jahre Erfahrung in der Systementwicklung und im Projektmanagement auf. Zu seinen früheren Erfahrungen gehören das Management einer Reihe von Programmen von großen Forschungs- und Entwicklungsvorhaben der Marine bis zur Umsetzung kleiner bis mittlerer IT-Systeme. Vor seinem Eintritt ins SEI leitete Kevin die Qualitätsprogramme anderer Organisationen, um Reifegrad 3 von SW-CMM und CMMI sowie Reifegrad 5 von CMMI zu erreichen. Zahlreiche Unternehmen verdanken ihm ihre ISO- und AS9100-Zertifizierung. Zurzeit arbeitet er als Berater für Prozessverbesserung bei mehreren kommerziellen Organisationen und Behörden, die verschiedene Modelle und Normen umsetzen.

Alexander Stall

Leitendes Mitglied des Fachpersonals
Software Engineering Institute

Alexander Stall ist ein leitendes Mitglied des Fachpersonals am Software Engineering Institute. Er ist zertifizierter High-Maturity Lead Appraiser und Instruktor und Mitglied des SCAMPI-Qualitätsmanagementteams.
Als Softwareentwickler, Manager und Berater hat er über 20 Jahre Erfahrung im gesamten Lebenszyklus der Systementwicklung gesammelt und war dabei sowohl im öffentlichen als auch im privaten Sektor tätig. Als Experte für Prozessverbesserungen hat er in der Entwicklung, im Rollout, in der Umsetzung und im Appraisal von Prozessen gearbeitet und entsprechende Vorhaben geführt. Zurzeit arbeitet er mit verschiedenen kommerziellen und behördlichen Organisationen zusammen, um eine Vielzahl von Modellen und Normen umzusetzen.

Rawdon Young

Appraisal-Manager
Software Engineering Institute

Rawdon Young arbeitet seit über 35 Jahren in der System- und Softwareentwicklung. Seine umfangreichen Erfahrungen auf diesem Gebiet decken das ganze Spektrum vom Anfängerprogrammierer und Analytiker bis zum leitenden Manager ab. Außerdem hat er Beratungsdienste in Entwicklung und Management sowohl angeboten als auch verwaltet. Er hat sowohl in kleinen als auch in großen Organisationen und sowohl für Behörden als auch in der Privatwirtschaft gearbeitet. 2006 trat er dem SEI bei. Dort hat er sich auf Appraisal-Qualität, High-Maturity, Zertifizierung für Lead Appraiser und Aus- und Weiterbildung konzentriert. Er ist High-Maturity Lead Appraiser für SCAMPI und Instruktor für den CMMI-Einführungskurs. Außerdem ist er Fachmann für High-Maturity-Entwicklung und Management. Zurzeit fungiert er als Appraisal-Manager für das SEI.

TEIL 1

Über CMMI für Entwicklung

KAPITEL 1

Einführung

Mehr denn je sind Unternehmen heutzutage bestrebt, ihre Produkte und Dienstleistungen besser, schneller und günstiger zu liefern. Gleichzeitig verlangt die hoch technisierte Welt des 21. Jahrhunderts nach immer komplexeren Produkten und Dienstleistungen. Es ist heutzutage nicht üblich, dass eine einzelne Organisation sämtliche Bestandteile entwickelt, aus denen sich ein komplexes Produkt oder eine Dienstleistung zusammensetzt. Zunehmend werden einige Bestandteile intern produziert, andere hinzugekauft und schließlich alle Bestandteile in das endgültige Produkt oder die endgültige Dienstleistung integriert. Die Organisationen müssen in der Lage sein, diesen komplexen Entwicklungs- und Instandhaltungsprozess zu steuern und zu verwalten.

Zu den Problemen, denen sie sich heute gegenüber sehen, zählt die Umsetzung organisationsweiter Lösungen, die einen ganzheitlichen Ansatz erfordern. Die effektive Verwaltung von Organisationsassets ist entscheidend für den geschäftlichen Erfolg. Im Wesentlichen handelt es sich bei diesen Organisationen um Produkt- und Dienstleistungsentwickler, die zum Erreichen ihrer Geschäftsziele eine Möglichkeit benötigen, ihre Entwicklungsaktivitäten zu managen.

Im heutigen Markt gibt es Reifemodelle, Standards, Methoden und Richtlinien, die einer Organisation dabei helfen können, ihre Geschäftsabläufe zu optimieren. Allerdings beziehen sich die meisten verfügbaren Verbesserungsansätze nur auf einen bestimmten Teil des Betriebs, ohne die gängigen Probleme auf systemische Art und Weise anzugehen. Durch die Konzentration auf einzelne Unternehmensfunktionen haben diese Modelle unglücklicherweise dazu beigetragen, dass die in den Organisationen vorhandenen Abgrenzungen und Barrieren aufrechterhalten bleiben.

CMMI für Entwicklung (CMMI-DEV) bietet eine Möglichkeit, diese Abgrenzungen und Barrieren zu überwinden. CMMI für Entwicklung umfasst gute Praktiken für die Entwicklung und Pflege von Produkten und Dienstleistungen sowie Praktiken, die den gesamten Lebenszyklus eines Produkts von der Konzeption über die Lieferung bis hin zur Pflege abdecken. Dabei liegt der Schwerpunkt auf der Arbeit, die in die Entwicklung und Instandhaltung des Endprodukts fließt.

CMMI-DEV umfasst 22 Prozessgebiete. Davon sind 16 Kernprozessgebiete. Eines wird gemeinsam genutzt und fünf sind entwicklungsspezifisch.[1]

Alle Praktiken des CMMI für Entwicklung konzentrieren sich auf die Tätigkeiten der Entwicklungsorganisation. Fünf der Prozessgebiete zielen auf Praktiken speziell in der Entwicklung ab: die Anforderungsentwicklung, die technische Umsetzung, die Produktintegration, die Verifizierung und die Validierung.

Über die Prozessverbesserung

Im Rahmen seiner Forschungsarbeit, deren Ziel es ist, Organisationen bei der Entwicklung und Instandhaltung hochwertiger Produkte und Dienstleistungen zu unterstützen, hat das Software Engineering Institute (SEI) verschiedene Dimensionen ermittelt, auf die eine Organisation sich konzentrieren kann, um ihre Geschäftsabläufe zu verbessern. Abbildung 1.1 zeigt die drei entscheidenden Dimensionen, auf die sich eine Organisation üblicherweise konzentriert: Menschen, Verfahren und Methoden sowie Tools und Ausstattung.

Wodurch wird all dies zusammengehalten? Durch die Arbeitsabläufe in Ihrer Organisation. Mithilfe von Arbeitsabläufen können Sie Ihre verschiedenen Geschäftsaktivitäten besser aufeinander abstimmen. Sie ermöglichen eine bessere Skalierbarkeit sowie die Integration von optimierungsrelevantem Wissen. Sie erlauben es Ihnen außerdem, Ihre Ressourcen wirksam einzusetzen und Geschäftstrends zu analysieren.

1. Ein Kernprozessgebiet ist ein Prozessgebiet, das in allen CMMI-Modellen vorhanden ist. Ein gemeinsames Prozessgebiet ist in mindestens zwei CMMI-Modellen enthalten, aber nicht in allen.

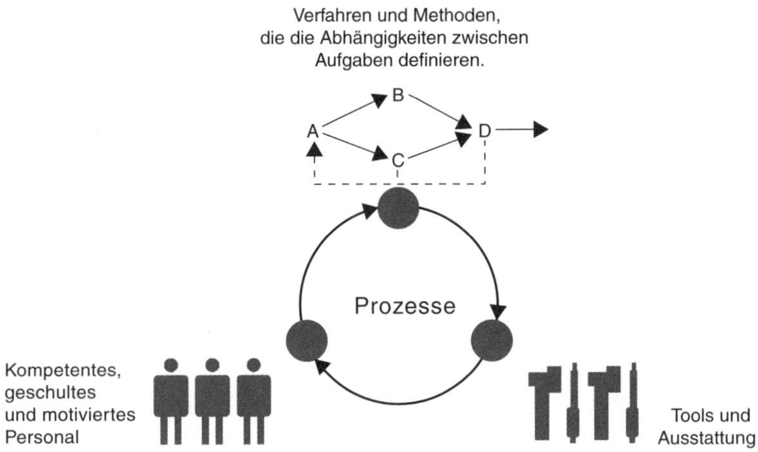

ABBILDUNG 1.1
Die drei wichtigen Dimensionen

Das soll jedoch nicht bedeuten, dass Menschen und Technologie nicht wichtig wären. Wir leben in einer Welt, in der sich die Technologie mit unglaublicher Geschwindigkeit wandelt. In ähnlicher Weise arbeiten Menschen im Laufe ihrer beruflichen Karriere für viele verschiedene Unternehmen. Wir leben in einer dynamischen Welt. Indem Sie den Fokus auf die Arbeitsabläufe legen, schaffen Sie die Infrastruktur und die Stabilität, die notwendig sind, um mit einer sich ständig verändernden Welt Schritt zu halten und die Produktivität der Menschen und die Nutzung von Technologie so zu maximieren, dass sie wettbewerbsfähiger werden.

In der verarbeitenden Industrie ist die Bedeutung der Effektivität und Effizienz von Arbeitsabläufen seit langem bekannt. Heute erkennen viele Organisationen der verarbeitenden und Dienstleistungsindustrie die Bedeutung von ausgereiften Abläufen. Arbeitsabläufe helfen dem Personal einer Organisation, deren Geschäftsziele zu erreichen, indem sie es veranlassen, klüger (nicht härter) und konsistenter zu arbeiten. Effektive Arbeitsabläufe bieten außerdem eine Möglichkeit, neue Technologien auf eine Weise einzuführen und zu nutzen, die den Geschäftszielen der Organisation am besten gerecht wird.

Ein Blick nach vorn

von Watts Humphrey

Als wir vor fast 25 Jahren mit der Arbeit an dem Reifemodell begannen, das zu CMM und CMMI führte, verfolgten wir einen diagnostischen Ansatz. Durch welche Merkmale zeichnen sich Organisationen aus, die gute Software erstellen? Wir folgten dem Prinzip, das Tolstoi in »Anna Karenina« beschrieb:[2]

> »Alle glücklichen Familien sind sich ähnlich. Jede unglückliche Familie ist auf ihre eigene Weise unglücklich.«

Um Tolstois Prinzip auf Organisationen, die Software entwickeln, anzuwenden, suchten wir nach den Merkmalen, durch die sich eine effektive Softwareentwicklung auszeichnete, und formten aus diesen Merkmalen ein Reifegradmodell. Hinter diesem Reifegradmodell stand die Logik, dass Organisationen alles richtig machen mussten, um gute Arbeit zu leisten. Da jedoch niemand in der Lage ist, alle Probleme auf einmal zu lösen, bestand unsere Vorgehensweise darin, dass wir uns ansahen, was eine Organisation tat, und es mit dem verglichen, was sie tun sollte, um eine »glückliche Familie« zu sein. Mithilfe des Modells als Richtschnur konnten Organisationen damit beginnen, ihre Versäumnisse und Fehler in der vom Modell festgelegten Reihenfolge zu korrigieren.

Beständig die richtigen Dinge tun

Leider drückten wir uns in unserer ersten Anleitung nicht ganz deutlich aus, weshalb einige Personen zu dem Schluss kamen, dass sie bei dem Versuch, Reifegrad 2 zu erreichen, nichts tun sollten, was zu den Reifegraden 3, 4 und 5 gehörte. Das ist jedoch *nicht* das, was wir sagen wollten. Organisationen sollten weiterhin all die »guten« Dinge tun, die sie bereits jetzt durchführen, und sich nur auf die Problemgebiete konzentrieren. Das Ziel bei Reifegrad 2 besteht darin, die Dinge herauszufinden, die für diesen Reifegrad fehlen oder unzureichend sind und sie als Erstes zu korrigieren. Dann sollte die

2. Ein Kernprozessgebiet ist ein Prozessgebiet, das in allen CMMI-Modellen vorhanden ist. Ein gemeinsames Prozessgebiet ist in mindestens zwei CMMI-Modellen enthalten, aber nicht in allen.

Organisation in Betracht ziehen, die Lücken zu den Reifegraden 3, 4 und 5 zu schließen. Auch dabei sollten sie nicht aufhören, die Dinge zu tun, die funktionieren.

Die Logik hinter Reifegrad 2

Beim Aufstellen der Reifegrade folgten wir der folgenden Logik: Erstens können Organisationen keine gute Arbeit leisten und sich auch mit Sicherheit nicht verbessern, wenn sie sich in einem Zustand ständiger Krisenbewältigung befinden. Daher müssen sich die ersten Verbesserungsversuche auf die Dinge konzentrieren, die zu diesen Krisen führen, wenn sie schlecht oder überhaupt nicht durchgeführt werden. Dabei handelt es sich um Planung, Konfigurationsmanagement, Zulieferungsmanagement, Qualitätssicherung usw.

Die Logik hinter Reifegrad 3

Nachdem die Krisen größtenteils unter Kontrolle gebracht worden sind und die Organisation nach Plan vorgeht und nicht krisengesteuert, besteht der nächste Schritt im Lernen. Wie können Menschen voneinander lernen anstatt aus ihren eigenen Fehlern? Auch hier gilt wieder Tolstois Prinzip, nachdem es unendlich viele Möglichkeiten für Fehler gibt. Zu versuchen, sich durch die Reaktion auf Fehler zu verbessern, ist daher ein endloses und sinnloses Unterfangen. Der Schlüssel besteht darin, herauszufinden, was in der Organisation am besten funktioniert, und dies an alle Gruppen weiterzuverteilen. Daher konzentriert sich Reifegrad 3 auf alle auf das Lernen orientierten Aspekte wie Prozessentwicklung, Aus- und Weiterbildung sowie definierte Vorgehensweisen, um Entscheidungen zu treffen und Alternativen zu bewerten.

Die Logik hinter den Reifegraden 4 und 5

Auf Reifegrad 4 wechselt der Schwerpunkt zum quantitativen Management und zur Steuerung der Qualität, während es auf Reifegrad 5 um das Vorgehen zur ständigen Verbesserung, um technische Innovation und die Fehlervermeidung geht. Leider haben wir in CMM und CMMI niemals explizite Anforderungen aufgenommen, nach denen Organisationen mit hohem Reifegrad einen Blick außerhalb ihrer eigenen Labors werfen sollen, um die guten Praktiken ihrer Branche zu ermitteln. Nachdem sie diese Praktiken herausgefunden haben, müssen sie sie messen, bewerten und als Prototyp testen, um herauszufinden, ob sie ihnen bei ihren betrieblichen Abläufen helfen.

Dieser Schritt erschien uns so offensichtlich, dass wir ihn niemals ausdrücklich verlangt haben. Der Veränderungsgeschwindigkeit nach zu urteilen, neue und bewährte Vorgehensweisen zur Software- und Systementwicklung anzuwenden, hätte eine solche Anforderung jedoch in das Modell aufgenommen werden müssen.

Kontinuierliche Verbesserung

Viele der Organisationen, die CMMI-Reifegrad 5 erreicht haben, hörten an diesem Punkt letzten Endes damit auf, weitere Verbesserungen durchzuführen. Ihr Ziel bestand darin, Reifegrad 5 zu erreichen. Das haben sie geschafft – weshalb also sollten sie sich weiterhin verbessern? Diese Haltung ist jedoch bedauerlich und inakzeptabel. Sie ist bedauerlich, da es viele neue Prinzipien und Methoden gibt, von denen diese Organisationen profitieren könnten, und inakzeptabel, da es bei Reifegrad 5 gerade um die ständige Verbesserung geht.

Leider haben sich viele Organisationen so sehr im Dickicht der Prozessverbesserung verstrickt, dass sie nicht nur den Wald, sondern sogar die Bäume nicht mehr sehen. Six Sigma ist eine leistungsstarke und äußerst hilfreiche Methode zur Verbesserung auf statistischer Grundlage, doch es ist leicht möglich, dass man der Faszination dieser anspruchsvollen Methoden erliegt und dabei das Ziel aus dem Blick verliert. Das ist ein Fehler. Entscheidend ist es, Prioritäten zu setzen und zu erkennen, was der Organisation hilft, ihre Geschäftsentwicklung zu verbessern. Dazu sind externe Benchmarks und interne Leistungsmessungen erforderlich. Nutzen Sie sie, um Prioritäten für die Verbesserung zu setzen, und konzentrieren Sie Ihre Anstrengungen zur Verbesserung dann auf die Bereiche, die die Geschäftsentwicklung erheblich verbessern können.

Die nächsten Schritte

CMMI ist äußerst erfolgreich gewesen und in den letzten 25 Jahren haben wir viel gelernt. Es gibt jetzt neue Konzepte und Methoden, die uns zu Anfang nicht zur Verfügung standen.

Das wichtigste neue Konzept betrifft die Wissensarbeit. Peter Drucker, der Management-Vordenker des 20. Jahrhunderts, definierte Wissensarbeit als die Arbeit, die mit der Anwendung des erworbenen Wissens umgeht statt mit Dingen.

Ein Großteil der technischen Arbeit von heute ist Wissensarbeit, aber Wissensarbeit im großen Maßstab ist ein relativ junges Phänomen. Mit Ausnahme der Software ging es bei allen wirklich großen Projekten bis vor kurzem um Systeme maßgeblich aus Hardware. Jetzt allerdings durchdringt die Software die meisten Bestandteile moderner Systeme und selbst die Arbeit der Hardwaredesigner ähnelt stärker derjenigen von Softwareentwicklern.

Um diese neuen Arten der Arbeit sachgemäß managen zu können, sind neue Methoden erforderlich. Das wichtigste neue Managementkonzept hat Drucker ausgesprochen. Es ist die Tatsache, dass Wissensarbeit nicht mit herkömmlichen Methoden verwaltet werden kann. Wissensarbeiter müssen sich selbst managen.[3] Druckers Argumentation ist von bezwingender Logik, aber das Thema ist zu vielschichtig, um es in diesem kurzen Artikel abzuhandeln. Es gibt jedoch eine wachsende Anzahl von Veröffentlichungen, die Wissensarbeit beschreiben und aufzeigen, welche neuen Managementmethoden gebraucht werden und warum.[4]

Zusammenfassend gesagt, ist der Kernpunkt, dass Software und komplexe Systementwicklungsprojekte im großen Maßstab Wissensarbeit sind und dass solche Projekte lange Zeit von Schwierigkeiten geplagt waren, weil sie nicht mit den geeigneten Methoden durchgeführt wurden. Die erste Methode, die geschaffen wurde, um Druckers Prinzipien des Wissensmanagements zu folgen, ist der Teamsoftwareprozess (TSP), aber in Zukunft wird es mit Sicherheit weitere Methoden dieser Art geben.

Die Anwendung von TSP zum Lenken von Software- und Systementwicklungsprojekten erweist sich als sehr effektiv und TSP-Projekte werden gewöhnlich termingerecht, ohne

3. Peter Drucker, »Knowledge-Worker Productivity: the Biggest Challenge«, *California Management Review*, Winter 1999, 41, 2, ABI/INFORM Global.

4. Watts S. Humphrey, »Why Can't We Manage Large Projects?« *CrossTalk*, Juli/August 2010, S. 4–7; Watts S. Humphrey und James W. Over, *Leadership, Teamwork, and Trust: Building a Competitive Software Capability*, Reading: Addison Wesley, 2011.

Budgetüberschreitung und mit erheblich verbesserter Qualität und Produktivität ausgeliefert.[5] Um CMMI-Nutzern dabei zu helfen, ihre Leistung kontinuierlich zu verbessern, hat das SEI eine neue Strategie auf der Grundlage von CMMI und einer Gruppe von Praktiken definiert, um diese Methoden auszutesten und in Pilotprojekten anzuwenden. Diese Methode heißt CMMI-AIM (Accelerated Improvement Method, also »beschleunigte Verbesserungsmethode«) und wird zurzeit von einer wachsenden Anzahl von Organisationen angewendet.

Schlussfolgerungen

Da wir unsere Prozesse und Methoden ständig verbessern, um den Bedürfnissen und Vorgehensweisen kreativer Teams und Einzelpersonen entgegenzukommen, treten immer wieder neue Möglichkeiten auf, um den Anwendungsbereich unserer Prozesse zu erweitern und neue Methoden und Technologien hinzuzufügen, sobald sie zur Verfügung stehen. Da viele dieser Vorgehensweisen für die meisten Benutzer neu sind, benötigen die Benutzer eine besondere Anleitung, die besagt, worum es sich bei diesen neuen Methoden handelt und wie sie am besten eingesetzt werden. Die Strategie des SEI besteht darin, diese Anleitung für jede neue Gruppe von Methoden zu geben, sobald sie zur Verfügung steht und in der Praxis erprobt ist. Zwei Beispiele solcher neuen Methoden sind die CMMI- und TSP-bezogenen Anleitungen für die Entwicklung sicherer Systeme und die Architektur komplexer Systeme. Auch zukünftig wird es noch viele weitere Möglichkeiten geben, die Leistung unserer Arbeit bei der System- und Softwareentwicklung zu verbessern. Der Schlüssel besteht darin, diese Methoden zu einem zusammenhängenden Verbesserungs-Framework wie TSP-CMMI zusammenzufassen und die ausführliche Anleitung zu geben, die Organisationen benötigen, um Nutzen aus diesen neuen Methoden zu ziehen. Um jedoch zu verhindern, stets den neuesten Modetrends hinterherzulaufen, sollten Organisationen ihre eigenen Abläufe messen, ermitteln, wo sie im Vergleich mit ihren führenden Partnern und Mitbewerbern stehen, und sich auf die Verbesserungen konzentrieren, die ihre Geschäftsentwicklung messbar verbessern.

---

5. Noopur Davis und Julia Mullaney, »Team Software Process (TSP) in Practice«, SEI Technical Report CMU/SEI-2003-TR-014, September 2003.

Über Capability-Maturity-Modelle

Ein Capability-Maturity-Modell (CMM), darunter auch CMMI, ist eine vereinfachte Darstellung der Welt. Fähigkeits- und Reifegradmodelle (CMMs) enthalten die entscheidenden Elemente effektiver Prozesse. Diese Elemente beruhen auf den Konzepten, die von Crosby, Deming, Juran und Humphrey entwickelt wurden.

In den 30er Jahren legte Walther Shewhart mit seinen Richtlinien der statistischen Qualitätskontrolle [Shewhart 1931] den Grundstein für die Arbeit im Bereich der Prozessverbesserung. Diese Richtlinien wurden später von W. Edwards Deming [Deming 1986], Phillip Crosby [Crosby 1979] und Joseph Juran [Juran 1988] noch weiter verfeinert. Watts Humphrey, Ron Radice und andere bauten sie weiter aus und begannen sie im Rahmen ihrer Tätigkeit für IBM (International Business Machines) und SEI [Humphrey 1989] auf die Softwareentwicklung anzuwenden. Humphreys Buch, *Managing the Software Process*, beschreibt die grundlegenden Richtlinien und Konzepte, auf denen viele der Capability-Maturity-Modelle basieren.

Im Prozessmanagement vertritt das SEI die Prämisse »Die Qualität eines Systems oder Produkts wird entscheidend durch die Qualität seiner Entwicklungsabläufe beeinflusst« und hat dementsprechende CMMs entwickelt. Der Glaube an diese Prämisse zeigt sich weltweit in der Umsetzung entsprechender Qualitätskontrollen, wie die Aufzeichnungen der internationalen Organisation für Standardisierung/internationalen elektrotechnischen Kommission (ISO/IEC) belegen.

CMMs zielen auf die Verbesserung der Arbeitsabläufe innerhalb einer Organisation. Sie umfassen die wesentlichen Elemente wirksamer Arbeitsabläufe eines oder mehrerer Fachgebiete und beschreiben einen evolutionären Verbesserungsweg von unreifen Ad-hoc-Arbeitsabläufen hin zu reifen und disziplinierten Prozessen mit verbesserter Qualität und Wirksamkeit.

Wie andere CMMs bieten CMMI-Modelle Anleitung für die Entwicklung von Prozessen. CMMI-Modelle sind keine Prozesse oder Prozessbeschreibungen. Welche Prozesse in einer Organisation tatsächlich verwendet werden, hängt von vielen Faktoren ab, wie dem Anwendungsbereich, der Organisationsstruktur oder -größe. Insbesondere lassen sich die Prozessgebiete eines CMMI-Modells gewöhnlich nicht 1:1 auf die in Ihrer Organisation verwendeten Prozesse übertragen.

Das SEI entwickelte das erste CMM für Softwareorganisationen und veröffentlichte es in dem Buch *The Capability Maturity Model: Guidelines for Improving the Software Process* [SEI 1995].

Heute ist CMMI die Ausübung der vor fast einem Jahrhundert eingeführten Grundsätze auf diesen endlosen Zyklus der Prozessverbesserung. Seither hat sich dieser Prozessverbesserungsansatz immer wieder bewährt. Zahlreiche Organisationen haben mit seiner Hilfe eine Verbesserung der Produktivität, Qualität und Durchlaufzeit sowie eine präzisere und vorhersehbarere Termin- und Budgetplanung [Gibson 2006] erzielt.

Evolution von CMMI

Das CMM-Integrationsprojekt wurde ins Leben gerufen, um die Probleme bei der Anwendung von mehreren CMMs zu lösen. Die Zusammenführung ausgewählter Modelle in einem einzelnen CMMI-Framework war darauf ausgerichtet, Organisationen in ihrem Streben nach unternehmensweiter Prozessverbesserung zu unterstützen.

Die Entwicklung eines Satzes von integrierten Modellen erforderte allerdings mehr als das bloße Zusammenführen von vorhandenen Unterlagen. Mithilfe von konsensfördernden Verfahren hat das CMMI-Produktteam ein Framework aufgestellt, das sich an mehrere Konstellationen anpassen lässt.

Das erste Modell, das entwickelt wurde, war CMMI für Entwicklung (damals einfach nur CMMI genannt). Abbildung 1.2 zeigt die Modelle, die zu CMMI Version 1.3 geführt haben.

Ursprünglich war CMMI ein Modell, das drei Quellenmodelle kombinierte: das *Capability Maturity Model for Software* (SW-CMM) Version 2.0 Entwurf C, das *Systems Engineering Capability Model* (SECM) [EIA 2002a] und das *Integrated Product Development Capability Maturity Model* (IPD-CMM) Version 0.98.

Diese drei Quellenmodelle wurden aufgrund ihrer weiten erfolgreichen Verwendung oder ihres vielversprechenden Ansatzes zur Verbesserung der Arbeitsabläufe in Organisationen ausgewählt.

Das erste CMMI-Modell (Version 1.02) wurde für Entwicklungsorganisationen zur unternehmensweiten Prozessverbesserung entworfen. Es wurde im Jahr 2000 veröffentlicht. Zwei Jahre später wurde Version 1.1 freigegeben und vier Jahre darauf Version 1.2.

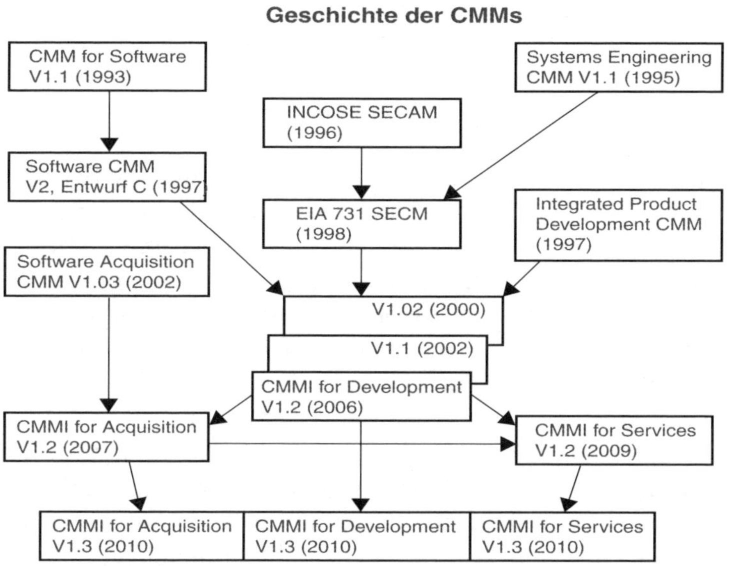

ABBILDUNG 1.2
Geschichte von CMMs[6]

Zur Zeit der Veröffentlichung von Version 1.2 wurden zwei weitere CMMI-Modelle geplant. Aufgrund dieser geplanten Erweiterung musste der Name des ersten CMMI-Modells in »CMMI für Entwicklung« geändert werden. Damit war das Konzept der Konstellationen geboren.

Das Modell CMMI for Acquisition wurde 2007 veröffentlicht. Da es auf CMMI für Entwicklung Version 1.2 aufbaute, wurde es ebenfalls als Version 1.2 bezeichnet. Zwei Jahre später wurde das Modell CMMI for Services veröffentlicht. Es baute auf den anderen beiden Modellen auf und wurde daher ebenfalls Version 1.2 genannt.

Im Jahre 2008 wurden Pläne aufgestellt, um mit der Entwicklung von Version 1.3 zu beginnen, die für Einheitlichkeit in allen drei Modellen sorgen und Inhalt zu höheren Reifegraden in allen Modellen verbessern sollte. Version 1.3 von CMMI for Acquisition [Gallagher 2011, SEI 2010b], CMMI für Entwicklung [Chrissis 2011, SEI 2010c] und CMMI for Services [Forrester 2011, SEI 2010a] wurde im November 2010 veröffentlicht.

6. EIA 731 SECM ist der Standard 731 (Systems Engineering Capability Model) der Electronic Industries Alliance. INCOSE SECAM steht für International Council on Systems Engineering Systems Engineering Capability Assessment Model [EIA 2002a].

CMMI: Fortschreitende Integration und Verbesserung

von Bob Rassa

CMMI ist fast 15 Jahre alt und ist eindeutig zum weltweiten De-facto-Standard für die Prozessverbesserung bei der Entwicklung von Systemen geworden, darunter bei System-, Software- und Designentwicklung, Zulieferungs- und Programmmanagement. Seit der Veröffentlichung von CMMI (für Entwicklung) Version 1.2 vor fast fünf Jahren hat CMMI sich auch auf die Prozessverbesserung für die Beschaffung und für das Erbringen von Dienstleistungen ausgedehnt.

Die vollständige Produktreihe von CMMI-DEV, CMMI-ACQ und CMMI-SVC deckt das gesamte Spektrum der Prozessverbesserung für ganze Geschäftszweige ab – für kommerzielle Unternehmen, für Firmen, die im Bereich der Verteidigung tätig sind, für Regierungen und sogar für militärische Organisationen. Nach der ursprünglichen Veröffentlichung von CMMI im November 2000 wurden in nur vier Jahren mehr als 1000 Appraisals der Klasse A berichtet. Nach unseren damaligen Maßstäben war das ein großer Erfolg. Im Gegensatz dazu wurden jedoch allein im Jahr 2009 fast 1400 Klasse-A-Appraisals durchgeführt, was eine deutliche Verbesserung darstellt.

Bis Januar 2006 hatten mehr als 45.000 Einzelpersonen eine einführende CMMI-Schulung erhalten. Im Juli 2010 überstieg dieser Wert die Zahl von 117.000 Personen.

CMMI-DEV wurde ins Japanische, Chinesische, Französische, Deutsche, Spanische und Portugiesische übersetzt. Die Übersetzung von CMMI-SVC ins Arabische beginnt. Der Erfolg von CMMI, was die Wahrnehmung und den Einsatz in aller Welt angeht, ist unzweifelhaft.

Die Architektur von CMMI Version 1.2 wurde leicht geändert, um die beiden weiteren CMMI-Konstellationen CMMI-ACQ (CMMI for Acquisition) und CMMI-SVC (CMMI for Services) zu ermöglichen. CMMI Version 1.3 konzentriert sich darauf, einen gewissen Grad an Vereinfachung und eine größere Einheitlichkeit der gesamten Produktreihe zu erreichen. Bei den Verbesserungen im Modell der Version 1.3 geht es vor allem um Aspekte hoher Reife, wie sie in den Reifegraden 4 und 5 zum Ausdruck kommen. Das betrifft sowohl die Modellstruktur als auch die Appraisal-Methode.

Wir haben herausgefunden, dass es in der Version 1.2 der Produktreihe gewisse Mehrdeutigkeiten gab. Die betroffenen Gebiete wurden in Version 1.3 deutlicher gemacht, um beim Ausrollen des Modells und der Durchführung von CMMI-Appraisals eine größere Einheitlichkeit zu erreichen. Die Kriterien, die in den Auditprozessen der Appraisals verwendet werden und im Jahre 2008 umgesetzt wurden, sind nun an den geeigneten Stellen in die Produktreihe aufgenommen worden. Wir haben auch die Auswahl von »Fokusprogrammen« in der im Rahmen eines Appraisals bewerteten Organisation verdeutlicht, um den Arbeits- und Zeitaufwand für Appraisals der Klasse A und damit die Kosten für die Einführung von CMMI zu verringern.

Es wurde behauptet, dass CMMI nur etwas für große Organisationen ist, doch die vorhandenen Daten widersprechen dieser Ansicht. Tatsächlich wurden viele kleine Organisationen in Appraisals bewertet und haben berichtet, dass sie durch CMMI Vorteile erzielen konnten, die die Investitionen bei weitem übersteigen. Einen umfassenden Bericht über die Vorteile von CMMI finden Sie jetzt auf der Website des Software Engineering Institute der Carnegie Mellon University (*http://www.sei.cmu.edu/cmmi*). Dieses Dokument, im Grunde genommen eine Übersicht über die Vorteile, von denen die Benutzer berichtet haben, zeigt deutlich positive Auswirkungen wie weniger Mängel bei der Auslieferung, geringerer Zeitaufwand zur Identifizierung von Mängeln usw. Die Daten zeigen, dass CMMI tatsächlich Prozessverbesserung auf dem neuesten Stand ist. Die erheblichen Vorteile, von denen berichtet wird, beweisen dies.

Um jedoch wirklich effektiv zu sein, muss CMMI gewissenhaft innerhalb der Organisation umgesetzt werden. Als wir mit der Entwicklung von CMMI begannen, gingen wir davon aus, dass sein Zweck der Integration der damals vorhandenen, voneinander abweichenden Reifegradmodelle dienen würde. Wir erkannten jedoch bald, dass der eigentliche ultimative Nutzen von CMMI darin bestand, dass dieses kombinierte Modell die Entwicklungs- und Managementfachgebiete sowohl im Hinblick auf deren Prozesse als auch auf deren Leistung integrierte.

Um diesen ultimativen Nutzen zu erzielen, ist eine umsichtige Vorgehensweise nötig, die sicherstellt, dass integrierte Prozesse innerhalb der Organisation platziert werden, dass diese Prozesse unternehmensweit auf alle neuen Programme und Projekte angewandt werden und dass diese Umsetzung so sorgfältig geschieht, dass ein reibungsloser Start neuer Programme gewährleistet ist.

Dieses Buch enthält die neuesten fachlichen und ausführlichen Anleitungen für eine effektive Umsetzung von CMMI. Es deckt alle Besonderheiten der Version 1.3 ab, bespricht Nuancen in der Interpretation und enthält nützliche Expertentipps sowohl für Neueinsteiger als auch für erfahrene Anwender.

Hunderte von Prozessverbesserungsexperten waren an der Gesamtentwicklung und der Aktualisierung von CMMI beteiligt und viele davon haben ihr Know-how zum Nutzen der weltweiten Anwenderschaft auch für dieses Buch zur Verfügung gestellt. Wir sind zuversichtlich, dass Sie die Arbeit dieser Personen zu schätzen wissen und als nützlich erachten werden, während Sie weiterhin dem Pfad der kontinuierlichen Prozessverbesserung folgen.

Denken Sie daran, dass auch großartige Designer und Manager ohne ein bewährtes Prozess-Framework wahrscheinlich fehlgehen werden, und dieses Framework ist es, was CMMI bietet.

Das CMMI-Framework

Das CMMI-Framework stellt die erforderliche Struktur für die Erstellung von CMMI-Modellen, die Aus- und Weiterbildung sowie für Appraisals bereit. Um innerhalb des CMMI-Frameworks die Anwendung mehrerer Modelle zu ermöglichen, sind die Modellbestandteile entweder zur Verwendung in allen CMMI-Modellen oder als spezifische Komponenten eines bestimmten Modells gekennzeichnet. Die gemeinsamen Unterlagen werden »CMMI Model Foundation« oder kurz CMF genannt.

Die Komponenten des CMF gehören zu allen Modellen, die aus dem CMMI-Framework erstellt werden. Um ein Modell zu bilden, werden diese Komponenten mit Unterlagen kombiniert, die nur jeweils auf ein bestimmtes Interessengebiet Anwendung finden (z.B. Beschaffung, Entwicklung, Dienstleistungen).

Eine »Konstellation« ist als eine Kombination von CMMI-Bestandteilen definiert, die verwendet wird, um Modelle, Aus- und Weiterbildungsunterlagen und mit Appraisals in Beziehung stehende Dokumente für ein bestimmtes Interessengebiet (z.B. Beschaffung, Entwicklung, Dienstleistungen) zu erstellen. Das Modell der Konstellation »Entwicklung« (Development) heißt »CMMI für Entwicklung« oder CMMI-DEV.

Architektur des CMMI-Frameworks

von Roger Bate
mit einem Nachwort von Mike Konrad

Da im Laufe der Jahre die verschiedensten Branchen und Organisationen die CMMI-Produktreihe verwendeten, wurde deutlich, dass sich CMMI auf alle Arten der Produktentwicklung anwenden ließ, vor allem, wenn die Terminologie für ähnliche Praktiken allgemein gehalten wurde.

Des Weiteren wurde deutlich, dass sich die Prozess- und Projektmanagementpraktiken des Modells für eine breite Palette von Aktivitäten außerhalb der Produktentwicklung eignen. Diese Entdeckung veranlasste mich zu dem Vorschlag, mithilfe einer neuen Architektur die Erweiterung des CMMI-Frameworks sowie seines Wirkungsbereichs zu ermöglichen.

Diese neue Architektur sollte andere Bereiche (z.B. Dienstleistungen und Beschaffung) mit einschließen. Eines Tages dachte ich über die wertvollen guten Praktiken der bestehenden Modelle nach. Ich begann, sie als so etwas wie die *Sterne* im System der Prozessverbesserung zu sehen. Ich spann diese Metapher noch ein wenig weiter und nannte die Sammlung von nützlichen Komponenten für die Entwicklung eines Modells, seiner Schulungsunterlagen und Appraisal-Dokumente für einen Bereich eine *Konstellation.* Damit war der Grundstein für die letztendlich entwickelte Architektur gelegt.

Die Architektur des CMMI-Frameworks hat zwei Hauptziele:

- Integration ausgewählter Bereiche zur Erzielung nützlicher und effektiver Arbeitsabläufe
- Maximale Gemeinsamkeit von Zielen und Praktiken über alle Modelle, Schulungsunterlagen und Appraisal-Methoden hinweg

Da sich diese Ziele in entgegengesetzte Richtungen bewegen, mussten beim Architekturdesign einige Kompromisse gemacht werden.

Das CMMI-Framework findet auch in Zukunft Verwendung, um den vom Benutzerkreis gewünschten, ergänzenden Inhalten Rechnung zu tragen. Das Framework umfasst Komponenten zur Konstruktion von Modellen sowie der entsprechenden Schulungs- und Appraisal-Unterlagen. Das CMMI-Framework ist so strukturiert, dass die konstruierten Modelle von einer gemeinsamen Terminologie und gemeinsamen Praktiken profitieren, die sich bereits in früheren Modellen bewährt haben.

Es ist eine Sammlung aller Modell-, Schulungsunterlagen- und Appraisal-Komponenten. Diese Komponenten werden in Gruppen, Konstellationen genannt, untergliedert, die die Entwicklung anerkannter Modelle erleichtern und das Erbe bestehender CMM- und CMMI-Modelle erhalten.

Das Framework umfasst Konstellationen von Komponenten für die Erstellung von Modellen in einem Bereich (z.B. Beschaffung, Entwicklung und Dienstleistungen). Es enthält außerdem eine CMMI-Modellgrundlage. Dabei handelt es sich um ein Grundgerüst, das die Kernmodellkomponenten einer CMMI-Modellstruktur enthält. Der Inhalt der CMMI-Modellgrundlage bezieht sich auf alle Bereiche, die durch die Konstellationen abgedeckt werden. Ein CMMI-Modell für eine Konstellation wird konstruiert, indem ergänzende Modellkomponenten in die CMMI-Modellgrundlage eingefügt werden.

Da die CMMI-Architektur darauf ausgelegt ist, so viel gemeinsames Material zu bewahren, wie dies in einer Umgebung mit mehreren Konstellationen angemessen ist, umfasst und steuert das Framework alle CMMI-Unterlagen, die zur Erstellung einer beliebigen Konstellation oder eines beliebigen Modells herangezogen werden können.

CMMI-Modelle verfügen über eine feste Struktur. Diese Struktur ermöglicht eine geläufige Anordnung von Modellkomponenten verschiedener Konstellationen und Versionen. Wenn Sie die Struktur eines Prozessgebiets betrachten, sehen Sie Komponenten wie Prozessgebietsname, Kategorie, Reifegrad, Zweck, Einführende Hinweise, Referenzen und Spezifische Ziele. Sie werden außerdem feststellen, dass jedes Prozessgebiet in diesem Modell (z.B. CMMI für Entwicklung) und alle anderen aus dem CMMI-Framework entwickelten CMMI-Modelle dieselbe Struktur aufweisen. So können Sie bestimmte Informationen eines beliebigen CMMI-Modells schnell auffinden.

Einer der Vorteile, die sich aus einer gemeinsamen Struktur und einem Großteil von gemeinsamem Inhalt in den verschiedenen Modellen ergeben, ist ein erheblich geringerer Aufwand bei der Erstellung von Modellen, der Schulung von Benutzern und der Durchführung von Appraisals in Organisationen. Die Möglichkeit, Modellkomponenten zu den gemeinsamen Prozessgebieten hinzuzufügen, erlaubt es, den Wirkungsbereich der Modelle auf ein breiteres Spektrum von Anforderungen auszudehnen. Darüber hinaus können völlig neue Prozessgebiete hinzugefügt werden, so dass noch mehr Anwendungsbereiche in den Konstellationen abgedeckt werden können.

CMMI-Modelle umfassen eine Menge wohlerprobter Inhalte, die bei der Erstellung von Hochleistungsprozessen herangezogen werden können. Die CMMI-Architektur ist so angelegt, dass diese wertvollen Inhalte in verschiedene Bereiche einfließen können und gleichzeitig innovativ und flexibel auf neue Bedürfnisse reagiert werden kann.

Sie sehen also, dass CMMI über die Hauptpraktiken der drei ursprünglichen Quellenmodelle hinausgewachsen ist und sich zu Konstellationen entwickelt hat. Diese Ausdehnung in die Galaxie ist nur mit Unterstützung durch eine gut durchdachte und strukturierte Architektur möglich. Die CMMI-Architektur gewährleistet diese Unterstützung und wird je nach Bedarf auch in Zukunft noch weiter wachsen.

Nachwort

Roger starb 2009, etwa zwei Jahre nachdem er diesen Artikel für die zweite Auflage des Buches verfasst hatte. Rogers weitreichende Vorstellung von Konstellationen und einer flexiblen Architektur hat für einen hohen Grad an Gemeinsamkeit zwischen den CMMI-Modellen gesorgt und wurde in der nachfolgenden Veröffentlichung der drei CMMI-Modelle von Version 1.2 zwischen 2006 und 2009 zum größten Teil realisiert.

Eine der vielen Anekdoten, die Rogers Voraussicht und Größe belegen und Schlaglicht auf die Anfangstage von CMMI werfen, betrifft ein Ereignis aus dem Jahre 1997. Damals bat mich mein Freund und Kollege Tomoo Matsubara-san, einen kurzen Kommentar für seine Kolumne *Soapbox* im Magazin *IEEE Software* zu schreiben. Zu diesem Zeitpunkt waren wir beim SEI mit der Sorge vieler Software CMM-Partner konfrontiert, die befürchteten, wir würden die Produktreihe Software CMM aufgeben. Stattdessen versuchten wir, die Anwenderschaft der Prozessverbesserung auf den Gebieten der Software- und der Systementwicklung zu verschmelzen, indem wir eine Produktreihe schufen, die beide nutzen konnten.

Wir hofften, dass eine solche Zusammenfassung nicht nur die Notwendigkeit der Pflege zweier getrennter Modelle und zugehöriger Produktlinien (die für Software CMM und die für EIA 731 Systems Engineering Capability Model) vermeiden half, sondern auch Synergien in Organisationen hervorrufen konnte, die systemweite Leistungsprobleme betrafen. Für mich bot die Soapbox-Kolumne eine Gelegenheit, um zu vermitteln, was wir mit CMMI zu erreichen versuchten. Daher schlug ich Roger vor, einen Beitrag für Matsubara-sans Kolumne zu schreiben, in dem es darum ging, wie die Softwareentwicklung davon profitieren konnte, den Blickwinkel der »Systementwicklung« anzunehmen.

Dies führte schließlich zu Rogers Soapbox-Beitrag »Do Systems Engineering? Who, Me?« (in etwa: »Wie bitte? Ich soll Systementwicklung machen?«).[7] Diese Anekdote zeigt Rogers Brillanz, mehrere Fachgebiete zu vereinen, und sein Talent dafür, verschiedene Stakeholder mit einer einheitlichen Vorstellung und einem gemeinsamen Leitbild dazu zu motivieren, das Verhalten der Organisation zu ändern und eine überlegene Leistung zu erzielen.

Wie bereits erwähnt wurden Rogers Vorstellungen mit der Veröffentlichung der CMMI-Produktreihe Version 1.2 größtenteils realisiert. Bei Version 1.3 waren wir jedoch mit der Herausforderung konfrontiert, dass Rogers ursprüngliche Vorstellung der CMMI-Architektur einiger Änderungen bedurfte.

---

7. Roger R. Bate, »Do Systems Engineering? Who, Me?«, *IEEE Software*, Jg. 15, Nr. 4, S. 65–66, Juli/August 1998, doi:10.1109/52.687947.

Die Herausforderung lag in dem Begriff »Projekt«, das im Allgemeinen eine Unternehmung bezeichnet, deren Zweck und Abschluss durch die Auslieferung von etwas Fassbarem (z.B. einem Produkt) gekennzeichnet sind. Dieser Begriff erschien in verschiedenen Prozessgebieten und passte im Allgemeinen gut für CMMI-ACQ und CMMI-DEV, nicht aber für CMMI-SVC. Nachdem wir das Problem untersucht hatten, kamen wir zu folgender Lösung: In Version 1.3 wollten wir zulassen, dass das CMF in sehr begrenztem Maße zwischen den einzelnen Konstellationen variieren konnte. Im CMF-Material von CMMI-DEV und CMMI-ACQ wurde weiterhin von »Projekten« gesprochen, während in CMMI-SVC dagegen von »Arbeit«, »Arbeitsaktivitäten«, »Dienstleistungen« u.Ä. gesprochen wurde. Dadurch konnte die CMMI-Anwenderschaft weiterhin gemeinsame Begriffe auf vertraute und einheitliche Weise verwenden und gleichzeitig eine gemeinsame CMMI-Terminologie und gemeinsame gute Praktiken (in 17 Prozessgebieten) für eine breite Palette von Bereichen der Prozessverbesserung. (Diese Idee wurde in Testimplementierungen, einer Umfrage und Pilotprojekten überprüft und funktionierte gut.)

Version 1.3 profitiert von vielen Synergien. Die aufeinanderfolgende Veröffentlichung der neuen Konstellationen für Version 1.2 zwischen 2006 und 2009 bot die Gelegenheit, zu erforschen, wie die CMF aussehen sollte, und zwar in einem Kontext nach dem anderen. Bei der Entwicklung von Version 1.3 wurden Modellunterlagen, die ursprünglich nur für ein Interessensgebiet vorgeschlagen worden waren, manchmal dann auf alle drei erweitert. Das betrifft beispielsweise das Konzept von Qualitätsattributen, die Priorisierung von Anforderungen, die Ontologie für Produkte und Dienstleistungen, eine umfassendere Menge von Beispielen für Messung und Analyse, eine stärkere Konzentration auf die wesentlichen Dinge für die Teamleistung (d.h. Zusammensetzung des Teams, Übertragung der Verantwortung und betriebliche Disziplin) sowie die Ausrichtung von Praktiken hoher Reifegrade an Geschäftszielen, die durch Analysen aufgestellt wurden. Anwender von Version 1.3 mögen sich dieser Synergien oder ihres Ursprungs nicht bewusst werden, aber sie können Nutzen daraus ziehen.

Mit Version 1.3 haben wir erst damit begonnen, Ideen für die Zukunft von CMMI zu erforschen. Es gibt viele vielversprechende Richtungen, in die es nach Version 1.3 weitergehen kann. Dies verdanken wir Rogers ursprünglicher, bahnbrechender Zukunftsvision für CMMI. Nach Rogers Tod wurde seine Rolle als leitender Architekt an jemanden übertragen, der viele Jahre jünger ist (nämlich an mich). Ich kann unseren Lesern versichern, dass Roger bis in die Mitte seiner 80er Jahre hinein ein wirklich brillanter Mann war, der sich sein klares Denken und sein Gespür für Nuancen bewahrt hatte, während er gleichzeitig das Gesamtbild im Auge behielt, wenn er seine Meinung sagte. Wie jeder andere sehe ich, was für eine große Lücke er hinterlassen hat. Er war derjenige, der den Begriff Konstellation in die CMMI-Architektur eingeführt hat, und für uns, die wir ihn gut kannten, war er der wirkliche Star von CMMI.

CMMI für Entwicklung

CMMI für Entwicklung ist ein Referenzmodell, das Tätigkeiten zur Entwicklung sowohl von Produkten als auch von Dienstleistungen abdeckt. Organisationen zahlreicher Industriezweige, darunter Raumfahrt, Bankwesen, Computerhardware, Software, Verteidigung, Automobilherstellung und Telekommunikation, nutzen CMMI für Entwicklung.

Die in CMMI für Entwicklung enthaltenen Praktiken umfassen die Bereiche Projektmanagement, Prozessmanagement, Systementwicklung, Hardwareentwicklung, Softwareentwicklung und andere unterstützende Prozesse, die in Entwicklung und Pflege verwendet werden.

In der Interpretation des Modells für Ihre Organisation müssen Sie professionelles Urteilsvermögen und gesunden Menschenverstand walten lassen. Die in diesem Modell beschriebenen Prozessgebiete geben zwar Verhalten an, die für die meisten Benutzer als gute Praktiken gelten, doch müssen Sie die Prozessgebiete und Praktiken mit einem tiefen Verständnis von CMMI-DEV, den Randbedingungen Ihrer Organisation und Ihrem Geschäftsfeld interpretieren.

KAPITEL 2

Komponenten von Prozessgebieten

Dieses Kapitel beschreibt die Komponenten, die in allen Prozessgebieten sowie in den generischen Zielen und generischen Praktiken zu finden sind. Ein Verständnis dieser Komponenten ist entscheidend, um die Informationen in Teil II effektiv nutzen zu können. Wenn Ihnen der Teil II noch fremd ist, können Sie das Kapitel »Generische Ziele und generische Praktiken« sowie einige Abschnitte zu Prozessgebieten überfliegen, um sich einen allgemeinen Eindruck vom Inhalt und der Struktur zu machen, bevor Sie dieses Kapitel lesen.

Kernprozessgebiete und CMMI-Modelle

Alle CMMI-Modelle werden aus dem CMMI-Framework erstellt. Dieses Framework enthält alle Ziele und Praktiken, die verwendet werden, um CMMI-Modelle zu erstellen, die zu CMMI-Konstellationen gehören.

Alle CMMI-Modelle enthalten 16 Kernprozessgebiete. Diese Prozessgebiete decken die grundlegenden Konzepte ab, die fundamental für die Prozessgebiete in jedem Interessensgebiet sind (also Beschaffung, Entwicklung und Dienstleistung). Ein Teil des Materials der Kernprozessgebiete ist bei allen Konstellationen identisch. Anderes Material kann an das jeweilige Interessensgebiet angepasst sein. Daher ist das Material in den Kernprozessgebieten nicht unbedingt immer identisch.

Erforderliche, erwartete und informative CMMI-Komponenten

Die Modellkomponenten sind in die drei Kategorien »erforderlich«, »erwartet« und »informativ« eingeteilt, um anzuzeigen, wie sie interpretiert werden sollen.

Erforderliche Komponenten

Erforderliche Komponenten sind die CMMI-Komponenten, die zum Erreichen einer Prozessverbesserung in einem gegebenen Prozessgebiet von entscheidender Bedeutung sind. Dies muss in den Prozessen einer Organisation sichtbar umgesetzt werden. Die erforderlichen Komponenten in CMMI sind die spezifischen und generischen Ziele. Die Erfüllung von Zielen wird in Appraisals als Grundlage für die Entscheidung verwendet, ob ein Prozessgebiet erfüllt wurde.

Erwartete Komponenten

Erwartete Komponenten sind CMMI-Komponenten, die die wichtigen Tätigkeiten beschreiben, um eine erforderliche CMMI-Komponente zu erreichen. Diese Komponenten leiten diejenigen an, die Verbesserungen umsetzen oder Appraisals durchführen. Die erwarteten Komponenten in CMMI sind die spezifischen und generischen Praktiken.

Bevor Ziele als erreicht eingestuft werden können, müssen entweder ihre beschriebenen Praktiken oder akzeptable Alternativen dazu in den geplanten und umgesetzten Prozessen der Organisation vorhanden sein.

Informative Komponenten

Informative Komponenten sind CMMI-Komponenten, die den Modellbenutzern helfen, die erforderlichen und erwarteten CMMI-Komponenten zu verstehen. Bei diesen Komponenten kann es sich um Beispiele, ausführliche Erläuterungen oder andere hilfreiche Informationen handeln. Subpraktiken, Anmerkungen, Querverweise, Titel von Praktiken, Quellen, Beispiele für typische Arbeitsergebnisse und Ausarbeitungen von generischen Praktiken sind informative Modellkomponenten.

Das informative Material ist wichtig, um das Modell zu verstehen. Es ist häufig nicht möglich, das erforderliche oder erwartete Verhalten einer Organisation nur mit einer einzelnen

Aussage über ein Ziel oder eine Praktik zu beschreiben. Das informative Material des Modells gibt die erforderlichen Informationen, um ein richtiges Verständnis der Ziele und Praktiken zu erreichen, und darf daher nicht ignoriert werden.

In Teil II vorkommende CMMI-Komponenten

Die in Teil II behandelten Modellkomponenten sind in Abbildung 2.1 zusammengefasst, um ihre Beziehungen untereinander zu zeigen.

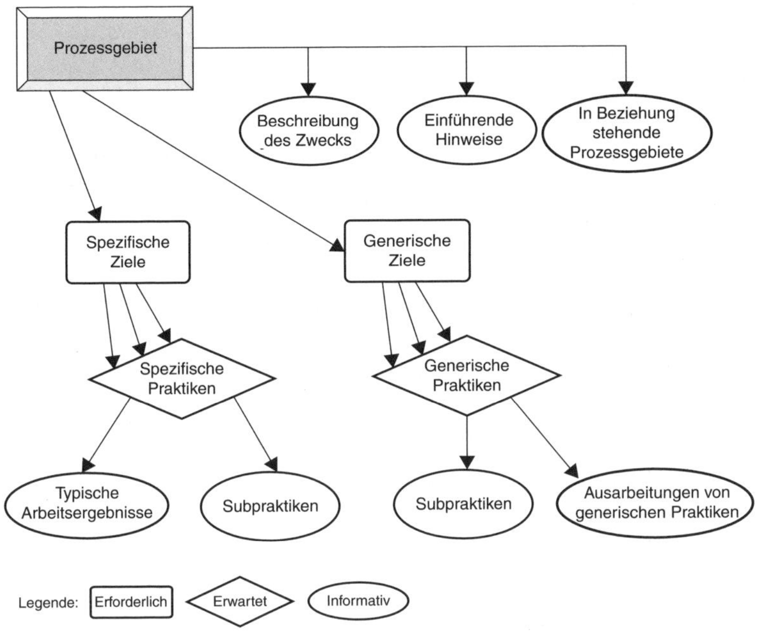

ABBILDUNG 2.1
CMMI-Modellkomponenten

In den folgenden Abschnitten finden Sie ausführliche Beschreibungen der CMMI-Modellkomponenten.

Prozessgebiete

Ein Prozessgebiet ist eine Gruppe verwandter Praktiken in einem Gebiet, die bei gemeinsamer Umsetzung einen Satz von wichtigen Zielen für Verbesserungen in diesem Gebiet erfüllen. (Eine Definition von »Prozessgebiet« finden Sie im Glossar.)

Die 22 Prozessgebiete sind hier nach Akronym in alphabetischer Reihenfolge des Akronyms der englischen Bezeichnung aufgelistet:

- Ursachenanalyse und -beseitigung (Causal Analysis and Resolution, CAR)
- Konfigurationsmanagement (Configuration Management, CM)
- Entscheidungsfindung (Decision Analysis and Resolution, DAR)
- Fortgeschrittenes Projektmanagement (Integrated Project Management, IPM)
- Messung und Analyse (Measurement and Analysis, MA)
- Organisationsweite Prozessentwicklung (Organizational Process Definition, OPD)
- Organisationsweite Prozessausrichtung (Organizational Process Focus, OPF)
- Organisationsweites Leistungsmanagement (Organizational Performance Management, OPM)
- Organisationsweite Prozessleistung (Organizational Process Performance, OPP)
- Organisationsweite Aus- und Weiterbildung (Organizational Training, OT)
- Produktintegration (Product Integration, PI)
- Projektverfolgung und -steuerung (Project Monitoring and Control, PMC)
- Projektplanung (Project Planning, PP)
- Prozess- und Produkt-Qualitätssicherung (Process and Product Quality Assurance, PPQA)
- Quantitatives Projektmanagement (Quantitative Project Management, QPM)
- Anforderungsentwicklung (Requirements Development, RD)
- Anforderungsmanagement (Requirements Management, REQM)
- Risikomanagement (Risk Management, RSKM)
- Zulieferungsmanagement (Supplier Agreement Management, SAM)
- Technische Umsetzung (Technical Solution, TS)
- Validierung (Validation, VAL)
- Verifizierung (Verification, VER)

Beschreibung des Zwecks

Diese Erklärung beschreibt den Zweck eines Prozessgebiets und ist eine informative Komponente.

Die Beschreibung des Zwecks für das Prozessgebiet »Organisationsweite Prozessentwicklung« lautet zum Beispiel: »Die organisationsweite Prozessentwicklung (OPD) dient dazu, einen anwendbaren Satz von organisationsweiten Prozess-Assets, Standards für die Arbeitsumgebung und Regeln und Richtlinien für Teams zu etablieren und beizubehalten.«

Einführende Hinweise

Der Abschnitt mit den einführenden Hinweisen beschreibt die wichtigsten Konzepte für das betreffende Prozessgebiet und ist eine informative Komponente.

Ein Beispiel aus den einführenden Hinweisen des Prozessgebiets »Projektverfolgung und -steuerung« lautet: »Weicht der tatsächliche Status signifikant von den erwarteten Werten ab, werden nach Bedarf Korrekturmaßnahmen ergriffen.«

In Beziehung stehende Prozessgebiete

Im Abschnitt »In Beziehung stehende Prozessgebiete« werden Querverweise auf verwandte Prozessgebiete aufgeführt und die übergeordneten Beziehungen zwischen ihnen deutlich gemacht. Der Abschnitt »In Beziehung stehende Prozessgebiete« ist eine informative Komponente.

Ein Beispiel für einen solchen Querverweis im Prozessgebiet Projektplanung ist: »Mehr über das Ermitteln, Analysieren und Mildern von Risiken ist im Prozessgebiet Risikomanagement zu finden.«

Spezifische Ziele

Ein spezifisches Ziel beschreibt die eindeutigen Merkmale, die vorhanden sein müssen, um ein Prozessgebiet zu erfüllen. Hierbei handelt es sich um eine erforderliche Komponente, die in Appraisals verwendet wird, um zu bestimmen, ob ein Prozessgebiet erfüllt ist. (Eine Definition von »spezifisches Ziel« finden Sie im Glossar.)

Ein spezifisches Ziel für das Prozessgebiet Konfigurationsmanagement ist beispielsweise »Die Integrität der Baselines etablieren und beibehalten«.

Nur die Beschreibung des spezifischen Ziels ist eine erforderliche Modellkomponente. Der Titel eines spezifischen Ziels (mit der vorangestellten Zielnummer) und die mit dem Ziel verbundenen Anmerkungen werden als informative Komponenten betrachtet.

Generische Ziele

Generische Ziele werden »generisch« genannt, weil eine Zielbeschreibung auf mehrere Prozessgebiete zutrifft. Ein generisches Ziel beschreibt die Merkmale, die vorhanden sein müssen, um Prozesse zur Umsetzung des Prozessgebiets zu institutionalisieren. Hierbei handelt es sich um eine erforderliche Komponente, die in Appraisals verwendet wird, um zu bestimmen, ob ein Prozessgebiet erfüllt ist. (Eine ausführlichere Beschreibung von generischen Zielen finden Sie im Kapitel »Generische Ziele und generische Praktiken« in Teil II. Eine Definition von »generisches Ziel« finden Sie im Glossar.)

Ein Beispiel für ein generisches Ziel ist: »Den Prozess als definierten Prozess institutionalisieren.«

Nur die Beschreibung des generischen Ziels ist eine erforderliche Modellkomponente. Der Titel eines generischen Ziels (mit der vorangestellten Zielnummer) und die mit dem Ziel verbundenen Anmerkungen werden als informative Komponenten betrachtet.

Übersicht spezifischer Ziele und Praktiken

Diese Übersicht gibt eine Zusammenfassung der spezifischen Ziele und Praktiken. Die Übersicht spezifischer Ziele und Praktiken ist eine informative Komponente.

Spezifische Praktiken

Eine spezifische Praktik beschreibt eine Aktivität, die als wichtig angesehen wird, um das zugehörige spezifische Ziel zu erfüllen. Spezifische Praktiken beschreiben Tätigkeiten, die erwartet sind, um die spezifischen Ziele eines Prozessgebiets zu erreichen. Eine spezifische Praktik ist eine erwartete Modellkomponente. (Eine Definition von »spezifische Praktik« finden Sie im Glossar.)

Eine spezifische Praktik für das Prozessgebiet Projektverfolgung und -steuerung lautet beispielsweise »Die im Projektplan angegebenen Zusagen überwachen«.

Nur die Beschreibung der spezifischen Praktik ist eine erwartete Modellkomponente. Der Titel der spezifischen Praktik (mit der vorangestellten Praktiknummer) und die mit ihr verbundenen Anmerkungen werden als informative Komponenten betrachtet.

Beispiele für Arbeitsergebnisse

Der Abschnitt »Beispiele für Arbeitsergebnisse« listet eine beispielhafte Auswahl von Ergebnissen einer spezifischen Praktik auf. Die Beispiele für Arbeitsergebnisse sind eine informative Modellkomponente. (Eine Definition von »Beispiele für Arbeitsergebnisse« finden Sie im Glossar.)

Ein Beispiel für Arbeitsergebnisse für die spezifische Praktik »Projektplanungsparameter überwachen« im Prozessgebiet »Projektverfolgung und -steuerung« sind die »Aufzeichnungen signifikanter Abweichungen«.

Subpraktiken

Eine Subpraktik ist eine detaillierte Beschreibung, die Anleitung zur Interpretation und Umsetzung einer spezifischen oder generischen Praktik bietet. Subpraktiken können wie eine Anweisung formuliert sein, tatsächlich handelt es sich aber um informative Komponenten, die lediglich nützliche Ideen für die Prozessverbesserung geben sollen. (Eine Definition von »Subpraktik« finden Sie im Glossar.)

Eine Subpraktik für die spezifische Praktik »Korrekturmaßnahmen ergreifen« im Prozessgebiet »Projektverfolgung und -steuerung« lautet beispielsweise »Die angemessenen Aktionen festlegen und dokumentieren, die zum Bearbeiten der identifizierten problematischen Punkte erforderlich sind«.

Generische Praktiken

Diese Praktiken werden als »generisch« bezeichnet, da eine Praktik auf mehrere Prozessgebiete anwendbar ist. Die mit einem generischen Ziel verbundenen generischen Praktiken beschreiben Tätigkeiten, die als wichtig angesehen werden, um das zugehörige generische Ziel zu erfüllen und zur Institutionalisierung der mit einem Prozessgebiet verknüpften Prozesse beizutragen. Eine generische Praktik ist eine erwartete Modellkomponente. (Eine Definition von »generische Praktik« finden Sie im Glossar.)

Eine generische Praktik für das generische Ziel »Den Prozess als definierten Prozess institutionalisieren« ist beispielsweise »Angemessene Ressourcen zur Durchführung der Arbeitsabläufe, Erstellung der Arbeitsergebnisse oder Erbringung der Dienstleistungen bereitstellen«.

Nur die Beschreibung der generischen Praktik ist eine erwartete Modellkomponente. Der Titel der generischen Praktik (mit der vorangestellten Praktiknummer) und die mit ihr verbundenen Anmerkungen werden als informative Komponenten betrachtet.

Ausarbeitungen von generischen Praktiken

Ausarbeitungen von generischen Praktiken erscheinen hinter den generischen Praktiken, um Anleitung dazu zu geben, wie die Praktik speziell auf das Prozessgebiet angewendet werden soll. Die Ausarbeitung einer generischen Praktik ist eine informative Modellkomponente. (Eine Definition von »Ausarbeitung von generischen Praktiken« finden Sie im Glossar.)

Ein Beispiel für die Ausarbeitung der generischen Praktik »Organisationsweite Leitlinien zur Planung und Durchführung der Arbeitsabläufe etablieren und beibehalten« des Prozessgebiets »Projektplanung« ist: »Diese Leitlinie etabliert organisationsweite Erwartungen für die Schätzung der Planungsparameter, interne und externe Zusagen und die Entwicklung des Plans für die Durchführung des Projekts.«

Ergänzungen

Ergänzungen sind deutlich gekennzeichnete Modellkomponenten, die interessante Informationen für bestimmte Anwender enthalten. Bei einer Ergänzung kann es sich um informatives Material, eine spezifische Praktik, ein spezifisches Ziel oder ein gesamtes Prozessgebiet handeln, das den Anwendungsbereich eines Modells erweitert oder einen bestimmten Aspekt seiner Verwendung betont. Im Modell CMMI-DEV gibt es keine Ergänzungen.

Unterstützende informative CMMI-Komponenten

An vielen Stellen im Modell sind zusätzliche Informationen notwendig, um ein Konzept zu beschreiben. Diese Informationen werden in Form der folgenden Komponenten bereitgestellt:

- Anmerkungen
- Beispiele
- Querverweise

Anmerkungen

Eine Anmerkung ist ein Text, der fast jede andere Modellkomponente begleiten kann. Darin können Sie Einzelheiten, Hintergründe oder Begründungen angeben. Sie kann Einzelheiten, Hintergründe und Begründungen enthalten. Eine Anmerkung ist eine informative Modellkomponente.

Ein Beispiel für eine Anmerkung zur spezifischen Praktik »Die ausgewählten Vorschläge für Maßnahmen umsetzen« im Prozessgebiet »Ursachenanalyse und -beseitigung« ist: »Für eine breite Umsetzung sollten nur Änderungen in Betracht gezogen werden, die sich als wertvoll erwiesen haben.«

Beispiele

Ein Beispiel ist eine Komponente, die aus Text und häufig auch aus einer Liste besteht und gewöhnlich in einen Kasten eingeschlossen ist, die Text und häufig auch eine Liste umfasst und gewöhnlich in einem Rahmen dargestellt wird. Es kann fast jede andere Komponente begleiten und bietet ein oder mehrere Beispiele, um das Konzept oder die beschriebene Maßnahme deutlich zu machen. Ein Beispiel ist eine informative Modellkomponente.

Das folgende Beispiel gehört zur Subpraktik »Abweichungen dokumentieren, wenn sie nicht innerhalb im Projekt behoben werden können« unter der spezifischen Praktik »Die Auflösung von Abweichungen mitteilen und zusammen mit den Mitarbeitern und den Managern sicherstellen« des Prozessgebiets »Prozess- und Produkt-Qualitätssicherung« untergeordnet.

Beispiele für Methoden, um Abweichungen in Projekten zu beheben, umfassen:

- Beheben der Abweichung
- Ändern der Prozessbeschreibungen, Verfahren, Normen oder Standards, die verletzt wurden
- Beschaffen einer Ausnahmegenehmigung für diese Abweichung

Querverweise

Ein Querverweis ist ein Hinweis auf zusätzliche oder ausführlichere Informationen in verbundenen Prozessgebieten und kann fast jede andere Modellkomponente begleiten. Ein Querverweis ist eine informative Modellkomponente. (Eine Definition von »Querverweis« finden Sie im Glossar.)

Ein Querverweis zur spezifischen Praktik »Definierte Prozesse zusammenstellen« im Prozessgebiet »Quantitatives Projektmanagement« lautet beispielsweise: »Weitere Informationen über die Etablierung organisationsweiter Prozess-Assets finden Sie im Prozessgebiet Organisationsweite Prozessentwicklung.«

Nummerierungsschema

Spezifische und generische Ziele werden durchnummeriert. Jedes spezifische Ziel beginnt mit dem Präfix »SG« (z.B. SG 1), jedes generische Ziel mit »GG« (z.B. GG 2).

Spezifische und generische Praktiken werden ebenfalls durchnummeriert. Jede spezifische Praktik beginnt mit dem Präfix »SP«, gefolgt von einer Nummer in der Form »*x.y*« (z.B. SP 1.1). Das *x* entspricht der Nummer des spezifischen Ziels, zu dem die Praktik gehört, das *y* ist die laufende Nummer der spezifischen Praktik unter diesem Ziel.

Ein Beispiel für die Nummerierung der spezifischen Praktiken ist im Prozessgebiet Projektplanung zu finden. Die erste spezifische Praktik trägt die Nummer SP 1.1, die zweite SP 1.2.

Jede generische Praktik beginnt mit dem Präfix »GP«, gefolgt von einer Nummer in der Form »*x.y*« (z.B. GP 1.1).

Das *x* entspricht der Nummer des generischen Ziels, das *y* ist die laufende Nummer der generischen Praktik unter diesem Ziel. Die erste generische Praktik unter GG 2 trägt also die Nummer GP 2.1, die zweite GP 2.2.

Typografische Konventionen

Die typografischen Konventionen, die in diesem Modell verwendet werden, wurden so entworfen, dass Sie die Modellkomponenten leicht identifizieren und auswählen können. Dazu werden sie in einem Format dargestellt, das es Ihnen erlaubt, sie auf der Seite schnell zu erkennen.

Die Abbildungen 2.2, 2.3 und 2.4 sind Beispielseiten aus den Prozessgebieten in Teil II. Sie zeigen die verschiedenen Komponenten der Prozessgebiete mit Beschriftungen, so dass Sie sie schnell erkennen können. Beachten Sie, dass die Komponenten typografisch jeweils anders gestaltet sind, um sie besser unterscheiden zu können.

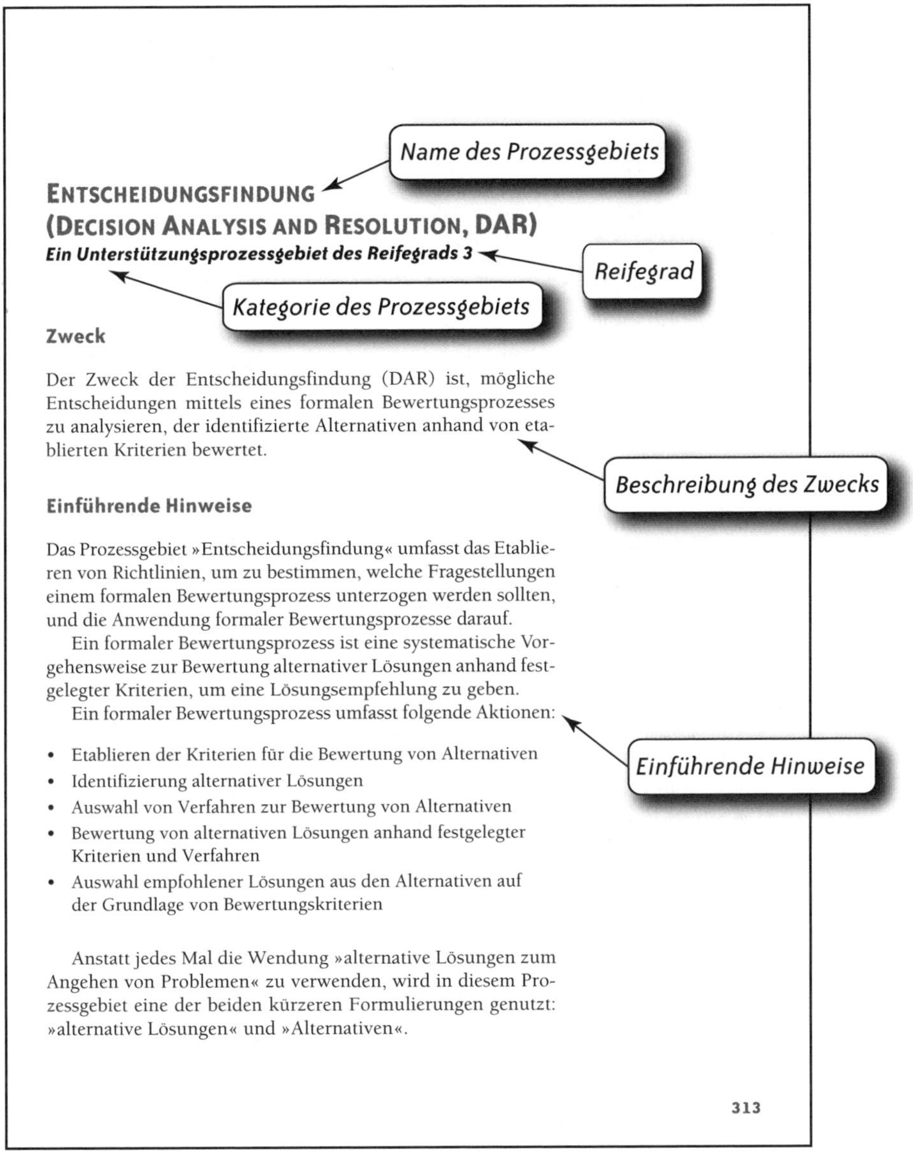

ENTSCHEIDUNGSFINDUNG (DECISION ANALYSIS AND RESOLUTION, DAR)

Ein Unterstützungsprozessgebiet des Reifegrads 3

Zweck

Der Zweck der Entscheidungsfindung (DAR) ist, mögliche Entscheidungen mittels eines formalen Bewertungsprozesses zu analysieren, der identifizierte Alternativen anhand von etablierten Kriterien bewertet.

Einführende Hinweise

Das Prozessgebiet »Entscheidungsfindung« umfasst das Etablieren von Richtlinien, um zu bestimmen, welche Fragestellungen einem formalen Bewertungsprozess unterzogen werden sollten, und die Anwendung formaler Bewertungsprozesse darauf.

Ein formaler Bewertungsprozess ist eine systematische Vorgehensweise zur Bewertung alternativer Lösungen anhand festgelegter Kriterien, um eine Lösungsempfehlung zu geben.

Ein formaler Bewertungsprozess umfasst folgende Aktionen:

- Etablieren der Kriterien für die Bewertung von Alternativen
- Identifizierung alternativer Lösungen
- Auswahl von Verfahren zur Bewertung von Alternativen
- Bewertung von alternativen Lösungen anhand festgelegter Kriterien und Verfahren
- Auswahl empfohlener Lösungen aus den Alternativen auf der Grundlage von Bewertungskriterien

Anstatt jedes Mal die Wendung »alternative Lösungen zum Angehen von Problemen« zu verwenden, wird in diesem Prozessgebiet eine der beiden kürzeren Formulierungen genutzt: »alternative Lösungen« und »Alternativen«.

313

ABBILDUNG 2.2
Beispielseite aus Entscheidungsfindung

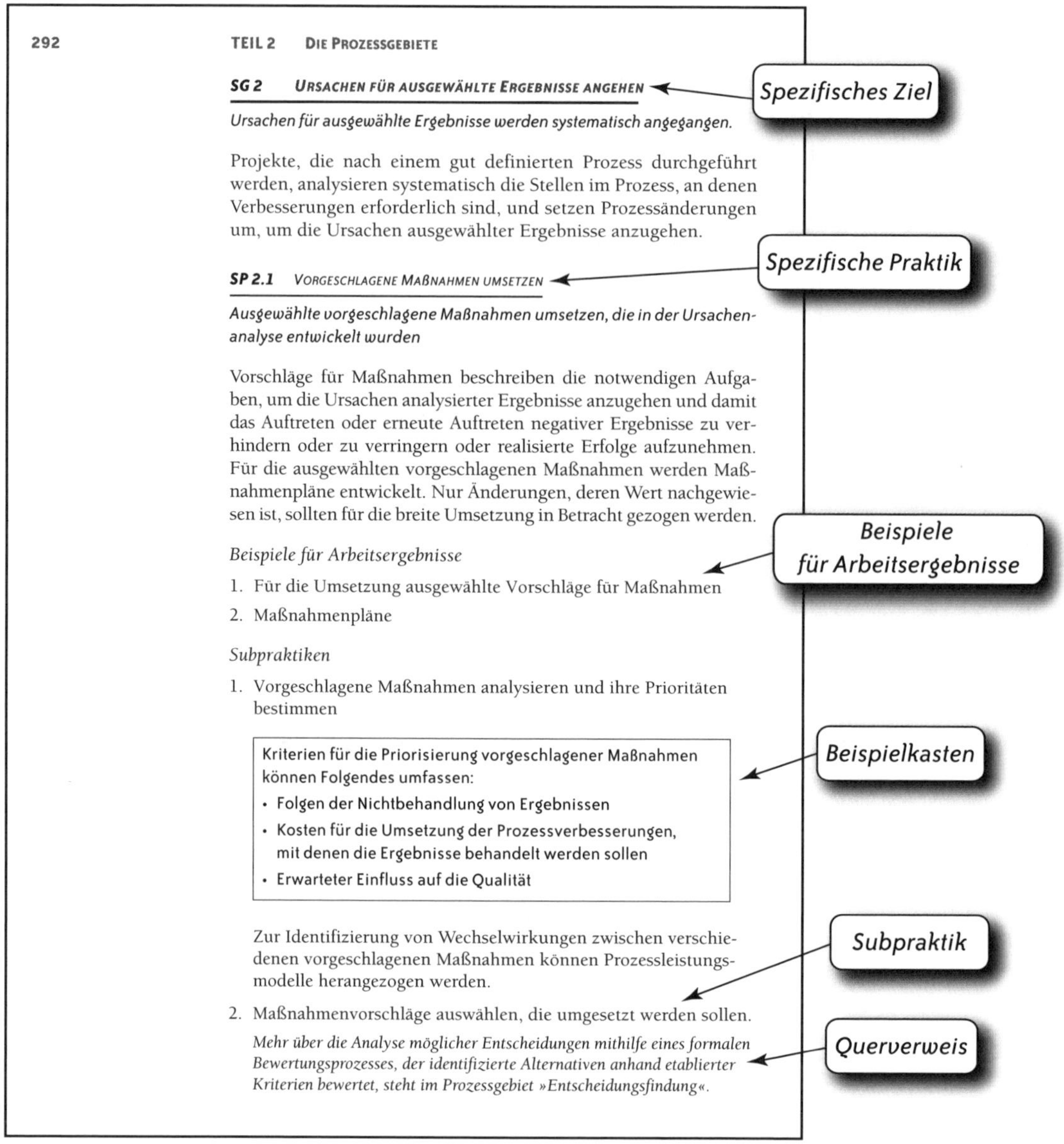

292 TEIL 2 DIE PROZESSGEBIETE

SG 2 URSACHEN FÜR AUSGEWÄHLTE ERGEBNISSE ANGEHEN

Ursachen für ausgewählte Ergebnisse werden systematisch angegangen.

Projekte, die nach einem gut definierten Prozess durchgeführt werden, analysieren systematisch die Stellen im Prozess, an denen Verbesserungen erforderlich sind, und setzen Prozessänderungen um, um die Ursachen ausgewählter Ergebnisse anzugehen.

SP 2.1 VORGESCHLAGENE MASSNAHMEN UMSETZEN

Ausgewählte vorgeschlagene Maßnahmen umsetzen, die in der Ursachenanalyse entwickelt wurden

Vorschläge für Maßnahmen beschreiben die notwendigen Aufgaben, um die Ursachen analysierter Ergebnisse anzugehen und damit das Auftreten oder erneute Auftreten negativer Ergebnisse zu verhindern oder zu verringern oder realisierte Erfolge aufzunehmen. Für die ausgewählten vorgeschlagenen Maßnahmen werden Maßnahmenpläne entwickelt. Nur Änderungen, deren Wert nachgewiesen ist, sollten für die breite Umsetzung in Betracht gezogen werden.

Beispiele für Arbeitsergebnisse

1. Für die Umsetzung ausgewählte Vorschläge für Maßnahmen
2. Maßnahmenpläne

Subpraktiken

1. Vorgeschlagene Maßnahmen analysieren und ihre Prioritäten bestimmen

   Kriterien für die Priorisierung vorgeschlagener Maßnahmen können Folgendes umfassen:
   - Folgen der Nichtbehandlung von Ergebnissen
   - Kosten für die Umsetzung der Prozessverbesserungen, mit denen die Ergebnisse behandelt werden sollen
   - Erwarteter Einfluss auf die Qualität

   Zur Identifizierung von Wechselwirkungen zwischen verschiedenen vorgeschlagenen Maßnahmen können Prozessleistungsmodelle herangezogen werden.

2. Maßnahmenvorschläge auswählen, die umgesetzt werden sollen.

   Mehr über die Analyse möglicher Entscheidungen mithilfe eines formalen Bewertungsprozesses, der identifizierte Alternativen anhand etablierter Kriterien bewertet, steht im Prozessgebiet »Entscheidungsfindung«.

ABBILDUNG 2.3
Beispielseite aus Ursachenanalyse und -beseitigung

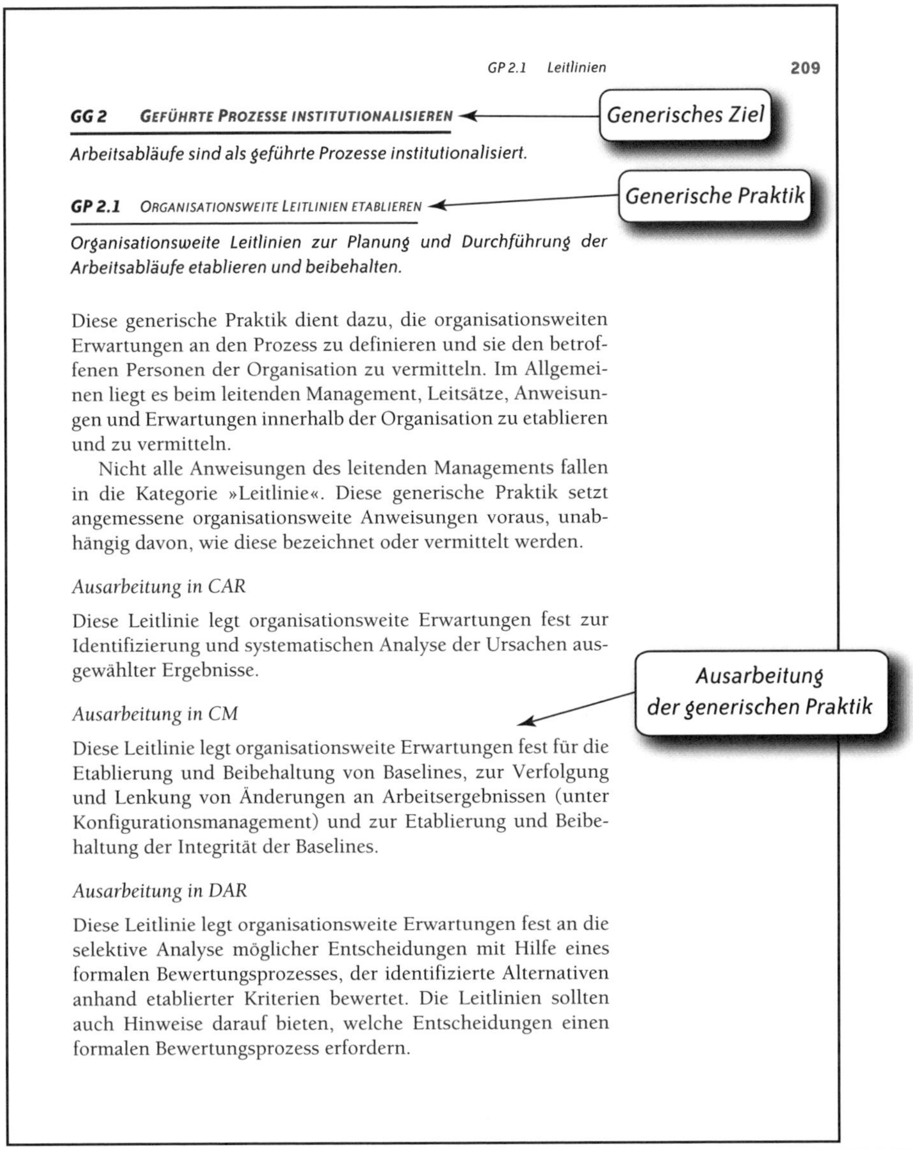

GP 2.1 Leitlinien 209

GG 2 GEFÜHRTE PROZESSE INSTITUTIONALISIEREN

Arbeitsabläufe sind als geführte Prozesse institutionalisiert.

GP 2.1 ORGANISATIONSWEITE LEITLINIEN ETABLIEREN

Organisationsweite Leitlinien zur Planung und Durchführung der Arbeitsabläufe etablieren und beibehalten.

Diese generische Praktik dient dazu, die organisationsweiten Erwartungen an den Prozess zu definieren und sie den betroffenen Personen der Organisation zu vermitteln. Im Allgemeinen liegt es beim leitenden Management, Leitsätze, Anweisungen und Erwartungen innerhalb der Organisation zu etablieren und zu vermitteln.

Nicht alle Anweisungen des leitenden Managements fallen in die Kategorie »Leitlinie«. Diese generische Praktik setzt angemessene organisationsweite Anweisungen voraus, unabhängig davon, wie diese bezeichnet oder vermittelt werden.

Ausarbeitung in CAR

Diese Leitlinie legt organisationsweite Erwartungen fest zur Identifizierung und systematischen Analyse der Ursachen ausgewählter Ergebnisse.

Ausarbeitung in CM

Diese Leitlinie legt organisationsweite Erwartungen fest für die Etablierung und Beibehaltung von Baselines, zur Verfolgung und Lenkung von Änderungen an Arbeitsergebnissen (unter Konfigurationsmanagement) und zur Etablierung und Beibehaltung der Integrität der Baselines.

Ausarbeitung in DAR

Diese Leitlinie legt organisationsweite Erwartungen fest an die selektive Analyse möglicher Entscheidungen mit Hilfe eines formalen Bewertungsprozesses, der identifizierte Alternativen anhand etablierter Kriterien bewertet. Die Leitlinien sollten auch Hinweise darauf bieten, welche Entscheidungen einen formalen Bewertungsprozess erfordern.

ABBILDUNG 2.4
Beispielseite aus den generischen Zielen und Praktiken

KAPITEL 3

Gesamtbild

Nachdem Sie die Komponenten der CMMI-Modelle kennengelernt haben, müssen Sie jetzt noch wissen, wie sie zusammenwirken, um Ihre Bedürfnisse für Prozessverbesserungen zu erfüllen. Dieses Kapitel führt den Begriff der *Grade* ein und zeigt, wie Prozessgebiete strukturiert und verwendet werden.

CMMI-DEV verlangt nicht, dass ein Projekt oder eine Organisation einem bestimmten Prozessablauf folgt, dass eine bestimmte Anzahl von Produkten pro Tag entwickelt werden oder ein bestimmtes Leistungsziel erreicht werden muss. Das Modell besagt, dass ein Projekt oder eine Organisation über Prozesse verfügen muss, die mit der Entwicklung zusammenhängenden Praktiken entsprechen sollen, die die Entwicklung betreffenden Praktiken adressieren. Um zu bestimmen, ob diese Prozesse vorhanden sind, ordnet ein Projekt oder eine Organisation die eigenen Prozesse den Prozessgebieten in diesem Modell zu.

Durch die Zuordnung von Prozessen zu Prozessgebieten kann die Organisation ihren Fortschritt anhand des Modells CMMI-DEV nachverfolgen, während sie ihre Prozesse aktualisiert oder neue erstellt. Sie dürfen nicht erwarten, dass sich alle Prozessgebiete von CMMI-DEV 1:1 den Prozessen Ihrer Organisation oder Ihres Projekts zuordnen lassen.

Konzept von Fähigkeits- und Reifegraden

Im CMMI-DEV werden Grade verwendet, um einen empfohlenen, evolutionären Weg für Organisationen zu beschreiben, die ihre Prozesse zur Entwicklung ihrer Produkte oder Dienstleistungen verbessern möchten. Diese Grade können auch das

Ergebnis der Bewertungsmaßnahmen von Appraisals sein.[1] Appraisals können für Organisationen durchgeführt werden, die ganze Unternehmen oder kleinere Gruppen umfassen, z.B. eine Gruppe von Projekten oder ein Bereich innerhalb eines Unternehmens.

CMMI unterstützt zwei Wege zur Verbesserung anhand von Graden. Der eine Weg ermöglicht der Organisation die schrittweise Verbesserung ihrer Prozesse in Bezug auf einzelne Prozessgebiete (oder einer Gruppe von Prozessgebieten), die die Organisation zuvor ausgewählt hat. Der andere Weg ermöglicht es der Organisation, ihre Prozesse durch die schrittweise Auswahl von zusammenhängenden und aufeinander aufbauenden Gruppen von Prozessgebieten zu verbessern.

Diese beiden Wege zur Verbesserung sind mit den zwei Arten von Graden verbunden, den Fähigkeits- und den Reifegraden. Diese Grade entsprechen den beiden Ansätzen zur Prozessverbesserung, die »Darstellungen« genannt werden. Es handelt sich dabei um die »Darstellung in Fähigkeitsgraden« und die »Darstellung in Reifegraden«. Mithilfe der Darstellung in Fähigkeitsgraden können Sie bestimmte Fähigkeitsgrade erreichen, mit der Darstellung in Reifegraden bestimmte Reifegrade.

Um einen bestimmten Grad zu erreichen, muss eine Organisation alle Ziele der für eine Verbesserung vorgesehenen Prozessgebiete erfüllen. Dies gilt unabhängig davon, ob es sich um einen Fähigkeits- oder einen Reifegrad handelt.

Beide Darstellungen zeigen Wege auf, um Prozesse zum Erreichen der Geschäftsziele zu verbessern, und beide umfassen den gleichen wesentlichen Inhalt und nutzen dieselben Modellkomponenten.

Die Struktur der Darstellung in Fähigkeits- und in Reifegraden

Abbildung 3.1 zeigt die Struktur der Darstellung in Fähigkeits- und in Reifegraden. Zwischen den Strukturen gibt es feine, aber bedeutsame Unterschiede. Die Darstellung in Reifegraden beschreibt den Gesamtzustand der Prozesse einer Organisation

1. Weitere Informationen über Appraisals finden Sie in *Appraisal Requirements for CMMI and the Standard CMMI Appraisal Method for Process Improvement Method Definition Document* [SEI 2006a, SEI 2006b].

relativ zum Modell als Ganzem. Im Gegensatz dazu gibt die Darstellung in Fähigkeitsgraden den Zustand der Prozesse einer Organisation auf einem einzelnen Prozessgebiet an.

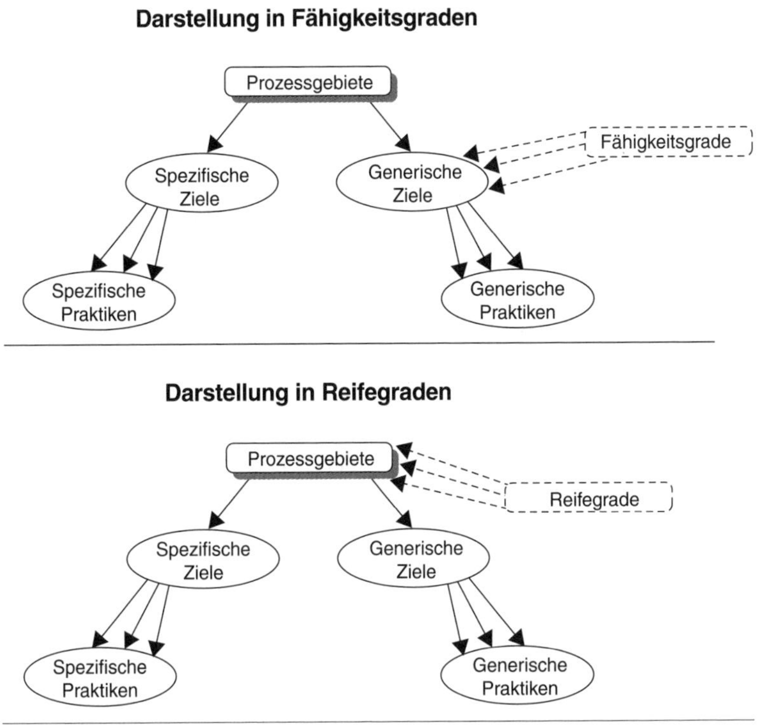

ABBILDUNG 3.1
Die Struktur der Darstellung in Fähigkeits- und Reifegraden

Was bei einem Vergleich dieser beiden Darstellungen auffällt, ist ihre Ähnlichkeit. Beide weisen dieselben Komponenten (z.B. Prozessgebiete, spezifische Ziele und Praktiken) in derselben Hierarchie und Konfiguration auf.

Was in der Übersicht in Abbildung 3.1 nicht unmittelbar ersichtlich wird, ist die Tatsache, dass sich die Darstellung in Fähigkeitsgraden auf die Fähigkeiten innerhalb von Prozessgebieten bezieht und die Darstellung in Reifegraden auf die Gesamtreife über einen festgelegten Satz von Prozessen. Diese Dimension von CMMI (Fähigkeit und Reife) wird für Vergleiche und Appraisals sowie als Richtschnur für Ansätze zu Verbesserungen verwendet.

Fähigkeitsgrade beziehen sich darauf, wie gut eine Organisation Prozessverbesserungen in einzelnen Prozessgebieten erreicht. Diese Grade dienen zur inkrementellen Verbesserung der Prozesse in einem gegebenen Prozessgebiet. Die vier Fähigkeitsgrade sind von 0 bis 3 nummeriert.

Reifegrade beziehen sich darauf, wie gut eine Organisation Prozessverbesserungen auf mehreren Prozessgebieten erreicht. Diese Grade dienen dazu, die Prozesse zu verbessern, die zu einer gegebenen Menge von Prozessgebieten (d.h. einem Reifegrad) gehören. Die fünf Reifegrade sind von 1 bis 5 nummeriert.

Tabelle 3.1 vergleicht die vier Fähigkeits- und die fünf Reifegrade. Beachten Sie, dass die Namen von zwei Graden in beiden Darstellungen identisch sind (»geführt« und »definiert«). Der Unterschied besteht darin, dass es keinen Reifegrad 0 und keine Fähigkeitsgrade 4 und 5 gibt. Außerdem unterscheiden sich die Namen von Fähigkeitsgrad 1 und Reifegrad 1.

TABELLE 3.1 Gegenüberstellung der Fähigkeits- und Reifegrade

Grad	*Darstellung in Fähigkeitsgraden*	*Darstellung in Reifegraden*
0	Unvollständig	–
1	Durchgeführt	Initial
2	Geführt	Geführt
3	Definiert	Definiert
4	–	Quantitativ geführt
5	–	Prozessoptimierung

Bei der Darstellung in Fähigkeitsgraden geht es darum, sowohl ein bestimmtes Prozessgebiet, das verbessert werden soll, als auch den gewünschten Fähigkeitsgrad dafür auszuwählen. In diesem Zusammenhang ist es wichtig, ob ein Prozess durchgeführt wird oder unvollständig ist. Daher bekommt der Ausgangspunkt dieser Darstellung die Bezeichnung »unvollständig«.

Bei der Darstellung in Reifegraden geht es darum, mehrere Prozessgebiete auszuwählen, die innerhalb dieses Reifegrads verbessert werden sollen. Ob einzelne Prozesse durchgeführt werden oder unvollständig sind, steht dabei nicht im Mittelpunkt. Der Ausgangspunkt trägt daher die Bezeichnung »initial«.

Beide Arten, Fähigkeitsgrade und Reifegrade, bieten einen Weg dafür an, die Prozesse einer Organisation zu verbessern und zu messen, wie gut eine Organisation ihre Prozesse verbessern kann und dies auch tatsächlich tut. Es ist jedoch jeweils ein anderer Ansatz zur Prozessverbesserung damit verbunden.

Fähigkeitsgrade verstehen

Für diejenigen, die die Darstellung in Fähigkeitsgraden verwenden, spiegeln alle CMMI-Modelle in ihrem Entwurf und ihren Inhalten die Fähigkeitsgrade wider.

Es gibt vier Fähigkeitsgrade, die jeweils eine Grundlage für eine weitergehende Prozessverbesserung darstellen. Sie sind von 0 bis 3 durchnummeriert.

0. Unvollständig
1. Durchgeführt
2. Geführt
3. Definiert

Ein Fähigkeitsgrad für ein Prozessgebiet ist erreicht, wenn alle generischen Ziele bis zu diesem Grad erfüllt sind. Für die Fähigkeitsgrade 2 und 3 werden dieselben Bezeichnungen verwendet wie für die generischen Ziele 2 und 3. Dies ist beabsichtigt, denn durch die Umsetzung der generischen Ziele und Praktiken werden die entsprechenden Fähigkeitsgrade erreicht. (Weitere Informationen über generische Ziele und Praktiken erhalten Sie im Kapitel »Generische Ziele und generische Praktiken« in Teil II.) Im Folgenden finden Sie eine kurze Beschreibung der einzelnen Fähigkeitsgrade.

Fähigkeitsgrad 0: Unvollständig

Ein »unvollständiger Prozess« wird entweder gar nicht oder nur teilweise durchgeführt. Eines oder mehrere spezifische Ziele des Prozessgebiets wird bzw. werden nicht erfüllt. Für diesen Grad existieren keine generischen Ziele, da es keinen Grund gibt, einen nur teilweise durchgeführten Prozess zu institutionalisieren.

Fähigkeitsgrad 1: Durchgeführt

Ein Prozess des Fähigkeitsgrads 1 wird als »durchgeführt« bezeichnet. Ein durchgeführter Prozess ist ein Arbeitsablauf, der alle notwendigen Schritte enthält, um die Arbeitsergebnisse zu erstellen. Die spezifischen Ziele des Prozessgebiets sind erfüllt.

Fähigkeitsgrad 1 führt zwar zu wichtigen Verbesserungen, doch können diese Verbesserungen mit der Zeit verloren gehen, wenn sie nicht institutionalisiert werden. Die Institutionalisierung (die generischen CMMI-Praktiken der Fähigkeitsgrade 2 und 3) hilft sicherzustellen, dass Verbesserungen beibehalten werden.

Fähigkeitsgrad 2: Geführt

Ein Prozess des Fähigkeitsgrads 2 wird als »geführt« bezeichnet. Ein geführter Prozess ist ein durchgeführter Prozess, der in Einklang mit den Leitlinien geplant und durchgeführt wird; der von Fachleuten mit angemessenen Ressourcen ausgeführt wird, um ein kontrolliertes Ergebnis zu erstellen; bei dem relevante Stakeholder beteiligt werden; der überwacht, gesteuert und überprüft wird; und der auf die Einhaltung seiner Prozessbeschreibung hin bewertet wird.

Die Prozessdisziplin, die im Fähigkeitsgrad 2 zum Ausdruck kommt, hilft sicherzustellen, dass bestehende Praktiken auch unter Belastung eingehalten werden.

Fähigkeitsgrad 3: Definiert

Ein Prozess auf Fähigkeitsgrad 3 wird als »definiert« bezeichnet. Ein definierter Prozess ist ein geführter Prozess, der nach den Tailoring-Guidelines einer Organisation aus dem organisationsspezifischen Satz von Standardprozessen erstellt wurde. Zu einem definierten Prozess gibt es eine Prozessbeschreibung, die fortlaufend weiterentwickelt wird. Aus dem definierten Prozess werden prozessbezogene Erfahrungen zur Verbesserung der Prozess-Assets der Organisation gewonnen.

Ein entscheidender Unterschied zwischen den Fähigkeitsgraden 2 und 3 ist der Geltungsbereich der Standards, Prozessbeschreibungen und Verfahren. Auf Fähigkeitsgrad 2 können sich die Normen, Prozessbeschreibungen und Verfahren in den einzelnen Umsetzungen eines Prozesses (z.B. für ein bestimmtes

Projekt) erheblich unterscheiden. Beim Fähigkeitsgrad 3 dagegen werden die Standards, Prozessbeschreibungen und Prozeduren passend für ein bestimmtes Projekt oder eine Organisationseinheit von dem organisationsspezifischen Satz von Standardprozessen abgeleitet. Sie sind daher konsistenter, abgesehen von den Unterschieden, die in den Tailoring-Guidelines erlaubt werden.

Ein weiterer wichtiger Unterschied besteht darin, dass Prozesse auf Fähigkeitsgrad 3 gewöhnlich strenger beschrieben werden als auf Fähigkeitsgrad 2. Für einen definierten Prozess werden der Zweck, die Eingangsgrößen, Eingangskriterien, Tätigkeiten, Rollen, Messgrößen, Verifizierungsschritte, Ergebnisse und Ausgangskriterien deutlich beschrieben. Auf Fähigkeitsgrad 3 werden Prozesse stärker proaktiv geführt. Grundlage dafür ist ein Verständnis der Beziehungen zwischen den Prozesstätigkeiten und den einzelnen Kenngrößen des Prozesses und seiner Arbeitsergebnisse.

Von einem Fähigkeitsgrad zum nächsten

Die Fähigkeitsgrade in einem Prozessgebiet werden dadurch erreicht, dass generische Praktiken oder geeignete Alternativen auf die mit dem Prozessgebiet verbundenen Prozesse angewendet werden.

Den Fähigkeitsgrad 1 für ein Prozessgebiet zu erreichen, bedeutet, dass die mit diesem Gebiet verbundenen Prozesse »durchgeführte Prozesse« sind.

Fähigkeitsgrad 2 für ein Prozessgebiet bedeutet, dass es eine Leitlinie gibt, nach der dieser Prozess auszuführen ist. Es gibt einen Plan für die Durchführung, die Ressourcen werden bereitgestellt, die Verantwortlichkeiten sind zugewiesen, Schulungen für die Durchführung werden angeboten, ausgewählte Arbeitsergebnisse des Prozesses werden kontrolliert usw. Mit anderen Worten, ein Prozess des Fähigkeitsgrads 2 kann wie ein Projekt oder eine unterstützende Tätigkeit geplant und überwacht werden.

Fähigkeitsgrad 3 bedeutet, dass es einen organisationsweiten Standardprozess für das betreffende Prozessgebiet gibt, der sich anhand der Bedürfnisse des jeweiligen Projekts ausgestalten lässt. Die Prozesse in der Organisation werden jetzt konsistenter definiert und angewandt, da sie auf organisationsweiten Standardprozessen beruhen.

Nachdem eine Organisation auf den zur Verbesserung ausgewählten Prozessgebieten Fähigkeitsgrad 3 erreicht hat, kann sie ihre Maßnahmen zur Verbesserung fortsetzen, indem sie die High-Maturity-Prozessgebiete in Angriff nimmt (Organisationsweite Prozessleistung, Quantitatives Projektmanagement, Ursachenanalyse und -beseitigung und Organisationsweites Leistungsmanagement).

Bei den High-Maturity-Prozessgebieten liegt der Schwerpunkt darauf, die Leistung der bereits umgesetzten Prozesse zu verbessern. Die High-Maturity-Prozessgebiete beschreiben die Verwendung statistischer und anderer quantitativer Techniken, um organisations- und projektweite Prozesse zu verbessern und die Geschäftsziele besser zu erreichen.

Aus der Fortsetzung der Verbesserungsmaßnahmen auf diese Weise kann eine Organisation den meisten Nutzen ziehen, indem sie zuerst die Prozessgebiete OPP und QPM auswählt und darin die Fähigkeitsgrade 1, 2 und 3 erreicht. Dadurch richten Projekte und Organisation die Auswahl und Analyse von Prozessen enger an ihren Geschäftszielen aus.

Nachdem die Organisation in den Prozessgebieten OPP und QPM Fähigkeitsgrad 3 erreicht hat, kann sie mit ihren Verbesserungen fortfahren, indem sie die Prozessgebiete CAR und OPM auswählt. Dabei analysiert sie die Geschäftsleistung mithilfe statischer und anderer quantitativer Techniken, um Leistungsmängel zu erkennen. Außerdem ermittelt sie die Technologie- und Prozessverbesserungen, die zum Erreichen der Qualitäts- und Prozessleistungsziele beitragen, und rollt sie aus. Projekte und Organisationen setzen die Ursachenanalyse ein, um Probleme zu erkennen und zu lösen, die die Leistung beeinträchtigen, und um die Verbreitung guter Praktiken zu fördern.

Empirische Prinzipien anwenden

von Victor R. Basili, Kathleen C. Dangle und Michele A. Shaw

Empirisch denken

Eine empirische Betrachtung der Softwareentwicklung ändert die Art und Weise, wie Sie sich die Prozessverbesserung vorstellen.

Die Softwareentwicklung ist ein ingenieurswissenschaftliches Fachgebiet. Wie andere Bereiche muss sie sich, um neue Erkenntnisse zu gewinnen, auf das Paradigma der empirischen Forschung stützen, zu dem Beobachtung, der Aufbau von Modellen, Analyse und Experimente gehören. Wir müssen die Produkte, die Prozesse und die Ursache/Wirkung-Beziehungen zwischen ihnen im Zusammenhang der Organisation und der Projekte modellieren. Diese empirische Denkweise bietet eine Grundlage, um die geeigneten Prozesse auszuwählen, die Auswirkungen dieser Auswahl zu analysieren und die gewonnenen Erkenntnisse wiederzuverwenden und weiterzuentwickeln. Sie forciert also letztendlich eine Prozessverbesserung.

Hinweis: System- und Softwareentwicklung haben viel gemeinsam. Anders als die Herstellung erfordern beide eine Umsetzung, die sich stark auf den Menschen stützt, und konzentrieren sich grundlegend auf den Entwurf. Daher kann das empirische Denken als grundlegender Ansatz auf die Systementwicklung angewandt werden, um deren Ergebnisse zu verbessern.

Prinzipien der empirischen Vorgehensweise

Mit der Softwareentwicklung sind mehrere Prinzipien verbunden. Im Folgenden besprechen wir einige dieser Prinzipien in ihrem Bezug zur Prozessverbesserung.

- *P1: Beobachten Sie das Geschäft.* Organisationen unterscheiden sich in ihren Merkmalen, Zielen und Kulturen, Stakeholder haben verschiedene und einander widersprechende Bedürfnisse. Gut entwickelte Systeme und Softwareprogramme stützen sich auf viele Größen. Der Zusammenhang spielt eine entscheidende Rolle bei der Definition der Ziele und der Festlegung, was erreicht werden kann und was erreicht werden muss. Organisationen müssen sich darum bemühen, quantitative und qualitative Modelle zu erstellen, um die Ursache/Wirkung-Beziehungen zwischen Prozessen und Produkten im Kontext der Entwicklung und Wartung zu verstehen.

  Welche anderen Möglichkeiten gäbe es für eine Organisation, die Unterschiede und Ähnlichkeiten ihrer Projekte auszudrücken, um eine Grundlage für die Auswahl der Prozesse zu haben, die zum Erreichen der Ziele zu benutzen sind?

- *P2: Messungen bilden die Grundlage.* Messungen sind Standard-Abstraktionsprozesse, mit denen Modelle oder Darstellungen dessen erstellt werden, was wir beobachten, um im Kontext über ihre Beziehungen nachdenken zu können. Die Verwendung von Modellen kann zusammen mit Erfahrung, Urteilsvermögen und Intuition zur Entscheidungsfindung beitragen. Die Messung anhand von Modellen bietet einen Mechanismus für auf Beweisen basierende Untersuchungen, so dass sich Entscheidungen auf Fakten stützen statt auf reine Annahmen.
- *P3: Ein Prozess ist eine Variable.* Prozesse müssen ausgewählt und ausgestaltet werden, um das jeweils vorliegende Problem zu lösen. Um den richtigen Prozess für die richtige Situation zu finden, müssen Organisationen den Einfluss des Prozesses unter abweichenden Bedingungen verstehen. Das heißt, dass ein Prozess messbar sein muss, so dass seine Auswirkungen quantifiziert werden können. Es bedeutet auch, dass Organisationen Nachweise darüber sammeln müssen, was unter welchen Umständen funktioniert.
- *P4: Stakeholder müssen ihre Ziele deutlich machen.* Bei einem Projekt gibt es verschiedenste Arten von Stakeholdern (z.B. Kunden, Endanwender, Vertragsmanager, Praktiker und Manager). Die Organisation und die verschiedenen Stakeholder haben unterschiedliche Ziele und Bedürfnisse. Organisationen müssen diese Ziele und Bedürfnisse in den Modellen und Messgrößen ausdrücklich angeben, so dass sie vermittelt, analysiert, synthetisiert, bewertet und verwendet werden können, um die richtigen Prozesse auszuwählen und auszugestalten. Explizite Ziele werden nicht so schnell vergessen und lassen sich einfacher wiederverwenden.
- *P5: Lernen Sie aus Erfahrung.* Organisationen haben die Gelegenheit, aus ihren Erfahrungen zu lernen und ihre Kernkompetenz in der System- und Softwareentwicklung aufzubauen. Für die Prozessverbesserung sollte das Hauptaugenmerk darauf liegen, etwas über die Prozesse zu lernen und darüber, wie sie mit der Umgebung des jeweiligen Projekts interagieren. Dieser Lernvorgang ist evolutionär: Durch jedes Projekt sollte die Organisation klüger werden, um das nächste Projekt noch besser durchzuführen. Allerdings muss dieser Vorgang bewusst und ausdrücklich erfolgen, da die Organisation sonst keinen Nutzen daraus ziehen kann.

- *P6: Softwareentwicklung ist eine »Wissenschaft für sich«.* Die Verbesserung der Prozesse zur Softwareentwicklung muss durch Beobachtung und Experimente erfolgen, und zwar in dem Kontext, in dem die tatsächlichen Produkte entwickelt werden. Es gibt eine synergetische Beziehung zwischen Praxis und Forschung. Wirtschafts-, Regierungs- und akademische Organisationen müssen zusammenarbeiten, um ihre System- und Softwarekompetenzen zu erweitern und weiterzuentwickeln. Es gibt so viele Facetten der Softwareentwicklung, dass viele verschiedene Talente und unterschiedliche Arten von Fachkenntnissen erforderlich sind. Wir brauchen realitätsnahe Labors, in denen die Interaktionen zwischen Teams, Prozessen und Produkten sichtbar werden.

Die Bedeutung empirischer Vorgehensweisen in CMMI

Beim CMMI-Grad 5 ist die Prozessverbesserung eine auf empirischer Grundlage fußende Tätigkeit. Jedes Projekt wird mithilfe von Praktiken geplant und ausgeführt, die im Kontext des Umfelds, der Projektbedürfnisse und früherer Erfahrungen ausgewählt werden. Eine Organisation auf Level 5 versteht die Beziehungen zwischen Prozessen und Produkten und ist in der Lage, durch Änderungen am Prozess verschiedene Produktmerkmale zu erreichen. Diese Fähigkeit ist es, die der Organisation den größten Gewinn aus der Prozessverbesserung bringt.

Durch empirisches Denken verschiebt sich die Vorstellung der Prozessverbesserung von »Prozesse anordnen« zu »die Auswirkungen von Prozessen verstehen, so dass die geeigneten Prozesse übernommen werden«. Wenn wir ausdrücklich nach einem Ansatz vorgehen, der auf empirischen Prinzipien fußt, werden wir andere und bessere Entscheidungen zu den Fragen treffen, wie wir Initiativen für Verbesserungen auswählen (Prioritäten), wie wir Praktiken umsetzen und wie wir Aktivitäten in Projekten und Organisationen lenken. Diese Denkweise sollte schon am Anfang einer Initiative zur Prozessverbesserung vorherrschen, um die Aktivitäten auf die wirklichen Ziele des Projekts oder der Organisation, die spezifischen Probleme des Produkts und des Prozesses, die relevanten Erfahrungen mit den Methoden usw. auszurichten.

Organisationen, die die Prozessverbesserung effektiv umsetzen, verstehen die empirischen Prinzipien und wenden sie an. Außerdem sind die Praktiken, die diese Prinzipien unterstützen, in CMMI offensichtlich. CMMI schreibt vor, Daten zu verwenden, um Entscheidungen über die projektweite Prozessdefinition und über organisationsweite Prozessänderungen zu treffen. Messungen und Lernen sind Katalysatoren für all diese Praktiken, d.h., sie bieten die Grundlage dafür, aus welchen Gründen bestimmte Praktiken ausgewählt und wie die Prozesse umgesetzt werden. Praktiken aus der System- und Softwareentwicklung werden verfeinert und optimiert, je besser ihre Auswirkungen verstanden werden.

Einige empirische Techniken zur Unterstützung von CMMI

Es gibt viele Techniken und Methoden, die Organisationen und Projekten dabei helfen, ihre Ziele durch die Umsetzung von CMMI-Praktiken zu erreichen. Im Folgenden sind einige Techniken aufgeführt, die das Fraunhofer-Zentrum effektiv umgesetzt hat und deren Anwendung Sie in Betracht ziehen sollten:

- *Goal/Question/Metric (GQM)* – GQM ist eine wichtige Technik für die Messung in jedem Kontext und kann bei der Realisierung von P2 und P4 helfen. Ursprünglich wurde GQM für das Goddard Space Flight Center der NASA definiert, um Softwaremängel bei einer Reihe von Projekten zu bewerten.[2]
- *Quality Improvement Paradigm (QIP)* – Ein in Phasen eingeteilter Prozess für die organisationsweite Verbesserung, der die Erfahrungen aus einzelnen Projekten mit dem unternehmensweiten Lernprozess kombiniert. Damit lassen sich die empirischen Prinzipien P1, P3 und P5 realisieren. Zu QIP gehören die Beschreibung der Organisation durch Modelle, das Festlegen von Zielen, die Auswahl geeigneter Prozesse für die Umsetzung in Projekten, die Analyse der Ergebnisse und die Dokumentation der Erfahrung für die zukünftige Verwendung in der Organisation.[3]

---

2. V. Basili, G. Caldiera und H. D. Rombach, »Goal Question Metric Approach«, *Encyclopedia of Software Engineering*, S. 528–532, John Wiley & Sons, Inc., 1994.
3. V. Basili and G. Caldiera, »Improve Software Quality by Reusing Knowledge and Experience«, *Sloan Management Review*, MIT Press, Jg. 37(1): 55–64, Herbst 1995.

- *Experience Factory (EF)* – Ein Konzept auf der Grundlage der kontinuierlichen Ansammlung von Projekterfahrungen, die für die organisations- und projektweite Verbesserung wichtig sind. EF hebt die logische Trennung zwischen der Projektorganisation und der Einrichtung hervor, die die Projekterfahrungen in einer Erfahrungsdatenbank der Organisation verarbeitet, um sie wiederverwendbar zu machen. EF kann dabei helfen, die empirischen Prinzipien P1, P2 und P5 zu realisieren.[4]
- *GQM+Strategies* – Dieser Ansatz unterstützt strategische Messungen, indem er GQM erweitert, um Zieldefinition und -ausrichtung, Strategieentwicklung, Umsetzung von Messungen und Bewertungen im gesamten Unternehmen zu ermöglichen. GQM+Strategies hilft der Organisation dabei, die Vorgehensweisen und Methoden zu verknüpfen, die der Umsetzung der empirischen Prinzipien zugrunde liegen.[5]

Die frühe Anwendung dieser empirischen Prinzipien, ein Verständnis ihrer Bedeutung für CMMI und die bewusste Auswahl von Techniken zur Unterstützung Ihrer Maßnahmen können sich maßgeblich auf den Erfolg Ihrer Organisation auf dem Weg zur Verbesserung auswirken.

---

4 V. Basili, G. Caldiera und H. D. Rombach, »The Experience Factory«, *Encyclopedia of Software Engineering*, S. 469–476, John Wiley & Sons, Inc., 1994.

5 Victor R. Basili, Mikael Lindvall, Myrna Regardie, Carolyn Seaman, Jens Heidrich, Jürgen Münch, Dieter Rombach und Adam Trendowicz, »Linking Software Development and Business Strategy Through Measurement«, *IEEE Computer*, S. 57–65, April, 2010.

Reifegrade verstehen

Für diejenigen, die die Darstellung in Reifegraden verwenden, spiegeln alle CMMI-Modelle in ihrem Entwurf und ihren Inhalten die Reifegrade wider. Ein Reifegrad besteht aus spezifischen und generischen Praktiken für einen vordefinierten Satz von Prozessgebieten, die die Gesamtleistung einer Organisation verbessern.

Der Reifegrad einer Organisation bietet eine Möglichkeit, um ihre Leistung zu beschreiben. Erfahrungen haben gezeigt, dass Organisationen am besten fahren, wenn sie ihre Anstrengungen zur Prozessverbesserung nur auf eine handhabbare Anzahl von Prozessgebieten auf einmal konzentrieren, und dass diese Gebiete eine gesteigerte weitere Verfeinerung benötigen, während sich die Organisation weiterentwickelt.

Ein Reifegrad ist ein definiertes evolutionäres Plateau in der Prozessverbesserung einer Organisation. Jeder Reifegrad entwickelt eine wichtige Teilmenge der Arbeitsabläufe in einer Organisation, um sie darauf vorzubereiten, zum nächsten Reifegrad voranzuschreiten. Die Reifegrade werden daran gemessen, wie die spezifischen und generischen Ziele der jeweils vordefinierten Prozessgebiete erreicht werden.

Die fünf Reifegrade, die jeweils eine Grundlage für eine weitergehende Prozessverbesserung darstellen, sind von 1 bis 5 durchnummeriert.

1. Initial
2. Geführt
3. Definiert
4. Quantitativ geführt
5. Prozessoptimierung

Für die Reifegrade 2 bis 3 werden dieselben Bezeichnungen verwendet wie für die entsprechenden Fähigkeitsgrade. Diese einheitliche Terminologie ist beabsichtigt, da die Konzepte der Reife- und Fähigkeitsgrade einander ergänzen. Reifegrade charakterisieren die Verbesserungen einer Organisation bezogen auf einen Satz von Prozessgebieten, Fähigkeitsgrade die Verbesserungen bezogen auf ein einzelnes Prozessgebiet.

Reifegrad 1: Initial

Beim Reifegrad 1 werden Arbeitsabläufe gewöhnlich ad hoc und chaotisch durchgeführt. Die Organisation bietet gewöhnlich keine stabile Umgebung zur Unterstützung der Arbeitsabläufe. Der Erfolg hängt in solchen Organisationen von der Kompetenz und dem Engagement der Mitarbeiter ab und nicht vom Einsatz eines bewährten Prozesses. Trotz dieses Durcheinanders bringen Organisationen mit dem Reifegrad 1 häufig funktionierende Produkte und Dienstleistungen hervor. Allerdings überschreiten sie oft das Budget und halten die in ihren Plänen dokumentierten Termine nicht ein.

Organisationen mit dem Reifegrad 1 zeichnen sich durch die Neigung aus, sich zu viel zuzumuten, durch die Vernachlässigung von Arbeitsabläufen in Krisenzeiten und die Unfähigkeit, Erfolge zu wiederholen.

Reifegrad 2: Geführt

Auf Reifegrad 2 haben die Projekte sichergestellt, dass die Arbeitsabläufe entsprechend der Leitlinien geplant und ausgeführt werden, Fachleute mit ausreichenden Ressourcen werden eingesetzt, um kontrollierte Ergebnisse zu produzieren, relevante Stakeholder werden einbezogen, die Arbeitsabläufe werden überwacht, gesteuert und geprüft und die Einhaltung der Prozessbeschreibung wird bewertet. Die Prozessdisziplin, die im Reifegrad 2 zum Ausdruck kommt, hilft sicherzustellen, dass bestehende Praktiken auch unter Belastung beibehalten werden. Sind diese Praktiken vorhanden, werden die Projekte gemäß ihrer dokumentierten Pläne durchgeführt und gelenkt.

Außerdem ist auf Reifegrad 2 der Zustand der Arbeitsergebnisse für das Management an definierten Punkten sichtbar (z.B. an wichtigen Meilensteinen, beim Abschluss wichtiger Aufgaben). Verpflichtungen von relevanten Stakeholdern werden etabliert und nach Bedarf überarbeitet. Arbeitsergebnisse werden angemessen gelenkt. Die Arbeitsergebnisse und Dienstleistungen erfüllen die spezifizierten Prozessbeschreibungen, Normen und Verfahren.

Reifegrad 3: Definiert

Auf Reifegrad 3 sind die Arbeitsabläufe gut charakterisiert und verstanden und werden in Form von Normen, Verfahren, Hilfsmitteln und Methoden beschrieben. Der organisationsspezifische Satz von Standardprozessen, der die Grundlage für Reifegrad 3 bildet, ist etabliert und mit der Zeit verbessert worden. Diese Standardprozesse werden verwendet, um die Konsistenz innerhalb der Organisation zu etablieren. Projekte erstellen ihre definierten Prozesse anhand von Tailoring-Guidelines aus dem organisationsspezifischen Satz von Standardprozessen. (Eine Definition von »organisationsspezifischer Satz von Standardprozessen« finden Sie im Glossar.)

Ein entscheidender Unterschied zwischen den Reifegraden 2 und 3 ist der Geltungsbereich der Normen, Prozessbeschreibungen und Verfahren. Auf Reifegrad 2 können sich die Normen, Prozessbeschreibungen und Verfahren zwischen den einzelnen Umsetzungen eines Prozesses (z.B. für ein bestimmtes Projekt) erheblich unterscheiden. Im Reifegrad 3 dagegen werden die Standards, Prozessbeschreibungen und Prozeduren passend für ein bestimmtes Projekt oder eine Organisationseinheit von dem organisationsspezifischen Satz von Standardprozessen abgeleitet. Sie sind daher konsistenter, abgesehen von den Unterschieden, die in den Tailoring-Guidelines erlaubt werden.

Ein weiterer wichtiger Unterschied besteht darin, dass Prozesse auf Reifegrad 3 gewöhnlich strenger beschrieben werden als auf Reifegrad 2. Für einen definierten Prozess werden der Zweck, die Eingangsgrößen, Eingangskriterien, Tätigkeiten, Rollen, Messgrößen, Verifizierungsschritte, Ergebnisse und Ausgangskriterien deutlich beschrieben. Auf Reifegrad 3 werden Prozesse stärker proaktiv geführt. Grundlage dafür sind ein Verständnis der Beziehungen zwischen Prozesstätigkeiten und den einzelnen Kenngrößen des Prozesses, seiner Arbeitsergebnisse und Dienstleistungen.

Auf Reifegrad 3 verbessert die Organisation die Prozesse weiter, die zu den Prozessgebieten von Reifegrad 2 gehören. Die generischen Praktiken des generischen Ziels 3, die im Reifegrad 2 noch nicht angegangen worden sind, werden angewendet, um Reifegrad 3 zu erreichen.

Reifegrad 4: Quantitativ geführt

Beim Reifegrad 4 werden für die Organisation und die Projekte quantitative Ziele für die Qualitäts- und Prozessleistung etabliert und als Kriterien für das Management der Projekte verwendet. Diese quantitativen Ziele basieren auf den Bedürfnissen der Kunden, der Endanwender, der Organisation und der Prozessbeteiligten. Qualitäts- und Prozessleistung sind als statistische Größen verstanden und werden während der gesamten Lebensdauer eines Projekts geführt.

Für ausgewählte Teilprozesse werden bestimmte Messwerte der Prozessleistung erfasst und statistisch analysiert. Für die Auswahl von Teilprozessen für die Analyse ist es entscheidend, die Beziehungen zwischen den verschiedenen Teilprozessen und ihre Auswirkung auf das Erreichen von Zielen der Qualität und der Prozessleistung zu verstehen. Ein solcher Ansatz hilft sicherzustellen, dass die Überwachung von Teilprozessen mit statistischen und anderen quantitativen Techniken dort angewandt wird, wo sie den meisten Gesamtwert für das Geschäft hat. Prozessleistungs-Baselines und Prozessleistungsmodelle können verwendet werden, um Qualitäts- und Prozessleistungsziele aufzustellen, die beim Erreichen der Geschäftsziele helfen.

Ein entscheidender Unterschied zwischen den Reifegraden 3 und 4 besteht in der Vorhersagbarkeit der Prozessleistung. Im Reifegrad 4 wird die Leistung von Projekten und ausgewählten Teilprozessen mithilfe statistischer und anderer quantitativer Techniken gesteuert. Vorhersagen gründen sich teilweise auf einer statistischen Analyse detaillierter Prozessdaten.

Reifegrad 5: Prozessoptimierung

Auf Reifegrad 5 verbessert eine Organisation kontinuierlich ihre Prozesse auf der Grundlage eines quantitativen Verständnisses ihrer Geschäftsziele und Leistungsbedürfnisse. Die Organisation verwendet einen quantitativen Ansatz, um die inhärente Streuung im Prozess und die Ursachen von Prozessergebnissen zu verstehen.

Schwerpunkt von Reifegrad 5 ist die kontinuierliche Verbesserung der Prozessleistung durch inkrementelle und innovative Technologie- und Prozessverbesserung. Die Qualitäts- und Prozessleistungsziele der Organisation sind etabliert, werden kontinuierlich überarbeitet, um Änderungen der Geschäftsziele und der Organisationsleistung widerzuspiegeln, und als Kriterien für das Management der Prozessverbesserung verwendet. Die Auswirkungen ausgerollter Prozessverbesserungen werden mit statistischen und anderen quantitativen Techniken gemessen und mit den Qualitäts- und Prozessleistungszielen verglichen. Die definierten Prozesse des Projekts, der organisationsspezifische Satz von Standardprozessen und die unterstützende Technologie sind Ziele für messbare Verbesserungsaktivitäten.

Ein entscheidender Unterschied zwischen den Reifegraden 4 und 5 besteht in dem Schwerpunkt auf das Management und die Verbesserung der Organisationsleistung. Im Reifegrad 4 konzentrieren sich die Organisation und die Projekte darauf, die Leistung auf der Ebene von Teilprozessen zu verstehen und zu steuern und die Ergebnisse für das Projektmanagement einzusetzen. Im Reifegrad 5 beschäftigt sich die Organisation mit der Gesamtleistung der Organisation und zieht dazu Daten heran, die in mehreren Projekten erfasst wurden. Die Analyse der Daten zeigt Mängel und Lücken in der Leistung auf. Diese aufgedeckten Mängel regen zu organisationsweiten Prozessverbesserungen an, die für eine messbare Leistungsverbesserung sorgen.

Von einem Reifegrad zum nächsten

Organisationen können ihre Reife progressiv verbessern, indem sie die Steuerung erst auf Projektebene übernehmen und dann bis zur höchsten Ebene fortschreiten – dem organisationsweiten Leistungsmanagement und der kontinuierlichen Prozessverbesserung – und dabei sowohl quantitative als auch qualitative Daten zur Entscheidungsfindung heranziehen.

Da eine höhere Organisationsreife mit Verbesserungen der Bandbreite der erwarteten Ergebnisse verbunden ist, die eine Organisation erreichen kann, ist Reife eine der Möglichkeiten, um allgemeine Ergebnisse des nächsten Projekts einer Organisation vorauszusagen. Auf Reifegrad 2 ist die Organisation z.B. von einem Ad-hoc- zu einem disziplinierten Vorgehen vorangeschritten, indem sie ein solides Projektmanagement etabliert hat. Wenn die Organisation generische und spezifische Ziele für den Satz der Prozessgebiete in einem Reifegrad erreicht, erhöht sie ihre Reife und profitiert vom Nutzen der Prozessverbesserung. Da jeder Reifegrad eine notwendige Grundlage für den nächsten bildet, ist es gewöhnlich kontraproduktiv, einen Reifegrad auszulassen.

Beachten Sie auch, dass sich der Aufwand für die Prozessverbesserung auf die Bedürfnisse der Organisation im Kontext ihrer Geschäftsumgebung konzentrieren muss und es möglicherweise die Prozessgebiete der höheren Reifegrade sind, die den aktuellen und zukünftigen Bedürfnissen einer Organisation oder eines Projekts entsprechen.

Beispielsweise werden Organisationen, die von Reifegrad 1 zu Reifegrad 2 voranschreiten möchten, häufig dazu ermuntert, eine Prozessgruppe einzurichten, um die es im Prozessgebiet »Organisationsweite Prozessausrichtung« des Reifegrads 3 geht. Eine Prozessgruppe ist zwar kein notwendiges Merkmal einer Organisation auf Reifegrad 2, doch kann sie für das Vorgehen einer Organisation nützlich sein, den Reifegrad 2 zu erreichen.

Diese Situation wird manchmal so beschrieben, dass eine Prozessgruppe des Reifegrads 1 etabliert wird, um die Organisation vom Reifegrad 1 zum Reifegrad 2 hochzuziehen. Die Tätigkeiten zur Prozessverbesserung auf Reifegrad 1 können hauptsächlich von dem Einblick und der Kompetenz der Prozessgruppe abhängen, bis eine Infrastruktur zur Unterstützung einer disziplinierteren und weitreichenderen Verbesserung eingerichtet ist.

Organisationen können Prozessverbesserungen zu jedem gewünschten Zeitpunkt institutionalisieren, und zwar auch schon, bevor sie darauf vorbereitet sind, zu dem Reifegrad aufzusteigen, auf dem eine bestimmte Praktik empfohlen wird. In einer solchen Situation sollte die Organisation jedoch verstehen, dass der Erfolg dieser Verbesserungen gefährdet ist, da die Grundlage für ihre erfolgreiche Institutionalisierung nicht abgeschlossen ist. Prozesse ohne ordentliche Grundlage können an dem Punkt ausfallen, an dem sie am dringendsten gebraucht werden – nämlich unter Belastung.

Ein definierter Prozess, der für Organisationen mit Reifegrad 3 charakteristisch ist, kann mit großem Risiko auch eingerichtet werden, wenn die Managementpraktiken von Reifegrad 2 unzureichend sind. Das Management kann z.B. Zusagen zu einem unzureichend geplanten Terminplan abgeben oder Änderungen an freigegebenen Anforderungen nicht richtig steuern. Ebenso erfassen viele Organisationen zu früh die ausführlichen Daten, die für Reifegrad 4 charakteristisch sind, nur um dann festzustellen, dass die Daten aufgrund von Inkonsistenzen in den Definitionen der Prozesse und Kenngrößen nicht interpretiert werden können.

Ein weiteres Beispiel der Verwendung von Prozessen aus Prozessgebieten höherer Reifegrade ist der Zusammenbau von Produkten. Natürlich erwarten wir, dass eine Organisation mit Reifegrad 1 Anforderungsanalyse, Design, Produktintegration und Verifizierung durchführt. Diese Tätigkeiten werden jedoch vor Reifegrad 3 nicht beschrieben, wo sie als gemeinsamer, gut integrierter Entwicklungsprozess definiert werden. Dieser Entwicklungsprozess ergänzt die steigende Fähigkeit des Projektmanagements, damit Verbesserungen bei der Entwicklung nicht aufgrund von Ad-hoc-Arbeitsabläufen im Management verloren gehen.

Prozessgebiete

Die Prozessgebiete werden in den beiden Darstellungen unterschiedlich betrachtet. Abbildung 3.2 zeigt einen Vergleich der Verwendung von Prozessgebieten in der Darstellung in Fähigkeitsgraden und in der Darstellung in Reifegraden.

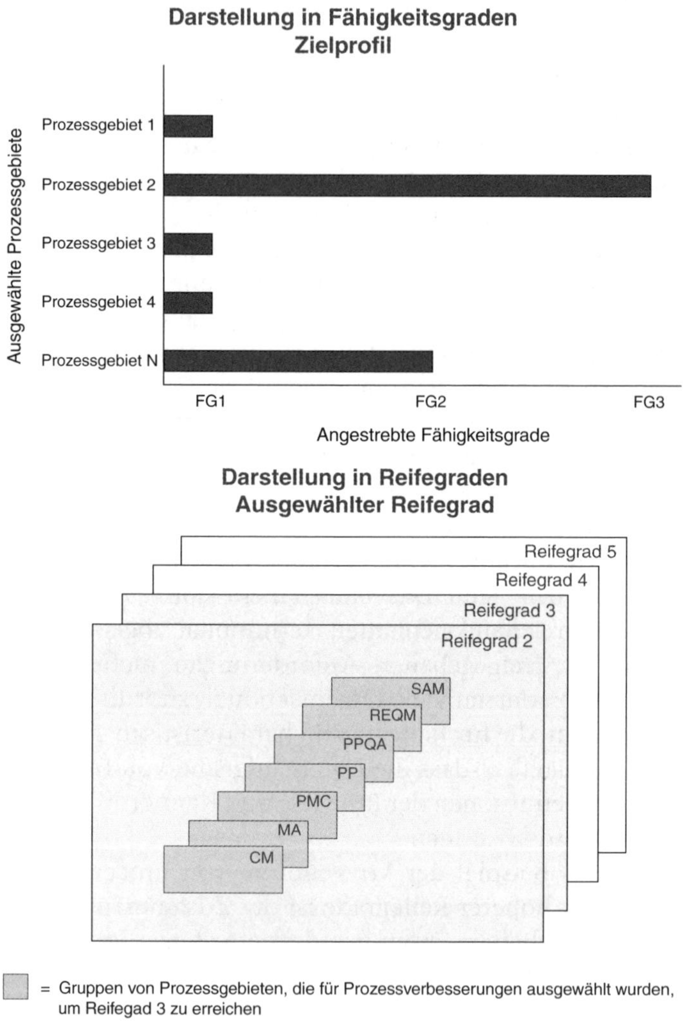

ABBILDUNG 3.2
Prozessgebiete in der Darstellung in Fähigkeitsgraden und der Darstellung in Reifegraden

Bei der Darstellung in Fähigkeitsgraden kann die Organisation den Schwerpunkt ihrer Prozessverbesserungen auswählen, indem sie sich für die Prozessgebiete oder den Satz verwandter Prozessgebiete entscheidet, die für die Organisation und ihre Geschäftsziele den meisten Nutzen versprechen. Bei der Auswahl hat die Organisation beträchtliche Freiheiten, obwohl es aufgrund von Abhängigkeiten zwischen den Prozessgebieten einige Einschränkungen gibt.

Für diejenigen, die die Darstellung in Fähigkeitsgraden verwenden, sind die Prozessgebiete in vier Kategorien eingeteilt: Prozessmanagement, Projektmanagement, Entwicklung und Unterstützung. Diese Kategorien betonen einige der Schlüsselbeziehungen, die es zwischen den Prozessgebieten gibt.

Manchmal wird eine informelle Gruppierung von Prozessgebieten erwähnt: High-Maturity-Prozessgebiete. Bei den vier High-Maturity-Prozessgebieten handelt es sich um Organisationsweite Prozessleistung, Quantitatives Projektmanagement, Organisationsweites Leistungsmanagement sowie Ursachenanalyse und -beseitigung. Bei diesen Prozessgebieten liegt der Schwerpunkt auf der Verbesserung der Leistung der Prozesse, die besonders eng mit den Geschäftszielen der Organisation verknüpft sind.

Sobald Sie Prozessgebiete auswählen, müssen Sie sich auch entscheiden, wie stark Sie die damit verbundenen Prozesse verbessern wollen (d.h., Sie müssen den zugehörigen Fähigkeitsgrad auswählen). Fähigkeitsgrade und generische Ziele und Praktiken unterstützen die Verbesserung von Prozessen in den einzelnen Prozessgebieten. So kann sich eine Organisation z.B. wünschen, in einem Prozessgebiet den Fähigkeitsgrad 2 und in einem anderen den Fähigkeitsgrad 3 zu erreichen. Sobald die Organisation einen Fähigkeitsgrad erreicht, peilt sie den nächsten Fähigkeitsgrad für eines dieser Prozessgebiete an oder entscheidet sich dafür, ihre Perspektive zu erweitern und eine größere Anzahl von Prozessgebieten anzugehen. Hat sie in den meisten Prozessgebieten Fähigkeitsgrad 3 erreicht, kann die Organisation ihre Aufmerksamkeit den High-Maturity-Prozessgebieten zuwenden und ihre Fähigkeiten in diesen Prozessgebieten auf Fähigkeitsgrad 3 nachverfolgen.

Die Auswahl einer Kombination von Prozessgebieten und Fähigkeitsgraden wird gewöhnlich als »Zielprofil« beschrieben. Ein Zielprofil definiert alle Prozessgebiete, die angesprochen werden müssen, mit dem jeweils als Ziel angestrebten

Fähigkeitsgrad. Dieses Profil bestimmt, welche Ziele und Praktiken die Organisationen in ihren Bemühungen zur Prozessverbesserung angehen.

Die meisten Organisationen streben mindestens Fähigkeitsgrad 1 für die ausgewählten Prozessgebiete an, der erfordert, dass alle spezifischen Ziele eines Prozessgebiets erfüllt werden. Organisationen, die Fähigkeitsgrade größer 1 anstreben, konzentrieren sich auf die Institutionalisierung ausgewählter Prozesse, indem sie die generischen Ziele und Praktiken der Prozessgebiete umsetzen.

Die Darstellung in Reifegraden zeigt einen Weg für Verbesserungen vom Reifegrad 1 zum Reifegrad 5 auf. Auf diesem Weg müssen die Ziele der Prozessgebiete auf jedem Reifegrad erfüllt werden. Für diejenigen, die die Darstellung in Reifegraden verwenden, sind die Prozessgebiete nach Reifegraden gruppiert, um anzuzeigen, welche Prozessgebiete umgesetzt werden müssen, um einen bestimmten Reifegrad zu erreichen.

So gibt es z.B. im Reifegrad 2 einen Satz von Prozessgebieten, die eine Organisation als Richtschnur für ihre Prozessverbesserungen verwendet, bis sie alle Ziele dieser Gebiete erreicht hat. Sobald Reifegrad 2 erreicht ist, konzentriert die Organisation ihre Anstrengungen auf die Prozessgebiete von Reifegrad 3 usw. Die generischen Ziele der einzelnen Prozessgebiete sind ebenfalls vordefiniert. Das generische Ziel 2 gilt für den Reifegrad 2, das generische Ziel 3 für die Reifegrade 3 bis 5.

Tabelle 3.2 zeigt eine Liste aller Prozessgebiete von CMMI-DEV und ihrer zugehörigen Kategorien und Reifegrade.

TABELLE 3.2 Prozessgebiete, Kategorien und Reifegrade

Prozessgebiet	*Kategorie*	*Reifegrad*
Ursachenanalyse und -beseitigung (Causal Analysis and Resolution, CAR)	Unterstützung	5
Konfigurationsmanagement (Configuration Management, CM)	Unterstützung	2
Entscheidungsfindung (Decision Analysis and Resolution, DAR)	Unterstützung	3
Fortgeschrittenes Projektmanagement (Integrated Project Management, IPM)	Projektmanagement	3

TABELLE 3.2 Prozessgebiete, Kategorien und Reifegrade (Forts.)

Prozessgebiet	*Kategorie*	*Reifegrad*
Messung und Analyse (Measurement and Analysis, MA)	Unterstützung	2
Organisationsweite Prozessentwicklung (Organizational Process Definition, OPD)	Prozess-management	3
Organisationsweite Prozessausrichtung (Organizational Process Focus, OPF)	Prozess-management	3
Organisationsweites Leistungsmanagement (Organizational Performance Management, OPM)	Prozess-management	5
Organisationsweite Prozessleistung (Organizational Process Performance, OPP)	Prozess-management	4
Organisationsweite Aus- und Weiterbildung (Organizational Training, OT)	Prozess-management	3
Produktintegration (Product Integration, PI)	Entwicklung	3
Projektverfolgung und -steuerung (Project Monitoring and Control, PMC)	Projekt-management	2
Projektplanung (Project Planning, PP)	Projekt-management	2
Prozess- und Produkt-Qualitätssicherung (Process and Product Quality Assurance, PPQA)	Unterstützung	2
Quantitatives Projektmanagement (Quantitative Project Management, QPM)	Projekt-management	4
Anforderungsentwicklung (Requirements Development, RD)	Entwicklung	3
Anforderungsmanagement (Requirements Management, REQM)	Projekt-management	2
Risikomanagement (Risk Management, RSKM)	Projekt-management	3
Zulieferungsmanagement (Supplier Agreement Management, SAM)	Projekt-management	2
Technische Umsetzung (Technical Solution, TS)	Entwicklung	3
Validierung (Validation, VAL)	Entwicklung	3
Verifizierung (Verification, VER)	Entwicklung	3

Äquivalente Einstufung

Die Äquivalente Einstufung ist eine Möglichkeit, um Ergebnisse aus der Darstellung in Fähigkeitsgraden mit denen aus der Darstellung in Reifegraden zu vergleichen. Im Grunde geht es dabei um die Frage, wie Sie Verbesserungen in ausgewählten Prozessgebieten, die Sie in der Darstellung in Fähigkeitsgraden gemessen haben, in Reifegrade übersetzen. Ist dies überhaupt möglich?

Bis jetzt haben wir Prozess-Appraisals noch nicht ausführlich behandelt. Die SCAMPI-Methode[6] wird für Appraisals von Organisationen eingesetzt, die CMMI verwenden, und ein Ergebnis eines Appraisal ist eine Einstufung [SEI 2011a, Ahern 2005]. Wird für ein Appraisal die Darstellung in Fähigkeitsgraden verwendet, ist die Einstufung ein Fähigkeitsgradprofil. Wird für ein Appraisal die Darstellung in Reifegraden verwendet, ist die Einstufung ein Reifegrad (z.B. Reifegrad 3).

Ein Fähigkeitsgradprofil ist eine Liste von Prozessgebieten und mit dem für jedes Prozessgebiet erreichten Fähigkeitsgrad. Mit diesem Profil kann eine Organisation ihre Fähigkeitsgrade nach Prozessgebieten verfolgen. Das Profil wird Istprofil genannt, wenn es den tatsächlichen Fortschritt der Organisation für jedes einzelne Prozessgebiet darstellt. Anderenfalls wird es als Zielprofil bezeichnet, wenn es die geplanten Ziele der Organisation für die Prozessverbesserung darstellt.

Abbildung 3.3 zeigt eine Kombination aus Ziel- und Istprofil. Der grau hinterlegte Teil jedes einzelnen Balkens zeigt, was bereits erreicht wurde. Die nicht hinterlegten Bereiche stehen für das, was noch erreicht werden muss, um das Zielprofil zu erfüllen.

Durch den Vergleich des Ist- mit dem Zielprofil kann eine Organisation ihren Fortschritt in den ausgewählten Prozessgebieten planen und nachverfolgen. Bei der Verwendung der Darstellung in Fähigkeitsgraden ist es ratsam, Fähigkeitsgradprofile zu pflegen.

Eine Zielprofilsequenz ist eine Abfolge von Zielprofilen, die den Weg beschreiben, dem die Prozessverbesserung in einer Organisation folgen soll. Beim Erstellen von Zielprofilen sollte die Organisation auf die Abhängigkeiten zwischen generischen Praktiken und Prozessgebieten achten. Wenn eine generische

6 Die SCAMPI-Methode (Standard CMMI Appraisal Method for Process Improvement) wird in Kapitel 5 beschrieben.

Praktik von einem Prozessgebiet abhängig ist, entweder um sie auszuführen oder um ein vorausgesetztes Arbeitsergebnis bereitzustellen, ist sie unter Umständen weniger wirksam, wenn das Prozessgebiet nicht umgesetzt ist.[7]

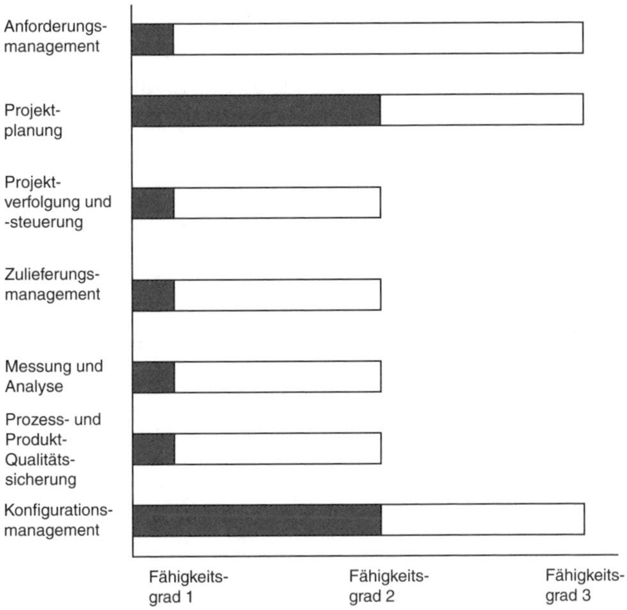

ABBILDUNG 3.3
Beispiel für ein Ist- und ein Zielprofil

Es gibt zwar viele Gründe, um die Darstellung in Fähigkeitsgraden zu verwenden, aber die Bewertungen in Form von Fähigkeitsgradprofilen sind nur beschränkt dazu geeignet, eine Organisation allgemein mit anderen zu vergleichen. Fähigkeitsgradprofile können verwendet werden, wenn jede der Organisationen dieselben Prozessgebiete auswählt. Dagegen werden bereits seit Jahren Reifegrade, die bereits einen vordefinierten Satz von Prozessgebieten bieten, zum Vergleich von Organisationen verwendet.

Aufgrund dieser Situation wurde die Äquivalente Einstufung entwickelt. Mit der Äquivalenten Einstufung kann eine Organisation, die die Darstellung in Fähigkeitsgraden verwendet, ihr Fähigkeitsgradprofil in die entsprechende Reifegradbewertung umwandeln.

---

7 Weitere Informationen über Abhängigkeiten zwischen generischen Praktiken und Prozessgebieten finden Sie in Tabelle 7.2 im Abschnitt »Generische Ziele und Praktiken« in Teil II.

Am besten lässt sich die Äquivalente Einstufung durch eine Abfolge von Zielprofilen beschreiben, die jeweils einer Reifegradbewertung der Darstellung in Reifegraden entsprechen, wie es die im Zielprofil aufgeführten Prozessgebiete widerspiegeln. Ergebnis ist eine Zielprofilsequenz, die den Reifegraden entspricht.

Abbildung 3.4 zeigt eine Zusammenfassung der Zielprofile, die bei der Darstellung in Fähigkeitsgraden erreicht werden müssen, um den Reifegraden 2 bis 5 zu entsprechen. Die schattiert hinterlegten Bereiche in der Spalte der Fähigkeitsgrade stehen für die Zielprofile, die einem bestimmten Reifegrad entsprechen.

Name	*Abk.*	*RG*	*FG1*	*FG2*	*FG3*
Konfigurationsmanagement	CM	2		**Zielprofil 2**	
Messung und Analyse	MA	2			
Projektverfolgung und -steuerung	PMC	2			
Projektplanung	PP	2			
Prozess- und Produkt-Qualitätssicherung	PPQA	2			
Anforderungsmanagement	REQM	2			
Zulieferungsmanagement	SAM	2			
Entscheidungsfindung	DAR	3		**Zielprofil 3**	
Fortgeschrittenes Projektmanagement	IPM	3			
Organisationsweite Prozessentwicklung	OPD	3			
Organisationsweite Prozessausrichtung	OPF	3			
Organisationsweite Aus- und Weiterbildung	OT	3			
Produktintegration	PI	3			
Anforderungsentwicklung	RD	3			
Risikomanagement	RSKM	3			
Technische Umsetzung	TS	3			
Validierung	VAL	3			
Verifizierung	VER	3			
Organisationsweites Prozessleistung	OPP	4		**Zielprofil 4**	
Quantitatives Projektmanagement	QPM	4			
Ursachenanalyse und -beseitigung	CAR	5		**Zielprofil 5**	
Organisationsweites Leistungsmanagement	OPM	5			

ABBILDUNG 3.4
Zielprofile und Äquivalente Einstufung

Die Äquivalente Einstufung lässt sich mit folgenden Regeln zusammenfassen:

- Um Reifegrad 2 zu erreichen, müssen alle Prozessgebiete für den Reifegrad 2 den Fähigkeitsgrad 2 oder 3 erreichen.
- Um Reifegrad 3 zu erreichen, müssen alle Prozessgebiete für die Reifegrade 2 und 3 den Fähigkeitsgrad 3 erreichen.
- Um Reifegrad 4 zu erreichen, müssen alle Prozessgebiete für die Reifegrade 2, 3 und 4 den Fähigkeitsgrad 3 erreichen.
- Um Reifegrad 5 zu erreichen, müssen alle Prozessgebiete Fähigkeitsgrad 3 erreichen.

Eine hohe Reife erreichen (High-Maturity)

Bei der Verwendung der Darstellung in Reifegraden erlangen Sie eine hohe Reife, wenn Sie Reifegrad 4 oder 5 erreichen. Reifegrad 4 zu erreichen, bringt es mit sich, alle Prozessgebiete für die Reifegrade 2, 3 und 4 umzusetzen. Um Reifegrad 5 zu erreichen, müssen Sie ebenso sämtliche Prozessgebiete für die Reifegrade 2, 3, 4 und 5 umsetzen.

Wenn Sie die Darstellung in Fähigkeitsgraden verwenden, erlangen Sie eine hohe Reife mithilfe des Konzepts der Äquivalenten Einstufung. Eine hohe Reife entsprechend Reifegrad 4 erreichen Sie bei der Äquivalenten Einstufung, wenn Sie für alle Prozessgebiete außer Organisationsweites Leistungsmanagement (OPM) und Ursachenanalyse und -beseitigung (CAR) Fähigkeitsgrad 3 erreichen. Eine hohe Reife entsprechend Reifegrad 5 erreichen Sie bei der Äquivalenten Einstufung, wenn Sie für sämtliche Prozessgebiete Fähigkeitsgrad 3 erreichen.

Erfolg durch die Verwendung von Prozessleistungs-Baselines und -modellen

von Michael Campo, Neal Mackertich und Peter Kraus

Prozessleistungs-Baselines und -modelle sind erwartete CMMI-Artefakte hoher Reife (Reifegrad 4 und 5). Sie gründen sich auf die Mess- und Analysetätigkeiten, die auf

CMMI-Reifegrad 2 etabliert wurden, um eine Organisation von einem reaktiven Zustand des Managements zu einem vorausschauenden zu überführen. Auf Reifegrad 2 werden Kennzahlen analysiert und Maßnahmen auf der Grundlage einer Trendanalyse oder beim Überschreiten von Schwellenwerten ergriffen. Im Gegensatz dazu ermöglichen es die Prozessleistungs-Baselines und -modelle, die mit Praktiken höherer Reife entwickelt werden, einer Organisation vorauszusagen, wie gut die Leistung ihrer Prozesse in Beziehung zu ihren Geschäftszielen ist. Durch die gemeinsame Ausrichtung der Prozessleistung an den Geschäftszielen fördern Prozessleistungs-Baselines und -modelle den organisations- und projektweiten Erfolg. In diesem Artikel untersuchen wir die Konzepte von Prozessleistungs-Baselines und -modellen anhand unserer Erfahrungen bei Raytheon Integrate Defense Systems (IDS).

Bevor wir Prozessleistungs-Baselines und -modelle besprechen, ist es wichtig, den Begriff »Qualitäts- und Prozessleistungsziele« zu verstehen. Von den Geschäftszielen abgeleitete Qualitäts- und Prozessleistungsziele werden verwendet, um Prozessleistungs-Baselines und -modelle nutzbringend einzusetzen. Diese Verbindung zwischen Qualitäts- und Prozessleistungszielen, Baselines und Modellen ist der Schlüssel. Ohne diese Verbindung können Baselines und Modelle einer Organisation immer noch einen gewissen Nutzen bringen, führen aber nicht zu der systematischen Optimierung, die sich ergibt, wenn Sie die Baselines und Modelle als Schlüsselinstrumente einsetzen, um die Prozessleistung auf das Erreichen der Geschäftsziele auszurichten.

Im Prozessgebiet Messung und Analyse entwickeln eine Organisation und ihre Projekte ein Messsystem zur Unterstützung der Informationsbedürfnisse des Managements, wobei diese Bedürfnisse von den Zielen der Organisation und des Projekts bestimmt werden. Ein Projekt mit dem Ziel, den Termin zur Auslieferung an den Kunden einzuhalten oder das Produkt noch früher zu liefern, hat beispielsweise das Informationsbedürfnis, den Fortschritt bis hin zum Erreichen dieses Meilensteins zu kennen. Zu den Kennzahlen, die dieses Informationsbedürfnis erfüllen helfen, gehören Planablauf, Produktivität und Größe. Durch die Erfassung und Analyse solcher Kennzahlen kann das Projekt auf Trends reagieren, die ein Risiko für den Liefertermin andeuten. Diese Tätigkeiten stehen im Einklang mit dem GQM-Ansatz (Goal Question Metric), den Dr. Victor Basili und andere aus seiner Arbeit für die NASA abgeleitet haben.

Qualitäts- und Prozessleistungsziele stützen sich auf den GQM-Ansatz, indem Sie explizit die Geschäfts-, Organisations- und Projektziele analysieren und quantifizierte »Ziele« für die Prozesse erstellen, die diese Ziele unterstützen. Diese Ziele werden zu den Qualitäts- und Prozessleistungszielen. Diese Qualitäts- und Prozessleistungsziele sind gewöhnlich strategisch stärker ausgerichtet als die Ziele des Prozessgebiets Messung und Analyse in Reifegrad 2 und werden aufgrund der Kenntnis historischer Prozessleistungsdaten entwickelt. Häufig können Geschäfts- und Organisationsziele auch in nicht quantitativer Form ausgedrückt werden. Beispielsweise kann »Die Kundenzufriedenheit verbessern« ein Geschäftsziel sein. In solchen Fällen kann es notwendig sein, Qualitäts- und Prozessleistungsziele dadurch abzuleiten, dass Sie zusätzliche Fragen stellen, z.B.: »Was ist dazu erforderlich, um die Kundenzufriedenheit zu verbessern?« Die Antwort kann darin bestehen, Budget-, Termin- oder Qualitätsziele zu erreichen, auf deren Grundlage sich Qualitäts- und Prozessleistungsziele etablieren lassen. Auch einzelne Projekte können Qualitäts- und Prozessleistungsziele in ihrem jeweiligen Kontext etablieren, z.B. als Ziele im Zusammenhang mit Kriterien für Prämien.

Bei Raytheon IDS ist das Maß der Einhaltung von Budget und Termin mit bestimmten Geschäftszielen verknüpft. Es gibt zwar viele Dinge, die sich auf die Kosten- und Terminleistung eines Projekts auswirken. Vom Standpunkt der Arbeitsabläufe aus gesehen gehören die Produktivität und die Verringerung von Nacharbeiten zu den treibenden Kräften. Quantitative Qualitäts- und Prozessleistungsziele wurden für Produktivität, Fehleranzahl und Fehlerdichte etabliert, um die Leistungsziele für Kosten und Termintreue zu unterstützen. Anschließend wurden Prozessleistungs-Baselines erstellt, um unsere Fähigkeit zu bewerten, die Qualitäts- und Prozessleistungsziele zu erfüllen. Historische Daten über Produktivität, Fehleranzahl und Fehlerdichte wurden statistisch analysiert. Sowohl organisationsweit als auch in den einzelnen Projekten wurden Voraussagezeiträume und Regelkarten für statistische

Prozesse etabliert. Die Analyseergebnisse zeigen grafisch die Prozessleistungsfähigkeit der Organisation und ihrer Projekte in Bezug zu den Qualitäts- und Prozessleistungszielen. Sie stellen unsere Prozessleistungs-Baselines dar.

Prozessleistungs-Baselines sind unverzichtbare Instrumente für das Management. Projekte pflegen ihre Prozessleistungs-Baselines im Rahmen ihrer üblichen fortlaufenden Managementtätigkeiten mit den aktuellen Daten des laufenden Projekts. Die Prozessleistungs-Baselines werden mit den Qualitäts- und Projektleistungszielen verglichen. Wenn die Prozessleistungs-Baselines anzeigen, dass ein Risiko dafür besteht, die Qualitäts- und Prozessleistungsziele nicht zu erreichen, werden Ursachenanalysen durchgeführt und korrigierende Maßnahmen ergriffen. In einigen Fällen erfordert die Analyse die Verwendung statistischer Techniken, um tieferliegende Kennzahlen oder Messwerte für ein Qualitäts- und Prozessleistungsziel auszuwerten. Beispielsweise unterstützt die Anwendung statischer Techniken auf die Analyse von Peer-Review-Daten die Qualitäts- und Prozessleistungsziele, die im Zusammenhang mit Fehleranzahl und -dichte stehen. Organisationsweite Prozessleistungs-Baselines werden verwendet, um die Qualitäts- und Prozessleistungsziele anzupassen, indem die aktuelle Prozessleistungsfähigkeit der Organisation mit geänderten Geschäftszielen in Beziehung gesetzt wird.

Die direkte Verbindung zwischen Geschäftszielen und Qualitäts- und Prozessleistungszielen sowie die Verwendung von Prozessleistungs-Baselines für das quantitative Management unserer Fortschritte beim Erreichen der Ziele hat unsere Organisation auf den Weg zum Erfolg gebracht. Wenn die Ziele einer Organisation subjektiv sind (z.B. »Die Kundenzufriedenheit verbessern«), können Projekte sich von diesen Zielen lösen. Die Verwendung von Prozessleistungs-Baselines und Qualitäts- und Prozessleistungszielen als Kernbestandteil des Projektmanagements macht die Rolle der einzelnen Projekte für den geschäftlichen Erfolg deutlich. Die Projekte arbeiten an der Basis mit, um zu helfen, die Geschäftsziele zu erreichen. Eine Organisation, in der alle Einzelpersonen ihre Rollen und ihre Verantwortung für den geschäftlichen Erfolg kennen, wird mit höherer Wahrscheinlichkeit Erfolg haben.

Die Vielseitigkeit des Goal Question Metric-Ansatzes hat die Entwicklung und das Ausrollen unserer Prozessleistungsmodelle in Form eines Goal Question Model-Ansatzes noch weiter gefördert. Wie bei den Prozessleistungs-Baselines steht zu Anfang aller Prozessleistungsmodelle die Verknüpfung von Qualitäts- und Prozessleistungszielen mit Geschäftszielen. Diese Vorgehensweise ist für eine effektive Prozessleistungsmodellierung absolut unverzichtbar, da ohne eine vorhergehende geschäftliche Orientierung die Neigung besteht, elegante Modelle aufzustellen statt effektiver Modelle, die die Geschäftsziele unterstützen.

Entscheidend für diesen Prozess ist das Engagement der Leitung der Organisation. Die Entwicklung unseres Prozessleistungsmodells SLAM (Systems Lifecycle Analysis Model) war direkt darauf zurückzuführen, dass das Raytheon IDS Engineering Leadership seine Sorgen wegen der Risiken bei der Produktivität und Nacharbeiten im Zusammenhang mit beschleunigtem Concurrent Engineering und deren Einfluss auf die Kosten im weiteren Produktionsablauf ausdrückte. Diese Sorgen führten dazu, dass gefragt wurde, welche Faktoren im Zusammenhang mit dem Concurrent Engineering Einfluss auf das Erreichen der Kostenziele Einfluss nehmen und welche steuerbaren Teilprozesse zu diesen Faktoren beitragen.

Von besonderem Interesse bei der Entwicklung von SLAM war die mögliche statistische Beziehung zwischen der Variabilität von Anforderungen und dem Grad der Überlappung zwischen Anforderungsdesign und der Kostenleistung bei der Software- und Hardwareentwicklung im weiteren Produktionsablauf. Zur Modellierung der Beziehungen zwischen möglichen Eingangsfaktoren und Projektergebnissen wurden statistische Methoden wie die Regressionsanalyse und die Monte-Carlo-Simulation herangezogen. Im besonderen Fall von SLAM wurde eine mathematische Funktion der Eingangsfaktoren mithilfe von Techniken der linearen Regression einigermaßen gut mit den Ergebnissen korreliert (mit einem angepassten r-Quadratwert von 0,65, $p = 0{,}000$ – siehe Abbildung 3.5). Zusätzlich erfasste Projektdaten aus SLAM-Pilotprojekten und weiterer Anwendungen bestätigten ebenfalls die Stärke dieser zugrunde liegenden Beziehung. Die mit dieser statistischen Korrelation verknüpfte Regressionsgleichung war der Grundstein für die Entwicklung unseres SLAM-Modells.

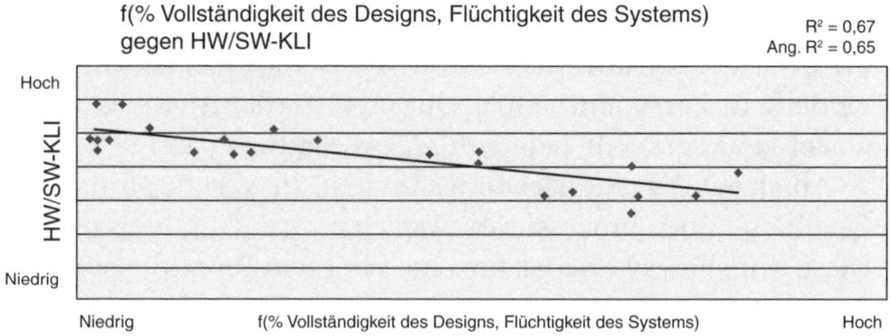

ABBILDUNG 3.5
Beziehung zwischen Hardware-/Software-Kostenleistung und Entwurfsvervollständigung/Flüchtigkeit von Anforderungen

Damit haben wir in unserem Artikel eine passende Stelle erreicht, um über die positiven Aspekte der Prozessleistungsmodelle nachzudenken, die das Software Engineering Institute entwickelt hat:

- Sie sind von Natur aus statistisch, wahrscheinlichkeitstheoretisch oder fußen auf Simulationen.
- Sie sagen Zwischen- und/oder Endergebnisse von Projekten voraus.
- Sie verwenden steuerbare, an Teilprozesse gebundene Faktoren, um die Vorhersage durchzuführen.
- Sie modellieren die Streuung der Faktoren und kennen den vorhergesagten Bereich der Streuung in den Ergebnissen.
- Sie ermöglichen eine Was-wäre-wenn-Analyse für die Projektplanung, dynamische Überplanung und Problemlösung während der Projektausführung.
- Sie stellen eine Verbindung zu Tätigkeiten her, die weiter vorn und weiter hinten im Produktionsablauf angesiedelt sind.
- Sie ermöglichen eine Kurskorrektur im laufenden Projekt, um den Erfolg zu gewährleisten.

Diese Aspekte haben uns bei der Entwicklung und beim Ausrollen unseres Prozessleistungsmodells gute Dienste geleistet. Das SLAM-Modell nutzt die statistische Korrelation steuerbarer Faktoren für eine Vorhersage des Ergebnisses in Form einer Regressionsgleichung. Auf der Grundlage von Excel wurde eine benutzerfreundliche Oberfläche erstellt, anschließend wurde mit Crystal Ball (einem in der Branche erhältlichen Softwarepaket) modelliert und mit der Monte-Carlo-Simulation ein statistisch generiertes Kosten-Nutzen-Vorhersageintervall erzeugt (siehe Abbildung 3.6).

Die Benutzerschnittstelle des SLAM-Modells enthält auch Arbeitsblätter mit Anweisungen zum Herunterladen von Crystal Ball, mit Schritt-für-Schritt-Anleitungen für Projekte zum Ausführen von SLAM, eine Anleitung zur Interpretation der Ergebnisse und eine Liste vorbeugender Maßnahmen auf der Grundlage guter Praktiken und der Erfahrungen aus früheren Anwendungen. Die Informationen auf diesen Arbeitsblättern haben sich als unschätzbar erwiesen, um Was-wäre-wenn-Analysen für die Projektplanung, die dynamische Überplanung und die Problemlösung bei laufendem Projekt durchzuführen.

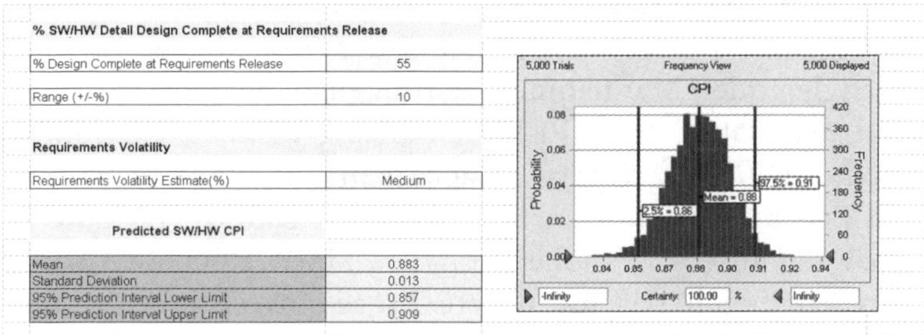

ABBILDUNG 3.6
Benutzeroberfläche des SLAM-Modells

Projekte mit offensiven Zeitplänen, bei denen das Hardware- und Softwaredesign vor der Freigabe der Anforderungen beginnt, können die Kostenrisiken quantifizieren, den Grad der Schwankung von Anforderungen bestimmen, der eingehalten werden muss, um die Kostenziele zu erreichen, und die Änderungen am Prozess erkennen, die für ein angemessenes Anforderungsmanagement erforderlich sind. Das SLAM-Modell wurde von kombinierten Projektteams aus den Gebieten der System-, Software-, Hardware- und Qualitätsentwicklung während der Projektplanung und während der Ausführung effektiv eingesetzt, um Risiken für die Kostenziele des Projekts vorherzusagen, zu managen und abzumildern. Die im Projektablauf fest integrierte Anwendung von SLAM hat zu signifikanten Vorteilen bei den Kosten und der Zykluszeit für unsere Programme geführt und ist zu einem Kernbestandteil unserer Prozesse für das Risikomanagement und die Entscheidungsfindung geworden.

Das SLAM-Modell hat Projekten geholfen, echte Probleme beim Erreichen ihrer Kostenziele anzugehen. Der Erfolg von SLAM hat weitere geschäftliche Investitionen in die Prozessleistungsmodellierung und den Lebenszyklus der Produktentwicklung gefördert. Diese Investitionen führten zur Entwicklung einer Gruppe von Prozessleistungsmodellen, die die geschäftlichen Kosten- und Terminziele von Raytheon IDS unterstützen.

Das effektive Entwickeln und Anwenden von Prozessleistungs-Baselines und -modellen hat die Ausrichtung unserer Prozesse und unserer Leistung an den Geschäfts- und Entwicklungszielen von Raytheon IDS signifikant verbessert. Die daraus resultierenden Bemühungen in den Gebieten des statistischen Prozessmanagements, der Ursachenanalyse, der korrigierenden Maßnahmen, der unabhängigen Ausführung und der statistischen Risikobewertung haben zu erhöhter Produktivität, verringerter Nacharbeit und einer verbesserten Leistung bei Kosten und Terminen geführt. Eine ROI-Analyse unserer Raytheon IDS CMMI High Maturity-Anstrengungen hat für unsere Prozessinvestitionen einen Ertrag von 24:1 ausgewiesen. Prozessleistungs-Baselines und -modelle sind der Funken, der solche Ergebnisse auslöst und uns zu weiteren Anstrengungen motiviert.

KAPITEL 4

Beziehungen zwischen Prozessgebieten

In diesem Kapitel beschreiben wir die Interaktionen zwischen Prozessgebieten, um Ihnen dabei zu helfen, Prozessverbesserungen aus dem Blickwinkel der Organisation zu betrachten und herauszufinden, wie einzelne Prozessgebiete auf der Umsetzung anderer Prozessgebiete aufbauen.

Die Interaktionen zwischen mehreren Prozessgebieten einschließlich der Informationen und Artefakte, die von einem Prozessgebiet zu einem anderen fließen – dargestellt durch die Abbildungen und Beschreibungen in diesem Kapitel – helfen Ihnen dabei, einen größeren Überblick über die Umsetzung von Verbesserungen der Prozesse zu bekommen.

Initiativen zur erfolgreichen Prozessverbesserung müssen von den Geschäftszielen der Organisation motiviert sein. Ein übliches Geschäftsziel ist beispielsweise, die bis zur Markteinführung eines Produkts erforderliche Zeit zu reduzieren. Das davon abgeleitete Ziel der Prozessverbesserung kann die Verbesserung des Projektmanagements sein, um Termintreue zu gewährleisten. Diese Verbesserungen beruhen auf guten Praktiken in den Prozessgebieten der Projektplanung sowie der Projektverfolgung und -steuerung.

Zwar gruppieren wir die Prozessgebiete in diesem Kapitel, um die Darstellung ihrer Interaktionen zu vereinfachen, doch stehen Prozessgebiete häufig unabhängig von ihrer Gruppe, ihrer Kategorie oder ihrem Reifegrad in Wechselwirkung und haben Einfluss aufeinander. Beispielsweise enthält das Prozessgebiet Entscheidungsfindung (ein Unterstützungsprozessgebiet auf Reifegrad 3) spezifische Praktiken für den formalen

Bewertungsprozess, der im Prozessgebiet Technische Umsetzung zur Auswahl einer technischen Lösung aus einer Reihe von Alternativen verwendet wird.

Eine Kenntnis der wichtigsten Interaktionen zwischen den CMMI-Prozessgebieten hilft Ihnen dabei, CMMI auf nützliche und produktive Weise anzuwenden. Die Interaktionen zwischen den Prozessgebieten werden in der Referenz zu den einzelnen Prozessgebieten in Teil II und dort vor allem im Abschnitt »In Beziehung stehende Prozessgebiete« ausführlicher beschrieben. Mehr zu Querverweisen steht in Kapitel 2.

Prozessmanagement

Die Prozessgebiete des Prozessmanagements umfassen projektübergreifende Aktivitäten in Bezug auf die Definition und Planung, das Ausrollen, die Umsetzung, Überwachung, Steuerung, Begutachtung, Messung und Verbesserung von Prozessen.

Die fünf Prozessgebiete des Prozessmanagements von CMMI-DEV sind im Folgenden aufgeführt:

- Organisationsweite Prozessentwicklung (Organizational Process Definition, OPD)
- Organisationsweite Prozessausrichtung (Organizational Process Focus, OPF)
- Organisationsweites Leistungsmanagement (Organizational Performance Management, OPM)
- Organisationsweite Prozessleistung (Organizational Process Performance, OPP)
- Organisationsweite Aus- und Weiterbildung (Organizational Training, OT)

Elementare Prozessgebiete des Prozessmanagements

Die elementaren Prozessgebiete des Prozessmanagements bieten der Organisation die Möglichkeit, die guten Praktiken, die Prozess-Assets der Organisation und das angeeignete Wissen organisationsweit zu dokumentieren und zu nutzen.

Abbildung 4.1 zeigt einen Überblick der Interaktionen zwischen den elementaren Prozessgebieten des Prozessmanagements und anderen Prozessgebietskategorien.

Wie aus Abbildung 4.1 hervorgeht, hilft das Prozessgebiet »Organisationsweite Prozessausrichtung« der Organisation

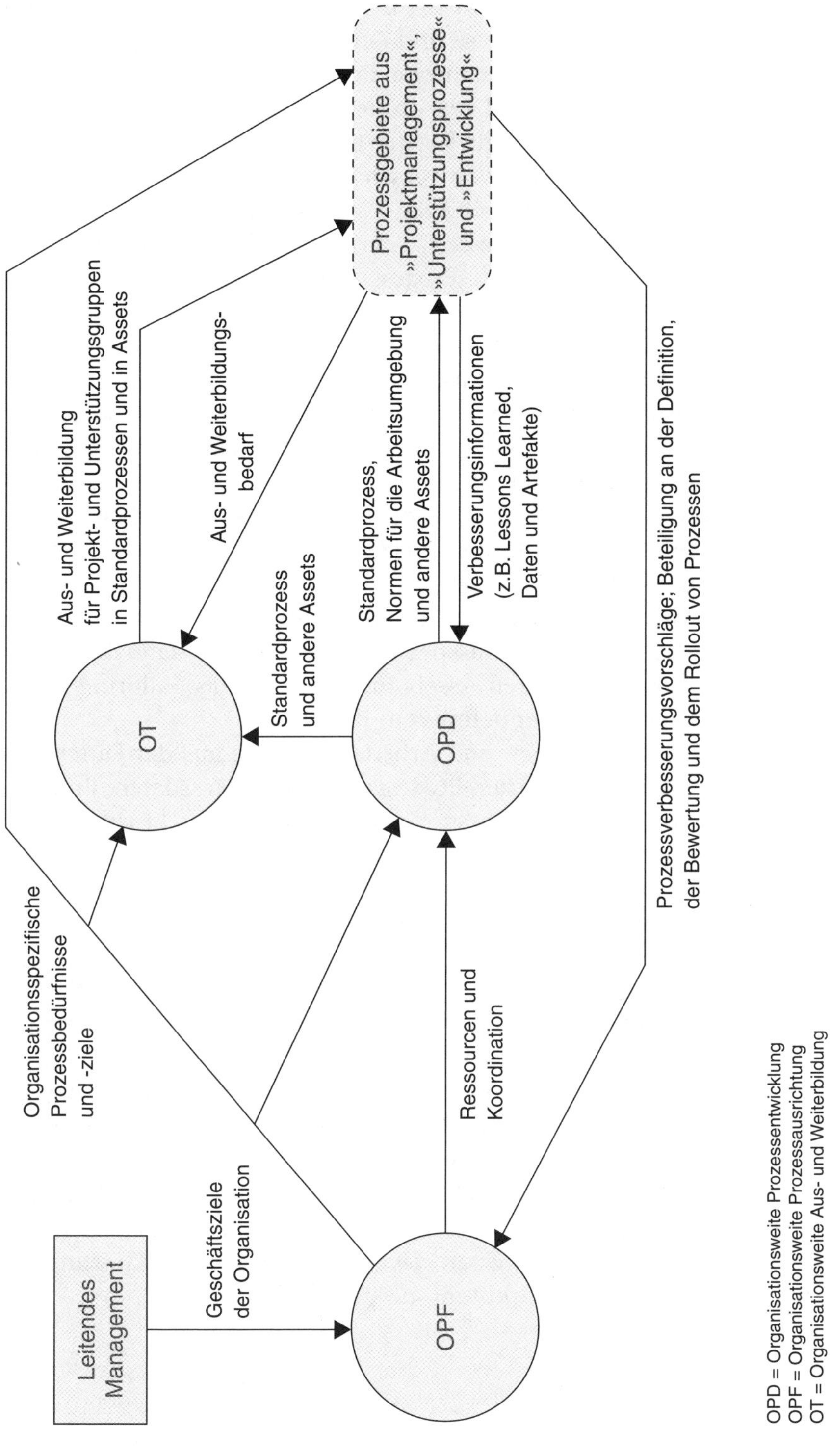

ABBILDUNG 4.1
Elementare Prozessgebiete des Prozessmanagements

dabei, aufgrund der Einsicht in die aktuellen Stärken und Schwächen der Prozesse und der Prozess-Assets der Organisation organisationsspezifische Prozessverbesserungen zu planen, umzusetzen und auszurollen.

Verbesserungsmöglichkeiten an den Prozessen der Organisation werden anhand von verschiedenen Quellen bestimmt. Zu diesen Tätigkeiten gehören Prozessverbesserungsvorschläge, Prozessmessungen, Lessons Learned aus der Prozessumsetzung und die Ergebnisse von Prozess-Appraisals und Produktbewertungen.

Das Prozessgebiet der organisationsweiten Prozessentwicklung etabliert den organisationsspezifischen Satz von Standardprozessen, die Normen für die Arbeitsumgebung und andere Assets unter Berücksichtigung der Prozessbedürfnisse und Ziele der Organisation und behält sie bei. Zu diesen anderen Assets gehören Beschreibungen von Phasenmodellen, Anleitungen für das Tailoring sowie prozessbezogene Dokumentationen und Daten.

Projekte gestalten für die Erstellung ihrer definierten Prozesse den organisationsspezifischen Satz von Standardprozessen aus. Die anderen Assets unterstützen das Tailoring sowie die Umsetzung der definierten Prozesse.

Die Erfahrungen und Arbeitsergebnisse aus der Durchführung dieser definierten Prozesse, darunter Messdaten, Prozessbeschreibungen, Prozessartefakte und Lessons Learned, werden nach Bedarf in den organisationsspezifischen Satz von Standardprozessen und anderen Assets aufgenommen.

Das Prozessgebiet der organisationsweiten Aus- und Weiterbildung identifiziert den strategischen Aus- und Weiterbildungsbedarf der Organisation sowie den gemeinsamen taktischen Aus- und Weiterbildungsbedarf der Projekt- und Unterstützungsgruppen. Insbesondere werden Aus- und Weiterbildungsangebote entwickelt oder eingeholt, um die zur Ausführung des organisationsspezifischen Satzes von Standardprozessen erforderlichen Fähigkeiten zu erlangen. Zu den Hauptkomponenten der Aus- und Weiterbildung gehören ein geführtes Entwicklungsprogramm, dokumentierte Pläne, Mitarbeiter mit den entsprechenden Kenntnissen sowie Mechanismen zur Messung der Wirksamkeit des Schulungsprogramms.

Weiterführende Prozessgebiete des Prozessmanagements

Die weiterführenden Prozessgebiete des Prozessmanagements bieten der Organisation verbesserte Fähigkeiten zum Erreichen ihrer quantitativen Qualitäts- und Prozessleistungsziele.

Abbildung 4.2 zeigt einen Überblick der Interaktionen zwischen den weiterführenden Prozessgebieten des Prozessmanagements und anderen Prozessgebietskategorien. Jedes weiterführende Prozessgebiet des Prozessmanagements ist von der Fähigkeit abhängig, Prozesse und unterstützende Assets zu entwickeln und auszurollen. Die elementaren Prozessgebiete des Prozessmanagements stellen diese Fähigkeit bereit.

Wie Abbildung 4.2 verdeutlicht, leitet das Prozessgebiet »Organisationsweite Prozessleistung« quantitative Qualitäts- und Prozessleistungsziele von den Geschäftszielen der Organisation ab. Die Organisation stellt den Projekt- und Unterstützungsgruppen gebräuchliche Messungen, Prozessleistungs-Baselines und -modelle zur Verfügung.

Diese zusätzlichen Organisations-Assets helfen bei der Zusammenstellung eines definierten Prozesses, der die Qualitäts- und Prozessleistungsziele des Projekts erreichen und das quantitative Management unterstützen kann. Die Organisation analysiert die von diesen definierten Prozessen erfassten Daten, um ein quantitatives Verständnis für die Produkt- und Dienstleistungsqualität sowie die Prozessleistung des organisationsspezifischen Satzes von Standardprozessen zu entwickeln.

In dem Prozessgebiet Organisationsweites Leistungsmanagement werden Prozessleistungs-Baselines und -modelle analysiert, um die Fähigkeit der Organisation zu verstehen, ihre Geschäftsziele zu erreichen und Qualitäts- und Prozessleistungsziele abzuleiten. Auf der Grundlage dieses Verständnisses wählt die Organisation vorausschauend inkrementelle und innovative Verbesserungen aus, die die Organisationsleistung messbar verbessern, und rollt sie aus.

Die Auswahl der umzusetzenden Verbesserungen beruht auf quantitativen Kenntnissen der möglichen Vorteile und der vorhersagbaren Kosten für das Ausrollen der Verbesserungskandidaten. Die Organisation kann die Geschäftsziele und Qualitäts- und Prozessleistungsziele auch nach Bedarf anpassen.

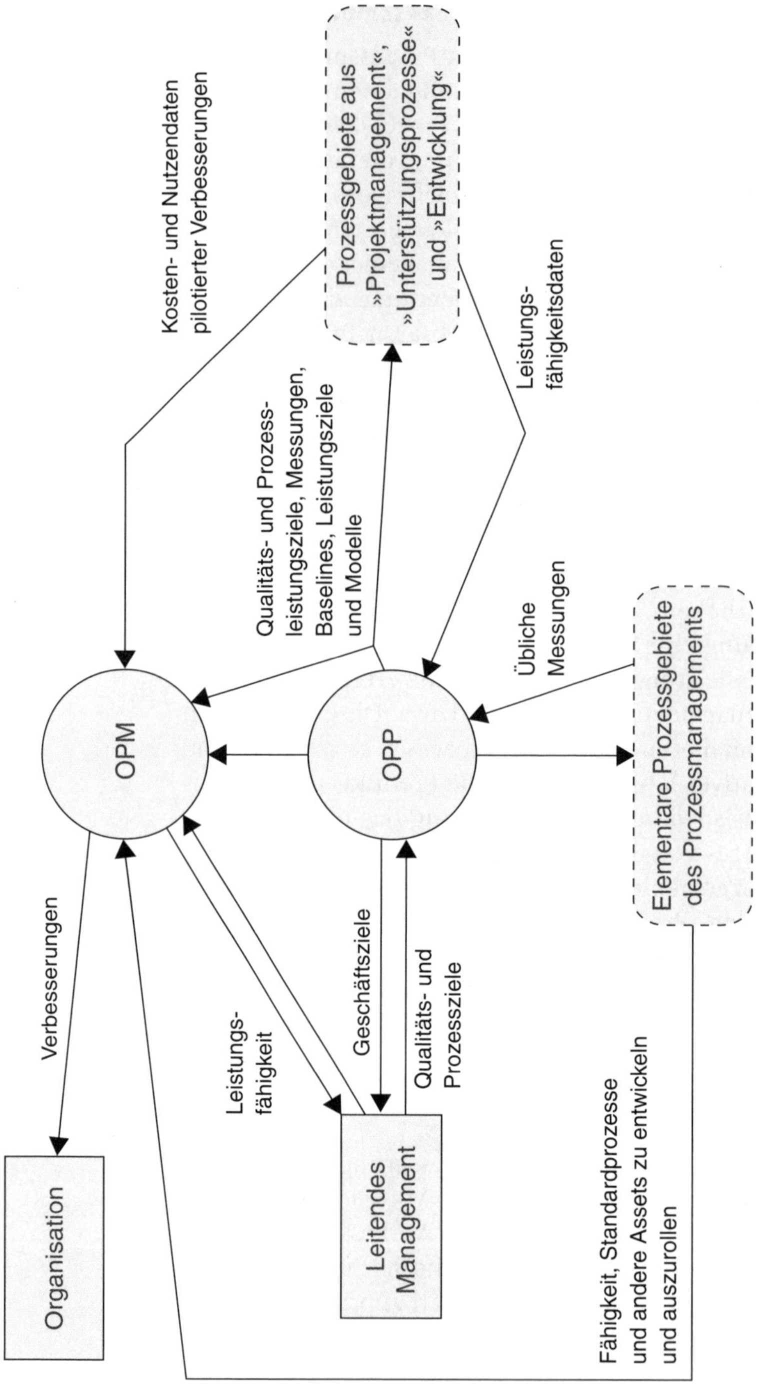

OPM = Organisationsweites Leistungsmanagement
OPP = Organisationsweite Prozessleistung

ABBILDUNG 4.2 Weiterführende Prozessgebiete des Prozessmanagements

Projektmanagement

Die Prozessgebiete des Projektmanagements umfassen die mit der Planung, Verfolgung und Steuerung des Projekts verbundenen Projektmanagementaktivitäten.

Die sieben Prozessgebiete des Projektmanagements von CMMI-DEV sind im Folgenden aufgeführt:

- Fortgeschrittenes Projektmanagement (Integrated Project Management, IPM)
- Projektverfolgung und -steuerung (Project Monitoring and Control, PMC)
- Projektplanung (Project Planning, PP)
- Quantitatives Projektmanagement (Quantitative Project Management, QPM)
- Anforderungsmanagement (Requirements Management, REQM)
- Risikomanagement (Risk Management, RSKM)
- Zulieferungsmanagement (Supplier Agreement Management, SAM)

Elementare Prozessgebiete des Projektmanagements

Die elementaren Prozessgebiete des Projektmanagements widmen sich den mit der Etablierung und Beibehaltung des Projektplans und der Zusagen, der Verfolgung des Fortschritts gegenüber dem Plan, der Durchführung von Korrekturmaßnahmen und dem Zulieferungsmanagement verbundenen Aktivitäten.

Abbildung 4.3 zeigt einen Überblick der Interaktionen zwischen den elementaren Prozessgebieten des Projektmanagements und anderen Prozessgebietskategorien. Wie Abbildung 4.3 verdeutlicht, umfasst das Prozessgebiet der Projektplanung die Erstellung des Projektplans, wobei die relevanten Stakeholder, die Einholung von Zusagen für den Plan sowie seine Einhaltung einbezogen werden.

Die Planung beginnt mit den Anforderungen, die das Produkt und das Projekt definieren (»Was zu erstellen ist« in Abbildung 4.3). Der Projektplan umfasst die verschiedenen vom Projekt durchgeführten Projektmanagementaktivitäten und Entwicklungsaktivitäten. Das Projekt überprüft weitere Pläne von verschiedenen relevanten Stakeholdern, die Einfluss auf das Projekt haben, und holt von diesen Stakeholdern Zusagen für deren Projektbeteiligung ein. Diese Pläne umfassen beispielsweise das Konfigurationsmanagement sowie die Verifizierung, Messung und Analyse.

Das Prozessgebiet der Projektverfolgung und -steuerung enthält Praktiken für die Überwachung und Steuerung von Aktivitäten und die Durchführung von Korrekturmaßnahmen. Der Projektplan gibt die Häufigkeit von Fortschrittsbewertungen und die zur Fortschrittsüberwachung verwendeten Kenngrößen an. Der Fortschritt wird hauptsächlich durch einen Vergleich zwischen Projektstatus und Plan ermittelt. Weicht der tatsächliche Status signifikant von den erwarteten Werten ab, werden nach Bedarf Korrekturmaßnahmen ergriffen. Zu diesen Maßnahmen kann auch eine Neuplanung gehören, die wiederum Praktiken des Prozessgebiets Projektplanung erfordert.

Das Prozessgebiet des Anforderungsmanagements verwaltet die Anforderungen. Es beschreibt Aktivitäten, um Anforderungsänderungen zu erfassen und zu steuern und sicherzustellen, dass weitere relevante Pläne und Daten auf dem neuesten Stand gehalten werden. Es stellt die Nachverfolgbarkeit von Anforderungen, von den Kundenanforderungen über die Produktanforderungen bis hin zu den Anforderungen für Produktbestandteile, bereit.

Das Anforderungsmanagement gewährleistet, dass sich Änderungen an den Anforderungen in den Projektplänen, Aktivitäten und Arbeitsergebnissen widerspiegeln. Dieser Änderungszyklus kann die Prozessgebiete der Entwicklung beeinflussen. Daher handelt es sich beim Anforderungsmanagement um eine dynamische und oftmals rekursive Folge von Ereignissen. Das Prozessgebiet des Anforderungsmanagements ist unabdingbar für einen gesteuerten und disziplinierten Ablauf des Entwicklungsentwurfs.

Das Prozessgebiet des Zulieferungsmanagements befasst sich mit der Notwendigkeit des Projekts, jene Teile der Arbeit zu beschaffen, die von Zulieferern produziert werden. Produktquellen, die zur Erfüllung der Projektanforderungen genutzt werden können, werden vorausschauend ermittelt. Ein Lieferant wird ausgewählt und es wird eine Vereinbarung mit ihm getroffen, die den Lieferanten lenkt.

Fortschritt und Leistung des Lieferanten werden nachverfolgt, wie es in den Vereinbarungen mit dem Lieferanten spezifiziert ist. Diese Vereinbarungen werden nach Bedarf überarbeitet. Die vom Lieferanten hergestellten Produktbestandteile werden Abnahmeprüfungen und Tests unterzogen.

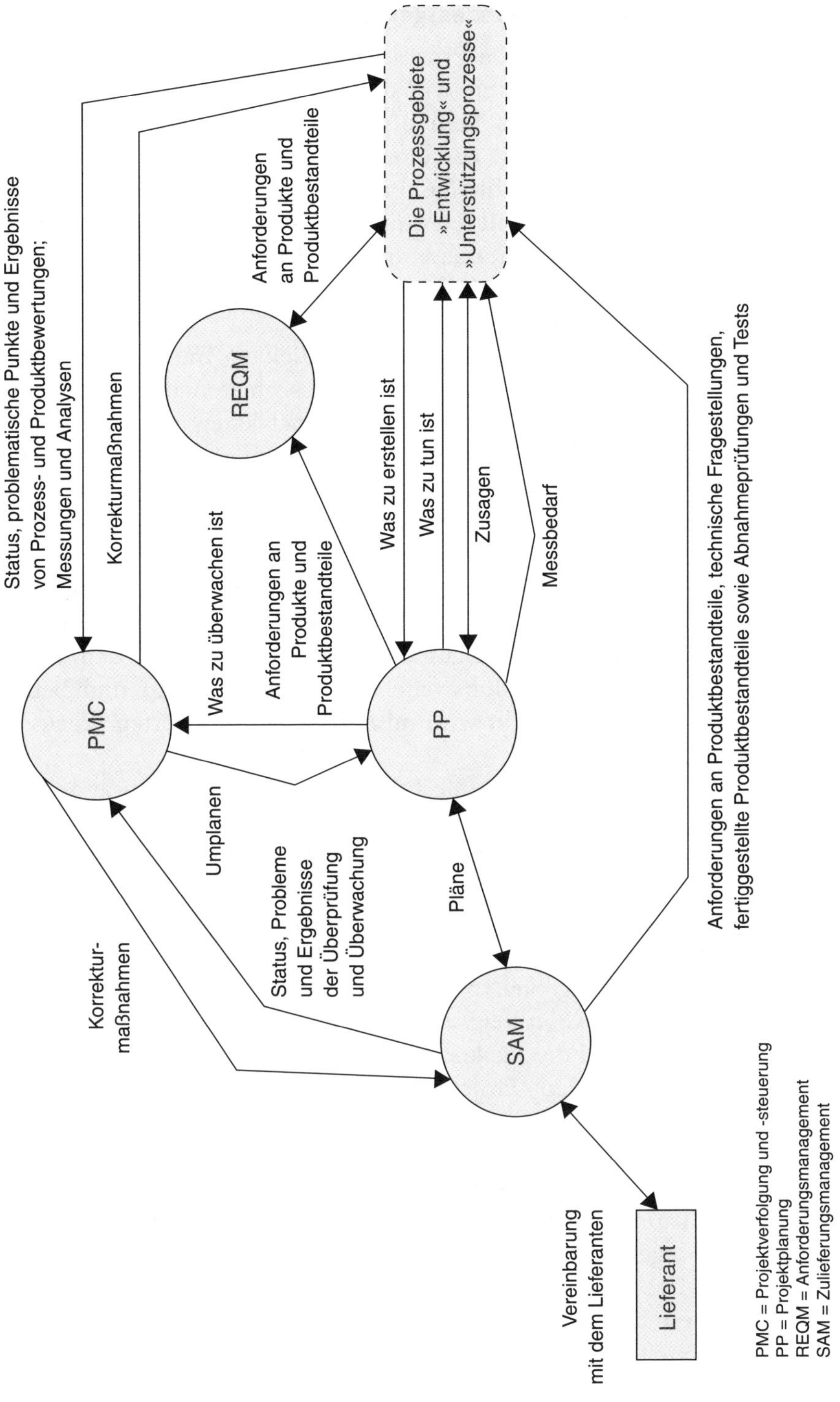

ABBILDUNG 4.3
Elementare Prozessgebiete des Projektmanagements

Weiterführende Prozessgebiete des Projektmanagements

Die weiterführenden Prozessgebiete des Projektmanagements umfassen Aktivitäten wie die Etablierung eines definierten Prozesses, der aus dem organisationsspezifischen Satz von Standardprozessen ge-tailored wird, die Einrichtung der Arbeitsumgebung für das Projekt, die Koordination und die Zusammenarbeit mit relevanten Stakeholdern, die Bildung und Unterstützung von Teams für die Durchführung von Projekten, das quantitative Management des Projekts und das Risikomanagement.

Abbildung 4.4 zeigt einen Überblick der Interaktionen zwischen den weiterführenden Prozessgebieten des Projektmanagements und anderen Prozessgebietskategorien. Jedes weiterführende Prozessgebiet des Projektmanagements ist von der Fähigkeit abhängig, das Projekt zu planen, zu überwachen und zu steuern. Die elementaren Prozessgebiete des Prozessmanagements stellen diese Fähigkeit bereit.

Das Prozessgebiet des fortgeschrittenen Projektmanagements etabliert den aus dem organisationsspezifischen Satz von Standardprozessen ausgestalteten projektbezogenen, definierten Prozess (Organisationsweite Prozessentwicklung) und behält ihn bei. Das Projekt wird mithilfe seines definierten Prozesses geführt.

Das Projekt nutzt die Prozess-Assets der Organisation und trägt dazu bei, die Arbeitsumgebung des Projekts auf der Grundlage der Arbeitsumgebung der Organisation zu etablieren und beizubehalten. Die Teams werden anhand der Regeln und Richtlinien der Organisation etabliert. Die relevanten Stakeholder des Projekts koordinieren zeitnah ihre Bemühungen, indem sie kritische Abhängigkeiten identifizieren, aushandeln und nachverfolgen und Koordinationsprobleme lösen.

Während die Risikoerkennung und -überwachung von den Prozessgebieten »Projektplanung« und »Projektverfolgung und -steuerung« abgedeckt wird, verwendet das Prozessgebiet des Risikomanagements einen kontinuierlichen, vorausschauenden Ansatz für das Risikomanagement, dessen Aktivitäten die Identifikation von Risikoparametern, -bewertungen und -abschwächungen umfassen.

Das Prozessgebiet »Quantitatives Projektmanagement« etabliert Qualitäts- und Prozessleistungsziele, stelle einen definierten Prozess zum Erreichen dieser Ziele zusammen und

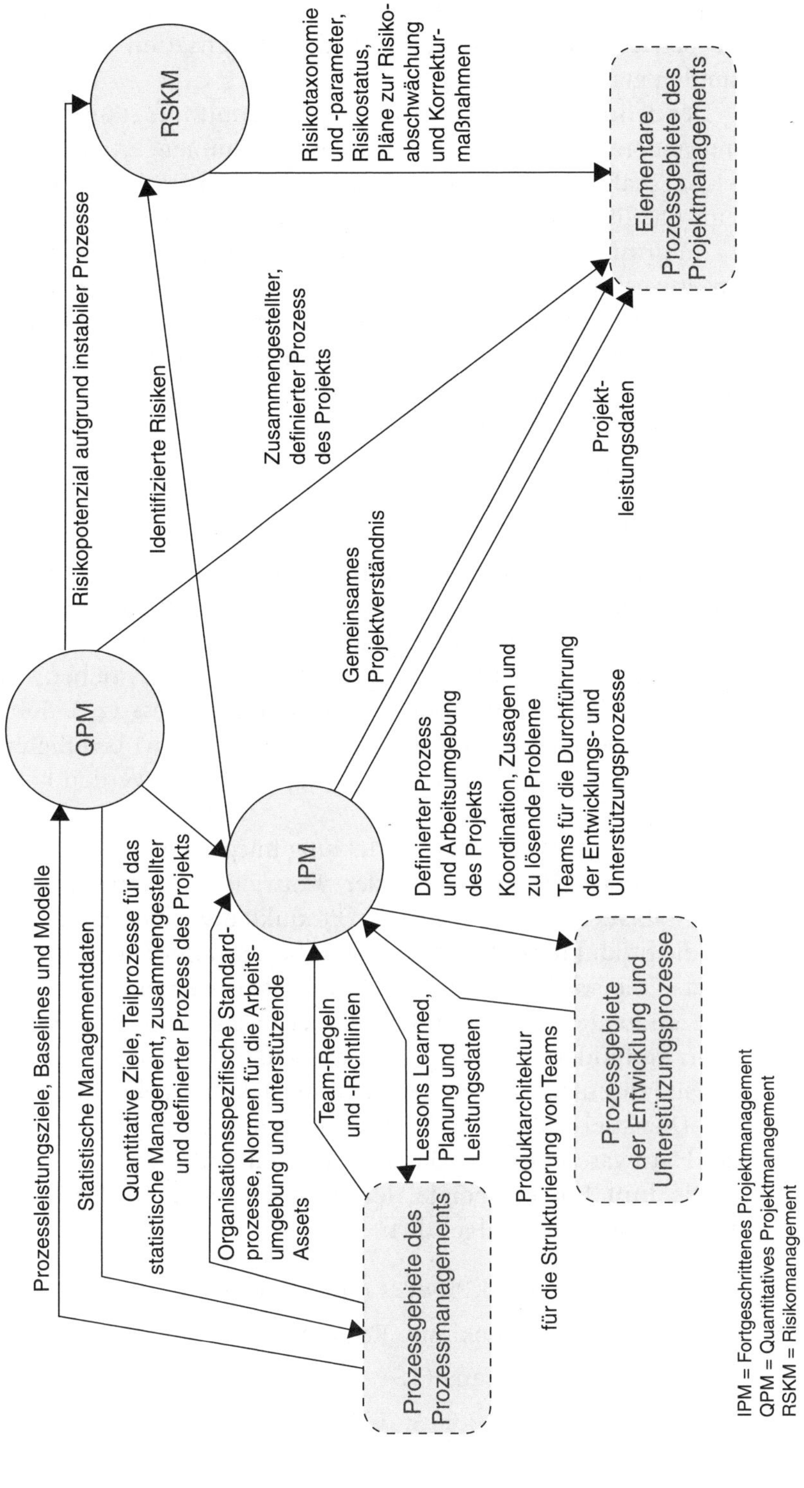

ABBILDUNG 4.4
Weiterführende Prozessgebiete des Projektmanagements

managt das Projekt quantitativ. Die Qualitäts- und Prozessleistungsziele beruhen auf den von der Organisation und dem Kunden etablierten Zielen.

Der definierte Prozess des Projekts wird mithilfe statistischer und anderer quantitativer Techniken zusammengestellt. Eine solche Analyse ermöglicht es dem Projekt, vorherzusagen, ob es seine Qualitäts- und Prozessleistungsziele erreichen kann.

Aufgrund dieser Vorhersage kann das Projekt den definierten Prozess anpassen oder Änderungen an den Qualitäts- und Prozessleistungszielen aushandeln. Während das Projekt fortschreitet, wird die Leistung ausgewählter Teilprozesse sorgfältig überwacht, um zu bewerten, ob das Projekt auf dem Weg ist, seine Ziele zu erreichen.

Entwicklung

Die Prozessgebiete der Entwicklung umfassen die fachgebietsübergreifenden Entwicklungs- und Instandhaltungsaktivitäten. Die Prozessgebiete der Entwicklung wurden unter Verwendung einer allgemeinen Entwicklungsterminologie geschrieben, so dass sie von allen am Produktentwicklungsprozess (z.B. Softwareentwicklung oder mechanische Konstruktion) beteiligten Fachgebieten zur Prozessverbesserung eingesetzt werden können.

Die Prozessgebiete der Entwicklung integrieren auch die mit verschiedenen Fachgebieten der Entwicklung verbundenen Arbeitsabläufe in einen einzigen Produktentwicklungsprozess, was die produktorientierte Prozessverbesserungsstrategie unterstützt. Eine solche Strategie zielt nicht auf bestimmte Fachgebiete ab, sondern auf wesentliche Geschäftsziele. Dieser Prozessansatz verhindert den Hang zur »Tunnelblick«-Mentalität.

Die Prozessgebiete der Entwicklung gelten für alle Produkte und Dienstleistungen im Bereich der Entwicklung (z.B. Soft- und Hardwareprodukte, Dienstleistungen und Prozesse).

Die fünf Prozessgebiete der Entwicklung in CMMI-DEV sind im Folgenden aufgeführt:

- Produktintegration (Product Integration, PI)
- Anforderungsentwicklung (Requirements Development, RD)
- Technische Umsetzung (TS)
- Validierung (Validation, VAL)
- Verifizierung (Verification, VER)

Abbildung 4.5 zeigt einen Überblick der Interaktionen zwischen den fünf Prozessgebieten der Entwicklung.

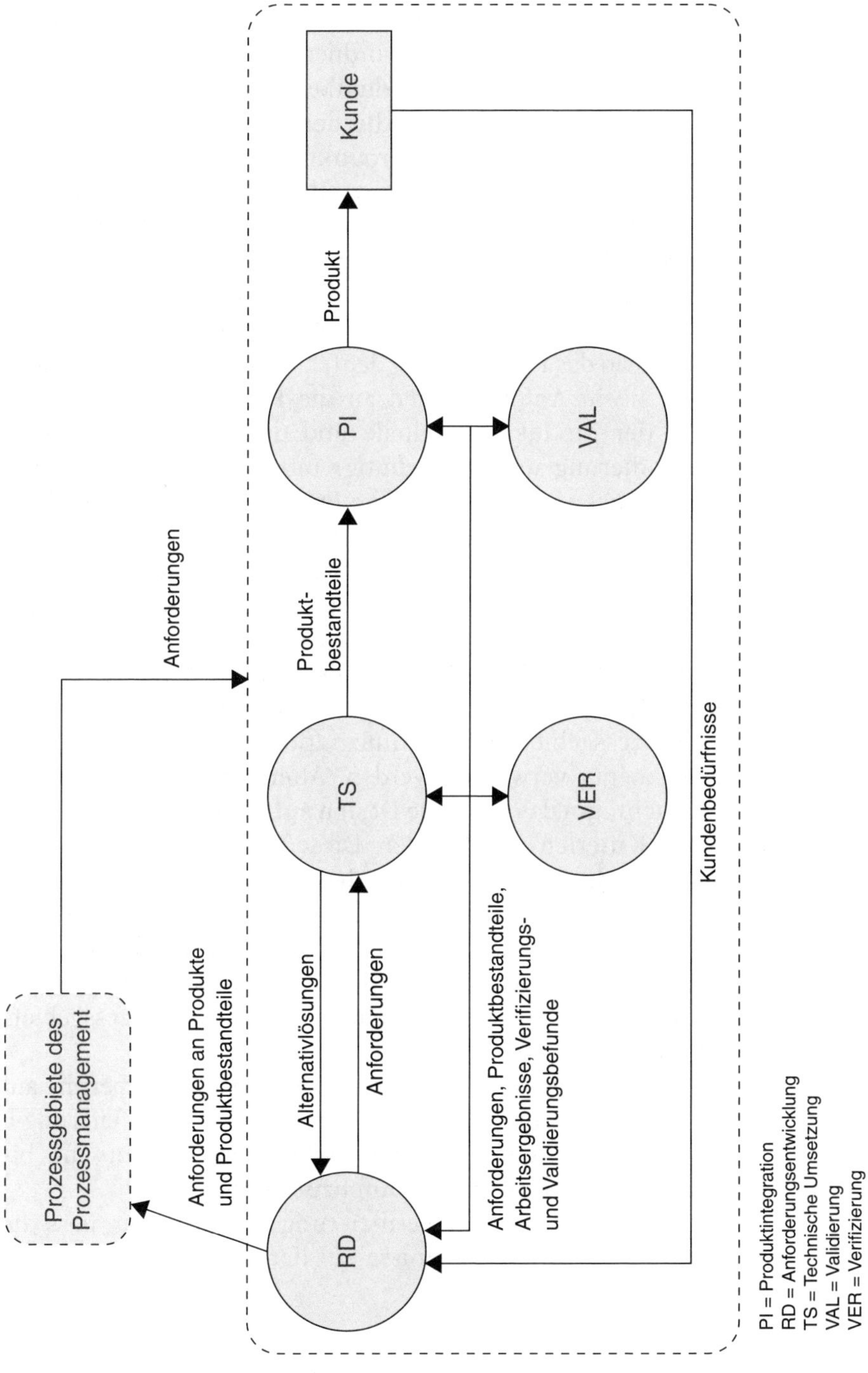

ABBILDUNG 4.5
Prozessgebiete der Entwicklung

Das Prozessgebiet der Anforderungsentwicklung identifiziert die Kundenbedürfnisse und überträgt sie auf Produktanforderungen. Der Satz von Produktanforderungen wird analysiert, um eine grobe, konzeptionelle Lösung zu erstellen. Diese Anforderungen werden dann so zugeordnet, dass sie einen ersten Satz von Anforderungen an die Produktbestandteile festlegen.

Weitere Anforderungen, die bei der Produktdefinition helfen, werden abgeleitet und den Produktbestandteilen zugeordnet. Dieser Satz von Anforderungen an die Produkte und Produktbestandteile bietet eine eindeutige Beschreibung der Produktleistung, der Qualitätsattribute, der Designmerkmale usw. und nutzt dazu Begriffe, die der Entwickler versteht und verwendet.

Das Prozessgebiet der Anforderungsentwicklung gibt Anforderungen an das Prozessgebiet der technischen Umsetzung weiter, wo sie in Anforderungen an die Produktarchitektur, das Design der Produktbestandteile und die Produktbestandteile (z.B. Kodierung und Herstellung) umgewandelt werden. Die Anforderungen werden auch dem Prozessgebiet der Produktintegration zugeführt, wo die Produktbestandteile miteinander verbunden und Schnittstellen verifiziert werden, um zu gewährleisten, dass sie den von der Anforderungsentwicklung bereitgestellten Schnittstellenanforderungen entsprechen.

Das Prozessgebiet der technischen Umsetzung erstellt Pakete mit technischen Daten für Produktbestandteile, die vom Prozessgebiet »Produktintegration« oder »Zulieferungsmanagement« verwendet werden. Alternativlösungen werden untersucht, um das optimale Design auf der Grundlage der etablierten Kriterien auszuwählen. Diese Kriterien können sich je nach Produkt erheblich unterscheiden, was von der Art des Produkts, der Betriebsumgebung, den Leistungsanforderungen, den Unterstützungsanforderungen und den Kosten und Lieferterminen abhängt. Bei der Auswahl der endgültigen Lösung werden die spezifischen Praktiken des Prozessgebiets »Entscheidungsfindung« verwendet.

Das Prozessgebiet der technischen Umsetzung beruht auf den spezifischen Praktiken des Prozessgebiets »Verifizierung«, um Verifikationen und Peer-Reviews während des Entwurfs bis hin zur endgültigen Version durchzuführen.

Das Prozessgebiet der Verifizierung gewährleistet, dass die ausgewählten Arbeitsergebnisse mit den festgelegten Anforderungen übereinstimmen. Es wählt Arbeitsergebnisse und Verifizierungsmethoden aus, die zur Verifizierung von Arbeitsergebnissen anhand festgelegter Anforderungen herangezogen werden. Bei der Verifizierung handelt es sich im Allgemeinen um einen inkrementellen Prozess, der mit der Verifizierung von Produktbestandteilen beginnt und normalerweise mit der Verifizierung der vollständig zusammengebauten Produkte endet.

Außerdem befasst sich die Verifizierung mit Peer-Reviews. Peer-Reviews sind eine bewährte Methode zur frühzeitigen Fehlerbehebung und bieten wertvolle Einblicke in die Arbeitsergebnisse und die entwickelten und nachgepflegten Produktbestandteile.

Das Prozessgebiet der Validierung gleicht Produkte mit den Bedürfnissen des Kunden ab. Die Validierung kann in der Betriebsumgebung oder in einer simulierten Betriebsumgebung durchgeführt werden. Die Koordination von Validierungsanforderungen mit dem Kunden ist ein wichtiger Teil dieses Prozessgebiets.

Zum Umfang des Prozessgebiets der Validierung gehört die Validierung von Produkten, Produktbestandteilen, ausgewählten Arbeitszwischenergebnissen und Prozessen. Diese validierten Elemente erfordern häufig eine wiederholte Verifizierung und Validierung. Bei der Validierung festgestellte Probleme werden normalerweise im Prozessgebiet »Anforderungsentwicklung« oder »Technische Umsetzung« gelöst.

Das Prozessgebiet der Produktintegration umfasst die spezifischen Praktiken, die mit der Erstellung einer Integrationsstrategie, der Integration von Produktbestandteilen und der Auslieferung des Produkts an den Kunden verbunden sind.

Bei der Umsetzung des Produktintegrationsprozesses werden die spezifischen Praktiken sowohl der Verifizierung als auch die der Validierung genutzt. Die Verifizierungspraktiken überprüfen die Schnittstellen und die Schnittstellenanforderungen von Produktbestandteilen vor der Produktintegration. Die Verifizierung von Schnittstellen ist ein wichtiges Ereignis im Integrationsprozess. Bei der Produktintegration in der Betriebsumgebung werden die spezifischen Praktiken des Prozessgebiets der Validierung verwendet.

Fähigkeiten über die Konstellationen hinweg erweitern

von Mike Phillips

Während wir gerade letzte Hand an den jetzigen Satz der Prozessgebiete legen, die in drei CMMI-Konstellationen vorkommen, bietet mir dieser Artikel die Gelegenheit, zu einer auf Kontinuität bedachten Denkweise anzuregen. In den Anfangstagen und bei der anschließenden Entwicklung der CMMI-Produktreihe war unser leitender Architekt Dr. Roger Bate mein geschätzter Mentor. Roger hat uns ein erstaunliches Erbe hinterlassen. Ihm schwebte vor, dass sich Organisationen aus einem Satz von »Prozessgebieten« diejenigen heraussuchen konnten, die sie einsetzen wollten, um den Weg der Prozessverbesserung zu beschreiten.

Reifegrade für Organisationen waren für ihn zwar akzeptabel, aber nicht so interessant wie die Möglichkeit, zum geschäftlichen Nutzen die Aufmerksamkeit auf eine Reihe von Prozessgebieten zu konzentrieren. Kleine Unternehmen waren die ersten, die die Vorteile dieser Vorgehensweise erkannten, da für sie die Gesamtmenge der Prozessgebiete in den verschiedenen Konstellationen oftmals überwältigend wirkt. In dem SEI-Bericht »CMMI Roadmaps« werden einige Möglichkeiten beschrieben, um thematische Ansätze für die effektive Nutzung der Prozessgebiete aus der Konstellation CMMI für Entwicklung zusammenzustellen. Diesen Bericht finden Sie auf der SEI-Website unter *http://www.sei.cmu.edu/library/abstracts/reports/08tn010.cfm*.

Als wir die beiden neuen Konstellationen erstellten, haben wir sorgfältig darauf geachtet, auf die vorhergehenden Prozessgebiete aus CMMI für Entwicklung zu verweisen. Beispielsweise haben wir bei CMMI für Beschaffung bemerkt, dass einige Beschaffungsorganisationen für die Anforderungsentwicklung genauere technische Einzelheiten benötigten, was wir in Beschaffungsanforderungsentwicklung (Acquisition Requirements Development, ARD) angegeben hatten, und auf das Prozessgebiet »Anforderungsentwicklung« (RD) von CMMI-DEV zurückgreifen mussten, um weitere Informationen zu erhalten.

In CMMI für Dienstleistungen haben wir erklärt, dass das Prozessgebiet Entwicklung von Dienstleistungssystemen

(Service System Development, SSD) hilfreich sein kann, wenn es nur relativ eingeschränkte Entwicklungseinschränkungen gibt, dass sich aber die gesamte Prozessgebietkategorie Entwicklung aus CMMI-DEV anbietet, wenn umfangreiche Dienstleistungssysteme erstellt und ausgeliefert werden.

Da wir jetzt über drei vollständige Konstellationen für die Prozessverbesserung verfügen, gibt es viele weitere Möglichkeiten für solche Verweise. Mit der Veröffentlichung von Version 1.3 der Produktreihe bieten wir die Möglichkeit an, die Erfüllung jedes beliebigen Prozessgebiets aus dem CMMI-Portfolio zu erklären. Welche dieser Erweiterungen fallen am deutlichsten ins Auge?

Wir haben bereits zwei Erweiterungen erwähnt: ARD verwendet RD, und SSD wird erweitert, um RD, TS, PI, VER und VAL zu erfassen. Was aber geschieht, wenn der Großteil der Entwicklung außerhalb der Organisation erfolgt, die endgültige Verantwortung für die effektive Systemintegration aber bei Ihrer Organisation verbleibt? Vielleicht sind dann außer SAM noch einige der Beschaffungsprozessgebiete angebracht. Um sich den Start nicht zu schwer zu machen, können Sie zu Anfang ausprobieren, SSAD und AM als Ersatz für SAM zu verwenden, um zusätzliche, ausführliche Hilfe zu erhalten. ATM kann gute Hilfestellung bei der Überwachung des technischen Fortschritts der Elemente geben, die von bestimmten Partnern entwickelt werden.

So wie wir Beiträge von CMMI-SVC aufnehmen, bieten auch mehrere Prozessgebiete die Möglichkeit zur Erweiterung. Beispielsweise haben wir in der Version 1.2 von CMMI-DEV beim Risikomanagement informatives Material hinzufügt, um solche Fälle zu adressieren, wie der Betrieb fortgesetzt werden kann, wenn erhebliche Störungen auftreten. In CMMI-SVC haben wir jetzt ein vollständiges Prozessgebiet, das sich umfassend mit Kontinuitätsproblemen beschäftigt, nämlich Kontinuitätsmanagement (Service Continuity, SCON). (Für diejenigen, die noch mehr darüber wissen müssen, hat das SEI jetzt das Resilience Management Model [RMM] erstellt. Darin wird der Kontinuität die größere Aufmerksamkeit geschenkt, die einige Finanzinstitutionen und ähnliche Organisationen als notwendig für die Prozessverbesserung erachten. Weitere Informationen dazu erhalten Sie unter *http://www.cert.org/resilience/rmm.html*.)

Eine weitere Erweiterung, die Sie in Betracht ziehen sollten, ist die Berücksichtigung des Prozessgebiets Betriebsüberführung (Service Systems Transition, SST). Für Organisationen, die für die Entwicklung neuer Systeme verantwortlich sind – und für die Wartung vorhandener Systeme, bis das neue System seine Funktion vollständig ausfüllt –, können die Praktiken von SST eine sinnvolle Erweiterung darstellen, da die Übergangsphase im Produktlebenszyklus in CMMI-DEV nicht sehr umfassend angesprochen wird. Daneben führt CMMI-ACQ zwei weitere Praktiken in PP und PMC ein, in denen es um die Planung und Überwachung des Übergangs in den Benutzungszustand geht. Die CMMI-ACQ-Versionen dieser beiden Kernprozessgebiete lassen sich also sehr gut mit SST kombinieren.

Ein Thema, das für das Entwicklungsteam von Version 1.3 eine große Herausforderung darstellte, war die verbesserte Darstellung von »Strategien«. Diejenigen von uns, die Erfahrungen im Beschaffungswesen hatten, wussten, wie entscheidend eine effektive Beschaffungsstrategie für den Erfolg eines Programms ist. Daher wurde diese Praktik in der CMMI-ACQ-Version von PP hinzugefügt. In der Konstellation CMMI-SVC hat Strategisches Dienstleistungsmanagement (STSM) das Ziel »Erforderliche Informationen erhalten, um effektive strategische Entscheidungen über den Satz der Standarddienstleistungen zu treffen, den die Organisation beibehält«. Mit nur etwas mehr Interpretation kann dieses Prozessgebiet auch einer Entwicklungsorganisation dabei helfen, zu bestimmen, welche Typen von Entwicklungsprojekten in ihrer Produktentwicklungsreihe vorhanden sein sollten. Die Autoren der SVC-Konstellation haben außerdem eine umfassende Praktik zur Etablierung von Strategien in die CMMI-SVC-Version von PP (Arbeitsplanung) eingefügt, um »ein geschäftliches Framework für die Planung und das Management der Arbeit bereitzustellen«.

Es wurde auch ernsthaft überlegt, zwei Prozessgebiete, die von entscheidender Bedeutung für Dienstleistungen sind, in CMMI-DEV Version 1.3 aufzunehmen: Kapazitäts- und Verfügbarkeitsmanagement (Capacity and Availability Management, CAM) und Störungsbehebung und -beseitigung (Incident Resolution and Prevention, IRP). Schließlich kamen wir jedoch zu dem Schluss, dass die Erweiterung der Konstellation CMMI-DEV von 22 auf 24 Prozessgebiete weniger bringen würde als ein fortgesetztes Bemühen, die Darstellung zu vereinfachen. Auf jeden Fall bieten diese beiden Prozessgebiete jedoch eine weitere Gelegenheit für die Art von Erweiterungen, die ich in diesem Artikel beschreibe.

Wenn Sie bereits Erfahrungen mit Appraisals haben, dann haben Sie wahrscheinlich schon erlebt, wie Zielprofile verwendet wurden, um die zu untersuchenden Prozessgebiete zu bestimmen. Oftmals verweisen diese Profile auf die Prozessgebiete, die für einen bestimmten Reifegrad erforderlich sind, aber das muss nicht zwangsläufig der Fall sein. Mit der Veröffentlichung von Version 1.3 haben wir dafür gesorgt, dass das Appraisal-Reporting-System (SCAMPI Appraisal System, SAS) stabil genug ist, um die Darstellung von Prozessgebieten aus mehreren CMMI-Konstellationen zu erlauben. Da auch andere, architektonisch ähnliche SEI-Modelle wie das bereits erwähnte RMM oder das People CMM immer häufiger verwendet werden, können wir Profile mit einer Mischung aus Prozessgebieten und sogar Praktiken aus verschiedenen Modellen darstellen. Das macht die Prozessverbesserungen einer wachsenden Menge komplexer Organisationen noch wertvoller.

Rekursionen und Wiederholungen von Entwicklungsabläufen

Die meisten Prozessstandards lassen zwei Wege für die Anwendung von Prozessen zu. Diese beiden Möglichkeiten werden als Rekursion und Wiederholung bezeichnet.

Rekursionen treten auf, wenn ein Prozess auf aufeinanderfolgende Ebenen von Systemelementen innerhalb einer Systemstruktur angewendet wird. Die Ergebnisse einer Anwendung werden als Eingangsgröße für die nächste Ebene der Systemstruktur verwendet. Der Verifizierungsprozess soll beispielsweise auf das vollständig zusammengebaute Produkt, die Hauptproduktbestandteile und sogar Teile der Bestandteile angewendet werden. Die Tiefe des Verifizierungsprozesses von Produkten hängt ganz und gar von der Größe und der Komplexität des Endprodukts ab.

Wiederholungen erfolgen, wenn Prozesse auf derselben Systemebene wiederholt werden. Aus der Umsetzung eines Prozesses ergeben sich neue Informationen, die in einen verwandten Prozess zurückfließen. Diese Informationen werfen normalerweise Fragen auf, die vor Abschluss der Prozesse beantwortet werden müssen.

Beispielsweise treten Wiederholungen höchstwahrscheinlich zwischen der Anforderungsentwicklung und der technischen Umsetzung auf. Die erneute Anwendung der Prozesse kann die aufgeworfenen Fragen beantworten. Wiederholungen können die Qualität vor der Anwendung des nächsten Prozesses sicherstellen.

Entwicklungsprozesse (z.B. Anforderungsentwicklung oder Verifizierung) werden für ein Produkt wiederholt umgesetzt, um zu gewährleisten, dass sie vor der Auslieferung an den Kunden in ausreichendem Maße eingesetzt wurden. Des Weiteren werden Entwicklungsprozesse auf Bestandteile des Produkts angewendet.

Einige Fragen, die sich durch Prozesse ergeben, die mit den Prozessgebieten »Verifizierung« und »Validierung« verbunden sind, lassen sich zum Beispiel durch Prozesse beantworten, die mit dem Prozessgebiet der Anforderungsentwicklung oder der Produktintegration verknüpft sind. Rekursionen und Wiederholungen dieser Prozesse ermöglichen es dem Projekt, die Qualität aller Bestandteile des Produkts vor der Auslieferung an den Kunden sicherzustellen.

Auch die Prozessgebiete des Projektmanagements können rekursiv sein, da manchmal Projekte mit anderen Projekten verschachtelt sind.

Kennzahlen machen die Verbesserung aussagekräftig

von David N. Card

Kenngrößen und Messungen sind ein wesentlicher Bestandteil der Entwicklung, des Managements und der Prozessverbesserung. CMMI definiert die Messanforderungen in den Prozessgebieten »Messung und Analyse«, »Projektplanung«, »Projektverfolgung und -steuerung«, »Quantitatives Projektmanagement« und »Organisationsweite Prozessleistung« und in geringerem Maße auch in anderen Prozessgebieten. Messung und Analyse sind zwei von fünf Schritten des DMAIC-Zyklus von Six Sigma. Lean beruht auf der Anwendung der mathematischen Prinzipien der Warteschlangentheorie auf Prozesse. Solange sich die Leistung in Form von Produktivität, Qualität oder Durchlaufzeit messen lässt, ist es schwierig, die Verbesserung unabhängig vom verwendeten Verbesserungsansatz abzuschätzen.

Ein effektives Mess- und Analyseprogramm ist unverzichtbar für den langfristigen geschäftlichen Erfolg von CMMI-Anwendern. Kenngrößen und Messungen sind der Mechanismus, mit dem eine Organisation Einblick in ihre Leistung erhält und mit »Güte« konfrontiert wird. Ein minimales Messprogramm mag zwar ein Appraisal bestehen, schränkt aber die Möglichkeiten der Organisation ein, eine wirkliche Verbesserung zu erzielen. Außerdem lässt sich ein Reifegrad ohne aussagekräftige Rückmeldungen wahrscheinlich nicht aufrechterhalten.

Welche Rolle sollten Messung und Analyse in einer Organisation spielen? Messungen werden oft im Sinne von Datenerfassung definiert und unterscheiden sich daher von der Analyse, der Interpretation und der Verwendung von Daten. Selbstverständlich muss die Sammlung der Daten vom beabsichtigten Verwendungszweck motiviert sein. Wie Mark Twain bemerkte: »Daten sind wie Müll. Man sollte wissen, was man damit tun will, bevor man zu sammeln anfängt.« Vier Klassen (oder Grade) von Anwendern der Kenngrößen und Prozessen zur Entscheidungsfindung können definiert werden. CMMI führt diese Prozesse zur Entscheidungsfindung auf verschiedenen Reifegraden ein. Jede Klasse der Entscheidungsfindung weist wie im Folgenden beschrieben eine andere Ausrichtung auf.

- *Unternehmen.* Das langfristige Überleben der Organisation. Das Unternehmen bietet Produkte und/oder Dienstleistungen auf dem Markt an. Überleben bedeutet normalerweise die Beibehaltung oder Steigerung der Rentabilität und des Marktanteils (Organisationsweites Leistungsmanagement, ein CMMI-Prozessgebiet des Reifegrads 5).

- *Prozess.* Die Effizienz und Effektivität der organisationsspezifischen Mittel für die Durchführung der Arbeit. Zu den Prozessen einer typischen Organisation können die Softwareentwicklung, die Informationstechnologie, das Marketing und die Administration gehören (CMMI-Reifegrade 4 und 5).
- *Projekt.* Realisierung von spezifischen Produkten oder Dienstleistungen für einen bestimmten Kunden oder eine Kundengruppe. Projekte verwenden organisationsspezifische Prozesse und Ressourcen zur Herstellung von Produkten und/oder Dienstleistungen, die das Unternehmen vermarktet (CMMI-Reifegrade 2 und 3).
- *Produkt.* Bestimmung der technischen Aspekte des Produkts oder der Dienstleistung, die erforderlich sind, um die Anforderungen des Kunden zu erfüllen. Projekte managen die für die Lieferung der gewünschten Produkte oder Dienstleistungen notwendigen Ressourcen (CMMI-Reifegrad 3).

Wie in den vorangegangenen Beschreibungen erwähnt, stehen diese Interessenbereiche in Wechselwirkung. Darüber hinaus hängen Messung und Analyse auf all diesen Ebenen vielfach von denselben Datenquellen ab. Allerdings können der Detaillierungsgrad und die Art und Weise, in der die Daten analysiert oder berichtet werden, je nach Zweck variieren.[1]

Messspezialisten konzentrieren sich oft auf die technischen Herausforderungen der statistischen Analyse, anstatt sich mit den menschlichen und sozialen Ursachen zu beschäftigen, die manchmal zu einem Versagen der Messsysteme führen. Viele dieser Probleme treten zusammen mit Veränderungsinitiativen von Organisationen auf. Die folgenden drei Probleme sind für Messungen spezifisch:

- Die Kosten der Datenerfassung und -verarbeitung sind immer offensichtlich, der Nutzen jedoch nicht. Dieser hängt von den aufgrund der Daten getroffenen Entscheidungen ab. Keine Entscheidungen – keine Maßnahmen – kein Nutzen. Organisationen müssen eine handlungsorientierte Ausrichtung etablieren.

---

1. Ausführlichere Erläuterungen finden Sie in D. Card, »A Practical Framework for Software Measurement and Analysis«. *Systems Management Strategies* (Auerbach, Oktober 2000).

- Messung und Analyse sind für viele Software- und Systementwickler und Manager Neuland. Die Aus- und Weiterbildung sowie die Beratung für diese neuen Fähigkeiten sind wichtig für ihre erfolgreiche Umsetzung. Da sich der Umfang der Messung mit höherem Reifegrad vergrößert, sind kompliziertere Verfahren zu bewältigen, so dass Schulungen noch wichtiger werden.
- Messungen gewähren einen Einblick in die Leistung. Diesen Einblick zu gewinnen und zu nutzen, kann allerdings für diejenigen bedrohlich sein, deren Leistung gemessen wird, und sogar für diejenigen, die lediglich Überbringer der Leistungsinformation sind. Die Messsysteme müssen die Beteiligten schützen.

All diese Probleme können und konnten jedoch beseitigt werden. Das Prozessgebiet »Messung und Analyse« des CMMI bietet einen guten Ausgangspunkt für die Einführung von Kenngrößen und Messungen in einer Organisation. Darauf mit Fähigkeiten und Verfahren aufzubauen, die für den Zielreifegrad und die beabsichtigte Verwendung der Messungen geeignet sind, und sich mit den sicherlich auftretenden menschlichen Problemen auseinanderzusetzen, erleichtert den Übergang vom meinungs- zum faktenorientierten Management. Ohne ein geeignetes und effektives Messprogramm sind Reifegrade unbedeutende Angaben.

Unterstützungsprozesse

Die Prozessgebiete der Unterstützung umfassen die Aktivitäten, die die Produktentwicklung und -pflege unterstützen. Sie umfassen Prozesse, die im Zusammenhang mit der Durchführung anderer Prozesse verwendet werden. Im Allgemeinen befassen sich die Prozessgebiete der Unterstützungsprozesse mit Prozessen, die auf das Projekt ausgerichtet sind, sie können sich aber auch mit Prozessen befassen, die allgemeiner für die Organisation gültig sind.

Die Prozess- und Produkt-Qualitätssicherung kann beispielsweise für alle Prozessgebiete verwendet werden, um eine objektive Bewertung der darin beschriebenen Prozesse und Arbeitsergebnisse bereitzustellen.

Die fünf Prozessgebiete der Unterstützung in CMMI-DEV sind im Folgenden aufgeführt:

- Ursachenanalyse und -beseitigung (Causal Analysis and Resolution, CAR)
- Konfigurationsmanagement (Configuration Management, CM)
- Entscheidungsfindung (Decision Analysis and Resolution, DAR)
- Messung und Analyse (Measurement and Analysis, MA)
- Prozess- und Produkt-Qualitätssicherung (PPQA)

Elementare Unterstützungsprozessgebiete

Die elementaren Unterstützungsprozessgebiete beschäftigen sich mit grundlegenden unterstützenden Funktionen, die von allen Prozessgebieten verwendet werden. Zwar beruhen alle Prozessgebiete der Unterstützung auf den Eingangsgrößen der anderen Prozessgebiete, doch bieten die elementaren Unterstützungsprozessgebiete unterstützende Funktionen, die auch bei der Umsetzung mehrerer generischer Praktiken behilflich sind.

Abbildung 4.6 zeigt einen Überblick der Interaktionen zwischen den elementaren Unterstützungsprozessgebieten und allen anderen Prozessgebieten.

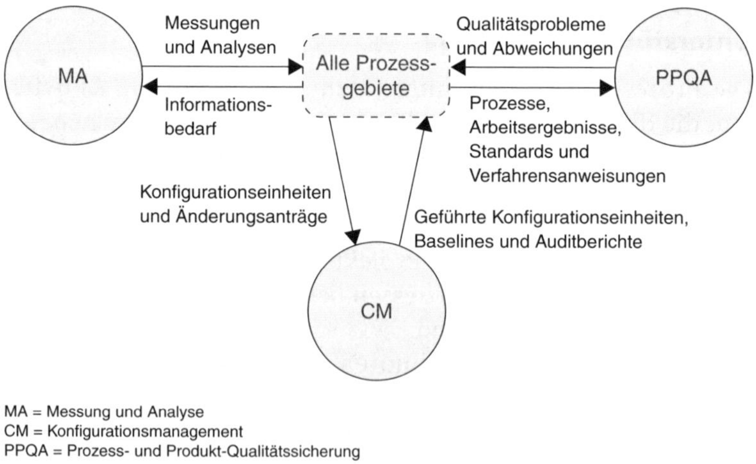

ABBILDUNG 4.6
Elementare Unterstützungsprozessgebiete

Das Prozessgebiet »Messung und Analyse« unterstützt alle Prozessgebiete, indem es spezifische Praktiken bereitstellt, die Projekte und Organisationen dazu führen, die Messbedürfnisse und Ziele mit einem Messansatz abzustimmen, der dazu dient, die Informationsbedürfnisse des Managements zu unterstützen. Die Ergebnisse können verwendet werden, um sachkundige Entscheidungen zu treffen und geeignete Korrekturmaßnahmen zu ergreifen.

Das Prozessgebiet »Prozess- und Produkt-Qualitätssicherung« unterstützt alle Prozessgebiete, indem es spezifische Praktiken für die objektive Bewertung von ausgeführten Prozessen, Arbeitsergebnissen und Dienstleistungen im Vergleich zu den geltenden Prozessbeschreibungen, Standards und Verfahren bereitstellt und gewährleistet, dass die sich aus diesen Überprüfungen ergebenden Probleme angegangen werden.

Die Prozess- und Produkt-Qualitätssicherung unterstützt die Lieferung qualitativ hochwertiger Produkte und Dienstleistungen, indem sie den Projektmitarbeitern und dem Management auf allen Ebenen während der gesamten Projektlaufzeit einen entsprechenden Einblick in die Prozesse und die damit verbundenen Arbeitsergebnisse gewährt und Rückmeldungen gibt.

Das Prozessgebiet des Konfigurationsmanagements unterstützt alle Prozessgebiete, indem es die Integrität der Arbeitsergebnisse mithilfe von Konfigurationsidentifikation, -steuerung, -statusberichterstattung und -audits etabliert und beibehält. Die unter Konfigurationsmanagement gestellten Arbeitsergebnisse beinhalten an Kunden gelieferte Produkte, ausgewählte interne Arbeitsergebnisse, zugekaufte Produkte, Werkzeuge und andere Gegenstände, die bei der Erstellung und Beschreibung dieser Arbeitsergebnisse verwendet wurden.

Als Beispiele für Arbeitsergebnisse, die unter Konfigurationsmanagement gestellt werden können, sind Pläne, Prozessbeschreibungen, Anforderungen, Entwurfsdaten, Zeichnungen, Produktspezifikationen, Code, Compiler, Produktdatendateien und technische Produktpublikationen zu nennen.

Weiterführende Prozessgebiete der Unterstützung

Die weiterführenden Prozessgebiete der Unterstützung bieten verbesserte Unterstützungsfähigkeiten für die Projekte und die Organisation. Jedes dieser Prozessgebiete beruht auf spezifischen Eingangsgrößen oder Praktiken anderer Prozessgebiete.

Abbildung 4.7 zeigt einen Überblick der Interaktionen zwischen den weiterführenden Prozessgebieten der Unterstützung und allen anderen Prozessgebieten.

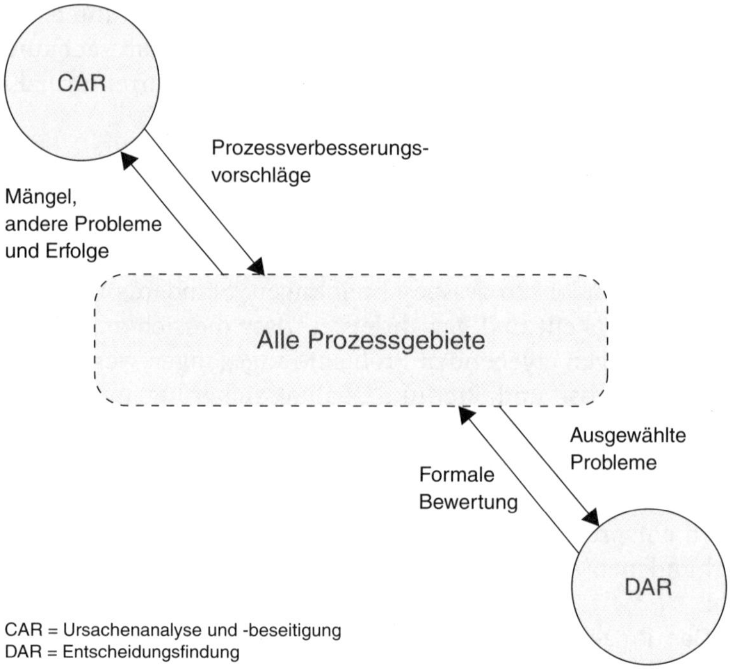

ABBILDUNG 4.7
Weiterführende Unterstützungsprozessgebiete

Mithilfe des Prozessgebiets »Ursachenanalyse und -beseitigung« ermitteln die Projektmitglieder die Ursachen ausgewählter Ergebnisse und ergreifen Maßnahmen, um zu verhindern, dass auch in Zukunft diese negativen Ergebnisse zustande kommen, oder um positive Ergebnisse zu verstärken. Die ersten Ziele für die Ursachenanalyse und die Maßnahmenpläne sind zwar die definierten Prozesse eines Projekts, aber effektive Prozessänderungen können dazu führen, dass auch Vorschläge für Prozessverbesserungen eingereicht werden, die den organisationsspezifischen Satz von Standardprozessen verbessern.

Das Prozessgebiet der Entscheidungsfindung unterstützt alle Prozessgebiete, indem es die Probleme ermittelt, die einem formalen Bewertungsprozess unterzogen werden sollten, und anschließend den formalen Bewertungsprozess auf sie anwendet.

Menschen, Prozesse, Technologie und CMMI

von Gargi Keeni

Organisationen, deren Initiativen zur Prozessverbesserung erfolgreich waren, haben bekanntermaßen einen ganzheitlichen Ansatz verwendet. In allen Diskussionen über Prozessverbesserungen dürfte ausnahmslos betont werden, wie wichtig die Berücksichtigung des Dreiecks zwischen Menschen, Prozessen und Technologie (People, Process, and Technology, PPT) ist. In der Praxis wird die Synergie zwischen den für diese Aspekte verantwortlichen Mitarbeitern oder Gruppen nicht so häufig erkannt. Die Synchronisierung der Ziele eines Mitarbeiters oder Teams mit denen der Organisation ist der Schlüssel zu einem erfolgreichen Verbesserungsprogramm.

Im Kontext von CMMI wird dies bei den Prozessgebieten offensichtlicher, deren Aktivitäten einen inhärenten Konflikt zwischen den Prioritäten der Mitarbeiter/Teams und denen der Organisation aufweisen würden. Möglicherweise verstärken Organisationen diesen Konflikt unbewusst über Belohnungs- und Anerkennungssysteme, in denen einzelne Leistungsanreize und Karriereziele nur an die Leistung des Mitarbeiters/Teams gebunden sind, was die Realisierung der organisationsspezifischen Ziele hemmt.

Nehmen Sie eine Organisation als Beispiel, die versucht, einen Prozess der Prozess- und Produkt-Qualitätssicherung (Process and Product Quality Assurance, PPQA) umzusetzen. Bei PPQA handelt es sich um ein Prozessgebiet mit dem Reifegrad 2, dessen Zweck darin besteht, einen objektiven Einblick in die Arbeitsabläufe und die damit verbundenen Arbeitsergebnisse zu gewähren.

Sehen wir uns nun die einzelnen Komponenten des PPT-Dreiecks an:

- *Prozesse.* Es mag relativ einfach erscheinen, lediglich die Prozesse zu definieren, die umgesetzt werden sollen und von denen man daher erwartet, dass die Projekte ihnen folgen. Das allein reicht jedoch nur selten aus, um sicherzustellen, dass der Zweck des Prozesses verstanden und erreicht wird.

Mögliche Belege dafür bestehen darin, dass Mitarbeiter/Teams Überstunden machen, um die Aufzeichnungen kurz vor der geplanten Einhaltungsprüfung in Ordnung zu bringen.

- *Menschen.* Weitere Untersuchungen könnten die Tatsache aufzeigen, dass ein Anreizsystem die Anzahl der Abweichungen mit der Leistung des Projektleiters oder -teams verknüpft. Diese Verknüpfung veranlasst den Mitarbeiter oder das Team zu nicht wertschöpfenden Aktivitäten, die lediglich dazu dienen sollen, die Anzahl der Abweichungen so gering wie möglich zu halten.

  Die Nichteinhaltung kann in erster Linie auf eine der folgenden Ursachen zurückzuführen sein.

  - Die Prozesse sind für die von dem Mitarbeiter/den Teams durchgeführten Aktivitäten nicht geeignet.
  - Die Befolgung der Prozessdefinition ist zu kompliziert.
  - Die Mitarbeiter/Teams kennen den Prozess und seinen Zweck nicht.

  In diesem Fall kann die Organisation die Früchte ihrer PPQA-Aktivitäten nicht ernten (da das Team sie »frisiert« oder das Audit umgeht), solange sie im Bereich »Menschen« ihr Vorgehen, die Anzahl der Abweichungen mit der Leistung des Mitarbeiters oder Teams zu verknüpfen, nicht überdenkt. Mit anderen Worten, die Organisation muss eine Umgebung fördern, die die Beteiligung der Mitarbeiter am Aufspüren und Melden von Qualitätsproblemen fördert (das kann sowohl Probleme mit den definierten Prozessen als auch Abweichungen einschließen). Dies ist Subpraktik 1 von PPQA SP1.1.

- *Technologie.* Um im Hinblick auf die zuvor genannten Ursachen für die möglichen Abweichungen effektive und rechtzeitige Konsequenzen zu ziehen, brauchen Organisationen Systeme zur zeitnahen Verfolgung und Analyse der Abweichungen und der damit verbundenen Korrekturmaßnahmen. Diese Verfolgung und Analyse gewährt wiederum den Führungskräften aller Ebenen Einblick in die Arbeitsabläufe und Arbeitsergebnisse. Allerdings erweist sich die bloße Beschaffung eines Werkzeugs zur Bewältigung der Abweichungen ohne ordnungsgemäßes Ausrollen von Prozessen in den meisten Fällen als kontraproduktiv.

In der beschriebenen Situationen muss Folgendes geschehen: Objektivität ist in PPQA-Bewertungen entscheidend und lässt sich sowohl durch Unabhängigkeit als auch durch die Verwendung von Kriterien erzielen. Allerdings hat die Glaubwürdigkeit und Motivation der unabhängigen Instanz große Auswirkungen auf die Qualität der PPQA-Bewertungen. In Organisationen, in denen Mitarbeiter anderer Teams die PPQA-Aktivitäten durchführen, ist es sehr wichtig, den richtigen Mitarbeiter für die Aufgabe abzustellen. Wie die Erfahrung lehrt, stehen die richtigen Personen jedoch normalerweise erst zur Verfügung, wenn die richtige Motivation vorhanden ist. Wenn Mitarbeiter stets nach ihrer im Team geleisteten Arbeit bewertet werden, besteht ihrerseits keine Motivation, Leistungen außerhalb des Teams zu erbringen. Da es sich bei PPQA jedoch um ein Prozessgebiet der Unterstützungsprozesse handelt, das in der gesamten Organisation zu finden ist, muss die Organisation ihre Maßnahmen zum Anreiz überprüfen, um die richtige Motivation für diese Aktivitäten zu schaffen, die über die derzeitigen Funktionen die Leistung der Mitarbeiter/Teams hinausgehen. Anreize, die an den Organisationszielen ausgerichtet sind, motivieren zu einer frühzeitigen Erkennung von Abweichungen, was wiederum dabei hilft, mögliche Problemstellen in den Prozessen zu identifizieren, die die Organisation auszurollen versucht.

Wie Sie an dem PPQA-Beispiel sehen können, ist es wichtig, bei der Durchführung der in den Prozessgebieten von CMMI beschriebenen Aktivitäten alle drei Dimensionen – Menschen, Prozesse und Technologie – zu berücksichtigen. Noch deutlicher werden die Auswirkungen von PPT bei High-Maturity-Prozessgebieten, die unabhängig von der Größe der Organisation inhärent enthaltene organisationsspezifische Perspektiven aufweisen.

Es ist wichtig für eine Organisation, eine Umgebung bereitzustellen, die das effektive Ausrollen von Prozessen fördert. Die regelmäßige Analyse der Folgen/Ergebnisse gewährt Einblicke in die Wirksamkeit der Prozesse und die zur Erreichung der Geschäftsziele erforderlichen Änderungen.

Die High-Maturity-Prozessgebiete berücksichtigen oftmals Menschen und Technologie direkt in den Praktiken. Bei der Umsetzung dieser Praktiken ist es jedoch wichtig, die bestehenden natürlichen Beziehungen zu verstehen, um diese Verhaltensweisen zu fördern, so dass sich die Organisation leicht an die in der heutigen Umgebung erforderlichen Verbesserungen und Änderungen anpassen kann.

KAPITEL 5

CMMI-Modelle verwenden

Die Komplexität heutiger Produkte erfordert einen ganzheitlichen Blick auf die Geschäftsabläufe von Organisationen. CMMI kann die Kosten der Prozessverbesserung in Unternehmen senken, die zum Erreichen ihrer Ziele auf vielfältige Funktionen oder Gruppen angewiesen sind.

Um dieser ganzheitlichen Betrachtungsweise Rechnung zu tragen, enthält das CMMI-Framework eine allgemeingültige Terminologie sowie allgemeingültige Modellkomponenten, Appraisal-Methoden und Schulungsunterlagen. Dieses Kapitel beschreibt, wie Organisationen die CMMI-Produktreihe nicht nur zur Qualitätsverbesserung, Kostensenkung und Terminoptimierung einsetzen können, sondern auch, um zu beurteilen, wie gut ihr Prozessverbesserungsprogramm funktioniert.

Bedeutung von Prozessstandards bei der Prozessdefinition†

von James W. Moore

Angenommen, Sie belegen einen Physikkurs an der Universität. Selbstverständlich möchten Sie ihn mit einer möglichst guten Note abschließen. Also besuchen Sie pflichtbewusst alle Vorlesungen, lesen die Fachbücher, nehmen an Versuchen

†
(Die Angabe der Zugehörigkeit des Autors zur MITRE Corporation dient lediglich seiner Identifikation und impliziert nicht die Zustimmung des Instituts zu den von ihm vertretenen Standpunkten.)

teil, erledigen Ihre Hausarbeiten, absolvieren die Abschlussprüfung und hoffen auf das bestmögliche Ergebnis. Die Alternative besteht darin, einen bereitwilligen Dozenten zu finden, den Sie gleich am ersten Kurstag nach einer Kopie der Abschlussprüfung fragen. Wann immer Sie Zeit haben, machen Sie sich nun daran, die Antworten zu den Fragen herauszufinden, um sie am Ende des Kurses mit der Bitte um entsprechende Benotung einzureichen. Welche dieser beiden Methoden, Physik zu lernen, ist die effektivere? Wir werden uns der Frage am Ende dieses Artikels erneut zuwenden.

Es gibt eine lange Reihe von Prozessdefinitionsstandards wie DoD-Std-2167A, die traditionell dazu dienten, Softwareentwicklern genau vorzugeben, was sie tun müssen, um ein angemessenes Niveau an professioneller Praxis zu erreichen. Die Entwickler unterwarfen sich solchen Standards, indem sie Prozesse umsetzten, die alle enthaltenen Vorgaben erfüllten.[1] Im Laufe der letzten zwölf Jahre wurde diese binäre Form der Alles-oder-nichts-Evaluierung durch einen mehrstufigen Ansatz zur Bewertung der »Reife« und »Fähigkeit« eines Entwicklungsprozesses ersetzt. ISO/IEC 15504, *Process Assessment* (landläufig »SPICE« genannt) beschreibt dieses Verfahren. ISO/IEC 15504 ist ein wenig »ignorant«, was die verwendeten Prozesse angeht. Methoden, die auf diesem Standard basieren, können zur Bewertung eines beliebigen Satzes von Prozessen herangezogen werden, die in einer bestimmten stilisierten Art – als sogenanntes Prozessreferenzmodell – beschrieben werden. Ein solches Prozessreferenzmodell wird durch den Standard ISO/IEC/IEEE 12207, *Software Lifecycle Processes*, bereitgestellt. Ein anderes basiert auf dem Standard ISO/IEC/IEEE 15288, *System Lifecycle Processes*.

Der Standard 15504 kommt in einigen Ländern zum Einsatz, während CMMI auf anderen Märkten, vor allem dem US-Markt, möglicherweise weiter verbreitet ist. Im Gegensatz zu 15504 bietet CMMI umfangreiche Hilfestellung bei der Definition von Prozessen. Die Kriterien, die für die Bewertung von Prozessen angewendet werden, legen implizit

1. Da diese Standards für gewöhnlich zu viele Vorgaben enthielten, wurden sie oftmals »zurechtgestutzt«, indem ihre detaillierten Vorgaben geändert wurden. Selbstverständlich stellt sich beim Einsatz eines angepassten Standards stets die Frage, ob die Anpassung wirklich gewissenhaft erfolgt ist und nicht nur einfach aus der Streichung unbequemer Vorgaben bestand.

fest, welche Praktiken in die Entwicklungsprozesse eingebettet werden sollen. Das wirft die Frage auf, ob noch irgendwelche anderen Standards für die Prozessdefinition benötigt werden. Warum nicht einfach Prozesse umsetzen, die die CMMI-Kriterien erfüllen, und fertig?

Es gibt vier Gründe, warum es sinnvoll ist, Prozessstandards zu verwenden, um die Prozesse einer Organisation zu definieren: Anwendungsbereich, Eignung, Kommunikation und Robustheit.

Werfen wir zuerst einen Blick auf den Anwendungsbereich. CMMI ist zwar umfangreich, aber nicht umfangreich genug, um alle möglichen Verwendungsarten abzudecken. Ein naheliegendes Beispiel ist das Qualitätsmanagement. Zwar enthält CMMI Vorgaben für die Qualität von Softwareprodukten und -systemen, berücksichtigt jedoch nicht die durch den Standard ISO 9001, *Quality management systems – Requirements*, definierten Qualitätsmanagementsysteme auf Organisationsebene. Da die Einhaltung von ISO 9001 in vielen Ländern als äußerst wichtig angesehen wird, empfiehlt es sich für internationale Lieferanten, diesen Standard bei der Definition ihrer qualitätsbezogenen Prozesse – einschließlich Software- und Systemprozesse – zu berücksichtigen. Neben ISO 9001 gibt es noch eine ganze Reihe weiterer, wenn auch weniger bedeutender Standards, die Prozesse aller Arten beschreiben. In bestimmten Situationen sollten Lieferanten die Vorgaben dieser Standards berücksichtigen.

Der zweite Grund für die Erwägung von Prozessstandards ist die Eignung. Es ist offensichtlich, dass nicht jede Organisation denselben Satz von Prozessen benötigt. Schließlich weist jede Organisation einzigartige Merkmale auf, die sie von ihren Mitbewerbern unterscheiden. Dieser Wettbewerbsvorteil sollte bei der Umsetzung organisationsweiter Prozesse berücksichtigt werden, indem er auf jedes Projekt innerhalb der Organisation entsprechend angewandt wird, so dass diese ihren Wettbewerbsvorsprung halten kann. Bei der Definition eines Satzes von organisationsweiten Prozessen (z.B. für die Software- und Systementwicklung) sollten Sie unter anderem folgende Faktoren berücksichtigen:

- Die Größe der Organisation
- Die Art der angebotenen Produkte und Dienstleistungen
- Die Wettbewerbsstruktur des Zielmarktes

- Die Art des Wettbewerbs
- Die relevante Struktur gesetzlicher Vorschriften einschließlich Regulierungsauflagen
- Gebräuche, Traditionen und Bestimmungen im zugehörigen Industriesektor
- Die »Kultur« der Organisation, darunter der vom Personal akzeptierte Reglementierungsgrad
- Die organisationsspezifische Einstellung zu Qualität
- Die Menge an verfügbarem Investitionskapital für die Prozessdefinition und die Amortisierungsmöglichkeiten auf Basis von Projekten
- Die Gleichartigkeit (oder Verschiedenheit) der erwarteten Projektanforderungen
- Die Wettbewerbsvorteile, die durch die Prozesse »erfasst« werden sollen
- Die Art, in der die Dokumentation (entweder in Papierform oder elektronisch) erfasst, gespeichert und gegebenenfalls geliefert werden soll

Diese und viele andere Überlegungen wirken sich auf die Definition organisationsweiter Prozesse aus, was den Schluss zulässt, dass die Auswahl und die Umsetzung kosteneffektiver Prozesse für jede Organisation eine individuell zugeschnittene Lösung erfordern.

Selbstverständlich stehen die verfügbaren Prozessstandards nicht in direktem Zusammenhang mit all diesen Aspekten. Sie bieten schlichtweg mögliche Alternativen bei der allgemeinen Prozessdefinition. In einigen Fällen beschreiben sie konkrete Praktiken, die in einem gesetzlich regulierten Umfeld von Bedeutung sind – wie etwa der Standard Modified Condition Decision Criteria (aus RTCA DO-178B, Software Considerations in Airborne Systems and Equipment Certification) für das Testen elektronisch gesteuerter Luftfahrtsysteme. Allgemeiner ausgedrückt bieten sie so etwas wie einen Ausgangspunkt, eine Abkürzung, die es den Personen, die die Prozesse festlegen, ermöglicht, eine Unmenge von relativ simplen Entscheidungen vorwegzunehmen. Vielleicht am wichtigsten ist jedoch die Tatsache, dass sie eine Grundlage für verantwortungsvolles Vorgehen bilden, eine Art »Sicherheitsnetz«, das zu übersehen mit Risiken verbunden ist.

Der dritte Grund für die Erwägung von Prozessstandards ist die Kommunikation. Die Terminologie der Softwareentwicklungsbranche ist bekanntermaßen vage und dehnbar – ein Merkmal eines noch relativ jungen Industriezweigs. Dies kann zu weitreichenden Missverständnissen führen. »Oh, als Sie mir den Auftrag erteilt haben, die Software zu 'implementieren', meinten Sie damit, ich soll sie auch 'testen'? Das habe ich jetzt nicht in den Preis einkalkuliert, das kostet extra!« Selbst die Prüfung von Angeboten gestaltet sich schwierig ohne eine grundlegende Terminologie für den Vergleich von Arbeitsabläufen.

Angenommen, der Käufer fragt den Lieferanten, welche Design-Review-Praktiken er durchführt. Eine mögliche Antwort besteht darin, dem Käufer eine seitenlange Abhandlung zu präsentieren; eine andere könnte lauten: »Wir verwenden IEEE Std 1028, Software Reviews.« Die zweite Antwort hat den Vorteil, dass sie kurz und bündig ist, klare Rückschlüsse auf die Inhalte zulässt und als verantwortungsvolle Vorgehensweise allgemein akzeptiert ist.[2] Die internationalen Standards für Lebenszyklusprozesse, ISO/IEC/IEEE 12207 und ISO/IEC/IEEE 15288, enthalten einen umfangreichen Satz von Prozessen, die den Lebenszyklus von Softwareprodukten und -systemen abdecken.

Wenn ein Zulieferer erklärt, dass sein Softwareentwicklungsprozess dem Standard 12207 genügt, kennt der Käufer bereits die Antwort auf viele einschlägige Fragen. Beispielsweise weiß der Käufer, dass die Softwareanforderungen, das Architekturdesign, der ausführliche Entwurf und der Code auf Realisierbarkeit für Betrieb und Wartung geprüft werden – wichtige Tätigkeiten im späteren Produktionsverlauf.

Der vierte und letzte Grund für die Erwägung von Prozessstandards ist die Robustheit. Die Abhängigkeit von einer einzelnen Quelle kann dazu führen, dass Prozesse bei der Festlegung unbeabsichtigt auf ein bestimmtes Nutzungskonzept ausgerichtet werden. Werden diese Prozesse dann in einem

---

2. Ich vermeide übrigens den Begriff »beste Praktik«. »Zweckdienliche Praktik« finde ich persönlich sinnvoller, da ich nicht der Meinung bin, dass eine einzelne Praktik als die beste Lösung für alle möglichen Situationen angesehen werden kann. Meiner Ansicht nach sollten die meisten Organisationen bemüht sein, zweckdienliche Praktiken einzusetzen, die ihren individuellen Anforderungen entsprechen.
– James W. Moore

anderen Kontext angewendet, kann es zu unerwünschten Ergebnissen kommen. Trotz aller Anstrengungen, möglichst allgemeingültige Lösungen zu finden, ist es unmöglich, alle möglichen Situationen vorherzusehen, weshalb es die Aufgabe des Prozessentwicklers ist, mehrere Quellen zu konsultieren, um Prozesse zu finden, die sich für seine Organisation eignen.

Das Ausmaß an Vorgaben spielt hier eine bedeutende Rolle. Diejenigen, die Prozesse definieren (einschließlich der Personen, die CMMI erstellt haben), müssen zwangsläufig einen Kompromiss zwischen Allgemeingültigkeit und Spezifizität eingehen. Viele sehr gute Praktiken wurden aus CMMI herausgenommen, weil sie nicht allgemein anwendbar waren, und viele wurden zugunsten ihrer Allgemeingültigkeit »verwässert«. Durch das Hinzuziehen mehrerer Quellen und Standards können Prozessdesigner Praktiken finden, die für den beabsichtigten Kontext besonders gut geeignet und effektiv sind, selbst wenn sie aus CMMI herausgefallen sind, weil sie sich nicht für den breiten CMMI-Anwenderkreis verallgemeinern ließen. Diejenigen, die auf anspruchsvollerem Niveau arbeiten (z.B. in der Entwicklung von Sicherheitssoftware), können ihre Baseline-Prozesse ergänzen, indem sie Standards anwenden, die die ausgewählten Praktiken detaillierter oder stringenter behandeln (z.B. IEEE Std.1012, *Software Verification and Validation*).

Womit wir wieder bei der ursprünglichen Frage angelangt sind, ob eine Person, die Physik lernen möchte, den Kurs bis zum Ende durchziehen oder lieber gleich zu Beginn nach einer Kopie der Abschlussprüfung fragen sollte. Die Antwort auf diese Frage lautet: »Es kommt drauf an!« Es kommt darauf an, ob das Ziel darin besteht, ein umfassendes und brauchbares Wissen auf dem Gebiet der Physik zu erwerben oder die bestmögliche Note mit dem geringstmöglichen Aufwand zu erzielen. Im Geschäftsleben sind je nach Situation beide Ziele vertretbar.

Wenn wir diese Analogie auf das vorliegende Thema übertragen, können wir (mit einem gewissen Maß an Zynismus) daraus schließen, dass es vermutlich angemessen ist, die Abschlussprüfung am ersten Kurstag zu akzeptieren, sofern sich die Organisation zum Ziel gesetzt hat, die bestmögliche CMMI-Bewertung mit dem geringstmöglichen Einsatz zu erzielen – was also bedeuten würde, dass sie einfach einen Satz von organisationsweiten Prozessen definiert, die von vornherein und direkt auf die CMMI-Bewertungskriterien ausgerichtet sind. Besteht das Ziel der Organisation hingegen darin, einen Satz von organisationsweiten Prozessen zu definieren, die robust, aussagekräftig und für ihre Zwecke und Gegebenheiten geeignet sind – wenn sie also die Vorteile der Prozessverbesserung ausschöpfen möchte –, dann sollte sie mehrere Quellen konsultieren (darunter auch Prozessdefinitionsstandards), die geeigneten auswählen und sie als Grundlage für die Erarbeitung einer kostengünstigen Lösung verwenden, die den Bedürfnissen der Organisation entgegenkommt.

CMMI einführen

Untersuchungen haben gezeigt, dass der wichtigste initiale Schritt bei der Prozessverbesserung darin besteht, einen starken Rückhalt durch das leitende Management sicherzustellen. Um die Unterstützung des leitenden Managements zu gewinnen, ist es oft von Vorteil, ihm die Ergebnisse derer aufzuzeigen, die CMMI bereits zur Prozessverbesserung einsetzen [Gibson 2006].

Einzelheiten über CMMI-Ergebnisse finden Sie auf der SEI-Website unter *http://www.sei.cmu.edu/cmmi/research/results/*.

Ein leitender Manager, der sich als Sponsor für die Prozessverbesserung verpflichtet hat, muss aktiv in die CMMI-basierten Prozessverbesserungsmaßnahmen eingebunden werden. Unter anderem folgende Aufgaben obliegen dem Sponsor aus dem leitenden Management:

- Einwirken auf die Organisation, um die Einführung von CMMI zu ermöglichen
- Auswählen der für die Prozessverbesserung am besten geeigneten Mitarbeiter
- Persönliches Überwachen der Prozessverbesserung
- Als Befürworter und Sprecher der Prozessverbesserung präsent sein
- Sicherstellen von adäquaten Ressourcen für eine erfolgreiche Durchführung der Prozessverbesserung

Ist die ausreichende Unterstützung durch die Geschäftsleitung sichergestellt, besteht der nächste Schritt darin, eine starke, technisch kompetente Prozessgruppe zusammenzustellen, deren Mitglieder die relevanten Stakeholder repräsentieren und die Leitung der Prozessverbesserung übernehmen [Ahern 2008, Dymond 2005].

In einer Organisation, die softwareintensive Systeme herstellt, kann sich die Prozessgruppe z.B. aus Personen, die die unterschiedlichen technischen Fachgebiete repräsentieren, und anderen nach geschäftlichen Anforderungen ausgewählten Mitgliedern zusammensetzen. So kann sich z.B. ein Systemadministrator auf die Förderung der Informationstechnologie konzentrieren, während ein Marketingvertreter für die Integration der Kundenbedürfnisse zuständig ist. Beide Mitglieder können einen wertvollen Beitrag in der Prozessgruppe leisten.

Wenn sich Ihre Organisation dazu entschieden hat, CMMI einzuführen, kann die Planung mithilfe eines Verbesserungsansatzes wie dem IDEAL-Modell (Initiieren, Diagnostizieren, Etablieren, Agieren und Lernen) beginnen [McFeeley 1996]. Einzelheiten über das IDEAL-Modell finden Sie auf der SEI-Website unter *http://www.sei.cmu.edu/library/abstracts/reports/96hb001.cfm*.

Verantwortung der Geschäftsführung für die Prozessverbesserung

von Bill Curtis

Ständig bekommen wir zu hören, dass der Hauptgrund für das Fehlschlagen von Prozessverbesserungsprogrammen mangelnde Führung durch die Geschäftsleitung ist. Diese Aussage bringt diejenigen, die für die Förderung von Prozessverbesserungsprogrammen zuständig sind, unter Zugzwang, zu erklären, was genau sie eigentlich von der Geschäftsleitung erwarten. Hiermit nenne ich Ihnen zwölf wichtige Pflichten, denen leitende Manager nachkommen sollten, um den Erfolg eines Prozessverbesserungsprogramms zu gewährleisten.

1. *Persönliche Verantwortung übernehmen*
   Die Geschäftsleitung liefert ihren Kunde keine Systeme. Die Projektmanager liefern sie. Die Geschäftsleitung zeichnet verantwortlich für den Aufbau von Organisationen, die Systeme an Kunden liefern, und diese Verantwortung ist nicht

übertragbar. Im Kern von Watts Humphreys Process Maturity Framework, das CMMI zugrunde liegt, findet sich ein einzigartiges Modell für organisationsweite Änderungen und Entwicklung. Da die Verantwortung für eine organisationsweite Umgestaltung bei der Geschäftsleitung liegt, gibt CMMI leitenden Managern ein Werkzeug an die Hand, das sie zur Verbesserung der Leistung ihrer Organisation einsetzen können. CMMI hat das Potenzial, nicht nur Entwicklungspraktiken zu verändern, sondern auch die Unternehmenskultur und die Art und Weise, Geschäftsziele zu erreichen. Leitende Manager sollten ein Verbesserungsprogramm also nur dann starten, wenn sie auch wirklich bereit sind, persönlich für dessen Erfolg oder Misserfolg einzustehen.

2. *Realistische Ziele setzen*
   Die Geschäftsleitung muss bei der Einführung der Prozessverbesserung klare Anweisungen geben, welche Probleme angegangen und welche Ziele erreicht werden sollen. Slogans wie »Reifegrad 2 in zwei Jahren« tragen eher dazu bei, genau die Verhaltensweisen zu verstärken, die eigentlich durch Reifegrad 2 beseitigt werden sollen. Sind die Verbesserungsziele unrealistisch, gesellt sich das Verbesserungsprogramm bald zu den anderen unausgegorenen, zum Scheitern verurteilten Projekten der Organisation. Programme zur Prozessverbesserung müssen genau die Verhaltensweisen widerspiegeln, die die Organisation nach dem Wunsch der Geschäftsleistung übernehmen soll, wozu insbesondere planbezogene Verpflichtungen gehören. Termine für das Erreichen von Reifegraden sollten das Resultat sorgfältiger Planung sein und nicht von Slogans oder Bonuszyklen vorgegeben werden. Vergütungen und Bonuszahlungen sollten vom Erreichen der geplanten Verhaltens- und Leistungsmeilensteine abhängig sein und nicht von willkürlichen Terminvorgaben für Appraisal-Ergebnisse.

3. *Ein Verbesserungsprojekt etablieren*
   Die Prozessverbesserung muss wie ein Projekt durchgeführt werden. Die Geschäftsleitung muss Verantwortung für die Verwaltung des Projekts übertragen, für die Finanzierung und die nötigen Ressourcen sorgen, Verbesserungspläne absegnen, Statusberichte prüfen und die Ergebnisse messen. Die Person, die das Verbesserungsprojekt leitet, muss ein gutes Vorbild für die anderen Projektmanager sein. Die Geschäftsleitung sollte häufig Fragen zu den Projektplänen und den zugrunde liegenden Annahmen stellen. Leitfäden, definierte Prozesse, Messungen, Checklisten und andere

aus der Prozessverbesserung hervorgegangene Artefakte gehören zu den Organisations-Assets. Sie sollten wie Produkte behandelt werden, wenngleich nur für die interne Nutzung, und mit derselben Projektdisziplin hergestellt werden wie jedes andere Produkt.

4. *Änderungen managen*
   Wie viele Initiativen kann ein einzelner Projektmanager bewältigen? Viele Organisationen führen mehrere Verbesserungsprogramme gleichzeitig durch. In den ersten Phasen dieser Programme sind die Projektmanager die am stärksten belasteten Personen und werden häufig geradezu überschwemmt von der Flut zu erwartender Änderungen. Die Geschäftsleitung muss ermitteln, welches Ausmaß an Änderungen die Organisation verkraften kann, Prioritäten bei den durchzuführenden Änderungen setzen und die Organisation vor einem Verbesserungs-Overkill schützen. Die gute Nachricht ist, dass einige Verbesserungsprogramme wie Six Sigma und CMMI sich synergetisch verwenden lassen, da sich beide aus den Konzepten von Shewhart und Deming entwickelt haben.

5. *Das Management »auf Kurs bringen«*
   Prozessgruppen sind nicht befugt, Verbesserungen in Kraft zu setzen oder das Verhalten von Führungskräften zu ändern. Wenn mittlere Führungskräfte Verbesserungen ablehnen, kann nur die Geschäftsleitung sie zwingen, sich dem Programm anzuschließen. Die Geschäftsleitung muss Einigkeit zwischen den Managern schaffen, was die Verbesserungsziele und -strategien angeht, und sie für das Erreichen der Verbesserungsziele zur Verantwortung ziehen. Besonders mittlere Führungskräfte müssen die Fähigkeiten der Projekt- oder Programmmanager entwickeln, die ihnen unterstellt sind. Management-Lenkungsgremien, die der Geschäftsleitung unterstehen, sind eine Möglichkeit, um sicherzustellen, dass mittlere Führungskräfte und Projektmanager gemeinsam die Verantwortung für den Erfolg eines Verbesserungsprojekts übernehmen.

6. *Leistungsanreize abstimmen*
   Die Geschäftsleitung muss sicherstellen, dass Leistungsanreize mit den Verbesserungszielen in Einklang stehen, und darf keine missverständlichen Signale hinsichtlich der in der Organisation erwünschten Verhaltensweisen aussenden. Das System für Leistungsanreize sollte so ausgelegt

sein, dass nicht Heldentaten belohnt werden, sondern diejenigen, deren solide Arbeitsweise Heldentaten unnötig macht. Befördert werden sollten diejenigen, die das Verhalten vorleben, das durch das Programm gefördert werden soll. Leistungsanreize sollten ein Signal sein, dass die Geschäftsführung den Beitrag zum Aufbau einer starken Organisation ebenso schätzt wie individuelle Virtuosität.

7. *Leitlinien etablieren und Qualitätssicherung einführen*
Leitlinien, die einfach nur die Ziele der CMMI-Prozessgebiete wiederkäuen, sind für die Geschäftsleitung schlicht eine verlorene Gelegenheit, ihre Erwartungen bezüglich der Verhaltensweisen in ihrer Organisation zu vermitteln. Nachdem Leitlinien etabliert sind, benötigt die Geschäftsführung eine Möglichkeit, deren Einhaltung zu überwachen. Qualitätssicherungsgruppen können nur insoweit Einfluss nehmen, als dass die Geschäftsleitung die Leitlinien durchsetzt und Probleme bei der Einhaltung angeht. Den größten Nutzen haben Qualitätssicherungsgruppen allerdings (und das ist ein subtiler Mechanismus in der Prozess- und Produkt-Qualitätssicherung (PPQA)), wenn sie den Projektmanagern und dem technischen Personal als Mentoren dienen, die Praktiken zur Einhaltung von Richtlinien vermitteln. Folglich müssen Qualitätssicherungsgruppen aus kompetenten Entwicklern und Managern bestehen, so dass sie das Wissen über gute Praktiken glaubhaft innerhalb der Organisation weitergeben können.

8. *Kunden einbeziehen*
Wenn Kunden nicht verstehen, wie sie von neuen Praktiken profitieren können, werden sie die Änderungen möglicherweise als bürokratisch und unflexibel empfinden. Projektmanager befinden sich daher oftmals in einem Konflikt zwischen ihren Verbesserungszielen und den Ansprüchen ihrer Kunden. Die Geschäftsleitung hat die volle Verantwortung für die Kundenbeziehungen und muss sich mit Kundenvertretern treffen, um die Verbesserungsstrategie zu erklären und aufzuzeigen, wie diese dafür sorgen kann, dass ihre Organisation zu einem noch zuverlässigeren Geschäftspartner wird. Die Einbeziehung der Kunden in die Verbesserung der Anforderungspraktiken stellt einen guten ersten Schritt dar, um sie in dem Verbesserungsprogramm zu motivieren.

9. *Entwickler einbeziehen*
Das Prozessreife-Framework beginnt bei Reifegrad 2, Verantwortung an die Entwickler zu übertragen, indem es sie in die Schätzung und Planung einbezieht, und vergrößert ihre Verantwortung mit jedem weiteren Reifegrad. Die Geschäftsleitung muss diesen kulturellen Wechsel erkennen und ermutigen. Sie muss auch dafür sorgen, dass die Entwickler in die Verbesserungstätigkeiten einbezogen werden, da Entwickler das frischeste Wissen über gute Praktiken haben. Entwickler haben auch eine realistische Ansicht darüber, wie viele
Änderungen sie in einen Verbesserungszyklus aufnehmen können. Die Rolle der Prozessqualitätssicherungsgruppen besteht darin, Manager und Entwickler bei der Ermittlung und Umsetzung guter Praktiken zu unterstützen.

10. *Den Status überprüfen*
Die Geschäftsleitung trägt die Verantwortung für die Verpflichtungen der Organisation. Sie muss externe Zusagen genehmigen und den Fortschritt bei deren Erfüllung überwachen. Projektüberprüfungen sollten sich nicht nur auf den Arbeitsstatus konzentrieren, sondern auch auf den Fortschritt bei der Übernahme von Verbesserungen und der Berücksichtigung drohender Risiken. Die Geschäftsleitung unterstreicht ihr Engagement durch Messungen und sollte Indikatoren für den Verbesserungsfortschritt sowie Ergebnisse in ihr Berichtsverfahren aufnehmen. Verbesserungsmessungen sollten widerspiegeln, dass Vorteile von Projekt zu Projekt und nicht von heute auf morgen entstehen.

11. *Zauderer ersetzen*
Die Prozessgruppe hat die Verantwortung, Innovatoren, frühzeitige Anwender sowie die frühe und späte Mehrheit bei der Umsetzung der Verbesserungen zu fördern. Der Geschäftsleitung fällt die undankbare Aufgabe zu, sich mit den Zauderern, besonders denen in der Führungsetage, zu befassen. Damit ein Verbesserungsprogramm erfolgreich ist, müssen die Geschäftsführer bereit sein, jede Person zu entfernen, die keine Fortschritte erzielt – selbst, wenn es sich dabei um Freunde handelt. Am Ende eines erfolgreichen Programms zur organisatorischen Änderung weisen die Managementteams häufig eine andere Zusammensetzung auf als am Anfang.

12. *Niemals nachgeben*
    Wahre Führungsqualitäten zeigen sich meist erst in Stresssituationen. Trotz des ganzen Drucks, der durch strenge Termine und Kostensenkung entsteht, müssen Geschäftsführer standhaft bleiben, wenn es darum geht, die Verbesserungen voranzutreiben, die die Organisation zu ihrem eigenen Wohl durchlaufen muss. Wenn sie diesem Druck nicht standhalten, erlernt die Organisation die Kunst des Sichherausredens. Wie die endgültige Reifebewertung ausfällt, hängt davon ab, welche Praktiken die Organisation unter Hochdruck zu opfern bereit ist und welche nicht.

Die Geschäftsleitung kann den Verbesserungsprozess auch auf andere Arten unterstützen. Dennoch haben sich die zwölf genannten Pflichten als besonders wichtig erwiesen, da sie die Autorität der Geschäftsleitung erfordern und zudem die Art von Führung repräsentieren, die zur erfolgreichen Durchführung des Verbesserungsprogramms notwendig ist. Geschäftsführer mit wenig Erfahrung in Umgebungen mit Prozessdisziplin haben verständlicherweise Bedenken, ihre Karriere durch Praktiken aufs Spiel zu setzen, die ihrer eigenen beruflichen Weiterentwicklung bis dato noch nicht sonderlich förderlich waren. Glücklicherweise belegen wachsende Daten und eine ganze Reihe reifer Organisationen, dass sich das Vertrauen in CMMI-basierte Verbesserungsprogramme auszahlt. Einem ausgetretenen Pfad zu folgen, erfordert keine Führungsqualitäten. Für das Beschreiten neuer, verheißungsvoller Wege sind sie dagegen unerlässlich.

Prozessverbesserungsprogramm

Sie können die CMMI-Produktreihe auch nutzen, um das Prozessverbesserungsprogramm Ihrer Organisation zu etablieren. Diese Art der Anwendung lässt sich mithilfe eines relativ informellen Prozesses verwirklichen, der Kenntnisse der guten CMMI-Praktiken sowie deren Umsetzung in Ihrer Organisation erfordert. Sie können jedoch auch einen formalen Prozess wählen, der umfangreiche Schulungen, die Erstellung einer Prozessverbesserungsinfrastruktur, Appraisals usw. mit sich bringt.

Erfolgreiche Prozessverbesserung durch ingenieurmäßiges Vorgehen

von Tomoo Matsubara

Wie die meisten Softwareexperten der ersten Stunde komme auch ich ursprünglich aus einem anderen Fachbereich, in meinem Fall dem Maschinenbau. Während meiner Tätigkeit in der Maschinenfabrik von Hitachi, die Kräne, Pumpen und Planierraupen herstellte, befand sich das Unternehmen mitten in der Kaizen-Bewegung (d.h. Verbesserung), deren Ziel darin bestand, die direkten und indirekten Kosten zu senken und die Qualität zu verbessern. Da die Fabrik in erster Linie aus Ingenieuren bestand, wurden alle Verbesserungsmaßnahmen auf ingenieurmäßige Art durchgeführt. Ingenieure sind sehr praktisch veranlagte Menschen, die keine Entscheidungen treffen, ohne den betreffenden Gegenstand angesehen, angefasst und ausgemessen zu haben.

Der Problemlösungsprozess lief in diesem Umfeld für gewöhnlich so ab, dass (1) Probleme direkt in der Fabrikhalle oder anhand realer Gegenstände und Phänomene ermittelt, (2) die möglichen Ursachen diskutiert und (3) Experimente durchgeführt und Prototypen gebaut wurden.

Für Maschinenbauingenieure ist das Experimentieren, Messen und Plänezeichnen eine Lebenseinstellung. Um Probleme zu verstehen und den Fortschritt von Verbesserungen zu überwachen, wurden in dieser Arbeitsumgebung viele Pläne produziert. Um eine effiziente und präzise Fertigung zu gewährleisten, wurden Schablonen entwickelt und angewendet und anschließend kleine Werkzeuge für die Sonderanfertigungen eingesetzt. Einige Komponenten wie etwa gewundene Träger für eine Schwebebahn ließen sich nur mithilfe gut konstruierter Schablonen herstellen.

Die Unternehmenskultur in dieser Fabrik war erstaunlich. Designer und Arbeiter waren miteinander befreundet und arbeiteten gut zusammen. Einmal im Monat gab es sportliche und kulturelle Ereignisse wie einstündige Marathonläufe, Bootrennen und Konzerte. Zweimal pro Jahr wurden Wettbewerbe mit Bezug zum genauen Arbeiten durchgeführt, z.B. das Messen von Distanzen, Höhen und Gewichten ohne Maßstäbe, Waagen oder andere Messinstrumente. Meist traten die einzelnen Abteilungen wie Design, Fertigung und Rohmaterialverarbeitung (d.h. Gießen und Schweißen) gegeneinander an. Die Spiele ähnelten der »konstruktiven Unordnung«, von der Tom DeMarco und Tim Lister in »Peopleware«[3] geschrieben haben.

Nach neun Jahren in der Maschinenfabrik wechselte ich 1965 in eine Computerfabrik. Als Geschäftsführer der Entwicklungsorganisation war ich für die Entwicklung eines Bankensystems zuständig. Die Organisation setzte sich aus Hardwareherstellern, Softwareentwicklern und Dienstleistungsanbietern zusammen. Meine Aufgabe bestand darin, alle mit der Entwicklung einhergehenden Risiken abzuschätzen. Eines der größten potenziellen Probleme sah ich in der Erfüllung der hohen Leistungsanforderungen des Systems.

Um diese Anforderungen einzuhalten, erstellte ich zunächst ein Programm, das eine Reihe dynamischer Schritte umfasste. Diese Schritte wurden dann den einzelnen Entwicklungsgruppen zugeordnet und in Verbindung mit jedem Schritt wurden Messungen festgelegt. Ich nahm eine drastische Selektion bei den Anforderungen vor, um den Zeitplan einzuhalten. In der letzten Entwicklungsphase musste ich die Ursache von Problemen ausfindig machen, die sich aus dem großen Anteil an fremdproduzierten Komponenten ergaben. Das System wurde 1969 erfolgreich geliefert.

Als Leiter hatte ich die Aufgabe, die Ursachen von Problemen zu finden, die sich aus der komplexen Interaktion zwischen den einzelnen Komponenten ergaben, und Maßnahmen zu priorisieren, um diese Probleme zu lösen. Ich lernte aus dieser Aufgabe und anderen Praxiserfahrungen viel über die Systementwicklung und weitere Entwicklungsbereiche und machte die Bekanntschaft zahlreicher talentierter Persönlichkeiten mit unterschiedlichem Fachwissen.

Nach meinem kurzen Abstecher in den Bereich des Banksystemmanagements wechselte ich 1966 wieder zu einer Softwareorganisation, der gerade erst gegründeten »Software Factory«. Der damalige Geschäftsführer von Hitachi, Herr Komai, hatte die Organisation so getauft, da er die Meinung vertrat, dass Software genauso behandelt werden sollte wie

3. Tom DeMarco und Timothy Lister, *Peopleware: Productive Projects and Teams*, Dorset House, 1999.

andere Industrieprodukte. Als ich meine Stelle in der Softwarefabrik antrat, war das für mich ein Kulturschock. Die Arbeitsweise hier unterschied sich scheinbar völlig von der in der Maschinen- oder Computerfabrik. Probleme wurden nicht mithilfe von Experimenten gelöst, weshalb Messungen, Zahlen und Zeichnungen nur selten zum Einsatz kamen. Die Designer führten kühn neue Ideen ein und trafen Entscheidungen, ohne zuvor irgendwelche Experimente durchzuführen. Werkzeuge wurden kaum verwendet. Was mich jedoch am meisten beeindruckte, war, dass sie ihre Errungenschaften nicht zur Schau trugen.

Als Hitachi 1970 seine Software-Tochterfirma Hitachi Software Engineering (HSE) gründete, bat man mich, ihr beizutreten und den Betrieb zu planen. Nur zwei Jahre später wurde auf einer NATO-Konferenz der Begriff »Softwareentwicklung« als neuer Bereich des Ingenieurwesens geprägt. Zu diesem Zeitpunkt startete HSE die Softwareentwicklung mit 200 Programmierern, die zuvor in der Softwarefabrik tätig gewesen waren. Diese Programmierer waren über mehrere Projekte in Personalverträgen mit Hitachi verteilt. Da niemand über Fähigkeiten und Erfahrung im Projektmanagement verfügte, stieg die Zahl erfolgloser Projekte rapide an. Die Geschäftsführung bangte um das Überleben der Firma. Während wir uns mit diesen permanenten Problemen herumschlugen, grübelten wir darüber nach, wie wir deren Grundursachen ein für alle Mal ausmerzen könnten. Zu guter Letzt verbesserte die Firma ihre Praktiken so weit, dass das, was sie tat, den Namen »Softwareentwicklung« verdiente.

Es war offensichtlich, dass wir Projektmanager und Ingenieure ausbilden mussten, um ihnen die Fähigkeit zu vermitteln, Probleme zu erkennen, zu kontrollieren und zu lösen. Zu diesem Zweck versuchte die Geschäftsführung (unter anderem ich) eine Kultur der Eigenständigkeit, der ingenieursmäßigen Einstellung und des systematischen Denkens einzuführen. Unser erster Schritt bestand darin, die Mitarbeiter besser aufeinander abzustimmen. Wir erfassten die über die verschiedenen Projekte verteilten Mitarbeiter und teilten sie in Teams ein, die wir jungen HSE-Projektmanagern unterstellten. Diesen Projektmanagern übergab ich dann drei Arten von Plänen, die sie verwenden sollten, und schulte sie darin, den aktuellen Projektstatus jede Woche auf Diagrammen darzustellen. Dieser Ansatz ermöglichte es uns, den Status des Projekts und seine Abweichung von den Zielen zur Einhaltung von Terminen, Qualitätsstandards und Kosten unter dem Gesichtspunkt der Steuerbarkeit zu sehen (einige dieser Pläne sehen Sie in Tom DeMarcos Klassiker[4] *Controlling Software Projects* sowie in unseren wissenschaftlichen Veröffentlichungen[5]). Dieses Konzept basiert auf meiner Überzeugung, dass die meisten Menschen spontan die Kontrolle übernehmen, wenn sie die Situation erst erkannt haben. Wir schulten die Projektmanager jedoch nicht nur darin, den Projektstatus darzustellen, sondern erklärten ihnen auch, was beim Auftreten besonderer Kurvenmuster üblicherweise in einem Projekt vorgeht. Auch diese Strategie führte zum Erfolg und innerhalb weniger Jahre waren unsere Projekte profitabel, pünktlich und von hoher Qualität.

Neben den Diagrammen führte ich eine ganze Reihe von Mechanismen und Systemen zur Problembehebung ein. Ich entwarf ein System für Werkzeugvorschläge, das auf dem zuvor beschriebenen Konzept der Anwendung von Schablonen basierte. Wir führten außerdem Programmierwettbewerbe in der Softwarefabrik ein. Die Hauptprinzipien hinter diesen Ideen sind äußerst simpel. Erstens: Beobachte reale Arbeitsabläufe in realen Projekten (d.h. triff keine Entscheidungen ohne ausreichende Beobachtung). Zweitens: Gehe alle Phänomene auf ingenieursmäßige Art und Weise an. Zu guter Letzt: Denke systematisch und nutze Rückmeldungsmechanismen, um beständige und stabile Verbesserungen zu erzielen (d.h. alle Prinzipien, die ich in der Maschinen- und in der Computerfabrik erfahren habe). Ungefähr 30 Jahre nach der Gründung von HSE, nämlich 2002 und 2003, erreichten die fünf Unternehmensbereiche CMMI-Reifegrad 3. Einer der Bereiche erlangte 2004 als eine der weltweit ersten Organisationen sogar Reifegrad 5.

Der Softwareprozess basiert auf der Softwareentwicklung, einem Teilgebiet des Ingenieurswesens. Als ich jedoch einige Softwareorganisationen besuchte, war ich erstaunt festzustellen, dass ihnen das zur Problemlösung nötige Ingenieurswis-

---

4. Tom DeMarco, *Controlling Software Projects, Management, Measurement & Estimation*, Yourdon Inc., 1982.

5. D. Tajima und T. Matsubara, »The Computer Software Industry in Japan«, *IEEE Computer*, Jg. 14, Nr. 5 (Mai 1981), S. 89–96.

sen im Bereich der Softwareentwicklung fehlte. Die Entwicklung von Software erfordert ein komplexes System, in dem Menschen eine entscheidende Rolle spielen. Wir müssen daher angemessene Mechanismen einsetzen, um eine kontinuierliche Verbesserung zu garantieren.

Derzeit meistern zahlreiche Organisationen die integrierte Prozessverbesserung, die die Entwicklung von Software und Hardware und andere zugehörige Aufgaben einschließt. Um die integrierte Prozessverbesserung zu rationalisieren, sind eine ingenieursmäßige Vorgehensweise und systembezogenes Denken unerlässlich.

Entscheidungen mit Einfluss auf das Verbesserungsprogramm

Sie müssen drei Entscheidungen treffen, um CMMI für die Prozessverbesserung in Ihrer Organisation einzusetzen:

1. Auswahl der Organisation
2. Auswahl des Modells
3. Auswahl der Darstellung

Die Auswahl der Projekte, die am Prozessverbesserungsprogramm beteiligt sein sollen, ist von entscheidender Bedeutung. Eine zu große Anzahl kann mit der anfänglichen Verbesserungskapazität möglicherweise nicht bewältigt werden. Bei der Auswahl muss auch die Homogenität von Organisation, Produkt und Arbeit bedacht werden (d.h., sind alle Mitglieder Experten im selben Fachgebiet, sind sie alle im selben Produkt- oder Geschäftsbereich usw.).

Auch die Auswahl eines geeigneten Modells ist entscheidend für den Erfolg eines Programms zur Prozessverbesserung. Das Modell CMMI-DEV konzentriert sich auf Tätigkeiten zur Entwicklung von qualitativ hochwertigen Produkten und Dienstleistungen. Das Modell CMMI-ACQ konzentriert sich auf Tätigkeiten zum Beschaffungsmanagement von Produkten und Dienstleistungen. Das Modell CMMI-SVC konzentriert sich auf Tätigkeiten zur Bereitstellung von qualitativ hochwertigen Dienstleistungen an Kunden und Endanwender. Bei der Auswahl des Modells müssen der Schwerpunkt der Organisation und der Projekte sowie die erforderlichen Prozesse zur Erfüllung der Geschäftsziele angemessen berücksichtigt werden. Auch die Lebenszyklusprozesse (z.B. Konzeption, Design, Herstellung, Einsatz, Betrieb, Wartung, Entsorgung), auf die sich eine Organisation konzentriert, müssen bei der Auswahl eines geeigneten Modells bedacht werden.

Wählen Sie die Darstellung (in Fähigkeits- oder Reifegraden) aus, die Ihrem Konzept von Prozessverbesserung entspricht. Unabhängig von der gewählten Darstellung können Sie nahezu jedes Prozessgebiet bzw. jede Gruppe von Prozessgebieten für die Verbesserung wählen, wenngleich Sie dabei Abhängigkeiten zwischen den einzelnen Gebieten berücksichtigen müssen.

Im weiteren Verlauf der Prozessverbesserungsplanungen und -aktivitäten müssen Sie noch andere wichtige Entscheidungen treffen, z.B. ob Sie Appraisals nutzen, welche Appraisal-Methode zum Einsatz kommen soll, welche Projekte begutachtet, wie die Schulungen für das Personal sichergestellt und welche Mitarbeiter geschult werden sollen.

CMMI-Modelle

CMMI-Modelle beschreiben die guten Praktiken, die sich für Organisation zum Erreichen der Geschäftsziele als produktiv und nützlich erwiesen haben. Unabhängig von Ihrer Organisation erfordert es professionelles Urteilsvermögen, um die guten CMMI-Praktiken für Ihre individuelle Situation, Ihre Anforderungen und Geschäftsziele zu interpretieren.

Dieses Urteilsvermögen wird vor allem dann angesprochen, wenn Sie in einem Ziel oder einer Praktik auf Wörter wie »angemessen«, »geeignet« oder »nach Bedarf« stoßen. Diese Begriffe werden für Tätigkeiten verwendet, die nicht in allen Situationen gleich viel Bedeutung haben. Interpretieren Sie diese Ziele und Praktiken so, wie es für Ihre Organisation sinnvoll ist.

Wenngleich die einzelnen Prozessgebiete die Merkmale einer Organisation darstellen, die sich zur Prozessverbesserung verpflichtet hat, benötigen Sie gründliches Fachwissen über CMMI, Ihre Organisation, das Geschäft und die besonderen Umstände, um die Prozessgebiete richtig zu interpretieren.

Wenn Sie ein CMMI-Modell zur Prozessverbesserung in Ihrer Organisation einsetzen, ordnen Sie zunächst die realen Prozesse den CMMI-Prozessgebieten zu. Diese Zuordnung erlaubt es Ihnen, sowohl zu Beginn als auch später, die Beurteilung, bis zu welchem Grad Ihre Organisation das verwendete CMMI-Modell erfüllt und welche Verbesserungsmöglichkeiten sich daraus ergeben.

Um Praktiken zu interpretieren, ist es wichtig, den allgemeinen Kontext zu berücksichtigen, in dem sie verwendet werden, und festzustellen, wie gut sie die Ziele eines Prozessgebiets in diesem Kontext erfüllen. CMMI-Modelle schreiben weder explizit noch implizit vor, welche Prozesse für eine beliebige Organisation oder ein beliebiges Projekt die richtigen sind. CMMI beschreibt stattdessen die Kriterien, die mindestens erfüllt werden müssen, um Prozesse zu planen und umzusetzen, die eine Organisation aufgrund ihrer Geschäftsziele für die Verbesserung ausgewählt hat.

In den CMMI-Praktiken werden bewusst allgemein formulierte Wendungen wie »relevante Stakeholder«, »soweit erforderlich« und »nach Bedarf« verwendet, um den Bedürfnissen unterschiedlicher Organisationen und Projekte gerecht zu werden. Die besonderen Anforderungen eines Projekts können sich außerdem im Laufe der Zeit ändern.

Interpretation von CMMI bei der Verwendung agiler Vorgehensweisen

CMMI-Praktiken sollen in vielen verschiedenen Situationen nützlich sein und sind daher in allgemeinen Begriffen gefasst. Da CMMI keine bestimmte Vorgehensweise für die Entwicklung bevorzugt, werden nur wenige Informationen speziell für bestimmte Ansätze angegeben. Für Personen, die noch keine früheren Erfahrungen damit haben, CMMI unter ähnlichen Umständen wie der hier angesprochenen Vorgehensweise anzuwenden, kann sich die Interpretation daher dem intuitiven Verständnis entziehen.

Als Hilfestellung zur Interpretation der CMMI-Praktiken für diejenigen, die agile Methoden einsetzen, wurden ausgewählten Prozessgebieten Anmerkungen hinzugefügt. Diese

Anmerkungen sind, gewöhnlich in den einführenden Hinweisen, in folgenden Prozessgebieten enthalten: CM, PI, PMC, PP, PPQA, RD, REQM, RSKM, TS und VER.

Alle diese Hinweise beginnen mit »In agilen Umgebungen...« und befinden sich in Beispielkästen, damit Sie sie leicht erkennen können. Durch diese Darstellung wird auch deutlich gemacht, dass diese Hinweise Beispiele zur Interpretation der Praktiken bilden und weder notwendig noch hinreichend sind, um das Prozessgebiet umzusetzen.

Es gibt verschiedene agile Ansätze. Die Begriffe »agile Umgebung« und »agile Methode« sind eine Abkürzung für alle Entwicklungs- und Managementansätze, die dem *Manifest der agilen Entwicklung* folgen [Beck 2001].

Diese Ansätze zeichnen sich durch folgende Merkmale aus:

- Direkte Einbeziehung des Kunden in die Produktentwicklung
- Verwendung mehrerer Entwicklungsiterationen, um etwas über das Produkt zu lernen und es weiterzuentwickeln
- Bereitschaft des Kunden, die Verantwortung für Entscheidungen und Risiken zu teilen

Es gibt viele Entwicklungs- und Managementansätze, die eines oder mehrere dieser Merkmale aufweisen, aber trotzdem nicht »agil« genannt werden. Beispielsweise gehen manche Teams unzweifelhaft »agil« vor, ohne aber den Begriff »agil« zu verwenden. Selbst wenn Sie keinen agilen Ansatz verfolgen, können diese Hinweise daher auch für Sie von Nutzen sein.

Seien Sie bei der Verwendung dieser Hinweise jedoch vorsichtig. Die letztendliche Interpretation des Prozessgebiets muss zu Ihrer spezifischen Situation passen, also z.B. zu den Geschäfts-, Projekt-, Arbeitsgruppen und Teamzielen Ihrer Organisation, und gleichzeitig die Ziele und Praktiken des CMMI-Prozessgebiets erfüllen. Wie bereits erwähnt, sollten Sie die Hinweise als Beispiele ansehen. Sie sind weder notwendig noch hinreichend, um das Prozessgebiet umzusetzen.

Einige allgemeine Hintergrundinformationen und Anregungen zur Umsetzung agiler Entwicklungsansätze finden Sie in der vom SEI veröffentlichten technischen Anmerkung *CMMI or Agile: Why Not Embrace Both!* [Glazer 2008].

Prozessverbesserung in kleinen Unternehmen

von Khaled El Emam

In diesem kurzen Artikel beschreibe ich, wie ein kleines Unternehmen die Prozesse der Reifegrade 2 und 3 aus dem CMMI-Modell umgesetzt hat. In diesem Fall waren sowohl die Organisation (30 Mitarbeiter) als auch die Organisationseinheit für die Softwareentwicklung klein (eine zehnköpfige Gruppe für die Softwareentwicklung und fünf Personen für die Qualitätssicherung).

Umfeld

Die TrialStat Corporation produziert Software für klinische Tests bei der Medikamentenentwicklung. Sowohl für die Software als auch für die Prozesse, die bei ihrer Entwicklung und Wartung eingesetzt werden, gelten eine Reihe von FDA-Vorschriften. Da die Software eingesetzt wird, um sensible Patienteninformationen zu erfassen und zu speichern, ist die Sicherheit der Anwendung von entscheidender Bedeutung und wird häufig in die vorgeschriebenen Audits einbezogen.

Iterativen Prozess einführen

Aufgrund des Konkurrenzdrucks musste der Release-Zyklus für die Anwendung kurz sein. Es wurde entschieden, eine agile Methodik anzuwenden, die schnelle Ergebnisse versprach – einen Release-Zyklus von drei Wochen oder weniger.

Zu Anfang warf der Release-Zyklus von drei Wochen viele Probleme auf und führte zu einem Burnout des Entwicklungsteams. Im Unternehmen erhöhte sich das Risiko, die wichtigsten Entwickler zu verlieren, die nicht länger gewillt waren, Überstunden zu machen und an den Wochenenden zu arbeiten, um den schnellen Release-Zyklus beizubehalten. Für den kurzen Zyklus mussten außerdem viele Tätigkeiten der Anforderungsanalyse gekürzt und die Qualitätssicherung des Produkts minimiert werden – was beides nicht akzeptabel war.

Das Entwicklungsteam experimentierte dann mit einer Vergrößerung des Release-Intervalls. Nach einigen Versuchen wurde entschieden, dass ein dreimonatiges Intervall ausreichte. Dieser Abstand war kurz genug, um die sich schnell ändernden Geschäftsbedürfnisse zu berücksichtigen, aber ausreichend lang, um einige der Probleme zu vermeiden, die sich bei kürzeren Intervallen ergaben. Der größere Zeitabstand führte dazu, dass das Entwicklungsteam nicht mehr überlastet war und dass eine frühzeitige und ausreichende Anforderungsanalyse und eine effektive Qualitätssicherung durchgeführt werden konnten.

Dieser Vorgang zeigt, dass die Verwendung von CMMI und die Nutzung agiler Entwicklungsmethoden mit kurzen Release-Zyklen nicht im Widerspruch zueinander stehen. Es war sogar von Vorteil, die Prozessverbesserungen in diesem Rahmen umzusetzen.

CMMI-Praktiken iterativ einführen

Da das Geschäft der Organisation gesetzlichen Regelungen unterliegt, war von Beginn an eine starker Fokus auf die Prozesse notwendig (OPD). Während der Umsetzung der Praktiken für das Projektmanagement wurden gleichzeitig Standardarbeitsanweisungen entwickelt, die alle Entwicklungs- und Geschäftsprozesse dokumentierten. Regelmäßige interne Audits (PPQA) stellten die Einhaltung des Prozesses sicher.

Aufgrund der geringen Größe von TrialStat gab es keinen Unterschied zwischen Verfahren für die Organisation und einzelnen Projekten. Die Möglichkeiten der Aus- und Weiterbildung wurde nicht selbst entwickelt, sondern außer Haus vergeben. Pläne und Aufzeichnungen zur Aus- und Weiterbildung wurden jedoch für die gesamte Belegschaft als Teil der vorgeschriebenen Anforderungen des Unternehmens beibehalten (OT).

Der iterative Entwicklungsprozess ermöglichte die kontinuierliche Einführung neuer Projektpraktiken (in den Prozessgebieten Projektmanagement, Entwicklung und Unterstützungsprozesse) und schnelle Rückmeldungen über deren Effektivität. Jede Iteration bot eine Gelegenheit, um neue Arbeitsabläufe, eine neue Technologie oder fachliche Kompetenz einzufügen (z.B. Einzelpersonen mit Fachkenntnissen). Nach drei Monaten war es möglich zu bestimmen, ob der Eingriff Erfolg hatte und die gewünschte Auswirkung zeigte. Wenn ja, wurde diese Veränderung für zukünftige Iterationen beibehalten. Änderungen, die Probleme verursachten, wurden angepasst oder wieder entfernt.

Diese Verfahrensweise für die Einführung von Änderungen führte zu einigen Einschränkungen. Die Eingriffe in die Prozesse konnten nicht umfangreich sein, denn das Entwicklerteam musste sie erlernen, beherrschen und gut genug anwenden, um Rückmeldung geben zu können. Daher mussten neue Praktiken nach und nach eingeführt werden. Als z.B. Peer-Reviews eingeführt wurden, konzentrierten sie sich zuerst nur auf die Anforderungen. In einer Iteration konnten nur ein bis zwei Eingriffe in die Arbeitsabläufe eingeführt werden. Bei zu vielen Eingriffen konnte sich das Entwicklerteam nicht darauf konzentrieren, Softwarefeatures auszuliefern.

Formale CMMI-basierte Appraisals wurden nicht angewendet. Audits zu den FDA-Vorschriften und -Leitlinien wurden jedoch häufig von Dritten und von den Kunden durchgeführt, um die Konformität sicherzustellen.

Kennzahlen und Entscheidungsfindung

Die Erfassung und Verwendung von Messgrößen für die Entscheidungsfindung (MA) fing unmittelbar zu Beginn des Projekts an und wurde in den folgenden Iterationen nach und nach erweitert. Zunächst wurden Daten über Fehler nach dem Release erhoben. Diese Daten waren notwendig, um Korrekturmaßnahmen für Fehler und die Ressourcen dafür bereitzustellen und zu priorisieren. Nachdem das System eingerichtet war, wurden Messwerte über die Fähigkeit erfasst, Zeitpläne einzuhalten.

Der nächste Punkt war die Verwaltung der Lieferumfänge. Da das Auslieferungsdatum für jede Iteration feststand, war eine Steuerung des Lieferumfangs erforderlich, um flexibel zu bleiben. Die Größe der für jede einzelne Iteration geplanten Features wurde auf einen Dreimonatszyklus zugeschnitten. In manchen Fällen wurden die Features aufgeteilt und über mehrere Releases hinweg umgesetzt. Die Herausforderung bestand darin, einen geeigneten Ansatz zu entwickeln, um den Umfang der Anforderungen frühzeitig zu messen. Derzeit hatte es sich in dieser Umgebung als geeignet erwiesen, die Anzahl der Use Cases zur Messung des Umfangs der Anforderungen heranzuziehen.

Größe und Komplexität wurden der nächste Schwerpunkt für die Messung. Während das System wuchs, wurde die Verwaltung seiner Größe und Komplexität immer entscheidender. Ein Ansatz bestand darin, einzelne Teile des Systems einem Refactoring zu unterziehen, um die Komplexität zu verringern.

Lessons Learned

Um CMMI in einer Umgebung umzusetzen, in der gesetzliche Vorschriften gelten, waren erstaunlich wenige grundlegende Änderungen nötig. Viele der Praktiken, die in größeren Unternehmen erforderlich sind, lassen sich auch hier anwenden. Da das Unternehmen gesetzlichen Vorschriften unterliegt, gab es von Anfang an Unterstützung für Prozessverbesserung durch die Führung und Investoren. In anderen Umgebungen sind zusätzliche Anstrengungen notwendig, um eine solche Unterstützung zu erlangen.

Der iterative Ansatz zur Einführung der Prozessverbesserungen ermöglichte es der Organisation, ihre Praktiken inkrementell und kontinuierlich zu verbessern, und bot einen Mechanismus für schnelle Rückmeldungen, um Prozessänderungen zu bewerten. Wenn mehr Messwerte erfasst werden, wird es möglich sein, die Verbesserungen quantitativ zu bewerten.

Die Prozessdokumentation erwies sich für diese kleine Organisation als hilfreich. Sie machte es einfacher, neue Mitarbeiter zu integrieren und sicherzustellen, dass sie schneller ihre Beiträge leisteten. Ohne diese Dokumentation hätte ein Wachstum der Organisation größere Schwierigkeiten bereitet. Menschen, die sich gewöhnlich von kleinen Organisationen angezogen fühlen, sind nicht notwendigerweise prozessorientiert. Die Dokumentation der Prozesse trug dazu bei, klare Grundregeln für neue Mitarbeiter zu etablieren und eine prozessorientierte Firmenkultur durchzusetzen.

Prozesse für die Entwicklung und das Management von Anforderungen sorgten für Vorhersagbarkeit. Diese Prozesse wurden sehr früh bei der Einführung von Verbesserungen angesprochen und dienten als Grundlage für andere Entwicklungsabläufe. Für ein Unternehmen im frühen Stadium der Marktdurchdringung ist es entscheidend, dass die Anforderungen für jede Iteration korrekt sind.

Messungen wurden von Anfang an durchgeführt und wurden auch benötigt. Während die Organisation reifte, änderten sich die Art der Dinge, die gemessen wurden, und die Art der Entscheidungen, die aufgrund dieser Daten getroffen wurden.

Die Erfahrungen von TrialStat zeigen, dass CMMI auch im Umfeld einer kleinen Organisation gut funktionieren kann. Die Prozessverbesserung in einem kleinen Umfeld erfordert einen graduellen und inkrementellen Ansatz bei der Einführung von Änderungen, um sicherzustellen, dass die Organisation nicht mit einem Maß an Änderungen überlastet wird, die ihre Fähigkeit beeinträchtigt, ihre Produkte auszuliefern. Ein rein agiler Ansatz schien nicht gut zu funktionieren, doch mit einigen Änderungen und in Kombination mit CMMI können einige agile Praktiken der Organisation von Nutzen sein.

CMMI-Appraisals

Viele Organisationen finden es sinnvoll, ihren Fortschritt mithilfe eines Appraisal zu messen und eine Reifegradbewertung oder ein Fähigkeitsgradprofil zu bekommen. Appraisals dieser Art werden für gewöhnlich aus einem oder mehreren der folgenden Gründe durchgeführt:

- Um festzustellen, inwieweit die Prozesse der Organisation die Best Practices von CMMI erfüllen und welche Bereiche verbesserungsfähig sind
- Um Kunden und Lieferanten darüber zu informieren, inwieweit die Prozesse der Organisation die Best Practices von CMMI erfüllen
- Um die Vertragsanforderungen eines oder mehrerer Kunden zu erfüllen

Appraisals von Organisationen, die ein CMMI-Modell nutzen, müssen den im Dokument Appraisal Requirements for CMMI (ARC) [SEI 2011b] festgeschriebenen Anforderungen entsprechen. Appraisals dienen dem Zweck, Verbesserungsmöglichkeiten zu ermitteln und die Prozesse der Organisation mit den Best Practices von CMMI abzugleichen.

Appraisal-Teams verwenden ein CMMI-Modell und eine ARC-konforme Appraisal- Methode als Anleitung bei der Bewertung der Organisation und der Präsentation der Ergebnisse. Die Ergebnisse des Appraisals werden verwendet (z.B. von einer Prozessgruppe), um weitere Verbesserungen für die Organisation zu planen.

Appraisal Requirements for CMMI (ARC)

Das ARC-Dokument (*Appraisal Requirements for CMMI*) beschreibt die Anforderungen für verschiedene Arten von Appraisals. Ein vollständiges Benchmarking wird als Appraisal-Methode der Klasse A bezeichnet. Weniger formale Methoden werden als Methoden der Klasse B oder C definiert. Das ARC-Dokument ist dafür gedacht, die Konsistenz über die unterschiedlichen Appraisal-Methoden hinweg zu verbessern und Entwicklern von Appraisal-Methoden, Sponsoren und Benutzern die Unterschiede zwischen den verschiedenen Methoden zu veranschaulichen.

Je nachdem, welchem Zweck das Appraisal dienen soll und welche Umstände gegeben sind, kann eine Klasse den anderen vorgezogen werden. In einigen Fällen eignen sich Methoden wie Selbstbewertungen, initiale Appraisals, Kurz- oder Mini-Appraisals oder externe Appraisals, in anderen ist ein formales Benchmarking-Appraisal angezeigt.

Eine bestimmte Appraisal-Methode wird als Appraisal-Methode der ARC-Klasse A, B oder C deklariert, je nachdem, welche Sätze von ARC-Anforderungen der Methodenentwickler beim Entwerfen der Methode berücksichtigt hat.

Mehr Informationen über ARC finden Sie auf der SEI-Website unter *http://www.sei.cmu.edu/cmmi/tools/appraisals/*.

SCAMPI-Appraisal-Methoden

Bei der SCAMPI-A-Appraisal-Methode handelt es sich um die allgemein zugelassene Methode für die Durchführung von ARC-Appraisals der Klasse A unter Verwendung von CMMI-Modellen. Das SCAMPI Method Definition Document (MDD) enthält Regeln zur Sicherstellung der Konsistenz von Appraisal-Bewertungen. Um den Vergleich (das Benchmarking) mit anderen Organisationen zu ermöglichen, müssen Appraisals einheitliche Bewertungen gewährleisten. Das Erreichen eines bestimmten Reifegrads oder die Erfüllung eines Prozessgebiets muss für unterschiedliche begutachtete Organisationen dieselbe Bedeutung haben.

Die SCAMPI-Appraisal-Familie umfasst Appraisal-Methoden der Klassen A, B und C. Die Appraisal-Methode SCAMPI A ist die offiziell anerkannte und strengste Methode. Es ist die einzige Methode, die zu Benchmark-Qualitätseinstufungen führt. Die Appraisal-Methoden SCAMPI B und C versorgen Organisationen mit Verbesserungsinformationen, die weniger formal sind als die Ergebnisse eines SCAMPI-A-Appraisal, aber dennoch dabei helfen, Gelegenheiten zu Verbesserungen zu erkennen.

Mehr Informationen über SCAMPI-Methoden finden Sie auf der SEI-Website unter *http://www.sei.cmu.edu/cmmi/tools/appraisals/*.

Überlegungen zu Appraisals

Folgende Entscheidungen wirken sich auf ein CMMI-basiertes Appraisal aus:

- CMMI-Modell
- Anwendungsbereich des Appraisal, darunter die betrachtete Organisationseinheit, die zu untersuchenden CMMI-Prozessgebiete sowie die zu begutachtenden Reife- oder Fähigkeitsgrade
- Appraisal-Methode
- Appraisal-Teamleiter und Teammitglieder
- Zu befragende Appraisal-Teilnehmer, die aus den zu untersuchenden Einheiten ausgewählt werden
- Appraisal-Ergebnisse (z.B. Einstufungen oder instanziierungsspezifische Resultate)
- Appraisal-Einschränkungen (z.B. die benötigte Zeit vor Ort)

Die SCAMPI-Methodenbeschreibung (MDD) ermöglicht die Auswahl vordefinierter Optionen für ein Appraisal. Diese Appraisal-Optionen sollen Organisationen dabei helfen, CMMI mit ihren Geschäftsanforderungen und -zielen in Einklang zu bringen.

CMMI-Appraisal-Pläne und -Ergebnisse sollten stets eine Beschreibung enthalten, welche Appraisal-Optionen sowie Modell- und Organisationsbereiche ausgewählt wurden. Diese Dokumentation gibt Auskunft darüber, ob ein Appraisal die entsprechenden Benchmarking-Anforderungen erfüllt.

Organisationen, die mehrere Funktionen oder Gruppen begutachten lassen möchten, bietet der integrierte Ansatz von CMMI Kostenvorteile bei der Modell- und Appraisal-Schulung.

Eine Appraisal-Methode kann separate oder kombinierte Ergebnisse für mehrere Funktionen bereitstellen.

Die folgenden Appraisal-Prinzipien für CMMI sind mit den Prinzipien identisch, die in Appraisals für andere Prozessverbesserungsmodelle verwendet werden:

- Unterstützung durch die Geschäftsleitung[6]
- Konzentration auf die Geschäftsziele der Organisation
- Diskretion für Befragte
- Einsatz einer dokumentierten Appraisal-Methode
- Einsatz eines Prozessreferenzmodells (z.B. eines CMMI-Modells)
- Gemeinschaftliches Arbeiten im Team
- Fokus auf Maßnahmen zur weiteren Prozessverbesserung

Aus- und Weiterbildung für CMMI

Unabhängig davon, ob Ihre Organisation mit der Prozessverbesserung Neuland betritt oder bereits Erfahrungen mit Prozessverbesserungsmodellen gesammelt hat, ist die Aus- und Weiterbildung eines der wichtigsten Elemente, wenn es um die Fähigkeit geht, CMMI einzuführen. Zwar wird ein Satz von Einstiegskursen vom SEI und seinem Partnernetz bereitgestellt, jedoch möchte Ihre Organisation diese eventuell durch eigene Schulungen ergänzen. Dieses Vorgehen ermöglicht es Ihrer Organisation, sich auf die Gebiete zu konzentrieren, die den größten geschäftlichen Wert versprechen.

Das SEI und sein Partnernetz bieten den Einführungskurs *Introduction to CMMI for Development* an. Das SEI bietet darüber hinaus eine weiterführende Schulung für diejenigen an, die sich eingehender mit der Einführung von CMMI und Appraisals befassen möchten – z.B. Personen, die als Teil einer Prozessgruppe Verbesserungsmaßnahmen leiten wollen, SCAMPI-Appraisals durchführen wollen oder den Einführungskurs *Introduction to CMMI for Development* abhalten wollen.

Aktuelle Informationen über die Aus- und Weiterbildung für CMMI finden Sie auf der SEI-Website unter *http://www.sei.cmu.edu/training/*.

6. Die Erfahrung hat gezeigt, dass der wichtigste Aspekt für erfolgreiche Prozessverbesserungen und Appraisals die Unterstützung durch die Geschäftsleitung ist.

Verbesserung der industriellen Praxis

von Hans-Jürgen Kugler

Wie viele Softwareprodukte weisen ein Design auf, das über ihre gesamte Lebensdauer hinweg beibehalten werden kann? Wie viele weisen ein Design auf, das elegant ist und die Prinzipien guter Softwareentwicklung verkörpert, wie sie z.B. in Dave Parnas' wegweisendem Artikel von 1972 niedergelegt sind?[7] Wie viele Projekte können die Beziehung zwischen Kundenanforderungen und den umgesetzten Merkmalen wirklich nachverfolgen? Zurzeit trägt die zweite – oder, je nach Blickpunkt, sogar schon die dritte – Generation von Entwicklern zur Softwarekrise bei oder leidet darunter. Lernen wir jemals dazu? Die Antwort kann nicht nur aus der Entwicklergemeinde kommen.

In der letzten TechRepublic Live 2010 Conference[8] wurde die Frage aufgeworfen: »Bugverseuchte Software: Warum akzeptieren wir sie?« Die Antworten zeigte eine deutliche Unterscheidung zwischen IT-Software und anderen Produkten (z.B. Autos) auf. IT-Software leidet darunter, dass der Funktionsumfang ungeachtet der Gefahren dieser erhöhten Komplexität ständig wächst. Das trifft nicht nur auf den Endverbrauchermarkt zu, sondern auch für Unternehmens-IT. Mies van der Rohe – »Weniger ist mehr!« – müsste sich im Grabe umdrehen. Die Anzahl der Funktionen wird als offensichtliches Alleinstellungsmerkmal verwendet, da man sie ganz leicht hervorheben kann. Es wurde sogar geäußert, dass die Benutzer von IT-Software dieselben Symptome des Stockholm-Syndroms[9] zeigen, die auch Geiseln entwickeln.

In einem Markt, der keine anderen Produktqualitäten als nur die Kosten wertschätzt, ist es schwierig, ein Bedürfnis nach Qualitätsinitiativen hervorzurufen. Disziplin bei der *konsequenten Anwendung bekannter guter Praktiken* wird oft als Beeinträchtigung der Zeit- und der Kostendimension

7. D. L. Parnas, »On the Criteria to Be Used in Decomposing Systems into Modules«, *Communication of the ACM*, 15, Nr. 12 (1972), S. 1053–1058.

8. TechRepublic Live 2010: »The Changing Face of IT conference«, Louisville, Kentucky, 30. Juni bis 2. Juli 2010.

9. Stockholm-Syndrom, Wikipedia, Juli 2010.

gesehen. Maßnahmen scheinen von einer verzerrten Version der Aussage »Qualität ist umsonst« angetrieben zu werden: Es ist selten Zeit, es richtig zu machen, aber immer Zeit, es erneut zu wiederholen.

Aber nicht nur IT-Systeme enthalten Software. »Embedded Software Rules«[10] lautet ein Artikel, der die Allgegenwart von Software erklärt: von Rasierapparaten über Küchengeräte bis zu Autos und Flugzeugen. In der Automobilbranche stützen sich 80% bis 90% aller Innovationen am Fahrzeug auf Software. Software ist der »Leim«, der die Funktionsgruppen im Fahrzeug und außerhalb zusammenhält, aber das hat seinen Preis: 50 bis 100 miteinander verbundene Steuergeräte wirken in einem Fahrzeug zusammen, um eine Softwarelast in der Größenordnung von 10^7 Codezeilen und vielen tausend (unabhängigen) Kalibrierungsparametern auszuführen. »Die *Dynaxität* wächst exponentiell«, sagt Prof. Heinecke, Geschäftsführer von BMW Car IT[11], wobei Dynaxität die kombinierte Auswirkung der Dynamik von Änderungen (auf dem Markt und in der Technologie) und der Komplexität der in der Entwicklung befindlichen Systeme ist. Die Automobilbranche ist ein Markt mit starkem Wettbewerb, der von der Gesetzgebung zur Produktgewährleistung beherrscht wird. Viele Funktionen eines Fahrzeugs sind sicherheitsrelevant, weshalb eine disziplinierte und rückverfolgbare Entwicklung erforderlich ist.

Wenn die Innovationsfähigkeit des gesamten Marktes betroffen ist, reichen individuelle Verbesserungsbemühungen von Unternehmen nicht aus, wie umfangreich sie auch sein mögen. Das gesamte Wertschöpfungsnetz muss angesprochen werden. Viele Automobilunternehmen haben ihre eigenen strategischen Verbesserungsinitiativen, z.B. Bosch[12], mit erheblichen positiven Auswirkungen.[13] Es werden

---

10. S. Ferber, H.-J. Kugler, Robert Bosch GmbH und KUGLER MAAG CIE GmbH, »Embedded Software Rules«, Whitepaper, 2006.

11. H. Heinecke, »Innovation Development and Community Sources. The Survival Strategy«, *International SPICE Days*, Juni 2010, Stuttgart.

12. T. Wagner, Robert Bosch GmbH, »Bringing Software on the Road« SEPG 2004, Orlando, Florida, März 2004.

13. H.-J. Kugler et al., »Critical Success Factors for Software Process Improvement at Bosch GS«, Electronic Systems for Vehicles, 11th International Congress, VDI (Baden-Baden, 2003).

jedoch auch branchenweite Initiativen benötigt. Der Verband deutscher Automobilindustrie (VDA)[14] hat Richtlinien herausgegeben und von den OEMs[15] wurde eine Softwareinitiative (HIS) gegründet. Die Automobil-OEMS konzentrieren sich auf die technische Qualität des Entwicklungsprozesses bei Zulieferorganisationen.

Entwicklungsprojekte bei Zulieferern werden unter Berücksichtigung der Prozessreife beurteilt. Die Ergebnisse ermöglichen dem betreffenden OEM ein besseres Risikomanagement, die Entwicklung gemeinsamer Verbesserungsaktionen und die Steigerung des Bedürfnisses und der Wichtigkeit von Prozessverbesserungen in der Zulieferorganisation. Das vom HIS gewählte Modell beruht auf Automotive SPICE[16] mit einer Adaptation von ISO 15504, was zwar nicht gleichbedeutend, aber zumindest kompatibel mit der Darstellung in Fähigkeitsgraden von CMMI ist[17].

Für viele Verbesserungsprogramme von Organisationen bleibt CMMI der Ansatz der Wahl. Die Ergebnisse zeigen, dass eine Gesamtstrategie »zur Verbesserung der ganzen Branche« tatsächlich funktioniert: In den frühen 2000er Jahren zwang die Software viele Autofahrer, zu Fuß zu gehen, doch sind solche Störungen inzwischen zurückgegangen, während die Prozessreife erhöht wurde[18] und die Dynaxität signifikant gestiegen ist. Dr. Weißbrich von Volkswagen hat geäußert, dass die aktiven und passiven Sicherheitsfunktionen von Fahrzeugen eine statistische relevante Korrelation mit der signifikanten Verringerung der Verkehrsopfer in Deutschland aufweist.[19] Diese Sicherheitsfunktionen werden natürlich durch Software realisiert.

---

14. Verband deutscher Automobilindustrie, VDA Jg. 13, »Development of Software-Driven Systems – Requirements for Processes and Products«, 2004.

15. HIS – Herstellerinitiative Software (OEM-Softwareinitiative von Audi, BMW, Daimler, Porsche und Volkswagen); *www.automotive-his.de*.

16. Automotive SPICE; *www.automotive-his.de*.

17. K. Hörmann, »Comparison of CMMI and ISO 15504«, KUGLER MAAG CIE, Whitepaper.

18. L. Dittmann, »Nutzen von SPICE aus der Sicht eines OEMs«, Volkswagen AG, IAA Workshop, Frankfurt, September 2005.

19. Weißbrich, »Spicy Cars – the Value of Automotive SPICE to the German Automotive Industry«, International SPICE Days, Stuttgart, Juni 2010.

Früher hat sich die Automobilindustrie auf ihren traditionellen V-förmigen, iterativen Entwicklungsprozess konzentriert, bei dem Projekt- und Organisationsfunktionen als Matrix gegliedert sind. Die Abhängigkeiten zwischen den Projekten und die Tatsache, dass Projektbeschaffung, -start und -beendigung sehr dynamisch sind, bedeuten, dass stabile Teams eher Wunschdenken als Realität sind. Viele Unternehmen haben gehofft, dass Reifegrade ab 3 der Organisation Stabilität verleihen und damit eine Atempause vom ständigen Wandel geben würden. Doch die *Dynaxität* macht dies zunichte. Die Fähigkeit, sich zu ändern, flexibel an neue Kontextbedingungen anzupassen und gleichzeitig disziplinierte und rückverfolgbare Prozesse durchzuführen, die zu qualitativ hochwertigen Produkten führen, ist heute das Alleinstellungsmerkmal.

Die modellgestützte Entwicklung ist das Standbein der Entwicklungsmethoden[20] für Autos, aber agile Entwicklung, agiles Projektmanagement, Lean Six Sigma-Techniken werden im Zusammenhang mit Prozessverbesserungsprogrammen immer häufiger eingesetzt, und zwar wie erwartet mit guten Ergebnissen.[21]

Die Automobilindustrie wird ihre Branchenpraktiken unzweifelhaft weiterhin verbessern. Sie muss das auch tun, angesichts dessen, was Lero[22] *sich entwickelnde kritische Systeme*[23] nennt. Die Marktmechanismen erzwingen dies. Offene Werkzeugplattformen, die an diese Bedürfnisse angepasst werden, nehmen Form an[24] und werden eine einheitliche Anwendung guter Praktiken fördern.

Können dieselben Prinzipien auch auf andere Märkte oder Branchen angewandt werden, z.B. auf medizinische Geräte oder Ultraportable-Netbooks? Der Markt für medizinische Geräte hat möglicherweise eine Chance, dem Beispiel zu folgen, da auch hier gesetzliche Vorschriften über die Pro-

---

20. AUTOSAR, *www.autosar.org*.

21. B. Boehm und R. Turner, *Balancing Agility and Discipline*, Addison-Wesley, 7. Nachdruck, Oktober 2009.

22. Lero, »Research Area: Evolving Critical Systems«, The Irish Software Engineering Research Centre, *http://www.lero.ie/research/researchareas/evolvingcritical-systems.html*.

23. L. Coyle et al., »Evolving Critical Systems«, *IEEE Computer*, Mai 2010.

24. B. Lange, »Eclipse auf Rädern«, iX 01/2010.

dukthaftung gelten und da die Entwicklung reguliert ist und der Prozess eine wichtige Rolle bei der Entscheidung über den Einsatz steht. Auf dem Markt muss das *Gefühl* der Wichtigkeit und Dringlichkeit vorhanden sein. Nur dann kann das Wertschöpfungsnetz eine Bereitschaft zum Wandel zeigen. Der Druck, den die community-gestützte Softwareentwicklung auf die traditionelle Softwareentwicklung ausübt, kann helfen, vorausgesetzt, dass sich die Kluft überbrücken lässt, die zwischen vielen Befürwortern von CMMI und vielen Beteiligten an community-gestützter Software besteht.[25] Meiner Meinung nach ist das nur eine Zeitfrage, da der Beweis der Kompatibilität existiert.

Vielleicht ist dies auch nur ein rein akademischer Streitpunkt. Die Erfahrung mit dem »Softwareauto« stellt Software deutlich als *den* Motor für Innovation heraus. Kein anderes »Material« hat so viele potenzielle und »sonderbare« (nicht newtonsche) Eigenschaften. Das einzige, was dem nahe kommt, ist die Quantenmechanik[26]. Vielleicht hatte Tom DeMarco Recht, als er über das Ende der Softwareentwicklung schrieb:

> Einheitlichkeit und Vorhersagbarkeit sind immer noch wünschenswert, aber sie waren niemals die wichtigsten Aspekte. ... Wir haben uns selbst wegen unserer Unfähigkeit gequält, ein Softwareprojekt termin- und budgetgerecht zu vollenden. Aber ... dies hätte niemals unser oberstes Ziel sein sollen. Das wichtigere Ziel ist die Umwandlung, die Erschaffung von Software, die die Welt, ein Unternehmen oder dessen geschäftliche Vorgehensweise ändert. Bei dieser Umwandlung waren wir ziemlich erfolgreich, häufig während wir außerhalb unserer Freiheitsgrade arbeiteten.[27]

Das ist meiner Meinung nach ein sehr stichhaltiges Argument. In diesem Fall haben die beiden Seiten nichts, über das sie sich streiten müssten. Um diese Umwandlung zu erreichen, ist es immer noch nötig, organisationsweite Fähigkeiten, gute Prozesse und Kompetenz des Einzelnen zu lernen

25. H.-J. Kugler, »Open Source Teams entwickeln schneller«, *Automobil-Elektronik*, Dez. 2005.

26. H.-J. Kugler, »What Is Software? An Excursion into Software Physics«, Workshop, KUGLER MAAG CIE GmbH, Juli 2008.

27. T. DeMarco, »Software Engineering – An Idea Whose Time Has Come and Gone?«, Viewpoints, *IEEE Software*, Juni/Juli 2009.

und zu verbessern. Möglicherweise verhindert die heisenbergsche Unschärferelation auch, dass wir Software und ihre Entwicklung *objektiv steuern*, da es keine Objektivität gibt. Das soll uns jedoch nicht davon abhalten, Ökosysteme auf Softwareplattformen zu entwickeln, die gedeihen und die Welt ändern.

In jedem Fall sieht die Zukunft der Prozessverbesserung und von CMMI glänzend aus. Es gibt viel zu tun. Fangen wir an.

Kapitel 6

Essays und Fallstudien

Für die dritte Ausgabe dieses Buchs haben wir die Mitwirkenden gebeten, anstelle einer großen Fallstudie kürzere Fallstudien und Essays zu schreiben. Die Fallstudien bilden eine hervorragende Mischung von Erfahrungen aus einer Vielzahl verschiedener Organisationen und Kontexte.

Fallstudien

Die folgenden drei Fallstudien beleuchten die Anwendung von CMMI für Entwicklung aus jeweils einem eigenen Blickwinkel. Der Schwerpunkt der ersten liegt darin, mithilfe des Modells Reifegrad 2 zu erreichen. Diese Fallstudie beschreibt, was Sie daraus lernen können, wenn ein Verbesserungsprojekt den Kurs ändert, um seine Ziele zu erreichen. Die zweite Fallstudie gibt die Erfahrung einer Organisation wieder, die CMMI über einen langen Zeitraum hinweg eingesetzt hat, und erläutert, welche Wettbewerbsvorteile diese Organisation dadurch gewonnen hat. Die dritte und letzte Fallstudie beschreibt, wie die kombinierte Verwendung von CMMI für Entwicklung und Lean Six Sigma die Prozessverbesserung beschleunigen und verbessern kann.

Spurwechsel: Auf der Suche nach dem richtigen Weg zum Reifegrad 2

von Heather Oppenheimer und Steve Baldassano

Wenn der Vertrag mit Ihrem Kunden es fordert, dass Ihr »Softwareentwicklungsprozess CMMI-Reifegrad 2 aufweisen muss«, dann gibt es einen richtigen und einen falschen Weg, um diese

Forderung zu erfüllen. KNORR Brake hat beide Möglichkeiten ausprobiert und kann Ihnen zeigen, welche Narben davon zurückblieben und welche Belohnungen es gab. Dies ist die Geschichte einer sehr kleinen Organisation, die zuerst dem falschen Weg folgte und dann die Richtung änderte, was schließlich keine neun Monate später in einem erfolgreichen Appraisal zu Reifegrad 2 führte. Die KNORR Brake Corporation bietet pneumatische und hydraulische Bremssysteme, HKL-Geräte und Türautomatiken sowie Reparatur, Überholung und Wartung für alle Arten von Schienenfahrzeugen für den Massentransport an, z.B. Straßenbahnen, Hochgeschwindigkeitszüge, Regionalzüge und Einschienenbahnen. Hauptmerkmale von KNORR Brake-Produkten sind hohe Zuverlässigkeit und Sicherheit, integrierte Betriebs- und Kommunikationseinrichtungen sowie Sonderfunktionen, die andere Hersteller nicht anbieten.

Von den etwa 250 Angestellten arbeiten weniger als 30 in der System- und Softwareentwicklung. Die anderen sind in der Produktion tätig. An jedem Softwareprojekt sind ein bis zwei sehr erfahrene Elektroingenieure beteiligt, um maßgeschneiderte eingebettete Software zu entwickeln, die auf Systemebene mit der Hardware integriert wird.

KNORR Brake ist seit 1994 nach ISO-9001-2000 zertifiziert. Außerdem muss das Unternehmen die IRIS-Norm (International Railway Industry Standard) und die Qualitätsmanagementstandards des Mutterunternehmens KNORR-Bremse erfüllen.

Der falsche Weg

Da wir bereits über ein starkes Qualitätsmanagementsystem verfügten, dachten wir, es wäre einfach, wenn ein Kunde »CMMI-Reifegrad 2« verlangt. Wir gingen davon aus, dass wir nur wenige neue Artefakte hinzufügen mussten. Niemand erwartete erhebliche Lücken. Und selbst wenn, so glaubten alle, würde es eine Gelegenheit geben, diese kleinen Probleme zu lösen und den Grad trotzdem zu erreichen. Leider führte dieses Missverständnis zu einem SCAMPI-A-Appraisal, das auf sehr teure Weise zeigte, dass sich die Organisation »in den tiefsten Niederungen, sozusagen im Schlamm von Grad 1« befand. Das kostete auch das Wohlwollen und die Begeisterung vieler der beteiligten Personen.

Aufgrund unserer Annahme, dass wir nur wenig oder gar keine Vorbereitung benötigten, setzten wir das SCAMPI-A-Appraisal fast sofort an. Mehrere Manager und Ingenieure besuchten einen vom SEI autorisierten Einführungskurs in CMMI, um herauszufinden, welche kleinen Ergänzungen an unserem derzeitigen Qualitätsmanagementsystem CMMI erforderte, und um die Anforderungen für die Teilnahme als Mitglieder des Appraisalteams zu erfüllen. Die Beispiele in diesem Kurs und das informative Material im Modell hatten jedoch nicht viel mit eingebetteter Software zu tun, weshalb wir immer noch im Unklaren darüber waren, was das Modell erforderte. Aufgrund der Anleitung aus dem Kurs und der Ratschläge unseres Lead Appraiser richteten wir einige neue Prozesse und Verfahren ein, auch wenn keine von ihnen irgendeinen geschäftlichen Wert bedeuteten. Die Mitarbeiter waren gewillt, diese neuen »CMMI-Prozesse« zu verwenden, hielten sie aber für überflüssigen Aufwand.

Da wir annahmen, alle Lead Appraiser seien gleich, beauftragte KNORR Brake denjenigen, der auch für verschiedene andere Subunternehmer unseres Kunden arbeitete. Trotz seiner Erfahrung und seiner Kenntnisse versuchte dieser Lead Appraiser jedoch leider, unsere Umsetzung der CMMI-Praktiken so zu bewerten, als sei KNORR Brake eine riesige Organisation zur Softwareentwicklung und nicht eine Gruppe sehr kleiner Teams, die eingebettete Software erstellten.

Obwohl der Vertrag mit dem Kunden besagte, dass »die Softwareentwicklung CMMI-Reifegrad 2 aufweisen muss«, gingen wir davon aus, dass die ganze Organisation den CMMI-Standards genügen müsse, wie es bei ISO oder IRIS der Fall ist. Daher wurde die gesamte Organisation, also neben der Softwareentwicklung auch die Systementwicklung und Produktion, in das Appraisal einbezogen. Dieser große Umfang verlängerte die Dauer und erhöhte die Kosten des Appraisal und machte es noch schwieriger, die richtigen Nachweise für die Umsetzung der einzelnen Praktiken zu finden. Gleichzeitig wurden die Bereiche, an denen der Kunde wirklich interessiert war, nicht begutachtet.

Wir versuchten zwar nicht, irgendeinen Prozess über die Ergänzung einiger Dokumente hinaus zu verbessern, doch leisteten die Mitarbeiter Hunderte von ungeplanten Stunden, nur um uns auf das Appraisal vorzubereiten, unter anderem, indem sie Artefakte sammelten. Nach unserem Verständnis der SCAMPI-A-Anforderung von »objektiven Nachweisen« ging das Team fälschlicherweise davon aus, dass für jede Praktik mindestens zwei spezielle Nachweise erforderlich seien. Die

Teammitglieder kopierten und speicherten Hunderte von Dokumenten innerhalb von Ordnern für die einzelnen Praktiken innerhalb der Verzeichnisse für die Prozessgebiete. Die meisten dieser gesammelten Artefakte waren für das Appraisalteam nutzlos, das schließlich die gesamten Nachweise erneut untersuchte, nachdem es nicht möglich gewesen war, die mit so viel Arbeit bereitgestellten Informationen sinnvoll zu nutzen.

Das Appraisal selbst war eine qualvolle Erfahrung. Die Mitarbeiter waren nervös wegen der Vorbereitung und als sie im Interview saßen, hatten sie das Gefühl, vor einem Tribunal zu stehen. Die Fragen wurden im CMMI-Jargon gestellt und nicht in der Terminologie, die in den Prozessen von KNORR Brake üblich war. Daher gab es häufig die Antwort: »Das machen wir nicht«, als es in der Frage um etwas ging, das tatsächlich jedoch umgesetzt worden war. Da niemand bei KNORR Brake das CMMI-Modell wirklich verstanden hatte, gingen alle davon aus, dass die Erwartungen des Lead Appraiser an die Art der Umsetzung von Praktiken nicht zu bezweifeln waren. Niemand konnte die Prozesse von KNORR Brake für die Entwicklung eingebetteter Software in die CMMI-Terminologie übersetzen, die der Lead Appraiser verstand. Daher wurde die Organisation mit Reifegrad 1 bewertet. Die Empfehlungen für das Schließen der Lücken waren unnütz oder ließen sich nicht umsetzen und die ganze Organisation hatte das Gefühl, dass CMMI vergeudeten Aufwand bedeutete.

Zum richtigen Weg wechseln

Da der Vertrag immer noch CMMI-Reifegrad 2 für die Softwareentwicklung verlangte, entschied das leitende Management, mehr über CMMI zu lernen und einen neuen Versuch zu starten. Das war nicht einfach, da wir einige sehr ablehnende Haltungen gegenüber CMMI und SCAMPI im Besonderen, aber auch gegenüber Beratern, Prozessverbesserung und Appraisals im Allgemeinen überwinden mussten.

Dieses Mal behandelten wir den Versuch jedoch als Projekt und nicht als eine Tätigkeit, die am Rande durchgeführt werden konnte. Da wir etwas tun mussten, entschieden wir, dass wir auch etwas Sinnvolles daraus machen konnten. Wir sahen die Vertragsforderungen für CMMI-Reifegrad 2 als eine Gelegenheit an, die geschriebenen und ungeschriebenen Prozesse von KNORR Brake zu verstehen und nach Bedarf zu verbessern, um geschäftliche Vorteile daraus zu ziehen.

Das leitende Management zeigte seine Entschlossenheit, indem es einen erfahrenen Projektmanager mit dem Management und der Durchführung der Prozessverbesserung als Vollzeitaufgabe betraute und ihm die Befugnisse und die erforderlichen Ressourcen dafür gewährte. Diese Person hatte nicht nur Erfahrungen in Qualitätssicherung und Projektmanagement sowie eine gewisse Schulung in CMMI, sondern war aufgrund seiner technischen Erfahrung und seiner Fähigkeiten bei der Auslieferung von Produkten sehr angesehen und genoss das Vertrauen aller.

Allen Mitarbeitern der Softwareentwicklung wurde Zeit für das Prozessverbesserungsprogramm eingeräumt. Alle wurden einbezogen, das Programm, die anzuwendenden Verfahren, die Arbeitsanweisungen, die Arbeitsflüsse und die Abhängigkeiten zwischen all dem zu klären, zu verstehen, zu definieren und zu verbessern. Als weiterer Vorteil ergab es sich, dass die Ingenieure nicht nur Prozesse definierten, die auch tatsächlich funktionierten, sondern eine Menge voneinander lernten.

Der erste Schritt bestand darin, sich die vertragliche Forderung von CMMI-Reifegrad 2 genauer anzusehen und genau festzulegen, worauf das Hauptgewicht liegen sollte. Gleichzeitig hielt der CMMI-Projektmanager nach einem zertifizierten Lead Appraiser Ausschau, der als Berater dienen sollte. Es sollte jemand sein, der die Erfordernisse und den Kontext sehr kleiner, im Bereich eingebetteter Software tätiger Organisationen verstand und uns dabei helfen konnte, das CMMI-Modell für die Umsetzung in diesem Umfeld zu interpretieren. In der Anfangsphase des Prozessverbesserungsprojekts arbeiteten wir mit dem ausgewählten Berater zusammen, um die Formulierungen des Vertrags zu untersuchen und sicherzustellen, dass wir auch wirklich verstanden, was darin verlangt wurde. Anschließend ließen wir uns dieses Verständnis vom Kunden bestätigen. Das engte den Umfang unseres Vorhabens auf die Prozesse der Softwareentwicklungsgruppe ein. Wir versuchten also nicht mehr, das ganze Unternehmen zu ändern. Mit diesem Ansatz konnte das Prozessverbesserungsprojekt besser umgehen und das erhöhte die Erfolgswahrscheinlichkeit.

Bei jeder Reise – ob es sich nun um eine tatsächliche Reise z.B. mit der Bahn oder im übertragenen Sinne um die Reise der Prozessverbesserung handelt – muss man als Erstes wissen, wo man sich befindet und wohin man gehen möchte. Zusammen mit dem neuen Berater führten wir eine intensive Analyse des Ist-Zustands durch, um uns ein Gesamtbild von der Prozessarchitektur der Softwareentwicklung bei KNORR Brake zu verschaffen, um den CMMI-Modellpraktiken das zuzuordnen, »was Softwareingenieure tun und was sie nicht tun«, um mögliche Lücken zu erkennen und dann zu entscheiden, was zu tun ist, um diese Lücken anzugehen.

CMMI wurde als Richtschnur verwendet, aber alle Entscheidungen über die Umsetzung wurden aufgrund des Prozesskontexts und der Kultur von KNORR Brake gefällt. Für die Analyse des Ist-Zustands verwendeten wir eine stark interaktiv geprägte Variante der SCAMPI-B-Methodik, die von der Organisation nicht verlangte, Nachweise im Voraus zu erbringen. Dadurch wurde die Beeinträchtigung der laufenden Produktentwicklungstätigkeiten verringert, ohne die Qualität und Nützlichkeit der Appraisal-Ergebnisse zu reduzieren. Außerdem erhielten wir dadurch während des Appraisal mehr Gelegenheiten zum Lernen und konnten dem Kunden über unseren Fortschritt bei der Prozessverbesserung mit CMMI und bezüglich der vertraglichen Anforderungen Bericht erstatten.

Während der folgenden Monate traf sich der CMMI-Projektmanager zweimal die Woche zu einer zweistündigen Besprechung (mit Verpflegung!) mit Mitarbeitern aus der Softwareentwicklung, um die Prozesse und Verfahren zur Entwicklung eingebetteter Software zu verstehen, zu klären und zu verbessern. Der CMMI-Projektmanager berichtete regelmäßig bei Managementstatusbesprechungen über den Fortschritt. Außerdem hielt er jede Woche eine Telefonkonferenz mit dem Berater ab, um den Fortschritt, Probleme und Erreichtes zu besprechen.

Der Berater kam noch zweimal für jeweils einige Tage zu uns, um angepasste Trainings durchzuführen und Praxis-Workshops mit dem Team zu leiten. Dabei wurden einige Themen aus den Bereichen Prozessarchitekturdefinition, Schätzprozesse, Risikomanagement und der Messung und Analyse angesprochen, für die es besonderen Bedarf gab. Obwohl alle in die Definition der Prozesse und Verfahren eingespannt waren, trug der CMMI-Projektmanager die Verantwortung dafür, diese zu dokumentieren und sicherzustellen, dass der Dokumentenmanager von KNORR Brake sie passend formatierte und in die Ablage des Unternehmens übertrug.

Zu Anfang lag unser Hauptaugenmerk darauf, den Workflow im V-Modell von KNORR (einer Ansicht des Projektlebenszyklus) zu definieren und zu dokumentieren. Zu Beginn unseres Vorhabens hatte das Programmmanagement nur die Dokumentation für den Kunden und drei andere Aufgaben der Softwareentwicklung verfolgt: Design, Codierung und Test. Niemand außer den Softwareingenieuren wusste, warum die Schätzungen für den Aufwand und die Dauer der Softwareentwicklung so hoch waren, wenn doch anscheinend so wenig Arbeit zu tun war. Am Ende hatten wir alle wichtigen Tätigkeiten, Abhängigkeiten und zu liefernden Ergebnisse im V-Modell erfasst. Dadurch hatten das Programmmanagement und das leitende Management ein sehr viel besseres Verständnis der Arbeit im Bereich Softwareentwicklung. Die CMMI-Praktiken in den Prozessgebieten Anforderungsmanagement, Projektplanung, Projektverfolgung und -steuerung sowie Messung und Analyse boten uns eine Anleitung für die Umsetzung des V-Modells von KNORR.

Das V-Modell von KNORR bildete die Grundlage für einen verbesserten und nützlicheren Projektstrukturplan (PSP). Der PSP wiederum diente als Ausgangspunkt, um die Faktoren zu ermitteln und abzuschätzen, die bestimmen, wie viel Aufwand jede Aufgabe und jedes zu liefernde Ergebnis erforderte. Im informativen Material von CMMI und in der formalen Schulung wurden zwar viele Beispiele solcher Faktoren genannt, beispielsweise die Anzahl der Funktionen, der Zeilen im Quellcode und der Seiten. Es stellte sich jedoch heraus, dass diese Beispiele nicht die Hauptfaktoren wiedergaben, die die Aufwands- und Zeitabschätzungen bei der Entwicklung eingebetteter Software von KNORR beeinflussten.

Die Ingenieure wussten, welche Faktoren sich auf ihre Tätigkeit auswirkten, hatten sie aber nie erfasst und ihre stillschweigenden Kenntnisse auch nicht weitergegeben. Beispielsweise wird der Arbeitsaufwand für die an den Kunden zu liefernde Dokumentation weniger von der Anzahl der Seiten in dem Dokument bestimmt, sondern vielmehr von der Anzahl der Platinen und der Umarbeitungen, die der jeweilige Kunde wahrscheinlich verlangt. Mit ein wenig anfänglicher Unterstützung von unserem Berater konnte unser Team bestimmen, welche Faktoren wirklich wichtig waren. Mithilfe von Wide Band

Delphi-Techniken war es dann möglich, auf der Grundlage der Werte dieser Faktoren und früherer Aufwandsdaten über ähnliche Tätigkeiten typische Aufwandsbereiche für Aufgaben abzuschätzen.

Die typischen Aufwandsbereiche wurden in den aktualisierten Projektplänen und als Eingangsdaten für neue Angebote und Projekte verwendet. Dadurch konnte KNORR Brake die Kosten neuer Softwareentwicklungsarbeit besser abschätzen und den Kunden genauere Angaben über die voraussichtlichen Liefertermine machen. Die CMMI-Praktiken in den Prozessgebieten Projektplanung, Projektverfolgung und -steuerung sowie Messung und Analyse halfen uns, den neuen PSP umzusetzen.

Nachdem das V-Modell von KNORR etabliert, die Softwareprojektattribute identifiziert und der PSP vervollständigt waren, wurde der Zeitplan des Programmmanagements so aktualisiert, dass er die tatsächlichen Tätigkeiten widerspiegelte. Dadurch wurde es viel einfacher vorherzusagen, wie viel Zeit ein Projekt in Anspruch nehmen würde, und den Fortschritt im laufenden Projekt nachzuverfolgen. Als zusätzlicher Nutzen ergab sich, dass der Rest der Organisation den Wert des Softwareentwicklungsteams für das Geschäft besser zu schätzen lernte. Das Verständnis der tatsächlichen Projektattribute und des PSP bedeutete eine erhebliche Verbesserung für das Management der Softwareentwicklungsressourcen über mehrere Projekte hinweg und bot wertvolle Daten für Angebote neuer Projekte.

Einige Kunden von KNORR Brake verlangten die Lieferung einer Anforderungsverfolgungsmatrix (Software Requirements Traceability Matrix, SRTM). Allerdings wurde diese Matrix häufig nicht als ein Instrument für das Arbeitsmanagement genutzt, sondern nach Abschluss der Arbeit erstellt und als Dokumentation für das genutzt, was erstellt worden war. Ein Softwareingenieur hatte jedoch herausgefunden, dass es sich dabei um ein nützliches Instrument handelte, und diese Erfahrung während der wöchentlichen Besprechungen anderen Teammitgliedern mitgeteilt. Daraufhin wurde das V-Modell von KNORR verwendet, um die Struktur der SRTM zu aktualisieren, damit sie die Abdeckung der Anforderungen sicherstellte und herangezogen werden konnte, um den Einfluss von Änderungen während des Projekts zu beurteilen.

KNORR Brake verfügte bereits über einen Prozess, um die Änderungen von Anforderungen zu erfassen, die dem Kunden in Rechnung gestellt wurden. Erschienen die Änderungen jedoch gering oder entschied der Programmmanager, die Kosten dafür nicht dem Kunden anzulasten, so wurden sie nicht erfasst. Ihr Einfluss auf den Zeitplan, den Aufwand und die Kosten des Projekts wurde nicht bewertet. Wir haben den Prozess der Anforderung von Projektänderungen (Project Change Request, PCR) mit einem neuen PCR-Verfahren verbessert und institutionalisiert. Dabei wird jetzt verlangt, dass System- und Softwareingenieure sämtliche Änderungen bewerten, um ihren Einfluss auf Zeitplan, Kosten und/oder Umfang zu bestimmen und alle Risiken zu ermitteln, die Änderungen mit sich bringen können.

Den Wert dieses neuen Verfahrens konnten wir schnell erkennen: Mehrere Änderungsanforderungen, die sonst als geringfügig angesehen worden wären, stellten sich als ertragsfördernd heraus. Andere, die dem Kunden nicht in Rechnung gestellt wurden, erforderten aber eine Neuplanung der Projektressourcen, da sie Aufwand und Zeitplan betrafen. Zusammen mit dem V-Modell von KNORR und dem neuen PSP haben uns die CMMI-Praktiken in den Prozessgebieten Anforderungsmanagement, Projektplanung, Projektverfolgung und -steuerung sowie Konfigurationsmanagement wegweisende Hilfe für die Änderungen in der SRTM sowie beim Aufstellen der neuen Vorlage für Änderungsanforderungen und des neuen PCR-Verfahrens gegeben.

Alle Prozess- und Verfahrensänderungen waren synergetisch verwoben, sodass sie einander unterstützten und verstärkten. Alle führten dazu, die Art und Weise, in der die Arbeit erledigt wurde, zu klären oder zu verbessern. Keine dieser Änderungen führte zu einem nutzlosen Mehraufwand. Da die Änderungen eine natürliche Erweiterung der vorliegenden Prozesse darstellten, war es einfach, sie innerhalb des Qualitätsmanagementsystems von KNORR zu institutionalisieren.

Nachdem die Prozessänderungen etabliert waren und während sie institutionalisiert wurden, begann die Organisation mit der Planung für das SCAMPI-A-Appraisal. Zusammen mit dem Berater stellte der CMMI-Projektmanager eine Reihe von Fragen zusammen, die er bei der Befragung möglicher Lead Appraiser stellen wollte, um herauszufinden, ob der Kandidat in der Lage wäre, die Umsetzung von CMMI-Praktiken in einer sehr kleinen Organisation im Bereich der Entwicklung eingebetteter Software zu verstehen. Der Lead Appraiser musste in der Lage sein, sich an die Organisations- und Prozesskultur von KNORR Brake anzupassen, anstatt zu erwarten, dass KNORR Brake auf eine ganz bestimmte Weise vorzugehen hatte. Da KNORR Brake das Appraisal vor Ende des Kalenderjahrs durchführen wollte – zu einem Zeitpunkt, für den auch viele andere Organisationen Appraisals durchzuführen versuchen –, begann der Auswahlvorgang im Spätsommer, um die Wahrscheinlichkeit zu erhöhen, dass der gewünschte Appraiser auch tatsächlich verfügbar war, wenn er gebraucht würde.

Wir übernahmen alle neuen Prozess- und Tool-Verbesserungen in das bestehende Qualitätsmanagementsystem, indem wir neue Arbeitsanweisungen und/oder Verfahrensanweisungen schrieben und in einer Online-Ablage namens REX (Rail Excellence) speicherten. Dadurch können sowohl altgediente als auch neue Mitarbeiter ganz leicht die entsprechenden Verfahren und Vorlagen im Zusammenhang mit den Prozesszuordnungen finden, die die Entwicklungs- und Designphasen klar und verständlich definieren.

Die Vorbereitung der Nachweise für das SCAMPI-A-Appraisal erwies sich als einfach. Da der CMMI-Projektmanager wusste, welche KNORR-Brake-Prozesse welche CMMI-Praktiken umsetzten, musste er nur auf die tatsächlichen Arbeitsergebnisse verweisen, sobald sie erstellt waren. Die meisten der als Nachweise ausgewählten Artefakte wiesen Abschnitte aus, die sich für mehrere CMMI-Prozessgebiete und -Praktiken eigneten. Der Berater sah die Nachweise zusammen mit dem Programmmanager durch, um sicherzustellen, dass die ausgewählten Arbeitsergebnisse angemessen und vollständig waren und dass es verständliche Erklärungen des Kontexts gab, damit das Appraisalteam erkennen konnte, warum diese Artefakte ausgewählt worden waren. Es spielte keine Rolle, welche Projekte der Lead Appraiser letztlich zur Repräsentation der Organisation auswählte, da die Verknüpfungen der Arbeitsergebnisse auf Verzeichnisstrukturen zeigten, in denen alle Projekte enthalten waren.

Das Appraisal wurde interaktiv und kooperativ und nicht als Konfrontation durchgeführt. Die Arbeitsergebnisse wurden auf einen Bildschirm projiziert und der Lead Appraiser bat die Teilnehmer, ihre Arbeit zu erklären, damit das gesamte Appraisalteam sie überprüfen konnte. Wenn Fragen oder Bedenken geäußert wurden, wurden sie sofort beantwortet, anstatt sie auf eine getrennte Validierungssitzung zu verschieben. Da sich das Appraisal auf die Prozesse von KNORR Brake konzentrierte und die Umsetzung des CMMI-Modells in diesem Kontext bewertete, anstatt sich auf CMMI selbst zu konzentrieren, fühlte sich niemand bedroht und die gegebenen Informationen waren vollständig und genau.

Das Appraisal wurde in weniger als vier Tagen abgeschlossen, wobei die Softwareentwicklungsabteilung von KNORR Brake ihr Ziel erreichte, mit dem Reifegrad 2 bewertet zu werden. Diese Bewertung war aus vertraglichen Gründen sicherlich wichtig, doch von noch größerer Bedeutung war es wahrscheinlich, dass die Mitarbeiter und das Management gelernt hatten, dass CMMI-Praktiken nützlich sein konnten, ohne überflüssigen Aufwand hervorzurufen. Die Mitglieder anderer Funktionsbereiche und Produktreihen fragten: »Warum dürfen nur die Softwareingenieure CMMI einsetzen? Wir wollen es auch!«

Der Blick nach vorn (die Reise geht weiter ...)

Da das SCAMPI-A-Appraisal bei der Softwareentwicklungsgruppe von KNORR Brake erfolgreich verlaufen war und die neuen Prozesse und Verfahren einen erkennbaren Wert zeigten, entschied das Unternehmen, die Prozessverbesserung fortzusetzen. Der CMMI-Projektmanager wurde auf die neu geschaffene Position des Managers für Geschäftsprozessverbesserung befördert und bekam von der Geschäftsführung den Auftrag, Verbesserungen in sämtlichen geschäftlichen und technischen Prozessen von KNORR durchzuführen. Zurzeit sind bei KNORR vier Prozessverbesserungsteams tätig.

Ein Team ist dabei, die Verbesserungen, die an den Softwareentwicklungsprozessen für Bremsen vorgenommen wurden, auch auf die Softwareentwicklung für den HKL-Bereich zu erweitern. Dieses Team hat den Lebenszyklus nach dem V-Modell von KNORR und den PSP bereits für die Entwicklung von eingebettetem Code im Fachgebiet HKL vollständig ausgestaltet. Die Projektzeitpläne wurden anhand von Meilensteinen auf der Grundlage einer realistischen Einschätzung der erforderlichen Arbeit aktualisiert. Das HKL-Team hat den Softwareentwicklungsprozess für Bremsen durch die Einführung einer neuen Vorlage zur Ermittlung der Schlüsselattribute eines Projekts verbessert, das mehrere Varianten zulässt. Mit diesem neuen Tool kann der HKL-Softwareingenieur den Projekttyp genauer charakterisieren, was ein entscheidender Faktor zur Abschätzung von Zeitaufwand und benötigter Zeit ist.

Außerdem haben wir die Prozessverbesserung auf die Systementwicklung sowohl für Bremsen als auch für HKL-Technik ausgedehnt. Das Team überprüft den Lebenszyklus der Systementwicklung und ordnet den Prozessen der Systementwicklung CMMI-Praktiken zu. Dabei sehen wir uns die Prozessgebiete von Reifegrad 2, aber auch die wichtigsten von Reifegrad 3 an, in denen die Organisation bereits stark ist oder in denen es Probleme gibt, die kurzfristig gelöst werden müssen.

Da die Prozessverbesserungen in der Softwareentwicklungsgruppe für Bremsen so erfolgreich waren und die Teamarbeit bei den neu gebildeten fachbereichsübergreifenden Software- und Systementwicklungsteams außerordentlich gut funktioniert, hat das leitende Management die Bildung eines Designteams für neue HKL-Produkte gefördert, das Praktiken aus den CMMI-Reifegraden 2 und 3 für den Entwurf neuer HKL-Geräte nutzen soll.

Nachdem die Designphasen der System- und Softwareentwicklung gut verstanden waren, erkannten wir, dass der Prozess der Angebotsanfrage in den Produktlebenszyklus aufgenommen werden musste. Ein Anfrageteam hat die Zuordnung des gesamten Anfrageprozesses abgeschlossen und geklärt, wie dieser Prozess in den Designlebenszyklus auf System- und Software-Ebene passt, wenn Anfragen angenommen werden. Die Aufwandsschätzung und die Dokumentation innerhalb des Anfrageprozesses haben sich als äußerst wertvoll erwiesen, da sie einen Rahmen für zukünftige Angebote liefern und uns helfen, den Ressourcen- und Zeitbedarf vorherzusagen, der zur Vorbereitung der Angebote selbst erforderlich ist. Kommt es zudem zu einem Vertragsabschluss, können die Angaben zum Produkt und zum Kunden aus dem Angebotsprozess darüber hinaus unmittelbar in Abschätzungen der Projektgröße, der Aufgaben und der zu liefernden Ergebnisse übertragen werden, was Planungszeit und -aufwand einspart.

Ende dieses Jahres werden wir ein SCAMPI A für die System- und Softwareentwicklungsprozesse sowohl für den Bereich Bremsen als auch für den Bereich HKL durchführen. Wir greifen immer noch hin und wieder auf die Hilfe eines externen Beraters zurück, um unsere Annahmen und Entscheidungen zu überprüfen, aber inzwischen wissen wir, wie wir das

CMMI-Modell im Kontext von KNORR anwenden müssen, und benötigen daher viel weniger unmittelbare Anleitung. Aufgrund unserer Erfahrungen mit der Prozessverbesserung bei der Softwareentwicklung für Bremsen ist ein Erfolg sehr wahrscheinlich. Das verschafft KNORR einen Wettbewerbsvorteil in unserem Marktsegment.

Lessons Learned

Da wir zunächst dem falschen Weg folgten und erst später auf den richtigen umschwenkten, haben wir einige wichtige Lektionen gelernt, und diese Erfahrungen werden wir bei unserem weiteren Bemühen um Prozessverbesserungen beachten:

1. Stellen Sie Annahmen in Frage und vertrauen Sie Ihrem Instinkt. Glauben Sie nicht, dass Sie irgendetwas tun müssten, nur weil CMMI oder irgendein Experte es »erfordern«. Wenn etwas geschäftlich keinerlei Sinn zu haben scheint, ist es wahrscheinlich auch nichts, was sich in Ihrem gegenwärtigen geschäftlichen Kontext zur Umsetzung eignet.
2. Wenn Sie Vertragsvereinbarungen einhalten müssen, ermitteln Sie anhand der Formulierungen im Vertrag genau, welche Teile der Organisation und des Modells in ein formales Appraisal eingehen müssen. Ein genaues Verständnis der vertraglichen Anforderungen bündelt die Bemühungen um Verbesserungen und hilft dabei, unmittelbaren Nutzen daraus zu schöpfen.
3. Vor allem wenn Sie bereits negative Erfahrungen mit Prozessverbesserungen gemacht haben, sollten Sie den Nutzen früh und häufig zeigen. Wenn Mitarbeiter und Manager erkennen, dass eine Änderung ihre Arbeit einfacher oder effektiver macht, sind sie eher dazu bereit, weitere Änderungen anzunehmen.
4. Prozessverbesserung mit CMMI ist nichts, was Sie nebenbei erledigen können. Sie erfordert, dass sich ein Projektmanager, der Ansehen und Vertrauen genießt, diesem Vorgehen voll und ganz widmet und dass alle Mitarbeiter auf allen Ebenen der Organisation daran beteiligt werden und sich engagieren.
5. Das CMMI-Modell ist nur dann von Nutzen, wenn es als Leitlinie für die Prozessverbesserung verwendet wird und nicht als Checkliste zum Abhaken. Prozessverbesserung bedeutet nicht zu dokumentieren, was getan werden »sollte«, und

dann alle dazu zu zwingen, sich daran zu halten, ob es nun irgendeinen geschäftlichen Wert hat oder nicht. Wenn man das Ziel von »die Zertifizierung schaffen« in »unsere Prozesse klären und verbessern und dazu das CMMI-Modell als Hilfe nutzen« abändert, zeigt sich die Wertigkeit dessen, was bereits getan wurde. Änderungen werden Bestand haben und es wird sichergestellt, dass die Änderungen geschäftlichen Nutzen zeigen.

6. Alle Ziele und Praktiken von CMMI sind nützlich und fügen keinen unnötigen Mehraufwand hinzu – sofern man sie in Ihrem geschäftlichen und technischen Kontext interpretiert und umsetzt. Innerhalb des Organisationszusammenhangs führen einzelne Prozessverbesserungen häufig zur Umsetzung mehrerer CMMI-Praktiken und die Synergien zwischen diesen Verbesserungen erhöhen den Nutzen aller.
7. Ein Berater, der den Organisationskontext versteht, kann Anleitung auf Gebieten geben, auf denen die Organisation keine Erfahrungen hat, und dabei helfen, das Programm in der Spur zu halten. Änderungen an Prozessen müssen jedoch aus der Organisation selbst kommen, damit sie institutionalisiert werden. Wählen Sie einen Berater aus, der Sie anleitet anstatt Vorschriften zu machen.
8. Die Auswahl eines Lead Appraiser, der den geschäftlichen Kontext versteht, sorgt dafür, dass das Appraisal stichhaltig ist. Wenn der Lead Appraiser den Geschäftskontext nicht richtig versteht und niemand dabei helfen kann, zwischen CMMInesisch und der Prozessterminologie der Organisation zu übersetzen, besteht eine hohe Wahrscheinlichkeit dafür, dass die Appraisal-Ergebnisse aufgrund von Kommunikationsproblemen unsinnig sind und man das Ziel nicht erreicht.
9. Wenn Prozessverbesserungen einem Teil der Organisation deutliche geschäftliche Vorteile bringen, werden andere Teile darum bitten, mit an Bord gehen zu dürfen. Erfolg führt zu weiterem Erfolg.

Nachdem wir auf den richtigen Weg für die Prozessverbesserung mit CMMI umgeschwenkt waren, konnten wir das Voranschreiten genießen und pünktlich ankommen und jetzt freuen wir uns auf den Weg zum nächsten Ziel!

Die Anwendung von CMMI als Ursache für Wettbewerbsvorteile bei ABB

von Aldo Dagnino

ABB ist eine multinationale Organisation und Marktführer für Energie- und Automatisierungstechnik, mit der Versorgungsunternehmen und das produzierende Gewerbe ihre Leistung und gleichzeitig die Umweltverträglichkeit erhöhen können. Die überwiegende Mehrzahl der Produkte von ABB besteht aus komplexen Systemen, die sowohl Hardware- als auch Softwarekomponenten aufweisen (z.B. Robotersysteme, SCADA-Systeme, Relais, Steuersysteme und Automatisierungssysteme für Umspannwerke). Einige Produkte bestehen nur aus Software (z.B. Steuersysteme, Umspannwerk-Automatisierung, SCADA-Systeme), andere nur aus Hardware (z.B. Transformatoren, Schutzschalter).

Die Hauptkunden von ABB sind kommerzielle Organisationen, die zu den wichtigen Akteuren in Versorgungswesen, Petrochemie, Pharmazie, Automobilproduktion, Fertigung, Chemie, Öl und Gas gehören. Die Kunden von ABB verlangen von ihren Lieferanten zwar keine CMMI-Reifegrade, doch das Unternehmen nutzt CMMI bereits seit fast zehn Jahren. CMMI wird für die fortlaufende Verbesserung der Produktentwicklungsprozesse im Unternehmen eingesetzt. ABB hat erkannt, dass CMMI ein gutes Framework für Prozessverbesserungen darstellt, da es gute Praktiken für die Entwicklung komplexer Systeme enthält. Die Befolgung der Prinzipien von CMMI hilft den mit der Produktentwicklung befassten Geschäftsbereichen von ABB, eine führende Rolle in ihrem jeweiligen Marktsegment einzunehmen.

Die Prozessverbesserung hat in der Geschichte von ABB eine wichtige Rolle gespielt und stellt sich als Zwei-Phasen-Prozess dar. In der ersten Phase wurde die fortlaufende Prozessverbesserung von einer firmeneigenen Prozessorganisation gefördert. Die zweite Phase ergab sich als Ergebnis der positiven Ergebnisse aus Phase 1 und aufgrund der Tatsache, dass Mitglieder der Prozessverbesserungsorganisation von Phase 1 zu verschiedenen Geschäftsbereichen der Entwicklung wechselten und dort zu den Hauptverantwortlichen für die bereichseigenen Prozessverbesserungsteams wurden.

CMMI einführen

Der offizielle Startschuss für die fortlaufende Prozessverbesserung bei der Produktentwicklung von ABB begann 1999, als eine Initiative auf der Grundlage von Software CMM (SW-CMM) gegründet wurde und die Geschäftsbereiche, die Softwareprodukte entwickelten, freiwillig daran teilnahmen. Diese Initiative erhielt den Namen ABB Software Process Initiative oder kurz ASPI. Einige wenige Pilotprojekte für die Prozessverbesserung »unterschrieben« als Teilnehmer an der Initiative. ASPI war ein globales und zentralisiertes Programm und um die Initiative voranzubringen, wurde die Corporate Software Engineering Process Group (CSEPG) gegründet.

Die CSEPG arbeitete geografisch verteilt mit Teams in den Ländern, in denen sich wichtige Softwareentwicklungsgruppen des Unternehmens befanden. Das Hauptziel der CSEPG bestand darin, eine Gruppe von Experten für die kontinuierliche Verbesserung zu schaffen, die über tiefgreifende Kenntnisse des CMM-Modells verfügten, und grundlegende Methoden und Instrumente zu erstellen, die in den einzelnen Entwicklungsgeschäftsbereichen für Verbesserungstätigkeiten eingesetzt werden konnten.

Da die Produkte von ABB aus einer Kombination von Hardware- und Softwarekomponenten bestehen, wurde kurz nach dem Beginn der ursprünglichen Pilotprojekte deutlich, dass SW-CMM nicht alle Praktiken enthielt, um beiden Arten von Bestandteilen vollauf gerecht wurden. Daher bot sich CMMI als Framework für die fortlaufende Prozessverbesserung an. Die CSEPG wurde in Corporate Engineering Process Group (CEPG) umgetauft. Die Strategie der CEPG sah vor, sich eine hohe Fachkompetenz in Sachen CMMI anzueignen und das Bewusstsein für den Nutzen von CMMI in den Geschäftsbereichen der Produktentwicklung zu fördern und zu erhöhen. Das Ziel bestand darin, dass die Mitglieder der CEPG als Ausbilder und Mentoren eng mit den Geschäftsbereichen der Produktentwicklung zusammenarbeiten und die Prozessverbesserungsteams der Geschäftsbereiche beraten sollten. Damit begann die erste Phase der fortlaufenden Prozessverbesserung bei ABB.

Mit dem Abschluss der ersten Pilotprojekte stieg die Anzahl der Geschäftsbereiche der Produktentwicklung, die sich für CMMI interessierten, um eine Größenordnung. Die Erfahrungen, die das CEPG-Team bei der Arbeit an den ersten Pilotprojekten gewonnen hatte, führte außerdem zu dem Bedürfnis, stabile Schlüsselmethoden und -instrumente zu entwickeln, um auf systematischere Weise mit einer größeren Anzahl von Geschäftsbereichen der Produktentwicklung zusammenzuarbeiten. Da nur wenige Geschäftsbereiche der Entwicklung einen Reifegrad vorweisen mussten, wurde der Ansatz gewählt, stattdessen die wirtschaftlichen Vorteile herauszustreichen, die sich durch die Änderungen an den Entwicklungsprozessen mithilfe von CMMI ergaben.

Standardinstrumente und -methoden

Daher mussten standardisierte interne Methoden und Hilfsmittel entwickelt werden, um die Einheitlichkeit auch bei der Einbeziehung mehrerer Produktentwicklungsbereiche sicherzustellen. Darüber hinaus wurde die Verwendung eines Frameworks für die fortlaufende Verbesserung als wertvolles Asset erkannt. Da die Entwicklungsbereiche keinen Reifegrad nachweisen mussten, wurde die kontinuierliche Prozessverbesserung zu einer zyklischen Tätigkeit. Die Zyklen dauerten gewöhnlich ein Jahr und entsprachen den Budgetierungszyklen der Organisation. Als Framework für die Zyklen der kontinuierlichen Prozessverbesserung wurde das IDEAL-Modell ausgewählt.

Die Mitglieder des globalen CEPG-Teams entwickelten Werkzeuge und Methoden, die dann bei der Arbeit mit den Produktentwicklungsbereichen in ihrem jeweiligen geografischen Verantwortungsbereich eingesetzt wurden. Dazu gehörten vor allem die folgenden:

- Ein Werkzeug, um die Bereitschaft der Organisation zu bewerten, eine Initiative zur fortlaufenden Prozessverbesserung umzusetzen
- Eine Methodik für interne Appraisals samt Aus- und Weiterbildung und Hilfsmitteln
- Eine Methodik zur Übersetzung der Appraisal-Ergebnisse in einen nach Prioritäten geordneten Projektstrukturplan für die Prozessverbesserung
- Methoden und Vorlagen zur Entwicklung eines Prozessverbesserungsplans, mit dem die Verbesserungstätigkeiten in jedem Zyklus gemanagt werden sollten

- Eine Methode zum Messen der wirtschaftlichen Vorteile aufgrund der Änderungen im Rahmen der Prozessverbesserung
- Eine Datenablage, die einen Satz von Verbesserungskennzahlen für jeden beteiligten Produktentwicklungsbereich zusammenfasst
- Eine Ablage der gemachten Erfahrungen, guten Praktiken und allgemeinen Kenntnisse, die bei der Zusammenarbeit mit den Produktentwicklungsbereichen erworben wurden

Im verbleibenden Teil dieser Fallstudie finden Sie eine kurze Beschreibung dieser Werkzeuge und Methoden und eine Erklärung ihrer Nützlichkeit zur Umsetzung von CMMI.

Eine Organisation, die sich zur Umsetzung eines Programms zur fortlaufenden Prozessoptimierung mithilfe von CMMI entscheidet, muss die »richtige« Infrastruktur etablieren, diesem Ziel Menschen und Finanzen zuweisen, die Unterstützung durch das leitende Management gewinnen, einen kompetenten Änderungsbeauftragten haben, ihre Mitglieder in CMMI schulen und ganz allgemein für diese Initiative »bereit« sein. Wir entwickelten ein Werkzeug und eine Methode für die Bewertung der Bereitschaft und setzten sie ein, um die Bereitschaft einer Organisation zur Durchführung eines Programms der kontinuierlichen Prozessverbesserung mit CMMI quantitativ und qualitativ zu messen.

Die Bewertung der Bereitschaft wird zu Beginn jedes Prozessverbesserungszyklus durchgeführt. Eine Neubewertung innerhalb des Zyklus findet nach Bedarf statt. Die Ergebnisse der Bereitschaftsbewertungen wurden genutzt, um sicherzustellen, dass das leitende Management, die Änderungsbeauftragten und die Organisation voll und ganz für die CMMI-Initiative engagiert sind. Wenn Abweichungen auftreten, zeigen die Ergebnisse einer Neubewertung die Gebiete, die der Aufmerksamkeit bedürfen, um die CMMI-Initiative vorwärts zu bringen.

Die Verwendung einer intern entwickelten CMMI-Appraisal-Methodik und der zugehörigen Werkzeuge war entscheidend dafür, die Entwicklungsgeschäftsbereiche von ABB anhand der guten CMMI-Praktiken zu beurteilen und zu diagnostizieren. Diese interne Appraisal-Methodik basiert auf Version 1.1 von Appraisal Requirements for CMMI (ARC 1.1) und wurde viele Jahre lang für das Appraisal der Produktentwicklungsbereiche genutzt.

Die interne Appraisal-Methodik von ABB umfasst interne CMMI-Appraisals der Klassen B und C. Interne CMMI-Appraisals der Klasse B werden hauptsächlich dann durchgeführt, wenn eine Entwicklungsorganisation einen Zyklus der kontinuierlichen Prozessverbesserung beginnt und nachdem die Verbesserungen in dem Geschäftsbereich institutionalisiert wurden. Interne CMMI-Appraisals der Klasse C werden zwischen den Klasse-B-Appraisals durchgeführt, um ein oder zwei CMMI-Prozessgebiete zu bewerten.

Alle Mitglieder der internen Appraisalteams von ABB müssen den SEI-Einführungskurs in CMMI-DEV sowie den Schulungskurs für ABB-Appraisals absolviert haben. Um ein internes CMMI-Appraisal zu leiten, muss der Appraisal-Leiter mindestens an drei internen Klasse-B-Appraisals teilgenommen und den SEI-Kurs *Intermediate Concepts of CMMI* mitgemacht haben. Eine weitere wichtige und geschätzte Anforderung besteht darin, dass an dem Appraisal mindestens ein Mitglied des Produktentwicklungsbereichs teilnehmen muss, da letzten Endes der Bereich dafür verantwortlich ist, das Prozessverbesserungsprojekt voranzutreiben.

Das Ergebnis eines internen CMMI-Appraisal ist eine abschließende Präsentation, die die Stärken und Schwächen der Organisation bezüglich der CMMI-Prozessgebiete angibt. Diese abschließende Präsentation wird vom Appraisalteam zusammengestellt und am Ende des Appraisal vom Leiter an die teilnehmende Organisation verteilt. Ein zweites zu lieferndes Arbeitsergebnis am Ende eines internen Appraisal ist ein Dokument, in dem die Beobachtungen des Appraisalteams zu den einzelnen Praktiken für jedes der in dem Appraisal betrachteten Prozessgebiete aufgezeigt werden.

Ist das Appraisal abgeschlossen, wird dieses Dokument zum Aufstellen eines Projektstrukturplans herangezogen, der als Grundlage für einen Verbesserungsplan dient. In diesem Stadium spielen die jährlichen oder halbjährlichen Ziele der Produktentwicklungsbereiche eine zentrale Rolle bei der Auswahl und der Priorität der Prozessgebiete, die in den Verbesserungszyklus aufgenommen werden.

Ausgewählt werden Prozessgebiete, die unmittelbar dazu beitragen, die jährlichen/halbjährlichen Ziele des Entwicklungsbereichs zu erreichen. Beispielsweise kann es zu den Geschäftszielen eines Entwicklungsbereichs gehören, die Kosten aufgrund mangelnder Qualität um 15% zu verringern.

Gleichzeitig können die Ergebnisse des Appraisals z.B. zeigen, dass der Prozess des Geschäftsbereichs auf dem Prozessgebiet der Anforderungsentwicklung (RD) viele Schwächen aufweist, die zu einer schlechten Dokumentation und Erfassung von Anforderungen und damit zu einem hohen Grad an Nacharbeit führen und die Kosten aufgrund mangelnder Qualität erhöhen. Unter diesen Umständen wird anhand des Dokuments mit den Beobachtungen ein Projektstrukturplan (PSP) für die Verbesserungen aufgestellt, die im Rahmen des Prozessgebiets RD erforderlich sind. Diesen PSP zur Prozessverbesserung aufzustellen, ist eine schwierige Aufgabe für das Prozessverbesserungsteam des Geschäftsbereichs, weshalb der CEPG-Trainer dabei gewöhnlich eng mit dem Verbesserungsteam zusammenarbeitet.

Nachdem der PSP für die Prozessverbesserung ausgearbeitet ist, wird der Prozessverbesserungsplan (PVP) entwickelt. Die Entwicklung des PVP folgt eng den Praktiken, die CMMI-DEV in den Prozessgebieten PP (Projektplanung) und PMC (Projektverfolgung und -steuerung) empfiehlt. Er dient dazu, das Prozessverbesserungsprojekt während des Zyklus angemessen zu managen. Der CEPG-Trainer arbeitet eng mit dem Leiter des Prozessverbesserungsprojekts in dem Entwicklungsbereich zusammen, um den PVP aufzustellen, aber letzten Endes ist der Geschäftsbereich der »Besitzer« dieses Plans.

Ein wichtiger Aspekt des Verbesserungszyklus besteht in der Festlegung, wie der Einfluss von CMMI-Prozessverbesserungstätigkeiten zu messen ist. Wie bereits erwähnt, legt jeder Entwicklungsbereich jährliche/halbjährliche Geschäftsziele fest. Es wird erwartet, dass sich die Tätigkeiten zur Prozessverbesserung auf eine Teilmenge dieser Ziele auswirken. Das CEPG hat eine Methodik entwickelt, die Schlüsselindikatoren für die Leistung misst, bevor die Verbesserungen erfolgen und nachdem sie institutionalisiert wurden.

Wichtige Aspekte dieser Methodik sind die konsistente Art und Weise und der Zeitpunkt der Messung dieser Schlüsselindikatoren. Natürlich hat dieser Aspekt auch eine Komponente der »Belohnung und Anerkennung«, die aufgenommen wurde, um der Organisation Anreize für eine fortlaufende Prozessverbesserung zu geben. Interessanterweise ergaben sich bei mehreren Prozessverbesserungsprojekten Kosten/Nutzen-Verhältnisse im Bereich zwischen 1:3 und 1:5. Das bedeutet, dass für jeden Dollar, der in einem Projekt zur Prozessverbesserung ausgegeben wurde, gewöhnlich drei bis fünf Dollar in Form von Kosteneinsparungen, neuen Marktchancen oder gesteigerten Erträgen des Entwicklungsbereichs wieder hereinkommen.

Eine Datenbank mit den Schlüsselindikatoren für die Leistung der Prozessverbesserungstätigkeiten der einzelnen Produktentwicklungsbereiche wurde erstellt und von CEPG-Mitgliedern gepflegt. Zu diesen Schlüsselindikatoren gehören üblicherweise der Name des Entwicklungsbereichs, die Anzahl der durchgeführten Verbesserungszyklen, die Art der durchgeführten Appraisals und Kennzahlen des Nutzwerts. Diese Datenbank wurde immer dann aktualisiert, wenn die teilnehmenden Entwicklungsbereiche Verbesserungstätigkeiten durchführten.

Außerdem wurde eine CMMI-Wissensdatenbank erstellt. Sie ist so gegliedert, dass sie eine grafische Darstellung der Verbesserungen gegen die CMMI-Prozessgebiete bietet. Der Zweck dieser Wissensdatenbank besteht darin, alle guten Praktiken des Unternehmens, die von den am fortlaufenden Prozessverbesserungsprogramm beteiligten Entwicklungsbereichen umgesetzt wurden, zu speichern und der gesamten Firma verfügbar zu machen. Dazu gehören Artefakte wie Vorlagen, Erfahrungsberichte, Antworten auf häufig gestellte Fragen und jegliche anderen Informationen, die für die Entwicklungsbereiche nützlich sein können.

Die erste Phase

Während der ersten Phase unserer Initiative zur fortlaufenden Prozessverbesserung wurden die bereits erwähnten Werkzeuge und Methoden sowie die Infrastruktur erstellt und von der CEPG und den teilnehmenden Entwicklungsbereichen eingesetzt. Die erste Phase der Initiative zeichnete sich durch die folgenden wichtigen Elemente aus:

1. Es musste ein klarer Geschäftsfall definiert und an der Gesamtmenge der Ziele für den Entwicklungsbereich ausgerichtet werden, der das Verbesserungsprojekt durchführte.
2. Die CEPG war dann in einer besseren Position, um den Entwicklungsbereichen fortlaufende Prozessverbesserungen zu »verkaufen«.
3. Das Engagement der Entwicklungsbereiche zur fortlaufenden Prozessverbesserung stützte sich sehr stark auf den Hinter-

grund des leitenden Managements und dessen Kenntnisse in Prinzipien der Softwareentwicklung.

4. Es war notwendig, den Grad des Engagements der einzelnen Entwicklungsbereiche für ihre Verbesserungsinitiative ständig zu beobachten.
5. Es bestand nur wenig Bedarf für eine Synchronisierung der Verbesserungstätigkeiten, der Lösungen und des Einsatzes von Hilfsmitteln zwischen den Entwicklungsbereichen, die die Verbesserungsinitiative ausführten.

Die zweite Phase

Später wurden an der Infrastruktur mehrere strategische Änderungen vorgenommen, um die kontinuierliche Prozessverbesserung bei ABB zu fördern: Die meisten CEPG-Mitglieder wurden den Entwicklungsbereichen zugewiesen und erhielten die Verantwortung für deren Verbesserungsinitiativen. Gleichzeitig wurden die Vorstellungen des leitenden Managements angepasst, um die Initiative zur kontinuierlichen Prozessverbesserung globaler zu gestalten. Das Ziel der globalen Prozessverbesserung besteht darin, die globale Reichweite der Produktentwicklungspraktiken des Unternehmens signifikant zu verbessern und nach Möglichkeit allgemeine Methoden und Werkzeuge zu verwenden.

Heute

Die globale Initiative ist jetzt fest in allen ABB-Unternehmensbereichen verankert. Die Unternehmensbereiche sind die unmittelbaren Besitzer ihrer Verbesserungen und pflegen sie auch selbst. CMMI wird weiterhin als das wichtigste Framework für die kontinuierliche Prozessverbesserung eingesetzt. Der Schwerpunkt liegt jetzt aber auf nicht spezialisierten Praktiken sowie Standardmethoden und -werkzeugen, die von allen Produktentwicklungsbereichen verwendet und angepasst werden können. Interne CMMI-Appraisals werden weiterhin regelmäßig durchgeführt.

Kurz gesagt hat sich ABB zehn Jahre lang damit befasst, seine Produktentwicklungsprozesse kontinuierlich zu verbessern. Dabei kamen fortgesetzt gute Ergebnisse, wirtschaftliche Vorteile, eine gesteigerte Arbeitsmoral und die Erkenntnis heraus, dass CMMI in allen Stadien ein wertvolles Instrument gewesen ist. Aufgrund der stärkeren Globalisierung der Märkte und der Notwendigkeit, die Einheitlichkeit der Prozesslösungen zu steigern, waren Anpassungen erforderlich, aber weiterhin zeigt sich der Nutzen.

CMMI und LSS zur Beschleunigung der Prozessverbesserung

von Kileen Harrison und Anne Prem

CMMI (Capability Maturity Model Integration) und LSS (Lean Six Sigma) werden häufig als konkurrierende Initiativen angesehen, die um dieselben Budgets und Prioritäten zur Prozessverbesserung kämpfen. Tatsächlich aber ergänzen sich CMMI und LSS. Die gemeinsame Umsetzung dieser Methodiken kann zu Synergieeffekten führen, die die Prozessverbesserung beschleunigen und ihren Nutzen verstärken.

Der Synergieeffekt

Die Beziehung zwischen CMMI und LSS lässt sich unter anderem so beschreiben, dass CMMI das »was« angibt und LSS das »wie«. CMMI gibt an, »was« für Tätigkeiten erwartet werden, äußert sich aber nicht über die Techniken, mit denen diese Tätigkeiten durchgeführt werden. Im Gegensatz dazu gibt LSS an, »wie« Tätigkeiten optimiert werden können, inklusive der Festlegung von Werkzeugen und Techniken. Beispielsweise kann das CMMI-Modell dazu herangezogen werden, eine Lückenanalyse der Geschäftspraktiken einer Organisation durchzuführen und zu bestimmen, welche Potenziale für Verbesserungen es gibt. Anschließend kann LSS angewandt werden, um die Organisation mit den Werkzeugen und Techniken zu versorgen, die zum Erreichen der notwendigen Verbesserungen erforderlich sind. Aufgrund ihrer sich ergänzenden Natur kann die gemeinsame Anwendung der beiden Modelle eine solide Grundlage für leistungsorientierte Verbesserungen legen und das Verbesserungsprogramm im Ganzen beschleunigen.

Der gemeinsame Einsatz der beiden Initiativen sorgt für ein Gleichgewicht zwischen dem Schwerpunkt einer umfassenden Prozesssicht bei CMMI und dem Schwerpunkt der geschäftlichen Effizienz in LSS. Beispielsweise liegt bei einer typischen Umsetzung von CMMI auf dem Reifegrad »Geführt« oder »Definiert« das Hauptaugenmerk auf der Definition von Prozessen, um alle notwendigen Elemente einzubeziehen. Anschließend werden Verbesserung und höhere Effizienz durch eine gesteigerte Prozessreife erreicht, was im Allgemeinen damit verbunden ist, nach und nach zu höheren Graden des Modells fortzuschreiten. Im Gegensatz dazu konzentriert sich LSS schon von Beginn des Verbesserungsvorhabens an auf Effizienz und größere Effektivität. Um die Vorteile dieser sich ergänzenden Natur zu gewinnen, hat das Organizational Process Management Office (OPMO) der SPAWAR Headquarters (Space and Naval Warfare Systems Command) eine Vorgehensweise eingeführt, die beide Initiativen nutzt und dabei auf die Herausforderungen der einzelnen Geschäftseinheiten innerhalb der Organisation ausgerichtet ist.

Der Hintergrund

SPAWAR ist eines der bedeutendsten Beschaffungskommandos der Marineabteilung. SPAWAR beschafft vor allem hochwertige IT-Produkte für die US Navy und Dienstleistungen für die Flotte und andere Streitkräfte. Team SPAWAR hat seinen Sitz in San Diego und besteht aus SPAWAR Headquarters, zwei zusätzlichen SPAWAR Systems Centers (SSCs), drei Program Executive Offices (PEOs), einem Joint Program Executive Office (JPEO) und einem Verbindungsbüro in Washington D.C. Insgesamt hat die Organisation über 12.000 Angestellte und Subunternehmer, die global und in der Nähe der Flotte eingesetzt werden.

Seit 2005 war das OPMO von SPAWAR Headquarters mit der Unterstützung von Booz Allen Hamilton von wesentlicher Bedeutung für ein erfolgreiches LSS-Programm im gesamten Team SPAWAR. Die beiden entwicklungsorientierten SPAWAR Systems Centers verwenden bereits seit Jahren sowohl LSS als auch CMMI und haben durch formale Appraisals CMMI-Grade erworben, doch das OPMO von SPAWAR Headquarters, eines dienstleistungsorientierten Geschäftsbereichs, begann erst 2008 CMMI einzusetzen. Zu diesem Zeitpunkt erkannte das OPMO die Notwendigkeit, mit CMMI als Methodik zur Prozessverbesserung das bestehende LSS-Programm und andere Werkzeuge und Techniken zur Prozessverbesserung, die im gesamten Team SPAWAR verwendet werden, zu ergänzen.

Die Herausforderung

Eine Kultur der Prozessverbesserung zu schaffen und Fortschritte zu machen, ist in jeder Organisation eine Herausforderung. SPAWAR bildet da keine Ausnahme. Dabei zeigt sich sofort als erste Hürde, das Engagement der internen Stakeholder der Organisation für Prozessverbesserung zu bekommen und aufrechtzuerhalten. Eine weitere Hürde stellt der Fokus der Regierung auf das Erzielen von immer mehr Ergebnissen mit immer weniger Mitteln, unter Erfüllung der Ziele des Auftrags dar. Diese Herausforderungen und der Wunsch nach greifbaren Ergebnissen führten zu der Entwicklung einer Vorgehensweise, die sowohl LSS als auch CMMI nutzt.

Die Vorgehensweise

Im Folgenden wird der Ansatz des OPMO im Detail dargestellt. Das CMMI-Assessmentteam des OPMO folgte dabei den vier Hauptschritten:

1. Auftragsgefährdende Risiken erkennen
2. Relevante CMMI-Prozessgebiete auswählen
3. Eine CMMI-Lückenanalyse durchführen
4. LSS-Werkzeuge anwenden

Schritt 1: Missionsgefährdende Risiken erkennen

Das CMMI-Assessmentteam des OPMO beginnt die Bewertung eines Geschäftsbereichs durch die Anwendung der Informationen, die in dem SPAWAR-Werkzeug »P4I-Arbeitsheftsystem« (Policy, Procedures, Processes, Practices & Instructions) enthalten sind. Jeder Geschäftsbereich innerhalb von SPAWAR wird angehalten, das P4I-Arbeitsheft mindestens jährlich zu aktualisieren. Diese Informationen werden genutzt, um den Auftrag des Geschäftsbereichs zu identifizieren, ebenso die zugehörigen Leitlinien und Verfahren sowie jegliche Risiken, die den Auftrag gefährden können. Dabei bilden sie eine Momentaufnahme des Ist-Zustands des Geschäftsbereichs. Anhand der im P4I-Arbeitsheft niedergelegten Informationen über Risiken ermittelt das Assessmentteam die möglichen Schwächen und Risikogebiete des Geschäftsbereichs. Die kritischen Risiken werden entsprechenden funktionalen Sachgebieten (z.B. Postverarbeitung, Berichtsmanagement) zugeordnet, um einen begrenzten Zielbereich für Prozessverbesserungsaktivitäten abzustecken.

Schritt 2: Relevante CMMI-Prozessgebiete auswählen

Nachdem der Zielbereich ausgewählt ist, führt das Assessmentteam Interviews mit den Fachexperten und den Stakeholdern durch, um ein besseres Verständnis für die Ist-Prozesse zu bekommen. Außerdem untersucht das Team ergänzende Prozessdokumentation sowie alle anderen relevanten Assets und Werkzeuge. Aufgrund dieser Nachforschungen wählt das Assessmentteam die CMMI-Prozessgebiete aus, die für den Zielbereich die größte Relevanz aufweisen. Aufgrund der funktionsübergreifenden Natur des Geschäfts von Team SPAWAR zieht das Assessmentteam bei der Auswahl der Prozessgebiete alle drei CMMI-Konstellationen in Betracht (CMMI für Entwicklung, CMMI for Acquisition und CMMI for Services).

Das Team wählt die Prozessgebiete aus, die die stärkste Verbindung zu den im vorhergehenden Schritt erkannten auftragsgefährdenden Risiken aufweisen. SPAWAR Headquarters verlangt zurzeit keinen bestimmten CMMI-Reife- oder Fähigkeitsgrad. Daher konzentriert sich die Vorgehensweise darauf, wesentliche Maßnahmen oder »gute Praktiken« aus dem CMMI-Modell zu ermitteln und zu nutzen, die die Geschäftsbereiche umsetzen können, um auftragsgefährdende Risiken abzuschwächen und die Effizienz des Betriebs zu steigern. Die Verbesserungsmaßnahmen, die aufgrund der Bewertung der guten Praktiken getroffen werden, helfen dabei, das Prozess-Framework des Geschäftsbereichs aufzubauen oder zu erweitern, was wiederum dazu genutzt werden kann, einen CMMI-Reife- oder Fähigkeitsgrad zu erwerben, sofern dies gewünscht wird.

Schritt 3: Eine CMMI-Lückenanalyse durchführen

Nachdem das Assessmentteam den Ist-Zustand untersucht und die Prozessgebiete ausgewählt hat, wird eine detaillierte Lückenanalyse durchgeführt. Das Team setzt eine Nachweismatrix ein, um systematisch die Ist-Prozesse der im Fokus befindlichen Funktionsbereiche des Geschäftsbereichs mit den ausgewählten CMMI-Prozessgebieten zu vergleichen. Da SPAWAR Headquarters, wie bereits erwähnt, nicht der Pflicht unterliegt, einen Reife- oder Fähigkeitsgrad zu erreichen, konzentriert sich das Assessmentteam auf die ausgewählten Prozessgebiete, um auftragsgefährdende Risiken anzugehen, anstatt ein CMMI-Modell samt Appraisal-Methode vollständig anzuwenden.

Das Assessmentteam dokumentiert die Ergebnisse der Lückenanalyse in einem detaillierten Bericht, dem CMMI Assessment Report. Dieser Bericht zeigt die Verbesserungspotenziale des Geschäftsbereichs auf, die Empfehlungen des Teams und den damit verbundenen Nutzen. Vor der Auslieferung des abschließenden Berichts überprüft das Assessmentteam die Ergebnisse und Empfehlungen zusammen mit den wichtigsten Stakeholdern und Fachexperten aus dem Geschäftsbereich. Diese Überprüfung hat sich als sehr wirkungsvoll erwiesen, um Genauigkeit zu gewährleisten und das Engagement der Stakeholder zu fördern.

Schritt 4: LSS-Werkzeuge anwenden

Da die CMMI Assessment Reports detailliert sind und typischerweise fünf bis sechs Hauptprozessgebiete mit einer Vielzahl von Verbesserungsvorschlägen enthalten, müssen die Geschäftsbereiche meist dabei unterstützt werden, einen Startpunkt für die Verbesserungstätigkeiten festzulegen. Das Assessmentteam hilft dem Geschäftsbereich, die Aktivitäten mithilfe der LSS-Werkzeuge nach Prioritäten zu ordnen, z.B. mithilfe des AHP (Analytical Hierarchy Process) und einer Scoring-Matrix. Die Anwendung dieser Werkzeuge bildet eine quantitative Grundlage für Aufgaben (in diesem Fall die Ordnung von Tätigkeiten nach Prioritäten), die auch von qualitativer Natur sein können.

Der AHP ist eine mathematische Technik zur Entscheidungsfindung, die gewichtete Kriterien benutzt. Im Einzelnen ermittelt ein Geschäftsbereich dabei vier bis sechs Kriterien, die für seine Geschäftsziele wichtig sind, z.B. Risiko oder Arbeitsaufwand. Diese Kriterien werden miteinander verglichen, um zu bestimmen, welches Gewicht sie jeweils haben sollen. Schließlich werden diese Gewichte in eine Scoring-Matrix eingegeben, um die Verbesserungspotenziale objektiv zu priorisieren. Die Nutzung des AHP und der Scoring-Matrix ermöglicht es, den Geschäftsbereich beim Festlegen der Prioritäten einzubeziehen und damit letzten Endes das Engagement der Stakeholder zu fördern. Diese objektive Methodik hilft auch sicherzustellen, dass die wichtigsten geschäftsentscheidenden Verbesserungsgebiete als Erstes angegangen werden.

Nachdem die priorisierte Liste der Verbesserungen festliegt, werden die obersten Prioritäten betrachtet, um die beste Vorgehensweise zu finden. Ein Aktionsplan und Meilensteine werden entwickelt, die den Start eines LSS RIE (Rapid Improvement Event), LSS DMAIC (Define, Measure, Analyse, Improve, Control) oder einfach ein »Fangen wir an!« enthalten können. Die Dokumentation der Ist-Prozesse und die Ergebnisse der CMMI-Lückenanalyse sind erforderliche Eingaben für die nachfolgenden LSS-Ereignisse.

Gesamtbild

Das Assessmentteam hat mit mehreren verschiedenen Geschäftsbereichen zusammengearbeitet. Das Team und die Stakeholder aus den Geschäftsbereichen haben aus dem Einsatz von CMMI und LSS wertvolle Erfahrungen gewonnen. Einer der Geschäftsbereiche, mit dem das Assessmentteam zusammengearbeitet hat, ist Administrative Services & Support von SPAWAR. Die Geschäftsziele dieses Bereichs bestehen darin, Team SPAWAR durch die Etablierung von Leitlinien, Anleitung und Aufsicht über Verwaltungsfunktionen wie offiziellem Postverkehr, Berichtsmanagement, Direktiven und Korrespondenzverwaltung zu unterstützen.

Während der ersten Analysetätigkeiten ermittelte das Team zwei funktionale Bereiche, die mit geschäftsgefährdenden Risiken des Geschäftsbereichs in Verbindung standen: 1) Offizieller Postverkehr und 2) Berichtsmanagement. Da der Hauptzweck von Administrative Services & Support darin liegt, diese Dienstleistungen für SPAWAR zu erbringen, wählte das Assessmentteam die Konstellation CMMI-SVC. Eines der Prozessgebiete von CMMI-SVC, das für das Sachgebiet des Berichtsmanagements von Bedeutung zu sein schien, war das Konfigurationsmanagement. Nach der Durchführung einer Lückenanalyse fand das Assessmentteam verschiedene Verbesserungspotenziale und Empfehlungen in Bezug auf das Konfigurationsmanagement von Administrative Services & Support.

Es wurden unter anderem folgende Empfehlungen ausgesprochen:

- Eine vollständige Liste der Konfigurationselemente für alle geführten Berichte einschließlich ihrer Schlüsselmerkmale (z.B. Besitzer, Zeichnungsberechtigung, erforderliche Prüfer, Ablaufdatum, Aktualisierungshäufigkeit) erstellen und pflegen

- Klar und deutlich den Zweck der einzelnen Werkzeuge für die Berichtsverwaltung definieren und einen Prozess für die Verwendung dieser Werkzeuge dokumentieren
- Die maßgebliche Quelle für das Management sämtlicher Berichte benennen und regelmäßige Audits durchführen, um sicherzustellen, dass die Integrität der Berichte gewahrt bleibt

Nachdem der abschließende CMMI Assessment-Bericht für das Berichtsmanagement geliefert worden war, ordneten der Geschäftsbereich und das Assessmentteam die Verbesserungspotenziale mithilfe des AHP und der Scoring-Matrix nach Priorität, wie es in Schritt 4 dieses Ansatzes beschrieben wurde. Auf der Grundlage dieser priorisierten Liste stellte der Geschäftsbereich Administrative Services & Support einen LSS Rapid Improvement Plan auf, der folgende Tätigkeiten umfasste:

- Verschlanken des Prüfungsprozesses für offizielle Dokumente
- Verschlanken des Weiterleitungsprozesses für offizielle Dokumente im SPAWAR-Kommando
- Definieren eines Standardprozesses für das Konfigurationsmanagement und zugehöriger Geschäftsregeln für die Verwendung von vorhandenen Werkzeugen, um die Redundanz aufgrund von verschiedenen Versionen zu verringern und eine maßgebliche Quelle für offizielle Dokumente festzulegen

Für die offizielle Post wurde in Schritt 4 unter Berücksichtigung der Verbesserungsempfehlungen mit der höchsten Priorität der Bedarf nach einem LSS RIE zur Verbesserung der Prozesse für die Handhabung der Post erkannt. Der LSS RIE führte dazu, dass die Verantwortung für das Sortieren der Post nicht mehr redundant sowohl auf interne Ressourcen als auch auf einen Dienstleister verteilt wurde. Dadurch wurde die Arbeitsbelastung der internen Ressourcen um 90% verringert, sodass diese Mitarbeiter ihre Zeit dafür einsetzen konnten, den Rückstau in anderen Gebieten abzuarbeiten.

Neben diesen Einsparungen bei Administrative Services & Support ergab sich in anderen Geschäftsbereichen unter anderem folgender weiterer Nutzen:

- Die Empfehlungen aus einem CMMI Assessment-Bericht führten dazu, dass eine Prozessdokumentation erstellt wurde, die bei künftigen Personalwechseln hilft, inklusive bei der Pensionierung eines Mitarbeiters.
- Inhalte des detaillierten CMMI-Assessment-Berichts und der Prioritätsliste von Verbesserungstätigkeiten werden als wichtige Eingaben in die jährliche Strategieplanung des Geschäftsbereichs verwendet.
- Es ist geplant, Empfehlungen aus dem CMMI-Assessment-Bericht einzusetzen, um die Qualität der von Subunternehmern zu liefernden Ergebnisse und der damit verbundenen Kommunikation zu verbessern.

Lessons Learned und entscheidende Erfolgsfaktoren

Das Assessmentteam hat mehrere Assessments durchgeführt und dabei wertvolle Erfahrungen gemacht und Kenntnisse über entscheidende Erfolgsfaktoren gewonnen. Zwei der wichtigsten Herausforderungen, denen das Team gegenüberstand, waren:

1. Die Akzeptanz der Geschäftsbereiche für die Zuständigkeit der Verbesserungsaktivitäten
2. Probleme mit der Verfügbarkeit von Ressourcen aufgrund konkurrierender Initiativen (z.B. Umsetzung des Enterprise Resource Planning [ERP] der Marine)

Das Assessmentteam rollte mehrere Techniken aus, um das Problem der Übernahme der Zuständigkeit durch den Geschäftsbereich zu lösen. Nach Abschluss des Assessment war der Geschäftsbereich dafür verantwortlich, LSS-Verbesserungsereignisse aufzustellen und zu starten. Diese Aktivitäten erforderten jedoch manchmal sanfte, aber beharrliche Ermunterung durch das Assessmentteam, damit Fortschritte gemacht werden konnten. Deshalb führte das Team schließlich Veranstaltungen außerhalb des Firmengeländes durch, die sich als eine wirkungsvolle Möglichkeit erwiesen, um die Verbesserungsaktivitäten in Schwung zu bringen, denn hierbei hatten die Mitarbeiter Zeit, sich ohne Ablenkung von ihren täglichen Pflichten ganz darauf zu konzentrieren.

Außerdem fand das Team heraus, dass die Verwendung von RASCI-Karten (Responsible, Accountable, Support, Consulted,

Informed) dem Geschäftsbereich dabei half, die Zuordnung der Ressourcen zu den Rollen zu verstehen und den Besitz der einzelnen Prozessverbesserungstätigkeiten zu verdeutlichen. Um die Probleme der Ressourcenverfügbarkeit zu mildern, erwiesen sich die Kommunikation mit dem leitenden Management und die Aufstellung realistischer Zeitpläne als die erfolgversprechendsten Maßnahmen. Das Assessmentteam hielt das leitende Management während der gesamten Assessment-Tätigkeit auf dem Laufenden. Die Unterstützung und Anleitung durch die Geschäftsführung waren für den Erfolg des Projekts von entscheidender Bedeutung.

Eine deutliche Vermittlung der Ziele von CMMI-Assessment war ein weiterer entscheidender Faktor für den Erfolg, wie das Team erkannte. Aufgrund der Ressourceneinschränkungen und der konkurrierenden Prioritäten bestimmte SPAWAR Headquarters im Voraus, dass der Schwerpunkt auf der Nutzung der guten Praktiken von CMMI liegen sollte und nicht darauf, einen bestimmten Fähigkeits- oder Reifegrad zu erwerben. Da das Team diese Aussage schon früh vermittelte, konnte es den Mitarbeitern die Angst vor dem Aufwand eines CMMI-Grads nehmen und damit den Widerstand verringern. Das Assessment betonte von Anfang an die »guten Praktiken« von CMMI, um den Beteiligten den Umfang und den Zweck des Projekts deutlich zu machen.

Zusammenfassend lässt sich sagen, dass die gemeinsame Verwendung von CMMI und LSS nicht einfach nur die kombinierten Vorteile zweier Vorgehensweisen zur Prozessverbesserung bringt, sondern synergetische Ergebnisse, die die Effizienz und Effektivität von Prozessen schneller verbessern. Ein entscheidender Faktor, um aus diesem Ansatz das Höchstmaß an Nutzen zu ziehen, besteht darin, die Teilnehmer in den geeigneten Elementen beider Modelle und ihren Nuancen auszubilden. Es kann die Verwirklichung der Vorteile einer Prozessverbesserung beschleunigen, wenn die richtigen Ressourcen eingebunden werden und ein Ansatz verwendet wird, der sowohl CMMI als auch LSS nutzt.

Essays

Die folgenden Essays gehen auf verschiedene Erfahrungen ein. In den ersten dieser Aufsätze finden Sie Ratschläge sowohl für neue als auch für erfahrene Anwender von CMMI für Entwicklung. Der vierte Essay gibt Ihnen praktische Ratschläge dafür, einen Berater oder Lead Appraiser zu beauftragen. Den fünften und letzten Artikel sollten Sie als Lektüre denjenigen empfehlen, die nicht auf CMMI »anspringen«. Er stammt von einem Anhänger, der dem Wert von CMMI früher skeptisch gegenüberstand.

Erste Schritte zur Prozessverbesserung: Tipps und Warnungen

von Judah Mogilensky

Ihre Organisation hat also entschieden, sich auf den Weg zur Prozessverbesserung zu machen. Erst einmal herzlichen Glückwünsch zu dieser Entscheidung! Vielleicht wurde sie durch den katastrophalen Ausgang eines Projekts ausgelöst, den Sie nicht noch einmal erleben möchten. Vielleicht haben Sie auch erkannt, dass eine Erweiterung der Größe und Komplexität Ihrer Projekte nur dann erfolgreich sein kann, wenn Ihre Prozesse stabil genug sind. Auf jeden Fall fragen Sie sich jetzt vielleicht, womit Sie anfangen sollen.

Eine sehr schlechte Möglichkeit, um anzufangen, ist das, was ich »Prozess-Lobotomie« nenne. Dabei werfen Sie sämtliche Aspekte der Prozesse, die Sie bis jetzt ausführen, über Bord und sagen: »Wir müssen von null anfangen und alles komplett neu aufbauen!« Ich habe noch nie erlebt, dass so etwas funktioniert. Viel besser ist es, anzuerkennen, dass jegliche Projekterfolge, die Sie bis jetzt gehabt haben, zum Teil auf den Prozessen basieren, über die Sie bereits verfügen, wie frei und informell sie auch sein mögen. Eine gute Vorgehensweise besteht darin, jeweils einige wenige wichtige Personen aus den aktuellen Projekten einfach in irgendeiner Form aufschreiben zu lassen, was sie heute gerade tun. Sammeln Sie diese Beschreibungen und arbeiten Sie die Ähnlichkeiten und Unterschiede heraus. Halten Sie dann eine Besprechung mit den wichtigsten Projektmitarbeitern ab und gehen Sie die Beschreibungen durch, um dabei »gute Praktiken« und »Lessons Learned« zu ermitteln. (Gute Praktiken sind das, was funktioniert. Projekte sollten stets danach vorgehen. Lessons Learned sind schlechte Dinge, die Projekte niemals tun sollten.) Das Ergebnis dieser Besprechung wird Ihre erste dokumentierte Prozessbeschreibung sein. Im weiteren Verlauf werden Sie sich darauf konzentrieren, diese Beschreibung zu verfeinern, zu ergänzen, um Lücken zu schließen, und die Mitarbeiter dazu zu bringen, ihr durchgängig zu folgen.

»Nun ja«, werden Sie jetzt vielleicht sagen, »wir haben aber sehr wenig Prozesse. Es gibt fast nichts im CMMI-DEV-Modell, das wir durchgängig tun würden. Wo sollen wir anfangen?« Wenn Sie wirklich fast nichts haben sollten, schlage ich Ihnen vor, mit dem Konfigurationsmanagement zu beginnen. Jeder Prozess, den Sie durchführen – und dazu gehört auch das Schreiben von Prozessbeschreibungen – führt zu Dokumenten, Zeichnungen oder anderen Artefakten. Sie müssen in der Lage sein, diese Artefakte nachzuverfolgen, ihren Verbleib, die daran vorgenommenen Änderungen und die aktuellen Versionen zu kennen. Ein Konfigurationsmanagement hilft Ihnen beim Umgang mit diesen Artefakten.

Eine andere für den Anfang gut geeignete Tätigkeit sind Peer-Reviews. Während Sie Beschreibungen Ihrer Prozesse erstellen, damit die Mitarbeiter ihnen beständig folgen und Sie sie bewusst und erkennbar verbessern können, ist es hilfreich, schon in einem sehr frühen Stadium einen Peer-Review-Prozess zu dokumentieren, um damit die anderen Prozessbeschreibungen zu überprüfen. Später werden Sie feststellen, dass auch Peer-Reviews der Produkte Ihrer Projekte sehr nützlich sind.

Was ist der wichtigste Faktor für den Erfolg der Prozessverbesserung? Jeder, der Erfahrung damit hat, wird Ihnen dieselbe Antwort geben: die Stärke der Förderung durch einen Sponsor. Der Sponsor ist die Person in der Organisation, die die Macht und die Autorität hat, Prozessverbesserungsmaßnahmen anzuweisen und die dafür benötigten Ressourcen (finanzielle Mittel und Personal) bereitzustellen. Starke Förderung bedeutet jedoch nicht einfach, ein Budget aufzustellen und zu sagen: »Macht mal!« Stattdessen vermitteln Sponsoren ihren Organisationen ständig drei Arten von Botschaften, bewusst und unbewusst: ausdrückliche (was sie sagen), vorgelebte (was sie tun) und bestätigende (was sie belohnen).

Schwache Sponsoren sind diejenigen, die zwar sagen, dass sie eine Prozessverbesserung wünschen – sogar laut und öffentlich –, die aber durch ihre eigene Handlungsweise und durch die Verhalten, die sie belohnen (z.B. schlecht abgeschätzte Projekte, die in große Schwierigkeiten geraten und dann auf den letzten Drücker durch heldenhafte Anstrengungen in Nachtschichten gerettet werden müssen), zeigen, dass sie in Wirklichkeit nicht besonders an Prozessverbesserungen interessiert sind. Bei widersprüchlichen Aussagen werden die Mitarbeiter einer Organisation immer den vorgelebten und bestätigten Botschaften glauben statt den ausdrücklichen.

Eine der wichtigsten Rollen der Prozessgruppe (also der Personen, die für die Entwicklung und das Ausrollen von Prozessen verantwortlich sind) besteht also darin, dem Sponsor Rückmeldungen über die Botschaften zu geben, die er vermittelt, und über eventuelle Widersprüche darin. Dies erfordert eine gewisse Übereinkunft im Voraus, da eine kritische Rückmeldung von unten nach oben in den meisten Organisationen nicht üblich ist.

Worin besteht der zweitwichtigste Erfolgsfaktor? In einer Atmosphäre, die zu einer offenen und ehrlichen Rückmeldung durch die Prozessbenutzer ermutigt und sie fördert. Die einzige Möglichkeit, um herauszufinden, ob ein Prozess funktioniert und den Mitarbeitern hilft, besteht darin, Kommentare und Rückmeldungen von diesen Personen einzuholen. Um diese Rückmeldungen nicht abreißen zu lassen, ist es wichtig, dass die erhaltenen Eingaben anerkannt, wertgeschätzt und umgesetzt werden, vor allem, wenn sie besagen: »Das funktioniert bei uns nicht.« Der Versuch, Beschwerden abzuwimmeln oder zu ignorieren, wird nicht dazu führen, dass sie aufhören. Sie werden nur unter den Teppich gekehrt, wo sie weniger gut sichtbar sind, aber viel mehr Schaden anrichten können.

Auf welche Fallstricke sollten Sie achten? Es gibt zwei, die häufig aufzutreten scheinen: Der erste ist ein Verlust des Sponsoreninteresses, der zweite etwas, was ich als »pathologisches Kästchenankreuzen« bezeichne. Die leitenden Manager, die im Allgemeinen als Sponsoren dienen, leben in einer geschäftigen, stressgeplagten Welt, in der kurzfristiges Denken vorherrscht. Prozessverbesserung ist jedoch ein langfristiges Unterfangen, dessen Nutzen sich langsam entwickelt. Es ist sehr hilfreich, regelmäßige Gelegenheiten einzuräumen – nicht häufiger als vierteljährlich –, um sich mit dem Sponsor zu treffen und den Fortschritt zu begutachten, Erfolge zu feiern, Hindernisse zu ermitteln und die bereits erwähnte kritische Rückmeldung nach oben zu geben. Außerdem hilft es, Geschäftsfälle aufzustellen und regelmäßig zu aktualisieren, die die Vorteile der Prozessverbesserung zeigen (z.B. Kosten- und Zeiteinsparungen, bessere Leistung bei Meilensteinen und erhöhte Lieferqualität). Denken Sie daran: Je schlechter die Verhältnisse zu Anfang sind, umso leichter ist es, Verbesserungen zu demonstrieren.

Der andere Fallstrick besteht darin, das Erreichen eines bestimmten Reifegrads in einem Appraisal als das Hauptziel der Organisation anzusehen und alles, was beim Erreichen dieses Ziels stört oder es zu gefährden scheint, als Hindernis anzusehen, das überwunden werden muss. Dieses »pathologische Abhaken« hat nichts mit echter Prozessverbesserung zu tun. Letztere legt den Schwerpunkt auf die messbare Projektleistung, die messbare Geschäftsleistung, die Kunden- und Mitarbeiterzufriedenheit und fortlaufende Verbesserung. Pathologisches Abhaken dagegen sieht die Einstufung auf einem bestimmten Reifegrad als eigentliches Ziel an und versucht dies zu erreichen, selbst wenn Projekt- und Geschäftsleistung, Kunden- und Mitarbeiterzufriedenheit und die fortlaufende Prozessverbesserung davon beeinträchtigt werden.

Die folgenden Beobachtungen gehören zu den Anzeichen dafür, dass eine Organisation auf die »dunkle Seite« gewechselt ist:

- Die angestrebten Reifegrade und die zugehörigen Termine werden öffentlich gemacht und breit diskutiert, aber Projekt- und Geschäftsleistungsziele und deren Termine genießen nur wenig oder gar keine Öffentlichkeit und werden kaum oder wenig besprochen.
- Es wird viel Zeit und Kraft darauf verwendet, ein »akzeptables Mindestmaß« an Prozessverbesserungen festzulegen, das zu einer »erfüllt«-Bewertung führt, ohne Rücksicht darauf zu nehmen, was für Prozesse die Projekte oder die Organisation tatsächlich brauchen. In besonders schweren Fällen verlangen die Fürsprecher der Organisation (vielleicht sogar die Anwälte) vom Lead Appraiser, dass er ihnen zeigen soll, »wo in dem Modell ausdrücklich gesagt wird, dass ich irgendetwas tun muss«.
- Da das Hauptaugenmerk darauf liegt, so schnell wie möglich den angestrebten Reifegrad zu erreichen, ist »keine Zeit« für eine breite Teilnahme, eine genaue Untersuchung und Pilotierung neuer Prozesse. Stattdessen werden Prozesse von einer kleinen Gruppe entwickelt oder sogar von außen importiert und den Arbeitsgruppen und Projekten mit wenig Rücksicht auf Eignung und Nützlichkeit aufgezwungen. Einwände gegen

diese Prozesse werden als »Widerstand« gewertet, der überwunden werden muss. Kritische Rückmeldungen werden nicht gern gesehen und es gibt »keine Zeit«, um Prozesse als Reaktion auf die Erfahrungen der Anwender anzupassen oder umzuarbeiten.

- Nachdem ein formales oder möglicherweise sogar nur ein informelles Appraisal durchgeführt wurde und ein bestimmter Prozess als »erfüllt« bewertet wurde, werden Änderungen an diesem Prozess zwar nicht ausdrücklich, aber de facto verboten. (»Wenn wir das ändern, wird der Lead Appraiser es vielleicht nicht wieder so bewerten.«) Dadurch wird das ausdrückliche Ziel des Modells, die kontinuierliche Prozessverbesserung, im Grunde genommen über Bord geworfen.
- Ein letztes Symptom – vielleicht das ernsthafteste – besteht darin, dass viel Aufwand und Kraft investiert wird, um eine »falsche Fassade« von Dokumenten aufzubauen, die dem Lead Appraiser als Nachweise präsentiert werden, aber nur wenig oder gar nichts mit der Arbeit zu tun haben, die tatsächlich durchgeführt wird. Das Traurige daran ist, dass die Organisation, hätte sie sich stattdessen um echte Prozessverbesserung bemüht, greifbare geschäftliche Vorteile genossen hätte, die sie durch »Abhaken« niemals erreichen kann.

Das bringt uns zur letzten Frage: »Wie kann ich erkennen, dass ich erfolgreich bin?« Formale Appraisals, die zu einer offiziellen Reifegradeinstufung (oder einem Fähigkeitsgradprofil) führen, können hilfreich sein, vor allem wenn es erforderlich ist, höheren Ebenen des Managements oder Kunden den Prozessfortschritt nachzuweisen. Selbst ein informelles Appraisal kann nützliche Rückmeldung geben und helfen herauszufinden, ob bei den Verbesserungsbemühungen nicht etwas Wichtiges versäumt wurde.

Der tatsächliche Maßstab für den Erfolg von Prozessverbesserungen jedoch ist der Einfluss, den sie auf das Geschäft und auf die Mitarbeiter haben. Was das Geschäftliche angeht, sehen Sie sich an, welche messbaren Verbesserungen bei der Vorhersagbarkeit von Kosten und Terminen, der Projekteffizienz und der Lieferqualität unter dem Strich erkennbar sind. Um den Einfluss auf die Mitarbeiter zu bestimmen, halten Sie Ausschau nach Anzeichen für weniger Druck, weniger Überstunden und mehr Gelegenheiten dazu, ein Leben außerhalb der Arbeit zu führen. (In einer Organisation wurde dies als »verringerte

Anzahl nächtlicher Bestellungen beim Pizzabringdienst« ausgedrückt.) Das Schöne an Prozessverbesserungen war für mich immer die Tatsache, dass man nicht zwischen Projektleistung und der Lebensqualität der Entwickler abwägen muss. Die einzige Möglichkeit, um wirklich erfolgreich zu sein, besteht darin, beides zur gleichen Zeit messbar zu verbessern.

Typische Fallstricke der Prozessverbesserung vermeiden

von Pat O'Toole

Wenn es um »Prozesse« geht, begegnen wir häufig drei Arten von Menschen: Prozessfanatikern, Prozessagnostikern und Prozessatheisten. Für die Fanatiker bedeutet »Prozess« den Weg zur Erleuchtung – und gewöhnlich den *einzigen* Weg. Die Agnostiker können meistens nicht genau sagen, ob »Prozess« nun etwas Gutes oder etwas Schlechtes ist, und es interessiert sie auch nicht – solange ihnen Prozesse nicht in die Quere kommen. Für Prozessatheisten dagegen haftet dem »P-Wort« schon fast etwas Vulgäres an. Sie glauben, dass Prozesse die Kreativität hemmen, die Produktivität ersticken und letzten Endes für Gehirnschwund sorgen. Abgesehen davon aber ist es völlig in Ordnung, wenn *andere* Prozessen folgen.

Man sollte erwarten, dass SCAMPI Lead Appraiser – manche mögen uns Lead Oppressors (»Schinder«) nennen – ohne Ausnahme in die Kategorie der Prozessfanatiker fallen. Nachdem ich aber schon zu viele Organisationen kennengelernt habe, die sich durch eine falsche Umsetzung von Prozessen auf der Grundlage von CMMI unbeabsichtigt selbst geschadet haben, neige ich doch eher zum Agnostizismus. In diesem Artikel zeige ich Ihnen, was ich für die beiden häufigsten Fallstricke der Prozessverbesserung halte, und verrate Ihnen die Maßnahmen, die Ihre Organisation ergreifen kann, um sie zu vermeiden.

Die prinzipielle Ausrichtung: Definieren Sie »Verbesserung«!

Der schlimmste Fehler für die meisten Verbesserungsprogramme ist meiner Meinung nach die Unfähigkeit oder der mangelnde Wille einer Organisation, das Wort »Verbesserung« in seinem geschäftlichen Kontext zu definieren. In zu vielen Organisationen wird Verbesserung als »Erreichen von Reifegrad X« definiert.

Durch diese Fehleinschätzung wird die Umsetzung der in CMMI vorgeschlagenen Praktiken zu einer Geschäftsstrategie hochstilisiert, also zu einer Rolle, die niemals vorgesehen war und die auch gar nicht ausgefüllt werden kann. Besser ist es, wenn das leitende Management eine umfassende Geschäftsstrategie aufstellt und dann CMMI als eine von vielen Taktiken einsetzt, die es der Organisation ermöglicht, diese Strategie zu erfüllen.

Ein wichtiges Element dieser zu bevorzugenden Vorgehensweise ist die prinzipielle Ausrichtung. Wäre es nicht wunderbar, wenn die Geschäftsstrategie, die Projektziele und die Verbesserungsinitiativen alle gemeinsam ausgerichtet wären? Durch die Formulierung einer organisationsweiten Ausrichtung hilft das leitende Management, diese drei Elemente aufeinander abzustimmen.

Eine Organisation kann CMMI einsetzen, um ein qualitativ hochwertiger Produzent von Gütern und Dienstleistungen in ihrem Marktsegment zu werden. Alternativ kann CMMI aber auch verwendet werden, um der günstigste Produzent zu sein, der schnellste am Markt, der technisch innovativste, der umweltfreundlichste oder oder oder.

Das Modell kann einer Organisation dabei helfen, eine beliebige strategische Position zu erreichen. Die Prozesse die dafür jeweils eingesetzt werden, unterscheiden sich jedoch erheblich. Beispielsweise werden qualitätsbewusste Hersteller im gesamten Entwicklungslebenszyklus viele Überprüfungen und Spielräume einbauen, um Mängel so nah wie möglich an ihrer Quelle zu entdecken und zu beseitigen, während diejenigen, deren Ziel darin besteht, schnell am Markt zu sein, gewöhnlich nur eine sehr dünne Schicht von Prozessen einsetzen, um zu verhindern, dass ein Projekt außer Kontrolle gerät.

Die strategische Position zu kennen, die das Management anstrebt, ist daher unverzichtbare Voraussetzung für die Etablierung und Beibehaltung von Prozessen, die der Organisation dabei helfen sollen, diese Position zu erreichen. Bleibt eine Entwicklungsprozessgruppe (EPG) sich selbst überlassen, wird sie »CMMI-konforme Prozesse« erstellen. Bei angemessener Führung und Motivation durch das leitende Management werden diese Prozesse jedoch darauf abgestimmt, die strategischen Geschäftsziele der Organisation zu erreichen. Wäre es nicht schön, wenn die EPG, die nun ohnehin schon die Mühe auf sich genommen hat, eine Prozessinfrastruktur für Reifegrad X zu etablieren, der Organisation dabei gleichzeitig helfen würde, ihre strategischen Ziele zu erreichen? (Für manche mag diese Frage nicht rhetorisch sein, sondern ein Aha-Erlebnis.)

Stellt Ihr Unternehmen beispielsweise Herzschrittmacher her, sollte es eigentlich offensichtlich sein, dass »Qualität« das Attribut ist, das Sie maximieren müssen. Wenn Ihre Hauptkennzahl der »Herzkasperfaktor« ist, sind Sie gewöhnlich eher gewillt, Zeit und Budget ein wenig zu überziehen, um die Anzahl der gemeldeten Mängel bei der Nutzung zu verringern – vor allem der Mängel, die Ihnen die Hinterbliebenen Ihrer ehemaligen Kunden melden.

Sie wären aber überrascht, wenn Sie wüssten, wie wenige Geschäftsführer in der Lage sind, eine klare Strategie zu formulieren, und wie wenig Zeit sie darin investieren, das zu tun. Den besten Auftrag als Berater, den ich je hatte, zog ich im Anschluss an meine erste Präsentation auf einer wichtigen Branchenkonferenz an Land. Nach dem Vortrag sprach mich ein Vorstandsmitglied einer Firma mit 300 Mitarbeitern an und fragte, ob ich in seinem Unternehmen eine Veranstaltung abhalten wollte, um dort die prinzipielle Ausrichtung festzulegen. Er schlug eine dreitägige Besprechung außerhalb des Firmengeländes vor, an dem seine Chefin, die Direktorin, sowie die obersten neun Vorstandsmitglieder der Organisation teilnehmen sollten.

Nachdem ich mich dazu bereiterklärt hatte, gestand er mir ein kleines Problem: Die Direktorin hörte niemals auf Berater. Unerschüttert erklärte ich ihm, dass ich eine Methode hätte, um ein solches Problem zu lösen: nämlich schlicht und einfach die Verdreifachung meines Beraterhonorars. Ich hatte herausgefunden, dass selbst die größten Großkopfeten einfach zuhören *müssen*, sofern man nur genug Geld verlangt.

Zu Anfang der Veranstaltung verwendete ich 15 Minuten darauf, die Grundlagen der prinzipiellen Ausrichtung zu erklären. Anschließend gab ich an jeden der zehn Teilnehmer eine Blankokarteikarte aus und bat sie darum, ein einziges Wort darauf zu schreiben – »schneller«, »besser«, »billiger« oder was auch immer das wichtigste Attribut für die Produkte und Dienstleistungen der Organisation beschrieb.

Nachdem ich die Karten eingesammelt hatte, stellte ich zu meinem Erschrecken fest, dass auf drei von ihnen »schneller« stand, auf dreien »besser« und auf dreien »billiger«. Die letzte Karte, die der Direktorin (ich gestehe, dass ich ihre von den anderen getrennt hielt), enthielt das Wort »innovativ«. Nachdem ich den Anwesenden das Ergebnis mitgeteilt hatte, war ich unsicher, wie ich weiter vorgehen sollte. Daher schlug ich vor, erst einmal die Luft aus unseren Kaffeetassen zu lassen.

Während der Pause fragte mich die Direktorin, ob wir uns unter vier Augen unterhalten könnten. Als wir allein waren, teilte sie mir mit, dass man meiner Dienste nicht länger bedurfte. Sie sagte, die Übung hätte gezeigt, dass ihr Führungsteam offensichtlich nicht verstand, in welche Richtung sie das Unternehmen bringen wollte. Da sie die Vorstandsmitglieder ganze drei Tage außerhalb des Firmengeländes zur Verfügung hatte, wollte sie die Zeit nutzen, um diesen Missstand zu beheben. Anstatt dies »einem von euch Beratern« zu überlassen, wollte sie selbst die Verantwortung für die erfolgreiche Durchführung der Besprechung übernehmen, da sie das Gefühl hatte, es sei notwendig, Führungsstärke zu zeigen.

Als sie mich verabschiedete, schloss sie mit: »Und reichen Sie bitte Ihre Rechnung über die Gesamtzeit von drei Tagen ein. Ich werde dafür sorgen, dass Sie unverzüglich bezahlt werden.« Neun Tage Honorar für eine halbe Stunde Arbeit – besser kann es ja gar nicht gehen! Aber ich schweife ab ...

Stellen Sie sich vor, das leitende Management, z.B. das der Herzschrittmacherfirma, hat Sie gerade darüber informiert, dass die Qualität, definiert durch die von Kunden gemeldeten Mängel, nach Meinung Ihrer Kunden die wichtigste Wettbewerbsdimension für Ihre Produkte ist. Jetzt müssen Sie die prinzipielle Ausrichtung formulieren: *»Erreichen einer dauerhaften jährlichen Verringerung der gemeldeten Mängel bei im Einsatz befindlichen Geräten um x%, ohne den Grad der jetzigen Streuung von Kosten, Terminen und Funktionsumfang zu gefährden.«*

Die Projekte wissen jetzt, worauf es dem leitenden Management ankommt, und die EPG weiß, was es bedeutet, den Projekten bei »Verbesserungen« zu helfen. Das bedeutet nicht, dass Kosten, Termintreue und Funktionsumfang unwichtig seien, sondern nur, dass sie nicht denselben Stellenwert haben wie die vom Kunden wahrgenommene Qualität. Jetzt kann die EPG einen Prozess aufstellen, der der Organisation dabei hilft, sich in diese strategische Richtung zu entwickeln.

Nutzung in der falschen Richtung: Konzentration auf die Leistung

Nachdem Sie Fallstrick Nr. 1 beseitigt haben – die mangelnde Ausrichtung –, werden Sie vielleicht feststellen, dass Sie dadurch Fallstrick Nr. 2 an die erste Stelle befördert haben: die Konzentration auf die »Umsetzung des Modells«.

Für Prozessagnostiker und -atheisten gilt der Leitsatz »Prozess = Verwaltungswasserkopf« und in manchen fehlgeleiteten Organisationen haben sie damit sogar Recht! Um zu erkennen, worin bei solchen Organisationen das eigentliche Problem liegt, müssen Sie die drei verwandten Begriffe Prozess, Prozessdokumentation und Prozessmodell genau unterscheiden.

Der *Prozess* ist die Art und Weise, in der die Arbeit an den aktuellen Projekten tatsächlich durchgeführt wird. Er ist nichts anderes als die täglichen Tätigkeiten, die Entwickler, Tester, Projektmanager usw. im Rahmen ihrer Berufsausübung durchführen. Zu behaupten, man sei »gegen Prozesse«, würde bedeuten, dass man alle Projekttätigkeiten zum Stillstand bringen möchte. Das ist eine Haltung, die abgesehen von Wally aus Dilbert wohl niemand befürwortet.

Die *Prozessdokumentation* ist die Infrastruktur, die für Projekte bereitgestellt wird, damit sie ihre Arbeit auf einheitliche Weise durchführen können. Das ist das Zeug, das im Schrank liegt und darauf wartet, von den Projekten eingesetzt zu werden: Prozessbeschreibungen, Verfahren, Leitlinien, Vorlagen, Formulare, Kennzahlen, Checklisten, Tailoring-Richtlinien, gute Fallbeispiele usw. Diese Dokumentation *sollte* die Projekte mit umfassendem Material versorgen, um sie in die Lage zu versetzen, die Arbeit so effektiv und effizient wie möglich auszuführen (nun, zumindest theoretisch).

Das *Prozessmodell* schließlich, hier also das CMMI-Modell, ist eine Sammlung guter Praktiken, die von der Organisation genutzt werden kann, um die Wahrscheinlichkeit des Erfolgs zu erhöhen. Was Erfolg in diesem Zusammenhang bedeutet, wird dabei von der prinzipiellen Ausrichtung und den projektspezifischen Kundenzielen bestimmt. Achten Sie auf die Richtung der Nutzung: Die Organisation sollte das Modell nutzen und *nicht*, wie es zu häufig der Fall ist, das Modell die Organisation.

Wie lässt sich eine solche Nutzung in der falschen Richtung vermeiden? Dazu möchte ich Ihnen drei Vorschläge unterbreiten:

- Erkennen Sie an, dass die aktuellen Projekte einen gewissen Grad an Erfolg haben. Einige wurden tatsächlich fertiggestellt und haben Produkte geliefert, oder? Einige der Kunden sind mit der Arbeit, die die Projekte für sie geleistet haben, auf angemessene Weise zufrieden, oder? Wenn Sie auch nur eine dieser Fragen mit Ja beantworten können, heißt das, dass die vorhandenen Prozesse (also die vorhandenen Projekttätigkeiten) ganz gut funktionieren. Die Organisation sollte nicht alles über Bord werfen, was sie zurzeit tut, und ein albernes Modell umsetzen, nur weil sie versucht, irgendeinen willkürlichen »Reifegrad« zu erzielen. Stattdessen sollte sie herausfinden, wie sie einige der nutzbringendsten Praktiken des Modells in die vorhandenen Prozesse und die Prozessdokumentation aufnimmt, um die Projektleistung zu steigern.

  Für manche Organisationen eignet sich ein »Schmerzmittel-Ansatz« am besten, um ein Verbesserungsvorhaben in Gang zu bringen. Dabei wird das Modell wie ein medizinisches Handbuch verwendet, um chronische Projektkrankheiten zu kurieren. Ein bisschen Prozessaspirin zu verabreichen, ist weit sinnvoller, als die Mitarbeiter mit einem Wälzer von mehr als 500 Seiten zu erschlagen und ihnen zu sagen: »Glauben Sie mir, das ist wirklich gut für Sie!«
- Um Religionskriege zwischen den Fanatikern, Agnostikern und Atheisten zu vermeiden, sollten Sie den Begriff »Prozessverbesserung« lieber durch »Leistungsverbesserung« ersetzen. Selbst die radikalsten Prozessatheisten werden es schwierig finden, die Verbesserung der Projektleistung als etwas Schlechtes darzustellen.
- Die ELG (die ehemalige Entwicklungsprozessgruppe, die Sie in Entwicklungsleistungsgruppe umbenannt haben) sollte ihren Blickwinkel ihrem neuen Namen anpassen. Anstatt auf höhere Reife- oder Fähigkeitsgrade zu schielen, sollten sie sich darauf konzentrieren, dass die Projekte einen immer höheren Grad an Erfolg erreichen. Die Konzentration auf die Projektleistung mag nicht die schnellste Möglichkeit sein, um Reifegrad X zu erreichen, aber sie ist eine sichere Methode, um Widerstände gegen das Projekt zu überwinden, Schwung und sogar *Begeisterung* für die Verbesserungsinitiative zu gewinnen.

Zusammenfassung

Nachdem Sie die Fallstricke Nr. 1 und Nr. 2 aus dem Weg geräumt haben, sehen Sie sich jetzt wahrscheinlich Nr. 3, 4, 5 usw. gegenüber. Um der Wahrheit die Ehre zu geben: Es gibt eine unendliche Anzahl von Fallstricken, die Sie auf dem Weg der Leistungsverbesserung umgehen oder überwinden müssen (wobei die meisten leider hausgemacht sind).

Könnte nicht jemand ein umfangreiches Buch schreiben und darin die Möglichkeiten beschreiben, um die Projektleistung zu verbessern? Moment mal – das ist schon geschehen! Sie halten dieses Buch gerade in Händen! Für den Anfang ist es zwar gut, das Modell zu lesen und zu verstehen, aber Sie müssen sich darüber im Klaren sein, dass das Schreiben von Prozessbeschreibungen, Verfahren, Vorlagen usw. nur der *einfache* Teil ist. Schwieriger dagegen ist es, dies so zu tun, dass dabei ein Nutzen herausspringt, dass die Mitarbeiter ihre Verhaltensweisen ändern und die neuen Prozesselemente annehmen. Nur weil Sie etwas ausarbeiten, heißt das noch lange nicht, dass es auch eingesetzt wird.

Ich möchte Sie dazu anregen, von denen, die diesen Weg vor Ihnen gegangen sind, zu lernen und schamlos abzukupfern. Noch stärker möchte ich Sie ermutigen, Ihre Erfahrungen zu dem wachsenden Wissensschatz für diejenigen beizutragen, die nach Ihnen kommen. Genießen Sie den Weg. Die Belohnung ist die Mühen wert – vorausgesetzt, dass Sie es nicht vermasseln.

Zehn »fehlende Glieder« zum CMMI-Erfolg

von Hillel Glazer

Die ersten Schritte mit CMMI können vor allem für Einzelpersonen und Organisationen entmutigend sein, die nicht wissen, was sie über CMMI nicht wissen. Häufig ist ihnen zu Anfang gar nicht klar, dass ihnen einige Informationen fehlen, die ihr Vorhaben weniger beschwerlich und möglicherweise sogar erfreulich machen könnten. Ohne diese fehlenden Teile haben diese Personen Schwierigkeiten damit, CMMI in ihre Arbeit aufzunehmen. Zwischen den Anfällen, in denen sie mit dem Kopf gegen die Wand schlagen, beschimpfen sie häufig CMMI selbst (oder irgendeine Personifizierung von CMMI wie den Berater oder Lead Appraiser) und glauben, dass irgendetwas mit diesem Modell eindeutig »falsch« sein muss. Hinweis: Es liegt nicht am Modell.

Ob es Glück oder Pech oder irgendein anderer Natureinfluss war, kann ich nicht sagen, aber ich hatte das Vorrecht, mit vielen Unternehmen zu arbeiten, die damit begannen, CMMI zum ersten Mal einzusetzen. Diese Unternehmen (große und kleine, herkömmliche und agile) wussten nicht, was sie zu erwarten hatten, und verstanden nicht, worum es bei der Verwendung von CMMI überhaupt ging.

Wenn Sie gerade erst mit CMMI anfangen, können Sie sich glücklich schätzen. Sie haben noch nicht so viele schlechte Angewohnheiten angenommen, die Sie wieder verlernen müssten. Diejenigen, die bereits Erfahrungen mit CMMI haben, schlagen sich jetzt vielleicht vor den Kopf, wenn sie zum ersten Mal die »fehlenden Glieder« in ihrer CMMI-Kette erkennen. Der folgende eher unorthodoxe Ansatz zur Verwendung von CMMI hat zu bleibenden, positiven Auswirkungen geführt.

Ich muss zugeben, dass ich die auf Wettbewerb ausgerichtete Haltung von Organisationen bewundere, die auf Aufmerksamkeit und auf Geschäfte mit solchen Kunden spekulieren, die irgendeine Art von CMMI-»Rating« erwarten (z.B. »Reifegrad 3«). Das ist die Realität. Es ist jedoch eine destruktive und kontraproduktive Realität, denn sie kann dazu führen, dass Organisationen CMMI-Bewertungen auf Kosten der Menschen, der Produktivität und des Profits hinterherjagen. Was für eine Dummheit! Der Zweck der Einbindung von CMMI in Ihre Arbeit besteht darin, einen systematischen Mechanismus zur Leistungssteigerung bereitzustellen. Eine Erhöhung des Aufwands, eine Senkung der Arbeitsmoral und eine Verringerung der Produktivität sind keine »Leistungsverbesserungen«. Das führt uns schon zum ersten fehlenden Glied.

Fehlendes Glied Nr. 1:

CMMI verbessert die Leistung. Suchen Sie die Aspekte Ihres Entwicklungsbetriebs, die eine Verbesserung in Sachen Zeit, Kosten und Qualität vertragen können. Dadurch wird CMMI sinnvoller.

Da CMMI ein Framework zur Verbesserung der Leistung ist, liegt es nahe, dass sich Erfolg mit CMMI eher bei solchen Organisationen einstellt, die sich verbessern *wollen*, die die betrieblichen Aspekte identifizieren können, die sie verbessern möchten und deren Kultur und Führung angemessene Änderungen vornehmen, um solche Verbesserungen zu fördern. Organisationen, denen Änderungen widerstreben (selbst vorteilhafte Änderungen), deren Kultur auf Beschuldigen und Misstrauen beruht und deren Vorstellungen von »Messungen« bei Verkaufszahlen beginnt und endet, werden es schwer haben, irgendwelchen Nutzen aus CMMI zu ziehen. Die richtige Kultur und die richtige Führung sorgen dafür, dass sich die Verhaltensweisen der Organisation gut an den Zielen von CMMI ausrichten. Organisationen mit der »richtigen« Kultur und Führung werden feststellen, dass sie die CMMI-»Ratings« erreichen, ohne darüber nachdenken zu müssen.

Fehlendes Glied Nr. 2:

CMMI allein macht nichts besser. Damit CMMI gut funktioniert, brauchen Sie Folgendes: (1) eine Kultur des Lernens, der Übertragung der Verantwortung auf Untergebene und des Vertrauens (2) eine Führung mit dem Mut, der Weitsichtigkeit und dem Willen, die Ängste zu beseitigen, die häufig mit Änderungen einhergehen.

CMMI ist anders als jedes andere Produkt. Es unterscheidet sich darin, wie es verwendet werden soll und wie wir bestimmen, ob es gut verwendet wird. Was bei anderen Produkten zum Erfolg führt, muss bei CMMI nicht unbedingt funktionieren.

Wenn wir im Arbeits- oder im Privatleben ein vorbildliches Verhalten sehen, versuchen wir häufig, es nachzuahmen. Zunächst bedarf es einer bewussten Anstrengung, um so vorzugehen, doch wenn es uns gefällt, wird es uns nach einer Weile zur zweiten Natur. Wir finden sogar ganz ungezwungen Möglichkeiten, es fortgesetzt zu praktizieren und die Art und Weise, wie wir es tun, zu verbessern. In vieler Hinsicht ähnelt das CMMI sehr, doch in einigen wichtigen Aspekten ist CMMI anders.

Viele Organisationen halten die CMMI-Praktiken fälschlicherweise für Selbstzweck, anstatt sie als eine Möglichkeit anzusehen, um langfristige Ergebnisse zu erzielen. Mit anderen Worten, sie sehen den Zweck der Übernahme von CMMI im Vorhandensein oder Fehlen von Praktiken und nicht in den geschäftlichen Vorteilen dieser Praktiken. Wenn wir gesunde Ernährung als Beispiel heranziehen, wäre das ungefähr so, als ob Sie sagen würden: »He! Seht mal her! Ich esse Salat! Kümmert euch nicht um das Schimmelkäsedressing. Ich esse Salat!«

Fehlendes Glied Nr. 3:

Stellen Sie CMMI nicht in den Mittelpunkt. CMMI soll Ihnen helfen, Ihr Geschäft zu verbessern. Die CMMI-Praktiken sind nicht der Zweck, sondern das Mittel zum Zweck.

CMMI steckt voller Praktiken. Praktiken sind keine Prozesse. Praktiken sind Tätigkeiten, die Prozesse verbessern, wo, wann und wie diese Prozesse in Ihrer Realität auch tatsächlich aussehen mögen. Am besten ist es wahrscheinlich sogar, überhaupt nicht mehr über *Prozesse* nachzudenken. Der Begriff des Prozesses irritiert die Menschen. Denken Sie einfach an *Ihre Arbeit*. Dadurch können wir Fragen stellen wie: »Was können wir tun, um unsere Arbeit besser durchzuführen?« Allein durch die Befolgung von CMMI können Sie *überhaupt nichts* erreichen. Es ist einfach nicht genug Material darin enthalten, sodass Sie damit einen Betrieb aufrechterhalten könnten. Sie müssen *zuerst* irgendeine Art von Workflow haben, der *funktioniert*. Dann können Sie CMMI-Praktiken einsetzen, um ihn zu verbessern.

Fehlendes Glied Nr. 4:

Machen Sie sich mit Ihrer Arbeit vertraut. Bringen Sie in Erfahrung, wie die Arbeit erledigt wird. Suchen Sie dann in CMMI nach Vorschlägen, wo und wie Sie diese Arbeitsweisen verbessern können. Dafür sind CMMI-Praktiken da – nicht, um Ihre Arbeitsweise vorzuschreiben, sondern um sie zu optimieren.

Es führt häufig zu Verwirrung, dass die Namen von CMMI-Prozessgebieten zufällig ähnliche Namen haben wie verschiedene Aspekte der Art und Weise, in der bei Ihnen die Arbeit getan wird. Die Namen, mit denen Sie Tätigkeiten in Ihrem Workflow bezeichnen, werden möglicherweise auch in CMMI verwendet. Bei diesen Tätigkeiten kann es sich um besondere Aufgaben, unterstützende Arbeit oder sogar um Schritte im Entwicklungslebenszyklus handeln. Die zufällige Namensähnlichkeit bedeutet nicht, dass alles, was in CMMI vorhanden ist, auch Teil Ihres Lebenszyklus ist. Dass viele Tätigkeiten, die Sie durchführen, bereits in CMMI vorhanden sind, belegt, dass CMMI voller kluger Ideen steckt (und trotzdem gibt es Unternehmen, die nicht so handeln). Der Umkehrschluss ist jedoch nicht gültig. Wenn etwas in CMMI vorhanden ist, das Sie Ihrer Meinung nach nicht umsetzen, bedeutet das *nicht*, dass Sie es in ähnlich benannte Arbeitsfelder aufnehmen müssen. Praktiken sind vor allem Gelegenheiten, Tätigkeiten durchzuführen, um etwas zu verbessern. Dass eine Tätigkeit in CMMI vorhanden ist, schreibt nicht vor, wie Arbeit erledigt werden soll, sondern sagt etwas darüber aus, welche Rolle diese Tätigkeit bei der Verbesserung spielt.

Fehlendes Glied Nr. 5:

Verwechseln Sie die Namen der CMMI-Prozessgebiete nicht mit den Prozessen, die Sie benutzen. Was Ihre Durchführung einer Praktik von ihrem Erscheinungsbild in CMMI unterscheidet, ist die Frage, wie Sie sie einsetzen, um Ihre Arbeit zu verbessern.

Gehen Sie nicht über Los. Ziehen Sie keine 200 Euro ein. Fangen Sie gar nicht erst an, mit CMMI zu arbeiten, bevor Sie den Zweck und die Grenzen von *Modellen* verstanden haben und wissen, wie Modelle eingesetzt werden und was für ein Modell CMMI ist. Allen Modellen sind gewisse unverrückbare Merkmale gemeinsam. In erster Linie sind sie alle *unecht*. Sie sind nicht die Wirklichkeit. Sie sind lediglich Darstellungen der Wirklichkeit, was sie aber nicht real macht. Ein Pferd hat eine Körperoberfläche von etwa 5 m^2. Um ein Pferd zu modellieren, reicht es je nach der Anwendung, in der wir das Modell verwenden möchten, unter Umständen aus, das Tier als Kugel, Würfel oder Quader mit einer Oberfläche von 5 m^2 darzustellen. Pferde sind keine Kugeln, aber für viele Modelle sind Kugeln völlig ausreichend.

Gute Modelle helfen dabei, vielschichtige Vorstellungen zu verstehen, zu testen und dabei die Kosten oder Gefahren zu vermeiden, die beim Ausprobieren dieser Vorstellungen in der Realität auftreten könnten. Modelle werden außerdem dazu genutzt, andere Dinge herzustellen, z.B. Objektmodelle in der Software. CMMI ist ein Modell, um Systeme zur Verbesserung der Prozessleistung zu erstellen. Das Modell selbst ist nicht das Verbesserungssystem, sondern nur eine Aufstellung von Merkmalen, die Sie nutzen, wenn Sie Ihr eigenes Verbesserungssystem konstruieren. Um diese Merkmale zu beschreiben, enthält das Modell Beispiele und anderen beschreibenden Inhalt, um zu erklären, was mit der knappen Zusammenfassung der Merkmale gemeint ist. Bei einem Benchmark-Vergleich mit CMMI (z.B. bei einem SCAMPI-Appraisal) wird dann untersucht, wie viele dieser Merkmale Ihre Verbesserungen gegenüber denen aufweisen, die im Modell aufgeführt sind. Diese Modellmerkmale heißen in CMMI Ziele und Praktiken.

Fehlendes Glied Nr. 6:

CMMI ist ein Modell, um Verbesserungssysteme zu erstellen. Die Ziele und Praktiken von CMMI sind die Merkmale, an denen wir ablesen können, ob unser System mit dem Modell übereinstimmt. Das »informative« hilft uns zu verstehen, was mit den Zielen und Praktiken gemeint ist. Vergleiche: tausend Worte anstelle eines Bilds.

Ich habe schon weiter vorn auf eine Erfahrung angespielt, die vielen von Ihnen wahrscheinlich bekannt ist: daran zu arbeiten, ein vorbildliches Verhalten in unser tägliches Leben aufzunehmen und damit zu wachsen, bis es uns in Fleisch und Blut übergeht. Bei CMMI geht es um die Verbesserung der Leistung und diese Leistungsverbesserung sollte schließlich zur zweiten Natur unserer Arbeit werden. CMMI bietet eine systematische Möglichkeit, um genau das zu tun, nämlich die *generischen Praktiken*. Generische Praktiken sind das Werkzeug von CMMI, um Organisationen dabei zu helfen, Verbesserungspraktiken systematisch zu einem Teil der täglichen Arbeit zu machen.

Zuerst müssen Sie sich dieser Praktiken bewusst werden und mit diesem Bewusstsein ist gewöhnlich ein gewisser Grad an Verantwortung verbunden. Normalerweise sorgen wir dafür, dass jemand weiß, was getan werden muss. Das ist so ähnlich, wie ein Gesundheitsprogramm dadurch anzufangen, dass man »einfach loslegt«. Wenn »einfach loslegen« jedoch nicht ausreicht, müssen wir genauer nachdenken. Wir beginnen, vorauszuplanen, Dinge zu durchdenken, Zeit und Ressourcen einzuräumen, Überprüfungen und Spielräume vorzusehen, andere zu beteiligen und uns straffer zu organisieren. Mit anderen Worten, wir »managen« oder »führen« das Vorhaben. Das Gleiche gilt auch für die Praktiken in CMMI. Bei weiterer Optimierung legen wir schließlich bessere Definitionen für uns fest, damit wir vergleichen können, wie wir im Gegensatz zu früher dastehen. Haben Sie einmal den Spruch gehört »was gemessen wird, wird auch verbessert«? Er ist wahr.

Fehlendes Glied Nr. 7:

Generische Praktiken sind das Instrument von CMMI, um dafür zu sorgen, dass Ihnen Praktiken zur Leistungsverbesserung in Fleisch und Blut übergehen. Sie sind nicht als eigenständige Tätigkeiten gedacht und sind nicht mit dem identisch, was Sie tun, um Ihre Produkte herzustellen. Sie sind das, was Sie tun, um sicherzu-

stellen, dass die Art und Weise, in der Sie die Arbeit erledigt haben wollen, zur Routine wird.

Ich gebe zu, das nächste »fehlende Glied« ist ein bisschen umstritten, aber für mich und meine Kunden hat es immer funktioniert. Wenn Sie diese Denkweise anerkennen und anwenden, können Sie damit alle Arten von Bauchschmerzen vermeiden. CMMI lässt sich am einfachsten von Experten anwenden. Wenn Sie sich die »Reifegrade« von CMMI wie folgt vorstellen, dann könnten sie für Sie sogar zum ersten Mal Sinn ergeben:

Wenn ein professioneller Projektmanager und ein Konfigurationsspezialist zusammen an einem Projekt arbeiten, werden sie Praktiken des Reifegrads 2 erstellen. Gesellen Sie ihnen einen Experten für organisationsweite Änderungen und einen erfahrenen Ingenieur hinzu und das Team wird einen Großteil von Reifegrad 3 (wenn nicht gar alles) umsetzen. Wenn Sie dieses Spitzenteam jetzt noch um einen Prozessmodellierer und einen Statistiker ergänzen, sollten Sie nicht überrascht sein, Verhaltensweisen der Reifegrade 4 und 5 zu beobachten.

Fehlendes Glied Nr. 8:

Spüren Sie den internen Fähigkeiten in Projektmanagement, Entwicklung und den anderen erwähnten Fachgebieten nach und Sie werden herausfinden, woher die immanenten Merkmale von CMMI stammen. Bevor Sie diese Fähigkeiten kultiviert haben, brauchen Sie jedoch wahrscheinlich Hilfe.

Viele Fehlschläge auf dem Weg, die Vorteile von CMMI zu ernten, können darauf zurückgeführt werden, dass die Beteiligten das Gesamtbild der Prozesse der Organisation, ihr Zusammenwirken und ihren aktuellen und langfristigen Einfluss auf alle Projekt-, Produkt- und Unterstützungstätigkeiten nicht sehen. Die Beteiligten haben einen sehr engen, flachen und kurzfristigen Einblick in die Prozesse und versäumen es häufig, ihre eigenen Prozesse mit den Normen, der Kultur, dem Verhalten und der geschäftlichen Leistung der Organisation in Verbindung zu bringen. Um das Bild abzurunden, müssen Sie eine *Architektur* für Ihre Prozesse definieren. Dazu gehört auch eine Taxonomie, die die Art Ihrer Arbeit und die Arten der Prozessbestandteile (z.B. Prozessbeschreibungen, Verfahren, Leitlinien, Kennzahlen, Vorlagen) zur disziplinierten Durchführung von Prozessverbesserungen beschreibt. Wie sinnvoll ist es, Verbesserungen *ad hoc* anzugehen?

Fehlendes Glied Nr. 9:

Eine Prozessarchitektur und eine gemeinsame Taxonomie sind erforderlich, um eine einheitliche Kommunikation über Ihre Prozesse zu ermöglichen und um den Prozess als eine Lösung dafür anzusehen, Ihre Arbeit zu erledigen. Ihre Prozesse laufen nicht in einem Vakuum oder in einer anderen Wirklichkeit ab als in der anderer Personen. Denken Sie bei Ihrer Prozesslösung in Systemen und allem, was sie umfassen.

Lernen Sie den Ursprung von CMMI kennen. Vor allem sollten Sie wissen, dass CMMI in Lean-, TQM- und Hochleistungskulturen wurzelt. CMMI ist eine systematische, messbare Richtschnur, um die vielen Attribute dieser Wurzeln zu installieren. Das Vorhandensein einer Richtschnur, die messbaren Fortschritt ermöglicht, schließt die Gültigkeit der Grundlagen nicht aus. Eine solche Richtschnur aufzustellen, ist nicht einfach, und ihr zu folgen, mag knifflig sein. Das heißt aber nicht, dass Sie davon erdrückt werden müssen. Wenn Sie auf die grundlegenden Werte, Prinzipien und Praktiken von Lean-, TQM- und Hochleistungskulturen zurückgreifen, gibt es praktisch nichts in CMMI, was Ihnen dabei in die Quere kommt.

Fehlendes Glied Nr. 10:

Fangen Sie mit den Grundlagen an. Legen Sie ein festes Fundament in dem, worum es bei Lean-, TQM- und Hochleistungskulturen geht. Werden Sie Experten in Lean Systems Thinking, TQM, befähigten Organisationen und Werten. CMMI kommt danach.

Ich hoffe, dass Ihnen diese fehlenden Glieder dabei helfen, die anderen Glieder selbst zu finden und zu ergänzen. Wenn man mich zwingen würde, diese fehlenden Glieder kurz zusammenzufassen, würde meine Antwort wie folgt lauten: Achten Sie bei der Leistungsverbesserung auf die psychologischen und technischen Aspekte. Nehmen Sie sie ernst und alles wird gut. Missachten Sie einen davon und Sie werden zu kämpfen haben.

Viel Glück auf Ihrem Weg mit CMMI.

CMMI einführen: CMMI-Berater oder Lead Appraiser beauftragen

von Rawdon Young, Will Hayes, Kevin Schaff und Alexander Stall

Viele Organisationen, die sich auf den Weg zur Prozessverbesserung machen, müssen feststellen, dass sich praktisch jeder als Berater bezeichnen darf. Es gibt keine Tests, keine Beglaubigungsorganisation und keinen Dachverband, der die Vorgehensweisen von Beratern regelt. Jeder kann ganz einfach eine Beratungsfirma eröffnen und seine Dienste anbieten.

Dass die Fachkenntnisse breit streuen, haben viele Organisationen durch bittere Erfahrung lernen müssen. Der Grad an Kompetenz, Spezialisierung und Erfahrung kann sehr stark schwanken. Ein Berater, der in einem Fachbereich (z.B. Softwareentwicklung) oder einem Arbeitsfeld (z.B. Buchhaltung) sachkundig ist, kann in anderen Fachbereichen (z.B. Hardwareentwicklung) und Arbeitsfeldern (z.B. eingebettete Software) relativ wenig zu sagen haben. Bevor Sie einen Berater bitten, das Verbesserungsprogramm Ihrer Organisation zu lenken, müssen Sie sorgfältig abwägen, welche Erfahrungen die einzelnen Kandidaten aufweisen. Eine schlechte Wahl kann sehr kostspielig sein, die Tragfähigkeit des Programms langfristig beeinträchtigen und die Glaubwürdigkeit der Organisationsführung beschädigen.

In diesem Artikel nennen wir einige wichtige Gebiete, auf die Sie besonders achten müssen, wenn Sie potenzielle Berater und Lead Appraiser genauer in Betracht ziehen. Wir wollen hiermit die Wahrscheinlichkeit dafür maximieren, dass Sie einen Profi engagieren, der Ihnen dabei helfen kann, sowohl Ihre Leistungsziele als auch Ihre Ziele für die Prozessverbesserung zu erreichen. Dieser Essay stützt sich auf unsere persönlichen Erfahrungen als Fachleute für Prozessverbesserung sowie auf die Beobachtungen, die wir bei der Durchführung von Qualitätstätigkeiten für das CMMI-Appraisal-Programm beim SEI gemacht haben.

Erfahrung trägt zum Erfolg bei

»Erfahrung kann man nicht lernen.« – Beraterweisheit

Erfahrung ist vielleicht das wichtigste Merkmal eines erfolgreichen CMMI-Beraters und Lead Appraiser. Es ist die Eigenschaft, in der sich die einzelnen Fachleute besonders augenfällig von ihren Kollegen und Mitbewerbern unterscheiden. Den Inhalt der CMMI-Konstellationen und Appraisal-Methoden kann man durch sorgfältiges Studium der Modelldokumente und durch Aus- und Weiterbildung lernen. Ein echtes Verständnis darin, wie diese Inhalte vorteilhaft angewandt werden und welchen Wert eine Organisation daraus ziehen kann, kommt jedoch dadurch zustande, dass man weiß, wie Organisationen funktionieren. Solche Kenntnisse ergeben sich gewöhnlich dadurch, dass man diese Art von Arbeit tatsächlich bereits durchgeführt hat.

Was aber ist Erfahrung? Die Anzahl der Jahre, die jemand eine bestimmte Tätigkeit verrichtet hat, sagt für sich allein genommen noch nichts aus. Wenn Sie nach einem externen Experten Ausschalten halten, der Ihnen dabei helfen soll, Ihre Leistungsziele zu erreichen, ist nach unserer Erfahrung die *Breite* der Erfahrungen eines Kandidaten sehr viel hilfreicher für Sie. Hat der Experte seine Erfahrung bei der Arbeit in oder mit verschiedenen Organisationen gewonnen, vielleicht sogar in verschiedenen Rollen? Oder stammen alle seine Erfahrungen aus derselben Organisation oder derselben Art von Arbeit? Einfach ausgedrückt: *»Hat der Kandidat X Jahre Erfahrung oder X Mal die Erfahrung von einem Jahr?«*

Ein Berater mit breiter Erfahrung hat eine bessere Einsicht darin, wie verschiedene Arten von Organisationen funktionieren. Dieses größere Repertoire hilft dabei, Probleme zu diagnostizieren und eine Vielfalt möglicher Lösungen zu erkennen. Durch Einsichten in die treibenden Kräfte innerhalb einer Organisation – in das zugrunde liegende Muster von Anreizen und Abschreckungen – lassen sich leichter maßgeschneiderte Lösungen für Probleme entwickeln. Berater oder Lead Appraiser, die sich auf ein breites Spektrum an Erfahrungen stützen, können viel mehr Möglichkeiten erkennen und eine Vielfalt möglicher Muster zukünftiger Tätigkeiten in der Organisation voraussehen.

Wer dagegen nur auf einen beschränkten Schatz an Erfahrungen zurückgreifen kann, neigt dazu, eine bestimmte Lösung, die früher gut funktioniert hat, mit Gewalt aufzuzwingen. Diese

Lösung kann von der Beratungsfirma sogar als Verkaufsargument betont werden. Wir sind schon vielen Fachleuten begegnet, die »die Lösung« hatten. Sehr häufig beruhte »die Lösung« auf Techniken, die mehrfach innerhalb einer einzigen Organisation umgesetzt worden waren. Da die Berater sie nur in diesem sehr beschränkten Kontext gesehen haben, führt diese Vorgehensweise jedoch zu einer geringen Flexibilität.

Viele dieser Experten haben hart gearbeitet, um »die vollständige Lösung« mit allen Vorlagen, Werkzeugen und Aus- und Weiterbildungsunterlagen zu entwickeln, um sie als fertiges Paket an den nächsten Kunden zu übergeben. Das Tailoring einer solchen Art von Lösung ist häufig schwierig und kann zu Experimenten führen, die sehr aufwändig sind und die Ziele der Prozessverbesserung gefährden.

Lead Appraiser mit eingeschränkten Erfahrungen geraten in Umgebungen, die ungewöhnlich sind oder stark von dem abweichen, was sie von früheren Aufträgen kennen, oftmals in Schwierigkeiten. Dadurch gelangen die Appraisalteams zu irreführenden Ergebnissen, da sie die wirklichen Errungenschaften einer Organisation unterschätzen oder Schwächen nicht erkennen, die erhebliche Hindernisse auf dem Weg zu den Leistungszielen darstellen. Im Extremfall kann ein Team etwas als eine Schwäche bezeichnen, nur weil es anders ist als alles, was der Lead Appraiser je zuvor gesehen hat, oder weil es von dem abweicht, »was das Modell sagt«.

Denken Sie aber daran, dass sich Breite und Tiefe von Erfahrung in gewissem Maße ausschließen. Wie der Aphorismus sagt: »Ein Spezialist weiß immer mehr über immer weniger, bis er schließlich alles über nichts weiß. Ein Generalist weiß immer weniger über immer mehr, bis er schließlich nichts über alles weiß.«

Wie finden wir den Experten, den wir brauchen?

Wenn Sie Lead Appraiser oder Berater auswählen, beachten Sie die folgenden Ratschläge, um zu ermitteln, ob die Kandidaten die erforderliche Mischung von Breite und Tiefe der Erfahrung aufweisen.

Suchen Sie sowohl nach Breite als auch nach Tiefe der Erfahrung. Breite Erfahrung gewinnt man durch die Arbeit mit einer Vielfalt von unterschiedlichen Systemen, Fachbereichen, Plattformen, Dienstleistungen, Beschaffungsarten usw. Experten mit dieser breiten Erfahrung haben schon mannigfaltige

Lösungen in unterschiedlichsten Situationen erlebt und verfügen daher über eine umfangreichere Sammlung von Lösungen (wenn es sich um Berater handelt) bzw. umfassendere Interpretationsfähigkeiten (Lead Appraiser), als diejenigen mit einem beschränkteren Spektrum an Erfahrungen. Tiefe Erfahrung gewinnt man durch Arbeiten in der Praxis, die den gesamten Lebenszyklus umfassen. Hat ein Kandidat also beispielsweise auf den Gebieten der Anforderung, des Entwurfs, der Erstellung, des Tests und der Lieferung von Entwicklungsprodukten gearbeitet und Projekte geführt, die all diese Tätigkeiten umfassten? Mit anderen Worten, hat er bereits all die Dinge getan, die er Ihnen zu verbessern helfen oder anhand von CMMI bewerten soll?

Suchen Sie nach jemandem, der begreift, welche Art von Arbeit Ihre Organisation erledigt. Es ist nicht immer möglich, einen Berater zu beauftragen, der mit dem vertraut ist, was Ihre Organisation tut. In diesem Fall sollten Sie sich für jemanden entscheiden, der Ihr Geschäftsfeld versteht. Wissen die potenziellen Lead Appraiser oder Berater, welche Art von Arbeit Sie verrichten? Kennen sie die Sprache Ihres Geschäfts und nicht nur die Prozessverbesserungs- und Appraisal-Terminologie? Das heißt mit anderen Worten, dass Berater oder Lead Appraiser z.B. für Buchhaltungsfirmen in der Lage sein sollten, stichhaltig und schlüssig über Buchhaltungsdienstleistungen zu reden. Wenn Sie Produkte mit agilen Methoden entwickeln, sollte der Berater oder Lead Appraiser das Prinzip der Agilität verstehen. Ein guter Berater oder Lead Appraiser muss nicht unbedingt ein CPA, Scrum-Master oder zertifizierter Experte auf Ihrem Fachgebiet sein. Wenn Sie sich aber dabei ertappen, dass Sie Ihrem Berater eine ganz neue Sprache beibringen oder ihm die Natur Ihres Marktsegments erklären müssen, dann ist das ein Indiz dafür, dass die betreffende Person Ihren geschäftlichen Kontext nicht versteht und Schwierigkeiten dabei haben wird, eine wirkungsvolle Lösung für Ihre Organisation zu entwickeln.

Suchen Sie nach Personen, für die die Prozessverbesserung im Mittelpunkt steht und nicht die sture Modellkonformität. Versuchen Sie im Gespräch mit den Kandidaten für die Rolle des Beraters oder Lead Appraisers herauszufinden, welches Gewicht sie der Prozessverbesserung und der Modellkonformität beimessen. Ist ihnen klar, dass die umgesetzten Prozesse an der Arbeitsrealität ausgerichtet sein müssen und denjenigen, die sie durchführen, oder dem Projekt oder der Organisation einen Nutzen bringen sollen? Sind sie sich bewusst, dass ein Wandel der Organisation sehr schwierig und zeitaufwändig sein kann? Wie können sie Ihnen helfen, den Prozess zu institutionalisieren und nicht wieder in alte Gewohnheiten zurück zu verfallen? Wichtige Themen sind dabei der Aufbau einer sichtbaren und aktiven Unterstützung durch das leitende Management, die Übergabe der Prozesseignerschaft an diejenigen, die ihm folgen müssen, das Ermitteln der Dinge, die eine Nichtbeachtung des Prozesses zur Folge hat, die möglichen Belohnungen für die Verbesserung des Prozesses (nicht einfach für die Einhaltung des Prozesses), das Ausschalten von möglichen Entschuldigungen dabei, den Prozess nicht einzuhalten, und die Dokumentation der Prozesse mit der Genauigkeit, die dafür erforderlich ist, dass sie durchgängig eingehalten werden.

Hüten Sie sich vor Beratern und Lead Appraisern, die die Einhaltung des Modells oder Standards übermäßig betonen. Eine Vorlage des »Standardprozesses«, die nur wenig Eingabe von den Projekten und Mitarbeitern braucht, ein einziger dokumentierter Prozess für alle Arten von Projekten und die Entwicklung von Arbeitsergebnissen, die nur deshalb verlangt werden, »weil das so im Modell steht«, sind nicht nutzbringend. Noch schlimmer aber ist, dass sie sowohl die Verbesserungsbemühungen als auch die Geschäftsziele der Organisation beeinträchtigen können. George Box hat dies einmal sehr schön zusammengefasst: »Alle Modelle sind falsch, aber einige Modelle sind nützlich.« Berater, die Ihnen nicht dabei helfen können, den Wert des Vorhabens aus einem geschäftlichen Blickwinkel zu betrachten, und Lead Appraiser, die nicht in der Lage sind, Ihnen die geschäftlichen Konsequenzen einer Schwäche zu erklären, sondern sich ausschließlich auf das Modell stützen, verfügen wahrscheinlich nicht über ein ausreichendes Fundament in Ihrem Kontext.

Versuchen Sie im weiteren Gespräch mit den Kandidaten herauszufinden, wie flexibel sie in ihrer Ansicht über Prozessverbesserung sind. Beharren sie darauf, Ihre Organisation so umzukrempeln, dass sie zu ihrer Lösung passt, oder sind sie bereit, ihre Lösung an Ihre geschäftlichen Bedürfnisse anzupassen?

Suchen Sie nach Personen, die Ihnen Hilfestellung dabei geben, Ihre Prozesse effektiv zu bewerten. Eine Organisation, die sich um Prozessverbesserung bemüht, kommt wahrscheinlich irgendwann an den Punkt, an dem sie irgendeine Form der Bewertung wünscht (oder benötigt), um zu erkennen, wie gut sie vorangekommen ist. Dies kann eine formale Benchmark-Bewertung wie SCAMPI A, aber auch eine weniger formale Begutachtung der Stärken und Schwächen sein. Lead Appraiser und Berater sollten wenigstens eine bestimmte Haltung gegenüber solchen Veranstaltungen haben. Sehen sie die Appraisal-Ergebnisse als das Endziel an oder als eine Möglichkeit, um zu erkennen, wo Sie sich noch verbessern können? Liegt ihr Hauptaugenmerk darauf, die Leistung der Organisation zu verbessern, oder konzentrieren sie sich allein darauf, bestimmte Appraisal-Ergebnisse zu erzielen? Vor allem für Lead Appraiser ist es wichtig, dass sie mit ausreichendem Bezug auf die geschäftlichen Faktoren erklären können, welchen Wert ein Appraisal für eine Organisation hat. Dadurch beweisen sie, dass sie verstehen, wie die Organisation Appraisals nutzen kann, um Verbesserungen voranzutreiben, und nicht nur Zahlenwerte hervorbringen, die in Angeboten herausgestrichen werden können. Auch die Fähigkeit, zu erkennen, dass nicht alle Umsetzungen identisch sind – manchmal nicht einmal die innerhalb einer Organisation –, kann den Unterschied zwischen einem erfolgreichen, nützlichen Appraisal und einer Zweckübung bedeuten, bei der lediglich eine Bewertungszahl herauskommt.

Suchen Sie nach einer Person, die Ihnen mehr bietet als einfach nur einen »Grad«. Das soll nicht bedeuten, dass das Erreichen eines Reife- oder Fähigkeitsgrads kein wertvolles Ziel sei. Wenn aber »Reifegrad X« das einzige Ziel des Beraters ist, den Sie beauftragen möchten, dann sollten Sie sich über die Folgen im Klaren sein. Sie werden dieses Ziel wahrscheinlich erreichen (fast alle Organisationen können dazu gezwungen werden, ihr Verhalten für kurze Zeit zu ändern), aber ihre Leistung wird sich nicht verbessern und kann sogar sinken. Außerdem ist es wahrscheinlich, dass die Änderungen nicht institutionalisiert werden (also in die Gewohnheit der Organisation übergehen), sondern sehr schnell verschwinden, sobald die Organisation nach dem Appraisal zu ihrem alten Verhalten zurückkehrt.

Suchen Sie nach jemandem, der die Realitäten der Prozessverbesserung kennt. Es ist hilfreich, den potenziellen Lead Appraisern oder Beratern einige Fragen über ihre Erfahrungen mit der Entwicklung, Umsetzung und Befolgung von Prozessen zu stellen. Die Antworten auf diese Fragen bieten Einsichten darin, wie gut die Kandidaten die Realitäten der Prozessverbesserung kennen. Ziehen Sie z.B. folgende Fragen in Betracht:

- Beschreiben Sie frühere Situationen, in denen Sie Prozesse für eine Organisation entwickelt haben.
- Wurden diese Prozesse jemals in Appraisals bewertet? Wenn ja, mit welchem Ergebnis?
- Haben Sie jemals in einer Organisation gearbeitet, die den von Ihnen mitentwickelten Prozessen folgte? Haben Sie selbst diese Prozesse eingehalten?

Schlusswort: Ihr Bedarf kann abweichen

Natürlich kann niemand garantieren, dass sich eine Organisation aufgrund modellgestützter Verbesserungen tatsächlich verbessert oder Nutzen aus einem solchen Unterfangen zieht, nur weil sie einen bestimmten externen Experten beauftragt hat, ihr dabei zu helfen. Auch viele andere Faktoren wirken sich auf die Prozessverbesserung aus, z.B. die Unterstützung durch das leitende Management, die Zuweisung von Ressourcen der Organisation und die Bereitschaft der Organisationsführung für Änderungen. All dies ist notwendig, um erfolgreich Verbesserungen durchzuführen. Der richtige externe Experte kann die Lösungen für diese vielschichtigen Probleme jedoch deutlich erleichtern und die Wahrscheinlichkeit des Erfolgs erhöhen.

Wenn Sie externe Fachleute beauftragen möchten, denken Sie immer an die beiden folgenden Dinge:

1. Echte, nutzbringende Prozessverbesserungen kommen nicht allein durch die Kenntnisse des Modells und seiner Methoden zustande, sondern durch das Wissen, wie sie in einer realen Organisation und in deren Kontext angewandt werden müssen.
2. Frühere Anwendungen und Erfahrungen in vielfältigen Zusammenhängen machen es wahrscheinlicher, dass ein Berater oder Lead Appraiser Ihnen dabei helfen kann, eine

effektive Lösung für Ihre Situation umzusetzen. Viele Menschen können das in einem bestimmten Kontext gut erledigen. Da aber keine zwei Organisationen identisch sind, ist es wichtig, das Problem mit vielfältigen früheren Erfahrungen im Hinterkopf zu betrachten.

Der Inhalt des Modells und die Struktur der Methoden werden gelehrt und es gibt Diplome und Zertifikate, die beweisen, dass man darüber Bescheid weiß. Erfahrungen aber können nicht gelehrt werden. Bei Beratern oder Lead Appraisern, die ihre Dienstleistung nur dadurch erklären können, dass sie aus dem Modell oder den Methoden zitieren, ist Vorsicht angebracht. Schließlich ist es Ihre und nicht deren Organisation, die verbessert werden soll. Bei Prozessverbesserungen geht es um Wettbewerbsvorteile und nicht darum, irgendwelche »Kästchen abzuhaken«. Wenn Sie Ihren Berater oder Lead Appraiser klug auswählen, messbare Ziele festlegen, echte Probleme lösen, die für das Geschäft Ihrer Organisation von Bedeutung sind, und den gewonnenen Nutzen deutlich machen, werden ihre Prozessverbesserungen Bestand haben und Ihre Bemühungen von Erfolg gekrönt sein.

Vom Zweifler zum Gläubigen: Mein Weg zu CMMI

von Joseph Morin

Es war mir eine Ehre, als man mich einlud, zu dieser dritten Ausgabe des Buchs über CMMI für Entwicklung einen Essay beizutragen. Diese Einladung erschien sogar ein wenig ironisch, hatte ich während meiner Anstellung beim SEI in den späten 80er und frühen 90er Jahren doch jegliche Beteiligung am Prozessprogramm[1] größtenteils vermieden. Andererseits scheint es jetzt angebracht zu sein, da ich in den 16 Jahren, seit Integrated System Diagnostics als einer der ursprünglichen Transition-Partner vom SEI abgetrennt wurde, zu einem ausgesprochenen Prozessbefürworter und begeisterten Mitwirken-

1. Das Process Program (jetzt Software Engineering Process Management Program genannt) ist die SEI-Gruppe, die die Verantwortung für CMMI trägt und deren Arbeit sich darauf konzentriert, Organisationen dabei zu helfen, ihre Prozesse so zu verbessern, dass sie dadurch ihre Geschäftsziele erreichen.

den an der Entwicklung des Modells und der Appraisal-Methoden geworden bin.[2] Es stimmt wohl, dass gerade die Konvertiten die enthusiastischsten Anhänger einer Idee sind.

Wie für viele andere Mitglieder meiner Generation war die Beschäftigung mit Informatik und Softwareentwicklung zunächst nur eine Hilfstätigkeit, um meine eigentlichen Karriereziele zu erreichen. Nachdem ich 1973 am Caltech einen akademischen Grad in Astronomie und Physik erworben hatte, bekam ich die beneidenswerte Gelegenheit, in einer Forschungsgruppe mitzuarbeiten, die für die ersten drei kleinen astronomischen Satelliten zuständig war.

Die Mission bestand darin, Quellen von Röntgenstrahlung von Objekten im Weltall zu bestimmen und zu untersuchen. Dazu mussten wir Systeme und Software für die Steuerung, Überwachung und Kommunikation der Satelliten und ihrer bordeigenen Instrumente entwickeln. Für die Systeme in der Bodenstation wurden Computer von Digital Equipment und Data General eingesetzt, die eine genaue Beherrschung ihrer besonderen Betriebssysteme, Assembler-Sprachen und Kommunikationsschnittstellen erforderten.

Außerdem mussten wir ein Back-End-System zur Datenfilterung und -analyse entwickeln, um die wissenschaftlichen Daten, die über die Instrumente eingingen, zu extrahieren und zu deuten. Dies erforderte es, in Fortran und PL/I zu programmieren und sich zu einem Experten in JCL zu entwickeln. Letzteres war notwendig, um den IBM 360/195 am Goddard Space Flight Center von Freitagabend bis Montagmorgen als Einzelbenutzercomputer verwenden zu können.

Für die Forschung waren das damals aufregende Zeiten. Wir entdeckten weit mehr Röntgenquellen, als wir erwartet hatten, und unsere Forschungsarbeiten daran führten zu den ersten experimentellen Belegen für die Existenz Schwarzer Löcher. Sehr zu meiner eigenen Überraschung fühlte ich mich jedoch im Laufe der Zeit mehr von der Herausforderung angezogen, die Systeme und die Software zu entwickeln, zu bedienen und zu warten, als von den naturwissenschaftlichen Fragestellungen.

2. Ein SEI-Transition-Partner ist eine Organisation, die SEI-Produkte lizenziert, um diese als Dienstleistungen an Kunden auszuliefern.

Als sich die Gelegenheit ergab, mich einigen ehemaligen Kommilitonen bei Intermetrics anzuschließen, gab ich meiner Karriere mit Freuden eine neue Richtung. Es handelte sich dabei um ein junges Unternehmen in Cambridge, Massachusetts, das von den Entwicklern der Lenk-, Navigations- und Steuersoftware für das Apollo-Raumfahrzeug der NASA gegründet worden war. Wie in meinem ehemaligen Arbeitsbereich wurden Computer und Software in vielen missions- und lebenswichtigen Systemen immer bedeutsamer. Allerdings wurden Computer und Software auch immer komplizierter.

Sowohl die Richtlinienherausgeber auf den höchsten Ebenen der US-Regierung als auch die Entwickler »an der Front« erkannten die Notwendigkeit für verbesserte Methoden, Werkzeuge und Techniken zur Softwareentwicklung. Intermetrics trug dazu bei, diesen Bedarf zu stillen, und entwickelte Programmiersprachen, Compiler und unterstützende Softwareumgebungen für die NASA, die US Navy, den Unternehmensbereich Autoelektronik von General Motors, mehrere Telekommunikationsunternehmen und eine Reihe von Computerherstellern.

Während wir Systeme für diese Kunden entwickelten, erschien es nur angebracht, dass wir versuchen sollten, bei unserer eigenen Arbeit gute Praktiken anzuwenden. Wir übernehmen die Prinzipien und guten Praktiken, die Fred Brooks und Harlan Mills empfahlen. Außerdem wandten wir einige der empirischen Techniken an, die Victor Basilis Gruppe an der University of Maryland entwickelt hatte, und verwendeten die Rate-Charting-Technik von Terry Snyder, um unseren Fortschritt nachzuverfolgen und dem Management, den Kunden und anderen Stakeholdern deutlich zu machen.

Wir beteiligten uns aktiv an der Community für F&E- und Industriestandards, um innovative Technologien zu erkennen, in Pilotprojekten anzuwenden und in unserer Arbeit auszurollen. Bei letztgenannter Tätigkeit genoss ich das Vorrecht, eine Reihe von Personen kennenzulernen, die eine Schlüsselrolle bei der Gründung und Entwicklung des SEI und später bei der CMMI-Produktreihe spielen sollten, und mit ihnen zusammenzuarbeiten. Diese Kollegen kamen damals über die DoD-Softwareinitiative zusammen. Bei diesem Programm ging es um die Entwicklung der Programmiersprache Ada und von Lebenszyklus-Unterstützungsumgebungen, die dazu dienten, eine disziplinierte Entwicklung zu erzwingen.

Es vergingen einige Jahre, bis ich dem SEI beitrat und die Gelegenheit hatte, wieder mit diesen angesehenen Kollegen zusammenzuarbeiten. Meine Karriere hatte sich in andere Nischen der Informatik entwickelt und meine Führungsverantwortung hatte sich erweitert. Ich hatte in weiteren jungen Unternehmen gearbeitet und als unabhängiger Manager und Marketingberater für andere Unternehmen oder ihre Risikokapitalinvestoren gearbeitet. Die technische Seite der Arbeit fasziniert mich noch immer, aber ich hatte meine Karriere auf die Herausforderungen ausgerichtet, die sich dem geschäftsführenden Management beim Erreichen der Geschäfts- oder Missionsziele stellen.

Dabei hatte ich häufig erlebt, dass gute Ideen und Technologien auf der Strecke blieben oder nach einem kometenhaften Aufstieg im Nichts verpufften. Um erfolgreich sein zu können, müssen Organisationen den Markt verstehen und sich an die Wünsche und Bedürfnisse der Stakeholder anpassen, auch an diejenigen, die konkurrierende Ideen oder Technologien haben. Vernünftige Pläne für Pilotprojekte und das Ausrollen sind genauso wichtig wie vernünftige Pläne für die Entwicklung von Systemen und Software.

Eine deutliche Vermittlung der erreichbaren und erwarteten Ziele innerhalb vorhersagbarer Zeit- und Kostengrenzen ist für Investoren, das leitende Management, Entwickler und Kunden gleichermaßen wichtig. Damit das Personal seine Aufgaben effektiv erfüllen kann, sind geeignete Aus- und Weiterbildung sowie ausreichende Ressourcen erforderlich. Es müssen objektive Kennzahlen für die Qualität, den Fortschritt und den Erfolg aufgestellt, erfasst, analysiert und auf solche Weise vermittelt werden, dass zeitnahe Korrekturmaßnahmen möglich sind und dass sie als Fakten für wichtige geschäftliche Entscheidungen herangezogen werden können. All diese und weitere Faktoren müssen mit dem richtigen Gewicht versehen und koordiniert werden, um die Geschäftsziele zu erreichen.

Als ich die Einladung erhielt, dem SEI beizutreten und im Rahmen des institutseigenen Vorhabens für technologischen Wandel daran mitzuarbeiten, nahm ich bereitwillig an. Die Gruppen innerhalb des Instituts brachten zahlreiche vielversprechende technische Ideen hervor. Priscilla Fowler, John Maher und Cecil Martin sammelten einen Schatz an Wissen für das erfolgreiche Änderungsmanagement bei der Umstellung auf innovative Technologien und deren Übernahme an.

Ich genoss es sehr, diesen Wissensschatz anzuwenden, um dem SEI dabei zu helfen, seine Ideen zusammen mit den Erstanwendern in die Praxis umzusetzen, vor allem auf dem Bereich fachgebietsspezifischer Systemarchitekturen. Dass es das Prozessprogramm gab, war mir bewusst, aber ich übte mich in dem Vorurteil, dass man »richtigen« Entwicklern und erfahrenen Managern nicht in allgemein gehaltenen Begriffen das beibringen musste, was gesunder Menschenverstand sein sollte.

Meine Ansicht änderte sich dramatisch, als ich zum leitenden Manager bei der Einrichtung von ISD als Ausgründung aus dem SEI bestimmt wurde, um die Appraisal-Methode SCE kommerziell zu nutzen. Bevor ich wusste, wie mir geschah, wurde ich in meine ersten CBA-IPI-Assessments und SCE-Bewertungen hineingezogen, die Vorgänger der heutigen SCAMPI-Appraisals.

Sehr schnell entwickelte ich dabei eine neue Wertschätzung für das Modell und die Streuung der praktischen Umsetzung in den verschiedenartigen Organisationen. Ich erkannte, dass meine frühere Wahrnehmung erbärmlich falsch war. Der Gesamtzustand einer Praktik wird nicht durch relativ kleine Gruppen von »Helden« bestimmt, die in den jungen Unternehmen und F&E-Zentren, mit denen ich vertraut war, daran arbeiten, ein deutliches, gemeinsames Leitbild umzusetzen. Was ich als gesunden Menschenverstand angesehen hatte, war in Wirklichkeit ein ausgedehnter Wissensschatz, der genauso kodifiziert und ausgerollt werden musste wie die Technologien, die er fördern sollte.

Es war nicht immer problemlos oder einfach, den Organisationen dabei zu helfen, ihre Prozesse zu verbessern. Das CMMI-Produktentwicklungsteam verdient besondere Anerkennung dabei, das Modell stets weiterzuentwickeln. Es gibt unzählige Ansichten darüber, was gute Praktiken sind und wie sie sich am besten beschreiben lassen, ohne vorzuschreiben, und die Mitglieder dieses Teams müssen diese verschiedenen Blickwinkel beachten und miteinander in Einklang bringen. Sie haben Unsicherheiten bei der Finanzierung, enge Terminpläne und Änderungen in der Schwerpunktsetzung durch das Komitee überstanden.

All diese und andere Probleme und Hindernisse hat das Team überwunden, um ein Produkt zu entwickeln, aus dem wir alle Nutzen ziehen können. Diesen Nutzen kann ich aus erster Hand bestätigen, und zwar sowohl für kleine Organisationen, die agile Methoden und Six Sigma-Techniken anwenden, um Fähigkeiten des Reifegrads 5 zu entwickeln, als auch für große, bürokratische Organisationen, die die Vorhersagbarkeit und Leistung langsamer verbessern, wenn sie organisationsweit geführte und definierte Prozesse umsetzen.

Ich möchte Sie dazu ermuntern, diese Vorteile auch in Ihrer eigenen Organisation umzusetzen. Falls Sie wie ich früher Zweifel haben, rege ich Sie an, einen unvoreingenommenen Blick auf das zu werfen, was Sie an Nutzen gewinnen können. Ich glaube, dass Sie ebenso wie ich erkennen werden, dass das Modell sehr viel von dem Wissen enthält, das Sie sich hart erarbeiten mussten, und es in einer Weise darstellt, dass Sie diese Kenntnisse effektiv weitervermitteln und anwenden können, um die Leistung Ihrer Organisation zu verbessern.

TEIL 2

Generische Ziele, generische Praktiken und die Prozessgebiete

Generische Ziele und generische Praktiken

Überblick

Dieser Abschnitt beschreibt ausführlich alle generischen Ziele und Praktiken von CMMI-Modellkomponenten, die direkt auf die Prozessinstitutionalisierung ausgerichtet sind. Beziehen Sie bei der Arbeit mit den einzelnen Prozessgebieten jeweils diesen Abschnitt mit ein, um Einzelheiten zu allen generischen Praktiken zu erhalten.

Ausarbeitungen von generischen Praktiken erscheinen hinter den generischen Praktiken, um Anleitung dazu zu geben, wie die generische Praktik speziell auf das Prozessgebiet angewendet werden kann.

Institutionalisierung von Prozessen

Die Institutionalisierung ist ein wichtiges Konzept der Prozessverbesserung. Die Erwähnung der Institutionalisierung in den Beschreibungen der generischen Ziele und Praktiken impliziert, dass der jeweilige Prozess tief in der Arbeitsweise verwurzelt ist und Verbindlichkeit und Konsistenz bei der Ausführung bestehen.

Die Wahrscheinlichkeit ist höher, dass ein institutionalisierter Prozess auch unter Stress eingehalten wird. Sobald sich jedoch die Anforderungen und Ziele der Arbeitsabläufe ändern, muss sich gegebenenfalls auch deren Umsetzung ändern, um ihre Effektivität zu garantieren. Die generischen Praktiken beschreiben Aktivitäten, die diese Aspekte der Institutionalisierung angehen.

Der Grad der Institutionalisierung ist jeweils in den generischen Zielen enthalten und kommt außerdem in den Namen der Prozesse zum Ausdruck, die mit den einzelnen Zielen verbunden sind, wie Tabelle 7.1 zeigt.

TABELLE 7.1 Generische Ziele und Prozessnamen

Generisches Ziel	*Prozessfortschritt*
GG 1	Durchgeführter Prozess
GG 2	Geführter Prozess
GG 3	Definierter Prozess

Der Fortschritt der Prozessinstitutionalisierung wird in den folgenden Beschreibungen der einzelnen Prozesse charakterisiert.

Durchgeführter Prozess

Ein *durchgeführter* Prozess ist ein Arbeitsablauf, der dafür sorgt, dass die zur Erfüllung der spezifischen Ziele eines Prozessgebiets erforderliche Arbeit verrichtet wird.

Geführter Prozess

Ein *geführter Prozess* ist ein durchgeführter Prozess, der in Einklang mit den Leitlinien geplant und durchgeführt wird; der von Fachleuten mit angemessenen Ressourcen ausgeführt wird, um ein kontrolliertes Ergebnis zu erstellen; bei dem relevante Stakeholder beteiligt werden; der überwacht, gesteuert und überprüft wird; und der auf die Einhaltung seiner Prozessbeschreibung hin bewertet wird.

Der Prozess kann durch ein Projekt, eine Gruppe oder eine Organisationsfunktion realisiert werden. Das Prozessmanagement umfasst die Institutionalisierung sowie das Erreichen anderer spezifischer prozessbezogener Ziele wie Kosten, Termine und Qualitätsziele. Die Steuerung durch einen geführten Prozess hilft sicherzustellen, dass die etablierten Arbeitsabläufe auch unter Stress eingehalten werden.

Die Anforderungen und Ziele des Prozesses werden durch die Organisation festgelegt. Der Status von Arbeitsergebnissen und der Dienstleistungen ist für das Management an bestimmten festgelegten Punkten ersichtlich (z.B. an wichtigen Meilensteinen, bei der Fertigstellung größerer Aufgaben). Es werden Zusagen zwischen denjenigen, die die Arbeit durchführen, und den relevanten Stakeholdern getroffen und nach Bedarf neu ausgehandelt. Die Arbeitsergebnisse sind gelenkt und werden zusammen mit den relevanten Stakeholdern geprüft. Die Arbeitsergebnisse und Dienstleistungen erfüllen ihre spezifizierten Anforderungen.

Ein wichtiger Unterschied zwischen einem durchgeführten und einem geführten Prozess ist der Grad an Prozessführung. Ein geführter Prozess wird geplant (wobei der Plan Teil eines umfassenderen Plans sein kann) und die Ausführung wird anhand dieses Plans gelenkt. Korrekturmaßnahmen werden ergriffen, wenn die tatsächlichen Ergebnisse und die Ausführung deutlich vom Plan abweichen. Ein *geführter Prozess* erreicht die gesteckten Planziele und ist institutionalisiert für eine durchgängige Ausführung.

Definierter Prozess

Ein *definierter Prozess* ist ein geführter Prozess, der gemäß der Tailoring Guidelines aus dem organisationsspezifischen Satz von Standardprozessen erstellt wurde. Zu einem definierten Prozess gibt es eine Prozessbeschreibung, die fortlaufend weiterentwickelt wird. Ein definierter Prozess trägt prozessbezogene Erfahrungen zu den Prozess-Assets der Organisation bei.

Prozess-Assets der Organisation sind Artefakte für die Beschreibung, Umsetzung und Verbesserung von Prozessen. Diese Artefakte sind Assets, weil sie entwickelt oder erworben wurden, um die Geschäftsziele der Organisation zu erfüllen. Sie repräsentieren Investitionen der Organisation, die jetzt und in Zukunft zum Geschäftswert beitragen sollen.

Der organisationsspezifische Satz von Standardprozessen, der als Basis für den definierten Prozess dient, wird im Laufe der Zeit entwickelt und ständig verbessert. Standardprozesse beschreiben die fundamentalen Prozesselemente, die in den definierten Prozessen erwartet werden. Sie beschreiben außerdem die Beziehungen (z.B. die Reihenfolge, die Schnittstellen) zwischen diesen Prozesselementen. Die Organisationsinfrastruktur, die den derzeitigen und künftigen Einsatz des organisationsspezifischen Satzes von Standardprozessen unterstützt, wird im Laufe der Zeit entwickelt und ständig verbessert. (Die Definition von »Standardprozess« finden Sie im Glossar.)

Der definierte Prozess eines Projekts bildet eine Basis für die Planung, Durchführung und Optimierung der projektspezifischen Aufgaben und Aktivitäten. Ein Projekt kann mehr als einen definierten Prozess umfassen (z.B. einen für die Produktentwicklung und einen für Produkttests).

Ein definierter Prozess legt die folgenden Punkte klar fest:

- Zweck
- Eingangsgrößen
- Eingangsbedingungen
- Aktivitäten
- Rollen
- Kennzahlen
- Verifizierungsschritte
- Ergebnisse
- Ausgangsbedingungen

Ein wichtiger Unterschied zwischen einem *geführten* und einem *definierten* Prozess liegt im Geltungsbereich der Prozessbeschreibungen, Standards und Verfahrensanweisungen. Bei einem *geführten Prozess* gelten die Prozessbeschreibungen, Standards und Verfahrensanweisungen für bestimmte Projekte, Gruppen und Organisationsfunktionen. Folglich kann es sein, dass sich die geführten Prozesse zweier Projekte innerhalb derselben Organisation voneinander unterscheiden.

Ein weiterer wichtiger Unterschied ist, dass ein *definierter* Prozess ausführlicher beschrieben und strenger ausgeführt wird als ein *geführter* Prozess. Das wiederum bedeutet, dass die Verbesserungsinformationen leichter verstanden, analysiert und genutzt werden können. Zu guter Letzt basiert das Management des definierten Prozesses auf zusätzlichen Erkenntnissen, die aus dem Verständnis der Zusammenhänge zwischen den Aktivitäten und detaillierten Kenngrößen des Prozesses, seinen Arbeitsergebnissen und Dienstleistungen gewonnen werden.

Beziehungen zwischen Prozessen

Die generischen Ziele bauen aufeinander auf, so dass jedes Ziel die Grundlage für das nächste bildet. Daraus lassen sich folgende Schlüsse ziehen:

- Ein geführter Prozess ist ein durchgeführter Prozess.
- Ein definierter Prozess ist ein geführter Prozess.

Folgerichtig angeordnet und angewendet, beschreiben die generischen Ziele somit einen Prozess, der immer weiter institutionalisiert wird – von einem durchgeführten Prozess zu einem definierten Prozess.

Das Erreichen des generischen Ziels 1 für ein Prozessgebiet ist gleichbedeutend mit dem Erreichen der spezifischen Ziele des Prozessgebiets.

Das Erreichen des generischen Ziels 2 für ein Prozessgebiet ist gleichbedeutend damit, die Durchführung der mit diesem Prozessgebiet verbundenen Prozesse zu managen. Es gibt eine Leitlinie, die die Durchführung des Prozesses vorschreibt. Es existiert ein Plan für die Durchführung. Es werden Ressourcen bereitgestellt, Verantwortlichkeiten zugewiesen, die nötige Aus- und Weiterbildung durchgeführt, ausgewählte Arbeitsergebnisse aus den Arbeitsabläufen gesteuert usw. Mit anderen Worten, der Prozess wird ebenso geplant und überwacht wie jedes andere Projekt und jede andere unterstützende Aktivität.

Das Erreichen des generischen Ziels 3 für ein Prozessgebiet ist gleichbedeutend damit, dass ein organisationsweiter Standardprozess existiert, aus dem der anzuwendende Prozess durch Tailoring ausgestaltet werden kann. Möglicherweise hat das Tailoring gar keine Änderung des Standardprozesses zur Folge. Mit anderen Worten, der Standardprozess und der tatsächlich verwendete Prozess können identisch sein. Den Standardprozess im Ist-Zustand zu übernehmen, stellt ebenfalls ein Tailoring dar, da entschieden wurde, dass keine Anpassungen nötig sind.

Jedes Prozessgebiet beschreibt mehrere Aktivitäten, von denen einige wiederholt durchgeführt werden. Eventuell müssen Sie die Art anpassen, wie diese Aktivitäten durchgeführt werden, um neuen Fähigkeiten oder Umständen Rechnung zu tragen. Angenommen, Sie haben einen Standard für die Entwicklung oder Beschaffung organisationsweiter Aus- und Weiterbildung, der keine webbasierten Schulungen umfasst. Wenn Sie nun einen webbasierten Kurs planen, müssen Sie den Standardprozess so anpassen, dass er den besonderen Herausforderungen und Vorteilen der webbasierten Schulung gerecht wird.

Generische Ziele und generische Praktiken

Dieser Abschnitt beschreibt alle generischen Ziele und Praktiken sowie die damit verbundenen Subpraktiken, Anmerkungen, Beispiele und Querverweise. Die generischen Ziele sind in numerischer Reihenfolge (von GG 1 bis GG 3) angeordnet, ebenso wie die generischen Praktiken, die unter den entsprechenden generischen Zielen aufgelistet sind.

GG 1 SPEZIFISCHE ZIELE ERREICHEN

Die spezifischen Ziele des Prozessgebiets werden durch die Arbeitsabläufe unterstützt durch das Umwandeln von identifizierbaren Eingangs-Arbeitsergebnissen in identifizierbare Ausgangs-Arbeitsergebnisse.

GP 1.1 SPEZIFISCHE PRAKTIKEN DURCHFÜHREN

Die spezifischen Praktiken des Prozessgebiets zur Erstellung von Arbeitsergebnissen bzw. zur Erbringung von Dienstleistungen durchführen, um die spezifischen Ziele des Prozessgebiets zu erreichen

Diese generische Praktik dient dazu, die Arbeitsergebnisse zu erstellen und die Dienstleistungen zu erbringen, die aufgrund der Durchführung des Prozesses erwartet werden. Diese Praktiken lassen sich informell, ohne eine dokumentierte Prozessbeschreibung oder einen Plan ausführen. Wie streng diese Praktiken durchgeführt werden, hängt von den Personen ab, die die Arbeit jeweils lenken und ausführen. Dies kann von Fall zu Fall variieren.

GG 2 Geführte Prozesse institutionalisieren

Arbeitsabläufe sind als geführte Prozesse institutionalisiert.

GP 2.1 Organisationsweite Leitlinien etablieren

Organisationsweite Leitlinien zur Planung und Durchführung der Arbeitsabläufe etablieren und beibehalten.

Diese generische Praktik dient dazu, die organisationsweiten Erwartungen an den Prozess zu definieren und sie den betroffenen Personen der Organisation zu vermitteln. Im Allgemeinen liegt es beim leitenden Management, Leitsätze, Anweisungen und Erwartungen innerhalb der Organisation zu etablieren und zu vermitteln.

Nicht alle Anweisungen des leitenden Managements fallen in die Kategorie »Leitlinie«. Diese generische Praktik setzt angemessene organisationsweite Anweisungen voraus, unabhängig davon, wie diese bezeichnet oder vermittelt werden.

Ausarbeitung in CAR

Diese Leitlinie legt organisationsweite Erwartungen fest zur Identifizierung und systematischen Analyse der Ursachen ausgewählter Ergebnisse.

Ausarbeitung in CM

Diese Leitlinie legt organisationsweite Erwartungen fest für die Etablierung und Beibehaltung von Baselines, zur Verfolgung und Lenkung von Änderungen an Arbeitsergebnissen (unter Konfigurationsmanagement) und zur Etablierung und Beibehaltung der Integrität der Baselines.

Ausarbeitung in DAR

Diese Leitlinie legt organisationsweite Erwartungen fest an die selektive Analyse möglicher Entscheidungen mit Hilfe eines formalen Bewertungsprozesses, der identifizierte Alternativen anhand etablierter Kriterien bewertet. Die Leitlinien sollten auch Hinweise darauf bieten, welche Entscheidungen einen formalen Bewertungsprozess erfordern.

Ausarbeitung in IPM

Diese Leitlinie legt organisationsweite Erwartungen fest für die Etablierung und Beibehaltung des projektspezifisch definierten Prozesses vom Projektbeginn über seinen gesamten Lebenszyklus hinweg, wobei der definierte Prozess des Projekts beim Projektmanagement sowie bei der Koordination und Zusammenarbeit mit den relevanten Stakeholdern eingesetzt wird.

Ausarbeitung in MA

Diese Leitlinie legt organisationsweite Erwartungen fest für die Ausrichtung der Messziele und -aktivitäten an den erkannten Informationsbedürfnissen und den Projekt-, Organisations- oder Geschäftszielen und für die Bereitstellung von Messergebnissen.

Ausarbeitung in OPD

Diese Leitlinie legt organisationsweite Erwartungen fest für die Etablierung und Beibehaltung eines organisationsspezifischen Satzes von Standardprozessen, die organisationsweite Bereitstellung der Prozess-Assets der Organisation und die Etablierung von Regeln und Leitlinien für Teams.

Ausarbeitung in OPF

Diese Leitlinie legt organisationsweite Erwartungen fest an die Ermittlung von Prozessverbesserungsmöglichkeiten für die verwendeten Prozesse und für die Planung, Umsetzung und das Rollout von Prozessverbesserungen in der gesamten Organisation.

Ausarbeitung in OPM

Diese Leitlinie legt organisationsweite Erwartungen fest an die Analyse der Geschäftsleistung mithilfe statistischer und anderer quantitativer Techniken, um Leistungsmängel zu erkennen und die Prozess- und Technologieverbesserungen zu identifizieren und auszurollen, die zum Erreichen der Qualitäts- und Prozessleistungsziele beitragen.

Ausarbeitung in OPP

Diese Leitlinie legt organisationsweite Erwartungen dafür fest, dass Prozessleistungsbaselines und -modelle für den organisationsspezifischen Satz von Standardprozessen etabliert und beibehalten werden.

Ausarbeitung in OT

Diese Leitlinie legt organisationsweite Erwartungen fest an die Identifizierung ihres strategischen Aus- und Weiterbildungsbedarfs und die Bereitstellung dieser Aus- und Weiterbildung.

Ausarbeitung in PI

Diese Leitlinie legt organisationsweite Erwartungen fest an die Erstellung der Produktintegrationsreihenfolge, der Verfahren und einer Umgebung, an die Sicherstellung der Schnittstellenkompatibilität unter den Produktbestandteilen, an den Zusammenbau der Produktbestandteile und die Lieferung des Produkts und der Produktkomponenten.

Ausarbeitung in PMC

Diese Leitlinie legt organisationsweite Erwartungen fest für die Überwachung des Projektfortschritts und der Leistung gegenüber dem Projektplan und für die Durchführung von Korrekturmaßnahmen bis zum Abschluss, wenn die tatsächliche Leistung oder die Ergebnisse erheblich vom Plan abweichen.

Ausarbeitung in PP

Diese Leitlinie legt organisationsweite Erwartungen fest für die Schätzung der Planungsparameter, interne und externe Zusagen und die Entwicklung des Plans für die Durchführung des Projekts.

Ausarbeitung in PPQA

Diese Leitlinie legt organisationsweite Erwartungen fest für die objektive Bewertung, ob Prozesse und die damit verbundenen Arbeitsergebnisse die anzuwendenden Prozessbeschreibungen, Verfahren, Normen und Standards einhalten, und um zu gewährleisten, dass die Abweichungen beseitigt werden.

Sie stellt auch die organisationsweite Erwartung auf, dass Prozess- und Produkt-Qualitätssicherung für alle Projekte gültig ist. Prozess- und Produkt-Qualitätssicherung muss hinreichend unabhängig vom Projektmanagement sein, um Objektivität bei der Identifizierung und Meldung von Abweichungen wahren zu können.

Ausarbeitung in QPM

Diese Leitlinie legt organisationsweite Erwartungen fest an die Anwendung statistischer und anderer quantitativer Techniken und historischer Daten bei folgenden Tätigkeiten: Etablierung von Qualitäts- und Prozessleistungszielen, Zusammenstellen des definierten Prozesses für das Projekt, Auswählen der für das Verständnis der Prozessleistung entscheidenden Teilprozessattribute, Überwachen der Teilprozess- und Projektleistung und Durchführen einer Ursachenanalyse zur Beseitigung von Mängeln in der Prozessleistung. Vor allem legt diese Leitlinie organisationsweite Erwartungen fest an die Anwendung von Prozessleistungskennzahlen, -baselines und -modellen.

Ausarbeitung in RD

Diese Leitlinie legt organisationsweite Erwartungen fest für die Sammlung von Stakeholder-Bedürfnissen, die Formulierung von Anforderungen an Produkte und Produktbestandteile sowie die Analyse und Validierung dieser Anforderungen.

Ausarbeitung in REQM

Diese Leitlinie legt organisationsweite Erwartungen fest für die Verwaltung von Anforderungen und die Identifizierung von Inkonsistenzen zwischen den Anforderungen und den Plänen und Arbeitsergebnissen des Projekts.

Ausarbeitung in RSKM

Diese Leitlinie legt organisationsweite Erwartungen für die Definition einer Risikomanagementstrategie und die Identifizierung, Analyse und Abschwächung von Risiken fest.

Ausarbeitung in SAM

Diese Leitlinie legt organisationsweite Erwartungen fest zur Etablierung, Pflege und Erfüllung von Lieferantenvereinbarungen.

Ausarbeitung in TS

Diese Leitlinie legt organisationsweite Erwartungen fest für die Herangehensweise an den iterativen Zyklus, in dem Lösungen für Produkte oder Produktbestandteile ausgewählt, Entwürfe erstellt und die Entwürfe umgesetzt werden.

Ausarbeitung in VAL

Diese Leitlinie legt organisationsweite Erwartungen für die Auswahl der zu validierenden Produkte und Produktbestandteile und der Validierungsmethoden sowie für die Etablierung und Beibehaltung der Validierungsverfahren, -kriterien und -umgebungen fest, die sicherstellen, dass die Produkte und Produktbestandteile die Bedürfnisse der Endanwender in ihrer vorgesehenen Betriebsumgebung erfüllen.

Ausarbeitung in VER

Diese Leitlinie legt organisationsweite Erwartungen fest für die Etablierung und Beibehaltung der Verifizierungsmethoden, -verfahren, -kriterien und -umgebung sowie für die Durchführung von Peer-Reviews und die Verifizierung ausgewählter Arbeitsergebnisse.

GP 2.2 Arbeitsabläufe planen

Pläne für die Durchführung der Arbeitsabläufe etablieren und beibehalten.

Diese generische Praktik dient zur Festlegung der notwendigen Voraussetzungen, um die Arbeitsabläufe durchzuführen, die gesteckten Ziele zu erfüllen, einen Plan für die Durchführung der Arbeitsabläufe sowie eine Prozessbeschreibung vorzubereiten und das Einverständnis der relevanten Stakeholder zum Plan zu erlangen.

In der Praxis wirkt sich die Anwendung einer generischen Praktik jeweils unterschiedlich auf die einzelnen Prozessgebiete aus.

> So kann es beispielsweise sein, dass die durch diese generische Praktik beschriebene Planung bei der Anwendung auf das Prozessgebiet »Projektverfolgung und -steuerung« vollständig von den Prozessen aus dem Prozessgebiet »Projektplanung« ausgeführt wird. Bei der Anwendung auf das Prozessgebiet »Projektplanung« setzt diese generische Praktik dagegen voraus, dass der Projektplanungsprozess an sich geplant wird.

Daher bekräftigt diese generische Praktik die an anderer Stelle in CMMI festgelegten Erwartungen oder legt neue Erwartungen fest, die es zu berücksichtigen gilt.

Mehr zur Etablierung und Beibehaltung von Plänen, die Projekttätigkeiten definieren, steht im Prozessgebiet »Projektplanung«.

Zur Etablierung eines Plans gehört auch die Erstellung einer Planungsdokumentation sowie einer Prozessbeschreibung. Die Beibehaltung des Plans umfasst seine regelmäßige Aktualisierung, um Korrekturmaßnahmen und Änderungen der Anforderungen und Ziele widerzuspiegeln.

Der Plan für die Durchführung der Arbeitsabläufe umfasst in der Regel die folgenden Punkte:

- Prozessbeschreibung
- Standards und Anforderungen für die Arbeitsergebnisse und Dienstleistungen der Arbeitsabläufe
- Spezifische Ziele für die Ausführung und die Ergebnisse des Prozesses (z.B. Qualität, Zeitrahmen, Durchlaufzeit, Ressourcennutzung)
- Abhängigkeiten zwischen den Aktivitäten, Arbeitsergebnissen und Dienstleistungen der Arbeitsabläufe
- Ressourcen (z.B. Finanzierung, Mitarbeiter, Werkzeuge) für die Durchführung der Arbeitsabläufe
- Übertragung von Rechten und Pflichten
- Aus- und Weiterbildungsmaßnahmen für die Durchführung und Unterstützung der Arbeitsabläufe
- Zu lenkende Arbeitsergebnisse und der anzuwendende Grad an Dokumenten- und Datenlenkung
- Messanforderungen, die Einblick in die Durchführung der Arbeitsabläufe, ihre Arbeitsergebnisse und Dienstleistungen geben
- Einbindung relevanter Stakeholder
- Überwachung und Steuerung der Arbeitsabläufe
- Objektive Bewertung der Arbeitsabläufe
- Überprüfung der Arbeitsabläufe und Arbeitsergebnisse durch das Management

Subpraktiken

1. Den Plan für die Durchführung der Arbeitsabläufe definieren und dokumentieren

   Dieser Plan kann ein eigenständiges Dokument, in ein umfangreicheres Dokument eingebettet oder über mehrere Dokumente verteilt sein. Im letzteren Fall ist sicherzustellen, dass ein schlüssiges Bild erhalten bleibt, wer was zu tun hat. Die Dokumente können in gedruckter oder in elektronischer Form vorliegen.

2. Die Prozessbeschreibung definieren und dokumentieren

   Die Prozessbeschreibung, die relevante Standards und Verfahrensanweisungen umfasst, kann fester Bestandteil des Plans für die Durchführung der Arbeitsabläufe sein oder diesem in Form eines Querverweises hinzugefügt werden.

3. Den Plan zusammen mit den relevanten Stakeholdern prüfen und deren Einverständnis einholen

   Hierbei gilt es zu prüfen, ob die geplanten Arbeitsabläufe die maßgeblichen Leitlinien, Pläne, Anforderungen und Standards erfüllen, um den relevanten Stakeholdern Sicherheit zu geben.

4. Den Plan bei Bedarf überarbeiten

Ausarbeitung in CAR

Dieser Plan zur Durchführung der Arbeitsabläufe für die Ursachenanalyse und -beseitigung kann in den Projektplan aufgenommen (oder darin als Referenz verwendet) werden, der im Prozessgebiet »Projektplanung« beschrieben wird. Mit diesem Plan ist etwas anderes gemeint als die Vorschläge für Maßnahmen und die zugehörigen Aktionspläne, die in verschiedenen spezifischen Praktiken dieses Prozessgebiets beschrieben wurden. Der in dieser generischen Praktik verlangte Plan betrifft den gesamten Prozess der Ursachenanalyse und -beseitigung des Projekts (der möglicherweise aus einem von der Organisation unterhaltenen Standardprozess ge-tailored ist). Im Gegensatz dazu adressieren die Maßnahmenvorschläge und zugehörigen Aktionspunkte die erforderlichen Tätigkeiten, um die jeweils betrachtete Ursache anzugehen.

Ausarbeitung in CM

Dieser Plan zur Durchführung der Arbeitsabläufe für das Konfigurationsmanagement kann in den Projektplan aufgenommen (oder darin als Referenz verwendet) werden, der im Prozessgebiet Projektplanung beschrieben wird.

Ausarbeitung in DAR

Dieser Plan zur Durchführung der Arbeitsabläufe für die Entscheidungsfindung kann in den Projektplan aufgenommen (oder darin als Referenz verwendet) werden, der im Prozessgebiet Projektplanung beschrieben wird.

Ausarbeitung in IPM

Dieser Plan für die Arbeitsabläufe des Fortgeschrittenen Projektmanagements vereint die Planung für die Projektplanungs- sowie die Überwachungs- und Steuerungsprozesse. Die Planung für die Durchführung von Praktiken der Planung im Fortgeschrittenen Projektmanagement wird als Teil der Planung des Projektplanungsprozesses behandelt. Dieser Plan zur Durchführung der Praktiken für Überwachung und Steuerung im Fortgeschrittenen Projektmanagement kann in den Projektplan aufgenommen (oder darin als Referenz verwendet) werden, der im Prozessgebiet »Projektplanung« beschrieben wird.

Ausarbeitung in MA

Dieser Plan zur Durchführung der Arbeitsabläufe für Messung und Analyse kann in den Projektplan aufgenommen (oder darin als Referenz verwendet) werden, der im Prozessgebiet »Projektplanung« beschrieben wird.

Ausarbeitung in OPD

Dieser Plan zur Durchführung der Arbeitsabläufe des Prozessgebiets »Organisationsweite Prozessentwicklung« kann Teil des Prozessentwicklungsplans der Organisation (oder als Referenz darin enthalten) sein.

Ausarbeitung in OPF

Dieser Plan zur Durchführung der Arbeitsabläufe des Prozessgebiets »Organisationsweite Prozessausrichtung«, der häufig als der »Prozessverbesserungsplan« bezeichnet wird, unterscheidet sich von den Prozessverbesserungsplänen, die in den spezifischen Praktiken dieses Prozessgebiets beschrieben werden. Der Plan, um den es in dieser generischen Praktik geht, enthält die umfassende Planung für alle spezifischen Praktiken in diesem Prozessgebiet, vom Festlegen der Prozesserfordernisse der Organisation bis hin zu der Aufnahme der prozessbezogenen Erfahrungen in die Prozess-Assets der Organisation.

Ausarbeitung in OPM

Dieser Plan zur Durchführung der Arbeitsabläufe des Prozessgebiets »Organisationsweites Leistungsmanagement« unterscheidet sich von den Rollout-Plänen, die in den spezifischen Praktiken dieses Prozessgebiets beschrieben werden. Der in dieser generischen Praktik geforderte Plan befasst sich mit der umfassenden Planung für sämtliche spezifischen Praktiken in diesem Prozessgebiet, vom Beibehalten der Geschäftsziele bis zur Bewertung der Verbesserungseffekte. Dagegen geht es in den Rollout-Plänen, die in den spezifischen Praktiken verlangt werden, um die erforderliche Planung für das Rollout der ausgewählten Verbesserungen.

Ausarbeitung in OPP

Dieser Plan zur Durchführung der Arbeitsabläufe des Prozessgebiets »Organisationsweite Prozessleistung« kann in den Prozessverbesserungsplan der Organisation aufgenommen (oder darin als Referenz verwendet) werden, der im Prozessgebiet »Organisationsweite Prozessausrichtung« beschrieben wird. Er kann aber auch in einem eigenständigen Dokument beschrieben sein, der nur den Plan für die Arbeitsabläufe des Prozessgebiets »Organisationsweite Prozessleistung« beschreibt.

Ausarbeitung in OT

Dieser Plan zur Durchführung des organisationsweiten Aus- und Weiterbildungsprozesses unterscheidet sich von den operativen Plänen für die organisationsweite Aus- und Weiterbildung, die in einer spezifischen Praktik in diesem Prozessgebiet beschrieben wurden. Der Plan, um den es in dieser generischen Praktik geht, enthält die umfassende Planung für alle spezifischen Praktiken in diesem Prozessgebiet, vom Festlegen der strategischen Aus- und Weiterbildungsbedürfnisse der Organisation bis hin zur Bewertung der Effektivität der Aus- und Weiterbildung in der Organisation. Im Gegensatz dazu betreffen die operativen Pläne für die organisationsweite Aus- und Weiterbildung, um die es in der spezifischen Praktik dieses Prozessgebiets geht, die regelmäßige Planung für die Durchführung individueller Aus- und Weiterbildungsangebote.

Ausarbeitung in PI

Dieser Plan zur Durchführung der Arbeitsabläufe der Produktintegration befasst sich mit der umfassenden Planung aller spezifischen Praktiken dieses Prozessgebiets von der Vorbereitung der Produktintegration bis zur Auslieferung des Endprodukts.

Dieser Plan zur Durchführung der Arbeitsabläufe der Produktintegration kann in den Projektplan, der im Prozessgebiet »Projektplanung« beschrieben wird, aufgenommen (oder darin als Referenz verwendet) werden.

Ausarbeitung in PMC

Dieser Plan zur Durchführung der Arbeitsabläufe bei der Projektverfolgung und -steuerung kann in den Projektplan aufgenommen (oder darin als Referenz verwendet) werden. Dies ist im Prozessgebiet »Projektplanung« beschrieben.

Ausarbeitung in PP

Mehr zum Verhältnis zwischen der generischen Praktik 2.2 und dem Prozessgebiet »Projektplanung« steht in Tabelle 7.2 im Kapitel »Generische Ziele und generische Praktiken«.

Ausarbeitung in PPQA

Dieser Plan zur Durchführung der Arbeitsabläufe bei der Prozess- und Produkt-Qualitätssicherung kann in den Projektplan aufgenommen (oder darin als Referenz verwendet) werden, der im Prozessgebiet »Projektplanung« beschrieben wird.

Ausarbeitung in QPM

Dieser Plan zur Durchführung der Arbeitsabläufe beim quantitativen Projektmanagement kann in den Projektplan aufgenommen (oder darin als Referenz verwendet) werden, der im Prozessgebiet »Projektplanung« beschrieben wird.

Ausarbeitung in RD

Dieser Plan zur Durchführung der Arbeitsabläufe der Anforderungsentwicklung kann in den Projektplan aufgenommen (oder darin als Referenz verwendet) werden, der im Prozessgebiet »Projektplanung« beschrieben wird.

Ausarbeitung in REQM

Dieser Plan zur Durchführung der Arbeitsabläufe für das Anforderungsmanagement kann in den Projektplan aufgenommen (oder darin als Referenz verwendet) werden, der im Prozessgebiet »Projektplanung« beschrieben wird.

Ausarbeitung in RSKM

Dieser Plan zur Durchführung der Arbeitsabläufe für das Risikomanagement kann in den Projektplan aufgenommen (oder darin als Referenz verwendet) werden, der im Prozessgebiet »Projektplanung« beschrieben wird. Der in dieser generischen Praktik geforderte Plan befasst sich mit der umfassenden Planung für sämtliche spezifischen Praktiken in diesem Prozessgebiet. Insbesondere stellt er den Gesamtansatz für die Risikoabschwächung bereit, unterscheidet sich jedoch von den Abschwächungsplänen (einschließlich der Notfallpläne) für bestimmte Risiken. Im Gegensatz dazu befassen sich die in den spezifischen Praktiken dieses Prozessgebiets geforderten Risikoabschwächungspläne gezielter mit Dingen wie den Schwellwerten, bei denen Aktivitäten zur Risikobehandlung ausgelöst werden.

Ausarbeitung in SAM

Teile dieses Plans zur Durchführung der Arbeitsabläufe des Zulieferungsmanagements können in den Projektplan aufgenommen (oder darin als Referenz verwendet) werden, der im Prozessgebiet »Projektplanung« beschrieben wird. Oft sind Teile des Plans jedoch außerhalb des Projekts bei einer Gruppe wie z.B. der für die Vertragsabwicklung angesiedelt.

Ausarbeitung in TS

Dieser Plan zur Durchführung der Arbeitsabläufe für die technische Umsetzung kann in den Projektplan aufgenommen (oder darin als Referenz verwendet) werden, der im Prozessgebiet »Projektplanung« beschrieben wird.

Ausarbeitung in VAL

Dieser Plan zur Durchführung der Arbeitsabläufe der Validierung kann in den Projektplan aufgenommen (oder darin als Referenz verwendet) werden, der im Prozessgebiet »Projektplanung« beschrieben wird.

Ausarbeitung in VER

Dieser Plan zur Durchführung der Arbeitsabläufe der Verifizierung kann in den Projektplan aufgenommen (oder darin als Referenz verwendet) werden, der im Prozessgebiet »Projektplanung« beschrieben wird.

GP 2.3 RESSOURCEN BEREITSTELLEN

Angemessene Ressourcen zur Durchführung der Arbeitsabläufe, Erstellung der Arbeitsergebnisse oder Erbringung der Dienstleistungen bereitstellen

Diese generische Praktik dient dazu, sicherzustellen, dass die zur planmäßigen Durchführung der Arbeitsabläufe notwendigen Ressourcen im Bedarfsfall zur Verfügung stehen. Zu den Ressourcen gehören eine adäquate Finanzierung, angemessene Einrichtungen, kompetente Mitarbeiter sowie geeignete Werkzeuge.

Die Interpretation der Begriffe »adäquat«, »angemessen« und »geeignet« hängt von einer Vielzahl von Faktoren ab und kann sich im Laufe der Zeit ändern. Unzureichenden Ressourcen kann durch Aufstockung von Ressourcen oder die Rücknahme von Anforderungen, Einschränkungen und Verpflichtungen begegnet werden.

Ausarbeitung in CAR

Beispiele für bereitgestellte Ressourcen sind:
- Datenbankmanagementsysteme
- Werkzeuge zur Prozessmodellierung
- Statistische Analysewerkzeuge

Ausarbeitung in CM

Beispiele für bereitgestellte Ressourcen sind:

- Konfigurationsmanagement-Tools
- Datenmanagement-Tools
- Archivierungs- und Reproduktions-Tools
- Datenbankmanagementsysteme

Ausarbeitung in DAR

Beispiele für bereitgestellte Ressourcen sind:

- Simulatoren und Modellierungs-Tools
- Tools zum Erstellen von Prototypen
- Tools für die Durchführung von Umfragen

Ausarbeitung in IPM

Beispiele für bereitgestellte Ressourcen sind:

- Software für die Problemverfolgung und -berichterstattung
- Groupware
- Videokonferenzen
- Integrierte Entscheidungsdatenbank
- Integrierte Umgebungen für die Produktunterstützung

Ausarbeitung in MA

Mitarbeiter mit angemessenen Fachkenntnissen bieten Unterstützung für die Mess- und Analysetätigkeiten. Es kann eine Messgruppe mit einer solchen Rolle geben.

Beispiele für bereitgestellte Ressourcen sind:

- Statistiktools
- Werkzeuge zur Unterstützung der Datensammlung über Netzwerke

Ausarbeitung in OPD

Eine Prozessgruppe leitet in der Regel die organisationsweiten Aktivitäten der Prozessentwicklung. Diese Gruppe umfasst üblicherweise ein Kernteam von Fachleuten, deren Hauptaufgabe in der Koordination der organisationsweiten Prozessverbesserung besteht.

Diese Gruppe wird durch Prozesseigner sowie Fachleute aus unterschiedlichen Gebieten unterstützt:

- Projektmanagement
- Entsprechende Fachgebiete der Entwicklung
- Konfigurationsmanagement
- Qualitätssicherung

Beispiele für bereitgestellte Ressourcen sind:

- Datenbankmanagementsysteme
- Tools zur Prozessmodellierung
- Tools zur Webseitenerstellung und Browser

Ausarbeitung in OPF

Beispiele für bereitgestellte Ressourcen sind:

- Datenbankmanagementsysteme
- Tools zur Prozessverbesserung
- Programme zum Erstellen von Webseiten und Browser
- Groupware
- Qualitätsverbesserungs-Tools (beispielsweise Ursache/Wirkung-, Affinitäts-, Pareto-Diagramme)

Ausarbeitung in OPM

Beispiele für bereitgestellte Ressourcen sind:

- Simulations-Tools
- Prototyping-Tools
- Statistik-Tools
- Modellierung dynamischer Systeme
- Abonnements zu Online-Technologiedatenbanken und Publikationen
- Prozessmodellierungs-Tools

Ausarbeitung in OPP

Spezielles Fachwissen in statistischen und anderen quantitativen Techniken kann erforderlich sein, um Prozessleistungs-baselines für den organisationsspezifischen Satz von Standardprozessen zu etablieren.

Beispiele für bereitgestellte Ressourcen sind:

- Datenbankmanagementsysteme
- Modelle für dynamische Systeme
- Werkzeuge zur Prozessmodellierung
- Statistische Analysewerkzeuge
- Problemverfolgungsinstrumente

Ausarbeitung in OT

Beispiele für bereitgestellte Ressourcen sind:

- Fachexperten
- Personen, die das Curriculum entwerfen
- Personen, die die Lehrgänge entwerfen
- Lehrkräfte
- Administratoren für die Aus- und Weiterbildung

Es können spezielle Einrichtungen für die Aus- und Weiterbildung erforderlich sein. Wenn erforderlich, werden die Einrichtungen, die für die Aktivitäten im Prozessgebiet »Organisationsweite Aus- und Weiterbildung« benötigt werden, entwickelt oder zugekauft.

Beispiele für bereitgestellte Ressourcen sind:

- Instrumente zur Analyse des Aus- und Weiterbildungsbedarfs
- Workstations zur Verwendung in Trainings
- Tools zum Entwerfen von Lehrgängen
- Software zur Entwicklung von Präsentationsmaterialien

Ausarbeitung in PI

Die Koordination der Schnittstellen für die Produktbestandteile kann mit einer Arbeitsgruppe für die Schnittstellenlenkung durchgeführt werden, die sich aus Repräsentanten externer und interner Schnittstellen zusammensetzt. Solche Gruppen können eingesetzt werden, um die Bedürfnisse für die Entwicklung von Schnittstellenanforderungen herauszufinden.

Möglicherweise sind besondere Einrichtungen für den Zusammenbau und die Lieferung des Produkts erforderlich. Gegebenenfalls werden die Einrichtungen, die für die Tätigkeiten im Prozessgebiet der Produktintegration erforderlich sind, entwickelt oder zugekauft.

Beispiele für bereitgestellte Ressourcen sind:

- Werkzeuge zum Erstellen von Prototypen
- Analyse-Tools
- Simulations-Tools
- Tools für das Schnittstellenmanagement
- Tools für den Zusammenbau (z.B. Compiler, Make Files, Verbindungs-Tools, Schablonen, Vorrichtungen)

Ausarbeitung in PMC

Beispiele für bereitgestellte Ressourcen sind:

- Systeme zur Kostenverfolgung
- Systeme für Aufwandsberichte
- Systeme zur Verfolgung von Korrekturmaßnahmen
- Programme für das Projektmanagement und die Terminplanung

Ausarbeitung in PP

Spezielle Kenntnisse, Ausrüstung und Einrichtungen für die Projektplanung können erforderlich sein.

Spezialkenntnisse in Projektplanung können Folgendes einschließen:

- Erfahrene Schätzer
- Terminplaner
- Technische Experten in geeigneten Bereichen (beispielsweise Produktbereich und -technologie)

> Beispiele für bereitgestellte Ressourcen sind:
> - Tabellenkalkulationsprogramme
> - Schätzmodelle
> - Projekt- und Terminplanungspakete

Ausarbeitung in PPQA

> Beispiele für bereitgestellte Ressourcen sind:
> - Bewertungs-Tools
> - Tools zur Verfolgung von Abweichungen

Ausarbeitung in QPM

Spezielle Kenntnisse in Statistik und ihrer Anwendung zur Analyse der Prozessleistung kann für die Definition der im quantitativen Management eingesetzten analytischen Techniken erforderlich sein. Möglicherweise sind besondere Kenntnisse in Statistik auch zur Analyse und Interpretation der Kennzahlen erforderlich, die aus der statistischen Analyse hervorgehen. Jedoch benötigen die Teams ein ausreichendes Fachwissen, um in ihrer täglichen Arbeit ein grundlegendes Verständnis der Leistung ihrer Arbeitsabläufe zu entwickeln.

> Beispiele für bereitgestellte Ressourcen sind:
> - Statistische Analysewerkzeuge
> - Software für statistische Prozess- und Qualitätssteuerung
> - Skripte und Tools, die den Teams bei der Analyse der Leistung ihrer eigenen Arbeitsabläufe helfen, sodass nur ein Mindestbedarf für zusätzliche Unterstützung durch Experten besteht

Ausarbeitung in RD

Spezielles Fachwissen über den Anwendungsbereich, Methoden zur Erhebung von Stakeholder-Bedürfnissen sowie Methoden und Tools zur Spezifikation und Analyse der Kundenanforderungen und Anforderungen an das Produkt und die Produktbestandteile sind unter Umständen erforderlich.

Beispiele für bereitgestellte Ressourcen sind:
- Tools zur Spezifikation von Anforderungen
- Simulatoren und Tools zur Modellierung
- Werkzeuge für Prototypen
- Tools für die Definition und das Management von Anwendungsszenarien
- Tools zur Nachverfolgung von Anforderungen

Ausarbeitung in REQM

Beispiele für bereitgestellte Ressourcen sind:
- Tools zur Verfolgung der Anforderungen
- Tools für die Nachverfolgbarkeit

Ausarbeitung in RSKM

Beispiele für bereitgestellte Ressourcen sind:
- Datenbanken für das Risikomanagement
- Tools zur Risikoabschwächung
- Tools zum Erstellen von Prototypen
- Tools zur Modellierung und Simulation

Ausarbeitung in SAM

Beispiele für bereitgestellte Ressourcen sind:
- Listen bevorzugter Lieferanten
- Tools zur Verfolgung der Anforderungen
- Programme für das Projektmanagement und die Terminplanung

Ausarbeitung in TS

Möglicherweise sind besondere Einrichtungen für die Entwicklung, das Design und die Umsetzung von Lösungen für die Anforderungen erforderlich. Gegebenenfalls werden die Einrichtungen, die für die Tätigkeiten im Prozessgebiet der technischen Umsetzung erforderlich sind, entwickelt oder zugekauft.

Beispiele für Ressourcen sind:

- Tools für die Spezifikation von Entwürfen
- Simulatoren und Tools zur Modellierung
- Tools für Prototypen
- Definitions- und Management-Tools für Szenarien
- Tools zur Verfolgung von Anforderungen
- Interaktive Dokumentations-Tools

Ausarbeitung in VAL

Möglicherweise werden besondere Einrichtungen für die Validierung des Produkts oder der Produktbestandteile benötigt. Falls nötig, müssen diese entwickelt oder erworben werden.

Beispiele für bereitgestellte Ressourcen sind:

- Testmanagement-Tools
- Testfallgeneratoren
- Analyseprogramme für die Testabdeckung
- Simulatoren
- Last-, Stress- und Leistungsprüfungs-Tools

Ausarbeitung in VER

Möglicherweise werden besondere Einrichtungen für die Verifizierung ausgewählter Arbeitsergebnisse benötigt. Falls nötig, müssen diese entwickelt oder beschafft werden.

Bestimmte Verifizierungsmethoden können besondere Tools, Ausrüstungen, Einrichtungen und Aus- und Weiterbildung erfordern (so sind z.B. für Peer-Reviews eventuell Besprechungsräume und erfahrene Moderatoren und für bestimmte Verifizierungstests besondere Testausrüstung sowie Fachleute zu deren Bedienung erforderlich).

Beispiele für bereitgestellte Ressourcen sind:

- Testmanagement-Tools
- Testfallgeneratoren
- Analyseprogramme für die Testabdeckung
- Simulatoren

GP 2.4 RECHTE UND PFLICHTEN ZUWEISEN

Rechte und Pflichten zur Durchführung der Arbeitsabläufe, Erstellung der Arbeitsergebnisse oder Erbringung der Dienstleistungen zuweisen

Diese generische Praktik dient dazu, sicherzustellen, dass während der gesamten Lebensdauer des Prozesses Verantwortung für dessen Durchführung sowie die Erzielung der festgelegten Ergebnisse übernommen wird. Die Verantwortlichen müssen über entsprechende Befugnisse verfügen, um die ihnen zugewiesenen Pflichten zu erfüllen.

Rechte und Pflichten können mithilfe detaillierter Arbeitsplatzbeschreibungen oder in lebenden Dokumenten wie dem Plan für die Durchführung der Arbeitsabläufe zugewiesen werden. Die dynamische Übertragung von Rechten und Pflichten ist eine weitere legitime Methode, diese generische Praktik umzusetzen, solange die Zuweisung und Annahme der jeweiligen Pflichten über die gesamte Lebensdauer der Arbeitsabläufe hinweg gesichert ist.

Subpraktiken

1. Gesamtverantwortung und Pflichten für die Durchführung der Arbeitsabläufe zuweisen
2. Rechte und Pflichten für die Durchführung bestimmter Aufgaben im Rahmen der Arbeitsabläufe zuweisen
3. Sicherstellen, dass die ausgewählten Personen die ihnen zugewiesenen Rechte und Pflichten verstehen und annehmen

Ausarbeitung in OPF

Üblicherweise werden zwei Gruppen etabliert, die Verantwortlichkeit für die Prozessverbesserung erhalten: (1) ein Managementsteuerkreis für die Prozessverbesserung, der für das Sponsoring durch das leitende Management sorgt, und (2) eine Prozessgruppe, die die Prozessverbesserungsaktivitäten moderiert und managt.

Ausarbeitung in PPQA

Rechte werden denjenigen zugewiesen, die Prozess- und Produktqualitätssicherungsbewertungen mit ausreichender Unabhängigkeit und Objektivität durchführen können, um Subjektivität oder Verzerrung auszuschließen.

Ausarbeitung in TS

Die Ernennung eines leitenden oder Chefarchitekten, der die technische Umsetzung überwacht und die Befugnis über Designentscheidungen hat, hilft dabei, die Übereinstimmung in Produktdesign und -entwicklung beizubehalten.

GP 2.5 Aus- und weiterbilden

Personen, die Arbeitsabläufe ausführen oder unterstützen, nach Bedarf aus- und weiterbilden

Diese generische Praktik dient dazu, sicherzustellen, dass den Mitarbeitern die Fähigkeiten und Erfahrungen vermittelt werden, die sie zur Ausführung der Arbeitsabläufe benötigen.

Diejenigen, die die Arbeit verrichten, werden angemessen geschult. Mitarbeiter, die mit diesen Personen zusammenarbeiten, erhalten eine allgemeine Schulung.

> Beispiele für Schulungsmethoden sind das Selbststudium, selbst gesteuerte Schulungen, eine auf die individuelle Lerngeschwindigkeit angepasste, programmierte Unterweisung, formalisierte Schulungen am Arbeitsplatz, individuelle Betreuung sowie formaler Klassenunterricht.

Die Aus- und Weiterbildung unterstützt die erfolgreiche Durchführung der Arbeitsabläufe, indem sie für ein allgemeines Verständnis der Arbeitsabläufe sorgt und die entsprechenden Fähigkeiten und Kenntnisse vermittelt.

Mehr zur Weiterentwicklung der Fähigkeiten und Kenntnisse von Mitarbeitern, damit sie ihre Aufgaben effektiv und effizient erfüllen können, steht im Prozessgebiet »Organisationsweite Aus- und Weiterbildung«.

Ausarbeitung in CAR

> Beispiele für Aus- und Weiterbildungsthemen umfassen:
> - Qualitätsmanagementmethoden (z.B. Ursachenanalyse)

Ausarbeitung in CM

Beispiele für Aus- und Weiterbildungsthemen umfassen:
- Rollen, Verantwortlichkeiten und Befugnisse der Konfigurationsmanagement-Mitarbeiter
- Konfigurationsmanagement-Standards, -Verfahren und -Methoden
- Konfigurationsmanagement-System

Ausarbeitung in DAR

Beispiele für Aus- und Weiterbildungsthemen umfassen:
- Formale Entscheidungsanalyse
- Verfahren zur kriterienbasierten Bewertung von Alternativlösungen

Ausarbeitung in IPM

Beispiele für Aus- und Weiterbildungsthemen umfassen:
- Tailoring des organisationsspezifischen Satzes von Standardprozessen zur Erfüllung der Projekterfordernisse
- Management des Projekts anhand des projektspezifisch definierten Prozesses
- Verwendung der Kennzahlenablage der Organisation
- Verwendung der Prozess-Assets der Organisation
- Fortgeschrittenes Management
- Gruppenübergreifende Koordination
- Problemlösung in der Gruppe

Ausarbeitung in MA

Beispiele für Aus- und Weiterbildungsthemen umfassen:
- Statistische Methoden
- Arbeitsabläufe zur Datensammlung, Datenanalyse und Berichterstattung
- Entwicklung zielorientierter Messungen (beispielsweise Goal Question Metric)

Ausarbeitung in OPD

Beispiele für Aus- und Weiterbildungsthemen umfassen:
- CMMI und andere Referenzmodelle für Prozesse und Prozessverbesserung
- Planung, Management und Überwachung von Prozessen
- Prozessmodellierung und -definition
- Entwicklung eines Standardprozesses, der ge-tailored werden kann
- Entwicklung von Standards zur Arbeitsumgebung
- Ergonomie

Ausarbeitung in OPF

Beispiele für Aus- und Weiterbildungsthemen umfassen:
- CMMI und weitere Referenzmodelle für Prozessverbesserung
- Planung und Management von Prozessverbesserung
- Tools, Methoden und Analysetechniken
- Prozessmodellierung
- Moderationstechniken
- Veränderungsmanagement

Ausarbeitung in OPM

Beispiele für Aus- und Weiterbildungsthemen umfassen:
- Kosten-Nutzen-Analyse
- Planung, Design und Durchführung von Pilotprojekten
- Technologiewechsel
- Veränderungsmanagement

Ausarbeitung in OPP

Beispiele für Aus- und Weiterbildungsthemen umfassen:
- Modellierung von Prozessen und Prozessverbesserung
- Statistische und andere quantitative Verfahren (beispielsweise Schätzmodelle, Pareto-Analysen, Regelkarten)

Ausarbeitung in OT

Beispiele für Aus- und Weiterbildungsthemen umfassen:

- Analyse des Bedarfs an Wissen, Fähigkeiten und Fertigkeiten
- Entwerfen von Lehrgängen
- Unterrichtstechniken (d.h. Aus- und Weiterbildung des Lehrpersonals)
- Auffrischungslehrgänge für Fachkenntnisse

Ausarbeitung in PI

Beispiele für Aus- und Weiterbildungsthemen umfassen:

- Anwendungsbereich
- Verfahren und Kriterien zur Produktintegration
- Einrichtungen der Organisation für die Integration und den Zusammenbau
- Methoden für den Zusammenbau
- Verpackungsstandards

Ausarbeitung in PMC

Beispiele für Aus- und Weiterbildungsthemen umfassen:

- Überwachung und Steuerung von Projekten
- Risikomanagement
- Datenmanagement

Ausarbeitung in PP

Beispiele für Aus- und Weiterbildungsthemen umfassen:

- Schätzung
- Budgetierung
- Verhandlung
- Identifizierung und Analyse von Risiken
- Datenmanagement
- Planung
- Terminplanung

Ausarbeitung in PPQA

Beispiele für Aus- und Weiterbildungsthemen umfassen:

- Anwendungsbereich
- Kundenbeziehungen
- Prozessbeschreibungen, Normen, Verfahren und Methoden für das Projekt
- Ziele, Prozessbeschreibungen, Normen und Standards, Verfahren, Methoden und Werkzeuge für die Qualitätssicherung

Ausarbeitung in QPM

Beispiele für Aus- und Weiterbildungsthemen umfassen:

- Grundlegende quantitative (auch statistische) Analysen, die helfen, die Leistung der Arbeitsabläufe zu analysieren, historische Daten zu verwenden und zu erkennen, wann korrigierende Maßnahmen angebracht sind
- Prozessmodellierung und -analyse
- Auswahl, Definition und Sammlung von Daten zu Prozesskennzahlen

Ausarbeitung in RD

Beispiele für Aus- und Weiterbildungsthemen umfassen:

- Anwendungsbereich
- Definition und Analyse von Anforderungen
- Erhebung von Anforderungen
- Spezifikation und Modellierung von Anforderungen
- Nachverfolgung von Anforderungen

Ausarbeitung in REQM

Beispiele für Aus- und Weiterbildungsthemen umfassen:

- Anwendungsbereich
- Definition, Analyse, Überprüfung und Verwaltung der Anforderungen
- Tools für das Anforderungsmanagement
- Konfigurationsmanagement
- Verhandlung und Konfliktlösung

Ausarbeitung in RSKM

Beispiele für Aus- und Weiterbildungsthemen umfassen:
- Risikomanagementkonzepte und -aktivitäten (beispielsweise Risikoermittlung, -bewertung, -überwachung -abschwächung)
- Auswahl von Kenngrößen für die Risikoabschwächung

Ausarbeitung in SAM

Beispiele für Aus- und Weiterbildungsthemen umfassen:
- Vorschriften und Geschäftspraktiken für die Verhandlung und Zusammenarbeit mit Lieferanten
- Beschaffungsplanung und -vorbereitung
- Beschaffung kommerzieller Standardprodukte
- Bewertung und Auswahl von Lieferanten
- Verhandlung und Konfliktlösung
- Zulieferungsmanagement
- Test und Überführung beschaffter Produkte
- Eingang, Lagerung, Nutzung und Instandhaltung beschaffter Produkte

Ausarbeitung in TS

Beispiele für Aus- und Weiterbildungsthemen umfassen:
- Anwendungsbereich von Produkten und Produktbestandteilen
- Designmethoden
- Architekturmethoden
- Schnittstellendesign
- Modultestverfahren
- Standards (z.B. für Produkte, Sicherheit, Ergonomie, Umwelt)

Ausarbeitung in VAL

Beispiele für Aus- und Weiterbildungsthemen umfassen:
- Anwendungsbereich
- Validierungsprinzipien, -normen und -methoden
- Vorgesehene Betriebsumgebung

Ausarbeitung in VER

Beispiele für Aus- und Weiterbildungsthemen umfassen: • Anwendungs- oder Dienstleistungsbereich • Verifizierungsprinzipien, -normen und -methoden (z.B. Analyse, Demonstration, Inspektion, Test) • Verifizierungstools und -einrichtungen • Vorbereitung und Verfahren von Peer-Reviews • Unterstützung von Besprechungen

GP 2.6 Arbeitsergebnisse verwalten

Ausgewählte Arbeitsergebnisse der Arbeitsabläufe unter angemessene Dokumenten- und Datenlenkung stellen

Diese generische Praktik dient dazu, die Integrität der ausgewählten Arbeitsergebnisse von Arbeitsabläufen (oder ihrer Beschreibungen) während ihrer gesamten Lebensdauer zu etablieren und beizubehalten.

Die ausgewählten Arbeitsergebnisse sowie eine Beschreibung der angemessenen Dokumenten- und Datenlenkung werden im Plan für die Durchführung der Arbeitsabläufe festgelegt.

Die Dokumenten- und Datenlenkung ist für verschiedene Arbeitsergebnisse und zu verschiedenen Zeitpunkten gegebenenfalls unterschiedlich. Bei einigen Arbeitsergebnissen ist die Versionslenkung ausreichend, sodass die Version des zu einem bestimmten Zeitpunkt – in der Vergangenheit oder Gegenwart – genutzten Arbeitsergebnisses bekannt ist und Änderungen kontrolliert einfließen. Die Versionslenkung unterliegt für gewöhnlich ganz der Kontrolle des Eigners des Arbeitsergebnisses (der eine Einzelperson, eine Gruppe oder ein Team sein kann).

Bisweilen kann es von entscheidender Bedeutung sein, die Arbeitsergebnisse unter formales oder Baseline-Konfigurationsmanagement zu stellen. Diese Art der Steuerung umfasst das Definieren und Anlegen von Baselines an festgelegten Punkten. Diese Baselines werden formell überprüft und genehmigt und dienen als Grundlage für die weitere Entwicklung der ausgewiesenen Arbeitsergebnisse.

Mehr zur Etablierung und Beibehaltung der Integrität von Arbeitsergebnissen mithilfe von Konfigurationsidentifikation, -steuerung, -statusberichterstattung und -audits steht im Prozessgebiet Konfigurationsmanagement.

Weitere Stufen der Dokumenten- und Datenlenkung zwischen Versionslenkung und formellem Konfigurationsmanagement sind möglich. Ein ermitteltes Arbeitsergebnis kann sich zu unterschiedlichen Zeitpunkten unter verschiedenen Stufen der Dokumenten- und Datenlenkung befinden.

Ausarbeitung in CAR

Beispiele für gelenkte Arbeitsergebnisse umfassen:
- Maßnahmenvorschläge
- Maßnahmenpläne
- Aufzeichnungen zur Ursachenanalyse und -beseitigung

Ausarbeitung in CM

Beispiele für gelenkte Arbeitsergebnisse umfassen:
- Zugriffslisten
- Berichte zum Status von Änderungen
- Datenbank mit Änderungsanträgen
- CCB-Sitzungsberichte
- Archivierte Baselines

Ausarbeitung in DAR

Beispiele für gelenkte Arbeitsergebnisse umfassen:
- Richtlinien dafür, wann ein formaler Bewertungsprozess angewendet wird
- Bewertungsberichte mit empfohlenen Lösungen

Ausarbeitung in IPM

Beispiele für gelenkte Arbeitsergebnisse umfassen:

- Den definierten Prozess des Projekts
- Projektpläne
- Weitere das Projekt betreffende Pläne
- Integrierte Pläne
- Tatsächlich im Projekt gesammelte Prozess- und Produktkennzahlen
- Das gemeinsame Projektverständnis
- Teamstruktur
- Statuten der Teams

Ausarbeitung in MA

Beispiele für gelenkte Arbeitsergebnisse umfassen:

- Messziele
- Spezifikationen für Basis- und abgeleitete Kennzahlen
- Datensammlungs- und -speicherverfahren
- Datensätze von Basis- und abgeleiteten Kennzahlen
- Analyseergebnisse und Berichtsentwürfe
- Tools zur Datenanalyse

Ausarbeitung in OPD

Beispiele für gelenkte Arbeitsergebnisse umfassen:

- Organisationsspezifischer Satz von Standardprozessen
- Beschreibungen von Phasenmodellen
- Tailoring-Guidelines für den organisationsspezifischen Satz von Standardprozessen
- Definitionen für den allgemeinen Satz von Produkt- und Prozesskennzahlen
- Messdaten der Organisation
- Regeln und Richtlinien für die Strukturierung und Bildung von Teams

Ausarbeitung in OPF

Beispiele für gelenkte Arbeitsergebnisse umfassen:

- Prozessverbesserungsvorschläge
- Genehmigte Prozessverbesserungspläne der Organisation
- Aus- und Weiterbildungsunterlagen für das Rollout der Prozess-Assets der Organisation
- Richtlinien für das Rollout des organisationsspezifischen Satzes von Standardprozessen für neue Projekte
- Pläne für Prozess-Appraisals der Organisation

Ausarbeitung in OPM

Beispiele für gelenkte Arbeitsergebnisse umfassen:

- Dokumentierte Lessons Learned aus der Verbesserungsvalidierung
- Rollout-Pläne
- Überarbeitete Verbesserungsmaßnahmen, -ziele und -prioritäten
- Aktualisierte Prozessdokumentation und aktualisierte Aus- und Weiterbildungsunterlagen

Ausarbeitung in OPP

Beispiele für gelenkte Arbeitsergebnisse umfassen:

- Die Qualitäts- und Prozessleistungsziele der Organisation
- Definitionen der ausgewählten Kennzahlen für die Prozessleistung
- Baseline-Daten über die Prozessleistung der Organisation
- Prozessleistungsmodelle

Ausarbeitung in OT

Beispiele für gelenkte Arbeitsergebnisse umfassen:

- Organisationsweiter operativer Aus- und Weiterbildungsplan
- Aufzeichnungen der Aus- und Weiterbildung
- Unterrichtsmaterialien und unterstützende Dokumente
- Formulare zur Bewertung der Lehrkräfte

Ausarbeitung in PI

Beispiele für gelenkte Arbeitsergebnisse umfassen:
- Abnahmedokumente für die erhaltenen Produktbestandteile
- Bewertete zusammengebaute Produkte und Produktbestandteile
- Strategie zur Produktintegration
- Verfahren und Kriterien zur Produktintegration
- Aktualisierte Schnittstellenbeschreibung oder -vereinbarung

Ausarbeitung in PMC

Beispiele für gelenkte Arbeitsergebnisse umfassen:
- Projektterminpläne mit Status
- Projektkennzahlen und -analysen
- Leistungswertberichte (Earned Value Reports)

Ausarbeitung in PP

Beispiele für gelenkte Arbeitsergebnisse umfassen:
- Projektstrukturplan
- Projektplan
- Datenmanagementplan
- Plan für die Einbeziehung von Stakeholdern

Ausarbeitung in PPQA

Beispiele für gelenkte Arbeitsergebnisse umfassen:
- Berichte über Abweichungen
- Bewertungsprotokolle und -berichte

Ausarbeitung in QPM

Beispiele für gelenkte Arbeitsergebnisse umfassen:
- Teilprozesse, die in den definierten Prozess des Projekts aufgenommen werden
- Operationale Definitionen der Kennzahlen, der Messpunkte in den Teilprozessen, an denen sie gesammelt werden, und der Art und Weise, wie die Integrität der Messungen bestimmt wird
- Erfasste Kennzahlen

Ausarbeitung in RD

Beispiele für gelenkte Arbeitsergebnisse umfassen:
- Kundenanforderungen für Funktions- und Qualitätsattribute
- Definition des verlangten Funktionsumfangs und der Qualitätsattribute
- Anforderungen an Produkte und Produktbestandteile
- Schnittstellenanforderungen

Ausarbeitung in REQM

Beispiele für gelenkte Arbeitsergebnisse umfassen:
- Anforderungen
- Matrix für die Nachverfolgbarkeit von Anforderungen

Ausarbeitung in RSKM

Beispiele für gelenkte Arbeitsergebnisse umfassen:
- Risikomanagementstrategie
- Erkannte Risikoelemente
- Risikoabschwächungspläne

Ausarbeitung in SAM

Beispiele für gelenkte Arbeitsergebnisse umfassen:
- Leistungsbeschreibungen
- Vereinbarungen mit Lieferanten
- Vereinbarungen zur Zusammenarbeit
- Zulieferverträge
- Listen bevorzugter Lieferanten

Ausarbeitung in TS

Beispiele für gelenkte Arbeitsergebnisse umfassen:
- Design von Produkten, Produktbestandteilen und Schnittstellen
- Technische Datenpakete
- Unterlagen für das Schnittstellendesign ▸

- Kriterien für das Design und die Wiederverwendung von Produktbestandteilen
- Umgesetzte Entwürfe (z.B. Softwarecode und gefertigte Produktbestandteile)
- Anwender-, Installations-, Betriebs- und Wartungsdokumentation

Ausarbeitung in VAL

Beispiele für gelenkte Arbeitsergebnisse umfassen:

- Listen der für die Validierung ausgewählten Produkte und Produktbestandteile
- Validierungsmethoden, -verfahren und -kriterien
- Validierungsberichte

Ausarbeitung in VER

Beispiele für gelenkte Arbeitsergebnisse umfassen:

- Verifizierungsverfahren und -kriterien
- Aus- und Weiterbildungsunterlagen für Peer-Reviews
- Daten aus Peer-Reviews
- Verifizierungsberichte

GP 2.7 RELEVANTE STAKEHOLDER IDENTIFIZIEREN UND EINBEZIEHEN

Relevante Stakeholder der Arbeitsabläufe wie geplant identifizieren und einbeziehen

Diese generische Praktik dient dazu, die erwartete Beteiligung relevanter Stakeholder während der Ausführung der Arbeitsabläufe zu etablieren und beizubehalten.

Die relevanten Stakeholder werden anhand eines angemessenen Plans einbezogen. Die relevanten Stakeholder werden angemessen in Aktivitäten wie die folgenden eingebunden:

- Planung
- Entscheidungen
- Zusagen
- Kommunikation
- Koordination

- Überprüfungen
- Appraisals
- Definition von Anforderungen
- Lösung von Problemen und problematischen Punkten

Mehr zur Planung der Einbeziehung von Stakeholdern steht im Prozessgebiet »Projektplanung«.

Die Planung der Stakeholder-Beteiligung soll die für die Arbeitsabläufe notwendigen Interaktionen ermöglichen und gleichzeitig dafür sorgen, dass die Ausführung der Arbeitsabläufe nicht durch zu viele betroffene Gruppen und Einzelpersonen behindert wird.

> Beispiele für Stakeholder, die je nach Kontext als relevante Stakeholder für bestimmte Aufgaben in Frage kommen, sind u.a. Einzelpersonen, Teams, das Management, Kunden, Lieferanten, Endanwender, Betriebs- und Unterstützungsmitarbeiter, andere Projekte und Regierungsbeamte.

Subpraktiken

1. Die für die Arbeitsabläufe relevanten Stakeholder und ihre angemessene Beteiligung identifizieren

   Die relevanten Stakeholder werden aus dem Kreis von Personen ermittelt, die die Arbeitsabläufe ausführen, Vorleistungen dafür erbringen oder die daraus entstehenden Ergebnisse nutzen. Stehen die relevanten Stakeholder einmal fest, wird der Umfang ihrer Beteiligung an den Prozessaktivitäten geplant.

2. Die Projektplaner oder andere Planer in angemessenem Umfang über die Ergebnisse dieses Ermittlungsvorgangs unterrichten
3. Die relevanten Stakeholder wie geplant einbinden

Ausarbeitung in CAR

> Beispiele für Tätigkeiten zur Einbeziehung von Stakeholdern umfassen:
>
> - Durchführung der Ursachenanalyse
> - Bewertung der Maßnahmenvorschläge

Ausarbeitung in CM

Beispiele für Tätigkeiten zur Einbeziehung von Stakeholdern umfassen:

- Etablierung von Baselines
- Überprüfung der Konfigurationsmanagementsystem-Berichte und Problembehebungen
- Beurteilung des Einflusses von Änderungen auf Konfigurationseinheiten
- Durchführung von Konfigurations-Audits
- Überprüfung der Ergebnisse der Konfigurationsmanagement-Audits

Ausarbeitung in DAR

Beispiele für Tätigkeiten zur Einbeziehung von Stakeholdern umfassen:

- Etablierung von Richtlinien, welche Fragestellungen einem formalen Bewertungsprozess unterliegen
- Definition der zu bearbeitenden Punkte
- Etablierung von Bewertungskriterien
- Identifizierung und Bewertung von Alternativen
- Auswahl von Bewertungsverfahren
- Auswahl von Lösungen

Ausarbeitung in IPM

Beispiele für Tätigkeiten zur Einbeziehung von Stakeholdern umfassen:

- Klärung von offenen Punkten beim Tailoring der Prozess-Assets der Organisation
- Klärung von problematischen Punkten zwischen dem Projektplan und anderen Plänen, die das Projekt betreffen
- Überprüfung von Projektfortschritt und -leistung zum Abgleich mit den aktuellen und den geplanten Erfordernissen, Zielen und Anforderungen
- Bildung des gemeinsamen Projektverständnisses
- Erstellung der Teamstruktur für das Projekt
- Besetzung der Teams

Ausarbeitung in MA

Beispiele für Tätigkeiten zur Einbeziehung von Stakeholdern umfassen:

- Etablierung von Messzielen und -verfahren
- Bewertung von Messdaten
- Bereitstellung aussagekräftiger Rückmeldungen für diejenigen, die die Rohdaten liefern, von denen Analyse und Ergebnisse abhängen

Ausarbeitung in OPD

Beispiele für Tätigkeiten zur Einbeziehung von Stakeholdern umfassen:

- Überprüfung des organisationsspezifischen Satzes von Standardprozessen
- Überprüfung der Phasenmodelle der Organisation
- Behebung von Problemen im Zusammenhang mit den Tailoring-Guidelines
- Bewertung der Definitionen für den allgemeinen Satz von Produkt- und Prozesskennzahlen
- Überprüfung der Standards zur Arbeitsumgebung
- Etablierung und Beibehaltung der Bevollmächtigungsmechanismen
- Etablierung und Beibehaltung der organisationsweiten Regeln und Richtlinien für die Strukturierung und Bildung von Teams

Ausarbeitung in OPF

Beispiele für Tätigkeiten zur Einbeziehung von Stakeholdern umfassen:

- Koordination und Zusammenarbeit bei Prozessverbesserungsaktivitäten mit Prozesseignern, denjenigen, die die Prozesse durchführen oder durchführen werden, und unterstützenden Organisationen (beispielsweise Aus- und Weiterbildungspersonal und Vertreter der Qualitätssicherung)
- Festlegung der organisationsspezifischen Prozesserfordernisse und -ziele
- Appraisal der Prozesse der Organisation ▶

- Umsetzung der Prozessverbesserungspläne
- Koordination und Zusammenarbeit bei der Ausführung von Pilotstudien zum Testen ausgewählter Verbesserungen
- Rollout von Prozess-Assets der Organisation und deren Änderungen
- Kommunikation von Plänen, Status, Aktivitäten und Ergebnissen, die sich auf die Planung, die Umsetzung und den Rollout von Prozessverbesserungen beziehen

Ausarbeitung in OPM

Beispiele für Tätigkeiten zur Einbeziehung von Stakeholdern umfassen:

- Überprüfung von Verbesserungsvorschlägen, die zum Erreichen der Geschäftsziele beitragen könnten
- Rückmeldung an die Organisation über Bereitschaft, Status und Ergebnis der Tätigkeiten zum Ausrollen von Verbesserungen

Die Rückmeldungen umfassen gewöhnlich Folgendes:

- Informieren der Personen, die Verbesserungsvorschläge einreichen, über den Bearbeitungsstand ihrer Vorschläge
- Regelmäßige Kommunikation der Ergebnisse des Vergleichs zwischen Geschäftsleistung und Geschäftszielen
- Regelmäßige Information relevanter Stakeholder über die Pläne und den Status für die Auswahl und das Rollout von Verbesserungen
- Vorbereitung und Verteilung von Zusammenfassungen der Auswahl von Verbesserungen und Rollout-Tätigkeiten

Ausarbeitung in OPP

Beispiele für Tätigkeiten zur Einbeziehung von Stakeholdern umfassen:

- Etablierung der Qualitäts- und Prozessleistungsziele der Organisation und ihrer Prioritäten
- Überprüfung und Auflösung von Problemen in den Prozessleistungsbaselines der Organisation
- Überprüfung und Auflösung von Problemen in den Prozessleistungsmodellen der Organisation

Ausarbeitung in OT

Beispiele für Tätigkeiten zur Einbeziehung von Stakeholdern umfassen:

- Etablierung einer für die Zusammenarbeit förderlichen Umgebung, um den Bedarf und die Wirksamkeit der Aus- und Weiterbildung zu erörtern und damit sicherzustellen, dass der Aus- und Weiterbildungsbedarf der Organisation erfüllt wird
- Identifizierung des Aus- und Weiterbildungsbedarfs
- Überprüfung der organisationsweiten operativen Aus- und Weiterbildungspläne
- Bewertung der Wirksamkeit der Aus- und Weiterbildung

Ausarbeitung in PI

Beispiele für Tätigkeiten zur Einbeziehung von Stakeholdern umfassen:

- Etablierung der Strategie für die Produktintegration
- Überprüfung der Schnittstellenbeschreibungen auf Vollständigkeit
- Etablierung der Verfahren und Kriterien zur Produktintegration
- Zusammenbau und Auslieferung des Produkts und der Produktbestandteile
- Weitervermittlung der Ergebnisse nach der Bewertung
- Weitervermittlung neuer, effektiver Arbeitsabläufe der Produktintegration, um betroffenen Mitarbeitern die Gelegenheit zur Verbesserung der Leistung ihrer Arbeitsabläufe zu geben

Ausarbeitung in PMC

Beispiele für Tätigkeiten zur Einbeziehung von Stakeholdern umfassen:

- Bewertung des Projekts im Vergleich zum Plan
- Überprüfung von Zusagen und Behebung von problematischen Punkten
- Überprüfung von Projektrisiken
- Überprüfung von Datenmanagementaktivitäten
- Überprüfung des Projektfortschritts
- Durchführung von Korrekturmaßnahmen bis zum Abschluss

Ausarbeitung in PP

Beispiele für Tätigkeiten zur Einbeziehung von Stakeholdern umfassen:

- Etablierung von Schätzungen
- Überprüfung und Behebung von offenen Punkten hinsichtlich der Vollständigkeit und Korrektheit der Projektrisiken
- Überprüfung des Datenmanagementplans
- Etablierung von Projektplänen
- Überprüfung von Projektplänen und Behebung von offenen Punkten zur Arbeit und zu den Ressourcen

Ausarbeitung in PPQA

Beispiele für Tätigkeiten zur Einbeziehung von Stakeholdern umfassen:

- Aufstellen von Kriterien für die objektive Bewertung von Arbeitsabläufen und Arbeitsergebnissen
- Bewertung von Arbeitsabläufen und Arbeitsergebnissen
- Beseitigung von Abweichungen
- Verfolgung von Abweichungen bis zum Abschluss

Ausarbeitung in QPM

Beispiele für Tätigkeiten zur Einbeziehung von Stakeholdern umfassen:

- Bestimmung von Projektzielen
- Auflösung von offenen Punkten zu den Qualitäts- und Prozessleistungszielen des Projekts
- Auswahl der zu verwendenden Analysetechniken
- Bewertung der Prozessleistung ausgewählter Teilprozesse
- Identifizierung und Management der Risiken beim Erreichen der Qualitäts- und Prozessleistungsziele des Projekts
- Bestimmung der zu ergreifenden korrigierenden Maßnahmen

Ausarbeitung in RD

Beispiele für Tätigkeiten zur Einbeziehung von Stakeholdern umfassen:

- Prüfung der Angemessenheit von Anforderungen hinsichtlich der Erfüllung von Bedürfnissen, Erwartungen, Einschränkungen und Schnittstellen
- Etablierung von Betriebskonzepten und Szenarien für Betrieb, Erhaltung und Entwicklung
- Beurteilung der Angemessenheit von Anforderungen
- Priorisierung der Kundenanforderungen
- Festlegung der Anforderungen für die Funktions- und Qualitätsattribute von Produkten und Produktbestandteilen
- Beurteilung von Produktkosten, Terminplänen und Risiken

Ausarbeitung in REQM

Beispiele für Tätigkeiten zur Einbeziehung von Stakeholdern umfassen:

- Behebung von offenen Punkten beim Verständnis von Anforderungen
- Bewertung der Auswirkungen von Anforderungsänderungen
- Übermittlung der bidirektionalen Nachverfolgbarkeit
- Identifizierung von Inkonsistenzen zwischen Anforderungen, Projektplänen und Arbeitsergebnissen

Ausarbeitung in RSKM

Beispiele für Tätigkeiten zur Einbeziehung von Stakeholdern umfassen:

- Etablierung eines konstruktiven Klimas für die freie und offene Erörterung von Risiken
- Überprüfung der Risikomanagementstrategie und der Risikoabschwächungspläne
- Teilnahme an Tätigkeiten zur Risikoidentifizierung, -analyse und -abschwächung
- Übermittlung und Bericht des Risikomanagementstatus

Ausarbeitung in SAM

Beispiele für Tätigkeiten zur Einbeziehung von Stakeholdern umfassen:

- Etablierung von Kriterien für die Bewertung potenzieller Lieferanten
- Überprüfung potenzieller Lieferanten
- Etablierung von Vereinbarungen mit Lieferanten
- Lösung problematischer Punkte mit den Lieferanten
- Bewertung der Leistung des Lieferanten

Ausarbeitung in TS

Beispiele für Tätigkeiten zur Einbeziehung von Stakeholdern umfassen:

- Entwicklung von Alternativlösungen und Auswahlkriterien
- Einholung der Abnahme für externe Schnittstellenspezifikationen und Designbeschreibungen
- Erstellung des technischen Datenpakets
- Beurteilung der Alternativen für die Herstellung, die Beschaffung oder die Wiederverwendung von Produktbestandteilen
- Umsetzung des Designs

Ausarbeitung in VAL

Beispiele für Tätigkeiten zur Einbeziehung von Stakeholdern umfassen:

- Auswahl der zu validierenden Produkte und Produktbestandteile
- Etablierung der Validierungsmethoden, -verfahren und -kriterien
- Überprüfung der Ergebnisse aus der Validierung der Produkte und Produktbestandteile und Lösung der offenen Punkte
- Problematische Punkte mit Kunden oder Endanwendern lösen

Von Kunden oder Endanwendern angesprochene offene Punkte bedürfen besonders dann der Lösung, wenn signifikante Abweichungen von den Baseline-Bedürfnissen bestehen. Beispiele für Lösungen umfassen:

- Genehmigte Abweichungen von Verträgen und Vereinbarungen (was, wann und für welche Produkte)
- Ergänzende gründliche Studien, Versuche, Tests oder Bewertungen
- Mögliche Änderungen von Verträgen oder Vereinbarungen

Ausarbeitung in VER

Beispiele für Tätigkeiten zur Einbeziehung von Stakeholdern umfassen:

- Auswahl der zu verifizierenden Arbeitsergebnisse und Methoden
- Etablierung der Verifizierungsverfahren und -kriterien
- Durchführung von Peer-Reviews
- Beurteilung der Verifizierungsergebnisse und Ermittlung von Korrekturmaßnahmen

GP 2.8 ARBEITSABLÄUFE ÜBERWACHEN UND STEUERN

Arbeitsabläufe auf Basis des Plans überwachen und steuern und geeignete Korrekturmaßnahmen ergreifen

Diese generische Praktik dient der direkten täglichen Verfolgung und Steuerung der Arbeitsabläufe. Eine angemessene gleichbleibende Transparenz der Arbeitsabläufe sorgt dafür, dass gegebenenfalls geeignete Korrekturmaßnahmen ergriffen werden können. Die Verfolgung und Steuerung der Arbeitsabläufe kann die Messung geeigneter Prozessattribute oder Arbeitsergebnisse aus den Arbeitsabläufen umfassen.

Mehr zum Entwickeln und Erhalten einer Messfähigkeit zur Befriedigung der Informationsbedürfnisse des Managements steht im Prozessgebiet »Messung und Analyse«.

Mehr zum Erkennen des Fortschritts des Projekts, damit angemessene Korrekturmaßnahmen ergriffen werden können, wenn die Projektleistung erheblich vom Plan abweicht, steht im Prozessgebiet »Projektverfolgung und -steuerung«.

Subpraktiken

1. Den tatsächlichen Fortschritt und die tatsächliche Leistung auf der Basis des Plans für die Durchführung der Arbeitsabläufe bewerten

   Die Bewertungen werden an den Arbeitsabläufen, ihren Arbeitsergebnissen und Dienstleistungen vorgenommen.

2. Die Leistungen und Ergebnisse der Arbeitsabläufe auf der Basis des Plans überprüfen

3. Die Aktivitäten, den Status und die Ergebnisse der Arbeitsabläufe zusammen mit der unmittelbar zuständigen Managementebene überprüfen und problematische Punkte identifizieren

   Diese Überprüfungen dienen dazu, der unmittelbar zuständigen Managementebene auf der Grundlage der täglichen Überwachung und Steuerung der Arbeitsabläufe eine angemessene Einsicht in die Prozesse zu geben. Sie werden durch regelmäßige und durch Ereignisse ausgelöste Überprüfungen durch das höhere Management ergänzt, die in GP 2.10 beschrieben werden.

4. Die Auswirkungen signifikanter Abweichungen vom Plan identifizieren und bewerten

5. Probleme innerhalb des Plans sowie bei der Ausführung der Arbeitsabläufe identifizieren

6. Korrekturmaßnahmen ergreifen, wenn Anforderungen und Ziele nicht erfüllt werden, Probleme auftauchen oder der Fortschritt deutlich vom Plan für die Ausführung der Arbeitsabläufe abweicht

   Vor der Ergreifung korrigierender Maßnahmen sollten inhärente Risiken berücksichtigt werden.

   Korrekturmaßnahmen können Folgendes umfassen:
   - Ergreifung geeigneter Maßnahmen, um fehlerhafte Arbeitsergebnisse oder Dienstleistungen zu korrigieren
   - Änderung des Plans für die Durchführung der Arbeitsabläufe
   - Anpassung der Ressourcen, darunter Personal, Werkzeuge und andere Ressourcen
   - Aushandeln von Änderungen bei bestehenden Zusagen
   - Sicherstellung der Änderungen an zu erfüllenden Anforderungen und Zielen
   - Abbrechen der Bemühungen

7. Die Korrekturmaßnahmen bis zum Abschluss verfolgen

Ausarbeitung in CAR

Beispiele für Kennzahlen und Arbeitsergebnisse, die zur Überwachung und Lenkung verwendet werden, umfassen:

- Anzahl der analysierten Ergebnisse
- Änderungen in der Qualität oder Prozessleistung bei jeder Umsetzung des Prozesses der Ursachenanalyse und -beseitigung
- Terminplan für die Tätigkeiten zur Umsetzung eines ausgewählten Maßnahmenvorschlags

Ausarbeitung in CM

Beispiele für Kennzahlen und Arbeitsergebnisse, die zur Überwachung und Lenkung verwendet werden, umfassen:

- Zahl der Änderungen an Konfigurationseinheiten
- Zahl der durchgeführten Konfigurations-Audits
- Terminplan für CCB- oder Audit-Aktivitäten

Ausarbeitung in DAR

Beispiele für Kennzahlen und Arbeitsergebnisse, die zur Überwachung und Lenkung verwendet werden, umfassen:

- Kosten-Nutzen-Verhältnis der Verwendung formaler Bewertungsprozesse
- Terminplan für die Ausführung einer Nutzwertanalyse

Ausarbeitung in IPM

Beispiele für Kennzahlen und Arbeitsergebnisse, die zur Überwachung und Lenkung verwendet werden, umfassen:

- Anzahl der Änderungen am definierten Prozess des Projekts
- Terminplan und Aufwand für das Tailoring des organisationsspezifischen Satzes von Standardprozessen
- Trends in den offenen Punkten der Schnittstellenkoordination (d.h. die Anzahl der identifizierten und abgeschlossenen Punkte)
- Terminplan für die Tailoring-Tätigkeiten
- Nutzung und Effektivität des gemeinsamen Projektverständnisses
- Nutzung und Effektivität der Teamstruktur
- Nutzung und Effektivität der Teamstatuten

Ausarbeitung in MA

> Beispiele für Kennzahlen und Arbeitsergebnisse, die zur Überwachung und Lenkung verwendet werden, umfassen:
>
> - Prozentsatz der Projekte, die Fortschritts- und Leistungskennzahlen verwenden
> - Prozentsatz der adressierten Messziele
> - Terminplan für die Erhebung und Prüfung der Messwerte

Ausarbeitung in OPD

> Beispiele für Kennzahlen und Arbeitsergebnisse, die zur Überwachung und Lenkung verwendet werden, umfassen:
>
> - Prozentualer Anteil von Projekten, die die Prozessarchitekturen und die Prozesselemente des organisationsspezifischen Satzes von Standardprozessen verwenden
> - Fehlerdichte der einzelnen Prozesselemente des organisationsspezifischen Satzes von Standardprozessen
> - Terminplan für die Entwicklung eines Prozesses oder einer Prozessänderung

Ausarbeitung in OPF

> Beispiele für Kennzahlen und Arbeitsergebnisse, die zur Überwachung und Lenkung verwendet werden, umfassen:
>
> - Anzahl der eingereichten, angenommenen oder umgesetzten Prozessverbesserungsvorschläge
> - Erreichte CMMI-Reife- oder -Fähigkeitsgrade
> - Terminplan für das Rollout von Prozess-Assets der Organisation
> - Prozentsatz der Projekte, die den aktuellen organisationsspezifischen Satz von Standardprozessen (oder eine ge-tailorte Version des aktuellen Satzes) verwenden
> - Trends bei Punkten im Zusammenhang mit der Umsetzung des organisationsspezifischen Satzes von Standardprozessen (d.h. Anzahl der identifizierten und der abgeschlossenen Punkte)
> - Fortschritt beim Erfüllen der Prozessbedürfnisse und Erreichen der Prozessziele

Ausarbeitung in OPM

Beispiele für Kennzahlen und Arbeitsergebnisse, die zur Überwachung und Lenkung verwendet werden, umfassen:

- Änderungen in der Qualität und Prozessleistung, die in Zusammenhang mit Geschäftszielen stehen
- Terminplan zur Umsetzung und Validierung einer Verbesserung
- Terminplan mit Tätigkeiten für das Rollout von ausgewählten Verbesserungen

Ausarbeitung in OPP

Beispiele für Kennzahlen und Arbeitsergebnisse, die zur Überwachung und Lenkung verwendet werden, umfassen:

- Tendenzen in der Prozessleistung der Organisation in Bezug auf Änderungen in Arbeitsergebnissen und Attributen von Aufgaben (z.B. Zunahme des Umfangs, Aufwand, Termine, Qualität)
- Terminplanung für das Sammeln und Überprüfen von Kennzahlen, die zum Etablieren einer Prozessleistungsbaseline verwendet werden sollen.

Ausarbeitung in OT

Beispiele für Kennzahlen und Arbeitsergebnisse, die zur Überwachung und Lenkung verwendet werden, umfassen:

- Anzahl der abgehaltenen Schulungen (beispielsweise geplante im Vergleich zu durchgeführten)
- Bewertungen aus Trainingsbeurteilungen
- Bewertungen aus Umfragen zur Qualität des Aus- und Weiterbildungsprogramms
- Terminplan für die Durchführung der Aus- und Weiterbildung
- Terminplan für die Entwicklung einer Schulung

Ausarbeitung in PI

Beispiele für Kennzahlen und Arbeitsergebnisse, die zur Überwachung und Lenkung verwendet werden, umfassen:

- Verlauf der Integration von Produktbestandteilen (z.B. geplanter und durchgeführter Zusammenbau von Produktkomponenten, Anzahl von Befunden ▶

- Entwicklungstendenz der Problemberichte für die Integrationsbewertung (z.B. Anzahl geschriebener und Anzahl abgeschlossener Berichte)
- Laufzeit von Problemberichten aus der Integrationsbewertung (d.h., wie lange ein Problembericht offen war)
- Terminplan für die Durchführung bestimmter Integrationstätigkeiten

Ausarbeitung in PMC

Beispiele für Kennzahlen und Arbeitsergebnisse, die zur Überwachung und Lenkung verwendet werden, umfassen:

- Anzahl der offenen und abgeschlossenen Korrekturmaßnahmen
- Terminplan mit Status für die monatliche Erhebung, Analyse und Berichterstattung von Finanzdaten
- Anzahl und Art der durchgeführten Überprüfungen
- Prüfungsterminplan (geplante im Vergleich zu tatsächlichen und verschobenen Terminen)
- Terminplan für die Erhebung und Analyse von Überwachungsdaten

Ausarbeitung in PP

Beispiele für Kennzahlen und Arbeitsergebnisse, die zur Überwachung und Lenkung verwendet werden, umfassen:

- Anzahl der Planüberarbeitungen
- Kosten-, Termin- und Aufwandsabweichungen pro Planüberarbeitung
- Terminplan für die Entwicklung und Pflege der Programmpläne

Ausarbeitung in PPQA

Beispiele für Kennzahlen und Arbeitsergebnisse, die zur Überwachung und Lenkung verwendet werden, umfassen:

- Abweichung der geplanten objektiven Prozessbewertungen von den durchgeführten
- Abweichung der geplanten objektiven Arbeitsergebnisbewertungen von den durchgeführten
- Terminplan für objektive Bewertungen

Ausarbeitung in QPM

Beispiele für Kennzahlen und Arbeitsergebnisse, die zur Überwachung und Lenkung verwendet werden, umfassen:

- Profil der Teilprozessattribute, deren Prozessleistung Einblick in das Risiko zum Erreichen der Projektziele geben bzw. die entscheidend zu diesem Risiko beitragen (z.B. Anzahl der für die Überwachung mit statistischen Techniken ausgewählten Attribute, Anzahl der zurzeit überwachten Attribute und Anzahl der Attribute mit stabiler Prozessleistung)
- Anzahl der ermittelten feststellbaren Ursachen der Streuung
- Terminplan der Aktivitäten für die Datensammlung, -analyse und -berichterstattung in einer Mess- und Analysephase, soweit sie sich auf Aktivitäten des quantitativen Managements beziehen

Ausarbeitung in RD

Beispiele für Kennzahlen und Arbeitsergebnisse, die zur Überwachung und Lenkung verwendet werden, umfassen:

- Kosten, Termine und Aufwand für die Nacharbeiten
- Fehlerdichte von Anforderungsspezifikationen
- Terminplan für Aktivitäten zur Entwicklung eines Satzes von Anforderungen

Ausarbeitung in REQM

Beispiele für Kennzahlen und Arbeitsergebnisse, die zur Überwachung und Lenkung verwendet werden, umfassen:

- Unbeständigkeit der Anforderungen (Prozentsatz der geänderten Anforderungen)
- Terminplan für die Koordination von Anforderungen
- Terminplan für die Analyse einer vorgeschlagenen Anforderungsänderung

Ausarbeitung in RSKM

Beispiele für Kennzahlen und Arbeitsergebnisse, die zur Überwachung und Lenkung verwendet werden, umfassen:

- Anzahl der erkannten, behandelten, verfolgten und gesteuerten Risiken
- Risikopotenzial und Änderungen daran und zwar jeweils für die einzelnen bewerteten Risiken und als zusammengefasster Prozentsatz der Managementreserve
- Änderungsaktivität für Risikoabschwächungspläne (beispielsweise Arbeitsabläufe, Terminplan, Finanzierung)
- Auftreten nicht vorhergesehener Risiken
- Unbeständigkeit bei der Risikokategorisierung
- Vergleich des geschätzten und des tatsächlichen Aufwands und der Auswirkungen der Risikoabschwächung
- Terminplan für Aktivitäten zur Risikoanalyse
- Terminplan der Aktionen für eine bestimmte Risikoabschwächung

Ausarbeitung in SAM

Beispiele für Kennzahlen und Arbeitsergebnisse, die zur Überwachung und Lenkung verwendet werden, umfassen:

- Anzahl der an den Anforderungen für den Lieferanten vorgenommenen Änderungen
- Abweichung in den Kosten und dem Terminplan in Übereinstimmung mit der Lieferantenvereinbarung
- Terminplan für die Auswahl eines Lieferanten und die Etablierung einer Vereinbarung

Ausarbeitung in TS

Beispiele für Kennzahlen und Arbeitsergebnisse, die zur Überwachung und Lenkung verwendet werden, umfassen:

- Kosten, Terminplan und Aufwand für Nacharbeit
- Prozentualer Anteil der beim Design von Produkten oder Produktbestandteilen berücksichtigten Anforderungen
- Umfang und Komplexität von Produkten, Produktbestandteilen, Schnittstellen und Unterlagen
- Fehlerdichte in den Arbeitsergebnissen der technischen Umsetzung
- Terminplan für die Designaktivitäten

Ausarbeitung in VAL

Beispiele für Kennzahlen und Arbeitsergebnisse, die zur Überwachung und Lenkung verwendet werden, umfassen:

- Anzahl der abgeschlossenen Validierungstätigkeiten (geplante gegenüber tatsächlichen)
- Trends in Berichten zu Validierungsproblemen (z.B. Anzahl der erfassten und abgeschlossenen)
- Laufzeit von Berichten zu Validierungsproblemen (z.B. wie lange die einzelnen Problemberichte jeweils bearbeitet wurden)
- Terminplan für eine bestimmte Validierungsaktivität

Ausarbeitung in VER

Beispiele für Kennzahlen und Arbeitsergebnisse, die zur Überwachung und Lenkung verwendet werden, umfassen:

- Verifizierungsprofil (z.B. die Anzahl geplanter und durchgeführter Verifizierungen sowie die Anzahl von gefundenen oder nach Verifizierungsmethode oder -art kategorisierten Fehlern)
- Anzahl der entdeckten Fehler nach Fehlerkategorie
- Trends in Berichten zu Verifizierungsproblemen (z.B. Anzahl der erfassten und abgeschlossenen offenen Punkte)
- Status von Berichten zu Verifizierungsproblemen (z.B. wie lange die einzelnen Problemberichte jeweils bearbeitet wurden)
- Terminplan für eine bestimmte Verifizierungsaktivität
- Effektivität von Peer-Review

GP 2.9 Prozesseinhaltung objektiv bewerten

Arbeitsabläufe und ausgewählte Arbeitsergebnisse auf Einhaltung der geltenden Prozessbeschreibungen, Verfahren, Normen und Standards objektiv bewerten und Abweichungen angehen.

Diese generische Praktik dient dazu, glaubhaft zu versichern, dass die Arbeitsabläufe und ausgewählten Arbeitsergebnisse wie geplant umgesetzt wurden und die Prozessbeschreibungen, Verfahren, Normen und Standards eingehalten werden. (Die Definition von »objektiv bewerten« finden Sie im Glossar.)

Mehr zur objektiven Bewertung von Prozessen und Arbeitsergebnissen steht im Prozessgebiet »Prozess- und Produkt-Qualitätssicherung«.

Die Einhaltung der Arbeitsabläufe wird üblicherweise von Personen bewertet, die nicht direkt für das Management und die Ausführung der Arbeitsabläufe verantwortlich sind. In vielen Fällen wird die Einhaltung durch organisationsinterne Personen bewertet, die außerhalb der Arbeitsabläufe oder des Projekts stehen, oder durch organisationsfremde Personen. Auf diese Weise kann die Einhaltung auch dann glaubhaft sichergestellt werden, wenn die Arbeitsabläufe unter Druck geraten (z.B. bei zeitlichen Rückständen oder Aufwandsüberschreitungen).

Ausarbeitung in CAR

Beispiele für zu überprüfende Tätigkeiten umfassen:

- Ermittlung der Ursachen von Ergebnissen
- Bewertung der Ergebnisse von Maßnahmenplänen

Beispiele für zu überprüfende Arbeitsergebnisse umfassen:

- Für die Umsetzung ausgewählte Maßnahmenvorschläge
- Aufzeichnungen zur Ursachenanalyse und -beseitigung

Ausarbeitung in CM

Beispiele für zu überprüfende Tätigkeiten umfassen:
- Etablierung von Baselines
- Verfolgung und Lenkung von Änderungen
- Etablierung und Beibehaltung der Integrität von Baselines

Beispiele für zu überprüfende Arbeitsergebnisse umfassen:
- Archivierte Baselines
- Datenbank mit Änderungsanträgen

Ausarbeitung in DAR

Beispiele für zu überprüfende Tätigkeiten umfassen:
- Bewertung von Alternativen mit Hilfe der festgelegten Kriterien und Verfahren

Beispiele für zu überprüfende Arbeitsergebnisse umfassen:
- Richtlinien dafür, wann ein formaler Bewertungsprozess angewendet wird
- Bewertungsberichte mit empfohlenen Lösungen

Ausarbeitung in IPM

Beispiele für zu überprüfende Tätigkeiten umfassen:
- Etablierung, Pflege und Verwendung des definierten Prozesses für das Projekt
- Koordination von und Zusammenarbeit mit relevanten Stakeholdern
- Verwendung des gemeinsamen Projektverständnisses
- Strukturierung von Teams

Beispiele für zu überprüfende Arbeitsergebnisse umfassen:

- Der definierte Prozess des Projekts
- Projektpläne
- Weitere das Projekt betreffende Pläne
- Normen zur Arbeitsumgebung
- Die Darlegung des gemeinsamen Verständnisses
- Teamstruktur
- Statuten der Teams

Ausarbeitung in MA

Beispiele für zu überprüfende Tätigkeiten umfassen:

- Ausrichtung der Mess- und Analyseaktivitäten
- Bereitstellung von Messergebnissen

Beispiele für zu überprüfende Arbeitsergebnisse umfassen:

- Spezifikationen für Basis- und abgeleitete Kennzahlen
- Datensammlungs- und -speicherverfahren
- Analyseergebnisse und Berichtsentwürfe

Ausarbeitung in OPD

Beispiele für zu überprüfende Tätigkeiten umfassen:

- Etablierung der Prozess-Assets der Organisation
- Festlegung von Regeln und Richtlinien für die Strukturierung und Bildung von Teams

Beispiele für zu überprüfende Arbeitsergebnisse umfassen:

- Organisationsspezifischer Satz von Standardprozessen
- Beschreibungen von Phasenmodellen
- Tailoring-Guidelines für den organisationsspezifischen Satz von Standardprozessen
- Messdaten der Organisation
- Regeln und Richtlinien für die Bevollmächtigung von Mitarbeitern und Teams
- Dokumentation der organisationsweiten Prozesse

Ausarbeitung in OPF

Beispiele für zu überprüfende Tätigkeiten umfassen:
- Ermittlung von Prozessverbesserungsmöglichkeiten
- Planung und Koordination von Prozessverbesserungsaktivitäten
- Rollout des organisationsspezifischen Satzes von Standardprozessen in Projekte, die sich in der Startphase befinden

Beispiele für zu überprüfende Arbeitsergebnisse umfassen:
- Prozessverbesserungspläne
- Maßnahmenpläne für Prozessverbesserungen
- Pläne für den Rollout von Prozessen
- Pläne für Prozess-Appraisals der Organisation

Ausarbeitung in OPM

Beispiele für zu überprüfende Tätigkeiten umfassen:
- Analyse der Prozessleistungsdaten, um die Fähigkeit der Organisation zu bestimmen, die identifizierten Geschäftsziele zu erreichen
- Auswahl von Verbesserungen mithilfe quantitativer Analyse
- Rollout von Verbesserungen
- Messung der Effektivität ausgerollter Verbesserungen mit statistischen und anderen quantitativen Techniken

Beispiele für zu überprüfende Arbeitsergebnisse umfassen:
- Verbesserungsvorschläge
- Rollout-Pläne
- Überarbeitete Kenngrößen, Ziele, Prioritäten und Rollout-Pläne für Verbesserungen
- Aktualisierte Prozessdokumentation und aktualisierte Aus- und Weiterbildungsunterlagen

Ausarbeitung in OPP

Beispiele für zu überprüfende Tätigkeiten umfassen:
- Etablierung von Prozessleistungsbaselines und -modellen

Beispiele für zu überprüfende Arbeitsergebnisse umfassen:

- Prozessleistungsbaselines
- Die Qualitäts- und Prozessleistungsziele der Organisation
- Definitionen der ausgewählten Kennzahlen für die Prozessleistung

Ausarbeitung in OT

Beispiele für zu überprüfende Tätigkeiten umfassen:

- Identifizierung des Aus- und Weiterbildungsbedarfs und Bereitstellung von Aus- und Weiterbildung
- Bereitstellung erforderlicher Trainings

Beispiele für zu überprüfende Arbeitsergebnisse umfassen:

- Organisationsweiter operativer Aus- und Weiterbildungsplan
- Unterrichtsmaterialien und unterstützende Dokumente
- Formulare zur Bewertung der Lehrkräfte

Ausarbeitung in PI

Beispiele für zu überprüfende Tätigkeiten umfassen:

- Etablierung und Beibehaltung einer Strategie für die Produktintegration
- Sicherstellung der Schnittstellenkompatibilität
- Zusammenbau der Produktbestandteile und Auslieferung des Produkts

Beispiele für zu überprüfende Arbeitsergebnisse umfassen:

- Strategie der Produktintegration
- Verfahren und Kriterien zur Produktintegration
- Abnahmedokumente für die erhaltenen Produktbestandteile
- Zusammengebautes Produkt und Produktbestandteile

Ausarbeitung in PMC

Beispiele für zu überprüfende Tätigkeiten umfassen:

- Überwachung von Projektfortschritt und -leistung gegenüber dem Projektplan
- Vollständige Durchführung von Korrekturmaßnahmen

Beispiele für zu überprüfende Arbeitsergebnisse umfassen:

- Aufzeichnungen über Projektfortschritt und -leistung
- Ergebnisse der Projektfortschrittsüberprüfungen

Ausarbeitung in PP

Beispiele für zu überprüfende Tätigkeiten umfassen:

- Etablierung von Schätzungen
- Entwicklung des Projektplans
- Einholung von Zusagen für den Projektplan

Beispiele für zu überprüfende Arbeitsergebnisse umfassen:

- Projektstrukturplan
- Projektplan
- Datenmanagementplan
- Plan für die Einbeziehung von Stakeholdern

Ausarbeitung in PPQA

Beispiele für zu überprüfende Tätigkeiten umfassen:

- Objektive Bewertung von Arbeitsabläufen und Arbeitsergebnissen
- Verfolgung und Meldung von Abweichungen

Beispiele für zu überprüfende Arbeitsergebnisse umfassen:

- Berichte über Abweichungen
- Bewertungsprotokolle und -berichte

Ausarbeitung in QPM

Beispiele für zu überprüfende Tätigkeiten umfassen:

- Management des Projekts mit Hilfe von Qualitäts- und Prozessleistungszielen
- Management ausgewählter Teilprozesse mit statistischen und anderen quantitativen Techniken

Beispiele für zu überprüfende Arbeitsergebnisse umfassen:

- Zusammenstellung des definierten Prozesses für das Projekt
- Operationale Definitionen von Kennzahlen
- Berichte von Prozessleistungsanalysen
- Erfasste Kennzahlen

Ausarbeitung in RD

Beispiele für zu überprüfende Tätigkeiten umfassen:

- Sammeln von Stakeholder-Bedürfnissen
- Formulierung der Anforderungen für die Funktions- und Qualitätsattribute von Produkten und Produktbestandteilen
- Formulierung der Architekturanforderungen, die spezifizieren, wie Produktbestandteile aufgebaut und entworfen sind, um bestimmte Anforderungen für Funktions- und Qualitätsattribute zu erfüllen
- Analyse und Validierung der Anforderungen an Produkte und Produktbestandteile

Beispiele für zu überprüfende Arbeitsergebnisse umfassen:

- Produktanforderungen
- Anforderungen an Produktbestandteile
- Schnittstellenanforderungen
- Definition des verlangten Funktionsumfangs und der Qualitätsattribute
- Für die Architektur signifikante Qualitätsattributanforderungen

Ausarbeitung in REQM

Beispiele für zu überprüfende Tätigkeiten umfassen:
- Verwaltung von Anforderungen
- Sicherstellung der gemeinsamen Ausrichtung von Projektplänen, Arbeitsergebnissen und Anforderungen

Beispiele für zu überprüfende Arbeitsergebnisse umfassen:
- Anforderungen
- Matrix für die Nachverfolgbarkeit der Anforderungen

Ausarbeitung in RSKM

Beispiele für zu überprüfende Tätigkeiten umfassen:
- Etablierung und Pflege einer Risikomanagementstrategie
- Identifizierung und Analyse von Risiken
- Abschwächung von Risiken

Beispiele für zu überprüfende Arbeitsergebnisse umfassen:
- Risikomanagementstrategie
- Risikoabschwächungspläne

Ausarbeitung in SAM

Beispiele für zu überprüfende Tätigkeiten umfassen:
- Etablierung und Pflege von Vereinbarungen mit Lieferanten
- Erfüllung der Vereinbarungen mit Lieferanten

Beispiele für zu überprüfende Arbeitsergebnisse umfassen:
- Plan für das Zulieferungsmanagement
- Vereinbarungen mit Lieferanten

Ausarbeitung in TS

Beispiele für zu überprüfende Tätigkeiten umfassen:
- Auswahl von Lösungen für Produktbestandteile
- Erstellung des Designs von Produkten und Produktbestandteilen
- Umsetzung der Entwürfe von Produktbestandteilen

Beispiele für zu überprüfende Arbeitsergebnisse umfassen:
- Technische Datenpakete
- Design von Produkten, Produktbestandteilen und Schnittstellen
- Umgesetzte Entwürfe (z.B. Softwarecode, gefertigte Produktbestandteile)
- Anwender-, Installations-, Betriebs- und Wartungsdokumentation

Ausarbeitung in VAL

Beispiele für zu überprüfende Tätigkeiten umfassen:
- Auswahl der zu validierenden Produkte und Produktbestandteile
- Etablierung und Beibehaltung der Validierungsmethoden, -verfahren und -kriterien
- Validierung der Produkte oder Produktbestandteile

Beispiele für zu überprüfende Arbeitsergebnisse umfassen:
- Validierungsmethoden
- Validierungsverfahren
- Validierungskriterien

Ausarbeitung in VER

Beispiele für zu überprüfende Tätigkeiten umfassen:
- Auswahl der zu verifizierenden Arbeitsergebnisse
- Etablierung und Beibehaltung der Verifizierungsverfahren und -kriterien
- Durchführung von Peer-Reviews
- Verifizierung ausgewählter Arbeitsergebnisse

Beispiele für zu überprüfende Arbeitsergebnisse umfassen:

- Verifizierungsverfahren und -kriterien
- Checklisten für Peer-Reviews
- Verifizierungsberichte

GP 2.10 UMSETZUNG MIT DEM HÖHEREN MANAGEMENT PRÜFEN

Tätigkeiten, Status und Ergebnisse von Arbeitsabläufen mit dem höheren Management prüfen und aufkommende Punkte lösen

Diese generische Praktik dient dazu, dem höheren Management einen angemessenen Einblick in die Arbeitsabläufe zu geben.

Das höhere Management umfasst alle Managementebenen der Organisation, die sich über der unmittelbar für die Arbeitsabläufe verantwortlichen Managementebene befinden. Zum höheren Management kann insbesondere das leitende Management gehören. Diese Prüfungen sind nicht für diejenigen gedacht, die die Arbeitsabläufe tagtäglich überwachen und steuern, sondern für Manager, die für die Leitlinien und die allgemeine Führung der Arbeitsabläufe Sorge tragen.

Dabei hat jeder Manager einen ganz individuellen Informationsbedarf. Die Prüfungen helfen, sicherzustellen, dass sachkundige Entscheidungen hinsichtlich der Planung und Ausführung der Arbeitsabläufe getroffen werden können. Sie müssen daher sowohl regelmäßig als auch ereignisabhängig stattfinden.

Ausarbeitung in OPF

Diese Überprüfungen finden üblicherweise in Form von Briefings für den Managementsteuerkreis durch die Prozessgruppe sowie die Prozessverbesserungsteams statt.

Beispiele für Präsentationsthemen umfassen:

- Status von Verbesserungen, die von Prozessverbesserungsteams entwickelt werden
- Ergebnisse von Pilotstudien
- Ergebnisse von Rollout-Aktivitäten ▶

- Status des Terminplans für das Erreichen bedeutender Meilensteine (beispielsweise Reife zur Durchführung eines Appraisal oder Fortschritt beim Erreichen eines angestrebten Reifegrads oder Fähigkeitsgradprofils der Organisation)

Ausarbeitung in OPM

Diese Überprüfungen finden üblicherweise in Form von Briefings für das höhere Management durch diejenigen statt, die für die Leistungsverbesserung verantwortlich sind.

Beispiele für Präsentationsthemen umfassen:

- Durch die Analyse der aktuellen Leistung im Vergleich mit den Geschäftszielen identifizierte Verbesserungsbereiche
- Ergebnisse der Erhebungs- und Analysetätigkeiten zu Prozessverbesserungen
- Ergebnisse von Validierungstätigkeiten (z.B. Pilotprojekten) im Vergleich mit dem erwarteten Nutzen
- Leistungsdaten nach dem Ausrollen von Verbesserungen
- Kosten, Terminpläne und Risiken für das Rollout
- Risiken durch das Nichterreichen von Geschäftszielen

Ausarbeitung in REQM

Vorgeschlagene Änderungen an Zusagen, die außerhalb der Organisation erfolgen sollen, werden mit dem höheren Management überprüft, um sicherzustellen, dass alle Zusagen eingehalten werden können.

Ausarbeitung in RSKM

Überprüfungen des Projektrisikostatus werden regelmäßig und ereignisgesteuert mit den passenden Managementebenen durchgeführt, um Einblick in das Risikopotenzial des Projekts und die angemessenen Korrekturmaßnahmen zu geben.

Üblicherweise schließen diese Überprüfungen eine Zusammenfassung der bedeutendsten Risiken, der wichtigsten Risikoparameter (beispielsweise Wahrscheinlichkeit und Folgen der Risiken) und des Status der Bemühungen zur Risikoabschwächung ein.

GG 3 DEFINIERTE PROZESSE INSTITUTIONALISIEREN

Arbeitsabläufe sind als definierte Prozesse institutionalisiert.

GP 3.1 DEFINIERTE PROZESSE ETABLIEREN

Beschreibungen von definierten Prozessen etablieren und beibehalten

Diese generische Praktik dient dazu, Beschreibungen von Prozessen zu etablieren und beizubehalten, die durch Tailoring des organisationsspezifischen Satzes von Standardprozessen entstehen, um die Anforderungen eines bestimmten Anwendungsfalls zu erfüllen. Die Organisation sollte sowohl über Standardprozesse für das jeweilige Prozessgebiet verfügen als auch über Richtlinien für das Tailoring dieser Standardprozesse, um den Anforderungen eines Projekts oder einer Organisationsfunktion gerecht zu werden. Mithilfe definierter Prozesse kann man die Schwankungsbreite in der Ausführung von Prozessen über die Organisation verringern sowie Prozess-Assets, Daten und Know-how effektiv gemeinsam nutzen.

Mehr zur Etablierung des definierten Prozesses für ein Projekt steht im Prozessgebiet »Fortgeschrittenes Projektmanagement«.

Mehr zur Etablierung von Standardprozessen und zur Etablierung von Tailoring-Kriterien und -Richtlinien steht im Prozessgebiet »Organisationsweite Prozessentwicklung«.

Die Beschreibungen definierter Prozesse bilden die Grundlage für die Planung, Durchführung und Verwaltung der mit den Arbeitsabläufen verbundenen Aktivitäten, Arbeitsergebnisse und Dienstleistungen.

Subpraktiken

1. Aus dem organisationsspezifischen Satz von Standardprozessen die Prozesse auswählen, die das Prozessgebiet abdecken und die Anforderungen des Projekts oder der Organisationsfunktion am besten erfüllen
2. Durch Tailoring der gewählten Prozesse anhand der entsprechenden Richtlinien die definierten Prozesse etablieren
3. Sicherstellen, dass die Prozessziele der Organisation hinreichend in den definierten Prozessen berücksichtigt werden

4. Die definierten Prozesse und die Aufzeichnungen zum Tailoring dokumentieren
5. Die Beschreibungen der definierten Prozesse gegebenenfalls überarbeiten

GP 3.2 Prozessbezogene Erfahrungen sammeln

Prozessbezogene Erfahrungen aus der Planung und Durchführung der Prozesse sammeln, um die zukünftige Nutzung und Verbesserung von Prozessen und Prozess-Assets der Organisation zu unterstützen

Diese generische Praktik dient dazu, prozessbezogene Erfahrungen zu sammeln, darunter Informationen und Artefakte aus der Planung und Durchführung der Arbeitsabläufe. Beispiele für prozessbezogene Erfahrungen sind u.a. Arbeitsergebnisse, Kennzahlen, Messergebnisse, Lessons Learned und Vorschläge zur Prozessverbesserung. Diese Informationen und Artefakte werden gesammelt, damit sie den Prozess-Assets der Organisation hinzugefügt und denen zur Verfügung gestellt werden können, die mit der Planung und Ausführung derselben oder ähnlicher Abläufe betraut sind (oder sein werden). Die Informationen und Artefakte werden in der Messablage sowie der Bibliothek der Prozess-Assets der Organisation festgehalten.

Beispiele für relevante Informationen sind der für die verschiedenen Tätigkeiten geleistete Aufwand, die bei bestimmten Tätigkeiten aufgetretenen oder behobenen Fehler sowie die Lessons Learned.

Mehr zum Beitrag der Organisation zu den Prozess-Assets steht im Prozessgebiet »Fortgeschrittene Projektmanagement«.

Mehr zur Etablierung von Prozess-Assets der Organisation steht im Prozessgebiet »Organisationsweite Prozessentwicklung«.

Subpraktiken

1. Prozess- und Produktkennzahlen in der Messablage der Organisation speichern

   Bei den Prozess- und Produktkennzahlen handelt es sich in erster Linie um die, die im Satz von Standardkennzahlen des organisationsspezifischen Satzes von Standardprozessen definiert sind.

2. Die Dokumentation abliefern, damit sie in die Bibliothek der Prozess-Assets der Organisation aufgenommen werden kann
3. Die Lessons Learned aus den Arbeitsabläufen dokumentieren, damit sie in die Bibliothek der Prozess-Assets der Organisation aufgenommen werden können
4. Verbesserungsvorschläge für die Prozess-Assets der Organisation einreichen

Ausarbeitung in CAR

Beispiele für prozessbezogene Erfahrungen umfassen:

- Maßnahmenvorschläge
- Anzahl der offenen Maßnahmenpläne und Angabe der Dauer
- Statusberichte für Maßnahmenpläne

Ausarbeitung in CM

Beispiele für prozessbezogene Erfahrungen umfassen:

- Trends im Status von Konfigurationseinheiten
- Ergebnisse der Konfigurations-Audits
- Berichte über überfällige Änderungsanträge

Ausarbeitung in DAR

Beispiele für prozessbezogene Erfahrungen umfassen:

- Anzahl der erwogenen Alternativen
- Bewertungsergebnisse
- Empfohlene Lösungen für das Behandeln relevanter Fragestellungen

Ausarbeitung in IPM

Beispiele für prozessbezogene Erfahrungen umfassen:

- Der definierte Prozess des Projekts
- Die Anzahl der Tailoring-Möglichkeiten, die das Projekt zum Erstellen seines definierten Prozesses verwendet
- Trends in den offenen Punkten der Schnittstellenkoordination (d.h. die Anzahl der identifizierten und abgeschlossenen Punkte) ▶

- Anzahl der Zugriffe von Projektmitgliedern auf die Bibliothek der Prozess-Assets aufgrund von Assets, die mit der Projektplanung verbunden sind
- Aufzeichnung der Ausgaben für die Durchführung persönlicher Besprechungen im Gegensatz zur Nutzung von Einrichtungen zur Zusammenarbeit wie Tele- und Videokonferenzen
- Gemeinsames Projektverständnis
- Statuten der Teams

Ausarbeitung in MA

Beispiele für prozessbezogene Erfahrungen umfassen:

- Aktualitätsstatus der Daten
- Ergebnisse von Datenintegritätstests
- Berichte über die Datenanalyse

Ausarbeitung in OPD

Beispiele für prozessbezogene Erfahrungen umfassen:

- Hinzufügung von Lessons Learned zur Bibliothek der Prozess-Assets der Organisation
- Hinzufügung von Messdaten zur Messablage der Organisation
- Status der eingereichten Änderungsanträge zur Anpassung des organisationsspezifischen Satzes von Standardprozessen
- Aufzeichnung nicht standardmäßiger Tailoring-Anfragen

Ausarbeitung in OPF

Beispiele für prozessbezogene Erfahrungen umfassen:

- Kriterien für die Priorisierung von möglichen Prozessverbesserungen
- Appraisal-Befunde, die Stärken und Schwächen der Prozesse der Organisation ansprechen
- Status der Verbesserungsaktivitäten im Vergleich zum Terminplan
- Aufzeichnungen des Tailorings des organisationsspezifischen Satzes von Standardprozessen und deren Umsetzung in identifizierten Projekten

Ausarbeitung in OPM

Beispiele für prozessbezogene Erfahrungen umfassen:

- Aus der Analyse der Prozessleistungsdaten im Vergleich mit den Geschäftszielen gewonnene Lessons Learned
- Dokumentierte Kennzahlen von Kosten und Nutzen der Umsetzung und des Rollouts von Verbesserungen
- Bericht über einen Vergleich ähnlicher Entwicklungsprozesse, um das Potenzial für Effizienzsteigerungen zu ermitteln

Ausarbeitung in OPP

Beispiele für prozessbezogene Erfahrungen umfassen:

- Prozessleistungsbaselines
- Prozentsatz der Messwerte, die wegen Widersprüchlichkeiten bezogen auf die Definitionen der Prozessleistungsmessung verworfen werden

Ausarbeitung in OT

Beispiele für prozessbezogene Erfahrungen umfassen:

- Ergebnisse von Umfragen zur Wirksamkeit der Aus- und Weiterbildung
- Ergebnisse der Leistungsbewertung für das Aus- und Weiterbildungsprogramm
- Schulungsbewertungen
- Anforderungen an die Aus- und Weiterbildung seitens einer Beratergruppe

Ausarbeitung in PI

Beispiele für prozessbezogene Erfahrungen umfassen:

- Aufzeichnungen des Eingangs von Produktkomponenten, Fehlerberichte, Bestätigung des Konfigurationsstatus und Ergebnisse der Bereitschaftsprüfung
- Prozentualer Anteil des gesamten Entwicklungsaufwands für die Produktintegration (Ist-Wert bis heute plus Schätzwert bis zum Abschluss) ▶

- Während der Produktintegration im Produkt und in der Testumgebung festgestellte Fehler
- Problemberichte, die sich aus der Produktintegration ergeben

Ausarbeitung in PMC

Beispiele für prozessbezogene Erfahrungen umfassen:

- Aufzeichnungen signifikanter Abweichungen
- Kriterien dafür, was eine Abweichung ausmacht
- Ergebnisse von Korrekturmaßnahmen

Ausarbeitung in PP

Beispiele für prozessbezogene Erfahrungen umfassen:

- Struktur der Projektdatenbibliothek
- Schätzungen für Projektattribute
- Auswirkungen und Wahrscheinlichkeit des Eintretens von Risiken

Ausarbeitung in PPQA

Beispiele für prozessbezogene Erfahrungen umfassen:

- Bewertungsprotokolle
- Qualitätstrends
- Berichte über Abweichungen
- Statusberichte zu den Korrekturmaßnahmen
- Kosten der Qualitätsberichte für das Projekt

Ausarbeitung in QPM

Beispiele für prozessbezogene Erfahrungen umfassen:

- Berichte mit quantitativen Managementdaten des Projekts einschließlich der Ergebnisse aus den regelmäßigen Überprüfungen der Prozessleistung für die Führung ausgewählter Teilprozesse anhand etablierter Zwischenziele des Projekts
- Vorgeschlagene Verbesserungen an Prozessleistungsmodellen

Ausarbeitung in RD

> Beispiele für prozessbezogene Erfahrungen umfassen:
> - Liste der Produktanforderungen, die als mehrdeutig eingestuft wurden
> - Anzahl von Anforderungen, die in den einzelnen Phasen des Projektlebenszyklus eingeführt werden
> - Erfahrungswerte aus den Arbeitsabläufen der Anforderungszuweisung

Ausarbeitung in REQM

> Beispiele für prozessbezogene Erfahrungen umfassen:
> - Matrix für die Nachverfolgbarkeit von Anforderungen
> - Anzahl der nicht vom Budget abgedeckten Anforderungsänderungen nach der Erstellung der Baseline
> - Erfahrungswerte aus der Behebung mehrdeutiger Anforderungen

Ausarbeitung in RSKM

> Beispiele für prozessbezogene Erfahrungen umfassen:
> - Risikoparameter
> - Risikokategorien
> - Risikostatusberichte

Ausarbeitung in SAM

> Beispiele für prozessbezogene Erfahrungen umfassen:
> - Ergebnisse von Lieferantenbewertungen
> - Zur Auswahl von Lieferanten verwendete Nutzwertanalysen
> - Revisionshistorie der Vereinbarungen mit Lieferanten
> - Leistungsberichte der Lieferanten

Ausarbeitung in TS

Beispiele für prozessbezogene Erfahrungen umfassen:
- Ergebnisse der Analyse bezüglich Herstellung, Beschaffung oder Wiederverwendung
- Designfehlerdichte
- Ergebnisse der Anwendung neuer Methoden und Tools

Ausarbeitung in VAL

Beispiele für prozessbezogene Erfahrungen umfassen:
- Prototypen von Produktbestandteilen
- Prozentualer Anteil der Zeit, in der die Validierungsumgebung verfügbar ist
- Anzahl von Produktfehlern, die während der Validierung je Entwicklungsphase gefunden wurden
- Analysebericht der Validierung

Ausarbeitung in VER

Beispiele für prozessbezogene Erfahrungen umfassen:
- Peer-Review-Aufzeichnungen, die die Durchführungs- sowie die durchschnittliche Vorbereitungszeit enthalten
- Anzahl von Produktfehlern, die während der Verifizierung je Entwicklungsphase gefunden wurden
- Verifizierungs- und Analysebericht

Generische Praktiken anwenden

Generische Praktiken sind Modellkomponenten, die auf alle Prozessgebiete angewandt werden können. Stellen Sie sich generische Praktiken als eine Art Gedächtnisstütze vor. Sie sind erwartete Modellkomponenten und sollen Sie daran erinnern, Aufgaben auf die richtige Art und Weise zu erledigen.

Betrachten Sie zum Beispiel die generische Praktik »Pläne für die Durchführung der Arbeitsabläufe etablieren und beibehalten« (GP 2.2). Auf das Prozessgebiet der Projektplanung angewendet, erinnert Sie diese generische Praktik daran, die mit der Erstellung des Projektplans verbundenen Aktivitäten zu planen. Wenn Sie dieselbe generische Praktik auf das Prozessgebiet »Organisationsweite Aus- und Weiterbildung« anwenden, werden Sie daran erinnert, die Aktivitäten zu planen, die mit der Entwicklung der Fertigkeiten und Kenntnisse der Mitarbeiter Ihrer Organisation zusammenhängen.

Unterstützung generischer Praktiken durch Prozessgebiete

Während generische Ziele und Praktiken als Modellkomponenten direkt auf die organisationsweite Institutionalisierung eines Prozesses abzielen, betreffen viele Prozessgebiete gleichermaßen die Institutionalisierung, indem sie die Umsetzung der generischen Praktiken unterstützen. Das Wissen um diese Beziehungen wird Ihnen eine effektive Hilfe bei der Umsetzung der generischen Praktiken sein.

Solche Prozessgebiete umfassen eine oder mehrere spezifische Praktiken, die – wenn sie angewendet werden – auch eine generische Praktik vollständig umsetzen oder ein Arbeitsergebnis hervorbringen können, das zur Umsetzung einer generischen Praktik verwendet werden kann.

Ein Beispiel ist das Prozessgebiet »Konfigurationsmanagement« und GP 2.6, »Ausgewählte Arbeitsergebnisse der Arbeitsabläufe unter angemessene Dokumenten- und Datenlenkung stellen«. Um die generische Praktik für ein oder mehrere Prozessgebiete durchzuführen, entscheiden Sie sich möglicherweise dafür, das Prozessgebiet »Konfigurationsmanagement« entweder ganz oder teilweise umzusetzen.

Ein weiteres Beispiel ist das Prozessgebiet »Organisationsweite Prozessentwicklung« und GP 3.1 »Beschreibungen von definierten Prozessen etablieren und beibehalten«. Um diese generische Praktik für ein oder mehrere Prozessgebiete umzusetzen, sollten Sie zuerst das Prozessgebiet »Organisationsweite Prozessentwicklung« ganz oder teilweise umsetzen, um die für die generische Praktik benötigten Prozess-Assets der Organisation zu etablieren.

Tabelle 7.2 beschreibt (1) die Prozessgebiete, die die Umsetzung generischer Praktiken unterstützen, sowie (2) die rekursiven Beziehungen zwischen generischen Praktiken und den eng damit verknüpften Prozessgebieten. Beide Arten von Beziehungen sollten Sie während der Prozessverbesserung im Hinterkopf behalten, um sich die natürlichen Synergien zwischen generischen Praktiken und den dazugehörigen Prozessgebieten zunutze zu machen.

TABELLE 7.2 Beziehungen zwischen generischen Praktiken und Prozessgebieten

Generische Praktik	*Rolle von Prozessgebieten bei der Umsetzung der generischen Praktik*	*Wie die generische Praktik rekursiv für die zugehörigen Prozessgebiete gilt*[1]
GP 2.2 Arbeitsabläufe planen	**Projektplanung:** Der Projektplanungsprozess kann GP 2.2 vollständig für alle projektbezogenen Prozessgebiete umsetzen (außer für die Projektplanung selbst).	Auf den Projektplanungsprozess angewendet, kann GP 2.2 als »Planung des Plans« beschrieben werden und deckt die Planung aller Projektplanungsaktivitäten ab.
GP 2.3 Ressourcen bereitstellen GP 2.4 Rechte und Pflichten zuweisen	**Projektplanung:** Der Teil des Projektplanungsprozesses, der SP 2.4 dieses Prozessgebiets, »Projektressourcen planen«, umsetzt, unterstützt die Umsetzung von GP 2.3 und GP 2.4 für alle projektbezogenen Prozessgebiete (außer vielleicht zu Beginn für die Projektplanung selbst), indem er Prozesse, Rollen, Rechte und Pflichten ermittelt, die benötigt werden, um für geeignete Mitarbeiter, Einrichtungen, Ausrüstung und andere Assets zu sorgen.	

1 Wenn die Beziehung zwischen einer generischen Praktik und einem Prozessgebiet weniger direkt ist, besteht auch eine geringere Verwechslungsgefahr. Daher beschreiben wir in dieser Tabelle nicht alle Beziehungen (z.B. für die generischen Praktiken 2.3, 2.4 und 2.10).

TABELLE 7.2 Beziehungen zwischen generischen Praktiken und Prozessgebieten (Forts.)

Generische Praktik	*Rolle von Prozessgebieten bei der Umsetzung der generischen Praktik*	*Wie die generische Praktik rekursiv für die zugehörigen Prozessgebiete gilt*[1]
GP 2.5 Aus- und weiterbilden	**Organisationsweite Aus- und Weiterbildung:** Der Prozess der organisationsweiten Aus- und Weiterbildung unterstützt die Umsetzung von GP 2.5 für alle Prozessgebiete, indem er dafür sorgt, dass diejenigen, die die Arbeitsabläufe ausführen oder unterstützen sollen, eine Schulung erhalten, die dem strategischen oder organisationsweiten Aus- und Weiterbildungsbedarf gerecht wird. **Projektplanung:** Der Teil des Projektplanungsprozesses, der SP 2.5 dieses Prozessgebiets, »Erforderliches Wissen und Fertigkeiten planen«, und den Prozess der organisationsweiten Aus- und Weiterbildung umsetzt, unterstützt die vollständige Umsetzung von GP 2.5 für alle projektbezogenen Prozessgebiete.	Auf das Prozessgebiet »Organisationsweite Aus- und Weiterbildung« angewendet, deckt GP 2.5 Schulungen für die Durchführung organisationsweiter Aus- und Weiterbildungsmaßnahmen ab, in deren Rahmen die nötigen Fähigkeiten für die Verwaltung, Erstellung und Bewältigung der Aus- und Weiterbildung vermittelt werden.
GP 2.6 Arbeitsergebnisse verwalten	**Konfigurationsmanagement:** Der Konfigurationsmanagementprozess kann GP 2.6 vollständig für alle projektbezogenen Prozessgebiete sowie einige der organisationsweiten Prozessgebiete umsetzen.	Auf den Konfigurationsmanagementprozess angewendet, deckt GP 2.6 die Änderungs- und die Versionskontrolle für die durch das Konfigurationsmanagement erzielten Arbeitsergebnisse ab.
GP 2.7 Relevante Stakeholder identifizieren und einbinden	**Projektplanung:** Der Teil des Projektplanungsprozesses, der SP 2.6 dieses Prozessgebiets, »Einbeziehung von Stakeholdern planen«, umsetzt, kann den für die Identifizierung der Stakeholder zuständigen Teil (die ersten beiden Subpraktiken) von GP 2.7 vollständig für alle projektbezogenen Prozessgebiete umsetzen.	Auf den Projektplanungsprozess angewendet, deckt GP2.7 die Einbindung relevanter Stakeholder in die Projektplanungsaktivitäten ab.

TABELLE 7.2 Beziehungen zwischen generischen Praktiken und Prozessgebieten (Forts.)

Generische Praktik	*Rolle von Prozessgebieten bei der Umsetzung der generischen Praktik*	*Wie die generische Praktik rekursiv für die zugehörigen Prozessgebiete gilt*[1]
	Projektverfolgung und -steuerung: Der Teil des Projektverfolgungs- und -steuerungsprozesses, der SP 1.5 dieses Prozessgebiets, »Einbeziehung von Stakeholdern überwachen«, umsetzt, kann bei der Umsetzung der dritten Subpraktik von GP 2.7 für alle projektbezogenen Prozessgebiete helfen.	Auf den Projektverfolgungs- und -steuerungsprozess angewendet, deckt GP2.7 die Einbindung relevanter Stakeholder in die Projektverfolgungs- und -steuerungsaktivitäten ab.
	Fortgeschrittenes Projektmanagement: Der Teil des Prozesses für das fortgeschrittene Projektmanagement, der SP 2.1 dieses Prozessgebiets, »Einbeziehung von Stakeholdern managen«, umsetzt, kann bei der Umsetzung der dritten Subpraktik von GP 2.7 für alle projektbezogenen Prozessgebiete helfen.	Auf den Prozess des fortgeschrittenen Projektmanagements angewendet, deckt GP2.7 die Einbindung relevanter Stakeholder in die Aktivitäten des fortgeschrittenen Projektmanagements ab.
GP 2.8 Arbeitsabläufe überwachen und steuern	**Projektverfolgung und -steuerung:** Der Projektverfolgungs- und -steuerungsprozess kann GP 2.8 vollständig für alle projektbezogenen Prozessgebiete umsetzen. **Messung und Analyse:** Das Prozessgebiet »Messung und Analyse« bietet für alle Prozesse (nicht nur projektbezogene) allgemeine Hilfestellung bei der Messung, Analyse und Aufzeichnung von Informationen, die zur Etablierung von Messwerten für die Verfolgung der tatsächlichen Prozessleistung dienen.	Auf den Projektverfolgungs- und -steuerungsprozess angewendet, deckt GP2.8 die Verfolgung und Steuerung der Verfolgungs- und Steuerungsaktivitäten des Projekts ab.

TABELLE 7.2 Beziehungen zwischen generischen Praktiken und Prozessgebieten (Forts.)

Generische Praktik	*Rolle von Prozessgebieten bei der Umsetzung der generischen Praktik*	*Wie die generische Praktik rekursiv für die zugehörigen Prozessgebiete gilt*[1]
GP 2.9 Prozesseinhaltung objektiv bewerten	**Prozess- und Produkt-Qualitätssicherung:** Der Prozess- und Produkt-Qualitätssicherungsprozess kann GP 2.9 vollständig für alle Prozessgebiete umsetzen (außer vielleicht für »Prozess- und Produkt-Qualitätssicherung« selbst).	Auf den Prozess- und Produkt-Qualitätssicherungsprozess angewendet, deckt GP2.9 die objektive Bewertung der Qualitätssicherungsaktivitäten und ausgewählter Arbeitsergebnisse ab.
GP 2.10 Umsetzung mit dem höheren Management prüfen	**Projektverfolgung und -steuerung:** Der Teil des Projektverfolgungs- und -steuerungsprozesses, der SP 1.6 dieses Prozessgebiets, »Fortschrittsbewertung durchführen«, und SP 1.7, »Meilensteinbewertung durchführen«, umsetzt, unterstützt die Umsetzung von GP 2.10 für alle projektbezogenen Prozessgebiete – ob vollständig, hängt von der Einbindung des höheren Managements in diese Prüfungen ab.	
GP 3.1 Definierte Prozesse etablieren	**Fortgeschrittenes Projektmanagement:** Der Teil des Prozesses für das fortgeschrittene Projektmanagement, der SP 1.1 dieses Prozessgebiets, »Projektspezifisch definierte Prozesse etablieren«, umsetzt, kann GP 3.1 vollständig für alle projektbezogenen Prozessgebiete umsetzen. **Organisationsweite Prozessentwicklung:** Der Prozess der organisationsweiten Prozessentwicklung etabliert für alle Prozesse (nicht nur projektbezogene) die organisationsweiten Prozess-Assets, die für die Umsetzung von GP3.1 erforderlich sind.	Auf den Prozess des fortgeschrittenen Projektmanagements angewendet, deckt GP 3.1 die Etablierung von definierten Prozessen für die Aktivitäten des fortgeschrittenen Projektmanagements ab.

TABELLE 7.2 Beziehungen zwischen generischen Praktiken und Prozessgebieten (Forts.)

Generische Praktik	*Rolle von Prozessgebieten bei der Umsetzung der generischen Praktik*	*Wie die generische Praktik rekursiv für die zugehörigen Prozessgebiete gilt*[1]
GP 3.2 Prozessbezogene Erfahrungen sammeln	**Fortgeschrittenes Projektmanagement:** Der Teil des Prozesses für das fortgeschrittene Projektmanagement, der SP 1.7 dieses Prozessgebiets, »Zu den Prozess-Assets der Organisation beitragen«, umsetzt, kann GP 3.2 teilweise oder vollständig für alle projektbezogenen Prozessgebiete umsetzen. **Organisationsweite Prozessausrichtung:** Der Teil des Prozesses für die organisationsweite Prozessausrichtung, der SP 3.4 dieses Prozessgebiets, »Erfahrungen in die Prozess-Assets der Organisation aufnehmen«, umsetzt, kann GP 3.2 teilweise oder vollständig für alle Prozessgebiete umsetzen. **Organisationsweite Prozessentwicklung:** Der Prozess der organisationsweiten Prozessentwicklung etabliert für alle Prozesse die organisationsweiten Prozess-Assets, die für die Umsetzung von GP3.2 erforderlich sind.	Auf den Prozess des fortgeschrittenen Projektmanagements angewendet, deckt GP 3.2 die Sammlung von prozessbezogenen Erfahrungen aus der Planung und Durchführung der Aktivitäten des fortgeschrittenen Projektmanagements ab.

Angesichts der Abhängigkeiten zwischen generischen Praktiken und diesen Prozessgebieten sowie der eher ganzheitlichen Sichtweise vieler Prozessgebiete erfolgt deren Umsetzung häufig frühzeitig – teilweise oder vollständig –, entweder vor oder zeitgleich mit der Umsetzung der zugehörigen generischen Praktiken.

Darüber hinaus gibt es einige Situationen, in denen das Ergebnis der Anwendung einer generischen Praktik auf ein bestimmtes Prozessgebiet ein ganzes Prozessgebiet überflüssig erscheinen lässt, was allerdings nicht wirklich der Fall ist. Es ist ganz natürlich, zu glauben, dass die Anwendung von GP 3.1, »Definierte Prozesse etablieren«, auf die Prozessgebiete »Projektplanung« und »Projektverfolgung und -steuerung« dieselben Auswirkungen hat wie das erste spezifische Ziel von »Fortgeschrittenes Projektmanagement«, also »Projektspezifisch definierte Prozesse verwenden«.

Doch auch wenn es hier einige Überschneidungen gibt, so stellt die Anwendung der generischen Praktik auf diese beiden Prozessgebiete definierte Prozesse bereit, die die Aktivitäten der Projektplanung sowie der Projektverfolgung und -steuerung abdecken. Diese definierten Prozesse umfassen jedoch nicht unbedingt unterstützende Aktivitäten (z.B. Konfigurationsmanagement), andere Projektmanagementprozesse (z.B. Fortgeschrittenes Projektmanagement) oder andere Prozesse. Dagegen umfasst der durch das Prozessgebiet »Fortgeschrittenes Projektmanagement« bereitgestellte projektspezifisch definierte Prozess alle zutreffenden Arbeitsabläufe.

URSACHENANALYSE UND -BESEITIGUNG (CAUSAL ANALYSIS AND RESOLUTION, CAR)

Ein Unterstützungsprozessgebiet des Reifegrads 5

CAR

Zweck

Der Zweck von Ursachenanalyse und -beseitigung (CAR) ist, Ursachen von ausgewählten Ergebnissen zu identifizieren und Maßnahmen zur Verbesserung der Prozessleistung zu ergreifen.

TIPP

CAR hilft, eine disziplinierte Vorgehensweise zur Analyse der Ursachen von sowohl positiven als auch negativen Ergebnissen Ihrer Prozesse zu etablieren. Es lassen sich sowohl Fehler, Fehlertrends und Probleme wie Terminüberziehungen oder Konflikte zwischen Organisationen analysieren als auch positive Auswirkungen, die anderswo nachvollzogen werden sollten.

Einführende Hinweise

Die Ursachenanalyse und -beseitigung verbessert die Qualität und Produktivität, indem sie die Einführung von Mängeln und Problemen verhindert und die Ursachen für eine überlegene Prozessleistung identifiziert und angemessen aufnimmt.

Das Prozessgebiet Ursachenanalyse und -beseitigung umfasst die folgenden Tätigkeiten:

- Identifizierung und Analyse der Ursachen ausgewählter Ergebnisse. Die ausgewählten Ergebnisse können für Mängel und Probleme stehen, deren zukünftiges Auftreten verhindert werden kann, oder für Erfolge, die in Projekten oder der Organisation umgesetzt werden können.
- Ergreifen von Maßnahmen, um Folgendes zu tun:
  - Die Ursachen von Mängeln und Problemen beseitigen und ihr erneutes Auftreten in der Zukunft verhindern
  - Vorausschauend Daten analysieren, um mögliche Probleme zu identifizieren und ihr Auftreten zu verhindern
  - Aufnehmen der Ursachen von Erfolgen in den Prozess, um die zukünftige Prozessleistung zu verbessern

HINWEIS

Die Aufnahme von CAR-Aktivitäten in jede Projektphase hilft dabei, die Einführung von vielen Fehlern zu vermeiden und die Wiederholung der Bedingungen zu fördern, die eine überlegene Leistung hervorrufen und damit die Wahrscheinlichkeit des Projekterfolgs steigern.

Sich darauf zu verlassen, dass Fehler und Probleme nach ihrer Entstehung entdeckt werden, ist ineffizient. Viel effizienter ist es, zu verhindern, dass Fehler und Probleme überhaupt entstehen, indem in jeder Phase des Projekts Tätigkeiten zur Ursachenanalyse und -beseitigung aufgenommen werden.

Da ähnliche Ergebnisse möglicherweise schon zuvor in anderen Projekten oder in früheren Phasen oder Aufgaben des derzeitigen Projekts aufgetreten sind, bilden Ursachenanalyse und -beseitigung einen Mechanismus, um die Erfahrungswerte von einem Projekt zum anderen zu vermitteln.

HINWEIS

Man kann die Ursachenanalyse auch auf Probleme anwenden, die das leitende Management betreffen.

Die verschiedenen Arten der aufgetretenen Ergebnisse werden analysiert, um Trends zu identifizieren. Basierend auf einem Verständnis des definierten Prozesses und seiner Umsetzung werden die Ursachen der Ergebnisse und ihre zukünftigen Auswirkungen bestimmt.

HINWEIS

Es ist nicht möglich, alle Fehler und Probleme zu analysieren. Stattdessen sollte der Schwerpunkt auf denjenigen liegen, die das größte Risiko oder die größten Chancen mit sich bringen.

Da es nicht praktikabel ist, eine Ursachenanalyse für alle Ergebnisse durchzuführen, werden zu untersuchende Ergebnisse durch Abwägung geschätzter Investitionen gegen erwartete Gewinne an Qualität, Produktivität und Durchlaufzeit ausgewählt.

Ein Mess- und Analyseprozess sollte bereits eingerichtet sein. Vorhandene Kennzahlen können verwendet werden, obwohl in manchen Fällen neue, veränderte oder deutlichere Kennzahldefinitionen erforderlich sind, um die Auswirkungen von Prozessänderungen zu analysieren.

Mehr zum Ausrichten von Mess- und Analysetätigkeiten und zum Bereitstellen von Messergebnissen steht im Prozessgebiet »Messung und Analyse«.

TIPP

Die erfolgreiche Umsetzung von CAR erfordert eine starke Selbstverpflichtung des Managements sowie eine gute Prozessreife, um sicherzustellen, dass die Prozessdaten genau und einheitlich aufgezeichnet, Besprechungen zur Ursachenanalyse angemessen unterstützt und CAR-Tätigkeiten innerhalb der Organisation einheitlich durchgeführt werden.

Tätigkeiten der Ursachenanalyse und -beseitigung bilden einen Mechanismus, mit dem Projekte ihre Prozesse lokal bewerten und nach möglichen Verbesserungen Ausschau halten können.

Wenn Verbesserungen als effektiv beurteilt werden, wird die Information zum möglichen Rollout in den organisationsweiten Prozessen an die Organisationsebene eingereicht.

Die spezifischen Praktiken dieses Prozessgebiets gelten für Prozesse, die für das quantitative Management ausgewählt worden sind. Die Verwendung der spezifischen Praktiken dieses Prozessgebiets kann auch in anderen Situationen Nutzen bringen, die Ergebnisse haben dann aber möglicherweise nicht denselben Grad von Einfluss auf die Qualitäts- und Prozessleistungsziele der Organisation.

In Beziehung stehende Prozessgebiete

Mehr zum Ausrichten von Mess- und Analysetätigkeiten und zum Bereitstellen von Messergebnissen steht im Prozessgebiet »Messung und Analyse«.

Mehr zum Auswählen und Umsetzen von Verbesserungen für das Rollout steht im Prozessgebiet »Organisationsweites Leistungsmanagement«.

Mehr dazu, das Projekt quantitativ zu führen, um dessen etablierte Qualitäts- und Prozessleistungsziele zu erreichen, steht im Prozessgebiet »Quantitatives Projektmanagement«.

QUERVERWEIS

Die Ursachenanalyse wird auch an anderer Stelle in CMMI erwähnt: in einer Subpraktik von IPM SP 1.5, um die Ursachen ausgewählter Probleme anzugehen, die Projektziele beeinträchtigen können, in den Hinweisen zu OPM SP 1.3, »Mögliche Gebiete für Verbesserungen identifizieren«, in QPM SP 2.3, »Ursachenanalyse durchführen«, und als Beispiel-Arbeitsergebnis in VER SP 3.2, »Verifizierungsergebnisse analysieren«.

CAR

Übersicht spezifischer Ziele und Praktiken

SG 1 Ursachen für ausgewählte Ergebnisse ermitteln
- SP 1.1 Ergebnisse für die Analyse auswählen
- SP 1.2 Ursachen analysieren

SG 2 Ursachen für ausgewählte Ergebnisse angehen
- SP 2.1 Vorgeschlagene Maßnahmen umsetzen
- SP 2.2 Auswirkungen von umgesetzten Maßnahmen bewerten
- SP 2.3 Daten der Ursachenanalyse aufzeichnen

Detaillierung spezifischer Ziele und Praktiken

SG 1 URSACHEN FÜR AUSGEWÄHLTE ERGEBNISSE ERMITTELN

Ursachen für ausgewählte Ergebnisse werden systematisch ermittelt.

Eine Ursache ist ein auslösendes Element in einer Kausalkette, das zu einem relevanten Ergebnis führt.

SP 1.1 ERGEBNISSE FÜR DIE ANALYSE AUSWÄHLEN

Ergebnisse für die Analyse auswählen

Diese Tätigkeit kann durch ein Ereignis ausgelöst werden (reaktiv) oder zur regelmäßigen Durchführung geplant werden, z.B. zu Beginn einer neuen Phase oder Aufgabe (vorausschauend).

HINWEIS

Die Daten verwenden, um herauszufinden, welche Fehler man korrigieren muss, um den größten Nutzen für seine Organisation daraus zu ziehen. Prozessleistungs-Baselines (PPBs) und -Modelle (PPMs) können dabei helfen.

Beispiele für Arbeitsergebnisse

1. Daten zur Verwendung in der Erstanalyse
2. Ergebnisdaten der Erstanalyse
3. Zur weiteren Analyse ausgewählte Ergebnisse

Subpraktiken

1. Relevante Daten sammeln

> Beispiele für relevante Daten umfassen:
> - Von Kunden oder Endanwendern gemeldete Fehler
> - In Peer-Reviews oder Tests entdeckte Fehler
> - Produktivitätskennzahlen, die höher sind als erwartet
> - Problemberichte des Projektmanagements, die Korrektivmaßnahmen verlangen
> - Probleme der Prozessfähigkeit
> - Earned Value für einzelne Prozesse (z.B. Cost Performance Index)
> - Kennzahlen für Ressourcendurchsatz, Nutzung oder Antwortzeit
> - Probleme bei der Ausführung von Dienstleistungen oder der Zufriedenheit mit den Dienstleistungen

TIPP

Es ist ineffizient, sich jeden Fehler anzusehen. Daher sollte man Kriterien aufstellen, um Fehlern und Problemen Prioritäten zuzuteilen und sie in Kategorien einzuordnen.

2. Ermitteln, welche Wirkungen weiter analysiert werden.

   Wenn man ermittelt, welche Ergebnisse weiter analysiert werden sollen, sind ihre Quelle, ihr Einfluss, die Häufigkeit ihres Auftretens, die Ähnlichkeiten zwischen ihnen, die Kosten der Analyse, die erforderliche Zeit, die notwendigen Ressourcen, Sicherheitsaspekte usw. zu bedenken.

> Beispiele für Methoden zur Auswahl von Ergebnissen umfassen:
> - Paretoanalyse
> - Histogramme
> - Kastengrafiken (Box-Whisker-Plots) für Attribute
> - Fehlermöglichkeits- und Einflussanalyse (FMEA)
> - Prozessfähigkeitsanalyse

TIPP

Eine Beispielmethode für die Analyse und Klassifizierung von Fehlern ist die orthogonale Fehlerklassifizierung (siehe Wikipedia), die standardisierte Taxonomien zur Klassifizierung von Fehlern und zu ihrer Beseitigung bietet.

3. Den Umfang der Analyse formell definieren, was u.a. bedeutet, eine klare Definition der erforderlichen oder erwarteten Verbesserung, der betroffenen Stakeholder und Ziele usw. zu geben.

   Mehr über die Analyse möglicher Entscheidungen mithilfe eines formalen Bewertungsprozesses, der identifizierte Alternativen anhand etablierter Kriterien bewertet, steht im Prozessgebiet »Entscheidungsfindung«.

SP 1.2 URSACHEN ANALYSIEREN

Ursachenanalyse der ausgewählten Ergebnisse durchführen und Maßnahmen zu ihrer Beseitigung vorschlagen

Der Zweck dieser Analyse besteht darin, Maßnahmen festzulegen, um die ausgewählten Ergebnisse zu beseitigen. Dazu werden die relevanten Ergebnisdaten analysiert und Vorschläge für Aktionen zur Umsetzung aufgestellt.

Beispiele für Arbeitsergebnisse

1. Ergebnisse der Ursachenanalyse
2. Vorschläge für Maßnahmen

Subpraktiken

1. Ursachenanalyse mit denjenigen durchführen, die für die Durchführung der Aufgabe verantwortlich sind

   Die Ursachenanalyse wird, gewöhnlich in Besprechungen, mit denjenigen durchgeführt, die das ausgewählte und betrachtete Ergebnis verstehen. Gewöhnlich haben diejenigen das beste Verständnis über das ausgewählte Ergebnis, die für die Durchführung der Aufgabe verantwortlich sind. Die Analyse ist effektiver, wenn sie auf Echtzeitdaten angewandt wird, die so nah wie möglich an dem Ereignis liegen, das das Ergebnis ausgelöst hat.

Beispiele dafür, wann Ursachenanalysen durchzuführen sind, umfassen:

- Wenn ein stabiler Teilprozess nicht seine spezifizierten Qualitäts- und Prozessleistungsziele erreicht oder wenn ein Teilprozess stabilisiert werden muss
- Wenn Probleme während der Durchführung der Aufgabe eine Ursachenanalyse rechtfertigen
- Wenn ein Arbeitsergebnis eine unerwartete Abweichung von seinen Anforderungen zeigt
- Wenn mehr Fehler als erwartet aus einer früheren in eine laufende Phase entwischen
- Wenn die Prozessleistung die Erwartungen übertrifft
- Am Beginn einer neuen Phase oder Aufgabe

Mehr zur Durchführung einer Ursachenanalyse steht im Prozessgebiet »Quantitatives Projektmanagement«.

HINWEIS

Um Maßnahmen zu identifizieren, die eine Wirkung angehen, muss man die Ursachen verstehen.

TIPP

Ein Vorschlag für eine Maßnahme dokumentiert üblicherweise das zu behebende Ergebnis, seine Ursachen und die Aktionen, die, wenn eingeführt, entweder die Ursachen der Probleme abschwächen, um ein weiteres Auftreten zu verhindern, oder die Wahrscheinlichkeit erhöhen, dass Bedingungen auftreten, die eine höhere Leistung mit sich bringen.

QUERVERWEIS

Vorgeschlagene Maßnahmen werden in SG 2 mit einer Priorität versehen, ausgewählt und umgesetzt.

TIPP

Besprechungen zur Ursachenanalyse haben mehrfachen Nutzen. Die Teilnehmer lernen es wertzuschätzen, wie initiale Aktivitäten die darauf folgenden beeinflussen, und entwickeln einen Sinn dafür, sich für Wirkungen verpflichtet zu fühlen, die ansonsten nicht angegangen würden.

TIPP

In ihrem Buch *Managing the Unexpected: Assuring High Performance in an Age of Complexity* nennen Weick und Sutcliffe Qualitäten der »Bewusstheit«, die für hoch zuverlässige Organisationen wichtig sind, z.B. die vorausschauende Beschäftigung mit Fehlern und eine Abneigung gegen Vereinfachung. Dadurch wird bei der Kommunikation über eine einzelne Situation die Aufmerksamkeit für Details geweckt und angeregt, möglichen systematischen Fehlern hinter einer breiten Palette scheinbar unzusammenhängender kleiner Probleme auf den Grund zu gehen.

HINWEIS

Ursache-Wirkungs-Diagramme entwickelt man durch iteratives Brainstorming (d.h. durch die »fünf Warum«). Dieser Vorgang endet, wenn er Ursachen außerhalb der Erfahrung der Gruppe oder außerhalb der Kontrolle ihres Managements erreicht.

2. Ausgewählte Ergebnisse analysieren, um ihre Ursachen zu ermitteln

   Die Analyse von Prozessleistungsbaselines und -modellen kann bei der Identifizierung möglicher Ursachen helfen.

   Je nach Art und Anzahl der Ergebnisse kann es sinnvoll sein, sie unter verschiedenen Gesichtspunkten zu betrachten, um sicherzustellen, dass alle möglichen Ursachen untersucht werden. Ziehen Sie in Betracht, sowohl einzelne Ergebnisse als auch gruppierte Ergebnisse zu untersuchen.

   Beispiele für Methoden zum Bestimmen der Ursachen sind:
   - Ursache/Wirkungs-Diagramme (Fischgrätendiagramme)
   - Checklisten

3. Ausgewählte Ergebnisse nach ihren Ursachen gruppieren

   In manchen Fällen können Ergebnisse durch mehrere Ursachen beeinflusst worden sein.

   Beispiele für Ursachengruppen oder Kategorien umfassen:
   - Unangemessene Aus- und Weiterbildung und Fähigkeiten
   - Versagen der Kommunikation
   - Nicht an alle Aspekte einer Aufgabe zu denken
   - Fehler bei manuellen Verfahren (z.B. Tastatureingabe)
   - Unzulänglichkeiten im Arbeitsschritt

   Suchen Sie in Situationen, in denen dies angebracht ist, nach Trends oder Symptomen in Gruppen oder über mehrere Gruppen hinweg.

4. Erstellen Sie einen Maßnahmenvorschlag, in dem dokumentiert wird, welche Maßnahmen ergriffen werden sollen, um das zukünftige Auftreten ähnlicher Ergebnisse zu verhindern oder um gute Praktiken in die Prozesse aufzunehmen.

   Prozessleistungsmodelle können die Kosten-Nutzen-Analyse von Maßnahmenvorschlägen durch die Vorhersage der Auswirkungen und des Return-on-Investment unterstützen.

Beispiele für vorgeschlagene präventive Maßnahmen umfassen Änderungen an folgenden Elementen:

- Betroffener Prozess
- Aus- und Weiterbildung
- Werkzeuge
- Methoden
- Arbeitsergebnisse

Beispiele für das Aufnehmen guter Praktiken umfassen:

- Erstellen von Tätigkeitschecklisten, die die Aus- und Weiterbildung oder die Kommunikation verfestigen, die im Zusammenhang mit häufigen Problemen und den Techniken zu ihrer Vermeidung stehen
- Änderungen am Prozess, so dass fehleranfällige Schritte nicht mehr vorkommen
- Automatisierung des gesamten Prozesses oder eines Teils davon
- Neuordnung der Prozessaktivitäten
- Hinzufügen von Prozessschritten, z.B. Besprechungen zu Beginn einer Aufgabe, um häufig auftretende Fehler und Maßnahmen zu ihrer Vermeidung durchzusprechen

In einem Vorschlag für eine Maßnahme wird gewöhnlich Folgendes dokumentiert:

- Urheber des Vorschlags
- Beschreibung der anzugehenden Ergebnisse
- Beschreibung der Ursache
- Ursachenkategorie
- Identifizierte Phase
- Beschreibung der Maßnahme
- Zeit, Kosten und andere erforderliche Ressourcen zur Umsetzung des Maßnahmenvorschlags
- Erwarteter Nutzen von der Umsetzung des Maßnahmenvorschlags
- Geschätzte Kosten dafür, das Problem nicht zu beheben
- Kategorie der vorgeschlagenen Maßnahme

TIPP

In seinem Buch *The Checklist Manifesto: How to Get Things Right* beschreibt Atul Gawande die Rolle, die sorgfältig entworfene Checklisten bei der Verhinderung häufig auftretender Probleme spielen können. Er schildert seine Erfahrungen beim Entwerfen solcher Checklisten und den Einfluss, den sie bei der signifikanten Reduzierung von Komplikationen und Todesfällen in der Chirurgie hatten.

TIPP

Der Fokus dieses Ziels liegt auf der Umsetzung von Prozessänderungen, die die Ursachen ausgewählter Ergebnisse angehen, sowohl positiver als auch negativer.

SG 2 URSACHEN FÜR AUSGEWÄHLTE ERGEBNISSE ANGEHEN

Ursachen für ausgewählte Ergebnisse werden systematisch angegangen.

Projekte, die nach einem gut definierten Prozess durchgeführt werden, analysieren systematisch die Stellen im Prozess, an denen Verbesserungen erforderlich sind, und setzen Prozessänderungen um, um die Ursachen ausgewählter Ergebnisse anzugehen.

SP 2.1 VORGESCHLAGENE MAẞNAHMEN UMSETZEN

Ausgewählte vorgeschlagene Maßnahmen umsetzen, die in der Ursachenanalyse entwickelt wurden

Vorschläge für Maßnahmen beschreiben die notwendigen Aufgaben, um die Ursachen analysierter Ergebnisse anzugehen und damit das Auftreten oder erneute Auftreten negativer Ergebnisse zu verhindern oder zu verringern oder realisierte Erfolge aufzunehmen. Für die ausgewählten vorgeschlagenen Maßnahmen werden Maßnahmenpläne entwickelt. Nur Änderungen, deren Wert nachgewiesen ist, sollten für die breite Umsetzung in Betracht gezogen werden.

Beispiele für Arbeitsergebnisse

1. Für die Umsetzung ausgewählte Vorschläge für Maßnahmen
2. Maßnahmenpläne

Subpraktiken

1. Vorgeschlagene Maßnahmen analysieren und ihre Prioritäten bestimmen

Kriterien für die Priorisierung vorgeschlagener Maßnahmen können Folgendes umfassen:

- Folgen der Nichtbehandlung von Ergebnissen
- Kosten für die Umsetzung der Prozessverbesserungen, mit denen die Ergebnisse behandelt werden sollen
- Erwarteter Einfluss auf die Qualität

Zur Identifizierung von Wechselwirkungen zwischen verschiedenen vorgeschlagenen Maßnahmen können Prozessleistungsmodelle herangezogen werden.

2. Maßnahmenvorschläge auswählen, die umgesetzt werden sollen.

   Mehr über die Analyse möglicher Entscheidungen mithilfe eines formalen Bewertungsprozesses, der identifizierte Alternativen anhand etablierter Kriterien bewertet, steht im Prozessgebiet »Entscheidungsfindung«.

3. Umsetzungspläne für die Umsetzung der Maßnahmenvorschläge erstellen.

Beispiele für die in einem Aktionsplan bereitgestellten Informationen umfassen:

- Verantwortliche Person für die Umsetzung
- Ausführliche Beschreibung der Verbesserung
- Angabe der betroffenen Bereiche
- Personen, die über die Umsetzung informiert bleiben müssen
- Terminplan
- Erwartete Kosten
- Nächstes Datum für die Überprüfung des Status
- Begründungen für wichtige Entscheidungen
- Beschreibung der Tätigkeiten zur Umsetzung

4. Maßnahmenpläne umsetzen.

   Um Maßnahmenpläne umzusetzen, sollten die folgenden Aufgaben durchgeführt werden:

   - Aufträge erteilen
   - Die Personen koordinieren, die die Arbeit erledigen
   - Ergebnisse überprüfen
   - Korrekturmaßnahmen bis zum Abschluss verfolgen

   Bei besonders komplexen Änderungen können Experimente durchgeführt werden.

Querverweis

Weitere Informationen über den Entwurf von Experimenten, mit denen sich der Einfluss bestimmter Änderungen besser verstehen lässt, finden Sie in den Quellen zu Six Sigma und Experimententwurf.

Beispiele für Experimente umfassen:

- Zeitweilige Verwendung eines veränderten Prozesses
- Verwendung eines neuen Werkzeugs

Hinweis

Wenn sich eine Lösung auch allgemeiner anwenden lässt, dokumentiert man sie nicht als Erfahrungswert, sondern in einem Verbesserungsvorschlag.

Maßnahmen können an die Mitglieder des Teams für die Ursachenanalyse, an die Mitglieder des Projektteams oder an andere Mitglieder der Organisation zugewiesen werden.

QUERVERWEIS

Mehr zu Verbesserungsvorschlägen und -anträgen steht in OPF SP 2.4 und OPM SP 2.1.

HINWEIS

Die Kennzahlen verwenden, die mit dem Prozess oder Teilprozess verbunden sind (unter Umständen ergänzt durch weitere Kennzahlen), um die Auswirkung der Änderungen zu bestimmen.

5. Nach ähnlichen Ursachen suchen, die in anderen Prozessen und Arbeitsergebnissen vorhanden sein könnten, und geeignete Maßnahmen ergreifen.

SP 2.2 AUSWIRKUNGEN VON UMGESETZTEN MAßNAHMEN BEWERTEN

Auswirkungen von umgesetzten Maßnahmen auf die Prozessleistung bewerten.

Mehr zur Auswahl von Kennzahlen und zu analytischen Techniken steht im Prozessgebiet »Quantitatives Projektmanagement«.

Sobald der geänderte Prozess im Projekt ausgerollt ist, müssen die Auswirkungen der Änderungen geprüft werden, um zu bestätigen, dass die Prozessänderung die Prozessleistung verbessert hat.

Beispiele für Arbeitsergebnisse

1. Analyse der Prozessleistung und ihrer Änderung

Subpraktiken

1. Änderungen der Prozessleistung der betroffenen Prozesse oder Teilprozesse des Projekts messen und analysieren

   Mit dieser Subpraktik wird bestimmt, ob und wie stark sich die Änderungen positiv auf die Prozessleistung ausgewirkt haben.

   > Ein Beispiel für die Leistungsänderung des definierten Entwurfsprozesses für ein Projekt ist die Änderung in der vorhergesagten Fähigkeit des Entwurfs, die Qualitäts- und Prozessleistungsziele zu erfüllen.
   >
   > Ein weiteres Beispiel ist eine Änderung in der Fehlerdichte der Entwurfsdokumentation, die vor und nach der Verbesserung durch Peer-Reviews statistisch gemessen wird. Auf einer statistischen Prozessregelkarte stellt sich diese Änderung der Prozessleistung als Verbesserung des Erwartungswerts oder als Verringerung der Streuung oder beides dar.

   Statistische und andere quantitative Techniken (z.B. Hypothesentests) können eingesetzt werden, um die vorherige mit der aktuellen Baseline zu vergleichen und damit die statistische Signifikanz der Änderung zu beurteilen.

2. Den Einfluss der Änderung auf das Erreichen der Qualitäts- und Prozessleistungsziele des Projekts ermitteln.

   Mit dieser Subpraktik wird bestimmt, ob sich die Änderungen positiv auf die Fähigkeiten des Projekts ausgewirkt haben, seine Qualitäts- und Prozessleistungsziele zu erreichen. Dazu wird ermittelt, wie sich die Änderungen in den Prozessleistungsdaten auf die Ziele ausgewirkt haben. Bei der Bewertung können Prozessleistungsmodelle helfen, indem sie den Einfluss und den Return-on-Investment voraussagen.

3. Geeignete Maßnahmen bestimmen und dokumentieren, wenn die Verbesserungen am Prozess oder an einem Teilprozess nicht zu dem erwarteten Nutzen für das Projekt führen

SP 2.3 *Daten der Ursachenanalyse aufzeichnen*

Daten der Ursachenanalyse und -beseitigung aufzeichnen, um sie in Projekten und in der Organisation zu verwenden

Beispiele für Arbeitsergebnisse

1. Aufzeichnungen zur Ursachenanalyse und -beseitigung
2. Vorschläge für organisationsweite Verbesserungen

Subpraktiken

1. Daten der Ursachenanalyse aufzeichnen und verfügbar machen, sodass andere Projekte angemessene Prozessänderungen durchführen und ähnliche Ergebnisse erzielen können

   Folgendes aufzeichnen:

   - Daten über die analysierten Ergebnisse
   - Begründungen für Entscheidungen
   - In Besprechungen zur Ursachenanalyse vorgeschlagene Maßnahmen
   - Umsetzungspläne aufgrund vorgeschlagener Maßnahmen
   - Kosten von Analyse- und Beseitigungstätigkeiten
   - Kennzahlen für die Prozessleistungsänderung des definierten Prozesses aufgrund von umgesetzten Lösungen

2. Vorschläge für angemessene Prozessverbesserungen in der Organisation einreichen, wenn die umgesetzten Maßnahmen für das Projekt effektiv waren

Hinweis

Sammelt man Daten, um sicherzustellen, dass man die Projektleistung im Einklang mit den Zielen verbessert, um sich zu vergewissern, dass man das erneute Auftreten ausgewählter Fehler verhindert hat (oder die Bedingungen geschaffen hat, die eine höhere Leistung mit sich bringen), und um ausreichend Kontext für die organisationsweite Bewertung von Verbesserungsvorschlägen zum möglichen Rollout in der Organisation bereitzustellen (OPM SP 2.2).

Wenn Verbesserungen als effektiv beurteilt werden, kann die Information zur möglichen Aufnahme in die organisationsweiten Prozesse an die Organisationsebene eingereicht werden.

Mehr zu Auswahl von Verbesserungen steht im Prozessgebiet »Organisationsweites Leistungsmanagement«.

Konfigurationsmanagement (Configuration Management, CM)

Ein Unterstützungsprozessgebiet des Reifegrads 2

Zweck

Der Zweck des Konfigurationsmanagements (CM) ist, die Integrität der Arbeitsergebnisse durch Konfigurationsidentifikation, Konfigurationslenkung, Berichterstattung über den Konfigurationsstatus und Konfigurations-Audits zu etablieren und beizubehalten.

Tipp

Da dies ein Unterstützungsprozessgebiet ist, entscheiden das Projekt und die Organisation darüber, welche Arbeitsergebnisse dem Konfigurationsmanagement unterliegen und welche Art von Kontrolle erforderlich ist.

CM

Einführende Hinweise

Das Prozessgebiet Konfigurationsmanagement umfasst die folgenden Tätigkeiten:

- Feststellung der Konfiguration ausgewählter Arbeitsergebnisse, die Baselines für festgelegte Zeitpunkte ergeben
- Lenkung von Änderungen an Konfigurationseinheiten
- Aufstellung oder Bereitstellung von Spezifikationen, um aus dem Konfigurationsmanagementsystem Arbeitsergebnisse zu erstellen
- Erhaltung der Integrität der Baselines
- Bereitstellung des genauen Status und aktueller Konfigurationsdaten für Entwickler, Endanwender und Kunden

Hinweis

Konfigurationsmanagement sollte genügend Informationen aufzeichnen, um eine Konfigurationseinheit zu beschreiben und zu pflegen, nachdem ihre Entwickler das Unternehmen verlassen haben.

Die unter Konfigurationsmanagement gestellten Arbeitsergebnisse beinhalten an Kunden gelieferte Produkte, ausgewählte interne Arbeitsergebnisse, beschaffte Produkte, Werkzeuge und andere Gegenstände, die bei der Erstellung und Beschreibung dieser Arbeitsergebnisse verwendet wurden.

(Die Definition von »Konfigurationsmanagement« finden Sie im Glossar.)

TIPP

Weitere Elemente können Reparaturhandbücher und Testergebnisse sein, die zusätzlichen Einblick in die Arbeitsergebnisse gewähren.

Beispiele für Arbeitsergebnisse, die unter Konfigurationsmanagement gestellt werden können, umfassen:

- Hardware und Ausrüstung
- Zeichnungen
- Produktspezifikationen
- Werkzeugkonfigurationen
- Code und Bibliotheken
- Compiler
- Testwerkzeuge und Testskripte
- Installationsprotokolle
- Dateien mit Produktdaten
- Technische Veröffentlichungen zum Produkt
- Pläne
- User Stories
- Iterations-Backlogs
- Prozessbeschreibungen
- Anforderungen
- Architekturdokumentation und Designdaten
- Produktreihenpläne, Prozesse und Kern-Assets

Es kann sein, dass beschaffte Produkte sowohl vom Lieferanten als auch vom Projekt unter Konfigurationsmanagement gestellt werden. Regelungen für die Durchführung des Konfigurationsmanagements sollten fester Bestandteil der Vereinbarungen mit Lieferanten sein. Um sicherzustellen, dass die Daten vollständig und widerspruchsfrei sind, sollten Methoden etabliert und beibehalten werden.

HINWEIS

Üblicherweise wird während der Planung der Detaillierungsgrad festgelegt. Die unter Konfigurationsmanagement zu stellenden Konfigurationen sollten nach technischen und betrieblichen Bedürfnissen ausgewählt werden.

Mehr zum Etablieren von Vereinbarungen mit Lieferanten steht im Prozessgebiet »Zulieferungsmanagement«.

Konfigurationsmanagement für Arbeitsergebnisse kann in unterschiedlichen Detaillierungsgraden durchgeführt werden. Konfigurationseinheiten lassen sich in Konfigurationskomponenten und Konfigurationselemente zerlegen. In diesem Prozessgebiet wird nur der Begriff »Konfigurationseinheit« verwendet. Deshalb kann »Konfigurationseinheit« in diesen Praktiken nach Bedarf als »Konfigurationskomponente« oder als »Konfigurationselement« interpretiert werden. (Die Definition von »Konfigurationseinheit« finden Sie im Glossar.)

Baselines stellen eine stabile Basis für die kontinuierliche Weiterentwicklung von Konfigurationseinheiten dar.

HINWEIS

Baselines sollten vor der Übernahme (oder Höherstufung) im Konfigurationsmanagementsystem überprüft und genehmigt werden.

> Ein Beispiel für eine Baseline ist eine freigegebene Beschreibung eines Produkts, die widerspruchsfreie Versionen von Anforderungen, Anforderungsnachverfolgbarkeitsmatrizen, Designs, fachgebietsspezifische Details und die Endanwenderdokumentation einschließt.

Baselines werden gemäß Entwicklungsfortschritt in das Konfigurationsmanagementsystem eingefügt. Änderungen an Baselines und die Herausgabe von Arbeitsergebnissen, die aus dem Konfigurationsmanagementsystem erstellt wurden, werden mithilfe der Konfigurationslenkungs-, Änderungsmanagement- und Konfigurations-Audit-Funktionen des Konfigurationsmanagements systematisch gelenkt und überwacht.

Dieses Prozessgebiet wird nicht nur für das Konfigurationsmanagement in Projekten, sondern auch auf das Konfigurationsmanagement organisationsweiter Arbeitsergebnisse wie Standards, Verfahren, Reuse-Bibliotheken und anderer gemeinsam verwendeter, unterstützender Assets angewendet.

TIPP

Alles, was wichtig genug ist, um seine Integrität zu gewährleisten, kann Praktiken des Konfigurationsmanagements unterworfen werden.

Konfigurationsmanagement ist auf die rigorose Lenkung von betrieblichen und technischen Aspekten von Arbeitsergebnissen, einschließlich des gelieferten Produkts oder der Dienstleistung, gerichtet.

Dieses Prozessgebiet behandelt die Praktiken zur Durchführung der Funktion des Konfigurationsmanagements und ist auf alle Arbeitsergebnisse anwendbar, die dem Konfigurationsmanagement unterliegen.

Für Produktreihen umfasst das Konfigurationsmanagement zusätzliche Überlegungen aufgrund der gemeinsamen Verwendung von Kern-Assets für alle Produkte der Reihe und über mehrere Versionen der Kern-Assets und Produkte hinweg. (Die Definition von »Produktreihe« finden Sie im Glossar.)

> In agilen Umgebungen ist Konfigurationsmanagement (CM) aufgrund der Notwendigkeit wichtig, häufige Änderungen, häufige Produktionsläufe (gewöhnlich täglich), vielfältige Baselines und vielfältige CM-unterstützte Arbeitsräume (z.B. für Einzelpersonen, Teams und beim Pairprogramming) zu unterstützen. Agile Teams verzetteln sich möglicherweise, wenn die Organisation nicht Folgendes tut: 1) Konfigurationsmanagement automatisieren (z.B. durch Build-Skripte, Statusüberwachung, Integritätsprüfung) und 2) Konfigurationsmanagement als Satz von Standarddienstleistungen umsetzen. Zu Beginn sollte ein agiles Team die Einzelperson identifizieren, die dafür verantwortlich ist, sicherzustellen, dass Konfigurationsmanagement korrekt umgesetzt wird. Zu Beginn jeder Iteration müssen die Bedürfnisse für die Konfigurationsmanagement-Unterstützung erneut bestätigt werden. Konfigurationsmanagement wird vorsichtig in den Rhythmus der einzelnen Teams integriert, wobei der Schwerpunkt darauf liegt, die Ablenkung des Teams zu minimieren, damit die Arbeit erledigt werden kann (siehe »Interpretation von CMMI bei der Verwendung agiler Vorgehensweisen« in Teil I).

In Beziehung stehende Prozessgebiete

Mehr zur Überwachung des Projekts gegenüber des Plans und zur Durchführung von Korrekturmaßnahmen bis zum Abschluss steht im Prozessgebiet »Projektverfolgung und -steuerung«.

Mehr zur Erstellung eines Projektplans steht im Prozessgebiet »Projektplanung«.

Übersicht spezifischer Ziele und Praktiken

SG 1 Baselines etablieren
- SP 1.1 Konfigurationseinheiten festlegen
- SP 1.2 Konfigurationsmanagementsysteme etablieren
- SP 1.3 Baselines erstellen und freigeben

SG 2 Änderungen verfolgen und lenken
- SP 2.1 Änderungsanträge verfolgen
- SP 2.2 Konfigurationseinheiten lenken

SG 3 Integrität etablieren
- SP 3.1 Aufzeichnungen zum Konfigurationsmanagement etablieren
- SP 3.2 Konfigurations-Audits durchführen

Detaillierung spezifischer Ziele und Praktiken

SG 1 BASELINES ETABLIEREN

Baselines von festgelegten Arbeitsergebnissen sind etabliert.

Dieses spezifische Ziel beinhaltet spezifische Praktiken zum Etablieren von Baselines. Die spezifischen Praktiken unter dem spezifischen Ziel »Änderungen verfolgen und lenken« dienen dazu, Baselines an Änderungen anzupassen. Die spezifischen Praktiken des spezifischen Ziels »Integrität etablieren« dokumentieren und auditieren die Integrität der Baselines.

SP 1.1 KONFIGURATIONSEINHEITEN FESTLEGEN

Die Konfigurationseinheiten, Bestandteile und zugehörige Arbeitsergebnisse festlegen, die unter Konfigurationsmanagement gestellt werden

Konfigurationsidentifikation ist die Auswahl und Spezifikation von:

- An den Kunden ausgelieferten Produkten
- Ausgewiesenen internen Arbeitsergebnissen
- Beschafften Produkten
- Werkzeugen und anderen Investitionsgütern der Projektarbeitsumgebung
- Anderen Gegenständen, die beim Erstellen und Beschreiben dieser Arbeitsergebnisse eingesetzt werden

Zu Konfigurationseinheiten können neben Software und Dokumentation auch Hardware, Ausrüstung und materielle Assets gehören. Die Dokumentation kann die Spezifikation von Anforderungen und Schnittstellendokumente umfassen. Es können auch andere Dokumente eingeschlossen sein, die zur Identifizierung des Produkts oder der Dienstleistung dienen, z.B. Testergebnisse.

Eine »Konfigurationseinheit« ist eine für das Konfigurationsmanagement vorgesehene Einheit, die aus mehreren zueinander in Beziehung stehenden Arbeitsergebnissen bestehen kann, welche eine Baseline bilden. Diese logische Gruppierung führt zu leichterer Identifikation und kontrolliertem Zugriff.

TIPP

Ein Beispiel für eine Gruppe verwandter Arbeitsprodukte ist eine Produktkomponente mit ihren Anforderungen, ihrem Design, ihren Testfällen, ihrem Verifizierungsverfahren und -bericht.

HINWEIS

Bei der Entwicklung des Projektplans dokumentieren, was unbedingt zu lenken ist. Dieser Teil des Plans leitet das Projektteam bei der Festlegung der Konfigurationseinheiten an.

Die Auswahl von Arbeitsergebnissen für das Konfigurationsmanagement sollte auf den während der Planung etablierten Kriterien aufbauen.

Beispiele für Arbeitsergebnisse

1. Festgelegte Konfigurationseinheiten

Subpraktiken

1. Anhand dokumentierter Kriterien sowohl Konfigurationseinheiten als auch Arbeitsergebnisse auswählen, aus denen die Konfigurationseinheiten bestehen

HINWEIS

Bei der Auswahl von Konfigurationseinheiten Kriterien verwenden, um zu gewährleisten, dass die Auswahl einheitlich und vollständig ist.

Beispielkriterien für die Auswahl von Konfigurationseinheiten auf der passenden Stufe von Arbeitsergebnissen umfassen:

- Arbeitsergebnisse, die von zwei oder mehr Gruppen verwendet werden können
- Arbeitsergebnisse, von denen zu erwarten ist, dass sie im Lauf der Zeit verändert werden, entweder aufgrund von Fehlern oder wegen geänderter Anforderungen
- Arbeitsergebnisse, die voneinander abhängen (d.h., eine Änderung des einen erfordert eine Änderung des anderen)
- Arbeitsergebnisse, die von entscheidender Bedeutung für den Erfolg des Projekts sind

Beispiele für Arbeitsergebnisse, die Teil einer Konfigurationseinheit sein können, umfassen:

- Design
- Prüfpläne und -verfahren
- Ergebnisse von Prüfungen
- Schnittstellenbeschreibungen
- Zeichnungen
- Quellcode
- User Stories oder Story Cards
- Den erklärten Geschäftsfall, die Geschäftslogik oder den Geschäftswert
- Werkzeuge (z.B. Compiler)
- Prozessbeschreibungen
- Anforderungen

2. Konfigurationseinheiten eineindeutige Bezeichnung zuweisen
3. Die wichtigen Merkmale der einzelnen Konfigurationseinheiten spezifizieren

   Beispielmerkmale für Konfigurationseinheiten sind Autor, Dokument- oder Dateityp, die Programmiersprache von Quellcode, der Mindestumfang an vermarktungsfähigen Funktionen und der Zweck, dem die Konfigurationseinheit dient.

4. Spezifizieren, ab wann eine Konfigurationseinheit dem Konfigurationsmanagement unterworfen wird

   Beispielkriterien, um festzulegen, ab wann Arbeitsergebnisse unter Konfigurationsmanagement zu stellen sind, umfassen:
   - Zeitpunkt, zu dem das Arbeitsergebnis bereit zur Prüfung ist
   - Entwicklungsphase
   - Gewünschte Art der Lenkung des Arbeitsergebnisses
   - Kosten- und Termineinschränkungen
   - Stakeholder-Anforderungen

5. Den für die einzelnen Konfigurationseinheiten verantwortlichen Eigentümer festlegen
6. Beziehungen zwischen Konfigurationseinheiten spezifizieren

   Eine Aufnahme der Arten von Beziehungen (z.B. Eltern-Kind-Beziehung, Abhängigkeit), die zwischen Konfigurationseinheiten bestehen, in die Struktur des Konfigurationsmanagements (z.B. eine Datenbank für das Konfigurationsmanagement) hilft dabei, die Effekte und Auswirkungen von Änderungen zu führen.

HINWEIS

Wenn ein Konfigurationsmanagement-Werkzeug verwendet wird, weist es manchmal Konfigurationseinheiten eineindeutige Bezeichnungen zu.

TIPP

Die Angabe, wann eine Konfigurationseinheit unter Konfigurationsmanagement zu stellen ist, weckt bei den Teammitgliedern Erwartungen und etabliert deutliche Ziele für die Lenkung der Arbeitsergebnisse des Projekts.

SP 1.2 KONFIGURATIONSMANAGEMENTSYSTEME ETABLIEREN

Konfigurations- und Änderungsmanagementsysteme zur Lenkung von Arbeitsergebnissen etablieren und beibehalten

Ein Konfigurationsmanagementsystem umfasst Speichermedien, Verfahren und Werkzeuge für den Zugriff auf das System. Ein Konfigurationsmanagementsystem kann aus mehreren Teilsystemen mit unterschiedlichen Implementierungen bestehen, die sich jeweils für die einzelnen Konfigurationsmanagementumgebungen eignen.

TIPP

Die meisten Unternehmen verwenden ein automatisiertes Werkzeug für das Konfigurationsmanagement. Wegen der zahlreichen zu berücksichtigenden Aspekte ist es schwierig, die Konfigurationsmanagement-Abläufe manuell durchzuführen.

Ein Änderungsmanagementsystem umfasst die Speichermedien, Verfahren und Werkzeuge für die Aufzeichnung von und den Zugriff auf Änderungsanträge.

HINWEIS

Es gibt zahlreiche schlüsselfertige Systeme, die beim Konfigurationsmanagement unterstützen. Vor dem Kauf sollte ihr Bedarf ermittelt und mit den Funktionen des Systems verglichen werden.

Beispiele für Arbeitsergebnisse

1. Konfigurationsmanagementsystem mit gelenkten Arbeitsergebnissen
2. Verfahren zur Lenkung des Zugriffs auf die Konfigurationsmanagementsysteme
3. Datenbank mit Änderungsanträgen

Subpraktiken

TIPP

Nicht alle Konfigurationseinheiten erfordern dieselbe Art der Lenkung. Manche benötigen im Lauf des Projekts mehr Lenkung.

1. Einen Mechanismus zur Verwaltung mehrerer Ebenen der Lenkung etablieren

   Die Art der Konfigurationslenkung wird üblicherweise auf der Grundlage von Projektzielen, Risiken und Ressourcen ausgewählt. Die Arten der Konfigurationslenkung können je nach dem Phasenmodell des Projekts, der Art des zu entwickelnden Systems und spezifischen Projekterfordernissen unterschiedlich ausfallen.

TIPP

Ein formaler Konfigurationsmanagement-Ablauf beruht üblicherweise auf Änderungsanträgen und erfordert extensive Nachverfolgung und Überprüfung aller Änderungen.

Beispiele für Arten der Konfigurationslenkung sind:

- Nicht gelenkt: Jeder kann Änderungen vornehmen.
- Laufende Arbeit: Autoren lenken Änderungen.
- Freigegeben: Eine ausgewiesene Autorität autorisiert und lenkt Änderungen. Erfolgen Änderungen, werden die relevanten Stakeholder benachrichtigt.

   Die Arten der Konfigurationslenkung können von informeller Lenkung, die lediglich Änderungen während der Entwicklung von Konfigurationseinheiten aufzeichnet, bis zur formalen Konfigurationslenkung anhand von Baselines reichen, die sich nur im Rahmen eines formalen Konfigurationsmanagementablaufs ändern lassen.

HINWEIS

Es muss sichergestellt sein, dass alle, die Zugriff auf die Konfigurationselemente benötigen, ihn auch bekommen, dass das Erfordernis für diesen Zugriff aber echt und bestätigt ist.

2. Eine Zugriffssteuerung bereitstellen, um den Zugriff gemäß Autorisierung auf das Konfigurationsmanagementsystem zu gewährleisten
3. Konfigurationseinheiten in einem Konfigurationsmanagementsystem speichern und abrufen

4. Konfigurationseinheiten zwischen den Arten der Konfigurationslenkung im Konfigurationsmanagementsystem gemeinsam nutzen und transferieren
5. Archivierte Versionen von Konfigurationseinheiten speichern und wiederherstellen
6. Konfigurationsmanagementaufzeichnungen speichern, aktualisieren und abrufen
7. Aus dem Konfigurationsmanagementsystem Konfigurationsmanagementberichte erstellen
8. Den Inhalt des Konfigurationsmanagementsystems erhalten

> Beispiele für Erhaltungsfunktionen eines Konfigurationsmanagementsystems umfassen:
> - Sicherung und Wiederherstellung von Konfigurationsmanagementdateien
> - Archivierung von Konfigurationsmanagementdateien
> - Wiederherstellung nach Fehlern im Konfigurationsmanagement

9. Die Struktur des Konfigurationsmanagements bei Bedarf überprüfen

Hinweis

Konfigurationsmanagementsystem regelmäßig überprüfen, um sicherzustellen, dass sie die Bedürfnisse der Projekte erfüllen, in denen sie verwendet werden.

SP 1.3 Baselines erstellen und freigeben

Baselines zum internen Gebrauch und zur Auslieferung an Kunden erstellen oder freigeben

Eine Baseline wird durch die Zuweisung einer eineindeutigen Bezeichnung an eine Konfigurationseinheit oder eine Gruppe von Konfigurationseinheiten und zugehörigen Einheiten zu einem bestimmten Zeitpunkt dargestellt. Im Verlauf der Entstehung eines Produkts oder einer Dienstleistung können mehrere Baselines verwendet werden, um seine Entwicklung und Prüfung zu lenken. (Die Definition von »Baseline« finden Sie im Glossar.)

In Baselines für infrastrukturbezogene Konfigurationen (z.B. Software, Hardware) und zur Vorbereitung auf Systemtests mit Schnittstellen zwischen Hardware und Software sollten sowohl Hardwareprodukte als auch Software und Dokumentation aufgenommen werden.

Tipp

Die CCB-Autorisierung sollte formal und in irgendeiner Weise dokumentiert sein.

Tipp

Stammen die freigegebenen oder verwendeten Baselines nicht aus dem Konfigurationsmanagementsystem, erfüllt es seinen Zweck nicht und es besteht ein hohes Risiko, dass die Integrität der Baselines verloren geht.

TIPP
Verwendet das Projekt oder die Organisation mehrere Baselines, ist es noch wesentlicher, sicherzustellen, dass jeder die richtige einsetzt.

Ein gängiger Satz von Baselines umfasst die Anforderungen auf Systemebene, die Entwurfsanforderungen auf Systemelementebene und die Produktdefinition am Ende der Entwicklung bzw. zu Beginn der Produktion. Diese Baselines werden üblicherweise als »funktionale Baseline«, »zugewiesene Baseline« bzw. »Produktbaseline« bezeichnet.

Eine Softwarebaseline kann ein Satz von Anforderungen, Designs, Quellcode-Dateien und dem zugehörigen ausführbaren Code, Build-Dateien und Benutzerdokumentation (zugehörige Einheiten) sein, denen eine eindeutige Kennzeichnung zugewiesen wurde.

HINWEIS
Um sicherzustellen, dass Projektmitarbeiter das Konfigurationsmanagementsystem benutzen, sollte es einfach nutzbar sein.

Beispiele für Arbeitsergebnisse

1. Baselines
2. Beschreibung von Baselines

Subpraktiken

1. Vor der Erstellung oder Freigabe von Baselines für Konfigurationseinheiten die Autorisierung des CCB einholen
2. Baselines nur aus Konfigurationseinheiten im Konfigurationsmanagementsystem erstellen und freigeben
3. Den in einer Baseline enthaltenen Satz von Konfigurationseinheiten dokumentieren
4. Den aktuellen Satz von Baselines unmittelbar verfügbar machen

TIPP
Dieses Ziel wird normalerweise durch Etablierung eines Änderungsantragssystems und Bildung eines CCB umgesetzt, dessen vordringliche Rolle darin besteht, Baseline-Änderungen zu prüfen und zu genehmigen.

SG 2 ÄNDERUNGEN VERFOLGEN UND LENKEN

Änderungen an Arbeitsergebnissen unter Konfigurationsmanagement werden verfolgt und gelenkt.

Die spezifischen Praktiken unter diesem spezifischen Ziel dienen dazu, Baselines beizubehalten, nachdem sie mit spezifischen Praktiken unter dem spezifischen Ziel »Baselines etablieren« erstellt wurden.

TIPP
Änderungsanträge sind formell eingereichte Beschreibungen gewünschter Änderungen an Arbeitsergebnissen. Wenn Änderungsanträge nicht konsistent dokumentiert werden, sind sie schwer zu analysieren und zu verfolgen.

SP 2.1 ÄNDERUNGSANTRÄGE VERFOLGEN

Änderungsanträge für Konfigurationseinheiten verfolgen

Änderungsanträge zielen nicht nur auf neue oder geänderte Anforderungen ab, sondern auch auf Fehler und Mängel in Arbeitsergebnissen.

Änderungsanträge werden analysiert, um die Auswirkungen der Änderung auf das Arbeitsergebnis, zugehörige Arbeitsergebnisse, das Budget und den Terminplan zu ermitteln.

Beispiele für Arbeitsergebnisse

1. Änderungsanträge

Subpraktiken

1. Änderungsanträge initiieren und in der Änderungsantragsdatenbank eintragen
2. Die Auswirkung der in Änderungsanträgen vorgeschlagenen Änderungen und Korrekturen analysieren

   Die Änderungen werden durch Tätigkeiten bewertet, die sicherstellen, dass sie zu allen technischen und projektbezogenen Anforderungen passen.

   Änderungen werden auf ihren Einfluss über die unmittelbaren Projekt- oder Vertragsanforderungen hinaus bewertet. Änderungen an Einheiten, die in mehreren Produkten verwendet werden, können ein lokales Problem beheben, während sie in anderen Anwendungen Probleme verursachen.

   Änderungen werden in Bezug auf ihre Auswirkungen auf Release-Pläne bewertet.
3. Änderungsanträge kategorisieren und priorisieren

   Notfallanfragen werden identifiziert und gegebenenfalls an eine Autorität für Notfälle weitergeleitet.

   Änderungen werden zukünftigen Baselines zugeordnet.
4. Änderungsanträge, die in der nächsten Baseline umgesetzt werden sollen, mit relevanten Stakeholdern prüfen und abstimmen

   Änderungsanträge mit den richtigen Beteiligten prüfen. Entscheidung über jeden Änderungsantrag und den Entscheidungsgrund aufzeichnen, einschließlich der Erfolgskriterien und gegebenenfalls eines kurzen Maßnahmenplans und einer Angabe, welche Bedürfnisse die Änderung erfüllt und welche nicht. Die beschlossenen Maßnahmen durchführen und den relevanten Stakeholdern die Ergebnisse mitteilen.
5. Den Status der Änderungsanträge bis zum Abschluss verfolgen

   In das (Änderungsantrags-)System eingebrachte Änderungsanträge sollten effizient und zeitnah bearbeitet werden.

TIPP

Ein Änderungsmanagementsystem wird normalerweise verwendet, nachdem eine erste Baseline erstellt ist. Ein Änderungsmanagementsystem ermöglicht es, alle Änderungen an Arbeitsergebnissen zu verfolgen.

TIPP

Eine Datenbank bietet eine flexible Umgebung zum Speichern und Verfolgen von Änderungsanträgen.

TIPP

Das Organisieren der Änderungsanforderungen ermöglicht es, die Beziehungen zwischen ihnen und die Reihenfolge, in der sie umgesetzt werden sollten, zu analysieren.

HINWEIS

Änderungsanträge bis zum Abschluss verfolgen, um sicherzustellen, dass ein Antrag nicht verloren geht oder übersehen wird, falls er nicht umgesetzt wurde.

Sobald über einen Änderungsantrag entschieden wurde, ist es wichtig, ihn mit der passenden, genehmigten Maßnahme abzuschließen, sobald es angebracht ist. Offengebliebene Maßnahmen führen zu unnötig langen Statuslisten, was wiederum zusätzliche Kosten und Verwirrung verursacht.

SP 2.2 KONFIGURATIONSEINHEITEN LENKEN

Änderungen an Konfigurationseinheiten lenken

Änderungen an der Produktbaseline-Konfiguration werden dauerhaft gelenkt. Diese Lenkung umfasst die Verfolgung der Konfiguration der einzelnen Konfigurationseinheiten sowie gegebenenfalls die Genehmigung einer neuen Version und die Aktualisierung der Baseline.

TIPP

Eine Änderungshistorie enthält üblicherweise nicht nur, was geändert wurde, sondern auch, wer die Änderungen durchgeführt hat und wann und warum sie durchgeführt wurden.

Beispiele für Arbeitsergebnisse

1. Änderungshistorie von Konfigurationseinheiten
2. Archive von Baselines

TIPP

Das Leben eines Produkts ist normalerweise länger als das des Entwicklungsprojekts, in dem es erstellt wurde. Die Zuständigkeit für Konfigurationseinheiten kann sich im Lauf der Zeit ändern.

Subpraktiken

1. Änderungen an Konfigurationseinheiten während der gesamten Lebensdauer eines Produkts oder einer Dienstleistung lenken
2. Vor dem Einfügen geänderter Konfigurationseinheiten in das Konfigurationsmanagementsystem die erforderliche Genehmigung einholen

HINWEIS

Definiere Autorisierungsverfahren, damit klar ist, wie die Autorisierung dafür zu bekommen ist, um eine aktualisierte Konfigurationseinheit in das Konfigurationsmanagementsystem einzubringen.

> Die Genehmigung kann beispielsweise durch das CCB, den Projektleiter, den Produkteigentümer oder den Kunden erteilt werden.

3. Konfigurationseinheiten in das Konfigurationsmanagementsystem ein- und auschecken, um Änderungen so durchzuführen, dass die Korrektheit und Integrität von Konfigurationseinheiten erhalten bleiben

Beispiele für Schritte beim Ein- und Auschecken umfassen:

- Bestätigung, dass Überarbeitungen autorisiert sind
- Aktualisieren der Konfigurationseinheiten
- Archivierung der ersetzten Baseline und Abruf der neuen Baseline
- Kommentierung der an einer Einheit vorgenommenen Änderungen
- Verknüpfen der Änderungen mit den zugehörigen Arbeitsergebnissen wie Anforderungen, Erfahrungsberichten von Anwendern und Tests

TIPP

Ein wichtiger Bestandteil des Ein- und Auscheckens besteht darin, sicherzustellen, dass jeweils nur eine einzige Kopie einer Konfigurationseinheit die Autorisierung für die Aktualisierung bekommt.

4. Überprüfungen durchführen, um sicherzustellen, dass Änderungen keine unerwünschten Auswirkungen auf Baselines haben (dass sie beispielsweise weder die Sicherheit noch den Schutz des Systems beeinträchtigen)
5. Änderungen an Konfigurationseinheiten und, in angemessener Weise, die Änderungsgründe aufzeichnen

   Wird eine vorgeschlagene Änderung an einem Arbeitsergebnis beschlossen, so wird ein Terminplan für ihre Umsetzung in das Arbeitsergebnis und andere betroffene Bereiche aufgestellt.

   Mechanismen für die Lenkung der Konfigurationen lassen sich anhand von Änderungskategorien tailorn. Beispielsweise können die Genehmigungskriterien für Änderungen von Komponenten, die keine anderen Komponenten beeinflussen, weniger streng sein.

   Geänderte Konfigurationseinheiten werden nach der Prüfung und Genehmigung der Änderung freigegeben. Änderungen sind erst nach Freigabe offiziell.

SG 3 INTEGRITÄT ETABLIEREN

Die Integrität von Baselines wird etabliert und beibehalten.

Die Integrität von Baselines, die durch Arbeitsabläufe für das spezifische Ziel »Baselines etablieren« erstellt und von Abläufen für das spezifische Ziel »Änderungen verfolgen und lenken« aufrechterhalten werden, wird durch die spezifischen Praktiken unter diesem spezifischen Ziel angegangen.

TIPP

Ohne Beschreibungen der Konfigurationseinheiten ist es schwierig und zeitaufwändig, ihren Status im Verhältnis zum Projektplan zu erkennen.

SP 3.1 AUFZEICHNUNGEN ZUM KONFIGURATIONSMANAGEMENT ETABLIEREN

Aufzeichnungen zur Beschreibung von Konfigurationseinheiten etablieren und beibehalten

Beispiele für Arbeitsergebnisse

1. Änderungshistorie von Konfigurationseinheiten
2. Änderungslogbuch
3. Änderungsanträge
4. Status von Konfigurationseinheiten
5. Unterschiede zwischen Baselines

TIPP

Versionslenkung ist ein wichtiger Bestandteil von Konfigurationsmanagement. Es gibt verschiedene Methoden zur Kennzeichnung von Versionen. Eine übliche Methode ist die fortlaufende Nummerierung.

Subpraktiken

1. Die Tätigkeiten des Konfigurationsmanagements ausreichend detailliert aufzeichnen, damit Inhalt und Status der einzelnen Einheiten bekannt sind und frühere Versionen wiederhergestellt werden können
2. Sicherstellen, dass die relevanten Stakeholder auf den Konfigurationsstatus von Konfigurationseinheiten zugreifen können und ihn kennen

HINWEIS

Unterschiede zwischen Baselines sollten so beschrieben werden, dass Nutzer der Baselines diese problemlos unterscheiden können.

Beispiele für Tätigkeiten zur Mitteilung des Konfigurationsstatus sind:

- Bereitstellung von Zugriffsberechtigungen an autorisierte Endanwender
- Problemlose Verfügbarkeit von Baseline-Kopien für autorisierte Endanwender
- Automatische Warnung relevanter Stakeholder, wenn Einheiten ein- oder ausgecheckt oder geändert werden oder wenn Entscheidungen über Änderungsanträge getroffen werden

3. Die aktuellste Version von Baselines spezifizieren
4. Versionen der Konfigurationseinheiten identifizieren, die eine bestimmte Baseline ausmachen
5. Die Unterschiede zwischen aufeinanderfolgenden Baselines beschreiben
6. Status und Änderungshistorie der einzelnen Konfigurationseinheiten bei Bedarf überarbeiten (beispielsweise bei Änderungen und anderen Tätigkeiten)

SP 3.2 Konfigurations-Audits durchführen

Konfigurations-Audits durchführen, um die Integrität von Konfigurations-Baselines beizubehalten

Konfigurations-Audits bestätigen, dass die entstandenen Baselines und die Dokumentation einen spezifizierten Standard einhalten oder einer Anforderung entsprechen. Berichte mit Bezug auf Konfigurationseinheiten können in mehreren Datenbanken oder Konfigurationsmanagementsystemen vorhanden sein. In solchen Fällen sollten Konfigurations-Audits angemessen auf diese anderen Datenbanken ausgedehnt werden, um die Genauigkeit, Einheitlichkeit und Vollständigkeit der Informationen über Konfigurationseinheiten zu garantieren. (Die Definition von »Konfigurations-Audit« finden Sie im Glossar.)

Tipp

Audits bieten einen objektiven Weg, sich zu überzeugen, dass das, was gelenkt werden soll, gelenkt wird und abgerufen werden kann. Das Abrufen korrekter Informationen ist einer der zahlreichen Vorteile des Konfigurationsmanagements.

Beispiele für Audit-Arten sind:

- Funktionale Konfigurations-Audits (FCAs): Audits, die durchgeführt werden, um zu verifizieren, dass die Entwicklung einer Konfigurationseinheit zufriedenstellend abgeschlossen wurde, dass die Einheit die Merkmale der Funktions- und Qualitätsattribute erreicht hat, die in der funktionalen oder der zugeordneten Baseline spezifiziert sind, und dass die Betriebs- und Unterstützungsdokumente der Einheit vollständig und zufriedenstellend sind
- Physikalische Konfigurations-Audits (PCAs): Audits, die durchgeführt werden, um zu verifizieren, dass eine vorgelegte Konfigurationseinheit der technischen Dokumentation entspricht, in der sie definiert und beschrieben wird
- Konfigurationsmanagement-Audits: Audits, die durchgeführt werden, um zu bestätigen, dass die Konfigurationsmanagementaufzeichnungen und die Konfigurationseinheiten vollständig, widerspruchsfrei und korrekt sind

Beispiele für Arbeitsergebnisse

1. Ergebnisse der Konfigurations-Audits
2. Maßnahmen

TIPP

Integrität schließt Korrektheit, Einheitlichkeit und Vollständigkeit ein.

Subpraktiken

1. Integrität von Baselines bewerten
2. Bestätigen, dass Konfigurationsmanagementaufzeichnungen die Konfigurationseinheiten richtig identifizieren
3. Struktur und Integrität von Einheiten im Konfigurationsmanagementsystem überprüfen.
4. Vollständigkeit, Korrektheit und Einheitlichkeit von Einheiten im Konfigurationsmanagementsystem bestätigen

   Die Vollständigkeit, Korrektheit und Einheitlichkeit des Inhalts des Konfigurationsmanagementsystems beruht auf den Anforderungen, die im Plan und im Umgang mit den genehmigten Änderungsanträgen festgehalten sind.

TIPP

Ein Audit ist nur wirkungsvoll, wenn alle Maßnahmen aus dem Audit umgesetzt werden.

5. Die Einhaltung der anwendbaren Standards und Verfahren für das Konfigurationsmanagement bestätigen
6. Maßnahmen aus Audits bis zum Abschluss verfolgen

Entscheidungsfindung (Decision Analysis and Resolution, DAR)

Ein Unterstützungsprozessgebiet des Reifegrads 3

Zweck

Der Zweck der Entscheidungsfindung (DAR) ist, mögliche Entscheidungen mittels eines formalen Bewertungsprozesses zu analysieren, der identifizierte Alternativen anhand von etablierten Kriterien bewertet.

Tipp

DAR bietet Organisationen einen kriteriengestützten Ansatz, um wichtige Entscheidungen objektiv zu fällen.

Einführende Hinweise

Das Prozessgebiet »Entscheidungsfindung« umfasst das Etablieren von Richtlinien, um zu bestimmen, welche Fragestellungen einem formalen Bewertungsprozess unterzogen werden sollten, und die Anwendung formaler Bewertungsprozesse darauf.

Ein formaler Bewertungsprozess ist eine systematische Vorgehensweise zur Bewertung alternativer Lösungen anhand festgelegter Kriterien, um eine Lösungsempfehlung zu geben.

Ein formaler Bewertungsprozess umfasst folgende Aktionen:

- Etablieren der Kriterien für die Bewertung von Alternativen
- Identifizierung alternativer Lösungen
- Auswahl von Verfahren zur Bewertung von Alternativen
- Bewertung von alternativen Lösungen anhand festgelegter Kriterien und Verfahren
- Auswahl empfohlener Lösungen aus den Alternativen auf der Grundlage von Bewertungskriterien

Anstatt jedes Mal die Wendung »alternative Lösungen zum Angehen von Problemen« zu verwenden, wird in diesem Prozessgebiet eine der beiden kürzeren Formulierungen genutzt: »alternative Lösungen« und »Alternativen«.

Hinweis

Dieser Prozess muss zunächst für Entscheidungen verwendet werden, die wesentlichen Einfluss auf ein Projekt haben. Sobald man daran gewöhnt ist, einen formalen Bewertungsprozess zu verwenden, finden Sie es möglicherweise wertvoll, ihn für ausgewählte Alltagsentscheidungen einzusetzen.

TIPP

DAR nimmt die Schuldfrage aus der Entscheidungsfindung heraus. Eine schlechte Entscheidung wird getroffen, wenn nicht alle erforderlichen Informationen, die sich darauf auswirken können, bedacht und nicht alle relevanten Stakeholder befragt wurden.

TIPP

Beispiele für nichttechnische Probleme sind das Hinzufügen von weiteren Ressourcen und die Ermittlung von Möglichkeiten zur Durchführung von Weiterbildungskursen.

QUERVERWEIS

Zahlreiche technische Probleme, die von einem formalen Bewertungsprozess profitieren können, werden in TS, PI, VER und VAL angesprochen.

Ein formaler Bewertungsprozess verringert den subjektiven Charakter einer Entscheidung und weist eine höhere Wahrscheinlichkeit auf, eine Lösung auszuwählen, die die mannigfaltigen Ansprüche der relevanten Stakeholder erfüllt.

Zwar wird dieses Prozessgebiet vorrangig auf technische Fragestellungen angewendet, aber formale Bewertungsprozesse lassen sich für viele nichttechnische Fragestellungen einsetzen, besonders während ein Projekt geplant wird. Fragestellungen, für die es mehrere alternative Lösungen und Bewertungskriterien gibt, bieten sich für einen formalen Bewertungsprozess an.

Marktstudien zu Ausrüstungsgegenständen oder Software sind typische Beispiele für formale Bewertungsprozesse.

Während der Planung werden bestimmte Fragestellungen identifiziert, die einen formalen Bewertungsprozess erfordern. Dazu gehören die Auswahl zwischen Architektur- und Entwurfsalternativen, die Verwendung wiederverwendbarer oder kommerziell erwerbbarer Komponenten (engl. commercial off-the-shelf, COTS), die Auswahl von Lieferanten, von Entwicklungsumgebungen und damit verknüpften Werkzeugen, von Testumgebungen, von Auslieferungsalternativen sowie Logistik und Produktion. Ein formaler Bewertungsprozess kann auch verwendet werden, um eine Entscheidung zwischen Herstellung oder Beschaffung, die Entwicklung von Herstellungsprozessen, die Auswahl von Verteilungsstellen oder andere Entscheidungsbedarfe anzugehen.

Es werden Richtlinien aufgestellt, um zu entscheiden, wann formale Bewertungsprozesse verwendet werden, um unvorhergesehene Ereignisse zu behandeln. Richtlinien legen häufig nahe, formale Bewertungsprozesse zu verwenden, wenn Entscheidungsbedarfe mit Risiken verknüpft sind, die mittlere bis große Auswirkungen haben, oder wenn sie die Fähigkeit beeinträchtigen, Projektziele zu erreichen.

Ein Problem zu definieren, hilft dabei, den Umfang der zu betrachtenden Alternativen festzulegen. Der richtige Umfang (d.h., nicht zu breit und nicht zu eng) führt dazu, dass eine angemessene Entscheidung zur Lösung des definierten Problems getroffen wird.

Formale Bewertungsprozesse können sich im Grad der Formalität, in der Art der Kriterien und in den eingesetzten Verfahren unterscheiden. Weniger formale Entscheidungen können in wenigen Stunden analysiert werden, wenige Kriterien erfordern (beispielsweise Effektivität, Kosten für die Umsetzung) und zu einem ein- oder zweiseitigen Bericht führen. Formalere Entscheidungen können eigene Pläne, monatelange Arbeit, Sitzungen zur Entwicklung und Genehmigung von Kriterien, Simulationen, Prototypen, Pilotierung und extensive Dokumentation erfordern.

Sowohl numerische als auch nichtnumerische Kriterien können in einem formalen Bewertungsprozess verwendet werden. Für numerische Kriterien gibt es Gewichtungen, die ihre relative Bedeutung widerspiegeln. Bei nichtnumerischen Kriterien wird eine subjektive Einstufungsskala verwendet (beispielsweise groß, mittel, gering). Formalere Entscheidungen können eine vollständige Nutzwertanalyse erfordern.

Ein formaler Bewertungsprozess identifiziert und bewertet Alternativlösungen. Die abschließende Auswahl einer Lösung kann wiederholte Identifizierungs- und Bewertungsaktivitäten umfassen. Teile der identifizierten Alternativen können kombiniert werden, sich weiter entwickelnde Technologien können die Alternativen verändern und die Geschäftssituation von Lieferanten kann sich während der Dauer der Bewertung ändern.

Eine empfohlene Alternative wird von einer Dokumentation der Auswahlverfahren, Kriterien und Alternativen sowie der Gründe für die Empfehlung begleitet. Die Dokumentation wird an die relevanten Stakeholder verteilt. Sie bietet eine Aufzeichnung des formalen Bewertungsprozesses und der Begründung, was für andere Projekte wertvoll ist, die auf eine ähnliche Fragestellung stoßen.

Einige Entscheidungen, die während des Projekts getroffen werden, erfordern die Verwendung eines formalen Bewertungsprozesses, andere nicht. Wie bereits erwähnt, sollten Richtlinien aufgestellt werden, um zu ermitteln, welche Fragestellungen einem formalen Bewertungsprozess unterworfen werden sollten.

TIPP

Werkzeuge wie AHP (Analytic Hierarchy Process), QFD (Quality Function Deployment), die Pugh-Methode, die Delphi-Methode, Priorisierungsmatrizen, Ursache/Wirkung-Diagramme, Entscheidungsbäume, Arbeitsblätter mit gewichteten Kriterien und Simulationen können die gewichtete Entscheidungsfindung unterstützen.

In Beziehung stehende Prozessgebiete

Mehr zur Etablierung des projektspezifisch definierten Prozesses steht im Prozessgebiet »Fortgeschrittenes Projektmanagement«.

Mehr zur Erkennung, Analyse und Abschwächung von Risiken steht im Prozessgebiet »Risikomanagement«.

Übersicht spezifischer Ziele und Praktiken

SG 1 Alternativen bewerten
- SP 1.1 Richtlinien zur Entscheidungsanalyse etablieren
- SP 1.2 Bewertungskriterien etablieren
- SP 1.3 Alternative Lösungen identifizieren
- SP 1.4 Bewertungsverfahren auswählen
- SP 1.5 Alternative Lösungen bewerten
- SP 1.6 Lösungen auswählen

Detaillierung spezifischer Ziele und Praktiken

SG 1 ALTERNATIVEN BEWERTEN

Entscheidungen stützen sich auf eine Bewertung von Alternativen anhand etablierter Kriterien.

Entscheidungen, die einen formalen Bewertungsprozess erfordern, können jederzeit identifiziert werden. Das Ziel sollte darin bestehen, solche Entscheidungsbedarfe möglichst früh zu identifizieren, um möglichst viel Zeit für die Lösung zu gewinnen.

SP 1.1 RICHTLINIEN ZUR ENTSCHEIDUNGSANALYSE ETABLIEREN

Richtlinien etablieren und beibehalten, um zu bestimmen, welche Fragestellungen einem formalen Bewertungsprozess unterliegen.

Nicht jede Entscheidung ist bedeutend genug, um einen formalen Bewertungsprozess zu erfordern. Die Auswahl zwischen den banalen und den wirklich wichtigen ist ohne explizite Richtlinien unklar. Ob eine Entscheidung bedeutend ist, hängt vom Projekt und von den Umständen ab und wird von etablierten Richtlinien bestimmt.

Übliche Richtlinien für die Feststellung, wann ein formaler Bewertungsprozess erforderlich ist, umfassen:

- Eine Entscheidung hängt direkt mit Problemen zusammen, die Risiken mit mittlerer bis großer Auswirkung darstellen.
- Eine Entscheidung hängt mit der Änderung von Arbeitsergebnissen unter Konfigurationsmanagement zusammen.
- Eine Entscheidung würde Terminverzögerungen über einen bestimmten Prozentsatz oder eine bestimmte Dauer hinaus verursachen.
- Eine Entscheidung beeinträchtigt die Fähigkeit des Projekts, seine Ziele zu erreichen.
- Die Kosten des formalen Bewertungsprozesses sind im Vergleich zu den Auswirkungen der Entscheidung gerechtfertigt.
- Bei einer Ausschreibung besteht eine gesetzliche Verpflichtung.
- Einander widersprechende qualitative Anforderungen würden zu erheblich unterschiedlichen Architekturen führen.

Mehr zur Bewertung, Kategorisierung und Priorisierung von Risiken steht im Prozessgebiet »Risikomanagement«.

Beispiele für Tätigkeiten, für die Sie einen formalen Bewertungsprozess verwenden können, umfassen:

- Entscheidungen, die die Beschaffung von Material betreffen, wenn 20% des Materials 80% der Gesamtmaterialkosten ausmachen
- Entscheidungen zur Entwurfsumsetzung, wenn ein technisches Versagen einen katastrophalen Fehler auslösen kann (beispielsweise bei der Flugsicherheit)
- Entscheidungen mit dem Potenzial, das Entwurfsrisiko, Entwicklungsänderungen, Durchlaufzeit, Reaktionszeit und Produktionskosten erheblich zu reduzieren (beispielsweise die Verwendung von Lithografiemodellen, um Form und Passung zu bewerten, bevor Entwicklungszeichnungen und Versionsstände freigegeben werden)

HINWEIS

Es muss sichergestellt werden, dass die Richtlinien zugreifbar und verständlich für jeses Organisationsmitglied (oder Projektmitglied) sind.

Beispiele für Arbeitsergebnisse

1. Richtlinien dafür, wann ein formaler Bewertungsprozess angewendet wird

Subpraktiken

1. Richtlinien dafür festlegen, wann ein formaler Bewertungsprozess zu verwenden ist
2. Die Verwendung der Richtlinien, falls erforderlich, in den definierten Prozess aufnehmen

   Mehr zur Etablierung des projektspezifisch definierten Prozesses steht im Prozessgebiet »Fortgeschrittenes Projektmanagement«.

SP 1.2 BEWERTUNGSKRITERIEN ETABLIEREN

Kriterien für die Bewertung von Alternativen und ihre relative Rangfolge etablieren und beibehalten

TIPP

In einigen Fällen können alle Kriterien in etwa gleichwertig sein, so dass keine Rangfolge erforderlich ist.

Bewertungskriterien bilden die Grundlage für die Bewertung von Alternativlösungen. Sie werden geordnet, so dass die am höchsten eingestuften Kriterien den größten Einfluss auf die Bewertung ausüben.

Dieses Prozessgebiet wird von vielen anderen Prozessgebieten im Modell herangezogen und es gibt viele Zusammenhänge, in denen ein formaler Bewertungsprozess verwendet werden kann. Deshalb stellt man in manchen Situationen möglicherweise fest, dass Kriterien bereits im Rahmen eines anderen Prozesses definiert wurden. Diese spezifische Praktik legt daher nicht nahe, eine zweite Kriterienentwicklung durchzuführen.

TIPP

Eine Dokumentation macht deutlich, welche Kriterien berücksichtigt wurden und wie ihre Rangfolge lautet.

Eine wohldefinierte Beschreibung des anzugehenden Problems und der zu treffenden Entscheidung legt den Schwerpunkt der durchzuführenden Analyse fest. Eine solche Beschreibung hilft auch dabei, Bewertungskriterien so zu definieren, dass die Möglichkeit dafür minimiert wird, dass eine Entscheidung in Frage gestellt wird oder der Grund für die Entscheidung in Vergessenheit gerät. Entscheidungen aufgrund von Kriterien, die explizit definiert und etabliert wurden, beseitigen Hindernisse für die Unterstützung durch Stakeholder.

Beispiele für Arbeitsergebnisse

1. Dokumentierte Bewertungskriterien
2. Rangfolgen der Bedeutung von Kriterien

Subpraktiken

1. Kriterien für die Bewertung von Alternativlösungen definieren

   Kriterien sollten sich auf Anforderungen, Szenarien, Annahmen von Geschäftsfällen, Geschäftsziele oder andere dokumentierte Quellen zurückverfolgen lassen.

   Zu berücksichtigende Arten von Kriterien sind:
   - Technische Einschränkungen
   - Auswirkungen auf die Umwelt
   - Risiken
   - Geschäftswert
   - Auswirkung auf Prioritäten
   - Gesamtbetriebskosten und Lebenszykluskosten

2. Den Wertebereich und die Skalierung für die Einstufung der Bewertungskriterien definieren.

   Skalen mit der relativen Bedeutung der Bewertungskriterien können mit nichtnumerischen Werten oder mit Formeln festgelegt werden, die die Bewertungsparameter in Beziehung zu einer numerischen Gewichtung setzen.

TIPP

Ein Beispiel für eine nichtnumerische Skalierung ist eine, die die Kriterien nach geringer, mittlerer oder großer Bedeutung ordnet.

3. Rangfolge der Kriterien erstellen

   Die Kriterien werden entsprechend dem definierten Bereich und der Skalierung geordnet, um die Erfordernisse, Ziele und Prioritäten der relevanten Stakeholder widerzuspiegeln.

4. Kriterien und ihre relative Bedeutung prüfen
5. Bewertungskriterien weiterentwickeln, um ihre Gültigkeit zu verbessern
6. Gründe für Auswahl und Ablehnung von Bewertungskriterien dokumentieren

   Die Dokumentation der Auswahlkriterien und der Gründe dafür kann benötigt werden, um Lösungen zu rechtfertigen oder um sich zukünftig darauf zu beziehen und sie zu verwenden.

SP 1.3 ALTERNATIVE LÖSUNGEN IDENTIFIZIEREN

Alternative Lösungen für die angesprochenen Fragestellungen identifizieren

Eine größere Anzahl von Alternativen kann sich durch die Bitte um Beiträge von möglichst vielen Stakeholdern ergeben. Beiträge von Stakeholdern mit den unterschiedlichen Fachkenntnissen und Hintergründen können den Teams dabei helfen, Annahmen, Einschränkungen und Vorurteile zu identifizieren und anzugehen. Brainstorming-Sitzungen können das Auffinden innovativer Alternativen durch schnelle Interaktion und schnelle Rückmeldungen stimulieren.

Möglicherweise werden nicht genügend Lösungskandidaten für eine Analyse gefunden. Mit dem Fortschreiten der Analyse sollten weitere Alternativen zur Liste der potenziellen Kandidaten hinzugefügt werden. Die frühe Aufstellung und Abwägung mehrerer Alternativen im Prozess der Entscheidungsfindung erhöht die Wahrscheinlichkeit, dass eine akzeptable Entscheidung getroffen wird und ihre Konsequenzen verstanden werden.

HINWEIS

Sie können zahlreiche Brainstorming-Techniken benutzen, um Alternativlösungen zu identifizieren. Sie sollten jedoch vor Ihrer Brainstorming-Sitzung einige Regeln etablieren, um sicherzustellen, dass ein möglichst breiter Bereich von Alternativen bedacht wird.

Beispiele für Arbeitsergebnisse

1. Identifizierte Alternativen

Subpraktiken

1. Literaturrecherche durchführen

   Eine Recherche in der Literatur kann aufdecken, was andere innerhalb und außerhalb der Organisation gemacht haben. Solch eine Suche kann ein tieferes Verständnis für die Fragestellung, zu berücksichtigende Alternativen, Hindernisse für die Umsetzung, vorhandene Marktstudien und Erfahrungen aus ähnlichen Entscheidungen vermitteln.

2. Zusätzlich zu erwägende Alternativen neben den bereits identifizierten, die zusammen mit der Fragestellung vorgeschlagen wurden

   Bewertungskriterien sind ein wirkungsvoller Ausgangspunkt für die Identifizierung von Alternativen. Bewertungskriterien identifizieren Prioritäten relevanter Stakeholder und die Bedeutung technischer, logistischer und sonstiger Herausforderungen.

Die Kombination von Schlüsselattributen vorhandener Alternativen kann zusätzliche und gelegentlich bessere Alternativen ergeben.

Alternativen von relevanten Stakeholdern erfragen. Brainstorming-Sitzungen, Befragungen und Arbeitsgruppen können verwendet werden, um wirkungsvoll Alternativen aufzudecken.

3. Vorgeschlagene Alternativen dokumentieren

SP 1.4 Bewertungsverfahren auswählen

Bewertungsverfahren auswählen

Die Verfahren für die Bewertung von Alternativlösungen anhand der etablierten Kriterien können von Simulationen bis zur Verwendung von Wahrscheinlichkeitsmodellen und zur Entscheidungstheorie reichen. Diese Methoden sollten sorgfältig ausgewählt werden. Der Detaillierungsgrad eines Verfahrens sollte den Auswirkungen auf Kosten, Terminplan, Leistung und Risiko entsprechen.

Während viele Fragestellungen nur ein einziges Bewertungsverfahren benötigen, können andere mehrere Verfahren erfordern. Simulationen können beispielsweise eine Nutzwertanalyse erweitern, um zu ermitteln, welche Entwurfsalternative ein gegebenes Kriterium am besten erfüllt.

Tipp

Unterschiedliche Bewertungsverfahren erfordern spezifische Aufwände für Ressourcen und Aus- und Weiterbildung.

Tipp

Die Auswahl von Lösungen umfasst auch die Risikobewertung.

Beispiele für Arbeitsergebnisse

1. Identifizierte Bewertungsverfahren

Subpraktiken

1. Die Verfahren aufgrund des Zwecks der Entscheidungsanalyse und der zu ihrer Unterstützung verfügbaren Informationen auswählen

> Beispielsweise können sich die Verfahren zur Bewertung einer Lösung bei schlecht definierten Anforderungen von denen unterscheiden, die verwendet werden, wenn die Anforderungen gut definiert sind.

Übliche Bewertungsverfahren umfassen:

- Tests
- Modellierung und Simulation
- Entwicklungsstudien
- Herstellungsstudien
- Kostenstudien
- Studien zu Geschäftsmöglichkeiten
- Umfragen
- Extrapolationen auf der Grundlage von Felderfahrungen und Prototypen
- Überprüfungen und Kommentare von Endanwendern
- Beurteilungen durch einen Experten oder eine Expertengruppe (beispielsweise nach der Delphi-Methode)

2. Bewertungsverfahren nach ihrer Fähigkeit auswählen, sich auf die anstehenden Entscheidungsbedarfe zu konzentrieren, ohne sich übermäßig durch untergeordnete Fragestellungen beeinflussen zu lassen

   Die Ergebnisse von Simulationen können durch zufällige Gegebenheiten in der Lösung verzerrt werden, die nicht direkt mit den vorliegenden Entscheidungsbedarfen zu tun haben.

3. Kennzahlen bestimmen, die benötigt werden, um das Bewertungsverfahren zu unterstützen

   Die Auswirkungen auf Kosten, Terminplan, Leistung und Risiken sind zu berücksichtigen.

SP 1.5 Alternative Lösungen bewerten

Alternative Lösungen mit Hilfe der festgelegten Kriterien und Verfahren bewerten

Die Bewertung alternativer Lösungen umfasst ihre Analyse, Erörterung und Überprüfung. Iterative Analyseläufe sind gelegentlich erforderlich. Unterstützende Analysen, Experimente, Prototypen, Pilotstudien oder Simulationen können notwendig sein, um die Bewertung und die Schlussfolgerungen zu erhärten.

Häufig ist die relative Bedeutung von Kriterien unpräzise und die Gesamtwirkung auf eine Lösung wird erst sichtbar, nachdem die Analyse durchgeführt wurde. Wenn sich die

Bewertungen nur gering unterscheiden, ist die beste Wahl zwischen den Alternativlösungen möglicherweise nicht eindeutig. Die Infragestellung von Kriterien und Annahmen sollte gefördert werden.

Beispiele für Arbeitsergebnisse

1. Bewertungsergebnisse

Subpraktiken

1. Vorgeschlagene alternative Lösungen mit Hilfe der festgelegten Bewertungskriterien und der ausgewählten Verfahren bewerten
2. Annahmen, die sich auf die Bewertungskriterien beziehen, und die Nachweise, die die Annahmen unterstützen, bewerten
3. Bewerten, ob unsichere Werte für Alternativlösungen die Bewertung beeinflussen, und gegebenenfalls diese Unsicherheiten angehen

   Wenn beispielsweise die Bewertung zwischen zwei Werten schwankt, stellen sich die Fragen: Ist die Differenz groß genug, um einen Unterschied im endgültigen Lösungssatz zu ergeben? Stellt die Abweichung in der Punktwertung ein Risiko mit großen Auswirkungen dar? Um diese Fragen anzugehen, können u.a. Simulationen durchgeführt, weitere Studien erstellt oder Bewertungskriterien geändert werden.

4. Simulationen, Modellierung, Prototypen und Pilotstudien im notwendigen Umfang durchführen, um die Bewertungskriterien, Verfahren und Alternativlösungen zu erproben

   Ungetestete Kriterien, deren relative Bedeutung sowie unterstützende Daten oder Funktionen können die Gültigkeit von Lösungen in Frage stellen. Die Kriterien und ihre relativen Bedeutungen und Skalierungen lassen sich mit Probeläufen an einem Satz Alternativen testen. Diese Probeläufe eines ausgewählten Kriteriensatzes ermöglichen die Bewertung der gemeinsamen Auswirkungen der Kriterien auf eine Lösung. Wenn die Versuche Probleme enthüllen, können andere Kriterien oder Alternativen erwogen werden, um Verzerrungen zu vermeiden.

5. Neue Alternativlösungen, Kriterien oder Verfahren erwägen, wenn die vorgeschlagenen Alternativen keine guten Testergebnisse liefern. Die Bewertungen wiederholen, bis die Alternativen gute Testergebnisse zeigen.

6. Die Ergebnisse der Bewertung dokumentieren

   Die Gründe für das Hinzufügen neuer Alternativen oder Verfahren und Änderungen an Kriterien sowie die Ergebnisse von Zwischenbewertungen dokumentieren

SP 1.6 LÖSUNGEN AUSWÄHLEN

Lösungen anhand der Bewertungskriterien aus den Alternativen auswählen

Die Auswahl von Lösungen umfasst die Gewichtung der Ergebnisse aus der Bewertung von Alternativen. Die mit der Umsetzung von Lösungen verbundenen Risiken sollten bewertet werden.

Beispiele für Arbeitsergebnisse

1. Empfohlene Lösungen für das Angehen bedeutender Entscheidungsbedarfe

Subpraktiken

1. Die mit der Umsetzung der empfohlenen Lösung verbundenen Risiken bewerten

   Mehr zur Erkennung, Analyse und Abschwächung von Risiken steht im Prozessgebiet »Risikomanagement«.

   Entscheidungen müssen häufig auf der Basis unvollständiger Informationen getroffen werden. Es können substanzielle Risiken mit der Entscheidung verknüpft sein, weil die Informationen unvollständig sind.

   Wenn Entscheidungen nach einem bestimmten Terminplan getroffen werden müssen, stehen möglicherweise weder Zeit noch Ressourcen zur Verfügung, um vollständige Informationen zu erheben. Infolgedessen können riskante Entscheidungen auf der Grundlage unvollständiger Informationen eine spätere Neuanalyse erfordern. Identifizierte Risiken sollten verfolgt werden.

2. Die Ergebnisse und den Grund für die empfohlene Lösung dokumentieren und den relevanten Stakeholdern vermitteln

   Es ist wichtig, sowohl die Gründe für die Auswahl der einen als auch die für die Ablehnung einer anderen Lösung aufzuzeichnen.

Fortgeschrittenes Projektmanagement (Integrated Project Management, IPM)

Ein Projektmanagementprozessgebiet des Reifegrads 3

Tipp

Im Modell CMMI for Services heißt dieses Prozessgebiet »Integriertes Arbeitsmanagement« (Integrated Work Management, IWM).

Zweck

Der Zweck des Fortgeschrittenen Projektmanagements (IPM) ist, Projekte und die Einbeziehung von relevanten Stakeholdern gemäß einem integrierten, definierten Prozess zu etablieren und zu managen, der aus dem organisationsspezifischen Satz von Standardprozessen ge-tailored wird.

Tipp

Mit IPM reifen die in PP und PMC beschriebenen Aktivitäten des Projektmanagements, so dass sie die in OPF und OPD beschriebenen Anforderungen der Organisation an die Projekte angehen.

Einführende Hinweise

Das Prozessgebiet »Fortgeschrittenes Projektmanagement« umfasst folgende Tätigkeiten:

- Etablieren der projektspezifisch definierten Prozesse am Projektanfang durch das Tailoring des organisationsspezifischen Satzes von Standardprozessen
- Management von Projekten unter Verwendung der projektspezifisch definierten Prozesse
- Etablieren der Arbeitsumgebung für das Projekt basierend auf den organisationsspezifischen Standards für Arbeitsumgebungen
- Aufbau von Teams, die mit der Realisierung der Projektziele beauftragt sind
- Nutzen und Beitragen zu den Prozess-Assets der Organisation
- Aufbau von Möglichkeiten, um die Bedenken der relevanten Stakeholder während des Projekts zu erkennen, zu berücksichtigen und gegebenenfalls darauf einzugehen

Tipp

Die Verwendung von IPM zur Steuerung der Tätigkeiten des Projektmanagements ermöglicht die Konsistenz zwischen Projektplänen und -tätigkeiten, da beide von den Standardprozessen ge-tailored werden, die von der Organisation erstellt wurden. Des Weiteren sind Pläne in der Regel zuverlässiger und schneller zu erstellen und neue Projekte lernen schneller.

- Sicherstellen, dass relevante Stakeholder (1) ihre Aufgaben koordiniert und rechtzeitig ausführen, (2) Projektanforderungen, Pläne, Ziele, Probleme und Risiken angehen, (3) ihre Zusagen einhalten und (4) Koordinierungsprobleme erkennen, verfolgen und beheben

Der aus dem organisationsspezifischen Satz von Standardprozessen ge-tailorte integrierte und definierte Prozess wird als projektspezifisch definierter Prozess bezeichnet. (Die Definition von »Projekt« finden Sie im Glossar.)

Das Management des Aufwands, der Kosten, des Terminplans, der personellen Besetzung, der Risiken und weiterer Faktoren des Projekts ist mit den Aufgaben des definierten Prozesses für das Projekt verknüpft. Umsetzung und Management des projektspezifisch definierten Prozesses sind normalerweise im Projektplan beschrieben. Bestimmte Tätigkeiten werden möglicherweise von anderen Plänen abgedeckt, die Einfluss auf das Projekt haben, z.B. der Qualitätssicherungsplan, die Risikomanagementstrategie und der Konfigurationsmanagementplan.

TIPP

Es ist auch einfacher, Ressourcen gemeinsam zu nutzen (z.B. Aus- und Weiterbildung sowie Software-Tools) und Mitarbeiter gleichmäßig auf die Projekte zu verteilen.

Da der definierte Prozess für jedes Projekt aus dem organisationsspezifischen Satz von Standardprozessen ge-tailored wird, verringert sich normalerweise die Streuung zwischen den Projekten, so dass Projekte Prozess-Assets, Daten und Erfahrungswerte auf einfache Weise gemeinsam nutzen können.

Dieses Prozessgebiet umfasst auch die Koordination aller mit dem Projekt verbundenen Tätigkeiten, darunter folgende:

- Entwicklungstätigkeiten (z.B. Anforderungsentwicklung, Design und Verifizierung)
- Dienstleistungstätigkeiten (z.B. Auslieferung, Help Desk, Betrieb und Kundenkontakt)
- Beschaffungstätigkeiten (z.B. Ausschreibung, Vertragsüberwachung und Überführung in den Betrieb)
- Unterstützende Tätigkeiten (z.B. Konfigurationsmanagement, Dokumentation, Marketing sowie Aus- und Weiterbildung)

Die Schnittstellen und Interaktionen zwischen den relevanten internen und externen Stakeholdern des Projekts werden geplant und geführt, um die Qualität und Integrität des Gesamtvorhabens sicherzustellen. Relevante Stakeholder sind angemessen an der Festlegung des definierten Prozesses für das Projekt und des Projektplans beteiligt. Es erfolgen regelmäßige Prüfungen und ein regelmäßiger Austausch mit relevanten Stakeholdern, um sicherzustellen, dass Koordinierungsprobleme die erforderliche Aufmerksamkeit erhalten und alle am Projekt Beteiligten den Status, die Pläne und Tätigkeiten kennen. (Die Definition von »relevanter Stakeholder« finden Sie im Glossar.) Bei der Festlegung des projektspezifisch definierten Prozesses werden bei Bedarf formalisierte Schnittstellen gebildet, um eine angemessene Koordination und Zusammenarbeit zu gewährleisten.

TIPP

Ein proaktiver Ansatz zur Integration von Plänen und zur Koordination mit den relevanten Stakeholdern außerhalb des Projekts ist eine wichtige Aufgabe.

Dieses Prozessgebiet gilt für jede Organisationsstruktur, auch für Projekte, die als Linienorganisationen, Matrixorganisationen oder Teams strukturiert sind. Die Terminologie sollte der vorhandenen Organisationsstruktur entsprechend interpretiert werden.

In Beziehung stehende Prozessgebiete

Mehr zur Durchführung von Peer-Reviews steht im Prozessgebiet »Verifizierung«.

Mehr zum Ausrichten von Mess- und Analysetätigkeiten und dem Bereitstellen von Messergebnissen steht im Prozessgebiet »Messung und Analyse«.

Mehr zum Etablieren und Beibehalten eines verwendbaren Satzes von organisationsweiten Prozess-Assets, Standards zur Arbeitsumgebung sowie Regeln und Richtlinien für Teams steht im Prozessgebiet »Organisationsweite Prozessentwicklung«.

Mehr zur Überwachung von Projekten gegenüber des Plans steht im Prozessgebiet »Projektverfolgung und -steuerung«.

Mehr zur Erstellung eines Projektplans steht im Prozessgebiet »Projektplanung«.

TIPP

In Version 1.3 wurde das IPPD-Material entfernt. Dafür wurde SP 1.6 hinzugefügt, um Teams zu behandeln.

Übersicht spezifischer Ziele und Praktiken

SG 1 Projektspezifisch definierte Prozesse verwenden
- SP 1.1 Projektspezifisch definierte Prozesse etablieren
- SP 1.2 Prozess-Assets der Organisation für die Planung der Projekttätigkeiten verwenden
- SP 1.3 Arbeitsumgebung des Projekts etablieren
- SP 1.4 Pläne integrieren
- SP 1.5 Das Projekt unter Verwendung integrierter Pläne managen
- SP 1.6 Teams etablieren
- SP 1.7 Zu den Prozess-Assets der Organisation beitragen

SG 2 Koordination von und Zusammenarbeit mit relevanten Stakeholdern
- SP 2.1 Einbeziehung der Stakeholder managen
- SP 2.2 Mit Abhängigkeiten umgehen
- SP 2.3 Koordinierungsprobleme lösen

Detaillierung spezifischer Ziele und Praktiken

SG 1 PROJEKTSPEZIFISCH DEFINIERTE PROZESSE VERWENDEN

Ein Projekt wird unter Verwendung eines definierten Prozesses durchgeführt, der aus dem organisationsspezifischen Satz von Standardprozessen ge-tailored wurde.

Projektspezifisch definierte Prozesse enthalten die Prozesse aus dem organisationsspezifischen Satz von Standardprozessen, die alle notwendigen Arbeitsabläufe behandeln, um das Produkt zu beschaffen, zu entwickeln, zu pflegen oder zu liefern.

Die produktbezogenen Prozesse des Phasenmodells wie die Fertigungs- und Unterstützungsprozesse werden gleichzeitig mit dem Produkt entwickelt.

TIPP

Alle Projekte, die IPM verwenden, nutzen den organisationsspezifischen Satz von Standardprozessen als Ausgangsbasis für die Planung aller Projekttätigkeiten.

SP 1.1 PROJEKTSPEZIFISCH DEFINIERTE PROZESSE ETABLIEREN

Projektspezifisch definierte Prozesse des Projekts von Projektbeginn über die gesamte Lebensdauer des Projekts hinweg etablieren und beibehalten.

Mehr Etablierung der Prozess-Assets und der Messablage der Organisation steht im Prozessgebiet »Organisationsweite Prozessentwicklung«.

Mehr zum Rollout von Prozess-Assets der Organisation und von Standardprozessen steht im Prozessgebiet »Organisationsweite Prozessausrichtung«.

Projektspezifisch definierte Prozesse bestehen aus definierten Prozessen, die ein integriertes, schlüssiges Phasenmodell für das Projekt bilden.

Die projektspezifisch definierten Prozesse sollten die vertraglichen Anforderungen, betrieblichen Bedürfnisse, Möglichkeiten und Randbedingungen erfüllen. Sie werden so entworfen, dass sie bestmöglich zu den Erfordernissen des Projekts passen.

Die projektspezifisch definierten Prozesse des Projekts beruhen auf folgenden Faktoren:

- Stakeholder-Anforderungen
- Zusagen
- Prozesserfordernisse und -ziele der Organisation
- Organisationsspezifischer Satz von Standardprozessen und Tailoring-Guidelines
- Die Betriebsumgebung
- Das Geschäftsumfeld

Die Etablierung der projektspezifisch definierten Prozesse zu Beginn des Projekts hilft dabei, sicherzustellen, dass Projektmitarbeiter und relevante Stakeholder eine Reihe von Tätigkeiten umsetzen, um einen ersten Satz von Anforderungen und Plänen für das Projekt effizient zu erstellen. Mit dem Fortschritt des Projekts wird die Beschreibung der projektspezifisch definierten Prozesse weiter ausgearbeitet und angepasst, um die Projektanforderungen sowie die Prozesserfordernisse und Geschäftsziele der Organisation besser erfüllen zu können. Außerdem müssen die projektspezifisch definierten Prozesse des Projekts möglicherweise angepasst werden, wenn sich der organisationsspezifische Satz von Standardprozessen ändert.

Beispiele für Arbeitsergebnisse

1. Projektspezifisch definierte Prozesse

TIPP

IPM ist stark von OPD abhängig. Ohne die in OPD beschriebene Infrastruktur der Organisation ist es nicht möglich, die spezifischen Praktiken von IPM umzusetzen.

Subpraktiken

1. Phasenmodell aus denen auswählen, die in den Prozess-Assets der Organisation zur Verfügung stehen

> Beispiele für Projektmerkmale, die die Auswahl der Phasenmodelle beeinflussen können, umfassen:
>
> - Größe oder Komplexität des Projekts
> - Projektstrategie
> - Erfahrung und Vertrautheit der Mitarbeiter mit der Umsetzung des Prozesses
> - Randbedingungen wie Durchlaufzeit und akzeptables Fehlerniveau
> - Verfügbarkeit der Kunden zur Beantwortung von Fragen und für Rückmeldungen zu Inkrementen
> - Klarheit von Anforderungen
> - Kundenerwartungen

2. Standardprozesse aus dem organisationsspezifischen Satz von Standardprozessen auswählen, die den Erfordernissen des Projekts am besten gerecht werden

3. Den organisationsspezifischen Satz von Standardprozessen und andere Prozess-Assets der Organisation nach den Tailoring-Guidelines tailorn, um die projektspezifisch definierten Prozesse zu erstellen

   Manchmal sind die verfügbaren Phasenmodelle und Standardprozesse zur Erfüllung der Projekterfordernisse ungeeignet. Unter solchen Umständen sollte das Projekt die Genehmigung einholen, von den Anforderungen der Organisation abweichen zu dürfen. Zu diesem Zweck gibt es Ausnahmegenehmigungen.

   Das Tailorn kann eine Anpassung der üblichen Kennzahlen der Organisation und die Spezifizierung weiterer Kennzahlen beinhalten, um die Informationsbedürfnisse des Projekts zu erfüllen.

TIPP

Der organisationsspezifische Satz von Standardprozessen wird für die Behandlung der besonderen Erfordernisse und der Situation des Projekts ge-tailored. Bestehen beispielsweise strenge Qualitäts- und Sicherheitsanforderungen? Ist die Gefahr hoch, das falsche Produkt auszuliefern? Arbeiten wir mit einem neuen Kunden, einer neuen Produktlinie oder in einem neuen Geschäftsbereich? Gibt es harte zeitliche Einschränkungen?

4. Nach Bedarf andere Artefakte aus der Bibliothek der Prozess-Assets der Organisation verwenden

Zu diesen Artefakten können folgende gehören:

- Dokumente der Lessons Learned
- Vorlagen
- Beispieldokumente
- Schätzmodelle

HINWEIS

Die Bibliothek der Prozess-Assets muss gepflegt werden, um sie auf dem neuesten Stand zu halten, da diese andernfalls zum Abladeplatz für alle projektbezogenen Informationen wird und schnell nutzlos werden kann.

5. Die projektspezifisch definierten Prozesse dokumentieren

   Die projektspezifisch definierten Prozesse umfassen alle Tätigkeiten des Projekts und seiner Schnittstellen mit den relevanten Stakeholdern.

Beispiele für Projekttätigkeiten umfassen:

- Projektplanung
- Projektverfolgung
- Zulieferungsmanagement
- Qualitätssicherung
- Risikomanagement
- Entscheidungsfindung
- Anforderungsentwicklung
- Anforderungsmanagement
- Konfigurationsmanagement
- Produktentwicklung und -unterstützung
- Code Review
- Ausschreibung

TIPP

Bitte die folgende Stelle aus den einführenden Hinweisen: »Relevante Stakeholder sind bei Bedarf an der Festlegung des definierten Prozesses für das Projekt und des Projektplans beteiligt.« mit bedenken.

6. Die projektspezifisch definierten Prozesse einem Peer-Review unterziehen

   Mehr zu Durchführung von Peer-Reviews steht im Prozessgebiet »Verifizierung«.

7. Die projektspezifisch definierten Prozesse bei Bedarf überarbeiten

Tipp

Diese Tätigkeiten ähneln möglicherweise denen, die bei der Bearbeitung von PP durchgeführt werden, da jedoch Daten und Erfahrungen aus anderen Projekten jetzt leichter verfügbar und anzuwenden sind, sollte sich die Genauigkeit der Projektplanung verbessern.

SP 1.2 Prozess-Assets der Organisation für die Planung der Projekttätigkeiten verwenden

Prozess-Assets der Organisation und die Messablage zum Schätzen und Planen von Projekttätigkeiten verwenden

Mehr zur Etablierung von Prozess-Assets der Organisation steht im Prozessgebiet »Organisationsweite Prozessentwicklung«.

Falls verfügbar, sollten Ergebnisse früherer Planungs- und Durchführungstätigkeiten genutzt werden, um den relativen Umfang und das Risiko des Vorhabens zu schätzen.

Beispiele für Arbeitsergebnisse

1. Projektschätzungen
2. Projektpläne

Subpraktiken

1. Aufgaben und Arbeitsergebnisse des projektspezifisch definierten Prozesses als Grundlage für die Schätzung und Planung von Projekttätigkeiten verwenden

   Ein Verständnis der Beziehungen zwischen den Aufgaben und Arbeitsergebnissen der projektspezifisch definierten Prozesse und der von relevanten Stakeholdern zu übernehmenden Rollen bildet die Grundlage, um einen realistischen Plan zu erstellen.

2. Die Messablage der Organisation zur Schätzung der Projektplanungsparameter verwenden

Tipp

Die unabhängige Validierung von Daten bestätigt, dass die verwendeten historischen Daten auf das Projekt anwendbar sind.

Diese Schätzung umfasst normalerweise:

- Geeignete Erfahrungsdaten aus diesem oder ähnlichen Projekten
- Ähnlichkeiten und Unterschiede zwischen dem aktuellen Projekt und den Projekten, deren historische Daten verwendet werden
- Validierte historische Daten
- Argumente, Annahmen und Gründe für die Auswahl der historischen Daten
- Argumente eines breiten Stamms erfahrener Projektteilnehmer

Beispiele für Einflussgrößen, die für Ähnlichkeiten und Unterschiede in Betracht gezogen werden, umfassen:

- Attribute von Arbeitsergebnissen und Aufgaben
- Anwendungsbereich
- Erfahrungen der Personen
- Vorgehensweise für Design und Entwicklung
- Betriebsumfeld

Beispiele für die in der Messablage der Organisation enthaltenen Daten umfassen:

- Größe oder andere Attribute von Arbeitsergebnissen
- Aufwand
- Kosten
- Terminplan
- Stellenbesetzung
- Antwortzeit
- Dienstleistungskapazität
- Lieferantenleistung
- Fehler

SP 1.3 Arbeitsumgebung des Projekts etablieren

Arbeitsumgebung des Projekts basierend auf den Standards für Arbeitsumgebungen der Organisation etablieren und beibehalten

Die geeignete Arbeitsumgebung eines Projekts umfasst eine Infrastruktur aus den Einrichtungen, den Werkzeugen und der Ausstattung, die die Mitarbeiter brauchen, um ihre Aufgaben im Sinne der Geschäfts- und Projektziele effektiv ausführen zu können. Die Arbeitsumgebung und ihre Bestandteile werden auf einem Leistungs- und Zuverlässigkeitsniveau für Arbeitsumgebungen gehalten, das von den organisationsspezifischen Standards für die Arbeitsumgebung vorgegeben wird. Bei Bedarf können die Arbeitsumgebungen des Projekts und einige ihrer Bestandteile intern entwickelt oder von externen Quellen erworben werden.

Tipp

Oftmals enthält die Arbeitsumgebung eines Projekts Komponenten, die in der gesamten Arbeitsumgebung der Organisation gebräuchlich sind. Viele dieser Komponenten können von der IT-Abteilung oder dem Facility Management bereitgestellt werden.

Die Arbeitsumgebung eines Projekts kann Umgebungen für die Produktintegration, -verifizierung und -validierung umfassen. Es können aber auch separate Umgebungen für diese Zwecke vorhanden sein.

Mehr zum Etablieren und Beibehalten der Produktintegrationsumgebung von Projekten steht in der spezifischen Praktik »Produktintegrationsumgebung etablieren« im Prozessgebiet »Produktintegration«.

Mehr zum Etablieren und Beibehalten der Validierungsumgebung von Projekten steht in der spezifischen Praktik »Validierungsumgebung etablieren« im Prozessgebiet »Validierung«.

Mehr zum Etablieren und Beibehalten der Verifizierungsumgebung von Projekten steht in der spezifischen Praktik »Verifizierungsumgebung etablieren« im Prozessgebiet »Verifizierung«.

Mehr zu den Standards zur Arbeitsumgebung steht in der spezifischen Praktik »Standards zur Arbeitsumgebung etablieren« im Prozessgebiet »Organisationsweite Prozessentwicklung«.

Beispiele für Arbeitsergebnisse

1. Ausstattung und Tools für das Projekt
2. Installations-, Betriebs- und Instandhaltungshandbücher für die Arbeitsumgebung des Projekts
3. Benutzerumfragen und deren Ergebnisse
4. Nutzungs-, Leistungs- und Instandhaltungsaufzeichnungen
5. Unterstützungsleistungen für die Arbeitsumgebung des Projekts

Subpraktiken

TIPP

Das Facility Management kann die Eingangsgrößen des Projekts zur Schaffung der Arbeitsumgebung nutzen.

1. Arbeitsumgebung für das Projekt planen, entwerfen und installieren

   Die wesentlichen Aspekte der Arbeitsumgebung des Projekts werden wie bei allen anderen Produkten von Anforderungen gesteuert. Die Funktions- und Qualitätsattribute der Arbeitsumgebung werden mit derselben Strenge untersucht, wie es bei der Entwicklung jedes anderen Produkts der Fall ist.

Möglicherweise sind Kompromisse zwischen Qualitätsattributen, Kosten und Risiken erforderlich. Beispiele:

- Überlegungen zu Qualitätsattributen können die rechtzeitige Kommunikation, die Sicherheit und die Wartungsfreundlichkeit umfassen.
- Kosten können Kapitalaufwand, Aus- und Weiterbildung, Struktur der Unterstützung, Demontage und Entsorgung vorhandener Umgebungen sowie Betrieb und Instandhaltung der Umgebung umfassen.
- Risiken können unter anderem Unterbrechungen des Workflows und des Projekts sein.

Beispiele für die Ausstattung und Tools umfassen:

- Office-Software
- Software zur Entscheidungsunterstützung
- Projektmanagement Tools
- Test- und Evaluierungsausrüstung
- Anforderungsmanagement- und Design-Tools
- Konfigurationsmanagement-Tools
- Bewertungstools
- Integrationstools
- Tools für automatische Tests

2. Ständige Instandhaltung und Unterstützung für den Betrieb der Arbeitsumgebung des Projekts bereitstellen

   Die Instandhaltung und Unterstützung der Arbeitsumgebung kann entweder mit den innerhalb der Organisation vorhandenen Möglichkeiten erfolgen oder von einer externen Quelle erworben werden.

> Beispiele für Instandhaltungs- und Unterstützungsansätze sind:
> - Einstellung von Mitarbeitern für die Instandhaltung und Unterstützung
> - Aus- und Weiterbildung von Mitarbeitern für die Instandhaltung und Unterstützung
> - Vergabe der Instandhaltung und Unterstützung an Vertragsunternehmen
> - Ausbildung sachkundiger Benutzer für ausgewählte Werkzeuge

3. Qualifikation der Komponenten der Arbeitsumgebung des Projekts pflegen

   Zu den Komponenten gehören Software, Datenbanken, Hardware, Tools, Testeinrichtungen und die entsprechende Dokumentation. Die Qualifikation von Software umfasst die entsprechenden Zertifizierungen. Zur Qualifizierung der Hardware und der Testeinrichtungen gehören die Kalibrierungs- und Justierungsprotokolle sowie die Rückführbarkeit auf Kalibrierungsstandards.

4. Regelmäßig überprüfen, wie gut die Arbeitsumgebung den Bedürfnissen des Projekts entspricht und die Zusammenarbeit unterstützt, und bei Bedarf Maßnahmen ergreifen

> Beispiele für Maßnahmen, die getroffen werden können, umfassen:
> - Hinzufügen von neuen Werkzeugen
> - Beschaffung zusätzlicher Netzwerke, Ausstattung, Aus- und Weiterbildungsmaßnahmen und Unterstützung

TIPP

Einer der Hauptunterschiede zwischen IPM und PP besteht darin, dass IPM bei der Koordination mit den relevanten Stakeholdern des Projekts – sowohl intern (unterschiedliche Teams) als auch extern (Funktionsbereiche der Organisation und Unterstützungsgruppen) – vorausschauender vorgeht und mit der Integration von Plänen befasst ist.

SP 1.4 PLÄNE INTEGRIEREN

Projektpläne und andere ein Projekt betreffende Pläne integrieren, um die definierten Prozesse eines Projekts zu beschreiben

Mehr zur Etablierung der Prozess-Assets und insbesondere der Messablage der Organisation steht im Prozessgebiet »Organisationsweite Prozessentwicklung«.

Mehr zur Etablierung der Prozesserfordernisse der Organisation und zur Bestimmung von Prozessverbesserungsmöglichkeiten steht im Prozessgebiet »Organisationsweite Prozessausrichtung«.

Mehr zur Erstellung eines Projektplans steht im Prozessgebiet »Projektplanung«.

Diese spezifische Praktik erweitert die spezifischen Praktiken für die Etablierung und Pflege eines Projektplans, um zusätzliche Planungstätigkeiten zu behandeln, wie z.B. das Einarbeiten der projektspezifisch definierten Prozesse, die Koordination mit relevanten Stakeholdern, die Verwendung von Prozess-Assets der Organisation, das Einarbeiten von Plänen für Peer-Reviews und die Etablierung von objektiven Ein- und Ausgangskriterien für Aufgaben.

Bei der Aufstellung des Projektplans sollten die aktuellen und erwarteten Erfordernisse, die Ziele und Anforderungen der Organisation, des Kunden, der Lieferanten und der Endanwender nach Bedarf berücksichtigt werden.

TIPP

Um bei der Formulierung von Schätzungen zu unterstützen, können anwendbare Daten in der Messablage der Organisation gefunden werden. Darüber hinaus können anwendbare Vorlagen, Beispiele und Unterlagen mit Erfahrungen aus der Bibliothek der Prozess-Assets der Organisation verfügbar sein.

Beispiele für Arbeitsergebnisse

1. Integrierte Pläne

Subpraktiken

1. Weitere Pläne, die das Projekt beeinflussen, in den Projektplan integrieren

Weitere Pläne, die sich auf den Projektplan auswirken, umfassen:

- Qualitätssicherungspläne
- Risikomanagementstrategie
- Verifizierungs- und Validierungspläne
- Pläne für den Übergang in den Betrieb und für die Unterstützung
- Konfigurationsmanagementpläne
- Dokumentationspläne
- Pläne zur Aus- und Weiterbildung der Mitarbeiter
- Pläne der Einrichtungen und der Logistik

2. Definitionen von Kennzahlen und Messtätigkeiten für das Projektmanagement in den Projektplan aufnehmen

Beispiele für Kennzahlen, die aufgenommen werden können, umfassen:

- Den gemeinsamen Satz von Kennzahlen der Organisation
- Zusätzliche projektspezifische Kennzahlen

Mehr zum Entwickeln und Erhalten der Fähigkeiten zur Messung und zur Erfüllung der Informationsbedürfnisse des Managements steht im Prozessgebiet »Messung und Analyse«.

3. Produkt- und Projekt-Schnittstellenrisiken erkennen und analysieren

Mehr zur Erkennung und Analyse von Risiken steht im Prozessgebiet »Risikomanagement«.

Beispiele für Produkt- und Projekt-Schnittstellenrisiken umfassen:

- Unvollständige Schnittstellenbeschreibungen
- Nichtverfügbarkeit von Werkzeugen, Lieferanten oder Prüfeinrichtungen
- Nichtverfügbarkeit von Bestandteilen von Standardprodukten
- Ungeeignete oder ineffektive Teamschnittstellen

4. Aufgaben in einer Reihenfolge planen, die wichtige Entwicklungs- und Lieferfaktoren und Projektrisiken berücksichtigt

Beispiele für die bei der Terminplanung zu berücksichtigenden Faktoren umfassen:

- Umfang und Komplexität der Aufgaben
- Bedürfnisse des Kunden und der Endanwender
- Verfügbarkeit kritischer Ressourcen
- Verfügbarkeit wichtiger Mitarbeiter
- Integrations- und Testprobleme

5. Pläne zur Durchführung von Peer-Reviews über Arbeitsergebnisse der projektspezifisch definierten Prozesse einarbeiten

Mehr zu Durchführung von Peer-Reviews steht im Prozessgebiet »Verifizierung«.

QUERVERWEIS

Mehr zur organisationsspezifischen Aus- und Weiterbildung steht in OT.

6. Notwendige Aus- und Weiterbildungen zur Durchführung der projektspezifisch definierten Prozesse in die Aus- und Weiterbildungspläne des Projekts einarbeiten

Diese Aufgabe umfasst normalerweise die Abstimmung des Umfangs der Unterstützung durch die Aus- und Weiterbildungsabteilung.

7. Objektive Eingangs- und Ausgangskriterien etablieren, um den Beginn und die Fertigstellung der im Projektstrukturplan (PSP) beschriebenen Aufgaben zu genehmigen

   Mehr zum Abschätzen des Projektumfangs steht im Prozessgebiet »Projektplanung«.

8. Sicherstellen, dass der Projektplan mit den Plänen der relevanten Stakeholder ausreichend kompatibel ist

   Normalerweise werden Pläne sowie Planänderungen auf ihre Kompatibilität hin überprüft.

9. Festlegen, wie die unter den relevanten Stakeholdern auftretenden Konflikte gelöst werden

SP 1.5 Das Projekt unter Verwendung integrierter Pläne managen

Das Projekt unter Verwendung des Projektplans und anderer das Projekt betreffenden Pläne und der projektspezifisch definierten Prozesse managen.

Mehr zur Etablierung von Prozess-Assets der Organisation steht im Prozessgebiet »Organisationsweite Prozessentwicklung«.

Mehr zum Etablieren der Prozesserfordernisse der Organisation, dem Rollout von Prozess-Assets der Organisation und von Standardprozessen steht im Prozessgebiet »Organisationsweite Prozessausrichtung«.

Weitere Informationen darüber, wie Sie den Fortschritt des Projekts erkennbar machen, damit angemessene Korrekturmaßnahmen ergriffen werden können, wenn die Arbeitsleistung vom Projekt erheblich vom Plan abweicht, steht im Prozessgebiet »Projektverfolgung und -steuerung«.

Mehr zur Erkennung, Analyse und Abschwächung von Risiken steht im Prozessgebiet »Risikomanagement«.

Tipp

Auf Worte Taten folgen lassen: Die vorherigen SPs haben den Plan etabliert – diese spezifische Praktik setzt das Projekt anhand dieses Plans um und managt es.

Beispiele für Arbeitsergebnisse

1. Arbeitsergebnisse, die sich aus der Durchführung der projektspezifisch definierten Prozesse ergeben
2. Erfasste Kennzahlen (d.h. Ist-Werte) sowie Aufzeichnungen oder Berichte zum Status
3. Überarbeitete Anforderungen, Pläne und Zusagen
4. Integrierte Pläne

Subpraktiken

1. Projektspezifisch definierte Prozesse mit Hilfe der Bibliothek der Prozess-Assets der Organisation einführen

> Diese Aufgabe umfasst normalerweise folgende Tätigkeiten:
> - In angemessenem Umfang Artefakte aus der Bibliothek der Prozess-Assets der Organisation im Projekt nutzen
> - Verwendung der Lessons Learned aus der Bibliothek der Prozess-Assets der Organisation für das Projektmanagement

TIPP

Der Prozessverbesserungsplan der Organisation ist ein weiterer Plan, der das Projekt beeinflussen kann.

2. Tätigkeiten und Arbeitsergebnisse des Projekts mit Hilfe der projektspezifisch definierten Prozesse, des Projektplans und weiterer Pläne, die das Projekt betreffen, überwachen und steuern

> Diese Aufgabe umfasst normalerweise folgende Tätigkeiten:
> - Verwendung von definierten Ein- und Ausgangskriterien, um den Beginn von Aufgaben zu genehmigen und ihre Fertigstellung festzustellen
> - Überwachung von Tätigkeiten, die die Ist-Werte von Projektplanungsparametern signifikant beeinflussen können
> - Verfolgung von Projektplanungsparametern mit Hilfe messbarer Schwellenwerte, um Untersuchungen und geeignete Maßnahmen auszulösen
> - Überwachung der Risiken von Produkt- und Projektschnittstellen
> - Management externer und interner Zusagen anhand von Plänen für die Aufgaben und Arbeitsergebnisse der projektspezifisch definierten Prozesse

Das Verständnis der Beziehungen zwischen den Aufgaben und Arbeitsergebnissen der projektspezifisch definierten Prozesse und der von relevanten Stakeholdern auszuführenden Rollen gewährt zusammen mit eindeutig definierten Überwachungsmechanismen (z.B. Peer-Reviews) einen besseren Einblick in die Projektleistung und eine bessere Projektsteuerung.

3. Ausgewählte Kennzahlen ermitteln und analysieren, um das Projekt zu steuern und die Bedürfnisse der Organisation zu unterstützen

Mehr zur Ermittlung und Analyse von Messwerten steht im Prozessgebiet »Messung und Analyse«.

4. Die Projektleistung regelmäßig überprüfen und nach Bedarf an aktuelle und erwartete Erfordernisse, Ziele und Anforderungen der Organisation, des Kunden und der Endanwender anpassen

   Diese Überprüfung umfasst die Anpassung an Prozesserfordernisse und -ziele der Organisation.

   > Beispiele für Anpassungsmaßnahmen umfassen:
   > - Ändern der Termine mit den entsprechenden Anpassungen an andere Planungsparameter und die Projektrisiken
   > - Änderung der Anforderungen oder Zusagen als Reaktion auf eine Änderung der Marktsituation oder des Bedarfs von Kunden und Endanwendern
   > - Abbruch des Projekts, der Iteration oder des Release

5. Ursachen ausgewählter Probleme angehen, die die Projektziele beeinträchtigen.

   Probleme, die Korrekturmaßnahmen erfordern, werden wie in der spezifischen Praktik »Problematische Punkte analysieren und Korrekturmaßnahmen ergreifen« des Prozessgebiets »Projektverfolgung und -steuerung« bestimmt und analysiert. Bei Bedarf kann das Projekt regelmäßig die zuvor bei anderen Projekten oder in früheren Phasen des Projekts eingetretenen Probleme überprüfen und eine Ursachenanalyse ausgewählter Probleme durchführen, um zu bestimmen, wie sich ein erneutes Auftreten von Problemen verhindern lässt, die die Projektziele signifikant beeinflussen können. Änderungen am Projektprozess, die infolge von Tätigkeiten der Ursachenanalyse umgesetzt werden, sollten auf Effektivität bewertet werden, um sicherzustellen, dass die Prozessänderung das Wiederauftreten der Probleme verhindert und die Leistung verbessert hat.

SP 1.6 TEAMS ETABLIEREN

Teams etablieren und beibehalten

Das Projekt wird mit Hilfe von Teams geführt, die die Regeln und Richtlinien der Organisation für die Strukturierung, die Bildung und die Verwendung von Teams widerspiegeln. (Die Definition von »Team« finden Sie im Glossar.)

Das gemeinsame Projektverständnis wird vor der Etablierung der Teamstruktur etabliert, die auf dem PSP beruhen kann. Bei kleinen Organisationen können die gesamte Organisation und die relevanten externen Stakeholder als ein einziges Team betrachtet werden.

Mehr zum Etablieren und Beibehalten organisationsweiter Regeln und Richtlinien für die Strukturierung, Bildung und Verwendung von Teams steht in der spezifischen Praktik »Regeln und Richtlinien für Teams etablieren« im Prozessgebiet »Organisationsweite Prozessentwicklung«.

TIPP

Teams können einen »Sponsor« haben. Obwohl der Sponsor bei der Teambildung hilft, ist er normalerweise nicht in die täglichen Aktivitäten einbezogen. Der Sponsor kann ein Mitglied des Managementteams sein.

TIPP

Das gemeinsame Projektverständnis wird häufig in Teamstatuten angegeben. Die Statuten werden von allen Teammitgliedern überprüft, um die Unterstützung zu gewährleisten.

TIPP

Die Entwicklung von CMMI ist ein Beispiel für ein Team. Das CMMI-Projekt hat sein gemeinsames Verständnis auf breiter Ebene kommuniziert, so dass das Managementteam, das CMMI-Aktivitäten leitet, die entsendenden Organisationen, die Mitglieder des Projektteams beisteuern, und die Gemeinschaft ein eindeutiges Verständnis von den Zielen, Werten und geplanten Ergebnissen des Projekts hatten.

Eine der besten Möglichkeiten, um die Koordinierung und Zusammenarbeit mit relevanten Stakeholdern sicherzustellen, besteht darin, sie in das Team aufzunehmen.

In einer Kundenumgebung, die die Koordination über mehrere Entwicklungsorganisationen für Produkte oder Dienstleistungen hinweg erfordert, ist es wichtig, ein Team mit Repräsentanten aller Beteiligten zu etablieren, die Einfluss auf den Erfolg haben. Eine solche Repräsentation hilft, die effektive Zusammenarbeit dieser Organisationen sicherzustellen. Dazu gehört auch die rechtzeitige Lösung von Koordinierungsproblemen.

Beispiele für Arbeitsergebnisse

1. Dokumentiertes gemeinsames Verständnis
2. Liste der Mitglieder, die den einzelnen Teams zugewiesen sind
3. Statuten der Teams
4. Regelmäßige Statusberichte der Teams

Subpraktiken

1. Das gemeinsame Projektverständnis etablieren und beibehalten

   Beim Aufstellen eines gemeinsamen Projektverständnisses ist es wichtig, die Schnittstellen zwischen dem Projekt und den Stakeholdern außerhalb des Projekts zu kennen. Das Projektverständnis sollte allen relevanten Stakeholdern mitgeteilt werden, um deren Zustimmung und Zusagen einzuholen.

2. Die Teamstruktur etablieren und beibehalten

   Der Projekt-PSP, die Kosten, der Terminplan, die Projektrisiken, die Ressourcen, die Schnittstellen, der definierte Prozess des Projekts und die Richtlinien der Organisation werden bewertet, um eine geeignete Teamstruktur einschließlich Teamverantwortlichkeiten, Befugnissen und Beziehungen zu etablieren.

3. Jedes einzelne Team etablieren und beibehalten

   Das Etablieren und Beibehalten von Teams umfasst das Auswählen der Teamleiter und Teammitglieder und das Etablieren der Statuten für jedes einzelne Team. Es schließt auch die Bereitstellung von Ressourcen ein, die erforderlich sind, um die dem Team zugewiesenen Aufgaben auszuführen.

4. Teamstruktur und -zusammensetzung regelmäßig bewerten

   Teams sollten überwacht werden, um eine fehlerhafte Ausrichtung der Arbeit zwischen verschiedenen Teams, falsch abgestimmte Schnittstellen und ungünstige Zuweisungen von Aufgaben zu Teammitgliedern aufzudecken. Korrekturmaßnahmen müssen ergriffen werden, wenn die Team- oder die Projektleistung nicht den Erwartungen entspricht.

TIPP

Während der Lebensdauer eines langen Projekts können unterschiedliche Teamstrukturen verwendet werden, um die geänderten Erfordernisse des Projekts widerzuspiegeln.

TIPP

Wenn es sich um ein integriertes Team handelt, das aus verschiedenen Teilen der Organisation oder aus verschiedenen Organisationen zusammengesetzt wurde, sollte jedes Mitglied zwei Bestrebungen und Erwartungen haben: die des Projekts und die der entsendenden Organisation.

SP 1.7 *ZU DEN PROZESS-ASSETS DER ORGANISATION BEITRAGEN*

Prozessbezogene Erfahrungen zu den Prozess-Assets der Organisation beitragen

Mehr zum Etablieren von Prozess-Assets, der Messablage und der Bibliothek der Prozess-Assets der Organisation steht im Prozessgebiet »Organisationsweite Prozessentwicklung«.

Mehr zum Aufnehmen von Erfahrungen in die Prozess-Assets der Organisation steht im Prozessgebiet »Organisationsweite Prozessausrichtung«.

Diese spezifische Praktik befasst sich damit, Informationen aus den Arbeitsläufen der projektspezifisch definierten Prozesse in die Prozess-Assets der Organisation zu überführen.

TIPP

Diese spezifische Praktik gibt der Organisation Rückmeldung, so dass ihre Assets verbessert und die Daten und Erfahrungswerte mit anderen Projekten gemeinsam genutzt werden können.

Beispiele für Arbeitsergebnisse

1. Vorgeschlagene Verbesserungen für Prozess-Assets der Organisation
2. Prozess- und Produktmesswerte
3. Dokumentation (z.B. exemplarische Prozessbeschreibungen, Pläne, Aus- und Weiterbildungsmodule, Checklisten und Lessons Learned)
4. Prozessartefakte, die Tailoring und Umsetzung des organisationsspezifischen Satzes von Standardprozessen für das Projekt betreffen

QUERVERWEIS

Verbesserungen werden mit Hilfe von Prozessverbesserungsvorschlägen aufgestellt. Einzelheiten finden Sie unter OPF SP 1.3.

Subpraktiken

1. Verbesserungen für die Prozess-Assets der Organisation vorschlagen
2. Prozess- und Produktkennzahlen in der Messablage der Organisation speichern

   Mehr zum Erfassen von Messdaten steht im Prozessgebiet »Messung und Analyse«.

   Mehr zur Überwachung von Projektplanungsparametern steht im Prozessgebiet »Projektverfolgung und -steuerung«.

   Mehr zur Planung des Datenmanagements steht im Prozessgebiet »Projektplanung«.

Diese Prozess- und Produktkennzahlen umfassen gewöhnlich Folgendes:
- Planungsdaten
- Umplanungsdaten

Beispiele für vom Projekt erfasste Daten umfassen:
- Aufgabenbeschreibungen
- Annahmen
- Schätzungen
- Überarbeitete Schätzungen
- Definition der erfassten Daten und Kennzahlen
- Messwerte
- Kontextinformationen, die die Kennzahlen zu den durchgeführten Tätigkeiten und den erzielten Arbeitsergebnissen in Beziehung setzen
- Zugehörige Informationen, die erforderlich sind, um die Schätzungen zu rekonstruieren, ihre Sinnhaftigkeit zu beurteilen und Schätzungen für neue Aufgaben abzuleiten

3. Unterlagen zur eventuellen Aufnahme in die Bibliothek der Prozess-Assets der Organisation einreichen

> Beispiele für Unterlagen umfassen:
> - Exemplarische Prozessbeschreibungen
> - Aus- und Weiterbildungsmodule
> - Exemplarische Pläne
> - Checklisten und Vorlagen
> - Projektablage Struktur
> - Werkzeugkonfigurationen

4. Lessons Learned aus Projekten zur Aufnahme in die Bibliothek der Prozess-Assets der Organisation dokumentieren
5. Artefakte aus Tailoring und Umsetzung des organisationsspezifischen Satzes von Standardprozessen zur Unterstützung der Prozessverfolgungstätigkeiten der Organisation bereitstellen

   Mehr zu den Aktivitäten der Organisation, um die Auswirkungen des Rollouts von Standardprozessen für neue und bestehende Projekte zu verstehen, steht in der spezifischen Praktik »Umsetzung überwachen« des Prozessgebiets »Organisationsweite Prozessausrichtung«.

SG 2 KOORDINATION VON UND ZUSAMMENARBEIT MIT RELEVANTEN STAKEHOLDERN

Die Koordination und die Zusammenarbeit zwischen dem Projekt und relevanten Stakeholdern werden durchgeführt.

QUERVERWEIS

Relevante Stakeholder werden in GP 2.7 und PP SP 2.6 identifiziert.

SP 2.1 EINBEZIEHUNG DER STAKEHOLDER MANAGEN

Einbeziehung von relevanten Stakeholdern im Projekt managen

Die Einbeziehung von Stakeholdern erfolgt in Übereinstimmung mit dem integrierten Plan und den definierten Prozessen des Projekts.

Mehr zur Planung der Einbeziehung von Stakeholdern und dem Einholen von Zusagen zu Plänen steht im Prozessgebiet »Projektplanung«.

Beispiele für Arbeitsergebnisse

1. Tagesordnungen und Terminpläne für gemeinschaftliche Tätigkeiten
2. Empfehlungen für die Behebung von offenen Punkten mit relevanten Stakeholdern
3. Dokumentierte offene Punkte (z.B. bei Stakeholder-Anforderungen, Anforderungen an Produkte und Produktbestandteile, Produktarchitektur und Produktdesign)

Subpraktiken

1. Abstimmungen mit relevanten Stakeholdern, die sich an den Projekttätigkeiten beteiligen sollten

   Die relevanten Stakeholder sollten bereits im Projektplan festgelegt sein.

TIPP

Bei diesen Zusagen kann es sich um externe Zusagen handeln, die von den Projektmitarbeitern bearbeitet werden.

2. Sicherstellen, dass Arbeitsergebnisse, die zur Einhaltung der Zusagen erstellt wurden, die Anforderungen der Empfänger erfüllen

   Mehr zur Verifizierung ausgewählter Arbeitsergebnisse steht im Prozessgebiet »Verifizierung«.

   Bei den zur Einhaltung von Zusagen erstellten Arbeitsergebnissen kann es sich um Dienstleistungen handeln.

   Diese Aufgabe umfasst normalerweise:

   - Das angemessene Prüfen, Vorführen oder Testen jedes Arbeitsergebnisses, das von relevanten Stakeholdern entwickelt wurde
   - Das angemessene Prüfen, Vorführen oder Testen von Arbeitsergebnissen des Projekts, die für andere Projekte erstellt wurden, mit Vertretern des Projekts, das das Arbeitsergebnis erhält
   - Lösung von offenen Punkten bei der Abnahme der Arbeitsergebnisse

TIPP

Allzu oft nehmen einzelne Personen an, dass sich kritische Abhängigkeiten, die zu Beginn eines Projekts identifiziert werden, nicht ändern und nicht in ihren Zuständigkeitsbereich fallen.

3. Empfehlungen entwickeln und Maßnahmen koordinieren, um Missverständnisse und Probleme mit Anforderungen zu lösen

SP 2.2 Mit Abhängigkeiten umgehen

Mit relevanten Stakeholdern zusammenarbeiten, um kritische Abhängigkeiten zu identifizieren, zu verhandeln und zu verfolgen

Beispiele für Arbeitsergebnisse

1. Fehler, Probleme und Maßnahmen, die sich aus Reviews mit relevanten Stakeholdern ergeben
2. Kritische Abhängigkeiten
3. Zusagen, kritische Abhängigkeiten zu behandeln
4. Status kritischer Abhängigkeiten

Subpraktiken

1. Reviews mit relevanten Stakeholdern durchführen
2. Jede kritische Abhängigkeit identifizieren
3. Bedarfs- und Plandatum für jede kritische Abhängigkeit anhand des Projekt-Terminplans festlegen
4. Zusagen überprüfen und Zustimmung dafür einholen, um jede kritische Abhängigkeit mit denjenigen anzugehen, die dafür verantwortlich sind, das Arbeitsergebnis zu liefern oder zu empfangen
5. Kritische Abhängigkeiten und Zusagen dokumentieren

Die Dokumentation von Zusagen umfasst normalerweise:

- Beschreibung der Zusage
- Benennung der Person, von der die Zusage stammt
- Benennung des Verantwortlichen für die Einhaltung der Zusage
- Angabe, wann die Zusage erfüllt sein wird
- Angabe der Kriterien für die Feststellung, ob die Zusage eingehalten wurde

Tipp

Paradoxerweise nehmen die Aktivitäten der Integration, Koordination und Zusammenarbeit an Bedeutung zu, wenn Zeit und Geld begrenzt sind. Die Koordination hilft dabei, sicherzustellen, dass alle beteiligten Parteien rechtzeitig ihren Beitrag zum Produkt leisten, um Nacharbeiten und Verzögerungen auf ein Mindestmaß zu reduzieren.

Hinweis

Bei kritischen Abhängigkeiten kann die Koordination vereinfacht werden, indem jeweils die Bedarfs- und Planungsdaten bestimmt und dann Zusagen etabliert und gemanagt werden, wie in diesen Subpraktiken sowie in PP und PMC beschrieben.

6. Kritische Abhängigkeiten und Zusagen verfolgen und bei Bedarf Korrekturmaßnahmen einleiten

   Mehr zum Überwachen von Zusagen steht im Prozessgebiet »Projektverfolgung und -steuerung«.

> Die Verfolgung kritischer Abhängigkeiten umfasst normalerweise:
>
> - Bewertung der Auswirkungen einer verspäteten bzw. frühzeitigen Fertigstellung auf künftige Tätigkeiten und Meilensteine
> - Lösung tatsächlicher und möglicher Probleme mit den verantwortlichen Beteiligten, wann immer es möglich ist
> - Weiterleitung der aktuellen und potenziellen Probleme, die von den verantwortlichen Einzelpersonen oder Gruppen nicht gelöst werden können, an die zuständigen Beteiligten

SP 2.3 Koordinierungsprobleme lösen

Problematische Punkte mit relevanten Stakeholdern lösen

TIPP

Es wird erwartet, dass diese Probleme auf Projektebene gelöst werden. Da sich die Stakeholder jedoch möglicherweise außerhalb des Projekts befinden, müssen problematische Punkte eventuell zur Lösung an die entsprechende Managementebene weitergeleitet werden.

> Beispiele für Koordinierungsprobleme umfassen:
>
> - Mängel bei den Anforderungen an Produkte und Produktbestandteile sowie im Design
> - Verspätete kritische Abhängigkeiten und Zusagen
> - Probleme auf Produktebene
> - Nichtverfügbarkeit wichtiger Ressourcen oder Mitarbeiter

Beispiele für Arbeitsergebnisse

1. Problematische Punkte bei der Koordination mit relevanten Stakeholdern
2. Status problematischer Punkte bei der Koordination mit relevanten Stakeholdern

Subpraktiken

1. Offene Punkte identifizieren und dokumentieren
2. Offene Punkte den relevanten Stakeholdern mitteilen
3. Offene Punkte mit relevanten Stakeholdern lösen
4. Offene Punkte, die mit den relevanten Stakeholdern nicht gelöst werden können, an die entsprechenden Manager weiterleiten
5. Offene Punkte bis zum Abschluss verfolgen
6. Mit relevanten Stakeholdern über den Status und die Lösung der offenen Punkte kommunizieren

Messung und Analyse (Measurement and Analysis, MA)

Ein Unterstützungsprozessgebiet des Reifegrads 2

Zweck

Der Zweck von Messung und Analyse (MA) ist, Messfähigkeiten zu entwickeln und zu erhalten, die zur Unterstützung des Bedarfs an Managementinformationen eingesetzt werden.

Hinweis

Dieses Prozessgebiet wird immer dann verwendet, wenn der Projektfortschritt, der Produktumfang, die Produktqualität oder die Prozessleistung zu messen ist, um Entscheidungen zu treffen oder korrigierende Maßnahmen zu ergreifen.

Einführende Hinweise

Das Prozessgebiet »Messung und Analyse« umfasst folgende Tätigkeiten:

- Festlegung von Zielen für Messung und Analyse in Übereinstimmung mit erkannten Informationsbedürfnissen und Projekt-, Organisations- oder Geschäftszielen
- Spezifizierung von Kennzahlen, Analysetechniken und Mechanismen für Sammlung und Speicherung von Daten und für Berichterstattung und Rückmeldung
- Anwendung von Analysetechniken und Mechanismen für Sammlung von Daten, Berichterstattung über Daten und Rückmeldung
- Bereitstellung objektiver Ergebnisse, die für sachkundige Entscheidungen und angemessene Korrekturmaßnahmen verwendet werden können

Die Integration von Mess- und Analysetätigkeiten in den Projektablauf unterstützt Folgendes:

- Sachgerechte Planung und Abschätzung
- Verfolgung des tatsächlichen Fortschritts und der tatsächlichen Leistung im Vergleich mit den etablierten Plänen und Zielen

- Identifizierung und Behebung prozessbezogener Probleme
- Bereitstellung einer Grundlage für die zukünftige Aufnahme von Messungen in weitere Abläufe

TIPP

Messungen betreffen jeden. Eine zentrale Gruppe, beispielsweise eine Prozess- oder Messgruppe, kann Hilfestellung bei der Definition der Messungen, der durchzuführenden Analysen, der Berichtsinhalte und der verwendeten Diagramme geben.

Das für die Umsetzung einer Messfähigkeit erforderliche Personal kann gegebenenfalls in einem eigenen unternehmensweiten Programm angestellt werden. Die Messfähigkeit kann in einzelne Projekte oder andere betriebliche Funktionen integriert werden (beispielsweise in die Qualitätssicherung).

Zu Beginn liegt der Schwerpunkt der Messtätigkeiten auf der Projektebene. Eine Messfähigkeit kann sich jedoch als sinnvoll für die Erfüllung organisations- und unternehmensweiter Informationsbedürfnisse erweisen. Um diese Fähigkeit zu unterstützen, sollten Messtätigkeiten Informationsbedürfnisse auf mehreren Ebenen einschließlich Unternehmen, Organisationseinheit und Projekt unterstützen, um den Aufwand für Nacharbeiten zu minimieren, wenn das Unternehmen reifer wird.

Projekte können projektspezifische Daten und Ergebnisse in einer projektspezifischen Ablage speichern. Werden Daten aber in größerem Umfang genutzt oder analysiert, um Datentrends oder Benchmarks zu erkennen, können sie in der Messablage der Organisation abgelegt werden.

Messung und Analyse der von Lieferanten kommenden Produktbestandteile sind wesentlich für das wirksame Management von Qualität und Kosten des Projekts. Bei sorgfältiger Beachtung der Vereinbarungen mit Lieferanten ist es möglich, Einsicht in diejenigen Daten zu geben, die die Analyse der Leistung der Lieferanten fördern.

QUERVERWEIS

Es ist wichtig, in die Lieferantenvereinbarungen alle Mess- und Analysetätigkeiten aufzunehmen, die der Lieferant durchführen soll. Mehr zu Tätigkeiten von Lieferanten steht in SAM.

Messziele werden aus den Informationsbedürfnissen abgeleitet, die auf Projekt-, Organisations- oder Geschäftszielen basieren. Wenn in diesem Prozessgebiet der Begriff »Ziel« ohne die zusätzliche Angabe »Mess-« verwendet wird, ist damit ein Projekt-, Organisations- oder Geschäftsziel gemeint.

In Beziehung stehende Prozessgebiete

Mehr zur Erstellung und Analyse von Kundenanforderungen sowie von Anforderungen an Produkte und Produktbestandteile steht im Prozessgebiet »Anforderungsentwicklung«.

Mehr zum Etablieren und Beibehalten der Integrität der Arbeitsergebnisse durch Konfigurationsidentifikation, -Konfigurationslenkung,

Berichterstattung über den Konfigurationsstatus und Konfigurations-Audits steht im Prozessgebiet »Konfigurationsmanagement«.

Mehr zur Etablierung der Messablage der Organisation steht im Prozessgebiet »Organisationsweite Prozessentwicklung«.

Mehr zur Überwachung von Projektplanungsparametern steht im Prozessgebiet »Projektverfolgung und -steuerung«.

Mehr zur Etablierung von Schätzungen steht im Prozessgebiet »Projektplanung«.

Mehr zum quantitativen Führen von Projekten steht im Prozessgebiet »Quantitatives Projektmanagement«.

Mehr zum Aufrechterhalten der bidirektionalen Nachverfolgbarkeit von Anforderungen steht im Prozessgebiet »Anforderungsmanagement«.

Übersicht spezifischer Ziele und Praktiken

SG 1 Mess- und Analysetätigkeiten ausrichten
- SP 1.1 Messziele etablieren
- SP 1.2 Kennzahlen festlegen
- SP 1.3 Verfahren zur Datenerfassung und -speicherung spezifizieren
- SP 1.4 Analyseverfahren spezifizieren

SG 2 Messergebnisse bereitstellen
- SP 2.1 Messwerte ermitteln
- SP 2.2 Messwerte analysieren
- SP 2.3 Daten und Ergebnisse speichern
- SP 2.4 Ergebnisse kommunizieren

Detaillierung spezifischer Ziele und Praktiken

SG 1 MESS- UND ANALYSETÄTIGKEITEN AUSRICHTEN

Messziele und -tätigkeiten sind auf erkannte Informationsbedürfnisse und -ziele ausgerichtet.

TIPP

Zu Beginn eines Messprogramms ist ein iteratives Vorgehen häufig hilfreich, weil oft nicht sofort sämtliche Ziele bekannt sind.

Die unter diesem spezifischen Ziel behandelten spezifischen Praktiken können parallel oder in beliebiger Reihenfolge ausgeführt werden.

- Bei der Etablierung von Messzielen denken Experten häufig im Voraus an notwendige Kriterien für die Festlegung von Messdaten und Analyseverfahren. Außerdem denken sie gleichzeitig an die Einschränkungen, die die Verfahren zur Datensammlung und -speicherung mit sich bringen.

- Häufig ist es wichtig, die wesentlichen durchzuführenden Analysen zu spezifizieren, bevor man sich den Einzelheiten der Messdatenspezifikation, der Datensammlung oder -speicherung zuwendet.

HINWEIS

Beim Etablieren von Messzielen sollte man sich bewusst machen, welche Fragen mit den Daten beantwortet werden sollen, warum etwas gemessen wird und wie die Messungen das Projektverhalten beeinflussen.

HINWEIS

Messen kann eine aufwändige Tätigkeit sein. Man sollte daher überdenken, warum die Messungen durchgeführt werden und welche Bedürfnisse sie erfüllen sollen.

TIPP

Es ist wichtig, beim Ermitteln der Informationsziele die Mitarbeiter zu berücksichtigen. Am Ende sollten sich alle als Eigner des Messprogramms fühlen.

SP 1.1 MESSZIELE ETABLIEREN

Messziele etablieren und beibehalten, die von erkannten Informationsbedürfnissen und -zielen abgeleitet sind.

Messziele dokumentieren den Zweck, zu dem gemessen und analysiert wird, und sie spezifizieren die Aktionen, die auf der Grundlage von Ergebnissen der Datenanalysen unternommen werden. Messziele können auch Verhaltensänderungen identifizieren, die als Ergebnis der Durchführung einer Mess- und Analysetätigkeit erwünscht sind.

Messziele können durch bestehende Verfahren, verfügbare Ressourcen oder andere Überlegungen zur Messung beschränkt werden. Es muss beurteilt werden, ob der Nutzen des Ergebnisses im Verhältnis zum Aufwand für die Messungen angemessen ist.

Änderungen an erkannten Informationsbedürfnissen und -zielen können umgekehrt eine Konsequenz des Verfahrens und der Ergebnisse von Messung und Analyse sein.

Quellen für Informationsbedürfnisse und -ziele können sein:

- Projektpläne
- Überwachung von Projektleistungen
- Befragung von Managern und anderen Personen mit Informationsbedürfnissen
- Etablierte Managementziele
- Strategiepläne
- Geschäftspläne
- Formale Erfordernisse oder vertragliche Verpflichtungen
- Wiederholt auftretende oder sonstige Management- oder technische Probleme
- Erfahrungen aus anderen Projekten oder Organisationseinheiten
- Externe Branchen-Benchmarks
- Prozessverbesserungspläne

Beispiele für Messziele sind:

- Einsicht in Schwankungen im Terminplan und in Fortschritt gewähren
- Einsicht in die tatsächliche Größe im Vergleich mit dem Plan gewähren
- Ungeplantes Ansteigen aufzeigen
- Die Effektivität der Fehlererkennung während aller Phasen der Produktentwicklung bewerten
- Die Kosten der Korrektur von Fehlern ermitteln
- Einsicht in die tatsächlichen Kosten im Vergleich mit dem Plan gewähren
- Den Fortschritt von Lieferanten im Vergleich zum Plan bewerten
- Die Effektivität der Abschwächung von Schwachstellen des Informationssystems bewerten

Mehr zur Ermittlung, Analyse und Etablierung von Kundenanforderungen sowie von Anforderungen an Produkte und Produktbestandteile steht im Prozessgebiet »Anforderungsentwicklung«.

Mehr zur Überwachung von Projektplanungsparametern steht im Prozessgebiet »Projektverfolgung und -steuerung«.

Mehr zur Etablierung von Schätzungen steht im Prozessgebiet »Projektplanung«.

Mehr zum Aufrechterhalten der bidirektionalen Nachverfolgbarkeit von Anforderungen steht im Prozessgebiet »Anforderungsmanagement«.

Beispiele für Arbeitsergebnisse

1. Messziele

Subpraktiken

1. Informationsbedürfnisse und -ziele dokumentieren
2. Prioritäten für Informationsbedürfnisse und -ziele setzen

   Es kann weder möglich noch wünschenswert sein, Messung und Analyse auf alle zu Beginn festgestellten Informationsbedürfnisse anzuwenden. Prioritäten müssen möglicherweise auch innerhalb der Grenzen der verfügbaren Ressourcen gesetzt werden.

3. Messziele dokumentieren, überprüfen und aktualisieren

   Die Zwecke und vorgesehenen Verwendungen von Messung und Analyse sorgfältig überdenken

   Die Messziele werden dokumentiert, vom Management und durch andere relevante Stakeholder geprüft und bei Bedarf aktualisiert. Dies ermöglicht die Rückverfolgbarkeit zu resultierenden Mess- und Analyseaktivitäten und trägt dazu bei, dass Analysen die erkannten Informationsbedürfnisse und -ziele angemessen angehen.

   Es ist wichtig, dass die Benutzer der Mess- und Analyseergebnisse in die Festlegung von Messzielen und die Entscheidung über Aktionspläne einbezogen werden. Es kann auch hilfreich sein, diejenigen zu beteiligen, die die Messdaten liefern.

TIPP

Häufig werden Messwerte gesammelt, aber nicht verwendet. Wenn es geeignete Prüfungen der Ziele gibt, reduzieren Sie das Risiko, dass Messwerte nicht verwendet werden.

4. Rückmeldungen zur Verfeinerung und Klärung von Informationsbedürfnissen und -zielen nach Bedarf bereitstellen

   Die ermittelten Informationsbedürfnisse und -ziele können infolge der Festlegung von Messzielen verfeinert und veranschaulicht werden. Die anfänglichen Beschreibungen der Informationsbedürfnisse können mehrdeutig sein. Es können Konflikte zwischen bestehenden Bedürfnissen und Zielen entstehen. Die Präzisierung von Zielen für eine bereits bestehende Kennzahl kann unrealistisch sein.

5. Rückverfolgbarkeit von Messzielen in Bezug auf festgestellte Informationsbedürfnisse und -ziele beibehalten

   Es sollte immer eine gute Antwort auf die Frage geben, warum etwas gemessen wird.

   Natürlich können sich auch Messziele ändern, um sich veränderten Informationsbedürfnissen und -zielen anzupassen.

SP 1.2 KENNZAHLEN FESTLEGEN

Kennzahlen festlegen, um Messziele zu adressieren

HINWEIS

Beim Spezifizieren von Kenngrößen sollte hinterfragt werden, welche Zahlen tatsächlich gesammelt werden sollen.

Die Messziele werden in präzise quantifizierbare Kennzahlen umgesetzt.

Messgrößen der Projekt- und Organisationsarbeit können gewöhnlich zu einer oder mehreren Kategorien von Messinformationen zurückverfolgt werden. Diese Kategorien umfassen: Terminplan und Fortschritt, Aufwand und Kosten, Größe und Stabilität sowie Qualität.

Kennzahlen können entweder *Basis-* oder *abgeleitete Kennzahlen* sein. Die Daten für Basiskennzahlen werden durch direkte Messung ermittelt. Die Daten für abgeleitete Kennzahlen werden aus anderen Daten ermittelt, üblicherweise durch Kombination von zwei oder mehr Basiskennzahlen.

Beispiele für häufig verwendete Basiskennzahlen sind:

- Schätzungen und echte Messungen für die Größe von Arbeitsergebnissen (beispielsweise Anzahl der Seiten)
- Schätzungen und echte Messungen für Aufwand und Kosten (beispielsweise Anzahl der Personenstunden)
- Qualitätskennzahlen (beispielsweise Anzahl der Fehler nach Schweregrad)
- Kennzahlen der Informationssicherheit (z.B. Anzahl der erkannten Schwachstellen des Systems)
- Ergebnisse von Umfragen zur Kundenzufriedenheit

Beispiele für häufig verwendete abgeleitete Kennzahlen sind:

- Earned Value
- Schedule Performance Index
- Fehlerdichte
- Abdeckung durch Peer-Reviews
- Abdeckung durch Tests oder Verifizierung
- Zuverlässigkeitskennzahlen (beispielsweise mittlere Zeit bis zum ersten Ausfall)
- Qualitätskennzahlen (beispielsweise Gesamtanzahl der Fehler nach Schweregrad/Gesamtzahl der Fehler)
- Kennzahlen der Informationssicherheit (z.B. Prozentsatz der abgeschwächten Schwachstellen des Systems)
- Trends bei der Kundenzufriedenheit

Abgeleitete Kennzahlen werden häufig als Verhältnisse, zusammengesetzter Index oder andere zusammengeführte Größen ausgedrückt. Sie sind häufig quantitativ zuverlässiger und aussagekräftiger zu interpretieren als die Basiskennzahlen, aus denen sie abgeleitet wurden.

Es gibt direkte Beziehungen zwischen Informationsbedürfnissen, Messzielen, Messkategorien, Basiskennzahlen und abgeleiteten Kennzahlen. Diese direkte Beziehung wird in Tabelle 12.1 mithilfe einiger allgemeiner Beispiele veranschaulicht.

TABELLE 12.1 Beispiele für Beziehungen zwischen Messungen

Beispielhaftes Projekt-, Organisations- oder Geschäftsziel	*Informationsbedarf*	*Messziel*	*Messinformationskategorie*	*Beispielhafte Basiskennzahlen*	*Beispielhafte abgeleitete Kennzahlen*
Reduzierung der Zeit bis zur Auslieferung Das Produkt als erstes Unternehmen auf den Markt bringen	Wie lang ist die geschätzte Zeit bis zur Lieferung?	Einblick in Schwankungen im Terminplan und in den Fortschritt bekommen	Terminplan und Fortschritt	Geschätzte und tatsächliche Start- und Endtermine nach Aufgaben gegliedert	Meilensteinerreichung Prozentualer Anteil der pünktlichen Projektteile Genauigkeit der Terminschätzung
Erhöhung des Marktanteils durch Reduzieren der Kosten von Produkten und Dienstleistungen	Wie genau sind die Größen- und Kostenschätzungen?	Einblick in die tatsächlichen Größen und Kosten im Vergleich mit dem Plan nehmen	Größe und Aufwand	Geschätzter und tatsächlicher Aufwand und Größe	Produktivität
			Aufwand und Kosten	Geschätzte und tatsächliche Kosten	Kosten-Leistung Kostenabweichung
Auslieferung eines spezifizierten Funktionsumfangs	Sind der Umfang oder die Projektgröße gewachsen?	Einblick in die tatsächliche Größe im Vergleich mit dem Plan nehmen, ungeplanten Zuwachs identifizieren	Größe und Stabilität	Anzahl der Anforderungen	Anforderungsvolatilität Genauigkeit der Größenschätzungen
				Anzahl der Function Points	Geschätzte und tatsächliche Function Points im Vergleich
				Anzahl der Codezeilen	Betrag an neuen, veränderten und wiederverwendeten Codezeilen

TABELLE 12.1 Beispiele für Beziehungen zwischen Messungen (Forts.)

Beispielhaftes Projekt-, Organisations- oder Geschäftsziel	*Informationsbedarf*	*Messziel*	*Messinformationskategorie*	*Beispielhafte Basiskennzahlen*	*Beispielhafte abgeleitete Kennzahlen*
Verringern der Fehler in den an die Kunden ausgelieferten Produkten um 10% ohne Auswirkungen auf die Kosten	Welche Fehler werden wo eingefügt, aber vor der Lieferung entdeckt?	Die Effektivität der Fehlererkennung im gesamten Lebenszyklus des Produkts bewerten	Qualität	Anzahl der pro Lebenszyklusphase eingefügten, aber erkannten Fehler Produktgröße	Fehlereingrenzung in den Lebenszyklusphasen Fehlerdichte
	Welche Kosten verursachen die Nacharbeiten?	Die Kosten der Korrektur von Fehlern bestimmen	Kosten	Anzahl der pro Lebenszyklusphase eingefügten, aber erkannten Fehler Aufwand (Stunden) zur Korrektur von Fehlern Lohnkosten	Kosten der Nacharbeiten
Reduzierung von Schwachstellen eines Informationssystems	In welcher Größenordnung liegen die offenen Schwachstellen des Systems?	Die Effektivität der Abschwächung/ Beseitigung von Schwachstellen im System bewerten	Informationssicherung	Anzahl der identifizierten und der abgeschwächten/ beseitigten Schwachstellen des Systems	Prozentualer Anteil der beseitigten Systemschwachstellen

Beispiele für Arbeitsergebnisse

1. Spezifikationen für Basis- und abgeleitete Kennzahlen

Subpraktiken

1. Auf der Grundlage der dokumentierten Messziele Kandidaten für Kennzahlen identifizieren

   Messziele werden in Kennzahlen umgesetzt. Identifizierte Kandidaten für Kennzahlen werden kategorisiert und mit Namen und Maßeinheit spezifiziert

2. Rückverfolgbarkeit der Kennzahlen zu den Messzielen beibehalten

   Es werden Abhängigkeiten zwischen den Kennzahlkandidaten identifiziert, um eine spätere Validierung der Daten und Analyse der Kandidaten in Bezug auf die Unterstützung der Messziele zu ermöglichen.

3. Vorhandene Kennzahlen identifizieren, die die Messziele bereits adressieren

   Es können bereits Spezifikationen für Kennzahlen vorhanden sein, die vielleicht früher für andere Zwecke oder an einer anderen Stelle in der Organisation etabliert wurden.

4. Einsetzbare Definitionen für Kennzahlen spezifizieren

   Einsetzbare Definitionen sind in präzisen, eindeutigen Fachausdrücken formuliert. Sie adressieren zwei wichtige Kriterien:

   - Kommunikation: Was wurde gemessen, wie wurde es gemessen, wie lauten die Maßeinheiten und was wurde ein- oder ausgeschlossen?
   - Wiederholbarkeit: Lässt sich die Messung mit derselben Definition wiederholen und kommt sie zu denselben Ergebnissen?

5. Kennzahlen nach Priorität ordnen, prüfen und aktualisieren

   Die vorgeschlagenen Spezifikationen der Kennzahlen werden zusammen mit potenziellen Endanwendern und anderen relevanten Stakeholdern auf ihre Eignung überprüft. Prioritäten werden festgelegt oder geändert und Spezifikationen von Kennzahlen werden bei Bedarf aktualisiert.

TIPP

Operationale Definitionen stellen einen Schlüssel zur wirkungsvollen Spezifikation von Kennzahlen dar.

QUERVERWEIS

Zusätzliche Informationen über die Spezifizierung von Kennzahlen finden Sie auf der SEI-Website Software Engineering Measurement and Analysis (*www.sei.cmu.edu/sema*), der Website Practical Software & Systems Measurement (*www.psmsc.com*) und der Website von iSixSigma (*www.isixsigma.com*).

SP 1.3 *VERFAHREN ZUR DATENERFASSUNG UND -SPEICHERUNG SPEZIFIZIEREN*

Spezifizieren, wie Messwerte ermittelt und gespeichert werden

Die explizite Spezifizierung von Methoden zur Datenerfassung trägt dazu bei, dass die richtigen Daten korrekt gesammelt werden. Diese Spezifizierung kann bei der weiteren Klärung der Informationsbedürfnisse und Messziele helfen.

Die angemessene Beachtung der Speicher- und Abrufverfahren gewährleistet, dass die Daten zur späteren Verwendung verfügbar und zugänglich sind.

TIPP

Die Gewährleistung angemessener Zugänglichkeit und die Beibehaltung der Datenintegrität sind zwei wesentliche Aspekte beim Speichern und Abrufen von Daten.

Beispiele für Arbeitsergebnisse

1. Datensammlungs- und -speicherverfahren
2. Werkzeuge zur Datensammlung

Subpraktiken

1. Vorhandene Quellen für Daten identifizieren, die aus aktuellen Arbeitsergebnissen, Abläufen oder Transaktionen gewonnen werden

   Vorhandene Datenquellen können beim Spezifizieren der Kennzahlen ermittelt worden sein. Angemessene Sammlungsmechanismen können unabhängig davon vorhanden sein, ob bereits entsprechende Daten gesammelt wurden.

2. Kennzahlen ermitteln, für die Daten benötigt werden, die zurzeit nicht verfügbar sind
3. Spezifizieren, wie die Daten für jede benötigte Kennzahl gesammelt und gespeichert werden

   Explizite Spezifikationen werden entwickelt dafür, welche Daten wie, wo und wann gesammelt und gespeichert werden, um ihre Gültigkeit zu gewährleisten und die spätere Verwendung für Analyse- und Dokumentationszwecke zu ermöglichen.

> Folgende Fragen sind üblicherweise zu bedenken:
>
> - Wurden die Sammlungshäufigkeit und der Messzeitpunkt in den Abläufen festgelegt?
> - Ist die erforderliche Zeitachse für die Übertragung der Messergebnisse vom Sammlungspunkt in Ablagen, andere Datenbanken oder an die Endanwender festgelegt?
> - Wer ist für die Ermittlung der Daten zuständig?
> - Wer ist für die Speicherung, den Abruf und die Datensicherheit zuständig?
> - Sind die notwendigen Unterstützungswerkzeuge entwickelt oder beschafft?

4. Datensammlungsmechanismen und Anleitung für die Arbeitsabläufe erstellen

   Datensammlungs- und -speichermechanismen sind gut in andere normale Arbeitsabläufe integriert. Datensammlungsmechanismen können manuelle oder automatisierte Formulare und Vorlagen umfassen. Für diejenigen, die für die Durchführung der Arbeit verantwortlich sind, stehen klare und umfassende Anleitungen für die richtigen Vorgehensweisen bereit. Bei Bedarf wird Aus- und Weiterbildung angeboten, um die für die Sammlung vollständiger und zutreffender Daten erforderlichen Verfahren zu klären und die Belastung derjenigen zu reduzieren, die die Daten bereitstellen und aufzeichnen.

TIPP

In der heutigen Umgebung wird häufig automatisiert. Einige Organisationen setzen jedoch mehrere Tools und Datenbanken ein, um ihren Bedarf an Messungen zu erfüllen. Die Kompatibilität der Tools und Datenbanken untereinander muss sorgfältig beachtet werden.

5. Die automatische Sammlung von Daten unterstützen, wo es angemessen und machbar ist.

> Beispiele für automatisierte Unterstützung sind:
> - Aktivitätsprotokolle mit Zeitstempeln
> - Statische oder dynamische Analyse von Artefakten

6. Verfahren für die Sammlung und Speicherung von Daten nach Priorität ordnen, überprüfen und aktualisieren

   Vorgeschlagene Verfahren werden zusammen mit denjenigen auf Eignung und Machbarkeit geprüft, die für die Bereitstellung, Sammlung und Speicherung von Daten zuständig sind. Diese Personen können auch nützliche Erkenntnisse darüber haben, wie sich bestehende Verfahren verbessern lassen, oder in der Lage sein, andere sinnvolle Kennzahlen oder Analysen vorzuschlagen.

7. Kennzahlen und Messziele nach Bedarf aktualisieren

SP 1.4 ANALYSEVERFAHREN SPEZIFIZIEREN

Spezifizieren, wie Messwerte analysiert und kommuniziert werden

TIPP

Häufig können Daten manipuliert werden, um die gewünschte Sicht der Dinge zu erzielen. Durch vorherige Spezifizierung der Analyseverfahren lässt sich Missbrauch dieser Art reduzieren.

Die Spezifizierung von Analyseverfahren im Voraus gewährleistet, dass geeignete Analysen durchgeführt und berichtet werden, um die dokumentierten Messziele zu erreichen (und damit die Informationsbedürfnisse und -ziele zu erfüllen, auf denen sie beruhen). Dieser Ansatz ist außerdem eine Prüfung, dass notwendige Daten tatsächlich gesammelt werden. Analyseverfahren sollten die Qualität aller Daten (z.B. ihr Alter und ihre Zuverlässigkeit) berücksichtigen, die in die Analyse eingehen (unabhängig davon, ob sie aus dem Projekt, der Messablage der Organisation oder aus anderen Quellen stammen). Die Qualität der Daten sollte berücksichtigt werden, um ein geeignetes Analyseverfahren auszuwählen und die Ergebnisse der Analyse zu bewerten.

Beispiele für Arbeitsergebnisse

1. Analysespezifikationen und -verfahren
2. Werkzeuge zur Datenanalyse

Subpraktiken

1. Die durchzuführenden Analysen und die vorzubereitenden Berichte spezifizieren und priorisieren

   Den durchzuführenden Analysen und der Art, wie über Ergebnisse berichtet wird, sollte schon früh Aufmerksamkeit gewidmet werden. Diese Analysen und die Berichte sollten folgende Kriterien erfüllen:

   - Die Analysen adressieren explizit die dokumentierten Messziele.
   - Die Darstellung der Ergebnisse ist für das Publikum, für das sie bestimmt sind, klar verständlich.

   Die Prioritäten müssen sich möglicherweise nach den verfügbaren Ressourcen richten.

2. Angemessene Methoden und Werkzeuge für die Datenanalyse auswählen

> Folgende Aspekte sind üblicherweise zu bedenken:
> - Auswahl visueller Anzeige- und anderer Präsentationstechniken (beispielsweise Torten- und Balkendiagramme, Histogramme, Netz-, Linien- und Streudiagramme oder Tabellen)
> - Auswahl passender beschreibender Statistiken (beispielsweise arithmetisches Mittel, Median oder häufigster Wert)
> - Entscheidungen über statistische Stichprobenkriterien, wenn es unmöglich oder unnötig ist, jedes Datenelement zu untersuchen
> - Entscheidungen darüber, wie bei der Analyse bei fehlenden Datenelementen verfahren wird
> - Auswahl angemessener Analysetools

MA

> Beschreibende Statistiken werden bei der Datenanalyse üblicherweise zu folgenden Zwecken verwendet:
>
> - Untersuchung der Verteilung von spezifizierten Kennzahlen (beispielsweise zentrale Tendenz, Ausmaß der Streuung oder Datenpunkte, die eine unübliche Streuung zeigen)
> - Untersuchung von Zusammenhängen der spezifizierten Kennzahlen (beispielsweise Vergleich von Fehlern nach der Phase im Lebenszyklus des Produkts oder Vergleich von Fehlern von Produktbestandteil)
> - Anzeige von Änderungen im Verlauf der Zeit

Mehr zum richtigen Einsatz von statistischen Techniken und zum Verstehen von Streuungen steht im Prozessgebiet »Quantitatives Projektmanagement« unter den spezifischen Praktiken »Kennzahlen und Analysetechniken selektieren« und »Leistung der ausgewählten Teilprozesse überwachen«.

TIPP

Unter den Zuständigen für die Analyse der Daten und die Präsentation der Ergebnisse sollten nach Möglichkeit diejenigen sein, aus deren Aktivitäten die Messdaten oder deren Handhabung hervorgegangen sind, wobei eine Prozessgruppe, eine Qualitätssicherungsgruppe oder Statistiker Unterstützung leisten.

3. Administrative Verfahren zur Analyse von Daten und zur Kommunikation von Ergebnissen spezifizieren.

> Folgende Aspekte sind üblicherweise zu bedenken:
>
> - Ermitteln der für die Analyse der Daten und die Präsentation der Ergebnisse zuständigen Personen und Gruppen
> - Festlegung des Zeitrahmens für die Analyse der Daten und die Präsentation der Ergebnisse
> - Festlegung der Form für die Übermittlung der Ergebnisse (beispielsweise Fortschrittsberichte, Kurzmitteilungen, schriftliche Berichte oder Mitarbeiterbesprechungen)

4. Prüfen und Aktualisieren des vorgeschlagenen Inhalts und der Darstellung der spezifizierten Analysen und Berichte

   Sämtliche Vorschläge zu Inhalt und Form unterliegen der Überprüfung und Überarbeitung, darunter die Analysemethoden und -Tools, die administrativen Verfahren und die Prioritäten. Dabei eingebundene relevante Stakeholder sollten Endanwender, Sponsoren, Datenanalysten und Lieferanten von Daten umfassen.

5. Kennzahlen und Messziele nach Bedarf aktualisieren.

   Genauso, wie Messbedürfnisse die Datenanalyse steuern, kann die Klärung der Analysekriterien die Kennzahl beeinflussen. Die Spezifikationen für einige Kennzahlen können auf der Grundlage von Spezifikationen für die Datenanalyseverfahren weiter verfeinert werden. Andere Kennzahlen können sich als unnötig erweisen. Möglicherweise ergibt sich auch die Notwendigkeit zusätzlicher Kennzahlen.

   Die Spezifizierung, wie die Kennzahlen analysiert und berichtet werden, kann auch eine Verfeinerung von Messzielen als solche nahe legen.

QUERVERWEIS

Achten Sie bei der Verfeinerung Ihrer Messziele auf SP 1.1.

6. Kriterien für die Bewertung der Brauchbarkeit von Analyseergebnissen und der Durchführung von Mess- und Analysetätigkeiten spezifizieren

Die Kriterien für die Bewertung der Brauchbarkeit der Analyse können zeigen, wie weit folgende Aussagen zutreffen:

- Die Ergebnisse werden zeitnah und verständlich bereitgestellt und zur Entscheidungsfindung eingesetzt.
- Die Arbeit erfordert nicht mehr Aufwand, als die dadurch erlangten Vorteile rechtfertigen.

Die Kriterien für die Bewertung der Durchführung der Messung und Analyse können das Ausmaß einschließen, in dem folgende Aussagen zutreffen:

- Die Menge der fehlenden Daten oder die Anzahl der gekennzeichneten Inkonsistenzen überschreitet die spezifizierten Schwellenwerte.
- In der Stichprobe besteht eine Auswahlverzerrung (beispielsweise werden nur zufriedene Endkunden zur Bewertung der Kundenzufriedenheit befragt oder nur erfolglose Projekte bewertet, um die Gesamtproduktivität zu ermitteln).
- Messdaten sind reproduzierbar (z.B. statistisch vorhersagbar).
- Die statistischen Annahmen sind eingetroffen (beispielsweise über die Verteilung der Daten oder über entsprechende Größenordnungen).

TIPP

Die Kriterien werden auf zwei Listen verteilt. Die erste umfasst Kriterien, die jede beliebige Organisationen verwenden kann. Die zweite ist ein wenig ausgefeilter und kann von Organisationen verwendet werden, sobald sie ihr Messprogramm etabliert haben.

SG 2 MESSERGEBNISSE BEREITSTELLEN

Messergebnisse, die die ermittelten Informationsbedürfnisse und -ziele adressieren, stehen zur Verfügung.

Der primäre Beweggrund für die Durchführung von Messung und Analyse ist, die ermittelten Informationsbedürfnisse zu adressieren, die aus Projekt-, Organisations- und Geschäftszielen abgeleitet wurden. Die auf objektiven Nachweisen beruhenden Messergebnisse können zur Überwachung von Fortschritt und Leistung, zur Erfüllung der in Lieferantenverträgen dokumentierten Verpflichtungen, zu sachkundigen Entscheidungen im Management- und technischen Bereich beitragen und zu Korrekturmaßnahmen befähigen.

TIPP

MA bildet die Grundlage für das in High-Maturity-Organisationen erforderliche Verhalten. Auf dem Weg von Organisationen zum Reifegrad 4 werden die Führungskräfte und Mitarbeiter die Verwendung von Messergebnissen als Bestandteil ihrer täglichen Arbeit ansehen.

SP 2.1 MESSWERTE ERMITTELN

Spezifizierte Messwerte ermitteln

Die für die Analyse notwendigen Daten werden ermittelt und auf Vollständigkeit und Integrität geprüft.

Beispiele für Arbeitsergebnisse

1. Datensätze von Basis- und abgeleiteten Kennzahlen
2. Ergebnisse von Prüfungen der Datenintegrität

Subpraktiken

1. Daten für Basiskennzahlen ermitteln

   Daten werden für zuvor genutzte und für neu spezifizierte Basiskennzahlen gemäß des Bedarfs gesammelt. Vorhandene Daten werden aus Projektaufzeichnungen oder von anderen Stellen innerhalb der Organisation beschafft.

2. Daten für abgeleitete Kennzahlen erstellen

   Für alle abgeleiteten Kennzahlen werden die Werte neu berechnet.

3. Datenintegritätsprüfungen möglichst nah an der Datenquelle durchführen

   Alle Messungen sind in Bezug auf die Spezifizierung und Aufzeichnung der Daten fehlerträchtig. Es ist immer besser, diese Fehler und die Quellen für fehlende Daten möglichst früh im Mess- und Analysezyklus aufzudecken.

TIPP

Wenn zu viel Zeit vergangen ist, kann es ineffizient oder sogar unmöglich sein, die Integrität einer Kennzahl zu prüfen oder die Quelle fehlender Daten zu identifizieren.

Die Prüfungen können eine Suche nach fehlenden Daten, Datenwerten außerhalb von Grenzen, ungewöhnlichen Mustern und kennzahlenübergreifender Korrelation einschließen. Besonders wichtig sind folgende Maßnahmen:

- Klassifikationen, die aufgrund menschlichen Urteilsvermögens aufgestellt wurden, auf Inkonsistenzen prüfen und korrigieren (beispielsweise bestimmen, wie oft Personen auf der Grundlage derselben Informationen unterschiedliche Klassifizierungsentscheidungen treffen, was im Englischen auch als »Intercoder-Reliabilität« bezeichnet wird).
- Die Beziehungen zwischen Kennzahlen empirisch untersuchen, die zur Berechnung zusätzlicher abgeleiteter Kennzahlen verwendet werden. Diese Vorgehensweise kann sicherstellen, dass wichtige Unterscheidungen nicht übersehen werden und dass abgeleitete Kennzahlen die beabsichtigte Bedeutung haben (was im Englischen auch als »criterion validity« bezeichnet wird).

SP 2.2 MESSWERTE ANALYSIEREN

Messwerte analysieren und interpretieren

Messwerte werden wie geplant analysiert, nach Bedarf werden zusätzliche Analysen durchgeführt, die Ergebnisse werden mit Hilfe relevanter Stakeholder überprüft und notwendige Überarbeitungen werden für spätere Analysen festgehalten.

Beispiele für Arbeitsergebnisse

1. Analyseergebnisse und Berichtsentwürfe

Subpraktiken

1. Erste Analysen durchführen, die Ergebnisse interpretieren und vorläufige Schlüsse ziehen

   Die Ergebnisse der Datenanalysen sind selten selbst erklärend. Die Kriterien für die Interpretation der Ergebnisse und für Schlussfolgerungen sollten explizit festgelegt werden.

2. Zusätzliche Messungen und Analysen nach Bedarf durchführen und die Ergebnisse zur Präsentation aufbereiten

   Ergebnisse geplanter Analysen können zusätzliche, vorher nicht vorgesehene Analysen nahelegen (oder erfordern).

TIPP

Häufig kann jemand Analysen fehlinterpretieren und falsche Schlüsse ziehen. Durch vorherige Spezifizierung von Kriterien für die Interpretation der Ergebnisse kann das Risiko falscher Schlüsse reduziert werden.

Außerdem können diese Analysen die Notwendigkeit ergeben, vorhandene Kennzahlen zu verfeinern, zusätzliche abgeleitete Kennzahlen zu berechnen oder sogar Daten für zusätzliche Basiskennzahlen zu sammeln, um die geplante Analyse ordnungsgemäß abschließen zu können. Ähnlich kann die Aufbereitung der ersten Ergebnisse zur Präsentation den Bedarf zusätzlicher, nicht vorgesehener Analysen ergeben.

3. Die ersten Ergebnisse mit Hilfe relevanter Stakeholder überprüfen

   Es kann sinnvoll sein, die ersten Interpretationen von Ergebnissen und die Art ihrer Präsentation zu überprüfen, bevor sie weit verbreitet und bekannt gemacht werden.

   Die Überprüfung der ersten Ergebnisse vor ihrer Freigabe kann unnötige Missverständnisse vermeiden und zu Verbesserungen bei der Analyse und Präsentation der Daten führen.

   Zur Gruppe relevanter Stakeholder, mit denen die Überprüfungen stattfinden können, gehören die vorgesehenen Endanwender, Sponsoren, Datenanalysten und Lieferanten von Daten.

4. Kriterien für zukünftige Analysen verfeinern

   Lehren, die die zukünftige Arbeit verbessern können, ergeben sich häufig aus der Durchführung von Datenanalysen und der Aufbereitung der Ergebnisse. Ebenso können sich auch Methoden zur Verbesserung der Spezifikationen von Kennzahlen und der Verfahren zur Datensammlung sowie Ideen für die Weiterentwicklung der erkannten Informationsbedürfnisse und -ziele ergeben.

TIPP

Messung und Analyse stellen einen Lernprozess dar. Üblicherweise bedarf es zahlreicher Zyklen, bevor die Kennzahlen und Analysen detailliert abgestimmt sind.

SP 2.3 DATEN UND ERGEBNISSE SPEICHERN

Messwerte, Messspezifikationen und Analyseergebnisse verwalten und speichern

Die Speicherung messungsbezogener Informationen ermöglicht die zeitnahe und kosteneffiziente Nutzung als historische Daten und Ergebnisse. Die Informationen werden auch benötigt, um einen ausreichenden Kontext für die Interpretation von Daten, Messkriterien und Analyseergebnissen zu bieten.

Üblicherweise werden u.a. folgende Informationen gespeichert:
- Messpläne
- Spezifikationen für Kennzahlen
- Sätze von gesammelten Daten
- Berichte und Präsentationen der Analysen
- Aufbewahrungszeiträume für gespeicherte Daten

Gespeicherte Informationen enthalten oder verweisen auf andere Informationen, die benötigt werden, um die Kennzahlen zu verstehen und zu interpretieren und sie auf Sinnhaftigkeit und Anwendbarkeit hin zu bewerten (beispielsweise Spezifikationen von Kennzahlen, die beim projektübergreifenden Vergleich für unterschiedliche Projekte verwendet werden).

Datengruppen für abgeleitete Kennzahlen lassen sich normalerweise neu berechnen und brauchen nicht gespeichert zu werden. Es kann jedoch sinnvoll sein, Zusammenfassungen zu speichern, die auf abgeleiteten Kennzahlen beruhen (beispielsweise Diagramme, Ergebnistabellen oder Berichte in Textform).

Hinweis

Es muss klar sein, was gespeichert werden muss, was neu berechnet oder erstellt werden kann und was zu verwerfen ist.

Zwischenergebnisse von Analysen brauchen nicht separat gespeichert zu werden, wenn sie sich effizient rekonstruieren lassen.

Projekte können projektspezifische Daten und Ergebnisse etwa in einer projektspezifischen Ablage speichern. Wenn Daten projektübergreifend genutzt werden, können sie in der Messablage der Organisation abgelegt werden.

Mehr zur Etablierung eines Konfigurationsmanagementsystems steht im Prozessgebiet »Konfigurationsmanagement«.

Mehr zur Etablierung der Messablage der Organisation steht unter der spezifischen Praktik »Messablage der Organisation etablieren« im Prozessgebiet »Organisationsweite Prozessentwicklung«.

Beispiele für Arbeitsergebnisse

1. Gespeicherter Datenbestand

Subpraktiken

1. Daten überprüfen, um ihre Vollständigkeit, Integrität, Genauigkeit und Aktualität zu gewährleisten
2. Daten entsprechend den vorgesehenen Verfahren speichern
3. Gespeicherte Inhalte nur den zuständigen Personengruppen und Mitarbeitern zugänglich machen
4. Eine zweckwidrige Nutzung der gespeicherten Informationen verhindern

TIPP

Die falsche Verwendung von Daten führt zu einem ernsthaften Verlust der Glaubwürdigkeit Ihrer MA-Umsetzung.

Beispiele für Methoden, um eine zweckwidrige Nutzung von Daten und zugehörigen Informationen zu verhindern, sind die Steuerung des Zugriffs auf Daten und die Schulung der Mitarbeiter in der angemessenen Verwendung.

Beispiele für eine zweckwidrige Verwendung von Daten umfassen:

- Enthüllung von Informationen, die vertraulich mitgeteilt wurden
- Falsche Interpretationen auf der Grundlage unvollständiger, aus dem Kontext gerissener oder anderweitig irreführender Informationen
- Nutzung von Kennzahlen zur unzulässigen Leistungsbeurteilung von Mitarbeitern oder Rangeinteilung von Projekten
- Angreifen der Integrität einzelner Personen

TIPP

Ein Zeichen für eine reife Organisation ist die tägliche Verwendung von Messdaten sowohl durch das Personal als auch durch das Management für ihre Tätigkeiten. Das erfordert eine effektive Vermittlung der Messdaten und der Analyseergebnisse.

SP 2.4 ERGEBNISSE KOMMUNIZIEREN

Ergebnisse von Mess- und Analysetätigkeiten an alle relevanten Stakeholder kommunizieren

Die Ergebnisse aus dem Mess- und Analyseprozess werden an relevante Stakeholder zeitnah und in verwendbarer Form kommuniziert, um die Entscheidungsfindung zu unterstützen und beim Ergreifen von Korrekturmaßnahmen zu unterstützen.

Zu den relevanten Stakeholdern zählen vorgesehene Benutzer, Sponsoren, Datenanalysten und Lieferanten von Daten.

Beispiele für Arbeitsergebnisse

1. Abgelieferte Berichte und zugehörige Analyseergebnisse
2. Kontextinformationen oder Anleitungen zur Hilfe bei der Interpretation der Analyseergebnisse

Subpraktiken

1. Relevante Stakeholder zeitnah über Messergebnisse informieren

   Die Nutzer der Messergebnisse werden persönlich so weit wie möglich und im Rahmen des normalen Geschäftsablaufs an der Festlegung von Zielen und der Entscheidung über Aktionspläne für Messung und Analyse beteiligt. Benutzer werden regelmäßig über Fortschritt und Zwischenergebnisse informiert.

   Mehr zur Durchführung von Fortschrittsbewertungen steht im Prozessgebiet »Projektverfolgung und -steuerung«.

2. Relevante Stakeholder beim Verstehen der Ergebnisse unterstützen

   Die Ergebnisse werden auf eine deutliche und umfassende Art und Weise vermittelt, die für die relevanten Stakeholder angebracht ist. Die Ergebnisse sind verständlich, leicht interpretierbar und deutlich auf die ermittelten Informationsbedürfnisse und -ziele bezogen.

   Die analysierten Daten sind für Praktiker, die keine Messexperten sind, häufig nicht selbst erklärend. Die Kommunikation der Ergebnisse sollte in Bezug auf folgende Dinge klar sein:

   - Wie und warum die Basis- und die abgeleiteten Kennzahlen spezifiziert wurden
   - Wie die Daten ermittelt wurden
   - Wie die Ergebnisse auf der Grundlage der zur Datenanalyse verwendeten Methoden zu interpretieren sind
   - Wie die Ergebnisse die Informationsbedürfnisse erfüllen

TIPP

Je reifer eine Organisation wird, umso vertrauter werden Personal und Management mit Messungen, und umso wahrscheinlicher wird es, dass sie die Analysedaten richtig interpretieren und die richtigen Fragen stellen, um die richtigen Schlussfolgerungen zu ziehen.

Beispiele für Maßnahmen, die anderen helfen, die Ergebnisse zu verstehen, umfassen:

- Erörterung der Ergebnisse mit relevanten Stakeholdern
- Angeben von Hintergrundinformationen und Erklärungen in einem Dokument
- Unterrichten der Benutzer über die Ergebnisse
- Anbieten von Aus- und Weiterbildung über zweckdienliche Verwendung und Verständnis der Messergebnisse

Organisationsweite Prozessentwicklung (Organizational Process Definition, OPD)

Ein Prozessmanagementprozessgebiet des Reifegrads 3

Zweck

Der Zweck der organisationsweiten Prozessentwicklung (OPD) ist, einen anwendbaren Satz von organisationsweiten Prozess-Assets, Standards für die Arbeitsumgebung und Regeln und Richtlinien für Teams zu etablieren und beizubehalten.

Einführende Hinweise

Die Prozess-Assets der Organisation ermöglichen eine organisationsweit konsistente Prozessdurchführung und bilden die Basis für einen zunehmenden und langfristigen Nutzen für die Organisation. (Die Definition von »Prozess-Assets der Organisation« finden Sie im Glossar.)

Die Bibliothek der Prozess-Assets der Organisation unterstützt organisationsweites Lernen und organisationsweite Prozessverbesserung, da sie eine organisationsübergreifende gemeinsame Nutzung der guten Praktiken und des erworbenen Know-hows ermöglicht. (Die Definition von »Prozess-Assets der Organisation« finden Sie im Glossar.)

Der organisationsweite Satz von Standardprozessen beschreibt auch den Standardumgang mit Lieferanten. Der Umgang mit Lieferanten ist durch folgende typische Elemente gekennzeichnet: von den Lieferanten erwartete zu liefernde Arbeitsergebnisse, Akzeptanzkriterien für diese zu liefernden Arbeitsergebnisse, Standards (z.B. Architektur- und Technologiestandards) und Standardmeilensteine und Fortschrittsprüfungen.

Tipp

OPD enthält die spezifischen Praktiken zur Erfassung der Anforderungen, Normen und Richtlinien der Organisation, die organisationsweit in allen Projekten angewendet werden sollen.

Hinweis

Wie bei jeder Bibliothek besteht eine der wichtigsten Herausforderungen darin, den Mitarbeitern möglichst schnellen Zugriff auf die gewünschten Informationen zu ermöglichen. Aus diesem Grund müssen die Informationen katalogisiert, gepflegt und archiviert werden.

Der organisationsspezifische Satz von Standardprozessen und die Tailoring-Guidelines werden von Projekten genutzt, um ihre definierten Prozesse zu erstellen. Andere Prozess-Assets der Organisation werden verwendet, um das Tailoring und die Umsetzung definierter Prozesse zu unterstützen. Die Standards zur Arbeitsumgebung geben Hilfestellung beim Aufbau von Projektarbeitsumgebungen. Regeln und Richtlinien für Teams werden verwendet, um bei deren Strukturierung, Bildung und Arbeitsablauf zu helfen.

Ein »Standardprozess« setzt sich aus anderen Prozessen (d.h. Teilprozessen) oder Prozesselementen zusammen. Ein »Prozesselement« ist die elementare (kleinste) Einheit einer Prozessdefinition und beschreibt die Aktivitäten und Aufgaben, die für ein konsistentes Arbeiten erforderlich sind. Die Prozessarchitektur gibt Regeln für die Verknüpfung der Prozesselemente eines Standardprozesses vor. Der organisationsspezifische Satz von Standardprozessen kann mehrere Prozessarchitekturen enthalten.

(Die Definitionen von »Standardprozess«, »Prozessarchitektur«, »Teilprozess« und »Prozesselement« finden Sie im Glossar.)

TIPP

CMMI-Modelle versuchen, das »Was« und nicht das »Wie« zu erfassen. In den Anmerkungen und Beispielen finden Sie jedoch einige Tipps zur Interpretation und Umsetzung der Konzepte.

Die Prozess-Assets der Organisation können je nach Umsetzung des Prozessgebiets »Organisationsweite Prozessentwicklung« auf unterschiedliche Arten strukturiert werden. Beispiele dafür umfassen:

- Beschreibungen von Phasenmodellen können ein Teil des organisationsspezifischen Satzes von Standardprozessen sein oder separat dokumentiert werden.
- Der organisationsspezifische Satz von Standardprozessen kann entweder in der Bibliothek der Prozess-Assets der Organisation oder separat gespeichert werden.
- Kennzahlen und die prozessbezogene Dokumentation können entweder zusammen in einer einzigen Messablage oder separat gespeichert werden.

In Beziehung stehende Prozessgebiete

Mehr zum Rollout von Prozess-Assets der Organisation steht im Prozessgebiet »Organisationsweite Prozessausrichtung«.

Übersicht spezifischer Ziele und Praktiken

SG 1 Prozess-Assets der Organisation etablieren
- SP 1.1 Standardprozesse etablieren
- SP 1.2 Beschreibungen von Phasenmodellen etablieren
- SP 1.3 Tailoring-Kriterien und Tailoring-Guidelines etablieren
- SP 1.4 Messablage der Organisation etablieren
- SP 1.5 Bibliothek der Prozess-Assets der Organisation etablieren
- SP 1.6 Standards zur Arbeitsumgebung etablieren
- SP 1.7 Regeln und Richtlinien für integrierte Teams etablieren

Tipp

In Version 1.3 wurde IPPD entfernt. Dafür wurde SP 1.7 hinzugefügt, um Teams zu behandeln.

Detaillierung spezifischer Ziele und Praktiken

SG 1 Prozess-Assets der Organisation etablieren

Ein Satz organisationsspezifischer Prozess-Assets wird etabliert und beibehalten.

Tipp

Die Prozess-Assets der Organisation unterstützen eine grundlegende Verhaltensänderung. Projekte erstellen ihre Prozesse nicht mehr von Grund auf neu, sondern nutzen stattdessen die guten Praktiken der Organisation, wodurch sich die Qualität verbessert und Zeit und Kosten eingespart werden.

SP 1.1 Standardprozesse etablieren

Den organisationsspezifischen Satz von Standardprozessen etablieren und beibehalten

Standardprozesse können auf mehreren Ebenen in einem Unternehmen definiert und hierarchisch miteinander verknüpft werden. So kann es beispielsweise sein, dass einzelne Organisationseinheiten (wie eine Abteilung oder ein Standort) den Satz von Standardprozessen ihres Unternehmens als Basis für das Tailoring ihres eigenen Satzes von Standardprozessen verwenden. Der Satz von Standardprozessen kann auch für einzelne Geschäftsbereiche, Produktlinien oder Standarddienstleistungen der Organisation ge-tailored werden. Der »organisationsspezifische Satz von Standardprozessen« kann sich somit sowohl auf die etablierten Standardprozesse auf Organisationsebene als auch auf die Standardprozesse beziehen, die auf niedrigeren Ebenen etabliert wurden, wenngleich

Tipp

Standardprozesse definieren die Schlüsselaktivitäten einer Organisation. Beispiele für Standardprozesse sind Anforderungsermittlung, Design und Test, Planung, Schätzung, Überwachung und Steuerung sowie Produktauslieferung und -unterstützung.

manche Organisationen vielleicht nur eine Ebene für Standardprozesse haben. (Die Definitionen von »Standardprozess« und »organisationsspezifischer Satz von Standardprozessen« finden Sie im Glossar.)

Unter Umständen werden mehrere Standardprozesse benötigt, um den Anforderungen unterschiedlicher Anwendungsbereiche, Phasenmodelle, Methodiken und Tools gerecht zu werden. Der organisationsspezifische Satz von Standardprozessen enthält Prozesselemente (z.B. ein Element zur Größenschätzung von Arbeitsergebnissen), die gemäß einer oder mehrerer Prozessarchitekturen, die Beziehungen zwischen Prozesselementen beschreiben, untereinander verknüpft sein können.

TIPP

Der organisationsspezifische Satz von Standardprozessen kann auch Prozesse enthalten, die nicht direkt von CMMI abgedeckt werden, z.B. Vorschlagswesen, Projektgenehmigung, Finanzverwaltung und Beschaffung.

Der organisationsspezifische Satz von Standardprozessen umfasst in der Regel technische, unterstützende, organisatorische, Management- und Administrationsprozesse.

Der organisationsspezifische Satz von Standardprozessen sollte sämtliche Prozesse abdecken, die die Organisation und die Projekte benötigen. Darunter fallen auch die Prozesse, die von den Prozessgebieten des Reifegrads 2 angesprochen werden.

HINWEIS

Oft nutzen Organisationen Musterprozesse ihrer Projekte als Ausgangspunkt für die Arbeit mit dem organisationsspezifischen Satz von Standardprozessen.

Beispiele für Arbeitsergebnisse

1. Organisationsspezifischer Satz von Standardprozessen

Subpraktiken

1. Die Standardprozesse weit genug in ihre einzelnen Prozesselemente zerlegen, um die jeweiligen Arbeitsabläufe verstehen und beschreiben zu können

   Jedes Prozesselement umfasst einen eng verknüpften Satz von Aktivitäten. Bei den Beschreibungen von Prozesselementen kann es sich um auszufüllende Vorlagen, zu vervollständigende Fragmente, zu verfeinernde Abstraktionen oder um vollständige Beschreibungen handeln, die entweder noch ausgestaltet oder unverändert eingesetzt werden. Diese Elemente werden so ausführlich beschrieben, dass die Arbeitsabläufe nach ihrer vollständigen Definition [Hinweis: als definierte Prozesse] durch geschulte und kompetente Mitarbeiter konsistent durchgeführt werden können.

TIPP

Das Ziel besteht darin, die Arbeitsabläufe so aufzuteilen und zu definieren, dass sie einheitlich über Projekte hinweg durchgeführt werden können, aber dennoch genügend Freiraum lassen, um den besonderen Anforderungen der einzelnen Projekte gerecht zu werden.

> Beispiele für Prozesselemente umfassen:
> - Vorlage für Größenschätzungen von Arbeitsergebnissen
> - Beschreibung von Entwurfsmethodiken für Arbeitsergebnisse
> - Methoden für Peer-Reviews, die ge-tailored werden können
> - Vorlage für die Durchführung von Management-Reviews
> - Vorlagen oder Aufgabenabläufe, die in Workflow-Tools eingebettet sind
> - Beschreibung von Methoden zur Vorabqualifizierung von Lieferanten als bevorzugte Lieferanten

2. Die wesentlichen Attribute der einzelnen Prozesselemente festlegen

> Beispiele für wesentliche Attribute umfassen:
> - Prozessrollen
> - Maßgebliche Normen
> - Maßgebliche Verfahren, Methoden, Tools und Ressourcen
> - Prozessleistungsziele
> - Eingangskriterien
> - Eingangsgrößen
> - Verifizierungspunkte (z.B. Peer-Reviews)
> - Ergebnisse
> - Schnittstellen
> - Ausgangskriterien
> - Produkt- und Prozesskennzahlen

3. Beziehungen zwischen Prozesselementen spezifizieren

> Beispiele für Beziehungen umfassen:
> - Reihenfolge der Prozesselemente
> - Schnittstellen zwischen den Prozesselementen
> - Schnittstellen mit externen Prozessen
> - Abhängigkeiten zwischen Prozesselementen

Die Regeln für die Beschreibung von Beziehungen zwischen Prozesselementen werden als »Prozessarchitektur« bezeichnet.

Die Prozessarchitektur umfasst die wesentlichen Anforderungen und Richtlinien. Ausführliche Spezifikationen dieser Beziehungen sind in den Beschreibungen der definierten Prozesse enthalten, die aus dem organisationsspezifischen Satz von Standardprozessen ge-tailored werden.

HINWEIS

Als Erstes sollten Organisationen sich darauf konzentrieren, das, was bereits gut gelingt, zu standardisieren.

4. Sicherstellen, dass der organisationsspezifische Satz von Standardprozessen die maßgeblichen Leitlinien, Normen und Modelle einhält

   Die Einhaltung der maßgeblichen Prozessnormen und -modelle wird üblicherweise durch eine Zuordnung des organisationsspezifischen Satzes von Standardprozessen zu relevanten Prozessnormen und -modellen nachgewiesen. Diese Zuordnung ist eine nützliche Eingangsgröße für zukünftige Appraisals.

5. Sicherstellen, dass der organisationsspezifische Satz von Standardprozessen Prozessanforderungen und -ziele der Organisation erfüllt

   Mehr zur Etablierung von Prozesserfordernissen der Organisation steht im Prozessgebiet »Organisationsweite Prozessausrichtung«.

HINWEIS

Organisationen sollen Informationsmonopole abbauen. Wenn regelmäßig die Fähigkeiten anderer Organisationen hinzugezogen werden müssen, um Zielkonflikte zu durchdringen und Probleme auf Systemebene zu lösen, sollte in Erwägung gezogen werden, einen durchgängigen Standardprozess für gemeinsames Arbeiten zu etablieren.

6. Sicherstellen, dass Prozesse des organisationsspezifischen Satzes von Standardprozessen angemessen integriert sind
7. Den organisationsspezifischen Satz von Standardprozessen dokumentieren
8. Peer-Reviews für den organisationsspezifischen Satz von Standardprozessen durchführen

   Mehr zur Durchführung von Peer-Reviews steht im Prozessgebiet »Verifizierung«.

9. Den organisationsspezifischen Satz von Standardprozessen bei Bedarf überarbeiten

Beispiele dafür, wann es sinnvoll sein kann, den organisationsspezifischen Satz von Standardprozessen zu überarbeiten, umfassen:

- Wenn Verbesserungen am Prozess erkannt worden sind
- Wenn die Daten der Ursachenanalyse und -beseitigung anzeigen, dass eine Prozessänderung notwendig ist
- Wenn Vorschläge für Prozessverbesserungen für das Rollout in der Organisation ausgewählt werden
- Wenn die organisationsspezifischen Prozesserfordernisse und -ziele aktualisiert werden

SP 1.2 Beschreibungen von Phasenmodellen etablieren

Beschreibungen von Phasenmodellen etablieren und beibehalten, die für die Verwendung in der Organisation freigegeben sind.

Für verschiedene Kunden und Situationen können jeweils eigene Phasenmodelle entwickelt werden, da ein einziges Phasenmodell nicht für alle Situationen geeignet sein muss. Phasenmodelle werden häufig verwendet, um die Phasen eines Projekts zu definieren. Darüber hinaus kann eine Organisation unterschiedliche Phasenmodelle für jede Art der von ihr gelieferten Produkte und Dienstleistungen definieren.

Tipp

Besonders hilfreich beim Projektmanagement ist eine Standardbeschreibung der einzelnen Projektphasen (d.h. ein Projektphasenmodell), um die Projektaktivitäten zu organisieren und deren Eignung zu beurteilen sowie den Projektfortschritt zu überwachen.

Beispiele für Arbeitsergebnisse

1. Beschreibungen von Phasenmodellen

Subpraktiken

1. Phasenmodelle unter Berücksichtigung der Anforderungen von Projekten und der Organisation auswählen

Beispiele für Projektphasenmodelle umfassen:

- Wasserfall- oder serielle Modelle
- Spiralmodelle
- Evolutionäre Modelle
- Inkrementelle Modelle
- Iterative Modelle

2. Beschreibungen von Phasenmodellen dokumentieren

   Phasenmodelle können als Teil der Beschreibungen der Standardprozesse der Organisation oder separat dokumentiert werden.

Tipp

Es ist hilfreich, Empfehlungen zu geben, welche Phasenmodelle und Projektarten am besten miteinander harmonieren.

3. Peer-Reviews für Phasenmodelle durchführen

   Mehr zur Durchführung von Peer-Reviews steht im Prozessgebiet »Verifizierung«.

4. Die Beschreibungen der Phasenmodelle bei Bedarf überarbeiten

SP 1.3 TAILORING-KRITERIEN UND TAILORING-GUIDELINES ETABLIEREN

Tailoring-Kriterien und Tailoring-Guidelines für den organisationsspezifischen Satz von Standardprozessen etablieren und beibehalten

TIPP

Das Tailoring erlaubt die Adaption des organisationsspezifischen Satzes von Standardprozessen und anderen Assets, die den Anforderungen des Projekts entgegenkommen. Die Herausforderung besteht darin, Anleitungen bereitzustellen, die flexibel genug sind, um den Bedürfnissen jedes einzelnen Projekts gerecht zu werden und gleichzeitig eine sinnvolle Konsistenz sicherzustellen.

Die Tailoring-Kriterien und Tailoring-Guidelines beschreiben Folgendes:

- Wie der organisationsspezifische Satz von Standardprozessen und die Prozess-Assets der Organisation für die Erstellung definierter Prozesse eingesetzt werden
- Welche Anforderungen durch die definierten Prozesse zwingend erfüllt werden müssen (z.B. die Teilmenge der Prozess-Assets der Organisation, die für jeden definierten Prozess wesentlich sind)
- Welche Auswahlmöglichkeiten verfügbar sind und welche Kriterien für deren Auswahl gelten
- Welche Verfahren bei der Durchführung und Dokumentation des Prozess-Tailorings eingehalten werden müssen

Beispiele für Tailoring-Gründe umfassen:

- Anpassung von Arbeitsabläufen an eine neue Produktlinie oder Arbeitsumgebung
- Ausarbeitung von Prozessbeschreibungen, so dass die resultierenden definierten Prozesse durchgeführt werden können
- Anpassung von Arbeitsabläufen für eine Anwendung oder Klasse ähnlicher Anwendungen

TIPP

Es dauert für gewöhnlich einige Zeit, um diese Balance zu finden, da die Organisation erst Erfahrungswerte aus dem Einsatz dieser Assets sammeln muss.

Es findet ein Kompromiss zwischen dem Tailoring und der Definition von Prozessen und einer angemessenen Einheitlichkeit in den organisationsweiten Arbeitsabläufen statt. Flexibilität ist notwendig, um auf Kontextvariablen wie Anwendungsbereiche, Kundengruppen, Kosten, Terminpläne, Qualitätsabwägungen, technische Schwierigkeiten sowie die Erfahrung der Personen, die Arbeitsabläufe umsetzen, eingehen zu können. Organisationsweite Einheitlichkeit ist erforderlich, damit Organisationsstandards, -ziele, und -strategien hinreichend berücksichtigt sowie Prozessdaten und Lessons Learned gemeinsam genutzt werden können.

Tailoring ist eine entscheidende Tätigkeit, mit der Prozesse aufgrund der besonderen Bedürfnisse eines Projekts oder eines Teils der Organisation kontrolliert geändert werden können.

Prozesse und Prozesselemente, die unmittelbar mit kritischen Geschäftszielen verbunden sind, sollten gewöhnlich verbindlich definiert werden. Dagegen erlauben Prozesse und Prozesselemente, die weniger kritisch sind oder die Geschäftsziele nur indirekt beeinflussen, ein größeres Maß an Tailoring.

Der Umfang des Tailorings kann auch vom Phasenmodell des Projekts, der Hinzuziehung von Lieferanten und anderen Faktoren abhängen.

Die Tailoring-Kriterien und Tailoring-Guidelines erlauben unter Umständen den Einsatz eines Standardprozesses »wie vorgegeben«, ohne weiteres Tailoring.

Beispiele für Arbeitsergebnisse

1. Tailoring-Guidelines für den organisationsspezifischen Satz von Standardprozessen

Subpraktiken

1. Auswahlkriterien und Verfahren für das Tailoring des organisationsspezifischen Satzes von Standardprozessen festlegen

Beispiele für Kriterien und Verfahren umfassen:

- Kriterien für die Auswahl aus den Phasenmodellen, die von der Organisation freigegeben sind
- Kriterien für die Auswahl von Prozesselementen aus dem organisationsspezifischen Satz von Standardprozessen
- Verfahren für das Tailoring ausgewählter Phasenmodelle und Prozesselemente, um Prozessmerkmalen und -anforderungen gerecht zu werden
- Verfahren zur Anpassung der üblichen Kennzahlen der Organisation zum Ansprechen von Informationsbedürfnissen

Beispiele für das Tailoring umfassen:

- Anpassung eines Phasenmodells
- Kombination von Elementen unterschiedlicher Phasenmodelle
- Anpassung von Prozesselementen
- Ersetzung von Prozesselementen
- Neuanordnung von Prozesselementen

HINWEIS

Der Prozess für Ausnahmegenehmigungen sollte effizient gestaltet werden, um neuen Projekten eine schnelle Etablierung des definierten Prozesses zu ermöglichen und Stagnation zu vermeiden.

TIPP

Sowohl der Prozess als auch die Tailoring-Guidelines können als Teil des organisationsspezifischen Satzes von Standardprozessen dokumentiert werden.

TIPP

Die Messablage der Organisation ist eine entscheidende Ressource, die bei der Planung neuer Projekte hilft, indem sie Fragen über ähnliche Projekte beantwortet (z.B.: »Wie lang dauerte es? Welcher Aufwand war nötig? Welche Qualität wurde erzielt?«).

TIPP

Obwohl sich diese Praktik auf die Etablierung und Beibehaltung der Messablage konzentriert, zeigt sich ihr wahrer Nutzen, sobald die Mitarbeiter der Organisation die Daten bei der Etablierung definierter Prozesse und Pläne einsetzen.

2. Vorgaben für die Dokumentation definierter Prozesse festlegen
3. Verfahren zur Beantragung und Beschaffung von Ausnahmegenehmigungen bei Abweichungen gegenüber dem organisationsspezifischen Satz von Standardprozessen festlegen
4. Tailoring-Guidelines für den organisationsspezifischen Satz von Standardprozessen dokumentieren
5. Peer-Reviews für die Tailoring-Guidelines durchführen

   Mehr zur Durchführung von Peer-Reviews steht im Prozessgebiet »Verifizierung«.

6. Tailoring-Guidelines bei Bedarf überarbeiten

SP 1.4 MESSABLAGE DER ORGANISATION ETABLIEREN

Die Messablage der Organisation etablieren und beibehalten

Mehr zum Einsatz der Messablage der Organisation bei der Planung von Projekttätigkeiten steht in der spezifischen Praktik »Prozess-Assets der Organisation für die Planung von Projekttätigkeiten verwenden« des Prozessgebiets »Fortgeschrittenes Projektmanagement«.

Die Messablage enthält sowohl Produkt- als auch Prozesskennzahlen, die mit dem organisationsspezifischen Satz von Standardprozessen in Zusammenhang stehen. Sie umfasst oder verweist außerdem auf Informationen, die dazu dienen, Kennzahlen zu verstehen, zu interpretieren und ihre Sinnhaftigkeit und Anwendbarkeit zu beurteilen. So werden z.B. die Definitionen von Kennzahlen verwendet, um ähnliche Kennzahlen aus unterschiedlichen Prozessen miteinander zu vergleichen.

Beispiele für Arbeitsergebnisse

1. Definition des allgemeinen Satzes von Produkt- und Prozesskennzahlen für den organisationsspezifischen Satz von Standardprozessen
2. Entwurf der Messablage der Organisation
3. Messablage der Organisation (d.h. die Struktur der Ablage und die unterstützende Umgebung)
4. Messdaten der Organisation

Subpraktiken

1. Anforderungen der Organisation an die Speicherung, Abfrage und Analyse von Kennzahlen ermitteln

2. Einen allgemeinen Satz von Prozess- und Produktkennzahlen für den organisationsspezifischen Satz von Standardprozessen definieren

   Kennzahlen aus dem allgemeinen Satz werden nach ihrer Fähigkeit ausgewählt, Einsicht in die kritischen Prozesse für das Erreichen der Geschäftsziele zu vermitteln und sich auf die Prozesselemente zu konzentrieren, die sich signifikant auf Kosten, Termine und die Leistung in einem Projekt und in der gesamten Organisation auswirken. Der allgemeine Satz von Kennzahlen hängt vom jeweils verwendeten Standardprozess ab.

   Zu den definierten Kennzahlen gehören auch diejenigen zur Vertragsverwaltung, von denen einige bei den Lieferanten erfasst werden müssen.

   In anwendbaren Definitionen für Kennzahlen werden Verfahren für die Sammlung gültiger Daten sowie die Stelle im Ablauf festgelegt, an der die Sammlung erfolgt.

Tipp

Die Kennzahlen ändern sich mit der Zeit und sollten daher regelmäßig überarbeitet werden.

Beispiele für Klassen häufig verwendeter Kennzahlen sind:

- Größenschätzungen von Arbeitsergebnissen (beispielsweise Anzahl der Seiten)
- Schätzungen des Aufwands und der Kosten (beispielsweise Anzahl der Personenstunden)
- Kennzahlen von Größe, Aufwand und Kosten
- Testabdeckung
- Zuverlässigkeitskennzahlen (beispielsweise mittlere Zeit bis zum ersten Ausfall)
- Qualitätskennzahlen (beispielsweise Anzahl oder Schweregrad von Fehlern)
- Abdeckung durch Peer-Reviews

Querverweis

Die Praktiken für Messung und Analyse (siehe MA) bilden eine Voraussetzung für die Etablierung der Messablage der Organisation.

3. Messablage entwerfen und umsetzen

   Die Funktionen der Messablage umfassen:

   - Unterstützung des effektiven Vergleichs und der Interpretation von Messdaten zwischen Projekten

- Bereitstellen eines ausreichenden Kontext, damit ein neues Projekt die Daten über ähnliche Projekte in der Ablage schnell erkennen und darauf zugreifen kann
- Fördern der Genauigkeit von Schätzungen in Projekten durch die Verwendung eigener historischer Daten und derjenigen anderer Projekte
- Hilfestellung zum Verstehen der Prozessleistung
- Unterstützen einer potenziellen statistischen Führung von Prozessen oder Teilprozessen bei Bedarf

TIPP

Die Kennzahlen werden der Messablage in der Regel automatisch hinzugefügt. Ist dies jedoch nicht der Fall, sollte die Person, die die Kennzahlen sammelt, diese Aufgabe übernehmen.

4. Verfahren für die Speicherung, Aktualisierung und Abfrage von Messwerten festlegen

   Mehr zum Spezifizieren von Verfahren zur Datenerfassung und -speicherung steht im Prozessgebiet »Messung und Analyse«.

5. Peer-Reviews für Definitionen des allgemeinen Satzes von Kennzahlen und für Verfahren zum Speichern, Aktualisieren und Abfragen festlegen

   Mehr zu Durchführung von Peer-Reviews steht im Prozessgebiet »Verifizierung«.

6. Festgelegte Kennzahlen zur Messablage hinzufügen

   Mehr zur Festlegung von Kennzahlen steht im Prozessgebiet »Messung und Analyse«.

7. Die Inhalte der Messablage in angemessener Weise für die Nutzung durch die Organisation und ihre Projekte bereitstellen

8. Die Messablage, den allgemeinen Satz von Kennzahlen und die Verfahren entsprechend der Änderung des Informationsbedarfs der Organisation überarbeiten

Beispiele für Fälle, in denen der allgemeine Satz von Kennzahlen überarbeitet werden muss, umfassen:

- Neue Prozesse werden hinzugefügt.
- Prozesse werden überarbeitet und neue Kennzahlen werden benötigt
- Ein feinerer Detaillierungsgrad für die Daten wird benötigt.
- Mehr Prozesstransparenz wird benötigt.
- Kennzahlen werden nicht mehr verwendet.

SP 1.5 BIBLIOTHEK DER PROZESS-ASSETS DER ORGANISATION ETABLIEREN

Die Bibliothek der Prozess-Assets der Organisation etablieren und beibehalten

Beispiele für Elemente, die in der Bibliothek der Prozess-Assets der Organisation gespeichert werden sollten, umfassen:

- Organisationsleitlinien
- Prozessbeschreibungen
- Verfahren (z.B. Schätzverfahren)
- Entwicklungspläne
- Beschaffungspläne
- Qualitätssicherungspläne
- Schulungsunterlagen
- Prozesshilfsmittel (z.B. Checklisten)
- Berichte über Lessons Learned

HINWEIS

Organisationen sollten darüber nachdenken, warum sie diese Informationen speichern und wie oft sie abgerufen werden.

Beispiele für Arbeitsergebnisse

1. Entwurf der Bibliothek der Prozess-Assets der Organisation
2. Bibliothek der Prozess-Assets der Organisation (organization's process asset library)
3. Ausgewählte Elemente, die der Bibliothek der Prozess-Assets der Organisation hinzugefügt werden sollen
4. Auflistung aller Elemente in der Bibliothek der Prozess-Assets der Organisation

Subpraktiken

1. Die Bibliothek der Prozess-Assets der Organisation sowie die Bibliotheksstruktur und die unterstützende Umgebung entwerfen und umsetzen
2. Kriterien für das Hinzufügen von Elementen zur Bibliothek festlegen

   Die Auswahl der Elemente erfolgt in erster Linie aufgrund ihrer Beziehung zum organisationsspezifischen Satz von Standardprozessen.
3. Verfahren für die Speicherung, Aktualisierung und Abfrage von Elementen festlegen

TIPP

Ein Hauptziel der Bibliothek der Prozess-Assets (Process Asset Library, PAL) besteht darin, sicherzustellen, dass Informationen leicht aufzufinden und zu verwenden sind.

TIPP

Die Pflege der Bibliothek kann schnell zu einem Problem werden, wenn alle Dokumente sämtlicher Projekte dort gespeichert werden.

TIPP

Einige Organisationen überprüfen die Inhalte ihrer Bibliothek der Prozess-Assets regelmäßig alle 12 bis 18 Monate, um zu entscheiden, was gelöscht und was archiviert werden soll.

4. Ausgewählte Elemente zur Bibliothek hinzufügen und für den leichteren Zugriff katalogisieren
5. Elemente für die Nutzung in Projekten verfügbar machen
6. Die Verwendung der einzelnen Elemente regelmäßig überprüfen
7. Die Bibliothek der Prozess-Assets der Organisation bei Bedarf überarbeiten

Beispiele für Fälle, in denen die Bibliothek überarbeitet werden muss, umfassen:

- Neue Prozesse werden hinzugefügt.
- Elemente werden zurückgezogen.
- Aktuelle Versionen von Elementen werden geändert.

SP 1.6 STANDARDS ZUR ARBEITSUMGEBUNG ETABLIEREN

Standards zur Arbeitsumgebung etablieren und beibehalten

TIPP

Die Normen zur Arbeitsumgebung müssen für die Organisation, deren Geschäftspartner, den zu unterstützenden Grad an Zusammenarbeit usw. geeignet sein.

HINWEIS

Haben die Mitarbeiter der Organisation ein gemeinsames Leitbild, so muss die Arbeitsumgebung diese unterstützen.

Standards zur Arbeitsumgebung sorgen dafür, dass Organisationen und Projekte von gemeinsam verwendeten Tools, Aus- und Weiterbildung und Instandhaltung sowie von Kostenersparnissen aufgrund von Mengeneinkäufen profitieren. Standards zur Arbeitsumgebung umfassen die Bedürfnisse aller Stakeholder und berücksichtigen Faktoren wie Produktivität, Kosten, Verfügbarkeit, Sicherheit und Gesundheitsschutz am Arbeitsplatz, Betriebsschutz sowie ergonomische Aspekte. Standards zur Arbeitsumgebung können Tailoring-Guidelines und den Einsatz von Ausnahmegenehmigungen enthalten, die Projekten eine Anpassung der Arbeitsumgebung ermöglichen, so dass Anforderungen erfüllt werden können.

TIPP

Projekte stellen in der Regel zusätzliche Anforderungen an ihre Arbeitsumgebung. Diese spezifische Praktik etabliert die organisationsweit umzusetzenden Normen.

Beispiele für Standards zur Arbeitsumgebung umfassen:

- Verfahren für den Betrieb und die Sicherheit der Arbeitsumgebung
- Standardmäßige Hard- und Software für Arbeitsstationen
- Standardmäßige Anwendungssoftware sowie entsprechende Tailoring-Guidelines
- Standardmäßige Produktions- und Kalibrierungsausstattung
- Prozess für die Beantragung und Genehmigung des Tailorings und von Ausnahmen

Beispiele für Arbeitsergebnisse

1. Normen zur Arbeitsumgebung

Subpraktiken

1. Für die Organisation geeignete kommerziell verfügbare Normen und Standards zur Arbeitsumgebung bewerten
2. Bestehende Standards zur Arbeitsumgebung übernehmen und neue entwickeln, um Lücken zu schließen, die sich aus den Prozessanforderungen und Zielen der Organisation ergeben

SP 1.7 REGELN UND RICHTLINIEN FÜR INTEGRIERTE TEAMS ETABLIEREN

Regeln und Richtlinien der Organisation für die Strukturierung, Bildung und Arbeitsabläufe von Teams etablieren und beibehalten.

Arbeitsregeln und -richtlinien für Teams definieren und steuern, wie Teams gebildet werden und wie sie interagieren, um Ziele zu erreichen. Die Teammitglieder sollten die Arbeitsnormen verstehen und sich daran halten.

Beim Etablieren von Regeln und Richtlinien für Teams ist darauf zu achten, dass sie mit allen lokalen und nationalen Vorschriften oder Gesetzen übereinstimmen, die den Einsatz von Teams betreffen.

Zur Strukturierung von Teams gehört es, die Anzahl der Teams, die Art der einzelnen Teams und die Beziehungen der Teams untereinander in der Struktur festzulegen. Zur Bildung von Teams gehört es, jedes Team mit Statuten zu versehen, Teammitglieder und Teamleiter zu ernennen und jedem Team Ressourcen zuzuweisen, um die Arbeit zu verrichten.

Beispiele für Arbeitsergebnisse

1. Regeln und Richtlinien für die Strukturierung und Bildung von Teams
2. Arbeitsregeln für Teams

Subpraktiken

1. Bevollmächtigungsmechanismen für die rechtzeitige Entscheidungsfindung etablieren und beibehalten

   In einer erfolgreichen Teamumgebung sind klare Verantwortungs-Autoritätskanäle etabliert. Dies geschieht durch Dokumentieren und Ausrollen organisationsweiter Richtlinien, die die Bevollmächtigung von Teams klar definieren.

TIPP

Die Leistungsfähigkeit eines Teams basiert zu einem Großteil auf der Begeisterung, mit der die Teammitglieder die Herausforderungen gemeinsam bewältigen. Mit der Zeit kann es jedoch geschehen, dass Teammitglieder ihre berufliche Weiterentwicklung vernachlässigen. Tritt dieses Phänomen in der gesamten Organisation auf, verliert diese langsam, aber sicher ihre Kernkompetenzen.

TIPP

Teams können keine herausragenden Leistungen erbringen, wenn sie für jede Maßnahme oder Entscheidung die Zustimmung des Managements benötigen.

TIPP

Die einem neu gebildeten Team zunächst zugewiesenen Rechte können später noch ausgeweitet werden, nachdem bestimmte Projektphasen abgeschlossen wurden und das Team seine Befugnisse verantwortungsvoll eingesetzt hat. Die Regeln für den Bevollmächtigungsgrad sollten solche Anpassungen unterstützen.

2. Etablieren und Beibehalten von Regeln und Richtlinien für die Strukturierung und Bildung von Teams

> Die Prozess-Assets der Organisation können bei der Strukturierung und in Kraft setzen von Teams im Projekt hilfreich sein. Zu diesen Assets zählen:
>
> - Richtlinien zur Teamstruktur
> - Richtlinien zur Teambildung
> - Richtlinien zu den Rechten und Pflichten von Teams
> - Richtlinien für die Etablierung von Kommunikations-, Genehmigungs- und Eskalationswegen
> - Kriterien für die Auswahl von Teamleitern

3. Die Erwartungen, Regeln und Richtlinien festlegen, die die Arbeit der Teams insgesamt leiten.

> Diese Regeln und Richtlinien etablieren organisationsweite Praktiken, die für teamübergreifende Konsistenz sorgen, und können folgende Punkte enthalten:
>
> - Wie Schnittstellen zwischen Teams etabliert und beibehalten werden
> - Wie Aufträge angenommen und übertragen werden
> - Wie der Zugriff auf Ressourcen und Eingangsgrößen erfolgt
> - Wie Arbeiten erledigt werden
> - Wer Arbeiten überprüft, bewertet und genehmigt
> - Wie Arbeiten genehmigt werden
> - Wie Arbeiten abgeliefert und übermittelt werden
> - Wer wem gegenüber rechenschaftspflichtig ist
> - Welche Anforderungen für die Berichterstattung (z.B. Kosten, Terminplan oder Leistungsstatus), Kennzahlen und Methoden vorhanden sind
> - Welche Kennzahlen und Methoden zur Berichterstattung über den Fortschritt verwendet werden

Organisationsweite Prozessausrichtung (Organizational Process Focus, OPF)

Ein Prozessmanagementprozessgebiet des Reifegrads 3

OPF

Zweck

Der Zweck der organisationsweiten Prozessausrichtung (OPF) ist, auf Basis einer gründlichen Erfassung der aktuellen Stärken und Schwächen der Prozesse und der Prozess-Assets der Organisation organisationsspezifische Prozessverbesserungen zu planen, umzusetzen und auszurollen.

Tipp

Wie Watts Humphrey sagte: »Wenn man nicht weiß, wo man sich befindet, hilft eine Landkarte auch nicht weiter.« Die Organisation soll Benchmark-Tests der Prozesse und Praktiken durchführen, bevor sie anfängt, sie zu verbessern.

Einführende Hinweise

Die Prozesse der Organisation schließen alle von ihr und ihren Projekten verwendeten Prozesse ein. Kandidaten für Verbesserungen der Prozesse und Prozess-Assets der Organisation werden aus verschiedenen Quellen entnommen, darunter Prozessmessungen, Erfahrungswerte aus der Umsetzung von Prozessen, Ergebnisse von Prozess-Appraisals, Ergebnisse von Produkt- und Dienstleistungsbewertungsaktivitäten, Ergebnisse von Bewertungen der Kundenzufriedenheit, Ergebnisse von Benchmark-Tests mit den Prozessen anderer Organisationen und Empfehlungen anderer Verbesserungsinitiativen der Organisation.

Prozessverbesserung erfolgt im Kontext der Bedürfnisse der Organisation und dient dazu, die Ziele der Organisation anzugehen. Die Organisation ermutigt diejenigen, die den Prozess durchführen, zur Teilnahme an Prozessverbesserungsaktivitäten. Die Zuständigkeit für die Moderation und das Management der Prozessverbesserungsaktivitäten der Organisation einschließlich der Koordination der Teilnahme anderer Personen obliegt üblicherweise einer Prozessgruppe. Die Organisation stellt die langfristigen Zusagen und die erforderlichen Ressour-

Tipp

Obwohl CMMI einen großen Teil der für den Erfolg entscheidenden Prozesse beschreibt, enthält es nicht alles. Deshalb verbessert man möglicherweise Prozesse, beispielsweise die Durchführung von Besprechungen oder das Vorschlagswesen, die in CMMI nicht erörtert werden.

Tipp

Die aktive Teilnahme der Projekte ist für jede Prozessverbesserungsmaßnahme wesentlich.

TIPP

Besonders in den frühen Phasen der Prozessverbesserung muss die Prozessgruppe die Investitionen der Organisation in die Prozessverbesserung deutlich machen.

HINWEIS

Prozessverbesserung sollte als Projekt oder eine Reihe von Projekten durchgeführt werden. CMMI-Praktiken dienen dabei als Hilfe bei der Planung, Umsetzung und dem Management der Prozessverbesserungsaktivitäten.

HINWEIS

Bei Änderungen jeder Art sind Investitionen erforderlich. Diese Aktivitäten können Wochen, Monate oder sogar Jahre dauern. Eine der Herausforderungen besteht darin, Verbesserungen einzuführen, die die Organisation schnell erkennen kann.

cen bereit, um diese Gruppe zu unterstützen und die wirkungsvolle und zeitnahe Umsetzung von Verbesserungen sicherzustellen.

Sorgfältige Planung ist erforderlich, um sicherzustellen, dass der organisationsweite Prozessverbesserungsaufwand angemessen gemanagt und umgesetzt wird. Die Ergebnisse der Planung von Prozessverbesserungen werden in einem Prozessverbesserungsplan dokumentiert.

Der »Prozessverbesserungsplan der Organisation« befasst sich mit der Planung von Appraisals, Prozessverbesserungsmaßnahmen, Pilotierung und Rollout. Appraisal-Pläne beschreiben Terminplan, Umfang und erforderliche Ressourcen zur Durchführung von Appraisals, das Referenzmodell, anhand dessen das Appraisal durchgeführt wird, und die Logistik für das Appraisal.

Prozessmaßnahmenpläne ergeben sich üblicherweise aus Appraisals und dokumentieren, wie Verbesserungen für die in einem Appraisal aufgedeckten Schwächen angegangen werden sollen. Manchmal sollten die im Prozessmaßnahmenplan beschriebenen Verbesserungen in einer kleinen Gruppe getestet werden, bevor sie in der gesamten Organisation ausgerollt werden. In diesem Fall wird ein Pilotplan aufgestellt.

Wenn die Verbesserung ausgerollt werden soll, wird ein Rollout-Plan erstellt. Er beschreibt, wann und wie die Verbesserung in der Organisation ausgerollt wird.

Zur Beschreibung, Umsetzung und Verbesserung der Prozesse einer Organisation werden die Prozess-Assets der Organisation verwendet. (Die Definition von »Prozess-Assets der Organisation« finden Sie im Glossar.)

In Beziehung stehende Prozessgebiete

Mehr zur Etablierung von Prozess-Assets der Organisation steht im Prozessgebiet »Organisationsweite Prozessentwicklung«.

Übersicht spezifischer Ziele und Praktiken

SG 1 Prozessverbesserungsmöglichkeiten bestimmen
- SP 1.1 Prozesserfordernisse der Organisation etablieren
- SP 1.2 Prozesse der Organisation begutachten
- SP 1.3 Prozessverbesserungen der Organisation identifizieren

Übersicht spezifischer Ziele und Praktiken

SG 2 Prozessverbesserungen planen und umsetzen
- SP 2.1 Pläne zur Prozessverbesserung etablieren
- SP 2.2 Pläne zur Prozessverbesserung umsetzen

SG 3 Prozess-Assets der Organisation ausrollen und Lessons Learned aufnehmen
- SP 3.1 Prozess-Assets der Organisation ausrollen
- SP 3.2 Standardprozesse ausrollen
- SP 3.3 Umsetzung überwachen
- SP 3.4 Erfahrungen in die Prozess-Assets der Organisation aufnehmen

Detaillierung spezifischer Ziele und Praktiken

SG 1 PROZESSVERBESSERUNGSMÖGLICHKEITEN BESTIMMEN

Stärken, Schwächen und Verbesserungsmöglichkeiten für die Prozesse der Organisation werden in regelmäßigen Abständen und bei Bedarf ermittelt.

Stärken, Schwächen und Verbesserungsmöglichkeiten können relativ zu einem Prozessstandard oder -modell wie dem CMMI-Modell oder einer ISO-Norm bestimmt werden. Prozessverbesserungen sollten gemäß den Erfordernissen der Organisation ausgewählt werden.

Gelegenheiten zu Prozessverbesserungen können aufgrund von geänderten Geschäftszielen, rechtlichen und behördlichen Anforderungen und den Ergebnissen von Benchmark-Studien entstehen.

SP 1.1 PROZESSERFORDERNISSE DER ORGANISATION ETABLIEREN

Beschreibungen von Prozesserfordernissen und -zielen für die Organisation etablieren und beibehalten.

Die Prozesse der Organisation laufen in einem geschäftlichen Kontext ab, der verstanden sein sollte. Die Geschäftsziele, Erfordernisse und Rahmenbedingungen der Organisation bestimmen die Erfordernisse und Ziele für die Prozesse der Organisation. Üblicherweise werden Themenpunkte zu Kundenzufriedenheit, Finanzen, Technik, Qualität, Personal und Marketing für wichtige Überlegungen zu Prozessen herangezogen.

TIPP

Prozessverbesserung muss sich direkt auf die Unternehmensziele beziehen.

> Die Prozesserfordernisse und -ziele der Organisation decken u.a. folgende Aspekte ab:
> - Charakteristika von Prozessen
> - Prozessleistungsziele, beispielsweise Zeit bis zur Marktreife und abgelieferte Qualität
> - Wirksamkeit von Prozessen

Beispiele für Arbeitsergebnisse

1. Organisationsspezifische Prozesserfordernisse und -ziele

Subpraktiken

1. Leitlinien, Normen und Geschäftsziele identifizieren, die auf die Prozesse der Organisation anwendbar sind.

> Beispiele für Standards umfassen:
> - ISO/IEC 12207:2008 Systems and Software Engineering – Software Life Cycle Processes [ISO 2008a]
> - ISO/IEC 15288:2008 Systems and Software Engineering – System Life Cycle Processes [ISO 2008b]
> - ISO/IEC 27001:2005 Information technology – Security techniques – Information Security Management Systems – Requirements [ISO/IEC 2005]
> - ISO/IEC 14764:2006 Software Engineering – Software Life Cycle Processes – Maintenance [ISO 2006b]
> - ISO/IEC 20000 Information Technology – Service Management [ISO 2005b]
> - Assurance Focus for CMMI [DHS 2009]
> - NDIA Engineering for System Assurance Guidebook [NDIA 2008]
> - Resiliency Management Model [SEI 2010d]

2. Relevante Prozessstandards und -modelle auf bewährte Vorgehensweisen untersuchen
3. Die Prozessleistungsziele der Organisation ermitteln

   Prozessleistungsziele können quantitativ und qualitativ formuliert werden.

   Mehr zum Etablieren von Messzielen steht im Prozessgebiet »Messung und Analyse«.

Mehr zum Etablieren von Qualitäts- und Prozessleistungszielen steht im Prozessgebiet »Organisationsweite Prozessleistung«.

Beispiele für Prozessleistungsziele umfassen:

- Erreichen einer bestimmten Kundenzufriedenheitsbewertung
- Sicherstellen eines prozentualen Mindestmaßes an Produktzuverlässigkeit
- Verringern der Fehlerrate um einen bestimmten Prozentsatz
- Erreichen einer bestimmten Zykluszeit für eine gegebene Tätigkeit
- Steigern der Produktivität um einen bestimmten prozentualen Wert
- Vereinfachen des Workflows für Anforderungsgenehmigungen
- Verbessern der Qualität der an die Kunden ausgelieferten Produkte

4. Wesentliche Merkmale der Prozesse der Organisation definieren

   Wesentliche Merkmale der Prozesse der Organisation werden auf folgender Grundlage ermittelt:

   - Prozesse, die derzeit in der Organisation verwendet werden
   - Von der Organisation vorgegebene Normen
   - Von den Kunden der Organisation häufig vorgegebene Normen

Beispiele für Prozessmerkmale sind:

- Detaillierungsgrad
- Prozessschreibweise
- Feinheit der Gliederung

5. Organisationsspezifische Prozesserfordernisse und -ziele dokumentieren
6. Organisationsspezifische Prozesserfordernisse und -ziele nach Bedarf überarbeiten

SP 1.2 PROZESSE DER ORGANISATION BEGUTACHTEN

Die Prozesse der Organisation in regelmäßigen Abständen und bei Bedarf begutachten, um ein Verständnis ihrer Stärken und Schwächen zu erhalten.

HINWEIS

Die Appraisal-Methode sollte passend zum Zweck und den benötigten Informationen ausgewählt werden. Es ist ratsam, sich bei der Auswahl vom Umfang der benötigten Informationen und der Wichtigkeit ihrer Genauigkeit leiten zu lassen.

Prozess-Appraisals können aus folgenden Gründen durchgeführt werden:

- Um zu verbessernde Prozesse zu identifizieren
- Um den Fortschritt der Prozessverbesserung zu bestätigen und deren Nutzen sichtbar zu machen
- Um Erfordernisse aus dem Kunden-Zulieferer-Verhältnis zu erfüllen
- Um Rückhalt in der Organisation für Prozessverbesserung zu motivieren und zu fördern

Der während eines Prozess-Appraisals erreichte Rückhalt kann wegbrechen, wenn dem Appraisal kein auf ihm beruhender Maßnahmenplan folgt.

Beispiele für Arbeitsergebnisse

1. Pläne für die Prozess-Appraisals der Organisation
2. Appraisal-Befunde, die die Stärken und Schwächen der Prozesse der Organisation aufzeigen
3. Verbesserungsempfehlungen für die Prozesse der Organisation

Subpraktiken

1. Unterstützung für Prozess-Appraisals vom leitenden Management erlangen

   Die Unterstützung des leitenden Managements schließt die Verpflichtung ein, die Teilnahme von Managern und Mitarbeitern der Organisation an Prozess-Appraisals zu garantieren und Ressourcen und Finanzmittel für die Analyse und Kommunikation der Befunde bereitzustellen.

TIPP

Die Zusage von Ressourcen für das Appraisal muss in der gesamten Organisation sichtbar sein.

2. Den Umfang von Prozess-Appraisals definieren

   Prozess-Appraisals können für die gesamte Organisation oder für einen kleinen Teil davon durchgeführt werden, etwa für ein einzelnes Projekt oder ein Geschäftsfeld.

Der Umfang von Prozess-Appraisals umfasst:

- Definition der Organisation (beispielsweise Standorte oder Geschäftsbereiche), die vom Appraisal abgedeckt werden soll
- Identifizierung der Projekt- und Unterstützungsfunktionen, die die Organisation im Appraisal repräsentieren
- Im Appraisal zu begutachtende Prozesse

3. In Prozessappraisals zu verwendende Methoden und Kriterien bestimmen

   Prozess-Appraisals können in zahlreichen Formen ablaufen. Sie sollten die Bedürfnisse und Ziele der Organisation angehen, die sich mit der Zeit ändern können. Ein Appraisal kann zum Beispiel auf einem Prozessmodell basieren, etwa einem CMMI-Modell, oder auf einer nationalen oder internationalen Norm, etwa ISO 9001 [ISO 2008c]. Appraisals können auch auf einem Benchmark-Vergleich mit anderen Organisationen beruhen, in dem Praktiken identifiziert werden, die zu einer verbesserten Leistung der Organisation beitragen können. Die Merkmale der Appraisal-Methode können schwanken, z.B. Zeit und Aufwand, Zusammensetzung des Appraisal-Teams sowie Untersuchungsmethode und -tiefe.

4. Das Prozess-Appraisal planen, zeitlich festlegen und vorbereiten
5. Das Prozess-Appraisal durchführen
6. Aktivitäten und Befunde des Appraisals dokumentieren und abliefern

TIPP

Beispiele für Appraisal-Methoden sind u.a. SCAMPI A, B und C sowie Lückenanalysen (gap analysis) und Umfragen.

SP 1.3 PROZESSVERBESSERUNGEN DER ORGANISATION IDENTIFIZIEREN

Verbesserungen der Prozesse und Prozess-Assets der Organisation identifizieren

Beispiele für Arbeitsergebnisse

1. Analyse von möglichen Prozessverbesserungen
2. Identifizierung von Verbesserungen von Prozessen der Organisation

Subpraktiken

1. Prozessverbesserungen bestimmen

HINWEIS

In den Frühstadien der Prozessverbesserung gibt es mehr Verbesserungskandidaten als Ressourcen für die Umsetzung. Es sollte so priorisiert werden, dass die größtmögliche Wirkung erzielt wird.

Prozessverbesserungsmöglichkeiten werden üblicherweise wie folgt bestimmt:

- Messen von Prozessen und Analysieren der Messergebnisse
- Prüfung von Prozessen auf Wirksamkeit und Eignung
- Beurteilen der Kundenzufriedenheit
- Prüfung der Lessons Learned aus dem Tailoring des Satzes der Standardprozesse der Organisation
- Prüfung der Lessons Learned aus der Umsetzung von Prozessen
- Prüfung der Prozessverbesserungsvorschläge, die Manager, Mitarbeiter und sonstige relevanten Stakeholder einreichen
- Einholung von Äußerungen zu Prozessverbesserungen vom Management und von anderen führenden Mitarbeitern der Organisation
- Untersuchung der Ergebnisse von Prozess-Appraisals und anderen prozessbezogenen Prüfungen
- Prüfung der Ergebnisse anderer Verbesserungsinitiativen der Organisation

HINWEIS

Es sollten Verbesserungen gewählt werden, die für die Organisation sichtbar sind, einen definierten Umfang haben und sich mit den verfügbaren Ressourcen erfolgreich angehen lassen. Wenn man versucht, zu viel zu schnell zu erreichen, kann es zu einem Fehlschlag kommen und dazu führen, dass das Verbesserungsprogramm in Frage gestellt wird.

2. Prioritäten für mögliche Prozessverbesserungen festlegen

Kriterien für die Priorisierung sind:

- Erwägungen zu geschätzten Kosten und Aufwand, die Prozessverbesserungen umzusetzen
- Bewertung der erwarteten Verbesserung im Hinblick auf die Verbesserungsziele und -prioritäten der Organisation
- Ermittlung der potenziellen Hindernisse für die Prozessverbesserungen und Entwicklung von Strategien für ihre Überwindung

Beispiele für Techniken zur Ermittlung und Priorisierung der möglichen umzusetzenden Verbesserungen sind:

- Eine Kosten-Nutzen-Analyse, die die geschätzten Kosten und den geschätzten Aufwand zur Umsetzung der Prozessverbesserungen mit dem damit verknüpften Nutzen vergleicht
- Lückenanalysen (gap analysis), die die aktuellen Bedingungen in der Organisation mit den optimalen vergleichen
- Kraftfeldanalysen der potenziellen Verbesserungen, um potenzielle Hindernisse und Strategien für ihre Überwindung zu identifizieren ▶

- Ursache/Wirkungs-Analysen, um Informationen über die potenziellen Auswirkungen verschiedener Verbesserungen bereitzustellen, die dann verglichen werden können

3. Die Prozessverbesserungen, die umgesetzt werden sollen, identifizieren und dokumentieren
4. Die Liste der geplanten Prozessverbesserungen überarbeiten, um sie aktuell zu halten

SG 2 PROZESSVERBESSERUNGEN PLANEN UND UMSETZEN

Prozessverbesserungen an den Prozessen und Prozess-Assets der Organisation werden geplant und umgesetzt.

Die erfolgreiche Umsetzung von Verbesserungen erfordert die Teilnahme der Prozesseigner, der Mitarbeiter, die den Prozess durchführen, und der unterstützenden Organisationen an der Planung und Umsetzung von Prozessverbesserungen.

TIPP

Die Prozess-Assets der Organisation sind diejenigen, die von den Aktivitäten in OPD erstellt wurden.

TIPP

Der Großteil der Organisation sollte in diesen Aktivitäten eingebunden sein.

SP 2.1 PLÄNE ZUR PROZESSVERBESSERUNG ETABLIEREN

Pläne zur Prozessverbesserung an den Prozessen und Prozess-Assets der Organisation, werden etabliert und beibehalten.

Die Etablierung und Beibehaltung von Prozessverbesserungsplänen schließt üblicherweise folgende Rollen ein:

- Managementsteuerkreise, die Strategien festlegen und die Prozessverbesserungsaktivitäten überblicken
- Mitarbeiter von Prozessgruppen, die die Prozessverbesserungsaktivitäten moderieren und steuern
- Teams, die die Prozessverbesserungsmaßnahmen definieren und umsetzen
- Prozesseigner, die das Rollout leiten
- Praktiker, die die Prozesse durchführen

TIPP

Je nach Größe der Verbesserung kann ein Projektverbesserungsplan ähnlich aussehen wie ein Projektplan. Wenn die Verbesserung klein ist, kann der Plan ähnlich aussehen wie ein Plan für eine routinemäßige Wartungsaktivität.

Die Einbeziehung der Stakeholder trägt dazu bei, Rückhalt für Prozessverbesserungen zu erlangen und die Wahrscheinlichkeit eines wirksamen Rollout zu erhöhen.

Prozessverbesserungspläne sind detaillierte Umsetzungspläne. Diese Pläne unterscheiden sich vom Prozessverbesserungsplan der Organisation, da sie auf Verbesserungen abzielen, die definiert wurden, um Schwachstellen anzugehen, die in Appraisals gewöhnlich nicht erkannt werden.

Beispiele für Arbeitsergebnisse

1. Genehmigte Prozessverbesserungspläne der Organisation

Subpraktiken

1. Strategien, Ansätze und Maßnahmen identifizieren, um die identifizierten Prozessverbesserungen anzugehen

   Neue, nicht erprobte und größere Änderungen werden pilotiert, bevor sie zur standardmäßigen Verwendung übernommen werden.

2. Prozessverbesserungsteams etablieren, um Maßnahmen umzusetzen

   Die Teams mit den Mitarbeitern, die die Prozessverbesserungsmaßnahmen durchführen, werden als »Prozessverbesserungsteams« bezeichnet. Diesen Teams gehören üblicherweise die Prozesseigner an, sowie diejenigen, die den Prozess durchführen.

3. Prozessverbesserungspläne dokumentieren

> Prozessverbesserungspläne decken üblicherweise Folgendes ab:
>
> - Die Infrastruktur für die Prozessverbesserung
> - Die Ziele der Prozessverbesserung
> - Die anzugehenden Prozessverbesserungen
> - Die Verfahren für die Planung und Verfolgung von Prozessverbesserungsmaßnahmen
> - Strategien für Pilotierung und Umsetzung von Prozessverbesserungsmaßnahmen
> - Zuständigkeiten und Befugnisse für die Umsetzung von Prozessverbesserungsmaßnahmen
> - Ressourcen, Terminpläne und Aufträge für die Umsetzung von Prozessverbesserungsmaßnahmen
> - Methoden für die Ermittlung der Wirksamkeit von Prozessverbesserungsmaßnahmen
> - Die mit den Prozessverbesserungsplänen verknüpften Risiken

4. Die Prozessverbesserungspläne mit relevanten Stakeholdern prüfen und aushandeln
5. Die Prozessverbesserungspläne bei Bedarf überarbeiten

SP 2.2 *PLÄNE ZUR PROZESSVERBESSERUNG UMSETZEN*

Pläne zur Prozessverbesserung umsetzen

TIPP

Je nach Größe der Organisation und Ausmaß der Änderungen kann die Umsetzung Tage, Wochen, Monate oder sogar Jahre dauern.

Beispiele für Arbeitsergebnisse

1. Zusagen zwischen Prozessmaßnahmenteams
2. Status und Ergebnisse der Umsetzung von Prozessverbesserungsplänen
3. Pläne für Pilotierungen

Subpraktiken

1. Die Prozessverbesserungspläne den relevanten Stakeholdern unmittelbar zur Verfügung stellen
2. Zusagen von Prozessverbesserungsteams untereinander aushandeln und dokumentieren und ihre Prozessverbesserungspläne bei Bedarf überarbeiten
3. Fortschritt und Zusagen gegen die Prozessverbesserungspläne nachverfolgen
4. Gemeinsame Prüfungen mit Prozessverbesserungsteams und relevanten Stakeholdern durchführen, um den Fortschritt und die Ergebnisse von Prozessverbesserungen zu verfolgen
5. Pilotierungen planen, um ausgewählte Prozessverbesserungen zu testen
6. Aktivitäten und Arbeitsergebnisse der Prozessverbesserungsteams prüfen
7. Probleme bei der Umsetzung der Prozessverbesserungspläne identifizieren, dokumentieren und bis zu deren Abschluss verfolgen
8. Sicherstellen, dass die Ergebnisse der Umsetzung von Prozessverbesserungsplänen die Prozessverbesserungsziele der Organisation erfüllen

SG 3 PROZESS-ASSETS DER ORGANISATION AUSROLLEN UND LESSONS LEARNED AUFNEHMEN

Die Prozess-Assets der Organisation werden in der Organisation ausgerollt und prozessbezogene Lessons Learned werden in diese Prozess-Assets aufgenommen.

TIPP

IPM, OPF und OPD hängen eng zusammen. OPD definiert die Assets der Organisation. OPF verwaltet sie, rollt sie organisationsweit aus und sammelt Rückmeldungen. IPM verwendet die Assets für das Projekt und gibt der Organisation Rückmeldung.

Die spezifischen Praktiken zu diesem spezifischen Ziel beschreiben fortlaufende Aktivitäten. Neue Gelegenheiten, um von Prozess-Assets der Organisation und deren Änderungen zu profitieren, können während der gesamten Projektlaufzeit entstehen. Das Rollout von Standardprozessen und anderen Prozess-Assets der Organisation sollte in der Organisation fortlaufend unterstützt werden, insbesondere für den Start neuer Projekte.

SP 3.1 PROZESS-ASSETS DER ORGANISATION AUSROLLEN

Prozess-Assets der Organisation organisationsweit ausrollen

HINWEIS

Die Assets und Arbeitsergebnisse, die durch Änderungen ersetzt werden, sollten zurückgezogen werden.

Das Rollout von Prozess-Assets der Organisation oder deren Änderungen sollte geordnet erfolgen. Einige Prozess-Assets der Organisation oder deren Änderungen sind möglicherweise für die Verwendung in einigen Teilen der Organisation nicht geeignet (beispielsweise aufgrund von Stakeholder-Anforderungen oder des aktuellen Status im Phasenmodell). Deshalb ist es wichtig, dass diejenigen, die den Prozess ausführen oder ausführen werden, sowie andere Funktionen der Organisation (z.B. Aus- und Weiterbildung und Qualitätssicherung) nach Bedarf in das Rollout einbezogen werden.

Mehr zur Etablierung von Prozess-Assets der Organisation steht im Prozessgebiet »Organisationsweite Prozessentwicklung«.

Beispiele für Arbeitsergebnisse

1. Pläne für das organisationsweite Rollout von Prozess-Assets der Organisation und deren Änderungen
2. Aus- und Weiterbildungsunterlagen für das Rollout von Prozess-Assets der Organisation und deren Änderungen
3. Dokumentation von Änderungen an Prozess-Assets der Organisation
4. Unterstützungsmaterialien für das Rollout von Prozess-Assets der Organisation und deren Änderungen

Subpraktiken

1. Prozess-Assets der Organisation organisationsweit ausrollen.

> Typische Aktivitäten im Rahmen des Rollout von Prozess-Assets umfassen:
> - Identifizierung der Prozess-Assets der Organisation, die von denjenigen übernommen werden sollen, die die Prozesse durchführen
> - Identifizierung der Art und Weise, in der die Prozess-Assets der Organisation verfügbar gemacht werden (beispielsweise über eine Website)
> - Identifizierung der Art und Weise, in der Änderungen an Prozess-Assets der Organisation kommuniziert werden
> - Identifizierung der Ressourcen (beispielsweise Methoden und Tools), die zur Unterstützung der Verwendung von Prozess-Assets der Organisation benötigt werden
> - Planung des Rollout
> - Hilfe für diejenigen, die Prozess-Assets der Organisation verwenden
> - Sicherstellen, dass Aus- und Weiterbildung für diejenigen verfügbar ist, die Prozess-Assets der Organisation verwenden

TIPP

Bei der Planung des Rollouts von Prozess-Assets der Organisation kann eine gestaffelte Freigabe in Betracht gezogen werden, um die Bedürfnisse der Projekte in unterschiedlichen Phasen ihres Lebenszyklus zu berücksichtigen.

Mehr zur Etablierung einer organisationsweiten Fähigkeit zur Aus- und Weiterbildung steht im Prozessgebiet »Organisationsweite Aus- und Weiterbildung«.

2. Änderungen an Prozess-Assets der Organisation dokumentieren

   Die Dokumentation der Änderungen an Prozess-Assets der Organisation dient hauptsächlich zwei Zwecken:

   - Die Kommunikation über Änderungen zu ermöglichen
   - Die Beziehung zwischen den Änderungen an den Prozess-Assets der Organisation und den Änderungen der Prozessleistung und -ergebnisse zu verstehen

3. Änderungen an Prozess-Assets organisationsweit ausrollen

TIPP

Es kann sein, dass aufgrund von vorgeschlagenen Änderungen mehrere Versionen eines Asset in einer Organisation verwendet werden. Wie in einem Projekt müssen für die Assets der Organisation Praktiken zur Lenkung von Änderungen vorhanden sein.

> Typische Aktivitäten im Rahmen des Rollout von Änderungen umfassen:
> - Ermittlung, welche Änderungen für diejenigen geeignet sind, die die Prozesse durchführen ▶

- Planung des Rollout
- Vorsehen der erforderlichen Unterstützung für eine erfolgreiche Durchführung von Änderungen

4. Anleitung und Beratung zur Verwendung von Prozess-Assets der Organisation bereitstellen

SP 3.2 STANDARDPROZESSE AUSROLLEN

Den organisationsspezifischen Satz von Standardprozessen zu Projektbeginn und deren Änderung bei Bedarf während der Projektlaufzeit ausrollen

Es ist wichtig, dass neue Projekte bewährte und wirksame Prozesse verwenden, um die entscheidenden frühen Aktivitäten durchzuführen (beispielsweise Projektplanung, Entgegennahme von Anforderungen und Beschaffung von Ressourcen).

Projekte sollten ihre definierten Prozesse auch regelmäßig aktualisieren, um die neuesten Änderungen am organisationsspezifischen Satz von Standardprozessen aufzunehmen, wenn diese für sie von Nutzen sind. Diese regelmäßige Aktualisierung trägt dazu bei, sicherzustellen, dass alle Projektaktivitäten den vollen Nutzen aus den Erfahrungen anderer Projekte ziehen.

Mehr zum Etablieren und Beibehalten von Tailoring-Kriterien und Tailoring-Guidelines steht im Prozessgebiet »Organisationsweite Prozessentwicklung«.

Beispiele für Arbeitsergebnisse

1. Die organisationsweite Projektliste und der Rollout-Status von Prozessen für jedes Projekt (d.h. vorhandene und geplante)
2. Richtlinien für das Rollout des organisationsspezifischen Satzes von Standardprozessen für neue Projekte
3. Berichte über Tailoring-Guidelines für den organisationsspezifischen Satz von Standardprozessen

Subpraktiken

1. Projekte innerhalb der Organisation identifizieren, die sich in der Startphase befinden

2. Laufende Projekte identifizieren, die von der Umsetzung des aktuellen organisationsspezifischen Satzes von Standardprozessen profitieren würden
3. Pläne zur Umsetzung des aktuellen organisationsspezifischen Satzes von Standardprozessen in den identifizierten Projekten etablieren
4. Projekte unterstützen beim Tailoring des organisationsspezifischen Satzes von Standardprozessen an deren Erfordernisse

   Mehr zur Etablierung der projektspezifisch definierten Prozesse steht im Prozessgebiet »Fortgeschrittenes Projektmanagement«.

5. Aufzeichnungen über das Tailoring und die Umsetzung von Prozessen in den identifizierten Projekten pflegen
6. Sicherstellen, dass die definierten Prozesse, die sich aus dem Tailoring ergeben haben, in Pläne für Audits zur Einhaltung von Prozessen aufgenommen werden

   Audits zur Prozesseinhaltung sind objektive Bewertungen von Projektaktivitäten anhand des definierten Prozesses des Projekts.

7. Bei der Aktualisierung des organisationsspezifischen Satzes von Standardprozessen identifizieren, welche Projekte die Änderungen umsetzen sollen

TIPP

Berichte über das Tailoring und die Umsetzung von Prozessen sind nützlich, wenn die Organisation bestimmt, welche Änderungen an den Prozess-Assets der Organisation vorzunehmen sind, und Anleitung zur Verwendung der geänderten Assets gibt.

SP 3.3 Umsetzung überwachen

Die Umsetzung des organisationsspezifischen Satzes der Standardprozesse und die Verwendung der Prozess-Assets bei allen Projekten überwachen

Durch die Überwachung der Umsetzung stellt die Organisation sicher, dass ihr Satz von Standardprozessen und andere Prozess-Assets in allen Projekten angemessen ausgerollt werden. Die Überwachung der Umsetzung hilft der Organisation auch, ein Verständnis für die in Verwendung befindlichen Prozess-Assets und die Stellen zu entwickeln, an denen sie verwendet werden. Die Überwachung trägt auch dazu bei, einen breiteren Kontext für die Interpretation und Verwendung von Prozess- und Produktkennzahlen, Lessons Learned und Verbesserungsinformationen zu etablieren, die aus Projekten gewonnen wurden.

Beispiele für Arbeitsergebnisse

1. Ergebnisse der Überwachung der Prozessumsetzung in Projekten
2. Status und Ergebnisse der Audits zur Prozesseinhaltung
3. Ergebnisse der Prüfung ausgewählter Prozessartefakte, die im Rahmen des Tailoring und der Umsetzung von Prozessen erstellt wurden

Subpraktiken

1. Die Verwendung von Prozess-Assets der Organisation im Projekt und die Änderungen daran überwachen
2. Ausgewählte Prozessartefakte prüfen, die während der Projektlaufzeit erstellt wurden

   Die Prüfung ausgewählter Prozessartefakte, die während der Projektlaufzeit erstellt wurden, stellt sicher, dass alle Projekte den organisationsspezifischen Satz von Standardprozessen angemessen verwenden.
3. Die Ergebnisse der Audits zur Prozesseinhaltung überprüfen, um festzustellen, wie gut der organisationsspezifische Satz von Standardprozessen ausgerollt wurde

   Mehr Informationen zur objektiven Bewertung von Prozessen stehen im Prozessgebiet »Prozess- und Produkt-Qualitätssicherung«.
4. Probleme bei der Umsetzung des organisationsspezifischen Satzes von Standardprozessen identifizieren, dokumentieren und bis zum Abschluss verfolgen

SP 3.4 ERFAHRUNGEN IN DIE PROZESS-ASSETS DER ORGANISATION AUFNEHMEN

Prozessbezogene Erfahrungen aus der Planung und Durchführung des Prozesses in die Prozess-Assets der Organisation aufnehmen

Beispiele für Arbeitsergebnisse

1. Prozessverbesserungsvorschläge
2. Aus der Prozessdurchführung gewonnene Erfahrungswerte
3. Messwerte der Prozess-Assets der Organisation
4. Verbesserungsempfehlungen für Prozess-Assets der Organisation
5. Aufzeichnungen der Prozessverbesserungsaktivitäten der Organisation
6. Informationen über Prozess-Assets der Organisation und deren Änderung

Subpraktiken

1. Regelmäßige Prüfungen der Wirksamkeit und Eignung des organisationsspezifischen Satzes von Standardprozessen und verwandten Prozess-Assets in Bezug auf die Prozesserfordernisse und -ziele durchführen, die von den Geschäftszielen der Organisation abgeleitet sind
2. Rückmeldungen über die Verwendung von Prozess-Assets der Organisation einholen
3. Lessons Learned ableiten, die aus der Definition, der Pilotierung, der Umsetzung und dem Rollout von Prozess-Assets der Organisation gewonnen wurden
4. Lessons Learned den Mitarbeitern der Organisation angemessen zur Verfügung stellen

   Möglicherweise sind Maßnahmen notwendig, um sicherzustellen, dass die Lessons Learned angemessen verwendet werden.

TIPP

Rückmeldungen können z.T. im Rahmen der QS-Aktivitäten eingeholt werden.

TIPP

Lessons Learned werden üblicherweise über die in OPD etablierte Bibliothek zur Verfügung gestellt.

> Beispiele für eine unangemessene Verwendung von Lessons Learned umfassen:
> - Leistungsbewertung der Mitarbeiter
> - Wertung der Prozessleistung oder der Ergebnisse

> Beispiele für Möglichkeiten, eine unangemessene Verwendung von gewonnenen Lessons Learned zu verhindern, umfassen:
> - Steuern des Zugriffs auf die Lessons Learned
> - Schulung von Mitarbeitern in der angemessenen Verwendung der Lessons Learned

5. Aus der Verwendung des allgemeinen Satzes von Kennzahlen der Organisation gewonnene Messdaten analysieren

   Mehr über das Analysieren von Messdaten steht im Prozessgebiet »Messung und Analyse«.

   Mehr zur Etablierung der Messablage der Organisation steht im Prozessgebiet »Organisationsweite Prozessentwicklung«.

TIPP

Allgemeine Sätze von Kennzahlen bzw. Messwerten werden normalerweise in der Messablage der Organisation abgelegt, die in OPD etabliert wurde.

TIPP

Das Wort »begutachten« wird hier eher in der allgemeinen Bedeutung verwendet als in der des Begriffs »Appraisal« des CMMI: »den Wert, die Bedeutung oder den Status von etwas feststellen; ein fachkundiges Urteil über den Wert oder die Vorzüge von etwas abgeben«.

6. In der Organisation verwendete Prozesse, Methoden und Tools begutachten und Empfehlungen für die Verbesserung von Prozess-Assets der Organisation entwickeln

Diese Begutachtung umfasst üblicherweise:

- Feststellung, welche Prozesse, Methoden und Tools von potenziellem Nutzen für andere Teile der Organisation sind
- Begutachtung der Qualität und Effektivität von Prozess-Assets der Organisation
- Identifizierung von möglichen Verbesserungen für Prozess-Assets der Organisation
- Feststellung der Einhaltung des organisationsspezifischen Satzes von Standardprozessen und der Tailoring-Guidelines

7. Mitarbeitern der Organisation die besten Prozesse, Methoden und Tools nach Bedarf zur Verfügung stellen
8. Prozessverbesserungsvorschläge verwalten

   Prozessverbesserungsvorschläge können sowohl Prozess- als auch Technikverbesserungen betreffen.

Die Aktivitäten zur Verwaltung der Prozessverbesserungsvorschläge umfassen üblicherweise:

- Einholen von Prozessverbesserungsvorschlägen
- Sammlung von Prozessverbesserungsvorschlägen
- Prüfung von Prozessverbesserungsvorschlägen
- Auswählen der umzusetzenden Prozessverbesserungsvorschläge
- Verfolgung der Umsetzung von Prozessverbesserungsvorschlägen

   Prozessverbesserungsvorschläge werden je nachdem, was eher zutrifft, als Prozessänderungsanträge oder Problemberichte dokumentiert.

   Manche Prozessverbesserungsvorschläge können in die Prozessverbesserungspläne der Organisation aufgenommen werden.

9. Aufzeichnungen der Prozessverbesserungsaktivitäten der Organisation etablieren und beibehalten

Organisationsweites Leistungsmanagement (Organizational Performance Management, OPM)

Ein Prozessmanagementprozessgebiet des Reifegrads 5

Zweck

Der Zweck des organisationsweiten Leistungsmanagements (OPM) besteht darin, die Leistung der Organisation pro-aktiv zu führen, um die Geschäftsziele zu erreichen.

Tipp

OPM sorgt dafür, dass sich die Organisation auf die Verbesserung ihrer Leistung konzentriert, um Geschäftsziele zu erreichen.

Einführende Hinweise

Das Prozessgebiet »Organisationsweites Leistungsmanagement« ermöglicht es einer Organisation, die organisationsweite Leistung iterativ durch die Analyse angesammelter Projektdaten, durch die Identifizierung von Lücken in der Leistung anhand der Geschäftsziele und durch die Auswahl und das Rollout von Verbesserungen zum Schließen dieser Lücken zu führen.

In diesem Prozessgebiet umfasst der Begriff »Verbesserung« alle inkrementellen und innovativen Prozess- und Technologieverbesserungen, auch diejenigen an Projektarbeitsumgebungen. »Verbesserung« bezieht sich auf alle Ideen, die die Prozesse, die Technologien oder die Leistung einer Organisation ändern, um die Geschäftsziele der Organisation und die damit verbundenen Qualitäts- und Prozessleistungsziele besser zu erreichen.

Die Geschäftsziele, auf die sich dieses Prozessgebiet bezieht, umfassen unter anderem:

- Verbesserte Produktqualität (z.B. Funktionalität, Qualitätseigenschaften)
- Erhöhte Produktivität
- Erhöhte Prozesseffizienz und -effektivität
- Konsistentere Erfüllung von Budget- und Terminvorgaben

Tipp

Änderungen müssen zu messbaren Verbesserungen führen. Im Frühstadium von Verbesserungsbestrebungen ist es schwieriger, die Auswirkungen von Änderungen zu bestimmen und zu erkennen, ob dadurch wirklich Verbesserungen eintreten.

Tipp

Diejenigen, die einen Prozess ausführen, sind die beste Quelle für Vorschläge darüber, wie er verbessert werden kann. Daher ist es wichtig, alle Mitglieder der Organisation dazu zu ermuntern, über ihre Arbeit nachzudenken und mögliche Verbesserungen vorzuschlagen.

- Verringerte Durchlaufzeit
- Größere Kunden- und Endanwenderzufriedenheit
- Kürzere Entwicklungs- oder Produktionszeit zur Änderung von Funktionalität, zum Hinzufügen neuer Funktionen oder zur Anpassung an neue Technologien
- Erhöhte Leistung einer Lieferkette mit mehreren Lieferanten
- Verbesserte Ressourcennutzung in der Organisation

TIPP

Eine der Schlüsselkompetenz einer reifen Organisation ist die Fähigkeit, einen Veränderungsprozess zu steuern.Eine weitere Charakteristik besteht in der Tatsache, dass 70% bis 90% der Wertschöpfung erbringenden Mitarbeiter in das Vorschlagen oder die Bewertung von Veränderungsvorschlägen eingebunden ist.

HINWEIS

Kunden und Lieferanten können ebenfalls an den Prozessverbesserungsaktivitäten der Organisation teilnehmen. Prozesse und Technologien, die die Beziehungen über diese Grenzen hinweg verbessern, können ebenfalls verbessert werden.

HINWEIS

Wenn sich eine vorgeschlagene Verbesserung nur in geringem Maße darauf auswirkt, dass eine Organisation ihre Ziele erreichen kann, ist es wahrscheinlich nicht der Mühe wert, diesen Vorschlag weiterzuverfolgen. Mitunter kann dies jedoch auf eine Gelegenheit hinweisen, die von denjenigen, die die Ziele aufgestellt haben, nicht genutzt wurde. Bei Bedarf sollte man die Ziele überprüfen, um zu sehen, ob sie aktualisiert werden sollten.

Die Organisation analysiert die Produkt- und Prozessleistungsdaten der Projekte, um zu bestimmen, ob sie in der Lage ist, die Qualitäts- und Prozessleistungsziele zu erreichen. Im Rahmen dieser Analyse werden Prozessleistungsbaselines und -modelle verwendet, die mithilfe der Prozesse des Gebiets »Organisationsweite Prozessleistung« entwickelt wurden. Auch Prozesse der Ursachenanalyse und -beseitigung können genutzt werden, um mögliche Gebiete für Verbesserungen zu erkennen oder spezifische Verbesserungsvorschläge zu ermitteln.

Die Organisation identifiziert inkrementelle und innovative Verbesserungen und holt sie vorausschauend aus der Organisation selbst und aus externen Quellen wie der Wissenschaft, der Wettbewerbsbeobachtung und erfolgreich umgesetzten Verbesserungen in anderen Organisationen ein.

Eine Umsetzung der Verbesserungen und ihrer Auswirkungen auf die Qualitäts- und Prozessleistungsziele hängt von der Fähigkeit ab, Verbesserungen an den Prozessen und Technologien der Organisation effektiv zu identifizieren, zu bewerten, umzusetzen und auszurollen.

Außerdem hängt die Umsetzung der Verbesserungen und Vorteile davon ab, die Mitarbeiter dafür zu begeistern, mögliche Verbesserungen zu ermitteln und zu bewerten und ihr Hauptaugenmerk auf langfristige Planung zu richten, was die Identifizierung von Innovationen einschließt.

Verbesserungsvorschläge werden auf ihre Wirksamkeit in der Zielumgebung bewertet und validiert. Aufgrund dieser Bewertung werden die Verbesserungen priorisiert und zum Ausrollen in neuen und laufenden Projekten ausgewählt. Das Rollout wird in Übereinstimmung mit dem Rollout-Plan geführt. Leistungsdaten werden mit Hilfe statistischer und anderer quantitativer Techniken analysiert, um die Auswirkungen von Verbesserungen auf die Qualitäts- und Leistungsziele zu bestimmen.

Dieser Verbesserungszyklus optimiert kontinuierlich die Prozesse der Organisation auf der Grundlage der Qualitäts- und Prozessleistungsziele. Die Geschäftsziele werden regelmäßig untersucht, um sicherzustellen, dass sie aktuell sind. Die Qualitäts- und Prozessleistungsziele werden bei Bedarf aktualisiert.

Das Prozessgebiet »Organisationsweite Prozessausrichtung« macht keine Annahmen über die quantitative Grundlage zur Identifizierung von Verbesserungen und auch nicht über deren erwartete Ergebnisse. Dieses Prozessgebiet erweitert die Praktiken von »Organisationsweite Prozessausrichtung«, indem es sich auf die Prozessverbesserung auf der Grundlage eines quantitativen Verständnisses des Satzes der Standardprozesse und Technologien der Organisation und ihre erwartete Qualitäts- und Prozessleistung konzentriert.

Die spezifischen Praktiken dieses Prozessgebiets gelten für Organisationen, deren Projekte quantitativ geführt sind. Die Verwendung der spezifischen Praktiken dieses Prozessgebiets kann auch in anderen Situationen Nutzen bringen, die Ergebnisse haben dann aber möglicherweise nicht denselben Grad von Einfluss auf die Qualitäts- und Prozessleistungsziele der Organisation.

In Beziehung stehende Prozessgebiete

Mehr zur Identifizierung der Ursachen ausgewählter Ergebnisse und zum Ergreifen von Maßnahmen zur Verbesserung der Prozessleistung steht im Prozessgebiet »Ursachenanalyse und -beseitigung«.

Mehr über die Analyse möglicher Entscheidungen mithilfe eines formalen Evaluierungsprozesses, der identifizierte Alternativen anhand etablierter Kriterien bewertet, steht im Prozessgebiet »Entscheidungsfindung«.

Mehr zum Ausrichten von Mess- und Analysetätigkeiten und zum Bereitstellen von Messergebnissen steht im Prozessgebiet »Messung und Analyse«.

Mehr zum Planen, Umsetzen und Ausrollen organisationsweiter Prozessverbesserungen auf der Grundlage einer gründlichen Erfassung der aktuellen Stärken und Schwächen der Prozesse und Prozess-Assets der Organisation steht im Prozessgebiet »Organisationsweite Prozessausrichtung«.

Tipp

Es mag zwar viele Änderungen geben, die für sich genommen vorteilhaft sind, doch kann die Organisation der Leistungsverbesserung nur begrenzte Aufmerksamkeit und Ressourcen schenken. Es ist daher eine Form von Bewertung und eine Aufstellung der Rangfolge notwendig, um eine Auswahl zu treffen.

Tipp

OPF kann ausreichend Hilfestellung für die ersten Vorhaben zur Prozessverbesserung bieten. OPM sollte implementiert werden, nachdem die Organisation Assets etabliert hat (OPP), die ein quantitatives Projektmanagement erlauben (QPM), und nachdem sie bei der projekt- und organisationsweiten Verwendung statistischer und anderer quantitativen Techniken eine gewisse Gewandtheit erlangt hat.

Querverweis

Siehe *The Innovator's Solution: Creating and Sustaining Successful Growth* von Clayton M. Christensen und Michael E. Raynor (Harvard Business Press).

Querverweis

Siehe *The Strategy Paradox: Why Committing to Success Leads to Failure (And What to Do About It)* von Michael E. Raynor (Crown Business).

Mehr zum Etablieren von Qualitäts- und Prozessleistungszielen, -baselines und -modellen steht im Prozessgebiet »Organisationsweite Prozessleistung«.

Mehr zur Aus- und Weiterbildung steht im Prozessgebiet »Organisationsweite Aus- und Weiterbildung«.

Übersicht spezifischer Ziele und Praktiken

SG 1 Betriebliche Leistung führen
- SP 1.1 Geschäftsziele unterstützen
- SP 1.2 Prozessleistungsdaten analysieren
- SP 1.3 Mögliche Bereiche für Verbesserungen identifizieren

SG 2 Verbesserungen auswählen
- SP 2.1 Verbesserungsvorschläge erarbeiten
- SP 2.2 Verbesserungsvorschläge analysieren
- SP 2.3 Verbesserungen validieren
- SP 2.4 Verbesserungen für den Rollout auswählen und umsetzen

SG 3 Verbesserungen ausrollen
- SP 3.1 Rollout planen
- SP 3.2 Rollout managen
- SP 3.3 Auswirkungen von Verbesserungen bewerten

Detaillierung spezifischer Ziele und Praktiken

SG 1 BETRIEBLICHE LEISTUNG FÜHREN

Die betriebliche Leistung der Organisation wird mit Hilfe statistischer und anderer quantitativer Techniken geführt, um Defizite in der Prozessleistung zu verstehen und Bereiche für mögliche Prozessverbesserungen zu identifizieren.

QUERVERWEIS

Diese drei Punkte entsprechen den spezifischen Praktiken 1.1, 1.2 und 1.3 bis 3.3 (also dem Rest des Prozessgebiets).

TIPP

In Behörden und gemeinnützigen Organisationen kann der Begriff »Geschäftsleistung« auch die »Aufgabenleistung« einschließen.

Das Management der betrieblichen Leistung erfordert Folgendes:

- Beibehalten der Geschäftsziele der Organisation
- Verstehen der Fähigkeit der Organisation, die Geschäftsziele zu erreichen
- Fortlaufende Verbesserung der Prozesse, die mit dem Erreichen der Geschäftsziele in Verbindung stehen

Die Organisation verwendet definierte Prozessleistungsbaselines, um zu bestimmen, ob die aktuellen und die vorausgesagten Geschäftsziele der Organisation erfüllt werden. Es werden Defizite in der Prozessleistung identifiziert und analysiert, um mögliche Bereiche für Prozessverbesserungen zu bestimmen.

Mehr zum Etablieren von Prozessleistungsbaselines und -modellen steht im Prozessgebiet »Organisationsweite Prozessleistung«.

Wenn die Organisation ihre Prozessleistung verbessert oder wenn sich Geschäftsstrategien ändern, werden neue Geschäftsziele identifiziert und zugehörige Qualitäts- und Prozessleistungsziele abgeleitet.

Das spezifische Ziel 2 betrifft das Erarbeiten und Analysieren von Verbesserungsvorschlägen, die Defizite beim Erreichen der Qualitäts- und Prozessleistungsziele angehen.

TIPP

Der Begriff »Mangel« oder »Defizit« in OPM bezieht sich auf die Abweichung der tatsächlichen Geschäftsleistung (gekennzeichnet durch die Prozessleistungs-Baselines) von der gewünschten Geschäftsleistung (gekennzeichnet durch Geschäftsziele oder Qualitäts- und Prozessleistungsziele).

TIPP

Ohne einen gut definierten und vermittelten Satz von Zielen für die Organisation ist es weniger wahrscheinlich, dass sich Verbesserungen gegenseitig verstärken. Sie können einander sogar zuwiderlaufen.

SP 1.1 GESCHÄFTSZIELE UNTERSTÜTZEN

Geschäftsziele mit Hilfe des Verständnisses betrieblicher Strategien und der tatsächlichen Leistungswerte unterstützen

Daten der Organisationsleistung, charakterisiert durch Prozessleistungsbaselines, werden herangezogen, um zu bewerten, ob die Geschäftsziele realistisch sind und im Einklang mit den betrieblichen Strategien stehen. Nachdem die Geschäftsziele vom leitenden Management untersucht und priorisiert worden sind, müssen möglicherweise Qualitäts- und Prozessleistungsziele aufgestellt oder unterstützt und neu vermittelt werden.

TIPP

Diese Praktik fällt in den Verantwortungsbereich des leitenden Managements und sollte nicht delegiert werden.

Beispiele für Arbeitsergebnisse

1. Überarbeitete Geschäftsziele
2. Überarbeitete Qualitäts- und Prozessleistungsziele
3. Genehmigung des leitenden Managements für überarbeitete Geschäfts-, Qualitäts- und Prozessleistungsziele
4. Vermittlung aller überarbeiteten Ziele
5. Aktualisierte Prozessleistungskennzahlen

TIPP

Kenntnisse über die tatsächliche Leistung zu gewinnen, ist der Schlüssel, um realistische Objekte mit ein wenig »Luft« darin zu etablieren (wie z.B. in der Hoshin-Planung [siehe Wikipedia]).

Subpraktiken

1. Geschäftsziele regelmäßig bewerten, um sicherzustellen, dass sie im Einklang mit den betrieblichen Strategien sind

   Das leitende Management ist verantwortlich dafür, ein Verständnis des Markts aufzubauen sowie betrieblichen Strategien und Geschäftsziele zu etablieren.

QUERVERWEIS

Die Literatur über Geschäftsstrategien ist sehr umfangreich. Ein erster Markstein ist Michael Porters System für die Entwicklung von Geschäftsstrategien (siehe »Branchenstrukturanalyse« in Wikipedia). Die schon erwähnten Bücher von Christensen und Raynor sind jüngeren Datums und beschäftigen sich damit, wie Innovationen gefördert werden können, um ein anhaltendes Wachstum hervorzurufen. Beide Bücher fassen viele Ergebnisse von allgemeiner gehaltenen Werken zur Geschäftsstrategie zusammen.

TIPP

Geschäftsziele werden zu Qualitäts- und Prozessleistungszielen weiterentwickelt (wie z.B. in OPP SP 1.1 beschrieben), die dann als »Schnittstelle« zwischen dem leitenden Management und den im Rest dieses Prozessgebiets und in OPP beschriebenen Aktivitäten der Organisation für das Leistungsmanagement und die Leistungsanalyse dient.

Da sich betriebliche Strategien und die Leistung der Organisation weiterentwickeln, sollten Geschäftsziele regelmäßig untersucht werden, um zu bestimmen, ob sie aktualisiert werden sollten. Beispielsweise kann ein Geschäftsziel zurückgezogen werden, wenn die Prozessleistungsdaten zeigen, dass es bereits durchgängig erreicht wird oder wenn sich die zugehörige betriebliche Strategie geändert hat.

2. Geschäftsziele mit tatsächlichen Ergebnissen der Prozessleistung vergleichen, um sicherzustellen, dass sie realistisch sind

   Geschäftsziele können zu hoch gesteckt sein, um zu echten Verbesserungen zu motivieren. Mit Hilfe von Prozessleistungsbaselines können Sie Ihre Wunschvorstellungen realistischer fassen.

   Wenn keine Prozessleistungsbaselines zur Verfügung stehen, können Stichprobentechniken verwendet werden, um eine quantitative Grundlage für kurzfristige Vergleiche zu entwickeln.

3. Geschäftsziele aufgrund dokumentierter Kriterien priorisieren, z.B. anhand der Fähigkeit, neue Geschäftsfelder zu gewinnen, vorhandene Kunden zu behalten oder andere wichtige Geschäftsstrategien umzusetzen

4. Qualitäts- und Prozessleistungsziele beibehalten, um Änderungen an Geschäftszielen anzugehen

   Geschäfts-, Qualitäts- Prozessleistungsziele entwickeln sich normalerweise mit der Zeit. Wenn Ziele erreicht werden, müssen sie nachverfolgt werden, um sicherzustellen, dass sie auch weiterhin erreicht werden. Gleichzeitig werden neue Geschäftsziele und zugehörige Qualitäts- und Prozessleistungsziele identifiziert und geführt.

   Mehr zum Etablieren von Qualitäts- und Prozessleistungszielen steht im Prozessgebiet »Organisationsweite Prozessleistung«.

5. Prozessleistungskennzahlen überarbeiten, um sie mit den Qualitäts- und Prozessleistungszielen in Einklang zu bringen

   Mehr zum Etablieren von Prozessleistungskennzahlen steht im Prozessgebiet »Organisationsweite Prozessleistung«.

SP 1.2 Prozessleistungsdaten analysieren

Prozessleistungsdaten analysieren, um die Fähigkeit der Organisation zu bestimmen, die identifizierten Geschäftsziele zu erreichen

Es werden Prozessleistungskennzahlen mit Hilfe der Prozesse von »Organisationsweite Prozessleistung« definiert und angewandt. Die resultierenden Daten werden analysiert, um Prozessleistungsbaselines aufzustellen, die dabei helfen, die derzeitige Fähigkeit der Organisation zu ermitteln. Ein Vergleich der Prozessleistungsbaselines mit den Qualitäts- und Prozessleistungszielen hilft der Organisation dabei, ihre Fähigkeit zum Erreichen von Geschäftszielen zu bestimmen. Diese Daten werden gewöhnlich aus Prozessleistungsdaten auf Projektebene bezogen, um die organisationsweite Analyse zu ermöglichen.

Beispiele für Arbeitsergebnisse

1. Analyse der aktuellen Fähigkeit im Vergleich mit den Geschäftszielen
2. Defizite der Prozessleistung
3. Risiken zum Erreichen von Geschäftszielen

Subpraktiken

1. Qualitäts- und Prozessleistungsziele regelmäßig mit aktuellen Prozessleistungsbaselines vergleichen, um die Fähigkeit der Organisation zum Erreichen ihrer Geschäftsziele zu bewerten

   Wenn z.B. die Durchlaufzeit ein kritisches Geschäftserfordernis ist, können viele verschiedene Kennzahlen für die Durchlaufzeit in der Organisation erfasst werden. Die gesamten Leistungsdaten zur Durchlaufzeit sollten mit den Geschäftszielen verglichen werden, um zu ermitteln, ob die erwartete Leistung die Geschäftsziele erfüllt.
2. Defizite identifizieren, bei denen die tatsächliche Prozessleistung nicht den Geschäftszielen entspricht
3. Risiken durch die Nichteinhaltung von Geschäftszielen identifizieren und analysieren
4. Ergebnisse der Prozessleistungs- und Risikoanalyse an die Geschäftsführung berichten

TIPP

Erreicht die Organisation ihre Qualitäts- und Prozessleistungsziele? Wo treten Defizite auf?

HINWEIS

Eine schlechte Lieferantenleistung kann das Erreichen der Qualitäts- und Prozessleistungsziele der Organisation beeinträchtigen. Es muss klar sein, welchen Einfluss der Lieferant auf das Erreichen der Qualitäts- und Prozessleistungsziele hat. Außerdem ist es wichtig zu wissen, wo man direkte Kontrolle über die Wirkungen (statt über die Einflüsse) hat.

HINWEIS

Analysen mithilfe von PPBs, Prozesssimulationen und PPMs können dabei helfen, die Fähigkeit der Organisation zum Erreichen ihrer Geschäftsziele zu bewerten.

TIPP

Prozessleistungsmängel schränken die Fähigkeit der Organisation ein, ihre gewählten Geschäftsstrategien zu verfolgen.

SP 1.3 MÖGLICHE BEREICHE FÜR VERBESSERUNGEN IDENTIFIZIEREN

TIPP

Welche Bereiche sollte die Organisation aufs Korn nehmen, um Mängel zu beseitigen?

Mögliche Bereiche für Verbesserungen identifizieren, die zum Erreichen der Geschäftsziele beitragen können

Mögliche Bereiche für Verbesserungen werden durch eine vorausschauende Analyse identifiziert, um die Bereiche zu bestimmen, in denen Defizite in der Prozessleistung angegangen werden können. Zur Diagnose und Beseitigung der Ursachen können Prozesse der Ursachenanalyse und -beseitigung herangezogen werden.

HINWEIS

PPBs, Prozesssimulationen und PPMs können bei der Analyse helfen.

Die Ergebnisse dieser Tätigkeit werden verwendet, um mögliche Verbesserungen zu bewerten und zu priorisieren. Das kann zu entweder inkrementellen oder innovativen Verbesserungsvorschlägen führen, wie sie im spezifischen Ziel 2 beschrieben werden.

Beispiele für Arbeitsergebnisse

1. Mögliche Bereiche für Verbesserungen

Subpraktiken

1. Mögliche Bereiche für Verbesserungen auf der Grundlage der Analyse von Prozessleistungsdefizite identifizieren

   Prozessleistungsdefizite umfassen die Nichteinhaltung von Zielen der Produktivität, Durchlaufzeit und Kundenzufriedenheit. Gebiete für Verbesserungen, die in Betracht gezogen werden können, sind beispielsweise Produkttechnologie, Prozesstechnologie, Stellenbesetzung und Entwicklung des Personals, Teamstrukturen, Lieferantenauswahl und -management sowie andere Infrastrukturen der Organisation.

2. Begründungen für mögliche Verbesserungsbereiche mitsamt Verweisen auf zugehörige Geschäftsziele und Prozessleistungsdaten dokumentieren
3. Erwartete Kosten und Nutzen in Bezug auf mögliche Verbesserungsbereiche dokumentieren
4. Die Menge der möglichen Bereiche für Verbesserungen für die weitere Bewertung, Priorisierung und Verwendung kommunizieren

SG 2 Verbesserungen auswählen

Verbesserungen werden pro-aktiv identifiziert, mit Hilfe von statistischen und anderen quantitativen Techniken bewertet sowie basierend auf ihrem Beitrag zur Erreichung der Qualitäts- und Prozessleistungsziele für den Rollout ausgewählt.

Die organisationsweit auszurollenden Verbesserungen werden aus den Verbesserungsvorschlägen ausgewählt, die auf Wirksamkeit in der Zielumgebung bewertet wurden. Diese Verbesserungsvorschläge werden aus allen Bereichen der Organisation erarbeitet und eingereicht, um die im spezifischen Ziel 1 erkannten Verbesserungsgebiete anzugehen.

Bewertungen von Verbesserungsvorschlägen beruhen auf Folgendem:

- Quantitatives Verständnis der derzeitigen Qualitäts- und Prozessleistungsziele der Organisation
- Erreichen der Qualitäts- und Prozessleistungsziele der Organisation
- Erwartete Kosten und Einflüsse der Entwicklung und des Rollouts der Verbesserungen, Ressourcen und verfügbare Finanzmittel für das Ausrollen
- Geschätzter Nutzen für die Qualität und Prozessleistung durch das Ausrollen der Verbesserungen

OPM

SP 2.1 Verbesserungsvorschläge erarbeiten

Verbesserungsvorschläge erarbeiten und kategorisieren

Diese Praktik konzentriert sich auf das Erarbeiten von Verbesserungsvorschlägen und umfasst auch die Einteilung der Vorschläge in inkrementelle und innovative Verbesserungen.

Inkrementelle Verbesserungen gehen im Allgemeinen auf diejenigen zurück, die die Arbeit erledigen (d.h. auf die Benutzer des Prozesses oder der Technologie). Inkrementelle Verbesserungen können einfach und billig umzusetzen und auszurollen sein. Vorschläge für inkrementelle Verbesserungen werden analysiert. Werden sie ausgewählt, benötigen sie aber möglicherweise keine strenge Validierung und keine Pilotierung. Innovative Verbesserungen wie neue oder umgestaltete Prozesse führen zu einem stärkeren Wandel als inkrementelle Verbesserungen.

Tipp

Verbesserungsvorschläge, ob inkrementell oder innovativ, werden eingeholt.

Hinweis

Jedes Mitglied der Organisation sollte dazu ermuntert werden, Verbesserungsvorschläge einzureichen, und wissen, wie das geht.

TIPP

Diese Praktik ähnelt im Ansatz der spezifischen Praktik »Bedürfnisse herausfinden« in RD. Es wird vorausschauend nach möglichen Verbesserungen gesucht, anstatt sie passiv zu sammeln.

TIPP

Die Untersuchung innovativer Verbesserungen ist eine Daueraufgabe. Dazu gehört es, den Markt nach Innovationen abzusuchen, die der Organisation nutzen und ihr helfen können, ihre Ziele zu erreichen.

Häufig gehen innovative Verbesserungen aus einer systematischen Suche nach Lösungen für bestimmte Leistungsprobleme oder nach Gelegenheiten für Leistungsverbesserungen hervor. Sie werden von denen erkannt, die in der Weiterentwicklung bestimmter Technologien ausgebildet und darin erfahren sind oder deren Aufgabe darin besteht, verbesserte Leistung nachzuverfolgen oder direkt dazu beizutragen.

Innovationen können extern erkannt werden, indem die Innovationen beobachtet werden, die in anderen Organisationen verwendet werden oder in der Forschungsliteratur dokumentiert sind. Innovationen können dadurch gewonnen werden, dass man den Blick einwärts richtet (z.B. durch Untersuchung der Lessons Learned aus Projekten). Innovationen werden durch das Erfordernis angeregt, Qualitäts- und Prozessleistungsziele zu erreichen, durch das Erfordernis, Leistungsbaselines zu verbessern, oder durch das externe Geschäftsumfeld.

Beispiele für inkrementelle Verbesserungen sind:

- Hinzufügen eines Elements zu einer Peer-Review-Checkliste
- Kombinieren des technischen und des Management-Review von Lieferanten in ein einziges Review
- Einführung einer Lösung für ein unmittelbares Problem
- Ersetzen einer Komponente durch eine neue
- Kleinere Aktualisierungen an einem Werkzeug

Beispiele für innovative Verbesserungen sind gewöhnlich Ergänzungen oder umfassende Änderungen an folgenden Dingen:

- Computer und verwandte Hardwareprodukte
- Unterstützungswerkzeuge für Transformationen
- Neue oder umgestaltete Workflows
- Prozesse oder Phasenmodelle
- Schnittstellennormen
- Wiederverwendbare Komponenten
- Managementtechniken und -methoden
- Techniken und Methoden zur Qualitätsverbesserung
- Entwicklungstechniken und -methoden

Einige Verbesserungsvorschläge können in Form von Anträgen eingehen (z.B. als Antrag für eine organisationsweite Verbesserung, der aus einer Tätigkeit der Ursachenanalyse und -beseitigung hervorgeht). Diese Verbesserungsvorschläge müssen analysiert und dokumentiert werden, bevor sie in die Prozesse des organisationsweiten Leistungsmanagements eingeführt werden. Wenn Verbesserungsvorschläge als Anträge eingehen, werden diese Anträge auf Vollständigkeit geprüft und im Rahmen des Auswahlprozesses für die Umsetzung bewertet.

Zur Nachforschung nach Verbesserungen kann es gehören, sich außerhalb der Organisation umzusehen, Innovationen mit Hilfe von Prozessen der Ursachenanalyse und -beseitigung abzuleiten, Marktbeobachtung zu betreiben oder die bestehende Organisationsleistung zu analysieren.

Beispiele für Arbeitsergebnisse

1. Vorschläge für inkrementelle Verbesserungen
2. Vorschläge für innovative Verbesserungen

Subpraktiken

1. Verbesserungsvorschläge erarbeiten

   Diese Vorschläge dokumentieren mögliche Verbesserungen an Prozessen und Technologien. Manager und Mitarbeiter der Organisation sowie Kunden, Endanwender und Lieferanten können Vorschläge einreichen. Die Organisation kann auch in akademischen und technischen Vereinigungen nach Verbesserungsvorschlägen suchen. Manche Verbesserungsvorschläge können vor dem Einreichen in der Organisation schon auf Projektebene umgesetzt worden sein.

Hinweis

Man kann Vorschläge über offene Mechanismen, Umfragen und Fokusgruppen sammeln.

Beispiele für Quellen von Verbesserungen umfassen:

- Ergebnisse und Empfehlungen aus Prozess-Appraisals
- Die Qualitäts- und Prozessleistungsziele der Organisation
- Analyse der Daten über Kunden- und Endanwenderprobleme sowie Kunden- und Endanwenderzufriedenheit
- Ergebnisse des Prozess- und Produkt-Benchmarking
- Gemessene Wirksamkeit von Prozessaktivitäten
- Gemessene Wirksamkeit des Arbeitsumfelds von Projekten ▶

- Beispiele von Verbesserungen, die anderswo erfolgreich durchgeführt wurden
- Rückmeldungen zu vorherigen Verbesserungen
- Spontane Ideen von Führungskräften und Mitarbeitern
- Verbesserungsanträge aus Prozessen der Ursachenanalyse und -beseitigung, die auf umgesetzte Maßnahmen mit bewiesener Wirksamkeit zurückgehen
- Analyse der Messwerte für die technische Leistung
- Analyse der Daten über Fehlerursachen
- Analyse der Projekt- und Organisationsleistungsdaten im Vergleich mit den Qualitäts- und Produktivitätszielen

Mehr zum Ausrollen von Prozess-Assets der Organisation und zum Aufnehmen von Erfahrungen steht im Prozessgebiet »Organisationsweite Prozessausrichtung«.

2. Verbesserungsvorschläge als inkrementell oder innovativ identifizieren
3. Innovative Verbesserungen untersuchen, die die Prozesse und Technologien der Organisation verbessern können

Die Untersuchung innovativer Verbesserungen umfasst gewöhnlich Folgendes:

- Beobachtung führender, relevanter technischer Anwendungen und Technologietrends
- Suche nach kommerziell erhältlichen innovativen Verbesserungen
- Sammeln von Vorschlägen für innovative Verbesserungen in Projekten und in der Organisation
- Untersuchen und vergleichen extern verwendeter Prozesse und Technologien mit denen, die in der Organisation eingesetzt werden
- Identifizierung von Bereichen, in denen innovative Verbesserungen erfolgreich angewendet wurden, und Prüfung der Daten und Dokumentation über die Erfahrungen mit diesen Verbesserungen
- Identifizierung von Verbesserungen, die neue Techniken in Produkte und das Arbeitsumfeld von Projekten aufnehmen

SP 2.2 Verbesserungsvorschläge analysieren

Verbesserungsvorschläge auf ihren möglichen Einfluss auf die Erreichung der Qualitäts- und Prozessziele der Organisation analysieren

Verbesserungsvorschläge sind inkrementelle und innovative Verbesserungen, die analysiert und möglicherweise zur Validierung, zur Umsetzung und zum Rollout in der Organisation ausgewählt werden.

Beispiele für Arbeitsergebnisse

1. Anträge für Verbesserungsvorschläge
2. Ausgewählte, zu validierende Verbesserungen

Subpraktiken

1. Kosten und Nutzen der vorgeschlagenen Verbesserungen analysieren

   Prozessleistungsmodelle bieten Einblick in die Auswirkung von Prozessänderungen auf die Prozessfähigkeit und -leistung.

   Mehr zum Etablieren von Prozessleistungsmodellen steht im Prozessgebiet »Organisationsweite Prozessleistung«.

   Verbesserungsvorschläge mit einem hohen Kosten-Nutzen-Verhältnis oder solche, die die Prozesse der Organisation nicht verbessern, können abgelehnt werden.

   Kriterien für die Bewertung der Kosten und Nutzen umfassen:
   - Beitrag zum Erreichen der Qualitäts- und Prozessleistungsziele der Organisation
   - Auswirkung auf die Abschwächung erkannter Risiken für das Projekt oder die Organisation
   - Fähigkeit zur schnellen Reaktion auf Änderungen von Projektanforderungen, in der Marktsituation und dem Geschäftsumfeld
   - Auswirkung auf verbundene Prozesse und zugehörige Assets
   - Kosten für das Definieren und Sammeln von Daten, die die Messung und Analyse der Prozess- und Technikverbesserungen unterstützen
   - Erwartete Lebensdauer der Verbesserung

TIPP

Eingeholte Verbesserungsvorschläge werden auf ihre Auswirkungen hin analysiert (bewertet).

QUERVERWEIS

Bei der Analyse von Innovationen ist es wichtig, ihren potenziellen Beitrag zur Geschäftsstrategie und zum Wachstum zu bedenken. Weitere Informationen sind in den Büchern von Christensen und Rayonor zu finden, erwähnt im Abschnitt »In Beziehung stehende Prozessgebiete«.

TIPP

Diese Subpraktiken von SP 2.2 spiegeln die Disziplin und die Radikalität wider, die von sehr reifen Organisationen erwartet werden und in früheren Stadien der Prozessverbesserung gewöhnlich nicht möglich sind.

TIPP

Um Hindernisse für das Rollout zu identifizieren, ist es hilfreich, die Haltung der Organisation zu Änderungen und ihre Fähigkeiten dazu zu verstehen. Solche Kenntnisse sollten als Anleitung für die Umsetzung von Änderungen dienen, vor allem von umfangreichen und komplizierten.

2. Mögliche Hindernisse und Risiken für das Ausrollen der einzelnen vorgeschlagenen Verbesserungen identifizieren

Beispiele für Hindernisse zum Ausrollen von Verbesserungen umfassen:

- Konkurrenzdenken und Kirchturmpolitik
- Unklare oder schwache Geschäftsprinzipien
- Fehlende kurzfristige Vorteile und sichtbare Erfolge
- Unklares Bild dessen, was von jedem erwartet wird
- Zu viele Änderungen zur selben Zeit
- Fehlende Einbeziehung und Unterstützung relevanter Stakeholder

Beispiele für Risikofaktoren, die einen Einfluss auf das Rollout von Verbesserungen haben, umfassen:

- Kompatibilität von Verbesserungen mit bestehenden Abläufen, Werten und Fähigkeiten potenzieller Endanwender
- Komplexität der Verbesserung
- Schwierigkeiten beim Umsetzen von Verbesserungen
- Fähigkeit, den Wert von Verbesserungen vor dem allgemeinen Rollout zu demonstrieren
- Rechtfertigung für umfangreiche Vorabinvestitionen in Bereichen wie Werkzeuge und Aus- und Weiterbildung
- Unfähigkeit, die »Technologieverzögerung« zu überwinden, nach der die aktuelle Implementierung erfolgreich von einer großen und erfahrenen Basis von Endanwendern verwendet wird

3. Kosten, Aufwand und Termine für die Umsetzung, die Verifizierung und das Rollout der einzelnen Verbesserungsvorschläge schätzen
4. Vorgeschlagene Verbesserungen zur Validierung und je nach Bewertung zur möglichen Umsetzung und zum Rollout auswählen

   Mehr über die Analyse möglicher Entscheidungen mithilfe eines formalen Evaluierungsprozesses, der identifizierte Alternativen anhand etablierter Kriterien bewertet, steht im Prozessgebiet »Entscheidungsfindung«.

5. Die Bewertungsergebnisse für die einzelnen Verbesserungsvorschläge in einem Verbesserungsantrag dokumentieren

   Der Antrag sollte eine Problembeschreibung, einen Plan zur Umsetzung der Verbesserung (einschließlich Kosten und Nutzen, Risikohandhabung, Methoden zur Bewertung der Effektivität in der Zielumgebung) und quantitative Erfolgskriterien für die Bewertung der tatsächlichen Ergebnisse eines Rollout enthalten.

6. Die detaillierten Änderungen bestimmen, die zur Umsetzung der Verbesserung erforderlich sind, und im Verbesserungsantrag dokumentieren
7. Die Validierungsmethode bestimmen, die vor dem umfänglichen Rollout der Änderung verwendet wird, und im Verbesserungsantrag dokumentieren
   - Zum Bestimmen der Validierungsmethode gehört es, die quantitativen Erfolgskriterien zu definieren, die zur Bewertung der Ergebnisse der Validierung herangezogen werden.
   - Da Innovationen laut Definition aus umfangreichen Änderungen mit großer Auswirkung bestehen, werden die meisten innovativen Verbesserungen pilotiert. Andere Validierungsmethoden wie Modellierung und Simulation können nach Bedarf verwendet werden.
8. Die Ergebnisse des Auswahlvorgangs dokumentieren

> Die Ergebnisse des Auswahlvorgangs umfassen gewöhnlich Folgendes:
> - Beschreibung der einzelnen Verbesserungsvorschläge
> - Begründung für die Aufstellung der einzelnen Verbesserungsvorschläge

TIPP

Ein »Verbesserungsantrag« für ausgewählte Verbesserungsvorschläge enthält die Ergebnisse der Subpraktiken von SP 2.2 einschließlich Analyse und Bewertung, einen Plan zur Umsetzung der Verbesserung, die erforderlichen Änderungen, eine Validierungsmethode und Erfolgskriterien.

SP 2.3 Verbesserungen validieren

Ausgewählte Verbesserungsvorschläge validieren

Ausgewählte Verbesserungen werden in Übereinstimmung mit ihren Verbesserungsanträgen validiert.

TIPP

Ausgewählte Verbesserungsvorschläge werden durch eine Validierung weiter bewertet.

> Beispiele für Validierungsmethoden umfassen:
> - Diskussionen mit Stakeholdern, eventuell im Rahmen einer formalen Überprüfung
> - Prototypdemonstrationen
> - Pilotprojekte der vorgeschlagenen Verbesserungen
> - Modellierung und Simulation

TIPP

Ein weiterer Zweck eines Pilotprojekts besteht darin, die Anwendbarkeit einer Änderung auf andere Projekte zu beurteilen.

TIPP

Ein Pilotprojekt kann ein einzelnes Projekt oder eine Gruppe von Projekten umfassen.

TIPP

Da eine sorgfältige Koordination erforderlich ist, kann die Validierung in der gleichen Weise geplant werden wie Projekte.

HINWEIS

Beim Planen einer Validierung muss man entscheiden, wer daran teilnehmen soll, wie sie durchgeführt wird, wie die Ergebnisse erfasst werden und welche Informationen gesammelt werden sollen, um über das großmaßstäbliche Rollout zu entscheiden.

Pilotprojekte können durchgeführt werden, um wesentliche Änderungen durch nicht erprobte, hochgradig riskante oder innovative Verbesserungen vor deren allgemeiner Anwendung zu bewerten. Nicht bei allen Verbesserungen ist die Strenge eines Pilotprojekts erforderlich. Kriterien für die Auswahl von Verbesserungen für Pilotprojekte werden definiert und eingesetzt. Faktoren wie Risiken, Art der Änderung oder Anzahl der betroffenen Funktionsbereiche bestimmen, ob ein Pilotprojekt für eine Verbesserung erforderlich ist.

Zur Verwendung im Pilotprojekt kann eine Prozessdokumentation im Entwurfsstadium verfügbar gemacht werden.

Beispiele für Arbeitsergebnisse

1. Validierungspläne
2. Berichte zur Validierungsbewertung
3. Dokumentierte Erfahrungswerte aus der Validierung

Subpraktiken

1. Validierung planen

   Im Verbesserungsantrag dokumentierte quantitative Erfolgskriterien können beim Planen der Validierung hilfreich sein.

   Validierungspläne für ausgewählte, zu pilotierende Verbesserungen sollten Zielprojekte, Projektmerkmale, einen Terminplan für die Meldung von Ergebnissen und Messungen enthalten.

2. Validierungspläne untersuchen und die Zustimmung der relevanten Stakeholder einholen
3. Sich mit denjenigen beraten, die die Validierung durchführen, und ihnen helfen
4. Eine Versuchsumsetzung in Übereinstimmung mit dem Validierungsplan für ausgewählte zu pilotierende Verbesserungen erstellen
5. Jede Validierung in einem Umfeld durchführen, das demjenigen für das umfänglichen Rollout ähnelt
6. Die Validierung anhand der Validierungspläne verfolgen

7. Ergebnisse der Validierung prüfen und dokumentieren

   Validierungsergebnisse werden anhand der im Verbesserungsantrag definierten quantitativen Kriterien bewertet.

> Die Prüfung und Dokumentation der Ergebnisse von Pilotprojekten umfasst gewöhnlich folgende Tätigkeiten:
> - Untersuchen der Pilotergebnisse mit Stakeholdern
> - Entscheiden, ob das Pilotprojekt beendet, die Umsetzung der Verbesserung umgearbeitet, das Pilotprojekt umgeplant und fortgesetzt oder mit dem Rollout weitergemacht werden soll
> - Aktualisieren der Verbesserungsanträge, die mit dem Pilotprojekt verbunden sind
> - Identifizieren und Dokumentieren neuer Verbesserungsanträge nach Bedarf
> - Identifizieren und Dokumentieren der während des Pilotprojekts gemachten Erfahrungen und der dabei aufgetretenen Probleme. Dazu gehören auch die Rückmeldung an das Verbesserungsteam und Änderungen an der Verbesserung.

SP 2.4 Verbesserungen zum Rollout auswählen und umsetzen

Verbesserungen auf der Grundlage einer Bewertung von Kosten, Nutzen und anderen Faktoren für das Rollout in der Organisation auswählen und umsetzen

Die Auswahl vorgeschlagener Verbesserungen für das Rollout stützt sich auf das Kosten-Nutzen-Verhältnis unter Berücksichtigung von Qualitäts- und Prozessleistungszielen, verfügbaren Ressourcen und der Ergebnisse der Tätigkeiten zur Bewertung und Validierung von Verbesserungsanträgen.

Mehr über die Analyse möglicher Entscheidungen mithilfe eines formalen Evaluierungsprozesses, der identifizierte Alternativen anhand etablierter Kriterien bewertet, steht im Prozessgebiet »Entscheidungsfindung«.

Tipp

Diese Praktik wählt nicht nur Verbesserungen für das Rollout aus, sondern bereitet die Organisation auch auf das Rollout vor, da hierbei die Auswirkungen von Zusagen und Fertigkeiten untersucht werden und die erforderlichen Änderungen zu Aus- und Weiterbildungsmaßnahmen, Arbeitsumgebungen und Prozess-Assets identifiziert werden.

Beispiele für Arbeitsergebnisse

1. Für das Rollout ausgewählte Verbesserungen
2. Aktualisierte Prozessdokumentation und aktualisierte Aus- und Weiterbildung

Subpraktiken

TIPP

Es ist erforderlich, Stabilität und Wandel gegeneinander abzuwägen. Man kann es sich nicht leisten, jede vielversprechende Änderung durchzuführen, sondern man muss wählen, welche Änderungen in der Organisation ausgerollt werden sollen.

1. Verbesserungen für das Ausrollen priorisieren

   Die Priorität einer Verbesserung gründet sich auf eine Bewertung ihres geschätzten Kosten-Nutzen-Verhältnisses unter Berücksichtigung der Qualitäts- und Prozessleistungsziele im Vergleich mit den Leistungsbaselines. Als Grundlage des Vergleichs kann der Return on Investment herangezogen werden.

2. Auszurollende Verbesserungen auswählen

   Die Auswahl der auszurollenden Verbesserungen erfolgt nach ihren Prioritäten, den verfügbaren Ressourcen und den Ergebnissen der Tätigkeiten zur Bewertung und Validierung von Verbesserungsanträgen.

3. Bestimmen, wie die einzelnen Verbesserungen ausgerollt werden

   Beispiele dafür, wo Verbesserungen ausgerollt werden können, umfassen:
   - Projektspezifische oder allgemeine Arbeitsumgebung
   - Produktfamilien
   - Projekte der Organisation
   - Gruppen der Organisation

4. Ergebnisse des Auswahlvorgangs dokumentieren

   Die Ergebnisse des Auswahlvorgangs umfassen gewöhnlich Folgendes:
   - Auswahlkriterien für vorgeschlagene Verbesserungen
   - Merkmale der Zielprojekte
   - Aufstellung der einzelnen Verbesserungsanträge
   - Begründung für die Aufstellung der einzelnen Verbesserungsanträge

HINWEIS

Es kann hilfreich sein, die Ergebnisse des Auswahlvorgangs zu dokumentieren, wenn sich das Geschäftsumfeld so stark ändert, dass man die Entscheidungen noch einmal überdenken und eine andere Auswahl treffen muss.

5. Notwendige Änderungen zur Umsetzung der Verbesserungen untersuchen

> Beispiele für Änderungen, die zum Ausrollen einer Verbesserung erforderlich sein können, umfassen:
> - Prozessbeschreibungen, Normen und Verfahren
> - Arbeitsumgebungen
> - Aus- und Weiterbildung
> - Kenntnisse und Fähigkeiten
> - Bestehende Verpflichtungen
> - Laufende Aktivitäten
> - Fortlaufende Unterstützung von Endanwendern
> - Organisationskultur und -merkmale

TIPP

PPBs und PPMs sind Beispiele für Prozess-Assets der Organisation, die aktualisiert werden müssen. Eine Untersuchung der Validierungsdaten kann dabei helfen, zu identifizieren, welche Überarbeitungen an diesen Assets notwendig sind, um die »erste Welle« der Projekte zu unterstützen, die die auszurollenden Verbesserungen nutzen werden.

6. Prozess-Assets der Organisation aktualisieren

> Die Aktualisierung der Prozess-Assets der Organisation umfasst gewöhnlich, sie zu untersuchen, eine Genehmigung für die Aktualisierung einzuholen und die Aktualisierung zu vermitteln.

Mehr zur Etablierung von Prozess-Assets der Organisation steht im Prozessgebiet »Organisationsweite Prozessentwicklung«.

SG 3 VERBESSERUNGEN AUSROLLEN

Messbare Verbesserungen der Prozesse und Technologien der Organisation werden ausgerollt und mit statistischen oder anderen quantitativen Techniken bewertet.

TIPP

Die in SG 2 beschriebenen Aktivitäten sind zwar gewöhnlich »fortlaufend«, doch die Planung, das Rollout und die Bewertung der Verbesserungen, die SG 3 verlangt, werden gewöhnlich in regelmäßigen Abständen (z.B. jährlich) durchgeführt.

Nachdem Verbesserungen für das Rollout ausgewählt worden sind, wird ein Rollout-Plan aufgestellt und ausgeführt. Das Ausrollen von Verbesserungen erfolgt geführt und die Auswirkungen der Verbesserungen werden gemessen und bewertet, um zu erkennen, wie gut sie zum Erreichen der Qualitäts- und Prozessleistungsziele beitragen.

SP 3.1 ROLLOUT PLANEN

Pläne zum Ausrollen ausgewählter Verbesserungen etablieren und beibehalten

Die Pläne zum Ausrollen ausgewählter Verbesserungen können in den Plan für das organisationsweite Leistungsmanagement, in Verbesserungsanträge oder in eigene Rollout-Dokumente aufgenommen werden.

Diese spezifische Praktik ergänzt die spezifische Praktik »Prozess-Assets der Organisation ausrollen« des Prozessgebiets »Organisationsweite Prozessausrichtung« und fügt die Verwendung quantitativer Daten hinzu, um das Rollout zu leiten und den Wert der Verbesserungen zu bestimmen.

TIPP

Bei der Planung des Rollouts werden möglicherweise viele der in SP 2.4 beschriebenen Überlegungen wiederholt, um die Änderungen an den Annahmen über Bedingungen, Ziele, Tempo und zeitliche Abstimmung des Rollouts widerzuspiegeln.

Mehr zum Ausrollen von Prozess-Assets der Organisation und zum Aufnehmen von Erfahrungen steht im Prozessgebiet »Organisationsweite Prozessausrichtung«.

HINWEIS

Je nach der Größenordnung der Änderungen kann es Monate oder Jahre dauern, bis Änderungen vollständig ausgerollt sind. Daher ist es wichtig, sich Gedanken über die Stilllegung der Prozesse und Produkte zu machen, die durch die Änderung ersetzt werden.

Beispiele für Arbeitsergebnisse

1. Rollout-Pläne für ausgewählte Verbesserungen

Subpraktiken

1. Bestimmen, wie die einzelnen Verbesserungen für das Rollout angepasst werden sollten

   In einem begrenzten Zusammenhang identifizierte Verbesserungen (z.B. für einen einzigen Verbesserungsantrag) müssen möglicherweise für einen ausgewählten Teil der Organisation angepasst werden.

2. Strategien ermitteln, um die möglichen, im Verbesserungsanschlag genannten Hindernisse zum Ausrollen der einzelnen Verbesserungen zu überwinden

3. Die Zielprojektpopulation für das Rollout der Verbesserung identifizieren

   Nicht alle Projekte sind gute Kandidaten für sämtliche Verbesserungen. Beispielsweise können Verbesserungen nur auf reine Softwareprojekte, Projekte zur Integration von Standardsoftware oder auf Betriebs- und Unterstützungsprojekte ausgerichtet sein.

4. Kennzahlen und Ziele etablieren, um den Wert der einzelnen Verbesserungen für die Qualitäts- und Prozessleistungsziele der Organisation zu bestimmen

TIPP

Beispielsweise könnte eine Strategie darin bestehen, Gruppen zusammenhängender Verbesserungen inkrementell in der gesamten Organisation auszurollen, so dass in den späteren Inkrementen die in den frühen Inkrementen etablierten PPBs und PPMs zur Verfügung stehen.

Die Kennzahlen können sich auf die quantitativen Erfolgskriterien gründen, die im Verbesserungsantrag dokumentiert wurden, oder von den Organisationszielen abgeleitet sein.

Beispiele für Kennzahlen, um den Wert von Verbesserungen zu bestimmen, umfassen:

- Gemessene Verbesserungen der Prozessleistung von Projekten oder der Organisation
- Erforderliche Zeit, um die Kosten der Verbesserung wieder hereinzuholen
- Anzahl und Art der projekt- und organisationsweiten Risiken, die durch die Prozess- oder Technikverbesserung abgeschwächt werden
- Durchschnittlich erforderliche Zeit zur Reaktion auf Änderungen in Projektanforderungen, in der Marktsituation und dem Geschäftsumfeld

Mehr zum Ausrichten von Mess- und Analysetätigkeiten und zum Bereitstellen von Messergebnissen steht im Prozessgebiet »Messung und Analyse«.

5. Pläne zum Ausrollen ausgewählter Verbesserungen dokumentieren

   Die Rollout-Pläne sollten relevante Stakeholder, Risikostrategien, Zielprojekte, Erfolgskennzahlen und den Terminplan umfassen.

6. Untersuchen der Pläne für das Ausrollen ausgewählter Verbesserungen und Einholen der Zustimmung relevanter Stakeholder

   Zu den relevanten Stakeholdern zählen der Sponsor der Verbesserung, die Zielprojekte, die Unterstützungsorganisationen usw.

7. Pläne zum Ausrollen ausgewählter Verbesserungen nach Bedarf umarbeiten

SP 3.2 Rollout managen

Das Ausrollen ausgewählter Verbesserungen managen

Diese spezifische Praktik kann sich mit der spezifischen Praktik »Vorgeschlagene Maßnahmen umsetzen« des Prozessgebiets »Ursachenanalyse und -beseitigung« überschneiden (z.B.

wenn die Ursachenanalyse und -beseitigung organisationsweit oder über mehrere Projekte hinweg verwendet wird).

Beispiele für Arbeitsergebnisse

1. Aktualisierte Aus- und Weiterbildungsunterlagen (um die ausgerollten Verbesserungen widerzuspiegeln)
2. Dokumentierte Ergebnisse der Tätigkeiten zum Ausrollen von Verbesserungen
3. Überarbeitete Kennzahlen, Ziele, Prioritäten und Rollout-Pläne für Verbesserungen

Subpraktiken

1. Das Ausrollen von Verbesserungen anhand von Rollout-Plänen verfolgen
2. Das Ausrollen von Verbesserungen in der Organisation koordinieren

TIPP

Zu den Zielen der meisten Organisationen gehört es, agil zu bleiben. Daher ist es notwendig zu lernen, wie man Änderungen schnell und doch korrekt einführt.

Die Koordinierung des Rollout umfasst folgende Tätigkeiten:

- Koordinieren der Tätigkeiten von Projekten, Unterstützungs- und Organisationsgruppen für jede einzelne Verbesserung
- Koordinieren der Tätigkeiten für das Rollout verwandter Verbesserungen

3. Verbesserungen gesteuert und diszipliniert ausrollen

Beispiele für Methoden zum Ausrollen von Verbesserungen umfassen:

- Inkrementelles Ausrollen von Verbesserungen anstelle eines Rollout in einem Stück
- Umfassende Beratung der ersten Benutzer der Verbesserung anstelle einer umgearbeiteten formalen Aus- und Weiterbildung

4. Rollout der Verbesserungen in die definierten Prozesse von Projekten nach Bedarf koordinieren

   Mehr zum Ausrollen von Prozess-Assets der Organisation und zum Aufnehmen von Erfahrungen steht im Prozessgebiet »Organisationsweite Prozessausrichtung«.

5. Nach Bedarf Beratung anbieten, um das Ausrollen von Verbesserungen zu unterstützen
6. Aktualisierte Aus- und Weiterbildungsunterlagen bereitstellen oder Kommunikationspakete entwickeln, um Verbesserungen an Prozess-Assets der Organisation widerzuspiegeln

   Mehr zur Aus- und Weiterbildung steht im Prozessgebiet »Organisationsweite Aus- und Weiterbildung«.
7. Bestätigen, dass das Rollout aller Verbesserungen im Einklang mit dem Rollout-Plan vollständig erfolgt ist
8. Ergebnisse des Rollout von Verbesserungen dokumentieren und prüfen

> Die Dokumentation und Überprüfung der Ergebnisse umfasst Folgendes:
> - Identifizierung und Dokumentation von Lessons Learned
> - Überarbeiten von Kennzahlen, Zielen, Prioritäten und Rollout-Plänen für Verbesserungen

TIPP

Extensive oder komplexe Verbesserungen erfordern unter Umständen viel Unterstützung, z.B. durch Aus- und Weiterbildung, Benutzerunterstützung oder Rückmeldungen zur Verwendung der neuen oder aktualisierten Arbeitsabläufe.

TIPP

Es ist sicherzustellen, dass alle nicht vorausgesehenen Konsequenzen angegangen werden.

OPM

SP 3.3 AUSWIRKUNGEN VON VERBESSERUNGEN BEWERTEN

Auswirkungen ausgerollter Verbesserungen auf Qualitäts- und Prozessleistungsziele mit Hilfe statistischer und anderer quantitativer Techniken bewerten

Mehr zum Ausrichten von Mess- und Analysetätigkeiten und zum Bereitstellen von Messergebnissen steht im Prozessgebiet »Messung und Analyse«.

Diese spezifische Praktik kann sich mit der spezifischen Praktik »Auswirkungen von umgesetzten Maßnahmen bewerten« des Prozessgebiets »Ursachenanalyse und -beseitigung« überschneiden (z.B. wenn die Ursachenanalyse und -beseitigung organisationsweit oder über mehrere Projekte hinweg angewendet wird).

Beispiele für Arbeitsergebnisse

1. Dokumentierte Kennzahlen der Auswirkungen von ausgerollten Verbesserungen

TIPP

Bei dieser spezifischen Praktik werden die Auswirkungen von Verbesserungen gemessen, die in der Organisation ausgerollt werden. Vor allem ist die Frage zu stellen, welche Auswirkungen sich auf das Erreichen der Qualitäts- und Prozessleistungsziele ergeben. Ist die Zeit gekommen, die Spielregeln zu verändern und neue »flexible« Qualitäts- und Prozessleistungsziele einzuführen (siehe SP 1.1)?

Subpraktiken

1. Die Ergebnisse der einzelnen in den Zielprojekten umgesetzten Verbesserungen mit Hilfe der in den Rollout-Plänen definierten Kennzahlen messen
2. Den Fortschritt beim Erreichen der Qualitäts- und Prozessleistungsziele der Organisation mit Hilfe statistischer und anderer quantitativer Techniken analysieren und nach Bedarf Korrekturmaßnahmen ergreifen

   Mehr zum Etablieren von Qualitäts- und Prozessleistungszielen, -baselines und -modellen steht im Prozessgebiet »Organisationsweite Prozessleistung«.

Organisationsweite Prozessleistung (Organizational Process Performance, OPP)

Ein Prozessmanagementprozessgebiet des Reifegrads 4

Zweck

Organisationsweite Prozessleistung (OPP) dient dazu, ein quantitatives Verständnis für die Leistung ausgewählter Prozesse des organisationsspezifischen Satzes von Standardprozessen zu etablieren und beizubehalten, um die Erreichung der Qualitäts- und Prozessleistungsziele zu unterstützen, sowie die Daten zu Prozessleistung, Baselines und Modellen bereitzustellen, um die Projekte der Organisation quantitativ zu führen.

Tipp

OPP etabliert Assets für die Verwendung in Projekten (QPM und CAR) und in der Organisation (OPM). Diese drei Prozessgebiete vermitteln ein Verständnis darüber, welche Rollen diese Assets spielen. Dieses Verständnis sowie die Geschäftsziele und Projekterfordernisse helfen dabei, während der Umsetzung von OPP angemessene Assets zu entwerfen.

Einführende Hinweise

Das Prozessgebiet »Organisationsweite Prozessleistung« umfasst die folgenden Tätigkeiten:

- Etablieren organisationsweiter quantitativer Qualitäts- und Prozessleistungsziele auf der Grundlage der Geschäftsziele (die Definition von »Qualitäts- und Prozessleistungsziele« finden Sie im Glossar)
- Auswählen von Prozessen oder Teilprozessen für die Analyse der Prozessleistung
- Etablieren der Definitionen von Kennzahlen, die bei der Prozessleistungsanalyse verwendet werden (die Definition von »Prozessleistung« finden Sie im Glossar)
- Etablieren von Prozessleistungsbaselines und -modellen (die Definitinen von »Prozessleistungsbaselines« und »Prozessleistungsmodellen« finden Sie im Glossar)

Querverweis

Vor allem die Prozessgebiete QPM und OPP sind eng gekoppelt. Bei der Umsetzung von OPP ist QPM ausführlich zu Rate zu ziehen. Vor allem ist die Übereinstimmung von OPP SP 1.1, 1.2 und 1.3 mit QPM SP 1.1, 1.3 und 1.4 zu beachten.

QUERVERWEIS

Hier gilt auch das CMMI-Prinzip, dass nicht festgelegt ist, wer eine spezifische Praktik durchführt. Die spezifischen Praktiken von OPP, darunter die zum Etablieren von Prozessleistungs-Baselines und -modellen (PPBs und PPMs; SP 1.4 und 1.5), können in manchen Fällen Vorteile bringen, wenn sie für einzelne Projekte umgesetzt werden.

TIPP

Eine PPB kann auch aus der Kennzahl für die »zentrale Tendenz und Streuung« eines Teilprozesses bestehen, die angemessen normalisiert (z.B. auf die Größe eines Arbeitsergebnisses) und für einen Satz ähnlicher Projekte, Teams oder vielleicht für ein einzelnes Team festgelegt wird, zusammen mit ausreichend Kontextdaten zur Interpretation dieser einzelnen Kennzahl (um eine Teilmenge der Daten zu betrachten, aus denen die Statistiken abgeleitet wurden).

HINWEIS

PPBs lassen sich auf verschiedene Weise anzeigen oder zusammenfassen. Das hängt von der Natur der Daten und dem Umfeld ab, aus dem sie stammen. Zu den Möglichkeiten gehören Regelkarten, Kastendiagramme und Histogramme.

Die Erfassung und Analyse der Daten und die Aufstellung der Prozessleistungs-Baselines und -modelle kann auf verschiedenen Ebenen der Organisation durchgeführt werden, unter anderem in einzelnen Projekten oder in Gruppen verwandter Projekte, je nach den Erfordernissen der Projekte und der Organisation.

Die üblichen Kenngrößen für eine Organisation bestehen aus Prozess- und Produktkenngrößen, die verwendet werden können, um die tatsächliche Prozessleistung einzelner Projekte der Organisation zu charakterisieren. Durch die Analyse der resultierenden Kennzahlen kann eine Verteilung oder eine Streubreite von Ergebnissen etabliert werden, die die erwartete Leistung des Prozesses bei der Anwendung auf ein einzelnes Projekt charakterisiert.

Die Messung der Qualitäts- und Prozessleistung kann die Kombination vorhandener Kennzahlen zu abgeleiteten Kennzahlen umfassen, um mehr Einblick in die Gesamteffizienz und -effektivität auf Projekt- oder Organisationsebene zu gewinnen. Die Analyse auf Organisationsebene kann verwendet werden, um über die Projekte in der Organisation hinweg die Produktivität zu untersuchen, die Effizienz zu steigern und den Durchsatz zu erhöhen.

Die erwartete Prozessleistung kann dabei verwendet werden, die Qualitäts- und Prozessleistungsziele für ein Projekt festzulegen. Ebenso kann sie als Baseline dienen, gegen die die tatsächliche Projektleistung verglichen werden kann. Diese Informationen werden dazu verwendet, das Projekt quantitativ zu führen. Jedes quantitativ geführte Projekt wiederum liefert Ist-Ergebnisse der Leistung, die in die Prozess-Assets der Organisation aufgenommen und dadurch allen Projekten zur Verfügung gestellt werden.

Prozessleistungsmodelle werden verwendet, um die vergangene und gegenwärtige Prozessleistung darzustellen und zukünftige Ergebnisse des Prozesses vorherzusagen. Beispielsweise können unerkannte Fehler im ausgelieferten Produkt anhand von Messungen von Attributen der Arbeitsergebnissen, wie z.B. Komplexität, und von Prozessattributen, wie z.B. der Vorbereitungszeit für Peer-Reviews, vorausgesagt werden..
Wenn der Organisation ausreichend Kennzahlen, Daten und analytische Methoden für kritische Prozess-, Produkt- und Dienstleistungsmerkmale zur Verfügung stehen, ist sie zu Folgendem in der Lage:

- Feststellen, ob Abläufe sich konsistent verhalten beziehungsweise stabile Trends zeigen (d.h. vorhersagbar sind)
- Abläufe identifizieren, in denen sich die Leistung innerhalb natürlicher Grenzen bewegt, die in allen Projekten konsistent sind und möglicherweise zusammengefasst werden können
- Abläufe erkennen, die ein ungewöhnliches (z.B. sporadisches, unvorhersehbares) Verhalten zeigen
- Aspekte von Prozessen ermitteln, die im organisationsspezifischen Satz von Standardprozessen verbessert werden können
- Feststellen, welche Durchführung eines Prozesses die beste Leistung erbringt

Dieses Prozessgebiet ist an die Umsetzung anderer Prozessgebiete hoher Reife gekoppelt und unterstützt diese. Die Assets, die im Rahmen der Umsetzung dieses Prozessgebiets etabliert und beibehalten werden (z.B. die Kennzahlen zur Charakterisierung des Verhaltens von Teilprozessen, Prozessleistungsbaselines und Prozessleistungsmodelle) sind Eingangsgrößen in die Prozesse des quantitativen Projektmanagements, der Ursachenanalyse und -beseitigung und des organisationsweiten Leistungsmanagements, um die hier beschriebenen Analysen zu unterstützen. Die Prozesse des quantitativen Projektmanagements liefern die Qualitäts-und Prozessleistungsdaten, um die in diesem Prozessgebiet beschriebenen Assets aufrechtzuerhalten.

TIPP

Dieser Abschnitt beschreibt auf vereinfachte Weise, wie die PPBs einer Organisation (die hier als »erwartete Prozessleistung« bezeichnet werden) die Aktivitäten des quantitativen Projektmanagements (QPM) unterstützen, das wiederum die Daten bereitstellt, die zur Aktualisierung dieser Baselines verwendet werden.

In Beziehung stehende Prozessgebiete

Mehr zur Spezifizierung von Kennzahlen und zur Gewinnung und Analyse von Messdaten steht im Prozessgebiet »Messung und Analyse«.

Mehr zum vorausschauenden Management der Organisationsleistung, um die Geschäftsziele zu erreichen, steht im Prozessgebiet »Organisationsweites Leistungsmanagement«.

Mehr dazu, das Projekt quantitativ zu führen, um dessen etablierte Qualitäts- und Prozessleistungsziele zu erreichen, steht im Prozessgebiet »Quantitatives Projektmanagement«.

TIPP

Die Praktiken von MA zu meistern, ist eine Voraussetzung für die effektive Umsetzung von OPP und QPM. Vor allem ist es wichtig, die Effektivität des Messsystems zu bewerten. Sind die Teilprozesskennzahlen ausreichend genau für den vorgesehenen Zweck? Techniken wie ANOVA GR&R (Gauge Repeatability and Reproducibility) und Fleiss' Kappa (siehe Wikipedia) können bei der Beantwortung dieser Fragen helfen.

QUERVERWEIS

Eine weitere geeignete Quelle ist »Measurement and Analysis Infrastructure Diagnostic: Version 1.0: Method Definition Document« von Mark Kasunic unter *http://www.sei.cmu.edu/library/abstracts/reports/10tr035.cfm*.

Übersicht spezifischer Ziele und Praktiken

SG 1 Prozessleistungsbaselines und -modelle etablieren
- SP 1.1 Qualitäts- und Prozessleistungsziele etablieren
- SP 1.2 Prozesse selektieren
- SP 1.3 Kennzahlen zur Prozessleistung etablieren
- SP 1.4 Prozessleistung analysieren und Prozessleistungsbaselines etablieren
- SP 1.5 Prozessleistungsmodelle etablieren

Detaillierung spezifischer Ziele und Praktiken

SG 1 PROZESSLEISTUNGSBASELINES UND -MODELLE ETABLIEREN

Baselines und Modelle, die die erwartete Prozessleistung des organisationsspezifischen Satzes von Standardprozessen charakterisieren, werden etabliert und beibehalten.

Bevor Prozessleistungsbaselines und -modelle eingeführt werden, müssen die Qualitäts- und Prozessleistungsziele für diese Prozesse bestimmt werden (die spezifische Praktik »Qualitäts- und Prozessleistungsziele etablieren«). Außerdem ist zu ermitteln, welche Prozesse für Kennzahlen geeignet sind (die spezifische Praktik »Prozesse selektieren«) und welche Kennzahlen zur Bestimmung der Prozessleistung nützlich sind (die spezifische Praktik »Kennzahlen zur Prozessleistung etablieren«).

Die ersten drei Praktiken dieses Ziels hängen eng miteinander zusammen und müssen häufig gleichzeitig und iterativ durchgeführt werden, um Qualitäts- und Prozessleistungsziele, Prozesse und Kennzahlen auszuwählen. Oft werden durch die Wahl eines bestimmten Qualitäts- und Prozessleistungsziels, eines Prozesses oder einer Kennzahl die Auswahlmöglichkeiten für die anderen eingeschränkt. Wenn Sie sich beispielsweise für ein Qualitäts- und Prozessleistungsziel entscheiden, das die an den Kunden gelieferten Fehler betrifft, müssen Sie höchstwahrscheinlich auch Verifizierungsprozesse und Kennzahlen für Fehler auswählen.

Der Zweck dieses Ziels besteht darin, Projekte mit den Prozessleistungsbaselines und -modellen zu versorgen, die sie für ein quantitatives Projektmanagement benötigen. Häufig werden diese Baselines und Modelle von der Organisation erhoben oder erstellt, es gibt jedoch Umstände, in denen ein Projekt die Baselines und Modelle für sich selbst anlegt. Dies kann unter anderem bei Projekten der Fall sein, die nicht von den Baselines und Modellen der Organisation abgedeckt werden. In solchen Fällen folgt das Projekt den Praktiken in diesem Ziel, um seine Baselines und Modelle aufzustellen.

SP 1.1 QUALITÄTS- UND PROZESSLEISTUNGSZIELE ETABLIEREN

Die quantitativen Ziele für Qualität und Projektleistung der Organisation, die sich auf Geschäftsziele zurückverfolgen lassen, etablieren und beibehalten

Die Qualitäts- und Prozessleistungsziele der Organisation können für verschiedene Ebenen der Organisationsstruktur (z.B. Geschäftsbereich, Produktreihe, Funktion, Projekt) und für verschiedene Ebenen der Prozesshierarchie etabliert werden. Berücksichtigen Sie beim Etablieren von Qualitäts- und Prozessleistungszielen Folgendes:

- Zurückverfolgbarkeit zu den Geschäftszielen der Organisation
- Frühere Leistung der ausgewählten Prozesse oder Teilprozesse im Kontext (z.B. in Projekten)
- Mehrere Attribute der Prozessleistung (z.B. Produktqualität, Produktivität, Durchlaufzeit oder Reaktionszeit)
- Inhärente Streuung oder natürliche Grenzen der ausgewählten Prozesse oder Teilprozesse

TIPP

Durch Sicherstellen der Rückverfolgbarkeit zu Geschäftszielen werden die Qualitäts- und Prozessleistungsziele der Organisation zu einem Mechanismus für die Abstimmung der in OPP und QPM beschriebenen Aktivitäten mit den Geschäftszielen der Organisation.

Die Qualitäts- und Prozessleistungsziele der Organisation sorgen für eine Fokussierung und Ausrichtung der Tätigkeiten für die Prozessleistungsanalyse und das quantitative Projektmanagement. Beachten Sie aber, dass das Erreichen von Qualitäts- und Prozessleistungszielen, die signifikant von den derzeitigen Prozessfähigkeiten abweichen, die Anwendung von Techniken aus der Ursachenanalyse und -beseitigung und des Organisationsweiten Leistungsmanagements erfordert.

Beispiele für Arbeitsergebnisse

1. Die Qualitäts- und Prozessleistungsziele der Organisation

Subpraktiken

1. Die mit Qualität und Prozessleistung verbundenen Geschäftsziele der Organisation durchsehen

Beispiele für Geschäftsziele umfassen:

- Rechtzeitige Lieferung von Produkten innerhalb des Budgets
- Verbessern der Produktqualität um einen bestimmten Prozentsatz in einem festgelegten Zeitraum
- Verbessern der Produktivität um einen bestimmten Prozentsatz in einem festgelegten Zeitraum
- Kundenzufriedenheitswerte beibehalten zur Kundenzufriedenheit
- Verkürzen der Zeit bis zur Marktreife für neue Produkt- oder Dienstleistungsreleases um einen bestimmten Prozentsatz in einem festgelegten Zeitraum
- Verringern der Menge zurückgestellter Produktfunktionen um einen bestimmten Prozentsatz in einem festgelegten Zeitraum
- Verringern der Rate von Produktrückrufen um einen bestimmten Prozentsatz in einem festgelegten Zeitraum
- Verringern der Gesamtbetriebskosten für den Kunden um einen bestimmten Prozentsatz in einem festgelegten Zeitraum
- Verringern der Kosten für die Wartung von älteren Produkten um einen bestimmten Prozentsatz in einem festgelegten Zeitraum

HINWEIS

Qualitäts- und Prozessleistungsziele können auf vielen Ebenen einer Organisation etabliert werden. Ein Ansatz, der die gesamte Organisation auf das Erreichen ihrer Qualitäts- und Prozessleistungsziele ausrichtet und diese Ziele über alle Ebenen hinweg verknüpft, ist die Hoshin-Planung (auch »Hoshin Kanri« genannt; siehe Wikipedia).

2. Die quantitativen Ziele der Organisation für Qualität und Prozessleistung festlegen.

   Qualitäts- und Prozessleistungsziele können – abhängig von ihrer Eignung – sowohl für Prozess- oder Teilprozesskennzahlen (z.B. Aufwand, Durchlaufzeit, Wirksamkeit der Fehlerbehebung) als auch für Produktkennzahlen (z.B. Zuverlässigkeit, Fehlerdichte) und Dienstleistungskennzahlen (z.B. Kapazität, Reaktionszeiten) etabliert werden.

Beispiele für Qualitäts- und Prozessleistungsziele umfassen:

- Erreichen eines bestimmten Zielwerts für die Rate an unerkannten Fehlern, die Produktivität, die Dauer, die Kapazität oder die Kosten
- Verbessern der Leistung bei der Rate der unerkannten Fehler, der Produktivität, der Dauer, der Kapazität oder der Kosten um einen bestimmten Prozentsatz der Prozessleistungsbaseline in einem bestimmten Zeitraum ▶

- Verbessern der Leistung bezogen auf Vereinbarungen zur Dienstleistungsgüte (Service Level Agreements) um einen bestimmten Prozentsatz der Prozessleistungsbaseline in einem bestimmten Zeitraum

3. Prioritäten der Qualitäts- und Prozessleistungsziele der Organisation festlegen
4. Verpflichtungen relevanter Stakeholder zu den Qualitäts- und Prozessleistungszielen der Organisation sowie deren Prioritäten durchsprechen, aushandeln und vereinbaren
5. Die quantitativen Ziele der Organisation für Qualität und Prozessleistung bei Bedarf überarbeiten

Beispiele dafür, wann es sinnvoll sein kann, die quantitativen Qualitäts- und Prozessleistungsziele der Organisation zu überarbeiten, umfassen:

- Wenn sich die Geschäftsziele der Organisation ändern
- Wenn sich der organisationsspezifische Satz von Standardprozessen ändert
- Wenn sich die tatsächliche Qualität- und Prozessleistung signifikant von den Zielen unterscheidet

SP 1.2 *PROZESSE SELEKTIEREN*

Prozesse oder Teilprozesse im organisationsspezifischen Satz von Standardprozessen selektieren, die in die Prozessleistungsanalysen der Organisation einbezogen werden sollen, und die Zurückverfolgbarkeit zu den Geschäftszielen aufrechterhalten.

Mehr zur Etablierung von Prozess-Assets der Organisation steht im Prozessgebiet »Organisationsweite Prozessentwicklung«.

Der organisationsspezifische Satz von Standardprozessen besteht aus einem Satz von Standardprozessen, die wiederum aus Teilprozessen zusammengesetzt sind.

Normalerweise ist es nicht möglich, nützlich oder wirtschaftlich vertretbar, statistische Verfahren auf alle Prozesse oder Teilprozesse des organisationsspezifischen Satzes von Standardprozessen anzuwenden. Die Auswahl von Prozessen oder Teilprozessen erfolgt auf der Grundlage der Qualitäts- und Prozessleistungsziele der Organisation, die wie in der vorherigen spezifischen Praktik beschrieben von den Geschäftszielen abgeleitet sind.

TIPP

Engagement für die Qualitäts- und Prozessleistungsziele der Organisation bedeutet, dass das leitende Management regelmäßig untersucht, wie gut die Leistung von Projekten in Anbetracht dieser Ziele ist. Das Projektmanagement und leitende technische Mitarbeiter beziehen diese Ziele in ihre Projekte ein und streben an, sie zu erreichen.

HINWEIS

Da Prozesse nicht alle gleich stark zu den Geschäftszielen beitragen und solche Analysen Zeit, Aufwand und Geld kosten, sollte mit einer kleinen Auswahl begonnen werden. Wenn man mehr gelernt hat, kann man die Auswahl entsprechend ändern und erweitern.

HINWEIS

Man sollte Prozesselemente auswählen und keine zusammengesetzten Prozesse (also keine Prozesse, die aus mehreren Elementen bestehen). In einem zusammengesetzten Prozess liegen mehrere Quellen der Streuung verborgen, die sich nicht eindeutig analysieren lassen. Was wie ein stabiler Prozess aussieht, kann in Wirklichkeit eine Ansammlung instabiler Prozesselemente sein. Das würde es unmöglich machen, das zukünftige Verhalten korrekt vorherzusagen oder Gelegenheiten für Verbesserungen genau zu identifizieren.

Beispiele für Arbeitsergebnisse

1. Liste der Prozesse oder Teilprozesse, die für die Prozessleistungsanalyse identifiziert wurden, mit Angabe der Begründung für diese Auswahl einschließlich der Zurückverfolgbarkeit zu Geschäftszielen

Subpraktiken

1. Kriterien für die Auswahl von Teilprozessen etablieren

> Beispiele für Kriterien, die für die Auswahl eines Prozesses oder Teilprozesses für eine Prozessleistungsanalyse der Organisation verwendet werden können, umfassen:
>
> - Der Prozess oder Teilprozess ist eng mit entscheidenden Geschäftszielen verknüpft.
> - Der Prozess oder Teilprozess hat schon früher seine Stabilität unter Beweis gestellt.
> - Für den Prozess oder Teilprozess stehen relevante, gültige historische Daten zur Verfügung.
> - Der Prozess oder Teilprozess erzeugt mit ausreichender Häufigkeit Daten, die ein statistisches Management erlauben.
> - Der Prozess oder Teilprozess leistet wichtige Beiträge zur Qualitäts- und Prozessleistung.
> - Der Prozess oder Teilprozess ist wichtig zum Vorhersagen der Qualitäts- und Prozessleistung.
> - Der Prozess oder Teilprozess ist ein wichtiger Faktor, um die Risiken zu erkennen, die mit dem Erreichen der Qualitäts- und Prozessleistungsziele verbunden sind.
> - Die Qualität der mit diesem Prozess oder Teilprozess verbundenen Kennzahlen und Messwerte (z.B. Fehler des Messsystems) ist ausreichend.
> - Es sind mehrere messbare Attribute verfügbar, die das Verhalten des Prozesses oder Teilprozesses charakterisieren.

2. Die Teilprozesse auswählen und die Begründung für ihre Auswahl dokumentieren

> Beispiele für Vorgehensweisen zum Identifizierung und Bewerten von Teilprozessalternativen im Rahmen des Auswahlvorgangs umfassen:
>
> - Ursachenanalyse
> - Sensitivitätsanalyse

Mehr über die Analyse möglicher Entscheidungen mithilfe eines formalen Evaluierungsprozesses, der identifizierte Alternativen anhand etablierter Kriterien bewertet, steht im Prozessgebiet »Entscheidungsfindung«.

3. Die Nachverfolgbarkeit zwischen den ausgewählten Teilprozessen, den Qualitäts- und Prozessleistungszielen und den Geschäftszielen etablieren und beibehalten

Beispiele für Möglichkeiten, die Nachverfolgbarkeit auszudrücken, umfassen:

- Zuordnen von Teilprozessen zu Qualitäts- und Prozessleistungszielen
- Zuordnen von Teilprozessen zu Geschäftszielen
- Ziel-Kaskadierung (z.B. »großes Y zu wichtigem X« oder Hoshin-Planung)
- Balanced Scorecard
- Quality Function Deployment (QFD)
- Goal Question Metric
- Dokumentation eines Prozessleistungsmodells

4. Die Auswahl bei Bedarf überarbeiten

   In folgenden Situationen kann es notwendig sein, die Auswahl zu überarbeiten:

   - Die Vorhersagen aus dem Prozessleistungsmodell ergeben zu viel Streuung, um nützlich zu sein.
   - Die Qualitäts- und Prozessleistungsziele ändern sich.
   - Der organisationsspezifische Satz von Standardprozessen ändert sich.
   - Die zugrunde liegende Qualitäts- und Prozessleistung ändert sich.

SP 1.3 Kennzahlen zur Prozessleistung etablieren

Definitionen der Kennzahlen etablieren und beibehalten, die in die Prozessleistungsanalysen der Organisation einbezogen werden sollen

Mehr zur Spezifizierung von Kennzahlen steht im Prozessgebiet »Messung und Analyse«.

OPP

QUERVERWEIS

Ein häufig vorgebrachter Einwand lautet, dass es nicht möglich ist, bestimmte Attribute zu messen. In seinem Buch *How to Measure Anything: Finding the Value of »Intangibles« in Business* gibt Doug Hubbard Strategien dafür an, wie dabei vorzugehen ist.

Beispiele für Arbeitsergebnisse

1. Definitionen ausgewählter Kennzahlen der Prozessleistung mit der Begründung für ihre Auswahl einschließlich der Zurückverfolgbarkeit zu ausgewählten Prozessen oder Teilprozessen

Subpraktiken

1. Kennzahlen auswählen, die angemessene Attribute der ausgewählten Prozesse oder Teilprozesse widerspiegeln, um Einblicke in die Qualität und Prozessleistung der Organisation zu gewinnen

   Häufig ist es hilfreich, mehrere Kennzahlen für einen Prozess oder Teilprozess zu definieren, um den Einfluss von Änderungen auf den Prozess zu erkennen und eine Suboptimierung zu verhindern. Außerdem ist es oft nützlich, Kennzahlen sowohl für Produkt- als auch für Prozessattribute des ausgewählten Prozesses oder Teilprozesses sowie die Eingangs- und Ausgangsgrößen und die verwendeten Ressourcen zu bestimmen (einschließlich der Personen und der Fähigkeiten, die sie mitbringen).

   Das »Goal Question Metric«-Paradigma ist ein Ansatz, der verwendet werden kann, um Kennzahlen auszuwählen, die einen geeigneten Einblick in die Qualitäts- und Prozessleistungsziele der Organisation gewähren. Häufig ist es nützlich, zu analysieren, wie diese Qualitäts-und Prozessleistungsziele erreicht werden können, und zwar auf Basis eines Verständnisses der Prozessleistung aufgrund der ausgewählten Kennzahlen.

QUERVERWEIS

Goal Question Metric (GQM) ist ein bekannter Ansatz, um Kennzahlen auszuwählen, die Einblick in die Problemfelder von Interesse gewähren, siehe *www.cs.umd.edu/~mvz/handouts/gqm.pdf*. Die SEI-Variante von GQM wird Goal Question Indicator Metric (GQIM) genannt, siehe *http://www.sei.cmu.edu/training/p06.cfm*. Siehe auch den Artikel »Empirische Prinzipien anwenden« in diesem Buch, der weitere Informationen über GQM und CMMI gibt (einer der Coautoren dieses Artikels gehört zu den Erfindern von GQM).

Beispiele für Kriterien, die verwendet werden, um Kennzahlen auszuwählen, umfassen:

- Beziehung von Kennzahlen zu den Qualitäts- und Prozessleistungszielen der Organisation
- Abdeckung des Lebenszyklus eines Produkts oder einer Dienstleistung durch die Kennzahlen
- Die Einsicht, die die Kennzahlen in die Prozessleistung geben
- Verfügbarkeit von Kennzahlen
- Die Häufigkeit, mit der Beobachtungen über die Kennzahlen gesammelt werden können ▶

- Der Grad an Steuerbarkeit von Kennzahlen durch Änderungen am Prozess oder Teilprozess
- Den Grad, in dem Kennzahlen die Wirksamkeit der Prozessleistung aus der Sicht von Endanwendern darstellen

2. Operationale Definitionen für die ausgewählten Kennzahlen etablieren

   Mehr zur Spezifizierung von Kennzahlen steht im Prozessgebiet »Messung und Analyse«.

3. Ausgewählte Kennzahlen in den Satz der gemeinsamen Kennzahlen der Organisation aufnehmen

   Mehr zur Etablierung von Prozess-Assets der Organisation steht im Prozessgebiet »Organisationsweite Prozessentwicklung«.

4. Den Satz von Kennzahlen nach Bedarf überarbeiten

   Kennzahlen werden regelmäßig auf ihre anhaltende Nützlichkeit und Fähigkeit bewertet, die Effektivität des Prozesses darzustellen.

HINWEIS

Um mit der systematischen Erfassung und Messung dieser Kennzahlen bei neuen Projekten zu beginnen, müssen sie in den allgemeinen Satz von Kennzahlen aufgenommen werden (OPD SP 1.4).

SP 1.4 PROZESSLEISTUNG ANALYSIEREN UND PROZESSLEISTUNGSBASELINES ETABLIEREN

Die Leistung der ausgewählten Prozesse analysieren und die Prozessleistungsbaselines etablieren und beibehalten

Die ausgewählten Kennzahlen werden analysiert, um die in Projekten erzielte Leistung der ausgewählten Prozesse oder Teilprozesse zu charakterisieren. Diese Charakterisierung wird verwendet, um Prozessleistungsbaselines zu etablieren und beizubehalten. (Eine Definition von »Prozessleistungsbaseline« finden Sie im Glossar.) Diese Baselines werden herangezogen, um die erwarteten Ergebnisse des Prozesses oder Teilprozesses zu bestimmen, wenn er in einem Projekt unter einer bestimmten Menge von Umständen eingesetzt wird.

Die Prozessleistungsbaselines werden mit den Qualitäts- und Prozessleistungszielen der Organisation verglichen, um zu bestimmen, ob diese Ziele erreicht werden.

TIPP

Qualitäts- und Prozessleistungsziele sollten zu überdurchschnittlicher Leistung ermutigen. Qualitäts- und Prozessleistungsziele, die die Messlatte zu hoch ansetzen, können eher eine demoralisierende als eine ermunternde Wirkung haben. Was sagen die Leistungsdaten darüber, wie gut sich ein Projekt in Bezug auf die Qualitäts- und Prozessleistungsziele verhält? Es ist notwendig, zwischen Wunsch und Wirklichkeit abzuwägen.

Die Prozessleistungsbaselines sind ein Leistungsmaß für den organisationsspezifischen Satz von Standardprozessen in verschiedenen Detaillierungsgraden. Prozessleistungsbaselines können unter anderem folgende Prozesse betreffen:

- Eine Folge von verbundenen Prozessen
- Abläufe, die den gesamten Lebenszyklus eines Projekts abdecken
- Abläufe zur Entwicklung einzelner Arbeitsergebnisse

Es kann mehrere Prozessleistungsbaselines geben, um die Leistung von Untergruppen der Organisation zu charakterisieren.

Beispiele für Kriterien, die verwendet werden, um Untergruppen zu kategorisieren:

- Produktlinie
- Geschäftssparte
- Ein Anwendungsbereich
- Komplexität
- Teamgröße
- Umfang eines Arbeitsergebnisses
- Prozesselemente vom organisationsspezifischen Satz von Standardprozessen

Das Tailoring des organisationsspezifischen Satz von Standardprozessen kann die Vergleichbarkeit von Daten, die in Prozessleistungsbaselines einfließen, signifikant beeinflussen. Die Auswirkungen des Tailoring sollten beim Etablieren von Baselines berücksichtigt werden. Je nach zugelassenem Tailoring können separate Leistungsbaselines für jede Ausprägung des Tailoring existieren.

HINWEIS

Zusammen mit der Messung müssen ausreichend Kontextinformationen aufgezeichnet werden, um identifizieren zu können, wann sie von wem durchgeführt wurde. Außerdem sollte die PPB angegeben werden, in die die Messung aufgenommen werden soll (oder die für eine andere Klasse von Prozessinstanzen neu gebildet werden soll).

Mehr dazu, das Projekt quantitativ zu führen, um dessen etablierte Qualitäts- und Prozessleistungsziele zu erreichen, steht im Prozessgebiet »Quantitatives Projektmanagement«.

Beispiele für Arbeitsergebnisse

1. Analyse von Prozessleistungsdaten
2. Baseline-Daten über die Prozessleistung der Organisation

Subpraktiken

1. Die ausgewählten Kennzahlen für die ausgewählten Prozesse und Teilprozesse erheben

   Der zum Zeitpunkt der Messung eingesetzte Prozess oder Teilprozess wird aufgezeichnet, um seine spätere Verwendung zu ermöglichen.

   Mehr zum Spezifizieren der Messdatenerfassung und -speicherung steht im Prozessgebiet »Messung und Analyse«.

2. Die erhobenen Kennzahlen analysieren, um eine Verteilung oder einen Wertebereich von Ergebnissen zu etablieren, die die erwartete Leistung der ausgewählten Prozesse oder Teilprozesse bei der Verwendung in einem Projekt charakterisieren.

   Diese Analyse sollte die Stabilität des zugehörigen Prozesses oder Teilprozesses und den Einfluss von zugehörigen Faktoren und den Kontext einschließen. Zu den zugehörigen Faktoren gehören Eingangsgrößen des Prozesses und andere Attribute, die die Ergebnisse beeinflussen können. Der Kontext schließt den Geschäftskontext (z.B. das Fachgebiet) und ein signifikantes Tailoring des organisationsspezifischen Satzes von Standardprozessen ein.

   Nach Möglichkeit sollten Messungen von stabilen Teilprozessen der Projekte verwendet werden, da andere Daten möglicherweise nicht zuverlässig sind.

3. Die Prozessleistungsbaselines aus den gesammelten Messungen und Analysen etablieren und beibehalten

   Mehr zum Ausrichten von Mess- und Analysetätigkeiten und zum Bereitstellen von Messergebnissen steht im Prozessgebiet »Messung und Analyse«.

   Prozessleistungsbaselines werden durch die Analyse der erfassten Messwerte abgeleitet, um die Verteilung oder die Streuung der Ergebnisse zu etablieren. Diese Werte charakterisieren die erwartete Leistung für ausgewählte Prozesse und Teilprozesse, die auf ein Projekt in der Organisation angewandt werden.

4. Prozessleistungsbaselines unter Einbeziehung relevanter Stakeholder durchsprechen und abstimmen

5. Informationen über die Prozessleistung der Organisation in der Messablage verfügbar machen

TIPP

Sofern der Prozess nicht stabil ist, können die Daten aus dem Prozess eine Mischung aus Messungen von verschiedenen Prozessen darstellen. PPBs, die aus solchen Daten entwickelt wurden, sind für Projekte nur eingeschränkt nützlich (z.B. liegen die geschätzten natürlichen Grenzen wahrscheinlich weit auseinander).

HINWEIS

Daten, die von mehreren Projekten (und Teams) in dieselbe PPB aufgenommen werden sollen, sollten auf Teilgruppen hin untersucht werden. Selbst wenn der Prozess innerhalb einzelner Projekte stabil ist, kann seine Leistung über verschiedene Projekte hinweg so stark streuen, dass die resultierende einzelne PPB zu »breit« ist, um Nutzen zu bringen.

HINWEIS

Auch wenn organisationsweite PPBs etabliert wurden, können einzelne Projekte Nutzen daraus ziehen, ihre eigenen PPBs zu etablieren, wenn sie genügend Daten angesammelt haben.

TIPP

Im Idealfall sind die Qualitäts- und Prozessleistungsziele erreichbar, liegen aber vielleicht eine Idee jenseits der aktuellen PPBs. Der Vergleich kann dabei helfen, erreichbare Ziele zu etablieren. Zur Hilfe bei der Verbesserung der Prozessleistung können auch CAR und OPM herangezogen werden.

TIPP

Zur Beherrschung eines Fachgebiets gehört es auch, ein »Gefühl« für die Faktoren zu entwickeln, die eine Rolle dabei spielen, wie sich eine Situation entwickeln wird, und dabei zu erkennen, dass sich jede Situation ein wenig von der anderen unterscheidet. PPMs können niemals vollständig genau sein, doch sie bieten einen systematischen Ansatz zur Verwendung der Daten, die in einer bestimmten Situation und in ähnlichen Situationen verfügbar sein sollten, um das wissenschaftlich bestmögliche Urteil zu fällen oder die bestmögliche Vorhersage zu treffen.

HINWEIS

Es sind PPMs zu etablieren, die Einblicke in verschiedene Punkte in einem Projekt geben, anhand derer sich der Fortschritt beim Erreichen der Qualitäts- und Prozessleistungsziele bewerten lässt (QPM SP 2.2).

Die Prozessleistungsbaselines der Organisation werden von Projekten verwendet, um die natürlichen Grenzen der Prozessleistung zu schätzen.

6. Die Prozessleistungsbaselines mit den zugehörigen Qualitäts- und Prozessleistungszielen vergleichen, um zu ermitteln, ob diese Ziele erreicht werden

   Für diese Vergleiche sollten statistische Techniken herangezogen werden, die mehr umfassen als ein Vergleich des Mittelwerts, um das Ausmaß zu bestimmen, in dem die Qualitäts- und Prozessleistungsziele erreicht werden. Werden die Qualitäts- und Prozessleistungsziele nicht erreicht, sollten Korrekturmaßnahmen in Betracht gezogen werden.

   Mehr über das Bestimmen der Ursachen bestimmter Ergebnisse steht im Prozessgebiet »Ursachenanalyse und -beseitigung«.

   Mehr zur Planung und Umsetzung von Prozessmaßnahmen steht im Prozessgebiet »Organisationsweite Prozessausrichtung«.

   Mehr zur Analyse von Prozessleistungsdaten und zur Identifizierung möglicher Verbesserungsgebiete steht im Prozessgebiet »Organisationsweites Leistungsmanagement«.

7. Prozessleistungsbaselines nach Bedarf überarbeiten

   Beispiele dafür, wann es sinnvoll sein kann, die Prozessleistungsbaselines der Organisation zu überarbeiten, umfassen:
   - Wenn sich Prozesse ändern
   - Wenn sich die Ergebnisse der Organisation ändern
   - Wenn sich die Erfordernisse der Organisation ändern
   - Wenn sich Lieferantenprozesse ändern
   - Wenn zu anderen Lieferanten gewechselt wird

SP 1.5 PROZESSLEISTUNGSMODELLE ETABLIEREN

Prozessleistungsmodelle für den organisationsspezifischen Satz von Standardprozessen etablieren und beibehalten

Organisationen hoher Reife etablieren im Allgemeinen einen Satz von Prozessleistungsmodellen und behalten ihn bei, wobei diese Modelle verschiedene Detaillierungsgrade aufweisen, einen Bereich von Tätigkeiten abdecken, die in der ganzen

Organisation üblich sind, und die Qualitäts- und Prozessleistungsziele der Organisation betreffen. (Eine Definition von »Prozessleistungsmodell« finden Sie im Glossar.) Unter Umständen müssen Projekte ihre eigenen Prozessleistungsmodelle aufbauen.

Prozessleistungsmodelle werden verwendet, um den Wert einer Prozessleistungskennzahl aus den Werten anderer Kennzahlen von Abläufen, Produkten und Dienstleistungen zu schätzen und vorherzusagen. Diese Prozessleistungsmodelle verwenden normalerweise Prozess- und Produktkennzahlen, die während des Lebenszyklus eines Projekts erfasst werden, um einen Fortschritt beim Erreichen der Qualitäts- und Prozessleistungsziele zu schätzen, der sonst nur zu einem späteren Zeitpunkt im Lebenszyklus eines Projektes gemessen werden kann.

Prozessleistungsmodelle werden wie folgt genutzt:

- Die Organisation verwendet sie zum Schätzen, Analysieren und Vorhersagen der Prozessleistung, die mit Prozessen und Änderungen im organisationsspezifischen Satz von Standardprozessen verbunden ist.
- Die Organisation verwendet sie, um den (möglichen) Return-on-Investment für Prozessverbesserungsaktivitäten zu beurteilen.
- Projekte verwenden sie für die Schätzung, Analyse und Vorhersage der Prozessleistung ihrer definierten Prozesse.
- Projekte verwenden sie für die Auswahl zum Gebrauch von Prozessen oder Teilprozessen.
- Projekte verwenden sie, um den Fortschritt beim Erreichen der Qualitäts- und Prozessleistungsziele des Projekts zu schätzen.

Diese Messungen von Kennzahlen und Modellen werden festgelegt, um Einblick in Merkmale kritischer Arbeitsabläufe und Produkte zu gewähren, die für die Qualitäts- und Prozessleistungsziele der Organisation relevant sind, und um sie vorherzusagen.

Mehr dazu, das Projekt quantitativ zu führen, um dessen etablierte Qualitäts- und Prozessleistungsziele zu erreichen, steht im Prozessgebiet »Quantitatives Projektmanagement«.

TIPP

Im Allgemeinen sollten datengestützte Vorgehensweisen zur Entscheidungfindung und Vorhersage langfristig gesehen besser funktionieren als reine auf menschlichen Urteilsvermögen basierende Entscheidungsfindung. Vielleicht sollte die Leistung beider Vorgehensweisen analysiert und gegenübergestellt werden, um zu bestimmen, wie sie jeweils am besten eingesetzt werden können. In Situationen, die ganz anders sind als alle bisherigen Erfahrungen, funktionieren beide wahrscheinlich nicht gut.

QUERVERWEIS

Es gibt viele Bücher über die Begrenztheit der menschlichen Urteilsfähigkeit, u.a. die aktualisierte Neuauflage des Klassikers *Rational Choice in an Uncertain World: The Psychology of Judgment and Decision Making* von Hastie und Dawes. Ein jüngeres Buch ist *The Invisible Gorilla: And Other Ways Our Intuitions Deceive Us* von Chabris und Simons.

HINWEIS

Experten aus verschiedenen relevanten Fachgebieten und Funktionen können dabei helfen, die wichtigen Prozess- und Produktmerkmale für die Vorhersage zu identifizieren. Viele analytische Techniken wie ANOVA und Sensitivitätsanalyse können ebenfalls helfen, Faktoren für die mögliche Aufnahme in PPMs zu ermitteln. PPBs sind eine Hauptquelle für die Informationen, die in dieser Analyse gebraucht werden.

HINWEIS

Treffen Sie relevante Stakeholder, um die Prozessleistungsmodelle (z.B. ihre Nützlichkeit und ihre Grenzen) und die Unterstützung zu besprechen, die erforderlich ist, um diese Modelle in den Projekten effizient einzusetzen.

TIPP

Um PPMs effizient einzusetzen, benötigen Projektmitarbeiter und -management unter Umständen deutliche Unterstützung. Zu Anfang kann es eine Neigung dazu geben, PPMs oder ihre Ergebnisse zu verwerfen oder zu missbrauchen.

QUERVERWEIS

Beispiele für PPMs sind in »Approaches to Process Performance Modeling: A Summary from the SEI Series of Workshops on CMMI High Maturity Measurement and Analysis« unter *http://www.sei.cmu.edu/library/abstracts/reports/09tr021.cfm* zu finden.

Erfahrungen mit der Verwendung von PPMs werden in »Performance Effects of Measurement and Analysis: Perspectives from CMMI High Maturity Organizations and Appraisers« unter *http://www.sei.cmu.edu/library/abstracts/reports/10tr022.cfm* beschrieben.

Beispiele für Prozessleistungsmodelle umfassen:

- Modelle für dynamische Systeme
- Regressionsmodelle
- Komplexitätsmodelle
- Simulationsmodelle für diskrete Ereignisse
- Monte-Carlo-Simulationsmodelle

Beispiele für Arbeitsergebnisse

1. Prozessleistungsmodelle

Subpraktiken

1. Prozessleistungsmodelle basierend auf dem organisationsspezifischen Satz von Standardprozessen und den Prozessleistungsbaselines etablieren
2. Prozessleistungsmodelle mit Hilfe der letzten Ergebnisse und aktuellen Bedürfnissen abgleichen
3. Prozessleistungsmodelle unter Einbeziehung relevanter Stakeholder überprüfen und vereinbaren
4. Verwendung von Prozessleistungsmodellen in Projekten unterstützen
5. Prozessleistungsmodelle nach Bedarf überarbeiten

Beispiele für den Fall, dass Prozessleistungsmodelle überarbeitet werden müssen, umfassen:

- Wenn sich Prozesse ändern
- Wenn sich die Ergebnisse der Organisation ändern
- Wenn sich die Qualitäts- und Prozessleistungsziele der Organisation ändern

Organisationsweite Aus- und Weiterbildung (Organizational Training, OT)

Ein Prozessmanagementprozessgebiet des Reifegrads 3

Zweck

Der Zweck der organisationsweiten Aus- und Weiterbildung (OT) ist, Fähigkeiten und Kenntnisse der Mitarbeiter zu entwickeln, damit sie ihre Rollen effektiv und effizient ausüben können.

Einführende Hinweise

Organisationsweite Aus- und Weiterbildung befasst sich mit bereitgestellten Schulungen zur Unterstützung der strategischen Geschäftsziele der Organisation und zur Erfüllung der übergreifenden Aus- und Weiterbildungserfordernisse von Projekten und Unterstützungsgruppen. Die von einzelnen Projekten und Unterstützungsgruppen identifizierten Aus- und Weiterbildungserfordernisse für ihre spezifischen Zwecke werden auf der Ebene der Projekt- und Unterstützungsgruppen gehandhabt und fallen nicht in das Prozessgebiet der organisationsweiten Aus- und Weiterbildung.

Tipp

OT befasst sich mit den Aus- und Weiterbildungserfordernissen der Organisation. Der Bedarf von Projekten wird in PP, PMC und IPM angegangen.

Mehr zur Planung der erforderlichen Kenntnisse und Fähigkeiten steht im Prozessgebiet »Projektplanung«.

Ein organisationsweites Aus- und Weiterbildungsprogramm umfasst folgende Tätigkeiten:

- Identifizierung der von der Organisation benötigten Aus- und Weiterbildung
- Bereitstellung von Aus- und Weiterbildung, um diese Erfordernisse anzugehen
- Etablieren und Aufrechterhalten der Fähigkeit der Organisation, die erforderliche Aus- und Weiterbildung bereitzustellen

- Etablieren und Pflegen der Aufzeichnungen von Aus- und Weiterbildungsmaßnahmen
- Bewertung der Wirksamkeit der Aus- und Weiterbildungsmaßnahmen

TIPP

Aus- und Weiterbildungsdaten schließen Aufzeichnungen über die Schulung von Mitarbeitern, Kurstermine und weitere Aus- und Weiterbildungsinformationen ein.

Wirksame Aus- und Weiterbildung erfordert die Bewertung der Erfordernisse, Planung, Unterrichtsentwürfe und geeignete Schulungsmedien (beispielsweise Arbeitsbücher, Computersoftware) sowie eine Ablage für Aus- und Weiterbildungsdaten. Als organisationsweiter Prozess gehören zu den Hauptkomponenten der Aus- und Weiterbildung ein gemanagtes Programm für die Aus- und Weiterbildungsentwicklung, dokumentierte Pläne, Mitarbeiter mit angemessener Beherrschung von Fachgebieten und anderen Wissensbereichen sowie Mechanismen zur Messung der Effektivität des Aus- und Weiterbildungsprogramms.

TIPP

Um diese Abläufe organisationsweit effektiv auszurollen, ist üblicherweise Aus- und Weiterbildung erforderlich.

Die Identifizierung von Aus- und Weiterbildungserfordernissen bezüglich der Prozesse leitet sich in erster Linie von den Fähigkeiten und Fertigkeiten, die zur Durchführung des organisationsspezifischen Satzes von Standardprozessen erforderlich sind, ab.

Mehr zur Etablierung von Standardprozessen steht im Prozessgebiet »Organisationsweite Prozessentwicklung«.

TIPP

Zur Erinnerung: CMMI formuliert Erwartungen darüber, *was* getan werden muss, nicht, *wie* es erfolgen soll. Deshalb muss jede Organisation entscheiden, welche Art von Aus- und Weiterbildung für die jeweilige Situation am geeignetsten ist.

Bestimmte Fähigkeiten und Fertigkeiten und spezielles Wissen können effektiv und effizient durch andere Maßnahmen als Seminare vermittelt werden (beispielsweise durch informelle Betreuung). Andere Fähigkeiten und Fertigkeiten erfordern stärker formalisierte Maßnahmen, etwa in Seminarform, in webbasierter Form, angeleitetes Selbststudium oder strukturierte On-the-Job-Trainings. Die formellen oder informellen Aus- und Weiterbildungsmaßnahmen für die jeweilige Situation sollten auf einer Bewertung des Aus- und Weiterbildungsbedarfs und der zu schließenden Lücken hinsichtlich der durchzuführenden Tätigkeiten beruhen. Der Begriff »Aus- und Weiterbildung« wird in diesem Prozessgebiet in einem weit gefassten Sinn verwendet, um alle genannten Lernmöglichkeiten einzuschließen.

Der Erfolg der Aus- und Weiterbildung wird dadurch gekennzeichnet, welche Möglichkeiten vorhanden sind, um die erforderlichen Fähigkeiten, Fertigkeiten und das Wissen zur Durchführung neuer und fortlaufender Tätigkeiten im Unternehmen zu erwerben.

Fähigkeiten, Fertigkeiten und Wissen können technisch, organisations- oder kontextbezogen sein. Technische Fähigkeiten und Fertigkeiten betreffen die Befähigung, Ausrüstung, Werkzeuge, Materialien, Daten und Prozesse zu verwenden, die von einem Projekt oder einem Prozess benötigt werden. Organisationsbezogene Fähigkeiten und Fertigkeiten betreffen das Verhalten innerhalb und im Einklang mit der Organisationsstruktur, den Rollen und Verantwortlichkeiten eines Mitarbeiters sowie die allgemeinen Betriebsprinzipien und -methoden. Kontextbezogene Fähigkeiten und Fertigkeiten betreffen das Selbstmanagement sowie Kommunikations- und soziale Fähigkeiten, die für das erfolgreiche Arbeiten in der Organisation und im sozialen Kontext von Projekten und Unterstützungsgruppen erforderlich sind.

In Beziehung stehende Prozessgebiete

Mehr zur Analyse möglicher Entscheidungen mittels eines formalen Bewertungsprozesses und zur Bewertung der identifizierten Alternativen anhand etablierter Kriterien steht im Prozessgebiet »Entscheidungsfindung«.

Mehr zur Etablierung von Prozess-Assets der Organisation steht im Prozessgebiet »Organisationsweite Prozessentwicklung«.

Mehr zur Planung der erforderlichen Kenntnisse und Fähigkeiten steht im Prozessgebiet »Projektplanung«.

Übersicht spezifischer Ziele und Praktiken

SG 1 Organisationsweite Fähigkeit zur Aus- und Weiterbildung etablieren
- SP 1.1 Strategischen Aus- und Weiterbildungsbedarf etablieren
- SP 1.2 Festlegen, welcher Aus- und Weiterbildungsbedarf in der Verantwortung der Organisation liegt
- SP 1.3 Einen organisationsweiten operativen Aus- und Weiterbildungsplan etablieren
- SP 1.4 Fähigkeit zur Aus- und Weiterbildung etablieren

SG 2 Aus- und Weiterbildung bereitstellen
- SP 2.1 Aus- und Weiterbildungsmaßnahmen durchführen
- SP 2.2 Aufzeichnungen über die Aus- und Weiterbildungsmaßnahmen etablieren
- SP 2.3 Wirksamkeit der Aus- und Weiterbildungsmaßnahmen bewerten

Detaillierung spezifischer Ziele und Praktiken

SG 1 ORGANISATIONSWEITE FÄHIGKEIT ZUR AUS- UND WEITERBILDUNG ETABLIEREN

Die Fähigkeit zur Aus- und Weiterbildung, die die Rollen der Organisation unterstützt, wird etabliert und beibehalten.

Die Organisation identifiziert den Aus- und Weiterbildungsbedarf für die Entwicklung der Fähigkeiten und Fertigkeiten und des Wissens, die zur Durchführung der Unternehmensaktivitäten erforderlich sind. Sobald der Bedarf festgestellt ist, wird ein Aus- und Weiterbildungsprogramm entwickelt, das diesen Bedarf abdeckt.

SP 1.1 STRATEGISCHEN AUS- UND WEITERBILDUNGSBEDARF ETABLIEREN

Den strategischen Aus- und Weiterbildungsbedarf der Organisation etablieren und beibehalten

HINWEIS

Strategische Aus- und Weiterbildung ist anzuwenden, um sicherzustellen, dass die Organisation kontinuierlich lernt, ihre Kernkompetenzen stärkt und wettbewerbsfähig bleibt.

Im Fokus des strategischen Aus- und Weiterbildungsbedarfs befinden sich die langfristigen Ziele zum Aufbau von Fähigkeiten, Fertigkeiten und Wissen durch Schließen erheblicher Wissenslücken, Einführung neuer Technologien oder Umsetzung wesentlicher Verhaltensänderungen. Die strategische Planung blickt üblicherweise zwei bis fünf Jahre voraus.

Beispiele für Quellen strategischen Aus- und Weiterbildungsbedarfs umfassen:

- Standardprozesse der Organisation
- Strategischer Geschäftsplan der Organisation
- Prozessverbesserungsplan der Organisation
- Initiativen auf Unternehmensebene
- Fähigkeitsbewertungen
- Risikoanalysen
- Beschaffung und Lieferantenmanagement

Beispiele für Arbeitsergebnisse

1. Aus- und Weiterbildungsbedarf
2. Analyse von Bewertungen

Subpraktiken

1. Die strategischen Geschäftsziele und den Prozessverbesserungsplan der Organisation analysieren, um potenzielle Aus- und Weiterbildungserfordernisse zu identifizieren
2. Den strategischen Aus- und Weiterbildungsbedarf der Organisation dokumentieren

> Beispiele für Kategorien des Aus- und Weiterbildungsbedarfs umfassen:
>
> - Prozessanalyse und -dokumentation
> - Entwicklungsmethoden (beispielsweise Anforderungsanalyse, Entwurf, Test, Konfigurationsmanagement, Qualitätssicherung)
> - Auswahl und Management von Zulieferern
> - Teamentwicklung
> - Managementmethoden (beispielsweise Schätzung, Verfolgung, Risikomanagement)
> - Führung
> - Wiederherstellung nach Betriebsausfällen und Betriebskontinuität
> - Fähigkeiten in Kommunikation und Verhandlungsführung

3. Die für die Durchführung des organisationsspezifischen Satzes von Standardprozessen erforderlichen Rollen und Fähigkeiten und Fertigkeiten ermitteln
4. Die für die Ausübung von Rollen im organisationsspezifischen Satz von Standardprozessen erforderliche Aus- und Weiterbildung dokumentieren
5. Die für die Aufrechterhaltung des gesicherten, geschützten und fortlaufenden Betriebs des Unternehmens erforderliche Aus- und Weiterbildung dokumentieren
6. Den strategischen Bedarf und die erforderliche Aus- und Weiterbildung der Organisation nach Bedarf überarbeiten

SP 1.2 FESTLEGEN, WELCHER AUS- UND WEITERBILDUNGSBEDARF IN DER VERANTWORTUNG DER ORGANISATION LIEGT

Festlegen, welcher Aus- und Weiterbildungsbedarf in der Verantwortung der Organisation liegt und was den einzelnen Projekten und Unterstützungsgruppen obliegt

Mehr zur Planung der erforderlichen Kenntnisse und Fähigkeiten steht im Prozessgebiet »Projektplanung«.

TIPP

Kleine Organisationen entscheiden sich möglicherweise dafür, die Praktiken in diesem Prozessgebiet zu verwenden, um ihre gesamte Aus- und Weiterbildung durchzuführen. In diesem Fall sollten Umfang und Reichweite der Praktiken entsprechend ausgeweitet werden.

Neben dem strategischen Aus- und Weiterbildungsbedarf geht die organisationsweite Aus- und Weiterbildung den Aus- und Weiterbildungsbedarf an, der mehreren Projekten bzw. Unterstützungsgruppen gemeinsam ist. Projekte und Unterstützungsgruppen sind in erster Linie dafür zuständig, ihre Aus- und Weiterbildungserfordernisse zu identifizieren und zu behandeln. Das Aus- und Weiterbildungspersonal der Organisation ist nur für den gemeinsamen projekt- und unterstützungsgruppenübergreifenden Aus- und Weiterbildungsbedarf zuständig (beispielsweise Aus- und Weiterbildung bezüglich Arbeitsumgebungen für mehrere Projekte). Manchmal kann das Aus- und Weiterbildungspersonal im Rahmen der verfügbaren Aus- und Weiterbildungsressourcen und der Aus- und Weiterbildungsprioritäten der Organisation jedoch auch zusätzlichen Aus- und Weiterbildungsbedarf für Projekte und Unterstützungsgruppen angehen, nachdem dies mit ihnen ausgehandelt wurde.

Beispiele für Arbeitsergebnisse

1. Allgemeiner Aus- und Weiterbildungsbedarf von Projekten und Unterstützungsgruppen
2. Aus- und Weiterbildungszusagen und -verpflichtungen

Subpraktiken

1. Den von Projekten und Unterstützungsgruppen identifizierten Aus- und Weiterbildungsbedarf analysieren

   Die Analyse des Bedarfs der Projekt- und Unterstützungsgruppen zielt darauf, den übergreifenden Aus- und Weiterbildungsbedarf zu identifizieren, der sich am effizientesten organisationsweit behandeln lässt. Diese Aktivitäten zur Bedarfsanalyse dienen dazu, den zukünftigen Aus- und Weiterbildungsbedarf zu erkennen, der zuerst auf der Ebene der Projekte und Unterstützungsgruppen sichtbar wird.

2. Mit den Projekten und Unterstützungsgruppen aushandeln, wie ihr Aus- und Weiterbildungsbedarf gedeckt wird

   Die vom Aus- und Weiterbildungspersonal der Organisation bereitgestellte Unterstützung hängt von den verfügbaren Aus- und Weiterbildungsressourcen und den Prioritäten der Organisation ab.

> Beispiele für Aus- und Weiterbildung, die von Projekten und Unterstützungsgruppen sinnvollerweise durchgeführt wird, schließen Folgendes ein:
>
> - Aus- und Weiterbildung im Anwendungs- oder Dienstleistungsbereich von Projekten
> - Aus- und Weiterbildung in den spezifischen Werkzeugen und Methoden von Projekten oder Unterstützungsgruppen
> - Aus- und Weiterbildung über Sicherheit, Schutz und soziale Aspekte

3. Verpflichtungen und Zusagen für die Bereitstellung von Aus- und Weiterbildungsunterstützung an Projekte und Unterstützungsgruppen dokumentieren

SP 1.3 EINEN ORGANISATIONSWEITEN OPERATIVEN AUS- UND WEITERBILDUNGSPLAN ETABLIEREN

Einen organisationsweiten operativen Aus- und Weiterbildungsplan etablieren und beibehalten

Der organisationsweite operative Aus- und Weiterbildungsplan dient der Bereitstellung von Aus- und Weiterbildungsmaßnahmen, die in der Zuständigkeit der Organisation liegen und die die Mitarbeiter brauchen, um ihre Rolle wirksam ausüben zu können. Dieser Plan behandelt die zeitnahe Durchführung von Aus- und Weiterbildungsmaßnahmen und wird regelmäßig als Reaktion auf Änderungen (beispielsweise hinsichtlich des Bedarfs oder der Ressourcen) sowie auf Bewertungen der Wirksamkeit der Aus- und Weiterbildungsmaßnahmen angepasst.

> **TIPP**
> In vielen Organisationen wird diese Planung jährlich durchgeführt und quartalsweise geprüft.

Beispiele für Arbeitsergebnisse

1. Organisationsweiter operativer Aus- und Weiterbildungsplan

Subpraktiken

1. Den Inhalt des Plans etablieren

> Organisationsweite operative Aus- und Weiterbildungspläne enthalten üblicherweise:
> - Aus- und Weiterbildungsbedarf
> - Aus- und Weiterbildungsthemen
> - Terminpläne, die auf den Aus- und Weiterbildungsaktivitäten und ihrer gegenseitigen Abhängigkeit beruhen
> - Für die Aus- und Weiterbildung verwendete Methoden
> - Anforderungen und Qualitätsstandards für Unterrichtsmaterialien
> - Aufgaben, Rollen und Verantwortlichkeiten bei der Aus- und Weiterbildung
> - Erforderliche Ressourcen einschließlich Werkzeuge, Einrichtungen, Umgebungen, Mitarbeiter sowie Fähigkeiten, Fertigkeiten und Wissen

2. Zusagen zum Plan etablieren

   Dokumentierte Zusagen der für die Umsetzung und Unterstützung des Plans zuständigen Personen sind für dessen Wirksamkeit wesentlich.

3. Plan und Zusagen nach Bedarf überarbeiten

SP 1.4 EINE FÄHIGKEIT ZUR AUS- UND WEITERBILDUNG ETABLIEREN

Eine Fähigkeit zur Aus- und Weiterbildung anhand der Erfordernisse der Organisation etablieren und beibehalten

Mehr zur Analyse möglicher Entscheidungen mittels eines formalen Bewertungsprozesses und zur Bewertung der identifizierten Alternativen anhand etablierter Kriterien steht im Prozessgebiet »Entscheidungsfindung«.

Beispiele für Arbeitsergebnisse

1. Unterrichtsmaterialien und unterstützende Dokumente

Subpraktiken

1. Geeignete Ansätze zur Erfüllung des Aus- und Weiterbildungsbedarfs der Organisation auswählen

   Viele Faktoren können sich auf die Auswahl von Aus- und Weiterbildungsansätzen auswirken, darunter Kenntnisse der jeweiligen Teilnehmer, Kosten, Terminpläne und Arbeitsumgebungen. Die Auswahl eines Ansatzes erfordert die Betrachtung der Mittel und Möglichkeiten, die Fähigkeiten, Fertigkeiten und Wissen unter Berücksichtigung der jeweiligen Umstände möglichst effektiv bereitzustellen.

   > Beispiele für Aus- und Weiterbildungsansätze:
   > - Präsenzseminare
   > - Computergestützte Lernprogramme
   > - Angeleitetes Selbststudium
   > - Formelle Ausbildungs- und Mentoring-Programme
   > - Moderierte Videos
   > - Chalk-Talks
   > - Brown-Bag-Lunch-Seminare
   > - Strukturiertes On-the-Job-Training

2. Ermitteln, ob Unterrichtsmaterialien intern entwickelt oder extern beschafft werden sollen.

   Ermittlung von Kosten und Nutzen für die interne Entwicklung von Trainings und für die externe Beschaffung

   > Beispielkriterien für die Ermittlung des effektivsten Wegs für den Erwerb von Wissen oder Fähigkeiten und Fertigkeiten umfassen:
   > - Anwendbarkeit auf die Arbeits- oder Prozessleistungsziele
   > - Verfügbarkeit von Vorbereitungszeit bis zur Projektdurchführung
   > - Anwendbarkeit auf Geschäftsziele
   > - Verfügbarkeit internen Fachwissens
   > - Verfügbarkeit von Trainings aus externen Quellen

Beispiele für externe Quellen von Trainings:

- Vom Kunden bereitgestellte Trainings
- Kommerziell angebotene Lehrgänge
- Akademische Programme
- Fachgebietskonferenzen
- Seminare

3. Unterrichtsmaterialien entwickeln oder beschaffen

Aus- und Weiterbildung kann vom Projekt, von Unterstützungsgruppen, von der Organisation oder von einer externen Organisation bereitgestellt werden. Das Aus- und Weiterbildungspersonal der Organisation koordiniert die Beschaffung und Durchführung der Aus- und Weiterbildung unabhängig von deren Quelle.

Beispiele für Unterrichtsmaterialien:

- Schulungsunterlagen
- Computergestützte Lernprogramme
- Videos

4. Qualifizierte Lehrkräfte, Mentoren und Personen, die Lehrgänge entwerfen ausbilden oder einstellen

Tipp

Experten für die Inhalte sollten mit denjenigen, die Lehrgänge entwerfen, zusammenarbeiten, um Genauigkeit und Gründlichkeit sicherzustellen. Fachkenntnisse auf dem Gebiet der Inhalte qualifizieren eine Person jedoch nicht dazu, selbst Lehrgänge zu entwerfen.

Um sicherzustellen, dass diejenigen, die die interne Aus- und Weiterbildung entwickeln und durchführen, über die erforderlichen Kenntnisse und didaktischen Fähigkeiten und Fertigkeiten verfügen, können Kriterien definiert werden, um sie zu identifizieren, auszubilden und zu qualifizieren. Bei der Entwicklung der Aus- und Weiterbildung – einschließlich Möglichkeiten zum Selbststudium und Online-Lehrgänge – sollten diejenigen einbezogen werden, die Erfahrung im Entwerfen von Lehrgängen haben. Bei externer Aus- und Weiterbildung kann das Aus- und Weiterbildungspersonal der Organisation erfragen, wie der Trainingsanbieter festlegt, welche Personen die Trainings abhalten. Diese Auswahl qualifizierter Lehrkräfte kann ebenfalls ein Faktor bei der Auswahl oder der weiteren Inanspruchnahme eines Trainingsanbieters sein.

5. Trainings im Aus- und Weiterbildungscurriculum der Organisation beschreiben

> Beispiele für Informationen, die in den Beschreibungen der einzelnen Kurse bereitgestellt werden, umfassen:
> - Themen, die im Training behandelt werden
> - Zielgruppe
> - Voraussetzungen und Vorbereitung für die Teilnahme
> - Ziele des Trainings
> - Dauer des Trainings
> - Lehrpläne
> - Kriterien für den erfolgreichen Abschluss des Trainings
> - Kriterien für die Freistellung vom Training

6. Unterrichtsmaterialien und unterstützende Dokumente nach Bedarf überarbeiten

> Beispiele für Situationen, in denen Unterrichtsmaterialien und unterstützende Dokumente möglicherweise überarbeitet werden müssen, umfassen:
> - Änderungen beim Aus- und Weiterbildungsbedarf (beispielsweise, wenn neue Technologien im Zusammenhang mit dem Aus- und Weiterbildungsthema verfügbar sind)
> - Bewertungen von Trainings zeigen die Notwendigkeit von Änderungen (beispielsweise Bewertungen von Umfragen zur Wirksamkeit von Trainings, Leistungsbewertungen des Aus- und Weiterbildungsprogramms oder Formulare zur Bewertung von Lehrkräften).

SG 2 AUS- UND WEITERBILDUNG BEREITSTELLEN

Aus- und Weiterbildung, mit der Personen ihre Rollen wirksamer ausfüllen können, wird bereitgestellt.

Bei der Auswahl der zu schulenden Personen sollte Folgendes berücksichtigt werden:

- Hintergrund der Zielgruppen von Trainingsteilnehmern
- Trainingsvoraussetzungen
- Die von den Teilnehmern für die Ausübung ihrer Rollen benötigten Kenntnisse und Fähigkeiten

- Bedarf an fachübergreifender Aus- und Weiterbildung für alle Fachbereiche einschließlich des Projektmanagements
- Schulungsbedarf von Managern in den für sie relevanten Prozessen der Organisation
- Bedarf an Aus- und Weiterbildung in den grundlegenden Prinzipien aller relevanten Fachgebiete oder Dienstleistungen, um Mitarbeiter in Qualitäts- und Konfigurationsmanagement und anderen Support-Funktionen zu unterstützen
- Bedarf an Angeboten zur Kompetenzentwicklung in wichtigen Funktionsbereichen
- Bedarf an Kompetenzerhalt und Qualifikation der Mitarbeiter für den Betrieb und die Pflege von Arbeitsumgebungen, die mehrere Projekte übergreifend nutzen

SP 2.1 *Aus- und Weiterbildungsmaßnahmen durchführen*

Aus- und Weiterbildung nach dem organisationsweiten operativen Plan durchführen

Beispiele für Arbeitsergebnisse

1. Durchgeführte Trainings

Subpraktiken

1. Die Personen auswählen, die Trainings zur effektiven Ausübung ihrer Rolle erhalten sollen

   Aus- und Weiterbildung ist dazu gedacht, Personen, die in der Organisation verschiedene Rollen ausüben, Wissen, Fähigkeiten und Fertigkeiten zu vermitteln. Manche Personen besitzen bereits das Wissen, Fähigkeiten und Fertigkeiten, die erforderlich sind, um die ihnen zugedachten Rollen gut auszuüben. Auf Trainings für diese Personen kann verzichtet werden, aber es sollte darauf geachtet werden, dass die Freistellung von Trainings nicht missbraucht wird.

2. Nach Bedarf Terminpläne für Aus- und Weiterbildung einschließlich aller Ressourcen aufstellen (beispielsweise Einrichtungen und Lehrkräfte)

   Trainings sollten geplant und terminlich festgelegt werden. Es werden die Trainings bereitgestellt, die einen direkten Einfluss auf die Erwartungen an die Arbeitsleistung haben. Deshalb erfolgen optimale Trainings zeitnah unter Berücksichtigung bevorstehender Erwartungen an die Arbeitsleistung.

Diese Erwartungen schließen häufig Folgendes ein:

- Training in der Verwendung von spezialisierten Werkzeugen
- Training in Verfahren, die für Personen neu sind, die diese Verfahren durchführen sollen

3. Aus- und Weiterbildung bereitstellen

   Wird die Aus- und Weiterbildung von einer Person durchgeführt, so sollte dies durch geeignete Fachkräfte aus dem Aus-und Weiterbildungsbereich (z.B. erfahrene Lehrkräfte oder Tutoren) geschehen. Nach Möglichkeit werden die Trainings unter Bedingungen bereitgestellt, die sich eng an die tatsächlichen Arbeitsumgebungen anlehnen, und schließen Aktivitäten ein, die echte Arbeitssituationen simulieren. Dieser Ansatz schließt die Integration von Werkzeugen, Methoden und Verfahren zur Kompetenzentwicklung ein. Trainings sind an die Aufgaben und Verantwortlichkeiten bei der Arbeit gebunden, so dass Aktivitäten am Arbeitsplatz oder andere Erfahrungen nach dem Training das Gelernte innerhalb einer angemessenen Zeit festigen.

4. Die Durchführung der Trainings im Vergleich zum Plan nachverfolgen

SP 2.2 Aufzeichnungen über die Aus- und Weiterbildungsmaßnahmen etablieren

Aufzeichnungen über die Aus- und Weiterbildung in der Organisation etablieren und beibehalten

Diese Praktik bezieht sich auf die Aus- und Weiterbildung auf Organisationsebene. Das Etablieren und Pflegen von Aufzeichnungen über Trainings, die von Projekten oder Unterstützungsgruppen getragen werden, obliegt den einzelnen Projekten bzw. Unterstützungsgruppen.

TIPP

Um konsistente und vollständige Informationen über jeden Mitarbeiter bereitzustellen, können die Aufzeichnungen zur Aus- und Weiterbildung die gesamte Aus- und Weiterbildung einschließen, unabhängig davon, ob sie auf Organisationsebene oder von einem Projekt oder einer Unterstützungsgruppe durchgeführt wurde.

Beispiele für Arbeitsergebnisse

1. Aufzeichnungen zur Aus- und Weiterbildung
2. Aktualisierungen von Trainingsunterlagen in der Ablage der Organisation

TIPP

Um sicherzustellen, dass die Aufzeichnungen zur Aus- und Weiterbildung korrekt sind, können einige CM-Praktiken verwendet werden.

Subpraktiken

1. Aufzeichnungen über alle Teilnehmer führen, die Trainings oder andere genehmigte Aus- und Weiterbildungsaktivitäten mit oder ohne Erfolg abgeschlossen haben
2. Aufzeichnungen über alle Mitarbeiter führen, die von bestimmten Trainings freigestellt werden

   Die Gründe für die Gewährung einer Freistellung sollten dokumentiert werden und sowohl der zuständige Manager als auch der Manager des freigestellten Mitarbeiters sollten die Freistellung genehmigen.

3. Aufzeichnungen über alle Teilnehmer führen, die ihre erforderlichen Trainings erfolgreich abgeschlossen haben
4. Aufzeichnungen zur Aus- und Weiterbildung den Personen zugänglich machen, die für Stellenbesetzungen und Aufgabenzuweisungen zuständig sind

   Die Aufzeichnungen zur Aus- und Weiterbildung können Bestandteil einer von der Aus- und Weiterbildungsorganisation entwickelten Fähigkeitsmatrix sein, um eine Zusammenfassung der Erfahrungen und der Ausbildung von Mitarbeitern sowie der von der Organisation getragenen Aus- und Weiterbildung bereitzustellen.

SP 2.3 *WIRKSAMKEIT DER AUS- UND WEITERBILDUNGSMAẞNAHMEN BEWERTEN*

Wirksamkeit des Aus- und Weiterbildungsprogramms der Organisation bewerten

TIPP

Die Wirksamkeit von Trainings kann sich mit der Zeit ändern. Zu Beginn kann ein Training in einer Art und Weise erfolgen, um eine große Anzahl von Teilnehmern zu schulen, und anschließend in einer anderen Art und Weise, um die Aus- und Weiterbildung für neue Angestellte oder Neuzugänge aus anderen Abteilungen fortzusetzen.

Es sollte Arbeitsabläufe geben, um die Wirksamkeit der Aus- und Weiterbildung zu bestimmen (d.h., wie gut die Trainings den Bedarf der Organisation erfüllen).

Beispiele für Methoden, die verwendet werden, um die Wirksamkeit von Trainings zu bewerten, umfassen:

- Tests im Trainingskontext
- Umfragen unter den Teilnehmern im Anschluss an die Trainings
- Umfragen zur Zufriedenheit von Managern mit der Wirksamkeit von Trainings
- In Kursunterlagen enthaltene Bewertungsmechanismen

Messungen können vorgenommen werden, um den Nutzen von Trainings im Vergleich zu den Zielen von Projekten und der Organisation zu bewerten. Besondere Aufmerksamkeit sollte dem Bedarf an unterschiedlichen Aus- und Weiterbildungsmethoden gewidmet werden, etwa Schulungsgruppen so zusammenzustellen, wie sie im Projekt zusammenarbeiten. Werden Arbeits- oder Prozessleistungsziele verwendet, sollten sie eindeutig, beobachtbar und verifizierbar sein und den Kursteilnehmern mitgeteilt werden. Die Ergebnisse der Bewertung der Wirksamkeit von Trainings sollten dazu verwendet werden, die Unterrichtsmaterialien, wie in der spezifischen Praktik »Eine Fähigkeit zur Aus- und Weiterbildung etablieren« beschrieben, zu überarbeiten.

Beispiele für Arbeitsergebnisse

1. Umfragen zur Wirksamkeit von Trainings
2. Bewertungen der Leistung des Aus- und Weiterbildungsprogramms
3. Formulare zur Bewertung von Lehrkräften
4. Prüfungen im Rahmen von Trainings

Subpraktiken

1. Laufende oder abgeschlossene Projekte bewerten, um zu bestimmen, ob die Kenntnisse der Mitarbeiter für die Durchführung der Projektaufgaben angemessen sind
2. Einen Mechanismus für die Bewertung der Wirksamkeit der einzelnen Trainings im Hinblick auf Lern- und Leistungsziele der Organisation, von Projekten und von Einzelpersonen bereitstellen
3. Bewertungen der Teilnehmer darüber einholen, wie gut die Trainingsaktivitäten ihrem Bedarf entsprechen

Produktintegration (Product Integration, PI)

Ein Entwicklungsprozessgebiet des Reifegrads 3

Zweck

Der Zweck der Produktintegration (PI) ist, das Produkt aus den Produktbestandteilen zusammenzubauen, sicherzustellen, dass es sich in dieser Form ordnungsgemäß verhält (d.h. erforderliche Funktionalität und Qualitätsmerkmale besitzt) und es auszuliefern.

Hinweis

Um eine problemlose Integration zu erreichen, muss man sich bereits in einem frühen Stadium des Projekts auf die Aktivitäten zur Produktintegration vorbereiten.

Einführende Hinweise

Dieses Prozessgebiet befasst sich mit der Integration von Produktbestandteilen in komplexere Produktbestandteile oder vollständige Produkte.

Tipp

In einigen Entwicklungsbereichen (z.B. in der mechanischen Konstruktion) wird allgemein der Begriff *Zusammenbau* anstelle von *Integration* bevorzugt. Im Prozessgebiet PI sind diese beiden Wörter austauschbar.

Der Umfang dieses Prozessgebiets besteht darin, durch den schrittweisen Zusammenbau von Produktbestandteilen in einer oder mehreren Stufen nach einer festgelegten Integrationsstrategie und einem definierten Verfahren eine vollständige Produktintegration zu erreichen. In allen Prozessgebieten schließt die Bedeutung der Begriffe »Produkt« und »Produktbestandteil« auch Dienstleistungen, Dienstleistungssysteme und deren Bestandteile ein.

Ein wesentlicher Aspekt der Produktintegration ist das Management interner und externer Schnittstellen des Produkts und der Produktbestandteile, um die Kompatibilität der Schnittstellen zu gewährleisten. Der Begriff der Schnittstelle ist dabei nicht auf Benutzerschnittstellen beschränkt, sondern wird auch auf Schnittstellen zwischen den Bestandteilen des Produkts angewendet. Dazu gehören interne und externe Datenquellen, Middleware und andere Komponenten, auf die sich das Produkt stützt. Die entwickelnde Organisation kann die Kontrolle über

Hinweis

Viele während der Produktintegration auftretende Probleme sind auf die Inkompatibilität von Schnittstellen zurückzuführen. Daher befasst sich PI auch mit dem Schnittstellenmanagement.

diese Bestandteile haben, was aber nicht zwangsläufig der Fall sein muss. Während des gesamten Projekts sollte dem Schnittstellenmanagement Aufmerksamkeit gewidmet werden.

Die Produktintegration ist mehr als nur ein einmaliger Zusammenbau der Produktbestandteile am Ende von Design und Herstellung. Sie kann inkrementell durchgeführt werden mit Hilfe eines iterativen Prozesses aus dem Zusammenbau von Produktbestandteilen, ihrer Bewertung und dem anschließenden Zusammenbau weiterer Produktbestandteile. Sie kann mit hochgradig automatisierten Builds und kontinuierlicher Integration des vollständig, durch Modulttests geprüften Produkts durchgeführt werden. Dieser Prozess kann mit Analysen und Simulationen beginnen (z.B. Threads, Rapid Prototyping, virtuelle und physikalische Prototypen) und durch die zunehmend realistischere Inkremente bis zum Erreichen des Endprodukts stetig vorangehen. In jeder darauf folgenden Version werden (virtuelle, schnelle oder physikalische) Prototypen konstruiert, bewertet, verbessert und anhand der im Bewertungsprozess gewonnenen Kenntnisse neu konstruiert. Der Grad an erforderlichen virtuellen gegenüber physikalischen Prototypen hängt von der Funktionalität der Entwicklungswerkzeuge, der Komplexität des Produkts und dem damit verbundenen Risiko ab. Die Wahrscheinlichkeit, dass das auf diese Weise integrierte Produkt die Produktverifizierung und -validierung besteht, ist hoch. Bei einigen Produkten oder Dienstleistungen erfolgt die letzte Integrationsphase, wenn sie am geplanten Betriebsstandort bereitgestellt werden.

TIPP

Die Produktintegration erfolgt normalerweise stufenweise. In jeder Stufe erfolgt nach dem partiellen Zusammenbau eine Bewertung. Im frühen Stadium können Prototypen anstelle nicht verfügbarer Produktbestandteile verwendet werden. In der letzten Stufe kann das vollständige Produkt beim Endanwender in die geplante Umgebung integriert werden.

In agilen Umgebungen ist die Produktintegration eine häufig – oftmals täglich – durchgeführte Tätigkeit. Bei der Softwareentwicklung beispielsweise wird in einem Prozess, der »kontinuierliche Integration« genannt wird, fortlaufend funktionierender Code zur Code Base hinzugefügt. Die Produktintegrationsstrategie betrifft nicht nur die kontinuierliche Integration, sondern auch die Frage, wie von Lieferanten beigesteuerte Bestandteile aufgenommen werden, welche Funktionen erstellt werden (in Schichten oder in »vertikalen Abschnitten«) und wann ein »Refactoring« erforderlich ist. Die Strategie sollte früh im Projekt etabliert und später überarbeitet werden, um sie an geänderte und neu hinzugekommene Komponentenschnittstellen, externe Einflüsse, ausgetauschte Daten und APIs anzupassen (siehe »Interpretation von CMMI bei der Verwendung agiler Vorgehensweisen« in Teil I).

Bei Produktreihen werden die Produkte nach dem Produktreihen-Produktionsplan zusammengebaut. Der Produktreihen-Produktionsplan spezifiziert den Montageprozess. Unter anderem gibt er vor, welche Basiskomponenten zu verwenden sind und wie die Produktreihenstreuung in diesen aufgelöst wird.

QUERVERWEIS

(Die Definition von »Produktlinie« finden Sie im Glossar.)

In Beziehung stehende Prozessgebiete

Mehr zur Identifizierung von Schnittstellenanforderungen steht im Prozessgebiet »Anforderungsentwicklung«.

Mehr zum Entwurf von Schnittstellen unter Verwendung von Kriterien steht im Prozessgebiet »Technische Umsetzung«.

Mehr zu Durchführung der Validierung steht im Prozessgebiet »Validierung«.

Mehr zum Durchführen der Verifizierung steht im Prozessgebiet »Verifizierung«.

Mehr zur Verfolgung und Lenkung von Änderungen steht im Prozessgebiet »Konfigurationsmanagement«.

Mehr über die Analyse möglicher Entscheidungen mittels eines formalen Bewertungsprozesses, der identifizierte Alternativen anhand etablierter Kriterien bewertet, steht im Prozessgebiet »Entscheidungsfindung«.

Mehr zur Erkennung und Abschwächung von Risiken steht im Prozessgebiet »Risikomanagement«.

Mehr zum Management der Beschaffung von Produkten und Dienstleistungen von Lieferanten steht im Prozessgebiet »Zulieferungsmanagement«.

Übersicht spezifischer Ziele und Praktiken

SG 1 Produktintegration vorbereiten
- SP 1.1 Integrationsstrategie etablieren
- SP 1.2 Produktintegrationsumgebung etablieren
- SP 1.3 Verfahren und Kriterien zur Produktintegration etablieren

SG 2 Schnittstellenkompatibilität sicherstellen
- SP 2.1 Schnittstellenbeschreibungen auf Vollständigkeit prüfen
- SP 2.2 Schnittstellen managen

SG 3 Produktbestandteile zusammenbauen und das Produkt ausliefern
- SP 3.1 Bereitschaft der Produktbestandteile zur Integration bestätigen
- SP 3.2 Produktbestandteile zusammenbauen
- SP 3.3 Zusammengebaute Produktbestandteile bewerten
- SP 3.4 Produkte oder Produktbestandteile verpacken und ausliefern

TIPP

Ein passiver Ansatz zur Produktintegration besteht darin, abzuwarten, bis die Produktbestandteile zur Integration bereitstehen, um mit dem Zusammenbau und den Tests beginnen zu können. PI empfiehlt einen proaktiven Ansatz, der die Integrationsaktivitäten in einem frühen Projektstadium einleitet und sie gleichzeitig mit den Praktiken von TS und SAM durchführt. Ein solcher Ansatz kann die Entwicklungsterminpläne des Projekts und seiner Lieferanten beeinflussen.

TIPP

Es gibt viele mögliche Ansätze, um Bestandteile zu empfangen, zusammenzubauen und zu bewerten. Eine Integrationsstrategie sollte eine zusammenhängende, durchgängige Vorgehensweise zur Durchführung dieser Tätigkeiten bereitstellen.

Detaillierung spezifischer Ziele und Praktiken

SG 1 PRODUKTINTEGRATION VORBEREITEN

Produktintegration wird vorbereitet.

Die Vorbereitung der Integration von Produktbestandteilen umfasst die Etablierung und Pflege einer Integrationsstrategie, der Umgebung zur Durchführung der Integration und der Integrationsverfahren und -kriterien. Die Vorbereitung für die Integration beginnt früh im Projekt.

SP 1.1 INTEGRATIONSSTRATEGIE ETABLIEREN

Produktintegrationsstrategie etablieren und beibehalten

Die Produktintegrationsstrategie beschreibt die Vorgehensweise zum Empfangen, Zusammenbauen und Bewerten der Komponenten, aus denen das Produkt besteht.

Eine Produktintegrationsstrategie definiert typischerweise folgende Punkte:

- Verfügbarmachen von Produktbestandteilen für die Integration (wobei u.a. auf die richtige Reihenfolge geachtet werden muss)
- Zusammenbauen und Bewerten als einzelner Build oder als Abfolge inkrementeller Builds
- Aufnehmen und Testen von Features in jeder Iteration (bei iterativer Entwicklung)
- Management von Schnittstellen
- Verwendung von Modellen, Prototypen und Simulationen zur Bewertung eines Zusammenbaus einschließlich seiner Schnittstellen
- Etablieren der Umgebung für die Produktintegration
- Definieren von Verfahren und Kriterien
- Verfügbarmachen der geeigneten Testwerkzeuge und zugehörigen Ausrüstung
- Managen der Produkthierarchie, -architektur und -komplexität
- Aufzeichnen der Bewertungsergebnisse
- Handhaben von Ausnahmen

Die Integrationsstrategie sollte an dem technischen Ansatz ausgerichtet sein, der im Prozessgebiet »Projektplanung« beschrieben wird, und mit der Auswahl von Lösungen und dem Design des Produkts und der Produktbestandteile aus dem Prozessgebiet »Technische Umsetzung« in Einklang gebracht werden.

Mehr zur Auswahl von Lösungen für Produktbestandteile und zur Umsetzung des Entwurfs steht im Prozessgebiet »Technische Umsetzung«.

Mehr über die Analyse möglicher Entscheidungen mittels eines formalen Bewertungsprozesses, der identifizierte Alternativen anhand etablierter Kriterien bewertet, steht im Prozessgebiet »Entscheidungsfindung«.

Mehr zum Etablieren und Aktuellhalten eines Plans, der die Projekttätigkeiten definiert, steht im Prozessgebiet »Projektplanung«.

Mehr zur Erkennung und Abschwächung von Risiken steht im Prozessgebiet »Risikomanagement«.

Mehr zum Management der Beschaffung von Produkten und Dienstleistungen von Lieferanten steht im Prozessgebiet »Zulieferungsmanagement«.

TIPP

Damit Produktbestandteile für die Integration verfügbar sind, müssen sie pünktlich fertiggestellt werden. Die Art und die zeitliche Abstimmung der Integration bestimmen daher die Projektzeitpläne und die Zeitpunkte, zu denen Ressourcen bereitstehen müssen. Daher hängen viele Management- und Entwicklungsprozesse von der Produktintegrationsstrategie ab.

Die Ergebnisse der Entwicklung einer Produktintegrationsstrategie werden gewöhnlich in einem Produktintegrationsplan dokumentiert, der mit den Stakeholdern besprochen wird, um Zusagen und Verständnis zu fördern. Einige der in einer Produktintegrationsstrategie angesprochenen Elemente werden ausführlicher in den anderen spezifischen und generischen Praktiken dieses Prozessgebiets behandelt (z.B. Umgebung, Verfahren und Kriterien, Aus- und Weiterbildung, Rollen und Pflichten, Einbeziehung relevanter Stakeholder).

Beispiele für Arbeitsergebnisse

1. Strategie zur Produktintegration
2. Begründung für die Auswahl oder Ablehnung alternativer Produktintegrationsstrategien

Subpraktiken

1. Zu integrierende Produktbestandteile identifizieren
2. Die während der Integration der Produktbestandteile durchzuführenden Verifizierungen identifizieren

   Diese Identifizierung umfasst die Durchführung von Verifizierungen der Schnittstellen.

TIPP

Neben den Produktbestandteilen kann die Integrationsstrategie auch die Integration von Testeinrichtungen und Montagevorrichtungen umfassen.

HINWEIS

In jeder Phase nach dem Zusammenbau muss man überprüfen, ob sich der daraus hervorgehende Zusammenbau erwartungsgemäß verhält.

3. Alternative Integrationsstrategien für die Produktbestandteile identifizieren

   Die Entwicklung einer Integrationsstrategie kann es mit sich bringen, mehrere alternative Integrationsstrategien oder -reihenfolgen zu spezifizieren und zu bewerten.

4. Die beste Integrationsstrategie auswählen

   Die Integrationsstrategie muss an der Verfügbarkeit folgender Elemente ausgerichtet oder mit ihr in Einklang gebracht werden: Produktbestandteile, Integrationsumgebung, Testwerkzeuge und -ausrüstung, Verfahren und Kriterien, relevante Stakeholder und Mitarbeiter, die über die passenden Fertigkeiten verfügen.

TIPP

Man kann einen formalen Bewertungsprozess nutzen, um eine Integrationsstrategie oder -reihenfolge aus mehreren Alternativen auszuwählen. Zu den Auswahlkriterien können die Auswirkungen der alternativen Strategie auf Kosten, Terminplan, Leistung und Risiken gehören.

5. Die Produktintegrationsstrategie regelmäßig überarbeiten und bei Bedarf überprüfen

   Bewerten Sie die Produktintegrationsstrategie, um sicherzustellen, dass sich Abweichungen in den Produktions- und Lieferterminen nicht negativ auf die Integrationsreihenfolge ausgewirkt oder jene Faktoren beeinträchtigt haben, die als Grundlage früherer Entscheidungen dienten.

6. Die Gründe für getroffene und aufgeschobene Entscheidungen dokumentieren

SP 1.2 PRODUKTINTEGRATIONSUMGEBUNG ETABLIEREN

Die erforderliche Umgebung zur Unterstützung der Integration der Produktbestandteile etablieren und beibehalten

TIPP

Die Bereitstellung einer Integrationsumgebung zur Unterstützung der Produktintegration kann einen bedeutenden Aufwand darstellen, der am besten wie ein Projekt behandelt wird.

Die Umgebung für die Produktintegration kann entweder zugekauft oder entwickelt werden. Um eine Umgebung zu etablieren, müssen die Anforderungen für den Einkauf oder die Entwicklung von Einrichtungen, Software oder anderen Ressourcen festgelegt werden. Diese Anforderungen werden bei der Umsetzung der Arbeitsabläufe des Prozessgebiets Anforderungsentwicklung erfasst. Die Produktintegrationsumgebung kann die Wiederverwendung vorhandener Ressourcen der Organisation umfassen. Die Entscheidung für den Erwerb oder die Entwicklung der Produktintegrationsumgebung wird in den Arbeitsabläufen des Prozessgebiets »Technische Umsetzung« behandelt.

Mehr zur Durchführung von Analysen bezüglich Herstellung, Beschaffung und Wiederverwendung steht im Prozessgebiet »Technische Umsetzung«.

Die in den einzelnen Schritten der Produktintegration benötigte Umgebung kann Prüfeinrichtungen, Simulatoren (anstelle nicht verfügbarer Produktbestandteile), bereits vorhandene Ausrüstung und Aufzeichnungsgeräte umfassen.

TIPP

Berücksichtigen, welche Teile der Integrationsumgebung nach der in SP 1.1 etablierten Integrationsstrategie in den einzelnen Integrationsstufen benötigt werden.

Beispiele für Arbeitsergebnisse

1. Verifizierte Umgebung für die Produktintegration
2. Begleitdokumentation für die Produktintegrationsumgebung

Subpraktiken

1. Die Anforderungen an die Produktintegrationsumgebung identifizieren
2. Verifizierungsverfahren und -kriterien für die Produktintegrationsumgebung identifizieren
3. Entscheiden, ob die benötigte Produktintegrationsumgebung hergestellt oder zugekauft werden soll

   Mehr zum Management der Beschaffung von Produkten und Dienstleistungen von Lieferanten steht im Prozessgebiet »Zulieferungsmanagement«.

4. Eine Integrationsumgebung entwickeln, wenn keine geeignete Umgebung zugekauft werden kann

   Bei zuvor noch nicht vorgekommenen, komplexen Projekten kann die Produktintegrationsumgebung ein größeres Entwicklungsprojekt darstellen. Als solches würde es die Projektplanung, die Anforderungsentwicklung, die technische Umsetzung, die Verifizierung, die Validierung und das Risikomanagement umfassen.

5. Die Produktintegrationsumgebung während des gesamten Projekts aufrechterhalten
6. Nicht mehr benötigte Teile der Umgebung entsorgen

HINWEIS

Die Integrationsumgebung überarbeiten, wenn sich die Integrationsstrategie signifikant ändert, zusätzliche Prototypen und Simulationen benötigt werden, um Produktbestandteile zu ersetzen, die später geliefert werden müssen, oder sich das Verständnis der Betriebsumgebung signifikant ändert.

SP 1.3 VERFAHREN UND KRITERIEN ZUR PRODUKTINTEGRATION ETABLIEREN

Verfahren und Kriterien zur Integration der Produktbestandteile etablieren und beibehalten

TIPP

Diese spezifische Praktik beantwortet Fragen, z.B. wie die zusammenzubauenden Produktbestandteile beschafft werden, wie sie zusammengebaut und welche Tests durchgeführt werden müssen. Außerdem werden Kriterien etabliert, um Fragen zu beantworten, z.B. wann eine Komponente zur Integration bereitsteht, welches Leistungsniveau bei den einzelnen Tests erforderlich ist und welche Validierung und Lieferung für das Endprodukt akzeptabel sind.

Verfahren für die Integration der Produktbestandteile können Dinge wie die Anzahl der durchzuführenden inkrementellen Iterationen und Details der erwarteten Tests und anderer in den einzelnen Stufen durchzuführenden Bewertungen umfassen.

Kriterien können die Integrationsbereitschaft eines Produktbestandteils oder seine Abnahmefähigkeit angeben.

Verfahren und Kriterien für die Produktintegration befassen sich mit Folgendem:

- Prüftiefe für hergestellte Komponenten
- Verifizierung von Schnittstellen
- Schwellenwerte für Leistungsabweichungen
- Abgeleitete Anforderungen für die Baugruppe und seine externen Schnittstellen
- Zulässiger Ersatz für Komponenten
- Einflussgrößen der Prüfumgebung
- Kostenrahmen für Prüfungen
- Kompromisse zwischen der Qualität und den Kosten von Integrationsvorgängen
- Wahrscheinlichkeit der ordnungsgemäßen Funktionsweise
- Lieferquote und ihre Abweichung
- Durchlaufzeit vom Auftrag bis zur Auslieferung
- Verfügbarkeit von Mitarbeitern
- Verfügbarkeit der Integrationseinrichtung/-umgebung und der Integrationsumgebung

TIPP

Kriterien können Grenzen oder Einschränkungen für die Durchführung von Tests mit sich bringen.

Es können Kriterien dafür festgelegt werden, wie die Produktbestandteile verifiziert werden müssen und welches Verhalten (Funktionsumfang und Qualitätsattribute) sie haben sollen. Es können Kriterien dafür festgelegt werden, wie die zusammengebauten Produktbestandteile und das integrierte Endprodukt validiert und ausgeliefert werden sollen.

Außerdem können Kriterien den zum Bestehen eines Tests zulässigen Anteil von simulierten Produktbestandteilen oder die für den Integrationstest verwendeten Umgebungen einschränken.

Die entsprechenden Abschnitte des Terminplans und die Kriterien für den Zusammenbau sollten gemeinsam mit den Lieferanten der Arbeitsergebnisse genutzt werden, um das Auftreten von Verzögerungen und Komponentenfehlern zu verringern.

Mehr zum Ausführen der Vereinbarungen mit Lieferanten steht im Prozessgebiet »Zulieferungsmanagement«.

Beispiele für Arbeitsergebnisse

1. Produktintegrationsverfahren
2. Produktintegrationskriterien

Subpraktiken

1. Produktintegrationsverfahren für die Produktbestandteile etablieren und beibehalten
2. Kriterien für die Integration und Bewertung von Produktbestandteilen etablieren und beibehalten
3. Kriterien für die Validierung und Lieferung des integrierten Produkts etablieren und beibehalten

SG 2 SCHNITTSTELLENKOMPATIBILITÄT SICHERSTELLEN

Sowohl die internen als auch die externen Schnittstellen der Produktbestandteile sind kompatibel.

Viele Probleme bei der Produktintegration entstehen durch unbekannte oder unkontrollierte Aspekte interner und externer Schnittstellen. Das effektive Management von Schnittstellenanforderungen, Spezifikationen und Designs für Produktbestandteile hilft dabei, die Vollständigkeit und die Kompatibilität umgesetzter Schnittstellen sicherzustellen.

TIPP

Die Ursache vieler Produktintegrationsprobleme liegt in inkompatiblen Schnittstellen begründet. SG 2 dient dazu, die Kompatibilität von Schnittstellen sicherzustellen.

SP 2.1 SCHNITTSTELLENBESCHREIBUNGEN AUF VOLLSTÄNDIGKEIT PRÜFEN

Schnittstellenbeschreibungen auf Abdeckung und Vollständigkeit prüfen

Die Schnittstellen sollten, zusätzlich zu denen der Produktbestandteile, alle Schnittstellen mit der Produktintegrationsumgebung umfassen.

QUERVERWEIS

Da Schnittstellen für eine effektive Produktentwicklung so wichtig sind, werden sie an mehreren Stellen aufgegriffen. Schnittstellenanforderungen werden in SP 2.3 von RD, Design der Schnittstellen in SP 2.3 von TS und die Sicherstellung der Schnittstellenkompatibilität wird im SG 2 von PI behandelt.

Beispiele für Arbeitsergebnisse

1. Schnittstellenkategorien
2. Liste der Schnittstellen in den einzelnen Kategorien
3. Zuordnung der Schnittstellen zu den Produktbestandteilen und der Produktintegrationsumgebung

Subpraktiken

1. Schnittstellendaten auf Vollständigkeit überprüfen und die vollständige Abdeckung aller Schnittstellen sicherstellen

   Alle Produktbestandteile berücksichtigen und eine Tabelle der Beziehungen erstellen Schnittstellen werden normalerweise in drei Hauptklassen eingeteilt: Umgebungsschnittstellen, physikalische und funktionale Schnittstellen. Typische Kategorien für diese Klassen umfassen: mechanische, flüssige, akustische, elektrische, klimatische, elektromagnetische, thermische, nachrichtenbasierende und die Mensch-Maschine- oder menschliche Schnittstelle.

Beispiele für Schnittstellen (z.B. für mechanische oder elektronische Komponenten), die in diese drei Klassen eingeteilt werden können, umfassen:

- Mechanische Schnittstellen (z.B. Gewicht und Größe, Schwerpunkt, Spiel der im Betrieb befindlichen Teile, erforderlicher Platz für die Instandhaltung, Stege, Bindeglieder, Stöße und Schwingungen durch die Tragstruktur)
- Geräuschschnittstellen (z.B. von der Struktur übertragene Geräusche, durch die Luft übertragene Geräusche und Akustik)
- Klimaschnittstellen (z.B. Temperatur, Feuchtigkeit, Druck und Salzgehalt)
- Thermoschnittstellen (z.B. Wärmeableitung, Wärmeübertragung an die Tragstruktur und Klimatisierungsmerkmale)
- Flüssigkeitsschnittstellen (z.B. Frischwasserzufluss/-abfluss, Meerwasserzufluss/-abfluss für ein Meeres-/Küstenprodukt, Klimatisierung, Druckluft, Stickstoff, Brennstoff, Schmieröl und Abgasaustritt)
- Elektrische Schnittstellen (z.B. Stromverbrauch nach Netzen mit Übergangs- und Spitzenwerten, Unempfindlichkeit der Stromzufuhr und der Kommunikation für Störsignale, Steuersignal [z.B. Analogverbindungen], Störsignal [z.B. Mikrowelle] und Erdungssignal zur Einhaltung des TEMPEST-Standards) ▶

TIPP

Diese Überprüfungen sollten regelmäßig stattfinden, um sicherzustellen, dass die Konsistenz zwischen den Schnittstellenbeschreibungen und den Produktbestandteilen (siehe Subpraktik 3) aufrechterhalten wird und neue Schnittstellen nicht übersehen werden.

TIPP

Schnittstellen mit Umgebungen wie der Produktintegrations-, Verifizierungs- und Validierungsumgebung sowie Betriebs-, Instandhaltungs- und Unterstützungsumgebungen sollten berücksichtigt werden.

TIPP

Bei den Schnittstellendaten handelt es sich um alle Daten, die mit den Schnittstellen für die Produktbestandteile verknüpft sind, einschließlich der Anforderungen, des Designs und der Schnittstellenbeschreibungen.

TIPP

Übersehene oder unvollständig beschriebene Schnittstellen stellen ein Risiko dar, das es zu erkennen und zu managen gilt (RSKM). Das Auftreten solcher Risiken kann in manchen geschäftlichen Situationen zu Rückrufaktionen führen und sehr teuer sein.

- Elektromagnetische Schnittstellen (z.B. Magnetfeld, Funk- und Radarverbindungen, Lichtwellenleiter und Koaxial- und Glasfaserkabel)
- Mensch-Maschine-Schnittstelle (z.B. Audio- oder Sprachsynthese, Audio- oder Spracherkennung, Anzeige [Analogwählscheibe, Flüssigkristallanzeige, LEDs] und manuelle Steuerelemente [Fußschalter, Joystick, Trackball, Tasten, Drucktasten oder Touchscreen])
- Nachrichtenschnittstellen (z.B. Herkunft, Ziel, Impuls, Protokolle und Dateneigenschaften)

HINWEIS

Diese Beispiele (und andere) nutzen, um sicherzustellen, dass alle Aspekte einer Schnittstelle in ihrer Beschreibung berücksichtigt werden.

2. Die Kennzeichnung von Produktbestandteilen und Schnittstellen sicherstellen, so dass eine einfache und korrekte Verbindung zur angrenzenden Produktkomponente gewährleistet ist
3. Regelmäßig die Eignung der Schnittstellenbeschreibungen überprüfen

   Nach ihrer Erstellung sollten die Schnittstellenbeschreibungen regelmäßig überprüft werden, um sicherzustellen, dass keine Abweichungen zwischen den vorhandenen Beschreibungen und den entwickelten, bearbeiteten, hergestellten oder zugekauften Produkten bestehen.

   Die Schnittstellenbeschreibungen für Produktbestandteile sollten mit den relevanten Stakeholdern überprüft werden, um Fehlinterpretationen zu vermeiden, Verzögerungen zu reduzieren und die Entwicklung nicht richtig funktionierender Schnittstellen zu verhindern.

TIPP

Bei mechanischen und elektrischen Produktbestandteilen können Markierungen helfen, die richtigen Verbindungen zu gewährleisten.

HINWEIS

Interne und externe Stakeholder des Projekts (z.B. Lieferanten) mit einschließen.

SP 2.2 SCHNITTSTELLEN MANAGEN

Definitionen, Entwürfe und Änderungen von internen und externen Schnittstellen für Produkte und Produktbestandteile überwachen

Schnittstellenanforderungen steuern die Entwicklung der für die Integration von Produktbestandteilen erforderlichen Schnittstellen. Das Management der Schnittstellen von Produkten und Produktbestandteilen beginnt in einem frühen Stadium der Produktentwicklung. Die Definition und das Design von Schnittstellen beeinflussen nicht nur die Produktbestandteile und externen Systeme, sondern können auch die Verifizierungs- und Validierungsumgebungen betreffen.

HINWEIS

Die Schnittstellen in einem frühen Stadium des Projekts managen, um Unstimmigkeiten zu verhindern, die sich zwischen Produktbestandteilen ergeben können.

Mehr zur Identifizierung von Schnittstellenanforderungen steht im Prozessgebiet »Anforderungsentwicklung«.

Mehr zum Entwurf von Schnittstellen unter Verwendung von Kriterien steht im Prozessgebiet »Technische Umsetzung«.

Mehr zum Etablieren und Beibehalten der Integrität der Arbeitsergebnisse durch Konfigurationsidentifikation, Konfigurationslenkung, Berichterstattung über den Konfigurationsstatus und Konfigurationsaudits steht im Prozessgebiet »Konfigurationsmanagement«.

QUERVERWEIS

Schnittstellenbeschreibungen unterliegen normalerweise dem Konfigurationsmanagement (siehe GP 2.6), so dass Statusänderungen aufgezeichnet und kommuniziert werden (siehe SP 3.1 in CM).

Mehr zum Management von Änderungen an den Schnittstellenanforderungen steht in der spezifischen Praktik »Anforderungsänderungen verwalten« im Prozessgebiet »Anforderungsmanagement«.

Das Schnittstellenmanagement umfasst die Aufrechterhaltung der Schnittstellenkonsistenz über den gesamten Produktlebenszyklus hinweg, die Einhaltung von Architekturentscheidungen und -einschränkungen sowie die Behebung von Konflikten, Abweichungen und Änderungspunkten. Das Management der Schnittstellen zwischen Produkten, die von Lieferanten zugekauft werden, und anderen Produkten oder Produktbestandteilen ist von wesentlicher Bedeutung für den Erfolg des Projekts.

Mehr zum Management der Beschaffung von Produkten und Dienstleistungen von Lieferanten steht im Prozessgebiet »Zulieferungsmanagement«.

Neben den Schnittstellen zu den Produktbestandteilen sollten auch alle Schnittstellen zur Umgebung sowie zu anderen Umgebungen für die Verifizierung, die Validierung, den Betrieb und die Wartung erfasst werden.

Die Schnittstellenänderungen werden dokumentiert, gepflegt und sind leicht zugänglich.

Beispiele für Arbeitsergebnisse

TIPP

Diese Tabellen in den Beispielen für Arbeitsergebnisse werden als Teil der vorangegangenen spezifischen Praktik (SP 2.1) erstellt, spielen jedoch hier für das Schnittstellenmanagement eine Rolle.

1. Tabelle der Beziehungen zwischen den Produktbestandteilen und der externen Umgebung (z.B. Hauptstromversorgung, Produktbefestigung und Computerbussystem)
2. Tabelle der Beziehungen zwischen den verschiedenen Produktbestandteilen
3. Gegebenenfalls Liste der vereinbarten Schnittstellen, die für die einzelnen Paare von Produktkomponenten definiert wurden

4. Berichte von den Besprechungen der Arbeitsgruppe für die Schnittstellensteuerung
5. Aufgaben für die Aktualisierung von Schnittstellen
6. Anwendungsprogrammierschnittstelle (Application Program Interface, API)
7. Aktualisierte Schnittstellenbeschreibung oder -vereinbarung

Subpraktiken

1. Die Kompatibilität der Schnittstellen während des gesamten Produktlebenszyklus sicherstellen
2. Konflikte, Abweichungen und Änderungspunkte beheben
3. Eine Ablage für die Schnittstellendaten pflegen, die für die Projektteilnehmer zugänglich ist

   Eine allgemein zugängliche Ablage für Schnittstellendaten bietet einen Mechanismus, der sicherstellt, dass alle Beteiligten wissen, wo sich die aktuellen Schnittstellendaten befinden, und darauf zugreifen können, um sie zu verwenden.

TIPP

Bei einer API handelt es sich um die Schnittstelle, die von einem Computersystem, einer Bibliothek oder Anwendung bereitgestellt wird, um es anderen Computerprogrammen zu ermöglichen, Dienstleistungen anzufordern und/oder Daten auszutauschen.

SG 3 PRODUKTBESTANDTEILE ZUSAMMENBAUEN UND DAS PRODUKT AUSLIEFERN

Verifizierte Produktbestandteile werden zusammengebaut und das integrierte, verifizierte und validierte Produkt wird ausgeliefert.

Die Integration von Produktbestandteilen erfolgt nach der Strategie und den Verfahren der Produktintegration. Vor der Integration sollte die Übereinstimmung aller Produktbestandteile mit ihren Schnittstellenanforderungen bestätigt werden. Produktbestandteile werden zu größeren, komplexeren Produktbestandteilen zusammengebaut. Diese zusammengebauten Produktbestandteile werden auf ihr korrektes Zusammenwirken hin überprüft. Dieser Vorgang währt so lange, bis die Produktintegration abgeschlossen ist. Wenn während dieses Vorgangs Probleme festgestellt werden, sollten diese dokumentiert und Korrekturmaßnahmen eingeleitet werden.

Der rechtzeitige Erhalt der benötigten Produktbestandteile und die Einbeziehung der richtigen Mitarbeiter tragen zu einer erfolgreichen Integration der Produktbestandteile bei, aus denen sich das Produkt zusammensetzt.

TIPP

Obwohl der Schwerpunkt von SG 3 hauptsächlich auf PI liegt, werden dort Konzepte aus drei Prozessgebieten zusammengefasst: PI, VER und VAL.

QUERVERWEIS

Wenn Probleme vor, während oder nach einer Integrationsstufe festgestellt werden, wird ein Fehlerbericht geschrieben (siehe SG 2 in PMC).

SP 3.1 BEREITSCHAFT DER PRODUKTBESTANDTEILE ZUR INTEGRATION BESTÄTIGEN

Vor dem Zusammenbau bestätigen, dass jeder für das Produkt erforderliche Bestandteil korrekt identifiziert wurde, sich gemäß seiner Beschreibung verhält und dass die Schnittstellen der Produktbestandteile ihren Beschreibungen genügen.

TIPP

Die ersten drei spezifischen Praktiken von SG 3 integrieren die Produktbestandteile mit Hilfe der in SG 1 etablierten Integrationsstrategie, Verfahren und Kriterien stufenweise in der Integrationsumgebung, bis das Produkt vollständig zusammengebaut ist. Die letzte spezifische Praktik ist für die Produktverpackung, Lieferung und Installation verantwortlich.

Mehr zur Durchführung der Verifizierung steht im Prozessgebiet »Verifizierung«.

Diese spezifische Praktik soll sicherstellen, dass der ordnungsgemäß identifizierte Produktbestandteil, der seiner Beschreibung entspricht, tatsächlich nach der Strategie und den Verfahren der Produktintegration zusammengebaut werden kann. Die Produktbestandteile werden auf Anzahl, sichtbare Beschädigungen und die Übereinstimmung zwischen Produktbestandteil und Schnittstellenbeschreibungen überprüft.

Die Mitarbeiter, die die Produktintegration durchführen, sind letztlich für die Überprüfung verantwortlich, um sicherzustellen, dass alle Produktbestandteile vor dem Zusammenbau in Ordnung sind.

TIPP

Es mag so aussehen, als wären diese Praktiken für den Zusammenbau mechanischer oder elektronischer Produktbestandteile geschrieben worden, aber mit Ausnahme einiger Hinweise und Subpraktiken sind sie jedoch allgemein gültig, auch für Software.

Beispiele für Arbeitsergebnisse

1. Abnahmedokumente für die erhaltenen Produktbestandteile
2. Lieferscheine
3. Überprüfte Packlisten
4. Fehlerberichte
5. Ausnahmegenehmigungen

Subpraktiken

1. Den Status aller Produktbestandteile, sobald sie zur Integration zur Verfügung stehen, verfolgen
2. Sicherstellen, dass die Produktbestandteile nach der Strategie und den Verfahren der Produktintegration an die Produktintegrationsumgebung angeliefert werden
3. Den Empfang aller ordnungsgemäß identifizierten Produktbestandteile bestätigen
4. Sicherstellen, dass jeder erhaltene Produktbestandteil seiner Beschreibung entspricht
5. Den Konfigurationsstatus anhand der erwarteten Konfiguration überprüfen

6. Eine Vorprüfung aller physikalischen Schnittstellen durchführen (z.B. mit Hilfe einer Sichtprüfung und grundlegender Messungen), bevor die Produktbestandteile miteinander verbunden werden

SP 3.2 Produktbestandteile zusammenbauen

Produktbestandteile gemäß Produktintegrationsstrategie und -verfahren zusammenbauen

Die Zusammenbautätigkeiten dieser spezifischen Praktik und die Bewertungsaktivitäten der nächsten spezifischen Praktik erfolgen iterativ, und zwar von den ursprünglichen Produktbestandteilen über Zwischenbestandteile bis zum gesamten Produkt.

Beispiele für Arbeitsergebnisse

1. Zusammengebaute Produkte oder Produktbestandteile

Subpraktiken

1. Die Bereitschaft der Produktintegrationsumgebung sicherstellen
2. Die Integration nach der Strategie, den Verfahren und Kriterien der Produktintegration durchführen

   Zeichnen Sie alle geeigneten Informationen (z.B. Konfigurationsstatus, Seriennummern der Produktbestandteile, Typen und Kalibrierungsdatum der Messgeräte) auf.
3. Die Integrationsstrategie, das Integrationsverfahren und die Integrationskriterien bei Bedarf überarbeiten

SP 3.3 Zusammengebaute Produktbestandteile bewerten

Zusammengebaute Produktbestandteile auf Schnittstellenkompatibilität bewerten

Mehr zur Durchführung der Validierung steht im Prozessgebiet »Validierung«.

Mehr zur Durchführung der Verifizierung steht im Prozessgebiet »Verifizierung«.

Hinweis

Der Zusammenbau (SP 3.2) und die Bewertung (SP 3.3) erfolgen in jeder Integrationsstufe. Die zusammengebauten Produktbestandteile werden bewerten, bevor man zur nächsten Integrationsstufe übergeht.

Hinweis

Wenn die Integration nicht wie geplant erfolgt (z.B. wenn ein Produktbestandteil nicht integrationsbereit ist), muss man möglicherweise die Integrationsstrategie sowie die Verfahren, Kriterien und Pläne überarbeiten.

Tipp

Die Schnittstellenkompatibilität wird auch in SG 2 berücksichtigt. Hier in SP 3.3 liegt der Schwerpunkt auf der Bewertung der Schnittstellenkompatibilität eines Zusammenbaus. In dieser Praktik werden die von den in SP 1.3 etablierten Integrationsverfahren und Kriterien verlangten Bewertungen durchgeführt.

TIPP

Die Integration kann in mehreren Stufen oder in einer einzigen Stufe durchgeführt werden.

Diese Bewertung umfasst das Überprüfen und Testen zusammengebauter Produktbestandteile auf ihre Leistung, Eignung oder Bereitschaft unter Einsatz der Produktintegrationsverfahren, -kriterien und -umgebung. Dies wird nach Bedarf für die verschiedenen Stufen des Zusammenbaus der Produktbestandteile durchgeführt, so wie es durch die Strategie und die Verfahren der Produktintegration festgelegt wurde. Die Strategie und die Verfahren der Produktintegration können eine ausgefeiltere Integration und Bewertungsreihenfolge festlegen, als sie möglicherweise durch eine bloße Überprüfung der Produktarchitektur vorgesehen ist. Wenn sich beispielsweise ein Zusammenbau aus vier weniger komplexen Produktbestandteilen zusammensetzt, verlangt die Integrationsstrategie nicht unbedingt die gleichzeitige Integration und Bewertung der vier Einheiten in einem Durchgang. Vielmehr können die vier weniger komplexen Einheiten stufenweise nacheinander integriert werden und nach jedem Zusammenbau kann eine Bewertung erfolgen, bevor der komplexere Produktbestandteil entsteht, der mit der Spezifikation der Produktarchitektur übereinstimmt. Als Alternative könnte durch die Strategie und die Verfahren der Produktintegration festgelegt worden sein, dass es am besten ist, nur eine abschließende Bewertung durchzuführen.

TIPP

Bewertungen umfassen Tests der Schnittstellenkompatibilität und Tests für das Zusammenwirken der zusammengebauten Produktbestandteile. Sie können auch Tests unter Einbindung der Endanwender einschließen. Daher können die Bewertungen sowohl die Verifizierung als auch die Validierung einbeziehen.

Beispiele für Arbeitsergebnisse

1. Fehlerberichte
2. Aufzeichnungen der Schnittstellenbewertung
3. Zusammenfassende Produktintegrationsberichte

Subpraktiken

1. Bewertung der zusammengebauten Produktbestandteile anhand der Strategie, der Verfahren und Kriterien der Produktintegration durchführen
2. Die Bewertungsergebnisse dokumentieren

HINWEIS

Daran denken, alle Anpassungen, Änderungen und Abweichungen von etablierten Integrationsverfahren und -kriterien zu dokumentieren.

Beispiele für Ergebnisse umfassen:

- Alle eventuell erforderlichen Anpassungen der Integrationsverfahren oder -kriterien
- Alle eventuell erforderlichen Änderungen an der Produktkonfiguration (Ersatzteile, neue Versionen)
- Bewertungsverfahren oder Kriterienabweichungen

SP 3.4 PRODUKTE ODER PRODUKTBESTANDTEILE VERPACKEN UND AUSLIEFERN

Das zusammengebaute Produkt oder Produktbestandteil verpacken und an den Kunden ausliefern

Mehr zur Durchführung der Validierung steht im Prozessgebiet »Validierung«.

Mehr zur Durchführung der Verifizierung steht im Prozessgebiet »Verifizierung«.

Die Verpackungsanforderungen für einige Produkte können in deren Spezifikationen und den Verifizierungskriterien berücksichtigt werden. Diese Handhabung der Anforderungen ist besonders wichtig, wenn Artikel vom Kunden gelagert und transportiert werden. In solchen Fällen kann es eine Reihe von Umwelt- und Belastungsbedingungen geben, die für das Frachtstück festgelegt wurden. Unter anderen Umständen können folgende Faktoren an Bedeutung gewinnen:

- Wirtschaftlichkeit und Erleichterung des Transports (z.B. Verfrachtung im Container)
- Haftung (z.B. Schrumpffolienverpackung)
- Einfachheit und Sicherheit beim Auspacken (z.B. scharfe Kanten, Festigkeit der Bindeverfahren, Kindersicherung, Umweltfreundlichkeit des Verpackungsmaterials und Gewicht)

TIPP

Je nach Art des Produkts kann die Verpackung relativ einfach (z.B. die Verteilung von Software auf CDs) oder kompliziert sein (z.B. Verpackung und Transport großer Heizungs-, Lüftungs- und Klimaanlagen für Bürogebäude).

Die Anpassungen, die erforderlich sind, um die Produktbestandteile im Werk zusammenzubauen, können sich von denen unterschieden, die erforderlich sind, um die Produktbestandteile bei der Installation am Einsatzstandort zusammenzufügen. In diesem Fall sollte das Produktlogbuch für den Kunden verwendet werden, um solche spezifischen Einflussgrößen aufzuzeichnen.

Beispiele für Arbeitsergebnisse

1. Verpackte Produkte oder Produktbestandteile
2. Lieferdokumentation

Subpraktiken

1. Die Anforderungen, Design, Produkt, Verifizierungsergebnisse und Dokumentation überprüfen, um sicherzustellen, dass Punkte, die die Verpackung und Lieferung des Produkts betreffen, erkannt und gelöst werden

2. Effektive Methoden zur Verpackung und Auslieferung des zusammengebauten Produkts verwenden

> Beispiele für Methoden der Softwareverpackung und -lieferung umfassen:
> - Magnetband
> - Disketten
> - Dokumente auf Papier
> - CDs
> - Andere elektronische Verteilungswege wie das Internet

3. Geltende Anforderungen und Normen für die Verpackung und die Auslieferung des Produkts erfüllen

> Beispiele für Anforderungen und Normen umfassen auch solche für Sicherheit, Umwelt, Transportfähigkeit und Entsorgung.

> Beispiele für Anforderungen und Normen für die Verpackung und Lieferung von Software umfassen:
> - Art der Speicher- und Liefermedien
> - Verwaltung des Masters und der Sicherungskopien
> - Erforderliche Dokumentation
> - Urheberrecht
> - Lizenzbestimmungen
> - Sicherheit der Software

QUERVERWEIS

Die Arbeitsabläufe der Produktinstallation (SP 3.2 in TS) sollten beschreiben, wie ein Standort für die Produktinstallation vorzubereiten ist.

4. Den Betriebsstandort auf die Installation des Produkts vorbereiten

   Die Vorbereitung des Betriebsstandorts kann im Zuständigkeitsbereich des Kunden oder der Endanwender liegen.

5. Das Produkt und die zugehörige Dokumentation ausliefern und den Empfang bestätigen

6. Das Produkt am Betriebsstandort installieren und die ordnungsgemäße Funktion bestätigen

   Die Installation des Produkts kann in den Verantwortungsbereich des Kunden oder der Endanwender fallen. Unter gewissen Umständen bleibt nur wenig zu tun, um die ordnungsgemäße Funktion bestätigen zu können. In anderen Situationen erfolgt die Verifizierung des integrierten Produkts am Betriebsstandort.

Projektverfolgung und -steuerung (Project Monitoring and Control, PMC)

Ein Projektmanagementprozessgebiet des Reifegrads 2

Tipp

Im Modell CMMI for Services heißt dieses Prozessgebiet »Arbeitsüberwachung und -lenkung« (Work Monitoring and Control, WMC).

Zweck

Der Zweck von Projektverfolgung und -steuerung (PMC) ist, den Fortschritt des Projekts erkennbar zu machen, damit angemessene Korrekturmaßnahmen ergriffen werden können, wenn die Arbeitsleistung des Projekts erheblich vom Plan abweicht.

Tipp

PP enthält den Gesamtplan, PMC verfolgt die Aktivitäten im Vergleich zum Plan.

Einführende Hinweise

Der dokumentierte Plan eines Projekts bildet die Grundlage für die Verfolgung von Aktivitäten, die Kommunikation des Status und das Ergreifen von Korrekturmaßnahmen. Der Fortschritt wird in erster Linie durch den Vergleich der Attribute von Arbeitsergebnissen und Aufgaben, Aufwand, Kosten und Terminplan mit dem Plan an vorher festgelegten Meilensteinen oder Steuerungsebenen innerhalb des Terminplans für das Projekt oder des Projektstrukturplans (PSP) ermittelt. Eine angemessene Sichtbarkeit des Fortschritts ermöglicht rechtzeitige Korrekturen, wenn der Fortschritt signifikant vom Plan abweicht. Eine Abweichung gilt als signifikant, wenn sie – sofern sie nicht korrigiert wird – verhindert, dass das Projekt seine Ziele erreicht.

Der Begriff »Projektplan« bezeichnet im gesamten Verlauf dieses Prozessgebiets den Gesamtplan für die Steuerung des Projekts.

Tipp

Möglicherweise hat die Organisation zu Anfang eine reaktive Kultur. Wenn die Verfolgung und die Steuerung von Aktivitäten jedoch zur Routine geworden sind, fangen sie an, Probleme und Erfolge vorherzusehen.

Tipp

Wenn in den anderen Prozessgebieten Korrekturmaßnahmen benötigt werden, wird auf PMC verwiesen.

Weicht der tatsächliche Status signifikant von erwarteten Werten ab, werden nach Bedarf Korrekturmaßnahmen ergriffen. Sie können eine Umplanung erfordern, die möglicherweise die Überarbeitung des ursprünglichen Plans, die Etablierung neuer Vereinbarungen oder die Aufnahme zusätzlicher Abschwächungsmaßnahmen in den aktuellen Plan einschließen kann.

In Beziehung stehende Prozessgebiete

Mehr zum Bereitstellen von Messergebnissen steht im Prozessgebiet »Messung und Analyse«.

Mehr zum Etablieren und Aktuellhalten des Plans, der die Projektaktivitäten definiert, steht im Prozessgebiet »Projektplanung«.

Übersicht spezifischer Ziele und Praktiken

- SG 1 Das Projekt gegenüber dem Plan überwachen
  - SP 1.1 Projektplanungsparameter überwachen
  - SP 1.2 Zusagen überwachen
  - SP 1.3 Projektrisiken überwachen
  - SP 1.4 Datenmanagement überwachen
  - SP 1.5 Einbeziehung von Stakeholdern überwachen
  - SP 1.6 Fortschrittsprüfungen durchführen
  - SP 1.7 Meilensteinprüfungen durchführen
- SG 2 Korrekturmaßnahmen zum Abschluss führen
  - SP 2.1 Problematische Punkte analysieren
  - SP 2.2 Korrekturmaßnahmen ergreifen
  - SP 2.3 Korrekturmaßnahmen managen

Detaillierung spezifischer Ziele und Praktiken

SG 1 DAS PROJEKT GEGENÜBER DEM PLAN ÜBERWACHEN

Projektfortschritt und Arbeitsleistung werden gegenüber dem Projektplan überwacht.

QUERVERWEIS

Der Projektplan wurde in PP entwickelt.

SP 1.1 PROJEKTPLANUNGSPARAMETER ÜBERWACHEN

Tatsächliche Werte von Projektplanungsparametern gegenüber dem Projektplan überwachen

Die Einflussgrößen der Projektplanung bilden typische Indikatoren für Projektfortschritt und Arbeitsleistung und schließen

Attribute von Arbeitsergebnissen und Aufgaben, Kosten, Aufwand und Terminplan ein. Zu den Attributen von Arbeitsergebnissen und Aufgaben gehören Größe, Komplexität, Dienstleistungsgüte, Verfügbarkeit, Gewicht, Form, Passung und Funktion. Die Häufigkeit der Überwachung der Parameter sollte überlegt werden.

Die Überwachung umfasst üblicherweise die Messung der tatsächlichen Werte für die Einflussgrößen der Projektplanung, ihren Vergleich mit den Schätzungen im Plan und die Identifizierung signifikanter Abweichungen. Die Aufzeichnung der tatsächlichen Werte von Einflussgrößen der Projektplanung schließt die Aufzeichnung der zugehörigen Kontextinformationen ein, um die Kennzahlen zu verstehen. Eine Analyse der Auswirkung signifikanter Abweichungen auf die Festlegung der Korrekturmaßnahmen wird im spezifischen Ziel 2 und seinen spezifischen Praktiken in diesem Prozessgebiet vorgenommen.

TIPP

Tatsächliche Werte werden als »historische Daten« verwendet, um bei der Planung eine Grundlage für Schätzungen zu haben.

Beispiele für Arbeitsergebnisse

1. Aufzeichnungen des Projektfortschritts
2. Aufzeichnungen signifikanter Abweichungen
3. Kostenleistungsberichte

Subpraktiken

1. Den Fortschritt gegenüber dem Plan überwachen

TIPP

Die folgenden Subpraktiken spiegeln die spezifischen Praktiken in PP wider.

> Die Überwachung des Fortschritts umfasst üblicherweise Folgendes:
>
> - Regelmäßige Messung des tatsächlichen Abschlusses von Aktivitäten und des Erreichens von Meilensteinen
> - Vergleich des tatsächlichen Abschlusses von Aktivitäten und des Erreichens von Meilensteinen mit den Terminen im Projektplan
> - Identifizierung signifikanter Abweichungen von den Schätzungen der Termine im Projektplan

2. Kosten und geleisteten Aufwand für das Projekt überwachen

> Die Überwachung von Aufwand und Kosten schließt üblicherweise Folgendes ein:
> - Regelmäßige Messung des tatsächlichen Aufwands und der angefallenen Kosten sowie des zugewiesenen Personals
> - Vergleich der tatsächlichen Werte für Aufwand, Kosten, Personal und Aus- und Weiterbildung mit dem Budget und den Schätzungen aus dem Projektplan
> - Identifizierung signifikanter Abweichungen vom Budget und den Schätzungen im Projektplan

3. Attribute von Arbeitsergebnissen und Aufgaben überwachen

Mehr zum Entwickeln und Erhalten der Messfähigkeiten zur Unterstützung des Bedarfs an Managementinformationen steht im Prozessgebiet »Messung und Analyse«.

Mehr zum Etablieren von Schätzungen der Attribute von Arbeitsergebnissen und Aufgaben steht im Prozessgebiet »Projektplanung«.

> Die Überwachung der Attribute von Arbeitsergebnissen und Aufgaben umfasst üblicherweise Folgendes:
> - Regelmäßige Messung der tatsächlichen Attribute von Arbeitsergebnissen und Aufgaben, beispielsweise Größe, Komplexität oder Dienstleistungsgüte (sowie der Änderungen dieser Attribute)
> - Vergleich der tatsächlichen Attribute von Arbeitsergebnissen und Aufgaben (sowie der Änderungen dieser Attribute) mit den Schätzungen im Projektplan
> - Identifizierung signifikanter Abweichungen von den Schätzungen im Projektplan

4. Bereitgestellte und verwendete Ressourcen überwachen

Mehr zur Planung von Projektressourcen steht im Prozessgebiet »Projektplanung«.

Beispiele für Ressourcen sind:
- Physikalische Einrichtungen
- Computer, Peripheriegeräte und Software
- Netzwerke
- Schutzeinrichtungen
- Projektmitarbeiter
- Prozesse

5. Kenntnisse und Fähigkeiten der Projektmitarbeiter überwachen

   Mehr zur Planung der erforderlichen Kenntnisse und Fähigkeiten steht im Prozessgebiet »Projektplanung«.

Die Überwachung von Kenntnissen und Fähigkeiten der Projektmitarbeiter umfasst üblicherweise Folgendes:
- Regelmäßige Messung des Erwerbs von Kenntnissen und Fähigkeiten durch die Projektmitarbeiter
- Vergleich der tatsächlich erhaltenen Aus- und Weiterbildung mit der im Projektplan dokumentierten
- Identifizierung signifikanter Abweichungen von den Schätzungen im Projektplan

6. Signifikante Abweichungen in den Projektplanparametern dokumentieren

TIPP

Es gibt Umstände, die das angemessene Einhalten der Zusagen verhindern, insbesondere in unreifen Organisationen. Deshalb ist es erforderlich, Zusagen zu überwachen und Korrekturmaßnahmen zu ergreifen, wenn sie sich ändern.

SP 1.2 Zusagen überwachen

Zusagen gegenüber den im Projektplan festgelegten Zusagen überwachen

Beispiele für Arbeitsergebnisse

1. Aufzeichnungen von Zusagenüberprüfungen

Subpraktiken

1. Zusagen regelmäßig überprüfen (sowohl extern als auch intern)
2. Zusagen identifizieren, die nicht eingehalten wurden oder bei deren Nichteinhaltung ein erhebliches Risiko besteht
3. Die Ergebnisse von Zusagenüberprüfungen dokumentieren

SP 1.3 PROJEKTRISIKEN ÜBERWACHEN

Risiken gegenüber den im Projektplan identifizierten Risiken überwachen

TIPP

SP 1.3 prüft den Status der Risiken, die in PP identifiziert wurden. Diese Praktik ist reaktiv und umfasst nur minimale Risikomanagementaktivitäten. Ein umfassenderer und vorausschauenderer Umgang mit Projektrisiken ist in RSKM zu finden.

Mehr zur Erkennung von Projektrisiken steht im Prozessgebiet »Projektplanung«.

Mehr zur Erkennung von potenziellen Problemen, bevor sie auftreten, damit Maßnahmen zur Risikohandhabung nach Bedarf während des Produkt- oder Projektlebenszyklus geplant und eingeleitet werden können und damit negative Auswirkungen auf das Erreichen der Ziele vermindert werden, steht ihm Prozessgebiet »Risikomanagement«.

Beispiele für Arbeitsergebnisse

1. Aufzeichnungen der Projektrisikoüberwachung

Subpraktiken

1. Die Dokumentation von Risiken im Kontext des aktuellen Projektstatus und der aktuellen Umstände regelmäßig überprüfen
2. Die Dokumentation von Risiken überarbeiten, sobald zusätzliche Informationen verfügbar werden

   Während Projekte Fortschritte machen (vor allem langfristige Projekte oder Daueraufgaben), treten neue Risiken auf. Es ist wichtig, diese neuen Risiken zu identifizieren und zu analysieren. Beispielsweise können verwendete Softwareprogramme, Geräte und Werkzeuge veralten und wichtige Mitarbeiter nach und nach ihre Fähigkeiten in Bereichen verlieren, die von besonderer langfristiger Wichtigkeit für das Projekt und die Organisation sind.

3. Den relevanten Stakeholdern den Risikostatus mitteilen

> Beispiele für einen Risikostatus sind:
> - Eine Änderung in der Wahrscheinlichkeit, dass das Risiko auftritt
> - Eine Änderung in der Risikopriorität

SP 1.4 DATENMANAGEMENT ÜBERWACHEN

Management von Projektdaten gegenüber dem Projektplan überwachen

Mehr zur Identifizierung der zu verwaltenden Datentypen und zur Planung ihrer Verwaltung steht in der spezifischen Praktik »Datenmanagement planen« im Prozessgebiet »Projektplanung«.

Die Aktivitäten des Datenmanagements sollten überwacht werden, um sicherzustellen, dass die Anforderungen des Datenmanagements erfüllt werden. Je nach den Ergebnissen der Überwachung oder der Änderung in den Projektanforderungen, der -situation oder des -status kann es notwendig sein, die Aktivitäten des Datenmanagements im Projekt neu zu planen.

Beispiele für Arbeitsergebnisse

1. Aufzeichnungen des Datenmanagements

Subpraktiken

1. Aktivitäten des Datenmanagements regelmäßig gegenüber der Beschreibung im Projektplan überprüfen
2. Signifikante Probleme und ihre Auswirkungen identifizieren und dokumentieren

> Ein signifikantes Problem liegt beispielsweise vor, wenn Stakeholder keinen Zugriff auf Projektdaten haben, die sie benötigen, um ihre Rolle als relevante Stakeholder auszuüben.

3. Die Ergebnisse der Überprüfungen der Aktivitäten des Datenmanagements dokumentieren

SP 1.5 EINBEZIEHUNG VON STAKEHOLDERN ÜBERWACHEN

Einbeziehung von Stakeholdern gegenüber dem Projektplan überwachen

Mehr zur Identifizierung relevanter Stakeholder und zur Planung der angemessenen Einbeziehung steht in der spezifischen Praktik »Einbeziehung von Stakeholdern planen« im Prozessgebiet »Projektplanung«.

TIPP

In manchen Plänen können spezifische Stakeholder identifiziert werden, während andere Stakeholder durch ihre Rolle z.B. als Vertreter der Qualitätssicherung identifiziert werden.

Die Einbeziehung der Stakeholder sollte überwacht werden, um sicherzustellen, dass geeignete Interaktionen auftreten. Je nach den Ergebnissen der Überwachung oder von Änderungen in den Projektanforderungen, der -situation oder des -status kann es notwendig sein, die Einbeziehung von Stakeholdern neu zu planen.

> In agilen Umgebungen kann die ununterbrochene Einbeziehung von Kunden und potenziellen Endanwendern in die Projekttätigkeiten zur Produktentwicklung entscheidend für den Erfolg des Projekts sein. Daher sollte die Kunden- und Endanwendereinbeziehung in Projektaktivitäten überwacht werden (siehe »Interpretation von CMMI bei der Verwendung agiler Vorgehensweisen« in Teil I).

Beispiele für Arbeitsergebnisse

1. Aufzeichnungen zur Einbeziehung von Stakeholdern

Subpraktiken

1. Den Status der Einbeziehung von Stakeholdern regelmäßig überprüfen
2. Signifikante Probleme und ihre Auswirkungen identifizieren und dokumentieren
3. Die Ergebnisse der Überprüfung des Status der Einbeziehung von Stakeholdern dokumentieren

SP 1.6 FORTSCHRITTSPRÜFUNGEN DURCHFÜHREN

Fortschritt, Arbeitsleistung und Probleme des Projekts regelmäßig überprüfen

Ein »Projektfortschritt« ist der Status des Projekts, der zu einem bestimmten Zeitpunkt betrachtet wird, wenn die bis dahin durchgeführten Projekttätigkeiten und ihre Ergebnisse und Einflüsse mit relevanten Stakeholdern (vor allem mit Repräsentanten des Projekts und mit dem Projektmanagement) geprüft werden, um zu ermitteln, ob es signifikante Probleme oder Leistungsmängel gibt, die behoben werden müssen.

Fortschrittsbewertungen sind Projektbewertungen, um relevante Stakeholder auf dem neuesten Stand zu halten. Diese Projektprüfungen können informell sein und sind möglicherweise im Projektplan nicht explizit vorgesehen.

TIPP
Fortschrittsbewertungen finden regelmäßig statt (beispielsweise wöchentlich, monatlich oder quartalsweise).

Beispiele für Arbeitsergebnisse

1. Dokumentierte Ergebnisse von Projektprüfungen

Subpraktiken

1. Den relevanten Stakeholdern regelmäßig den Status zugewiesener Aktivitäten und Arbeitsergebnisse übermitteln

   Manager, Mitarbeiter, Kunden, Endanwender, Zulieferer und andere relevante Stakeholder werden nach Bedarf in die Überprüfungen einbezogen.

2. Die Ergebnisse der Erhebung und Analyse von Kennzahlen zur Steuerung des Projekts überprüfen

   Zu den überprüften Kennzahlen können auch Kennzahlen zur Kundenzufriedenheit gehören.

   Mehr zum Ausrichten von Mess- und Analyseaktivitäten und dem Bereitstellen von Messergebnissen steht im Prozessgebiet »Messung und Analyse«.

3. Signifikante Probleme und Abweichungen vom Plan identifizieren und dokumentieren
4. Änderungsanträge und identifizierte Probleme in Arbeitsergebnissen oder Prozessen dokumentieren

   Mehr zur Verfolgung und Lenkung von Änderungen steht im Prozessgebiet »Konfigurationsmanagement«.

5. Die Ergebnisse von Prüfungen dokumentieren
6. Änderungsanträge und Problemberichte bis zum Abschluss verfolgen

SP 1.7 *MEILENSTEINPRÜFUNGEN DURCHFÜHREN*

Bisherige Umsetzung und Ergebnisse des Projekts an ausgewählten Projektmeilensteinen überprüfen

TIPP

Meilensteine sind wichtige Ereignisse innerhalb eines Projekts. Wenn nach einem Projektphasenmodell vorgegangen wird, können die Meilensteine vorbestimmt sein.

Mehr zur Identifizierung wichtiger Meilensteine steht in der spezifischen Praktik »Budget und Terminplan etablieren« des Prozessgebiets »Projektplanung«.

Meilensteine sind vorausgeplante Ereignisse oder Zeitpunkte, an denen eine gründliche Bewertung des Status durchgeführt wird, um zu erkennen, wie gut die Anforderungen von Stakeholdern erfüllt werden. (Falls das Projekt einen Entwicklungsmeilenstein umfasst, wird die Prüfung durchgeführt, um sicherzustellen, dass die mit diesem Meilenstein verknüpften Voraussetzungen und Anforderungen erfüllt sind.) Meilensteine können mit dem gesamten Projekt oder mit bestimmten Arten oder Vorkommen von Dienstleistungen verknüpft werden. Sie können daher ereignis- oder kalenderorientiert sein.

Meilensteinprüfungen werden im Verlauf der Projektplanung geplant und sind üblicherweise formale Prüfungen.

Fortschritts- und Meilensteinprüfungen müssen nicht getrennt abgehalten werden. Eine einzelne Prüfung kann den Zweck beider Überprüfungen erfüllen. Beispielsweise können in einer einzigen vorausgeplanten Prüfung der Fortschritt, die Probleme und die Leistung bis zu einem geplanten Zeitpunkt (oder Meilenstein) anhand der Erwartungen des Plans begutachtet werden.

Je nach Projekt können »Projektstart« und »Projektabschluss« Phasen sein, die von Meilensteinprüfungen abgedeckt werden.

Beispiele für Arbeitsergebnisse

1. Dokumentierte Ergebnisse von Meilensteinprüfungen

Subpraktiken

1. An wesentlichen Stellen im Projektterminplan Meilensteinprüfungen mit relevanten Stakeholdern durchführen, beispielsweise beim Abschluss ausgewählter Phasen

   Manager, Mitarbeiter, Kunden, Endanwender, Zulieferer und andere relevante Stakeholder werden nach Bedarf in die Meilensteinprüfungen einbezogen.

2. Projektzusagen, -plan, -status und -risiken überprüfen
3. Signifikante Probleme und ihre Auswirkungen identifizieren und dokumentieren
4. Die Ergebnisse der Prüfung, Aktionspunkte und Entscheidungen dokumentieren
5. Korrekturmaßnahmen bis zum Abschluss verfolgen

SG 2 KORREKTURMAßNAHMEN ZUM ABSCHLUSS FÜHREN

Korrekturmaßnahmen werden zum Abschluss geführt, wenn Arbeitsleistung oder Ergebnisse von Projekten signifikant vom Plan abweichen.

HINWEIS

Es ist entscheidend, Korrekturmaßnahmen zum Abschluss zu führen. Es reicht nicht, die Aktionspunkte zu ermitteln, sondern man muss sich überzeugen, dass sie abgeschlossen wurden.

SP 2.1 PROBLEMATISCHE PUNKTE ANALYSIEREN

Problematische Punkte erfassen und analysieren und die Korrekturmaßnahmen bestimmen, um sie anzugehen

Beispiele für Arbeitsergebnisse

1. Liste der Punkte, die Korrekturmaßnahmen erfordern

Subpraktiken

1. Problematische Punkte für die Analyse zusammenstellen

Beispiele für zu sammelnde problematische Punkte umfassen:
- Probleme, die bei der Durchführung von technischen Prüfungen, Verifizierung und Validierung entdeckt werden
- Signifikante Abweichungen von Einflussgrößen für die Projektplanung von den Schätzungen im Projektplan
- Zusagen (intern oder extern), die nicht eingehalten wurden
- Signifikante Änderungen im Risikostatus
- Probleme beim Zugriff auf Daten, bei der Sammlung, der Vertraulichkeit oder dem Schutz von Daten
- Probleme bei der Mitwirkung oder Einbeziehung von Stakeholdern
- Annahmen über Produkte, Werkzeuge oder den Übergang in Umgebungen (oder anderen Zusagen von Kunden oder Lieferanten), die nicht erfüllt wurden

2. Problematische Punkte analysieren, um die Notwendigkeit von Korrekturmaßnahmen zu bestimmen

   Mehr zu Kriterien für Korrekturmaßnahmen steht in der spezifischen Praktik »Budget und Terminplan etablieren« des Prozessgebiets »Projektplanung«.

   Korrekturmaßnahmen sind erforderlich, wenn der unbearbeitete problematische Punkt verhindern kann, dass das Projekt seine Ziele erreicht.

SP 2.2 KORREKTURMASSNAHMEN ERGREIFEN

Korrekturmaßnahmen gegen identifizierte problematische Punkte ergreifen

TIPP

Manchmal kann die Korrekturmaßnahme darin bestehen, die Situation zu überwachen. Eine Korrekturmaßnahme führt nicht immer zu einer vollständigen Lösung des Problems.

Beispiele für Arbeitsergebnisse

1. Pläne für Korrekturmaßnahmen

Subpraktiken

1. Die angemessenen Aktionen festlegen und dokumentieren, die zum Bearbeiten identifizierter problematischer Punkte erforderlich sind

   Mehr zur Erstellung eines Projektplans steht im Prozessgebiet »Projektplanung«.

   Beispiele für mögliche Aktionen umfassen:
   - Änderung der Leistungsbeschreibung
   - Änderung der Anforderungen
   - Überarbeitung der Schätzungen und Pläne
   - Neuaushandlung von Zusagen
   - Ergänzung von Ressourcen
   - Verändern von Prozessen
   - Neubewertung von Projektrisiken

2. Die zu ergreifenden Maßnahmen mit relevanten Stakeholdern überprüfen und deren Zustimmung einholen
3. Änderungen an internen und externen Zusagen verhandeln

SP 2.3 *KORREKTURMASSNAHMEN MANAGEN*

Korrekturmaßnahmen zum Abschluss führen

Beispiele für Arbeitsergebnisse

1. Ergebnisse von Korrekturmaßnahmen

Subpraktiken

1. Korrekturmaßnahmen bis zu ihrem Abschluss überwachen
2. Ergebnisse der Korrekturmaßnahmen analysieren, um ihre Wirksamkeit zu ermitteln
3. Geeignete Aktionen zur Korrektur von Abweichungen von den geplanten Ergebnissen der Korrekturmaßnahmen festlegen und dokumentieren

   Lessons Learned aus den Korrekturmaßnahmen können als Eingaben für Planungs- und Risikomanagementprozesse dienen.

Projektplanung (Project Planning, PP)

Ein Projektmanagementprozessgebiet des Reifegrads 2

Zweck

Der Zweck der Projektplanung (PP) ist, einen Plan zu etablieren und aktuell zu halten, der die Projektaktivitäten definiert.

Einführende Hinweise

Einer der Schlüssel für das effektive Management eines Projekts ist die Projektplanung. Das Prozessgebiet »Projektplanung« umfasst folgende Tätigkeiten:

- Entwicklung des Projektplans
- Angemessene Zusammenarbeit mit Stakeholdern
- Einholen von Zusagen zum Plan
- Pflege des Plans

Die Planung schließt die Schätzung der Attribute der Arbeitsergebnissen und Aufgaben, die Ermittlung der erforderlichen Ressourcen, die Aushandlung von Zusagen, die Erstellung eines Terminplans sowie die Identifizierung und Analyse von Projektrisiken ein. Möglicherweise müssen diese Aktivitäten wiederholt durchlaufen werden, um den Projektplan schrittweise zu entwickeln. Der Projektplan bildet die Basis für die Durchführung und Steuerung der Projektaktivitäten, die Zusagen gegenüber dem Kunden abbilden. (Die Definition von »Projekt« finden Sie im Glossar.)

Der Plan wird üblicherweise mit dem Fortschreiten des Projekts überarbeitet, um Änderungen in Anforderungen und Zusagen, fehlerhafte Schätzungen, Korrekturmaßnahmen und Ablaufänderungen einzubeziehen. In diesem Prozessgebiet sind spezifische Praktiken enthalten, die sowohl die Planung als auch die Umplanung beschreiben.

Tipp

Im Modell CMMI for Services heißt dieses Prozessgebiet »Arbeitsplanung« (Work Planning, WP).

Tipp

Bei der Planung werden die zu erfüllenden Anforderungen, die durchzuführenden Aufgaben und die benötigten Ressourcen und Koordinationstätigkeiten festgelegt. Diese Informationen bilden die Grundlage, um die erforderlichen Ressourcen und Zusagen zu gewinnen.

Tipp

Der Plan ist ein Zeichen dafür, dass die Arbeit durchdacht wurde und die Ressourcenanforderungen glaubwürdig sind. Wenn man das Management um Zusagen für Ressourcen bittet, will man wissen, dass sich die Investition lohnt. Ein Projektplan ist hilfreich, um das Management zu überzeugen.

Tipp

Projektplanung ist nicht nur für umfangreiche Projekte gedacht. Die Forschung mit dem Personal Software Process (PSP) hat gezeigt, dass die Gesamtqualität und -produktivität von Einzelpersonen auch bei Aufgaben von einigen wenigen Stunden steigt, wenn sie einen Teil der Zeit für Planung aufwenden.

QUERVERWEIS

PMC befasst sich mit der Verfolgung der Projektaktivitäten des Plans.

Der Begriff »Projektplan« bezeichnet im gesamten Prozessgebiet den Gesamtplan für die Steuerung des Projekts. Der Projektplan kann als eigenständiges Dokument vorliegen, aber auch auf mehrere Dokumente verteilt sein. In jedem Fall sollte er ein zusammenhängendes Bild davon enthalten, wer welche Tätigkeit ausführt. Ebenso können auch die Überwachung und die Steuerung zentralisiert oder verteilt sein, sofern auf Projektebene ein zusammenhängendes Bild des Projektstatus aufrechterhalten werden kann.

HINWEIS

Um Planänderungen zu begrenzen, sollte man bereits früh im Projektverlauf festlegen, wann und welche Änderungen akzeptiert werden.

Für Produktlinien gibt es mehrere Gruppen von Aktivitäten, die von den Praktiken in diesem Prozessgebiet profitieren können. Zu diesen Aktivitäten gehören das Erstellen und Pflegen der Kern-Assets, die Zusammensetzung der zu erstellenden Produkte mit Hilfe der Kern-Assets und die Umsetzung des Gesamtaufwands für die Produktlinie, um die miteinander verknüpften Gruppen in ihren Tätigkeiten zu unterstützen und zu koordinieren.

HINWEIS

Sowohl die Organisation als auch das Projekt sollten Auslöser für eine Umplanung definieren.

In agilen Umgebungen gehören zur inkrementellen Entwicklung eine weit häufigere Planung, Überwachung, Steuerung und Neuplanung als in herkömmlichen Entwicklungsumgebungen. Gewöhnlich wird zwar ein Übersichtsplan über das gesamte Projekt oder die zu erledigende Arbeit erstellt, doch die Teams führen die Schätzung, die Planung und die jeweilige Arbeit nacheinander in Inkrementen oder Iterationen durch. Teams machen normalerweise keine Vorschau über das hinaus, was über das Projekt oder die Iteration bekannt ist. Eine Ausnahme besteht in der Vorhersage von Risiken, wichtigen Ereignissen und umfangreichen Einflüssen und Einschränkungen. Schätzungen spiegeln die iterations- und teamspezifischen Faktoren wider, die sich auf die Zeit, den Aufwand, die Ressourcen und die Risiken zur Fertigstellung der Iteration auswirken. Teams führen die Planung, die Überwachung und die Anpassung von Plänen während jeder Iteration so häufig wie nötig durch (z.B. täglich). Zusagen zu Plänen werden bei der Zuweisung von Aufgaben gemacht und während der Iterationsplanung akzeptiert. User Stories werden ausgearbeitet oder geschätzt und Iterationen werden mit Aufgaben aus dem Arbeits-Backlog versehen (siehe »Interpretation von CMMI bei der Verwendung agiler Vorgehensweisen« in Teil I).

In Beziehung stehende Prozessgebiete

Mehr zur Ermittlung, Analyse und Etablierung von Kundenanforderungen sowie von Anforderungen an Produkte und Produktbestandteile steht im Prozessgebiet »Anforderungsentwicklung«.

Mehr zum Entwurf, zur Entwicklung und zur Umsetzung von Lösungen für Anforderungen steht im Prozessgebiet »Technische Umsetzung«.

Mehr zur Festlegung von Kennzahlen steht im Prozessgebiet »Messung und Analyse«.

Mehr zur Verwaltung von Anforderungen steht im Prozessgebiet »Anforderungsmanagement«.

Mehr zur Erkennung, Analyse und Abschwächung von Risiken steht im Prozessgebiet »Risikomanagement«.

Übersicht spezifischer Ziele und Praktiken

SG 1 Schätzungen etablieren
- SP 1.1 Umfang des Projekts abschätzen
- SP 1.2 Schätzungen der Attribute von Arbeitsergebnissen und Aufgaben etablieren
- SP 1.3 Projektphasen definieren
- SP 1.4 Aufwand und Kosten schätzen

SG 2 Projektpläne erstellen
- SP 2.1 Budget und Terminplan etablieren
- SP 2.2 Projektrisiken erkennen
- SP 2.3 Datenmanagement planen
- SP 2.4 Projektressourcen planen
- SP 2.5 Erforderliche Kenntnisse und Fähigkeiten planen
- SP 2.6 Einbeziehung von Stakeholdern planen
- SP 2.7 Projektpläne etablieren

SG 3 Zusagen zu Plänen einholen
- SP 3.1 Pläne mit Einfluss auf das Projekt überprüfen
- SP 3.2 Aufgaben und verfügbare Ressourcen abgleichen
- SP 3.3 Zusagen zu Plänen einholen

Querverweis

SG1 konzentriert sich auf die Bereitstellung von Projektplanungsparametern. Tatsächliche Werte werden in PMC SP 1.1 verfolgt.

TIPP

Projektplanungsparameter stellen einen Schlüssel zur Erledigung des Projekts dar. Diese Parameter sind in erster Linie Größe, Aufwand und Kosten.

TIPP

Die Grundlage für Schätzungen kann historische Daten, das Urteil erfahrener Schätzer und andere Faktoren einschließen.

HINWEIS

Nutzen Sie diese Grundlage als Hilfe bei der Rechtfertigung gegenüber dem Management, warum man Ressourcen benötigt und warum die Aufwands- und Terminplanschätzungen angemessen sind.

HINWEIS

Um Schätzungen zu entwickeln, zerlegt man das Projekt in kleinere Arbeitseinheiten (das ist der PSP), schätzt die von den einzelnen Einheiten benötigten Ressourcen und fasst sie zusammen. So kommt man zu präziseren Schätzungen.

TIPP

Häufig sind das Zusammenwirken von Planung, Anforderungsdefinition und Entwurf sowie wiederholte Durchläufe erforderlich. Ein Projekt kann aus jedem Durchlauf lernen und dieses Wissen verwenden, um den Plan, die Anforderungen und den Entwurf für den nächsten Durchlauf zu aktualisieren.

Detaillierung spezifischer Ziele und Praktiken

SG 1 SCHÄTZUNGEN ETABLIEREN

Schätzungen von Projektplanungsparametern werden etabliert und beibehalten.

Projektplanungsparameter umfassen alle Informationen, die das Projekt benötigt, um die notwendige Planung, Organisation, Personalzuweisung, Leitung, Koordination, Berichterstattung und Budgetierung durchzuführen.

Die Schätzungen der Planparameter sollten auf einer soliden Grundlage erfolgen, um das Vertrauen herzustellen, dass darauf beruhende Pläne die Projektziele unterstützen.

Zu den Faktoren, die beim Schätzen dieser Parameter zu berücksichtigen sind, gehören Projektanforderungen einschließlich Produktanforderungen, Anforderungen von Seiten der Organisation, Kundenanforderungen und weitere Anforderungen, die Einfluss auf das Projekt haben.

Eine Dokumentation der Annahmen und Schätzgrundlagen ist für die Überprüfung durch die Stakeholder und ihre Zusagen zum Plan sowie für seine Pflege im weiteren Verlauf des Projekts erforderlich.

SP 1.1 UMFANG DES PROJEKTS ABSCHÄTZEN

Einen Projektstrukturplan (PSP) auf oberster Ebene erstellen, um den Umfang des Projekts zu schätzen

Der PSP entwickelt sich mit dem Projekt weiter. Ein oberster PSP kann dazu dienen, erste Schätzungen zu strukturieren. Die Entwicklung eines PSP unterteilt das Gesamtprojekt in eine Gruppe verknüpfter, handhabbarer Bestandteile.

Üblicherweise handelt es sich um eine am Produkt, am Arbeitsergebnis oder an Aufgaben orientierte Struktur, die ein System zur Identifizierung und Anordnung der zu erledigenden logischen Arbeitseinheiten – sogenannten »Arbeitspaketen« – bereitstellt. Der PSP stellt eine Referenz- und Organisationsstruktur für die Zuweisung von Aufwand, Terminplan und Zuständigkeit dar und wird als zugrunde liegendes Gerüst zum Planen, Organisieren und Steuern der im Rahmen des Projekts zu erledigenden Arbeit verwendet.

Manche Projekte verwenden für den einem Vertrag zugrunde liegenden Teil des PSP (möglicherweise den ganzen

PSP) den Begriff »Vertrags-PSP«. Nicht alle Projekte haben einen Vertrags-PSP (intern finanzierte Entwicklungen üblicherweise nicht).

Beispiele für Arbeitsergebnisse

1. Aufgabenbeschreibungen
2. Beschreibung der Arbeitspakete
3. Projektstrukturplan

Subpraktiken

1. Einen PSP entwickeln

   Der PSP stellt eine Struktur zur Organisation der Arbeiten im Projekt bereit. Der PSP sollte die Identifizierung folgender Punkte unterstützen:

   - Risiken und Tätigkeiten zu ihrer Abschwächung oder Vermeidung
   - Aufgaben für zu liefernde Ergebnisse und unterstützende Aktivitäten
   - Aufgaben zum Erwerb von Kenntnissen, Fähigkeiten und Fertigkeiten
   - Aufgaben zur Erstellung erforderlicher Unterstützungspläne, beispielsweise Pläne für Konfigurationsmanagement, Qualitätssicherung und Verifizierung
   - Aufgaben zur Integration und Umsetzung nicht entwicklungsbezogener Dinge

2. Die Arbeitspakete ausreichend detailliert definieren, so dass Schätzungen für Projektaufgaben, Zuständigkeiten und Terminplan spezifiziert werden können

   Der oberste PSP ist dazu gedacht, den Aufwand für die Projektarbeit für Aufgaben, organisationsweite Rollen und Zuständigkeiten zu schätzen. Das Ausmaß der Detaillierung des PSP auf dieser Ebene hilft beim Erstellen realistischer Zeitpläne und reduziert dadurch die Notwendigkeit von Managementreserven.

3. Produkte und Produktbestandteile identifizieren, die extern beschafft werden müssen

   Mehr zum Management der Beschaffung von Produkten und Dienstleistungen von Lieferanten steht im Prozessgebiet »Zulieferungsmanagement«.

4. Wiederverwendbare Arbeitsergebnisse identifizieren

TIPP

Der Projektstrukturplan (PSP) stellt die Grundlage für viele durchführungsbezogene Aufgaben dar (nicht nur für die Schätzung). Der Produktstrukturplan kann Bestandteil des PSP sein und definiert die Struktur von Produkten und Produktbestandteilen, die für ein bestimmtes Projekt entwickelt werden. Der PSP definiert die Aktivitäten, die erforderlich sind, um ein Ziel zu erreichen, während der Produktstrukturplan die gewünschten Ergebnisse (Produkte) bestimmt, die zum Erreichen des Ziels benötigt werden.

TIPP

Das Maß an Detaillierung hängt häufig vom Niveau und der Vollständigkeit der Anforderungen ab. Oft entwickeln sich die Arbeitspakete und Schätzungen mit der Konkretisierung der Anforderungen weiter.

HINWEIS

Die Etablierung einer Managementreserve entsprechend der Gesamtungewissheit erwägen, die die effiziente Zuweisung von Ressourcen ermöglicht, um die Ungewissheit der Schätzungen auszugleichen.

QUERVERWEIS

Wiederverwendung wird auch in TS behandelt.

HINWEIS

Lernen Sie, die für bestimmte Aufgaben erforderlichen Ressourcen durch die Verknüpfung von Größenkennzahlen mit den einzelnen Arten von Arbeitsergebnissen und den historischen Daten zu quantifizieren. Durch Sammeln historischer Daten aus Projekten kann man erfahren, wie sich gemessene Größenwerte zu den von den Aufgaben verbrauchten Ressourcen verhalten. Dieses Wissen kann man anschließend bei der Planung des nächsten Projekts verwenden.

QUERVERWEIS

Mehr zur Schätzung in Richard D. Stutzke, »Estimating Software-Intensive Systems: Projects, Products, and Processes«, SEI Series in Software Engineering, 2005.

TIPP

Diese Liste der Beispiele ist absichtlich ausführlich gehalten. Nur sehr selten werden in einem Plan alle diese Attribute behandelt.

SP 1.2 Schätzungen der Attribute von Arbeitsergebnissen und Aufgaben etablieren

Schätzungen der Attribute von Arbeitsergebnissen und Aufgaben etablieren und beibehalten

Für viele Modelle zur Schätzung von Aufwand, Kosten und Zeit bildet der Umfang des Projekts die wesentliche Basis. Modelle können sich auch auf andere Attribute wie Dienstleistungsgüte, Schnittstellen, Komplexität, Verfügbarkeit und Struktur stützen.

Beispiele für zu schätzende Attribute umfassen:

- Anzahl und Komplexität von Anforderungen
- Anzahl und Komplexität von Schnittstellen
- Menge der Daten
- Anzahl der Funktionen
- Funktionspunkte (Function Points)
- Quellcodezeilen
- Anzahl der Klassen und Objekte
- Teamgeschwindigkeit und -komplexität
- Anzahl der Seiten
- Anzahl der Ein- und Ausgaben
- Anzahl der technischen Risiken
- Anzahl der Datenbanktabellen
- Anzahl der Felder in Datenbanktabellen
- Architekturelemente
- Erfahrung der Projektteilnehmer
- Menge des wiederverwendeten im Vergleich zum neu erstellten Code
- Anzahl der logischen Gatter für integrierte Schaltungen
- Anzahl der Teile (beispielsweise Platinen, Komponenten und mechanische Teile)
- Physikalische Rahmenbedingungen (beispielsweise Gewicht und Volumen)
- Geografische Verteilung der Projektmitglieder
- Nähe von Kunden, Endanwendern und Lieferanten
- Wie umgänglich oder schwierig der Kunde ist
- Qualität und »Sauberkeit« des vorhandenen Codes

Die Schätzungen sollten mit den Projektanforderungen konsistent sein, um Projektaufwand, -kosten und -terminplan zu ermitteln. Jedem Größenattribut sollte ein relativer Schwierigkeits- oder Komplexitätsgrad zugewiesen werden.

Hinweis

Erwägen Sie, Vorgaben dafür bereitzustellen, wie die Schwierigkeit oder Komplexität einer Aufgabe zu messen ist, um die Schätzgenauigkeit zu verbessern, insbesondere, wenn keine Umfangskenngrößen zur Verfügung stehen.

Beispiele für Arbeitsergebnisse

1. Größe und Komplexität von Aufgaben und Arbeitsergebnissen
2. Schätzmodelle
3. Attributschätzungen
4. Technischer Ansatz

Subpraktiken

1. Den technischen Ansatz für das Projekt ermitteln

   Der technische Ansatz definiert eine oberste Strategie für die Entwicklung des Produkts. Er umfasst Entscheidungen über Architekturmerkmale, beispielsweise verteilt oder Client/Server, Verwendung aktueller oder herkömmlicher Technologien, beispielsweise Robotik, Verbundwerkstoffe oder künstliche Intelligenz, sowie die im Endprodukt erwarteten Funktionen und Qualitätsmerkmale, beispielsweise Sicherheit, Datenschutz und Ergonomie.

2. Geeignete Methoden zur Ermittlung der Attribute von Arbeitsergebnissen und Aufgaben für die Schätzung von Ressourcenanforderungen verwenden

   Die Methoden zur Ermittlung von Größe und Komplexität sollten auf anerkannten Modellen oder historischen Daten beruhen.

   Die Methoden zur Ermittlung von Attributen entwickeln sich mit wachsendem Verständnis der Beziehung zwischen Produktmerkmalen und Attributen weiter.

Querverweis

Reife Organisationen pflegen historische Daten, die zur Etablierung sinnvoller Schätzungen für Projekte beitragen (siehe SP 1.4, MA und IPM SP 1.2).

3. Attribute von Arbeitsergebnissen und Aufgaben schätzen

> Beispiele für Arbeitsergebnisse, für die Größenschätzungen erstellt werden, umfassen:
>
> - Auszuliefernde und nicht auszuliefernde Arbeitsergebnisse
> - Dokumente und Dateien
> - Hard-, Firm- und Software für Betrieb und Unterstützung

SP 1.3 PROJEKTPHASEN DEFINIEREN

Projektphasen definieren, um den Umfang der Planung festzulegen

TIPP

Bei der Entwicklung nach dem Wasserfallmodell werden die Anforderungen beispielsweise am Ende der Phase der Anforderungsanalyse beurteilt, um die Konsistenz, die Vollständigkeit und die Machbarkeit zu bewerten und zu entscheiden, ob das Projekt (unter technischen und Risikoaspekten) so weit ist, dass der Entwurfsphase Ressourcen zugesagt werden können.

Die Festlegung der Phasen eines Projekts sorgt für geplante Perioden der Bewertung und Entscheidungsfindung. Diese Perioden werden normalerweise so definiert, dass sie logische Entscheidungspunkte unterstützen, an denen geprüft wird, wie sinnvoll es ist, sich weiterhin auf den Projektplan und die Projektstrategie zu stützen, und wichtige Zusagen zu den Ressourcen getroffen werden. Solche Punkte stellen geplante Ereignisse dar, bei denen Kurskorrekturen für das Projekt und Festlegungen des zukünftigen Umfangs und der Kosten vorgenommen werden können.

Das Verstehen der Projektphasen ist bei der Festlegung des Planungsaufwands und der zeitlichen Festlegung der Anfangsplanung sowie der zeitlichen Festlegung und der Kriterien (entscheidende Meilensteine) der Umplanung entscheidend.

Die Projektphasen müssen abhängig vom Umfang der Anforderungen, von den Schätzungen der Projektressourcen und von der Natur des Projekts definiert werden. Umfangreichere Projekte können viele Phasen aufweisen, beispielsweise Konzeptuntersuchung, Entwicklung, Produktion, Betrieb und Entsorgung. Innerhalb dieser Phasen sind möglicherweise Teilphasen erforderlich. Eine Entwicklungsphase kann Teilphasen wie Anforderungsanalyse, Entwurf, Herstellung, Integration und Verifizierung umfassen. Die Festlegung von Projektphasen umfasst üblicherweise die Auswahl und Verfeinerung eines oder mehrerer Entwicklungsmodelle, um gegenseitige Abhängigkeiten und die angemessene Reihenfolge der Aktivitäten in den einzelnen Phasen zu berücksichtigen.

Abhängig von der Entwicklungsstrategie kann es Zwischenphasen für die Erstellung von Prototypen, die Erweiterung der Fähigkeiten oder spiralförmige Modellzyklen geben. Außerdem können explizite Phasen für »Projektstart« und »Projektabschluss« eingeschlossen werden.

Beispiele für Arbeitsergebnisse

1. Projektphasen und Meilensteine

SP 1.4 Aufwand und Kosten schätzen

Projektaufwand und -kosten für Arbeitsergebnisse und Aufgaben basierend auf Annahmen schätzen

Aufwands- und Kostenschätzungen beruhen im Allgemeinen auf Ergebnissen der modellbasierten Analyse oder historischen Daten für Größe, Aktivitäten und anderen Planungsparametern. Das Vertrauen in diese Schätzungen beruht auf der Begründung für das ausgewählte Modell und die Herkunft der Daten. Es kann Gelegenheiten geben, bei denen die vorhandenen historischen Daten nicht anwendbar sind, beispielsweise, wenn es keine ähnlichen Anwendungsfälle für die Arbeit gibt oder die Art der Aufgabe nicht zu den verfügbaren Modellen passt. Beispielsweise kann eine Aufgabe als noch nie dagewesen angesehen werden, wenn die Organisation noch keine Erfahrungen mit solchen Produkten oder Aufgaben hatte.

Querverweis

Ein Beispiel für ein mit Parametern arbeitendes Software-Kostenschätzmodell ist COCOMO II (siehe *http://sunset.usc.edu/csse/research/COCOMOII/cocomo_main.html*).

Leistungen ohne Erfahrungswerte sind riskanter zu schätzen, erfordern mehr Überlegungen für die Aufstellung sinnvoller Schätzgrundlagen und mehr Managementreserven. Die Einmaligkeit eines Projekts sollte dokumentiert werden, wenn diese Modelle verwendet werden, um ein gemeinsames Verständnis für alle Annahmen in den ersten Planungsphasen zu gewährleisten.

Tipp

Aufgaben ohne Erfahrungswerte erfordern ein iteratives oder spiralförmiges Entwicklungsmodell, das zahlreiche Gelegenheiten für Rückmeldungen bietet, um Probleme zu beheben oder Risiken zu reduzieren und die nächste Iteration zu planen.

Beispiele für Arbeitsergebnisse

1. Schätzgrundlagen
2. Schätzungen des Projektaufwands
3. Schätzungen der Projektkosten

Subpraktiken

1. Modelle oder historische Daten sammeln, die dazu beitragen, die Attribute von Arbeitsergebnissen und Aufgaben in Schätzungen von Arbeitsstunden und Arbeitskosten umzurechnen

   Es gibt zahlreiche mit Parametern arbeitende Modelle, die bei der Schätzung von Kosten und Terminplänen hilfreich sind. Die Verwendung dieser Modelle als einzige Quelle für Schätzungen ist nicht empfehlenswert, weil sie auf historischen Projektdaten beruhen, die für das Projekt möglicherweise nicht passen. Um ein hohes Maß an Vertrauen in die Schätzung sicherzustellen, können mehrere Modelle und Methoden verwendet werden.

Hinweis

Wenn man nur ein einziges Modell mit Parametern verwendet, sollte man dafür sorgen, dass es für die eigenen Projektmerkmale angepasst wurde.

TIPP

Skalierung kann zuverlässig sein, wenn sie aufgrund von Erfahrungen aus ähnlichen Projekten vorgenommen wird.

Historische Daten sollten Kosten-, Aufwands- und Terminplandaten von früher ausgeführten Projekten sowie zusätzlich geeignete Skalierungsdaten einschließen, um unterschiedliche Umfänge und unterschiedliche Komplexität zu berücksichtigen.

2. Bei der Schätzung von Aufwand und Kosten den Bedarf an unterstützender Infrastruktur einbeziehen

   Die unterstützende Infrastruktur umfasst Ressourcen, die unter dem Aspekt der Entwicklung und Erhaltung des Produkts benötigt werden.

   Den Bedarf an Infrastrukturressourcen in der Entwicklungs-, der Test-, der Produktions- und der Betriebsumgebung sowie in jeder notwendigen Kombination daraus berücksichtigen, wenn Aufwand und Kosten geschätzt werden

> Beispiele für Infrastrukturressourcen sind:
> - Wichtige Computerressourcen (beispielsweise Arbeitsspeicher, Festplatten- und Netzwerkkapazität, Peripheriegeräte, Kommunikationskanäle und deren Kapazität)
> - Entwicklungsumgebungen und -tools (beispielsweise Werkzeuge zur Erstellung von Prototypen, zum Testen, zur Integration, zum Zusammenbau, für CAD [computergestützten Entwurf] und Simulation)
> - Einrichtungen, Maschinen und Ausstattung (beispielsweise Prüfstände und Aufzeichnungsgeräte)

3. Aufwand und Kosten mit Modellen, historischen Daten oder einer Kombination daraus schätzen

TIPP

Die Redewendung »auf Worte Taten folgen lassen« wird häufig verwendet, wenn es darum geht, wie ein Projekt durchgeführt wird. Der Projektplan steht dabei für die »Worte«.

> Beispiele für Aufwands- und Kosteneingaben für die Schätzung schließen üblicherweise Folgendes ein:
> - Schätzungen durch einen Experten oder eine Expertengruppe (beispielsweise nach der Delphi-Methode oder dem Planning-Game im Extreme Programming)
> - Risiken einschließlich des Ausmaßes, in dem Erfahrungswerte für den Aufwand fehlen
> - Wichtige Kompetenzen und Rollen, die für die Arbeit benötigt werden
> - Reisen ▶

- PSP (Projektstrukturplan)
- Für das Projekt ausgewähltes Phasenmodell und ausgewählte Arbeitsabläufe
- Schätzungen der Kosten der Entwicklungsphasen
- Erforderliche Kenntnisse und Fähigkeiten von Managern und Mitarbeitern für die Durchführung der Arbeit
- Bedarf an Wissen, Fertigkeiten und Aus- und Weiterbildung
- Direkte Arbeit und Gemeinkosten
- Festlegung der Service-Level für Callcenter und Garantiefälle
- Sicherheitsniveau, das für Aufgaben, Arbeitsergebnisse, Hard- und Software, Mitarbeiter und Arbeitsumgebung erforderlich ist
- Benötigte Einrichtungen (beispielsweise Büro- und Sitzungsräume und Workstations)
- Anforderungen an Produkte und Produktbestandteile
- Schätzungen der Größe von Arbeitsergebnissen, Aufgaben und vorherzusehenden Änderungen
- Kosten extern erworbener Produkte
- Fähigkeit der Herstellungsabläufe
- Erforderliche Entwicklungseinrichtungen/-umgebungen
- Fähigkeiten der in der Erstellungsumgebung bereitgestellten Tools
- Technischer Ansatz

SG 2 Projektpläne erstellen

Ein Projektplan wird als Grundlage für das Managen des Projekts etabliert und beibehalten.

Ein Projektplan ist ein formales, freigegebenes Dokument, das genutzt wird, um die Ausführung des Projekts zu lenken und zu steuern. Er beruht auf Projektanforderungen und etablierten Schätzungen.

Der Projektplan sollte alle Phasen des Projektphasenmodells berücksichtigen. Die Projektplanung sollte sicherstellen, dass alle das Projekt betreffenden Pläne mit dem Gesamtprojektplan konsistent sind.

Tipp

Manchmal hat jede Projektphase neben dem Gesamtplan einen eigenen detaillierteren und spezialisierteren Plan. Außerdem wird üblicherweise ein Detailplan für jede Iteration bereitgestellt, der sich auf bestimmte Anforderungs- oder Entwurfsfragen oder sonstige Risiken konzentriert.

Tipp

Pläne, die sich auf den Projektplan auswirken können, sind beispielsweise Konfigurationsmanagement- und Qualitätssicherungspläne, der organisationsweite Prozessverbesserungs- und der organisationsweite Aus- und Weiterbildungsplan.

PP

HINWEIS

Wenn das Budget von anderen diktiert wird und den von Ihnen geschätzten Ressourcenbedarf nicht deckt, sollte man umplanen, um sicherzustellen, dass das Projekt das Budget nicht überschreitet. Ebenso sollte man umplanen, wenn der Terminplan von anderen diktiert wird und nicht mit Ihrem Plan konsistent ist, um sicherzustellen, dass das Projekt das Produkt rechtzeitig abliefern kann (möglicherweise mit weniger Funktionen).

TIPP

Bei einem ereignisgesteuerten Terminplan können Aufgaben erst begonnen werden, wenn bestimmte Kriterien erfüllt sind.

TIPP

Die Definition ereignisorientierter Meilensteine und die Verfolgung ihrer Fertigstellung (PMC SP 1.1 Subpraktik 1) bietet Einsicht in den Projektfortschritt.

SP 2.1 BUDGET UND TERMINPLAN ETABLIEREN

Budget und Terminplan des Projekts etablieren und beibehalten

Budget und Terminplan des Projekts beruhen auf erstellten Schätzungen und sorgen dafür, dass Budgetzuweisung, Aufgabenkomplexität und Abhängigkeit von Aufgaben untereinander angemessen berücksichtigt sind.

Ereignisabhängige, durch Ressourcen beschränkte Terminpläne haben sich beim Umgang mit Risiken als wirkungsvoll erwiesen. Die Identifizierung der zu erbringenden Leistungen vor dem Auslösen eines Ereignisses bietet eine gewisse Flexibilität bei der Terminplanung für das Ereignis, ein gemeinsames Verständnis der Erwartungen, eine bessere Sicht auf den Projektstatus und einen genaueren Status der Projektaufgaben.

Beispiele für Arbeitsergebnisse

1. Projektterminpläne
2. Abhängigkeiten im Terminplan
3. Projektbudget

Subpraktiken

1. Wichtige Meilensteine identifizieren

   Meilensteine sind vorausgeplante Ereignisse oder Zeitpunkte, an denen eine gründliche Bewertung des Status durchgeführt wird, um zu erkennen, wie gut die Anforderungen der Stakeholder erfüllt werden. (Falls das Projekt einen Entwicklungsmeilenstein umfasst, wird die Bewertung durchgeführt, um sicherzustellen, dass die mit diesem Meilenstein verknüpften Voraussetzungen und Anforderungen erfüllt sind.) Meilensteine können mit dem gesamten Projekt oder mit bestimmten Arten oder Vorkommen von Dienstleistungen verknüpft werden. Meilensteine können daher ereignis- oder kalenderorientiert sein. Kalenderorientierte Meilensteine lassen sich häufig nur schwer ändern, nachdem sie vereinbart worden sind.

2. Annahmen für den Terminplan identifizieren

   Bei der Erstentwicklung von Terminplänen werden häufig Annahmen über die Dauer bestimmter Aktivitäten gemacht. Diese Annahmen betreffen oft Dinge, für die nur wenige oder gar keine Schätzdaten vorhanden sind. Die Identifizierung dieser Annahmen bietet Einsicht in die Unsicherheiten (d.h. Unwägbarkeiten) im Gesamtplan.

3. Einschränkungen identifizieren

   Faktoren, die die Flexibilität der Managementoptionen einschränken, sollten möglichst früh identifiziert werden. Die Untersuchung der Attribute von Arbeitsergebnissen und Aufgaben bringt diese Probleme häufig an die Oberfläche. Solche Attribute können die Dauer von Aufgaben, Ressourcen, Ein- oder Ausgaben sein.

4. Abhängigkeiten zwischen Aufgaben identifizieren

   Häufig können die Aufgaben für ein Projekt oder eine Dienstleistung in einer geordneten Reihenfolge erledigt werden, die die Gesamtdauer minimiert. Dies schließt die Identifizierung vorhergehender und nachfolgender Aufgaben ein, um die optimale Anordnung zu ermitteln.

> Beispiele für Tools und Eingangsgrößen, die bei der Festlegung einer optimalen Reihenfolge für Aufgaben hilfreich sein können:
> - Methode des kritischen Pfads (CPM)
> - Ereignis-Knoten-Darstellung (Program Evaluation and Review Technique (PERT))
> - Terminplanung mit begrenzten Ressourcen
> - Kundenprioritäten
> - Vermarktungsfähige Merkmale
> - Endanwendernutzen

5. Budget und Terminplan etablieren und beibehalten

> Etablierung und Pflege des Projektbudgets und des Terminplans schließen üblicherweise Folgendes ein:
> - Definieren der zugesagten oder erwarteten Verfügbarkeit von Ressourcen und Einrichtungen
> - Ermittlung der zeitlichen Reihenfolge von Aktivitäten
> - Festlegung eines Übergangs zu untergeordneten Terminplänen
> - Definition von Abhängigkeiten zwischen Tätigkeiten (Vorgänger- und Nachfolger-Beziehungen)
> - Definition von Terminplanaktivitäten und Meilensteinen zur Unterstützung der Projektverfolgung und -steuerung
> - Identifizierung von Meilensteinen, Releases oder Inkrementen für die Lieferung von Produkten an den Kunden ▶

- Definition von Aktivitäten mit angemessener Dauer
- Definition von Aktivitäten mit angemessenem zeitlichen Abstand
- Definition einer Managementreserve auf der Grundlage des Vertrauens in die Einhaltung von Terminplan und Budget
- Verwendung geeigneter historischer Daten zur Verifizierung des Terminplans
- Definition inkrementeller Finanzierungsanforderungen
- Dokumentation projektbezogener Annahmen und Entscheidungsgrundlagen

HINWEIS

Korrekturmaßnahmen schon früh im Projekt etablieren, um sicherzustellen, dass Probleme angemessen und konsistent angegangen werden.

6. Kriterien für Korrekturmaßnahmen etablieren

   Es werden Kriterien etabliert, um festzulegen, was eine erhebliche Abweichung vom Projektplan ausmacht. Eine Grundlage für die Messung von Abweichungen ist erforderlich, um festzulegen, wann Korrekturmaßnahmen ergriffen werden sollten. Korrekturmaßnahmen können zu einer Neuplanung führen, die möglicherweise die Überarbeitung des ursprünglichen Plans, die Etablierung neuer Vereinbarungen oder die Aufnahme zusätzlicher Abschwächungsmaßnahmen in den aktuellen Plan einschließen kann. Der Projektplan legt fest, wann (z.B. unter welchen Umständen oder mit welcher Häufigkeit) die Kriterien angewandt werden und durch wen.

SP 2.2 PROJEKTRISIKEN ERKENNEN

Projektrisiken erkennen und analysieren

TIPP

Risikomanagement ist ein Schlüssel zum Projekterfolg.

Mehr zu Tätigkeiten der Risikoüberwachung steht in der spezifischen Praktik »Projektrisiken überwachen« im Prozessgebiet »Projektverfolgung und -steuerung«.

Mehr zur Erkennung von potenziellen Problemen, bevor sie auftreten, damit Maßnahmen zur Risikohandhabung nach Bedarf während des Produkt- oder Projektlebenszyklus geplant und eingeleitet werden können und damit negative Auswirkungen auf das Erreichen der Ziele vermindert werden, steht ihm Prozessgebiet »Risikomanagement«.

Risiken werden identifiziert oder aufgedeckt und analysiert, um die Projektplanung zu unterstützen. Diese spezifische Praktik sollte auf alle Pläne ausgedehnt werden, die das Projekt betreffen, um sicherzustellen, dass hinsichtlich der identifizierten Risiken eine angemessene Verzahnung zwischen allen relevanten Stakeholdern stattfindet.

Risikoidentifizierung und -analyse innerhalb der Projektplanung umfasst üblicherweise Folgendes:

- Identifizierung von Risiken
- Analyse von Risiken, um die Auswirkungen, die Wahrscheinlichkeit des Eintretens und den Zeitrahmen zu ermitteln, in dem sich potenzielle Probleme zeigen.
- Risiken nach Priorität ordnen

Beispiele für Arbeitsergebnisse

1. Erkannte Risiken
2. Auswirkungen und Wahrscheinlichkeit des Eintretens von Risiken
3. Risikoprioritäten

Subpraktiken

1. Risiken erkennen

   Das Erkennen von Risiken umfasst die Identifizierung potenzieller Probleme, Gefahren, Bedrohungen, Verletzlichkeiten usw., die sich negativ auf die Arbeit und die Pläne auswirken können. Risiken sollten erkannt und verständlich beschrieben werden, bevor sie analysiert und angemessen behandelt werden können. Bei der Identifizierung von Risiken ist es günstig, eine Standardmethode zu ihrer Beschreibung zu verwenden. Tools zur Risikoidentifizierung und -analyse können verwendet werden, um zum Erkennen möglicher Probleme beizutragen.

Beispiele für Tools zur Risikoidentifizierung und -analyse umfassen das Folgende:

- Risikoklassifikationen
- Risikobewertungen
- Checklisten
- Strukturierte Befragungen
- Brainstorming
- Prozess-, Projekt- und Produktleistungsmodelle
- Kostenmodelle
- Netzwerkanalyse
- Analyse von Qualitätsfaktoren

TIPP

Tools zur Risikoidentifizierung- und -analyse tragen zum Erkennen von Risiken bei, indem sie sie vollständiger und schneller identifizieren, konsistenter analysieren und die Übertragung von Lehren aus früheren Projekten auf neue ermöglichen.

2. Risiken dokumentieren
3. Vollständigkeit und Korrektheit von dokumentierten Risiken mit den relevanten Stakeholdern überprüfen und Übereinkunft dazu mit ihnen erreichen
4. Risiken bei Bedarf überarbeiten

Beispiele dafür, wann identifizierte Risiken überarbeitet werden sollen:

- Wenn neue Risiken erkannt werden
- Wenn Risiken zu Problemen werden
- Wenn Risiken wegfallen
- Wenn sich die Projektumstände erheblich ändern

SP 2.3 DATENMANAGEMENT PLANEN

Management der Projektdaten planen

TIPP

Diese spezifische Praktik trägt dazu bei, Fragen der Art zu beantworten, welche Daten das Projekt erheben, verteilen, abliefern und archivieren soll, wie und wann dies erfolgen soll, wer darauf Zugriff haben soll und wie die Daten gespeichert werden sollen, um Datenschutz und -sicherheit zu gewährleisten, aber dennoch denjenigen Zugriff zu gewähren, die ihn benötigen.

HINWEIS

Die Daten auf breiter Basis interpretieren, um umfassender vom Datenmanagement zu profitieren.

TIPP

Die Auswahl einer Standardform kann Kommunikation und Verständnis erleichtern.

Bei Daten handelt es sich um die Formen von Dokumentation, die erforderlich sind, um ein Projekt in allen Bereichen zu unterstützen (beispielsweise Verwaltung, Entwicklung, Konfigurationsmanagement, Finanzen, Logistik, Qualität, Sicherheit, Herstellung und Lieferung). Die Daten können beliebige Formen haben (beispielsweise Berichte, Handbücher, Notizbücher, Diagramme, Zeichnungen, Spezifikationen, Dateien oder Korrespondenz). Die Daten können auf beliebigen Medien vorliegen (beispielsweise auf verschiedenen Materialien gedruckt oder gezeichnet, als Fotos, elektronisch oder multimedial).

Sie können lieferbar oder nicht lieferbar sein (beispielsweise in den Vertragsdatenanforderungen eines Projekts bezeichnete Dinge im Gegensatz zu informellen Daten, Handelsstudien, Analysen, internen Sitzungsnotizen, internen Entwurfsprüfungsdokumentationen, Lessons Learned und Aktionseinheiten). Die Verteilung kann in unterschiedlicher Form erfolgen, auch als elektronische Übertragung.

Die Datenanforderungen für das Projekt sollten sowohl in Bezug auf die zu erstellenden Datenobjekte als auch in Bezug auf ihren Inhalt und ihre Form etabliert werden und auf einem gängigen oder standardisierten Satz von Anforderungen an Daten beruhen. Einheitliche Inhalts- und Formatanforderungen für Datenobjekte erleichtern das Verständnis des Inhalts und tragen zur konsistenten Handhabung von Datenressourcen bei.

Der Grund für die Erstellung jedes einzelnen Dokuments sollte klar sein. Diese Aufgabe schließt die Analyse und Verifizierung lieferbarer und nicht lieferbarer Ergebnisse, Datenanforderungen und vom Kunden gelieferte Daten ein. Häufig werden Daten ohne klares Verständnis für ihre Verwendung erhoben. Daten sind kostspielig und sollten nur erhoben werden, wenn sie benötigt werden.

TIPP

Die Nennung eines Grunds für die Sammlung von Daten fördert die Kooperation mit denjenigen, die die Daten bereitstellen.

Beispiele für Arbeitsergebnisse

1. Datenmanagementplan
2. Masterliste der verwalteten Daten
3. Beschreibung von Dateninhalt und -format
4. Liste der Datenanforderungen für Käufer und Lieferanten
5. Datenschutzanforderungen
6. Sicherheitsanforderungen
7. Sicherheitsverfahren
8. Mechanismen für Wiederherstellung, Reproduktion und Verteilung von Daten
9. Terminplan für die Erhebung von Projektdaten
10. Liste der zu erhebenden Projektdaten

TIPP

Der Datenmanagementplan definiert die für das Projekt notwendigen Daten und gibt an, wer sie besitzt, wo sie gespeichert sind und wie sie verwendet werden. Er kann sogar spezifizieren, was nach Beendigung des Projekts mit ihnen geschieht.

Subpraktiken

1. Anforderungen und Verfahren etablieren, um Schutz und Sicherheit der Daten sicherzustellen

   Nicht jeder hat den für den Zugriff auf Projektdaten erforderlichen Bedarf oder die erforderliche Genehmigung. Es sollten Verfahren etabliert werden, um festzulegen, wer wann Zugriff auf welche Daten hat.

2. Einen Mechanismus zur Archivierung von Daten und zum Zugriff auf archivierte Daten etablieren

   Die Informationen, auf die zugegriffen wird, sollten in verständlicher Form vorliegen (beispielsweise elektronisch oder als Computerausgabe aus einer Datenbank) oder so dargestellt werden, wie sie ursprünglich generiert wurden.

3. Die zu identifizierenden, erhebenden und verteilenden Projektdaten festlegen

TIPP

Datenschutz und Datensicherheit sollten berücksichtigt werden, sind möglicherweise aber für bestimmte Projektarten nicht anwendbar.

QUERVERWEIS

Kennzahlen bilden eine Teilmenge der Projektdaten. Mehr zur Erhebung, Speicherung und Zugriffssteuerung für Kennzahlen steht in MA SP 1.3 und 2.3.

QUERVERWEIS

Diese Anforderungen werden häufig beim Einholen von Stakeholder-Erfordernissen und bei der Entwicklung von Kundenanforderungen entwickelt. Mehr dazu steht in RD SP 1.1 und SP 1.2.

QUERVERWEIS

Die verschiedenen Ebenen der Steuerung werden in CM SP 1.2 behandelt.

4. Anforderungen dafür festlegen, den Zugriff auf Daten für relevante Stakeholder zu gewähren und Daten an relevante Stakeholder zu verteilen

   Eine Untersuchung anderer Elemente des Projektplans kann bei der Festlegung helfen, wer Zugriff auf Projektdaten benötigt, wer diese Daten empfängt und um welche Daten es dabei geht.

5. Entscheiden, welche Projektdaten und -pläne eine Versionssteuerung oder eine andere Form von Konfigurationssteuerung benötigen, und Mechanismen etablieren, um sicherzustellen, dass Projektdaten gesteuert werden.

SP 2.4 PROJEKTRESSOURCEN PLANEN

Ressourcen zur Durchführung von Projekten planen

TIPP

Diese Praktik betrifft *alle* Ressourcen, nicht nur die personellen Ressourcen.

Die Definition der Projektressourcen (z.B. Arbeit, Ausrüstung, Materialien und Methoden) und der für die Durchführung der Projektaktivitäten erforderlichen Mengen beruht auf anfänglichen Schätzungen und bietet zusätzliche Informationen, die verwendet werden können, um den PSP zur Lenkung des Projekts zu erweitern.

Der zuvor als Schätzmechanismus erstellte oberste PSP wird üblicherweise erweitert, indem die oberen Ebenen in Arbeitspakete zerlegt werden, die für einzelne Arbeitsinhalte stehen und sich einzeln zuweisen, durchführen und verfolgen lassen. Diese Unterteilung erfolgt, um die Managementzuständigkeit zu verteilen und eine bessere Steuerung durch das Management zu ermöglichen.

TIPP

Der in SP 1.1 etablierte PSP wird erweitert, um zur Identifizierung der Rollen sowie der Anforderungen an Personal, Prozesse, Einrichtungen und Tools beizutragen, Arbeit zuzuweisen, die Zustimmung zur Durchführung der Arbeit einzuholen und sie bis zum Abschluss zu verfolgen. Automatisierte Tools können Ihnen bei dieser Tätigkeit helfen.

Jedes Arbeitspaket im PSP sollte ein eindeutiges Kennzeichen (etwa eine Nummer) bekommen, um die Verfolgung zu ermöglichen. Ein PSP kann auf Anforderungen, Aktivitäten, Arbeitsergebnissen, Dienstleistungen oder einer Kombination daraus aufbauen. Ein Verzeichnis, das die Arbeit für jedes Arbeitspaket des PSP beschreibt, sollte den Projektstrukturplan begleiten.

Beispiele für Arbeitsergebnisse

1. Arbeitspakete
2. PSP-Aufgabenverzeichnis
3. Personalanforderungen auf der Grundlage von Projektgröße und -umfang

4. Liste wesentlicher Einrichtungen und Ausrüstungsgegenstände
5. Definitionen und Diagramme für Arbeitsabläufe und Workflows
6. Liste der Anforderungen für die Projektadministration
7. Statusberichte

Subpraktiken

1. Anforderungen an Arbeitsabläufe festlegen

   Die zur Erledigung eines Projekts verwendeten Prozesse werden identifiziert, definiert und mit allen relevanten Stakeholdern koordiniert, um den effizienten Ablauf während der Durchführung des Projekts sicherzustellen.

2. Anforderungen an die Kommunikation festlegen

   Diese Anforderungen betreffen die Art von Mechanismen, die zur Kommunikation mit Kunden, Endanwendern, Projektmitarbeitern und anderen relevanten Stakeholdern verwendet werden.

3. Anforderungen an die Personalausstattung festlegen

   Die Personalausstattung eines Projekts hängt von der Zerlegung der Projektanforderungen in Aufgaben, Rollen und Zuständigkeiten für die Erfüllung der Projektanforderungen ab, die in den Arbeitspaketen des PSP festgelegt sind.

   Die Anforderungen an die Personalausstattung sollten die für jede identifizierte Position erforderlichen Kenntnisse und Fertigkeiten berücksichtigen, die in der spezifischen Praktik »Erforderliches Wissen und Fertigkeiten planen« definiert sind.

4. Anforderungen an Einrichtungen, Ausrüstung und Komponenten festlegen

   Die meisten Projekte sind in einem gewissen Sinn einmalig und erfordern einmalige Assets, um ihre Ziele zu erreichen. Festlegung und rechtzeitiger Erwerb dieser Assets sind für den Projekterfolg entscheidend.

   Am besten ist es, benötigte Dinge für die Anlaufzeit früh zu identifizieren, um festzulegen, wie damit verfahren wird. Selbst wenn die erforderlichen Assets nicht einmalig sind, gewährt die Zusammenstellung einer Liste aller Einrichtungen, Ausrüstungsgegenstände und Teile (beispielsweise der Anzahl der Computer für die Projektmitarbeiter, der Soft-

TIPP

Auf Reifegrad 3 ist die Organisation üblicherweise die Hauptquelle für Prozessanforderungen, Standardprozesse und Prozess-Assets, die bei ihrer Verwendung helfen (siehe OPD).

TIPP

Einige Dinge (beispielsweise ungewöhnliche Kenntnisse) brauchen Zeit zum Erwerb. Ihre Notwendigkeit sollte frühzeitig festgestellt werden.

wareanwendungen und des Büroraums) Einblick in verschiedene Aspekte des Umfangs einer Arbeit, die häufig übersehen werden.

5. Anforderungen an andere fortlaufende Ressourcen festlegen

   Neben der Festlegung von Prozessen, Berichtsvorlagen, Mitarbeitern, Einrichtungen und Ausrüstungen kann es einen fortlaufenden Bedarf für andere Arten von Ressourcen geben, um die Projekttätigkeiten effektiv durchführen zu können. Dazu gehören unter anderem folgende Dinge:

   - Verbrauchsgüter (z.B. Strom oder Bürobedarf)
   - Zugriff auf geschütztes Eigentum
   - Zugriff auf Transportmöglichkeiten (für Personen und Ausrüstung)

   Die Anforderungen für solche Ressourcen werden von den Anforderungen in (vorhandenen und zukünftigen) Vereinbarungen (z.B. Kunden-, Service- und Lieferantenverträge), dem strategischen Ansatz des Projekts und dem Erfordernis abgeleitet, den Betrieb des Projekts über einen gewissen Zeitraum hinweg zu managen und aufrechtzuerhalten.

TIPP

Diese Praktik betrifft die projektspezifische Aus- und Weiterbildung.

SP 2.5 Erforderliche Kenntnisse und Fähigkeiten planen

Erforderliche Kenntnisse und Fähigkeiten zur Durchführung des Projekts planen

Mehr zur Entwicklung von Fähigkeiten und Kenntnissen der Mitarbeiter, damit sie ihre Aufgaben effektiv und effizient ausfüllen können, steht im Prozessgebiet »Organisationsweite Aus- und Weiterbildung«.

Das Einbringen von Kenntnissen in Projekte umfasst die Aus- und Weiterbildung von Projektmitarbeitern und den Erwerb von Wissen aus externen Quellen.

Die Personalanforderungen hängen von den verfügbaren Kenntnissen und Fertigkeiten ab, die die Projektausführung unterstützen.

TIPP

Auf Reifegrad 2 ist die Organisation möglicherweise nicht in der Lage, viel Aus- und Weiterbildung für ihre Projekte bereitzustellen. Jedes Projekt kümmert sich möglicherweise selbst um seine gesamten Wissens- und Kenntnisbedürfnisse. Auf Reifegrad 3 übernimmt die Organisation die Zuständigkeit für allgemeine Aus- und Weiterbildungsbedürfnisse (beispielsweise Aus- und Weiterbildung in den Standardprozessen der Organisation).

Beispiele für Arbeitsergebnisse

1. Liste der benötigten Fertigkeiten
2. Pläne für Personalausstattung und Neueinstellungen
3. Datenbanken (beispielsweise über Fähigkeiten und Aus- und Weiterbildung)
4. Aus- und Weiterbildungspläne

TIPP

Entweder das Projekt oder die Organisation kann diese beispielhaften Arbeitsergebnisse beibehalten.

Subpraktiken

1. Kenntnisse und Fähigkeiten zur Durchführung des Projekts identifizieren
2. Verfügbare Kenntnisse und Fähigkeiten bewerten
3. Mechanismen zur Bereitstellung der erforderlichen Kenntnisse und Fähigkeiten auswählen

Beispielmechanismen:
- Interne Aus- und Weiterbildung (organisationsweit und projektbezogen)
- Externe Aus- und Weiterbildung
- Zuweisung vorhandenen Personals und Neueinstellungen
- Externer Erwerb von Fähigkeiten

Die Wahl zwischen interner oder externer Aus- und Weiterbildung für die benötigten Kenntnisse und Fähigkeiten wird von der Verfügbarkeit von Weiterbildungsfachkenntnissen, dem Terminplan des Projekts und den Geschäftszielen bestimmt.

4. Die ausgewählten Mechanismen in den Projektplan aufnehmen

HINWEIS

Sämtliche für das Projekt erforderlichen Kenntnisse, Fähigkeiten und Fertigkeiten berücksichtigen, nicht nur die technischen Aspekte.

TIPP

Wenn für das aktuelle Projekt eine bestimmte Kenntnis benötigt wird, später aber nicht mehr, kann es das Günstigste sein, sie extern zu erwerben. Wird die für das Projekt benötigte Kenntnis jedoch voraussichtlich weiterhin gebraucht, sollte die Aus- und Weiterbildung vorhandener Angestellter oder die Einstellung eines neuen Mitarbeiters erwogen werden.

PP

SP 2.6 EINBEZIEHUNG VON STAKEHOLDERN PLANEN

Einbeziehung identifizierter Stakeholder planen

Stakeholder aus allen Phasen des Projektphasenmodells werden identifiziert, indem die Personen und die Funktionen ermittelt werden, die im Projekt vertreten sein sollten, und dann ihre Relevanz und der Interaktionsgrad für Projektaktivitäten beschrieben werden. Eine zweidimensionale Matrix mit den Stakeholdern auf der einen und den Projektaktivitäten auf der anderen Achse bildet ein günstiges Format für diese Zuordnung. Die Relevanz des Stakeholder für die Aktivität in einer bestimmten Projektphase und das Maß der erwarteten Interaktion sind am Schnittpunkt der Projektphasenaktivitätsachse mit der Stakeholder-Achse abzulesen.

Damit Stakeholder-Eingaben sinnvoll sind, ist eine sorgfältige Auswahl der relevanten Stakeholder notwendig. Man identifiziert für jede Hauptaktivität die Stakeholder, die davon betroffen sind, und diejenigen, die Fachkenntnisse haben, die

QUERVERWEIS

Identifizierung und Einbeziehung relevanter Stakeholder wird auch in PMC SP 1.5, IPM und GP 2.7 angesprochen.

HINWEIS

Für jede Projektphase die für den Erfolg der Phase wichtigen Stakeholder und ihre Rolle identifizieren (beispielsweise für die Umsetzung verantwortlicher Mitarbeiter, Prüfer oder Berater). Diese Informationen in eine Matrix übertragen, um die Kommunikation zu vereinfachen, ihre Zusagen zu erlangen (SP 3.3) und den Status zu verfolgen (PMC SP 1.5).

für die Durchführung der Aktivität erforderlich sind. Diese Liste der relevanten Stakeholder wird sich wahrscheinlich ändern, während das Projekt die Phasen seines Projektphasenmodells durchläuft. Es ist jedoch wichtig, sicherzustellen, dass relevante Stakeholder in den späteren Phasen des Projektphasenmodells früh an den Anforderungs- und Entwurfsentscheidungen beteiligt werden, die sie betreffen.

TIPP

Nicht alle identifizierten Stakeholder sind relevant. Nur eine begrenzte Anzahl von Stakeholdern wird für die Zusammenarbeit im Verlauf des Projekts ausgewählt.

Beispiele für die Art des Materials, das in einen Plan für die Zusammenarbeit mit den Stakeholdern einfließen sollte, umfassen:

- Liste aller relevanten Stakeholder
- Gründe für die Einbeziehung der Stakeholder
- Beziehungen zwischen Stakeholdern
- Erforderliche Ressourcen (beispielsweise Aus- und Weiterbildung, Material, Zeit und Finanzen), um die Zusammenarbeit mit den Stakeholdern sicherzustellen
- Terminplan für die Phasenbildung hinsichtlich der Zusammenarbeit mit Stakeholdern
- Rollen und Zuständigkeiten relevanter Stakeholder in Bezug auf das Projekt, geordnet nach Projektphasen
- Relative Bedeutung des Stakeholder für den Projekterfolg, geordnet nach Projektphasen

Die Umsetzung dieser spezifischen Praktik stützt sich auf gemeinsam genutzte oder mit der vorhergehenden Praktik »Erforderliche Kenntnisse und Fähigkeiten planen« ausgetauschte Information.

Beispiele für Arbeitsergebnisse

1. Plan für die Einbeziehung von Stakeholdern

SP 2.7 Projektpläne etablieren

Gesamtprojektplan etablieren und beibehalten

HINWEIS

Die meisten Projektpläne ändern sich im Lauf der Zeit, wenn die Anforderungen besser verstanden werden. Deshalb sollte man planen, wie und wann man den Plan anpasst.

Ein dokumentierter Plan, der alle relevanten Planungseinheiten anspricht, ist erforderlich, um gegenseitiges Verständnis und Zusagen bei den Einzelpersonen, Gruppen und Organisationen zu erreichen, die die Pläne ausführen oder unterstützen.

Der für das Projekt erstellte Plan definiert alle Aspekte der Arbeit und verknüpft folgende Dinge in logischer Weise:

- Überlegungen zum Projektphasenmodell
- Projektaufgaben
- Budgets und Terminpläne
- Meilensteine
- Datenmanagement
- Risikoidentifizierung
- Verwaltung von Anforderungen an Ressourcen- und Fähigkeiten
- Identifizierung und Interaktion von Stakeholdern
- Infrastrukturüberlegungen

TIPP

Das Plandokument sollte den Projektstatus wiedergeben, weil sich die Anforderungen und die Projektumgebung ändern.

Infrastrukturüberlegungen schließen Regelungen von Zuständigkeit und Befugnissen für die Projektmitarbeiter, das Management und die unterstützenden Organisationen mit ein.

Überlegungen zu den Projektphasen können spätere Phasen des Produktphasenmodells oder des Dienstleistungsmodells abdecken (die über den Abschluss des Projekts hinaus bestehen können), vor allem Übertragungen zu anderen Phasen oder Beteiligten (z.B. Übertragung zur Herstellung, zur Aus- und Weiterbildung, zum Betrieb oder zu einem Dienstleister).

TIPP

Ein dokumentierter Plan vermittelt die benötigten Ressourcen, die Erwartungen und die Zusagen, enthält einen Einsatzplan für die relevanten Stakeholder einschließlich des Projektteams (SP 3.3) und bildet die Grundlage für das Managen des Projekts.

Bei Software wird das Planungsdokument häufig mit einem der folgenden Begriffe bezeichnet:

- Softwareentwicklungsplan
- Softwareprojektplan
- Softwareplan

Bei Hardware wird das Planungsdokument häufig als Hardwareentwicklungsplan bezeichnet. Entwicklungsaktivitäten zur Vorbereitung der Fertigung können in den Hardwareentwicklungsplan aufgenommen oder in einem separaten Fertigungsplan definiert werden.

Beispiele für Pläne, die im US-Verteidigungsministerium verwendet wurden, umfassen:

- Integrierter Masterplan – ein ereignisgesteuerter Plan, der bedeutende Leistungen mit Kriterien für Erfolg und Misserfolg für geschäftliche und technische Elemente des Projekts dokumentiert und jede Leistung an ein wesentliches Projektereignis knüpft
- Integrierter Masterterminplan – ein integrierter und vernetzter mehrschichtiger Terminplan mit Projektaufgaben, die erforderlich sind, um die in einem dazugehörigen integrierten Masterplan dokumentierte Arbeit zu vollenden
- Managementplan für die Systementwicklung – ein Plan, der die integrierte technische Arbeit projektweit detailliert beschreibt
- Masterterminplan für die Systementwicklung – ein ereignisgesteuerter Terminplan, der eine Zusammenstellung der wesentlichen technischen Leistungen enthält, jeweils mit messbaren Kriterien, die erfüllt werden müssen, um identifizierte Ereignisse zu bestehen
- Detailterminplan für die Systementwicklung – ein detaillierter, zeitabhängiger, aufgabenorientierter Terminplan, der Termine und Meilensteine mit dem Masterterminplan für die Systementwicklung verknüpft

TIPP

Bevor ein Projektmitarbeiter eine Zusage gibt, analysiert er, was erforderlich ist, um sie zu erfüllen. Projektmitarbeiter, die Zusagen geben, sollten ihre Fähigkeit, die Zusagen einzuhalten, fortlaufend bewerten, den Betroffenen sofort Bescheid geben, wenn sie sie nicht einhalten können, und die Folgen zu mindern suchen.

TIPP

Zusagen sind ein stets wiederkehrendes Thema in CMMI. Anforderungen werden in REQM zugesagt, in PP dokumentiert und abgeglichen, in PMC verfolgt und in IPM gründlicher behandelt.

Beispiele für Arbeitsergebnisse

1. Projektgesamtplan

SG 3 ZUSAGEN ZU PLÄNEN EINHOLEN

Zusagen zum Projektplan werden etabliert und beibehalten.

Um wirksam zu sein, benötigen Pläne Zusagen von den Verantwortlichen für die Implementierung und Unterstützung des Plans.

SP 3.1 PLÄNE MIT EINFLUSS AUF DAS PROJEKT ÜBERPRÜFEN

Alle Pläne überprüfen, die das Projekt beeinflussen, um die Projektzusagen zu verstehen

In anderen Prozessgebieten entwickelte Pläne enthalten üblicherweise ähnliche Informationen wie die im Projektgesamtplan geforderten. Diese Pläne können weitere detaillierte Vorgaben enthalten. Sie sollten mit dem Projektgesamtplan kompatibel sein und ihn unterstützen, um zu zeigen, wer die Berechtigung, Zuständigkeit, Rechenschaftspflicht und Steuerungsfunktion hat. Alle Pläne, die das Projekt berühren, sollten überprüft werden, um ein gemeinsames Verständnis für den Umfang, die Ziele, die Rollen und die Beziehungen sicherzustellen, die für den Erfolg des Projekts erforderlich sind. Viele dieser Pläne werden in der generischen Praktik »Arbeitsabläufe planen« beschrieben.

HINWEIS

Vor Zusagen hüten, die nicht freiwillig gegeben werden. Ein beliebtes Zitat dazu lautet: »Wie schlecht hätten Sie's denn gern? So schlecht bekommen Sie es!« Wenn man nicht erlaubt, Zusagen freiwillig zu geben, versuchen die Mitarbeiter höchstwahrscheinlich, die Zusage zu machen, die man hören wollte, anstatt eine durchdachte Antwort zu geben, die angemessen ist.

PP

Beispiele für Arbeitsergebnisse

1. Aufzeichnungen der Überprüfung der Pläne, die das Projekt beeinflussen

SP 3.2 AUFGABEN UND VERFÜGBARE RESSOURCEN ABGLEICHEN

Den Projektplan anpassen, um verfügbare und geschätzte Ressourcen abzugleichen

Um ein machbares Projekt zu etablieren, die Zusagen der relevanten Stakeholder einholen und Unterschiede zwischen Schätzungen und verfügbaren Ressourcen abgleichen. Der Abgleich erfolgt üblicherweise durch Änderung oder Verschiebung von Anforderungen, Aushandeln weiterer Ressourcen, Suchen von Methoden zur Steigerung der Produktivität, Auslagerung, Anpassung der Fähigkeitenmischung des Personals oder Überarbeitung sämtlicher Pläne, die das Projekt oder dessen Terminpläne beeinflussen.

TIPP

Da sich die Verfügbarkeit von Ressourcen ändern kann, muss ein solcher Abgleich üblicherweise mehrmals im Lebenszyklus des Projekts erfolgen.

Beispiele für Arbeitsergebnisse

1. Überarbeitete Methoden und entsprechende Schätzparameter (beispielsweise bessere Werkzeuge und die Verwendung vorgefertigter Komponenten)
2. Neu ausgehandelte Budgets
3. Überarbeitete Terminpläne
4. Überarbeitete Anforderungslisten
5. Neu ausgehandelte Vereinbarungen mit den Stakeholdern

TIPP

Zusagen sind eine zweiseitige Form der Kommunikation!

TIPP

In Organisationen des Reifegrads 1 vermittelt das Management häufig ein anderes Bild des Projekts als die beteiligten Mitarbeiter. Diese Inkonsistenz zeigt, dass keine Zusagen eingeholt wurden.

SP 3.3 ZUSAGEN ZU PLÄNEN EINHOLEN

Zusagen der relevanten Stakeholder einholen, die für die Durchführung und Unterstützung der Planausführung verantwortlich sind

Das Einholen von Zusagen erfordert das Zusammenwirken aller relevanten Stakeholder, sowohl der projektinternen als auch der externen. Die Person oder Gruppe, die eine Zusage gibt, sollte davon überzeugt sein, dass die Arbeit innerhalb des kosten-, termin- und leistungsbezogenen Rahmens durchgeführt werden kann. Häufig ist eine provisorische Zusage geeignet, um mit der Arbeit anfangen zu können und Nachforschungen zu ermöglichen, damit die Überzeugung weit genug wächst, um eine volle Zusage zu erhalten.

TIPP

Das Dokumentieren von Zusagen macht die Zuständigkeiten der Projektbeteiligten deutlich.

Beispiele für Arbeitsergebnisse

1. Dokumentierte Anfrage für Zusagen
2. Dokumentierte Zusagen

TIPP

Eine nicht dokumentierte Zusage ist eine nicht gegebene Zusage (das Gedächtnis ist nicht vollkommen und insofern unzuverlässig).

Subpraktiken

1. Die erforderliche Unterstützung identifizieren und Zusagen mit den relevanten Stakeholdern aushandeln

   Der PSP kann als Checkliste eingesetzt werden, um sicherzustellen, dass für alle Aufgaben Zusagen eingeholt werden.

   Der Plan für die Zusammenarbeit mit den Stakeholdern sollte alle Beteiligten nennen, von denen Zusagen eingeholt werden sollten.

TIPP

Das leitende Management muss über externe Zusagen informiert werden (insbesondere über solche an Kunden, Endanwender und Zulieferer), weil sie die Organisation unnötigen Risiken aussetzen können.

2. Alle organisationsweiten Zusagen dokumentieren, sowohl provisorische als auch endgültige, und dabei die angemessene Autorisierung der Unterzeichner sicherstellen

   Die Zusagen sollten dokumentiert werden, um ein konsistentes gegenseitiges Verständnis sowohl für die Projektverfolgung als auch für die Beibehaltung sicherzustellen. Provisorische Zusagen sollten mit einer Beschreibung der damit verknüpften Risiken begleitet werden.

3. Interne Zusagen nach Bedarf mit dem leitenden Management überprüfen
4. Externe Zusagen nach Bedarf mit dem leitenden Management überprüfen

   Das Management kann den erforderlichen Einblick und die Berechtigung haben, die mit externen Zusagen verknüpften Risiken zu reduzieren.

QUERVERWEIS

Mehr zum Umgang mit Zusagen, Abhängigkeiten und Koordinationsproblemen zwischen den relevanten Stakeholdern steht in IPM SG 2. Mehr zur Identifizierung und zum Umgang mit Schnittstellen steht in PI SG 2.

5. Zusagen bezüglich Schnittstellen zwischen Projektelementen und anderen Projekten und Organisationseinheiten identifizieren, damit diese Zusagen überwacht werden können

   Gut definierte Schnittstellenspezifikationen bilden die Grundlage für Zusagen.

Prozess- und Produkt-Qualitätssicherung (Process and Product Quality Assurance, PPQA)

Ein Unterstützungsprozessgebiet des Reifegrads 2

Zweck

Der Zweck der Prozess- und Produkt-Qualitätssicherung (PPQA) ist, den Mitarbeitern und dem Management objektiven Einblick in Arbeitsabläufe und in Beziehung stehende Arbeitsergebnisse zu bieten.

TIPP

PPQA wird häufig als »die Augen und Ohren der Organisation« bezeichnet. Dieses Prozessgebiet gewährleistet, dass die organisationsweiten Richtlinien, Praktiken und Prozesse eingehalten werden.

Einführende Hinweise

Das Prozessgebiet »Prozess- und Produkt-Qualitätssicherung« umfasst folgende Tätigkeiten:

- Durchgeführte Prozesse und Arbeitsergebnisse objektiv anhand anwendbarer Prozessbeschreibungen, Verfahren, Normen und Standards bewerten
- Identifizierung und Dokumentation von Abweichungen
- Rückmeldungen an Projektmitarbeiter und Führungskräfte über die Ergebnisse der Qualitätssicherungsaktivitäten
- Sicherstellen der Bearbeitung von Abweichungen

TIPP

Die Wendung »Prozessbeschreibungen, Verfahren, Normen und Standards« wird in PPQA (und GP 2.9) für die Erwartungen des Managements an die Art der Durchführung der Projektarbeit verwendet. Die anwendbaren Prozessbeschreibungen, Verfahren, Normen und Standards werden üblicherweise bei der Projektplanung festgelegt.

Das Prozessgebiet »Prozess- und Produkt-Qualitätssicherung« unterstützt die Lieferung hochwertiger Produkte, indem es Projektmitarbeitern und Führungskräften über den gesamten Projektlebenszyklus auf allen Ebenen angemessene Einblicke und Rückmeldungen über Arbeitsabläufe und in Beziehung stehende Arbeitsergebnisse bietet.

Die Praktiken im Prozessgebiet »Prozess- und Produkt-Qualitätssicherung« gewährleisten, dass die geplanten Arbeitsabläufe umgesetzt werden, während die Praktiken im Prozessgebiet »Verifizierung« dafür sorgen, dass die spezifizierten Anforderungen erfüllt werden. Diese beiden Prozessgebiete können gelegentlich dasselbe Arbeitsergebnis betreffen, aber aus unterschiedlichen Perspektiven. Projekte sollten die Überschneidung nutzen, um doppelten Aufwand zu vermeiden, und gleichzeitig darauf achten, verschiedene Perspektiven beizubehalten.

TIPP

Objektivität ist erforderlich. Unabhängigkeit ist nicht unbedingt erforderlich, stellt aber häufig das Mittel zur Sicherung der Objektivität dar.

Objektivität bei den Bewertungen zur Prozess- und Produkt-Qualitätssicherung ist entscheidend für den Projekterfolg. (Die Definition von »objektiv bewerten« finden Sie im Glossar.) Objektivität wird durch Unabhängigkeit und durch die Verwendung von Kriterien erreicht. Eine Kombination von Methoden zur kriterienbasierten Bewertung wird häufig von Personen angewendet, die nicht am Erstellen des Arbeitsergebnisses beteiligt sind. Weniger formale Methoden können für einen breitflächigen Einsatz im Alltag verwendet werden. Formale Methoden lassen sich in bestimmten Abständen einsetzen, um Objektivität zu gewährleisten.

TIPP

Für weniger reife Organisationen sind formale Audits durch separate QS-Mitarbeiter möglicherweise die beste Option. Die Einführung von Peer-Reviews als objektive Bewertungsmethode (zweiter Aufzählungspunkt) erfordert Sorgfalt; siehe spätere Anmerkungen und Beispielkasten.

Beispiele für Methoden zur Durchführung objektiver Bewertungen umfassen:

- Formale Audits durch separate Qualitätssicherungsorganisationen
- Peer-Reviews, die mit unterschiedlichen Graden an Formalität durchgeführt werden können
- Ausführliche Überprüfung der Arbeit an den Stellen, an denen sie stattfindet (beispielsweise »Schreibtisch-Audits«)
- Verteilte Überprüfung und Kommentierung der Arbeitsergebnisse
- In die Prozesse eingebaute Prozessprüfungen, wie eine Sicherung gegen inkorrekte Prozesse (z.B. Poka-Yoke)

Traditionell bieten Qualitätssicherungsmitarbeiter, die vom Projekt unabhängig sind, Objektivität. In manchen Organisationen kann jedoch ein anderer Ansatz angemessen sein, die Rolle der Prozess- und Produkt-Qualitätssicherung ohne diese Art von Unabhängigkeit umzusetzen.

In einer Organisation mit einer offenen, qualitätsorientierten Kultur kann die Rolle der Prozess- und Produkt-Qualitätssicherung beispielsweise teilweise oder ganz von Gleichgestellten übernommen und die Qualitätssicherungsfunktion in die Arbeitsabläufe eingebettet werden. Bei kleinen Organisationen kann diese Einbettung der praktikabelste Ansatz sein.

TIPP

Wenn kein unabhängiger Ansatz verwendet wird, ist es wichtig, demonstrieren zu können, wie Objektivität erreicht wurde.

Wenn Qualitätssicherung in die Arbeitsabläufe eingebettet wird, sollten einige Fragen geklärt werden, um die Objektivität zu sichern. Jeder, der Qualitätssicherungstätigkeiten durchführt, muss in Qualitätssicherung ausgebildet werden. Wer Aufgaben zur Qualitätssicherung für ein Arbeitsergebnis durchführt, sollte getrennt von denen arbeiten, die es entwickeln oder pflegen. Ein unabhängiger Berichtsweg zur entsprechenden Managementebene sollte zur Verfügung stehen, damit Abweichungen im notwendigen Umfang nach oben gemeldet werden können.

Bei der Umsetzung von Peer-Reviews als objektive Bewertungsmethode sollten beispielsweise folgende Aspekte angesprochen werden:

- Die Mitarbeiter werden ausgebildet und denjenigen, die bei den Peer-Reviews anwesend sind, werden Rollen zugewiesen.
- Einem Beteiligten am Peer-Review, der das Arbeitsergebnis nicht erstellt hat, wird die Rolle für die Qualitätssicherung zugewiesen.
- Es stehen Checklisten auf der Grundlage von Prozessbeschreibungen, Normen und Verfahren zur Verfügung, um die Tätigkeiten zur Qualitätssicherung zu unterstützen.
- Abweichungen werden im Bericht des Peer-Reviews festgehalten und bei Bedarf außerhalb des Projekts verfolgt und nach oben gemeldet.

Qualitätssicherung sollte in den frühen Projektphasen anfangen, um Pläne, Arbeitsabläufe, Verfahren, Normen und Standards zu etablieren und dadurch einen Mehrwert für das Projekt zu schaffen und die Projektanforderungen und die organisationsweiten Leitlinien zu erfüllen. Diejenigen, die Tätigkeiten der Qualitätssicherung durchführen, nehmen an der Erstellung von Plänen, Arbeitsabläufen, Verfahren, Normen und Standards

HINWEIS

Beginnen Sie in Ihrem Projekt früh mit QS.

teil, um sicherzustellen, dass sie den Projektbedürfnissen entsprechen und für die Bewertung der Qualitätssicherung verwendbar sind. Außerdem werden die im Verlauf des Projekts zu bewertenden Arbeitsabläufe und zugehörigen Arbeitsergebnisse bestimmt. Diese Festlegung kann auf Stichproben oder auf objektiven Kriterien beruhen, die mit den organisationsweiten Leitlinien, Projektanforderungen und -bedürfnissen übereinstimmen.

TIPP

Bei Organisationen, die gerade erst mit QS beginnen, beträgt der Stichprobenumfang üblicherweise 100%. Sobald eine Organisation jedoch Erfahrungen mit QS gesammelt hat, wird es möglich, eine kleinere Stichprobe der zu bewertenden Arbeitsabläufe und Arbeitsergebnisse auszuwählen, ohne die Wirksamkeit der QS zu beeinträchtigen.

Wenn Abweichungen erkannt werden, werden sie zunächst innerhalb des Projekts angegangen und dort wenn möglich behoben. Abweichungen, die nicht innerhalb des Projekts behoben werden können, werden zur Lösung an eine geeignete Managementebene eskaliert.

Dieses Prozessgebiet bezieht sich auf Bewertungen von Projekttätigkeiten und Arbeitsprodukten sowie auf organisationsweite Tätigkeiten (z.B. Prozessgruppen und organisationsweite Aus- und Weiterbildung) und Arbeitsergebnisse. Für organisationsweite Aktivitäten und Arbeitsergebnisse sollte der Begriff »Projekt« angemessen interpretiert werden.

In agilen Umgebungen neigen Teams dazu, sich auf die unmittelbaren Erfordernisse der Iteration zu konzentrieren statt auf die langfristigen und breiteren Erfordernisse der Organisation. Damit der Wert und die Effizienz objektiver Bewertungen erkannt werden, besprechen Sie frühzeitig folgende Themen: (1) wie objektive Bewertungen ausgeführt werden, (2) welche Prozesse und Arbeitsergebnisse bewertet werden, (3) wie die Ergebnisse der Bewertungen in die Rhythmen des Teams eingearbeitet werden (z.B. im Rahmen täglicher Besprechungen, durch Checklisten, Peer-Reviews, Tools, kontinuierliche Integration oder Retrospektiven) (siehe »Interpretation von CMMI bei der Verwendung agiler Vorgehensweisen« in Teil I).

In Beziehung stehende Prozessgebiete

Mehr zum Sicherstellen, dass die ausgewählten Arbeitsergebnisse mit den jeweils festgelegten Anforderungen übereinstimmen, steht im Prozessgebiet »Verifizierung«.

Übersicht spezifischer Ziele und Praktiken

SG 1 Arbeitsabläufe und -ergebnisse objektiv bewerten
- SP 1.1 Arbeitsabläufe objektiv bewerten
- SP 1.2 Arbeitsergebnisse objektiv bewerten

Übersicht spezifischer Ziele und Praktiken

SG 2 Objektiven Einblick geben
- SP 2.1 Abweichungen kommunizieren und beseitigen
- SP 2.2 Aufzeichnungen etablieren

Detaillierung spezifischer Ziele und Praktiken

SG 1 *ARBEITSABLÄUFE UND -ERGEBNISSE OBJEKTIV BEWERTEN*

Die Einhaltung der anzuwendenden Prozessbeschreibungen, Verfahren, Normen und Standards in durchgeführten Arbeitsabläufen und in Beziehung stehenden Arbeitsergebnissen wird objektiv bewertet.

SP 1.1 *ARBEITSABLÄUFE OBJEKTIV BEWERTEN*

Die ausgewählten durchgeführten Arbeitsabläufe objektiv anhand der anzuwendenden Prozessbeschreibungen, Verfahren, Normen und Standards bewerten

Objektivität bei den Bewertungen der Prozess- und Produkt-Qualitätssicherung ist entscheidend für den Projekterfolg. Eine Beschreibung der Qualitätssicherungsberichtskette und der Art, wie sie die Objektivität sichert, sollte definiert werden.

Beispiele für Arbeitsergebnisse

1. Bewertungsberichte
2. Berichte zu Abweichungen
3. Korrekturmaßnahmen

Subpraktiken

1. Im Rahmen des Projektmanagements eine Kultur fördern, die die Mitarbeiter zur Identifizierung und Meldung von Qualitätsproblemen ermutigt
2. Klare Kriterien für Bewertungen etablieren und beibehalten

   Der Zweck dieser Subpraktik besteht darin, auf der Grundlage der Geschäftsbedürfnisse Kriterien folgender Art bereitzustellen:

   - Was bewertet werden soll
   - Wann oder wie oft ein Arbeitsablauf bewertet werden soll
   - Wie die Bewertung durchgeführt werden soll
   - Wer in die Bewertung einbezogen werden muss

TIPP

Qualität ist die Aufgabe jedes Beteiligten. Es ist wichtig, dass sich kein Mitarbeiter der Organisation aufgrund der Offenlegung und Diskussion von Qualitätsfragen Sorgen machen muss.

3. Die festgelegten Kriterien verwenden, um ausgewählte durchgeführte Arbeitsabläufe auf Einhaltung der Produktbeschreibungen, Verfahren, Normen und Standards zu bewerten
4. Alle bei der Bewertung gefundenen Abweichungen identifizieren
5. Lessons Learned identifizieren, die Arbeitsabläufe verbessern könnten

HINWEIS

Bei einem traditionellen Ansatz zur Qualitätssicherung mit einer eigenen Qualitätssicherungsgruppe sollte dieser Gruppe die Verantwortung dafür gegeben werden, Projekten während der Projektplanung neue gute Praktiken mitzuteilen.

SP 1.2 ARBEITSERGEBNISSE OBJEKTIV BEWERTEN

Die ausgewählten Arbeitsergebnisse objektiv anhand der anzuwendenden Prozessbeschreibungen, Verfahren, Normen und Standards bewerten

HINWEIS

Sie können objektive Bewertungen von Arbeitsergebnissen in einige Verifizierungstätigkeiten einbetten – insbesondere in Peer-Reviews –, obwohl dies Sorgfalt erfordert. (Mehr dazu in den einleitenden Anmerkungen.)

Beispiele für Arbeitsergebnisse

1. Bewertungsberichte
2. Berichte zu Abweichungen
3. Korrekturmaßnahmen

Subpraktiken

1. Zu bewertende Arbeitsergebnisse auf der Grundlage der dokumentierten Stichprobenkriterien auswählen, wenn mit Stichproben gearbeitet wird

   Arbeitsergebnisse können auch Dienstleistungen einschließen, die von einem Prozess produziert werden. Das gilt unabhängig davon, ob der Empfänger der Dienstleistung zum Projekt oder zur Organisation gehört oder außerhalb steht.

2. Klare Kriterien für die Bewertung ausgewählter Arbeitsergebnisse etablieren und beibehalten

   Die Absicht dieser Subpraktik besteht darin, auf der Grundlage der Geschäftsbedürfnisse Kriterien folgender Art bereitzustellen:

   - Was bei der Bewertung eines Arbeitsergebnisses bewertet werden soll
   - Wann oder wie oft ein Arbeitsergebnis bewertet werden soll
   - Wie die Bewertung durchgeführt werden soll
   - Wer in die Bewertung einbezogen werden muss

3. Die festgelegten Kriterien bei der Bewertung ausgewählter Arbeitsergebnisse verwenden
4. Ausgewählte Arbeitsergebnisse zu ausgewählten Zeitpunkten bewerten

HINWEIS

Subpraktik 4 empfiehlt die Bewertung von Arbeitsergebnissen zu unterschiedlichen Zeiten und aus unterschiedlichen Perspektiven. Wichtig ist dabei, dass Sie umfassend überlegen, wie Sie am besten den objektiven Einblick gewinnen, den Sie während des Projekts benötigen.

Beispiele für Zeitpunkte, an denen Arbeitsergebnisse anhand von Prozessbeschreibungen, Normen oder Verfahren bewertet werden können, umfassen:

- Vor der Lieferung an den Kunden
- Während der Lieferung an den Kunden
- Inkrementell, wenn es angemessen ist
- Während des Modultests
- Während der Integration
- Während der Demonstration eines Inkrements

5. Alle bei Bewertungen gefundenen Fälle von Abweichungen identifizieren
6. Lessons Learned identifizieren, die Arbeitsabläufe verbessern könnten

TIPP

Berichte und Rückmeldungen von der Qualitätssicherung helfen der Organisation, festzustellen, was funktioniert und was nicht.

SG 2 OBJEKTIVEN EINBLICK GEBEN

Abweichungen werden objektiv verfolgt, kommuniziert und beseitigt.

SP 2.1 ABWEICHUNGEN KOMMUNIZIEREN UND BESEITIGEN

Problematische Punkte in der Qualität kommunizieren und Abweichungen gemeinsam mit Mitarbeitern und Führungskräften beseitigen

Abweichungen sind problematische Punkte, die bei Bewertungen festgestellt wurden und die die Nichteinhaltung anzuwendender Prozessbeschreibungen, Verfahren, Normen und Standards zeigen. Der Status von Abweichungen bietet einen Anhaltspunkt für Qualitätstrends. Qualitätsprobleme schließen Abweichungen und Ergebnisse von Trendanalysen ein.

Wenn Abweichungen nicht im Projekt behoben werden können, sollten Sie die etablierten Mechanismen zur Eskalation verwenden, um sicherzustellen, dass die passende Managementebene das Problem lösen kann. Abweichungen bis zum Abschluss verfolgen.

HINWEIS

Probleme der Nichteinhaltung können in Organisationen mit geringer Reife häufig auftreten und sollten auf der niedrigsten möglichen Ebene behoben werden. Kriminalisieren Sie die für die Abweichung Verantwortlichen nicht!

Beispiele für Arbeitsergebnisse

1. Berichte über Korrekturmaßnahmen
2. Bewertungsberichte
3. Qualitätstrends

Subpraktiken

1. Wenn möglich jede Abweichung zusammen mit den geeigneten Mitarbeitern beseitigen
2. Abweichungen dokumentieren, wenn sie nicht innerhalb des Projekts behoben werden können

TIPP

In einigen Fällen können die organisationsweiten Anforderungen und Projektanforderungen einander widersprechen. Derartige Situationen können es erfordern, dass Abweichungen an eine Ebene eskaliert werden, die sowohl das Projekt als auch die QS einschließt.

Beispiele für Methoden, um Abweichungen im Projekt zu beheben, umfassen:

- Beseitigung der Abweichung
- Änderung der Prozessbeschreibungen, Verfahren, Normen oder Standards, die verletzt wurden
- Beschaffen einer Ausnahmegenehmigung für diese Abweichung

3. Abweichungen, die nicht innerhalb des Projekts behoben werden können, an die Managementebene übergeben, die solche Probleme übernehmen und behandeln soll
4. Abweichungen analysieren, um zu sehen, ob es Qualitätstrends gibt, die identifiziert und angegangen werden können
5. Sicherstellen, dass relevante Stakeholder die Bewertungsergebnisse und Qualitätstrends zeitnah erfahren
6. Offene Abweichungen und Trends regelmäßig zusammen mit der Führungskraft überprüfen, die solche Probleme übernehmen und bearbeiten soll
7. Abweichungen bis zum Abschluss verfolgen

HINWEIS

QS werden häufig als nicht wertschöpfend betrachtet. Um Abhilfe zu schaffen, kann verlangt werden, in der Berichterstattung anzugeben, um wie viel Prozent die Qualitätsziele eingehalten werden, anstatt die Anzahl der Abweichungen im Projekt zu nennen. Dies rückt die Qualitätssicherung in ein positiveres Licht und kann einen freundlichen Wettbewerb fördern.

SP 2.2 AUFZEICHNUNGEN ETABLIEREN

Aufzeichnungen der Tätigkeiten zur Qualitätssicherung etablieren und beibehalten

Beispiele für Arbeitsergebnisse

1. Bewertungsprotokolle
2. Qualitätssicherungsberichte
3. Statusberichte über Korrekturmaßnahmen
4. Berichte über Qualitätstrends

Subpraktiken

1. Aktivitäten zur Prozess- und Produkt-Qualitätssicherung ausreichend genau aufzeichnen, damit ihr Status und ihre Ergebnisse bekannt sind
2. Status und Verlauf von Qualitätssicherungsaktivitäten im notwendigen Umfang überarbeiten

Tipp

Aufzeichnungen sind eine Methode, um Trends in den QS-Aktivitäten (einschließlich Abweichungen) zu identifizieren, die es der Organisation ermöglichen, festzustellen, wo zusätzliche Anleitung oder Prozessänderungen erforderlich sind.

QUANTITATIVES PROJEKTMANAGEMENT (QUANTITATIVE PROJECT MANAGEMENT, QPM)

Ein Projektmanagementprozessgebiet des Reifegrads 4

Zweck

Der Zweck des Quantitativen Projektmanagements (QPM) besteht darin, das Projekt quantitativ zu führen, um seine aufgestellten Qualitäts- und Prozessleistungsziele zu erreichen.

Einführende Hinweise

Das Prozessgebiet des quantitativen Projektmanagements umfasst folgende Tätigkeiten:

- Etablieren und Beibehalten der Qualitäts- und Prozessleistungsziele des Projekts
- Zusammenstellen eines definierten Prozesses für das Projekt, der dabei helfen soll, die Qualitäts- und Prozessleistungsziele des Projekts zu erreichen
- Auswählen von Teilprozessen und Attributen, die für das Verständnis der Leistung von entscheidender Bedeutung sind und dabei helfen, die Qualitäts- und Prozessleistungsziele des Projekts zu erreichen
- Auswählen von Kennzahlen und analytischen Techniken zur Verwendung im quantitativen Management
- Überwachen der Leistung ausgewählter Teilprozesse mit Hilfe statistischer und anderer quantitativer Techniken
- Führen des Projekts mit Hilfe statistischer und anderer quantitativer Techniken, um zu bestimmen, ob die Qualitäts- und Prozessleistungsziele des Projekts erfüllt werden oder nicht
- Durchführen einer Ursachenanalyse für ausgewählte Probleme, um Mängel beim Erreichen der Qualitäts- und Prozessleistungsziele des Projekts anzugehen

TIPP

Im Modell CMMI for Services heißt dieses Prozessgebiet »Quantitatives Management der Arbeit« (Quantitative Work Management, QWM).

TIPP

QPM hilft Projekten, von der »Rückspiegelperspektive« zu einem Projektmanagement mit Hilfe vorhersehbarer, nach vorn ausgerichteter Vorgehensweise zu wechseln, um das Projekt auf Erfolgskurs zu bringen.

TIPP

Auf die Frage, warum QPM wichtig ist, antwortete ein Kollege: »Das Unternehmen braucht Daten für die nächste Generation!«

TIPP

CMMI schreibt nicht vor, wer die spezifischen Praktiken eines Prozessgebiets durchführen soll, doch werden die in QPM beschriebenen Tätigkeiten am besten von denen verrichtet, die den definierten Prozess des Projekts tatsächlich ausführen, da sie in der besten Position sind, um ihre Situation in allen Einzelheiten zu verstehen. Es kann jedoch vorteilhaft sein, Personen mit besonderen Fachkenntnissen und Messung und quantitativen Methoden (z.B. Six Sigma Black Belts) heranzuziehen.

TIPP

Wenn QPM wirksam umgesetzt ist, ermöglicht es Einzelpersonen und Teams die Abgabe genauer Schätzungen (Voraussagen), sodass sie bezüglich dieser Schätzungen zuverlässigere Zusagen treffen können.

QUERVERWEIS

Die Prozessgebiete QPM und OPP sind eng gekoppelt. Sie bringen jeweils Arbeitsergebnisse hervor, die von dem anderen verwendet werden. Bei der Umsetzung von OPP ist QPM ausführlich zu Rate zu ziehen.

Mit Hilfe von Prozessen zur organisationsweiten Prozessleistung werden Prozess-Assets der Organisation zum Erreichen einer hohen Reife etabliert, z.B. Qualitäts- und Prozessleistungsziele, ausgewählte Prozesse, Kennzahlen, Baselines und Modelle. Diese Assets werden in Prozessen des quantitativen Projektmanagements verwendet. Das Projekt kann Prozesse zur organisationsweiten Prozessleistung nutzen, um nach Bedarf zusätzliche Ziele, Kennzahlen, Baselines und Modelle zum effektiven Analysieren und Managen der Leistung zu definieren. Die Kennzahlen, Messungen und anderen Daten aus Prozessen des quantitativen Projektmanagements werden in die Prozess-Assets der Organisation aufgenommen. Auf diese Weise können die Organisation und ihre Projekte Nutzen aus Assets ziehen, die durch Gebrauch verbessert werden.

Der definierte Prozess des Projekts besteht aus einem Satz zusammenhängender Teilprozesse, die einen einheitlichen und zusammenhängenden Prozess für das Projekt bilden. Die Praktiken des fortgeschrittenen Projektmanagements beschreiben die Etablierung des definierten Prozesses für das Projekt durch die Auswahl und das Tailoring von Prozessen aus dem organisationsspezifischen Satz von Standardprozessen. (Die Definition von »Definierter Prozess« finden Sie im Glossar.)

Im Gegensatz zu den Praktiken des fortgeschrittenen Projektmanagements helfen Ihnen die Praktiken des quantitativen Projektmanagements dabei, ein quantitatives Verständnis der erwarteten Leistung von Prozessen und Teilprozessen zu entwickeln. Dieses Verständnis dient als Grundlage, um den definierten Prozess des Projekts dadurch zu etablieren, dass alternative Prozesse oder Teilprozesse für das Projekt bewertet und diejenigen ausgewählt werden, die die Qualitäts- und Prozessleistungsziele am besten erreichen.

Für die erfolgreiche Umsetzung dieses Prozessgebiets ist auch die Etablierung effektiver Beziehungen zu Lieferanten wichtig. Das Etablieren solcher effektiven Beziehungen kann bedeuten, Qualitäts- und Prozessleistungsziele für Lieferanten zu etablieren, die Kennzahlen und analytischen Techniken zur Einsichtnahme in den Fortschritt und die Leistung von Lieferanten zu bestimmen und den Fortschritt beim Erreichen dieser Ziele zu überwachen.

Ein wesentliches Element des quantitativen Managements besteht darin, Vertrauen in Voraussagen zu haben (d.h. verlässlich voraussagen zu können, in welchem Maße das Projekt seine Qualitäts- und Prozessleistungsziele erreichen kann). Teilprozesse können mit Hilfe statistischer und anderer quantitativer Techniken geführt werden, die aufgrund des Erfordernisses für eine vorhersagbare Prozessleistung ausgewählt werden.

Ein weiteres wesentliches Element des quantitativen Managements besteht darin, die Natur und den Umfang der Streuung der Prozessleistung zu verstehen und zu erkennen, wann die tatsächliche Leistung des Projekts nicht ausreichen wird, um seine Qualitäts- und Prozessleistungsziele zu erreichen.

Zum quantitativen Management gehören daher statistisches Denken und der richtige Einsatz einer Vielzahl an statistischen Techniken. (Die Definition von »quantitatives Management« finden Sie im Glossar.)

Statistische und andere quantitative Techniken werden verwendet, um ein Verständnis der tatsächlichen Leistung zu entwickeln oder die Leistung von Prozessen vorherzusagen. Solche Techniken können auf verschiedenen Ebenen angewandt werden, vom Fokus auf einzelne Teilprozesse bis zu Analysen, die Lebenszyklusphasen, Projekte und Unterstützungsfunktionen umspannen. Nichtstatistische Techniken bieten weniger strenge, aber dennoch nützliche Vorgehensweisen, die dem Projekt zusammen mit den statistischen Techniken zu erkennen helfen, ob die Qualitäts- und Prozessleistungsziele erfüllt werden oder nicht, und um gegebenenfalls erforderliche Korrekturmaßnahmen zu identifizieren.

Dieses Prozessgebiet bezieht sich auf das Management eines Projekts. Die Anwendung dieser Konzepte auf das Management anderer Gruppen und Funktionen kann dabei helfen, verschiedene Aspekte der Leistung in der Organisation zu verknüpfen und eine Grundlage für den Ausgleich und die Vereinbarung widerstreitender Prioritäten zu schaffen, um eine breite Palette an Geschäftszielen anzugehen.

TIPP

Mit »statistischem Denken« meinen wir die angemessene Verwendung statistischer Techniken als Werkzeuge, um die Streuung in der Durchführung eines Prozesses zu beurteilen, die Ursachen zu ergründen und anhand der Daten zu erkennen, wann der Prozess nicht so leistungsfähig ist wie er sollte. (Eine Definition von »statistische Methoden« finden Sie im Glossar.)

TIPP

Ein wichtiger Begriff ist »statistische und andere quantitative Techniken« (siehe Definition im Glossar). Organisationen und Projekte hoher Reife nutzen die Kenntnis, welche Faktoren in einer Situation eine Rolle spielen, um deren zukünftigen Verlauf zu lenken. Statistische und andere quantitative Techniken bieten die erforderlichen Einblicke, um dies zu erreichen, und helfen dabei, das Projekt auf den Kurs zum Erreichen seiner Ziele zu bringen.

Beispiele für andere Gruppen und Funktionen, die von der Nutzung dieses Prozessgebiets profitieren können, umfassen:

- Funktionen der Qualitätssicherung oder Qualitätssteuerung
- Prozessdefinition und -verbesserung
- Interne Forschungs- und Entwicklungsfunktionen
- Funktionen der Risikoidentifizierung und des Risikomanagements
- Funktionen der Technologieforschung
- Marktforschung
- Bewertung der Kundenzufriedenheit
- Problemnachverfolgung und Berichterstattung

In Beziehung stehende Prozessgebiete

QUERVERWEIS

Siehe *How to Measure Anything: Finding the Value of »Intangibles« in Business* von Douglas W. Hubbard (John Wiley & Sons, Inc.).

QUERVERWEIS

Siehe »Moving Up the CMMI Capability and Maturity Levels Using Simulation« von David M. Raffo und Wayne Wakeland (unter *http://www.sei.cmu.edu/reports/08tr002.pdf*).

Mehr zur Identifizierung der Ursachen ausgewählter Ergebnisse und zum Ergreifen von Maßnahmen zur Verbesserung der Prozessleistung steht im Prozessgebiet »Ursachenanalyse und -beseitigung«.

Mehr zur Etablierung des definierten Prozesses für ein Projekt steht im Prozessgebiet »Fortgeschrittenes Projektmanagement«.

Mehr zum Ausrichten von Mess- und Analysetätigkeiten und zum Bereitstellen von Messergebnissen steht im Prozessgebiet »Messung und Analyse«.

Mehr zur Etablierung von Prozess-Assets der Organisation steht im Prozessgebiet »Organisationsweite Prozessentwicklung«.

Mehr zum vorausschauenden Management der Organisationsleistung, um die Geschäftsziele zu erreichen, steht im Prozessgebiet »Organisationsweites Leistungsmanagement«.

Mehr über das Etablieren und Beibehalten eines quantitativen Verständnisses der Leistung ausgewählter Prozesse aus dem organisationsspezifischen Satz von Standardprozessen zur Unterstützung der Qualitäts- und Prozessleistungsziele sowie über die Bereitstellung von Prozessleistungsdaten, -baselines und -modellen zur quantitativen Führung der Projekte der Organisation steht im Prozessgebiet »Organisationsweite Prozessleistung«.

Weitere Informationen darüber, wie Sie den Fortschritt des Projekts erkennbar machen, damit angemessene Korrekturmaßnahmen ergriffen werden können, wenn die Projektleistung erheblich vom Plan abweicht, stehen im Prozessgebiet »Projektverfolgung und -steuerung«.

Mehr zum Management der Beschaffung von Produkten und Dienstleistungen von Lieferanten steht im Prozessgebiet »Zulieferungsmanagement«.

QUERVERWEIS

Siehe *Understanding Variation: The Key to Managing Chaos (Second Edition)* von Donald J. Wheeler (SPC Press, Inc.).

Übersicht spezifischer Ziele und Praktiken

SG 1 Quantitatives Management vorbereiten
- SP 1.1 Projektziele etablieren
- SP 1.2 Definierte Prozesse zusammenstellen
- SP 1.3 Teilprozesse und Attribute auswählen
- SP 1.4 Kennzahlen und Analyseverfahren selektieren

SG 2 Projekte quantitativ führen
- SP 2.1 Leistung ausgewählter Teilprozesse überwachen
- SP 2.2 Projektleistung managen
- SP 2.3 Ursachenanalyse durchführen

Detaillierung spezifischer Ziele und Praktiken

SG 1 QUANTITATIVES MANAGEMENT VORBEREITEN

Eine Vorbereitung für das Risikomanagement wird durchgeführt.

Die Vorbereitungstätigkeiten umfassen das Etablieren quantitativer Ziele für das Projekt, das Zusammenstellen eines definierten Prozesses für das Projekt, der beim Erreichen dieser Ziele helfen kann, die Auswahl von Teilprozessen und Attributen, die für das Verständnis der Leistung und zum Erreichen der Ziele von entscheidender Bedeutung sind, und die Auswahl von Kennzahlen und analytischen Techniken, die das quantitative Management unterstützen.

Diese Tätigkeiten müssen unter Umständen wiederholt werden, wenn sich Erfordernisse und Prioritäten ändern, wenn die Prozessleistung besser verstanden wird oder um Risiken abzuschwächen oder Korrekturmaßnahmen durchzuführen.

HINWEIS

Die spezifischen Praktiken 1.1 bis 1.4 lassen sich gleichzeitig und iterativ durchführen.

QPM

SP 1.1 PROJEKTZIELE ETABLIEREN

Die Qualitäts- und Prozessleistungsziele des Projekts etablieren und beibehalten

Bedenken Sie beim Etablieren der Qualitäts- und Prozessleistungsziele des Projekts die Prozesse, die in den definierten Prozess des Projekts aufgenommen werden, und die Hinweise der

TIPP

Im Allgemeinen werden diese Ziele in einem frühen Stadium der Projektplanung etabliert, noch während die Kundenanforderungen an Produkt- und Dienstleistungsqualität und Prozessleistung aufgestellt und analysiert werden.

historischen Daten zu deren Prozessleistung. Diese Überlegungen helfen zusammen mit anderen, z.B. zur technischen Fähigkeit, realistische Projektziele zu etablieren.

Die Qualitäts- und Prozessleistungsziele des Projekts sind mit angemessener Genauigkeit etabliert und ausgehandelt worden (z.B. für einzelne Produktbestandteile, Teilprozesse oder Projektteams), um eine Gesamtbewertung der Ziele und Risiken auf Projektebene zu ermöglichen. Beim Fortschreiten des Projekts können die Projektziele aktualisiert werden, wenn die tatsächliche Leistung des Projekts bekannt ist und leichter vorhergesagt werden kann und wenn sich die Erfordernisse und Prioritäten relevanter Stakeholder ändern.

QUERVERWEIS

Qualitäts- und Prozessleistungsziele sollten die sogenannten »SMART-Kriterien« erfüllen. SMART steht für »specific, measurable, attainable, relevant and time-bound« (also »spezifisch, messbar, erreichbar, relevant und zeitgebunden«; weitere Informationen siehe Wikipedia).

Beispiele für Arbeitsergebnisse

1. Die Qualitäts- und Prozessleistungsziele der Organisation
2. Bewertung des Risikos, die Projektziele nicht zu erreichen

Subpraktiken

1. Die Qualitäts- und Prozessleistungsziele der Organisation überprüfen

   Diese Überprüfung stellt sicher, dass die Projektmitglieder den umfassenden Geschäftskontext des Projekts kennen. Die Qualitäts- und Prozessleistungsziele des Projekts werden im Kontext dieser übergeordneten Ziele der Organisation entwickelt.

   Mehr zum Etablieren von Qualitäts- und Prozessleistungszielen steht im Prozessgebiet »Organisationsweites Prozessfähigkeitsmanagement«.

2. Bedarf an Qualität und Prozessleistung und Prioritäten von Kunden, Lieferanten, Endanwendern und anderer relevanter Stakeholder ermitteln

   Gewöhnlich beginnt die Identifizierung der Erfordernisse relevanter Stakeholder früh (z.B. während der Entwicklung der Leistungsbeschreibung). Während der Anforderungsentwicklung werden die Erfordernisse weiter eingeholt, analysiert, verfeinert, nach Prioritäten geordnet und abgestimmt.

TIPP

Die Qualitäts- und Prozessleistungsziele des Projekts basieren zum Teil auf denen der Organisation. Dieser Ansatz hilft sicherzustellen, dass die Qualitäts- und Prozessleistungsziele des Projekts mit denen der Organisation abgestimmt sind.

Beispiele für Attribute von Qualitäts- und Prozessleistungszielen, für die der Bedarf und die Prioritäten ermittelt werden können, umfassen:

- Dauer
- Vorhersagbarkeit
- Zuverlässigkeit
- Wartungsfähigkeit
- Verwendbarkeit (Usability)
- Pünktlichkeit
- Funktionalität
- Genauigkeit

3. Die messbaren Qualitäts- und Prozessleistungsziele für das Projekt festlegen und dokumentieren

   Die Festlegung und Dokumentation von Zielen für das Projekt umfasst:

   - Einbeziehen der angemessenen Qualitäts- und Prozessleistungsziele der Organisation
   - Schriftliches Fixieren der Ziele, die die Erfordernisse für die Qualität und Prozessleistung und die Prioritäten von Kunden, Lieferanten, Endanwendern und anderer relevanter Stakeholder widerspiegeln
   - Bestimmen, wie die einzelnen Ziele erreicht werden
   - Überprüfen der Ziele, um sicherzustellen, dass sie ausreichend spezifisch, messbar, erreichbar, relevant und zeitgebunden sind

Beispiele für messbare Qualitätsattribute umfassen:

- Durchschnittliche Zeit zwischen zwei Ausfällen
- Anzahl und Schweregrad von Fehlern im freigegebenen Produkt
- Verbrauch kritischer Ressourcen
- Anzahl und Schweregrad von Kundenbeschwerden über die bereitgestellten Dienstleistungen

Beispiele für messbare Prozessleistungsattribute umfassen:
- Durchlaufzeit
- Prozentsatz an Zeit für Nacharbeit
- Prozentsatz der Fehler, die durch Produktverifizierung entfernt werden (eventuell getrennt nach Art der Verifizierung, z.B. Peer-Reviews oder Tests)
- Quote der übersehenen Fehler
- Anzahl und Schwere von Fehlern (oder gemeldeten Zwischenfällen) im ersten Jahr nach der Produktauslieferung (oder dem Beginn der Dienstleistung)

Beispiele für Qualitäts- und Prozessleistungsziele des Projekts umfassen:
- Größe des Bestands an Änderungsanforderungen unter einem Schwellenwert halten
- Erhöhen der Entwicklungsgeschwindigkeit (Velocity) auf einen Zielwert bis zu einem Zieldatum (in agilen Umgebungen)
- Verringern der Leerlaufzeit um x% bis zu einem Zieldatum
- Terminverzüge unter einem bestimmten Prozentsatz halten
- Verringern der Kosten für den gesamten Lebenszyklus um einen bestimmten Prozentsatz bis zu einem Zieldatum
- Verringern von Fehlern in den an den Kunden ausgelieferten Produkten um 10% ohne Auswirkungen auf die Kosten

4. Zwischenziele ableiten, um den Fortschritt beim Erreichen der Projektziele zu beobachten

   Zwischenziele können für Attribute ausgewählter Lebenszyklusphasen, Meilensteine, Arbeitsergebnisse oder Teilprozesse etabliert werden.

   Da Prozessleistungsmodelle Beziehungen zwischen Produkt- und Prozessattributen beschreiben, können sie verwendet werden, um Zwischenziele abzuleiten, die das Projekt zum Erreichen seiner Ziele leiten.

5. Das Risiko für das Nichterreichen der Qualitäts- und Prozessleistungsziele des Projekts bestimmen

   Das Risiko ist eine Funktion der etablierten Ziele, der Produktarchitektur, des definierten Prozesses für das Projekt, der Verfügbarkeit erforderlicher Kenntnisse und Fertigkeiten usw.

Prozessleistungsbaselines und -modelle können verwendet werden, um die Wahrscheinlichkeit dafür zu ermitteln, einen Satz von Zielen zu erreichen, und bieten Anleitung beim Aushandeln von Zielen und Zusagen. Die Bewertung von Risiken kann verschiedene Projekt-Stakeholder einbeziehen und im Rahmen der Konfliktlösung durchgeführt werden, die in der nächsten Subpraktik beschrieben wird.

6. Konflikte zwischen den Qualitäts- und Prozessleistungszielen des Projekts auflösen (z.B. wenn ein Ziel nicht erreicht werden kann, ohne ein anderes zu beeinträchtigen)

   Prozessleistungsmodelle können dabei helfen, Konflikte zu identifizieren und sicherzustellen, dass durch die Lösung der Konflikte keine neuen Konflikte oder Risiken auftreten.

   Die Auflösung von Konflikten umfasst folgende Tätigkeiten:

   - Festlegung von relativen Prioritäten für die Ziele
   - Erwägung von alternativen Zielen unter Berücksichtigung langfristiger Geschäftsstrategien sowie kurzfristiger Bedürfnisse
   - Einbeziehung des Kunden, der Endanwender, des leitenden Managements, des Projektmanagements und anderer relevanter Stakeholder in Entscheidungen über Kompromisse
   - Überprüfen der Ziele nach Bedarf, um die Ergebnisse der Konfliktlösung widerzuspiegeln

7. Die Nachverfolgbarkeit der Qualitäts- und Prozessleistungsziele des Projekts ausgehend von ihren Quellen her aufstellen

Beispiele für Quellen von Zielen umfassen:

- Anforderungen
- Die Qualitäts- und Prozessleistungsziele der Organisation
- Die Qualitäts- und Prozessleistungsziele des Kunden
- Geschäftsziele
- Gespräche mit Kunden und potenziellen Kunden
- Marktstudien
- Produktarchitektur

Ein Beispiel für eine Methode, um diesen Bedarf und die Prioritäten zu ermitteln und nachzuverfolgen, ist Quality Function Deployment (QFD).

HINWEIS

Nachdem ein Lieferant oder eine Reihe von Lieferanten ausgewählt wurden, müssen diese Ziele erneut betrachtet werden. Die Zusammenarbeit mit Lieferanten, die über quantitativ geführte Prozesse verfügen, kann Gelegenheiten zu organisationsübergreifenden Verbesserungen bieten.

TIPP

Manche Organisationen brauchen unter Umständen keine alternativen Teilprozesse (z.B. weil die Projekte einander ausreichend ähnlich sind). In solchen Fällen gibt es trotzdem Alternativen zu untersuchen (z.B. lässt sich die Intensität anpassen, mit der ein Teilprozess angewendet wird; siehe Subpraktik 2).

TIPP

Prozessleistungs-Baselines und -modelle (PPBs und PPMs) können dem Projekt helfen, Alternativen zu bewerten, um zu bestimmen, mit welcher davon es seine Qualitäts- und Prozessleistungsziele am besten erreichen kann.

8. Die Qualitäts- und Prozessleistungsziele für Lieferanten festlegen und verhandeln
9. Die Qualitäts- und Prozessleistungsziele des Projekts nach Bedarf überarbeiten

SP 1.2 DEFINIERTE PROZESSE ZUSAMMENSTELLEN

Mit Hilfe statistischer und anderer quantitativer Techniken einen definierten Prozess zusammenstellen, der es dem Projekt ermöglicht, seine Qualitäts- und Prozessleistungsziele zu erreichen

Mehr zur Etablierung des definierten Prozesses für ein Projekt steht im Prozessgebiet »Fortgeschrittenes Projektmanagement«.

Mehr zur Etablierung von Prozess-Assets der Organisation steht im Prozessgebiet »Organisationsweite Prozessentwicklung«.

Mehr zum Etablieren von Prozessleistungsbaselines und -modellen steht im Prozessgebiet »Organisationsweite Prozessleistung«.

Die Zusammenstellung der definierten Prozesse des Projekts geht über die Auswahl und das Tailoring von Prozessen hinaus, das im Prozessgebiet »Fortgeschrittenes Projektmanagement« beschrieben wird. Sie umfasst die Identifizierung von Alternativen für einen oder mehrere Prozesse und Teilprozesse, die quantitative Analyse der Leistung und die Auswahl der Alternativen, die dem Projekt am besten dabei helfen, seine Qualitäts- und Prozessleistungsziele zu erreichen.

Beispiele für Arbeitsergebnisse

1. Verwendete Kriterien zur Bewertung von Alternativen für das Projekt
2. Alternative Teilprozesse
3. Teilprozesse, die in den definierten Prozess des Projekts aufgenommen werden sollen
4. Bewertung des Risikos, die Projektziele nicht zu erreichen

Subpraktiken

1. Die Kriterien zur Bewertung von Prozessalternativen für das Projekt etablieren

Die Kriterien können sich auf Folgendes gründen:

- Qualitäts- und Prozessleistungsziele
- Vorhandensein von Prozessleistungsdaten und Relevanz der Daten zur Bewertung einer Alternative
- Vertrautheit mit ähnlich aufgebauten Alternativen
- Vorhandensein von Prozessleistungsmodellen, die zur Bewertung einer Alternative herangezogen werden können
- Produktlinienstandards
- Projektphasenmodelle
- Stakeholder-Anforderungen
- Gesetze und Vorschriften

2. Alternative Prozesse und Teilprozesse für das Projekt identifizieren

   Die Identifizierung von Alternativen kann eine oder mehrere der folgenden Tätigkeiten umfassen:

   - Analysieren der organisationsweiten Prozessleistungsbaselines, um Teilprozesskandidaten zu identifizieren, die dabei helfen können, die Qualitäts- und Prozessleistungsziele des Projekts zu erreichen
   - Identifizieren von Teilprozessen aus dem organisationsweiten Satz von Standardprozessen sowie aus ge-tailorten Prozessen in der Bibliothek der Prozess-Assets, die beim Erreichen dieser Ziele helfen können
   - Identifizieren von Prozessen aus externen Quellen (z.B. andere Organisationen, Branchenkonferenzen oder wissenschaftliche Forschung)
   - Anpassen der Tiefe oder Intensität, mit der ein Teilprozess angewandt wird (dies wird in einer folgenden Subpraktik ausführlicher beschrieben)

   Zur Anpassung der Tiefe oder Intensität, mit der ein Teilprozess angewandt wird, kann es gehören, bei den folgenden Aspekten eine Auswahl zu treffen:

   - Anzahl, Typ und Zeitpunkt der abzuhaltenden Peer-Reviews
   - Einzelnen Aufgaben zugewiesene Arbeitsleistung oder Zeit
   - Anzahl und Auswahl der beteiligten Personen

- Erforderliche Fertigkeiten für die Durchführung bestimmter Aufgaben
- Selektive Anwendung besonderer Konstruktions- oder Verifizierungstechniken
- Entscheidungen zur Wiederverwendung und damit verwandte Strategien zur Risikoabschwächung
- Zu messende Produkt- und Prozessattribute
- Erhebungsrate für Managementdaten

Mehr zur Verwendung von Prozess-Assets der Organisation und zur Planung von Projekttätigkeiten steht im Prozessgebiet »Fortgeschrittenes Projektmanagement«.

HINWEIS

Wenn Projektteilprozesse mit Lieferanten- oder Endanwenderteilprozessen in Wechselwirkung stehen, ist das Kräftespiel nicht unbedingt offensichtlich. Um verborgene Verhaltensweisen und unbeabsichtigte Konsequenzen aufzudecken, können Prozesssimulationen im Einklang mit den PPMs verwendet werden.

3. Die Interaktion alternativer Teilprozesse analysieren, um die Beziehungen zwischen den Teilprozessen und ihren Attributen zu verstehen.

   Eine Analyse der Interaktion gibt Einsicht in die relativen Stärken und Schwächen bestimmter Alternativen. Diese Analyse kann durch eine Kalibrierung der Prozessleistungsmodelle der Organisation mit Prozessleistungsdaten unterstützt werden (z.B. denen, die in Prozessleistungsbaselines beschrieben werden).

   Unter Umständen ist eine zusätzliche Modellierung notwendig, wenn die vorhandenen Prozessleistungsmodelle nicht in der Lage sind, bedeutsame Beziehungen zwischen den betrachteten alternativen Teilprozessen zu beschreiben, und es ein hohes Risiko dafür gibt, die Ziele nicht zu erreichen.

QUERVERWEIS

Für weitere Informationen über Prozesssimulationen siehe den weiter vorn erwähnten Bericht von Raffo und Wakeland.

4. Alternative Teilprozesse anhand der Kriterien bewerten

   Verwenden Sie zur Bewertung der Alternativen anhand der Kriterien historische Daten, Prozessleistungsbaselines und Prozessleistungsmodelle in angemessener Weise. Diese Bewertungen können, vor allem bei hohem Risiko, eine Sensitivitätsanalyse umfassen.

   Mehr zur Bewertung von Alternativen steht im Prozessgebiet »Entscheidungsfindung«.

5. Die alternativen Teilprozesse auswählen, die den Kriterien am besten entsprechen

   Es kann erforderlich sein, mehrere Iterationen der in den vorstehenden Subpraktiken beschriebenen Tätigkeiten durchzuführen, bevor Sie Vertrauen darin haben, dass die besten verfügbaren Alternativen erkannt worden sind.

6. Das Risiko für das Nichterreichen der Qualitäts- und Prozessleistungsziele des Projekts bewerten

   Eine Analyse des Risikos, das mit dem ausgewählten alternativen definierten Prozess verbunden ist, kann dazu führen, dass weitere Alternativen identifiziert und bewertet werden. Außerdem können Bereiche erkannt werden, die mehr Aufmerksamkeit beim Management erfordern.

   Mehr zur Erkennung und Analyse von Risiken steht im Prozessgebiet »Risikomanagement«.

SP 1.3 TEILPROZESSE UND ATTRIBUTE AUSWÄHLEN

Teilprozesse und Attribute auswählen, die für die Bewertung der Leistung von entscheidender Bedeutung sind und dabei helfen, die Qualitäts- und Prozessleistungsziele des Projekts zu erreichen

Einige Teilprozesse sind von entscheidender Bedeutung, da sich ihre Leistung signifikant auf das Erreichen der Projektziele auswirkt oder dazu beiträgt. Diese Teilprozesse können gute Kandidaten für eine Überwachung und Steuerung mit Hilfe statistischer und anderer quantitativer Techniken sein, wie es in der ersten spezifischen Praktik des zweiten spezifischen Ziels beschrieben wird.

Einige Attribute dieser Teilprozesse können außerdem als Frühindikatoren für die Prozessleistung von nachfolgenden Teilprozessen und zur Bewertung des Risikos dienen, die Projektziele nicht zu erreichen (z.B. mit Hilfe von Prozessleistungsmodellen).

Teilprozesse und Attribute, die eine solche kritische Rolle spielen, sind bereits im Rahmen der Analysen in der vorhergehenden spezifischen Praktik identifiziert worden.

In kleinen Projekten und unter anderen Umständen, in denen Teilprozessdaten nicht häufig genug erhoben werden können, um ausreichend empfindliche statistische Rückschlüsse zu ziehen, kann es trotzdem möglich sein, die Prozessleistung zu ermitteln, indem die Prozessleistung über ähnliche Iterationen, Teams oder Projekte hinweg untersucht wird.

TIPP

Der Schwerpunkt von SP 1.2 lag darauf zu bestimmen, welcher Prozess am besten beim Erreichen der Qualitäts- und Prozessleistungsziele hilft. In SP 1.3 wechselt der Schwerpunkt zur Identifizierung der kritischen Teilprozesse innerhalb dieses Prozesses, die korrekt und einheitlich durchgeführt (also »beherrscht«) werden müssen, damit die Projektleistung nicht leidet, und zur Identifizierung der Attribute, die schon früh anzeigen (oder »signalisieren«), dass ein Projekt »aus dem Ruder läuft«.

Beispiele für Arbeitsergebnisse

1. Kriterien zur Auswahl von Teilprozessen, die entscheidende Beiträge zum Erreichen der Projektziele leisten

2. Ausgewählte Teilprozesse
3. Attribute ausgewählter Teilprozesse, die bei der Vorhersage der zukünftigen Projektleistung helfen

Subpraktiken

HINWEIS

Um die Projektleistung und die Ergebnisse in die gewünschte Richtung zu lenken, muss man wissen, an welchen »Rädchen« an verschiedenen Stellen im Projekt man drehen kann. Das kann man auf der Organisationsebene (OPP SP 1.2 und 1.5) lernen und anschließend bei einzelnen Projekten.

1. Analysieren des Zusammenhangs zwischen Teilprozessen, deren Attributen, anderen Faktoren und den Projektleistungsergebnissen

   Eine Ursachenanalyse, eine Sensitivitätsanalyse oder ein Prozessleistungsmodell kann dabei helfen, die Teilprozesse und Attribute zu identifizieren, die am stärksten zum Erreichen bestimmter Leistungsergebnisse (oder der Streuung der Leistungsergebnisse) beitragen oder hilfreiche Indikatoren der zukünftigen Leistungsergebnisse sind.

   Mehr über das Bestimmen der Ursachen bestimmter Ergebnisse steht im Prozessgebiet »Ursachenanalyse und -beseitigung«.

2. Kriterien für die Auswahl von Teilprozessen identifizieren, die entscheidende Beiträge zum Erreichen der Qualitäts- und Prozessleistungsziele des Projekts leisten

TIPP

Die Auswahl der Teilprozesse und Attribute des Projekts basiert teilweise auf der von der Organisation getroffenen Auswahl (OPP SP 1.2).

Beispiele für Kriterien, die verwendet werden, um Teilprozesse auszuwählen, umfassen:

- Es gibt eine starke Korrelation mit Leistungsergebnissen, die in den Projektzielen angesprochen werden.
- Die stabile Leistung des Teilprozesses ist wichtig.
- Eine schlechte Leistung des Teilprozesses ist mit großen Risiken für das Projekt verbunden.
- Eines oder mehrere der Attribute des Teilprozesses sind wichtige Eingangsgrößen für die im Projekt verwendeten Prozessleistungsmodelle.
- Der Teilprozess wird häufig genug ausgeführt, um ausreichend Daten für die Analyse zu liefern.

3. Teilprozesse anhand der identifizierten Kriterien auswählen

   Bei der Bewertung von Teilprozesskandidaten anhand der Auswahlkriterien können historische Daten, Prozessleistungsmodelle und Prozessleistungsbaselines helfen.

   Mehr zur Bewertung von Alternativen steht im Prozessgebiet »Entscheidungsfindung«.

4. Zu überwachende Produkt- und Prozessattribute identifizieren.

   Diese Attribute sind möglicherweise im Rahmen der vorhergehenden Subpraktiken identifiziert worden.

   Attribute, die Einblick in die jetzige oder zukünftige Teilprozessleistung geben, sind Kandidaten für die Überwachung. Das gilt unabhängig davon, ob die zugehörigen Teilprozesse der Kontrolle des Projekts unterliegen oder nicht. Außerdem können einige dieser Attribute auch andere Funktionen erfüllen (z.B. bei der Überwachung des Projektfortschritts und der Projektleistung im Prozessgebiet »Projektverfolgung und -steuerung«).

Beispiele für Produkt- und Prozessattribute umfassen:
- Aufwand zur Durchführung des Teilprozesses
- Durchführungsgeschwindigkeit des Teilprozesses
- Durchlaufzeit für die Prozesselemente, aus denen der Teilprozess besteht
- Ressourcen oder Materialien, die als Eingabe in den Teilprozess verbraucht werden
- Fähigkeitsgrad der Mitarbeiter, die den Teilprozess durchführen
- Qualität der Arbeitsumgebung zur Durchführung des Teilprozesses
- Umfang der Ausgangsgrößen des Teilprozesses (z.B. Zwischenarbeitsergebnisse)
- Qualitätsattribute oder Ausgangsgrößen des Teilprozesses (z.B. Zuverlässigkeit, Überprüfbarkeit)

TIPP

Diese Praktik hat auch einen dynamischen Aspekt. Es lassen sich zwar viele Mess- und Analysetechniken im Voraus identifizieren, sodass das Projektteam darauf vorbereitet ist, sie anzuwenden und die Ergebnisse zu interpretieren, doch können während des Projekts besondere Situationen auftreten, die eine eingehendere Analyse erfordern, um die Lage zu diagnostizieren und mögliche Lösungen zu bewerten (siehe z.B. SP 2.3). Möglicherweise muss auf Fachleute für Analysetechniken zurückgegriffen werden.

SP 1.4 KENNZAHLEN UND ANALYSEVERFAHREN SELEKTIEREN

Kennzahlen und analytische Techniken zur Verwendung im quantitativen Management auswählen

Mehr zum Ausrichten von Mess- und Analysetätigkeiten und zum Bereitstellen von Messergebnissen steht im Prozessgebiet »Messung und Analyse«.

Beispiele für Arbeitsergebnisse

1. Definitionen von Kennzahlen und analytischen Techniken zur Verwendung im quantitativen Management

2. Nachverfolgbarkeit von den Messungen der Kennzahlen zu den aufgestellten Qualitäts- und Prozessleistungszielen des Projekts
3. Qualitäts- und Prozessleistungsziele für ausgewählte Teilprozesse und ihre Attribute
4. Prozessleistungsbaselines und -modelle zur Verwendung durch das Projekt

Subpraktiken

TIPP

Beispielsweise beruht die Identifizierung von Kennzahlen für die Überwachung ausgewählter Teilprozesse (SP 2.1) auf den ausgewählten Attributen (SP 1.3) und auf den von der Organisation etablierten Kennzahlen, die Bestandteile ihrer Prozessleistungsanalysen sind (OPP SP 1.3).

1. Gemeinsame Kennzahlen aus den Prozess-Assets der Organisation identifizieren, die das quantitative Management unterstützen

   Mehr zur Etablierung von Prozess-Assets der Organisation steht im Prozessgebiet »Organisationsweite Prozessentwicklung«.

   Mehr zum Etablieren von Prozessleistungsbaselines und -modellen steht im Prozessgebiet »Organisationsweite Prozessleistung«.

   Produktlinien oder andere Gliederungskriterien können die gemeinsamen Kennzahlen kategorisieren.

2. Zusätzliche Kennzahlen ermitteln, die erforderlich sein könnten, um kritische Produkt- und Prozessattribute der ausgewählten Teilprozesse abzudecken

   In manchen Fällen können die Kennzahlen forschungsorientiert sein. Solche Kennzahlen sollten explizit identifiziert werden.

QUERVERWEIS

Ein Großteil des Stoffs in den verbleibenden Subpraktiken (2 bis 9) ist eine anspruchsvollere Anwendung von MA SG 1, »Mess- und Analyseaktivitäten in Übereinstimmung bringen«.

3. Kennzahlen zur Verwendung bei der Führung von Teilprozessen identifizieren.

   Denken Sie bei der Auswahl von Kennzahlen an Folgendes:

   - Kennzahlen, die Daten aus verschiedenen Quellen (z.B. aus verschiedenen Prozessen, Eingangsquellen oder Umgebungen) oder über einen Zeitraum hinweg (z.B. auf Phasenebene) zusammenfassen, können zugrunde liegende Probleme verschleiern und die Problemerkennung und -lösung erschweren.
   - Für kurzfristige Projekte kann es notwendig sein, Daten aus verschiedenen Umsetzungen eines Prozesses zusammenzufassen, um eine Analyse der Prozessleistung zu ermöglichen. Gleichzeitig werden die nicht zusammengefassten Daten weiterhin zur Unterstützung einzelner Projekte verwendet.
   - Die Auswahl sollte sich nicht auf Fortschritts- und Leistungskennzahlen beschränken. »Analysekennzahlen« (z.B. Inspektionsvorbereitungsraten, Fähigkeitsgrad der Mitarbeiter, Pfadabdeckung bei Tests) bieten möglicherweise eine bessere Einsicht in die Prozessleistung.

TIPP

Beispielsweise können zusätzliche Kennzahlen erforderlich sein, um einmalige Kundenanforderungen oder Vorgehensweisen von Lieferanten anzugehen.

4. Operative Definitionen von Kennzahlen, der Messpunkte in Teilprozessen und der Art und Weise, wie die Integrität der Messungen von Kennzahlen bestimmt wird, spezifizieren
5. Die Beziehungen der identifizierten Kennzahlen zu den Qualitäts- und Prozessleistungszielen des Projekts analysieren und Qualitäts- und Prozessleistungsziele für den Teilprozess ableiten, die Ziele (z.B. Schwellenwerte oder Bereiche) für die gemessenen Attribute der einzelnen ausgewählten Teilprozesse vorgeben

Beispiele für abgeleitete Qualitäts- und Prozessleistungsziele von Teilprozessen umfassen:

- Beibehalten einer Codeüberprüfungsrate von 75 bis 100 Codezeilen pro Stunde
- Die Dauer von Besprechungen zum Sammeln von Anforderungen unter drei Stunden halten
- Die Testrate über einer festgelegten Anzahl von Testfällen pro Tag halten
- Umarbeitungen unter einem festgelegten Prozentsatz halten
- Beibehalten der Produktivität bei der Generierung von Anwendungsfällen (Use Cases)
- Die Komplexität des Designs (Auffächerungsrate) unter einem festgelegten Schwellenwert halten

6. Statistische und andere quantitative Techniken identifizieren, die im quantitativen Management verwendet werden

   Im quantitativen Management wird die Prozessleistung ausgewählter Teilprozesse mit statistischen und anderen quantitativen Techniken analysiert, um die Teilprozessstreuung zu beschreiben, das Auftreten statistisch unerwarteten Verhaltens zu identifizieren, eine extreme Streuung zu erkennen und die Gründe dafür zu erforschen. Beispiele für statistische Techniken, die bei der Analyse der Prozessleistung angewandt werden können, umfassen Regelkarten für statistische Prozesse, Regressionsanalyse, Varianzanalyse und Zeitreihenanalyse.

   Das Projekt kann davon profitieren, auch die Leistung der Teilprozesse zu analysieren, die aufgrund ihres Einflusses auf die Projektleistung nicht ausgewählt wurden. Es können statistische und andere quantitative Techniken identifiziert werden, um auch diese Teilprozesse anzugehen.

TIPP

Die Definitionen von »statistische und andere quantitative Techniken« und »statistische Methoden« finden Sie im Glossar.

Zu den statistischen und anderen quantitativen Techniken gehört manchmal auch die Verwendung grafischer Darstellungen, um die Zusammenhänge zwischen den Daten und die Ergebnisse der Analysen zu visualisieren. Solche grafischen Darstellungen tragen dazu bei, die Prozessleistung und die Streuung (d.h. die Trends) im Lauf der Zeit zu visualisieren, Probleme und Gelegenheiten zu erkennen und die Auswirkungen bestimmter Faktoren zu bewerten.

Beispiele für grafische Darstellungen umfassen:

- Streudiagramme
- Histogramme
- Kastengrafiken
- Zeitreihen
- Ishikawa-Diagramme

Beispiele für andere Techniken zur Analyse der Prozessleistung umfassen:

- Strichliste
- Klassifizierungsschemen (z.B. orthogonale Fehlerklassifizierung)

7. Erforderliche Prozessleistungsbaselines und -modelle zur Unterstützung der identifizierten Analysen bestimmen

   In manchen Situationen mögen die in »Organisationsweiter Prozessleistung« beschriebenen Baselines und Modelle zur Unterstützung des quantitativen Projektmanagements unzureichend sein. Dies kann der Fall sein, wenn die Ziele, Prozesse, Stakeholder, Fertigkeitsgrade oder die Umgebung des Projekts von denen der Projekte abweichen, für die die Baselines und Modelle etabliert wurden.

   Während das Projekt fortschreitet, können Daten aus dem Projekt als repräsentativere Datenmenge zur Etablierung fehlender oder projektspezifischer Prozessleistungsbaselines und -modelle dienen.

   Hypothesentests, die Projektdaten mit historischen Daten vergleichen, können das Erfordernis zur Etablierung zusätzlicher projektspezifischer Baselines und Modelle bestätigen.

8. Die Arbeitsumgebung der Organisation oder des Projekts instrumentieren, um die Sammlung, Ableitung und Analyse von Kennzahlen zu unterstützen

   Diese Instrumentierung kann sich auf folgende Aspekte gründen:

   - Beschreibung des organisationsspezifischen Satzes von Standardprozessen
   - Beschreibung des definierten Prozesses für das Projekt
   - Fähigkeiten der Arbeitsumgebung der Organisation oder des Projekts

9. Kennzahlen und statistische Analysetechniken nach Bedarf überarbeiten

TIPP

Das quantitative Management wird in SG 1 vorbereitet und in SG 2 durchgeführt. Unter Umständen ist es erforderlich, die Praktiken unter SG 1 erneut zu betrachten (z.B. um Änderungen an den Qualitäts- und Prozessleistungszielen anzugehen oder eine bessere Teilprozessalternative auszuwählen).

SG 2 PROJEKTE QUANTITATIV FÜHREN

Das Projekt wird quantitativ geführt.

Die quantitative Führung des Projekts umfasst den Einsatz statistischer und anderer quantitativer Techniken, um Folgendes zu tun:

- Überwachung ausgewählter Teilprozesse mit statistischen und anderen quantitativen Techniken
- Bestimmen, ob die Qualitäts- und Prozessleistungsziele des Projekts erreicht werden oder nicht
- Durchführen einer Ursachenanalyse ausgewählter Probleme, um Mängel zu beheben

TIPP

Diese drei Aufzählunspunkte entsprechen den spezifischen Praktiken SP 2.1 bis SP 2.3.

QPM

SP 2.1 LEISTUNG AUSGEWÄHLTER TEILPROZESSE ÜBERWACHEN

Die Leistung ausgewählter Teilprozesse mit Hilfe statistischer und anderer quantitativer Techniken überwachen

Der Zweck dieser spezifischen Praktik besteht darin, statistische und andere quantitative Techniken zu verwenden, um die Streuung in der Leistung von Teilprozessen zu analysieren und die notwendigen Maßnahmen zu bestimmen, um die Qualitäts- und Prozessleistungsziele der einzelnen Teilprozesse zu erreichen.

TIPP

Die überwachten Teilprozesse sind diejenigen, die in SP 1.3 ausgewählt wurden.

Beispiele für Arbeitsergebnisse

1. Natürliche Grenzen der Prozessleistung für die einzelnen ausgewählten Teilprozessattribute
2. Die erforderlichen Maßnahmen, um Mängel in der Prozessstabilität oder -fähigkeit der einzelnen ausgewählten Teilprozesse zu beseitigen

Subpraktiken

TIPP

Die Subpraktik behandelt die Frage: »Ist der Teilprozess stabil?«

1. Gemäß der Definition der ausgewählten Kennzahlen Daten über die Teilprozesse sammeln, während diese ausgeführt werden
2. Die Streuung und Stabilität der ausgewählten Teilprozesse überwachen und Mängel beseitigen

   Diese Analyse umfasst die Bewertung von Messungen in Bezug auf die natürlichen Grenzen, die für die einzelnen ausgewählten Kennzahlen errechnet wurden, sowie die Identifizierung von Ausreißern oder anderen Signalen eines möglichen nicht zufälligen Verhaltens, die Bestimmung der Ursachen und die Verhinderung eines erneuten Auftretens oder die Abschwächung der Auswirkungen (d.h. die feststellbaren Ursachen der Streuung werden angegangen).

   Achten Sie bei einer solchen Analyse darauf, dass die Daten ausreichend sind, und auf Verschiebungen in der Prozessleistung, die sich auf die Fähigkeit auswirken können, die Stabilität des Prozesses zu erreichen oder beizubehalten.

   Analytische Techniken zur Identifizierung von Ausreißern oder Signalen umfassen Prozessregelkarten, Vertrauensintervalle und Streuungsanalyse. Einige dieser Techniken bringen eine grafische Darstellung mit sich.

   Andere zu berücksichtigende Mängel in der Prozessleistung umfassen eine Streuung, die zu groß ist, um stabile Teilprozesse annehmen zu können oder um seine Fähigkeit zu bewerten, die für die einzelnen ausgewählten Attribute aufgestellten Ziele zu erreichen (siehe nächste Subpraktik).

HINWEIS

Bei zu großer Streuung des Teilprozesses sollten der Prozess und die Messgenauigkeit untersucht werden. Außerdem ist zu ermitteln, was an früheren Stellen im Ablauf und in den Einzelheiten geschieht. Es kann nötig sein, die Daten neu zu schichten (z.B. um den Eingangstypen zu entsprechen) oder die Kennzahlen zu desaggregieren (damit sie nicht länger Gesamtwerte melden), um eine Lenkung zu erreichen.

QUERVERWEIS

Siehe Beispiel 7.1 in *Measuring the Software Process, Statistical Process Control for Software Process Improvement* von William A. Florac und Anita D. Carleton (Addison-Wesley).

3. Die Fähigkeit und Leistung der ausgewählten Teilprozesse überwachen und Mängel beseitigen

   Der Zweck dieser Subpraktik besteht darin, Maßnahmen zu identifizieren, um dem Teilprozess beim Erreichen seiner Qualitäts- und Prozessleistungsziele zu helfen. Stellen Sie sicher, dass die Leistung des Teilprozesses relativ zu den ausgewählten Kennzahlen stabil ist (siehe vorhergehende Subpraktik), bevor Sie seine Fähigkeit mit seinen Qualitäts- und Prozessleistungszielen vergleichen.

TIPP

Die Subpraktik behandelt die Frage: »Ist der Teilprozess fähig?«

Beispiele der Maßnahmen, die ergriffen werden können, wenn die Leistung eines ausgewählten Teilprozesses dessen Ziele nicht erfüllt, umfassen:

- Verbessern der Umsetzung des vorhandenen Teilprozesses, um seine Streuung zu verringern oder seine Leistung zu verbessern (d.h. die inhärenten Ursachen der Streuung angehen)
- Identifizieren und Umsetzen eines alternativen Teilprozesses durch die Identifizierung und Übernahme neuer Prozesselemente, Teilprozesse und Technologien, die eine bessere Ausrichtung an den Zielen bewirken können
- Ermittlung der Risiken und Risikoabschwächungsstrategien für die einzelnen Defizite in der Teilprozessfähigkeit
- Neuaushandlung oder Neuableitung von Zielen für die einzelnen ausgewählten Attribute eines Teilprozesses, damit der Teilprozess sie erreichen kann

HINWEIS

Die natürlichen Grenzen des Teilprozesses (»die Stimme des Prozesses«) sind regelmäßig mit den zugehörigen Qualitäts- und Prozessleistungszielen (die »Stimme des Kunden«) zu vergleichen. Korrekturmaßnahmen werden nach Bedarf durchgeführt.

TIPP

Manchmal ist eine Änderung der Qualität- und Prozessleistungsziele für einen bestimmten Teilprozess möglich, indem untersucht wird, ob andere Teilprozesse ein wenig vom erforderlichen Spiel übertragen können (oder indem nach den Typen oder Größen der Arbeitsergebnisse unterschieden wird, auf die der Teilprozess angewandt wird).

Manche Maßnahmen können eine Ursachenanalyse umfassen, was in SP 2.3 genauer beschrieben wird.

Mehr zur Führung von Korrekturmaßnahmen bis zum Abschluss steht im Prozessgebiet »Projektverfolgung und -steuerung«.

QPM

SP 2.2 PROJEKTLEISTUNG MANAGEN

Das Projekt mit Hilfe statistischer und anderer quantitativer Techniken führen, um zu bestimmen, ob die Qualitäts- und Prozessleistungsziele des Projekts erfüllt werden oder nicht.

Mehr zum Ausrichten von Mess- und Analysetätigkeiten und zum Bereitstellen von Messergebnissen steht im Prozessgebiet »Messung und Analyse«.

Mehr zu Management der Geschäftsleistung steht im Prozessgebiet »Organisationsweites Leistungsmanagement«.

TIPP

Für das Management der Projektleistung können die Werkzeuge zur Prozessverbesserung um Techniken wie Six Sigma oder die Engpasstheorie erweitert werden.

Diese spezifische Praktik ist projektbezogen und verwendet mehrere Eingangsgrößen, um vorherzusagen, ob die Qualitäts- und Prozessleistungsziele des Projekts erfüllt werden. Auf der

QUERVERWEIS

Zur Verwendung von Six Sigma mit CMMI siehe »CMMI and Six Sigma: Partners in Process Improvement« unter *www.sei.cmu.edu/library/abstracts/books/0321516087.cfm*.

QUERVERWEIS

Weitere Informationen zur Engpasstheorie und zu Critical Thinking Tools siehe *Thinking for a Change: Putting the TOC Thinking Processes to Use* von Lisa Scheinkopf (CRC).

Grundlage dieser Vorhersage werden die Risiken für die Nichteinhaltung der Qualitäts- und Prozessziele dieses Projekts identifiziert und verwaltet und Maßnahmen zur Beseitigung von Mängeln nach Bedarf festgelegt.

Wichtige Eingangsgrößen für diese Analyse umfassen die Stabilitäts- und Fähigkeitsdaten der einzelnen Teilprozesse, die aus der vorherigen spezifischen Praktik abgeleitet wurden, sowie Leistungsdaten aus der Überwachung anderer Teilprozesse, der Risiken und des Fortschritts von Lieferanten.

Beispiele für Arbeitsergebnisse

1. Vorhersagen der zu erzielenden Ergebnisse im Zusammenhang mit den Qualitäts- und Prozessleistungszielen des Projekts
2. Grafische Darstellungen und tabellarische Daten für andere Teilprozesse, die das quantitative Management unterstützen
3. Risikobewertung für das Nichterreichen der Qualitäts- und Prozessleistungsziele des Projekts
4. Erforderliche Maßnahmen, um Mängel beim Erreichen der Projektziele zu beseitigen

Subpraktiken

1. Die Leistung von Teilprozessen regelmäßig überprüfen

   Stabilitäts- und Fähigkeitsdaten aus der Überwachung ausgewählter Teilprozesse (wie sie in SP 2.1 beschrieben wird) sind wichtige Eingangsgrößen, um die Gesamtfähigkeit des Projekts zum Erreichen seiner Qualitäts- und Prozessleistungsziele zu verstehen.

   Außerdem können die wegen ihres Einflusses auf die Projektziele nicht ausgewählten Teilprozesse immer noch Probleme oder Risiken für das Projekt hervorrufen, weshalb auch eine gewisse Überwachung dieser Teilprozesse wünschenswert sein kann. Analytische Techniken mit grafischer Darstellung können sich auch für das Verständnis der Teilprozessleistung als nützlich erweisen.

2. Den Fortschritt von Lieferanten beim Erreichen ihrer Qualitäts- und Prozessleistungsziele überwachen und analysieren
3. Regelmäßig die tatsächlich erreichten Ergebnisse anhand der etablierten Zwischenziele überprüfen und analysieren

4. Den Fortschritt beim Erreichen der Qualitäts- und Prozessleistungsziele des Projekts mit Hilfe von Prozessleistungsmodellen bewerten, die mit Projektdaten kalibriert sind

   Prozessleistungsmodelle werden verwendet, um den Fortschritt beim Erreichen der Ziele zu bewerten, der erst in einer zukünftigen Phase des Projektlebenszyklus gemessen werden kann. Bei den Zielen kann es sich um Zwischen- oder um Gesamtziele handeln.

   Ein Beispiel ist die Verwendung eines Prozessleistungsmodells, um die latenten Fehler in Arbeitsergebnissen zukünftiger Phasen oder im ausgelieferten Produkt vorherzusagen.

   Die Kalibrierung von Prozessleistungsmodellen erfolgt auf der Grundlage der Ergebnisse aus der Durchführung der in den vorhergehenden Subpraktiken und spezifischen Praktiken beschriebenen Tätigkeiten.

TIPP

Mit projektspezifischen Daten kalibrierte PPMs (OPP SP 1.5) oder PPBs können dem Projekt zu bestimmen helfen, ob es in der Lage ist, seine Qualitäts- und Prozessleistungsziele zu erreichen.

5. Risiken für das Erreichen der Qualitäts- und Prozessleistungsziele des Projekts erkennen und steuern

   Mehr zur Erkennung, Analyse und Abschwächung von Risiken steht im Prozessgebiet »Risikomanagement«.

   Beispiele für Quellen von Risiken umfassen:

   - Teilprozesse mit unzureichender Leistung oder Fähigkeit
   - Lieferanten, die ihre Qualitäts- und Prozessleistungsziele nicht erreichen
   - Mangelnder Einblick in die Fähigkeiten der Lieferanten
   - Ungenauigkeiten in den Prozessleistungsmodellen, die zur Vorhersage der Leistung verwendet werden
   - Unzulänglichkeiten in der vorhergesagten Prozessleistung (geschätzter Fortschritt)
   - Andere erkannte Risiken, die mit erkannten Unzulänglichkeiten verknüpft sind

6. Die Maßnahmen bestimmen und umsetzen, die erforderlich sind, um Unzulänglichkeiten beim Erreichen der Qualitäts- und Prozessleistungsziele des Projekts anzugehen

Der Zweck dieser Subpraktik besteht darin, die richtige Kombination von Maßnahmen, Ressourcen und Terminplänen zu identifizieren und umzusetzen, um das Projekt wieder auf den Weg zum Erreichen seiner Ziele zu bringen.

Beispiele der erforderlichen Tätigkeiten, um die Defizite beim Erreichen der Projektziele anzugehen, umfassen:

- Änderung der Qualitäts- und Prozessleistungsziele, so dass sie sich innerhalb des erwarteten Bereichs des definierten Prozesses für das Projekt befinden
- Verbessern der Umsetzung des definierten Prozesses für das Projekt
- Übernahme neuer Teilprozesse und Technologien, die das Potenzial haben, Ziele zu erreichen und die mit ihnen verbundenen Risiken zu managen
- Identifizierung der Risiken und Risikoabschwächungsstrategien für Defizite
- Beendigung des Projekts

Manche Maßnahmen können eine Ursachenanalyse umfassen, was in der nächsten spezifischen Praktik angesprochen wird.

Mehr zur Führung von Korrekturmaßnahmen bis zum Abschluss steht im Prozessgebiet »Projektverfolgung und -steuerung«.

Wenn Korrekturmaßnahmen zu Änderungen an den Attributen oder Kennzahlen führen, die mit den justierbaren Faktoren eines Prozessleistungsmodells zusammenhängen, kann das Modell verwendet werden, um die Auswirkungen dieser Maßnahmen vorherzusagen. Bei kritischen Korrekturmaßnahmen in Situationen mit hohem Risiko kann ein Prozessleistungsmodell aufgebaut werden, um die Auswirkungen der Änderung vorherzusagen.

TIPP

Die in der spezifischen Praktik erwähnten Mängel sind diejenigen, die aus den in SP 2.1 (Mängel in der Leistung von Teilprozessen) und SP 2.2 (vorhergesagte Mängel beim Erreichen der Qualitäts- und Prozessleistungsziele des Projekts) beschriebenen Analysen hervorgehen.

SP 2.3 URSACHENANALYSE DURCHFÜHREN

Eine Ursachenanalyse für ausgewählte Probleme durchführen, um Mängel beim Erreichen der Qualitäts- und Prozessleistungsziele des Projekts anzugehen

Die anzugehenden Probleme umfassen Mängel der Teilprozessstabilität und -fähigkeit sowie Unzulänglichkeiten in der Leistung des Projekts im Hinblick auf seine Ziele.

Die Ursachenanalyse ausgewählter Probleme wird am besten kurz nach der ersten Identifizierung des Problems durchgeführt, wenn das Ereignis noch zeitnah genug ist, um sorgfältig untersucht werden zu können.

Wie formal die Ursachenanalyse durchgeführt werden muss und wie viel Aufwand sie mit sich bringt, kann sehr stark schwanken. Dies wird von Faktoren wie den folgenden beeinflusst: den betroffenen Stakeholdern, den Risiken oder Gelegenheiten, die sich bieten, der Komplexität der Situation, der Häufigkeit, in der die Situation wiederkehren kann, der Verfügbarkeit von Daten, Baselines und Modellen für die Analyse und der Zeit, die verstrichen ist, seit die Unzulänglichkeit ausgelöst wurde.

Bei einem Teilprozess, der eine zu große Streuung zeigt, selten durchgeführt wird und verschiedene Stakeholder betrifft, kann es Wochen oder Monate dauern, die Ursache zu finden.

Ebenso können auch der Aufwand und die Zeit zum Bestimmen, Planen und Umsetzen der Maßnahmen erheblich schwanken.

Häufig ist es vor einer ersten Analyse der Mängel schwierig, zu erkennen, wie viel Zeit gebraucht wird.

Mehr zur Identifizierung der Ursachen ausgewählter Ergebnisse und zum Ergreifen von Maßnahmen zur Verbesserung der Prozessleistung steht im Prozessgebiet »Ursachenanalyse und -beseitigung«.

Mehr zum Ausrichten von Mess- und Analysetätigkeiten und dem Bereitstellen von Messergebnissen steht im Prozessgebiet »Messung und Analyse«.

Beispiele für Arbeitsergebnisse

1. Teilprozess- und Projektleistungskennzahlen und -analysen (einschließlich statistischer Analysen), die in der Messablage der Organisation aufgezeichnet sind
2. Grafische Darstellung der verwendeten Daten, um die Teilprozess- und Projektleistung sowie die Leistungstrends zu erkennen
3. Identifizierte Ursachen und zu ergreifende Maßnahmen

Subpraktiken

1. Eine angemessene Ursachenanalyse durchführen, um Mängel in der Prozessleistung zu diagnostizieren

TIPP

Zwar wird für die einfache Ursachenanalyse häufig ein Ishikawa-Diagramm (Fischgräten-Diagramm) verwendet, doch erfordern Mängel, die das Erreichen der Qualitäts- und Prozessleistungsziele des Projekts beeinträchtigen, oft eine eingehendere Analyse. Neben PPBs und PPMs können auch Werkzeuge wie der Current Reality Tree aus der Engpasstheorie eingesetzt werden. Weitere Informationen sind beim Goldratt Institute unter *www.goldratt.com/* und in der Wikipedia zu finden.

Zur Diagnose von Mängeln, zur Identifizierung möglicher Lösungen, zur Vorhersage der zukünftigen Projekt- und Prozessleistung und zur Bewertung möglicher Maßnahmen werden nach Bedarf Prozessleistungsbaselines und -modelle herangezogen.

Die Verwendung von Prozessleistungsmodellen zur Vorhersage der zukünftigen Projekt- und Prozessleistung wird in einer Subpraktik der vorhergehenden spezifischen Praktik beschrieben.

2. Mögliche Maßnahmen identifizieren und analysieren
3. Ausgewählte Maßnahmen umsetzen
4. Die Auswirkung der Maßnahmen auf die Teilprozessleistung bewerten.

   Die Bewertung der Auswirkungen kann eine Bewertung der statistischen Signifikanz der Auswirkungen von Maßnahmen zur Verbesserung der Prozessleistung umfassen.

Anforderungsentwicklung (Requirements Development, RD)

Ein Entwicklungsprozessgebiet des Reifegrads 3

Zweck

Der Zweck der Anforderungsentwicklung (RD) ist, Kundenanforderungen sowie Anforderungen an Produkte und Produktbestandteile herauszufinden, zu analysieren und zu etablieren.

Tipp

REQM dient zusammen mit RD zum Management von Anforderungen, Änderungen an Anforderungen und der Nachverfolgbarkeit sowie dazu, eine Abstimmung von Arbeitsergebnissen während der Entwicklung von Anforderungen sicherzustellen.

Einführende Hinweise

Dieses Prozessgebiet beschreibt drei Arten von Anforderungen: Kundenanforderungen, Produktanforderungen und Anforderungen an Produktbestandteile. Zusammengenommen umfassen diese Anforderungen die Bedürfnisse der relevanten Stakeholder, einschließlich der für die verschiedenen Produktlebenszyklusphasen (z.B. Kriterien für Abnahmeprüfungen) und Produktattribute (z.B. Reaktionsgeschwindigkeit, Sicherheit, Zuverlässigkeit, Wartbarkeit). Anforderungen berücksichtigen außerdem Einschränkungen, die sich aus der Auswahl von Lösungsansätzen (z.B. Integration von Standardprodukten oder Verwendung eines bestimmten Architekturmusters) ergeben.

Tipp

Kundenbedürfnisse beschreiben nicht nur das zu lösende Problem, sondern können auch den Einsatz besonderer Lösungen vorgeben (z.B. eine Client-Server-Anwendung).

Alle Entwicklungsprojekte haben Anforderungen. Anforderungen bilden die Grundlage für das Design. Die Anforderungsentwicklung umfasst folgende Aktivitäten:

- Ermittlung, Analyse, Validierung und Kommunikation von Kundenbedürfnissen, Erwartungen und Einschränkungen, um priorisierte Kundenanforderungen zu ermitteln, die ein Verständnis dessen widerspiegeln, was die Stakeholder zufriedenstellen wird

Tipp

Die Definition von »Qualitätsattribute« finden Sie im Glossar. Anforderungen für Qualitätsattribute sind nicht funktionale Anforderungen.

TIPP

Die Definition von »Dienstleistungssystem« finden Sie im Glossar. Mehr zur Entwicklung von Dienstleistungssystemen steht im Prozessgebiet »Entwicklung von Dienstleistungssystemen« (Service System Development, SSD) des Modells CMMI for Services.

TIPP

Anforderungen nutzen denen, die das Produkt während seiner gesamten Lebensdauer unterstützen, nur, sofern sie gepflegt werden. Beispielsweise erinnern Anforderungen die Zuständigen für die Umsetzung, die Beibehaltung und die Aus- und Weiterbildung daran, was das Produkt tun soll, sodass die Tätigkeiten dieser Personen zur Erfüllung der Anforderungen beitragen.

TIPP

Die Definitionen für »abgeleitete Anforderungen« und »zugewiesene Anforderungen« finden Sie im Glossar.

TIPP

Mehr über Rekursion steht unter »Rekursionen und Wiederholungen von Entwicklungsabläufen« in Abschnitt 4.

- Sammlung und Koordination der Bedürfnisse der Stakeholder
- Entwicklung der Lebenszyklusanforderungen des Produkts
- Etablierung der funktionalen und qualitativen Kundenanforderungen
- Festlegung der ersten Anforderungen an Produkte und Produktbestandteile in Übereinstimmung mit den Kundenanforderungen
- Da der Kunde unter Umständen auch besondere Anforderungen an das Design stellt, berücksichtigt dieses Prozessgebiet nicht nur die Anforderungen auf Produktebene, sondern sämtliche Kundenanforderungen.

Kundenanforderungen werden zu Anforderungen an Produkte und Produktbestandteile verfeinert. Neben den Kundenanforderungen werden die Anforderungen an Produkte und Produktbestandteile aus den ausgewählten Entwurfslösungen abgeleitet. In allen Prozessgebieten schließt die Bedeutung der Begriffe »Produkt« und »Produktbestandteil« auch Dienstleistungen, Dienstleistungssysteme und deren Bestandteile ein.

Anforderungen werden im Laufe der Phasen des Produktlebenszyklus identifiziert und verfeinert. Designentscheidungen, darauf folgende Korrekturmaßnahmen und Rückmeldungen in jeder Phase des Produktlebenszyklus werden bezüglich ihrer Auswirkungen auf abgeleitete oder zugewiesene Anforderungen analysiert.

Das Prozessgebiet »Anforderungsentwicklung« umfasst drei spezifische Ziele. Das spezifische Ziel »Kundenanforderungen entwickeln« betrifft die Definition eines Satzes von Kundenanforderungen, der bei der Entwicklung der Produktanforderungen zum Einsatz kommt. Das spezifische Ziel »Produktanforderungen entwickeln« umfasst die Definition eines Satzes von Anforderungen an Produkte oder Produktbestandteile, der beim Entwurf von Produkten und Produktbestandteilen zum Einsatz kommt. Das spezifische Ziel »Anforderungen analysieren und validieren« umfasst die Analyse der Kundenanforderungen sowie der Anforderungen an Produkte und Produktbestandteile, um die Anforderungen zu definieren, abzuleiten und zu verstehen. Die spezifischen Praktiken des dritten spezifischen Ziels haben die Aufgabe, die spezifischen Praktiken der ersten beiden spezifischen Ziele zu unterstützen. Die mit den Prozessgebieten »Anforderungsentwicklung« und »Technische

Umsetzung« verbundenen Prozesse können einander rekursiv beeinflussen.

Analysen dienen dazu, die Anforderungen auf allen Ebenen zu verstehen, zu definieren und zwischen konkurrierenden Alternativen zu wählen. Diese Analysen umfassen Folgendes:

- Analyse der Bedürfnisse und Anforderungen jeder Produktlebenszyklusphase. Dazu zählen die Bedürfnisse relevanter Stakeholder und der Betriebsumgebung sowie Faktoren, die die allgemeinen Erwartungen und die Zufriedenheit der Kunden und Endanwender widerspiegeln, z.B. Sicherheit und Erschwinglichkeit.
- Entwicklung eines Betriebskonzepts
- Definition des verlangten Funktionsumfangs und der Qualitätsattribute

TIPP

Die Validierung von Anforderungen dient zur Ermittlung kritischer Stakeholder-Bedürfnisse, Erwartungen, Schnittstellen und Einschränkungen. Die Praktiken in VAL erlauben möglicherweise zusätzliche Einblicke in die Durchführung der RD-Validierungsaktivitäten.

Diese Definition des verlangten Funktionsumfangs und der Qualitätsattribute beschreibt, was das Produkt tun soll. (Die Definition von »Definition des verlangten Funktionsumfangs und der Qualitätsattribute« finden Sie im Glossar.) Diese Definition kann Beschreibungen, Zerlegungen und eine Gliederung der Funktionen (oder in objektorientierter Software in »Dienste« oder »Methoden«) des Produkts enthalten.

Außerdem spezifiziert die Definition Designaspekte oder Einschränkungen zur Realisierung des verlangten Funktionsumfangs im Produkt. Qualitätsattribute sprechen Dinge wie Produktverfügbarkeit, Wartbarkeit, Modifizierbarkeit, Zeitverhalten, Durchsatz, Reaktionsgeschwindigkeit, Zuverlässigkeit, Sicherheit und Skalierbarkeit an. Einige Qualitätsattribute werden wichtig in Bezug auf die Produktarchitektur sein und daher einen entscheidenden Einfluss auf deren Entwicklung haben.

TIPP

Sicherheit, Zuverlässigkeit und Erschwinglichkeit sind Qualitätsattribute. Sie können in den einzelnen Phasen des Produktlebenszyklus und für verschiedene Stakeholder unterschiedliche Auswirkungen haben.

Solche Analysen erfolgen rekursiv auf aufeinanderfolgenden, immer detaillierteren Ebenen einer Produktarchitektur, bis genügend Einzelheiten verfügbar sind, um das Detaildesign, die Beschaffung sowie das Testen des zu entwickelnden Produkts zu ermöglichen. Die Analyse der Anforderungen und des Betriebskonzepts (einschließlich Funktionalität, Unterstützung, Instandhaltung und Entsorgung) führt dazu, dass aus dem Herstellungs- oder Produktionskonzept weitere abgeleitete Anforderungen hervorgehen, die unter anderem folgende Punkte berücksichtigen:

TIPP

Der Begriff »Definition des verlangten Funktionsumfangs und der Qualitätsattribute« ist in CMMI Version 1.3 neu hinzugekommen. Er erweitert den Begriff der »Definition des verlangten Funktionsumfangs« um Qualitätsattribute, da Kompromisse in der Architektur beides betreffen können.

- Einschränkungen unterschiedlicher Art
- Technologische Beschränkungen
- Kosten und Kostentreiber
- Zeitliche Einschränkungen und Treiber für den Terminplan
- Risiken
- Berücksichtigung implizierter Probleme, die nicht direkt vom Kunden oder Endanwender benannt werden
- Faktoren, die sich aus den individuellen geschäftlichen Erwägungen des Entwicklers, Vorschriften und Gesetzen ergeben

Eine Hierarchie logischer Einheiten (z.B. Funktionen und Unterfunktionen, Objektklassen und Unterklassen, Prozesse oder andere Architekturelemente) wird durch Iteration in Verbindung mit dem sich ständig weiterentwickelnden Betriebskonzept etabliert. Anforderungen werden verfeinert, abgeleitet und diesen logischen Einheiten zugewiesen. Anforderungen und logische Einheiten werden Produkten, Produktbestandteilen, Personen oder zugehörigen Prozessen zugewiesen. Bei der iterativen oder inkrementellen Entwicklung werden die Anforderungen darüber hinaus den Iterationen oder Inkrementen zugewiesen.

Durch die Einbindung relevanter Stakeholder in die Anforderungsentwicklung und -analyse erhalten diese Einblick in die fortlaufende Entwicklung der Anforderungen. Auf diese Weise bekommen sie laufend eine Rückversicherung, dass die Anforderungen ordnungsgemäß definiert werden.

QUERVERWEIS

Die Definition von »Produktlinie« finden Sie im Glossar.

Bei Produktlinien können Entwicklungsprozesse (einschließlich Anforderungsentwicklung) auf mindestens zwei Ebenen in der Organisation angewandt werden. Auf Organisations- oder Produktlinienebene wird eine »Gemeinsamkeits- und Abweichungsanalyse« durchgeführt, um projektübergreifende Kernelemente der Produktlinie herauszufinden, zu analysieren und zu etablieren. Auf der Projektebene werden diese Kernelemente dann im Rahmen der Entwicklungstätigkeiten des Produkts nach dem Produktionsplan der Produktlinie verwendet.

In agilen Umgebungen werden Kundenanforderungen und -ideen iterativ erhoben, ausgearbeitet, analysiert und validiert. Anforderungen werden in Form von User Stories, Szenarien, Use Cases, Produkt-Backlogs und den Ergebnissen der Iterationen (bei Software in Form funktionierenden Codes) dokumentiert. Welche Anforderungen in einer gegebenen Iteration angegangen werden, hängt von einer Bewertung der Risiken und von den Prioritäten der übrigen Punkte auf dem Produkt-Backlog ab. Welche Einzelheiten von Anforderungen (und anderen Artefakten) dokumentiert werden, hängt von der Notwendigkeit der Koordination (zwischen Teammitgliedern, Teams und späteren Iterationen) und dem Risiko ab, Gelerntes wieder zu vergessen. Wenn der Kunde zum Team gehört, kann es immer noch eine Notwendigkeit für eine separate Kunden- und Produktdokumentation geben, um mehrere Lösungen untersuchen zu können. Während die Lösung entsteht, werden die Verantwortlichkeiten für die abgeleiteten Anforderungen den passenden Teams zugewiesen (siehe »Interpretation von CMMI bei der Verwendung agiler Vorgehensweisen« in Teil I).

Tipp

Die durch die Praktiken von RD vorausgesetzte Disziplin kann Projekten helfen, die Bedürfnisse anderer Stakeholder und Lebenszyklusphasen sowie die erforderlichen Qualitätsattribute angemessen zu berücksichtigen, damit kritische Bedürfnisse und Risiken nicht übersehen oder vergessen werden. Dies gilt nicht nur für Projekte, die agile Methoden verwenden.

In Beziehung stehende Prozessgebiete

Mehr zum Sicherstellen der Schnittstellenkompatibilität steht im Prozessgebiet »Produktintegration«.

Mehr zur Auswahl von Lösungen für Produktbestandteile und zur Entwicklung des Entwurfs steht im Prozessgebiet »Technische Umsetzung«.

Mehr zur Validierung von Produkten oder Produktbestandteilen steht im Prozessgebiet »Validierung«.

Mehr zur Verifizierung ausgewählter Arbeitsergebnisse steht im Prozessgebiet »Verifizierung«.

Mehr zur Verfolgung und Lenkung von Änderungen steht im Prozessgebiet »Konfigurationsmanagement«.

Mehr zur Verwaltung von Anforderungen steht im Prozessgebiet »Anforderungsmanagement«.

Mehr zur Erkennung und Analyse von Risiken steht im Prozessgebiet »Risikomanagement«.

Übersicht spezifischer Ziele und Praktiken

SG 1 Kundenanforderungen entwickeln
- SP 1.1 Bedürfnisse herausfinden
- SP 1.2 Bedürfnisse der Stakeholder in Kundenanforderungen überführen

SG 2 Produktanforderungen entwickeln
- SP 2.1 Anforderungen an Produkte und Produktbestandteile etablieren
- SP 2.2 Anforderungen an Produktbestandteile zuweisen
- SP 2.3 Schnittstellenanforderungen identifizieren

SG 3 Anforderungen analysieren und validieren
- SP 3.1 Betriebskonzepte und Anwendungsszenarien etablieren
- SP 3.2 Definition erforderlicher Funktionalität und Qualitätsattribute etablieren
- SP 3.3 Anforderungen analysieren
- SP 3.4 Anforderungen analysieren und abgleichen
- SP 3.5 Anforderungen validieren

Detaillierung spezifischer Ziele und Praktiken

SG 1 KUNDENANFORDERUNGEN ENTWICKELN

Bedürfnisse, Erwartungen, Einschränkungen und Schnittstellen der Stakeholder werden gesammelt und in Kundenanforderungen übersetzt.

Die Bedürfnisse der Stakeholder (z.B. Kunden, Endanwender, Lieferanten, Entwickler, Tester, Hersteller und logistisches Unterstützungspersonal) bilden die Grundlage für die Ermittlung der Kundenanforderungen. Die Bedürfnisse, Erwartungen, Einschränkungen, Schnittstellen, Betriebs- und Produktkonzepte der Stakeholder werden analysiert, harmonisiert, verfeinert, ausgearbeitet und schließlich in einen Satz von Kundenanforderungen übersetzt.

Oft werden die Bedürfnisse, Erwartungen, Einschränkungen und Schnittstellen der Stakeholder unzureichend ermittelt oder stehen miteinander in Konflikt. Da die Bedürfnisse, Erwartungen, Einschränkungen und Begrenzungen der Stakeholder klar identifiziert und verstanden werden müssen, sorgt ein iterativer Prozess während der gesamten Lebensdauer des Projekts dafür, dass dieses Ziel erreicht wird. Um die notwendige Interaktion zu erleichtern, werden häufig Stellvertreter für Endanwender oder Kunden mit eingebunden, die deren Bedürfnisse repräsentieren und helfen sollen, Konflikte zu lösen. Als Stellvertreter können Mitarbeiter aus den Abteilun-

TIPP

In manchen Situationen wird die Projektarbeit durch eine Lieferantenvereinbarung autorisiert, die die Anforderungen dokumentiert (siehe SAM SP 1.3). Möglicherweise ist ein zusätzlicher Aufwand erforderlich, um einen deutlicheren und vollständigeren Satz von Kundenanforderungen zu bestimmen.

TIPP

Manche Bedürfnisse der Stakeholder werden selten in einem offiziellen Dokument übermittelt. Die Übermittlung erfolgt im Rahmen von Dokumentationen, Gesprächen, Besprechungen, Vorführungen usw. Deshalb müssen diese Informationen in Anforderungen übersetzt werden, damit Projekt und Stakeholder zustimmen können.

HINWEIS

Kunden wissen nur selten genau, was sie brauchen. Prototypen oder ein iterativer Entwicklungsprozess können manchmal helfen, die Anforderungen für ein Produkt effektiver kennenzulernen.

gen für Kundenbeziehungen und Marketing sowie Mitglieder des Entwicklungsteams aus Fachgebieten wie Human Engineering oder Support eingesetzt werden. Ökologische, rechtliche und andere Einschränkungen sollten ebenfalls beim Erstellen und Abstimmen des Satzes von Kundenanforderungen berücksichtigt werden.

SP 1.1 BEDÜRFNISSE HERAUSFINDEN

Bedürfnisse, Erwartungen, Einschränkungen und Schnittstellen der Stakeholder für alle Produktphasen herausfinden

Dieser Schritt geht über die Sammlung von Anforderungen hinaus, da er zusätzliche Anforderungen, die nicht explizit vom Kunden genannt werden, proaktiv ermittelt. Zusätzliche Anforderungen sollten die verschiedenen Aktivitäten im Produktlebenszyklus sowie deren Auswirkungen auf das Produkt berücksichtigen.

QUERVERWEIS

Im Fall von Produktlinien oder -familien wird SP 1.1 manchmal über die gesamt Produktlinie oder -familie hinweg umgesetzt. Weitere Informationen stehen im vorletzten Abschnitt der einführenden Hinweise zu RD.

Beispiele für Methoden zur Ermittlung von Bedürfnissen umfassen:

- Technologievorführungen
- Arbeitsgruppen für die Schnittstellensteuerung
- Arbeitsgruppen für die technische Steuerung
- Zwischen-Reviews für Projekte
- Rückmeldungen von Endanwendern in Form von Fragebögen, Interviews und Szenarien (Betrieb, Erhaltung und Entwicklung)
- Durchgehen der Betriebs-, Erhaltungs- und Entwicklungsabläufe und Analyse der von Endanwendern durchgeführten Aufgaben
- Arbeitskreise zur Ermittlung von Qualitätsattributen mit Stakeholdern
- Prototypen und Modelle
- Brainstorming
- Quality Function Deployment (QFD)
- Nutzwertanalysen
- Betatests
- Extrahierung aus Quellen wie Dokumenten, Normen oder Spezifikationen
- Beobachtung bestehender Produkte, Arbeitsumgebungen und Muster in Arbeitsabläufen
- Anwendungsfälle (Use Cases) ▶

HINWEIS

Nach der Funktion und Verhaltensweise des Produkts fragen. Außerdem die nötigen Voraussetzungen für die Herstellung, Lizenzierung, Vermarktung, Verbreitung, Installation, Anwenderschulung, Reparatur, Instandhaltung, Aktualisierung auf neue Versionen, Anwendungsunterstützung, Ausphasen und Entsorgung ermitteln.

- User Stories
- Auslieferung kleiner inkrementeller »vertikaler Scheiben« der Produktfunktion
- Wirtschaftlichkeitsbetrachtung
- Reverse Engineering (für Vorgängerprodukte)
- Umfragen zur Kundenzufriedenheit

Beispiele für Quellen von Anforderungen, die eventuell nicht vom Kunden erkannt werden, umfassen:

- Geschäftliche Leitlinien
- Normen
- Frühere Entscheidungen und Prinzipien zum Architekturdesign
- Anforderungen an die Geschäftsumgebung (z.B. Labors, Prüf- und andere Einrichtungen und IT-Infrastruktur)
- Technologie
- Vorausgegangene Produkte oder Produktbestandteile (Wiederverwendung von Produktbestandteilen)
- Gesetzliche Vorschriften

Beispiele für Arbeitsergebnisse

1. Ergebnisse der Tätigkeiten zum Herausfinden von Anforderungen

Subpraktiken

1. Relevante Stakeholder mit Hilfe von Methoden zum Herausfinden von Bedürfnissen, Erwartungen, Einschränkungen und externen Schnittstellen einbeziehen

SP 1.2 BEDÜRFNISSE DER STAKEHOLDER IN KUNDENANFORDERUNGEN ÜBERFÜHREN

Bedürfnisse, Erwartungen, Einschränkungen und Schnittstellen der Stakeholder in priorisierte Kundenanforderungen überführen

TIPP

Weder der Käufer noch das Projekt sollte die Verantwortung des Projekts, angemessene Verifizierungs- und Validierungsmaßnahmen umzusetzen, aufheben oder schmälern.

Bei der Entwicklung und Priorisierung der Kundenanforderungen sollten die verschiedenen Beiträge von relevanten Stakeholdern konsolidiert, fehlende Informationen ermittelt und Konflikte gelöst werden. Die Kundenanforderungen können Bedürfnisse, Erwartungen und Einschränkungen in Bezug auf die Verifizierung und Validierung enthalten.

In einigen Situationen steuert der Kunde einen Satz von Anforderungen zum Projekt bei oder die Anforderungen bestehen bereits als Ergebnis früherer Projektaktivitäten. In diesem Fall können die Kundenanforderungen mit den Bedürfnissen, Erwartungen, Einschränkungen und Schnittstellen der relevanten Stakeholder kollidieren und müssen nach einer angemessenen Lösung dieser Konflikte in einen anerkannten Satz von Kundenanforderungen umgewandelt werden.

Die relevanten Stakeholder, die alle Phasen des Produktlebenszyklus repräsentieren, sollten sowohl geschäftliche als auch technische Funktionen umfassen. Auf diese Weise werden gleichzeitig die Konzepte für alle produktbezogenen Lebenszyklusprozesse und für die Produkte berücksichtigt. Kundenanforderungen sind das Ergebnis fundierter geschäftlicher Entscheidungen sowie der technischen Auswirkungen ihrer Anforderungen.

Beispiele für Arbeitsergebnisse

1. Mit Prioritäten versehene Kundenanforderungen
2. Kundeneinschränkungen für die Durchführung der Verifizierung
3. Kundeneinschränkungen für die Durchführung der Validierung

Subpraktiken

1. Bedürfnisse, Erwartungen, Einschränkungen und Schnittstellen von Stakeholdern in dokumentierte Kundenanforderungen übersetzen
2. Eine Priorisierung der Funktions- und Qualitätsanforderungen des Kunden etablieren und beibehalten

   Die Priorisierung der Kundenanforderungen hilft, den Umfang des Projekts, der Iteration oder des Inkrements zu bestimmen. Diese Priorisierung sorgt dafür, dass Funktions- und Qualitätsanforderungen, die für den Kunden oder andere Stakeholder von entscheidender Bedeutung sind, schnell angegangen werden.
3. Einschränkungen für die Verifizierung und Validierung definieren

TIPP

Die Ordnung nach Prioritäten bietet auch eine Anleitung für Kompromissentscheidungen bei der Architektur und stellt sicher, dass Prioritäten später nicht übersehen oder vergessen werden.

QUERVERWEIS

Das Kano-Modell ist eine Vorgehensweise zur Klassifizierung und Priorisierung von Funktionen und Attributen nach ihrem Einfluss auf die Wahrnehmung der Qualität durch den Kunden. Eine Quelle für Informationen über das Kano-Modell ist Wikipedia (*de.wikipedia.org/wiki/Kano-Modell*).

SG 2 PRODUKTANFORDERUNGEN ENTWICKELN

Kundenanforderungen werden verfeinert und ausgearbeitet, um Anforderungen an das Produkt und die Produktbestandteile zu entwickeln.

TIPP

Die Definitionen von »Produktlinie« und »Architektur« finden Sie im Glossar.

Kundenanforderungen werden in Verbindung mit der Entwicklung des Betriebskonzepts analysiert, um detailliertere und präzisere Sätze von Anforderungen zu erhalten, die als »Anforderungen an Produkte und Produktbestandteile« bezeichnet werden. Die Anforderungen an Produkte und Produktbestandteile umfassen die Bedürfnisse der einzelnen Produktlebenszyklusphasen. Abgeleitete Anforderungen ergeben sich aus Einschränkungen, der Berücksichtigung impliziter Probleme, die nicht explizit in der Kundenanforderungsbaseline erwähnt werden, sowie Faktoren, die durch die gewählte Architektur, den Produktlebenszyklus, das Design und die individuellen geschäftlichen Erwägungen des Entwicklers entstehen. Anforderungen werden nach und nach mit den Anforderungssätzen und der Architektur auf niedrigeren Ebenen abgeglichen und das bevorzugte Produktkonzept wird verfeinert.

Die Anforderungen werden den Produktfunktionen und -bestandteilen einschließlich Objekten, Personen und Prozessen zugewiesen. Bei der iterativen oder inkrementellen Entwicklung werden die Anforderungen auch einzelnen Iterationen oder Inkrementen zugewiesen. Dies geschieht auf der Grundlage von Prioritäten des Kunden, technischen Problemen und Projektzielen. Die Nachverfolgbarkeit von Anforderungen zu Funktionen, Objekten, Tests, Problemen oder anderen Einheiten wird dokumentiert. Die zugewiesenen Anforderungen und Funktionen (oder anderen logischen Einheiten) bilden die Grundlage für die Synthese der technischen Umsetzung. Während die Architektur definiert wird oder sich entwickelt, dient sie als maßgebliche Basis für die Zuweisung von Anforderungen zur Lösung. Im Laufe der Entwicklung interner Bestandteile werden zusätzliche Schnittstellen definiert und Schnittstellenanforderungen etabliert.

Mehr zum Aufrechterhalten der bidirektionalen Nachverfolgbarkeit von Anforderungen steht im Prozessgebiet »Anforderungsmanagement«.

SP 2.1 ANFORDERUNGEN AN PRODUKTE UND PRODUKTBESTANDTEILE ETABLIEREN

Anforderungen an Produkte und Produktbestandteile auf der Grundlage der Kundenanforderungen etablieren und beibehalten.

Die Funktions- und Qualitätsanforderungen des Kunden können in kundeneigener Terminologie ausgedrückt werden und die Form von nichttechnischen Beschreibungen annehmen. In den Produktanforderungen werden diese Anforderungen mit technischen Begriffen beschrieben, die als Basis für Designentscheidungen dienen können. Ein Beispiel für eine solche Übersetzung steht im ersten QFD-Haus (Quality Function Deployment), das Kundenwünsche technischen Einflussgrößen zuordnet. So könnte beispielsweise die Anforderung »solide klingende Tür« auf Größe, Gewicht, Passung, Dämpfung und Resonanzfrequenzen abgebildet werden.

Zu den Anforderungen an Produkte und Produktbestandteile gehören Kundenzufriedenheit, Geschäfts- und Projektziele sowie zugehörige Attribute wie Effektivität und Erschwinglichkeit.

Abgeleitete Anforderungen umfassen außerdem Erfordernisse anderer Lebenszyklusphasen (z.B. Herstellung, Betrieb und Entsorgung) in einem mit den Geschäftszielen vereinbarten Umfang.

Die Anpassung von Anforderungen aufgrund genehmigter Anforderungsänderungen erfolgt durch den Aspekt der »Pflege« dieser spezifischen Praktik, während die Verwaltung von Anforderungsänderungen durch das Prozessgebiet »Anforderungsmanagement« abgedeckt wird.

Mehr zur Verwaltung von Anforderungen steht im Prozessgebiet »Anforderungsmanagement«.

Beispiele für Arbeitsergebnisse

1. Abgeleitete Anforderungen
2. Produktanforderungen
3. Anforderungen an Produktbestandteile
4. Architekturanforderungen, die die Beziehungen zwischen Produktbestandteilen definieren oder einschränken

TIPP

In SP 2.1 ist Rekursion enthalten. Produktanforderungen werden der obersten Ebene der Produkthierarchie zugeordnet. Anforderungen an Produktbestandteile werden parallel mit der rekursiven Entwicklung der technischen Umsetzung rekursiv für alle niedrigeren Ebenen entwickelt.

QUERVERWEIS

Es gibt zahlreiche Quellen für Informationen über QFD, darunter die Website von iSix-Sigma (*www.isixsigma.com*) und die Website des Quality Function Deployment Institute (*www.qfdi.org*).

TIPP

Die Formulierung »Anforderungen an Produkte und Produktbestandteile beibehalten« in SP 2.1 sollte so interpretiert werden, dass die Anforderungsänderung, nicht die Verwaltung solcher Änderungen abgedeckt wird (REQM SP 1.3).

Subpraktiken

1. Anforderungen in technischen Begriffen entwickeln, wie sie für das Design von Produkten und Produktbestandteilen erforderlich sind

QUERVERWEIS

Informationen über Architekturmuster gibt der Querverweis für TS SP 2.1 an.

2. Anforderungen ableiten, die aus Designentscheidungen resultieren

   Mehr zur Auswahl von Lösungen für Produktbestandteile und zur Entwicklung des Entwurfs steht im Prozessgebiet »Technische Umsetzung«.

   Die Auswahl einer Technologie bringt weitere Anforderungen mit sich. So erfordert beispielweise der Einsatz von Elektronik zusätzliche technologiespezifische Anforderungen wie Grenzwerte für elektromagnetische Interferenzen.

   Architekturentscheidungen, z.B. die Auswahl von Architekturmustern, führen zusätzliche abgeleitete Anforderungen für Produktbestandteile ein. Beispielsweise schränkt das Schichtenmuster die Abhängigkeiten zwischen bestimmten Produktbestandteilen ein.

3. Architekturanforderungen zur Erfassung kritischer Qualitätsattribute und Qualitätskennzahlen entwickeln, die zum Etablieren der Produktarchitektur und des Designs notwendig sind

TIPP

Architekturanforderungen stehen für die Qualitäts- und Leistungsaspekte des Produkts, die für die Kundenzufriedenheit entscheidend sind (siehe auch TS SP 2.1).

Beispiele für Qualitätskennzahlen sind:

- Reaktion innerhalb einer Sekunde
- Systemverfügbarkeit von 99%
- Umsetzen einer Änderung mit nicht mehr als einer Personenwoche Aufwand

4. Beziehungen zwischen Anforderungen etablieren, die während des Änderungsmanagements und der Anforderungszuweisung berücksichtigt und aufrechterhalten werden

   Mehr zum Aufrechterhalten der bidirektionalen Nachverfolgbarkeit von Anforderungen steht im Prozessgebiet »Anforderungsmanagement«.

   Beziehungen zwischen Anforderungen können sich bei der Bewertung der Auswirkung von Änderungen als hilfreich erweisen.

SP 2.2 Anforderungen an Produktbestandteile zuweisen

Anforderungen einzelnen Produktbestandteilen zuweisen

Mehr zur Auswahl von Lösungen für Produktbestandteile steht im Prozessgebiet »Technische Umsetzung«.

Die Produktarchitektur bildet die Grundlage für die Zuweisung von Produktanforderungen zu Produktbestandteilen. Die Anforderungen an Produktbestandteile der definierten Lösung umfassen die Zuweisung von Produktleistung, Designeinschränkungen und Eignung, Form und Funktion, um die Anforderungen zu erfüllen und die Herstellung zu erleichtern. Wenn eine Anforderung höherer Ebene ein Qualitätsattribut für mehr als ein Produktbestandteil spezifiziert, kann dieses Qualitätsattribut manchmal aufgeteilt werden, um es den einzelnen Produktkomponenten getrennt als abgeleitete Anforderung zuzuweisen. In anderen Fällen jedoch sollte eine solche geteilte Anforderung stattdessen direkt der Architektur zugewiesen werden. Beispielsweise würde die Zuweisung einer gemeinsamen Anforderung an die Architektur beschreiben, wie eine Leistungsanforderung (z.B. die Reaktionsgeschwindigkeit) für verschiedene Bestandteile budgetiert wird, um die vollständige Kostenbetrachtung dieser Anforderung zu ermöglichen. Dieses Prinzip der gemeinsamen Anforderungen kann auch auf andere architektonisch bedeutsame Qualitätsattribute ausgedehnt werden (z.B. Sicherheit oder Zuverlässigkeit).

Tipp

Weitere Beispiele für gemeinsame Anforderungen sind eine Höchstgrenze für die Arbeitsspeichernutzung durch mehrere Bestandteile und eine Sicherheitsanforderung, die von den einzelnen Bestandteilen eines Produkts eingehalten werden muss.

Beispiele für Arbeitsergebnisse

1. Datenblätter für die Anforderungszuweisung
2. Vorläufige Anforderungszuweisungen
3. Designeinschränkungen
4. Abgeleitete Anforderungen
5. Beziehungen zwischen abgeleiteten Anforderungen

Tipp

Manchmal erfolgt die Zuweisung einer Anforderung höherer Ebene zu Produktbestandteilen nur vorläufig und wird später überarbeitet, um den individuellen oder neuen Fähigkeiten einzelner Lieferanten, Teams oder neuer Standardprodukte gerecht zu werden.

Subpraktiken

1. Anforderungen den Funktionen zuweisen
2. Anforderungen den Produktbestandteilen und der Architektur zuweisen
3. Designeinschränkungen den Produktbestandteilen und der Architektur zuweisen

4. Anforderungen den Lieferungsinkrementen zuweisen
5. Beziehungen zwischen zugewiesenen Anforderungen dokumentieren

   Beziehungen umfassen auch Abhängigkeiten, bei denen die Änderung einer Anforderung andere Anforderungen betreffen kann.

SP 2.3 SCHNITTSTELLENANFORDERUNGEN IDENTIFIZIEREN

Schnittstellenanforderungen identifizieren

Schnittstellen zwischen Funktionen (oder Objekten oder anderen logischen Einheiten) werden identifiziert. Schnittstellen können die Entwicklung von alternativen Lösungen vorantreiben, die im Prozessgebiet »Technische Umsetzung« beschrieben ist.

Mehr zum Sicherstellen der Schnittstellenkompatibilität steht im Prozessgebiet »Produktintegration«.

Die in der Produktarchitektur identifizierten Anforderungen an die Schnittstellen zwischen Produkten oder Produktbestandteilen werden definiert. Sie werden als Teil der Integration von Produkten und Produktbestandteilen gesteuert und bilden einen wesentlichen Bestandteil der Architekturdefinition.

TIPP

Da Schnittstellen für eine effektive Produktentwicklung so wichtig sind, werden sie an mehreren Stellen aufgegriffen. Schnittstellenanforderungen werden in RD SP 2.3 behandelt, Design der Schnittstellen in TS SP 2.3 und die Sicherstellung der Schnittstellenkompatibilität in PI SG 2.

Beispiele für Arbeitsergebnisse

1. Schnittstellenanforderungen

Subpraktiken

1. Externe sowie interne Produktschnittstellen identifizieren (z.B. zwischen funktionalen Teilbereichen oder Objekten)

   Im Laufe des Designprozesses wird die Produktarchitektur durch die Arbeitsabläufe der technischen Umsetzung verändert, wodurch neue Schnittstellen zwischen internen Produktbestandteilen und externen Bestandteilen entstehen.

   Schnittstellen mit produktbezogenen Lebenszyklusprozessen sollten ebenfalls identifiziert werden.

TIPP

Die Ermittlung der Schnittstellen, für die Anforderungen entwickelt werden, ist keine einmalige Angelegenheit, sondern kann so lange stattfinden, wie das Design fortschreitet, aber auch als Reaktion auf Änderungen.

Beispiele für solche Schnittstellen sind Schnittstellen mit Testausrüstung, Transportsystemen, Unterstützungssystemen und Herstellungseinrichtungen.

2. Die Anforderungen an die ermittelten Schnittstellen entwickeln

   Mehr zum Entwurf der Schnittstellen unter Verwendung von Kriterien steht im Prozessgebiet »Technische Umsetzung«.

   Schnittstellenanforderungen werden durch Begriffe wie Ursprung, Ziel, Stimulus, Datenmerkmale für Software sowie elektrische und mechanische Merkmale für Hardware definiert.

SG 3 Anforderungen analysieren und validieren

Die Anforderungen werden analysiert und validiert.

Die spezifischen Praktiken des spezifischen Ziels »Anforderungen analysieren und validieren« unterstützen die Entwicklung der Anforderungen der spezifischen Ziele »Kundenanforderungen entwickeln« und »Produktanforderungen entwickeln«. Die mit diesem spezifischen Ziel verbundenen spezifischen Praktiken decken die Analyse und Validierung der Anforderungen im Hinblick auf die vorgesehene Umgebung des Endanwenders ab.

Analysen werden durchgeführt, um festzustellen, wie sich die vorgesehene Betriebsumgebung auf die Fähigkeit auswirkt, die Bedürfnisse, Erwartungen, Einschränkungen und Schnittstellen der Stakeholder zu erfüllen. Punkte wie Machbarkeit, Einsatzerfordernisse, Kostenbeschränkungen, potenzielle Marktgröße und Beschaffungsstrategie sollten alle, je nach Produktkontext, berücksichtigt werden. Für die Architektur bedeutsame Qualitätsattribute werden auf der Grundlage der treibenden Kräfte für Mission und Geschäft identifiziert. Auch eine Definition des verlangten Funktionsumfangs und der Qualitätsattribute wird etabliert. Alle spezifizierten Anwendungsmodi für das Produkt werden berücksichtigt.

Das Ziel der Analyse besteht darin, mögliche Anforderungen für Produktkonzepte festzulegen, die die Bedürfnisse, Erwartungen und Einschränkungen der Stakeholder erfüllen und diese Konzepte anschließend in Anforderungen zu übersetzen. Parallel dazu werden basierend auf den Eingangsinformationen von Kunden und dem vorläufigen Produktkonzept die Parameter zur Bewertung der Produkteffektivität festgelegt.

Tipp

Die Anforderungsvalidierung dient dazu, ein klares Bild der Kundenwünsche und -bedürfnisse zu erhalten. Häufig entwickelt sich dieses Bild erst im Laufe der Zeit und erfordert eine ganze Reihe von Maßnahmen zur Anforderungsvalidierung.

Tipp

Anforderungsanalysen betrachten Anforderungen aus unterschiedlichen Perspektiven (wie Machbarkeit, Kosten und Risiken) und oft mit Hilfe verschiedener Abstraktionen (z.B. prozessbezogen, funktional, Datenfluss, Entity-Relationship, Statusdiagramme und zeitlich).

Hinweis

Technische Leistungsparameter können bei der Bewertung und Voraussage von Qualitätsattributen, Kosten, Terminen, Risiken usw. helfen.

Querverweis

Mehr über technische Einflussgrößen für die Leistung steht unter »Using CMMI to Improve Earned Value Management« (*www.sei.cmu.edu/publications/documents/02.reports/02tn016.html*).

Anforderungen werden validiert, um die Wahrscheinlichkeit zu erhöhen, dass das resultierende Produkt in der Anwendungsumgebung wie beabsichtigt funktioniert.

SP 3.1 BETRIEBSKONZEPTE UND ANWENDUNGSSZENARIEN ETABLIEREN

Betriebskonzepte und zugehörige Anwendungsszenarien etablieren und beibehalten

HINWEIS

Ein Betriebskonzept ist wie ein Bild, das das Produkt, den Endanwender und andere Einheiten der vorgesehenen Umgebung darstellt. Ein Szenario ist wie eine Geschichte, die einen Ablauf von Ereignissen sowie Interaktionen zwischen Endanwender und Produkt beschreibt. Ein Betriebskonzept bietet einen Rahmen für die Entwicklung oder Bewertung eines Satzes von Anwendungsszenarien.

TIPP

Betriebskonzepte und Anwendungsszenarien sind eine Methode, das zu demonstrieren oder mit Leben zu füllen, was die Anforderungen zu erfassen versuchen.

Ein Anwendungsszenario ist in der Regel ein Ablauf von Ereignissen, die bei der Entwicklung, dem Einsatz oder der Erhaltung des Produkts eintreten können, und dient dazu, einige Funktions- und Qualitätsbedürfnisse der Stakeholder zu verdeutlichen. Im Gegensatz dazu hängt ein Betriebskonzept für ein Produkt für gewöhnlich sowohl von der Designlösung als auch vom Anwendungsszenario ab. So unterscheidet sich z.B. das Betriebskonzept für ein satellitenbasiertes Kommunikationsprodukt deutlich von dem für ein Festnetzprodukt. Da zum Zeitpunkt der Vorbereitung der vorläufigen Betriebskonzepte für gewöhnlich noch keine alternativen Lösungen vorliegen, werden konzeptionelle Lösungen für die Verwendung bei der Analyse der Anforderungen entwickelt. Die Betriebskonzepte werden verfeinert, während Lösungsentscheidungen getroffen und detaillierte Anforderungen niedrigerer Ebene entwickelt werden.

So wie eine Designentscheidung für ein Produkt zu einer Anforderung an einen Produktbestandteil werden kann, kann auch das Betriebskonzept zu den Anwendungsszenarien (Anforderungen) an Produktbestandteile werden. Betriebskonzepte und Anwendungsszenarien werden entwickelt, um die Auswahl von Lösungen für Produktbestandteile zu erleichtern, die nach ihrer Umsetzung die beabsichtigte Verwendung des Produkts erfüllen oder seine Entwicklung und Erhaltung fördern. Betriebskonzepte und Anwendungsszenarien dokumentieren die Interaktion der Produktbestandteile mit der Umgebung, den Endanwendern und anderen Produktbestandteilen unabhängig vom Entwicklungsfachgebiet. Sie sollten für alle Modi und Zustände beim Betrieb, der Produktentwicklung, Bereitstellung, Lieferung, Unterstützung (einschließlich Instandhaltung und Erhaltung), Schulung und Entsorgung dokumentiert werden.

Es können Szenarien für Betriebs-, Erhaltungs-, Entwicklungs- oder andere Ereignisfolgen entwickelt werden.

Beispiele für Arbeitsergebnisse

1. Betriebskonzept
2. Konzepte für die Entwicklung, die Installation, den Betrieb, die Wartung und die Unterstützung von Produkten oder Produktbestandteilen
3. Entsorgungskonzepte
4. Anwendungsfälle
5. Zeitlinienszenarien
6. Neue Anforderungen

Subpraktiken

1. Betriebskonzepte und Anwendungsszenarien entwickeln, die nach Bedarf Betrieb, Installation, Entwicklung, Wartung, Pflege und Entsorgung umfassen

   Identifizieren und entwickeln Sie Anwendungsszenarien, die dem Detaillierungsgrad der Bedürfnisse, Erwartungen und Einschränkungen der Stakeholder entsprechen, innerhalb derer das angebotene Produkt oder der Produktbestandteil eingesetzt werden soll.

   Erweitern Sie Szenarien mit Überlegungen für Qualitätsattribute für Funktionen (oder andere logische Einheiten), die in den Szenarien beschrieben werden.

2. Die Umgebung definieren, in der das Produkt oder der Produktbestandteil eingesetzt werden soll, einschließlich Grenzen und Einschränkungen
3. Betriebskonzepte und Anwendungsszenarien überprüfen, um Anforderungen zu verfeinern und zu ermitteln

   Die Entwicklung von Betriebskonzepten und Anwendungsszenarien ist ein iterativer Prozess. Die Überprüfungen sollten regelmäßig stattfinden, um sicherzustellen, dass sie mit den Anforderungen in Einklang stehen. Die Überprüfung kann in Form eines Walkthrough stattfinden.

4. Im Rahmen der Auswahl der Produkte und Produktbestandteile ein ausführliches Betriebskonzept entwickeln, das die Interaktion zwischen Produkt, Endanwender und Umgebung definiert und die Bedürfnisse hinsichtlich Betrieb, Instandhaltung, Unterstützung und Entsorgung erfüllt

QUERVERWEIS

Die Auswahl von Bestandteilen wird in TS ausführlicher beschrieben.

SP 3.2 *DEFINITION ERFORDERLICHER FUNKTIONALITÄT UND QUALITÄTSATTRIBUTE ETABLIEREN*

Definition des erforderlichen Funktionalität und Qualitätsattribute etablieren und beibehalten

Eine Vorgehensweise zur Definition des erforderlichen Funktionsumfangs und der Qualitätsattribute besteht darin, Szenarien in einer sogenannten »funktionalen Analyse« zu untersuchen, um zu beschreiben, was das Produkt tun soll. Diese Funktionsbeschreibung kann Aktionen, Abläufe, Eingangsgrößen, Ausgangsgrößen und andere Informationen, die die Verwendungsart des Produkts beschreiben, umfassen. Die daraus resultierenden Beschreibungen von Funktionen, ihrer logischen Gruppierungen und ihrer Verknüpfung mit Anforderungen wird als »funktionale Architektur« bezeichnet. (Die Definition von »funktionale Analyse« und »funktionale Architektur« finden Sie im Glossar.)

TIPP

Im Rahmen der laufenden RD- und TS-Aktivitäten wird die Definition des verlangten Funktionsumfangs und der Qualitätsattribute verfeinert, so dass sie die getroffenen Entscheidungen widerspiegelt.

Solche Vorgehensweisen haben sich in den letzten Jahren durch die Einführung von Sprachen, Methoden und Werkzeugen zur Architekturbeschreibung entwickelt, um die Qualitätsattribute vollständiger angehen und beschreiben zu können. Dies ermöglicht eine reichhaltigere (z.B. mehrdimensionale) Spezifikation von Einschränkungen zur Realisierung des definierten Funktionsumfangs im Produkt und zur Förderung zusätzlicher Analysen der Anforderungen und technischen Lösungen. Einige Qualitätsattribute werden wichtig in Bezug auf die Produktarchitektur sein und daher einen entscheidenden Einfluss auf deren Entwicklung haben. Diese Qualitätsattribute spiegeln häufig überlappende Aspekte wider, die sich nicht den Elementen einer niedrigeren Ebene einer Lösung zuordnen lassen. Ein klares Verständnis der Qualitätsattribute und ihrer Wichtigkeit für die Missions- oder Geschäftserfordernisse ist eine wesentliche Eingangsgröße in den Designprozess.

Beispiele für Arbeitsergebnisse

1. Definition des verlangten Funktionsumfangs und der Qualitätsattribute
2. Funktionale Architektur
3. Aktivitätsdiagramme und Anwendungsfälle
4. Objektorientierte Analyse mit identifizierten Diensten (Services) oder Methoden
5. Architektonisch signifikante Qualitätsattributanforderungen

Subpraktiken

1. Entscheidende treibende Kräfte für Mission und Geschäft bestimmen
2. Wünschenswerten Funktionsumfang und Qualitätsattribute identifizieren

   Der Funktionsumfang und die Qualitätsattribute können wie in der vorhergehenden spezifischen Praktik beschrieben mit Hilfe einer Analyse verschiedener Szenarien gemeinsam mit relevanten Stakeholdern identifiziert werden.
3. Für die Architektur bedeutsame Qualitätsattribute auf der Grundlage wichtiger treibender Kräfte für Mission und Geschäft identifizieren
4. Die vom Endanwender geforderte Funktionalität analysieren und quantifizieren

   Diese Analyse kann es mit sich bringen, eine Sequenzierung zeitkritischer Funktionen in Betracht zu ziehen.
5. Anforderungen analysieren, um logische oder funktionale Teile (z.B. Unterfunktionen) zu identifizieren
6. Anforderungen anhand der etablierten Kriterien (z.B. ähnliche Funktionalität, ähnliche Qualitätsanforderungen oder Kopplung) in Gruppen aufteilen, um die Anforderungsanalyse zu erleichtern und zu fokussieren
7. Kundenanforderungen den funktionalen Teilen, Objekten, Personen oder unterstützenden Elementen zuweisen, um die Synthese der Lösung zu unterstützen
8. Anforderungen zu Funktionen und Unterfunktionen (oder anderen logischen Einheiten) zuweisen

SP 3.3 Anforderungen analysieren

Anforderungen analysieren, um sicherzustellen, dass sie notwendig und hinreichend sind

Angesichts der Betriebskonzepte und Anwendungsszenarien werden die Anforderungen für eine Ebene der Produkthierarchie analysiert, um herauszufinden, ob sie notwendig und hinreichend sind, die Ziele höherer Ebenen der Produkthierarchie zu erfüllen. Die analysierten Anforderungen bilden dann die Basis für ausführlichere und präzisere Anforderungen für niedrigere Ebenen der Produkthierarchie.

Tipp

Anforderungsanalysen helfen bei der Beantwortung von Fragen, z.B. ob alle Anforderungen notwendig sind, ob Anforderungen fehlen, ob sie zueinander widerspruchsfrei sind und ob sie umgesetzt und verifiziert werden können.

QUERVERWEIS

Bei der Anforderungsanalyse einen Blick auf die in REQM SP 1.1 Subpraktik 2 beschriebenen Merkmale werfen, um die zahlreichen zu berücksichtigenden Faktoren zu verstehen.

Die Definition von Anforderungen setzt ein Verständnis ihrer Beziehung zu den Anforderungen und der Definition des verlangten Funktionsumfangs und der Qualitätsattribute höherer Ebenen voraus. Außerdem werden die entscheidenden Anforderungen dafür bestimmt, den Fortschritt zu verfolgen. So kann beispielsweise das Gewicht eines Produkts oder die Größe eines Softwareprodukts aufgrund des damit verbundenen Risikos oder der Wichtigkeit für den Kunden während der Entwicklung überwacht werden.

Mehr zur Etablierung von Verfahren und Kriterien zur Verifizierung steht im Prozessgebiet »Verifizierung«.

TIPP

Die Beziehungen zwischen den Anforderungen aller Ebenen der Produkthierarchie werden untersucht und erfasst (siehe REQM SP 1.4).

Beispiele für Arbeitsergebnisse

1. Fehlerberichte für Anforderungen
2. Vorgeschlagene Anforderungsänderungen zur Fehlerbehebung
3. Schlüsselanforderungen
4. Kenngrößen für die technische Leistung

Subpraktiken

HINWEIS

Werden Konflikte beseitigt, so müssen die relevanten Stakeholder über Änderungen informiert werden, die sich auf die von ihnen eingebrachten Anforderungen auswirken.

1. Bedürfnisse, Erwartungen, Einschränkungen und externe Schnittstellen von Stakeholdern analysieren, um sie in zugehörige Themengebiete einzuordnen und Konflikte zu beseitigen
2. Anforderungen analysieren, um festzustellen, ob sie den Zielen der Anforderungen höherer Ebenen gerecht werden
3. Anforderungen analysieren, um sicherzustellen, dass sie vollständig, durchführbar, umsetzbar und verifizierbar sind

   Während das Design über die Durchführbarkeit einer bestimmten Lösung entscheidet, dient diese Subpraktik dazu, herauszufinden, wie sich Anforderungen auf die Durchführbarkeit auswirken.

TIPP

In diesen Subpraktiken stellen Sie fest, ob die Anforderungen eine angemessene Basis für die Produktentwicklung bilden und wie der Fortschritt bei der Erfüllung von Schlüsselanforderungen verfolgt werden soll.

4. Schlüsselanforderungen identifizieren, die einen starken Einfluss auf Kosten, Termine, Leistung oder Risiken haben
5. Kenngrößen für die technische Leistung identifizieren, die während der Entwicklung verfolgt werden

   Mehr zum Entwickeln und Erhalten der Messfähigkeiten zur Unterstützung des Bedarfs an Managementinformationen steht im Prozessgebiet »Messung und Analyse«.

6. Betriebskonzepte und Anwendungsszenarien analysieren, um die Bedürfnisse, Einschränkungen und Schnittstellen der Kunden zu verfeinern und neue Anforderungen ausfindig zu machen

   Diese Analyse kann zu detaillierteren Betriebskonzepten und Anwendungsszenarien führen sowie die Ableitung neuer Anforderungen unterstützen.

SP 3.4 ANFORDERUNGEN ANALYSIEREN UND ABGLEICHEN

Anforderungen analysieren, um Bedürfnisse und Einschränkungen von Stakeholdern abzugleichen

Die Bedürfnisse und Einschränkungen der Stakeholder können Dinge wie Kosten, Termine, Produkt- oder Projektleistung, Funktionalität, Prioritäten, wiederverwendbare Bestandteile, Wartbarkeit oder Risiken umfassen.

TIPP

Oftmals ist die Wunschliste zu lang. Es ist notwendig, Kompromisse und wirklich Bedeutsames zu verstehen.

Beispiele für Arbeitsergebnisse

1. Bewertung von Risiken mit Bezug zu Anforderungen

Subpraktiken

1. Bewährte Modelle, Simulationen und Prototypen anwenden, um die Balance zwischen Bedürfnissen und Einschränkungen der Stakeholder zu analysieren

   Die Ergebnisse der Analyse können zur Reduzierung der Kosten und Entwicklungsrisiken des Produkts verwendet werden.

2. Eine Risikobewertung der Anforderungen und der Definition des verlangten Funktionsumfangs und der Qualitätsattribute durchführen

   Mehr zur Erkennung und Analyse von Risiken steht im Prozessgebiet »Risikomanagement«.

3. Produktlebenszykluskonzepte dahingehend untersuchen, wie sich Anforderungen auf Risiken auswirken

4. Den Einfluss architektonisch bedeutender Qualitätsanforderungen auf die Kosten und Risiken für das Produkt und die Produktentwicklung bewerten

   Wenn der Einfluss der Anforderungen auf Kosten und Risiken den wahrgenommenen Nutzen überwiegen, sollten relevante Stakeholder befragt werden, um zu bestimmen, welche Änderungen möglicherweise erforderlich sind.

Beispielsweise kann sich die Umsetzung einer sehr strengen Anforderung an die Reaktionszeit oder die Hochverfügbarkeit als sehr teuer erweisen. Vielleicht kann die Anforderung gelockert werden, wenn die Auswirkungen (z.B. auf die Kosten) verstanden werden.

SP 3.5 ANFORDERUNGEN VALIDIEREN

Anforderungen validieren, um sicherzustellen, dass das resultierende Produkt in der Umgebung des Endanwenders wie beabsichtigt funktioniert

TIPP

Die Anforderungsvalidierung sollte frühzeitig beginnen und wiederholt werden, um das Risiko unangemessener Anforderungen zu minimieren.

Die Anforderungsvalidierung erfolgt in einer frühen Phase der Entwicklung zusammen mit den Endanwendern, um sich zu überzeugen, dass die Anforderungen geeignet sind, eine Entwicklung so zu führen, dass sie in einer erfolgreichen abschließenden Validierung resultiert. In diese Tätigkeit sollten Aktivitäten des Risikomanagements integriert werden. Reife Organisationen führen die Anforderungsvalidierung für gewöhnlich ausgefeilter mit Hilfe mehrerer Techniken durch und verbreitern die Basis der Validierung, um weitere Bedürfnisse und Erwartungen der Stakeholder abzudecken.

Beispiele für Techniken zur Anforderungsvalidierung umfassen:
- Analyse
- Simulationen
- Prototyperstellung
- Vorführungen

Beispiele für Arbeitsergebnisse

1. Aufzeichnungen der Analysemethoden und -ergebnisse

Subpraktiken

1. Die Anforderungen analysieren, um festzustellen, welches Risiko besteht, dass das resultierende Produkt in der Umgebung des Anwenders nicht wie beabsichtigt funktionieren wird
2. Mit Hilfe von Produktrepräsentationen (z.B. Prototypen, Simulationen, Modelle, Anwendungsszenarien und Story Boards) und diesbezüglicher Rückmeldungen von relevanten Stakeholdern die Angemessenheit und Vollständigkeit der Anforderungen überprüfen

Mehr zur Vorbereitung auf die Validierung und zur Validierung von Produkten oder Produktbestandteilen steht im Prozessgebiet »Validierung«.

3. Das Design während seiner Entwicklung im Kontext der Umgebung der Anforderungsvalidierung beurteilen, um Validierungsprobleme zu identifizieren und ungenannte Bedürfnisse und Kundenanforderungen aufzudecken

TIPP

Die Anforderungsvalidierung in dieser spezifischen Praktik und die Produktvalidierung in VAL haben dasselbe Ziel, aber unterschiedliche Perspektiven. Die Anforderungsvalidierung konzentriert sich auf die Angemessenheit und Vollständigkeit der Anforderungen. VAL konzentriert sich darauf, an mehreren Punkten der Produktentwicklung Prognosen aufzustellen, wie gut das Produkt die Bedürfnisse der Anwender erfüllt.

Anforderungsmanagement (Requirements Management, REQM)

Ein Projektmanagementprozessgebiet des Reifegrads 2

Zweck

Der Zweck des Anforderungsmanagements (REQM) besteht darin, Anforderungen an Produkte und Produktbestandteile des Projekts zu verwalten und die Abstimmung zwischen diesen Anforderungen und den Plänen und Arbeitsergebnissen des Projekts sicherzustellen.

Querverweis

REQM kümmert sich nicht darum, die Anforderungen herauszufinden oder zu entwickeln. Mehr zu diesen Themen steht im Prozessgebiet RD.

Einführende Hinweise

Die Arbeitsabläufe des Anforderungsmanagements verwalten alle Anforderungen, die mit dem Projekt in Verbindung stehen (erhaltene und selbst aufgestellte Anforderungen), einschließlich technischer und nicht technischer Anforderungen sowie solcher Anforderungen, die von der Organisation an das Projekt gestellt werden.

Besonders dann, wenn das Prozessgebiet »Anforderungsentwicklung« umgesetzt ist, erzeugen die zugehörigen Arbeitsabläufe auch Anforderungen an Produkte und Produktbestandteile, die ebenfalls von den Arbeitsabläufen des Anforderungsmanagements verwaltet werden.

In allen Prozessgebieten schließt die Bedeutung der Begriffe »Produkt« und »Produktbestandteil« auch Dienstleistungen, Dienstleistungssysteme und deren Bestandteile ein.

Wenn die Prozessgebiete »Anforderungsmanagement«, »Anforderungsentwicklung« und »Technische Umsetzung« umgesetzt sind, können die zugehörigen Abläufe eng miteinander verbunden sein und gleichzeitig ausgeführt werden.

Tipp

REQM befasst sich mit *allen Anforderungen*, die das Projekt bearbeitet, und bietet so eine stabile Grundlage für die Projektplanung, Entwicklung, Prüfung und Ablieferung.

Tipp

Nichttechnische Anforderungen schließen Anforderungen an Kosten und Terminpläne ein.

Tipp

RD entwickelt Anforderungen, TS setzt sie um und REQM verwaltet sie von der Entwicklung bis zur Umsetzung.

TIPP

Anforderungsgeber können Kunden, Anwender, Zulieferer, Management, Regulierungsbehörden oder Standardisierungskörperschaften sein.

TIPP

Die Verwaltung von Anforderungsänderungen stellt sicher, dass alle Teile des Projekts mit den aktuellsten Anforderungen arbeiten.

TIPP

Die bidirektionale Nachverfolgbarkeit, die in SP 1.4 erläutert wird, ist ein entscheidendes Konzept für die Umsetzung von RD und TS.

TIPP

In Instandhaltungsprojekten müssen Anforderungsänderungen immer noch verwaltet werden, unabhängig von ihrer Quelle.

TIPP

Die Praktiken und Prinzipien in einem Prozessgebiet sind oft breiter anwendbar als zunächst angenommen. REQM ist häufig für die Aus- und Weiterbildungsabteilung, die Mitarbeiter in der Qualitätssicherung, die Vertriebsmitarbeiter usw. einer Organisation wertvoll.

Das Projekt unternimmt geeignete Schritte, um sicherzustellen, dass die vereinbarten Anforderungen gelenkt werden, um die Planungs- und Ausführungsbedürfnisse des Projekts zu unterstützen. Wenn ein Projekt Anforderungen von einem zugelassenen Anforderungsgeber erhält, werden sie mit diesem überprüft, um offene Punkte zu klären und Missverständnisse zu vermeiden, bevor die Anforderungen in die Projektpläne aufgenommen werden. Sobald der Anforderungsgeber und der Empfänger der Anforderungen eine Einigung erreichen, werden die Zusagen zu den Anforderungen von den Projektteilnehmern eingeholt. Das Projekt verwaltet Änderungen an Anforderungen, sobald sie entstehen, und identifiziert Inkonsistenzen, die zwischen Plänen, Arbeitsergebnissen und Anforderungen auftreten.

Zum Anforderungsmanagement gehören die Dokumentation von Anforderungsänderungen und ihrer Begründung sowie die Beibehaltung der bidirektionalen Nachverfolgbarkeit zwischen Quellanforderungen, allen Anforderungen für Produkte und Produktbestandteilen sowie anderen spezifizierten Arbeitsergebnissen. (Die Definition für »bidirektionale Nachverfolgbarkeit« finden Sie im Glossar.)

Alle Projekte haben Anforderungen. Bei Instandhaltungsaktivitäten gehen Änderungen auf Änderungen an vorhandenen Anforderungen, am Design oder der Umsetzung zurück. In Projekten, die in Inkrementen der Produktfunktionalität liefern, können die Änderungen auch aufgrund von veränderten Kundenerfordernissen, Reifung und Veraltung von Technologien und der Weiterentwicklung von Normen zustande kommen. In beiden Fällen können Anforderungsänderungen, sofern vorhanden, in Änderungsanträgen des Kunden oder Endanwender resultieren oder die Form neuer Anforderungen annehmen, die aus Arbeitsabläufen der Anforderungsentwicklung hervorgehen. Unabhängig von ihrer Quelle oder Form werden Aktivitäten, die von Anforderungsänderungen gesteuert werden, entsprechend gehandhabt.

In agilen Umgebungen werden Anforderungen durch Mechanismen wie Produkt-Backlogs, Story Cards und Screen Mock-ups vermittelt und nachverfolgt. Zusagen zu Anforderungen werden entweder gemeinschaftlich durch das Team oder durch einen bevollmächtigten Teamleiter getroffen.

Arbeitszuweisungen werden regelmäßig (z.B. täglich oder wöchentlich) auf der Grundlage des erzielten Fortschritts und des bis dahin entwickelten Verständnisses der Anforderungen und der Lösung angepasst. Die Nachverfolgbarkeit und Einheitlichkeit über die Anforderungen und Arbeitsergebnisse hinweg wird durch die bereits erwähnten Mechanismen sowie durch Tätigkeiten wie »Retrospektiven« und »Demo-Tage« zu Beginn oder am Ende einer Iteration sichergestellt (siehe »Interpretation von CMMI bei der Verwendung agiler Vorgehensweisen« in Teil I).

In Beziehung stehende Prozessgebiete

Mehr zur Ermittlung, Analyse und Etablierung von Kundenanforderungen sowie von Anforderungen an Produkte und Produktbestandteile steht im Prozessgebiet »Anforderungsentwicklung«.

Mehr zum Entwurf, der Entwicklung und Umsetzung von Lösungen für Anforderungen steht im Prozessgebiet »Technische Umsetzung«.

Mehr zur Etablierung von Baselines und zur Verfolgung und Lenkung von Änderungen steht im Prozessgebiet »Konfigurationsmanagement«.

Mehr zur Überwachung des Projekts gegenüber dem Plan und zur Durchführung von Korrekturmaßnahmen bis zum Abschluss steht im Prozessgebiet »Projektverfolgung und -steuerung«.

Mehr zum Etablieren und Aktuellhalten des Plans, der die Projektaktivitäten definiert, steht im Prozessgebiet »Projektplanung«.

Mehr zur Erkennung und Analyse von Risiken steht im Prozessgebiet »Risikomanagement«.

Übersicht spezifischer Ziele und Praktiken

SG 1 Anforderungen verwalten
- SP 1.1 Anforderungen verstehen
- SP 1.2 Zusagen zu Anforderungen einholen
- SP 1.3 Anforderungsänderungen verwalten
- SP 1.4 Bidirektionale Nachverfolgbarkeit von Anforderungen aufrechterhalten
- SP 1.5 Abstimmung zwischen Projektarbeit und Anforderungen sicherstellen

Detaillierung spezifischer Ziele und Praktiken

SG 1 ANFORDERUNGEN VERWALTEN

Anforderungen werden verwaltet und Inkonsistenzen zu Projektplänen und Arbeitsergebnissen werden erkannt.

TIPP

Anforderungen teilen die Erwartungen an das Endprodukt mit. Diese Erwartungen entwickeln sich mit dem Projektfortschritt weiter.

Das Projekt erhält während seiner Lebensdauer einen aktuellen und genehmigten Satz von Anforderungen aufrecht, indem es Folgendes tut:

- Alle Änderungen an Anforderungen verwalten
- Beziehungen zwischen Anforderungen, Projektplänen und Arbeitsergebnissen aufrechterhalten
- Abstimmung zwischen Anforderungen, Projektplänen und Arbeitsergebnissen sicherstellen
- Korrekturmaßnahmen ergreifen

Mehr zur Analyse und Validierung von Anforderungen steht im Prozessgebiet »Anforderungsentwicklung«.

Mehr zum Bestimmen der Machbarkeit von Anforderungen steht in der spezifischen Praktik »Alternative Lösungen und Auswahlkriterien entwickeln« des Prozessgebiets »Technische Umsetzung«.

Mehr zur Durchführung von Korrekturmaßnahmen bis zum Abschluss steht im Prozessgebiet »Projektverfolgung und -steuerung«.

SP 1.1 ANFORDERUNGEN VERSTEHEN

Zusammen mit den Anforderungsgebern ein gemeinsames Verständnis der Bedeutung von Anforderungen entwickeln

TIPP

»Einschleichen von Anforderungen« ist die Tendenz, dass Anforderungen in ein Projekt ständig einfließen (häufig aus verschiedenen Quellen) und den Projektumfang über das hinaus ausdehnen, was geplant war.

Wenn die Reife des Projekts zunimmt und Anforderungen abgeleitet werden, nehmen alle Aktivitäten oder Fachgebiete Anforderungen entgegen. Um das Einschleichen von Anforderungen zu vermeiden, werden Kriterien aufgestellt, die geeignete Kanäle oder offizielle Quellen bestimmen, von denen Anforderungen entgegengenommen werden. Die Empfänger von Anforderungen führen mit dem Anforderungsgeber Analysen der Anforderungen durch, um sicherzustellen, dass ein miteinander vereinbares, gemeinsames Verständnis der Bedeutung der Anforderungen erreicht wird. Das Ergebnis dieser

Analysen und Besprechungen ist ein Satz genehmigter Anforderungen.

Beispiele für Arbeitsergebnisse

1. Liste der Kriterien für die Unterscheidung zugelassener Anforderungsgeber
2. Kriterien für die Bewertung und Annahme von Anforderungen
3. Ergebnisse von Analysen anhand von Kriterien
4. Ein Satz genehmigter Anforderungen

TIPP

Offizielle Anforderungsquellen sind die ausgewählten Personen, von denen Sie Anforderungen entgegennehmen. Inoffizielle Gespräche, die zu zusätzlichen Anforderungen führen, können Schwierigkeiten verursachen.

Subpraktiken

1. Kriterien für die Unterscheidung zugelassener Anforderungsgeber aufstellen.
2. Objektive Kriterien für die Bewertung und Annahme von Anforderungen aufstellen

   Fehlende Bewertungs- und Abnahmekriterien führen häufig zu unangemessener Verifizierung, kostspieligen Nacharbeiten oder Ablehnung durch den Kunden.

QUERVERWEIS

Beispiele für Anforderungsgeber (und andere relevante Stakeholder), die am REQM-Prozess beteiligt sein können, stehen in GP 2.7.

Beispiele für Bewertungs- und Abnahmekriterien umfassen:

- Eindeutig und richtig formuliert
- Vollständig
- Konsistent zueinander
- Eindeutig identifiziert
- Konsistent zwischen dem Ansatz der Architektur und den Prioritäten der Qualitätsattribute
- Zur Umsetzung geeignet
- Verifizierbar (d.h. prüfbar)
- Nachverfolgbar
- Erreichbar
- An Geschäftswerte geknüpft
- Als Kundenpriorität identifiziert

3. Anforderungen analysieren, um sicherzustellen, dass die etablierten Kriterien erfüllt werden
4. Mit dem Anforderungsgeber ein Verständnis der Anforderungen erarbeiten, damit die Projektteilnehmer zusagen können

TIPP

Beidseitige Kommunikation ist unverzichtbar, um sicherzustellen, dass ein gemeinsames Verständnis der Anforderungen zwischen dem Projekt und den Anforderungsgebern besteht.

SP 1.2 *ZUSAGEN ZU ANFORDERUNGEN EINHOLEN*

Zusagen zu den Anforderungen von den Projektbeteiligten einholen

Mehr zur Überwachung von Zusagen steht im Prozessgebiet »Prozessverfolgung und -steuerung«.

In der vorherigen spezifischen Praktik ging es darum, ein gemeinsames Verständnis mit den Anforderungsgebern zu entwickeln. Diese spezifische Praktik betrifft die Vereinbarungen und Zusagen unter denjenigen, die die zur Umsetzung der Anforderungen notwendigen Tätigkeiten durchführen. Anforderungen entwickeln sich während des Projekts weiter. Während sich die Anforderungen weiterentwickeln, stellt diese spezifische Praktik sicher, dass sich die Projektteilnehmer zu den aktuellen und genehmigten Anforderungen und den daraus resultierenden Änderungen in den Projektplänen, Aktivitäten und Arbeitsergebnissen verpflichten.

Beispiele für Arbeitsergebnisse

1. Bewertungen der Auswirkungen von Anforderungen
2. Dokumentierte Zusagen zu Anforderungen und Anforderungsänderungen

Subpraktiken

1. Auswirkungen von Anforderungen auf bestehende Zusagen bewerten

   Die Auswirkungen auf die Projektteilnehmer sollten bewertet werden, wenn sich die Anforderungen ändern oder eine neue Anforderung beginnt.

2. Zusagen aushandeln und aufzeichnen

   Änderungen an bestehenden Zusagen sollten verhandelt werden, bevor die Projektteilnehmer Zusagen zu einer neuen Anforderung oder einer Anforderungsänderung machen.

TIPP

Zu Beginn eines Projekts sind üblicherweise nur 50% der Anforderungen bekannt.

TIPP

Projektmitarbeiter, die Zusagen geben, müssen fortlaufend bewerten, ob sie diese einhalten können, den Betroffenen sofort Bescheid geben, wenn sie sie nicht einhalten können, und die Folgen der Nichteinhaltung zu mindern suchen.

TIPP

Zusagen sind ein Thema, das in CMMI immer wiederkehrt. Sie werden außerdem in PP dokumentiert und abgeglichen, in PMC verfolgt und in IPM gründlicher behandelt.

TIPP

Dokumentierte Zusagen können in Form von Sitzungsprotokollen, abgezeichneten Dokumenten oder als E-Mails vorliegen.

TIPP

Zusagen umfassen sowohl die betroffenen Ressourcen als auch den Terminplan für die Erledigung.

SP 1.3 *ANFORDERUNGSÄNDERUNGEN VERWALTEN*

Änderungen an Anforderungen, die sich während des Projekts ergeben, verwalten

Mehr zur Verfolgung und Lenkung von Änderungen steht im Prozessgebiet »Konfigurationsmanagement«.

Anforderungen ändern sich aus verschiedenen Gründen. Wenn sich die Bedürfnisse ändern und die Arbeit voranschreitet, kann es notwendig sein, bestehende Anforderungen zu ändern. Es ist wichtig, diese Ergänzungen und Änderungen effizient und wirksam zu verwalten. Um die Auswirkungen von Änderungen wirksam zu analysieren, ist es erforderlich, dass die Quelle jeder Anforderung bekannt ist und die Gründe für die Änderung dokumentiert sind. Das Projekt möchte möglicherweise mit geeigneten Messungen die Unbeständigkeit der Anforderungen verfolgen, um zu beurteilen, ob eine neue oder überarbeitete Vorgehensweise zur Lenkung der Änderungen erforderlich ist.

Beispiele für Arbeitsergebnisse

1. Anträge zur Anforderungsänderung
2. Berichte über die Auswirkungen von Anforderungsänderungen
3. Anforderungsstatus
4. Anforderungsdatenbank

Subpraktiken

1. Alle Anforderungen und Anforderungsänderungen dokumentieren, die dem Projekt übermittelt oder von ihm aufgestellt werden
2. Einen Änderungsverlauf der Anforderungen einschließlich der Änderungsgründe pflegen

   Die Pflege des Änderungsverlaufs trägt zur Verfolgung der Unbeständigkeit der Anforderungen bei.
3. Die Auswirkungen der Anforderungsänderungen vom Standpunkt relevanter Stakeholder aus bewerten

   Anforderungsänderungen, die die Produktarchitektur betreffen, können sich auf viele Stakeholder auswirken.
4. Anforderungs- und Änderungsdaten für das Projekt verfügbar machen

TIPP

Die Steuerung von Änderungen stellt sicher, dass Projektmitglieder und Kunden ein klares und gemeinsames Verständnis der Anforderungen haben.

TIPP

»Unbeständigkeit von Anforderungen« ist die Änderungsrate von Anforderungen, nachdem die Umsetzung begonnen hat. Wenn die Unbeständigkeit der Anforderungen hoch ist, kann das Projekt nicht fortschreiten, weil es sich fortlaufend an Anforderungsänderungen anpasst. Es ist wichtig, eine hohe Unbeständigkeit der Anforderungen zu erkennen, damit geeignete Maßnahmen ergriffen werden können.

TIPP

Eine Datenbank ist ein Beispiel für ein Werkzeug, das verwendet wird, um den Änderungsverlauf der Anforderungen zu verwalten.

TIPP

Die Quelle der Anforderungsänderungen kann projektintern oder -extern sein.

TIPP

Ein Änderungsverlauf ermöglicht es den Projektmitgliedern, zu überprüfen, warum Entscheidungen getroffen wurden, wenn sie später infrage gestellt werden.

SP 1.4 BIDIREKTIONALE NACHVERFOLGBARKEIT VON ANFORDERUNGEN AUFRECHTERHALTEN

Bidirektionale Nachverfolgbarkeit zwischen Anforderungen und Arbeitsergebnissen aufrechterhalten

TIPP

Die Nachverfolgung von Quellanforderungen zu Anforderungen niederer Ebenen und dann zum Produktbestandteil zeigt, wo und wie die einzelne Anforderung durch Produktzerlegung erfüllt wird und welche Anforderungen bei der Verifizierung der Arbeitsergebnisse (VER) bewertet werden müssen.

Der Zweck dieser spezifischen Praktik besteht darin, die bidirektionale Nachverfolgbarkeit von Anforderungen aufrechtzuerhalten. (Die Definition für »bidirektionale Nachverfolgbarkeit« finden Sie im Glossar.) Wenn die Anforderungen gut verwaltet werden, kann eine Nachverfolgbarkeit von der Quellanforderung zu den Anforderungen tieferer Ebenen und von diesen zurück zur Quellanforderung aufgestellt werden. Eine derartige bidirektionale Nachverfolgbarkeit trägt dazu bei, festzustellen, ob alle Anforderungen vollständig bearbeitet wurden und alle Anforderungen tieferer Ebenen zu einer gültigen Quelle zu verfolgen sind.

Die Nachverfolgbarkeit von Anforderungen deckt auch die Beziehungen zu anderen Entitäten wie Zwischen- und Endergebnissen, Änderungen in der Designdokumentation und in Testplänen ab. Die Nachverfolgbarkeit kann horizontale Beziehungen – beispielsweise über Schnittstellen hinweg – und vertikale Beziehungen abdecken. Die Nachverfolgbarkeit ist vor allem zur Bewertung der Auswirkungen von Anforderungsänderungen auf Projekttätigkeiten und Arbeitsergebnisse erforderlich.

Beispiele für zu berücksichtigende Aspekte der Nachverfolgbarkeit umfassen:

- Umfang der Nachverfolgbarkeit: die Grenzen, innerhalb der eine Nachverfolgbarkeit notwendig ist.
- Definition der Nachverfolgbarkeit: die Elemente, die logische Beziehungen benötigen.
- Art der Nachverfolgbarkeit: wann horizontale und wann vertikale Nachverfolgbarkeit benötigt wird.

TIPP

Die Aufrechterhaltung der Nachverfolgbarkeit über horizontale Beziehungen hinweg kann in hohem Maße Probleme reduzieren, die bei der Produktintegration auftreten.

Eine solche bidirektionale Nachverfolgbarkeit ist nicht immer automatisiert. Sie kann manuell mit Hilfe von Arbeitsblättern, Datenbanken und anderen üblichen Werkzeugen durchgeführt werden.

Beispiele für Arbeitsergebnisse

1. Matrix für die Nachverfolgbarkeit der Anforderungen
2. System für die Verfolgung der Anforderungen

Subpraktiken

1. Die Anforderungsnachverfolgbarkeit aufrechterhalten, um sicherzustellen, dass die Quelle der Anforderungen tieferer (d.h. abgeleiteter) Ebenen dokumentiert wird
2. Die Anforderungsnachverfolgbarkeit von einer Anforderung zu ihren abgeleiteten Anforderungen und der Zuordnung zu Arbeitsergebnissen aufrechterhalten

   Zu den Arbeitsergebnissen, für die eine Nachverfolgbarkeit aufrechterhalten werden kann, gehören die Architektur, Produktbestandteile, Entwicklungsiterationen (oder -inkremente), Funktionen, Schnittstellen, Objekte, Personen, Prozesse und andere.
3. Eine Matrix für die Anforderungsnachverfolgbarkeit erstellen

TIPP

Eine Nachverfolgbarkeitsmatrix kann zahlreiche Formen annehmen: ein Arbeitsblatt, eine Datenbank usw.

HINWEIS

Wenn sich eine Anforderung ändert, aktualisieren Sie die Nachverfolgbarkeitsmatrix so, dass die Erkenntnisse in den bereits früher erwähnten Beziehungen zwischen Anforderungen und Arbeitsergebnis erhalten bleiben.

SP 1.5 ABSTIMMUNG ZWISCHEN PROJEKTARBEIT UND ANFORDERUNGEN SICHERSTELLEN

Sicherstellen, dass Projektpläne und Arbeitsergebnisse mit den Anforderungen abgestimmt bleiben

Diese spezifische Praktik deckt Abweichungen zwischen Anforderungen, Projektplänen und Arbeitsergebnissen auf und löst Korrekturmaßnahmen zu ihrer Lösung aus.

Beispiele für Arbeitsergebnisse

1. Dokumentation der Abweichungen zwischen Anforderungen, Projektplänen und Arbeitsergebnissen einschließlich der Quellen und Bedingungen
2. Korrekturmaßnahmen

Subpraktiken

1. Projektpläne, Aktivitäten und Arbeitsergebnisse auf Übereinstimmung mit den Anforderungen und den daran vorgenommenen Änderungen überprüfen
2. Quellen von Inkonsistenzen identifizieren (sofern vorhanden)

TIPP

Insbesondere bei umfangreicheren Projekten werden Produktbestandteile parallel entwickelt und es ist eine Herausforderung, alle Arbeitsergebnisse vollständig mit den Anforderungsänderungen konsistent zu halten.

TIPP

Eine Nachverfolgbarkeitsmatrix kann bei dieser Überprüfung der Projektpläne, Aktivitäten und Arbeitsergebnisse helfen.

3. Jegliche Änderungen identifizieren, die an Plänen und Arbeitsergebnissen vorgenommen werden sollten und aus Änderungen der Anforderungsbaseline resultieren
4. Jegliche notwendigen Korrekturmaßnahmen auslösen

Risikomanagement (Risk Management, RSKM)

Ein Projektmanagementprozessgebiet des Reifegrads 3

Zweck

Der Zweck des Risikomanagements (RSKM) besteht darin, potenzielle Probleme zu erkennen, bevor sie auftreten, damit Maßnahmen zur Risikohandhabung nach Bedarf während des Produkt- oder Projektlebenszyklus geplant und eingeleitet werden können, um negative Auswirkungen auf das Erreichen der Ziele zu vermindern.

Tipp

In jedem Projekt beeinträchtigen Probleme das Erreichen der Ziele. Es kann störend und teuer sein, Probleme zu lösen, nachdem sie aufgetreten sind. RSKM bietet eine systematische Vorgehensweise, um potenzielle Probleme zu identifizieren, bevor sie auftreten, damit Zeit dafür bleibt, zu bestimmen, wie sie am besten angegangen werden können.

Einführende Hinweise

Risikomanagement ist eine fortwährende, vorausschauende Aktivität, die einen wichtigen Teil des Projektmanagements darstellt. Es sollte problematische Punkte angehen, die möglicherweise das Erreichen kritischer Ziele gefährden. Ein kontinuierliches Risikomanagement sieht Risiken, die kritische Auswirkungen auf ein Projekt haben können, effektiv voraus und schwächt sie ab.

Wirkungsvolles Risikomanagement schließt die frühe und energische Risikoidentifizierung durch die Zusammenarbeit mit und die Einbeziehung von relevanten Stakeholdern ein, wie es im Plan für die Stakeholder-Einbeziehung vorgesehen ist, der im Prozessgebiet »Projektplanung« beschrieben wird. Eine starke Führung aller relevanten Stakeholder ist erforderlich, um ein Klima für die freie und offene Aufdeckung und Erörterung von Risiken zu etablieren.

Tipp

RSKM kann auch die Identifizierung, Bewertung und Maximierung (oder Umsetzung) von *Chancen* bedeuten.

Tipp

In einer dynamischen Umgebung muss Risikomanagement ein fortwährender Vorgang der Identifizierung, Analyse und Abschwächung von Risiken sein.

Das Risikomanagement sollte sowohl interne als auch externe und sowohl technische als auch nichttechnische Quellen von Kosten-, Termin-, Leistungs- und anderen Risiken berücksichtigen. Die frühe und energische Aufdeckung von Risiken ist wichtig, weil es üblicherweise einfacher, weniger kostspielig und weniger störend ist, in früheren Projektphasen Änderungen vorzunehmen und Arbeitsabläufe zu korrigieren als in späteren.

Beispielsweise werden Entscheidungen zur Produktarchitektur häufig früh getroffen, bevor ihre Auswirkungen völlig verstanden werden können. Daher sollten die Risiken, die aus solchen Entscheidungen erwachsen, sorgfältig bedacht werden.

Industriestandards können hilfreich sein, um zu bestimmen, wie bestimmte Risiken, die in einer gegebenen Branche häufig auftreten, verhindert oder abgeschwächt werden können. Manche Risiken lassen sich vorausschauend handhaben oder abschwächen, indem die guten Praktiken und Lessons Learned der Branche betrachtet werden.

Risikomanagement lässt sich in die drei folgenden Teile gliedern:

- Definieren einer Risikomanagementstrategie
- Identifizierung und Analyse von Risiken
- Behandlung erkannter Risiken, einschließlich der Umsetzung von Risikoabschwächungsplänen bei Bedarf

Wie in den Prozessgebieten »Projektplanung« und »Projektverfolgung und -steuerung« dargestellt, können sich Organisationen zunächst auf die Risikoidentifizierung konzentrieren, um sich der Risiken bewusst zu sein, und auf die Risiken reagieren, wenn sie auftreten. Das Prozessgebiet »Risikomanagement« beschreibt eine Weiterentwicklung dieser spezifischen Praktiken, um Risiken systematisch einzuplanen, vorherzusehen und abzuschwächen und dadurch proaktiv ihre Auswirkungen auf das Projekt abzuschwächen.

Obwohl der Hauptschwerpunkt des Prozessgebiets »Risikomanagement« auf dem Projekt liegt, können diese Konzepte auch auf die Handhabung von Risiken auf Organisationsebene angewandt werden.

TIPP

Ohne ein freies und offenes Klima bleiben viele Risiken verborgen, bis sie als Probleme auftreten.

HINWEIS

Relevante projektexterne Stakeholder bringen Blickwinkel und Einblicke in die Identifizierung und Bewertung von Risiken ein. Möglicherweise steuern sie auch die vom Projekt benötigten Ressourcen, so dass es wichtig ist, im Dialog über die damit verbundenen Risiken zu bleiben.

TIPP

Risikoquellen sind nicht nur technischer Natur, sie können sich auch auf das Projekt beziehen (beispielsweise Kosten-, Terminplan- oder Lieferantenrisiken) oder geschäftlicher Natur sein (beispielsweise kommt ein Konkurrent zuerst auf den Markt).

TIPP

Eine Vorbedingung für effizientes Risikomanagement sind gemeinsame und konsistente Projektziele. Projektziele helfen, Risikomanagement zu fokussieren und die betreffenden Aktivitäten zu lenken.

QUERVERWEIS

PP und PMC umfassen Praktiken, die sich auf das Risikomanagement beziehen. Siehe PP SP 2.2, »Projektrisiken erkennen«, und PMC SP 1.3, »Projektrisiken überwachen«.

In agilen Umgebungen sind einige Tätigkeiten des Risikomanagements inhärent in die verwendeten Agilen Methoden eingebettet. Beispielsweise können einige technische Risiken durch Anregen zum Experimentieren (frühe »Fehlschläge«) oder durch Ausführen eines Spike außerhalb der Routineiteration angesprochen werden. Das Prozessgebiet »Risikomanagement« ermuntert jedoch zu einem systematischeren Ansatz für das Management von sowohl technischen als auch nichttechnischen Risiken. Ein solcher Ansatz kann in die typischen Iterations- und Besprechungsrhythmen agiler Umgebungen aufgenommen werden, vor allem während der Iterationsplanung, der Aufgabenabschätzung und -akzeptanz (siehe »Interpretation von CMMI bei der Verwendung agiler Vorgehensweisen« in Teil I).

QUERVERWEIS

Weitere Informationen siehe B. Boehm, B »Software Risk Management: Principles and Practices«, IEEE Software, 1990; Project Management Institute, »A Guide to the Project Management Body of Knowledge« (PMBOK Guide) Forth Edition, 2008 (Kapitel 11 befasst sich mit Risikomanagement); und *www.sei.cmu.edu/risk/index.cfm*.

In Beziehung stehende Prozessgebiete

Mehr über die Analyse möglicher Entscheidungen mittels eines formalen Bewertungsprozesses, der identifizierte Alternativen anhand etablierter Kriterien bewertet, steht im Prozessgebiet »Entscheidungsfindung«.

Mehr zur Überwachung von Projektrisiken steht im Prozessgebiet »Projektverfolgung und -steuerung«.

Mehr zur Erkennung von Projektrisiken und zur Planung der Einbeziehung von Stakeholdern steht im Prozessgebiet »Projektplanung«.

Übersicht spezifischer Ziele und Praktiken

SG 1 Risikomanagement vorbereiten
- SP 1.1 Risikoquellen und -kategorien festlegen
- SP 1.2 Risikoparameter definieren
- SP 1.3 Strategie für das Risikomanagement etablieren

SG 2 Risiken erkennen und analysieren
- SP 2.1 Risiken erkennen
- SP 2.2 Risiken bewerten, kategorisieren und priorisieren

SG 3 Risiken abschwächen
- SP 3.1 Pläne zur Risikoabschwächung entwickeln
- SP 3.2 Pläne zur Risikoabschwächung umsetzen

TIPP

Ohne eine Risikomanagementstrategie sind Projekte nicht in der Lage, kritische Risiken zu erkennen, sondern sie bewerten sie nur uneinheitlich und handhaben sie sowohl ineffektiv als auch ineffizient.

TIPP

Sind die Projekte einer Organisation sehr gleichförmig, kann SG 1 kostengünstig auf Organisationsebene umgesetzt werden (vor allem bei Projekten, die klein und von kurzer Dauer sind). Ein solcher Ansatz hilft leitenden Managern, das Risikopotenzial über mehrere Projekte hinweg zu bewerten.

HINWEIS

Wenn ein Projekt Analysemethoden für Angriffs- und Betriebssicherheit verwendet, sollten Sie diese in die Risikomanagementstrategie aufnehmen.

TIPP

Unter Stress verlieren Menschen oft den richtigen Blickwinkel, wenn Risiken auftreten. Manche Risiken (beispielsweise die außerhalb des Teams liegenden) können zu stark, andere zu wenig betont werden. Eine Liste mit internen und externen Risikoquellen führt zu mehr Objektivität in der Identifizierung von Risiken.

Detaillierung spezifischer Ziele und Praktiken

SG 1 RISIKOMANAGEMENT VORBEREITEN

Eine Vorbereitung für das Risikomanagement wird durchgeführt.

Die Vorbereitung für das Risikomanagement erfolgt durch Etablieren und Pflegen einer Strategie zur Identifizierung, Analyse und Abschwächung von Risiken. Diese Strategie wird üblicherweise in einem Risikomanagementplan dokumentiert. Die Risikomanagementstrategie umfasst die spezifischen Aktionen und den Managementansatz zur Anwendung und Steuerung des Risikomanagementprogramms. Die Strategie umfasst gewöhnlich die Identifizierung der Risikoquellen, des Systems zur Risikokategorisierung und der Parameter zur Bewertung, Abgrenzung und Steuerung der Risiken, um sie wirkungsvoll zu behandeln.

SP 1.1 RISIKOQUELLEN UND -KATEGORIEN FESTLEGEN

Risikoquellen und -kategorien bestimmen

Die Identifizierung von Risikoquellen schafft eine Grundlage für die systematische Untersuchung sich allmählich ändernder Situationen, um Umstände aufzudecken, die sich auf die Fähigkeit des Projekts auswirken, seine Ziele zu erreichen. Risikoquellen können für das Projekt intern oder extern sein. Mit dem Fortschreiten des Projekts können weitere Risikoquellen erkannt werden. Die Bestimmung von Risikokategorien bietet einen Mechanismus, um Risiken zu erfassen und zu ordnen und eine angemessene genaue Untersuchung und Managementaufmerksamkeit für Risiken sicherzustellen, die ernsthafte Folgen für die Erreichung der Projektziele haben können.

Beispiele für Arbeitsergebnisse

1. Listen mit Risikoquellen (intern und extern)
2. Liste mit Risikokategorien

Subpraktiken

1. Risikoquellen bestimmen

   Risikoquellen sind fundamentale Faktoren, die innerhalb eines Projekts oder einer Organisation Risiken verursachen. Es gibt viele Risikoquellen für ein Projekt, interne und externe. Risikoquellen geben an, wo Risiken auftreten können.

> Typische interne und externe Risikoquellen sind u.a.:
> - Unklare Anforderungen
> - Arbeiten ohne bestehende Erfahrung (d.h. ohne Schätzungen)
> - Nicht umsetzbarer Entwurf
> - Sich widersprechende Qualitätsanforderungen, die die Auswahl und das Design der Lösung beeinflussen
> - Nicht verfügbare Technologie
> - Unrealistische Schätzungen oder Zuweisungen im Terminplan
> - Unangemessene Ausstattung mit Personal und Fähigkeiten
> - Aufwands- oder Budgetprobleme
> - Ungewisse oder unzureichende Fähigkeiten von Subunternehmern
> - Ungewisse oder unzureichende Fähigkeiten von Lieferanten
> - Unzureichende Kommunikation mit vorhandenen oder potenziellen Kunden oder deren Repräsentanten
> - Unterbrechungen der Betriebskontinuität
> - Einschränkungen durch Vorschriften (z.B. Sicherheit oder Umweltschutz)

TIPP
In einem typischen Projekt ändern sich Risiken und deren Status mit der Zeit. Eine Standardliste mit Risikoquellen ermöglicht es dem Projekt, bei der Identifizierung von Risiken zu jedem Zeitpunkt gründlich vorzugehen.

TIPP
Störungen des Betriebsablaufs sind eine Risikoquelle, die (im Allgemeinen) oft vernachlässigt wird. Sie können schwere Folgen nach sich ziehen, es gibt aber auch kostengünstige Techniken zu ihrer Abschwächung. Weitere Informationen finden Sie im Prozessgebiet »Service Continuity« von CMMI for Services.

Viele dieser Risikoquellen werden akzeptiert, ohne eine angemessene Planung dafür aufzustellen. Die frühe Identifizierung interner und externer Risikoquellen kann zur frühen Erkennung von Risiken führen. Risikoabschwächungspläne können dann früh im Projekt umgesetzt werden, um dem Auftreten von Risiken vorzubeugen oder die Konsequenzen ihres Auftretens zu reduzieren.

TIPP
Eine Einteilung der Risikoquellen kann einem Projekt eine angemessen gründliche Checkliste zur Identifizierung von neuen Risiken bieten, selbst wenn sich die Situation ändert.

2. Risikokategorien bestimmen

Risikokategorien sind die »Behälter« zum Sammeln und Ordnen von Risiken. Die Identifizierung von Risikokategorien hilft bei der zukünftigen Konsolidierung von Tätigkeiten in Risikoabschwächungsplänen.

Eine Risikoklassifizierungssystematik kann eine Grundlage für die Ermittlung von Risikoquellen und -kategorien bieten.

TIPP
Kategorien dienen dazu, verwandte Risiken zusammenzufassen, die sich häufig mit denselben Abschwächungsaktivitäten angehen lassen, was die Effizienz des Risikomanagements erhöht.

TIPP

Risiken werden häufig nach Lebenszyklus-Phasen zusammengefasst.

Folgende Faktoren können bei der Ermittlung von Risikokategorien berücksichtigt werden:

- Phasen des Projektlebenszyklusmodells (beispielsweise Anforderungen, Entwurf, Fertigung, Test und Bewertung, Auslieferung und Entsorgung)
- Arten der verwendeten Arbeitsabläufe
- Arten der verwendeten Produkte
- Projektmanagementrisiken (z.B. Vertrags-, Budget-, Termin- und Ressourcenrisiken)
- Risiken der technischen Leistung (z.B. Risiken im Zusammenhang mit Qualitätsattributen oder Instandhaltungsrisiken)

SP 1.2 RISIKOPARAMETER DEFINIEREN

Parameter für die Analyse und Kategorisierung von Risiken sowie für die Steuerung des Aufwands für das Risikomanagement definieren

Parameter für die Bewertung, Kategorisierung und Priorisierung von Risiken umfassen:

- Risikowahrscheinlichkeit (d.h. die Wahrscheinlichkeit, dass das Risiko auftritt)
- Risikokonsequenzen (d.h. Auswirkungen und Schwere des aufgetretenen Risikos)
- Schwellenwerte für die Auslösung der Risikomanagementaktivitäten

Risikoparameter dienen dazu, gemeinsame und konsistente Kriterien für den Vergleich der zu handhabenden Risiken bereitzustellen. Ohne diese Parameter ist es schwierig, die Schwere einer unerwünschten Änderung zu messen, die vom Risiko verursacht wird, und die Aktionen für die Risikoabschwächungsplanung zu priorisieren.

Projekte sollten die zur Analyse und Kategorisierung von Risiken verwendeten Parameter dokumentieren, damit sie während der Lebensdauer des Projekts als Referenz verfügbar sind, da sich die Umstände mit der Zeit ändern können. Durch die Verwendung dieser Parameter können Risiken leicht neu kategorisiert und analysiert werden, wenn Änderungen auftreten.

Das Projekt kann Techniken wie eine Fehlermöglichkeits- und Einflussanalyse (Failure Mode and Effects Analysis, FMEA) einsetzen, um Risiken für mögliche Fehler im Produkt oder in ausgewählten Produktentwicklungsprozessen zu untersuchen. Solche Techniken können dabei helfen, für den disziplinierten Umgang mit Risikoparametern zu sorgen.

Beispiele für Arbeitsergebnisse

1. Kriterien für die Risikobewertung, -kategorisierung und -priorisierung
2. Anforderungen an das Risikomanagement (beispielsweise Steuerungs- und Genehmigungsstufen und Intervalle für die Neubewertung)

TIPP

Zu diesen Anforderungen gehören die Schwellenwerte, die mit den einzelnen Risikokategorien verbunden sind.

Subpraktiken

1. Konsistente Kriterien für die Bewertung und Quantifizierung von Risikowahrscheinlichkeit und Schweregraden definieren

   Einheitlich verwendete Kriterien (beispielsweise Grenzen für die Wahrscheinlichkeit und die Schweregrade) ermöglichen ein gemeinsames Verständnis der Auswirkungen verschiedener Risiken, eine angemessen genaue Untersuchung und die jeweils erforderliche Aufmerksamkeit des Managements. Beim Management unähnlicher Risiken (z.B. Sicherheit der Mitarbeiter im Gegensatz zum Umweltschutz) ist es wichtig, für Einheitlichkeit im Endergebnis zu sorgen. (Beispielsweise ist ein Risiko der Umweltschädigung mit hoher Auswirkung genauso wichtig wie ein Risiko für die Sicherheit des Personals mit hoher Auswirkung.) Eine Möglichkeit, um eine gemeinsame Grundlage für den Vergleich unähnlicher Risiken ist die Zuweisung von Geldbeträgen zu Risiken (z.B. durch einen Prozess der Risiko-Monetarisierung).

TIPP

Um wirkungsvoll zu sein, muss das Risikomanagement objektiv und quantitativ erfolgen. Deshalb müssen Risiken einheitlich bezüglich wesentlicher Parameter behandelt werden. Die Festlegung von Kriterien für die Bewertung von Risiken trägt zur Gewährleistung der Einheitlichkeit bei (beispielsweise bei der ausschließlich auf den Werten der Parameter beruhenden Entscheidung, welche Risiken eskaliert, abgeschwächt usw. werden).

2. Schwellenwerte für alle Risikokategorien definieren

   Für jede Risikokategorie lassen sich Schwellenwerte bestimmen, die die Akzeptierbarkeit von Risiken, ihre Priorisierung oder Auslöser für Managementaktionen bestimmen.

TIPP

Mitten in einem Projekt verlieren Sie häufig den richtigen Blickwinkel. Die Definition von Schwellwerten im Voraus ermöglicht eine objektivere Handhabung von Risiken.

> Beispiele für Schwellenwerte sind:
>
> - Es können projektweite Schwellenwerte gesetzt werden, um das leitende Management einzubeziehen, wenn die Produktkosten die Zielkosten um 10% überschreiten oder die Kosteneffizienz (Cost Performance Index, CPI) unter 0,95 fällt. ▶

TIPP

Die Schwellwerte müssen möglicherweise später im Rahmen der Risikoabschwächungsplanung verfeinert werden.

- Es können Schwellenwerte für den Terminplan gesetzt werden, um das leitende Management einzubeziehen, wenn die Zeiteffizienz (Schedule Performance Index, SPI) unter 0,95 fällt.
- Es können Schwellenwerte etabliert werden, um das leitende Management einzubeziehen, wenn spezifizierte Schlüsselwerte (beispielsweise Prozessornutzung oder durchschnittliche Reaktionszeiten) 125% des beabsichtigten Entwurfs überschreiten.

TIPP

Grenzen sind dazu gedacht, den Aufwand für Risikomanagement vernünftig zu beschränken, um Projektressourcen zu sparen.

3. Grenzen für das Maß definieren, in dem Schwellenwerte für eine oder innerhalb einer Kategorie angewendet werden

   Es gibt wenige Grenzen, bis zu denen Risiken entweder quantitativ oder qualitativ bewertet werden können. Die Festlegung der Grenzen (oder der Grenzbedingungen) kann dazu dienen, den Umfang des Aufwands für das Risikomanagement festzulegen und exzessive Ausgaben für Ressourcen zu vermeiden. Die Grenzen können den Ausschluss einer Risikoquelle aus einer Risikokategorie umfassen. Sie können auch Bedingungen ausschließen, deren Auftreten eine bestimmte Häufigkeit unterschreitet.

SP 1.3 STRATEGIE FÜR DAS RISIKOMANAGEMENT ETABLIEREN

Strategie für das Risikomanagement etablieren und beibehalten

TIPP

Die Risikomanagementstrategie dokumentiert die Ergebnisse der beiden ersten spezifischen Praktiken.

Eine umfassende Risikomanagementstrategie geht Dinge folgender Art an:

- Umfang des Risikomanagements
- Methoden und Werkzeuge für die Identifizierung, Analyse, Abschwächung, Überwachung und das Berichten von Risiken
- Projektspezifische Risikoquellen
- Art und Weise, auf die Risiken geordnet, kategorisiert, verglichen und konsolidiert werden
- Einflussgrößen für das Ergreifen von Maßnahmen gegen erkannte Risiken, z.B. Wahrscheinlichkeit, Folgen und Schwellenwerte
- Zu verwendende Techniken für Risikoabschwächung, beispielsweise Erstellung von Prototypen, Pilotierung, Simulation, Alternativentwürfe oder evolutionäre Entwicklung

TIPP

Ein wichtiger Teil der Strategie besteht darin, zu ermitteln, wie häufig Überwachungsaktivitäten und Neubewertungen von Risiken hinsichtlich Statusänderungen durchzuführen sind.

- Die Definition von Risikokenngrößen für die Verfolgung des Risikostatus
- Zeitintervalle für die Überwachung oder Neubewertung von Risiken

Die Risikomanagementstrategie sollte von einer gemeinsamen Vision des Erfolgs geleitet werden, die gewünschte zukünftige Projektergebnisse in Form des ausgelieferten Produkts, der Kosten und der Eignung für die Aufgabe beschreibt. Die Risikomanagementstrategie wird häufig in einem Risikomanagementplan für die Organisation oder das Projekt dokumentiert. Diese Strategie wird mit den relevanten Stakeholdern überprüft, um Zusagen und Verständnis zu fördern.

TIPP

Alle relevanten Stakeholder müssen die Risikomanagementstrategie vollständig verstehen.

Eine Risikomanagementstrategie sollte früh im Projekt entwickelt werden, damit relevante Risiken vorausschauend identifiziert und behandelt werden können. Eine frühe Identifizierung und Bewertung kritischer Risiken ermöglicht es dem Projekt, Vorgehensweisen zur Risikobehandlung zu formulieren und die Projektdefinition und die Zuweisung von Ressourcen auf der Grundlage kritischer Risiken anzupassen.

TIPP

Manche Organisationen entwickeln eine Standardvorlage für die Risikomanagementstrategie, die für die Bedürfnisse einzelner Projekte ge-tailored wird.

Beispiele für Arbeitsergebnisse

1. Projektbezogene Risikomanagementstrategie

TIPP

Die Risikomanagementstrategie wird häufig im Rahmen eines Risikomanagementplans oder als Abschnitt des Projektplans dokumentiert.

SG 2 Risiken erkennen und analysieren

Risiken werden erkannt und analysiert, um ihre relative Wichtigkeit zu bestimmen.

Der Risikograd wirkt sich auf die Ressourcen zur Handhabung des Risikos und darauf aus, wann eine angemessene Beachtung durch das Management erforderlich ist.

TIPP

Risikoidentifizierung und -analyse sind während der gesamten Projektdauer fortdauernde Tätigkeiten.

Die Risikoanalyse umfasst die Identifizierung von Risiken aus den erkannten internen und externen Quellen und die Bewertung dieser Risiken, um die Wahrscheinlichkeit und die Folgen der einzelnen Risiken zu bestimmen. Die Risikokategorisierung auf der Grundlage einer Bewertung anhand der etablierten Kategorien und der für die Risikomanagementstrategie entwickelten Kriterien bringt die für die Risikobehandlung erforderlichen Informationen hervor. Verwandte Risiken können zusammengefasst werden, um eine effiziente Handhabung und wirkungsvolle Verwendung der Risikomanagementressourcen zu ermöglichen.

TIPP

Die Darstellung von Kontext, Bedingungen und Folgen in einer Risikobeschreibung enthält einen Großteil der Informationen, die später zum Verstehen und Bewerten des Risikos erforderlich sind.

SP 2.1 RISIKEN ERKENNEN

Risiken identifizieren und dokumentieren

TIPP

In OPD gehören zu den Prozess-Assets Risikotaxonomien, Vorlagen zur Beschreibung von Risiken, Erfahrungsberichte und exemplarische Risikomanagementstrategien, von denen ein neues Projekt profitieren kann.

Die Erkennung potenzieller problematischer Punkte, Gefahren, Bedrohungen und Verwundbarkeiten, die sich negativ auf die Arbeit oder die Pläne auswirken könnten, bildet die Grundlage für sinnvolles und erfolgreiches Risikomanagement. Risiken sollten erkannt und verständlich beschrieben werden, bevor sie analysiert und angemessen behandelt werden können. Risiken werden mit einer präzisen Beschreibung dokumentiert, die den Kontext, die Bedingungen und die Folgen beim Auftreten des Risikos einschließt.

HINWEIS

Schaffen Sie eine Arbeitsumgebung, in der Risiken ohne Angst vor Nachwirkungen offen aufgedeckt und erörtert werden können. (Erschlagen Sie nicht den Überbringer schlechter Nachrichten!)

Die Risikoermittlung sollte ein strukturierter und gründlicher Ansatz zum Erkennen wahrscheinlicher bzw. realistischer Risiken bei der Erreichung von Zielen sein. Um wirkungsvoll zu sein, sollte die Risikoidentifizierung nicht versuchen, jedes mögliche Ereignis zu behandeln. Die Verwendung der in der Risikomanagementstrategie entwickelten Kategorien und Einflussgrößen und der erkannten Risikoquellen kann für angemessene Disziplin und Vernunft bei der Risikoidentifizierung sorgen. Die erkannten Risiken bilden eine Baseline für die Einleitung von Risikomanagementaktivitäten. Die Risiken sollten regelmäßig überprüft werden, wobei mögliche Risikoquellen und sich ändernde Bedingungen erneut begutachtet werden, um bei der letzten Aktualisierung der Strategie übersehene oder nicht vorhandene Quellen und Risiken aufzudecken.

Die Risikoermittlung konzentriert sich auf die Identifizierung von Risiken, nicht auf Schuldzuweisungen. Ihre Ergebnisse sollten vom Management niemals verwendet werden, um die Leistung von Einzelpersonen zu bewerten.

TIPP

Ein großer Teil der Methoden zur Ermittlung von Risiken verwendet organisationsweite Prozess-Assets wie eine Risikotaxonomie, eine Risikoablage und Erfahrungsberichte aus früheren Projekten. Auch Fachleute können eingesetzt werden. Andere Methoden sind die Überprüfung von Projektdokumenten wie dem gemeinsamen Verständnis des Projekts, des PSP, der Entwürfe, der Projektschnittstellen und der vertraglichen Anforderungen.

Zur Risikoermittlung werden viele Methoden verwendet. Übliche Methoden sind:

- Untersuchung der einzelnen Elemente des Projektstrukturplans
- Durchführung einer Risikobewertung mit Hilfe einer Risikotaxonomie
- Befragung von Fachleuten
- Überprüfung der Risikomanagementaktivitäten bei ähnlichen Produkten ▶

- Untersuchung von Dokumenten oder Datenbanken mit Erfahrungsberichten
- Untersuchung der Entwurfsspezifikationen und vereinbarten Anforderungen

Beispiele für Arbeitsergebnisse

1. Liste erkannter Risiken samt Kontext, Bedingungen und Folgen ihres Auftretens

Subpraktiken

1. Risiken in Verbindung mit Kosten, Terminen und der Leistung ermitteln

   Risiken in Verbindung mit Kosten, Terminen, Leistung und anderen Geschäftszielen sollten untersucht werden, um ihre Auswirkung auf Projektziele zu ermitteln. Dabei können Risikokandidaten entdeckt werden, die außerhalb des Bereichs der Projektziele liegen, aber von entscheidender Bedeutung für die Interessen des Kunden sind. Risiken bei den Kosten für Entwicklung, Produkterwerb, Reserve- oder Ersatzteile und Produktentsorgung wirken sich beispielsweise auf den Entwurf aus.

   Möglicherweise hat der Kunde die vollständigen Kosten für die Unterstützung eines im Einsatz befindlichen Produkts bzw. einer Dienstleistung nicht berücksichtigt. Der Kunde sollte über solche Risiken informiert werden, ein aktives Angehen der Risiken ist aber möglicherweise nicht erforderlich. Mechanismen für solche Entscheidungen sollten auf Projekt- und Organisationsebene untersucht und in Kraft gesetzt werden, wenn dieses geeignet erscheint, besonders für Risiken, die die Fähigkeit des Projekts betreffen, das Produkt zu verifizieren und zu validieren.

   Außer den oben genannten Kostenrisiken können weitere Kostenrisiken auftreten, etwa in Verbindung mit der Finanzierungshöhe, finanziellen Abschätzungen und verteilten Budgets.

   Terminplanrisiken können Risiken in Verbindung mit geplanten Aktivitäten, Schlüsselereignissen und Meilensteinen einschließen.

HINWEIS

Manchmal sind Kunden im Hinblick auf ihre Anforderungen kurzsichtig. Erklären Sie ihnen die Konsequenzen der Anforderungen und die damit verknüpften Risiken. Daraus kann sich jedoch die Entscheidung ergeben, die Risiken nicht abzuschwächen (es sei denn, es ist aus anderen Gründen erforderlich oder erwünscht).

TIPP

Ein Ansatz zum Erkennen von Risiken besteht darin, die Kosten-, Terminplan- und Fortschrittsprobleme zu untersuchen, die mit den einzelnen Lebenszyklusphasen verknüpft sind. Da normalerweise jede Phase einen klaren Satz von Zielen und einen Meilenstein für den Abschluss aufweist, ist eine Phase ein geeigneter Kontext für die Ermittlung der damit verbundenen Risiken.

TIPP

»Gibt es ein Projekt ohne Risiken?« »Können verschiedene Projekte identische Risikolisten haben?« Wenn diese Fragen gestellt werden, ist nicht verstanden worden, was Risiken sind. Manche Risiken können produkt-, vertrags- oder mitarbeiterspezifisch sein.

RSKM

TIPP
Leistungsrisiken können mit Lebenszyklusphasen, neuer Technologie oder gewünschten Qualitätsattributen des Produkts verknüpft sein.

Leistungsrisiken können mit folgenden Faktoren verknüpft sein:

- Anforderungen
- Analyse und Entwurf
- Anwendung neuer Technologien
- Physische Größe
- Form
- Gewicht
- Fertigung und Produktion
- Produktverhalten und -betrieb im Hinblick auf Funktionsumfang oder Qualitätsattribute
- Verifizierung
- Validierung
- Leistungserhaltungsattribute

Leistungserhaltungsattribute sind diejenigen Merkmale, die es einem in Nutzung befindlichen Produkt bzw. einer Dienstleistung ermöglichen, die geforderten Leistungsmerkmale zu erbringen und auch hinsichtlich Betriebssicherheit und Angriffssicherheit beizubehalten.

Es gibt Risiken, die nicht in die Kategorien Kosten, Termin oder Leistung fallen, aber mit anderen Aspekten des Organisationsbetriebs in Verbindung gebracht werden können.

TIPP
Nicht alle Risiken fallen in die Unterkategorien Kosten, Termine und Leistung.

Beispiele dafür sind Risiken im Zusammenhang mit folgenden Aspekten:

- Streiks
- Schwindende Lieferquellen
- Lebensdauer der Technologie
- Wettbewerb

2. Umgebungselemente mit Auswirkungen auf das Projekt überprüfen

TIPP
Umweltrisiken werden häufig ignoriert, obwohl einige kostenwirksame Abschwächungsaktivitäten möglich sind.

Zu den häufig übersehenen Projektrisiken gehören solche, die anscheinend außerhalb des Projektbereichs liegen (d.h., das Projekt hat keine Kontrolle über ihr Auftreten, kann aber ihre Auswirkungen abschwächen). Diese Risiken umfassen Unwetter und Naturkatastrophen, politische Veränderungen und Ausfälle der Telekommunikation.

3. Alle Elemente des Projektstrukturplans im Rahmen der Risikoermittlung überprüfen, um sicherzustellen, dass alle Aspekte der Arbeit bedacht wurden
4. Alle Elemente des Projektplans im Rahmen der Risikoermittlung überprüfen, um sicherzustellen, dass alle Aspekte des Projekts bedacht wurden

   Mehr über die Erkennung von Projektrisiken steht im Prozessgebiet »Projektplanung«.

5. Kontext, Bedingungen und potenzielle Folgen jedes Risikos dokumentieren

   Risikobeschreibungen werden üblicherweise in einem Standardformat dokumentiert, das den Kontext, die Bedingungen und die Folgen beim Auftreten des Risikos einschließt. Der Kontext bietet zusätzliche Informationen über das Risiko, z.B. seinen relativen Zeitrahmen, die Umstände oder Bedingungen, die das Risiko ins Blickfeld gebracht haben, und alle Zweifel oder Ungewissheiten.

6. Die relevanten Stakeholder für die einzelnen Risiken identifizieren

TIPP

Eine gute Risikobeschreibung basiert auf Fakten, ist umsetzbar und knapp.

TIPP

Ein Standardformat für die Dokumentation von Risiken macht es einfacher, Mitarbeiter auszubilden, was bei Risikobeschreibungen erforderlich ist. Außerdem versteht das leitende Management die Risikobeschreibungen für unterschiedliche Projekte schneller, wenn alle im selben Format vorliegen.

HINWEIS

Es ist wichtig, festzustellen, wer von den einzelnen Risiken betroffen ist.

SP 2.2 *RISIKEN BEWERTEN, KATEGORISIEREN UND PRIORISIEREN*

Jedes erkannte Risiko mit Hilfe definierter Risikokategorien und -parameter bewerten und kategorisieren und seine relative Priorität bestimmen

Die Bewertung von Risiken wird benötigt, um jedem erkannten Risiko eine relative Bedeutung zuzuweisen, und wird für die Feststellung verwendet, wann entsprechende Aufmerksamkeit des Managements erforderlich ist. Häufig ist es sinnvoll, Risiken anhand ihrer wechselseitigen Beziehungen zu aggregieren und Handlungsmöglichkeiten auf der Aggregationsebene zu entwickeln. Wenn ein aggregiertes Risiko durch Zusammenfassung niederrangiger Risiken gebildet wurde, sollte unbedingt darauf geachtet werden, dass wichtige niederrangige Risiken nicht ignoriert werden.

Die Aktivitäten der Bewertung, Kategorisierung und Priorisierung von Risiken werden gelegentlich unter dem Begriff »Risiko-Assessment« oder »Risikoanalyse« zusammengefasst.

HINWEIS

Das Risikomanagement lässt sich vereinfachen, wenn Sie eine Anzahl von Risiken vom Standpunkt der Bewertung und Abschwächung aus als Gruppe behandeln können.

TIPP

In CMMI wird statt des Begriffs »Risikobewertung« die Bezeichnung »Risikoanalyse« verwendet.

Beispiele für Arbeitsergebnisse

1. Liste der Risiken und ihrer zugewiesenen Prioritäten

TIPP

Das Risikopotenzial ist das Ergebnis der Kombination aus Wahrscheinlichkeit und Folgen eines Risikos (quantitativ ausgedrückt).

Subpraktiken

1. Erkannte Risiken mit Hilfe definierter Risikoparameter bewerten

   Jedes Risiko wird bewertet und ihm werden anhand von definierten Risikoparametern Werte zugewiesen, unter denen Wahrscheinlichkeit, Folgen (d.h. Schwere oder Auswirkung) und Schwellenwerte sein können. Die zugewiesenen Risikoparameterwerte können zu zusätzlichen Kenngrößen kombiniert werden, beispielsweise zum Risikopotenzial (d.h. der Kombination aus Wahrscheinlichkeit und Schwere), mit denen sich die Risiken für die Behandlung priorisieren lassen.

   Häufig wird eine Skala mit drei bis fünf Werten verwendet, um Wahrscheinlichkeit und Folgen zu bewerten.

   Die Wahrscheinlichkeit lässt sich beispielsweise als sehr unwahrscheinlich, unwahrscheinlich, wahrscheinlich, sehr wahrscheinlich oder nahezu sicher kategorisieren.

   Beispiele für Kategorien von Konsequenzen umfassen:
   - Gering
   - Mittel
   - Hoch
   - Zu vernachlässigen
   - Marginal
   - Erheblich
   - Kritisch
   - Katastrophal

TIPP

Die Ermittlung von Werten für Risikowahrscheinlichkeit und -folgen ist einfacher und besser wiederholbar, wenn die Ziele deutlich formuliert sind, Kriterien für die Zuweisung von Werten vorliegen, die relevanten Stakeholder angemessen vertreten sind und die Mitarbeiter entsprechend weitergebildet wurden.

   Wahrscheinlichkeitswerte werden häufig verwendet, um die Wahrscheinlichkeit zu quantifizieren. Die Konsequenzen werden im Allgemeinen auf die Kosten, den Terminplan, die Auswirkungen auf die Umwelt oder Mitarbeiterkenngrößen (beispielsweise verlorene Arbeitsstunden oder Schwere der Verletzung) bezogen.

   Die Risikobewertung ist häufig eine schwierige und zeitaufwändige Aufgabe. Möglicherweise sind spezifische Fachkenntnisse oder Gruppentechniken erforderlich, um Risiken zu bewerten und eine zuverlässige Priorisierung zu gewinnen.

Außerdem können die Prioritäten im weiteren Verlauf eine Neubewertung erfordern. Um eine Grundlage für einen Vergleich der Auswirkungen identifizierter Risiken zu schaffen, können die Folgen der Risiken in Geldbeträgen ausgedrückt werden.

2. Risiken nach definierten Kategorien einteilen und zusammenfassen

   Risiken werden in definierte Kategorien eingeordnet, was eine Möglichkeit bietet, um sie nach der Quelle, der Taxonomie oder dem Projektbestandteil zu untersuchen. Verwandte oder gleichbedeutende Risiken können zur effizienten Behandlung zusammengefasst werden. Die Ursache/Wirkungs-Beziehungen zwischen verwandten Risiken werden dokumentiert.

3. Risiken zur Abschwächung priorisieren

   Für jedes Risiko wird auf der Grundlage ermittelter Risikoparameter eine relative Priorität ermittelt. Dazu sollten klare Kriterien verwendet werden. Die Priorisierung hilft dabei, die Bereiche zu ermitteln, auf die Ressourcen zur Abschwächung mit den größten positiven Auswirkungen auf das Projekt angewendet werden können.

TIPP

Die Prioritätszuweisung kann ebenfalls ein wiederholbarer Prozess sein.

SG 3 RISIKEN ABSCHWÄCHEN

Risiken werden gehandhabt und nach Bedarf abgeschwächt, um negative Einflüsse auf das Erreichen der Ziele zu verringern.

Die Schritte bei der Behandlung von Risiken schließen die Entwicklung von Risikobehandlungsmöglichkeiten, die Überwachung der Risiken und die Durchführung von Risikobehandlungsaktivitäten beim Überschreiten der definierten Schwellenwerte ein. Risikoabschwächungspläne werden für ausgewählte Risiken entwickelt und umgesetzt, um die möglichen Auswirkungen beim Auftreten des Risikos zu reduzieren. Die Risikoabschwächungsplanung kann auch Notfallpläne für den Umgang mit den Auswirkungen ausgewählter Risiken einschließen, die trotz der Abschwächungsversuche auftreten können. Risikoparameter, die zum Auslösen der Risikobehandlungsaktivitäten dienen, werden durch die Risikomanagementstrategie bestimmt.

QUERVERWEIS

RSKM hat schwerwiegenden Einfluss auf die Entwicklung (um Anforderungen, Entwurf, Umsetzung, Verifizierung und Validierung im Licht der Risiken und der Risikoabschwächung anzupassen) und das Projektmanagement (um diese Aktivitäten zu planen und Schwellwerte zu überwachen, die die Einleitung von Abschwächungsplänen auslösen).

SP 3.1 PLÄNE ZUR RISIKOABSCHWÄCHUNG ENTWICKELN

Einen Risikoabschwächungsplan in Übereinstimmung mit der Risikomanagementstrategie entwickeln

TIPP

Die Literatur zum Risikomanagement verwendet den Begriff *Notfallpläne* unterschiedlich. In CMMI ist ein Notfallplan der Teil eines Risikoabschwächungsplans, der sich damit befasst, was zu unternehmen ist, *nachdem* ein Risiko eingetreten ist.

HINWEIS

Belohnen Sie die Mitarbeiter, die Krisen verhindern, nicht diejenigen, die eine Krise eintreten lassen und sie dann heldenhaft beheben.

HINWEIS

Eine Methode, um Aktionen zur Vermeidung, Reduzierung oder Steuerung eines Risikos zu identifizieren, ist die kausale Analyse der Risikoquellen. Aktionen, die Ursachen beseitigen oder reduzieren, können geeignete Kandidaten für die Aufnahme in einen Risikoabschwächungsplan sein.

TIPP

Ein Risikoabschwächungsplan sollte bei Überschreitung des mit ihm verknüpften Schwellwerts das Projekt auf ein akzeptables Risikoniveau zurückführen.

Ein wesentlicher Bestandteil der Risikoabschwächungsplanung ist die Entwicklung alternativer Handlungsabläufe, Ausweichlösungen und Rückzugspositionen und eines empfohlenen Handlungsablaufs für jedes wichtige Risiko. Der Abschwächungsplan für ein bestimmtes Risiko schließt Techniken und Methoden zur Vermeidung, Reduzierung und Steuerung der Wahrscheinlichkeit des Risikoeintritts und des Schadensumfangs bei Risikoeintritt (häufig als »Notfallplan« bezeichnet) oder beides ein. Die Risiken werden überwacht und bei Überschreitung festgelegter Schwellenwerte werden die Abschwächungspläne eingeleitet, um die betroffenen Tätigkeiten auf ein akzeptables Risikoniveau zurückzuschrauben. Wenn das Risiko nicht abgeschwächt werden kann, kann ein Notfallplan eingeleitet werden. Sowohl Risikoabschwächungs- als auch Notfallpläne werden häufig nur für ausgewählte Risiken aufgestellt, deren Folgen hoch oder inakzeptabel sind. Andere Risiken können akzeptiert und lediglich überwacht werden.

Möglichkeiten für die Handhabung von Risiken schließen üblicherweise Alternativen wie die folgenden ein:

- Risikovermeidung: Änderung oder Herabsetzung der Anforderungen bei weitergehender Erfüllung der Benutzerbedürfnisse
- Risikosteuerung: Einleiten aktiver Schritte, um Risiken zu minimieren
- Risikoverlagerung: Neuzuweisung von Anforderungen, um die Risiken herabzusetzen
- Risikoüberwachung: Beobachtung und regelmäßige Neubewertung des Risikos, mittels Änderungen in den zugewiesenen Risikoparametern
- Akzeptieren des Risikos: Erkennen des Risikos, ohne Maßnahmen zu ergreifen

Häufig sollten, besonders bei Risiken mit starken Auswirkungen, mehrere Ansätze zur Handhabung entwickelt werden.

Bei einem Ereignis, das die Betriebskontinuität unterbricht, kommt als Ansatz für das Risikomanagement die Etablierung folgender Dinge in Frage:

- Ressourcenreserven zur Reaktion auf Unterbrechungen
- Liste verfügbarer Reserveausrüstung
- Ersatzleute für wichtige Mitarbeiter
- Pläne zum Testen von Notfallreaktionssystemen
- Bekanntgegebene Verfahren für Notfälle
- Verteilte Listen mit wichtigen Kontaktdaten und Informationsquellen für Notfälle

HINWEIS

Entwickeln Sie für Risiken mit hoher Priorität mehrere Ansätze oder Optionen.

TIPP

Dies sind kostengünstige Möglichkeiten, um Unterbrechungen des Betriebsablaufs abzuschwächen.

Vielfach werden Risiken akzeptiert oder beobachtet. Risikoakzeptanz kommt üblicherweise zum Tragen, wenn das Risiko als zu gering für formelle Abschwächung beurteilt wird oder wenn es keinen gangbaren Weg zu geben scheint, es zu reduzieren. Wenn das Risiko akzeptiert wird, sollten die Gründe für diese Entscheidung dokumentiert werden. Risiken werden beobachtet, wenn es einen objektiv definierten, verifizierbaren und dokumentierten Schwellenwert gibt (z.B. für Kosten, Termine, Leistung oder Risikopotenzial), der die Risikoabschwächungsplanung oder einen Notfallplan auslöst.

HINWEIS

Sie können Schwellwerte für unterschiedliche Attribute (Kosten, Terminplan und Leistung) etablieren und unterschiedliche Tätigkeiten auslösen lassen (Rollout von Notfallplänen, Risikoabschwächungsplanung).

Mehr zur Bewertung von Alternativen und zur Auswahl von Lösungen steht im Prozessgebiet »Entscheidungsfindung«.

Angemessene Überlegungen sollten sich im Rahmen der Risikoabschwächungsplanung schon früh auf technische Demonstrationen, Modelle, Simulationen, Pilotierung und Prototypen richten.

HINWEIS

Schwellenwerte können auf drei verschiedene Weisen verwendet werden. Ein Risiko wird entdeckt und beobachtet (es wird ein Terminschwellenwert festgelegt, an dem Abschwächungsmaßnahmen eingeleitet werden); das Risiko wird gelenkt (der Terminschwellenwert ist überschritten und es wurde ein Abschwächungsplan eingeleitet, der einen Qualitätsschwellenwert festlegt) und beobachtet (bis schlechte Qualität den Abschwächungsplan einleitet); das Risiko wird gelenkt (die Abschwächungstätigkeiten gehen das Qualitätsproblem an).

Beispiele für Arbeitsergebnisse

1. Dokumentierte Behandlungsoptionen für jedes erkannte Risiko
2. Risikoabschwächungspläne
3. Notfallpläne
4. Liste der für die Verfolgung und Behebung der einzelnen Risiken zuständigen Mitarbeiter

TIPP

Schwellwerte lösen Aktionen aus, die sich auf die Arbeit der Mitarbeiter und der relevanten Stakeholder auswirken können. Daher ist es wichtig, dass die Gründe für bestimmte Schwellwerte und die von ihnen ausgelösten Aktionen von allen Betroffenen umfassend verstanden werden.

TIPP

Die Zuweisung der Zuständigkeit für die Risikoabschwächung ist einfacher, wenn Abschwächungsaktivitäten und Zuständigkeiten in einem Plan dokumentiert sind, beispielsweise im Projektplan.

TIPP

Alternative Risikoabschwächungspläne können formal (mit DAR) bewertet werden, um den besten auszuwählen. Die relevanten Stakeholder können in einer solchen Bewertung eine wichtige Rolle spielen (besonders bei Risiken, von denen sie betroffen sind).

HINWEIS

Wenn Sie alle Risikoabschwächungspläne integrieren und feststellen, dass das Ergebnis nicht finanzierbar ist, kappen Sie die Liste anhand der in SP 2.2 zugewiesenen Prioritäten oder priorisieren Sie sie mittels eines Gruppenkonsenses neu (beispielsweise Mehrfachabstimmung innerhalb der Risikokategorien).

Subpraktiken

1. Die Niveaus und Schwellenwerte bestimmen, die definieren, wann ein Risiko inakzeptabel wird, und die Ausführung eines Risikoabschwächungs- oder Notfallplans auslösen

   Das (mit Hilfe eines Risikomodells abgeleitete) Risikoniveau ist eine Kenngröße, die die Unsicherheit, ein Ziel zu erreichen, mit den Folgen des Nichterreichens kombiniert.

   Risikoniveaus und Schwellenwerte, die die geplanten oder akzeptablen Werte für Kosten, Termine oder Leistung begrenzen, sollten umfassend verstanden und definiert sein, um ein Instrument zu bilden, mit dem sich das Risiko verstehen lässt. Die korrekte Risikokategorisierung ist wesentlich, um eine angemessene Priorität auf der Grundlage der Schwere und die damit verknüpften Managementreaktionen sicherzustellen. Es können mehrere Schwellenwerte genutzt werden, um Managementreaktionen unterschiedlichen Niveaus auszulösen. Üblicherweise werden die Schwellenwerte für die Ausführung von Risikoabschwächungsplänen so gesetzt, dass diese Pläne vor den Notfallplänen ausgeführt werden.

2. Die für die Handhabung der einzelnen Risiken zuständigen Mitarbeiter oder Gruppen identifizieren

3. Die Kosten und die Vorteile der Umsetzung des Risikoabschwächungsplans für die einzelnen Risiken bestimmen

   Aktivitäten zur Risikoabschwächung sollten auf die Vorteile untersucht werden, die sie im Vergleich zu den aufgewendeten Ressourcen bieten. Wie bei jeder anderen Entwurfstätigkeit müssen möglicherweise Alternativpläne entwickelt und die Kosten und Vorteile der einzelnen Alternativen bewertet werden. Der am besten geeignete Plan wird zur Umsetzung ausgewählt.

4. Einen Gesamtplan zur Risikoabschwächung für das Projekt entwickeln, um die Umsetzung der einzelnen Risikoabschwächungs- und Notfallpläne zu ordnen

   Die vollständige Menge der Risikoabschwächungspläne ist möglicherweise nicht zu finanzieren. Eine Kompromissanalyse sollte durchgeführt werden, um die umzusetzenden Risikoabschwächungspläne zu priorisieren.

5. Notfallpläne für ausgewählte kritische Risiken für den Fall entwickeln, dass ihre Auswirkungen eintreten

Risikoabschwächungspläne werden nach Bedarf entwickelt und umgesetzt, um Risiken aktiv zu reduzieren, bevor sie zu Problemen werden. Trotz aller Anstrengungen können einige Risiken unvermeidbar sein und werden zu Problemen, die das Projekt beeinträchtigen. Notfallpläne können für kritische Risiken entwickelt werden, um mögliche Tätigkeiten für den Umgang mit diesen Auswirkungen zu beschreiben. Der Zweck besteht darin, einen vorausschauenden Plan für die Handhabung des Risikos aufzustellen. Das Risiko wird entweder verringert (Abschwächung) oder es wird damit umgegangen (Notfall). In jedem Fall wird das Risiko behandelt.

TIPP

Trotz größter Anstrengungen treten manche Risiken auf, sodass ein Notfallplan eingeleitet werden muss.

Ein Teil der Literatur zum Risikomanagement betrachtet Notfallpläne als Synonym oder Teil von Risikoabschwächungsplänen. Diese Pläne werden möglicherweise auch insgesamt als Risikohandhabungs- oder Risikoaktionspläne bezeichnet.

SP 3.2 PLÄNE ZUR RISIKOABSCHWÄCHUNG UMSETZEN

Regelmäßig den Status jedes Risikos überwachen und nach Bedarf den jeweiligen Plan zur Risikoabschwächung umsetzen

Um Risiken während der Arbeit wirkungsvoll zu steuern und zu handhaben, sollten Sie sich an ein proaktives Programm halten, um Risiken sowie den Status und die Ergebnisse von Aktionen zur Risikohandhabung regelmäßig zu überwachen. Die Risikomanagementstrategie definiert die Intervalle, in denen der Risikostatus erneut erhoben wird. Diese Tätigkeit kann zur Aufdeckung neuer Risiken oder neuer Möglichkeiten zur Risikohandhabung führen, die möglicherweise eine Umplanung und Neubewertung erfordern. In beiden Fällen sollten die mit dem Risiko verknüpften Akzeptanzschwellen mit dem Status verglichen werden, um die Notwendigkeit der Umsetzung eines Risikoabschwächungsplans zu bestimmen.

TIPP

Die effektive Überwachung des Risikostatus umfasst die Vermittlung der Ergebnisse an relevante Stakeholder. Während der Aktivitäten zur Risikoüberwachung und -abschwächung können Daten erhoben werden. Die Erfassung und Verwaltung dieser Daten kann automatisiert werden.

Beispiele für Arbeitsergebnisse

1. Aktualisierte Risikostatuslisten
2. Aktualisierte Bewertungen von Risikowahrscheinlichkeit, -folgen und -schwellenwerten
3. Aktualisierte Liste der Risikobehandlungsoptionen
4. Aktualisierte Liste der zur Risikobehandlung unternommenen Aktionen
5. Risikoabschwächungspläne der Alternativen zur Risikobehandlung

HINWEIS

Wöchentliche oder monatliche Aktualisierungen des Risikostatus sind üblich.

TIPP

Die Aufnahme von Risikoabschwächungsplänen in den Projektplan ermöglicht die Überprüfung ihres Status im Rahmen der regelmäßigen Fortschrittsüberprüfung des Projekts.

HINWEIS

Sorgen Sie dafür, dass die Risikomanagementaktivitäten von oben bis nach ganz unten auf jeder Ebene der Projekthierarchie konsolidiert werden. Stellen Sie außerdem sicher, dass Risiken an die für die damit verbundene Gefährdung relevante Ebene eskaliert werden. Ihre Abschwächung wird dann an das passende Projekt oder Team delegiert.

TIPP

Um sicher zu sein, dass die Aktivitäten zur Risikoabschwächung korrekt durchgeführt werden, müssen sie genau wie jede andere Projektaktivität geplant, zeitlich festgelegt und mit Ressourcen ausgestattet werden.

Subpraktiken

1. Den Risikostatus überwachen

   Nach der Einleitung eines Risikoabschwächungsplans wird das Risiko weiter überwacht. Schwellenwerte werden bewertet, um die mögliche Ausführung eines Notfallplans zu prüfen.

   Ein Mechanismus für die Überwachung sollte eingerichtet werden.

2. Eine Methode bereitstellen für die Verfolgung offener Aktionen der Risikobehandlung bis zu deren Abschluss

   Mehr zur Durchführung von Korrekturmaßnahmen bis zum Abschluss steht im Prozessgebiet »Projektverfolgung und -steuerung«.

3. Ausgewählte Risikobehandlungsoptionen einleiten, wenn die verfolgten Risiken definierte Schwellenwerte überschreiten

   Häufig wird die Risikobehandlung nur für diejenigen Risiken durchgeführt, die als hoch oder mittel beurteilt wurden. Die Risikobehandlungsstrategie für ein bestimmtes Risiko kann Techniken und Methoden zur Vermeidung, Reduzierung und Steuerung der Wahrscheinlichkeit des Risikoeintritts und des Schadensumfangs bei Eintritt des Risikos oder beides umfassen. In diesem Kontext schließt die Risikobehandlung sowohl Risikoabschwächungspläne als auch Notfallpläne ein.

   Risikobehandlungstechniken werden entwickelt, um negative Auswirkungen auf die Projektziele zu vermeiden, zu reduzieren und zu steuern und um unter dem Aspekt der wahrscheinlichen Auswirkungen akzeptable Ergebnisse zu erbringen. Aktionen zur Behandlung eines Risikos erfordern passende Ressourcenbereitstellung und Terminplanung im Rahmen von Plänen und Baseline-Terminplänen. Diese Neuplanung sollte die Auswirkungen auf angrenzende oder abhängige Arbeitsinitiativen oder -aktivitäten berücksichtigen.

4. Einen Terminplan oder einen Ausführungszeitraum für jede Aktivität der Risikobehandlung erstellen, die ein Startdatum und ein voraussichtliches Abschlussdatum enthält

5. Fortgesetzte Ressourcenzusagen für alle Pläne bereitstellen, um die erfolgreiche Ausführung von Risikobehandlungsaktivitäten zu ermöglichen

6. Leistungskenngrößen für Risikobehandlungsaktivitäten erheben

Zulieferungsmanagement (Supplier Agreement Management, SAM)

Ein Projektmanagementprozessgebiet des Reifegrads 2

Zweck

Der Zweck des Zulieferungsmanagements (SAM) besteht darin, die Beschaffung von Produkten und Dienstleistungen von Lieferanten zu managen.

Querverweis

Wird SAM eingesetzt, um gute Praktiken für den Erwerb, das Outsourcing und die Beschaffung von Produkten und Dienstleistungen anzuwenden, die an den Kunden geliefert oder zusammengebaut und geliefert werden sollen, kann das Modell CMMI for Acquisition herangezogen werden, um eine ausführlichere Anleitung zur Verbesserung des Beschaffungsprozesses zu erhalten.

Einführende Hinweise

Dieses Prozessgebiet umfasst die Beschaffung von Produkten und Dienstleistungen sowie deren Bestandteilen, die an den Kunden des Projekts ausgeliefert oder in ein Produkt- oder Dienstleistungssystem eingeschlossen werden können. Die Praktiken dieses Prozessgebiets können auch für andere Zwecke eingesetzt werden, die dem Projekt nützen (z.B. für die Beschaffung von Verbrauchsgütern).

Dieses Prozessgebiet lässt sich nicht in allen Zusammenhängen anwenden, in denen Komponenten von Standardprodukten (commercial off-the-shelf, COTS) beschafft werden. Es gilt aber in den Fällen, in denen Änderungen an Komponenten von Standardprodukten, regierungseigenen Standardprodukten oder Freeware vorgenommen werden, die von signifikantem Wert für das Projekt sind oder signifikante Projektrisiken darstellen.

In allen Prozessgebieten schließt die Bedeutung der Begriffe »Produkt« und »Produktbestandteil« auch Dienstleistungen, Dienstleistungssysteme und deren Bestandteile ein.

Das Prozessgebiet »Zulieferungsmanagement« umfasst folgende Tätigkeiten:

- Festlegung der Beschaffungsart
- Auswahl von Lieferanten

Tipp

SAM hilft bei der Vermeidung von Problemen, z.B. mit Lieferanten, die die Anforderungen nicht erfüllen können, mit Lieferantenvereinbarungen, die einen proaktiven Ansatz zum Zulieferungsmanagement verhindern, mit einem geringen Einblick in die Aktivitäten des Lieferanten und der mangelnden Berücksichtigung der Risiken, die mit dem Einsatz von internen Anbietern und Standardprodukten (Commercial-Off-The-Shelf, COTS) verbunden sind.

TIPP

Obwohl SAM hauptsächlich auf die Beschaffung von auszuliefernden Produkten und Produktbestandteilen ausgerichtet ist, kann SAM auch für andere, für den Geschäftserfolg entscheidende Beschaffungen, z.B. Aus- und Weiterbildung, Vorteile bringen.

- Etablierung und Pflege von Vereinbarungen mit Lieferanten
- Ausführen der Lieferantenvereinbarungen
- Abnahme der Lieferung von beschafften Produkten
- Sicherstellen einer erfolgreichen Überführung beschaffter Produkte

Dieses Prozessgebiet ist vor allem auf die Beschaffung von Produkten und Produktbestandteilen ausgerichtet, die an den Projektkunden ausgeliefert werden.

HINWEIS

Gehen Sie umfassend vor, wenn Sie SAM verwenden, um die geschäftskritischen Risiken bei der Beschaffung von Produkten von Lieferanten zu reduzieren. Beachten Sie aber auch, dass nicht alle Praktiken alle Situationen gleichermaßen betreffen.

Beispiele für Produkte und Produktbestandteile, die vom Projekt beschafft werden können, umfassen:

- Teilsysteme (z.B. das Navigationssystem eines Flugzeugs)
- Software
- Hardware
- Dokumentation (z.B. Installations-, Betriebs- und Benutzerhandbücher)
- Teile und Materialien (z.B. Messgeräte, Schalter, Räder, Stahl und Rohmaterial)

Um die Risiken für das Projekt auf ein Mindestmaß zu reduzieren, kann dieses Prozessgebiet auch die Beschaffung von wesentlichen Produkten und Produktbestandteilen adressieren, die nicht an den Projektkunden ausgeliefert, sondern zur Entwicklung und Instandhaltung von Produkten oder Dienstleistungen eingesetzt werden (z.B. Entwicklungswerkzeuge und Testumgebungen).

Normalerweise werden die vom Projekt zu beschaffenden Produkte in einer frühen Phase der Planung und Entwicklung festgelegt.

HINWEIS

Je eher die Vorbereitung auf die erforderliche Beschaffung eines Produkts erfolgt, umso wahrscheinlicher ist es, dass für den erfolgreichen Verlauf des Projekts das richtige Produkt in der richtigen Qualität zur richtigen Zeit bereitsteht.

Das Prozessgebiet »Technische Umsetzung« liefert Praktiken zur Ermittlung der Produkte und Produktbestandteile, die von Lieferanten beschafft werden können.

Dieses Prozessgebiet ist nicht direkt auf eine Situation ausgerichtet, in der der Lieferant in das Projektteam integriert ist und dieselben Prozesse verwendet und demselben Management unterstellt ist wie die Mitglieder des Projektteams (z.B. integrierte Teams). Normalerweise werden solche Situationen von anderen Prozessen oder Funktionen gehandhabt (z.B. durch Projektmanagementprozesse oder durch Prozesse oder

Funktionen außerhalb des Projekts), dennoch können einige der spezifischen Praktiken dieses Prozessgebiets auch hier für das Management von Lieferantenverträgen nützlich sein.

Dieses Prozessgebiet wird normalerweise nicht in Situationen umgesetzt, in denen der Projektkunde gleichzeitig der Lieferant ist. Diese Situationen werden entweder durch nicht formale Verträge mit dem Kunden oder durch die Spezifikation der vom Kunden bereitgestellten Elemente in dem Gesamtvertrag gehandhabt, den das Projekt mit dem Kunden hat. In letzterem Fall können einige der spezifischen Praktiken dieses Prozessgebiets für das Vertragsmanagement nützlich sein, andere jedoch nicht, was daran liegt, dass die Beziehung zu einem Kunden grundlegend anders ist als die gewöhnlich zu einem Lieferanten. Weitere Informationen über andere Arten von Verträgen finden Sie im Modell CMMI-ACQ.

HINWEIS

Wenn ein Lieferant in das Projektteam integriert ist, wählen Sie den für diese Situation am besten geeigneten Prozess aus und bestimmen Sie dann, ob er den Praktiken von SAM, Team-Praktiken (in OPD und IPM) oder beiden zugeordnet wird.

Je nach den geschäftlichen Anforderungen gibt es viele unterschiedliche Arten von Lieferanten, darunter interne Lieferanten (d.h. Lieferanten, die derselben Organisation, aber nicht dem Projekt angehören), Fertigungsabteilungen, Lieferanten von Bibliotheken zur Wiederverwendung sowie kommerzielle Lieferanten. (Die Definition von »Lieferant« finden Sie im Glossar.)

TIPP

Die Beschaffung von internen Anbietern erfolgt oft ohne eindeutig definierte Anforderungen, Lieferantenvereinbarungen und vereinbarte Abnahmeprüfungen. Ist es ein Wunder, dass Beziehungen zu internen Anbietern problematisch sein können?

Eine Lieferantenvereinbarung wird geschlossen, um die Beziehung zwischen der Organisation und dem Lieferanten zu regeln. Bei einer Lieferantenvereinbarung handelt es sich um jede schriftliche Vereinbarung zwischen der Organisation (die das Projekt repräsentiert) und dem Lieferanten. Diese Vereinbarung kann ein Vertrag, eine Lizenz, eine Dienstleistungsvereinbarung oder eine Vereinbarung zur Zusammenarbeit sein. Das beschaffte Produkt wird vom Lieferanten in Übereinstimmung mit der Lieferantenvereinbarung an das Projekt geliefert. (Die Definition von »Lieferantenvereinbarung« finden Sie im Glossar.)

In Beziehung stehende Prozessgebiete

Mehr zur Durchführung von Analysen bezüglich Herstellung, Beschaffung oder Wiederverwendung steht im Prozessgebiet »Technische Umsetzung«.

Mehr zur Ermittlung, Analyse und Etablierung von Kundenanforderungen sowie von Anforderungen an Produkte und Produktbestandteile steht im Prozessgebiet »Anforderungsentwicklung«.

Mehr zur Überwachung des Projekts gegenüber dem Plan und zur Durchführung von Korrekturmaßnahmen bis zum Abschluss steht im Prozessgebiet »Projektverfolgung und -steuerung«.

Mehr zum Aufrechterhalten der bidirektionalen Nachverfolgbarkeit von Anforderungen steht im Prozessgebiet »Anforderungsmanagement«.

Übersicht spezifischer Ziele und Praktiken

SG 1 Vereinbarungen mit Lieferanten etablieren
- SP 1.1 Beschaffungsart festlegen
- SP 1.2 Lieferanten auswählen
- SP 1.3 Vereinbarungen mit Lieferanten etablieren

SG 2 Vereinbarungen mit Lieferanten erfüllen
- SP 2.1 Vereinbarungen mit Lieferanten ausführen
- SP 2.2 Beschaffte Produkte abnehmen
- SP 2.3 Überführung von Produkten sicherstellen

Detaillierung spezifischer Ziele und Praktiken

SG 1 VEREINBARUNGEN MIT LIEFERANTEN ETABLIEREN

Vereinbarungen mit Lieferanten werden etabliert und beibehalten.

SP 1.1 BESCHAFFUNGSART FESTLEGEN

Die Beschaffungsart für jedes zu beschaffende Produkt oder jeden Produktbestandteil festlegen

QUERVERWEIS

Der Ausgangspunkt für SAM ist normalerweise TS SP 2.4, wenn die Entscheidung getroffen wird, einen Produktbestandteil nicht herzustellen, sondern zuzukaufen.

Mehr zur Durchführung von Analysen bezüglich Herstellung, Beschaffung oder Wiederverwendung steht im Prozessgebiet »Technische Umsetzung«.

Zur Beschaffung der vom Projekt verwendeten Produkte und Produktbestandteile können viele verschiedene Arten der Beschaffung genutzt werden.

TIPP

Die Beschaffungsart variiert je nach Art der Produkte, die zur Erfüllung des Bedarfs und der Anforderungen des Projekts zur Verfügung stehen (einschließlich Standardprodukte).

Beispiele für Beschaffungsarten umfassen:
- Beschaffung modifizierter Standardprodukte, die von erheblichem Wert für das Projekt sind
- Beschaffung von Produkten durch eine Lieferantenvereinbarung
- Beschaffung von Produkten von einem internen Lieferanten
- Beschaffung von Produkten vom Kunden
- Beschaffung von Produkten von einem bevorzugten Lieferanten

▶

- Kombination aus einigen der oben genannten Beschaffungsarten (z.B. der Abschluss eines Vertrags über eine Änderung an einem Standardprodukt oder die gemeinsame Produktentwicklung durch das Unternehmen und einen externen Lieferanten)

Bei der Beschaffung modifizierter Standardprodukte, die von erheblichem Wert für das Projekt sind oder ein erhebliches Projektrisiko darstellen, kann es von entscheidender Bedeutung für das Projekt sein, bei der Bewertung und Auswahl der Produkte und des Lieferanten besondere Sorgfalt walten zu lassen. Bei der Auswahlentscheidung sind unter anderem eigentumsrechtliche Aspekte und die Verfügbarkeit der Produkte zu berücksichtigen.

QUERVERWEIS

Die Verwendung von Standardprodukten bringt zusätzliche Überlegungen mit sich. Siehe TS, SAM SP 1.2 Subpraktik 5 und SAM SP 1.3 Subpraktik 3 sowie *www.sei.cmu.edu/acquisition/tools/methods/cotshome.cfm*.

SAM

Beispiele für Arbeitsergebnisse

1. Liste der Beschaffungsarten, die für alle zu beschaffenden Produkte und Produktbestandteile verwendet werden

SP 1.2 LIEFERANTEN AUSWÄHLEN

Lieferanten basierend auf einer Bewertung ihrer Fähigkeiten auswählen, die zuvor festgelegten Anforderungen und aufgestellten Kriterien zu erfüllen

Mehr über die Analyse möglicher Entscheidungen mittels eines formalen Bewertungsprozesses, der identifizierte Alternativen anhand etablierter Kriterien bewertet, steht im Prozessgebiet »Entscheidungsfindung«.

Mehr über das Einholen von Zusagen zu Anforderungen steht im Prozessgebiet »Anforderungsmanagement«.

Um die für das Projekt wichtigen Faktoren zu berücksichtigen, sollten Kriterien festgelegt werden.

TIPP

Die bei der Auswahl eines Lieferanten angewendeten Kriterien hängen vom Projekt, seinen Anforderungen und anderen Faktoren ab. Wenn Sie »Auswahlkriterien« und »Lieferanten« in Ihre bevorzugte Suchmaschine eingeben, werden Sie sowohl über die Gemeinsamkeiten als auch die Vielzahl der in verschiedenen Industriezweigen verwendeten Auswahlkriterien für Lieferanten überrascht sein.

Beispiele für Faktoren, die für das Projekt wichtig sein können, umfassen:

- Standort des Lieferanten
- Leistungsbilanz des Lieferanten bei ähnlichen Arbeiten
- Entwicklungsfähigkeiten
- Für die Durchführung der Arbeiten zur Verfügung stehende Mitarbeiter und Einrichtungen
- Frühere Erfahrungen in ähnlichen Situationen
- Kundenzufriedenheit mit ähnlichen Produkten des Lieferanten

Beispiele für Arbeitsergebnisse

1. Marktstudien
2. Liste möglicher Lieferanten
3. Liste bevorzugter Lieferanten
4. Handelsstudien oder andere Belege für die Bewertungskriterien, Vor- und Nachteile möglicher Lieferanten und Begründung für die Auswahl von Lieferanten
5. Ausschreibungsmaterial und -anforderungen

Subpraktiken

1. Kriterien für die Bewertung möglicher Lieferanten festlegen und dokumentieren
2. Potenzielle Lieferanten identifizieren und ihnen Ausschreibungsmaterial und Anforderungen zusenden

   Eine vorausschauende Art, diese Aktivitäten durchzuführen, stellt eine Markstudie dar, um mögliche Quellen für die zu beschaffenden Produkte zu identifizieren, darunter mögliche Lieferanten von Sonderanfertigungen und Lieferanten von Standardprodukten.

   Mehr zu Auswahl und Validierung von Verbesserungen steht im Prozessgebiet »Organisationsweites Leistungsmanagement«.

3. Angebote anhand der Kriterien bewerten
4. Risiken, die mit den vorgeschlagenen Lieferanten verbunden sind, bewerten

   Mehr zur Erkennung und Analyse von Risiken steht im Prozessgebiet »Risikomanagement«.

5. Fähigkeiten der vorgeschlagenen Lieferanten zur Durchführung der Arbeiten bewerten

Beispiele für Methoden, um die Fähigkeiten des vorgeschlagenen Lieferanten zur Durchführung der Arbeiten zu bewerten, umfassen:

- Bewertung früherer Erfahrungen in ähnlichen Anwendungen
- Bewertung der Kundenzufriedenheit mit ähnlichen gelieferten Produkten
- Bewertung früherer Leistungen bei ähnlichen Arbeiten
- Bewertung der Managementfähigkeiten
- Fähigkeitsbewertungen ▶

HINWEIS

Ziehen Sie die Verwendung von DAR bei der Bewertung potenzieller Lieferanten in Erwägung. Die Subpraktiken dieses Prozessgebiets beschreiben einige der mit einer solchen Bewertung verbundenen Schritte.

TIPP

Ein vorausschauender Ansatz bietet Vorteile, z.B. den einheitlichen Umgang mit den Schwachstellen der Organisation, die Verkürzung der Zeit, die das Projekt für die Lieferantenauswahl benötigt, die Etablierung eines effizienteren Rahmenvertrags mit einem bevorzugten Lieferanten sowie den Schutz der Kernkompetenzen.

TIPP

Risiken gehen normalerweise als Kriterien in eine formale Bewertung ein.

- Bewertung der für die Durchführung der Arbeiten zur Verfügung stehenden Mitarbeiter
- Bewertung verfügbarer Einrichtungen und Ressourcen
- Bewertung der Fähigkeit des Projekts, mit dem vorgeschlagenen Lieferanten zusammenzuarbeiten
- Bewertung der Auswirkungen in Frage kommender Standardprodukte auf Projektpläne und Verpflichtungen

QUERVERWEIS

Zu den mit CMMI in Zusammenhang stehenden Verfahren zur Fähigkeitsbewertung zählen die Appraisal-Methoden SCAMPI A und B. Siehe *http://www.sei.cmu.edu/cmmi/tools/appraisals/index.cfm*.

Bei der Bewertung modifizierter Standardprodukte sollten Sie Folgendes berücksichtigen:

- Kosten der modifizierten Standardprodukte
- Kosten und Aufwand für die Integration der modifizierten Standardprodukte in das Projekt
- Sicherheitsanforderungen
- Vor- und Nachteile, die sich aus künftigen Produktversionen ergeben können

Künftige Versionen des modifizierten Standardprodukts bieten möglicherweise zusätzliche Funktionen, die geplante oder erwartete Erweiterungen für das Projekt unterstützen, aber dazu führen können, dass der Lieferant die Unterstützung für seine derzeitige Version einstellt.

6. Lieferanten auswählen

SP 1.3 VEREINBARUNGEN MIT LIEFERANTEN ETABLIEREN

Vereinbarungen mit Lieferanten etablieren und pflegen

Bei einer Lieferantenvereinbarung handelt es sich um jede schriftliche Vereinbarung zwischen der Organisation (die das Projekt repräsentiert) und dem Lieferanten. Diese Vereinbarung kann ein Vertrag, eine Lizenz, eine Dienstleistungsvereinbarung oder eine Vereinbarung zur Zusammenarbeit sein.

Der Inhalt der Lieferantenvereinbarung sollte die Absprachen für die Auswahl der Lieferantenprozesse und Arbeitsergebnisse spezifizieren, die überwacht, analysiert und bewertet werden, falls dieses für die Beschaffung oder das beschaffte Produkt angemessen ist. Die Lieferantenvereinbarung sollte auch die durchzuführenden Überprüfungen, Überwachungen, Bewertungen und Abnahmetests spezifizieren.

HINWEIS

Rechnen Sie nicht damit, dass irgendetwas geschieht, das nicht in der Lieferantenvereinbarung dokumentiert ist. Die Neuverhandlung einer Vereinbarung kann teuer sein, daher sollten Sie sicherstellen, dass sie alles abdeckt, was Ihnen im Zusammenhang mit dem Zulieferungsmanagement und dem Erhalt des erwarteten Produkts wichtig ist.

HINWEIS

Die Lieferantenvereinbarung sollte eine für die Art der geschäftlichen Transaktion geeignete Form haben. Die Vereinbarung muss nicht umfangreich sein, weist aber gewöhnlich einen Abschnitt mit Unterschriften auf.

Lieferantenprozesse, die von kritischer Bedeutung für den Projekterfolg sind (z.B. aufgrund von Komplexität oder Wichtigkeit) sollten überwacht werden.

Lieferantenvereinbarungen zwischen unabhängigen juristischen Einheiten werden gewöhnlich vor der Genehmigung durch Rechts- oder Vertragsberater überprüft.

Beispiele für Arbeitsergebnisse

1. Leistungsbeschreibungen
2. Verträge
3. Vereinbarungen zur Zusammenarbeit
4. Lizenzvereinbarung

Subpraktiken

TIPP

Das Projekt muss den Lieferanten in einem den Umständen und Risiken entsprechenden Maß in die Prüfungen sowie die Überwachung und Bewertung einbeziehen. Die Lieferantenvereinbarung muss Einzelheiten zu diesen Prüfungen abdecken.

1. Die vom Lieferanten zu erfüllenden Anforderungen (z.B. Produktanforderungen und Anforderungen an Dienstleistungen) überarbeiten, um gegebenenfalls Verhandlungen mit dem Lieferanten widerzuspiegeln

   Mehr zur Entwicklung von Produktanforderungen steht im Prozessgebiet »Anforderungsentwicklung«.

   Mehr über das Verwalten von Anforderungen an Produkte und Produktbestandteile des Projekts und darüber, die Abstimmung zwischen diesen Anforderungen und den Plänen und Arbeitsergebnissen des Projekts sicherzustellen, steht im Prozessgebiet »Anforderungsmanagement«.

TIPP

Die Etablierung (und Überarbeitung) einer Vereinbarung erfordert oftmals Verhandlungsgeschick. Siehe *Getting to Yes: Negotiating Agreement Without Giving In* (Revised 2nd Edition) von William Ury, Roger Fisher und Bruce Patton (Penguin USA, 1991).

2. Leistungen dokumentieren, die das Projekt dem Lieferanten bereitstellt

   Dies schließt Folgendes ein:

   - Vom Projekt beigestellte Einrichtungen
   - Dokumentation
   - Dienstleistungen

3. Die Lieferantenvereinbarung dokumentieren

   Die Lieferantenvereinbarung sollte eine Leistungsbeschreibung, eine Spezifikation, die Geschäftsbedingungen, eine Liste der Lieferleistungen, einen Terminplan, das Budget und einen festgelegten Abnahmevorgang enthalten.

HINWEIS

Die Lieferantenvereinbarung bildet die Grundlage für die Überwachung Ihres Lieferanten und die Abnahme des Produkts. Vergewissern Sie sich, dass sie alle wesentlichen Informationen enthält.

In einigen Fällen kann die Auswahl von modifizierten Standardprodukten zusätzlich eine Lieferantenvereinbarung zur Produktlizenz erfordern. Beispiele für Punkte, die in einer Vereinbarung mit einem Lieferanten von Standardprodukten festgelegt werden können, umfassen: ▸

- Rabatte für den Einkauf großer Mengen
- Erfassung relevanter Stakeholder unter der Lizenzvereinbarung, darunter Projektlieferanten, Teammitglieder und Projektkunden
- Pläne für künftige Erweiterungen
- Unterstützung vor Ort, z.B. als Reaktion auf Anfragen und die Meldung von Problemen
- Zusätzliche Fertigkeiten, über die das Produkt nicht verfügt
- Unterstützung bei der Instandhaltung, auch wenn das Produkt der Allgemeinheit nicht mehr zur Verfügung steht

Diese Subpraktik umfasst normalerweise folgende Aufgaben:

- Identifizierung von Art und Umfang der Projektsteuerung des Lieferanten sowie der anzuwendenden Verfahren und Bewertungskriterien zur Überwachung der Leistungserbringung des Lieferanten. Dazu gehört auch die Auswahl der zu überwachenden Prozesse und zu bewertenden Arbeitsergebnisse.
- Festlegung der Leistungsbeschreibung, der Spezifikation, der Geschäftsbedingungen, einer Liste der Lieferleistungen, des Terminplans, des Budgets und des Abnahmevorgangs
- Identifizierung der Mitarbeiter des Projekts und des Lieferanten, die verantwortlich und berechtigt sind, Änderungen an der Lieferantenvereinbarung vorzunehmen
- Festlegung, wie Änderungen an den Anforderungen und der Lieferantenvereinbarung beschlossen, kommuniziert und bearbeitet werden
- Identifizierung der anzuwendenden Standards und Verfahren
- Identifizierung wichtiger Abhängigkeiten zwischen dem Projekt und dem Lieferanten
- Festlegung der mit dem Lieferanten durchzuführenden Prüfungen
- Festlegung der Pflichten des Lieferanten bei der weitergehenden Instandhaltung und Unterstützung der erworbenen Produkte
- Festlegung der Garantie, der Eigentums- und Nutzungsrechte für die beschafften Produkte
- Festlegung der Abnahmekriterien

TIPP

Oft übersehen Projekte die Verantwortlichkeit des Lieferanten für weitergehende Instandhaltung und Unterstützung. Einige Firmen haben die Personalentlohnung teilweise mit den nach der Auslieferung des Produkts anfallenden Kosten für Instandhaltung und Unterstützung verknüpft und motivieren damit die Mitarbeiter, den Bedarf an langfristiger Unterstützung beim Abschluss eines Vertrags mit einem Lieferanten zu berücksichtigen.

4. Regelmäßige Überprüfung der Lieferantenvereinbarung durchführen, um sicherzustellen, dass sie die Beziehung zwischen dem Projekt und dem Lieferanten sowie die aktuellen Risiken und Marktbedingungen genau widerspiegelt
5. Vor der Umsetzung von Lieferantenvereinbarungen oder Änderungen sicherstellen, dass alle Vertragsparteien die Anforderungen verstehen und akzeptieren
6. Die Lieferantenvereinbarung nach Bedarf so überarbeiten, dass sie Änderungen an den Arbeitsabläufen oder -ergebnissen des Lieferanten widerspiegelt
7. Projektpläne und -zusagen, einschließlich Änderungen an den Arbeitsabläufen oder -ergebnissen des Projekts, nach Bedarf so überarbeiten, dass sie die Lieferantenvereinbarung widerspiegeln

   Mehr zur Überwachung von Zusagen steht im Prozessgebiet »Projektverfolgung und -steuerung«.

TIPP

Besonders bei langfristigen Vereinbarungen (von mehr als einem Jahr) können sich die technischen und nicht technischen Anforderungen ändern. Es ist notwendig, in der Lieferantenvereinbarung zu behandeln, wie solche Änderungen gehandhabt werden sollen, da es sich dabei oft um das rechtsgültige Dokument handelt, mit dem diese wichtigen Änderungen verbindlich werden.

SG 2 VEREINBARUNGEN MIT LIEFERANTEN ERFÜLLEN

Vereinbarungen mit Lieferanten werden sowohl vom Projekt als auch vom Lieferanten erfüllt.

SP 2.1 VEREINBARUNGEN MIT LIEFERANTEN AUSFÜHREN

In der Lieferantenvereinbarung spezifizierte Tätigkeiten mit dem Lieferanten durchführen

Weitere Informationen darüber, wie Sie den Fortschritt des Projekts erkennbar machen, damit angemessene Korrekturmaßnahmen ergriffen werden können, wenn die Projektleistung erheblich vom Plan abweicht, steht im Prozessgebiet »Projektverfolgung und -steuerung«.

Beispiele für Arbeitsergebnisse

1. Fortschrittsberichte und Leistungskennzahlen des Lieferanten
2. Prüfungsunterlagen und -berichte des Lieferanten
3. Bis zum Abschluss verfolgte offene Punkte
4. Lieferungen von Produkt und Dokumentationen

TIPP

In Version 1.2 waren die Subpraktiken 2 und 3 die spezifischen Praktiken SP 2.2 und SP 2.3.

Subpraktiken

1. Den Fortschritt und die Leistung des Lieferanten (z.B. Terminplan, Aufwand, Kosten und technische Leistung) so überwachen, wie es in der Lieferantenvereinbarung festgelegt ist

2. Vom Lieferanten verwendete Prozesse gemäß Lieferantenvereinbarung auswählen, überwachen und analysieren

   Lieferantenprozesse, die von kritischer Bedeutung für den Projekterfolg sind (z.B. aufgrund von Komplexität oder Wichtigkeit) sollten überwacht werden. Bei der Auswahl der zu überwachenden Prozesse sollte die Auswirkungen dieser Auswahl auf den Lieferanten berücksichtigt werden.

3. Arbeitsergebnisse des Lieferanten gemäß Lieferantenvereinbarung auswählen und bewerten

   Die zur Bewertung ausgewählten Arbeitsergebnisse sollten kritische Produkte, Produktbestandteile und Arbeitsergebnisse umfassen, die so früh wie möglich Einblick in Qualitätsprobleme gewähren. In Situationen mit geringem Risiko kann es sein, dass eine Auswahl von Arbeitsergebnissen zur Bewertung nicht notwendig ist.

4. Die in der Lieferantenvereinbarung festgelegten Prüfungen mit dem Lieferanten durchführen

   Mehr zur Durchführung von Meilenstein- und Fortschrittsprüfungen steht im Prozessgebiet »Projektverfolgung und -steuerung«.

   Prüfungen umfassen sowohl formelle als auch informelle Prüfungen sowie die folgenden Schritte:

   - Vorbereitung der Prüfung
   - Sicherstellung der Beteiligung relevanter Stakeholder
   - Durchführung der Prüfung
   - Identifizierung, Dokumentation und Verfolgung aller beschlossenen Aktivitäten bis zum Abschluss
   - Aufstellung eines zusammenfassenden Prüfberichts und Verteilen an die relevanten Stakeholder

5. Die in der Lieferantenvereinbarung festgelegten technischen Prüfungen mit dem Lieferanten durchführen

Technische Prüfungen umfassen normalerweise Folgendes:

- Dem Lieferanten geeigneten Einblick in die Bedürfnisse und Wünsche der Projektkunden und Endanwender gewähren
- Bewertung der technischen Arbeiten des Lieferanten und überprüfen, ob seine Interpretation und Umsetzung der Anforderungen mit der Interpretation des Projekts übereinstimmen
- Sicherstellen, dass die technischen Zusagen eingehalten und technische Probleme rechtzeitig kommuniziert und gelöst werden ▶

HINWEIS

Wählen Sie geeignete Arbeitsabläufe zur Überwachung und Bewertung von Arbeitsergebnissen aus, um Einblick in den Fortschritt und die Leistungserbringung des Lieferanten zu erhalten sowie Risiken zu identifizieren und abzuschwächen.

TIPP

Die Überwachung bringt für beide Seiten Kosten mit sich, so dass die Auswahl der zu überwachenden Arbeitsabläufe davon abhängt, welche die besten Einblicke in die Aktivitäten des Lieferanten gewähren, das größte Risiko in sich bergen und frühzeitige Hinweise auf Probleme geben können. Bei geringem Risiko werden keine Arbeitsabläufe überwacht.

HINWEIS

Oftmals besteht bei kundenspezifischen Produkten ein höheres Risiko. Die Anforderungen sind möglicherweise nicht vollständig definiert oder können vom Lieferanten nicht vollständig erfüllt werden. Bewerten Sie ausgewählte Arbeitsergebnisse, um problematische Punkte während des Lebenszyklus frühzeitig zu erkennen.

QUERVERWEIS

Die Einbeziehung von Lieferanten in die Fortschritts- und Meilensteinbewertungen des Projekts wird in PMC SP 1.6 und 1.7 behandelt.

TIPP

Der Zweck einer *technischen Prüfung* besteht darin, den technischen Fortschritt des Lieferanten zu überprüfen und offene Punkte zu erkennen und zu beseitigen, falls sie auftreten.

TIPP

Der Zweck eines Management-Review besteht darin, den Fortschritt des Lieferanten gegenüber dem Plan zu überprüfen und problematische Punkte (normalerweise Risiken) zu identifizieren und zu beseitigen, wenn sie auftreten.

TIPP

Ebenso wie Peer-Reviews positive Nebenwirkungen bieten, ist dies auch bei den mit dem Lieferanten durchgeführten Prüfungen der Fall. Die Etablierung einer guten Beziehung zum Lieferanten ist häufig der Schlüssel für die erfolgreiche und pünktliche Lieferung von Produktbestandteilen gemäß der Vereinbarung.

HINWEIS

Vor der Abnahme des Produkts sollten Sie sich vergewissern, dass Sie das Gewünschte (das in der Lieferantenvereinbarung dokumentiert sein sollte) erhalten.

- Einholen technischer Informationen über die Produkte des Lieferanten
- Bereitstellung von adäquaten technischen Informationen und Unterstützung für den Lieferanten

6. Die in der Lieferantenvereinbarung festgelegten Management-Reviews mit dem Lieferanten durchführen

Management-Reviews umfassen normalerweise Folgendes:
- Überprüfung kritischer Abhängigkeiten
- Überprüfung von Projektrisiken, die den Lieferanten betreffen
- Überprüfung des Terminplan und des Budgets
- Überprüfung der Einhaltung von Gesetzen und Vorschriften durch den Lieferanten

Technische Überprüfungen und Management-Reviews können koordiniert und gemeinsam durchgeführt werden.

7. Ergebnisse der Überprüfungen nutzen, um die Leistung des Lieferanten zu verbessern und langfristige Beziehungen zu bevorzugten Lieferanten zu etablieren und zu pflegen
8. Risiken, die den Lieferanten betreffen, überwachen und nach Bedarf Korrekturmaßnahmen einleiten

   Mehr zur Überwachung von Projektrisiken steht im Prozessgebiet »Projektverfolgung und -steuerung«.

SP 2.2 BESCHAFFTE PRODUKTE ABNEHMEN

Sicherstellen, dass die Lieferantenvereinbarung erfüllt ist, bevor das beschaffte Produkt abgenommen wird

Abnahmeprüfungen, Tests und Konfigurationsaudits sollten vor der Abnahme des Produkts durchgeführt werden, wie in der Lieferantenvereinbarung festgelegt.

Beispiele für Arbeitsergebnisse

1. Abnahmeverfahren
2. Ergebnisse von Abnahmeprüfungen oder Tests
3. Abweichungsberichte oder Pläne für Korrekturmaßnahmen

Subpraktiken

1. Abnahmeverfahren definieren
2. Vor den Abnahmeprüfungen oder Tests eine Vereinbarung über die Abnahmeverfahren mit relevanten Stakeholdern prüfen und abschließen
3. Verifizieren, dass die erworbenen Produkte ihre Anforderungen erfüllen

   Mehr zur Verifizierung ausgewählter Arbeitsergebnisse steht im Prozessgebiet »Verifizierung«.
4. Bestätigen, dass die mit dem beschafften Arbeitsergebnis verbundenen nicht technischen Verpflichtungen erfüllt werden

   Dies kann die Bestätigung umfassen, dass die entsprechenden Lizenz-, Garantie-, Eigentums-, Nutzungs- und Unterstützungs- oder Instandhaltungsvereinbarungen vorhanden und alle unterstützenden Materialien eingegangen sind.
5. Ergebnisse der Abnahmeprüfungen oder -tests dokumentieren
6. Einen Aktionsplan etablieren und eine Vereinbarung mit dem Lieferanten abschließen, um Maßnahmen zur Korrektur von beschafften Arbeitsergebnissen zu ergreifen, die die Abnahmeprüfungen oder Tests nicht bestehen
7. Offene Punkte identifizieren, dokumentieren und bis zum Abschluss verfolgen

   Mehr zur Durchführung von Korrekturmaßnahmen bis zum Abschluss steht im Prozessgebiet »Projektverfolgung und -steuerung«.

SP 2.3 Überführung von Produkten sicherstellen

Die Überführung vom Lieferanten beschaffter Produkte sicherstellen

Bevor das beschaffte Produkt an das Projekt, den Kunden oder den Endanwender überführt wird, sollte eine angemessene Vorbereitung und Bewertung erfolgen, um eine nahtlose Überführung zu gewährleisten.

Mehr zum Zusammenbau von Produktbestandteilen steht im Prozessgebiet »Produktintegration«.

Beispiele für Arbeitsergebnisse

1. Überführungspläne
2. Schulungsberichte
3. Unterstützungs- und Instandhaltungsberichte

Quervreweis

Abnahmeverfahren, -prüfungen und -tests werden auch in den Prozessgebieten PI, VER und VAL behandelt, so dass Sie dort weitere Informationen über die Einrichtung der richtigen Umgebung, Verfahren und Kriterien zur Verifizierung und Validierung (und damit für die Abnahme des erworbenen Produkts) in den dortigen Praktiken erhalten.

Hinweis

Nutzen Sie die entsprechenden Abschnitte des Terminplans und die Kriterien für den Zusammenbau gemeinsam mit den Lieferanten der Arbeitsergebnisse, um das Auftreten von Verzögerungen und Fehlern der Komponenten zu verringern (PI SP 3.1).

Hinweis

Stellen Sie sicher, dass eigentumsrechtliche Probleme in Verbindung mit dem beschafften Produkt behoben werden, bevor das Projekt das Produkt abnimmt.

Tipp

Eine erfolgreiche Überführung umfasst die Planung der geeigneten Einrichtungen, Aus- und Weiterbildung, Verwendung, Instandhaltung und Unterstützung.

Tipp

In einigen Fällen kann es vorkommen, dass der Lieferant das Produkt direkt an den Kunden oder Endanwender liefert.

Subpraktiken

1. Sicherstellen, dass nach Bedarf Einrichtungen für den Empfang, die Lagerung, die Integration und die Instandhaltung der beschafften Produkte vorhanden sind
2. Sicherstellen, dass geeignete Aus- und Weiterbildungsmaßnahmen für die am Empfang, an der Lagerung, an der Integration und der Instandhaltung der beschafften Produkte beteiligten Mitarbeiter vorhanden sind
3. Sicherstellen, dass beschaffte Produkte gemäß den Bedingungen gelagert, verteilt und integriert werden, die in der Lieferantenvereinbarung oder der Lizenz angegeben sind.

Technische Umsetzung (Technical Solution, TS)

Ein Entwicklungsprozessgebiet des Reifegrads 3

Zweck

Der Zweck der technischen Umsetzung (TS) ist, Lösungen für Anforderungen auszuwählen, zu entwerfen und umzusetzen. Lösungen, Entwürfe und deren Umsetzungen umfassen Produkte, Produktbestandteile und produktbezogene Lebenszyklusprozesse, und zwar nach Bedarf entweder einzeln oder in Kombination.

Einführende Hinweise

Das Prozessgebiet der technischen Umsetzung ist auf alle Ebenen der Produktarchitektur und alle Produkte, Produktbestandteile und produktbezogenen Lebenszyklusprozesse anwendbar. In allen Prozessgebieten schließt die Bedeutung der Begriffe »Produkt« und »Produktbestandteil« auch Dienstleistungen, Dienstleistungssysteme und deren Bestandteile ein.

Dieses Prozessgebiet befasst sich schwerpunktmäßig mit folgenden Themen:

- Bewertung und Auswahl von Lösungen (manchmal auch als »Designansätze«, »Designkonzepte« oder »vorläufige Designs« bezeichnet), die möglicherweise eine entsprechende Menge von zugewiesenen Funktions- und Qualitätsanforderungen erfüllen können
- Entwicklung detaillierter Designs für die ausgewählten Lösungen (detailliert insofern, als sie alle Informationen enthalten, die zur Herstellung, Kodierung oder anderweitigen Umsetzung des Entwurfs als Produkt oder Produktbestandteil benötigt werden)
- Umsetzung der Entwürfe als Produkt oder Produktbestandteil

HINWEIS

Es reicht nicht aus, bei der Entwicklung einer Lösung nur das Produktverhalten in der geplanten Betriebsumgebung zu berücksichtigen. Man muss auch Fragen über andere Phasen des Produktlebenszyklus stellen, z.B. ob die Lösung hergestellt werden kann, ob sie einfach zu testen, zu installieren und zu reparieren ist, ob der Wechsel auf eine neue Version oder Plattform einfach ist, ob sie einfach zu unterstützen ist und welche Kosten und rechtlichen Konsequenzen entstehen.

QUERVERWEIS

TS wird durch die von RD etablierten Anforderungen gesteuert, die von REQM verwaltet werden. Die mit diesen Prozessgebieten verbundenen Arbeitsabläufe interagieren in erheblichem Umfang, um ihren Zweck zu erfüllen.

TIPP

TS gilt nicht nur für die Entwicklung eines Produkts, sondern auch für dessen Instandhaltung (d.h. Instandhaltung zur Korrektur, Anpassung und Perfektionierung).

Normalerweise unterstützen diese Aktivitäten einander wechselseitig. Für die Auswahl von Lösungen sind möglicherweise mehrere, manchmal recht detaillierte Entwurfsstufen erforderlich. Prototypen oder Pilotprodukte können verwendet werden, um sich ausreichende Kenntnisse für die Erstellung eines technischen Datenpakets oder eines vollständigen Satzes von Anforderungen anzueignen. Qualitätsattributmodelle, Simulationen, Prototypen oder Pilotprojekte können eingesetzt werden, um zusätzliche Informationen über die Eigenschaften der möglichen Designlösungen zu bieten und bei der Auswahl von Lösungen zu helfen. Simulationen können vor allem für Projekte nützlich sein, die Systeme von Systemen entwickeln.

Die spezifischen Praktiken der technischen Umsetzung gelten nicht nur für das Produkt und die Produktbestandteile, sondern auch für produktbezogene Lebenszyklusprozesse. Diese Prozesse werden in Übereinstimmung mit dem Produkt oder Produktbestandteil entwickelt. Eine solche Entwicklung kann die Auswahl und Anpassung bestehender Arbeitsabläufe (einschließlich der Standardabläufe) für die Verwendung sowie die Entwicklung neuer Abläufe umfassen.

Die mit dem Prozessgebiet der technischen Umsetzung verbundenen Arbeitsabläufe erhalten die Anforderungen für das Produkt und die Produktbestandteile von den Prozessen des Anforderungsmanagements. Die Arbeitsabläufe für das Anforderungsmanagement stellen die Anforderungen, die ihren Ursprung in den Arbeitsabläufen der Anforderungsentwicklung haben, unter entsprechendes Konfigurationsmanagement und erhalten ihre Nachverfolgbarkeit zu früheren Anforderungen aufrecht.

Bei einem Projekt zur Instandhaltung oder vorbeugenden Wartung können die Anforderungen, die Instandhaltungsmaßnahmen oder einen Neuentwurf erfordern, vom Bedarf der Anwender, Reifung und Veraltung von Technologien oder von latenten Mängeln an den Produktbestandteilen gesteuert werden. Neue Anforderungen können sich aus Änderungen in der Betriebsumgebung ergeben. Derartige Anforderungen können während der Verifizierung von Produkten aufgedeckt werden, bei der deren tatsächliche mit der angegebenen Leistung verglichen und eine inakzeptable Verschlechterung erkannt wird. Die mit dem Prozessgebiet der technischen Umsetzung verbundenen Arbeitsabläufe sollten verwendet werden, um Instandhaltungs- oder vorbeugende Wartungsarbeiten am Design vorzunehmen.

Bei Produktlinien gelten diese Praktiken sowohl für die Entwicklung von Kern-Assets (d.h. die Erstellung zur Wiederverwendung) und die Produktentwicklung (d.h. die Erstellung mit Hilfe der Wiederverwendung). Die Entwicklung von Kern-Assets erfordert darüber hinaus ein Management der Produktlinienvarianten (die Auswahl und Umsetzung von Mechanismen für Produktlinienvarianten) und eine Produktlinien-Produktionsplanung (die Entwicklung von Prozessen und anderen Arbeitsergebnissen, die definieren, wie Produkte erstellt werden, um die Kern-Assets bestmöglich zu nutzen).

QUERVERWEIS
Die Definition von »Produktlinie« finden Sie im Glossar.

In agilen Umgebungen liegt der Schwerpunkt auf einer frühen Untersuchung der Lösung. Das Prozessgebiet »Technische Umsetzung« macht die Auswahl und die Entscheidungen über Vergleiche expliziter und hilft dadurch, die Qualität dieser Entscheidungen sowohl im Einzelfall als auch über einen längeren Zeitraum zu verbessern. Lösungen können in Form von Funktionen, Featuresets, Releases oder anderen Bestandteilen ausgedrückt werden, die die Produktentwicklung fördern. Wenn in Zukunft andere Personen als das Team an dem Produkt arbeiten, beinhaltet das installierte Produkt gewöhnlich Release-Informationen, Wartungsprotokolle und andere Daten. Um zukünftige Produktaktualisierungen zu unterstützen, werden die Begründungen (für Vergleiche, Schnittstellen und zugekaufte Teile) erfasst, sodass besser verstanden werden kann, warum das Produkt existiert. Ist mit der ausgewählten Lösung ein geringes Risiko verbunden, ist die Notwendigkeit, Entscheidungen formal zu erfassen, erheblich verringert (siehe »Interpretation von CMMI bei der Verwendung agiler Vorgehensweisen« in Teil I).

In Beziehung stehende Prozessgebiete

Mehr zur Zuweisung von Anforderungen an Produktbestandteile, zur Etablierung von Betriebskonzepten und -szenarien und zur Identifizierung von Schnittstellenanforderungen steht im Prozessgebiet »Anforderungsentwicklung«.

Mehr zur Durchführung von Peer-Reviews und zur Verifizierung ausgewählter Arbeitsergebnisse steht im Prozessgebiet »Verifizierung«.

Mehr über die Analyse möglicher Entscheidungen mittels eines formalen Bewertungsprozesses, der identifizierte Alternativen anhand etablierter Kriterien bewertet, steht im Prozessgebiet »Entscheidungsfindung«.

QUERVERWEIS
Siehe *Software Architecture in Practice*, Second Edition, von L. Bass, P. Clements und R. Kazman (Addison-Wesley).

QUERVERWEIS
Siehe *Evaluating Software Architectures: Methods and Case Studies* von P. Clements, R. Kazman und M. Klein (Addison-Wesley).

Mehr zu Auswahl und Umsetzung von Verbesserungen steht im Prozessgebiet »Organisationsweites Leistungsmanagement«.

Mehr über das Management von Anforderungen an Produkte und Produktbestandteile des Projekts und die Abstimmung zwischen diesen Anforderungen und den Plänen und Arbeitsergebnissen des Projekts steht im Prozessgebiet »Anforderungsmanagement«.

QUERVERWEIS

Siehe *Documenting Software Architectures: Views and Beyond* von P. Clements, F. Bachmann, L. Bass, D. Garlan, J. Ivers, R. Little, R. Nord und J. Stafford (Addison-Wesley).

QUERVERWEIS

Siehe *Software Product Lines: Practices and Patterns* von P. Clements und L. Northrop (Addison-Wesley).

QUERVERWEIS

Siehe *Handbook of Software Architecture* von G. Booch (unter *http://www.handbookofsoftwarearchitecture.com/*).

QUERVERWEIS

Siehe *Software Architecture Essential Bookshelf* (unter *http://www.sei.cmu.edu/architecture/start/publications/bookshelf.cfm*).

Übersicht spezifischer Ziele und Praktiken

SG 1 Lösungen für Produktbestandteile auswählen
- SP 1.1 Alternative Lösungen und Auswahlkriterien entwickeln
- SP 1.2 Lösungen für Produktbestandteile auswählen

SG 2 Designs entwickeln
- SP 2.1 Produkte oder Produktbestandteile entwerfen
- SP 2.2 Technische Datenpakete etablieren
- SP 2.3 Schnittstellen unter Verwendung von Kriterien entwerfen
- SP 2.4 Analysen bezüglich Herstellung, Beschaffung oder Wiederverwendung durchführen

SG 3 Produktentwürfe umsetzen
- SP 3.1 Entwürfe umsetzen
- SP 3.2 Produktbegleitende Dokumentation erstellen

Detaillierung spezifischer Ziele und Praktiken

SG 1 LÖSUNGEN FÜR PRODUKTBESTANDTEILE AUSWÄHLEN

Lösungen für Produkte oder Produktbestandteile werden aus alternativen Lösungen ausgewählt.

HINWEIS

Wenn man bereits erfolgreich verwendete Produkte oder Dienstleistungen in Betracht zieht, sollte man sich fragen, wodurch sie so erfolgreich wurden. Sind es die Leistungsmerkmale, die Benutzerfreundlichkeit, die Kosten, die Kundenunterstützung, die Reaktionszeit, die Zuverlässigkeit usw.? Diese Eigenschaften wurden durch sorgfältige Identifizierung und Bewertung alternativer Entwurfsansätze erzielt.

Alternative Lösungen und ihre jeweiligen Vorzüge werden vor der Auswahl einer Lösung geprüft. Schlüsselanforderungen, Probleme beim Entwurf und Randbedingungen werden zur Verwendung bei der Analyse alternativer Lösungen definiert. Architekturentscheidungen und Muster, die das Erfüllen der Qualitätsanforderungen unterstützen, werden berücksichtigt. Die Verwendung von kommerziellen Standardproduktkomponenten (Commercial Off-The-Shelf, COTS) wird ebenfalls im Hinblick auf die Kosten, den Terminplan, Leistungen und Risiken betrachtet. Alternative Standardprodukte lassen sich mit oder ohne Modifikation verwenden. Manchmal können solche Elemente Modifizierungen an Aspekten wie Schnittstellen oder eine Anpassung einiger Funktionen erfordern, um Abweichungen von den Funktions- oder Qualitätsanforderungen oder vom Architekturdesign zu korrigieren.

Ein Indikator für einen guten Entwurfsprozess besteht darin, dass der Entwurf ausgewählt wurde, nachdem er mit Alternativlösungen verglichen und bewertet wurde. Entscheidungen über die Architektur, die kundenspezifische Entwicklung im Gegensatz zu Standardprodukten und die Modularisierung von Produktbestandteilen sind typische Designentscheidungen. Einige dieser Entscheidungen erfordern möglicherweise den Einsatz eines formalen Bewertungsprozesses.

Mehr über die Analyse möglicher Entscheidungen mittels eines formalen Bewertungsprozesses, der identifizierte Alternativen anhand etablierter Kriterien bewertet, steht im Prozessgebiet »Entscheidungsfindung«.

Manchmal werden bei der Suche nach Lösungen alternative Fälle mit denselben Anforderungen untersucht, wobei keine Zuweisungen für die Produktbestandteile der unteren Ebene erforderlich sind. Dies ist auf der untersten Ebene der Produktarchitektur der Fall. Es gibt auch Fälle, in denen eine oder mehrere Lösungen feststehen (z.B. wenn eine bestimmte Lösung angeordnet wird oder bereits verfügbare Produktbestandteile, z.B. Standardprodukte, auf ihre Verwendungsmöglichkeit hin untersucht werden).

Im Allgemeinen werden Lösungen als Menge definiert. Das heißt, dass die Lösung für die einzelnen in dieser Menge enthaltenen Produktbestandteile bei der Definition der nächsten Ebene von Produktbestandteilen etabliert wird. Die Alternativlösungen stellen nicht nur verschiedene Möglichkeiten dar, dieselben Anforderungen zu erfüllen, sondern spiegeln auch eine andere Zuweisung von Anforderungen zu den Produktbestandteilen wider, die die Lösungsmenge bilden. Das Ziel besteht darin, nicht nur die einzelnen Teile, sondern die Menge als Ganzes zu optimieren. Es finden umfangreiche Interaktionen mit den Arbeitsabläufen statt, die mit dem Prozessgebiet der Anforderungsentwicklung verbunden sind, um die vorläufigen Zuweisungen zu Produktbestandteilen zu unterstützen, bis eine Lösungsmenge ausgewählt wird und die endgültigen Zuweisungen etabliert werden.

Produktbezogene Lebenszyklusprozesse befinden sich unter den Lösungen für Produktbestandteile, die aus den alternativen Lösungen ausgewählt werden.

Beispiele für diese produktbezogenen Lebenszyklusprozesse umfassen die Arbeitsabläufe der Herstellung, Lieferung und Unterstützung.

TIPP

Manchmal kann eine unbedeutende Änderung in den Anforderungen die Vorteile einer auf Standardprodukten beruhenden Lösung wesentlich verbessern, insbesondere was die Kosten und Terminrisiken anbelangt. Allerdings kann die Verwendung von Standardprodukten die Gesamtleistung der Lösung und die Unterstützung einschränken, die in einem späteren Stadium des Produktlebenszyklus angeboten werden kann. Eventuell muss eine Beziehung zu einem Lieferanten aufrechterhalten werden.

QUERVERWEIS

Mehr zur Verwendung von Standardprodukten erfährt man unter *www.sei.cmu.edu/acquisition/tools/methods/cotshome.cfm*.

TIPP

Die Iteration in diesen Praktiken führt schließlich zu einer Lösung und einem Design für Produktbestandteile, die entweder umgesetzt (SG 3 in TS), zugekauft (SAM) oder wiederverwendet werden (SP 2.4 in TS).

HINWEIS

Unabhängig davon, ob man eine alternative Lösung definiert oder bewertet, sollte man ihre Bestandteile nicht einzeln, sondern in ihrer Gesamtheit behandeln. Beispielsweise sollte man vielversprechende Standardproduktbestandteile oder neue Technologien nicht voreilig auswählen, ohne die anderen Bestandteile zu berücksichtigen, mit denen sie zusammenarbeiten müssen, und ohne die Auswirkungen

SP 1.1 ALTERNATIVE LÖSUNGEN UND AUSWAHLKRITERIEN ENTWICKELN

Alternative Lösungen und Auswahlkriterien entwickeln

Mehr über die Zuweisung von Anforderungen zu Lösungsalternativen für die Produktbestandteile steht in der spezifischen Praktik »Anforderung an Produktbestandteile zuweisen« im Prozessgebiet »Anforderungsentwicklung«.

Mehr zur Etablierung von Bewertungskriterien steht im Prozessgebiet »Entscheidungsfindung«.

Alternative Lösungen sollten identifiziert und analysiert werden, um die Auswahl einer Lösung zu ermöglichen, die über den gesamten Produktlebenszyklus im Hinblick auf die Kosten, den Terminplan, die Leistung und die Risiken ausgewogen ist. Diese Lösungen beruhen auf vorgeschlagenen Produktarchitekturen, die kritische Produktqualitätsanforderungen berücksichtigen und sich über einen Bereich von realisierbaren Lösungen für den Entwurf erstrecken. Die mit dem spezifischen Ziel »Designs entwickeln« verbundenen spezifischen Praktiken stellen weitere Informationen über die Entwicklung möglicher Produktarchitekturen bereit, die in Alternativlösungen für das Produkt eingebunden werden können.

Alternativlösungen umfassen häufig die alternative Zuweisung von Anforderungen zu verschiedenen Produktbestandteilen. Diese alternativen Lösungen können auch die Verwendung von Standardkomponenten in der Produktarchitektur einschließen. In diesem Fall werden die mit dem Prozessgebiet der Anforderungsentwicklung verbundenen Arbeitsabläufe genutzt, um eine vollständigere und stabilere provisorische Zuweisung von Anforderungen für die alternativen Lösungen durchzuführen.

Alternativlösungen erstrecken sich über den akzeptablen Kosten-, Termin- und Leistungsbereich. Die Anforderungen an die Produktbestandteile werden angenommen und zusammen mit Designthemen, Randbedingungen und Kriterien genutzt, um die alternativen Lösungen zu entwickeln. Als Auswahlkriterien werden normalerweise die Kosten (z.B. Zeit, Mitarbeiter und Geld), der Nutzen (z.B. Produktleistung, Fähigkeit, Effektivität) und die Risiken (z.B. bezüglich technischer Aspekte, Kosten, Terminplan) berücksichtigt. Überlegungen zu alternativen Lösungen und Auswahlkriterien umfassen:

- Kosten für die Entwicklung, Herstellung, Beschaffung, Instandhaltung und Unterstützung

QUERVERWEIS

SP 2.2 in RD beschreibt die Zuweisung von Anforderungen nach der Auswahl einer Lösung. Allerdings kann sie auch vor der Auswahl erfolgen (eine »provisorische Zuweisung«), um Einblick in die jeweiligen Leistungen einer alternativen Lösung zu bekommen.

HINWEIS

Es ist wichtig, in die Etablierung von Auswahlkriterien und alternativen Lösungen relevante Stakeholder einzubeziehen.

TIPP

Zu den Auswahlkriterien gehören normalerweise die Kosten, der Terminplan, Leistung und Risiken. Wie diese Kriterien im Einzelnen festgelegt werden, hängt jedoch von den Anforderungen ab.

HINWEIS

Bei der Auswahl, dem Entwurf und der Umsetzung einer Lösung die gesamte Lebensdauer des Produkts berücksichtigen, um sicherzustellen, dass es die gewünschte Vielseitigkeit und Marktbeständigkeit aufweist.

- Erfüllen von entscheidenden Qualitätsanforderungen wie pünktliches Erscheinen des Produkts, Sicherheit, Zuverlässigkeit und Wartungsfreundlichkeit
- Komplexität des Produktbestandteils und der produktbezogenen Lebenszyklusprozesse
- Robustheit gegenüber den Betriebs- und Einsatzbedingungen des Produkts, den Betriebsweisen, Umgebungen und Abweichungen in den produktbezogenen Lebenszyklusprozessen
- Produkterweiterung und -wachstum
- Technische Einschränkungen
- Berücksichtigung von Konstruktionsmethoden und Material
- Risiko
- Evolution von Anforderungen und Technologie
- Entsorgung
- Fähigkeiten und Einschränkungen von Endanwendern und Bedienern
- Eigenschaften von Standardprodukten

Bei den hier aufgeführten Erwägungen handelt es sich um eine Grundmenge. Die Organisationen sollten Auswahlkriterien aufstellen, um diese Liste auf Alternativen einzugrenzen, die mit ihren Geschäftszielen übereinstimmen. Die Kosten für den Produktlebenszyklus – ein Parameter, den es zu minimieren gilt – liegen möglicherweise außerhalb des Einflussbereichs von Entwicklungsorganisationen. Ein Kunde ist vielleicht nicht bereit, für Leistungsmerkmale zu zahlen, die auf kurze Sicht mehr kosten, aber letztlich über den gesamten Produktlebenszyklus hinweg die Kosten senken. In solchen Fällen sollten die Kunden zumindest auf eventuelle Möglichkeiten zur Reduzierung der Lebenszykluskosten hingewiesen werden. Die zur Auswahl der endgültigen Lösungen verwendeten Kriterien sollten einen ausgewogenen Ansatz für Kosten, Nutzen und Risiken bieten.

Beispiele für Arbeitsergebnisse

1. Kriterien für die Vorauswahl von alternativen Lösungen
2. Bewertungsberichte für neue Technologien
3. Alternativlösungen
4. Kriterien für die Endauswahl
5. Bewertungsberichte für Standardprodukte

HINWEIS

Eine Reihe von Alternativlösungen berücksichtigen. Die Vorgaben von Stakeholdern mit den unterschiedlichsten Fertigkeiten und Hintergründen können den Teams dabei helfen, Annahmen, Randbedingungen und Vorurteile zu identifizieren und zu berücksichtigen. Brainstorming-Sitzungen können zu innovativen Alternativen führen. Es ist auch zu berücksichtigen, welche Qualitätsattribute für den Produkterfolg entscheidend sind.

TIPP

Komplexität ist ein »zweischneidiges Schwert«. Manchmal werden hochleistungsfähige Lösungen von heute zu Lösungen mit hohem Instandhaltungsaufwand von morgen.

HINWEIS

Es kann erforderlich sein, kostenbewussten Kunden vorzuführen, wie das Produkt über seine gesamte Lebensdauer hinweg zu Kosteneinsparungen führen kann.

TIPP

Kriterien für eine Vorauswahl können die Festlegung von Schwellenwerten für ausgewählte Qualitätsattribute (z.B. Reaktionszeit) enthalten, die von den Alternativlösungen erfüllt werden müssen.

Subpraktiken

1. Kriterien für die Vorauswahl einer Reihe zu berücksichtigender Alternativlösungen festlegen
2. Derzeit verwendete Technologien und neue Produkttechnologien zum Wettbewerbsvorteil identifizieren

   Mehr zu Auswahl und Umsetzung von Verbesserungen steht im Prozessgebiet »Organisationsweites Leistungsmanagement«.

   Das Projekt sollte die auf die derzeitigen Produkte und Arbeitsabläufe angewendeten Technologien identifizieren und deren Fortschritt während der gesamten Lebensdauer des Projekts überwachen. Das Projekt sollte neue Technologien identifizieren, auswählen, bewerten und darin investieren, um einen Wettbewerbsvorteil zu gewinnen. Alternativlösungen sollten neu entwickelte Technologien enthalten, können aber auch den Einsatz gereifter Technologien in verschiedenen Anwendungen oder die Beibehaltung aktueller Methoden umfassen.

3. Mögliche Standardprodukte, die die Anforderungen erfüllen, identifizieren

   Mehr zur Auswahl von Lieferanten steht im Prozessgebiet »Zulieferungsmanagement«.

   Der Lieferant des Standardprodukts muss Anforderungen einschließlich der folgenden erfüllen:

   - Funktionsumfang und Qualitätsattribute des Produkts
   - Garantiebedingungen für die Produkte
   - Erwartungen (z.B. an Review-Aktivitäten), Einschränkungen oder Prüfpunkte, um die Verantwortung des Lieferanten für die fortlaufende Wartung und Unterstützung der Produkte abzuschwächen

4. Wiederverwendbare Bestandteile der Lösung oder anwendbare Architekturmuster identifizieren

   Bei Produktlinien können die Kern-Assets der Organisation als Grundlage für eine Lösung verwendet werden.

5. Alternativlösungen generieren
6. Vollständige Zuweisung von Anforderungen für die einzelnen Alternativen erreichen
7. Kriterien für die Auswahl der besten Alternativlösung aufstellen

   Dabei sollten Kriterien einbezogen werden, die designspezifische Themen während der gesamten Lebensdauer des Produkts berücksichtigen, z.B. Vorkehrungen für den einfacheren

TIPP

Es ist eventuell möglich, eine Technologie zu nutzen, die den Wettbewerbern nicht zur Verfügung steht.

HINWEIS

Man soll sich mit der Verwendung von Standardprodukten (bzw. Open-Source-Produkten oder einer neuen Technologie) in einem frühen Stadium der Produktentwicklung befassen, denn um sie effektiv nutzen zu können, muss man möglicherweise Änderungen an den Anforderungen in Erwägung ziehen. Man soll frühzeitig ein umfassendes Verständnis für derartige Kompromisse in den Anforderungen und dem Design entwickeln, bevor man eine Zusage zu einem bestimmten Entwicklungsansatz gibt (und diesen vertraglich festlegt).

TIPP

Da eine Lösung noch auszuwählen ist, wird diese Zuweisung von Anforderungen als »provisorische Zuweisung« bezeichnet. Derartige Zuweisungen gewähren einen besseren Einblick in die Vor- und Nachteile der Lösungen.

HINWEIS

In nachfolgenden Releases können neue Technologien, Standardprodukte oder Open-Source-Bestandteile eingefügt werden, die beim ersten Release des Produkts noch zu unreif waren.

Einsatz neuer Technologien oder die Möglichkeit, kommerzielle Produkte besser auszuschöpfen. Beispiele umfassen Kriterien in Bezug auf offene Design- und Architekturkonzepte für die bewerteten Alternativen.

TIPP

DAR unterstützt die Auswahl von Lösungen für Produktbestandteile aus alternativen Lösungen, vor allem in neuartigen Situationen.

SP 1.2 LÖSUNGEN FÜR PRODUKTBESTANDTEILE AUSWÄHLEN

Die Lösungen für Produktbestandteile basierend auf den Auswahlkriterien auswählen

TIPP

Die Auswahl von Lösungen für Produktbestandteile aus alternativen Lösungen versetzt uns in die Lage, weitere Anforderungen zu entwickeln und zu entwerfen.

Mehr zur Erstellung der zugewiesenen Anforderungen für die Produktbestandteile und die Schnittstellen zwischen den Produktbestandteilen steht in den spezifischen Praktiken »Anforderungen an Produktbestandteile zuweisen« und »Schnittstellenanforderungen identifizieren« im Prozessgebiet »Anforderungsentwicklung«.

Durch die Auswahl der Produktbestandteile, die die Kriterien am besten erfüllen, wird die Zuweisung der Anforderungen zu den Produktbestandteilen festgelegt. Anforderungen der unteren Ebene werden aus der ausgewählten Alternative abgeleitet und zur Entwicklung von Produktbestandteildesigns verwendet. Schnittstellen zwischen Produktbestandteilen werden beschrieben. Technische Schnittstellenbeschreibungen werden in die Dokumentation für die Schnittstellen zu externen Objekten und Aktivitäten des Produkts aufgenommen.

HINWEIS

Vielleicht muss man die Gründe für eine bestimmte Auswahl überprüfen, wenn man später feststellt, dass eine vielversprechende Technologie oder eine Standardkomponente mittlerweile verfügbar ist. Es kann unnötig sein, die Produktentwicklung zu unterbrechen, um die Auswirkungen zu untersuchen, wenn sie bereits früher geprüft und die Berichte darüber aufbewahrt wurden.

Die Beschreibung der Lösungen und die Gründe für die Auswahl werden dokumentiert. Die Dokumentation entsteht im Zuge der Entwicklung, während Lösungen und detaillierte Entwürfe erstellt und diese Entwürfe umgesetzt werden. Die Aufzeichnung der Gründe ist wichtig für nachgeschaltete Entscheidungsfindungen. Solche Aufzeichnungen vermeiden, dass die nachgeschalteten Stakeholder die Arbeit noch einmal durchführen müssen, und gewähren Einblick, die Technologie anzuwenden, falls diese unter geeigneten Umständen zur Verfügung gestellt wird.

HINWEIS

Um das zur Bewertung alternativer Lösungen erforderliche Verständnis zu gewinnen, muss man möglicherweise die Betriebskonzepte und Anwendungsszenarien verfeinern, damit man die Auswirkungen auf die einzelnen alternativen Lösungen verstehen kann.

Beispiele für Arbeitsergebnisse

1. Entscheidungen und Gründe für die Auswahl von Produktbestandteilen
2. Dokumentierte Beziehungen zwischen Anforderungen und Produktbestandteilen
3. Dokumentierte Lösungen, Bewertungen und Gründe

QUERVERWEIS

Darüber hinaus kann man auch verschiedene Benutzerrollen und -typen in Betracht ziehen. Einzelheiten finden Sie unter SP 3.1 in RD.

HINWEIS

Im Anschluss an die Bewertung kann man zu dem Schluss kommen, dass die Auswahlkriterien nicht vollständig oder detailliert genug waren, um richtig zwischen den Alternativlösungen unterscheiden zu können. In diesem Fall muss man SP 1.1 und 1.2 möglicherweise wiederholen.

TIPP

Die Dokumentation hilft bei der Instandhaltung und Unterstützung in späteren Stadien des Produktlebenszyklus.

Subpraktiken

1. Alle alternativen Lösungen bzw. Lösungsmengen anhand der im Kontext der Betriebskonzepte und Anwendungsszenarien etablierten Auswahlkriterien bewerten

   Entwickle für jede Alternativlösung zeitliche Szenarien für den Produkteinsatz und die Benutzerinteraktion.

2. Die Eignung der Auswahlkriterien anhand der Bewertung von Alternativen beurteilen und diese Kriterien bei Bedarf aktualisieren.
3. Offene Punkte der Alternativlösungen und Anforderungen erkennen und beheben
4. Die beste Menge von Alternativlösungen auswählen, die die etablierten Auswahlkriterien erfüllen
5. Die mit der ausgewählten Menge von Alternativen verbundenen Funktions- und Qualitätsanforderungen als die Menge der zugewiesenen Anforderungen an diese Produktbestandteile etablieren
6. Lösungen für Produktbestandteile identifizieren, die wiederverwendet oder zugekauft werden

   Mehr zum Management der Beschaffung von Produkten und Dienstleistungen von Lieferanten steht im Prozessgebiet »Zulieferungsmanagement«.

7. Die Dokumentation der Lösungen, Bewertungen und Gründe erstellen und pflegen

TIPP

Ein Design beschreibt das Verhalten der Produktbestandteile und ihre Verbindung zueinander. Es lenkt die Aktivitäten vieler Stakeholder, darunter diejenigen, die für die Umsetzung, die Tests sowie die Installation und Instandhaltung verantwortlich sind. Daher verwenden Stakeholder ein Design über die gesamte Lebensdauer des Produkts hinweg.

SG 2 DESIGNS ENTWICKELN

Designs für Produkte oder Produktkomponenten werden entwickelt.

Die Designs von Produkten und Produktbestandteilen sollten den entsprechenden Inhalt nicht nur für die Umsetzung, sondern auch für andere Phasen des Produktlebenszyklus bereitstellen, z.B. für die Modifizierung, die Wiederbeschaffung, die Instandhaltung, die vorbeugende Wartung und die Installation. Die Dokumentation des Designs stellt eine Referenz dar, die das wechselseitige Verständnis der relevanten Stakeholder für das Design sowie künftige Designänderungen sowohl während der Entwicklung als auch in den darauf folgenden Phasen des Produktlebenszyklus unterstützt. Eine vollständige Beschreibung des Designs wird in einem technischen Datenpaket dokumentiert, das einen vollständigen Satz von Eigenschaften und Einflussgrößen enthält, darunter Form, Eignung, Funktion, Schnittstellen, Eigenschaften des Herstellungsprozesses und weitere Parameter. Die etablierten organisations- oder projektspezifischen Designstandards (z.B. Checklisten, Vorlagen und Objektframeworks) bilden die Grundlage, um ein hohes Maß an Definition und Vollständigkeit der Designdokumentation zu erreichen.

TIPP

Organisationsstandards können dabei behilflich sein, ein einheitliches und vollständiges Design zu erreichen.

SP 2.1 PRODUKTE ODER PRODUKTBESTANDTEILE ENTWERFEN

Ein Design für das Produkt oder den Produktbestandteil entwickeln

Das Produktdesign umfasst zwei umfangreiche Phasen, deren Ausführung sich überschneiden kann: das vorläufige und das detaillierte Design. Das vorläufige Design etabliert die Fähigkeiten und die Architektur des Produkts einschließlich Architekturstilen und -mustern, Produktaufteilung, Identifizierung von Produktbestandteilen, Systemzuständen und -modi sowie wichtigen Schnittstellen zwischen den Bestandteilen und der externen Produktschnittstellen. Das detaillierte Design umfasst eine vollständige Definition der Struktur und der Leistungsmerkmale der Produktbestandteile.

Mehr zur Entwicklung von Architekturanforderungen steht in der spezifischen Praktik »Definitionen des verlangten Funktionsumfangs und der Qualitätsattribute etablieren« des Prozessgebiets »Anforderungsentwicklung«.

Die Definition der Architektur wird von einer Menge an Anforderungen an die Architektur gesteuert, die während der Arbeitsabläufe der Anforderungsentwicklung erstellt werden. Diese Anforderungen identifizieren Qualitätsattribute, die für den Erfolg des Produkts von wesentlicher Bedeutung sind. Die Architektur definiert die Strukturelemente und Koordinationsmechanismen, die entweder die Anforderungen direkt erfüllen oder die Erfüllung der Anforderungen bei der Etablierung der Details des Produktdesigns unterstützen. Architekturen können Standards und Designregeln, die die Entwicklung von Produktbestandteilen und deren Schnittstellen lenken, sowie Anleitungen als Hilfestellung für die Produktentwickler enthalten. Die spezifischen Praktiken im spezifischen Ziel »Lösungen für Produktbestandteile auswählen« enthalten weitere Informationen über die Verwendung von Produktarchitekturen als Grundlage für alternative Lösungen.

TIPP

Ein gutes Design leistet mehr als die bloße Identifizierung der Funktionalität. Um es mit den Worten von Steve Jobs zu sagen: »Design ist nicht nur, wie etwas aussieht oder sich anfühlt. Design ist, wie es arbeitet ... Design ist die fundamentale Seele eines von Menschen geschaffenen Dings, dessen Inneres sich durch die äußeren Schichten des Produkts oder der Dienstleistung ausdrückt.«

TIPP

Die Designaktivität ist oft in zwei Phasen aufgeteilt: das vorläufige und das detaillierte Design. Beim vorläufigen Design wird die Produktarchitektur etabliert.

QUERVERWEIS

Anforderungen an die Architektur bringen qualitäts- und leistungsbezogene Punkte (d.h. Schwellenwerte) zum Ausdruck, die für den Erfolg des Produkts von wesentlicher Bedeutung sind. Sie werden in SP 2.1 von RD entwickelt.

TIPP

Eine Architektur umfasst Strukturelemente (z.B. Produktaufteilungen und -bestandteile), Koordinierungsmechanismen (z.B. Schnittstellen), Designregeln und -prinzipien, Standards und Anleitungen. Eine Architektur kann auch Ansichten enthalten, die ein Nachdenken über bestimmte Qualitätsattribute oder andere Merkmale, Probleme oder Sichtweisen fördern.

Architekten postulieren und entwickeln ein Modell des Produkts und beurteilen die Zuweisung von Funktions- und Qualitätsanforderungen zu den Produktbestandteilen einschließlich Hard- und Software. Mehrere Architekturen, die Alternativlösungen unterstützen, können entwickelt und analysiert werden, um die Vor- und Nachteile im Kontext der Anforderungen an die Architektur zu ermitteln.

Betriebskonzepte und Szenarien für Betrieb, Erhaltung und Entwicklung werden eingesetzt, um Anwendungsfälle und Szenarien zu Qualitätsattributen zu generieren, die zur Verfeinerung der Architektur genutzt werden. Sie werden auch während der im Zuge des Produktdesigns regelmäßig vorgenommenen Architekturbewertungen eingesetzt, um die Eignung der Architektur für den geplanten Zweck zu bewerten.

Mehr zur Entwicklung von Betriebskonzepten und Anwendungsszenarien, die bei der Architekturbewertung verwendet werden, steht in der spezifischen Praktik »Betriebskonzepte und Anwendungsszenarien etablieren« im Prozessgebiet »Anforderungsentwicklung«.

HINWEIS

Szenarien können verwendet werden, um zur Verfeinerung der Architektur beizutragen und sie anhand der Architekturanforderungen zu bewerten.

Beispiele für die Aufgaben der Architekturdefinition umfassen:

- Etablierung der strukturellen Beziehungen von Aufteilungen und Regeln hinsichtlich der Schnittstellen zwischen den Elementen innerhalb der Aufteilungen und zwischen den Aufteilungen
- Auswahl von Architekturmustern, die die Funktions- und Qualitätsanforderungen unterstützen, und Instanziierung oder Komposition dieser Muster, um die Produktarchitektur zu erstellen
- Identifizierung wichtiger interner und aller externen Schnittstellen
- Identifizierung von Produktbestandteilen sowie deren Schnittstellen
- Formale Definition des Verhaltens und der Interaktion von Bestandteilen mit Hilfe einer Architekturbeschreibungssprache
- Definition von Koordinationsmechanismen (z.B. für Soft- und Hardware)
- Etablierung von Fähigkeiten und Dienstleistungen der Infrastruktur
- Entwicklung von Vorlagen für Produktbestandteile oder Klassen und Frameworks
- Etablierung von Designregeln und Entscheidungsbefugnissen ▶

- Definition eines Prozess/Thread-Modells
- Definition des physikalischen Rollouts von Software auf Hardware
- Identifizierung wichtiger Ansätze und Quellen zur Wiederverwendung

Während des detaillierten Designs werden die Einzelheiten der Produktarchitektur ausgearbeitet, die Produktbestandteile vollständig definiert und die Schnittstellen vollständig charakterisiert. Das Design von Produktbestandteilen kann für bestimmte Qualitätsattribute optimiert werden. Die Designer können die Verwendung von bestehenden oder Standardprodukten für die Produktbestandteile bewerten. Während der Reifung des Designs werden die den Produktbestandteilen der unteren Ebenen zugewiesenen Anforderungen verfolgt, um ihre Erfüllung sicherzustellen.

TIPP

Im detaillierten Design legt man die Struktur und die Leistungsmerkmale von Produktbestandteilen vollständig fest. Entwürfe von Produktbestandteilen können für bestimmte Qualitätsattribute (z.B. die Reaktionszeit) optimiert werden.

Mehr über das Sicherstellen der Abstimmung zwischen Projektarbeit und Anforderungen steht im Prozessgebiet »Anforderungsmanagement«.

Bei der Softwareentwicklung konzentriert sich das detaillierte Design auf die Entwicklung von Softwareproduktbestandteilen. Die interne Struktur von Produktbestandteilen wird definiert, Datenschemata werden generiert, Algorithmen entwickelt und heuristische Ansätze erstellt, um die Fähigkeiten der Produktbestandteile bereitzustellen, die zugewiesenen Anforderungen zu erfüllen.

Bei der Hardwareentwicklung konzentriert sich das detaillierte Design auf die Entwicklung von elektronischen, mechanischen, elektro-optischen und weiteren Hardwareprodukten und deren Komponenten. Elektrische Schaltpläne und Anschlussdiagramme werden erstellt, mechanische und optische Konstruktionsmodelle sowie Fertigungs- und Montageprozesse werden entwickelt.

Beispiele für Arbeitsergebnisse

1. Produktarchitektur
2. Design der Produktbestandteile

HINWEIS

Bei einem Design handelt es sich um ein Dokument, das von den Stakeholdern während des gesamten Lebenszyklus des Produkts verwendet wird und daher Änderungen deutlich vermitteln und mit einschließen muss. Dies ist bei der Auswahl der Kriterien, die zur Bewertung eines Designs verwendet werden, zu berücksichtigen.

TIPP

Eine effektive Designmethode (bzw. Designsprache oder -tool) ermöglicht es dem Designer, die Einheiten, aus denen sich ein Design zusammensetzt, und ihre Verbindungen zu beschreiben, die relevanten Attribute zu analysieren (z.B. der Zusammenhalt des Designs, das Vorhandensein von Gleichzeitigkeitsbedingungen), das Design anhand von Anwendungsfällen und -szenarien zu testen und es zu überarbeiten, um die getroffenen Entscheidungen widerzuspiegeln.

TIPP

Die Entwicklung von Prototypen ist ein wichtiges Verfahren, das einem dabei helfen kann, Mängel am Design frühzeitig zu erkennen, bevor die Umsetzung eines bestimmten Designs fest vereinbart wird.

Subpraktiken

1. Kriterien zur Bewertung des Designs etablieren und beibehalten

Beispiele für Qualitätsattribute neben der erwarteten Produktleistung, für die Designkriterien etabliert werden können, umfassen:

- Modular
- Klar
- Einfach
- Wartungsfähig
- Verifizierbar
- Portierbar
- Zuverlässig
- Genau
- Sicher
- Skalierbar
- Verwendbar

2. Geeignete Designmethoden für das Produkt identifizieren, entwickeln oder beschaffen

Effektive Designmethoden können ein breites Spektrum von Aktivitäten, Werkzeugen und Darstellungsverfahren umfassen. Ob eine gegebene Methode effektiv ist oder nicht, hängt von der Situation ab. Zwei Firmen mögen jeweils zwar über effektive Designmethoden für die Produkte verfügen, auf die sie spezialisiert sind, in Gemeinschaftsunternehmen sind diese Methoden aber möglicherweise nicht effektiv. Hochentwickelte Methoden sind in den Händen von Designern, die nicht in ihrer Verwendung geschult sind, nicht unbedingt effektiv.

Ob eine Methode effektiv ist, hängt auch davon ab, wie viel Hilfestellung sie dem Designer bietet und wie kosteneffektiv diese Hilfe ist. Ein mehrjähriger Versuchsaufwand mag beispielsweise für eine einfache Produktkomponente nicht effektiv, für eine noch nie da gewesene, aufwändige und komplexe Produktentwicklung jedoch richtig sein. Verfahren zur schnellen Entwicklung von Prototypen (»Rapid Prototyping«) können für viele Produktbestandteile jedoch sehr effektiv sein. Methoden, die Tools verwenden, um sicherzustellen, dass ein Design alle notwendigen Attribute für die

Umsetzung des Designs der Produktkomponente aufweist, können effektiv sein. Beispielsweise ermöglicht es ein Designtool, das die Fähigkeiten des Herstellungsprozesses »kennt«, die Streuung des Herstellungsprozesses in den Toleranzen des Entwurfs zu berücksichtigen.

Beispiele für Verfahren und Methoden, die das effektive Design unterstützen, umfassen:

- Prototypen
- Strukturmodelle
- Objektorientiertes Design
- Grundlegende Systemanalyse
- Entity-Relationship-Modelle
- Wiederverwendung des Designs
- Entwurfsmuster

Querverweis

Weitere Informationen über Designansätze finden Sie unter »Architecture Description Language«, »Unified Modeling Language«, »Prototyping (Softwareentwicklung)« und »Entwurfsmuster« auf der Site von Wikipedia, *www.wikipedia.de*.

3. Sicherstellen, dass das Design die geltenden Designstandards und -kriterien befolgt

Beispiele für Designstandards umfassen (bei einigen oder allen dieser Standards kann es sich um Designkriterien handeln, vor allem in Situationen, in denen die Standards nicht etabliert wurden):

- Standards für die Bedienerschnittstelle
- Prüfszenarien
- Sicherheitsstandards
- Randbedingungen für den Entwurf (z.B. elektromagnetische Kompatibilität, Signalintegrität, Umweltbedingungen)
- Randbedingungen für die Produktion
- Entwurfstoleranzen
- Teilestandards (z.B. Produktionsabfälle)

Tipp

Zu den Verifizierungsmethoden, die sicherstellen sollen, dass ein Design den geltenden Standards und Kriterien entspricht, gehören Peer-Reviews, Modellierung, Simulationen und Prototypen. (Einzelheiten finden Sie unter VER.)

4. Sicherstellen, dass das Design die zugewiesenen Anforderungen einhält

   Identifizierte Standardproduktbestandteile sollten berücksichtigt werden. Durch die Aufnahme vorhandener Produktbestandteile in die Produktarchitektur können sich beispielsweise die Anforderungen und deren Zuweisung ändern.

5. Design dokumentieren

Tipp

In dem vorhergehenden Tipp wurden Verifizierungsmethoden genannt, die sicherzustellen helfen, dass ein Design zugewiesenen Anforderungen genügt. (Einzelheiten finden Sie unter VER.)

SP 2.2 TECHNISCHE DATENPAKETE ETABLIEREN

Technische Datenpakete etablieren und beibehalten

TIPP

Bei einem technischen Datenpaket handelt es sich um die vollständige Dokumentation des Designs für ein Produkt oder einen Produktbestandteil und die zur Unterstützung seines effektiven Einsatzes erforderlichen Zusatzinformationen.

Technische Datenpakete stellen dem Entwickler während der Entwicklung eine umfassende Beschreibung des Produkts oder der Produktkomponente zur Verfügung. Solche Pakete bieten in verschiedenen Situationen, z.B. bei leistungsbasierten Verträgen oder Auftragsfertigung, auch Flexibilität in der Beschaffung. (Die Definition von »technisches Datenpaket« finden Sie im Glossar.)

Das Design wird in einem technischen Datenpaket erfasst, das während des vorläufigen Designs erstellt wird, um die Definition der Architektur zu dokumentieren. Dieses technische Datenpaket wird über die gesamte Lebensdauer des Produkts laufend weiterentwickelt, um die wesentlichen Einzelheiten des Produktdesigns zu erfassen. Das technische Datenpaket stellt die Beschreibung eines Produkts oder Produktbestandteils bereit (einschließlich produktbezogener Lebenszyklusprozesse, wenn diese nicht als separate Produktbestandteile behandelt werden), die eine Beschaffungsstrategie oder die Umsetzungs-, Produktions-, Entwicklungs- und Logistikphasen des Produktlebenszyklus unterstützt. Die Beschreibung enthält die Definition der erforderlichen Designkonfiguration und -verfahren, um die angemessene Leistung des Produkts oder der Produktkomponente zu gewährleisten. Sie umfasst alle geltenden technischen Daten, z.B. Zeichnungen, zugehörige Listen, Spezifikationen, Designbeschreibungen, Entwurfsdatenbanken, Standards, Qualitätsanforderungen, Vorkehrungen zur Qualitätssicherung und Verpackungsdetails. Das technische Datenpaket umfasst eine Beschreibung der ausgewählten umzusetzenden Alternativlösung.

TIPP

Ein technisches Datenpaket wird über die gesamte Lebensdauer des Produkts hinweg aufrechterhalten. Es ist eine wesentliche Grundlage für die Beschaffung des Produkts (wenn es »zugekauft« werden soll) sowie die Umsetzung, Herstellung, Instandhaltung und Unterstützung (wenn es »selbst hergestellt« werden soll).

Da Designbeschreibungen große Datenmengen enthalten und entscheidend für die erfolgreiche Entwicklung von Produktbestandteilen sein können, ist es ratsam, Kriterien für die Strukturierung der Daten und die Auswahl von deren Inhalten zu etablieren. Es ist besonders nützlich, die Produktarchitektur als Mittel zur Strukturierung dieser Daten und zur Abstraktion von Ansichten zu nutzen, die deutlich und für ein bestimmtes Thema oder ein interessantes Leistungsmerkmal relevant sind. Diese Ansichten umfassen:

- Kunden
- Anforderungen
- Umgebung
- Funktional
- Logisch
- Sicherheit
- Daten
- Zustände/Modi
- Konstruktion
- Management

Diese Ansichten werden im technischen Datenpaket dokumentiert.

Beispiele für Arbeitsergebnisse

1. Technisches Datenpaket

Subpraktiken

1. Die Anzahl der Stufen des Designs und den geeigneten Dokumentationsgrad für die einzelnen Stufen bestimmen

   Die Ermittlung der Anzahl der Stufen von Produktbestandteilen (z.B. Teilsystem, Teil der Hardwarekonfiguration, Leiterplatte, Teil der Computersoftware-Konfiguration [Computer Software Configuration Item, CSCI], Produktbestandteil von Computersoftware und Softwaremodul), die eine Dokumentation und die Nachverfolgbarkeit von Anforderungen erfordern, ist wichtig für die Verwaltung der Dokumentationskosten und die Unterstützung der Integrations- und Verifizierungspläne.

2. Die Ansichten bestimmen, die zur Dokumentation der Architektur verwendet werden

   Ansichten werden ausgewählt, um inhärente Strukturen des Produkts zu dokumentieren und bestimmte Bedenken von Stakeholdern zu adressieren.

Hinweis

Man soll in einem frühen Stadium des Projekts ermitteln, welcher Dokumentationsumfang für die einzelnen Stufen des Designs erforderlich ist. Vielleicht reichen Anwendungsfälle für die vollständige Umsetzung im Software-Bereich oder bei menschlichen Tätigkeiten aus.

3. Detaillierte Designbeschreibungen basierend auf den zugewiesenen Anforderungen der Produktbestandteile, der Architektur und den Designs der höheren Ebene erstellen
4. Das Design im technischen Datenpaket dokumentieren
5. Getroffene oder festgelegte Schlüsselentscheidungen (d.h. solche mit signifikanten Auswirkungen auf die Kosten, den Terminplan oder die technische Leistung) einschließlich ihrer Begründung dokumentieren
6. Bei Bedarf das technische Datenpaket überarbeiten

HINWEIS

Man sollte möglichst frühzeitig zu einer Vereinbarung über den Schnittstellentwurf gelangen. Eine fehlende Vereinbarung führt zu Zeitvergeudung, da die Annahmen der Teams auf beiden Seiten der Schnittstelle validiert werden müssen. Die Projektkosten steigen, es können Umarbeitungen erfolgen und der Terminplan könnte sich verschieben.

TIPP

Der Schnittstellenentwurf folgt manchmal einem formellen Bewertungsprozess (DAR): Kriterien für die gewünschten Attribute (z.B. Richtigkeit) einer Schnittstelle (teilweise basierend auf den Schnittstellenanforderungen) sind zu etablieren, alternative Designs sind zu identifizieren usw.

TIPP

Da Schnittstellen für eine effektive Produktentwicklung so wichtig sind, werden sie an mehreren Stellen aufgegriffen. Schnittstellenanforderungen werden in RD SP 2.3 behandelt, Designschnittstellen in TS SP 2.3 und die Sicherstellung der Schnittstellenkompatibilität in PI SG 2.

SP 2.3 SCHNITTSTELLEN UNTER VERWENDUNG VON KRITERIEN ENTWERFEN

Schnittstellen von Produktbestandteilen anhand von etablierten Kriterien entwerfen

Schnittstellenentwürfe umfassen:

- Ursprung
- Ziel
- Auslöser und Dateneigenschaften für Software, einschließlich Reihenfolgeneinschränkungen oder Protokollen
- Verbrauchte Ressourcen bei der Verarbeitung eines bestimmten Auslösers
- Verhalten der Ausnahme- oder Fehlerbehandlung für Auslöser, die fehlerhaft sind oder die angegebenen Grenzen übersteigen
- Elektrische, mechanische und funktionelle Eigenschaften für Hardware
- Kommunikationswege für Dienstleistungen

Die Kriterien für Schnittstellen spiegeln oft wichtige Einflussgrößen wider, die definiert oder zumindest untersucht werden sollten, um ihre Anwendbarkeit zu bestimmen. Oftmals gelten diese Einflussgrößen eigens für einen bestimmten Produkttyp (z.B. Software, mechanische Produkte, elektrische Produkte, Dienstleistungen) und sind häufig mit Sicherheits-, Haltbarkeits- und betriebsnotwendigen Merkmalen verknüpft.

Mehr zur Identifizierung von Anforderungen an die Schnittstellen von Produkten und Produktbestandteilen steht in der spezifischen Praktik »Schnittstellenanforderungen identifizieren« im Prozessgebiet »Anforderungsentwicklung«.

Beispiele für Arbeitsergebnisse

1. Spezifikation von Schnittstellenentwürfen
2. Dokumente zum Schnittstellenmanagement
3. Kriterien für die Schnittstellenspezifikation
4. Gründe für die Auswahl des Schnittstellenentwurfs

Subpraktiken

1. Kriterien für Schnittstellen definieren

   Diese Kriterien können Teil der Prozess-Assets der Organisation sein.

   Mehr zur Etablierung und Beibehaltung eines nützlichen Satzes von organisationsweiten Prozess-Assets und Standards für die Arbeitsumgebung steht im Prozessgebiet »Organisationsweite Prozessentwicklung«.

2. Mit anderen Produktbestandteilen verbundene Schnittstellen identifizieren
3. Mit externen Objekten verknüpfte Schnittstellen identifizieren
4. Schnittstellen zwischen Produktbestandteilen und produktbezogenen Lebenszyklusprozessen identifizieren

   Dabei kann es sich beispielsweise um die Schnittstellen zwischen einem zu fertigenden Produktbestandteil und den Spann- und Haltevorrichtungen handeln, die die Fertigung während des Herstellungsprozesses ermöglichen.

5. Die Kriterien auf die alternativen Schnittstellenentwürfe anwenden

   Mehr über die Analyse möglicher Entscheidungen mittels eines formalen Bewertungsprozesses, der identifizierte Alternativen anhand etablierter Kriterien bewertet, steht im Prozessgebiet »Entscheidungsfindung«.

6. Die ausgewählten Schnittstellenentwürfe und die Gründe für deren Auswahl dokumentieren.

Tipp

Dokumente zum Schnittstellenmanagement definieren Schnittstellen in Form von übergebenen Datenobjekten, für die Interaktion verwendeten Protokollen usw. Diese Dokumente sind besonders nützlich bei der Steuerung von Produktbestandteilen, die von verschiedenen Teams hergestellt werden.

Querverweis

Beispiele für Schnittstellen stehen in SP 2.1 von PI.

Hinweis

Schnittstellenentwürfe sollten im technischen Datenpaket dokumentiert werden.

TIPP

Dies wird auch als Make-or-buy-Analyse (oder Make-buy-or-reuse-Analyse) bezeichnet.

TIPP

Organisationen in allen Industriezweigen (selbst öffentliche Einrichtungen, z.B. Schulsysteme) beschäftigen sich zunehmend mit derartigen Analysen, um Kosten zu senken oder die Vorlaufzeit für ihre Produkte und Dienstleistungen zu verbessern.

SP 2.4 *Analysen bezüglich Herstellung, Beschaffung oder Wiederverwendung durchführen*

Anhand etablierter Kriterien bewerten, ob die Produktbestandteile hergestellt, beschafft oder wiederverwendet werden sollen

Die Festlegung, welche Produkte oder Produktbestandteile zu erwerben sind, wird häufig als »Analyse bezüglich Herstellung oder Beschaffung« bezeichnet. Sie beruht auf einer Analyse der Projekterfordernisse. Diese Analyse bezüglich Herstellung oder Beschaffung beginnt in einem frühen Stadium des Projekts während der ersten Iteration des Entwurfs, hält während des Designprozesses an und wird mit der Entscheidung für die Entwicklung, die Beschaffung oder die Wiederverwendung des Produkts abgeschlossen.

Mehr zur Ermittlung, Analyse und Etablierung von Kundenanforderungen sowie von Anforderungen an Produkte und Produktbestandteile steht im Prozessgebiet »Anforderungsentwicklung«.

Mehr zur Verwaltung von Anforderungen steht im Prozessgebiet »Anforderungsmanagement«.

Faktoren, die die Entscheidung über die Herstellung oder den Zukauf beeinflussen, umfassen:

- Funktionen, die die Produkte bereitstellen, und die Art und Weise, in der sich diese Funktionen in das Projekt einfügen
- Verfügbare Projektressourcen, Fähigkeiten und Fertigkeiten
- Kosten für die Beschaffung im Vergleich zur internen Entwicklung
- Kritische Liefer- und Integrationstermine
- Strategische Geschäftsverbindungen, darunter Geschäftsanforderungen auf höherer Ebene
- Marktuntersuchung nach verfügbaren Produkten einschließlich Standardprodukten
- Funktionalität und Qualität verfügbarer Produkte
- Fertigkeiten und Fähigkeiten möglicher Lieferanten
- Auswirkung auf Kernkompetenzen
- Lizenzen, Gewährleistung, Verantwortlichkeiten und Einschränkungen in Verbindung mit den zu erwerbenden Produkten
- Verfügbarkeit des Produkts

- Eigentumsrechtliche Aspekte
- Risikominderung
- Übereinstimmung zwischen Erfordernissen und Kern-Assets der Produktlinie

Die Entscheidung zwischen der Herstellung oder der Beschaffung kann mit Hilfe eines formalen Bewertungsansatzes getroffen werden.

Mehr über die Analyse möglicher Entscheidungen mittels eines formalen Bewertungsprozesses, der identifizierte Alternativen anhand etablierter Kriterien bewertet, steht im Prozessgebiet »Entscheidungsfindung«.

TIPP

Im Zuge der technischen Entwicklung kann eine Analyse bezüglich Herstellung oder Beschaffung zu einer anderen Entscheidung führen.

Im Verlauf der Technologieentwicklung ergeben sich auch die Gründe für die Entscheidung, eine Produktkomponente zu entwickeln oder zuzukaufen. Während bei komplexen Entwicklungsaufwänden möglicherweise der Zukauf eines Standardproduktbestandteils favorisiert wird, können Fortschritte in der Produktivität und bei den Werkzeugen gegenteilige Argumente liefern. Standardprodukte können eine unvollständige oder ungenaue Dokumentation aufweisen und es ist nicht sicher, ob sie in der Zukunft weiterhin unterstützt werden.

TIPP

Wenn ein Standardproduktbestandteil nicht direkt erworben werden kann, sondern von einem Lieferanten beschafft werden muss, kann eine Lieferantenvereinbarung genutzt werden, um diesen Beschaffungsvorgang zu managen.

Nachdem die Entscheidung gefallen ist, ein Standardproduktbestandteil zu beschaffen, hängt die Art und Weise, wie diese Entscheidung umgesetzt wird, von der Art des zu beschaffenden Elements ab. Es gibt Fälle, in denen sich »Standard« auf ein Element bezieht, das zwar vorhanden, aber nicht gebrauchsfertig verfügbar ist, da es im Rahmen der Beschaffung erst angepasst werden muss, um die angegebenen Anforderungen eines bestimmten Käufers an die Leistung und andere Produktmerkmale zu erfüllen (z.B. ein Flugzeugtriebwerk). Für das Management solcher Beschaffungen wird eine Lieferantenvereinbarung etabliert, die diese Anforderungen und die zu erfüllenden Abnahmekriterien enthält. In anderen Fällen ist das Standardprodukt direkt ab Lager lieferbar (z.B. Textverarbeitungssoftware), so dass keine Vereinbarung mit dem Lieferanten verwaltet werden muss.

Weitere Informationen über die Handhabung von Lieferantenvereinbarungen für modifizierte Standardprodukte steht im spezifischen Ziel »Vereinbarungen mit Lieferanten etablieren« des Prozessgebiets »Zulieferungsmanagement«.

Beispiele für Arbeitsergebnisse

1. Kriterien für den Entwurf und die Wiederverwendung von Produktbestandteilen
2. Analysen bezüglich Herstellung oder Beschaffung
3. Anleitungen für die Auswahl von Standardproduktbestandteilen (COTS)

Subpraktiken

1. Kriterien für die Wiederverwendung des Designs von Produktbestandteilen entwickeln
2. Designs, um herauszufinden, ob die Produktbestandteile entwickelt, wiederverwendet oder zugekauft werden sollten, analysieren
3. Bei der Betrachtung von zugekauften Teilen oder nicht zu entwickelnden Artikeln (z.B. Standardprodukte, Standardprodukte für die Regierung und wiederverwendbare Produkte) die Auswirkungen auf die Instandhaltung analysieren

TIPP

Wenn die Organisation Designmethoden bereits im Rahmen einer größeren systematischen Wiederverwendungsinitiative genutzt hat, sind von ihr auch die Wiederverwendungskriterien bereits etabliert worden. Andernfalls ist es unwahrscheinlich, dass die Wiederverwendung die Wirtschaftlichkeit des Designs signifikant verbessert.

Beispiele für Auswirkungen auf die Instandhaltung umfassen:

- Kompatibilität mit künftigen Versionen von Standardprodukten
- Konfigurationsmanagement von Änderungen des Lieferanten
- Fehler an einem nicht entwickelten Artikel und ihre Behebung
- Ungeplante Überalterung

HINWEIS

Bei der Verwendung von Standard- und anderen nicht zu entwickelnden Objekten sollte man planen, wie diese instandgehalten werden.

SG 3 PRODUKTENTWÜRFE UMSETZEN

Produktbestandteile und die begleitende Dokumentation werden gemäß ihrem Design umgesetzt.

Produktbestandteile werden gemäß dem Design aus den spezifischen Praktiken im spezifischen Ziel »Designs entwickeln« umgesetzt. Die Umsetzung umfasst normalerweise Modultests an den Produktbestandteilen, bevor sie zur Produktintegration und Entwicklung der Endanwenderdokumentation übergeben werden.

SP 3.1 ENTWÜRFE UMSETZEN

Die Entwürfe von Produktbestandteilen umsetzen

Nach der Fertigstellung des Entwurfs wird er als Produktbestandteil umgesetzt. Die Eigenschaften dieser Umsetzung hängen vom Typ des Produktbestandteils ab.

Die Umsetzung von Entwürfen auf der obersten Ebene der Produkthierarchie beinhaltet die Spezifikation der einzelnen Produktbestandteile auf der nächsten Hierarchieebene. Diese Tätigkeit umfasst die Zuweisung, Verfeinerung und Verifizierung der einzelnen Produktbestandteile. Außerdem schließt sie die Koordination zwischen den Entwicklungsaktivitäten für die verschiedenen Produktbestandteile ein.

TIPP

Auf einer oberen Ebene der Produkthierarchie setzt die Umsetzung des Entwurfs eine Rekursion voraus (d.h. Wiederholung von SG 2-3 in RD und SG 1-2 in TS), um die nächste Stufe von Produktbestandteilen zu erstellen. Auf der untersten Ebene der Produkthierarchie gibt es keine weitere Auflösung oder Rekursion; das Design wird direkt umgesetzt.

Mehr zum Schnittstellenmanagement und zum Zusammenbau von Produktbestandteilen steht im Prozessgebiet »Produktintegration«.

Mehr zur Zuweisung und Analyse der Anforderungen an Produktbestandteile steht im Prozessgebiet »Anforderungsentwicklung«.

Beispiele für die Merkmale dieser Umsetzung umfassen:

- Software wird kodiert.
- Daten werden dokumentiert.
- Dienstleistungen werden dokumentiert.
- Elektrische und mechanische Teile werden gefertigt.
- Produktspezifische Herstellungsprozesse werden in Gang gesetzt.
- Arbeitsabläufe werden dokumentiert.
- Einrichtungen werden aufgebaut.
- Material wird produziert (bei produktspezifischem Material kann es sich zum Beispiel um Erdöl, Öl, Schmierstoffe oder eine neue Legierung handeln).

Beispiele für Arbeitsergebnisse

1. Umgesetzter Entwurf

TIPP

Welche Umsetzungsmethode zu verwenden ist, hängt vom Typ des umzusetzenden Produktbestandteils ab. Eine Organisation kann ihre eigenen Umsetzungsmethoden etablieren.

Subpraktiken

1. Effektive Methoden zur Umsetzung der Produktbestandteile verwenden

Beispiele für Methoden der Softwarekodierung umfassen:
- Strukturierte Programmierung
- Objektorientierte Programmierung
- Aspektorientierte Programmierung
- Automatische Codegenerierung
- Wiederverwendung von Softwarecode
- Einsatz anwendbarer Entwurfsmuster

Beispiele für Methoden der Hardwareumsetzung umfassen:
- Synthese auf Gatterebene
- Leiterplattenlayout (Verdrahtung)
- CAD-Zeichnung
- Post-Layout-Simulation
- Fertigungsmethoden

TIPP

Die verwendeten Umsetzungsstandards und -kriterien hängen vom Typ des umzusetzenden Produktbestandteils ab. Eine Organisation kann ihre eigenen Umsetzungsstandards und -kriterien etablieren.

2. Anwendbare Standards und Kriterien befolgen.

Beispiele für Umsetzungsstandards umfassen:
- Sprachstandards (z.B. Standards für Programmiersprachen und Sprachen zur Hardwarebeschreibung)
- Zeichnungsanforderungen
- Standardstücklisten
- Hergestellte Teile
- Struktur und Hierarchie von Software-Produktbestandteilen
- Prozess- und Qualitätsstandards

Beispiele für Kriterien umfassen:
- Modularität
- Deutlichkeit
- Einfachheit
- Zuverlässigkeit
- Sicherheit
- Wartungsfähigkeit

3. Peer-Reviews für die ausgewählten Produktbestandteile durchführen.

   Mehr zur Durchführung von Peer-Reviews steht im Prozessgebiet »Verifizierung«.

4. Modultests an den Produktbestandteilen nach Bedarf durchführen.

   Beachten, dass Modultests nicht auf Software begrenzt sind. Modultests umfassen Tests an einzelnen Hard- oder Softwaremodulen oder Gruppen zugehöriger Elemente vor deren Integration.

   Mehr zur Verifizierung ausgewählter Arbeitsergebnisse steht im Prozessgebiet »Verifizierung«.

QUERVERWEIS

In SP 1.1 von VER wählt man die jeweils zu verifizierenden Arbeitsergebnisse und die zu verwendende Verifizierungsmethode aus. Insbesondere bestimmt man die durch Peer-Reviews zu verifizierenden Produktbestandteile (z.B. Softwarecode).

Beispiele für Modultestmethoden (manuelle und automatische) umfassen:

- Tests zur Abdeckung von Anweisungen
- Tests zur Abdeckung von Verzweigungen
- Tests zur Abdeckung von Prädikaten
- Testen der Pfadabdeckung
- Grenzwerttests
- Tests für besondere Werte

Beispiele für Modultestmethoden umfassen:

- Funktionstests
- Strahlungsprüfung
- Umweltprüfung

TIPP

Die Produktbestandteile können nun zur Produktintegration bereit sein (siehe PI).

5. Den Produktbestandteil bei Bedarf überarbeiten

Ein Beispiel dafür, wann eine Überarbeitung des Produktbestandteils notwendig wird, ist das Auftreten von Problemen während der Umsetzung, die beim Entwurf nicht vorhersehbar waren.

TIPP

Ein weiterer Grund für die Überarbeitung des Produktbestandteils besteht darin, die durch Peer-Reviews oder Modultests gefundenen Fehler zu beseitigen.

TIPP

Die Dokumentation kann wie eine Art von Produktbestandteil behandelt werden, für die eine Lösung ausgewählt, entworfen und umgesetzt werden kann. Es gibt Methoden für den Entwurf und die Umsetzung sowie Standards für die Dokumentation.

TIPP

Installations- und Bedienpersonal, Endanwender und Wartungspersonal haben möglicherweise unterschiedliche Anforderungen an die Dokumentation, die mit verschiedenen Dokumenten erfüllt werden können.

TIPP

Die relevanten Stakeholder (Produktinstallierer, Vor-Ort-Unterstützung, Ausbilder, technische Autoren usw.) können die Anzahl gravierender Probleme reduzieren, die während der Dokumentation beseitigt werden müssen, indem sie an einer Überprüfung der Arbeitszwischenergebnisse teilnehmen. In diesen Prüfungen werden Punkte, die sich auf die Installation, den Betrieb usw. auswirken, erkannt und behoben.

TIPP

Eine vorläufige Version eines Dokuments, die zur Überprüfung durch die relevanten Stakeholder erstellt wurde, kann als Prototyp der endgültigen Unterlagen betrachtet werden.

SP 3.2 Produktbegleitende Dokumentation erstellen

Die Dokumentation für die Endanwendung entwickeln und pflegen

Diese spezifische Praktik erstellt die Dokumentation, die bei der Installation, dem Betrieb und der Instandhaltung des Produkts verwendet wird, und erhält sie aufrecht.

Beispiele für Arbeitsergebnisse

1. Material für die Schulung der Endanwender
2. Anwenderhandbuch
3. Bedienungshandbuch
4. Wartungshandbuch
5. Onlinehilfe

Subpraktiken

1. Die Anforderungen, das Design, das Produkt und die Testergebnisse überprüfen, um sicherzustellen, dass Punkte, die die Installations-, Betriebs- und Wartungsdokumentation betreffen, erkannt und gelöst werden
2. Effektive Methoden zur Erstellung der Installations-, Betriebs- und Wartungsdokumentation verwenden
3. Geltende Dokumentationsstandards einhalten

Beispiele für Dokumentationsstandards umfassen:

- Kompatibilität mit vorgeschriebenen Textverarbeitungsprogrammen
- Zugelassene Schriftarten
- Nummerierung von Seiten, Abschnitten und Absätzen
- Übereinstimmung mit einem vorgeschriebenen Stilhandbuch
- Verwendung von Abkürzungen
- Kennzeichnung der Sicherheitsklassifizierung
- Vorgaben zur Internationalisierung

4. Vorläufige Versionen der Installations-, Betriebs- und Wartungsunterlagen in einem frühen Stadium des Projektlebenszyklus zur Überprüfung durch die relevanten Stakeholder erstellen

5. Peer-Reviews der Installations-, Betriebs- und Wartungsunterlagen durchführen

   Mehr zu Durchführung von Peer-Reviews steht im Prozessgebiet »Verifizierung«.

6. Installations-, Betriebs- und Wartungsdokumentation bei Bedarf überarbeiten

Beispiele für Fälle, in denen die Dokumentation möglicherweise überarbeitet werden muss, umfassen das Eintreten folgender Ereignisse:

- Änderungen an Anforderungen werden durchgeführt.
- Änderungen am Design werden durchgeführt.
- Änderungen am Produkt werden durchgeführt.
- Fehler in der Dokumentation werden erkannt.
- Workarounds werden identifiziert.

Validierung (Validation, VAL)

Ein Entwicklungsprozessgebiet des Reifegrads 3

Zweck

Das Ziel der Validierung (VAL) ist, zu zeigen, dass ein Produkt oder ein Produktbestandteil in der vorgesehenen Umgebung seinen beabsichtigten Verwendungszweck erfüllt.

> **Tipp**
> Die Validierung umfasst eine Reihe von Bewertungen, in deren Rahmen Endanwender (oder deren Stellvertreter), das Produkt oder der Prototyp und andere Stakeholder oder Systeme in der vorgesehenen Umgebung (real oder simuliert) auf verschiedene typische und weniger typische Arten miteinander interagieren, um festzustellen, ob das Produkt seinen beabsichtigten Verwendungszweck erfüllt. Die Ergebnisse erhöhen entweder das Vertrauen in das Produkt oder decken offene Punkte auf, die behoben werden müssen.

Einführende Hinweise

Validierungstätigkeiten lassen sich auf alle Aspekte des Produkts in jeder vorgesehenen Umgebung wie z.B. Betrieb, Schulung, Herstellung, Instandhaltung und unterstützende Dienstleistungen anwenden. Die Validierungsmethoden können sowohl auf Arbeitsergebnisse als auch auf das Produkt oder die Produktbestandteile angewendet werden. In allen Prozessgebieten schließt die Bedeutung der Begriffe »Produkt« und »Produktbestandteil« auch Dienstleistungen, Dienstleistungssysteme und deren Bestandteile ein. Die Arbeitsergebnisse (z.B. Anforderungen, Entwürfe, Prototypen) sollten basierend auf deren Aussagefähigkeit über die Erfüllung der Endanwenderbedürfnisse an das Produkt oder den Produktbestandteil ausgewählt werden, weshalb die Validierung frühzeitig (Konzept-/Untersuchungsphasen) und inkrementell während des gesamten Produktlebenszyklus (einschließlich der Übergabe in Betrieb und Wartung) erfolgt.

Die Validierungsumgebung sollte sowohl die vorgesehene Umgebung für das Produkt und die Produktbestandteile repräsentieren als auch für Validierungstätigkeiten mit Arbeitsergebnissen geeignet sein.

> **Hiweis**
> Wenn man mit dem Aufdecken von offenen Punkten bis zum Abnahmetest wartet, kann man in große Schwierigkeiten geraten.

Die Validierung zeigt, dass das Produkt in seiner bereitgestellten Form den beabsichtigten Verwendungszweck erfüllt, während die Verifizierung dazu dient, festzustellen, ob das

HINWEIS

Üblicherweise sollte nur ein ausreichend verifiziertes Arbeitsergebnis für die Validierung verwendet werden, da ansonsten Störungen und das erneute Aufdecken bereits bekannter Anforderungen wertvolle Zeit kosten könnten. Dies gilt vor allem, wenn die Gelegenheiten zur Validierung selten oder teuer sind. Umgekehrt hilft einem die Validierung, fehlende Bedürfnisse aufzuspüren, die man in die Anforderungen aufnehmen kann.

TIPP

RD befasst sich mit der Anforderungsvalidierung. Die Anforderungsvalidierung ermittelt die Angemessenheit und Vollständigkeit der Anforderungen.

TIPP

Die inhärenten Validierungsaktivitäten von agilen Methoden reichen häufig nicht aus, um alle gewünschten Funktions- und Qualitätsattribute anzugehen. Die Praktiken dieses Prozessgebiets sind anzuwenden, um Lücken in der Abdeckung der Validierung zu bestimmen und zu schließen.

Arbeitsergebnis die festgelegten Anforderungen richtig widerspiegelt. Anders ausgedrückt, stellt die Verifizierung sicher, dass das Produkt »richtig« entwickelt wurde, während die Validierung gewährleistet, dass das »richtige« Produkt hergestellt wurde. Die Validierungstätigkeiten umfassen ähnliche Ansätze wie die Verifizierung (z.B. Test, Analyse, Inspektion, Demonstration oder Simulation). Häufig werden die Endanwender und andere relevante Stakeholder in die Validierungstätigkeiten eingebunden. Validierungs- und Verifizierungsaktivitäten laufen oft gleichzeitig ab und nutzen unter Umständen Teile derselben Umgebung.

Mehr zur Sicherstellung, dass ausgewählte Arbeitsergebnisse ihre spezifischen Anforderungen erfüllen, steht im Prozessgebiet »Verifizierung«.

Wenn möglich, sollte das Produkt oder der Produktbestandteil bei der Validierung in seiner vorgesehenen Umgebung eingesetzt werden. Dabei kann die gesamte Umgebung oder nur ein Teil davon genutzt werden. Allerdings lassen sich auch mithilfe von Arbeitsergebnissen offene Punkte der Validierung bereits in einer frühen Phase des Projekts durch die Beteiligung relevanter Stakeholder aufspüren. Validierungstätigkeiten für Dienstleistungen können auf Arbeitsergebnisse wie Angebote, Dienstleistungskataloge, Leistungsbeschreibungen und Dienstleistungsnachweise angewendet werden.

Werden Validierungsaspekte aufgedeckt, so werden sie zur Behebung an Arbeitsabläufe der Prozessgebiete Anforderungsentwicklung, Technische Umsetzung oder Projektverfolgung und -steuerung weitergegeben.

Die spezifischen Praktiken dieses Prozessgebiets bauen folgendermaßen aufeinander auf:

- Die spezifische Praktik »Produkte zur Validierung auswählen« ermöglicht die Identifikation des zu validierenden Produkts oder Produktbestandteils sowie der zu verwendenden Validierungsmethoden.
- Die spezifische Praktik »Validierungsumgebung etablieren« ermöglicht die Festlegung der Umgebung, die zur Durchführung der Validierung verwendet wird.
- Die spezifische Praktik »Verfahren und Kriterien zur Validierung etablieren« ermöglicht die Entwicklung der Validierungsverfahren und -kriterien, die sich an den Merkmalen der

ausgewählten Produkte, den kundenseitigen Einschränkungen bei der Validierung, den Methoden sowie der Validierungsumgebung ausrichten.

- Die spezifische Praktik »Validierung durchführen« ermöglicht die Durchführung der Validierung anhand von Methoden, Verfahren und Kriterien.

In Beziehung stehende Prozessgebiete

Mehr zur Ermittlung, Analyse und Etablierung von Kundenanforderungen sowie von Anforderungen an Produkte und Produktbestandteile steht im Prozessgebiet »Anforderungsentwicklung«.

Mehr zur Auswahl, zum Entwurf und zur Umsetzung von Lösungen für Anforderungen steht im Prozessgebiet »Technische Umsetzung«.

Mehr zur Sicherstellung, dass ausgewählte Arbeitsergebnisse ihre spezifischen Anforderungen erfüllen, steht im Prozessgebiet »Verifizierung«.

Übersicht spezifischer Ziele und Praktiken

SG 1 Validierung vorbereiten
- SP 1.1 Produkte zur Validierung auswählen
- SP 1.2 Validierungsumgebungen etablieren
- SP 1.3 Verfahren und Kriterien zur Validierung etablieren

SG 2 Produkte oder Produktbestandteile validieren
- SP 2.1 Validierung durchführen
- SP 2.2 Validierungsergebnisse analysieren

Detaillierung spezifischer Ziele und Praktiken

SG 1 VALIDIERUNG VORBEREITEN

Die Validierung wird vorbereitet.

Die Vorbereitungsaktivitäten umfassen die Auswahl von Produkten und Produktkomponenten für die Validierung sowie die Etablierung und Pflege der Validierungsumgebung, -verfahren und -kriterien. Für die Validierung ausgewählte Elemente können entweder nur das Produkt oder geeignete Stufen von Produktbestandteilen umfassen, die verwendet werden,

HINWEIS
Alle Produkte und Produktbestandteile können von der Validierung profitieren. Was man für die Validierung auswählt, sollte davon abhängen, welche Punkte hinsichtlich der Anwenderbedürfnisse den Projekterfolg am meisten gefährden und welche Ressourcen verfügbar sind.

TIPP

Integrationstests können validierungsartige Aktivitäten umfassen (bei denen ein Endanwender vor Ort ist, um das integrierte Produkt in verschiedenen Szenarien zu bewerten). Es können daher für einige Produktbestandteile die Produktintegrations-, Verifizierungs- und Validierungstätigkeiten zusammen abgedeckt werden.

um das Produkt zu erstellen. Jedes Produkt und jeder Produktbestandteil kann Gegenstand einer Validierung sein, u.a. auch Ersatz-, Instandhaltungs- und Schulungsprodukte, um nur einige zu nennen.

Die für die Validierung eines Produkts oder Produktbestandteils benötigte Umgebung wird vorbereitet. Die Umgebung kann entweder erworben oder spezifiziert, entworfen und erstellt werden. Produktintegrations- und Verifizierungsumgebungen können zusammen mit der Validierungsumgebung betrachtet werden, um Kosten zu senken und die Effizienz oder Produktivität zu steigern.

SP 1.1 PRODUKTE ZUR VALIDIERUNG AUSWÄHLEN

Zu validierende Produkte und Produktbestandteile und die zu verwendenden Validierungsmethoden auswählen

TIPP

Validierung kann eine kostspielige Tätigkeit sein. Es bedarf eines guten Urteilsvermögens, auszuwählen (und zu begrenzen), was validiert werden muss.

Die Auswahl der Produkte und Produktbestandteile für die Validierung erfolgt aufgrund ihrer Beziehung zu den Bedürfnissen der Endanwender. Für jeden Produktbestandteil sollte der Validierungsumfang festgelegt werden (z.B. Betriebsverhalten, Instandhaltung, Schulung und Anwenderschnittstelle).

Beispiele für Produkte und Produktbestandteile, die validiert werden können, umfassen:

- Anforderungen und Entwürfe für Produkte und Produktbestandteile
- Produkte und Produktbestandteile (z.B. Systeme, Hardwareeinheiten, Software und Dienstleistungsdokumentation)
- Anwenderschnittstellen
- Anwenderhandbücher
- Schulungsunterlagen
- Prozessdokumentation
- Zugriffsprotokolle
- Berichtsformate für den Datenaustausch

HINWEIS

Will man einen Produktbestandteil validieren, der noch nicht erstellt wurde, dann sollte man die Entwicklung eines Prototyps unter Berücksichtigung der Anforderungen und des Designs bedenken. Die frühzeitigen Anwenderrückmeldungen, die man so erhält, machen den Aufwand für die Validierung möglicherweise mehr als wett.

Die Anforderungen und Einschränkungen für die Durchführung der Validierung werden bestimmt. Die Auswahl der Validierungsmethoden erfolgt dann aufgrund derer Fähigkeit, zu zeigen, dass die Endanwenderbedürfnisse erfüllt werden. Die Validierungsmethoden definieren nicht nur den Ansatz zur Produktvalidierung, sondern geben auch die Anforderungen an die Einrichtungen, Ausstattungen und Umgebungen vor. Der Validierungsansatz und die Validierungserfordernisse können neue Detailanforderungen an Produktbestandteile ergeben, die durch die Arbeitsabläufe der Anforderungsentwicklung bearbeitet werden. Abgeleitete Anforderungen wie Schnittstellenanforderungen für Testsätze und Testausstattungen können entstehen. Diese Anforderungen werden ebenfalls an die Arbeitsabläufe der Anforderungsentwicklung übergeben, um sicherzustellen, dass das Produkt oder die Produktbestandteile in einer Umgebung validiert werden können, die die Methoden unterstützt.

Die Validierungsmethoden sollten in einer frühen Projektphase ausgewählt werden, damit relevante Stakeholder sie nachvollziehen und genehmigen können.

Validierungsmethoden umfassen je nach Bedarf die Entwicklung, Instandhaltung, Unterstützung und Schulung für das Produkt oder den Produktbestandteil.

Beispiele für Validierungsmethoden umfassen:

- Diskussionen mit Endanwendern, eventuell im Rahmen einer formalen Überprüfung
- Prototypdemonstrationen
- Funktionale Demonstrationen (z.B. Systeme, Hardwareeinheiten, Software, Dienstleistungsdokumentation und Anwenderschnittstellen)
- Pilotierung der Schulungsunterlagen
- Tests von Produkten und Produktbestandteilen durch Endanwender und andere relevante Stakeholder
- Inkrementelle Lieferung eines funktionierenden und potenziell abnehmbaren Produkts
- Analysen von Produkten und Produktbestandteilen (z.B. Simulationen, Modellierung und Anwenderanalysen)

Zu den Aktivitäten der Hardwarevalidierung zählen die Modellierung zur Prüfung der Form, Tauglichkeit und Funktion mechanischer Entwürfe, die thermische Modellierung, die Analyse der Wartbarkeit und Zuverlässigkeit, Nachweise des Zeitverhaltens sowie Simulationen des Designs elektronischer oder mechanischer Produktbestandteile.

QUERVERWEIS

Kundeneinschränkungen werden im Rahmen der Entwicklung der Kundenanforderungen in RD SP 1.2 kurz erwähnt.

HINWEIS

Das Produkt (oder der Prototyp) erfordert möglicherweise besondere Schnittstellen und Funktionalität, um angemessen mit den Elementen der Validierungsumgebung (z.B. mit Datenerfassungsgeräten) interagieren zu können. Sie können diese Anforderungen entwickeln und in die anderen Produktanforderungen integrieren.

TIPP

Da die an der Validierung beteiligten Stakeholder im Allgemeinen außerhalb des Projekts stehen, ist es wichtig, sie bereits in einer frühen Phase zu identifizieren und mit ihnen über die Validierungsmethoden zu kommunizieren, so dass angemessene Vorbereitungen eingeleitet werden können.

HINWEIS

Die für die Validierung ausgewählten Elemente können in Form einer Tabelle dargestellt werden, deren Spalten die zu validierenden Elemente, die zu untersuchenden Punkte, die zugehörigen Anforderungen und Einschränkungen sowie die Validierungsmethoden enthalten. Die Tabelle kann darüber hinaus die zu verifizierenden Arbeitsergebnisse und die jeweils dafür verwendeten Verifizierungsverfahren auflisten. Indem Sie eine Tabelle für beides verwenden, eröffnen sich Ihnen unter Umständen Möglichkeiten, die Verifizierung und die Validierung miteinander zu kombinieren.

TIPP

Die Validierung dient nicht nur dazu, fehlende Funktionalität aufzudecken, und beschränkt sich auch nicht auf die Betriebsumgebung des Endanwenders. Es sollten Qualitätsattribute, andere Umgebungen und andere Phasen des Produktlebenszyklus berücksichtigt werden.

HINWEIS

Die Vorbereitung und Durchführung der Validierung erfordert die Koordination mit zahlreichen externen Gruppen. Man sollte verbindliche Zusagen von diesen Gruppen über die geplanten Validierungsaufwände einholen.

Beispiele für Arbeitsergebnisse

1. Listen der für die Validierung ausgewählten Produkte und Produktbestandteile
2. Validierungsmethoden für die einzelnen Produkte oder Produktbestandteile
3. Anforderungen an die Durchführung der Validierung für die einzelnen Produkte oder Produktbestandteile
4. Validierungseinschränkungen für die einzelnen Produkte oder Produktbestandteile

Subpraktiken

1. Die Schlüsselprinzipien, Merkmale und Phasen für die Validierung der Produkte oder Produktbestandteile während der gesamten Projektlebensdauer identifizieren
2. Die zu validierenden Kategorien von Endanwenderbedürfnissen (Betrieb, Instandhaltung, Schulung oder Unterstützung) festlegen

   Das Produkt oder der Produktbestandteil sollte innerhalb seiner vorgesehenen Umgebung wartbar und unterstützbar sein. Diese spezifische Praktik berücksichtigt auch die tatsächliche Instandhaltung, Schulung sowie unterstützende Dienstleistungen, die möglicherweise mit dem Produkt ausgeliefert werden.

   > Ein Beispiel für die Evaluierung von Instandhaltungskonzepten in der Betriebsumgebung ist ein Nachweis, dass Instandhaltungswerkzeuge mit dem entsprechenden Produkt zusammenarbeiten.

3. Die zu validierenden Produkte und Produktbestandteile auswählen
4. Die Bewertungsmethoden für die Validierung von Produkten oder Produktbestandteilen auswählen
5. Die Validierungsauswahl, -einschränkungen und -methoden zusammen mit den relevanten Stakeholdern auswählen

SP 1.2 Validierungsumgebungen etablieren

Erforderliche Umgebungen für die Validierung etablieren und beibehalten

Die Anforderungen an die Validierungsumgebung hängen von den gewählten Produkten oder Produktbestandteilen, der Art der Arbeitsergebnisse (z.B. Design, Prototyp und Endversion) sowie den verwendeten Validierungsmethoden ab. Diese Auswahlentscheidungen können Anforderungen für den Kauf oder die Entwicklung von Ausrüstung, Software und anderen Ressourcen nach sich ziehen. Diese Anforderungen werden den Arbeitsabläufen der Anforderungsentwicklung zur Entwicklung übergeben. Die Validierungsumgebung kann die Wiederverwendung bestehender Ressourcen vorsehen. In diesem Fall sollten Vorkehrungen für den Einsatz dieser Ressourcen getroffen werden.

Tipp

Die Umgebungen für die Validierung, Verifizierung und Produktintegration können manchmal identisch sein oder zumindest einige Ressourcen gemeinsam nutzen.

Beispiele für die Arten von Elementen in einer Validierungsumgebung umfassen:

- Testwerkzeuge mit Schnittstellen für das zu validierende Produkt (z.B. Oszilloskop, elektronische Geräte, Sonden)
- Temporär eingebaute Testsoftware
- Aufzeichnungswerkzeuge für die Ausgabe oder weiterführende Analyse und Wiedergabe
- Simulierte Subsysteme oder Bestandteile (z.B. Software, Elektronik, Mechanik)
- Simulierte Schnittstellensysteme (z.B. ein Kriegsschiffs-Dummy für Tests eines Marineradars)
- Reale Schnittstellensysteme (z.B. ein Flugzeug für Tests eines Radars mit Flugbahnverfolgung)
- Einrichtungen und vom Kunden gelieferte Produkte
- Fachleute zur Bedienung oder Anwendung aller zuvor erwähnten Elemente
- Dedizierte Computer- oder Netzwerktestumgebungen (z.B. ein pseudofunktionaler Telekommunikationsnetzwerk-Prüfstand oder eine Einrichtung mit funktionierenden Leitungen, Vermittlungen und Systemen zur Durchführung realistischer Integrations- und Validierungstests)

Eine frühe Auswahl der zu validierenden Produkte oder Produktbestandteile, der in der Validierung verwendeten Arbeitsergebnisse sowie der Validierungsmethoden ist nötig, um sicherzustellen, dass die Validierungsumgebung rechtzeitig zur Verfügung steht.

Die Validierungsumgebung sollte sorgfältig überwacht werden, so dass Replizierung, Ergebnisanalyse und erneute Validierung von problembehafteten Bereichen gewährleistet sind.

TIPP

Da die Validierung einem kontrollierten Experiment gleicht und die korrekte Abbildung der Betriebsumgebung gewährleistet werden muss, ist eventuell die Beteiligung zahlreicher Werkzeuge, Simulationen, Computer, Netzwerke und Fachleute vonnöten. Daher kann die Planung der Validierung an sich bereits eine Herausforderung darstellen.

Beispiele für Arbeitsergebnisse

1. Validierungsumgebung

Subpraktiken

1. Anforderungen für die Validierungsumgebung identifizieren
2. Vom Kunden beigestellte Produkte identifizieren
3. Testausrüstung und -werkzeuge identifizieren
4. Validierungsressourcen identifizieren, die zur Wiederverwendung oder Anpassung zur Verfügung stehen
5. Die Verfügbarkeit von Ressourcen im Detail planen

SP 1.3 VERFAHREN UND KRITERIEN ZUR VALIDIERUNG ETABLIEREN

Verfahren und Kriterien zur Validierung etablieren und beibehalten

TIPP

Diese Praktik hilft, Fragen zu beantworten, z.B. wie der Produktprototyp angewendet werden muss, damit ein bestimmter Punkt besser nachvollzogen werden kann (Validierungsverfahren), und woran ein akzeptables Verhalten zu erkennen ist (Validierungskriterien).

Verfahren und Kriterien zur Validierung werden definiert, um sicherzustellen, dass das Produkt oder der Produktbestandteil in der vorgesehenen Umgebung seinen beabsichtigten Verwendungszweck erfüllt. Für Validierungsverfahren können Testfälle und Verfahren für Abnahmetests eingesetzt werden.

Die Validierungsverfahren und -kriterien umfassen Tests und Bewertungen der Instandhaltung, Schulung und von unterstützenden Dienstleistungen.

TIPP

Validierungsverfahren und -kriterien sollten den Betrieb betreffen, können sich aber auch auf andere Phasen des Produktlebenszyklus wie die Übergabe und Instandhaltung beziehen.

Beispiele für Quellen von Validierungskriterien umfassen:

- Anforderungen an Produkte und Produktbestandteile
- Normen
- Kundenabnahmekriterien
- Umgebungsbedingte Leistungsfähigkeit
- Schwellenwerte für Leistungsabweichungen

Beispiele für Arbeitsergebnisse

1. Validierungsverfahren
2. Validierungskriterien
3. Test- und Bewertungsverfahren für Instandhaltung, Schulung und Unterstützung

Subpraktiken

1. Die Produktanforderungen überprüfen, um sicherzustellen, dass Punkte, die sich auf die Validierung des Produkts oder der Produktbestandteile auswirken, identifiziert und gelöst werden
2. Die Umgebung, das Betriebsszenario, die Verfahren, Eingangsgrößen, Ausgangsgrößen und Kriterien für die Validierung des ausgewählten Produkts oder Produktbestandteils dokumentieren
3. Das Design während seiner Reifung im Kontext der Validierungsumgebung beurteilen, um Validierungsaspekte aufzudecken.

SG 2 Produkte oder Produktbestandteile validieren

Die Produkte und Produktbestandteile werden validiert, um sicherzustellen, dass sie für die Nutzung in der vorgesehenen Betriebsumgebung geeignet sind.

Die Validierungsmethoden, -verfahren und -kriterien dienen zur Validierung der ausgewählten Produkte und Produktbestandteile sowie der damit verbundenen Instandhaltungs- und Schulungsaktivitäten und unterstützenden Dienstleistungen in der entsprechenden Validierungsumgebung. Die Validierungstätigkeiten finden während des gesamten Produktlebenszyklus statt.

SP 2.1 Validierung durchführen

Die Validierung ausgewählter Produkte und Produktbestandteile durchführen.

Um die Bedürfnisse von Stakeholdern zu erfüllen, sollte ein Produkt oder Produktbestandteil innerhalb seiner vorgesehenen Betriebsumgebung erwartungsgemäß funktionieren.

Hinweis

Unter dem Strich soll herausgefunden werden, ob das Produkt wie erwartet funktioniert.

TIPP

Die Validierungsumgebung unterstützt unter Umständen die automatische Erfassung der meisten Daten.

Die Validierungstätigkeiten werden durchgeführt und die resultierenden Daten werden gemäß etablierter Methoden, Verfahren und Kriterien gesammelt.

Die durchgeführten Validierungsverfahren sollten dokumentiert und gegebenenfalls aufgetretene Abweichungen sollten aufgeschrieben werden.

Beispiele für Arbeitsergebnisse

1. Validierungsberichte
2. Validierungsergebnisse
3. Querverweismatrix für die Validierung
4. Protokoll durchgeführter Verfahren
5. Betriebsvorführungen

SP 2.2 VALIDIERUNGSERGEBNISSE ANALYSIEREN

Ergebnisse von Validierungstätigkeiten analysieren

HINWEIS

Validierungstätigkeiten sind teuer und es ist wichtig, möglichst viele Erkenntnisse daraus zu ziehen. Daher kann Ihnen die Analyse der Validierungsergebnisse helfen, fehlende Anforderungen, für den Kunden nützliche Produktmerkmale, fortbestehende Punkte und Risiken aufzudecken.

Die aus den Validierungstests, Inspektionen, Vorführungen oder Bewertungen resultierenden Daten werden anhand von definierten Validierungskriterien analysiert. Die Analyseberichte zeigen, ob die Erfordernisse erfüllt sind. Beim Vorhandensein von Mängeln dokumentieren diese Berichte das Ausmaß des Erfolgs oder Fehlschlags und kategorisieren mögliche Ursachen von Fehlern. Die gesammelten Ergebnisse aus Tests, Inspektionen und Überprüfungen werden mit den etablierten Bewertungskriterien abgeglichen, um zu entscheiden, ob fortzufahren ist oder ob Anforderungen oder Designaspekte in den Arbeitsabläufen der »Anforderungsentwicklung« und »Technischen Umsetzung« angegangen werden müssen.

Die Analyseberichte oder die Validierungsdokumentation können auch darauf hindeuten, dass schlechte Testergebnisse auf ein Problem des Validierungsverfahrens oder der Validierungsumgebung zurückzuführen sind.

Beispiele für Arbeitsergebnisse

1. Mängelberichte aus der Validierung
2. Offene Punkte aus der Validierung
3. Änderungsanträge zum Verfahren

Subpraktiken

1. Tatsächliche und erwartete Ergebnisse miteinander vergleichen.
2. Basierend auf den etablierten Validierungskriterien die Produkte und Produktbestandteile identifizieren, die nicht angemessen in ihrer vorgesehenen Betriebsumgebung funktionieren, oder Probleme mit Methoden, Kriterien oder der Umgebung ermitteln
3. Validierungsdaten auf Fehler hin analysieren
4. Analyseergebnisse aufzeichnen und offene Punkte identifizieren
5. Mithilfe der Validierungsergebnisse die tatsächlichen Messungen und Leistungsergebnisse mit dem beabsichtigten Verwendungszweck oder Betriebsbedarf vergleichen
6. Informationen zur Fehlerbehebung bereitstellen (darunter Validierungsmethoden, -kriterien und -umgebung) und Korrekturmaßnahmen einleiten

   Mehr zum Management von Korrekturmaßnahmen steht im Prozessgebiet »Projektverfolgung und -steuerung«.

HINWEIS

Sollten Anforderungen fehlen, müssen Sie Ihre Entwicklungsprozesse überarbeiten. Gibt es Probleme mit der Validierungsumgebung, den Validierungsmethoden, -verfahren oder -kriterien, müssen Sie die Projektaktivitäten, die den spezifischen Praktiken von SG 1 entsprechen, überarbeiten.

Verifizierung (Verfication, VER)

Ein Entwicklungsprozessgebiet des Reifegrads 3

Zweck

Der Zweck der Verifizierung (VER) ist, sicherzustellen, dass die ausgewählten Arbeitsergebnisse mit den jeweils festgelegten Anforderungen übereinstimmen.

Tipp

Testen und Peer-Reviews sind Verifizierungsmethoden, die in diesem Prozessgebiet behandelt werden.

Einführende Hinweise

Das Prozessgebiet »Verifizierung« umfasst Folgendes: Vorbereitung und Durchführung der Verifizierung sowie die Identifizierung von Korrekturmaßnahmen.

Querverweis

Wie Sie Korrekturmaßnahmen zum Abschluss führen, steht in PMC SG 2.

Die Verifizierung umfasst die Verifizierung des Produkts und der Zwischenarbeitsergebnisse auf der Basis aller ausgewählten Anforderungen, einschließlich Kundenanforderungen und Anforderungen an Produkte und Produktbestandteile. Bei Produktlinien sollten auch Kern-Assets und die zugehörigen Mechanismen für die Produktlinienvarianz verifiziert werden. In allen Prozessgebieten schließt die Bedeutung der Begriffe »Produkt« und »Produktbestandteil« auch Dienstleistungen, Dienstleistungssysteme und deren Bestandteile ein.

Die Verifizierung ist von Natur aus ein inkrementeller Prozess, da sie während der gesamten Entwicklung des Produkts und der Arbeitsergebnisse stattfindet. Dabei werden zuerst die Anforderungen, danach die daraus entstehenden Arbeitsergebnisse und schließlich das fertiggestellte Produkt verifiziert.

Die spezifischen Praktiken dieses Prozessgebiets bauen folgendermaßen aufeinander auf:

- Die spezifische Praktik »Arbeitsergebnisse zur Verifizierung auswählen« ermöglicht die Identifikation der zu verifizierenden Arbeitsergebnisse, der zu verwendenden Verifizierungsmethoden sowie der Anforderungen, die durch die einzelnen Arbeitsergebnisse erfüllt werden müssen.

- Die spezifische Praktik »Verifizierungsumgebung etablieren« ermöglicht die Festlegung der Umgebung, die zur Durchführung der Verifizierung verwendet wird.
- Die spezifische Praktik »Verfahren und Kriterien zur Verifizierung etablieren« ermöglicht die Entwicklung der Verifizierungsverfahren und -kriterien, die an ausgewählten Arbeitsergebnissen, Anforderungen, Methoden und Merkmalen der Verifizierungsumgebung ausgerichtet werden.
- Die spezifische Praktik »Verifizierung durchführen« führt die Verifizierung anhand verfügbarer Methoden, Verfahren und Kriterien durch.

Die Verifizierung von Arbeitsergebnissen erhöht enorm die Wahrscheinlichkeit, dass das Produkt die Kundenanforderungen sowie die Anforderungen an das Produkt und die Produktbestandteile erfüllt.

Die Prozessgebiete »Verifizierung« und »Validierung« ähneln sich, verfolgen jedoch unterschiedliche Sachverhalte. Die Validierung zeigt, dass das Produkt in seiner bereitgestellten Form (bzw. wie es bereitgestellt werden wird) seinen beabsichtigten Verwendungszweck erfüllen wird, während die Verifizierung dazu dient, festzustellen, ob das Arbeitsergebnis die festgelegten Anforderungen richtig widerspiegelt. Anders ausgedrückt, stellt die Verifizierung sicher, dass das Produkt »richtig« entwickelt wurde, während die Validierung gewährleistet, dass das »richtige« Produkt hergestellt wurde.

TIPP

Peer-Reviews konzentrieren sich ebenfalls auf die Erlangung der erforderlichen Daten, um Fehler zu verhindern und den Prozess zu verbessern.

Peer-Reviews sind ein wesentlicher Teil der Verifizierung und ein bewährter Mechanismus zur effektiven Fehlerbehebung. Ein wichtiger Nebeneffekt ist, ein besseres Verständnisses für die Arbeitsergebnisse und die zugrunde liegenden Prozesse zu entwickeln, so dass Fehler vermieden und Möglichkeiten zur Prozessverbesserung ermittelt werden können.

TIPP

»Inspektionen« und »strukturierte Walkthroughs« sind Peer-Review-Methoden, die seit Jahrzehnten umfassend angewendet werden und viele Varianten aufweisen. »Durchdachtes Refactoring« und »Paarprogrammierung« sind typische Techniken einiger agiler Methoden.

Peer-Reviews umfassen eine methodische Untersuchung der Arbeitsergebnisse durch Gleichrangige (Peers), um Mängel und andere notwendige Änderungen zu identifizieren.

Beispiele für Peer-Review-Methoden umfassen:

- Inspektionen
- Strukturierte Walkthroughs
- Bewusstes Refactoring
- Pair programming

Aufgrund der Einbeziehung des Kunden und der häufigen Releases unterstützen Verifizierung und Validierung in agilen Umgebungen einander. Beispielsweise kann ein Mangel dazu führen, dass ein Prototyp oder ein frühes Release die Validierung frühzeitig nicht besteht. Im Gegenzug hilft eine frühzeitige und fortlaufende Validierung zu gewährleisten, dass die Verifizierung auf das richtige Produkt angewendet wird. Die Prozessgebiete der Verifizierung und Validierung sorgen für eine systematische Vorgehensweise bei der Auswahl der Arbeitsergebnisse, die zu untersuchen und zu prüfen sind, der Methoden und Umgebungen, die dafür verwendet werden, und der zu handhabenden Schnittstellen. Das hilft dabei, Mängel frühzeitig zu identifizieren und anzugehen. Je komplexer das Produkt ist, umso systematischer muss die Vorgehensweise sein, um eine Kompatibilität zwischen Anforderungen und Lösungen und eine Einheitlichkeit bei der Anwendung des Produkts sicherzustellen (siehe »Interpretation von CMMI bei der Verwendung agiler Vorgehensweisen« in Teil I).

In Beziehung stehende Prozessgebiete

Mehr zur Ermittlung, Analyse und Etablierung von Kundenanforderungen sowie von Anforderungen an Produkte und Produktbestandteile steht im Prozessgebiet »Anforderungsentwicklung«.

Mehr zum Nachweis, dass ein Produkt oder ein Produktbestandteil in der vorgesehenen Umgebung seinen beabsichtigten Verwendungszweck erfüllt, steht im Prozessgebiet »Validierung«.

Mehr über das Sicherstellen der Abstimmung zwischen Projektarbeit und Anforderungen steht im Prozessgebiet »Anforderungsmanagement«.

Querverweis

Zahlreiche Bücher und andere Quellen beschreiben die Durchführung von Tests und Peer-Reviews (manchmal auch Inspektionen genannt). Eine Zusammenfassung der Prinzipien und der Terminologie von Softwaretests finden Sie im Eintrag »Softwaretest« der Wikipedia-Website unter *www.wikipedia.org*. Außerdem gibt es viele Foren, die von Nutzen sein können, z.B. *http://spac.wordpress.com*.

Übersicht spezifischer Ziele und Praktiken

SG 1 Verifizierung vorbereiten
- SP 1.1 Arbeitsergebnisse zur Verifizierung auswählen
- SP 1.2 Verifizierungsumgebung etablieren
- SP 1.3 Verfahren und Kriterien zur Verifizierung etablieren

SG 2 Peer-Reviews durchführen
- SP 2.1 Peer-Reviews vorbereiten
- SP 2.2 Peer-Reviews durchführen
- SP 2.3 Daten aus Peer-Reviews analysieren

SG 3 Ausgewählte Arbeitsergebnisse verifizieren
- SP 3.1 Verifizierung durchführen
- SP 3.2 Verifizierungsergebnisse analysieren

Detaillierung spezifischer Ziele und Praktiken

SG 1 VERIFIZIERUNG VORBEREITEN

Die Verifizierung wird vorbereitet.

Die Vorbereitung ist notwendig, um sicherzustellen, dass die Verifizierungsvorkehrungen in die Anforderungen an das Produkt und die Produktbestandteile, die Entwürfe, Entwicklungspläne und Terminpläne aufgenommen werden. Die Verifizierung umfasst Auswahl, Inspektion, Testen, Analyse und Demonstration der Arbeitsergebnisse.

Die Verifizierungsmethoden umfassen u.a. Inspektionen, Peer-Reviews, Audits, Walkthroughs, Analysen, Architekturbewertungen, Simulationen, Testen und Demonstrationen. Praktiken im Zusammenhang mit Peer-Reviews als spezifische Verifizierungsmethode sind im spezifischen Ziel 2 aufgeführt.

Die Vorbereitung bringt außerdem die Definition von unterstützenden Werkzeugen, Testausrüstung und Software, Simulationen, Prototypen und Einrichtungen mit sich.

SP 1.1 ARBEITSERGEBNISSE ZUR VERIFIZIERUNG AUSWÄHLEN

Zu verifizierende Arbeitsergebnisse und zu verwendende Verifizierungsmethoden auswählen

Die Auswahl der Arbeitsergebnisse erfolgt aufgrund ihres Beitrags zur Erfüllung der Projektziele und -anforderungen und zur Adressierung der Projektrisiken.

Unter den zu verifizierenden Arbeitsergebnissen können auch solche sein, die mit der Instandhaltung und Schulung sowie unterstützenden Dienstleistungen in Zusammenhang stehen. Die Verifizierungsanforderungen an die Arbeitsergebnisse sind in den Verifizierungsmethoden enthalten. Die Verifizierungsmethoden umfassen den Ansatz zur Verifizierung von Arbeitsergebnissen sowie die spezifischen Ansätze, die sicherstellen sollen, dass bestimmte Arbeitsergebnisse ihren Anforderungen gerecht werden.

HINWEIS

Finden Sie heraus, welche Arbeitsergebnisse das größte Risiko für das Projekt (oder Produkt) darstellen.

HINWEIS

Nicht vergessen, Arbeitsergebnisse zu verifizieren, die für andere Phasen des Produktlebenszyklus wichtig sind, wie Instandhaltungsdokumentationen, Installationsdienstleistungen und Aus- und Weiterbildungen des Bedienungspersonals.

Beispiele für Verifizierungsmethoden umfassen:

- Bewertung der Softwarearchitektur und der Konformität der Implementierung
- Testen der Pfadabdeckung ▶

- Last-, Stress- und Leistungstests
- Testen auf der Grundlage von Entscheidungstabellen
- Testen auf der Grundlage funktionaler Zerlegung
- Wiederverwendung von Testfällen
- Abnahmeprüfung
- Continuous Integration (eine agile Vorgehensweise, die Integrationsprobleme frühzeitig identifiziert)

TIPP

Kann ein Arbeitsergebnis (z.B. Entwürfe) nicht ausgeführt werden, so ist Testen keine Option. Es könnte jedoch die Möglichkeit bestehen, Prototypen und Modelle zu entwickeln und diese »auszuführen«, um Einblicke in die Produktmerkmale zu erhalten. Peer-Reviews stellen eine weitere Möglichkeit dar.

Die Verifizierung für die Systementwicklung umfasst üblicherweise die Erstellung von Prototypen, die Modellierung sowie Simulationen zur Überprüfung der Angemessenheit des Systemdesigns (und der Zuweisung).

Die Verifizierung für die Hardwareentwicklung erfordert in der Regel einen parametrischen Ansatz, der verschiedene Umgebungsbedingungen (z.B. Druck, Temperatur, Vibration und Feuchtigkeit), Schwankungsbereiche bei Eingangsgrößen (so kann z.B. die Eingangsleistung für einen geplanten Nominalwert von 28 V zwischen 20 V und 32 V eingestuft werden), toleranzbedingte Abweichungen und viele andere Variablen berücksichtigt. Bei der Hardwareverifizierung werden für gewöhnlich die meisten Variablen separat getestet, sofern keine problematischen Wechselwirkungen zwischen ihnen vermutet werden.

QUERVERWEIS

Eine Quelle zur Bewertung von Softwarearchitekturen ist *Evaluating Software Architectes: Methods and Case Studies* von P. Clements, R. Kazman und M. Klein (Addison-Wesley, 2001).

Die Auswahl der Verifizierungsmethoden beginnt in der Regel mit der Definition der Anforderungen an das Produkt und die Produktbestandteile, um zu gewährleisten, dass die Anforderungen verifizierbar sind. Auch die erneute Verifizierung sollte durch Verifizierungsmethoden abgedeckt sein, um zu verhindern, dass die Nachbesserung von Arbeitsergebnissen unbeabsichtigte Fehler verursacht. Die Lieferanten sollten in diese Auswahl mit einbezogen werden, um sicherzustellen, dass sich die Projektmethoden für die Umgebung des jeweiligen Lieferanten eignen.

TIPP

Die erneute Verifizierung wird in diesem Prozessgebiet nicht separat beschrieben, da sie lediglich eine Wiederholung der Arbeitsabläufe der Verifizierung darstellt. Dennoch sollte die erneute Verifizierung bei der Planung der Verifizierungstätigkeiten berücksichtigt werden.

Beispiele für Arbeitsergebnisse

1. Listen der Arbeitsergebnisse, die zur Verifizierung ausgewählt wurden
2. Verifizierungsmethoden für jedes ausgewählte Arbeitsergebnis

HINWEIS

Arbeitsergebnisse, die »nachgebessert« wurden, müssen erneut verifiziert werden.

Subpraktiken

1. Zu verifizierende Arbeitsergebnisse ermitteln
2. Anforderungen ermitteln, die durch das jeweils ausgewählte Arbeitsergebnis erfüllt werden müssen

   Mehr zur Nachverfolgung von Anforderungen zu Arbeitsergebnissen steht in der spezifischen Praktik »Bidirektionale Nachverfolgbarkeit von Anforderungen aufrechterhalten« des Prozessgebiets »Anforderungsmanagement«.

3. Verfügbare Verifizierungsmethoden identifizieren
4. Anzuwendende Verifizierungsmethoden für jedes ausgewählte Arbeitsergebnis definieren
5. Die ermittelten, zu verifizierenden Arbeitsergebnisse, die zu erfüllenden Anforderungen und die zu verwendenden Methoden zur Aufnahme in den Projektplan einreichen

   Mehr zur Entwicklung des Projektplans steht im Prozessgebiet »Projektplanung«.

TIPP

Die für die einzelnen Arbeitsergebnisse verwendeten Methoden können in einer *Tabelle* aufgelistet werden, deren Spalten das zu verifizierende Arbeitsergebnis, die zu erfüllenden Anforderungen und die zu verwendenden Verifizierungsmethoden wiedergeben.

TIPP

Durch die Aufnahme einer solchen Tabelle in den Projektplan (eventuell in Form eines Querverweises) können Ressourcen bereitgestellt und Zusagen gemacht werden, um die entsprechenden Verifizierungsaktivitäten durchführen zu können.

SP 1.2 VERIFIZIERUNGSUMGEBUNG ETABLIEREN

Erforderliche Umgebung für die Verifizierung etablieren und beibehalten

Es sollte eine Umgebung etabliert werden, in der die Verifizierung stattfinden kann. Die Verifizierungsumgebung kann je nach den Bedürfnissen des Projekts beschafft, entwickelt, wiederverwendet, angepasst oder mit einer Kombination dieser Tätigkeiten erstellt werden.

Die Art der benötigten Umgebung hängt von den zur Verifizierung ausgewählten Arbeitsergebnissen sowie den verwendeten Verifizierungsmethoden ab. Ein Peer-Review erfordert unter Umständen nicht mehr als ein Paket mit dem nötigen Material, einige Prüfer und einen Raum. Ein Produkttest erfordert möglicherweise Simulatoren, Emulatoren, Szenariogeneratoren, Tools zur Datenkomprimierung, Umgebungsparameter und Schnittstellen mit anderen Systemen.

TIPP

Einige Arbeitsprodukte und Verifizierungsmethoden erfordern unter Umständen besondere Einrichtungen und Werkzeuge. Diese sollten ermittelt und im Voraus beschafft werden.

TIPP

Bei Peer-Reviews kann sich ein lokal zusammengestelltes Team in einem Raum treffen, wo das zu prüfende Dokument angezeigt werden kann. Teammitglieder an einem anderen Ort können per Telefonkonferenz teilnehmen und dabei ein webbasiertes Konferenztool nutzen, das es ihnen erlaubt, das Dokument zu sehen und sich an der Diskussion zu beteiligen.

Beispiele für Arbeitsergebnisse

1. Verifizierungsumgebung

Subpraktiken

1. Anforderungen an die Verifizierungsumgebung ermitteln
2. Verifizierungsressourcen ermitteln, die zur Wiederverwendung oder Anpassung verfügbar sind

3. Verifizierungsausrüstung und -werkzeuge ermitteln
4. Unterstützende Ausrüstung sowie eine Umgebung für die Verifizierung beschaffen (z.B. Testausrüstung und Software)

SP 1.3 Verfahren und Kriterien zur Verifizierung etablieren

Verfahren und Kriterien zur Verifizierung ausgewählter Arbeitsergebnisse etablieren und beibehalten

Die Verifizierungskriterien dienen dazu, sicherzustellen, dass Arbeitsergebnisse ihre jeweiligen Anforderungen erfüllen.

Beispiele für Quellen von Verifizierungskriterien umfassen:

- Anforderungen an Produkte und Produktbestandteile
- Normen
- Organisationsleitlinien
- Testart
- Testparameter
- Parameter für Kompromisse zwischen Qualität und Kosten von Tests
- Art der Arbeitsergebnisse
- Lieferanten
- Vorschläge und Vereinbarungen
- Kunden, die Arbeitsergebnisse gemeinsam mit den Entwicklern überprüfen

Beispiele für Arbeitsergebnisse

1. Verifizierungsverfahren
2. Verifizierungskriterien

Subpraktiken

1. Nach Bedarf einen Satz von umfassenden, integrierten Verifizierungsverfahren für Arbeitsergebnisse und Standardprodukte erstellen
2. Verifizierungskriterien entwickeln und bei Bedarf verfeinern
3. Erwartete Ergebnisse, zulässige Toleranzen und andere Kriterien für die Erfüllung der Anforderungen ermitteln
4. Erforderliche Ausrüstung und Umgebungsbestandteile für die Verifizierung ermitteln

Tipp

Die IT-Abteilung, die Abteilung für technische Hilfsmittel der Organisation oder andere Projekte können u.U. einige der für das Projekt benötigten Verifizierungsressourcen beisteuern. In manchen Fällen müssen Einrichtungen wie Umgebungslabors oder Antennensysteme, die von mehreren Projekten genutzt werden, lange im Voraus reserviert werden.

Hinweis

Unter dem Strich sollen Methoden, -umgebungen und -verfahren für die Verifizierung so früh wie möglich festgelegt werden, um Zeit für die Vorbereitung und Koordination einzuräumen.

Tipp

Bei Entwicklungsartefakten (z.B. Architekturen, Entwürfe und Umsetzungen) sind die Anforderungen, die dem verifizierten Arbeitsergebnis zugewiesen wurden, die wahrscheinlichste Hauptquelle für Verifizierungskriterien.

Hinweis

Daran denken, umfassende Verifizierungsverfahren und -kriterien für nicht zu entwickelnde Elemente (wie Standardprodukte) zu etablieren, die ein mittleres oder hohes Risiko für das Projekt darstellen.

Hinweis

Oft gibt es nicht nur ein richtiges Ergebnis, sondern eine ganze Reihe akzeptabler Ergebnisse. In solchen Fällen bestimmen, welches Maß an Abweichung von der erwarteten Antwort akzeptabel ist.

SG 2 PEER-REVIEWS DURCHFÜHREN

Peer-Reviews werden für ausgewählte Arbeitsergebnisse durchgeführt.

Peer-Reviews umfassen eine methodische Untersuchung der Arbeitsergebnisse durch Gleichrangige (Peers), um zu behebende Fehler aufzudecken und andere notwendige Änderungen vorzuschlagen.

Peer-Reviews sind eine wichtige und effektive Verifizierungsmethode, die mit Hilfe von Inspektionen, strukturierten Walkthroughs oder einer Reihe anderer kollegialer Prüfungsmethoden umgesetzt wird.

Peer-Reviews werden in erster Linie auf Arbeitsergebnisse aus Projekten angewandt, lassen sich jedoch auch auf andere Arbeitsergebnisse wie Dokumentationen und Arbeitsergebnisse der Aus- und Weiterbildung anwenden, die in der Regel von Unterstützungsgruppen entwickelt werden.

TIPP

Bei den Gleichrangigen (Peers) handelt es sich im Allgemeinen um Mitarbeiter des Projekts, die Interesse an dem Objekt des Peer-Review haben. Die Teilnehmer von Peer-Reviews sollten generell nicht Ihrem Management angehören, da dies einen offenen und nutzbringenden Dialog verhindern könnte.

TIPP

Peer-Reviews bieten die Gelegenheit, innerhalb des Teams neue Erkenntnisse zu gewinnen und gemeinsam zu nutzen.

SP 2.1 PEER-REVIEWS VORBEREITEN

Peer-Reviews für ausgewählte Arbeitsergebnisse vorbereiten

Die Vorbereitungsaktivitäten für Peer-Reviews umfassen üblicherweise die Ermittlung der Mitarbeiter, die zu den Peer-Reviews der einzelnen Arbeitsergebnisse eingeladen werden sollten, die Identifizierung der Hauptprüfer, die am Peer-Review teilnehmen sollten, die Vorbereitung und Aktualisierung benötigter Materialien (z.B. Checklisten und Prüfungskriterien) und die Terminplanung der Peer-Reviews.

HINWEIS

Nutzen Sie Peer-Reviews nicht nur für Artefakte der Entwicklung, sondern auch für diejenigen des Projektmanagements (z.B. Pläne), des Prozessmanagements (z.B. Prozessbeschreibungen) und der Unterstützung (z.B. Kenngrößendefinitionen).

Beispiele für Arbeitsergebnisse

1. Terminplan für Peer-Reviews
2. Checkliste für Peer-Reviews
3. Eingangs- und Ausgangskriterien für Arbeitsergebnisse
4. Kriterien für die Anberaumung weiterer Peer-Reviews
5. Schulungsunterlagen für Peer-Reviews
6. Zu prüfende ausgewählte Arbeitsergebnisse

TIPP

Die Tatsache, dass Aus- und Weiterbildungen die Effektivität von Peer-Reviews erhöhen, wird häufig übersehen.

TIPP

Zwar können viele verschiedene Arten von Reviews als »Peer-Reviews« betrachtet werden (z.B. informelle Walkthroughs), jedoch konzentriert sich diese spezifische Praktik auf die Arten, deren Durchführung einer gewissen Form und Disziplin unterliegt.

Subpraktiken

1. Art des durchzuführenden Peer-Reviews bestimmen

> Beispiele für Arten von Peer-Reviews umfassen:
> - Inspektionen
> - Strukturierte Walkthroughs
> - Aktive Prüfungen
> - Bewertung der Konformität der Architekturimplementierung

2. Anforderungen für die Datenerfassung während des Peer-Reviews festlegen

   Mehr über das Ermitteln von Messdaten steht im Prozessgebiet »Messung und Analyse«.

3. Eingangs- und Ausgangskriterien für das Peer-Review etablieren und beibehalten
4. Kriterien für die Anberaumung weiterer Peer-Reviews etablieren und beibehalten
5. Checklisten etablieren und beibehalten, um sicherzustellen, dass Arbeitsergebnisse konsistent überprüft werden

> Beispiele für Checklistenpunkte umfassen:
> - Konstruktionsregeln
> - Entwurfsrichtlinien
> - Vollständigkeit
> - Fehlerfreiheit
> - Wartungsfähigkeit
> - Allgemeine Fehlertypen

   Die Checklisten werden nach Bedarf angepasst, um die jeweilige Art des Arbeitsergebnisses und Peer-Reviews zu berücksichtigen. Gleichrangige aus dem Kreis der Checklistenentwickler und potenziellen Endanwender prüfen die Checklisten.

6. Einen ausführlichen Peer-Review-Zeitplan erstellen, der auch die Termine für Peer-Review-Schulung sowie die Verfügbarkeit von Review-Materialien enthält
7. Sicherstellen, dass das Arbeitsergebnis vor der Verteilung die Peer-Review-Eingangskriterien erfüllt

Querverweis

Eine Zusammenfassung der Prinzipien und der Terminologie von Peer-Reviews steht im Eintrag »Software Inspektionen« der Wikipedia-Website unter *www.wikipedia.org*.

Hinweis

Checklisten dienen dazu, die Fehlerklassen zu identifizieren, die bei einer bestimmten Art von Arbeitsergebnis üblicherweise auftreten. Durch den Einsatz von Checklisten werden bestimmte Fehlerklassen weniger häufig übersehen. Darüber hinaus können einige Fehlerklassen verschiedenen Peer-Review-Teilnehmern zugeordnet werden, um sicherzustellen, dass die Checkliste angemessen abgearbeitet wird.

Tipp

Ein klassisches Problem in Organisationen mit geringer Reife besteht darin, dass die Teilnehmer unter Zeitdruck die Vorbereitung weglassen. Dem können Sie entgegenwirken, indem Sie den Peer-Review-Zeitplan in die Entwicklungspläne und den Entwicklungszeitplan mit aufnehmen, um eine angemessene Zeitzuteilung zu gewährleisten. Eine andere Möglichkeit besteht darin, das Peer-Review zu verschieben, wenn die Teilnehmer sich nicht vorbereitet haben.

8. Das zu prüfende Arbeitsergebnis und die dazugehörigen Informationen frühzeitig an die Teilnehmer verteilen, damit diese sich angemessen auf das Peer-Review vorbereiten können
9. Nach Bedarf Rollen für das Peer-Review zuweisen

> Beispiele für Rollen umfassen:
> - Leiter
> - Vorleser
> - Protokollführer
> - Autor

10. Auf das Peer-Review durch die Überprüfung des Arbeitsergebnisses vor der Durchführung des Peer-Reviews vorbereiten

HINWEIS

Um die Effektivität von Peer-Reviews zu maximieren, müssen sich die Teilnehmer vor der Besprechung vorbereiten.

SP 2.2 PEER-REVIEWS DURCHFÜHREN

Peer-Reviews für ausgewählte Arbeitsergebnisse durchführen und daraus hervorgehende offene Punkte identifizieren

Eine der Aufgaben von Peer-Reviews besteht darin, Fehler frühzeitig zu finden und zu beheben. Peer-Reviews werden schrittweise durchgeführt, entsprechend der Entwicklung der Arbeitsergebnisse. Diese Überprüfungen sind strukturiert und keine Management-Reviews.

Peer-Reviews können für wichtige Arbeitsergebnisse aus Spezifikations-, Design-, Test- und Umsetzungstätigkeiten sowie für bestimmte Arbeitsergebnisse der Planung durchgeführt werden.

Schwerpunkt eines Peer-Reviews sollte das zu prüfende Arbeitsergebnis sein, nicht die Person, die es erstellt hat.

Offene Punkte, die während eines Peer-Reviews auftauchen, sollten dem Hauptentwickler des Arbeitsergebnisses mitgeteilt werden, damit sie gelöst werden können.

Mehr zur Überwachung von Projekten gegenüber dem Plan steht im Prozessgebiet »Projektverfolgung und -steuerung«.

Peer-Reviews sollten die folgenden Richtlinien berücksichtigen: Es sollte eine ausreichende Vorbereitung, eine geführte und gelenkte Durchführung, eine konsistente und ausreichende Datenerfassung (z.B. mit Hilfe einer formellen Inspektion) sowie eine Erfassung von Aktionspunkten geben.

TIPP

Bei einer Gegenüberstellung der Kosten, die jeweils entstehen, wenn ein Fehler in einer späten oder in einer frühen Projektphase aufgedeckt wird, ergibt sich Berichten zufolge häufig ein Verhältnis von 5:1 bis 100:1.

HINWEIS

Für ein freies Arbeitsumfeld sorgen, das offene Diskussionen zulässt.

Beispiele für Arbeitsergebnisse

1. Ergebnisse aus Peer-Reviews
2. Offene Punkte aus Peer-Reviews
3. Daten aus Peer-Reviews

Subpraktiken

1. Die zugewiesenen Rollen im Peer-Review ausführen
2. Fehler und andere offene Punkte im Arbeitsergebnis ermitteln und dokumentieren
3. Ergebnisse von Peer-Reviews einschließlich Aktionspunkten erfassen
4. Daten aus Peer-Reviews erfassen

   Mehr über das Ermitteln von Messdaten steht im Prozessgebiet »Messung und Analyse«.
5. Aktionspunkte identifizieren und relevante Stakeholder über die offenen Punkte informieren
6. Bei Bedarf ein zusätzliches Peer-Review durchführen
7. Sicherstellen, dass die Ausgangskriterien für das Peer-Review erfüllt sind

HINWEIS

Das Personal im Rahmen der Peer-Review-Schulung in allen Rollen unterweisen, die zur Durchführung der Peer-Reviews notwendig sind. Diese Rollen können von Peer-Review zu Peer-Review variieren.

TIPP

Fehler und offene Punkte werden häufig in einer Tabelle erfasst, die Spalten für Punkte wie Fehlerlokalisierung, Fehlerbeschreibung (samt Typ und Ursprung), Diskussions- und Aktionspunkte umfasst.

SP 2.3 DATEN AUS PEER-REVIEWS ANALYSIEREN

Daten aus der Vorbereitung, der Durchführung und den Ergebnissen der Peer-Reviews analysieren

Mehr zur Ermittlung und Analyse von Messdaten steht im Prozessgebiet »Messung und Analyse«.

Beispiele für Arbeitsergebnisse

1. Daten aus Peer-Reviews
2. Aktionspunkte aus Peer-Reviews

Subpraktiken

1. Daten erfassen, die mit der Vorbereitung, Durchführung und den Ergebnissen der Peer-Reviews zusammenhängen

   Typische Daten sind Produktname, Produktgröße, Zusammensetzung des Peer-Review-Teams, Art des Peer-Reviews, Vorbereitungszeit je Prüfer, Dauer der Review-Besprechung, Anzahl der gefundenen Fehler, Typ und Ursprung der Fehler usw.

TIPP

Die Analyse kann helfen, Fragen zu beantworten, z.B. welche Arten von Fehlern wir antreffen, wie schwer sie wiegen, in welchen Phasen sie gemacht und entdeckt werden, welche Ergebnisse das Peer-Review hervorbringt (prozentualer Anteil von entdeckten Fehlern), wie hoch die Review-Rate ist (Seiten pro Stunde) und welche Kosten (oder wie viele Arbeitsstunden) pro gefundenem Fehler auflaufen.

Zusätzliche Informationen über das geprüfte Arbeitsergebnis können gesammelt werden, z.B. Größe, Entwicklungsstufe, untersuchte Betriebsmodi und bewertete Anforderungen.

2. Die Daten für künftige Referenz- und Analysezwecke speichern
3. Die Peer-Review-Daten schützen, um sicherzustellen, dass sie nicht unzweckmäßig verwendet werden

> Beispiele für eine unzweckmäßige Verwendung von Peer-Review-Daten sind der Einsatz zur Bewertung der Leistung von Mitarbeitern sowie die Zuordnung, welche Information von welchem Mitarbeiter stammt.

4. Die Peer-Review-Daten analysieren.

> Beispiele für analysierbare Peer-Review-Daten umfassen:
> - Phase, in der ein Fehler gemacht wurde
> - Vergleich der tatsächlichen Vorbereitungszeit oder -rate mit der erwarteten
> - Vergleich der tatsächlichen Fehleranzahl mit der erwarteten
> - Arten der entdeckten Fehler
> - Fehlerursachen
> - Auswirkung der Fehlerbehebung
> - Mit einem Fehler verbundene User Stories oder Fallstudien
> - Die Endanwender und Kunden, die von den Fehlern betroffen sind

TIPP

Dieses Ziel sollte mit den in SG 1 behandelten Planungs- und Vorbereitungsaktivitäten in Einklang sein.

TIPP

Die Durchführung von Peer-Reviews wird in SG 2 beschrieben, während diese spezifische Praktik alle anderen Verifizierungsformen umfasst.

SG 3 AUSGEWÄHLTE ARBEITSERGEBNISSE VERIFIZIEREN

Ausgewählte Arbeitsergebnisse werden anhand der spezifizierten Anforderungen verifiziert.

Verifizierungsmethoden, -verfahren und -kriterien dienen zur Verifizierung ausgewählter Arbeitsprodukte sowie der damit verbundenen Instandhaltungs- und Schulungsaktivitäten und unterstützenden Dienstleistungen in der entsprechenden Verifizierungsumgebung. Verifizierungstätigkeiten sollten während des gesamten Produktlebenszyklus stattfinden. Praktiken im Zusammenhang mit Peer-Reviews als spezifische Verifizierungsmethode sind im spezifischen Ziel 2 aufgeführt.

SP 3.1 VERIFIZIERUNG DURCHFÜHREN

Verifizierung für ausgewählte Arbeitsergebnisse durchführen

Die schrittweise Verifizierung von Produkten und Arbeitsergebnissen hilft, Probleme frühzeitig zu erkennen, und kann dazu führen, dass Fehler frühzeitig behoben werden. Die Verifizierungsergebnisse sparen beträchtliche Kosten für die Fehleranalyse und Nachbesserung im Zusammenhang mit der Behebung von Problemen.

Beispiele für Arbeitsergebnisse

1. Verifizierungsergebnisse
2. Verifizierungsberichte
3. Vorführungen
4. Protokoll durchgeführter Verfahren

Subpraktiken

1. Ausgewählte Arbeitsergebnisse anhand ihrer Anforderungen verifizieren
2. Ergebnisse der Verifizierungstätigkeiten aufzeichnen
3. Aus der Verifizierung von Arbeitsergebnissen resultierende Aktionspunkte identifizieren
4. Die durchgeführte Verifizierungsmethode und die während der Durchführung entdeckten Abweichungen von den verfügbaren Methoden und Verfahren dokumentieren

SP 3.2 VERIFIZIERUNGSERGEBNISSE ANALYSIEREN

Ergebnisse aller Verifizierungstätigkeiten analysieren

Die tatsächlichen Ergebnisse sollten mit den etablierten Verifizierungskriterien verglichen werden, um ihre Eignung festzustellen.

Zum Nachweis, dass die Verifizierung stattgefunden hat, werden die Analyseergebnisse aufgezeichnet.

Alle verfügbaren Verifizierungsergebnisse werden für jedes Arbeitsergebnis schrittweise analysiert, um sicherzustellen, dass die Anforderungen erfüllt wurden. Da Peer-Reviews eine von vielen Verifizierungsmethoden sind, sollten Peer-Review-Daten in diese Analysetätigkeit mit einfließen, um eine ausreichende Analyse der Verifizierungsergebnisse zu gewährleisten.

TIPP

Verifizieren ist zwar oft gleichbedeutend mit »Testen«, allerdings können Verifizierungsmethoden auch Analysen, Simulationen, Demonstrationen und formale Methoden einschließen.

QUERVERWEIS

Mehr zu diesem Thema steht in den Einträgen »Softwaretest«, »Computersimulation« und »Formale Methoden« der Wikipedia-Website unter *www.wikipedia.org*.

TIPP

Wenn sich Anforderungen ändern, ist es notwendig, die betroffenen Arbeitsergebnisse zu ermitteln (REQM), sie zu überarbeiten (RD, TS und PI) und auf der Grundlage der geänderten Anforderungen erneut zu verifizieren. Die Unbeständigkeit von Anforderungen kann somit die Kosten für Verifizierungsaktivitäten signifikant erhöhen und zu Abweichungen vom Zeitplan führen.

HINWEIS

Manchmal kann das Verifizierungsverfahren nicht wie geplant ausgeführt werden (z.B. aufgrund fehlerhafter Annahmen über die Art des Arbeitsergebnisses oder der Verifizierungsumgebung). Erfassen Sie in diesem Fall die Abweichungen.

TIPP

Analysen helfen, die Bereiche (oder Risiken) zu ermitteln, für die die begrenzten Ressourcen eingesetzt werden sollen.

HINWEIS

Die Ergebnisse analysieren, wenn man ein neues Verifizierungstool einsetzt, um herauszufinden, wie die Arbeitsabläufe oder das Werkzeug angepasst werden können, um die Effektivität der Verifizierungstätigkeiten zu steigern.

TIPP

Die in SP 1.3 etablierten Verifizierungskriterien spielen eine wichtige Rolle bei der Lokalisierung von Problemen.

TIPP

Technische Leistungsparameter (siehe RD SG 3) helfen bei der Überwachung der Hauptmerkmale des neuen Produkts.

Die Analyseberichte oder die Aufzeichnungen der durchgeführten Methode können auch darauf hindeuten, dass schlechte Verifizierungsergebnisse auf Probleme der Methode, der Kriterien oder der Verifizierungsumgebung zurückzuführen sind.

Beispiele für Arbeitsergebnisse

1. Analysebericht (z.B. Leistungsstatistiken, Ursachenanalyse für Abweichungen, Vergleich der Verhaltensweise des tatsächlichen Produkts mit der von Modellen sowie Tendenzen)
2. Störungsberichte
3. Änderungsanträge für Verifizierungsmethoden, -kriterien und -umgebung

Subpraktiken

1. Tatsächliche und erwartete Ergebnisse miteinander vergleichen
2. Anhand der etablierten Verifizierungskriterien die Produkte identifizieren, die ihre Anforderungen nicht erfüllen, oder Probleme der Methoden, Verfahren, Kriterien und der Verifizierungsumgebung ermitteln
3. Fehlerdaten analysieren
4. Alle Analyseergebnisse in einem Bericht aufzeichnen
5. Mit Hilfe der Verifizierungsergebnisse die tatsächlichen Kenngrößen und Leistungsergebnisse mit den technischen Leistungsparametern vergleichen
6. Informationen zur Fehlerbehebung bereitstellen (darunter Verifizierungsmethoden, -kriterien und -umgebung) und Korrekturmaßnahmen einleiten

   Mehr zum Ergreifen von Korrekturmaßnahmen steht im Prozessgebiet »Projektverfolgung und -steuerung«.

TEIL 3

Die Anhänge

ANHANG A

Literatur

Ahern 2005 Ahern, Dennis M.; Armstrong, Jim; Clouse, Aaron; Ferguson, Jack R.; Hayes, Will; & Nidiffer, Kenneth E. *CMMI SCAMPI Distilled: Appraisals for Process Improvement*. Boston: Addison-Wesley, 2005.

Ahern 2008 Ahern, Dennis M.; Clouse, Aaron; & Turner, Richard. *CMMI Distilled: A Practical Introduction to Integrated Process Improvement, 3rd Edition*. Boston: Addison-Wesley, 2008.

Beck 2001 Beck, Kent et al. Manifesto for Agile Software Development. 2001. http://agilemanifesto.org/.

Chrissis 2011 Chrissis, Mary Beth; Konrad, Mike; & Shrum, Sandy. *CMMI: Guidelines for Process Integration and Product Improvement, 3rd Edition*. Boston: Addison-Wesley, 2011.

Crosby 1979 Crosby, Philip B. *Quality Is Free: The Art of Making Quality Certain*. New York: McGraw-Hill, 1979.

Curtis 2009 Curtis, Bill; Hefley, William E.; & Miller, Sally A. *The People CMM: A Framework for Human Capital Management, Second Edition*. Boston: Addison-Wesley, 2009.

Deming 1986 Deming, W. Edwards. *Out of the Crisis*. Cambridge, Massachusetts: MIT Center for Advanced Engineering, 1986.

DoD 1996 Department of Defense. *DoD Guide to Integrated Product and Process Development (Version 1.0)*. Washington, DC: Office of the Under Secretary of Defense (Acquisition and Technology), 5. Februar 1996. *https://www.acquisition.gov/sevensteps/library/dod-guide-to-integrated.pdf*.

Dymond 2005 Dymond, Kenneth M. *A Guide to the CMMI: Interpreting the Capability Maturity Model Integration, 2nd Edition*. Annapolis, MD: Process Transition International Inc., 2005.

EIA 2002a Electronic Industries Alliance. *Systems Engineering Capability Model (EIA/IS-731.1)*. Washington, DC, 2002.

EIA 2002b Government Electronics and Information Technology Alliance. *Earned Value Management Systems (ANSI/EIA-748)*. New York, NY, 2002. *http://webstore.ansi.org/RecordDetail.aspx?sku=ANSI%2FEIA-748-B*.

EIA 2003 Electronic Industries Alliance. *EIA Interim Standard: Systems Engineering (EIA/IS-632)*. Washington, DC, 2003.

Forrester 2011 Forrester, Eileen; Buteau, Brandon; & Shrum, Sandy. *CMMI for Services: Guidelines for Superior Service, 2nd Edition*. Boston: Addison-Wesley, 2011.

Gallagher 2011 Gallagher, Brian; Phillips, Mike; Richter, Karen; & Shrum, Sandy. *CMMI-ACQ: Guidelines for Improving the Acquisition of Products and Services, 2nd Edition*. Boston: Addison-Wesley, 2011.

GEIA 2004 Government Electronic Industries Alliance. *Data Management (GEIA-859)*. Washington, DC, 2004. *http://webstore.ansi.org/RecordDetail.aspx?sku=ANSI%2FGEIA+859-2009*.

Gibson 2006 Gibson, Diane L.; Goldenson, Dennis R. & Kost, Keith. *Performance Results of CMMI-Based Process Improvement*. (CMU/SEI-2006-TR-004, ESC-TR-2006-004). Pittsburgh, PA: Software Engineering Institute, Carnegie Mellon University, August 2006. *http://www.sei.cmu.edu/library/abstracts/reports/06tr004.cfm*.

Glazer 2008 Glazer, Hillel; Dalton, Jeff; Anderson, David; Konrad, Mike; & Shrum, Sandy. *CMMI or Agile: Why Not Embrace Both!* (CMU/SEI-2008-TN-003). Pittsburgh, PA: Software Engineering Institute, Carnegie Mellon University, November 2008. *http://www.sei.cmu.edu/library/abstracts/reports/08tn003.cfm*.

Humphrey 1989 Humphrey, Watts S. *Managing the Software Process*. Reading, MA: Addison-Wesley, 1989.

IEEE 1991 Institute of Electrical and Electronics Engineers. *IEEE Standard Computer Dictionary: A Compilation of IEEE Standard Computer Glossaries*. New York: IEEE, 1991.

ISO 2005a International Organization for Standardization. *ISO 9000: International Standard.* 2005. *http://www.iso.org/iso/iso_catalogue/catalogue_tc/catalogue_detail.htm?csnumber=42180.*

ISO 2005b International Organization for Standardization and International Electrotechnical Commission. *ISO/IEC 20000-1 Information Technology – Service Management, Part 1: Specification; ISO/IEC 20000-2 Information Technology – Service Management, Part 2: Code of Practice*, 2005. *http://www.iso.org/iso/iso_catalogue/catalogue_tc/catalogue_tc_browse.htm?commid=45086.*

ISO 2006a International Organization for Standardization and International Electrotechnical Commission. *ISO/IEC 15504 Information Technology – Process Assessment Part 1: Concepts and Vocabulary, Part 2: Performing an Assessment, Part 3: Guidance on Performing an Assessment, Part 4: Guidance on Use for Process Improvement and Process Capability Determination, Part 5: An Exemplar Process Assessment Model*, 2003–2006. *http://www.iso.org/iso/iso_catalogue/catalogue_tc/catalogue_tc_browse.htm?commid=45086.*

ISO 2006b International Organization for Standardization and International Electrotechnical Commission. *ISO/IEC 14764 Software Engineering – Software Life Cycle Processes – Maintenance*, 2006. *http://www.iso.org/iso/iso_catalogue/*catalogue_tc/catalogue_tc_browse.htm?commid=45086.

ISO 2007 International Organization for Standardization and International Electrotechnical Commission. *ISO/IEC 15939 Systems and Software Engineering – Measurement Process*, 2007. *http://www.iso.org/iso/iso_catalogue/catalogue_tc/catalogue_tc_browse.htm?commid=45086.*

ISO 2008a International Organization for Standardization and International Electrotechnical Commission. *ISO/IEC 12207 Systems and Software Engineering – Software Life Cycle Processes*, 2008. *http://www.iso.org/iso/iso_catalogue/catalogue_tc/catalogue_tc_browse.htm?commid=45086.*

ISO 2008b International Organization for Standardization and International Electrotechnical Commission. *ISO/IEC 15288 Systems and Software Engineering – System Life Cycle Processes*, 2008. *http://www.iso.org/iso/iso_catalogue/catalogue_tc/catalogue_tc_browse.htm?commid=45086.*

ISO 2008c International Organization for Standardization. *ISO 9001, Quality Management Systems – Requirements*, 2008. *http://www.iso.org/iso/iso_catalogue/catalogue_tc/catalogue_tc_browse.htm?commid=53896.*

IT Governance 2005 IT Governance Institute. *CobiT 4.0.* Rolling Meadows, IL: IT Governance Institute, 2005. *http://www.isaca.org/Content/NavigationMenu/Members_and_Leaders/COBIT6/Obtain_COBIT/Obtain_COBIT.htm.*

Juran 1988 Juran, Joseph M. *Juran on Planning for Quality.* New York: Macmillan, 1988.

McFeeley 1996 McFeeley, Robert. *IDEAL: A User's Guide for Software Process Improvement* (CMU/SEI-96-HB-001, ADA305472). Pittsburgh, PA: Software Engineering Institute, Carnegie Mellon ¦University, Februar 1996. *http://www.sei.cmu.edu/library/abstracts/reports/96hb001.cfm.*

McGarry 2001 McGarry, John; Card, David; Jones, Cheryl; ¦Layman, Beth; Clark, Elizabeth; Dean, Joseph; & Hall, Fred. ¦*Practical Software Measurement: Objective Information for Decision Makers.* Boston: Addison-Wesley, 2001.

Office of Government Commerce 2007a Office of Government Commerce. *ITIL: Continual Service Improvement.* London: Office of Government Commerce, 2007.

Office of Government Commerce 2007b Office of Government Commerce. *ITIL: Service Design.* London: Office of Government Commerce, 2007.

Office of Government Commerce 2007c Office of Government Commerce. *ITIL: Service Operation.* London: Office of Government Commerce, 2007.

Office of Government Commerce 2007d Office of Government Commerce. *ITIL: Service Strategy.* London: Office of Government Commerce, 2007.

Office of Government Commerce 2007e Office of Government Commerce. *ITIL: Service Transition.* London: Office of Government Commerce, 2007.

SEI 1995 Software Engineering Institute. *The Capability Maturity Model: Guidelines for Improving the Software Process.* Reading, MA: Addison-Wesley, 1995.

SEI 2002 Software Engineering Institute. *Software Acquisition Capability Maturity Model (SA-CMM) Version 1.03* (CMU/SEI-2002-TR-010, ESC-TR-2002-010). Pittsburgh, PA: Software Engineering Institute, Carnegie Mellon University, März 2002. *http://www.sei.cmu.edu/publications/documents/02.reports/02tr010.html.*

SEI 2006 CMMI Product Team. *CMMI for Development, Version 1.2* (CMU/SEI-2006-TR-008, ADA455858). Pittsburgh, PA: Software Engineering Institute, Carnegie Mellon University, August 2006. *http://www.sei.cmu.edu/library/abstracts/reports/06tr008.cfm.*

SEI 2010a CMMI Product Team. *CMMI for Services, Version 1.3* (CMU/SEI-2010-TR-034). Pittsburgh, PA: Software Engineering Institute, Carnegie Mellon University, November 2010. *http://www.sei.cmu.edu/library/abstracts/reports/10tr034.cfm.*

SEI 2010b CMMI Product Team. *CMMI for Acquisition, Version 1.3* (CMU/SEI-2010-TR-032). Pittsburgh, PA: Software Engineering Institute, Carnegie Mellon University, November 2010. *http://www.sei.cmu.edu/library/abstracts/reports/10tr032.cfm.*

SEI 2010c CMMI Product Team. *CMMI for Development, Version 1.3* (CMU/SEI-2010-TR-033). Pittsburgh: Software Engineering Institute, Carnegie Mellon University, November 2010. *www.sei.cmu.edu/library/abstracts/reports/10tr033.cfm.*

SEI 2010d Caralli, Richard; Allen, Julia; Curtis, Pamela; White, David; and Young, Lisa. *CERT Resilience Management Model, Version 1.0* (CMU/SEI-2010-TR-012). Pittsburgh, PA: Software Engineering Institute, Carnegie Mellon University, Mai 2010. *http://www.sei.cmu.edu/library/abstracts/reports/10tr012.cfm.*

SEI 2011a SCAMPI Upgrade Team. *Standard CMMI Appraisal Method for Process Improvement (SCAMPI) A, Version 1.3: Method Definition Document* (CMU/SEI-2011-HB-001). Pittsburgh, PA: Software Engineering Institute, Carnegie Mellon University, Januar 2011. *http://www.sei.cmu.edu/library/abstracts/reports/11hb001.cfm.*

SEI 2011b SCAMPI Upgrade Team. *Appraisal Requirements for CMMI, Version 1.2 (ARC, V1.3)* (CMU/SEI-2011-TR-001). Pittsburgh, PA: Software Engineering Institute, Carnegie Mellon University, Januar 2011. *http://www.sei.cmu.edu/library/abstracts/reports/11tr0101.cfm.*

Shewhart 1931 Shewhart, Walter A. *Economic Control of Quality of Manufactured Product.* New York: Van Nostrand, 1931.

Quellen zu Informationsversicherung und Informationssicherheit

DHS 2009 Department of Homeland Security. *Assurance Focus for CMMI (Summary of Assurance for CMMI Efforts)*, 2009. *https://buildsecurityin.us-cert.gov/swa/proself_assm.html.*

DoD and DHS 2008 Department of Defense and Department of Homeland Security. *Software Assurance in Acquisition: Mitigating Risks to the Enterprise, 2008. https://buildsecurityin.us-cert.gov/swa/downloads/SwA_in_Acquisition_102208.pdf.*

ISO/IEC 2005 International Organization for Standardization and International Electrotechnical Commission. *ISO/IEC 27001 Information Technology – Security Techniques – Information Security Management Systems – Requirements, 2005. http://www.iso.org/iso/iso_catalogue/catalogue_tc/catalogue_detail.htm?csnumber= 42103.*

NDIA 2008 NDIA System Assurance Committee. *Engineering for System Assurance.* Arlington: NDIA, 2008. *http://www.ndia.org/Divisions/Divisions/SystemsEngineering/Documents/Studies/SA-Guidebook-v1-Oct2008-REV.pdf.*

ANHANG B

Akronyme

ANSI American National Standards Institute

API Anwendungsprogrammierschnittstelle (Application Program Interface)

ARC Appraisal Requirements for CMMI

CAD Computerunterstützter Entwurf (Computer-Aided Design)

CAR Ursachenanalyse und -beseitigung (Causal Analysis and Resolution – Prozessgebiet)

CCB Konfigurationssteuerungs-Gremium (Configuration Control Board)

CL Fähigkeitsgrad (Capability Level)

CM Konfigurationsmanagement (Configuration Management – Prozessgebiet)

CMU Carnegie Mellon University

CMF CMMI Model Foundation

CMM Capability Maturity Model

CMMI Capability Maturity Model Integration

CMMI-ACQ CMMI for Acquisition

CMMI-DEV CMMI für Entwicklung (CMMI for Development)

CMMI-SVC CMMI for Services

CobiT Control Objectives for Information and related Technology

COTS Standardprodukt (Commercial Off-The-Shelf)

CPI Kosten-Leistungs-Index (Cost Performance Index)

CPM Methode des kritischen Pfads (Critical Path Method)

CSCI Computersoftware-Konfigurationsobjekt (Computer Software Configuration Item)

DAR Entscheidungsfindung (Decision Analysis and Resolution – Prozessgebiet)

DHS Department of Homeland Security (US-Ministerium für Heimatschutz)

DoD Department of Defense (US-Verteidigungsministerium)

EIA Electronic Industries Alliance

EIA/IS Electronic Industries Alliance/Interim Standard

FCA Funktionales Konfigurations-Audit (Functional Configuration Audit)

FMEA Fehler-Möglichkeits- und -Einfluss-Analyse (FMEA)

GG Generisches Ziel (Generic Goal)

GP Generische Praktik (Generic Practice)

IBM International Business Machines

IDEAL Initiieren, Diagnostizieren, Etablieren, Agieren, Lernen (Initiating, Diagnosing, Establishing, Acting, Learning)

IEEE Institute of Electrical and Electronics Engineers

INCOSE International Council on Systems Engineering

IPD-CMM Integrated Product Development Capability Maturity Model

IPM Fortgeschrittenes Projektmanagement (Integrated Project Management – Prozessgebiet)

ISO International Organization for Standardization

ISO/IEC International Organization for Standardization and International Electrotechnical Commission

ITIL Information Technology Infrastructure Library

MA Messung und Analyse (Measurement and Analysis – Prozessgebiet)

MDD Methodendefinitionsdokument (Method Definition Document)

ML Reifegrad (Maturity level)

NDIA National Defense Industrial Association

OID Organisationsweites Innovationsmanagement (Organizational Innovation and Deployment – ehemaliges Prozessgebiet)

OPD Organisationsweite Prozessentwicklung (Organizational Process Definition – Prozessgebiet)

OPF Organisationsweite Prozessausrichtung (Organizational Process Focus – Prozessgebiet)

OPM Organisationsweites Leistungsmanagement (Organizational Performance Management – Prozessgebiet)

OPP Organisationsweite Prozessleistung (Organizational Process Performance – Prozessgebiet)

OT Organisationsweite Aus- und Weiterbildung (Organizational Training – Prozessgebiet)

P-CMM People Capability Maturity Model

PCA Physikalisches Konfigurations-Audit (Physical Configuration Audit)

PERT Ereignis-Knoten-Darstellung (Program Evaluation and Review Technique)

PI Produktintegration (Product Integration – Prozessgebiet)

PMC Projektverfolgung und -steuerung (Project Monitoring and Control – Prozessgebiet)

PP Projektplanung (Project Planning – Prozessgebiet)

PPQA Prozess- und Produkt-Qualitätssicherung (Process and Product Quality Assurance – Prozessgebiet)

QFD Quality Function Deployment

QPM Quantitatives Projektmanagement (Quantitative Project Management – Prozessgebiet)

RD Anforderungsentwicklung (Requirements Development – Prozessgebiet)

REQM Anforderungsmanagement (Requirements Management – Prozessgebiet)

RSKM Risikomanagement (Risk Management – Prozessgebiet)

SA-CMM Software Acquisition Capability Maturity Model

SAM Zulieferungsmanagement
(Supplier Agreement Management – Prozessgebiet)

SCAMPI Standard CMMI Appraisal Method
for Process Improvement

SECAM Systems Engineering Capability Assessment Model

SECM Systems Engineering Capability Model

SEI Software Engineering Institute

SG Spezifisches Ziel (Specific Goal)

SP Spezifische Praktik (Specific Practice)

SPI Plan-Leistungsindex (Schedule Performance Index)

SSD Entwicklung von Dienstleistungssystemen
(Prozessgebiet in CMMI-SVC)

SSE-CMM Systems Security Engineering Capability Maturity Model

SW-CMM Capability Maturity Model for Software oder
Software Capability Maturity Model

TS Technische Umsetzung (Technical Solution – Prozessgebiet)

VAL Validierung (Validation – Prozessgebiet)

VER Verifizierung (Verification – Prozessgebiet)

WBS Projektstrukturplan, PSP (Work Breakdown Structure)

ANHANG C

Beteiligte am Projekt CMMI Version 1.3

Viele talentierte Personen waren Teil des Produktteams, das die Modelle von CMMI Version 1.3 entwickelt hat. Dieser Anhang führt die Personen auf, die in mindestens einem der folgenden Teams an der Entwicklung von CMMI Version 1.3 teilgenommen haben. Bei den Namen der Mitglieder sind jeweils die Organisationen aufgeführt, denen die betreffenden Personen während ihrer Mitgliedschaft im Team angehörten.

An der Entwicklung dieses Modells waren die folgenden Hauptgruppen beteiligt:

- CMMI-Lenkungskreis
- Beratergruppe für CMMI for Services
- Koordinationsteam für CMMI Version 1.3
- Konfigurationssteuerungs-Gremium für CMMI Version 1.3
- CMMI V1.3-Kernmodellteam
- CMMI V1.3-Übersetzungsteam
- CMMI V1.3-High-Maturity-Team
- CMMI V1.3 Acquisition-Miniteam
- CMMI V1.3 Services-Miniteam
- CMMI V1.3 SCAMPI-Aktualisierungsteam
- CMMI V1.3-Schulungsteams
- CMMI V1.3-Qualitätsteam

CMMI-Lenkungskreis

Der CMMI-Lenkungskreis leitet die Planung und genehmigt die Pläne des CMMI-Produktteams, bietet Beratung bei wichtigen CMMI-Projektproblemen, sorgt für die Einbeziehung verschiedener Interessentengemeinschaften und genehmigt die endgültige Veröffentlichung des Modells.

Mitglieder des Lenkungskreises

Alan Bemish, U.S. Air Force
Anita Carleton, Software Engineering Institute
Clyde Chittister, Software Engineering Institute
James Gill, Boeing Integrated Defense Systems
John C. Kelly, NASA
Kathryn Lundeen, Defense Contract Management Agency
Larry McCarthy, Motorola
Lawrence Osiecki, U.S. Army
Robert Rassa, Raytheon Space and Airborne Systems (Leiter)
Karen Richter, Institute for Defense Analyses
Joan Weszka, Lockheed Martin Corporation
Harold Wilson, Northrop Grumman Corporation
Brenda Zettervall, U.S. Navy

Amtliche Mitglieder des Lenkungskreises

Mike Konrad, Software Engineering Institute
Susan LaFortune, National Security Agency
David (Mike) Phillips, Software Engineering Institute

Unterstützung des Lenkungskreises

Mary Beth Chrissis, Software Engineering Institute (CCB)
Eric Hayes, Software Engineering Institute (Schriftführer)
Rawdon Young, Software Engineering Institute (Appraisal-Program)

Beratergruppe für CMMI for Services

Die Beratergruppe für CMMI for Services gibt dem Produktentwicklungsteam Rat zu Dienstleistungsbranchen.

Brandon Buteau, Northrop Grumman Corporation
Christian Carmody, University of Pittsburgh Medical Center
Sandra Cepeda, Cepeda Systems & Software Analysis/RDECOM SED
Annie Combelles, DNV IT Global Services
Jeff Dutton, Jacobs Technology, Inc.
Eileen Forrester, Software Engineering Institute
Craig Hollenbach, Northrop Grumman Corporation (Leiter)
Bradley Nelson, Department of Defense
Lawrence Osiecki, U.S. Army ARDEC
David (Mike) Phillips, Software Engineering Institute
Timothy Salerno, Lockheed Martin Corporation
Sandy Shrum, Software Engineering Institute
Nidhi Srivastava, Tata Consultancy Services
Elizabeth Sumpter, NSA
David Swidorsky, Bank of America

Koordinationsteam für CMMI Version 1.3

Das Koordinationsteam bringt die Mitglieder anderer Produktentwicklungsteams zusammen, um eine projektweite Koordination sicherzustellen.

Rhonda Brown, Software Engineering Institute
Mary Beth Chrissis, Software Engineering Institute
Eileen Forrester, Software Engineering Institute
Will Hayes, Software Engineering Institute
Mike Konrad, Software Engineering Institute
So Norimatsu, Norimatsu Process Engineering Lab, Inc.
Mary Lynn Penn, Lockheed Martin Corporation
David (Mike) Phillips, Software Engineering Institute (Leiter)

Mary Lynn Russo, Software Engineering Institute (nicht stimmberechtigtes Mitglied)

Sandy Shrum, Software Engineering Institute

Kathy Smith, Hewlett-Packard

Barbara Tyson, Software Engineering Institute

Rawdon Young, Software Engineering Institute

Konfigurationssteuerungs-Gremium für CMMI Version 1.3

Das Konfigurationssteuerungs-Gremium ist dafür zuständig, Änderungen an CMMI-Unterlagen wie den Modellen, dem SCAMPI MDD und der einführenden Schulung über das Modell zu genehmigen.

Rhonda Brown, Software Engineering Institute (nicht stimmberechtigtes Mitglied)

Michael Campo, Raytheon

Mary Beth Chrissis, Software Engineering Institute (Vorsitz)

Kirsten Dauplaise, NAVAIR

Mike Evanoo, Systems and Software Consortium, Inc.

Rich Frost, General Motors

Brian Gallagher, Northrop Grumman Corporation

Sally Godfrey, NASA

Stephen Gristock, JP Morgan Chase and Co.

Eric Hayes, Software Engineering Institute (nicht stimmberechtigtes Mitglied)

Nils Jacobsen, Motorola

Steve Kapurch, NASA

Mike Konrad, Software Engineering Institute

Chris Moore, U.S. Air Force

Wendell Mullison, General Dynamics Land Systems

David (Mike) Phillips, Software Engineering Institute

Robert Rassa, Raytheon Space and Airborne Systems

Karen Richter, Institute for Defense Analyses

Mary Lou Russo, Software Engineering Institute (nicht stimmberechtigtes Mitglied)

Warren Schwoemeyer, Lockheed Martin Corporation
John Scibilia, U.S. Army
Dave Swidorsky, Bank of America
Barbara Tyson, Software Engineering Institute
Mary Van Tyne, Software Engineering Institute (nicht stimmberechtigtes Mitglied)
Rawdon Young, Software Engineering Institute

CMMI V1.3-Kernmodellteam

Das Kernmodellteam entwickelt Modellunterlagen für alle drei Konstellationen.

Jim Armstrong, Stevens Institute of Technology
Rhonda Brown, Software Engineering Institute (Co-Leiterin)
Brandon Buteau, Northrop Grumman Corporation
Michael Campo, Raytheon
Sandra Cepeda, Cepeda Systems & Software Analysis/RDECOM SED
Mary Beth Chrissis, Software Engineering Institute
Mike D'Ambrosa, Process Performance Professionals
Eileen Forrester, Software Engineering Institute
Will Hayes, Software Engineering Institute
Mike Konrad, Software Engineering Institute (Co-Leiter)
So Norimatsu, Norimatsu Process Engineering Lab, Inc.
Mary Lynn Penn, Lockheed Martin Corporation
David (Mike) Phillips, Software Engineering Institute
Karen Richter, Institute for Defense Analyses
Mary Lynn Russo, Software Engineering Institute (nicht stimmberechtigtes Mitglied)
John Scibilia, U.S. Army
Sandy Shrum, Software Engineering Institute (Co-Leiterin)
Kathy Smith, Hewlett-Packard
Katie Smith-McGarty, U.S. Navy

CMMI V1.3-Übersetzungsteam

Das Übersetzungsteam koordiniert Übersetzungsarbeiten an CMMI-Unterlagen.

Richard Basque, Alcyonix

Jose Antonio Calvo-Manzano, Universidad Politecnica de Madrid

Carlos Caram, Integrated Systems Diagnostics Brazil

Gonzalo Cuevas, Universidad Politecnica de Madrid

Mike Konrad, Software Engineering Institute

Antoine Nardeze, Alcyonix

So Norimatsu, Norimatsu Process Engineering Lab, Inc. (Leiter)

Seven Ou, Institute for Information Industry

Ricardo Panero Lamothe, Accenture

Mary Lynn Russo, Software Engineering Institute (nicht stimmberechtigtes Mitglied)

Winfried Russwurm, Siemens AG

Tomas San Feliu, Universidad Politecnica de Madrid

CMMI V1.3-High-Maturity-Team

Das High-Maturity-Team entwickelt Modellunterlagen für hohe Reifegrade.

Dan Bennett, U.S. Air Force

Will Hayes, Software Engineering Institute

Rick Hefner, Northrop Grumman Corporation

Jim Kubeck, Lockheed Martin Corporation

Alice Parry, Raytheon

Mary Lynn Penn, Lockheed Martin Corporation (Leiterin)

Kathy Smith, Hewlett-Packard

Rawdon Young, Software Engineering Institute

CMMI V1.3 Acquisition-Miniteam

Das Acquisition-Miniteam bietet Fachkenntnisse über das Beschaffungswesen für die Entwicklung des Modells.

Rich Frost, General Motors

Tom Keuten, Keuten and Associates

David (Mike) Phillips,
Software Engineering Institute (Leiter)

Karen Richter, Institute for Defense Analyses

John Scibilia, U.S. Army

CMMI V1.3 Services-Miniteam

Das Services-Miniteam bietet Fachkenntnisse über Dienstleistungen für die Entwicklung des Modells.

Drew Allison, Systems and Software Consortium, Inc.

Brandon Buteau, Northrop Grumman Corporation

Eileen Forrester, Software Engineering Institute (Leiterin)

Christian Hertneck, Anywhere.24 GmbH

Pam Schoppert, Science Applications International Corporation

CMMI V1.3 SCAMPI-Aktualisierungsteam

Das SCAMPI-Aktualisierungsteam entwickelt die Dokumente ARC (Appraisal Requirement for CMMI) und MDD (SCAMPI Method Definition Document).

Mary Busby, Lockheed Martin Corporation

Palma Buttles-Valdez, Software Engineering Institute

Paul Byrnes, Integrated System Diagnostics

Will Hayes, Software Engineering Institute (Leiter)

Ravi Khetan, Northrop Grumman Corporation

Denise Kirkham, The Boeing Company

Lisa Ming, BAE Systems

Charlie Ryan, Software Engineering Institute
Kevin Schaaff, Software Engineering Institute
Alexander Stall, Software Engineering Institute
Agapi Svolou, Software Engineering Institute
Ron Ulrich, Northrop Grumman Corporation

CMMI Version 1.3-Schulungsteams

Die beiden Schulungsteams (eines für CMMI-DEV und CMMI-ACQ, das andere für CMMI-SVC) entwickeln Aus-und Weiterbildungsunterlagen zum Modell.

ACQ- und DEV-Schulungsteam

Barbara Baldwin, Software Engineering Institute
Bonnie Bollinger, Process Focus Management
Cat Brandt-Zaccardi, Software Engineering Institute
Rhonda Brown, Software Engineering Institute
Michael Campo, Raytheon
Mary Beth Chrissis, Software Engineering Institute (Leiterin)
Stacey Cope, Software Engineering Institute
Eric Dorsett, Jeppesen
Dan Foster, PF Williamson
Eric Hayes, Software Engineering Institute
Kurt Hess, Software Engineering Institute
Mike Konrad, Software Engineering Institute
Steve Masters, Software Engineering Institute
Robert McFeeley, Software Engineering Institute
Diane Mizukami-Williams, Northrop Grumman Corporation
Daniel Pipitone, Software Engineering Institute
Mary Lou Russo, Software Engineering Institute (nicht stimmberechtigtes Mitglied)
Sandy Shrum, Software Engineering Institute
Katie Smith-McGarty, U.S. Navy
Barbara Tyson, Software Engineering Institute

SVC-Schulungsteam

Drew Allison, Systems and Software Consortium, Inc.
Mike Bridges, University of Pittsburgh Medical Center
Paul Byrnes, Integrated System Diagnostics
Sandra Cepeda, Cepeda Systems & Software Analysis/RDECOM SED
Eileen Clark, Tidewaters Consulting
Kieran Doyle, Excellence in Measurement
Eileen Forrester, Software Engineering Institute (Leiterin SVC-Schulung)
Hillel Glazer, Entinex
Christian Hertneck, Anywhere.24 GmbH
Pat Kirwan, Software Engineering Institute
Suzanne Miller, Software Engineering Institute
Judah Mogilensky, PEP
Heather Oppenheimer, Oppenheimer Partners
Pat O'Toole, PACT
Agapi Svolou, Alexanna
Jeff Welch, Software Engineering Institute

CMMI V1.3-Qualitätsteam

Das Qualitätsteam führt verschiedene Qualitätssicherungsprüfungen an Modellunterlagen durch, um deren Genauigkeit, Verständlichkeit und Einheitlichkeit sicherzustellen.

Rhonda Brown, Software Engineering Institute (Co-Leiterin)
Erin Harper, Software Engineering Institute
Mike Konrad, Software Engineering Institute
Mary Lou Russo, Software Engineering Institute
Mary Lynn Russo, Software Engineering Institute
Sandy Shrum, Software Engineering Institute (Co-Leiterin)

Beteiligte an der deutschen Übersetzung CMMI für Entwicklung Version 1.3

Steuerung seitens Pearson Deutschland GmbH

Bauer-Schiewek, Brigitte
(Pearson Deutschland GmbH)

Übersetzung

Gronau, Volkmar
(G&U Language & Publishing Services GmbH)

Korrektorat

Kienle, Petra

Steuerung seitens German CMMI Lead Appraiser and Instructor Board (CLIB)

Hübner, Eberhard (Robert Bosch GmbH)
Russwurm, Winfried (Siemens AG)
Skerra, Carsten (skerra-unternehmensberatung)

Mitglieder des Change Control Board

Bauer-Schiewek, Brigitte
(Pearson Deutschland GmbH)
Gronau, Volkmar
(G&U Language & Publishing Services GmbH)
Hertneck, Christian (Anywhere.24 GmbH)
Hübner, Eberhard (Robert Bosch GmbH)
Blucha, Frank (MBtech Group GmbH & Co. KGaA)
Russwurm, Winfried (Siemens AG)
Skerra, Carsten (skerra-unternehmensberatung)

Gesamtkoordination der Reviews

Skerra, Carsten (skerra-unternehmensberatung)

Mitarbeiter der Reviews

Battenfeld, Jörg (wibas IT Maturity Services GmbH)
Bauchrowitz, Joachim
(ESG Elektroniksystem- und Logistik-GmbH)
Blucha, Frank (MBtech Group GmbH & Co. KGaA)
Hertneck, Christian (Anywhere.24 GmbH)
Hübner, Eberhard (Robert Bosch GmbH)
Fögen, Malte (wibas IT Maturity Services GmbH)
Franzitta, Valeria (Robert Bosch GmbH)
Koch, Lutz (wibas IT Maturity Services GmbH)
Haas, Christine (Robert Bosch GmbH)
Raak, Claudia (wibas IT Maturity Services GmbH)
Skerra, Carsten (skerra-unternehmensberatung)
Unruh, Jan (Robert Bosch GmbH)
Wlokka, Albrecht (Robert Bosch GmbH)

ANHANG D

Glossar

Das Glossar definiert die grundlegenden Begriffe, die in den CMMI-Modellen verwendet werden. Einträge im Glossar setzen sich normalerweise aus mehreren Wörtern zusammen, die aus einem Substantiv und einem oder mehreren einschränkenden Bestimmungswörtern bestehen. (Es gibt einige Ausnahmen von dieser Regel, die aus einem Wort bestehende Begriffe in das Glossar eingebracht haben.)

Das CMMI-Glossar von Begriffen ist weder eine erforderliche noch eine erwartete oder informative Komponente der CMMI-Modelle. Die Begriffe im Glossar sollten im Kontext der Modellkomponente interpretiert werden, in der sie vorkommen.

Zur Festlegung von geeigneten Definitionen für CMMI wurde auf mehrere Quellen zurückgegriffen In erster Linie wurde das Onlinewörterbuch von Merrium-Webster (*www.merriam-webster.com/*) verwendet. Bei Bedarf wurde auch auf andere Standards zurückgegriffen, darunter auf die folgenden:

- ISO 9000 [ISO 2005a]
- ISO/IEC 12207 [ISO 2008a]
- ISO/IEC 15504 [ISO 2.006a]
- ISO/IEC 15288 [ISO 2008b]
- ISO/IEC 15939 [ISO 2007]
- ISO 20000-1 [ISO 2005b]
- IEEE [IEEE 1991]
- CMM for Software (SW-CMM) V1.1
- EIA 632 [EIA 2003]
- SA-CMM [SEI 2002]
- People CMM (P-CMM) [Curtis 2009]

- CobiT v. 4.0 [IT Governance 2005]
- ITIL v3 (Service Improvement, Service Design, Service Operation, Service Strategy, and Service Transition) [Office of Government Commerce 2007]

Das Glossar wurde erstellt, um der Bedeutung einer für alle Modellbenutzer verständlichen Terminologie Rechnung zu tragen. Wörter und Begriffe können in verschiedenen Kontexten und Umgebungen unterschiedliche Bedeutungen haben. Das Glossar der CMMI-Modelle wurde dafür entworfen, die Bedeutungen der Wörter und Begriffe zu dokumentieren, die die Benutzer der CMMI-Produktreihe am häufigsten verwenden und verstehen sollten.

Obwohl der Begriff »Produkt« Dienstleistungen ebenso einschließt wie Produkte und der Begriff »Dienstleistung« als ein Produkttyp definiert ist, enthalten viele Begriffe im Glossar sowohl das Wort »Produkt« als auch das Wort »Service«, um deutlich zu zeigen, dass das CMMI sowohl auf Produkte als auch auf Services anwendbar ist.

Jeder Glossareintrag besteht aus zwei bis drei Teilen. Es gibt immer einen Begriff und immer eine Definition. Manchmal werden noch zusätzliche Hinweise gegeben.

Die definierten Begriffe sind auf der Seite nach links ausgerückt aufgeführt. Die Definition erscheint in einer ähnlichen Schriftgröße wie der Begriff. Hinweise folgen auf die Definition und sind in einer kleineren Schriftart angegeben.

Abgeleitete Anforderungen (derived requirements)

Anforderungen, die in den Kundenanforderungen nicht ausdrücklich genannt werden, aber (1) aus Anforderungen aus dem Kontext (z.B. maßgebliche Normen, Gesetze, Leitlinien, übliche Praxis und Managemententscheidungen) oder (2) aus Anforderungen, die für die Spezifikation von Produkt- oder Dienstleistungsbestandteilen benötigt werden, abgeleitet werden.

Abgeleitete Anforderungen können auch bei der Analyse und dem Design von Bestandteilen des Produkts oder der Dienstleistung entstehen. (Siehe auch »Produktanforderungen«.)

Abgeleitete Kennzahl (derived measure)

Kennzahl, die als Funktion eines, zweier oder mehrerer Werte von Basiskennzahlen definiert ist. (Siehe auch »Basiskennzahlen«.)

Abnahmekriterien (acceptance criteria)

Kriterien, die ein auszulieferndes Arbeitsergebnis erfüllen muss, um von einem Benutzer, Kunden oder einer anderen autorisierten Instanz akzeptiert bzw. abgenommen zu werden. (Siehe auch »auszulieferndes Arbeitsergebnis«.)

Mehr zur Analyse möglicher Entscheidungen mithilfe eines formalen Evaluierungsprozesses, der identifizierte Alternativen anhand etablierter Kriterien bewertet, steht im Prozessgebiet »Entscheidungsfindung«.

Abnahmeprüfung (acceptance testing)

Eine formelle Prüfung, die es dem Benutzer, Kunden oder einer anderen autorisierten Instanz ermöglicht, abgelieferte Arbeitsergebnisse abzunehmen. (Siehe auch »Modultest«.)

Änderungsmanagement (change management)

Wohlüberlegter Einsatz von Mitteln, um Änderungen oder vorgeschlagene Änderungen an Produkten oder Dienstleistungen zu bewirken. (Siehe auch »Konfigurationsmanagement«.)

Anforderung (requirement)

(1) Eigenschaft oder Fähigkeit, die von einem Anwender zur Lösung eines Problems oder zum Erreichen eines Ziels benötigt wird. (2) Eigenschaft oder Fähigkeit, die ein Produkt, eine Dienstleistung, ein Produkt- oder Dienstleistungsbestandteil besitzen muss, um eine Lieferantenvereinbarung, eine Norm, eine Spezifikation oder andere formell vorgegebene Dokumente zu erfüllen. (3) Dokumentierte Darstellung einer Eigenschaft oder Fähigkeit, wie sie in (1) oder (2) beschrieben werden. (Siehe »Lieferantenvereinbarung«.)

Anforderungen an Dienstleistungen (service requirements)

Die vollständige Menge der Anforderungen, die die Auslieferung einer Dienstleistung und die Entwicklung eines Dienstleistungssystems betreffen. (Siehe auch »Dienstleistungssystem«.)

Anforderungen an Dienstleistungen sind sowohl technischer als auch nicht technischer Natur. Technische Anforderungen sind Eigenschaften der auszuliefernden Dienstleistung und des Dienstleistungssystems, das zur Auslieferung nötig ist. Nicht technische Anforderungen können zusätzliche Bedingungen, Vorkehrungen, Zusagen und Konditionen umfassen, die in Vereinbarungen und Vorschriften genannt werden, sowie erforderliche Fähigkeiten und Bedingungen, die aus Geschäftszielen abgeleitet sind.

Anforderungen an Produktbestandteile (product component requirements)
Vollständige Spezifikation eines Produkt- oder Dienstleistungsbestandteils einschließlich Passung, Form, Funktion, Leistung und jeder anderen Anforderung.

Anforderungsanalyse (requirements analysis)
Bestimmung der produkt- oder dienstleistungsspezifischen Leistungsmerkmale der Funktions- und Qualitätsattribute, die auf Analysen von Kundenbedürfnissen, Kundenerwartungen und Randbedingungen, Betriebskonzepten, geplanten Einsatzumgebungen für Personen, Produkte, Dienstleistungen und Prozesse sowie auf Kennzahlen zur Effektivität basieren. (Siehe auch »Betriebskonzept«.)

Anforderungsermittlung (requirements elicitation)
Einsatz von systematischen Methoden wie Prototypen und strukturierten Umfragen zur proaktiven Identifizierung und Dokumentation der Bedürfnisse der Kunden und Endanwender.

Anforderungsmanagement (requirements management)
Verwaltung aller Anforderungen, die mit dem Projekt oder der Arbeitsgruppe in Verbindung stehen (u.a. erhaltene und selbst erzeugte Anforderungen), einschließlich der technischen und nicht technischen Anforderungen sowie der Anforderungen, die von der Organisation an das Projekt oder die Arbeitsgruppe gestellt werden. (Siehe auch »nicht technische Anforderungen«.)

Anwendungsszenario (operational scenario)
Beschreibung einer angedachten Reihe von Ereignissen, die die Interaktion des Produkts oder der Dienstleistung mit dem Umfeld und den Benutzern sowie die Interaktionen zwischen den Produkt- oder Dienstleistungsbestandteilen umfasst.

Anwendungsszenarien werden zur Bewertung der Anforderungen und des Systemdesigns sowie zu dessen Verifizierung und Validierung verwendet.

Appraisal
Eine Untersuchung eines oder mehrerer Arbeitsabläufe durch ein geschultes Team von Fachleuten, das auf der Grundlage eines Appraisal-Referenzmodells mindestens Stärken und Schwächen bestimmt.

Appraisal-Befunde (appraisal findings)
Ergebnisse eines Appraisal, die die wichtigsten Schwachstellen, Probleme und Prozessverbesserungsmöglichkeiten im Untersuchungsbereich des Appraisal identifizieren.

Appraisal-Befunde sind Schlussfolgerungen, die aus bestätigten, objektiven Nachweisen gezogen werden.

Appraisal-Beteiligte (appraisal participants)
Mitglieder der Organisationseinheit, die während eines Appraisal Informationen zur Verfügung stellen.

Appraisal-Referenzmodell (appraisal reference model)
Das CMMI-Modell, zu dem das Appraisal-Team die vorgefundenen Abläufe in Beziehung setzt.

Dieser Begriff wird in CMMI-Appraisal-Material wie dem SCAMPI-MDD verwendet.

Äquivalente Einstufung (equivalent staging)
Zielprofilsequenz in der Darstellung in Fähigkeitsgraden, die so definiert ist, dass sie mit der Darstellung in Reifegraden verglichen werden kann. (Siehe auch »Fähigkeitsgradprofil«, »Reifegrad«, »Zielprofil« und »Zielprofilsequenz«.)

Eine solche Einstufung ermöglicht den Vergleich des Fortschritts zwischen Organisationen, Unternehmen, Projekten und Arbeitsgruppen unabhängig von der verwendeten CMMI-Darstellung. Eine Organisation kann neben den Komponenten der CMMI-Modelle, die Teil der äquivalenten Einstufung sind, auch weitere umsetzen. Eine äquivalente Einstufung hilft, die Reifegrade von Organisationen untereinander zu vergleichen.

Arbeitsbeginn (work startup)
Zeitpunkt, zu dem miteinander in Wechselwirkung stehende Ressourcen für eine Arbeitsgruppe angewiesen werden, eines oder mehrere Produkte oder Dienstleistungen für einen Kunden oder Endanwender zu entwickeln oder auszuliefern. (Siehe auch »Arbeitsgruppe«.)

Arbeitsergebnis (work product)
Ein brauchbares Ergebnis eines Arbeitsablaufs.

Zu solchen Ergebnissen können Dateien, Dokumente, Produkte, Teile von Produkten, Dienstleistungen, Prozessbeschreibungen, Spezifikationen und Rechnungen gehören. Arbeitsergebnisse und Produktbestandteile unterscheiden sich im Wesentlichen darin, dass Arbeitsergebnisse nicht notwendigerweise Teil des Endprodukts sein müssen. (Siehe auch »Produkt« und »Produktbestandteil«.)

In CMMI-Modellen schließt die Definition von »Arbeitsergebnis« auch Dienstleistungen ein. Jedoch wird manchmal die Wendung »Arbeitsergebnisse und Dienstleistungen« verwendet, um die Einbeziehung von Dienstleistungen hervorzuheben.

Arbeitsgruppe (work group)

Eine geführte Menge von Menschen und anderen zugewiesenen Ressourcen, die ein oder mehrere Produkte oder Dienstleistungen an einen Kunden oder Endanwender liefert. (Siehe auch »Projekt«.)

Eine Arbeitsgruppe kann eine organisatorische Einheit mit einem definierten Zweck sein, wobei es keine Rolle spielt, ob diese Einheit in einem Organisationsdiagramm erscheint oder nicht. Arbeitsgruppen kann es auf jeder Ebene der Organisation geben. Sie können andere Arbeitsgruppen enthalten und organisatorische Grenzen überspannen.

Eine Arbeitsgruppe mitsamt ihrer Arbeit kann dasselbe sein wie ein Projekt, wenn sie absichtlich eine begrenzte Lebensdauer aufweist.

Arbeitsplan (work plan)

Ein Plan von Aktivitäten und zugehörigen Ressourcenzuweisungen für eine Arbeitsgruppe.

Die Arbeitsplanung schließt die Schätzung der Attribute von Arbeitsergebnissen und Aufgaben, die Ermittlung der erforderlichen Ressourcen, die Aushandlung von Zusagen, die Erstellung eines Terminplans sowie die Identifizierung und Analyse von Risiken ein. Möglicherweise müssen diese Aktivitäten wiederholt durchlaufen werden, um den Arbeitsplan schrittweise zu etablieren.

Architektur (architecture)

Die Menge der erforderlichen Strukturen, um Schlussfolgerungen über ein Produkt ziehen zu können. Diese Strukturen bestehen aus Elementen, deren Beziehungen untereinander und den Eigenschaften von beiden.

Im Zusammenhang mit Dienstleistungen wird der Begriff der Architektur häufig auf das Dienstleistungssystem angewandt.

Beachten Sie, dass die Funktion nur ein Aspekt des Produkts ist. Qualitätsattribute wie Reaktionsfähigkeit, Zuverlässigkeit und Sicherheit sind für Schlussfolgerungen ebenfalls wichtig. Strukturen bieten die Möglichkeit, verschiedene Teile der Architektur zu beleuchten. (Siehe auch »Funktionale Architektur«.)

Attribute von Arbeitsergebnissen und Aufgaben (work product and task attributes)

Charakteristiken von Produkten, Dienstleistungen und Tätigkeiten, die bei der Schätzung des Arbeitsaufwands helfen. Zu diesen Charakteristiken gehören Größe, Komplexität, Gewicht, Form, Passung und Funktion. Typischerweise werden sie als eine Eingangsgröße für andere Ressourcenschätzungen verwendet (z.B. für Aufwand, Kosten, Termine).

Audit
Eine objektive Untersuchung eines oder mehrerer Arbeitsergebnisse anhand von festgelegten Kriterien, z.B. Anforderungen. (Siehe auch »objektiv bewerten«.)

Dieser Begriff wird in CMMI auf verschiedene Weise verwendet, unter anderem für Konfigurationsaudits und Audits zur Prozesseinhaltung.

Aus- und Weiterbildung (training)
Formale und informelle Lehrmethoden.

Diese Methoden können Präsenzunterricht, Coaching, webbasiertes Training, angeleitetes Selbststudium und formalisierte On-the-Job-Schulungsprogramme umfassen.

Die jeweils ausgewählten Lehrmethoden basieren auf einer Analyse des Aus- und Weiterbildungsbedarfs und der zu schließenden Wissenslücken.

Ausarbeitung einer generischen Praktik (generic practice elaboration)
Informative Modellkomponente, die nach einer generischen Praktik steht, um Hilfestellung dabei zu geben, wie diese generische Praktik im Prozessgebiet einheitlich angewandt werden könnte. (Diese Modellkomponente ist nicht in allen CMMI-Modellen vorhanden.)

Ausgangskriterien (exit criteria)
Bedingungen, die erfüllt sein müssen, bevor eine Aktivität erfolgreich abgeschlossen werden kann.

Ausschreibung (solicitation)
Bereitstellung der Ausschreibungsunterlagen zur Auswahl eines Lieferanten. (Siehe auch »Ausschreibungspaket«.)

Ausschreibungspaket (solicitation package)
Eine Sammlung formaler Dokumente, die eine Beschreibung der gewünschten Form von Antwort von einem potenziellen Lieferanten, die relevante Leistungsbeschreibung für den Lieferanten und erforderliche Vorkehrungen in der Lieferantenvereinbarung enthält.

Auszulieferndes Arbeitsergebnis (deliverable)

Ein Element, das einem Beschaffer oder einem anderen festgelegten Empfänger gemäß einer Vereinbarung bereitgestellt wird. (Siehe auch »Beschaffer«.)

Dieses Element kann ein Dokument, eine Hardware- oder Softwarekomponente, eine Dienstleistung oder irgendeine Art von Arbeitsergebnis sein.

Baseline

Ein Satz von Spezifikationen oder Arbeitsergebnissen, der formal geprüft und vereinbart wurde und dann als Basis für weitere Arbeiten dient. Er kann nur über ein Änderungsverfahren verändert werden kann. (Siehe auch »Konfigurationsbaseline« und »Produktbaseline«.)

Basiskennzahl (base measure)

Eine Kennzahl, die in Form eines Attributs und einer Methode für dessen Quantifizierung definiert ist. (Siehe auch »abgeleitete Kennzahl«.)

Eine Basiskennzahl ist von anderen Kennzahlen funktional unabhängig.

Befunde (findings)

Siehe »Appraisal-Befunde«.

Beispiele für Arbeitsergebnisse (example work products)

Eine informative Modellkomponente, die Beispiele für Ergebnisse einer spezifischen Praktik angibt.

Beschaffer (acquirer)

Der Stakeholder, der ein Produkt oder eine Dienstleistung von einem Lieferanten bezieht. (Siehe auch »Stakeholder«.)

Beschaffung (acquisition)

Der Prozess, Produkte oder Dienstleistungen über Lieferantenvereinbarungen zu erwerben. (Siehe auch »Lieferantenvereinbarung«.)

Beschaffungsstrategie (acquisition strategy)

Spezifisches Vorgehen zur Beschaffung von Produkten und Dienstleistungen, das Bezugsquellen, Beschaffungsmethoden, Arten der Anforderungsspezifikation, Vereinbarungen und Beschaffungsrisiken berücksichtigt.

Bestandteile von Dienstleistungssystemen (service system components)

Eine Ressource, die ein Dienstleistungssystem benötigt, um erfolgreich Dienstleistungen ausliefern zu können.

Manche Bestandteile können im Besitz eines Kunden, Endanwenders oder eines dritten Beteiligten bleiben, bevor die Auslieferung der Dienstleistung beginnt und nachdem sie endet. (Siehe auch »Kunde« und »Endanwender«.)

Manche Bestandteile können vorübergehende Ressourcen sein, die nur für begrenzte Zeit Teil des Dienstleistungssystems sind (z.B. Dinge, die in einer Werkstatt repariert werden).

Zu den Bestandteilen können Prozesse und Personen gehören.

Der Kürze halber kann anstelle von »Bestandteil des Dienstleistungssystems« das Wort »Bestandteil« verwendet werden, wenn der Kontext die Bedeutung deutlich macht.

Zur zusammenfassenden Bezeichnung der Bestandteile eines Dienstleistungssystems, die materiell und prinzipiell dauerhaft vorhanden sind, kann das Wort »Infrastruktur« verwendet werden. Je nach Kontext und Art der Dienstleistung kann die Infrastruktur auch menschliche Arbeitskräfte einschließen.

Betriebskonzept (operational concept/concept of operations)
Eine allgemeine Beschreibung der Art und Weise, wie etwas verwendet wird oder funktioniert.

Bewertungsergebnis eines Appraisal (appraisal rating)
Der Wert, der vom Appraisalteam (a) einem CMMI-Ziel oder -Prozessgebiet, (b) dem Fähigkeitsgrad eines Prozessgebiets oder (c) dem Reifegrad einer Organisationseinheit zugewiesen wird.

Dieser Begriff wird in CMMI-Appraisal-Material wie dem SCAMPI-MDD verwendet. Ein Bewertungsergebnis wird durch die Anwendung des definierten Bewertungsverfahrens der verwendeten Appraisal-Methode ermittelt.

Bibliothek der Prozess-Assets (process asset library)
Zusammenstellung von Prozess-Assets, die eine Organisation, ein Projekt oder eine Arbeitsgruppe verwenden kann. (Siehe auch »Bibliothek der Prozess-Assets der Organisation«.)

Bibliothek der Prozess-Assets der Organisation (organization's process asset library)
Bibliothek zur Aufbewahrung und Bereitstellung von Prozess-Assets, die für diejenigen nützlich sind, die Prozesse in der Organisation definieren, einführen und verwalten.

Diese Bibliothek enthält Prozess-Assets mit prozessbezogener Dokumentation wie z.B. Leitlinien, definierte Prozesse, Checklisten, Lessons Learned-Dokumente, Vorlagen, Normen, Verfahren, Pläne und Aus- und Weiterbildungsunterlagen.

Bidirektionale Nachverfolgbarkeit (bidirectional traceability)
Verknüpfung zwischen zwei oder mehreren logischen Einheiten, die in beiden Richtungen verfolgbar ist (d.h. von und zu einer logischen Einheit). (Siehe auch »Nachverfolgbarkeit von Anforderungen« und »Nachverfolgbarkeit«.)

Capability Maturity Model
Modell, das die wesentlichen Elemente wirksamer Arbeitsabläufe einer oder mehrerer Interessengebiete enthält und einen evolutionären Verbesserungsweg von unreifen Ad-hoc-Arbeitsabläufen hin zu reifen und disziplinierten Prozessen mit verbesserter Qualität und Wirksamkeit beschreibt.

CMMI-Framework
Die Grundstruktur, die die CMMI-Komponenten organisiert, einschließlich der Elemente aktueller CMMI-Modelle sowie Regeln und Methoden zur Erstellung von Modellen, Appraisal-Methoden (einschließlich der entsprechenden Artefakte) und Schulungsunterlagen. (Siehe auch »CMMI-Modell« und »CMMI-Produktreihe«.)

Das Framework ermöglicht es, neue Interessengebiete so zu CMMI hinzuzufügen, dass sie sich in die bereits vorhandenen integrieren.

CMMI-Komponente (CMMI model component)
Jedes der architektonischen Hauptelemente, aus denen ein CMMI-Modell besteht.

Zu den Hauptelementen eines CMMI-Modells gehören spezifische und generische Praktiken, spezifische und generische Ziele, Prozessgebiete, Fähigkeits- und Reifegrade.

CMMI-Modell (CMMI model)
Ein aus dem CMMI-Framework erstelltes Modell. (Siehe auch »CMMI-Framework« und »CMMI-Produktreihe«.)

CMMI-Produktreihe (CMMI Product Suite)
Gesamtheit der Produkte, die um das CMMI-Konzept herum entwickelt wurden. (Siehe auch »CMMI-Framework« und »CMMI-Modell«.)

Zu diesen Produkten gehören das Framework selbst, die Modelle, Appraisal-Methoden, Appraisal-Unterlagen und Aus- und Weiterbildungsunterlagen.

Darstellung (representation)
Struktur, Verwendung und Darstellung von Komponenten eines CMM.

Letztlich haben sich zwei Ansätze für die Darstellung von guten Praktiken herauskristallisiert: die Darstellung in Reifegraden und die Darstellung in Fähigkeitsgraden.

Darstellung in Fähigkeitsgraden (continuous representation)
Strukturierung der CMMI-Modelle, in der Fähigkeitsgrade den empfohlenen Weg zur Prozessverbesserung für jedes ausgewählte Prozessgebiet beschreiben. (Siehe auch »Fähigkeitsgrad«, »Prozessgebiet« und »Darstellung in Reifegraden«.)

Darstellung in Reifegraden (staged representation)
Modellstruktur, in der das Erreichen der spezifischen und generischen Ziele einer Menge von Prozessgebieten einen Reifegrad festlegt. Jeder Reifegrad bildet die Grundlage für die darauf aufbauenden Reifegrade. (Siehe auch »Reifegrad« und »Prozessgebiet«.)

Daten (data)
Aufgezeichnete Informationen.

Aufgezeichnete Informationen können technische Daten, Softwaredokumentation, betriebswirtschaftliche Informationen, Managementinformationen, Darstellungen von Fakten, Zahlen oder Werten jedweder Art umfassen, die vermittelt, gespeichert oder verarbeitet werden können.

Daten-Management (data management)
Den Datenanforderungen entsprechende disziplinierte Arbeitsabläufe und Systeme, die über den Lebenszyklus der Daten hinweg der Planung, Beschaffung und Verwaltung von betriebswirtschaftlichen und technischen Daten dienen.

Definierter Prozess (defined process)
Ein geführter Prozess, der gemäß der Tailoring-Guidelines aus dem organisationsspezifischen Satz von Standardprozessen erstellt wurde. Zu einem definierten Prozess gibt es eine Prozessbeschreibung, die fortlaufend weiterentwickelt wird. Aus dem definierten Prozess werden prozessbezogene Erfahrungen zur Verbesserung der Prozess-Assets der Organisation gewonnen. (Siehe auch »geführter Prozess«.)

Definition von erforderlichem Funktionsumfang und Qualitätsattributen (definition of required functionality and quality attributes)
Eine Beschreibung des erforderlichen Funktionsumfangs und der erforderlichen Qualitätsattribute, die durch Aufteilung (»Chunking«), Gliederung, Annotierung, Strukturierung oder Formalisierung der Anforderungen (funktionaler wie nichtfunktionaler) erreicht wird, um die weitere Verfeinerung der Anforderungen, das Schlussfolgern aus den Anforderungen sowie die (möglicherweise zu Anfang durchgeführte) Untersuchung, Definition und Bewertung von Lösungen zu erleichtern. (Siehe auch »Architektur«, »funktionale Architektur« und »Qualitätsattribute«.)

Beim Fortschreiten der Prozesse der technischen Umsetzung kann diese Charakterisierung zu einer Beschreibung der Architektur ausgebaut werden, anstatt einfach nur dazu zu dienen, den Umfang der Architektur festzulegen und ihre Entwicklung zu lenken. Das hängt von den verwendeten Entwicklungsprozessen, der Anforderungsspezifikation, den Architektursprachen, den Werkzeugen und der Umgebung für die Systementwicklung des Produkts oder der Dienstleistung ab.

Design-Review

Formale, dokumentierte, umfassende und systematische Untersuchung eines Designs, um festzustellen, ob das Design die maßgeblichen Anforderungen erfüllt, sowie um Probleme zu erkennen und Lösungen vorzuschlagen.

Dienstleistung (service)

Ein immaterielles und nicht speicherbares Produkt. (Siehe auch »Produkt«, »Kunde« und »Arbeitsergebnis«.)

Dienstleistungen werden unter Nutzung von Dienstleistungssystemen ausgeliefert, die zur Erfüllung von Anforderungen an Dienstleistungen entworfen wurden. (Siehe auch »Dienstleistungssystem«.)

Viele Dienstleistungsanbieter liefern sowohl Dienstleistungen als auch Güter. Ein Dienstleistungssystem kann beide Arten von Produkten ausliefern. Beispielsweise kann eine Aus- und Weiterbildungsorganisation zusammen mit den Schulungsdienstleistungen auch Aus- und Weiterbildungsunterlagen liefern.

Dienstleistungen können durch eine Kombination von manuellen und automatisierten Prozessen ausgeliefert werden.

Neben der üblichen Bedeutung in der Standardsprache hat dieser Begriff in der CMMI-Produktreihe eine besondere Bedeutung.

Dienstleistungsanfrage (service request)

Eine Kommunikation von einem Kunden oder Endanwender, die besagt, dass eine oder mehrere konkrete Auslieferungen einer Dienstleistung gewünscht werden. (Siehe auch »Dienstleistungsvereinbarung«.)

Diese Anfragen können im Zusammenhang mit einer Dienstleistungsvereinbarung gestellt werden.

Wenn Dienstleistungen fortlaufend oder regelmäßig ausgeliefert werden, können Dienstleistungsanfragen in der Dienstleistungsvereinbarung expliziert aufgeführt werden.

In anderen Fällen stellen Kunden oder Endanwender im Rahmen ihrer wachsenden Anforderungen mit der Zeit Dienstleistungsanfragen im Umfang einer zuvor etablierten Dienstleistungsvereinbarung.

Dienstleistungsfamilie (service line)

Ein konsolidierter und genormter Satz von Dienstleistungen und Dienstleistungsgüte, die bestimmte Erfordernisse eines ausgewählten Markts oder Geschäftszwecks erfüllen. (Siehe auch »Produktlinie« und »Dienstleistungsgüte«.)

Dienstleistungsgüte (service level)

Eine definierte Größenordnung, Grad oder Qualität der Leistung einer ausgelieferten Dienstleistung. (Siehe auch »Dienstleistung« und »Kennzahl zur Dienstleistungsgüte«.)

Dienstleistungsstörung (service incident)

Ein Anzeichen einer tatsächlichen oder möglichen Störung einer Dienstleistung.

Dienstleistungsstörungen können in jedem Dienstleistungsgebiet auftreten, da Kunden- und Endanwenderbeschwerden als Störungen zählen und selbst die einfachsten Dienstleistungen Beschwerden hervorrufen können.

Der Kürze halber kann anstelle von »Dienstleistungsstörung« das Wort »Störung« verwendet werden, wenn der Kontext die Bedeutung deutlich macht.

Dienstleistungssystem (service system)

Eine integrierte und unabhängige Kombination von Bestandteilen von Ressourcen, die Anforderungen an Dienstleistungen erfüllt. (Siehe auch »Bestandteile von Dienstleistungssystemen« und »Anforderungen an Dienstleistungen«.)

Ein Dienstleistungssystem umfasst alles, was zur Auslieferung einer Dienstleistung erforderlich ist, darunter Arbeitsergebnisse, Prozesse, Einrichtungen, Werkzeuge, Verbrauchsgüter und menschliche Arbeitskräfte.

Es ist zu beachten, dass ein Dienstleistungssystem die Personen enthält, die zur Durchführung seiner Arbeitsabläufe erforderlich sind. In Zusammenhängen, in denen Endanwender einige Arbeitsabläufe für die Auslieferung der Dienstleistung durchführen, sind diese Endanwender ebenfalls Teil des Dienstleistungssystems (zumindest für die Dauer dieser Interaktion).

Ein komplexes Dienstleistungssystem kann in mehrere konkrete Auslieferungs- und Unterstützungssysteme oder Teilsysteme aufgeteilt werden. Diese Aufteilungen und Unterscheidungen können zwar für die Organisation des Dienstleistungsanbieters von erheblicher Bedeutung sein, müssen für andere Stakeholder aber nicht ebenso wichtig sein.

Dienstleistungsvereinbarung (service agreement)

Eine bindende, schriftliche Aufzeichnung des zugesagten Austauschs von Werten zwischen einem Dienstleistungsanbieter und einem Kunden. (Siehe auch »Kunde«.)

Dienstleistungsvereinbarungen können vollständig verhandelbar, teilweise verhandelbar und nicht verhandelbar sein.
Je nach Situation können sie vom Dienstleistungsanbieter, vom Kunden oder von beiden aufgestellt werden.

Ein »zugesagter Austausch von Werten« bedeutet die gegenseitige Bestätigung und Anerkennung dessen, was die einzelnen Beteiligten dem jeweils anderen bereitstellen, um die Vereinbarung zu erfüllen. Üblicherweise bietet der Kunde eine Bezahlung als Gegenleistung für ausgelieferte Dienstleistungen, aber es sind auch andere Vereinbarungen möglich.

Eine »schriftliche« Aufzeichnung muss nicht in einem einzigen Dokument oder Artefakt enthalten sein. Ersatzweise kann sie für bestimmte Arten von Dienstleistungen auch extrem kurz sein (z.B. eine Quittung, die eine Dienstleistung, ihren Preis und den Empfänger angibt).

Dienstleistungsverzeichnis (service catalog)

Eine Übersicht und Ablage genormter Dienstleistungsdefinitionen.

Dienstleistungsverzeichnisse können unterschiedlich viele Einzelheiten über verfügbare Dienstleistungsgüte, Qualität, Preise, verhandelbare oder ausgestaltungsfähige Elemente und Geschäftsbedingungen aufweisen.

Ein Dienstleistungsverzeichnis muss nicht in einem einzelnen Dokument oder Artefakt enthalten sein. Es kann auch aus einer Kombination von Elementen bestehen, die zusammengenommen gleichwertige Informationen bieten (z.B. Webseiten, die mit einer Datenbank verknüpft sind). Bei einigen Dienstleistungen kann ein leistungsfähiges Verzeichnis dagegen einfach nur eine ausgedruckte Aufstellung der verfügbaren Dienstleistungen und ihrer Preise sein.

Die Informationen in Dienstleistungsverzeichnissen können in individuelle Teilmengen für verschiedene Arten von Stakeholdern aufgeteilt sein (z.B. für Kunden, Endanwender, Mitarbeiter des Anbieters oder Lieferanten).

Dokument (document)

Vom Aufzeichnungsmedium unabhängige, üblicherweise dauerhafte Sammlung von Daten, die von Menschen oder Maschinen gelesen werden kann.

Dokumente schließen sowohl Papier- als auch elektronische Dokumente ein.

Durchgeführter Prozess (performed process)
Arbeitsablauf, der alle notwendigen Schritte enthält, um die Arbeitsergebnisse zu erstellen. Die spezifischen Ziele des Prozessgebiets sind erfüllt.

Eingangsbedingungen (entry criteria)
Bedingungen, die erfüllt sein müssen, bevor eine Aktivität erfolgreich begonnen werden kann.

Endanwender (end user)
Ein Beteiligter, der ein ausgeliefertes Produkt letzten Endes nutzt oder den Nutzen einer ausgelieferten Dienstleitung empfängt. (Siehe auch »Kunde«.)

Endanwender können auch Kunden sein (die Vereinbarungen etablieren und eingehen sowie Zahlungen veranlassen können), was aber nicht zwangsläufig der Fall sein muss.

In Zusammenhängen, in denen eine einzige Dienstleistungsvereinbarung mehrere Lieferungen von Dienstleistungen abdeckt, kann jeder Beteiligte, der einen Dienstleistungsantrag auslöst, als Endanwender betrachtet werden. (Siehe auch »Dienstleistungsvereinbarung« und »Dienstleistungsanfragen«.)

Entwicklung (development)
Ein Produkt oder eine Dienstleistung durch wohlüberlegte Anstrengung erschaffen.

In manchen Zusammenhängen kann die Entwicklung auch die Instandhaltung des entwickelten Produkts einschließen.

Erforderliche CMMI-Komponenten (required CMMI components)
CMMI-Komponenten, die zum Erreichen einer Prozessverbesserung in einem gegebenen Prozessgebiet von entscheidender Bedeutung sind.

Spezifische Ziele und generische Ziele sind erforderliche Modellkomponenten. Die Erfüllung von Zielen wird in Appraisals als Grundlage für die Entscheidung verwendet, ob ein Prozessgebiet erfüllt wurde.

Ergänzung (addition)
Deutlich gekennzeichnete Modellkomponenten, die interessante Informationen für bestimmte Benutzer enthalten.

In einem CMMI-Modell können alle Ergänzungen mit demselben Namen optional als Gruppe zur Verwendung ausgewählt werden. In CMMI for Services ist das Prozessgebiet »Entwicklung des Dienstleistungssystems, Service System Development (SSD)« eine Ergänzung.

Erwartete CMMI-Komponenten (expected CMMI components)
CMMI-Komponenten, die die wichtigen Tätigkeiten beschreiben, um eine erforderliche CMMI-Komponente zu erreichen.

Modellbenutzer können die erwarteten Komponenten explizit umsetzen oder aber gleichwertige Praktiken zu diesen Komponenten einsetzen. Spezifische und generische Praktiken sind erwartete Modellkomponenten.

Etablieren und beibehalten (establish and maintain)
Arbeitsergebnisse nach Bedarf erstellen, dokumentieren, verwenden und überarbeiten, um sicherzustellen, dass sie nützlich bleiben.

Die Wendung »etablieren und beibehalten« spielt eine besondere Rolle bei der Vermittlung eines tieferen Prinzips von CMMI: Arbeitsergebnissen, die eine zentrale oder Schlüsselrolle für die Leistung einer Arbeitsgruppe, eines Projekts oder einer Organisation spielen, sollte Aufmerksamkeit geschenkt werden, um sicherzustellen, dass sie in dieser Rolle verwendet werden und nützlich sind.

Diese Wendung hat in CMMI eine besondere Bedeutung, da sie häufig in Aussagen von Zielen und Praktiken vorkommt (in ersteren jedoch in der Form »etabliert und beibehalten«). Sie sollte als Abkürzung für die Anwendung dieses Prinzips auf das Arbeitsergebnis verstanden werden, auf das sich diese Phrase bezieht.

Fähiger Prozess (capable process)
Prozess, der die für ihn festgelegte Produktqualität, Dienstleistungsqualität und Prozessleistungsziele erfüllen kann. (Siehe auch »Stabiler Prozess« und »Standardprozess«.)

Fähigkeitsgrad (capability level)
Erreichtes Niveau der Prozessverbesserung innerhalb eines einzelnen Prozessgebiets. (Siehe auch »generisches Ziel«, »spezifisches Ziel«, »Reifegrad« und »Prozessgebiet«.)

Ein Fähigkeitsgrad ist durch geeignete spezifische und generische Ziele für ein Prozessgebiet definiert.

Fähigkeitsgradprofil (capability level profile)
Eine Liste von Prozessgebieten mit zugehörigen Fähigkeitsgraden in der Darstellung in Fähigkeitsgraden. (Siehe auch »Ist-Profil«, »Zielprofil« und »Zielprofilsequenz«.)

Ein Fähigkeitsprofil kann ein »Ist-Profil« sein, wenn es den erreichten Fortschritt der Organisation in den Prozessgebieten darstellt, oder ein »Zielprofil«, wenn es eine Zielsetzung für die Prozessverbesserung bildet.

Fehlerdichte (defect density)
Anzahl der Fehler pro Einheit der Produktgröße.

Ein Beispiel ist die Anzahl der gemeldeten Probleme pro 1000 Codezeilen.

Feststellbare Ursache der Streuung (special cause of variation)
Die Ursache eines Mangels, die nicht vorhandener Bestandteil eines Prozesses, sondern typisch für bestimmte vorübergehende Umstände ist. (Siehe auch »inhärente Ursache der Streuung«.)

Formaler Bewertungsprozess (formal evaluation process)
Systematische Herangehensweise zur Bewertung alternativer Lösungen mittels etablierter Kriterien, um Lösungsvorschläge zur Adressierung problematischer Punkte zu ermitteln.

Framework
Siehe »CMMI-Framework«.

Funktionale Analyse (functional analysis)
Untersuchung einer definierten Funktion, um alle Unterfunktionen zu identifizieren, die benötigt werden, um diese Funktion zu realisieren; Identifizierung von funktionalen Beziehungen und Schnittstellen (interne und externe) und deren Erfassung in einer funktionalen Architektur; Anwendung von übergeordneten Anforderungen und Zuweisung dieser Anforderungen an untergeordnete Funktionen. (Siehe auch »funktionale Architektur«.)

Funktionale Architektur (functional architecture)
Hierarchische Anordnung von Funktionen, ihrer internen und externen (extern in Bezug auf die beschriebene Architektur selbst) funktionalen Schnittstellen und externen physikalischen Schnittstellen, ihrer jeweiligen Anforderungen und der Randbedingungen des Entwurfs. (Siehe auch »Architektur«, »Funktionale Analyse« und »Definition des verlangten Funktionsumfangs und der Qualitätsattribute«.)

Geführter Prozess (managed process)
Ein durchgeführter Prozess, der in Einklang mit den Leitlinien geplant und durchgeführt wird; der von ausgebildeten Fachleuten mit angemessenen Ressourcen ausgeführt wird, um ein kontrolliertes Ergebnis zu erstellen; bei dem relevante Stakeholder beteiligt werden; der überwacht, gesteuert und geprüft sowie auf die Einhaltung seiner Prozessbeschreibung bewertet wird. (Siehe auch »Durchgeführter Prozess«.)

Gemeinsames Verständnis (shared vision)
Gemeinsames Verständnis der grundlegenden Leitprinzipien einschließlich der Aufgaben, Ziele, Verhaltenserwartungen, Werte und Endergebnisse, die von einem Projekt oder einer Arbeitsgruppe aufgestellt und verwendet werden.

Generische Praktik (generic practice)
Erwartete Modellkomponente, die zum Erreichen des damit assoziierten generischen Ziels wichtig ist.

Die zu einem generischen Ziel gehörenden generischen Praktiken beschreiben die Aktivitäten, von denen erwartet wird, dass sie zum Erreichen des zugehörigen generischen Ziels führen und zur Institutionalisierung der mit einem Prozessgebiet verknüpften Arbeitsabläufe beitragen.

Generisches Ziel (generic goal)
Erforderliche Modellkomponente, die Merkmale beschreibt, die zur Institutionalisierung der Arbeitsabläufe eines Prozessgebiets vorliegen müssen. (Siehe auch »Institutionalisierung«.)

Geplanter Prozess (planned process)
Arbeitsablauf, der sowohl durch eine Prozessbeschreibung als auch durch einen Plan dokumentiert ist.

Die Beschreibung und der Plan müssen aufeinander abgestimmt sein. Der Plan sollte die Normen, Anforderungen, Zielsetzungen, Ressourcen und Zuweisungen enthalten.

Geschäftsführer (executive)
Siehe »Leitender Manager«.

Geschäftsziele (business objectives)
Siehe »Geschäftsziele der Organisation«.

Geschäftsziele der Organisation (organization's business objectives)
Vom leitenden Management erstellte Ziele, die darauf ausgerichtet sind, den Fortbestand der Organisation zu sichern und ihre Profitabilität, ihren Marktanteil und andere den Erfolg der Organisation beeinflussende Faktoren zu fördern. (Siehe auch »Qualitäts- und Prozessleistungsziele« und »Quantitatives Ziel«.)

Hardwareentwicklung (hardware engineering)
Anwendung eines systematischen, disziplinierten und quantifizierbaren Ansatzes zur Umsetzung von Anforderungen, die die Bedürfnisse, Erwartungen und Randbedingungen der Stakeholder repräsentieren, indem dokumentierte Methoden und

Techniken für Entwurf, Erstellung und Instandhaltung eines materiellen Produkts angewendet werden. (Siehe auch »Softwareentwicklung« und »Systementwicklung«.)

In CMMI bezeichnet Hardwareentwicklung alle technischen Gebiete (z.B. elektrisch, mechanisch), die Anforderungen und Ideen in materielle Produkte umsetzen.

Höheres Management (higher level management)
Personen, die für die Leitlinien und die übergreifende Führung der Arbeitsabläufe sorgen, aber keine tägliche Verfolgung und Steuerung der Arbeitsabläufe durchführen. Siehe »Leitender Manager«.

Solche Personen gehören zu einer Managementebene in der Organisation oberhalb der Ebene, die unmittelbar für den Prozess verantwortlich ist. Es kann sich – muss sich aber nicht – um leitende Manager handeln.

Informative CMMI-Komponenten (informative CMMI components)
CMMI-Komponenten, die den Anwendern des Modells helfen, die erforderlichen und erwarteten Komponenten zu verstehen.

Bei diesen Komponenten kann es sich um Beispiele, ausführliche Erläuterungen oder andere hilfreiche Informationen handeln. Subpraktiken, Hinweise, Querverweise, Titel von Zielen und Praktiken, Quellen, Beispiele für Arbeitsergebnisse und Ausarbeitungen von generischen Praktiken sind informative Modellkomponenten.

Inhärente Ursache der Streuung (common cause of variation)
Prozessstreuung, die aufgrund immanenter und zu erwartender Interaktionen zwischen Bestandteilen eines Prozesses auftritt. (Siehe auch »Feststellbare Ursache der Streuung«.)

Institutionalisierung (institutionalization)
Im täglichen Leben verankerte Arbeitsweise, der eine Organisation als Teil ihrer Unternehmenskultur selbstverständlich folgt.

Ist-Profil (achievement profile)
Liste von Prozessgebieten mit zugehörigen Fähigkeitsgraden, die den erzielten Fortschritt der Organisation für jedes Prozessgebiet auf dem Weg durch die einzelnen Fähigkeitsgrade anzeigt. (Siehe auch »Fähigkeitsgradprofil«, »Zielprofil« und »Zielprofilsequenz«.)

Kenngrößen für den technischen Fortschritt (technical performance measure)
Genau definierte technische Kennzahlen einer Anforderung, einer Fähigkeit oder einer Kombination daraus. (Siehe auch »Kennzahl«.)

Kennzahl (measure)
Eine Variable, der als Ergebnis einer Messung ein Wert zugewiesen wird. (Siehe auch »Basiskennzahl«, »abgeleitete Kennzahl« und »Messung«.)

Die Definition dieses Begriffs in CMMI stimmt mit der Definition in ISO 15939 überein.

Kennzahl zur Dienstleistungsgüte (service level measure)
Eine Kennzahl der Leistung einer ausgelieferten Dienstleistung im Zusammenhang der Dienstleistungsgüte. (Siehe auch »Kennzahl« und »Dienstleistungsgüte«.)

Konfigurationsaudit (configuration audit)
Audit, um zu verifizieren, dass eine Konfigurationseinheit – oder eine Zusammenstellung von Konfigurationseinheiten, die eine Baseline bilden – festgelegten Standards und Anforderungen entspricht. (Siehe auch »Audit« und »Konfigurationseinheit«.)

Konfigurations-Baseline (configuration baseline)
Information zu einer Konfiguration, die zu einem bestimmten Zeitpunkt im Leben eines Produkts oder Produktbestandteils ausgewiesen wird. (Siehe auch »Produktlebenszyklus«.)

Die aktuelle Information zu einer Konfiguration besteht aus Konfigurationsbaselines und genehmigten Änderungen dieser Baselines.

Konfigurationseinheit (configuration item)
Zusammenstellung von Arbeitsergebnissen, die dem Konfigurationsmanagement unterliegt und im Konfigurationsmanagement als Einheit behandelt wird. (Siehe auch »Konfigurationsmanagement«.)

Konfigurationsidentifikation (configuration identification)
Teilaufgabe des Konfigurationsmanagements, bestehend aus Auswahl der Konfigurationseinheiten eines Produkts, Zuweisung eindeutiger Kennzeichen und Aufzeichnung ihrer funktionalen und physikalischen Eigenschaften in einer technischen Dokumentation. (Siehe auch »Konfigurationseinheit«, »Konfigurationsmanagement« und »Produkt«.)

Konfigurationsmanagement (configuration management)
Disziplin der technischen und administrativen Leitung und Aufsicht für (1) Identifikation und Dokumentation der funktionalen und physikalischen Eigenschaften von Konfigurationseinheiten, (2) Steuerung der Änderungen dieser Eigenschaften, (3) Aufzeichnung und Berichterstattung zur

Änderungsbearbeitung und des Umsetzungsstatus und (4) Verifizierung der Erfüllung der festgelegten Anforderungen. (Siehe auch »Konfigurationsaudit«, »Konfigurationssteuerung«, »Konfigurationsidentifikation« und »Konfigurationsstatus-Berichterstattung«.)

Konfigurationsstatus-Berichterstattung (configuration status accounting)
Teilaufgabe des Konfigurationsmanagements, die aus der Dokumentation und dem Berichten von Informationen besteht, die für ein wirksames Konfigurationsmanagement benötigt werden. (Siehe auch »Konfigurationsidentifikation« und »Konfigurationsmanagement«.)

Diese Information umfasst die Liste der genehmigten Konfiguration, des Status vorgeschlagener Konfigurationsänderungen und des Umsetzungsstatus genehmigter Änderungen.

Konfigurationssteuerung (configuration control)
Teilaufgabe des Konfigurationsmanagements, bestehend aus Bewertung, Koordination, Genehmigung bzw. Ablehnung sowie Umsetzung von Änderungen an Konfigurationseinheiten, nachdem sie formal unter Konfigurationsmanagement gestellt wurden. (Siehe auch »Konfigurationsidentifikation«, »Konfigurationseinheit« und »Konfigurationsmanagement«.)

Konfigurationssteuerungs-Gremium (configuration control board)
Gremium, das für die Bewertung und Genehmigung bzw. Ablehnung von vorgeschlagenen Änderungen an Konfigurationseinheiten verantwortlich ist und die Umsetzung der genehmigten Änderungen sicherstellt. (Siehe auch »Konfigurationseinheit«.)

Anstelle von Konfigurationssteuerungs-Gremium wird auch der Begriff »Änderungssteuerungs-Gremium« (Change Control Board) verwendet.

Konstellation (constellation)
Eine Kombination von CMMI-Komponenten, die verwendet werden, um Modelle, Aus- und Weiterbildungsunterlagen und Appraisal-Dokumente für ein bestimmtes Interessengebiet (z.B. Beschaffung, Entwicklung, Dienstleistungen) zusammenzustellen.

Korrekturmaßnahme (corrective action)
Maßnahmen oder Handlungen, mit denen eine (problematische) Situation gelöst oder ein Fehler beseitigt werden kann.

Kunde (customer)

Die Beteiligten, die dafür zuständig sind, das Produkt abzunehmen oder die Bezahlung zu veranlassen.

Der Kunde ist nicht Teil des Projekts oder der Arbeitsgruppe (eine Ausnahme ist in bestimmten Projektstrukturen möglich, in denen der Kunde effektiv Mitglied des Projektteams oder der Arbeitsgruppe ist), kann aber durchaus Teil der Organisation sein. Ein Kunde kann ein übergeordnetes Projekt oder eine übergeordnete Arbeitsgruppe sein. Kunden sind eine Teilmenge der Stakeholder. (Siehe auch »Stakeholder«.)

In den meisten Fällen, in denen dieser Begriff verwendet wird, ist die obige Definition gemeint. Je nach Kontext kann der Begriff »Kunde« aber auch andere relevante Stakeholder umfassen. (Siehe auch »Kundenanforderung«.)

Endanwender sind von Kunden zu unterscheiden, wenn die Beteiligten, die direkt den Nutzen der Produkte und Dienstleistungen empfangen, nicht mit den Beteiligten identisch sind, die Vereinbarungen arrangieren, aushandeln und bezahlen. In Zusammenhängen, in denen Kunden und Endanwender letzten Endes identisch sind, kann der Begriff »Kunde« beides bedeuten. (Siehe auch »Endanwender«.)

Kundenanforderung (customer requirement)

Ergebnis der Ermittlung, Konsolidierung und Auflösung etwaiger Widersprüche in den Bedürfnissen, Erwartungen, Randbedingungen und Schnittstellen aller für das Produkt relevanten Stakeholder in einer für den Kunden akzeptablen Art und Weise. (Siehe auch »Kunde«.)

Leistungsbeschreibung (statement of work)

Eine Beschreibung der zu erledigenden Arbeit.

Leistungsparameter (performance parameters)

Kennzahlen bezogen auf Wirksamkeit und andere wichtige Indikatoren zur Überwachung und Steuerung einer laufenden Entwicklung.

Leitender Manager (senior manager)

Eine Leitungsposition, die in der Organisation so hoch angesiedelt ist, dass das Hauptaugenmerk einer Person auf dieser Position mehr auf die langfristige Lebensfähigkeit der Organisation ausgerichtet ist als auf kurzfristige Sorgen und Zwänge. (Siehe auch »höheres Management«.)

Ein leitender Manager ist berechtigt, die Verteilung oder Umverteilung von Ressourcen zugunsten einer besseren Wirksamkeit der Prozessverbesserung der Organisation vorzunehmen.

Ein leitender Manager kann jeder Manager sein, der dieser Beschreibung genügt, auch der Leiter der Organisation. Synonyme für leitender Manager sind z.B. » Geschäftsführer« und »Top-Level-Manager«. Um Einheitlichkeit und Anwendbarkeit sicherzustellen, werden diese Synonyme jedoch nicht in CMMI-Modellen verwendet.

Neben der üblichen Bedeutung in der Standardsprache hat dieser Begriff in der CMMI-Produktreihe eine besondere Bedeutung.

Leitlinie (policy)
Siehe »Organisationsweite Leitlinie«.

Lieferant (supplier)
(1) Einheit, die Produkte liefert oder beschaffte Dienstleistungen durchführt. (2) Eine Einzelperson, ein Partner, ein Unternehmen, eine Kapitalgesellschaft, ein Verband oder eine andere Einheit, die mit dem Beschaffer eine Vereinbarung über Design, Entwicklung, Herstellung, Instandhaltung, Modifikation oder Lieferung von Teilen hat. (Siehe auch »Beschaffer«.)

Lieferumgebung (delivery environment)
Die vollständige Menge der Umstände und Bedingungen, unter denen Dienstleistungen in Übereinstimmung mit Dienstleistungsvereinbarungen geliefert werden. (Siehe auch »Dienstleistung« und »Dienstleistungsvereinbarung«.)

Die Lieferumgebung umfasst alles, das einen signifikanten Einfluss auf die Lieferung einer Dienstleistung hat oder haben kann. Das schließt unter anderem den Betrieb des Dienstleistungssystems, Naturphänomene und das Verhalten aller Beteiligten ein, und zwar unabhängig davon, ob eine solche Auswirkung beabsichtigt ist oder nicht. Zum Beispiel muss der Einfluss des Wetters oder der Verkehrsmuster auf einen Transportdienst berücksichtigt werden. (Siehe auch »Dienstleistungssystem«.)

Die Lieferumgebung wird eindeutig von anderen Umgebungen unterschieden (z.B. Simulations- oder Testumgebungen). In einer Lieferumgebung werden Dienstleistungen tatsächlich ausgeliefert und zählen bei der Frage mit, ob eine Dienstleistungsvereinbarung erfüllt wurde.

Manager (manager)
Eine Person, die in ihrem Verantwortungsbereich diejenigen, die dort Aufgaben oder Aktivitäten durchführen, technisch und administrativ anweist und leitet.

Neben der üblichen Bedeutung in der Standardsprache hat dieser Begriff in der CMMI-Produktreihe eine besondere Bedeutung. Die üblichen Aufgaben eines Managers umfassen Planung, Organisation, Anleitung und Steuerung der Arbeit innerhalb seines Verantwortungsbereichs.

Maßnahmenplan für Prozessverbesserung (process action plan)
Ein Plan – üblicherweise abgeleitet aus Appraisal-Ergebnissen –, der festlegt, wie die in einem Appraisal aufgedeckten Schwächen behoben werden.

Messablage der Organisation (organization's measurement repository)
Ablage zum Sammeln und Bereitstellen von Messwerten zu Prozessen und Arbeitsergebnissen, vor allem wenn diese sich auf den organisationsspezifischen Satz von Standardprozessen beziehen.

Die Ablage enthält oder verweist auf reale Messwerte und zugehörige Informationen, die zum Verstehen und zur Analyse der Messergebnisse erforderlich sind.

Messergebnis (measurement result)
Ein Wert, der durch die Durchführung einer Messung bestimmt wird. (Siehe auch »Messung«.)

Messung (measurement)
Eine Menge von Verfahren, um den Wert einer Kennzahl zu bestimmen. (Siehe auch »Kennzahl«.)

Die Definition dieses Begriffs in CMMI stimmt mit der Definition in ISO 15939 überein.

Modultest (unit testing)
Prüfung einzelner Hard- oder Softwareeinheiten oder von Gruppen verbundener Einheiten. (Siehe auch »Abnahmeprüfung«.)

Nachverfolgbarkeit (traceability)
Erkennbare Bezüge zwischen zwei oder mehr logischen Einheiten, wie z.B. Anforderungen, Systemelementen, Tests oder Tätigkeiten. (Siehe auch »Bidirektionale Nachverfolgbarkeit« und »Nachverfolgbarkeit von Anforderungen«.)

Nachverfolgbarkeit von Anforderungen (requirements traceability)
Erkennbare Bezüge zwischen Anforderungen und den damit verbundenen Anforderungen, Realisierungen und Tests. (Siehe auch »Bidirektionale Nachverfolgbarkeit« und »Nachverfolgbarkeit«.)

Natürliche Prozessgrenzen (natural bounds)

Vorhandener Bereich der Streuung in einem Prozess, der sich bei Messungen der Kennzahlen der Prozessleistung zeigt;

Natürliche Prozessgrenzen werden manchmal auch »Stimme des Prozesses« genannt.

Methoden wie Regelkarten, Konfidenzbereiche und Prognoseintervalle werden verwendet, um festzustellen, ob die Prozessstreuung auf inhärente Ursachen (d.h., der Prozess ist vorhersagbar oder stabil) oder auf feststellbare Ursachen zurückzuführen ist, die identifiziert und behoben werden können und sollen. (Siehe auch »Messung« und »Prozessleistung«.)

Nicht zu entwickelndes Objekt (nondevelopmental item)

Eine Einheit, die bereits vor der aktuellen Verwendung entwickelt oder beschafft wurde.

Eine solche Einheit muss unter Umständen geringfügig verändert werden, um die Anforderungen der derzeit beabsichtigten Verwendung zu erfüllen.

Nichttechnische Anforderungen (nontechnical requirements)

Anforderungen, die die Beschaffung oder Entwicklung von Produkten und Dienstleistungen beeinflussen, aber keine Eigenschaften des Produkts oder der Dienstleitung sind.

Beispiele hierfür sind zu liefernde Produkte oder Dienstleistungen, Datenrechte für gelieferte Standardprodukte (COTS) und nicht zu entwickelnde Objekte, Liefertermine sowie Meilensteine mit Ausgangskriterien. Weitere nicht technische Anforderungen sind Auflagen für Aus- und Weiterbildungen, Standortanforderungen und Terminpläne für das Rollout.

Norm (standard)

Formale Anforderungen, die entwickelt und verwendet wurden, um einheitliche Vorgehensweisen bei Beschaffung, Entwicklung oder bei Dienstleistungen vorzuschreiben.

Beispiele für Normen sind die ISO/IEC-, die IEEE- und organisationseigene Normen.

Nutzwertanalyse (trade study)

Bewertung von Alternativen, die auf Kriterien und systematischen Analysen basiert und zur Auswahl der besten Alternative zum Erreichen festgelegter Zielsetzungen dient.

Objektiv bewerten (objectively evaluate)
Prüfung von Aktivitäten und Arbeitsergebnissen mit Hilfe von Kriterien, mit denen die Subjektivität und Voreingenommenheit der Prüfer minimiert wird. (Siehe auch »Audit«.)

Objektive Bewertungen sind beispielsweise Audits von Anforderungen, Normen oder Verfahrensanweisungen durch eine unabhängige Qualitätssicherung.

Organisation (organization)
Eine verwaltungstechnische Struktur, deren Mitglieder als Einheit gemeinsam ein oder mehrere Projekte durchführen oder Arbeitsgruppen bilden, die alle den gleichen leitenden Manager haben und nach den gleichen Leitlinien arbeiten.

Der in den CMMI-Modellen verwendete Begriff »Organisation« kann in einer kleinen Organisation jedoch auch eine einzelne Person mit einer Funktion bezeichnen, die innerhalb einer großen Organisation möglicherweise von einer Gruppe von Mitarbeitern ausgeführt wird. (Siehe auch »Unternehmen«.)

Organisationsreife (organizational maturity)
Der Grad, in dem eine Organisation dokumentierte, gesteuerte, gemessene, verfolgte und fortlaufend verbesserte Abläufe explizit und einheitlich anwendet.

Die Organisationsreife kann über Appraisals gemessen werden.

Organisationsspezifischer Satz von Standardprozessen (organization's set of standard processes)
Sammlung von Definitionen von Prozessen, die die Aktivitäten in einer Organisation leiten.

Diese Prozessbeschreibungen beinhalten die unabdingbaren Prozesselemente (und ihre Beziehungen zueinander wie z.B. Reihenfolge und Schnittstellen), die in definierte Prozesse aufgenommen werden müssen, die in Projekte, Arbeitsgruppen und bei Arbeiten über die Organisation hinweg eingesetzt werden. Standardprozesse ermöglichen konsistente Entwicklungs- und Instandhaltungsaktivitäten für die gesamte Organisation und sind für eine langfristige Stabilität und Verbesserung essenziell. (Siehe auch »Definierter Prozess« und »Prozesselement«.)

Organisationsweite Leitlinie (organizational policy)
Leitlinien, die typischerweise vom leitenden Management etabliert und von der Organisation verwendet werden, um Entscheidungen zu beeinflussen und zu treffen.

Outsourcing
Siehe »Beschaffung«.

Peer-Review (peer review)
Prüfung von Arbeitsergebnissen durch Gleichrangige während der Entwicklung der Arbeitsergebnisse, um zu beseitigende Mängel zu entdecken. (Siehe auch »Arbeitsergebnis«.)

Der Begriff »Peer-Review« wird in der CMMI-Produktreihe statt des Begriffs »Inspektion von Arbeitsergebnissen« verwendet.

Phasenmodell (lifecycle model)
Aufteilung der Lebensdauer eines Produkts, einer Dienstleistung, eines Projekts, einer Arbeitsgruppe oder einer Menge von Arbeitsaktivitäten in Phasen.

Produkt (product)
Ein Arbeitsergebnis, das an einen Kunden oder Endanwender geliefert werden soll.

Neben der üblichen Bedeutung in der Standardsprache hat dieser Begriff in der CMMI-Produktreihe eine besondere Bedeutung. Die Form eines Produkts kann in unterschiedlichen Zusammenhängen variieren. (Siehe auch »Kunde«, »Produktbestandteil«, »Dienstleistung« und »Arbeitsergebnis«.)

Produktanforderungen (product requirements)
Verfeinerung von Kundenanforderungen in die Sprache des Entwicklers, indem implizite Anforderungen in explizit abgeleitete Anforderungen umgewandelt werden. (Siehe auch »Abgeleitete Anforderungen« und »Anforderungen an Produktbestandteile«.)

Die Entwickler verwenden Produktanforderungen, um das Design und die Implementierung des Produkts oder der Dienstleistung zu lenken.

Produktbaseline (product baseline)
Das erste genehmigte technische Datenpaket, das eine Konfigurationseinheit für Herstellung, Betrieb, Instandhaltung und Logistik für die Lebensphasen des Produkts darstellt. (Siehe auch »Konfigurationseinheit«, »Konfigurationsmanagement« und »technisches Datenpaket«.)

Dieser Begriff gehört zum Konfigurationsmanagement.

Produktbestandteil (product component)

Ein Arbeitsergebnis, das ein Teil eines Produkts auf niedriger Ebene ist. (Siehe auch »Produkt« und »Arbeitsergebnis«.)

Produktbestandteile werden integriert, um Produkte herzustellen. Es kann mehrere Ebenen von Produktbestandteilen geben.

In allen Prozessgebieten schließt die Bedeutung der Begriffe »Produkt« und »Produktbestandteil« auch Dienstleistungen, Dienstleistungssysteme und deren Bestandteile ein.

Neben der üblichen Bedeutung in der Standardsprache hat dieser Begriff in der CMMI-Produktreihe eine besondere Bedeutung.

Produktbezogene Lebenszyklusprozesse (product-related lifecycle processes)

Prozesse, die sich auf eine oder mehrere Phasen eines Produkt- oder Dienstleistungslebens beziehen (d.h. von der Konzeption bis zur Entsorgung), z.B. Fertigungs- und Unterstützungsprozesse.

Produktlebenszyklus (product lifecycle)

Die in Phasen eingeteilte Zeitspanne, die beginnt, wenn ein Produkt oder eine Dienstleistung konzipiert wird, und endet, wenn das Produkt oder die Dienstleistung nicht länger zum Gebrauch zur Verfügung steht.

Da eine Organisation unter Umständen unterschiedliche Produkte oder Dienstleistungen für unterschiedliche Kunden produziert, kann es sein, dass eine einzige Beschreibung des Produktlebenszyklus nicht ausreicht. Deshalb kann eine Organisation einen Satz von zugelassenen Produktlebenszyklusmodellen definieren. Diese Modelle finden sich gewöhnlich in Fachliteratur und werden geeignet an die Bedürfnisse der Organisation angepasst.

Produktlebenszyklen können aus folgenden Phasen bestehen: (1) Konzept/Vision, (2) Machbarkeit, (3) Design/Entwicklung, (4) Herstellung und (5) Auslauf des Produkts.

Produktlinie (product line)

Eine Gruppe von Produkten mit einer gemeinsamen und gelenkten Menge von Leistungsmerkmalen, die die konkreten Bedürfnisse eines bestimmten Markts bzw. Einsatzzwecks erfüllen und auf vorgeschriebene Weise aus einem gemeinsamen Satz von Kern-Assets entwickelt werden. (Siehe auch »Dienstleistungsfamilie«.)

Die Entwicklung oder Beschaffung von Produkten für die Produktlinie stützt sich auf die Ausnutzung der Gemeinsamkeiten und einer Einschränkung der Streuung (d.h. eine Begrenzung der unnötigen Produktstreuung) über eine Gruppe von Produkten hinweg. Der geführte Satz von Kern-Assets (z.B. Anforderungen, Architekturen, Bestandteile, Werkzeuge, Testartefakte, Betriebsverfahren und Software) enthält vorgeschriebene Anleitungen für deren Verwendung bei der Produktentwicklung. Zu den Abläufen bei Produktlinien gehört die verzahnte Ausführung der allgemeinen Tätigkeiten zur Kern-Asset-Entwicklung, zur Produktentwicklung und zum Management.

Häufig wird der Begriff »Produktlinie« auch auf eine Menge von Produkten angewandt, die von einer bestimmten Geschäftseinheit hergestellt werden, unabhängig davon, ob sie mit gemeinsamen Assets produziert wurden oder nicht. Eine solche Sammlung nennen wir ein »Portfolio«. Den Begriff »Produktlinie« reservieren wir für die hier gegebene, technische Bedeutung.

Produktreihe (product suite)

Siehe »CMMI-Produktreihe«.

Projekt (project)

Eine geführte Menge zusammenhängender Aktivitäten und Ressourcen einschließlich Menschen, die ein oder mehrere Produkte oder Dienstleistungen an einen Kunden oder Endanwender liefert.

Ein Projekt hat einen geplanten Beginn (d.h. Projektanfang) und ein Ende und wird üblicherweise über einen Plan betrieben. Ein solcher oft schriftlicher Plan legt fest, was zu liefern oder zu entwickeln ist, sowie die zu verwendenden Ressourcen und Mittel, die auszuführenden Tätigkeiten und einen Ablauf- und Terminplan für die Tätigkeiten. Ein Projekt kann aus mehreren Projekten zusammengesetzt sein. (Siehe auch »Projektanfang«.)

In manchen Zusammenhängen wird der Begriff »Programm« für ein Projekt verwendet.

Projektanfang (project startup)

Zeitpunkt, zu dem miteinander in Wechselwirkung stehende Ressourcen angewiesen werden, eines oder mehrere Produkte oder Dienstleistungen für einen Kunden oder Endanwender zu entwickeln oder auszuliefern. (Siehe auch »Projekt«.)

Projektfortschritt und -leistung (project progress and performance)

Was ein Projekt bezüglich der Umsetzung der Projektpläne erreicht, darunter Aufwand, Kosten, Termine und technischer Fortschritt. (Siehe auch »technischer Fortschritt«.)

Projektplan (project plan)

Plan, der die Basis für Durchführung und Steuerung der Projekttätigkeiten bildet und die Zusagen gegenüber dem Kunden adressiert.

Die Projektplanung schließt die Schätzung der Attribute von Arbeitsergebnissen und Aufgaben, die Ermittlung der erforderlichen Ressourcen, die Aushandlung von Zusagen, die Erstellung eines Terminplans sowie die Identifizierung und Analyse von Projektrisiken ein. Möglicherweise müssen diese Aktivitäten wiederholt durchlaufen werden, um den Projektplan schrittweise zu etablieren.

Projektstrukturplan (PSP) (work breakdown structure (WBS))

Anordnung von Arbeitselementen und ihre Beziehungen untereinander und zum Endprodukt oder zur Dienstleistung.

Prototyp (prototype)

Vorläufige Art, Form oder Umsetzung eines Produkts, einer Dienstleistung oder eines Produkt- oder Dienstleistungsbestandteils, die als Muster für spätere Stufen oder für die endgültige, vollständige Version des Produkts oder der Dienstleistung dient.

Dieses Muster des Produkts oder der Dienstleistung (z.B. physikalisch, elektronisch, digital, analytisch) kann unter anderem für folgende Zwecke verwendet werden:

- *Bewertung der Machbarkeit einer neuen oder unbekannten Technik*
- *Bewertung oder Abschwächung technischer Risiken*
- *Validierung von Anforderungen*
- *Nachweis kritischer Leistungsmerkmale*
- *Qualifizierung eines Produkts oder einer Dienstleistung*
- *Qualifizierung eines Prozesses*
- *Beschreibung der Leistung oder von Leistungsmerkmalen des Produkts oder der Dienstleistung*
- *Aufklären von physikalischen Zusammenhängen*

Prozess (process)

Ein Satz zusammenhängender Tätigkeiten, die Eingaben in Ausgaben umwandeln, um einen vorgegebenen Zweck zu erreichen. (Siehe auch »Prozessgebiet«, »Teilprozess« und »Prozesselement«.)

In den Aussagen und Beschreibungen der generischen Ziele und generischen Praktiken wird der Begriff »der Prozess« in spezieller Weise verwendet. »Der Prozess«, wie in Teil 2 verwendet, bezeichnet die Gesamtheit der Arbeitsabläufe, die ein Prozessgebiet umsetzen.

Die Begriffe »Prozess«, »Teilprozess« und »Prozesselement« bilden eine Hierarchie, in der »Prozess« den höchsten, umfassendsten Begriff darstellt. Darunter folgen »Teilprozess« und als spezifischster Begriff »Prozesselement«. Ein spezieller Prozess kann als Teilprozess bezeichnet werden, wenn er Teil eines umfassenden Prozesses ist. Wenn er nicht weiter in Teilprozesse heruntergebrochen ist, kann er auch als Prozesselement bezeichnet werden.

Diese Definition von Prozessen stimmt mit der Definition in ISO 9000, ISO 12207, ISO 15504 und EIA 731 überein.

Prozess- und Technologieverbesserungen (process and technology improvements)
Inkrementelle und innovative Verbesserungen von Arbeitsabläufen sowie Prozess-, Produkt- und Dienstleistungstechnologien.

Prozessarchitektur (process architecture)
(1) Anordnung, Schnittstellen, Abhängigkeiten und andere Beziehungen zwischen den Prozesselementen eines Standardprozesses oder (2) Schnittstellen, Abhängigkeiten und andere Beziehungen zwischen Prozesselementen und externen Prozessen.

Prozess-Asset (process asset)
Alles, was die Organisation als hilfreich zum Erreichen der generischen und spezifischen Ziele eines Prozessgebiets erachtet. (Siehe auch »Prozess-Assets der Organisation«.)

Prozess-Assets der Organisation (organizational process assets)
Artefakte mit Bezug zu Beschreibung, Umsetzung und Verbesserung von Prozessen.

Beispiele für solche Artefakte umfassen Leitlinien, Beschreibungen von Messungen, Prozessbeschreibungen und Hilfsmittel zur Prozessumsetzung.

Der Begriff »Prozess-Assets« wird verwendet, um zu verdeutlichen, dass diese Artefakte entwickelt oder beschafft wurden, um die Geschäftsziele der Organisation zu erfüllen. Außerdem stellen sie Investitionen der Organisation dar, von denen erwartet wird, dass sie kurz- und langfristig zum Geschäftswert beitragen.
(Siehe auch »Bibliothek der Prozess-Assets«.)

Prozessattribut (process attribute)
Messbares Merkmal für Prozessfähigkeit, das für jeden Prozess anwendbar ist.

Prozessbeschreibung (process description)
Eine dokumentierte Darstellung einer Menge von Aktivitäten, die durchgeführt werden, um einen vorgegebenen Zweck zu erfüllen.

Eine Prozessbeschreibung gibt eine anwendbare Definition der Hauptbestandteile eines Prozesses. Die Beschreibung legt die Anforderungen, das Design, das Verhalten oder andere Merkmale eines Arbeitsablaufs vollständig, genau und nachprüfbar fest. Sie kann auch Verfahren enthalten, mit denen festgestellt werden kann, ob diese Festlegungen erfüllt werden. Prozessbeschreibungen finden sich auf Aktivitäts-, Projekt-, Arbeitsgruppen- oder Organisationsebene.

Prozessdefinition (process definition)
Das Definieren und Beschreiben eines Arbeitsablaufs.

Das Ergebnis einer Prozessdefinition ist eine Prozessbeschreibung. (Siehe auch »Prozessbeschreibung«.)

Prozesseigner (process owner)
Person (oder Team), die für die Definition und Instandhaltung eines Prozesses verantwortlich ist.

Auf der Organisationsebene ist der Prozesseigner die Person (oder das Team), die für die Beschreibung eines Standardprozesses verantwortlich ist. Auf der Projekt- oder Arbeitsgruppenebene ist der Prozesseigner die Person (oder das Team), die für die Beschreibung des definierten Prozesses verantwortlich ist. Prozesse können deshalb auf verschiedenen Verantwortungsebenen unterschiedliche Eigner haben. (Siehe auch »Definierter Prozess« und »Standardprozess«.)

Prozesselement (process element)
Kleinste Einheit eines Prozesses.

Ein Prozess kann über Teilprozesse oder Prozesselemente definiert werden. Ein Teilprozess ist ein Prozesselement, wenn er nicht weiter in Teilprozesse oder Prozesselemente aufgeteilt ist. (Siehe auch »Prozess« und »Teilprozess«.)

Jedes Prozesselement umfasst einen eng verknüpften Satz von Aktivitäten (z.B. Schätzelement oder Peer-Review-Element). Prozesselemente können durch auszufüllende Vorlagen, durch zu verfeinernde Abstraktionen oder zu ändernde oder anzuwendende Beschreibungen dargestellt werden. Ein Prozesselement kann eine Tätigkeit oder eine Aufgabe sein.

Die Begriffe »Prozess«, »Teilprozess« und »Prozesselement« bilden eine Hierarchie, in der »Prozess« den höchsten, umfassendsten Begriff darstellt. Darunter folgen »Teilprozess« und als spezifischster Begriff »Prozesselement«.

Prozessfähigkeit (process capability)
Durch die Befolgung eines Prozesses erreichbarer Ergebnisbereich.

Prozessgebiet (process area)
Ein Satz von zusammengehörenden Praktiken eines Gebiets, die, zusammen umgesetzt, einen Satz von Zielen erfüllen, die wesentliche Verbesserungen in diesem Gebiet ermöglichen.

Prozessgruppe (process group)
Team von Spezialisten, die die Definition, Instandhaltung und Verbesserung der von der Organisation verwendeten Prozesse unterstützen.

Prozessleistung (process performance)
Kennzahlen, die aus den Ergebnissen gewonnen werden, die durch die Befolgung eines Prozesses entstehen. (Siehe auch »Kennzahl«.)

Die Prozessleistung wird sowohl durch Messungen von Prozesskennzahlen (z.B. Aufwand, Durchlaufzeit, Effizienz der Mängelbeseitigung) als auch durch Produkt- oder Dienstleistungskennzahlen (z.B. Zuverlässigkeit, Fehlerdichte und Antwortzeit) charakterisiert.

Prozessleistungs-Baseline (process-performance baseline)
Eine dokumentierte Charakterisierung der Prozessleistung, die auch zentrale Tendenz und die Streuung umfassen kann. (Siehe auch »Prozessleistung«.)

Eine Prozessleistungs-Baseline kann als Maßstab zum Vergleich der tatsächlichen mit der erwarteten Prozessleistung verwendet werden.

Prozessleistungsmodell (process-performance model)
Eine Beschreibung der Beziehungen zwischen den messbaren Attributen eines oder mehrerer Prozesse oder Arbeitsergebnisse, die aus Erfahrungswerten der Prozessleistung entwickelt und zur Vorhersage der zukünftigen Leistung verwendet werden. (Siehe auch »Kennzahl«.)

Eines oder mehrere der messbaren Attribute steht für steuerbare Eingangsgrößen, die an einen Teilprozess gebunden sind, um die Durchführung von Was-wäre-wenn-Analysen zur Planung, dynamischen Neuplanung und Problemlösung zu ermöglichen. Prozessleistungsmodelle umfassen statistische, wahrscheinlichkeitstheoretische und simulationsgestützte Modelle, die Zwischen- oder Endergebnisse voraussagen, indem sie die frühere Leistung mit zukünftigen Ergebnissen verbinden. Sie modellieren die Streuung der Faktoren und geben Einblick in den erwarteten Bereich und die erwartete Streuung der vorhergesagten Ergebnisse. Ein Prozessleistungsmodell kann eine Kombination von Modellen sein, die (zusammengenommen) die Kriterien eines Prozessleistungsmodells erfüllen.

Prozessmessung (process measurement)
Satz von Vorgängen, die verwendet werden, um den Wert von Kennzahlen eines Arbeitsablaufs und daraus resultierender Produkte oder Dienstleistungen zu bestimmen, um den Prozess zu charakterisieren und zu verstehen. (Siehe auch »Messung«.)

Prozess-Tailoring (process tailoring)
Erstellung, Änderung oder Anpassung einer Prozessbeschreibung für einen bestimmten Zweck.

Zum Beispiel gestaltet ein Projekt oder eine Arbeitsgruppe ihren definierten Prozess aus dem organisationsspezifischen Satz von Standardprozessen, um ihre Ziele, ihre Rahmenbedingungen und ihr Umfeld zu erreichen. (Siehe auch »Definierter Prozess«, »Organisationsspezifischer Satz von Standardprozessen« und »Prozessbeschreibung«.)

Prozessverbesserung (process improvement)
Programm zur Verbesserung der Prozessleistung und Reife der Arbeitsabläufe einer Organisation sowie die Ergebnisse eines solchen Programms.

Prozessverbesserungsplan (process improvement plan)
Plan zur Umsetzung organisationsspezifischer Verbesserungsziele basierend auf einem gründlichen Verständnis gegenwärtiger Stärken und Schwächen der Arbeitsabläufe und Prozess-Assets der Organisation.

Prozessverbesserungs-Team (process action team)
Ein Team, das die Verantwortung für die Entwicklung und Umsetzung von Prozessverbesserungsaktivitäten in einer Organisation nach einem dokumentierten Maßnahmenplan für Prozessverbesserung trägt.

Prozessverbesserungsziele (process improvement objectives)
Dokumentierter Satz von Zielen zur konkreten, messbaren Führung von Verbesserungsmaßnahmen bestehender Prozesse. Dieser Satz von Zielen bezieht sich entweder auf resultierende Eigenschaften des Produkts oder der Dienstleistung

(z.B. Qualität, Leistungsfähigkeit, Konformität zu Normen) oder auf die Art und Weise, wie Arbeitsabläufe durchgeführt werden (z.B. Abschaffung überflüssiger Arbeitsschritte, Zusammenführung von Arbeitsschritten und Optimierung der Durchlaufzeit). (Siehe auch »Geschäftsziele der Organisation« und »quantitatives Ziel«.)

Qualität (quality)
Der Grad, in dem ein Satz vorhandener Merkmale Anforderungen erfüllt.

Qualitäts- und Prozessleistungsziele (quality and process-performance objectives)
Quantitative Ziele und Anforderungen für Produktqualität, Dienstleistungsqualität und Prozessleistung.

Die quantitativen Prozessleistungsziele schließen die Qualität bereits ein, doch um die Wichtigkeit der Qualität in der CMMI-Produktreihe hervorzuheben, wird die Phrase »Qualitäts- und Prozessleistungsziele« verwendet. Im Reifegrad 3 wird auf »Prozessleistungszielen« referenziert. Der Begriff »Qualitäts- und Prozessleistungsziele« erfordert die Nutzung quantitativer Daten und wird nur in den Reifegraden 4 und 5 verwendet.

Qualitätsattribut (quality attribute)
Eine Eigenschaft von Produkten oder Dienstleistungen, durch die deren Qualität von relevanten Stakeholdern beurteilt wird. Qualitätsattribute werden durch angemessene Kennzahlen dargestellt.

Qualitätsattribute sind nicht funktionale Attribute, z.B. Pünktlichkeit, Durchsatz, Antwortzeit, Sicherheit, Modifizierbarkeit, Zuverlässigkeit und Nutzbarkeit. Sie haben einen signifikanten Einfluss auf die Architektur.

Qualitätslenkung (quality control)
Anwendbare Methoden und Tätigkeiten, die zur Erfüllung der Qualitätsanforderungen eingesetzt werden. (Siehe auch »Qualitätssicherung«.)

Qualitätssicherung (quality assurance)
Geplanter und systematischer Weg, um dem Management zu versichern, dass die vorgeschriebenen Normen, Praktiken, Verfahren und Methoden des Prozesses angewendet werden.

Quantitativ geführt
Siehe »quantitatives Management«.

Quantitatives Management (quantitative management)
Das Management eines Projekts oder einer Arbeitsgruppe unter Verwendung statistischer und anderer quantitativer Techniken, um ein Verständnis der Leistung oder der vorhergesagten Leistung von Prozessen im Vergleich zu den Qualitäts- und Prozessleistungszielen des Projekts oder der Arbeitsgruppe zu entwickeln, und die Identifizierung von Korrekturmaßnahmen, die ergriffen werden müssen. (Siehe auch »statistische Techniken«.)

Statistische Techniken, die im quantitativen Management verwendet werden, umfassen die Analyse, Erstellung oder Verwendung von Prozessleistungsmodellen, die Analyse, Erstellung oder Verwendung von Prozessleistungsbaselines, die Verwendung von Regelkarten, die Analyse der Streuungen, die Regressionsanalyse und die Verwendung von Konfidenz- oder Vorhersageintervallen, Sensitivitätsanalysen, Simulationen und Hypothesentests.

Quantitatives Ziel (quantitative objective)
Erwünschter Sollwert, unter Nutzung quantitativer Kennzahlen ausgedrückt. (Siehe auch »Kennzahl«, »Prozessverbesserungsziele« und »Qualitäts- und Prozessleistungsziele«.)

Referenzmodell (reference model)
Modell, das als Bezugsgröße für die Messung eines Attributs verwendet wird.

Reifegrad (maturity level)
Grad der Prozessverbesserung in einem vordefinierten Satz von Prozessgebieten, in dem alle spezifischen und generischen Ziele erreicht werden. (Siehe auch »Fähigkeitsgrad« und »Prozessgebiet«.)

Relevanter Stakeholder (relevant stakeholder)
Stakeholder, der in bestimmte Tätigkeiten einzubeziehen ist und im Plan aufgenommen ist. (Siehe auch »Stakeholder«.)

Return-on-Investment (return on investment)
Verhältnis der Einnahmen (aus einem Produkt oder einer Dienstleistung) zu den Herstellungskosten, das aufzeigt, ob es sich für eine Organisation lohnt, etwas herzustellen.

Risikoanalyse (risk analysis)
Bewertung, Klassifizierung und Priorisierung von Risiken.

Risikoidentifizierung (risk identification)
Strukturierter und gründlicher Ansatz zum Herausfinden möglicher oder realistischer Risiken für die Erreichung der Ziele.

Risikomanagement (risk management)
Strukturierte, analytische Vorgehensweise zur Identifikation von allem, was Schäden oder Verluste auslösen kann (Risikoidentifizierung), zur Bewertung und Quantifizierung der identifizierten Risiken und zur Erarbeitung und – falls notwendig – Umsetzung geeigneter Maßnahmen zur Vorbeugung oder Behandlung von Ursachen von Risiken, die zu signifikanten Schäden oder Verlusten führen können.

Üblicherweise wird das Risikomanagement für die Aktivitäten eines Projekts, einer Arbeitsgruppe, einer Organisation oder anderer Organisationseinheiten durchgeführt, die Produkte oder Dienstleistungen entwickeln oder liefern.

Schnittstellenmanagement (interface control)
Im Konfigurationsmanagement ein Prozess, der (1) alle funktionalen und physikalischen Eigenschaften identifiziert, die für die Kopplung zweier oder mehrerer Konfigurationseinheiten einer oder mehrerer Organisationen relevant sind, und (2) sicherstellt, dass vorgeschlagene Änderungen dieser Eigenschaften vor ihrer Umsetzung bewertet und genehmigt werden. (Siehe auch »Konfigurationseinheit« und »Konfigurationsmanagement«.)

Softwareentwicklung (software engineering)
(1) Anwendung eines systematischen, disziplinierten und quantifizierbaren Ansatzes für die Entwicklung, den Betrieb und die Instandhaltung von Software. (2) Studium eines der unter (1) beschriebenen Ansätze. (Siehe auch »Hardwareentwicklung« und »Systementwicklung«.)

Spezifische Praktik (specific practice)
Erwartete Modellkomponente, die zum Erreichen des zugehörigen spezifischen Ziels wichtig ist. (Siehe auch »Prozessgebiet« und »spezifisches Ziel«.)

Die spezifischen Praktiken beschreiben Tätigkeiten, von denen erwartet wird, dass sie zur Erreichung der spezifischen Ziele eines Prozessgebiets führen.

Spezifisches Ziel (specific goal)
Eine erforderliche Modellkomponente, die die eindeutigen Merkmale beschreibt, die vorhanden sein müssen, um ein Prozessgebiet zu erfüllen. (Siehe auch »Fähigkeitsgrad«, »generisches Ziel«, »Geschäftsziele der Organisation« und »Prozessgebiet«.)

Stabiler Prozess (stable process)

Zustand, in dem alle feststellbaren Ursachen der Prozessstreuung nachhaltig beseitigt worden sind, so dass lediglich die vorhandenen Ursachen übrig bleiben. (Siehe auch »Fähiger Prozess«, »Inhärente Ursache der Prozessstreuung«, »Feststellbare Ursache der Prozessstreuung« und »Standardprozess«.)

Stakeholder (stakeholder)

Eine Gruppe oder Einzelperson, die vom Ergebnis eines Vorhabens beeinflusst wird oder in irgendeiner Weise dafür verantwortlich ist. (Siehe auch »Kunde« und »relevanter Stakeholder«.)

Stakeholder können Projekt- oder Arbeitsgruppenmitglieder, Lieferanten, Kunden, Endanwender und andere sein.

Neben der üblichen Bedeutung in der Standardsprache hat dieser Begriff in der CMMI-Produktreihe eine besondere Bedeutung.

Standardprodukt (Commercial Off-The-Shelf, COTS)

Elemente, die von einem kommerziellen Lieferanten bezogen werden können.

Standardprozess (standard process)

Anwendbare Definition des grundlegenden Prozesses, die die Etablierung eines gemeinsamen, übergreifenden Prozesses der Organisation lenkt.

Standardprozesse beschreiben die unabdingbaren Prozesselemente, von denen erwartet wird, dass sie in jeden definierten Prozess aufgenommen werden. Sie beschreiben außerdem Beziehungen (z.B. Anordnung und Schnittstellen) zwischen diesen Prozesselementen. (Siehe auch »Definierter Prozess«.)

Statistische Methoden (statistical techniques)

Aus dem Gebiet der mathematischen Statistik abgeleitete Methoden, die für Tätigkeiten wie die Charakterisierung der Prozessleistung, das Verstehen der Prozessstreuung und die Voraussage von Ergebnissen eingesetzt werden.

Beispiele für statistische Methoden sind Stichproben, Streuungsanalysen, Chi-Quadrat-Tests und Prozessregelkarten.

Statistische Prozessregelung (statistical process control)

Analyse eines Prozesses auf Grundlage statistischer Methoden und Kennzahlen der Prozessleistung, mit der die inhärenten und feststellbaren Ursachen der Streuung in der Prozessleistung identifiziert werden und die Prozessleistung innerhalb bestimmter Grenzen gehalten wird. (Siehe auch »Inhärente Ursache der Prozessstreuung«, »Feststellbare Ursache der Prozessstreuung« und »Statistische Methoden«.)

Statistische und andere quantitative Techniken (statistical and other quantitative techniques)

Analytische Techniken, die es ermöglichen, eine Tätigkeit durchzuführen, indem sie Parameter der Aufgabe quantifizieren (z.B. Eingangsgrößen, Umfang, Aufwand und Leistung). (Siehe auch »statistische Techniken« und »quantitatives Management«.)

Dieser Begriff wird in High-Maturity-Prozessgebieten verwendet, in denen die Verwendung statistischer und anderer quantitativer Techniken zur Verbesserung des Verständnisses von Projekt-, Arbeits- und Organisationsprozessen beschrieben wird.

Beispiele für nicht statistische quantitative Techniken sind unter anderem Trendanalyse, Zeitreihen, Pareto-Analysen, Balkendiagramme, Radardiagramme und Datenmittelung.

Der zusammengesetzte Begriff »statistische und andere quantitative Techniken« wird in CMMI verwendet, um deutlich zu machen, dass statistische Techniken zwar erwartet werden, jedoch auch andere quantitative Techniken effektiv eingesetzt werden können.

Subpraktik (subpractice)

Eine informative Modellkomponente, die Hilfestellung bei der Interpretation und Umsetzung von spezifischen und generischen Praktiken bietet.

Subpraktiken können wie eine Vorschrift formuliert sein, sind aber nur als nützliche Ideen für die Prozessverbesserung gemeint.

System von Systemen (system of systems)

Eine Menge oder Organisation von Systemen, die aus der Integration unabhängiger und nutzbringender Systeme in ein großes System mit besonderen Fähigkeiten hervorgeht.

Systementwicklung (systems engineering)

Interdisziplinärer Ansatz, der alle technischen und betrieblichen Arbeiten lenkt, die notwendig sind, um Kundenbedürfnisse, Erwartungen und Randbedingungen in ein Lösungskonzept umzusetzen, und der dieses Lösungskonzept während der gesamten Lebensdauer unterstützt. (Siehe auch »Hardwareentwicklung« und »Softwareentwicklung«.)

Dieser Ansatz schließt die Festlegung von technischen Leistungsmerkmalen, die Berücksichtigung anwendungsbereichsspezifischer Besonderheiten bei der Festlegung der Architektur und der unterstützenden Prozesse ein, die über den gesamten Lebenszyklus die Kosten-, Termin- und Leistungszielsetzungen abgleichen.

Tailoring

Erstellung, Änderung oder Anpassung von etwas für einen bestimmten Zweck.

Zum Beispiel etablieren Projekte oder Arbeitsgruppen ihre definierten Prozesse durch Tailoring des organisationsspezifischen Satzes von Standardprozessen für ihre Zielsetzungen, ihre Rahmenbedingungen und ihr Umfeld. Ebenso gestaltet ein Dienstleistungsanbieter Standarddienstleistungen für eine bestimmte Dienstleistungsvereinbarung.

Tailoring-Guidelines

Organisationsweite Richtlinien, die es Projekten, Arbeitsgruppen und Organisationsfunktionen ermöglichen, Standardprozesse so anzupassen, dass sie für ihre Zwecke geeignet sind.

Der organisationsspezifische Satz von Standardprozessen ist oft so allgemein beschrieben, dass die Beschreibungen unter Umständen nicht unmittelbar für die Durchführung von Arbeitsabläufen verwendbar sind.

Tailoring-Guidelines unterstützen diejenigen, die die definierten Prozesse für Projekte oder Arbeitsgruppen erstellen. Sie umfassen (1) Auswahl von Standardprozessen, (2) Auswahl zugelassener Phasenmodelle, (3) das Tailoring der ausgewählten Standardprozesse und des Phasenmodells an die Bedürfnisse des Projekts oder der Arbeitsgruppe. Tailoring-Guidelines beschreiben, was angepasst werden kann und was nicht, und identifizieren Prozesskomponenten, die gegebenenfalls getailored werden müssen.

Team

Eine Gruppe von Personen mit einander ergänzenden Fähigkeiten und Fachkenntnissen, die zusammenarbeiten, um festgelegte Ziele zu erreichen.

Ein Team etabliert und pflegt einen Prozess, der Rollen, Pflichten und Schnittstelle identifiziert, ausreichend präzise ist, um es dem Team zu erlauben, seine Arbeitsleistung zu messen, zu verwalten und zu verbessern, und es dem Team ermöglicht, Zusagen zu machen und einzuhalten.

In der Gesamtheit bieten die Mitglieder eines Teams angemessene Fähigkeiten und Kenntnisse für alle Aspekte ihrer Arbeit (z.B. für die verschiedenen Phasen in der Lebensdauer eines Arbeitsergebnisses) und sind für das Erreichen der festgelegten Ziele verantwortlich.

Nicht jedes Mitglied eines Projekts oder einer Arbeitsgruppe muss zu einem Team gehören (z.B. eine Person, die mit einer größtenteils unabhängigen Aufgabe betraut ist). Daher können große Projekte oder Arbeitsgruppen sowohl aus mehreren Teams als auch aus Projektmitarbeitern bestehen, die nicht zu einem Team gehören. Kleine Projekte oder Arbeitsgruppen können sich dagegen aus nur einem Team (oder einer Einzelperson) zusammensetzen.

Technische Anforderungen (technical requirements)
Eigenschaften (d.h. Attribute) von zu beschaffenden oder zu entwickelnden Produkten oder Dienstleistungen.

Technischer Fortschritt (technical performance)
Merkmal eines Prozesses, eines Produkts oder einer Dienstleistung, das allgemein durch eine funktionale oder technische Anforderung definiert ist.

Beispiele für Arten des technischen Fortschritts umfassen die Genauigkeit von Schätzungen, Endanwenderfunktionen, Sicherheitsfunktionen, Antwortzeit, Genauigkeit von Bestandteilen, Höchstgewicht, Mindestdurchsatz und zulässiger Bereich.

Technisches Datenpaket (technical data package)
Sammlung von Elementen, die folgende Informationen beinhalten kann, sofern sie für den Typ des Produkts oder der Produktbestandteile sinnvoll sind (Beispiel: Anforderungen an Material und Herstellung sind unter Umständen für Produktbestandteile aus den Bereichen Softwaredienstleistungen und -abläufe nicht von Bedeutung):

- Beschreibung der Produktarchitektur
- Zugewiesene Anforderungen
- Beschreibungen von Produktbestandteilen
- Beschreibungen von produktbezogenen Lebenszyklusprozessen, falls diese nicht als separate Produktbestandteile beschrieben werden
- Hauptmerkmale des Produkts
- Erforderliche physikalische Merkmale und Randbedingungen
- Schnittstellenanforderungen
- Materialanforderungen (Stücklisten und Materialmerkmale)
- Fertigungs- und Herstellungsanforderungen (sowohl an den ursprünglichen Ausrüstungshersteller (OEM) als auch an die Unterstützung im Feld)
- Verifizierungskriterien, um sicherzustellen, dass die Anforderungen erfüllt worden sind
- Bedingungen für die Verwendung (Einsatzumgebung) und Betriebs-/Verwendungsszenarien, Betriebsarten und -zustände, Unterstützung, Schulung, Herstellung, Entsorgung und Verifizierung während der gesamten Lebensdauer des Produkts
- Gründe für die getroffenen Entscheidungen und festgelegten Merkmale (z.B. Anforderungen, Zuweisungen von Anforderungen und Entwurfsentscheidungen)

Teilprozess (subprocess)
Prozess, der Teil eines größeren Prozesses ist. (Siehe auch »Prozess«, »Prozessbeschreibung« und »Prozesselement«.)

Ein Teilprozess kann – muss aber nicht – in feinere Teilprozesse oder Prozesselemente zerlegt sein. Die Begriffe »Prozess«, »Teilprozess« und »Prozesselement« bilden eine Hierarchie, in der »Prozess« den höchsten, umfassendsten Begriff darstellt. Darunter folgen »Teilprozess« und als spezifischster Begriff »Prozesselement«. Wenn ein Teilprozess nicht weiter in Teilprozesse untergliedert ist, kann er auch als Prozesselement bezeichnet werden.

Unternehmen (enterprise)
Gesamtheit aller Unternehmensteile.
(Siehe auch Organisation.)

Unternehmen können aus mehreren Organisationen an vielen verschiedenen Standorten mit unterschiedlichen Kunden bestehen.

Untersuchungsbereich des Appraisal (appraisal scope)
Festlegung des Umfangs eines Appraisal in Form der Grenzen der Organisation und des CMMI-Modells, innerhalb derer die zu untersuchenden Prozesse ablaufen.

Dieser Begriff wird in CMMI-Appraisal-Material wie dem SCAMPI-MDD verwendet.

Unvollständiger Prozess (incomplete process)
Arbeitsablauf, der nicht oder nur teilweise durchgeführt wird. Ein oder mehrere spezifische Ziele des Prozessgebiets werden nicht erfüllt.

Ein unvollständiger Prozess wird auch als »Fähigkeitsgrad 0« bezeichnet.

Ursachenanalyse (causal analysis)
Analyse von Resultaten zur Bestimmung ihrer Ursachen.

Validierung (validation)
Bestätigung, dass das Produkt oder die Dienstleistung (bzw. so wie es geliefert werden soll) so wie beabsichtigt funktionieren wird.

Mit anderen Worten: Validierung stellt sicher, dass »das Richtige entwickelt wurde«. (Siehe auch »Verifizierung«.)

Verbrauchsgüter eines Dienstleistungssystems (service system consumable)
Ein Bestandteil eines Dienstleistungssystems, der bei der Dienstleistungserbringung verbraucht oder dauerhaft verändert wird.

Treibstoff, Büromaterial und Einwegbehälter sind Beispiele für häufig verwendete Verbrauchsgüter. Besondere Formen von Dienstleistungen können ihre eigenen speziellen Verbrauchsgüter haben (beispielsweise können für Dienstleistungen im Gesundheitswesen Medikamente oder Blutkonserven erforderlich sein).

Menschen sind keine Verbrauchsgüter, aber ihre Arbeitszeit.

Vereinbarung mit dem Lieferanten (supplier agreement)
Eine dokumentierte Vereinbarung zwischen dem Beschaffer und dem Lieferanten. (Siehe »Lieferant«.)

Lieferantenvereinbarungen werden auch als Verträge, Lizenzen und Vereinbarungen zur Zusammenarbeit bezeichnet.

Vereinbarung zur Zusammenarbeit (memorandum of agreement)
Verbindliches Dokument oder Vereinbarung zwischen zwei oder mehr Beteiligten bezüglich deren Zusammenarbeit.

Im Englischen auch »memorandum of understanding« genannt.

Verifizierung (verification)
Bestätigung, dass ein Arbeitsergebnis seinen Anforderungen entspricht.

Mit anderen Worten: Verifizierung stellt sicher, dass »alles richtig entwickelt wurde«. (Siehe auch »Validierung«.)

Versionslenkung (version control)
Etablieren und Beibehalten von Baselines und Identifizieren von Änderungen an Baselines, so dass es möglich ist, zur vorherigen Baseline zurückzukehren.

In manchen Zusammenhängen kann es sein, dass ein einzelnes Arbeitsergebnis über seine eigene Baseline verfügt und ein geringeres Ausmaß an Lenkung als eine formale Konfigurationssteuerung ausreicht.

Vereinbarung zur Dienstleistungsgüte (service level agreement)
Eine Dienstleistungsvereinbarung, die die ausgelieferten Dienstleistungen, die Kennzahlen für Dienstleistungen, akzeptable und inakzeptable Dienstleistungsgüte sowie erwartete Verantwortlichkeiten, Pflichten und Maßnahmen sowohl des Anbieters als auch des Kunden in vorherzusehenden Situationen angibt. (Siehe auch »Kennzahl«, »Dienstleistung« und »Dienstleistungsvereinbarung«.)

Eine Vereinbarung zur Dienstleistungsgüte ist eine Art von Dienstleistungsvereinbarung, die die in der Definition angegebenen Einzelheiten dokumentiert.

Die Verwendung des Begriffs »Dienstleistungsvereinbarung« schließt immer »Vereinbarung zur Dienstleistungsgüte« als Unterkategorie ein. Der Kürze halber kann der erste Begriff anstelle des zweiten verwendet werden. Wenn es darum geht, Situationen hervorzuheben, in denen es verschiedene Niveaus für eine akzeptable Dienstleistung gibt oder andere Einzelheiten einer Vereinbarung zur Dienstleistungsgüte von Bedeutung sind, wird der Begriff »Vereinbarung zur Dienstleistungsgüte« vorgezogen.

Vertragliche Anforderungen (contractual requirements)
Das Ergebnis der Analyse und Verfeinerung von Kundenanforderungen in einen Satz von Anforderungen, die zum Einschluss in ein oder mehrere Ausschreibungspakete oder Lieferantenvereinbarungen geeignet sind. (Siehe auch »Beschaffer«, »Kundenanforderung«, »Lieferantenvereinbarung« und »Ausschreibungspaket«.)

Vertragliche Anforderungen umfassen sowohl technische als auch nichttechnische Anforderungen, die für die Beschaffung eines Produkts oder einer Dienstleistung erforderlich sind.

Vertragspartner (contractor)
Siehe »Lieferant«.

Vorbeugende Instandhaltung (sustainment)
Die Prozesse, die verwendet werden, um sicherzustellen, dass ein Produkt oder eine Dienstleistung betriebsfähig bleibt.

Zielprofil (target profile)
Eine Liste von Prozessgebieten und zugehörigen Fähigkeitsgraden, die eine Zielsetzung für die Prozessverbesserung sind. (Siehe auch »Ist-Profil« und »Fähigkeitsgradprofil«.)

Zielprofile sind nur in der Darstellung in Fähigkeitsgraden verfügbar.

Zielprofilsequenz (target staging)
Eine Abfolge von Zielprofilen, die den Weg der Prozessverbesserung beschreiben, dem die Organisation folgen soll. (Siehe auch »Ist-Profil«, »Fähigkeitsgradprofil« und »Zielprofil«.)

Zielprofilsequenzen sind nur in der Darstellung in Fähigkeitsgraden verfügbar.

Zugewiesene Anforderung (allocated requirement)

Anforderungen, die durch das Anwenden aller oder einiger der Anforderungen einer höheren Ebene auf ein untergeordnetes Architektur- oder Designelement entstehen.

Allgemeiner gesagt können Anforderungen zu anderen logischen oder physikalischen Elementen einschließlich Menschen, Verbrauchsgütern, Ausbaustufen von auszuliefernden Arbeitsergebnissen oder der Architektur am Ganzem zugewiesen werden, je nachdem, was das Produkt oder die Dienstleistung am besten in die Lage versetzt, die Anforderungen zu erfüllen.

Index

A

B

C

E

H

I

L

M

N

O

P

Q

R

S

T

U

V

W

Y

Z

Prozessgebiete nach Reifegraden

Reifegrad 2

CM	Konfigurationsmanagement
MA	Messung und Analyse
PPQA	Prozess- und Produkt-Qualitätssicherung
PMC	Projektverfolgung und -steuerung
PP	Projektplanung
REQM	Anforderungsmanagement
SAM	Zulieferungsmanagement

Reifegrad 3

DAR	Entscheidungsfindung
IPM	Fortgeschrittenes Projektmanagement
OPD	Organisationsweite Prozessentwicklung
OPF	Organisationsweite Prozessausrichtung
OT	Organisationsweite Aus- und Weiterbildung
PI	Produktintegration
RD	Anforderungsentwicklung
RSKM	Risikomanagement
TS	Technische Umsetzung
VAL	Validierung
VER	Verifizierung

Reifegrad 4

OPP	Organisationsweite Prozessleistung
QPM	Quantitatives Projektmanagement

Reifegrad 5

CAR	Ursachenanalyse und -beseitigung
OPM	Organisationsweites Leistungsmanagement

Generische Ziele und Praktiken

GG 2 Geführte Prozesse institutionalisieren

- GP 2.1 Organisationsweite Leitlinien etablieren
- GP 2.2 Arbeitsabläufe planen
- GP 2.3 Ressourcen bereitstellen
- GP 2.4 Rechte und Pflichten zuweisen
- GP 2.5 Aus- und weiterbilden
- GP 2.6 Arbeitsergebnisse verwalten
- GP 2.7 Relevante Stakeholder identifizieren und einbeziehen
- GP 2.8 Arbeitsabläufe überwachen und steuern
- GP 2.9 Prozesseinhaltung objektiv bewerten
- GP 2.10 Umsetzung mit dem höheren Management prüfen

GG 3 Definierte Prozesse institutionalisieren

- GP 3.1 Definierte Prozesse etablieren
- GP 3.2 Prozessbezogene Erfahrungen sammeln